Min Kamp

⑥

Karl
Ove
Knausgård

想象另一种可能

理
想
国

imaginist

我的奋斗

VOL.6

终曲

[挪威] 卡尔·奥韦·克瑙斯高 著

李树波 译

上海三联书店

This translation has been published with the financial support of NORLA
著作权合同登记图字：09-2017-1055号

图书在版编目（CIP）数据

我的奋斗 . 6, 终曲 / (挪威) 卡尔 · 奥韦 · 克瑙斯高著 ; 李树波译 . -- 上海 : 上海三联书店 ,2022.8
ISBN 978-7-5426-7758-7

Ⅰ . ①我… Ⅱ . ①卡… ②李… Ⅲ . ①自传体小说—挪威—现代 Ⅳ . ① I533.45

中国版本图书馆 CIP 数据核字 (2022) 第 117212 号

我的奋斗. 6

终曲

[挪威] 卡尔・奥韦・克瑙斯高 著 李树波 译

责任编辑 / 殷亚平
策划编辑 / 李恒嘉
特约编辑 / 李恒嘉
装帧设计 / 陆智昌
内文制作 / 李丹华 陈基胜
责任校对 / 张大伟
责任印制 / 姚 军

出版发行 / 上海三联书店
（200030）上海市漕溪北路331号A座6楼
邮购电话 / 021-22895540
印 刷 / 山东临沂新华印刷物流集团有限责任公司
版 次 / 2022 年 8 月第 1 版
印 次 / 2022 年 8 月第 1 次印刷
开 本 / 880mm × 1230mm 1/32
字 数 / 913千字
印 张 / 42.375
书 号 / ISBN 978-7-5426-7758-7/I・1776
定 价 / 150.00元

如发现印装质量问题，影响阅读，请与印刷厂联系：0539-2925659

第八部分

Del 8

2009年9月中旬，我北上去托马斯[1]和玛丽位于赫加奈斯市（Höganes）和默勒（Mölle）之间的小小乡居，他要给我拍照，用在接下来的几本小说上。我租了辆车，一辆黑色的奥迪，一大早开上四车道高速公路时，胸膛里是强烈的幸福感。天空明净湛蓝，太阳有如夏天时那样灼热。前方左边的厄勒海峡[2]在闪耀，右边的金黄麦茬地和草地向内陆延展，中途被栅栏断开，沿岸有成排落叶树生长的溪流，忽然就到了林边。我感到今天似乎是凭空出现的，像一个夏日绿洲在秋天随风摇曳的风景里，太阳不该燃烧得这么灼热，天空的光芒不该如此饱和，本不应如此的这些在欢欣中勾起了一点不安，我留意到了这一点，但是并没有理会这念头，最好它能自行消失，我跟着音响里此刻送出的《猫人》（“Cat People”）的华彩片段哼唱起来，欣赏着左边出现的城镇、港口的大吊车、工厂烟囱、仓库。我已经开过兰斯克鲁纳市郊外，几分钟前路过笼罩着核电站气息的巴瑟

[1] 应指克瑞斯高多本书的肖像摄影师托马斯·沃格斯特伦（Thomas Wågström）——译者注，下同。

[2] Öresund，分隔丹麦的西兰岛和瑞典南部斯科纳的一条海峡。

巴克,把它那可怕的轮廓远远抛在身后。下一个城市是赫尔辛堡，我要去的村子就在城外几英里处。

我动身晚了。起初我在停车场里那辆凉爽的大汽车中坐了良久，不知道怎样发动汽车，也不能去租车公司前台问人，害怕他们会因为我显露出的无知而把车收回，只好继续坐着读汽车使用手册，前后翻着，但是哪儿也找不到关于如何启动引擎的内容。我看着仪表盘，然后看看钥匙，那其实也不是钥匙，而是一块黑色塑料。我之前开车门的时候就是按了它一下，由此推测发动汽车应该也是类似的一套系统。无论如何，方向盘轴附近没找到任何能打火的地方。但是，那是什么？那儿总算是有个洞？

我把那黑色塑料块塞了进去，车发动了。接下来的半小时我在马尔默市中心附近兜着圈子，寻找离开市区的正确道路。当我终于开上高速，已经差不多迟了一个小时。

就在兰斯克鲁纳在山坡后消失时，我在旁边座位上摸索着手机，找到了，拨打出盖尔的号码。是他把托马斯介绍给我，他们在一个拳击俱乐部相识，托马斯在那儿拍一本拳击题材的摄影集，而盖尔在就同一个题材写学位论文。婉转地说他俩是针尖对麦芒，但是他们对彼此都深怀敬意。

“你好啊，孩子。”盖尔说。

“你好啊，嗯，”我说，“你能帮我个忙吗？”

“当然。”

“给托马斯打个电话，说我会迟到一小时？”

“没问题。你现在已经出门了，在路上开着呢？”

“对。”

“听起来挺好的。”

“特别好，有变化总是好的。不过我现在要超一辆大货车了。”

“那又怎么了？”

“我不能一边超车一边讲电话。”

“真该有人研究一下你的多线程能力。不过行吧，再聊。”

我挂了电话，超过了那辆长长的白色大货车，它在气流中微微晃动。那年夏天早些时候，我开车带全家去科斯特（Koster）群岛，途中有两次几乎出事，第一次是高速行驶过一段积水路面，差点就真的完了，另外一次没这么严重，但也是吓死人：在哥德堡城外的拥堵车流中，我要变道又没有看见后方驶来的车，全靠那辆车迅速刹车才免于相撞。随之而来的怒火万丈的喇叭声直轰进我灵魂深处。打那以后我开车时就再也感觉不到美好了，内心总有一些恐惧，这是有益的，但还是不爽，超一辆大货车也让我胆寒，我几乎需要逼着自己去进行这操作，在类似的汽车旅行后我总要不安好几天，就好像每次喝得烂醉以后那样。我的灵魂不在意我持有驾照可以合法驾驶这个事实，它还活在从前那段时光，那时我最频繁最可怖的噩梦就是坐进一辆汽车开上路而我还不会开车。满怀恐惧地沿着蜿蜒的挪威公路行驶，警察随时会出现的威胁笼罩在我上方，我睡在什么地方的一张床上，枕头乃至被子表层都被汗水打湿。

我下了高速公路，进入较窄的国道，开往赫加奈斯市。外面的热肉眼可见，也许是因为天光和天空里的某种致密感，又似什么被遮蔽着，那柔和的闪耀恍如阳光被洒向万物。世界如此坦荡，这就是我此刻的感觉，万物闪烁。

十分钟后我拐入一家超市前的广场，停车，下来。哦，空气中有一股吸力。那里有大海的蓝，但不像夏天的空气那样热烘烘，那里有一个凉爽安静的区间。我走过沥青路面来到超市，外面挂的旗帜耷拉着，这空气让我想起在一个炎热夏日的意大利城市里，手在一块大理石表面上抚摸过的那种感觉，那凉爽有多让人惊讶就有多微妙。

我买了一筐覆盆子作为给他们的礼物，给自己买了包香烟和一盒口香糖，把小筐放在乘客座位上，开上最后一段路。仅仅在超市百米开外，路就下行去向海边，道路狭窄，两边缀着小小白色度假屋的树篱。托马斯和玛丽住在路的尽头，向西直面大海，向东则是广阔的绿色田野。

当我砰的一声关上身后的门，托马斯光着脚从草坪上走过来。他给了我一个拥抱，他是少数几个这么做而不使我感到局促的人之一。为什么会这样，我不知道。也许只是因为他比我大十五岁，尽管我们对彼此不算非常了解，但是他总是很能和我共情。

“嘿，卡尔·奥韦。”他说。

“很久不见了，”我说，“天气多好啊！”

我们走过草坪。空气凝结，树木纹丝不动，海面上高悬的太阳把灼人的光芒射向四方，但同时我一直感到清凉，已经很久没有这样感觉到类似的宁静了。

“喝咖啡吗？”托马斯说，这时我们在房子背后停下来，去年夏天他在这里造了一个木头平台，像船上的甲板，从房子墙壁延伸向那茂盛而密不透风的树篱，假使那凝固的阴影再向内几米，就和平台衔接上了。

“好啊。”我说。

“那你先坐下来吧。”

我坐下来，又戴上墨镜，点烟的时候向后仰着头，尽可能多接点阳光，而托马斯在那个小厨房的水龙头下往一个容器里灌水。

玛丽出来了。她把墨镜推到额头上，冲着太阳眯缝着眼。我说我早上在《每日新闻》[1]读到关于她的文章，那是一篇她参加的一场艺术辩论的实录。我绞尽脑汁也想不起来关于她的部分写了什么，所幸她没问，她只是说会在图书馆里找找这份报纸，正好她也要去图书馆。

“你的书出了吗？”她说。

“没有呢，说起来，它周六会上架。”

“太让人兴奋了！”她说。

“是啊。”我说。

“那么一会儿见，”她说，“你留下来吃午饭吗？”

“当然！”我笑着说，“还有啊，我带了琳达的稿子，待会儿给你。”

玛丽以前在毕斯科普斯–阿尔内的写作学校担任过辅导，她答应过读一读琳达刚写完的短篇小说。

“好啊。”她说，然后回屋。不一会儿一辆汽车在房子另一头发动了。托马斯拿着两杯咖啡和一盘玛芬蛋糕走出来。他坐下，我们聊了一下，他把相机拿出来，在我们说着完全不搭界的东西时拍了几张照片。上次我在这儿的时候，他正在读普鲁斯特，他说，他还在读。就在我进门时他还坐在这儿，读到外婆之死。

---

[1] *Dagens Nyheter* 是瑞典的日报。

我说，这是全文最好的段落之一。是的，他说，站起来从另一个角度给我拍照。我想着外婆之死这一段在我脑子里留下的零星记忆。它是怎样莫名其妙地就发生了。上一刻她正爬上一辆将载她穿过卢森堡公园的马车，下一刻她就中风了，几小时后死去。或者几天？房子里到处是医生，当那希望带来的不安持续地打破着我们的漠然，悲伤第一阶段的氛围全然是灭顶的忧虑。一切都突如其来，内核在突突颤抖。

“好，”托马斯说，“你看把椅子搬到树篱那边去怎么样？”

我照他建议做了。随后他走进室内好在背光的地方仔细看看照片。我去厨房拿咖啡，走过他时顺便瞥了一眼他正按着浏览的照片。

“应该不错，”他说，“如果你不介意从这个角度鼻子看起来有点长。”

我笑了笑，又走出去了。托马斯并不想让我看起来上镜，也没有打算捕捉某种特定表情，而是完全相反，照我理解就是这样，就是当我什么都不想、完全放松时看起来的样子。

他没拿相机就出来了，靠着迎着太阳那面墙坐下。

“我们完事了吗？”我说。

“是的，”他说，“看起来挺好的。也许待会我再照几张全身的。”

“好。”我说。

树林另一面响起低低的声音。我把一条腿架在另一条腿上，望向天空。一丝云也没有。

“我们下来前，我去医院看我一个最好的朋友，”他说，“他摔断了脖子。”

“太可怕了。”我说。

“是啊。他在古尔玛广场上被人发现。没人知道究竟怎么了，他只是躺在那里。”

“他后来恢复意识了吗？”

“恢复意识了，他能说话，头脑也很清楚。但是对于发生了什么一点也记不得了，也想不起来他为什么到古尔玛广场。”

“这事和酒精有关吗？”

“没有啦，没有的事。这是病。类似的事情以前也发生过，他在公寓里晕倒，醒来时也不知道是怎么回事。但是这次后果更严重，我想他也许不能独立生活了。”

我不知道该说些什么，就点了点头。我们沉默了一段时间。托马斯看着我。

“我们出去走走？”

“太可以了。”

三分钟后，他关上了我们身后的大门，我们踏上被啮啃得光秃秃的牧草地，坡地向下插进卵石海滩，那儿海浪拍着岸。一些长角牛站在一个小山包上盯着我们。尽管上面五十米开外就有房屋，而房屋后又有条车来车往的公路，但这感觉依然像走在一片被遗弃的荒原上。也许这片海导致了这个印象，直接延伸到海滩的牧场殊为罕见。一般来说，这些角落的野地价值最高，不会留给牲畜享用。

“那上面还有战争留下来的工事。”托马斯说，指着远方几处低矮的混凝土建筑。“你知道，丹麦离这儿很近。”

“我长大的地方也有这些东西，”我说，“不过那是德国人建的。”

“真的？”他说，举起相机，给我拍了一张面向大海的侧影。

“我小时候大家都在那儿玩，”我说，“森林中的掩体尤其诱人。它们居然还在那儿！那是七十年代末。离战争那会儿也就过了三十多年。”

空地上风更大了，但是拍打着海滩的波浪低而微弱。那些牛又开始吃草了。它们身后到处都是牛粪堆，有的湿润柔软，有的干燥僵硬。

“那儿有个稀罕玩意儿。”托马斯说，他指着一个小湖，它卧在一个长着灯心草和苔藓的洼地里，躲在海边一个小丘背后。

“是什么？”我说。

“你看到那个湖了？”

我点了点头。

“那里住着一种蛙，在瑞典其他地方都找不到这种蛙。就只存在于这里。在这小湖中。”

“真的吗？”

“真的。它们显然也分布在芬兰。红腹铃蟾，就是这种蛙的名字。如果我们走运，就能听到它们的叫声。听起来像小钟表在走。我曾经听过一次电台广播，他们在这里录下了它们的叫声，和芬兰的那些进行比较。想去听一下吗？”

我们在湖水前驻足。什么都听不到，除了抵着耳朵的风声，还有恍惚微弱的海浪啸声。

“没有，”他说，“它们不是每次都有动静的。而且它们越来越少了。以前，嗯，也不是很久以前，湖水覆盖这整片区域。然后附近造起了房子，于是水位开始下降。”

“它们怎么会只存在于这里呢？”

“我不知道。有可能以前它们在很多地方都有，然后都灭绝了，就只剩下这里的，这里的环境对它们来说肯定相当不错。”

“真神奇。”

“是啊。你听不到它们的叫声真是不巧！听起来真的很特别。”

我们继续往远处走，走到了一个曾经的小渔村，现在的避暑胜地。所有老房子都翻新了，所有的花园都被精心打理得漂漂亮亮，车道上停着铮明瓦亮的新车。我们沿着路穿过它们，然后回去，很快就在我们一小时前离开的小后院中坐下。托马斯继续煮咖啡，玛丽站着做饭。

我们用餐，煎蛋饼、煎土豆、面包和啤酒，边谈着约恩·福瑟。玛丽把他的戏剧翻译成瑞典语，眼下刚完成了一部，秋天晚些时候要在瑞典皇家剧院上演。福瑟是这种作家，他起步时如实描述世界，最初的那些小说是由细小而不可避免的事物与关系组成的社会现实主义噩梦，充满神经质和惶恐，现在他描述的是世界的真实，黑暗而开阔。从可能只存在于个体的世界，到那个存在于我们之间的世界，这就是他写作的发展轨迹。随之而来的是转向上帝和神性，所有为突破存在边界而努力的人，或迟或早都要来着手处理这些。人性的一切有其内在边界和外在边界，两道边界之间是文化，也就是终于能为我们所见的那些。在福瑟那儿它低调地、近乎犹疑地、坦荡地面对外面的力、风和黑暗，这些好似他笔下那些人物内心升起又降下。他们也因此具有了一种前现代特质，因为我们用来填充时代的一切，所有的报纸，所有电视节目，由政治、新闻、八卦和名人的漩涡构成的我们的世界，至少在我来说如此，似乎全然与福瑟的人物隔绝。他后来作品里的质朴被一些人称为极简主义，其黑暗让人不免提及贝克特，但福瑟一点儿也不极简主义，他身上的其实是本质主义，而且他一点儿也不贝克特，贝克特是坚硬的、嘲讽的，绝无希望，他那里的黑，寒冷而充满笑声，而福瑟的黑暗则温暖，很能抚慰人，没有笑声。也许因为他是从内部抵达，而没有像贝克特那样走了另一条路？

以上这些我一点儿也不能对托马斯和玛丽说，虽然这刚好是关于我读得最多的文学和看得最多的艺术，我从来不和观点扯上什么关系。我知道福瑟是如此这般，贝克特如此这般，这我都知道，但也就止步于此。

“你叔叔那边怎样？”托马斯说，“他的气还没消吗？你上次说他打算告上法庭？”

“没有什么消息，”我说，“书已经印出来了，然后就会有官司，书上架以后就会打官司。他威胁我说要闹上报纸。那其实是我最害怕的。如果它们抓住这些事。”

“但是如果他不希望任何人读到你写的东西，闹大可就不明智了。”玛丽说，边把叉子向嘴边送去。“不然呢？”

“的确不智，但是这整件事本来也没道理可讲。”

我把盘子推开，靠在椅背上。

“谢谢午餐，”我说，“味道很好！”

我想来根烟，但是一直等到他们也吃完。

托马斯抬头看着我。

“你要想抽就抽吧。”他说。

“谢谢啊。”我说，点了一根，看着那绿色树篱上露出的墨蓝色大海边缘，它闪耀至地平线尽头，在那儿阳光像炸弹一样把一切擦掉，而天空则因为薄霭显得更明亮而高远。

真是美好的一天。

他们开始收拾，我把烟放在烟灰缸里去帮忙，把盘子摞在玛丽身边的台子上，玛丽开始冲洗它们。她快六十岁了，但她看起来要年轻得多，许多写作者都是这样。只是偶尔，在短短一瞥间，能从她的脸上看出年纪。对脸的印象和脸是两种不同的事物，它们交缠在一起，就像那些素描，看阴影部分它表现着某件东西，看其他部分时，它又像在表现另一样事物，你可以这么理解，不过，一张脸就更复杂了。它不但每小时都在变化，取决于在其背后和周边流动的情绪，而且它每年都在变化，这取决于你和这张脸之间的关系。比如说，我母亲的脸，对我来说通常是恒定的，我所看到的是"妈妈"，她一直就是妈妈，然而当她稍微一扭头，忽然间，我震惊地看到她现在是个老人了，一个快七十岁的女人，甚至也许没有十年好活。然后她再转头说些什么，我所看到的就又只有"妈妈"了。

我在外面坐下，香烟还燃着，我把它塞进嘴唇，深吸了一口，以至于滤嘴都发烫了，我望向天空，然后望向托马斯手中，他拿着那盒覆盆子走了过来。

"以前我们在这儿可以听到夜莺，"他说，在桌子另一侧坐下，"根本也不是很多年前的事。"

"怎么回事？"我说。

他耸了耸肩。

"它们就是没了。"

一个小时后，我开车回家，海峡另一侧的丹麦土地上太阳低垂，我想着那消失的夜莺。这会是《我的奋斗》完成后下一部小说的完美开头。一个老人，饱经岁月，在他约塔兰[1]的花园里徜徉，坐在树荫下读书，在树林里或者沿着无尽的海滩长时间散步，每晚早早上床安歇。这是个夏天，白天阳光灼烧，植被干燥发焦，他彻底孤独，附近一个人也没有。他坐在那儿想着三十多年前的一次谈话，在厄勒海峡沿岸一个乡居向阳的墙边，当时他的朋友托马斯——如今和他的许多老朋友一样都去世了——开始说起消失的夜莺。这还是他头一次听说这事。此后不久，他在电视上看到了一部纪录片，关于蜜蜂在美国消失的事。它们在某一天后就那样消失了，没人知道它们的踪迹，到底它们是投奔了新的去处或只是都死掉了。一个星期天，他出门去所居城外的山毛榉大森林里散步，家人们也去了，他们看到地上有几百只死蝙蝠，摊成一片。报纸上也有类似情况的报道，大群的鸟儿从天上坠落，数量庞大的鱼群死去漂在海面。有什么事情发生了，没人知道那是什么。是水下火山爆发气体上升打中了鱼群，还是人为造成的？鸟儿们，是不是一种在它们之间传播开的疾病，它们为什么同时坠落？有没有可能是某种压力？野生鲑鱼绝迹了，有人认为这是因为养殖鲑鱼造成的。某些蝴蝶品种消失了，是不是环境变化过快以至于它们适应不了？就这样，几个夏天后，恢宏的鸟群们不再回到北部沿海的筑巢点。那个时候没有人知道究竟发生了什么。

每天晚上睡觉前，他都会在笔记本上写上几页，主要是为自己写，他的每一天如此相似，以至于没有这些笔记，它们就

[1] 约塔兰（Götaland），瑞典三地区里最靠南的一个，由六个旧省组成，旧省只做文化上的区分，是方言和民间传说里的地理标识。

会无缝合并为一。他写下了自己做了什么，感受到什么，看到了什么，有时候是七零八落地浮现出来的往事。

那就是我想到的东西，当我往南开时脑海里组织着细节。为了能自由支配这个下午，我早上带孩子，给她们做吃的，帮她们穿好衣服，送她们去幼儿园，为了从托马斯和玛丽家离开后还能有一些空余的时间，我盘算着可以用在赫尔辛堡的一家咖啡馆里。我开下左边的一个出口，车呼啸着穿过一个貌似工业区的地段，紧接着是居民区，然后道路两侧都是成排邻接的房屋，下了一个陡坡，市中心就在我面前了，低垂的太阳照得海港闪闪发光。

我以前和琳达和孩子们一起去过那儿，那是我拿到驾照后的第一次旅行。由于我有不良信用记录，所以不能在瑞典贷款也租不了车，因此琳达以她的名义订了车，一辆硕大又不好开的迷你小巴之类，我们龟速移动着进了城，我的心怦怦跳，我勉强能操纵它，同时又很高兴，能驾驶自己的车给了我一种前所未有的自由感，仿佛在速度面前我所有的问题都迎刃而解。所以我知道在那巨型码头的尽头有停车位，我慢慢地把车开了过去。

一艘巨大的游轮下了锚，停在码头外不远处。它看起来能装下数千名乘客。我锁了车门往外走。在海峡的另一侧，离我近得惊人的地方，我意识到盘踞在那儿的肯定是赫尔辛格城堡。想到我正注视着哈姆雷特的居所让我脊背上寒意顿生。我试图在脑海里抹去那个时代之后到来的所有汽车、轮船和房屋，只是看着眼前这片大地上的城堡，想着当时所存在的辽远距离，当时人类所占据的世界是怎样渺小，人们之间的空间是多么广大，然后我看向城堡，那个国王之子，被痛苦折磨，因其父之死，很可能死于叔父之手，他也许平躺在床上盯着屋顶，为着这横阻在他和万物之间的庞然虚无而受着煎熬。他的朋友罗森克兰茨和吉尔登斯滕坐在院子里的长凳上，在鹅卵石路面上投下长长的影子，被日光和无聊吞没。

我站着看了一会儿城堡，就转身沿着码头走进去。有几处有游客靠在围栏上向下凝视冰蓝色的水面。也许下面有鱼群来回游动，也许水的深度本身就有种吸引力。

市中心位于一个陡峭的山丘下；斯科纳省诸市里我只来过这里，这里有不少平地和陡坡。空间感与别地完全不同。我走进步行区，尽头有个公园；在一些壮硕、绿荫密织的落叶树下有座凉亭，几分钟后我坐在那里点了杯咖啡。坐在我周围桌子旁的人说美国口音的英语，他们肯定是从邮轮上下来的。

我抬头看着树冠。叶子还没有黄，但是绿色已经不像夏天时的那样浓密欲滴，现在它干燥了、褪色了。我身边涌流着穿越空气而来的市声。压着沥青路面滚动的轮胎，汽车发动机的轰鸣，脚步声，各种声音，笑声。

《哈姆雷特》写于十六世纪末。现存第一版来自 1603 年。几年前的我会认为这是很久远的年代。现在我再不会这么想了。十七世纪，倒推回去只需几代人。比如说，歌德肯定遇到过出生于十七世纪的人。对于汉姆生来说，歌德的去世和他的出生之间只隔了一代人。对我来说，汉姆生的去世和我的出生也隔着一代人。

不，十七世纪并不是很久以前的事。

一名穿着黑围裙的女服务员拿着个托盘走过马路。咖啡馆店面在街道另一侧的一栋楼里。她疾步跨上两级楼梯走上凉亭，在我面前停下，在桌上放下一杯咖啡、一小罐牛奶和一小包糖。我给了她三十克朗说就这样了。她没明白，开始在围裙口袋里摸索着要找给我的零钱，我举起手掌对着她说，不用，不用。她说“谢谢”，就转身走了。

咖啡苦涩，想必做好后已搁那儿好几个小时了。大热天不会有太多人要喝咖啡。

我点了根烟，抬头看着另一边的屋顶，那釉面的烟囱反射着太阳光，但是看不到光在动，因此似乎是我们的凝视把光从某个取之不尽用之不竭的源头送到了那里。灰黑色的板岩板铺在周围，消防梯消失在另一侧的后院。

每个人的生活都有道地平线，那是死亡的地平线，它隔开我们前一代和前二代人，也横亘在我们身后第二代和第三代之间。在这两条线之间存在着我们和我们的一切，在线外的都是死去或尚未出生的人。即使没有我们，生活的大嘴仍继续张着。这也是哈姆雷特这个人物如此重要的原因。他是虚构的，有人把他编造出来，予他思想和行动，以及思考和行动的空间，但关键在于，当人走出死亡的地平线后，虚构就不再形成有效的区分。哈姆雷特不比那些曾经存在过的历史人物多一丝或少一丝气息；从某个角度来说那儿的所有人都是虚构的。或者，由于哈姆雷特以文字和概念为形，而其他人则以血肉，因此只有他和他的生命形式才能战胜时间和速朽。

在那凉飕飕的卧室里，他起床了吗？步上狭窄的楼梯，上了屋顶，直走到堞墙？如果他这么做了，会看到什么？这蓝色海峡，另一侧的绿色田野，向内绵延无尽的平原。他会想什么？毕竟莎士比亚都写了。这大地对哈姆雷特来说如同一个不毛的荒岬。正如他对两个朋友罗森克兰茨和吉尔登斯滕所描述的那样，苍穹，这壮丽的帐幕，这点缀着金黄色火球的庄严屋宇，对他来说只是污浊的瘴气集合。而人不过是泥土塑成。这就是他从城堡那边看到的景象。瘴气的英文词[1]也用来表示人的心灵陷入悲伤的情绪，一个空间在此打开了，在灵魂的暗淡和世界的暗淡之间，有如深渊。

我从外套口袋里拿出手机，拨通琳达的电话。她立刻就接了。

"你怎么样？"我说。

"我这边很好，"她说，"我们在公园里。天气真好！海蒂开始不愿意出门，但是后来就没事了。你什么时候回家？"

"就回来了。我在赫尔辛堡。还要一个小时。然后我还得还车，再走上去。我回去时要买点东西吗？"

"不用，我觉得需要的都有了。"

"好吧，"我说，"一会见，再见。"

"再见。"[2]她挂上电话。

我拿着手机在那儿坐着，抬头看着街道。两个女人，穿着裙子和凉鞋，身上的包是轻薄布料材质，走过人行道。她们身后是一个骑车的男人，儿童座椅上的孩子紧抱着他的背。他们俩都戴着头盔。男人戴眼镜穿西服。我想到海蒂就微笑了。她总喜欢被抱着。要由着她性子来的话，她一米都不肯走，总要人抱着。她几乎一生下来就是如此。她出生时，我就在她身边。万妮娅嫉妒她，尽可能地缠着琳达，我则抱着海蒂到处走。直

[1] 这一段出自《哈姆雷特》第二幕第二场，"瘴气"原文为 vapours。

[2] 原文为瑞典语，本书中均为黑体，下同。

到她一岁半，约翰出生，我们之间这种亲密就结束了。有时候我会因此感到有些淡淡的悲伤。但和孩子们总是这样，所有事情都是阶段性的，到期就会结束。他们很快就会成年，而他们孩子时的模样，我所喜爱的，都会消失。是啊，我看着他们的照片，一岁前照的那些，我会因为那时的他们已经不复存在而感到忧伤。但是现在孩子多了，他们如此生猛地搅动着我们的每一天，以至于类似的情绪根本无处容身。和他们的一切都是关于当下和此刻。

一小时后，我把车钥匙扔进了欧乐驾租车公司（Europcar）的信箱开口，如释重负；毕竟我和车经过这漫长一天的路程都还完好无损，这并不是什么理所当然的事。太阳照耀着我上方的圣彼得教堂高高的黑色尖顶，而下方街道却被覆盖在阴影中，寒冷，我正沿着它走。我尽量走快点，因为我对于不在家，让琳达一个人带孩子这事觉得很内疚。这已经在我血液里了。我一路走过汉萨商场[1]，经过音响俱乐部和奥瓦尔香肠小铺[2]，过马路，穿过一个小公园朝运河走去，经过花岗岩家居公司（Granit）和设计精品中心（Designtorget），过桥，走进步行区，尽头高耸着金白色的希尔顿酒店。外面有很多人，两家咖啡馆的露天区都坐满了，年轻女孩们三三两两地坐着，说着闲话，十几岁的男孩们在吹牛，以及几个我这个年龄的男人，身体语言和着装都更谨慎。所有人都为这个意外到来的夏日而醺醺然。我也是，

---

[1] Hansagalleriet，马尔默市的高级大型商场。

[2] Orvars korvkiosk 是马尔默有名的快餐小铺，卖热狗、肉丸子和土豆泥。

既平静又兴致高昂；这感觉真不错，但是表面之下潜伏着焦虑。

我们的公寓位于希尔顿酒店对面街道的小广场旁边。大门前从清晨到深夜都有络绎不绝的人流，挤进格里内姐妹家居杂货店（Søstrene Grene）和中餐外卖店。广场上有一个喷泉，我们整晚都能听到它潺潺的声音。还有一个大型的八边形街头餐馆，为顾客播放烂熟金曲和八十年代热门歌，顾客们大多数是进城的人，他们坐下来狂塞香肠和汉堡包，腿边堆满硕大的购物袋，沿着长凳再过去一点就是流浪汉们的地盘。我们的公寓在房子顶部，位于七楼，前面有个整面墙的阳台。有次，万妮娅从那里扔下了一个打火机，它几乎擦着一对夫妇砸在他们身边的地面上，爆炸了。他们吓了一大跳，抬头看上来，我站在那儿企图用挥手来挽回事态，一次失手而已，别上火……

我抬头看着上面的围栏。从口袋里拿出钥匙串，这又是一个纪念品，那上面有一张万妮娅和我的照片，嵌在一块塑料里，我们站在船上，要出海看海豚，那是在加纳利群岛，她三岁，拉着我的手，戴着一顶白帽子，一脸紧张的表情，我把橙色智能钥匙片靠向门边的一块平板上，咔嗒一声，我推开门，走进走廊，按下电梯按钮，趁等电梯时看了看手机。没人打来。我其实也预料到了。会给这个手机打电话的也就是英韦、妈妈、托雷、埃斯彭和盖尔·安格尔。他们都有自己的节奏，现在正好轮空。我和英韦和妈妈大概每周通一次话，妈妈一般在周日晚上。我和埃斯彭差不多每两周聊一次，也许每月一次。盖尔·安格尔和我每天都要聊几次。这基本就是我在小家庭以外所有的社交生活。但这已经足够，正好就是我想要的那样。

电梯来了，我走进去，按下了最上面的按钮，当我沿着这楼宇正中狭窄黑暗的竖井慢慢向上移动，我看着镜子里的自己。今年夏天我的头发养长了，也曾经蓄起了某种胡须。我的胡须并不茂密，脸颊两边几乎没长什么，所以每当我在镜子里看到自己，都在琢磨着这个样子看起来到底蠢不蠢。很难判断，是的，真的没法下定论，因为根本就没有可依据的标准。我问过琳达，她当然只会说我看起来挺好的。她真这么以为吗？哦，这个真不知道。这个问题如此私密而自恋，我也没有其他人可问。因此，几周前我把它们全部剃掉了。次日，当我来到幼儿园时，奥拉，我在那儿唯一的同龄人，万妮娅当时最好朋友本杰明的爸爸兼马尔默大学的系主任，看着我，问我是不是有些不同了？我脸上是不是没了什么东西？这是他的冷幽默，不愿把那个东西称为胡须，我想我把它们剃光了是对的。但是接下来那个周五，我冲洗了夏天照的一些照片。我和万妮娅、海蒂和约翰在三角地（Triangeln）的一家咖啡馆，每个周五把孩子们从幼儿园接出来以后都去那儿。他们吃冰激凌，我喝咖啡；这个下午我翻看着一堆照片也给孩子们看。其中一张是我站在厄斯特伦（Österlen）海滩上，手臂抱着约翰。我显得不一般地好看，我想，也许是胡须和墨镜造成的效果……嗯……特有男人味。一手抱着约翰，让我看起来像一个……嗯，妈的，像个父亲。

就是在那个地方那么一刻，我决定把胡子留回来。但是现在，穿过一层又一层楼上升的途中，我又不确定了。明天我要去奥斯陆，为第一本小说的首发接受一些采访。它逼着我去想关于衬衫、夹克、裤子、鞋子、发型和胡须。过去几年中，我把这些念头都束之高阁，从不去想我该穿什么衣服，出门时就是抓件衣服穿上，那一般是在我要去接孩子或送孩子时，或者当我们周末带他们外出时。在一个我认识的人屈指可数的城市里，我并不特别在乎他们的想法。如此我得到了自由，我穿着敝旧长裤、肥大肮脏的外套、难看的帽子和运动鞋溜达闲逛，但是现在，从这夏末开始，随着出版日期的临近，以及五年来的第一批采访，这一切变了。

电梯升至七楼的瞬间我自动转身，在这儿住了三年后，这一程所需时间我能精确估算到秒，我走进走廊，这里堆满了孩子们用的东西：两辆童车、一辆小推车、万妮娅的滑板车和海蒂的初学自行车，我打开公寓门。

地板上扔着外套和鞋子，玩具朝着公寓里面散了一地，客厅传来电视声。

我脱了衣服走进去。海蒂和万妮娅紧靠着坐在一张椅子上，盯着电视看。约翰只穿着尿布站在地板上，两手抓着一个小车，抬头看着我。琳达坐在沙发上看报纸。

地毯卷成一团，毛绒玩具们扔得整间房到处都是，还有好多书和塑料玩具，图画彩笔和画了画的零散纸张。

“都顺利吗？”她说。

“还行吧，”我说，“去加汽油时几乎要撞车。你知道那里的地下层有多窄。但是后来没事了。托马斯和玛丽问你好。”

“你把我的稿子交出去了？”

我点了点头。

“你们都好吗，女孩们？”我说。

没有反应。她们两个金发小脑袋一动不动地坐着，看着电视。在同一把椅子上：这么说来今晚她俩很友好。

我笑了，她们的手甚至握在一起。

“爸爸地下室？”约翰说。

“不，”我说，“爸爸今天开车了。”

“爸爸地下室！”他说。

“你饿了吗？”琳达说，“那里还剩了些晚餐。”

“好的。”我说，走去厨房。他们的盘子都还放在桌上，女孩们的盘子几乎还是满的，她们没怎么吃晚餐，从来就不怎么吃。开始琳达和我还讨论过这事，我在吃饭问题上希望能严格一些，认为她们没吃完饭就不准下桌，琳达和我意见完全相左，也就是所有和食物有关的东西都应该尽可能地自由而没有强迫成分。我曾经认为她是对的，把食物和强制联系在一起听起来很可怕，所以这些年来我们都由着她们。从幼儿园回家时，她们张大嘴喊饿，于是她们会得到一片面包、一个苹果、一些肉丸子或者其他什么吃的，当饭做好了，端上了桌，她们想在餐桌边待多久都完全随她们。一般就只有几分钟，她们草草吞咽几口，就滑下椅子，消失在客厅或卧室里，而琳达和我则各坐桌子一头吃饭。

我盛了一盘子通心粉和肉丸子——瑞典人的国菜，把一个番茄切小块，又挤了点番茄酱，坐了下来。在马尔默的第一年，我曾和幼儿园另一位家长聊过这事。晚餐问题他们怎么办？不，什么问题都没有，他说。她在桌边坐下把饭吃光。她就是这样。你们究竟是怎样做到这一点的？我问，在他身边踩着单车。我们在每周日上午前往利姆港球场踢足球的路上。他说，她知道她必须这样做。我问：她是怎么知道的？他说，我们降服了她的性子。她必须坐那儿把食物吃完，不管需要多长时间。有一次她一直坐到深夜。又哭又喊撒泼大闹，坚决不肯吃，是不是？

但是最后她明白过来了，把饭吃完了，下了桌。我估计她在那儿坐了三小时！在那以后就几乎再也没有任何问题了。他看着我微笑。他知道自己在说什么吗？我想，但什么都没说。他继续说，她发脾气时也是同样原则处理。我见过你有时拿万妮娅没办法。是的，我说，换作是你会怎么办？他说，我会抱着她，不是很戏剧化的那种，不管需要多久，我就一直紧抱着她直到她消停下来。你也应该这么做。这很有用。是啊，我说，不管怎么样至少我要试试。

那次谈话奇怪的地方在于，我边想着边把温吞的食物填进嘴里，我之前已经认定他们这两人是另类家长，或者说柔软型家长。他总是用兜布把最小的孩子就那样绑在怀里，有次幼儿园出外露营活动，我们也一起去了，我偶尔听到他在说这种做法比“宝宝熊”[1]背兜更好。他们对于健康、无添加食物的执着远远高于一般人，儿童服装要尽量用天然材质，幼儿园家长会上他们往往最活跃。所以，忽然发现他们竟也按照十九世纪毫不妥协的方式来育儿，让我大吃一惊。也许这恰好补上我的认知缺口，因为我一直对他们的女儿很好奇，她总和万妮娅一起玩，她为什么这么乖，她从来不坐童车，到哪儿都是走着去，与万妮娅截然相反，哪怕就是离幼儿园门口几米的距离，万妮娅也会哀求着要坐在童车上海蒂后面那个位置。

我有时候也会决心要拗着她的性子，而且最后自然也会成功，但事后总感觉很糟糕。这应该不好吧？从另一方面来说，让她和我们一起吃饭是为了她好，让她走路是为了她好，让她

[1] Baby Björn 是瑞典知名婴幼儿用品品牌。

自己穿衣服是为了她好，让她刷牙、准点上床都是为了她好。

有一次万妮娅和他们女儿一起回家，要在她家过夜，这还是第一次呢。次日早上我去接她，他们说一切都很顺利，但是看着想要尽可能地紧贴着我的万妮娅，我意识到并没有那么简单。他说有一点小情况，但是都已经解决了，是不是，万妮娅？我说：发生了什么事了？好吧，她要添更多的食物，但是当我们给她了她又不肯吃了。所以她就得坐在那，直到光盘了才能下桌。

我看着他。

他疯了吗？

没有，他正在到处帮我找她的袜子，所以我什么都没说，虽然我气坏了。他想什么呢，以为他有权强迫我的孩子去遵循他的规矩？我接过他递来的袜子，套在万妮娅的脚上，她先伸了一只脚，然后又伸过来另外一只，我把外套递给她，暗暗希望她能自己穿好，而无须我在他不赞同的目光下来帮她穿上。

当我说起这件事时，琳达很生气。我对此有更超然的想法，这也不是什么大事，也许她体会到在不同的人那儿有不同的规则对她来说只有好处。

“不是这样的，”琳达当时说，“这里面也有批评的意思，不是吗？哦，这真让我恼火。他们那两个人，真的，你应该听听她怎么说话的，自我感觉多么良好。太不可思议了。”

“还有，他们请万妮娅去参加一个森林野外跑，”我说，“下周末，在柳塘公园[1]。”

---

[1] Pildammsparken，马尔默的一个公园，1914年在此举办了首次波罗的海博览会。

我们自己永远也找不到这样的活动。对于万妮娅来说这是件大事。她胸前挂着数字，站在起跑线后，与一群其他孩子一起沿着树林里的小径奔跑，越过终点线时就能得到奖牌和冰激凌。

我和她的幼儿园好友和她妈妈一起陪她们去起点，而琳达则带着海蒂在终点区。万妮娅对她分到的号码很感自豪，当发令人大喊“开跑！”时她一下就冲了出去，迈开小腿玩命地跑。我在边上树下跟着小跑，在一堆孩子和家长中间。但是在大概一百米后，她的速度慢下来了，很快就完全停住。我累了，她说。她的朋友和她妈妈已经远远跑在了前面。她们停了下来，转身等着。加油，万妮娅，我说。她们在等我们呢！我们跑起来吧！于是我们继续跑，万妮娅以她那晃晃荡荡的跑法，我以迟缓的驼鹿般的步调，赶上了她们，又肩并肩地跑了一段，然后那小朋友和母亲又再次窜出去，把我们抛在后面。那个女孩啊，她跑起来像阵风。万妮娅在我身旁喘着粗气，停了下来。爸爸，我们不能走一会？她问。可以啊。我说，就一会儿。她们耐心地等着我们，直到我们再次赶上她们，然后也许我们又这样跑了一百米，再次拉开了同样的距离。加油，万妮娅，我说。没多远了，你行的！万妮娅咬紧牙关继续跑，也许是前面远处的终点旗帜和她一直期待的冰激凌赋予了她额外的力量。她的小朋友在我们前方约二十米处，轻松优美地跑着；如果不是我们，她早就到终点了。她转身向万妮娅招了招手，但是，就在她转回去那一瞬间，她绊倒了。她整个人倒在地上，哭着抱住了膝盖，她妈妈弯腰俯在她上方。我们也过来了。当我们来到她们身边时，万妮娅有迹象要停下来。加油，万妮娅！我说。你马上就要到了！努力跑过去！万妮娅按我说的，勉力从她朋友身边跑了过去，那女孩膝盖上都是血，我在她身边，她超过了一个又一个小孩，像风一样奔跑，到达了终点！

在我们身后，那个小孩站了起来，一瘸一拐地走了过去。一个工作人员给万妮娅的脖子上挂了一块奖牌，另一个人给了她一个冰激凌。我赢了，妈妈！她向琳达喊道，琳达微笑着推着婴儿车，和海蒂一起走了过来。我这时才明白过来自己都做了什么，我的脸以前所未有的速度红了起来。我们从她身边跑了过去！就为了第一个到终点！就在那个一路都停下来等着我们的小孩躺在地上流着血的时候！

我们身后，那个女孩也拿到了奖牌和冰激凌。幸运的是，她又开心起来了。她父亲朝我们走过来。

“看起来你真的好想赢啊！”他说着就笑了起来。

我的脸又红了，但我知道他并不知道自己说中了真相。以他最疯狂的想象力也不会想到一个成年人会这么做。他开玩笑就因为这事根本匪夷所思：我追着自己的女儿跑是为了打败他女儿，还凭借着与运动精神相悖的助力。她们还没满四岁啊。

她走过来也说了这么一句，我看起来一副好想赢的样子呢。双方都理所当然地认为这都是万妮娅想要的，我只是没法阻止她而已。他们可以理解一个四岁孩子还不能和朋友共情。而一个就快四十岁的男人做不到这一点，是他们绝想不到的。

我挂着礼貌的微笑，羞耻感熊熊燃烧。

回家的路上，我把一切都告诉了琳达。她笑了，几个月以来最开心的一次。

“不管怎么说我们赢了！”我说。

那是整整两年前的事了。那时约翰才一个月大，海蒂快两岁，万妮娅三岁半。我记得这么清楚是因为我们那一天拍了那么多照片。约翰有大大的婴儿脑袋和窄而眯着的婴儿眼睛，他坐在童车里，细细的裸露的小腿踢蹬着，细细的裸露的胳膊挥舞着，大眼睛、小个子和金头发的海蒂，有着小巧、纯净脸庞的万妮娅，她那敏感融着热情的独特个性。那时以及现在，我都无法把他们和我自己联系，在我眼里他们就是三个与我分享着住所和生活的小人儿。

他们曾拥有的，也即我所失去的，是他们人生里硕大、闪光而浑然天成的一块。我常想起这些，他们每天如何醒来，步入自身和他们的世界，完整地活在每一天里，对一切都既来之则安之，从来不提出什么质疑。当我们等待万妮娅出生时，我因为担心着我的忧郁会以某种方式传染给她而惴惴不安，有次我甚至和英韦说了这事，英韦说孩子们来到世上就是开心的，然后他们意识到他们是开心的，他们总是在找乐子，如果没有什么变故发生，他们就总是快乐的，充满热望。就算他们过得不好，或者因为这事那事难过，绝望或悲伤，都不会因此动摇本质，事情就这样发生了，他们接受了。有一天他们将像我这样回头望去，提出这些问题，为什么事情会是这个样子，为什么会变成现在这个样子，我的生活到底有什么意义？

哦，我的孩子们，我所挚爱的孩子们，希望你们永远没有这些念头！希望你们明白只要你们是你们就已经足够！

但这是不可能的。每一代人都像开天辟地以来第一代人那样生活，那样去经历，在岁月中漫步向前，随着洞察力一路不断增加，观点也逐渐沉淀。就是这样。问题就在于这过程从来没变过。在《旧约》里，一切都通过行动来展现，故事和实体现实紧紧联系在一起；在古希腊史诗里，生活以类似的实在方式展开，怀疑永远不是作为自身存在的某种条件从内部萌生，而总是来自外部，通过某一事件，比如突如其来的死亡，总是系于那外在的、有时序的世界之规限。但是在《新约》里又不同了。除此之外，还有什么可以解释耶稣灵魂内的那抹暗色，让他最后走向耶路撒冷，关上一扇又一扇门直到剩下最后的也是最单纯的结局？他最后那几天可被读解为毁掉所有选择的一种方式，由此他无须对后来要发生的事负责，在十字架上缓缓死去就成为加诸他身上的他人意志。哈姆雷特也是同一回事，他的灵魂变暗，睁着眼，明明白白地走上下行之路，就仿佛这都是命运的安排，无可避免。对于俄狄浦斯王来说，那确是命运了，他真不知道，但是对于哈姆雷特和耶稣，这些是他们自己的选择，是自己挑选的方向。俄狄浦斯盲了，而哈姆雷特和耶稣大睁着眼睛看进黑暗。

我站起来，冲了冲盘子然后把它放进洗碗机。它也来自前面说到的那两口子，他们搬家了，所以不再需要它。整体来说他们帮了我们很多。我们又为他们做了什么来回报呢？

也没做什么。我耐心倾听他和她说话，还不时提出问题，努力让自己看起来对他们说的特别感兴趣。我带他去踢星期天足球，还送了他一本我上一部小说，有签名题赠。但是两天后他告诉我，他已经把这本书转送给一个“喜欢书”的叔叔。但这是给你个人的，伙计！我想，什么也没说。如果他不明白，和他解释也是白搭。

有小孩就是这样，你被裹挟着和一些与你格格不入甚至永远无法理解的人为伍。有一次他说他和妻子喜欢在晚上交谈，他说这话时的口气照我理解就像晚上交谈是一桩非同寻常甚至很了不得的事。打那以后，我常对琳达建议，让我们交谈吧。这成了我们之间的一个玩笑。很有可能他们也有我们类似的笑柄。尽管如此，我们依然来往，直到他们搬家，尤其是我；许多下午我和他一起坐在室外儿童游乐场上，当孩子玩耍时，我听着他关于这世界以及万物如何运行的诸多设想。

有一次我们这样坐着时，他带了一本斯蒂芬·沃尔弗拉姆[1]的书来看。那本书似乎是关于一些特定的不断重现的模式，从树叶到三角洲到不同的统计曲线。我首先就想到汤马斯·布朗[2]写于十七世纪的关于梅花形[3]的论文，那由骰子上的五点构成的图形，以及它在自然界中的体现，然后我想到我刚读过的东西，盖尔·安格尔正在写的那本书，就是关于所有复杂系统—社会、股市、天气现象和公路交通，是怎样因为系统本身产生的不稳定性而全面崩溃。后面这部分击中了我，因为这些崩溃所形成的模式，在人造系统和自然界里是一样的。天空蔚蓝，如此开阔，只有在海边才如此，太阳虽已低垂，空气还是热烘烘的。这个沙坑游乐场和其他精心打造的典型瑞典游乐场一样，

---

[1] Stephen Wolfram（1959—），英裔美国科学家，计算机、数学、理论物理学家，研究成果贯通粒子物理学、元胞自动机、宇宙学、复杂性理论和计算机代数系统。

[2] Sir Thomas Browne（1605—1682）英国博学家、作家，著有《伪知》，解剖当时被视为常识和真理的那些认知。

[3] Quincunx 源于罗马共和国时期发行的货币 quincunx，价值为阿斯青铜币的十二分之五，因其面值常被表示为类似骰子中的五点梅花形，所以这一图形由此得名。

被一圈夯实了的砾石地包围，中心有一个浅而宽的水坑，孩子们不断往它扔去一抱又一抱的树叶。砾石场尽头是一片草地，草地尽头就是住宅区。阳光下绿草熠熠生辉。我说这看起来太有意思了，这些不同领域里的模式竟然在根本上是相通的。他点了点头，又说起了进化。他说，我们周围的这些复杂机制和复杂系统在根子上是简单的，一定要结合它们发展的大背景——那庞然的时空来理解。一百万年，他说，这已经如此漫长以至于超出了我们的理解力。那想想两千万年意味着什么。或者六千万年。但是时间本身是简单的。发展原则本身也是简单的。那就是关于优化，也就是说，怎样做得最好、最有成效？大自然里的一切都往这个方向努力。当冰开始破裂，裂纹会顺着最薄弱的那些点往外蔓延。玻璃破碎时也是以同样的模式。裂纹会顺着最薄弱处延伸。

“但这不涉及任何意志，”我说，“这就是纯粹的机制。一种自然法则。”

“法则？”他说，“别提法则，它只会打扰这个思路。最根本处在于它发生了。一块玻璃在最容易破裂的地方开裂。一根枝条在最容易断裂的地方断裂。优化才是重要的。叶子需要阳光，是的，然后它们寻找最优方法来获得阳光。需要枝干们将它们抬起来，于是枝干们将它们抬起来。如果你在蚂蚁要走的路上设置障碍，首先会出现混乱，但混乱只是表象，因为过一会儿你再回去的话，就会发现蚂蚁已经开出了一条跨越障碍的新的最短路径。它们在进行优化。没有一只蚂蚁知道它们走的是最短路径，就像冰也不知道它会自最薄弱点裂开。”

他向前弯下腰，手架在膝盖上，晃了一下脑袋，让头发滑落成他想要的样子。他的女儿蹲在环绕着游乐场的二十厘米高木栅栏前，把一块又一块小石头垒起来，太阳闪耀在她的黄色防水衣上，亮晶晶的。万妮娅则在漆成红色的玩具火车上爬着。她跪着扭头看我。风把她的头发吹起盖在脸上，她把头发撸回去，头发又被吹回来了。我朝她招手，并开始张望着海蒂的踪影。她坐在火车内窄窄的凳子上。她此刻姿势和他的完全一样，上身前倾，两只手各撑在一个膝盖上。这小人儿，我想，琳达说到她时经常用这个字眼儿。然后她站了起来，把头探出窗外，看向那些还在把草坪上的落叶搬运过来向水池里扔的孩子。

我收回身子，坐在长凳上。沿着公园伸展的马路前面五十米处，一个丰满的女人走了过来，推着一辆自行车。她头顶的树叶在风中微微摇曳，不断以新的交织光影布满下面的街道。道路后那排房子几米高、比一个箱子或笼子大不了多少的阳台上，站着一个男人和一个女人，手里都拿着杯酒，眺望远方。他们下面的大门外有两个男人抬着张桌子。第三个人站在人行道上等待，把一根烟扔在地上，爬上了停在那儿的一辆货车的尾厢，转眼手里就拿了张灰毯子出来。在他们上方的蓝天上，一架飞机陡地升上天空，和它身后拖着的白色尾迹难舍难分。

世界是古老而简单的，我想，万物都敞开着。

当我这么想的时候，灵魂也似乎被托举而止。然后我听到海蒂在尖叫，我看向玩具火车，她肚子朝下趴在车前，脑袋栽在沙子里。我赶过去，扶起她，看她的脸有没有血迹，还好，她刚才可能就是摔了一跤。但是上个月她摔倒了三次，其中两次嘴分别砸在桌边和桌面上，到处都是血，我们不得不先带她去看急诊，然后去看急诊牙医。打那以后每次她摔倒，不管是哪里弄疼了她都会捂着嘴。但是现在她好多了，我紧紧地搂着她，她把头靠在我胸前哭了，但是很快她抬起头开始看周围，我也得以把她放在地上。当我回到长凳边在他身旁坐下时，他正沉浸在书中，我的视野上方有什么在动，我向上方看去。那是一片落叶。或者说，一片不肯落的叶。它转啊转啊，像一辆直升机，慢慢地在空中向远处飘去。

这个想法让我记起了几个月前读过的东西，那是《线》（*Linjien*）中的一段，海德格尔和荣格尔之间的观点交流通信，后者写了一些关于模式的话，当时给我留下了深刻印象，它汇入了我其他观点，那种密度和灼热让我在页边空白处把感想以“第三帝国”为条目，全都记了下来，想着这会是一本新小说的底子。

我已经不记得都写下了什么，就走进客厅找这本书。我进来时，琳达放下了手里的报纸。

“你明天什么时候走？”她说。

“飞机七点起飞，”我说，“所以五点吧。”

“你紧张吗？”

“一点点。但是明天肯定更糟。”

我让目光滑过书架上的排排书脊。下面那排都推进去了，推到了看不见的深处。那是约翰做的，我早就放弃在他祸害完这些书后去把书恢复原样，不出几个小时他又会把它们推进去。现在让我看看。字母H打头，H，H……那儿！荣格和海德格尔。《线》。

“洗澡！”万妮娅说。

“说完整的句子。”我说。

“洗澡！”她又说了一次，还看着琳达。

“我可以——”我说。

“我可以洗澡吗？”她说。

“你来行吗？”琳达说。

“可以的，”我说，“不过你帮他们上床睡觉，是不是？”

她点了点头。

“再等五分钟。”我对万妮娅说，开始翻看着我手里的书。那段话并不如我记得的那样来自荣格尔的文字，而是来自一条日记，安纳许·奥勒森在后记里引用了它。

> 在返回海滩的路上我们发现了一段有大量贝壳的海岸。被冲到这里的蛤和贝壳都不比豆荚更大，许多比一颗豌豆还小——但它本身就是一个宇宙，宽度差不多一足的方寸之地，有椭圆形、圆形和螺旋形。方尖碑形，哥特式和罗曼式拱，尖刺，长矛，钉子，荆冠，橄榄树，火鸡翅，小点，刨子，旋梯，膝盖骨……这一切都是波浪塑造的形状。

“洗澡！”万妮娅说。

“你今天晚上是个小婴儿吗？”我说。

“洗澡！”海蒂说。

“洗澡！”约翰说。

“我就翻一会儿这本书，然后我们就去，”我说，“就五分钟。”

我翻到最后一页空白页，读到了我写下的内容。

卢克莱修—《物性论》[1]

纳粹主义

非洲

原子弹

一个独居在约塔兰的

优生学

原子

自然科学

生物学

物种

唯物主义

标题：第三帝国

贵族统治

大众

荷尔德林

海德格尔

荣格尔

三岛由纪夫

宇宙的模式，宏大和微小的

浮士德

可以驯养的动物

阿尔贝图斯·西巴[2]

被发现的但被放任自流的美国

身体，血液

生物学的

清澈的，开放的

神圣的

隐蔽的

[1] Titus Lucretius Carus（99BC—55BC），古罗马诗人、哲学家。哲学长诗《物性论》（*De Rerum Natura*）是其重要著作。

[2] Albertus Seba（1665—1736），荷兰药剂师、动物学家和收藏家。

就是这些了。

我记得这是一些关于某个实在想法的具体记录，在这个宇宙里我的小说即将展开，它将只是关于某些我特别有感情的词语以及它们在我内心唤醒的思想。“身体，血液”，“生物学”，“原子弹”。还有卢克莱修的《物性论》，从九十年代中期以来它就开始出现在我的笔记本里。

但它还是一本小说。是的，一个通过对物质和机制描写而呈现出的宇宙，沙子，岩石，贝壳，原子，行星。没有心理，没有感受。一个和我们自身故事不同而相似的故事。它该是反乌托邦的，关于末日的小说，由一个独居在一片温暖干燥的暮夏风景里一栋房子里的男人讲述出来。结局我都已经想好了，我已经把一切都告诉了琳达，琳达听了以后也来了精神，这可是大手笔，太精彩了。就是它了！

“我们去洗澡好吗，嗯？”我说，把书放回书架上。

女孩们从椅子上出溜下来，小跑着冲向浴室。

“好！”约翰说着，摇摇晃晃跟在她们后面。

当我进浴室的时，她俩都已经挣脱了身上的衣服，赤条条地站在浴缸前。我抓过镜子下方架上的黄色伊芙[1]瓶子，拔掉那绿色的塞子，把清洁剂喷在浴缸底部。

“一条鲨鱼！”海蒂说，她站在浴缸边弯着腰。这是一道道清洁剂形成的图案让她想到的。

“你觉得它像这个？”我说。

她点了点头。

---

[1] Jif，北欧清洁剂品牌。

“如果有鲨鱼来了，就打它的嘴，”万妮娅说，“这样它就害怕了。”

她用手势比画起来，演示怎么打鲨鱼的嘴。我在洗手池水龙头下打湿一块海绵，开始擦洗浴缸。拿着喷头把它冲干净，看水突破黄色清洁剂，清洁剂在某些地方聚成小块的云，然后把那橡胶包住的金属塞子按进浴缸出水口，把冷热水管拉上去，用手就着那粗粗的水流感觉温度是否合适，然后站直了身子。

“好了，”我说，“跳进去吧！”

万妮娅和海蒂爬进浴缸时，我给约翰脱衣服。他把一只手举向空中，另一只手拿着一只塑料鸭子。当我把一只衣袖脱下来时，他把鸭子转移到另一只手上。

“很好，约翰！”我说，把整件上衣脱过他的头顶，又扔进篓子里，脏衣服满出来，像一朵花冠。解开他裤子纽扣，把它拉下来，松开尿布的魔术贴，把他拎起来放进浴缸里，他立即就用两只手拍起了水。

“我今天在街上看到一个女巫。”海蒂说。

“那不是女巫，”万妮娅说，“那是一位老太太。”

“假如她真是女巫呢？”我说，蹲在他们面前。

“女巫是不存在的。”万妮娅说。

“你确定吗？”我说。

她看着我微笑了。

“确定。”她说。我却看到她的内心某个地方说不确定。

“假如我是个魔法师呢？”我说。

“你只是个普通的爸爸！”海蒂说。

我笑了，站了起来。水已经浸到他们的肚子。他们特别喜欢洗澡，这三个孩子都是，一直都喜欢。我在想这是为什么。它可能与变化有关，突然置身于另一种大自然元素中？海蒂两手按在浴缸一边，两脚放在浴缸另一边，脚向上走去，形成了一道桥，她喊着：**看，爸爸！**然后就手脚一松，啪的一声掉进水里，掀起了滔滔水花，全浇在我身上。

“别这么干！”我高声说，“这很危险！看我身上都湿了！”

她笑了。约翰也笑着。万妮娅也准备照样来一下。

“不可以。”我说。

“就一次！”她说。

“那好吧。”我说，退后几步。这一次拍溅的动静更大，浴缸周围的地板上全是水。

他们仨都笑了。当约翰想尝试时，我抓住了他的手臂，让他别爬上去。

不行，不行，我说。可以，我要，他说。不，我说。可以，他说。可以，我说，不，他说，然后危险就解除了。

“现在你们该洗头了。”我说。

“约翰先洗。”万妮娅说。

“好吧，”我说，“约翰，你听到了？”

“不要。”他说。

“要。”我说，抓住了他的肩膀，轻轻地把他按回到水里。他先是激动地反抗，我继续按着他，他就开始放声大哭，挥手乱打，我就松了手。

“就这样吧。”我说。

他还在尖叫。我抓起洗发液的瓶子，上面是皮克斯电影《汽车总动员》的图片，这还是有次他自己选的，把浓稠的红色液体挤到手掌上。洗完头发后，我让他们站起来，从旁边架子的底层拿了三块毛巾，打上皂液，清洗三个孩子两腿之间的部位。这感觉有点像性侵，我每次干这事都这么想。假使这时有人进来。而正忙乎着的我又吓了一跳的话，他们会有怎样的想法呢，一个变态父亲拿着一块毛巾清洗着女儿们大腿中间。我也知道，一个经历过八十年代乱伦丑闻的男人才会有这种想法,但这也没起到什么作用,我就是没法避开这感觉。他们又坐下了，我冲洗毛巾，把它们拧干，挂在墙壁暖气片上，同时为这次也没有人进来抓我一个现行而感到松了口气，就像以往每次那样。

“万妮娅，你要把拔塞子吗？”我说。

“待会儿，爸爸！”她说。

我摇了摇头。

“上床时间已经过了很久了。”

“好爸爸。”万妮娅说。

“好爸爸。”约翰说。

“不行，”我说，“动手吧，你不拔，我就拔了。”

万妮娅叹了口气，拔出了塞子。他们身边的水开始流动。她更小的时候很害怕下水口周围出现的回流，我的理解是她以为那是活物，一旦我拉起塞子，她就赶紧爬出浴缸，就好像被什么巨大危险追逐着那样。海蒂和约翰则从来没关心过那个漩涡。

现在我把手伸向万妮娅，她握住它爬了出来，我用一条大毛巾把她擦干，把毛巾披在她肩膀上，然后她走出浴室。对海蒂也一样打理，我享受着打理着他们的感觉，他们静静地站着等着我擦完，或者可以说，像马儿等着被擦洗一样。约翰又坐进浴缸玩起了塞子，把它塞进去，拉起来，一遍又一遍。当我把他抱起来时，他表示抗议，腿像一只不情不愿的猫那样踹着，但是当我打理他的时候，他也安静地站在地板上。

我用他的毛巾擦干了地板，把毛巾挂在浴缸上方的干衣架上，在孩子们身后走进客厅，琳达在那儿把睡衣拿给海蒂和万妮娅。大浴巾在地板上形成两个小堆。

“我出去一趟，查一下电子邮件，”我说，“行吗？”

今年夏天早些时候，公寓里就没有网络了，这可能是我们没有及时付款，也可能是技术故障。我到广场旁的网吧里看电子邮件，这个问题也就解决了。

“可以，”她说，“我在想还要买什么食物做早餐，所以你出去的话可以买点东西回来？或许牛奶，再买一条面包？”

“我倒没想过去商店。”我说。

“那就别去了，不用去了。”她说。

“可以的，”我说，“我当然可以去商店。牛奶和面包。”

广场上的空气冰冷而锐利，我拉起外套上的拉链，走向几步之外街道对面的网吧。我每天至少要去那儿几次，最近事多起来，我和出版社之间稿子的来来往往，把稿子寄给所有书里写到的人，他们也断断续续发来反馈。第一本小说已经全部完成，印好的书过两天就会寄到。第二本小说也快要收尾，现在就是要把它全面润色修订一遍，然后它还会被寄给我在书里写到的所有人，让他们过目。当我想到这些事情，内心就仿佛在灼烧。燃烧着的情绪有绝望、内疚和焦虑，我能逃避这些情绪的唯一办法就是想着他们现在还什么都不知道，迄今为止什么都还没有发生，但是这个法子越来越不起作用。因为我要把稿子给琳达的日子就在眼前，她会读到我对我们共同生活的描写。目前她所了解的就是我在写我们的生活。她一点儿也不知道写了什么和怎么写的。她曾说过，让我不要拐弯抹角，不必有所保留，说过如果她在我笔下变得乏味、灰扑扑、软趴趴才是最糟糕的事，瑞典人把这种人称为“一摊泥”。每次我说我想到她读这本书就会很紧张，她都安抚我说肯定没问题。她说，没什么可害怕的，只要是真话，我就可以容忍。但是琳达是个浪漫主义者，她能接受日常生活中的不信任和争吵，只要还有某种意义存在，比如我们的爱和我们的幸福。从最恶毒地叱骂我，到说她从来没有像爱我这样爱过任何人，只需短短几分钟，而我则以完全不同的方式还在积攒怒火，失望和沮丧，它们像沉积物一样躺在我心里，就像情绪逐渐变作化石，越来越浓重地给我的灵魂罩上阴郁，直到我终于坚硬得像块岩石，对和解与爱已经无动于衷。这些就是我写下的，我不知道她会不会原谅我。因为她是以这种样子被看见。

我为什么要写这些？

我曾经如此苦闷。就好像我被锁在自己内心，和沮丧这黑猴子关在一起，某些时刻它大得出奇，好像从那儿找不到任何出路。就这样，这个圈越来越小，黑暗越来越大。不是存在之暗，它不关生与死，幸福得让人爆炸或悲伤得令人爆炸，而是这琐碎的暗，灵魂的影，这小人物自己的小地狱，小到微不足道，同时填满了一切。

如果我要写这些，那我就必须照实写。这点琳达也是同意的。但是她不知道真相意味着什么。猜想着她的丈夫在阴暗时刻在想什么是一回事，在小说里读到这些完全是另一回事。因为它写的是我们的生活。她琳达的，和我卡尔·奥韦的。那就是我们所拥有的，是的，这其实就是我们所拥有的全部。

真他妈的见了鬼了。必须把稿子给她看，然后说，这个，读吧，这本书一个月内就出版了。

我在天桥下停了下来，等着绿灯。酒店旁边的大型商场刚关门，到这个点本地区的人就变少了，麦当劳和汉堡王那边除外，两间店外总有成群结伙的年轻人，大部分是移民。我知道，许多人从伊朗来到了这城市，他们属于以前被称为波斯人的民族[1]。在整整两千五百年前，他们在薛西斯一世的[2]统治下，驾着战车和希腊人开战。

就在几周前我读了艾温德·雍松[3]的一本小说，1957年出版的《梅塔彭图姆上方的月亮》(*Molnen över Metapontion*)。这是我读过的最纯正的现代主义作品之一，至少是关注着古典的那部分现代主义，比如艾兹拉·庞德的《诗章》(*Cantos*)，赫尔曼·布洛赫[4]的《维吉尔之死》和詹姆斯·乔伊斯的《尤利

---

[1] 在1979年伊朗革命前来到瑞典的伊朗裔移民倾向于自称“波斯人”，以和伊朗伊斯兰共和国划清界限。

[2] 薛西斯一世（Xerxes，约前519年—前465年），大流士和居鲁士大帝女儿阿托莎的儿子，阿契美尼德王朝国王，继续进行希波战争，洗劫雅典，摧毁了卫城。

[3] Eyvind Johnson（1900—1976），被认为是瑞典划时代的小说家，1974年和哈里·埃德蒙·马丁松共获诺贝尔文学奖。

[4] Hermann Broch，（1886—1951），奥地利犹太裔作家，1938年流亡美国，他于1945年出版的《维吉尔之死》糅合进了许多创新技法，对现代文学影响很大。

西斯》，或者波尔 · 布雷克斯[1]的《伊萨卡的行舟人》（*Roerne fra Itaka*），也恰在这一领域内。雍松和他们一样在古典文学和现代文学之间开拓出了一个空间，但是也许比其他人更关注这两端之间的时间。这部小说从战后意大利南部讲起，随后的情节主要是讲一个瑞典作家，循着一位法国考古学家的脚踪一路走去——这位考古学家在德国集中营和他结识，其间穿插着西元前四百年在同一地区发生的事件。一批货物，一个货主，他的奴隶们，其中一个逃走，混上了一辆较大的战车，一直到了亚洲，作者叙述这些时用笔极简。尤其是那庞然大队人马从地中海沿岸一路行至巴比伦的过程，沿途景色越来越陌生，都被再现得清晰而惊奇。然而对我来说，此书最隔阂处不在于古代战车或奴隶军团，这些都埋藏在历史深处以至于我们能看到作者为让这些场景活灵活现所做出的艰巨努力，倒是这 1947 年的意大利乡村显出了异样。荒芜大地上一片死寂，发生的事情都那么琐碎，几近微不足道，尽管如果让一位拉丁语系作家来写，比如马尔克斯，略萨，塞拉，甚至塞万提斯，可能会自然而然地把同一片土地写出密度质感，那儿的人们满怀爱与渴望，就好像我们在这儿想当然地以为身处世界中心那样，正是雍松与他笔下所描述之物的距离，与那些人物和他们工作及情感生活的疏离，才真正透露出他在追寻什么，那就是把我们和古典时代分割开的时间深渊，以及感受到那深渊中喷涌而出的虚无。这里无事发生，人类只是寄居在这大地上，而大地是时间之海的盆底。有时候事情会变得稠密起来，就比如两年

[1] Paal Brekkes（1923—1993），挪威抒情诗人、作家、诗歌翻译和文学评论家。

前的战争，但是骨子里并没有什么改变，这一点在那些关于古代战车的段落里已经表现得很明显了，那战车上并没有什么伟大的、英雄主义的或者历史性意义，它不断消失在自身各个部分里，橡木车轮的嘎吱作响，马蹄上聚集的尘土，这个人心里对发财的渴望，那个人因失败和逃亡而感到屈辱。但这是小生活，这是设置好的。没有刻意设置的部分则是对战后意大利的写照，因为它在很大程度上充满了一种我们都很陌生的情绪，但是在小说而言，它是古典时期的反面，是大家所亲近而熟悉的。当我读到此处时，1947 年的意大利其实比基督诞生前四百年的意大利更让我感到陌生，也许因为后者基于我所熟知的文学，而前者则孤悬于生活在那一刻展开的样子，就仿佛这里没有任何别处。我们与它相隔之遥远简直不可思议，而同时我们的父母和祖父母又是从那个时代过来的。没有哪个时代比我们的时代经历过更剧烈的变迁，总之我想不出来，二十世纪下半叶与上半叶简直毫不相关，就好像它们在两个不同的世界里展开。

我朝着向下去到网吧的阶梯望去。新的一轮惊恐贯穿全身。过去一个月里，所收到的大多是因我的小说而纷至沓来的可怕邮件，我知道还有更多这类邮件在路上，尽管还不知道会来自何人。电话也一样。每次它响起，我都会僵住。自从那天晚上有人打来电话想和强奸犯卡尔·奥韦·克瑙斯高聊聊以后，有一阵子我就这样，但是那事已过去七年，恐慌已随记忆褪色；而伴着这本书它挟着新的力量卷土重来，因为我写的内容涉及别人，那不在我掌控范围以内，我所袒露关于他们的部分，他们也可以对我做同样的袒露，这些我都知道；我所做过的一切都可以被用来针对我。只要它还是私下的，只要还发生在我和他们之间，我就能应付。这太可怕了，我每每被这惊恐折磨着，几乎动弹不得，每次会一连几小时瘫坐在椅子或者瘫倒在床上，但我知道它会过去的，早晚我能抗过去，能看到事情的真实尺寸。但是如果都公开了……一旦有人把事情闹上了报纸……真不知道我能否承受。

交通灯由红转绿，我走过街口，风把我的头发吹到眼睛上，我把头发拨往旁边，夹在耳朵后，我知道这手势很女性化但却是必要的，快步到街边，走下通往网吧的三级台阶，打开门进去。里面几乎全黑，只有靠墙的成排屏幕发出光，那里满满地坐着打游戏的年轻人。他们边玩边互相喊着，可能很多人都在玩同一款连线游戏，大部分是深入敌人后方执行任务的士兵，要么在某个城市，要么在一个工厂区，要么在一片沙漠，或者在密林中。

离我最近那台机器上的家伙转过头。

“嗨！”他说，“你一整天都去哪儿了，大作家？我们都在等着你呢！”

“嗨，”我说，“还有空余的电脑给我吗？”

“你去十九号那儿。”

“谢谢。”我说，朝十九号机走去，拉出椅子坐下。

我打开浏览器，输入电子邮箱网址。页面显示出的那两三秒间我屏住了呼吸。然后一连串名字出现在眼前，没有被读过的那些以较粗字体显示，我一眼扫过。

没有任何使人紧张的内容。

一个来自某电视节目的邀约，另一个来自挪威南部某购物中心的书店，一个来自奥斯陆的某书店以及另一个来自挪威中部某社区大学的。转达这些邀约的是出版社的西耶（Silje），我请她代为婉拒。她的来信里也写到采访日程的变更，《晚邮报》退出采访，《卑尔根时报》换了记者，所以现在日程如下：

9:00—9:45 挪威通讯社。
吉特 · 约翰内森
在出版社

9:45—10:20 卑尔根时报
芬恩 · 比约恩 · 特纳，电话采访
在出版社

10:30—11:15 祖国之友报[1]
托内 · 桑德伯格
星空餐吧[2]

11:15—12:15 晨报
哈康 · 贡德森
星空餐吧

12:15—12:45 午餐

[1] *Fædrelandsvennen*，总部在挪威南部克里斯蒂安桑的日报，发行覆盖南挪威。
[2] 奥斯陆格兰大酒店的顶层餐吧。

12:45—13:30 今日报[1]

耶德 · 埃琳 · 斯塔瓦 · 桑德韦

星空餐吧

14:30—15:15 周日新闻汇[2]

格吕 · 韦伊毕

在挪威国家电台录制

15:15—15:45 电台前线[3]

西西 · 维克

在挪威国家电台录制

日程和五年前我出版上一部小说《万物皆有时》的安排差不多。把所有事都一揽子端上来，这样我在媒体上花的时间就不会超过一天。几天前，《日报》和《财经日报》在马尔默采访了我，《晚邮报》取消了采访，《世界之路报》没兴趣采访，所以这就是所有的媒体访问了。

其实《卑尔根时报》之前安排的是西丽 · 厄克兰，她来不了真有些可惜，二十年前我们在卑尔根读文学批评时是同学，当时不太熟，就是见面打个招呼的交情，但是有了这个基础以

---

[1] ***Dagsavisen***，挪威日报，原为工党党报，后几度易主，从 2015 年起由基督教组织间接注资。

[2] ***Søndagsavisa***，挪威国家电台制作的一档周日新闻广播节目，包括新闻、社会讨论、专访、报道和音乐，二十世纪七十年代起创办，2015 年停播。

[3] ***Radiofront***，挪威国家电台 2 台的一档综合节目。

及我们是同一代人，让我有安全感。如果我在被采访时心里缺乏安全感，就几乎说不出来什么东西，那么他们就不得不把话从我嘴里生拉硬拽出来，这样的效果总是很差。在上一本书出版前，《日报》在斯德哥尔摩采访我。我当时还没和任何人谈过这本书，也没想好怎么说它究竟关于什么，不确定这本书到底有多好，然后摄影师在整个采访中都在场，我们坐在土星咖啡馆（Saturnus）里，摄影师说他和托雷·伦贝格很熟，然后就那么坐着看着我，脸上挂着一种让我不知所措的假笑，我看到我的话在他的耳朵里听起来的效果，纯粹的胡言乱语，挪亚方舟、该隐和亚伯、天使和神谕，所以过了几分钟后我就完全封闭起来，对她的问题只回答是和不是，即使在试图说出点道理时脸上也烧红了。整个过程里我都想着要请她打发走摄影师，这样我讲话就能更自如，但我不敢，所以也就那样了。

在那次采访前几分钟，我在读贡布罗维奇[1]的日记；那是我第五次尝试读懂它，也是第五次止步于前十页，那个下午我彻底丢开了这本书。但是记者注意到了我带着的这本书，就别生枝节写了这事。标题是“克瑙斯高在读贡布罗维奇”。这事有好几年都在我身后阴魂不散，报纸和杂志多次联系我，希望我给他们写一些关于这位波兰作家的文章。因此，我只读过十页他的日记，没读过他的任何一本小说和戏剧，也被认为是贡布罗维奇专家。更糟心的是遇到达格·索尔斯塔[2]那次，因为他真的很推崇贡布罗维奇，那是他心目中最重要的作家之一，因

[1] Witold Marian Gombrowicz（1904—1969），波兰小说家和剧作家。
[2] Dag Solstad（1941—），挪威作家和剧作家。

为我没有在他第一次对我提贡布罗维奇时就坦白交代自己并没有读过这位作家的作品，就不得不在他面前装成贡布罗维奇专家。有一次他走过来说他刚刚参加了在斯德哥尔摩召开的一个贡布罗维奇研讨会，还以为会在那儿见到我呢。哦，我那时候手上有很多事，但是我真希望我能去，真应该去的。研讨会还有意思吗？诸如此类。

我关上网页，站起来，经过柜台时放了十克朗，打开门走上楼梯，步入蔓延开的暮色中，它正被穿梭其间的黑暗车辆的车灯以及低沉的引擎嗡鸣穿透。

我到家时孩子都没睡。他们一听到门被打开的声音就喊起了爸爸。我脱下鞋，挂好外套，站在门口。

“你们现在必须睡了。”

“但是我们睡不着。”万妮娅说，这种情况下她总是他们的发言人。

“太无聊了！我们不能再待一会儿吗？就一会儿？就一会会儿？”

“不，”我说，“上床时间已经过了很久了。”

躺在上铺的海蒂，跪着坐了起来。

“抱抱。”她说。

我走到她身边，她用胳膊搂着我，用脸颊尽力贴着我的脸。

“也要抱抱！”约翰说。

他背向下躺在婴儿床里，两手搂着枕头。不管到哪儿他都带着这个枕头。他每天回家第一件事就是喊着要这个。枕头！要枕头！

“如果你想要抱抱就得站起来。”我说。

他照我的话做了。我亲了亲他的耳朵，他咯咯地笑了。他是仨孩子里唯一怕痒的。

“万妮娅呢？”我说。

“条件是让我们再玩会儿！”她说。

“但我这么做不是为了我自己！”我说，“是为了你！”

“那好吧。”她说，向前弯下腰。我和她拥抱，手拂过她窄窄的背。

“美丽的小家伙，”我说，“现在睡吧，行吗？”

“行。但是别关上门！”

“不关。”我说。

她有点怕黑，不是特别怕，就是睡觉的时候需要一点点光。有一次，我们去乡间琳达母亲家，万妮娅那时可能也就一岁半，她做了个噩梦，她哭了。当琳达问她梦见了什么时，她说她梦到了救生圈。这个听起来很奇怪，但是几个月后我们有了答案。在动物园里，我们停在了一个养着秃鹫的巨大玻璃笼子前。万妮娅一看见它，就缩了回去，大喊：“救生圈！救生圈！”

现在她躺着看着我。

“晚安。”我说。

“晚安，”她说，“爸爸？”

“怎么了？”

“明天谁哄我们睡觉？”

“现在别想这个。快睡吧你。”

万妮娅希望琳达来管所有的事情，我则尽量少管。如果琳达接连两个晚上哄她睡觉那么她就幸福到顶了。就是这样，在他们的等级排序里我排第二，如果没有谁排名上升取代我位置的话，我也将一直排在第二。但我对此并不在意，她和他们更亲近，就这么简单。

我走进客厅，坐在那里看电视的琳达转向我。

“我忘了买东西。”我说。

“没关系，”她说，“他们还醒着吗？”

“是。”

“你现在打算干什么？”

“收拾一下行李。然后想想明天要穿什么。你呢？”

“我不知道。我有点累了。也许我会早点上床。明天你不在这事现在也显得没那么糟糕了。”

“对，”我说，“但只是两天而已。而且你妈妈也会过来。”

“是的，但我说的不是那个意思。应该没什么问题。”

我走进卧室，拿起两件衬衫，几件毛衣，一些T恤，两条裤子和两件西服，把整堆衣服都拿到走廊的镜子前，开始换。他们在房间里咯咯地笑，我开始对此感到不高兴了，一步跨进去，开了天花板上的灯。三个家伙在万妮娅的床上躺成一堆。我抓住约翰的一只脚和一只胳膊，飞快地把他拉到我身边，抱起他，将他放回床上，再转身对海蒂同样办理，什么都不说，手下动作的分寸刚好卡在再过一点就算粗暴的边缘上。

“好，”我就，“现在你们要睡觉，明白吗？”

“明白，爸爸，”万妮娅说，“但是是他们过来找我的，我没办法阻止他们。”

“我知道。”我说，关上顶灯。

“蠢爸爸！”约翰说。

我什么也没说，轻柔地关上门，开始试衣服。一条黑色的林德贝格牌[1]牛仔裤，蓝色泰德·贝克[2]衬衫和灰色泰德·贝克西装。然后是鞋子。这双鞋，佛罗伦萨人和贝克牌(Fiorentini+Baker)，和其他衣服一样都是几周前在爱丁堡买的。我去那儿参加一个文学节，英韦和阿斯比约恩以及他们的几个朋友都去给我捧场，但是当那一刻真到来时，也就是我要从酒店出发去现场时，我请求他们别来看我。他们觉得有点怪，文学节是他们此行的由头，但也不比他们改变计划出去吃一顿更紧要。也许他们可能和我一样紧张，怕我出丑。至少英韦是这样，他和我感同身受。在台上，我和一位五十岁左右的荷兰作家一道接受采访，他穿着古怪的格子西服，一口发音完美的英语，写了本以但丁的《神曲》为基础的小说。他的名字叫马塞尔·莫林（Marcel Möring），在台上他挺维护我的，因为他看出我有多么紧张、多不自在，后来我们坐下，面前放着各自的酒杯，开始给书签名，他那边已经排起了长队，所有人都夸他英语说得完美，他的书听起来也很有趣，而我这边几乎空空荡荡，他礼貌地说他以前开始时也是这样，秘诀是想着国外发生的都不算什么，一点也不重要，最重要的是能去全世界旅行，遇见形形色色的人。他给了我一张名片，就和他年轻的妻子一起消失在夜色里，而我则溜达到一家酒吧去见那几个挪威人。第二天英韦和我一起购物，在衣着方面他很有决断，这点和我完全

[1] Lindeberg，瑞典时装品牌，1996年创建于斯德哥尔摩，价位中档，有设计感的简约休闲装。

[2] Ted Baker，创建于伦敦的轻奢服装品牌。

相反。只要他点头，我就买下，摇头，我就把它放回去。

我在镜子前很不舒服地来回扭动，我的裤子不适合外套，作家穿西服不正是大家都厌恶的俗套吗？还有比这更无聊的搭配吗？

我打开壁橱门，看着其他外套。

一件像滑雪衣的东西，挺帅，但也许不是我在新书发布会上该穿的。

卧室里爆发出一阵闹腾声，他们中有一个在哭，另一个在喊。我猛地推开门，打开灯。

“你们够了！全都上床！”

大哭的是约翰，大叫的是海蒂。万妮娅躺在在中间，两手堵着耳朵。我把约翰从这一堆里拉出来，这次着实加了些力气紧抓着他，放进婴儿床，他在里头用手抓着围栏，像监狱里的囚犯似的，继续哭着骂我。约翰打我！海蒂大喊，我也把她抱起来放上床。

“约翰还那么小。他也有他的理由吧。现在你必须睡觉了。你也是，约翰。”我说着向他转过身去。

“傻子。”他抽噎着说。我走到他身边蹲下。

“我不傻，”我说，“但是你该睡觉了。你不可以下床走动。否则你会看到有什么下场，你会伤害到自己的。就这样。睡下吧。”

很奇怪地他就听话了。我关了灯，再次关上门，开始试其他衣服，一件又一件，穷尽各种组合搭配。如果琳达看到大概会很恼火，我很知道这一点，任何有虚荣气息的东西她都不喜欢。每次出席活动前我用在外表形象上的准备时间可能比用在发言上的还多。一旦我知道自己会被人看着，这念头就占据了我。这和衣服是贵还是便宜、新还是旧没关系，它本身就是仪式，脱下衬衫，穿上衬衫，还有那不断的自我评价，好、不好、糟糕、稍微好点，也许就这个？

半小时过去了，我脑子里一直在以琳达的眼光审视自己在做的事，我走到她身旁。

“我这么穿行吗？”我说。

“绝对行，”她说，“你看起来真不错。”

她总是这么说，但我还是需要听到这句话。

儿童房里传来墙上的几声沉重撞击。

“他们今晚怎么回事？”琳达说。

这一次动静足以要打开门，然后约翰从地板上冲过来，海蒂站在梯子上。

“这很严重了，”我说，“再来一次，我真要发火了。”

他们一动不动，圆睁着眼睛看着我。我走进洗手间，在镜架上找到剪刀，开始修胡子。

走廊上吧嗒吧嗒地响，可能是约翰或者海蒂。

“回去，躺下！”我喊道。

“我很精神！”海蒂说，站在门口。

我说，来吧，抬起她，把她抱进去。

在门外站了几秒钟，打开门，看到海蒂在梯子上。

“得了吧。”我说，举起她抱了进去。在门外站了几分钟，开门，看见海蒂又站在梯子上。

“回去，”我说，“上床。”

“但是我可精神了，”她说，“我睡不着！”

“我有办法，”万妮娅说，“我们拉着手，闭上眼睛，一起去番茄酱国！”

“好吧，”我说，“只要你们能睡觉，去吧。”

他们就如此这般，握着彼此的手，闭上了眼睛，一动不动地躺着。我想，番茄酱国大概是他们在幼儿园听来的吧，我也不太想知道它究竟是什么。它让我全身都有点微微的不舒服，番茄酱是红色的，红色是血液，血液即死亡。而他们闭着眼躺在那儿……

我走进浴室，继续修剪胡子。又一次，走廊上响起啪嗒啪嗒声，有人经过浴室跑到卧室。我一把推开门，海蒂站在我们的床上，转向了我。

“你现在走开，去睡觉！”我喊着，“马上！给了你那么多次机会了。去吧，大步走回床那里！你不能再起来了，你明白吗？”

她看着我，开始哭泣。

哦，海蒂。

“我只是要拿一本书！”她嘶嘶地说，“大人不能对小孩发火！”

她让我感到如此痛苦，以至于我也要哭起来了。幸运的是，她没有报之以怒火，这个可能性是存在的，如果那样就彻底哄不好她了。不，她只是哭而已，我抱起她，紧紧搂着她小小的身体，把她抱进他们的房间，打开灯，说我要为他们大家再读一本书。海蒂爬到我的大腿上，万妮娅坐起来，在她许多毛绒狗中抓了一个挡在肚子上，半心半意地听着，而约翰则在地板上摇摇晃晃地走着，玩任何他能找到的东西。我读了一本姆咪的书，他在冬天醒来，他的父母还在冬眠，他叫不醒他们，就自己走了出去。海蒂扭着身子，一会儿问问这个，一会儿又问那个。他们为什么笑他？嘲笑别人是不好的——他在那儿说了什么，爸爸？万妮娅对这些幼稚的问题嗤之以鼻，约翰则在那边地板上全心沉浸在自己的项目里，他玩的是他找到的一个按一下就会发出响亮警笛般声音的玩意儿。

当本次演出结束，我再次关灯，他们安静一点了。我去找正在看新闻的琳达，说今晚真奇怪，他们特别麻烦。她说，海蒂从幼儿园回来后睡了两小时，而约翰今天白天也睡了很久。我坐下，把两腿放在茶几上，盯着电视。

一个小时后我们就睡了。彼此亲吻道晚安，关灯。我很紧张，并意识到我得需要很久才能睡着。明天让我紧张，等待着我的一轮采访，但不是因为曾经的原因，害怕说话，引人注目，所说的话都可能被引用，害怕自己显得像个白痴。这次我担心的是自己写的东西。两天后要出版的小说，书名是《我的奋斗1》，这是我在孤独中写出来的。除了盖尔·古利克森和盖尔·安格尔以外还没有人读过它。有些人知道我在写什么，比如英韦，但也不知道具体内容。就这样写了一年后，书中唯一的视角就是我自己的视角，书稿已完成可以付梓了，四百五十页，我一生的故事，中心情节是两个事件，第一件是我父母离婚，第二件是我父亲去世。他被人发现后的头三天。所有的名字、地点和事件一概真实。就在我要把稿子发送给所有被提及的人过目那一刻，我才开始意识到我的行为会有怎样的后果。我在6月底发出稿子。头一个发给英韦。关于他，我写了我曾经想过和感受到但从来没有说过的东西。当我坐在电脑前面给电子邮件添加附件时，特别想跳过这一步。给出版商打电话吧，说今年还是不出什么小说了。

我在那儿坐了半小时。然后我点击“发送”，这事就定了。

第二天，我们去了里贝斯博格（Ribersborg）海滩，那是周日，到处都是人，我们在磨坊和浴场之间找到了一块地方。浴场建于十九世纪第一个十年，建在离海滩一百米的码头上。约翰在童车里睡着了，万妮娅和海蒂在海滩边上玩了一会儿水，捡了贝壳，琳达和我坐在岸上看着。半小时后，约翰醒了，我们把他们带到浴场的咖啡馆，在那儿找到一张空桌，就在靠水的围栏旁边，水在我们周围闪烁，我们坐在那里，吃着各自的冰激凌。这大概就像在船上的甲板上一样。我们这边有桥梁通往丹麦，另一边有 HSB 旋转中心[1]，西北向的薄霭里能看见巴瑟巴克的核电站。

我看着这一切：这长长城市海滩上的群体生活，以及后方宽阔人行道上的人们，他们骑着自行车就像滑冰那样倏忽而过，建于五十或六十年代的一带住宅街区构成了该城市冲着大海的最后一道工事，大海这巨型捕光器，在面向丹麦的海峡这儿一点也不惊心动魄了。我们身边围坐着一对对和一家家人，着夏装，棕色皮肤，我们头顶上方高高的天空，如果直到傍晚前这碧蓝都如此无尽的话，我们就能看到它逐渐变灰，最初的几点星星从后方穿透它，更显其邈远。我自己的孩子们，腿短短地坐在椅子上，摆弄着他们自己的玩意儿，冰激凌、冰激凌包装

---

[1] Turning Torso，瑞典 HSB 合作社公寓大楼，新未来主义建筑，北欧最高建筑，也是世界上第一个旋转结构摩天大楼，2005 年投入使用。

纸、滴滴答答的果汁或奶油汁。琳达不时用餐巾纸擦擦他们的嘴，她的眼睛几乎完全藏在墨镜之暗里。我看着所有这些，但就像看一部电影，我自身并非其中一分子，因为我的思想和感觉都在别处。我想着的是英韦，但并不是作为一种主动的行为，更像是他不断出现在我的闪念里。他是我兄弟，我们一起成长，我几乎这辈子都依靠着他。我们之间靠得如此近，以至于我不是像接受自己的弱点和短处那样接受他的，而是把他的弱点和短处当作自己的，并为之承担起责任，不过是间接地通过情绪来承担，当我看到他做了或说了我自己不会做不会说的事，那情绪就会冲刷过我整个内心。没有人知道这一点，至少他不知道，因为我怎么可能把这个说出来呢？难道我觉得你还不够好？

实话实说会给我带来多少好处？所以要在他面前再现我的感受？这些和我的损失相比起来如何呢？他可能会说操，我和你以后没关系了。

那我该怎么做？把这部分删掉？或留下它而失去一个兄弟？

我愿意留下它而失去一个兄弟。

毫无疑问。

为什么？

我疯了吗？

万妮娅和海蒂都咬到了甜筒最下方，因为舔冰激凌脸上也有了一条黑道，现在冰激凌融化，在两处滴答下来。约翰选了一个果汁冰棍，这个本来是很容易吃的，但是他太小了，导致了问题。他的手指和下巴都红彤彤的，粘着果汁。但是不管怎么说他们全身心沉浸其中。

“你在想什么？”琳达说。

“英韦。”我说。

“我想都会好的。”她说。

“你说来容易。”我说。

我写琳达的那部分，情况更糟。但是我得化整为零，分别对付。

一波新的恐惧和羞耻感在我内心涌起。

回到家后我每小时看几次电子邮件。那是个星期天，所以一整天收件箱都没有新邮件。英韦在约尔斯特妈妈家，这个让我挺高兴的，因为他也许想和她谈谈这件事，我觉得可能让他的反应减弱一些。我们哄孩子们睡觉，在阳台上坐了一会儿，我在上床前最后查了一次电子邮件：什么都没有。

第二天早上，他的邮件在收件箱里了。

标题里写着“你操蛋的奋斗”。

我站起来，也没读下去，走到阳台上，坐在那儿抽烟，看向城市，又冷又难受。

但是我必须读它。

已经在那儿的，不管我读不读都会一直在那儿。

我可以拖延一整天不去读它，但是那只会延长痛苦，结果还是一样糟糕。

我把烟头摁熄，站起来，走进客厅，经过厨房，约翰在里面坐在椅子上，手里拿着汤匙，琳达读报纸，我走进卧室，在椅子上坐下，把光标移到那行文字上，双击，那段文字就出现了。

就是想吓唬你一下，但是那些对我来说已逝去的纷繁岁月又浮现眼前，徘徊不去，这由你的文字触发，也因为我站在这儿，乱翻着故纸信件，有我的，也有你的。

我不太确定自己是否要过度在意你的文字，或者我们的生活和我们之间的关系，因为后者本应以一种和现状完全不同的方式来处理，或者也不尽然？说到这些文字，有些段落如果付梓的话我会感到很不舒服，尽管我理解你为什么要把这些写出来。

关于你，我，英加和汉斯的段落确实让我情绪晦暗。我曾经看到而且依然看到，你过去和现在都为那些情形下的我感到羞惭。真让人伤心，虽然我已经很痛苦地熬过来了，但是这依然是我最敏感的部分；有时候我神不守舍，有时候我不假思索就妄加批评；喜欢读阿多诺的姿态胜于读阿多诺。平庸配上糟糕的自我判断和野心勃勃就失败得很难看。但是当我再读一遍的时候这些又温和了一点……毕竟这一切是关于你而不是关于我。所以这里也写不下所有那些我为你感到丢人的时候！

“我们很少互相直视对方”：真像这里写得这么糟吗？我们对视的次数比和别人对视的要少？

还有，英韦和埃斯彭都极其不喜欢对方？在我这里根本没有的事……我觉得是托雷和埃斯彭不喜欢对方？

接下来几天会读后面的部分，要不你打个电话来？

英韦

我去走廊里给他打电话。我们的语调都有些忐忑。他又说了一遍他读书稿时的感受，但并不生气，更像是在自责，这造成了一种我几乎无法忍受的压迫感，因为他根本没有理由要这么做。我们从来都不看着对方眼睛，从来没有和对方握过手，是，我们从来没有和对方有过肢体接触，这些事是我们不能谈的，这是完全不可能的。但是这通电话打过的几周后，英韦带着他两个孩子于尔娃和托耶来马尔默，我打开门时，他直视我的眼睛，伸出了手。不带嘲讽，没有任何阴阳怪气，他想把这事给扳正了。我眼前蒙起泪光，不得不低下了头。

英韦读完后，我拖延着没有给其他被写到的人发送书稿。整个夏天我都为此事踌躇不决，惴惴不安，一直到8月初，也就是出版前一个月，我终于鼓起了勇气。我给扬·维达尔发了封电邮，问候他的近况，几小时后就得到了回信，他和家人一切都很好，明天他要和几个朋友一起去钓鱼，他们夏天通常会去芬马克湾。我已经好多年没有和他联系了，最后一次见他是在克里斯蒂安桑市，那时我刚开始写《出离世界》后的一部小说。差不多十年过去了。在我要出版的这本小说里，他是最重要的人物之一。从十三岁到十七岁我们一直是最好的朋友，然后我们就从彼此身边滑开了。那几年至关重要。我们搬到了特韦特，我要去一所全新的学校，谁也不认识，然后他朝我走来，我们成了朋友，所有时间都一起度过，更不用说我们后来组的乐队。当我动笔写那段时光，我根本想不到它离我那么近。我们家的氛围，屋后的森林，下方的河水，我们一起干的事，这些说到底什么都不算，但又是所有。二十多年后，当我坐在马尔默写着这些时，脑海中第一次浮现出一个问题，扬·维达尔这些年来成为了什么样的人。

我用谷歌搜索过他，除了钓鱼比赛里出现名字的几个结果之外，还找到一个显然有他参与的乐队。在网上能找到他们的好几首歌。我播放了这些歌，这是个布鲁斯乐队，他弹吉他，他的独奏匪夷所思地出色。到底发生了什么？我们当年玩乐队的时候，作品听起来都很垃圾。我的技术从那时起再也没有进步过，听起来就和十五岁时弄出的动静一模一样。而他却成了一名高手。因为这些年来我都没见过他，所以简直无法相信。我心里的他还是十七岁。

我把稿子寄给他，希望有个好结果。

我也把稿子寄给了另一个老友巴森，写到他的地方只有寥寥几笔，但他还是我心目中很重要的人，而且我们之间的联系保持得更久一些，我还有他的电话号码。他马上就开读了，对提及他性格和名字的几处没有表示反对，不过和他聊天还是有些吓人，他说这肯定会导致纠纷，也不能排除闹上法庭的可能。我之前从来没有意识到这个可能。我们就此谈论了很长时间。他是犯罪学家，曾在挪威统计局工作，他知道自己在说什么。我想他有些夸张，但他的严肃态度则告诉我一切正相反。被起诉？要求赔偿？就因为我写了自己的人生？如果有人反应很大，我就改掉他们的名字，就这么简单。

另一个重要的人是汉娜，这是我第一个真正爱上的人，曾经是我的光，我的一切。那时我们从来没有真正在一起过，除了在卑尔根那次短暂见面，那以后我们再也没有见过。她被我那青涩目光所凝视，被添上了一层以爱恋和自负染出的色彩。

我试过找她的地址，但是网上找不到，电话黄页里也没有她。我又给巴森打了电话，我们三人曾经同班，他找到了一个可能是她的电话号码，我打了过去，没人接听。我又打过几次，从来没人在家。

和我结过婚的托妮耶，在小说里几乎没有出现，仅仅在涉及我父亲去世的部分稍微提及，但我也把稿子发给了她，并解释说后面还有五本，她可能会在其中一本中成为比这本更主要的角色。

最后，我把稿子发给了叔叔居纳尔。他比我父亲小十岁，这意味着他哥哥结婚生了第一个孩子时他还只是个孩子。在我的童年里，我记得他是个二十多岁的小伙，和爸爸完全不同。居纳尔长发，会弹吉他，还有一艘装有二十马力水星牌[1]发动机的船。有一次他给英韦弄到了斯塔特足球俱乐部球星斯韦恩·马蒂森的签名，那真叫了不起，如果英韦现在还保留着它我也不会奇怪的。居纳尔是英韦和我仰视的对象，是我们去克里斯蒂安桑看爷爷奶奶时总希望能在那儿遇到的人，爷爷奶奶来我们家时我们也总希望居纳尔一起来。我十几岁时，他结婚了，有了自己的家庭，住在联排房屋里，夏天就去奶奶和爷爷购于五十年代的度假小屋，后来这小屋也由他拿下[2]。他爱开玩笑，说话总是语带双关，在这方面他和英韦很像，他也有责任心。爷爷和奶奶最后那十年正是他和他妻子在他们身边，为他们提供所需要的帮助。当爸爸开始对我以及其他一切都撒手不管时，居纳尔在我生命中的角色就变了。他还是那个他，我觉

[1] 美国船只发动机品牌。

[2] 挪威的多兄弟姐妹家庭里，房产一般是均分，有意愿和财力购买者会从其他继承人手里买下份额，如果没有人购买则出售后均分售净收益。

得，是我对他的态度变了。他是那个看到事情发生全过程的人。那时，我开始给地方报纸写稿，以一种我意识到他不喜欢的方式变得为人瞩目，那也正是我开始走偏的时候。我逃学，喝酒，甚至有抽大麻这种骇人听闻的行为，我认为他以某种方式上心了，这态度和我身边其他人截然相反，我和他的关系也为此变得沉甸甸。十八岁离开家后的几年里，我与他联系不多，但是我去他家里的时候，看到他的孩子们对他充满信任，当他们看着他时眼睛里没有一丝害怕的痕迹，而我也因此很敬重他。当我二十多岁时，爸爸的酗酒越来越严重，而居纳尔也就成为一切体面和靠谱的代表，这些是我想要而我父亲绝对不想要的，就这样，我以这样的方式把居纳尔一部分置于某种父亲角色里，一部分放在超我里。当厨房案子上满是啤酒和葡萄酒瓶时，我会想：如果这一刻居纳尔进来看到，他会说什么？如果我几个月没有去听课，我想，居纳尔会怎么说？每当我做了什么越轨的事，居纳尔就出现在我脑海中。这与他本人没关系，都是我自己想出来的东西，但也不全是我无中生有造出来的：那个夏天，我在写那部后来将会成为我处女作的作品，住在约尔斯特妈妈家里，那年我二十八岁，有天下午我上去拜访姨姥姥博格希尔，和她聊起从前的农场日子是怎样度过的，我觉得这些能被用到小说里，而那天居纳尔到我妈妈家，因为我是那样一个惫懒家伙以后终将一无所成而指责妈妈。他说，我父亲对我不负责任，所以我妈妈就必须得把这事管起来，至少不要鼓励我那个遥不可及的写作梦想。但是这里至少还有一份关怀，我这么想，我有点分裂：一方面，我想当作家，并愿意为此牺牲任何必需的东西，同时我也被那些离经叛道的事所吸引，从十几岁时就厌恶所有那些市民气息的、稳定的东西；另一方面，这些离经叛道的行为让我满怀焦虑，对那市民的、稳定的、安全的怀有至少同样强烈的渴望；这就是我结婚、读大学的重要原因。我父亲对我丝毫不在乎，所以当居纳尔来对我的生活指手画脚时，对我来说也有些好处：至少他关心我在干什么。

也许他也分裂。当爸爸在奶奶的房子里去世时，我南下克里斯蒂安桑，给屋子做了大清洁，安排葬礼，有天他邀请我去度假屋，好好歇一下，在那儿我们一起散步，走过草地，走进树林，他说了在他眼里爸爸是个怎样的人，这感觉就像他想靠近我，想与我分享。那年夏天晚些时候，他又开车去看了我妈妈，他们每年夏天都在离她几个小时车程的地方度假，那次他对英韦和我极力称赞，我们把父亲去世这件事处理得多么好。就在几周后，我的第一本小说问世了，然后一切就回到了原样。我父亲出现在书里，以及我父亲的兄弟，没有指名道姓，但是明显到所有熟人都明白我是在谁的基础上塑造这些任务的。当我把它寄给居纳尔时，我附上了一封信，里面写了一点我与爸爸的关系，以及我对居纳尔父亲般的敬重。我这么做其实还是因为我能估计到他会怎么看待这事，所以试图缓和一下他的反应。这本书激怒了他，但他不是给我打电话或写信，而是给我妈妈打电话把我骂了一通。她拒绝为我的行为负责，她说我是成年男人了，这事她可管不了。六个月后他直接给我打电话，那时这部小说刚得了批评奖，我刚刚领了奖，住在奥斯陆的一家宾馆里，这时一个男人打电话进来，自我介绍时说的是个陌生的名字，但是那声音很耳熟，几秒钟后我意识到那是居纳尔，他以我小说里父亲的某兄弟的名字来称呼自己。他想向我道贺，整体来说是一次愉快的交谈，除了他问我要不要一起喝点葡萄酒来庆祝。那次以后我们再见就是在奶奶的葬礼上，还有办理她的遗产继承时，再就是一年夏天在妈妈那儿，我和琳达、万妮娅和海蒂一起，他意外地按响了门铃，他说，就打个招呼，我说，你们来喝杯咖啡吗？不用了，我们还要往南边走，他说，就过来看一眼，我说，你们进来坐坐吧，不，那倒不用。那么我们就站在花园里，礼貌寒暄了三四分钟，然后他们就回到汽车里，继续他们的行程。琳达和孩子们在房间里睡觉，我问过要不要叫醒她们，这样他们至少可以看看我的孩子，但他也不愿意，这太添麻烦了，他们离开后，我们还为这个走形式的过场笑了一会儿，它显然就是为了尽义务，没有任何其他内容。

我把新小说寄给他时就是这么个情形。我知道他不会喜欢的，想到他读这本书我就觉得害怕。但是没有别的办法。因此，在小说出版前半个月，2009 年 7 月的最后一天，我坐在电脑前，给他写了一封信。

亲爱的居纳尔，

好久没联系了，希望你和家人们一切都好。今年春天我去过克里斯蒂安桑，是参加一个戏剧研讨会，想过去你家的，但是后来要飞去奥勒松参加一个葬礼，西塞尔的姐姐英君去世了。时间太紧了，西塞尔的姐夫马格纳，和谢莱于格结婚的那个，也在今年春天去世了，所以对妈妈来说这是难挨的一年。马尔默这边眼下还不错，我们的三个孩子都上幼儿园了，万妮娅明年秋天上小学，所以最困难的小宝宝期马上要过去了。

但这些不是我现在联系你的原因。是这么回事，我写了六本自传体小说——今年秋天出三本，明年春天出三本——它们说的是我人生的各个部分，基本上所有名字和事件都是真人真事，也就是说，所有写到的东西，就算没写出最细枝末节处，都是真实发生过的。第一本小说在 9 月下旬出版，由两部分组成——一部分是1984年冬天和1985年春天发生在特韦特的事，也就是爸爸妈妈分手，爸爸和温妮开始新生活那段时间，另一部分是在克里斯蒂安桑，他死后的那段日子。你在第一部分出现了一会儿，除夕夜开车送我到一个同学家，在第二部分里也有简短出现，那时候你和托芙到房子里来帮我清理和大扫除。这场景本身当然是充满温情的，因为这就是我对你的观感，困难和痛苦不在此处，而很自然地在于我暴露了我们家内部生活这一事实，且并非因你或者任何其他人的请求。从另一方面来说，这本书讲的主要是我和父亲，这才是本书的主题，是我试图去了解他以及在他身上到底发生了什么。为达到这个目的，我必须要切入核心，他最后走入的那个炼狱，在那里他不仅毁了自己和你们的房子，还毁了奶奶的最后几年，以及他身边的所有人。他为什么这么做？是什么让他得到这下场？他一直背负着这一切，就在我们长大的时候？我不清楚你是否知道，但是我父亲一直以铁腕钳制着我的整个人生，在他死后也是如此，当我讲述这故事时，那就是我必走去的方向。这个故事会打扰到其他人，其中就有，尤其是你，这给我带来强烈的痛苦，但与此同时，我找不到别的方式。书中描述的堕落和衰败都是爸爸自找的，不是任何其他人的错，但是如果不写这一切发生的整个情境我就没法把它写出来。就是这样。这一阵子我把稿子发给了每个提到的人。英韦读过了，然后是妈妈。现在，我把它发给你，它在此邮件的附件里。如果你希望改掉你的名字，隐去个人背景信息，我当然会照办。这也不难，问题来自另一方面：你所希望让其安息、消失在众人视线以外的那些东西，现在被挖掘出来，暴露在人前。我再次对此表示抱歉，但是他是我的父亲，我说的是我的故事，很抱歉它成了这个样子。

望一切都好

卡尔·奥韦

开始几天我每小时都要查几次邮件。每次电话响起，都激起惊恐。但是什么也没发生。我对此做正面理解，他读了小说，仔细考虑了他要说的话和该做的反应。又或者他在度假屋[1]里。

直到第五天我得到了他的回音。当我在收信箱里看到他的名字时，我站起来走到阳台上，坐在那里抽了根烟，以鼓足勇气。孩子们在幼儿园，公寓里很安静，滚滚市声升腾而来。我想，最糟糕的无非是他因为我写了自己的所作所为而生气。但这会过去的。就接受这一切吧，然后它会过去的。

做了的已经做了，我不但已经做出了决定，也已经在这个决定的旌旗下埋头工作了一年多。一个人的意志无法改变这些。

我是这么想的。但我的感觉又是另一样。我觉得就像自己还小，做了什么错事。我害怕的是爸爸会生我的气。没有比这更糟的了。在我从家里搬出去且成年以后，那恐惧也一直在，我竭尽全力去避免它爆发出来。身边不再有爸爸了，对他怒火

[1] 挪威的度假屋多在山间水边远离人群处，二十一世纪前经常不通电，更没有网络。

的恐惧已经转移到其他人身上：我二十多岁时对别人可能会生我的气感到惊恐万状。它永不消失。当我三十三岁结束了一段关系并搬到斯德哥尔摩，那恐惧依然在我心中。我遇到并和她生子的琳达，是个暴脾气，发作起来常不可理喻，我对于她的这方面已经完全服软了，只要她的音调提高一点点，恐惧就充满我胸膛，唯一的念头就是让它快点过去。虽然已经四十来岁，2009 年 8 月我坐在外面的阳台上，依然害怕会让别人生气。当我为此找出一些理由时，我是那么害怕绝望，满腔痛苦，甚至都不知道要怎样熬过去。

害怕让别人生气，是儿时的恐惧，不属于成年人的世界，那里根本没有这回事，但在我心里从来没有完成过这一飞跃，从来没有长大并因此变强，所以就这样，儿时的感受在这个成年人的灵魂里延续了下去。这成年人的灵魂，也就是我了，完全处于孩童的情绪暴力之中，它是那样地令人痛苦以至于我无法忍受，同时又知道自己已经成年，所有这些其实毫无价值。怎么会变成这样的呢？如果我有一个强大完整的自我，可以在自身内部得到休整，就能说我就这么做了，敢作敢当，就算其他人有异议，我也不为所动。如果他们想找我算账，就冲我来好了。但是我并没有这样强大完全的自我，也不能休憩于自我内部，它完全依着别人的看法和意见而建立。我自己的意见是不要紧的。我仍然活在爸爸为我打造的世界里，我所做的一切在最深层的方向都是别出错。至于什么是错，并没有什么一定之规，只要他在某时某刻认定是错就错了。这些情形被我输送到自己的成年生活里，它们只存在于我的内心。但是爸爸已经死了，死了十一年了。这些我都知道，但无济于事，它在我的清明理智里成功突围，继续为所欲为。我所能做的就是面对它，忍受它。

我起身走进卧室，连着网络的电脑就在那儿。我打开邮件。它很短，一点也不可怕。

嗨，卡尔·奥韦。

能否劳驾你把你所属出版社的联系人（们）电邮件地址发给我。

居纳尔

我读了几遍，试图解读这些文字代表着什么。他没有像我一样写“亲爱的”，但是如果他很恼火，也许也不会以“嗨，卡尔·奥韦”开头？我的名字后面是句号，很明确地表示这里丝毫没有任何热烈的表示，否则就该用感叹号了——不过我也不认为这契合他和他的性格——要么是逗号，要么什么都不加。如果用逗号或者什么都不加，那就定下了就事论事的调子，句号则是一种表态，想得到什么都没门儿。使用“劳驾”也指向同一个意思。“劳驾”一词很正式，叔侄之间本来用不上这么正式的词，由此我明白了他对这个书稿很不赞许。同时他又把这不满表达得很礼貌，我想这表明他并不愤怒，否则他就会抛开这些礼貌用语了？至于他没有在落款前写任何东西，没有“问好”也没有“祝一切都好”，或者其他友好的话，所显示的东西和开头一致，在我面前屏幕上的是一个冷静的正式问询。我知道他从来就没喜欢过我，在他眼里我爱出风头，为标新立异而标新立异，自高自大，此外完全没有责任感也不要脸，因此我把这封短简中的冷静更多地理解为对我个人看法的表达，而不是对小说看法的表达。他想要我的出版社联系人的邮箱也是好事，这表明他想对他们直接提意见，而不是冲着我来。最紧要的是，我害怕和他直接接触。如果他给他们写信，应该不会对他们破口大骂。

我写下出版社社长盖尔·伯达尔（Geir Berdahl）和主编盖尔·古利克森的邮箱和电话号码，发给了他。然后我去了书房。要完成的工作量巨大得简直无法安排。4月的时候我给出版社寄去了一千二百页书稿，我一直想的是写一本小说在秋季出版，但是后来就越写越长，我估计还要再写三百页，问题就变成了该以什么形式出版。我在电话中与盖尔·古利克森讨论过这个。有没有可能出版一本一千五百页厚的小说？他说，一切皆有可能。也可以分两卷出，或者同时出，或者中间隔上几个月。尽管这个方案更合理，也意味着我可以收到两份保底稿费，这对我来说不可谓无足轻重，因为这些年来我们的经济情况说好听的也是风雨飘摇，但是我还是希望作为单行本出版。这会是一个宣言，没有人能无视它，这是挪威最长的小说。盖尔说他会和出版社其他人讨论，再打电话给我。几个小时后他就来电了。他说，接下来的建议是盖尔·伯达尔提出的，有可能不切实际，我也有可能不喜欢，但无论如何值得考虑。

“我想听！”我说。

“我们把它作为十二本书来出版。每个月出一本，出上一年。然后，我们可以安排一种模式，想读的人可以订阅。你怎么看？”

“这是一个极妙的主意！”我说，“妙不可言！”

“是啊，我也喜欢。但对我们这边就提出了很高的要求。我们必须想些办法来解决经费问题。我来想办法，看看最后能怎么解决。”

“这就像狄更斯或陀思妥耶夫斯基那样了，”我说，“系列小说！我也喜欢它的成套感。结婚礼物乐队[1]曾经在一年里每月出一张单曲，在年底把它们合在一起发张专辑。这也算个噱头，但是何乐而不为？”

“这是一本很特别的小说。我们在出版时用些特别手段和它是很合衬的。想想在发布会上会起到怎样的效果。书评里会怎样写？这些书一本接一本地出，还是在年底来一个合集？

“操，盖尔，这太天才了！替我问候伯达尔，要谢谢他。”

“这是一个好点子，我会尽力实现它。时间可能会长一点。但现在可以说我来安排这事，我们两周内再通电话？”

我们挂上电话后，我立刻走进书房开始把小说大卸八块。如果总共要写到一千五百页，那么每一部分在一百二十五页上下。我在找那些适合作为前一部的收尾，以及下一部开头的地方。这一年来我第一次在处理这部小说时涌现出类似喜悦和激情的情绪。我想象着那种小册子封面，只印着标题，像十九世纪时出版的那种。报纸上印着订阅优惠券，人们可以剪下交给出版社，就像我小时候那样。

三周后盖尔才打电话过来。然后他说分十二册出不可行，完全是因为实际情况不允许，不可能搞到这笔经费。他转而建

[1] Wedding Present，英国独立摇滚乐队，1985 年成立于利兹。

议分六册出。秋天出三册，次年春天出三册。我犹豫了，不想放弃出十二个月分册的点子，几乎要请求他再做一次努力，他也理解，他说，但是事实已经证明这办不到，这会压垮出版社的——照我理解他是这个意思。六册已经很为难了，但是后来他很神奇地让出版物采购项目[1]接受了所有六册，这样经济风险就已最小化了。

“太不可思议了，”我说，“你是怎么办到的？不是每年每个作家只能有一本文学作品上这个采购清单吗？”

“这倒是。为这个我和他们理论了一番。但这是个特别的项目。这事上我有辨别力。”

既然大局已定，我就要重新拆分小说。实际上就是把十二部分再两两合在一起，这样每本都差不多是二百五十页。但是，一旦这些页数接近一般挪威小说的平均页数，而系列小说和订阅的点子已不复存在，中断一部小说的情节，并在下一本开头时继续就显得有些怪异。六本不能独个成立的小说，看起来可不怎么样。我必须将它们分开，以使它们每本都能单独成立，也就是说做成六本小说，而它们也能被视为一个长而连贯的故事。我下手后，第一本小说四百页，第二本五百五十页，第三本是三百页。然后所有材料就用光了。我要这么做的话，就必须在十个月内写三本新小说。但这也许能行，过去半年里我每天大约能写十页，也就是每周大约五十页，因为周末我是不被

[1] Innkjøpsordningaen，出版物采购项目是挪威文化部为出版业提供的资助，由国家出资采购即将出版的新书，以降低出版社的经济风险，也促进文化多元化。新出版小说采购量一般为 773 本，儿童读物一般是 1500 本，下发给全挪威的图书馆。

允许工作的。减掉因为不想写和拖延被耽误掉的十页，我每月能写出一百六十页。取个整数就是一百五十页，我用两三个月就能完成一本小说，也就能在给定期限内完成三本小说，甚至还能多出一个月来。

当我坐在电脑前，上下滚动页面上的稿子，整个人几乎被心急和热望所点燃了。很明显，裁剪是无法让它们各自独立的，我必须给它们写开头、结尾，以及起承转合的部分，有些段落要移动要加强，但也不是很困难，因为这些部分本身已经有各自的独特处，我一直努力把自己融入笔下那些情节发生的时间段里，手法之一就是加入符合我当时年龄的审视和思考。十几岁时是关于糖果，二十九岁时关于流行乐，三十五岁时关于育儿和为人父母。哦，一定会好看的！操，这些书会让我横扫一切！

8月的这个上午，我读完居纳尔的简短邮件后就坐下来工作，第一本小说基本已经准备好可以送去排版了。在收到两封文学顾问的评价后，我做的最后一件事是让它从一个碎片化、跳跃的关于我十六岁那年和父亲一起生活的故事，变成一个连贯地讲来的故事，现在剩下的事情就是如果有笔下人物希望隐去姓名，就把名字改掉。第二本小说也大体整理完毕，仅剩下结尾部分，所以盖尔·古利克森要把它最后读一遍，等我把他的建议和有意见的部分过完一遍后，它也就可以交付了。第三本小说还有很多功夫要做。它现在还没有定型，它太多轶事，缺乏整体感和主线，除了时间线以外没有明确的内在联系。

这也许就是自传式写作最大的困难，在材料中找到重要的东西。生活里一切都重要，任何东西在根本上都是平等的，因为一切都共在，而且是同时共在——那七十年代在加尔蒂松德海峡[1]停泊着的大油轮，窗外的李子树，妈妈在科克普拉森的工作，我在外面时父亲开车驶过时的脸，冬天去滑冰的池塘，邻居房子的气味，达格·洛塔尔的妈妈在我们去家里玩那次做的奶昔，那辆在某个夜晚停在于贝湾的神秘汽车，我们晚餐吃过的所有的鱼，邻居家空地里的松树随着猛烈的秋风前后摇摆的样子，当我在车里用膝盖抵着他座位时他爆发的怒气，我们每个星期二做的华夫饼，我对安妮·莉丝贝特神魂颠倒的迷恋，妈妈和爸爸有次去德国度假给我们买回来的足球，我的是绿底红六边形，英韦的是黄底红六边形，我们站在操场上将足球尽力踢上空中，看能不能打到正从低空飞过的军用直升机。而最后这段往事旁边环绕着整整一圈其他的往事，他们去德国期间我住在爷爷奶奶家，英韦住在外公外婆家，那个星期的事我记得非同寻常地清楚，尤其是我们去度假屋的那些日子。就这样，一个紧密编织起来的记忆花环，这一个外面是另一个，我的整个童年就都尽在意识中了。写作就是将它们从内心提出，并同时落至笔端，只要当我动笔时，从内心到半外在——也就是成文——的心流源源不绝，写作对我来说就不成问题，但是这种小说形式就意味要把这些记忆再送远一步至陌生的读者那里。建立关联需要交流，建立起一个共同体，讲故事是打造关联的手法之一。诗歌是另一回事，开放不那么明显，因为参与分享的人更少。品质总是和排他性紧密联系，文学的高雅或低俗，大众或者精英，都与此有关。叙事所拥抱的幅度越广，所建立的共同体人数就越多，去把握它就越容易，而挑战程度就越小，

[1] Galtesund，位于特罗姆岛的海峡。

在这种情况下读者的投入和参与度也就越小。这也是一个简单化的过程。一部讲述现实真相的小说不可能太简单，它必须在传播中具有某种排他的要素，某种不是人人都有或者不是人人都共同参与的，换句话说，它自己独有的东西，那里就是一个所在，一端是那狂人最纯粹自我因此也完全无法言喻的临界处，这一片领域对除狂人以外的任何人都毫无意义但是对狂人本身事关生死，另一端则是类型小说固有的配方和陈词滥调，陈词滥调也是因为大家的依赖而有了这个地位，文学就在这两端之间行动。一个作家的最高理想就是写一个同时在所有层面吃得开的文本。我唯一能想到的做到了这一点的作家，就是《摩西五经》[1] 前两卷的作者，以及莎士比亚。《奥德赛》和《伊利亚特》也曾经如此，但是当年那曾广为流传的韵文诗，现在已让人感到陌生，重要性也就急剧下降了。我并不是在写自己的作品时想到了这些问题，这些问题是具体而实在的，怎样让这些几乎源源不绝的记忆变成统一的叙事？怎样能让这叙事始终忠于记忆中那独特的自我？

我前后翻着自己写下的文字，但无法理清思绪，甚至无法去阅读那些东西，集中精神是不可能了，我唯一的念头萦绕在居纳尔和他的反应上。这样过了一刻钟，我起身离开了书房。在门廊里我听到电梯上升的声音。可能是琳达；这个钟点楼里几乎没有其他动静。我静静站着等待，听到电梯门开了，下一刻她就走进了门廊。她穿着蓝白相间的水手服，上眼皮涂着眼

[1] 以希伯来语写成，是犹太教最重要的经典，后来发展为《旧约》的一部分。成书年代和作者均有争议。在《圣经》原文里五卷经文是不分开的，但是克瑙斯高还是使用基督教《旧约》的分法，前两卷指的是《创世纪》和《出埃及记》。

影，嘴唇红红的。她两手各拎一个口袋，背上背着她的黑色小包。热情和活力包围着她。她还没来得及把包放到地板上就倾身吻了我，然后跪下来脱掉红鞋，同时说起她都买了什么。

“我去了下面的花岗岩家居公司，他们有这样的上次我和你说过的文件盒，我们可以用来放信件，你一个，我一个。这样我们的信件和账单再也不会扔得到处都是了。你想看看吗？”

我点了点头，她掏出了两个盒子，其实是某种抽屉。

“好看吗？”

“嗯哼，”我说，“那么，这个袋子里呢？”

“在‘蚂蚁’[1]买的一条裙子，还有一条披肩和一件衬衫，便宜着呢。”

她把这三件衣服拿出来，一件件放在身前比着。

“好看吗？”她又问。

“好看。”我说。

“跟白捡的一样。”她说。

“就算它们要花点钱也完全没问题，”我说，“不是这个问题。”

“那问题是什么？”

“没什么问题。”

“有！说吧。还有，你吃早饭没？”

我摇了摇头。

“我们可以吃昨天剩下的意大利面和肉酱汁，行吗？”

[1] Myrorna，瑞典最大的连锁二手品牌，创建于1889年，后来转让给救世军。1988年起独立运营。

“行。”

“那你说吧，你刚才想说的是什么？你想批评什么？”

“不，没有。”

她走到镜子前，又拿着衣服贴在身前。

“这确实好看，”她说，“我们就用微波炉热吧？”

“我去吧。”

我走进厨房，从冰箱里拿出一盒意大利面酱，然后是意大利面，分放在两个盘子上，把其中一盘放进微波炉加热，看着窗外，各种色调的红色屋顶看起来近得匪夷所思，上面是浅蓝色天空。我忽然感到小时候那种愧疚，天气这么好我却在房间里待着。这就是爸爸认为不可容忍的事情之一。只要天气好，大家就该在户外待着。我，我这傻子，会在城区里走上好几圈，也找不到任何人做伴或者任何事情来做，那是假期，许多人都出门了，白天坐船出海或者开车出城，或者去更远的地方。我只是想回到我的书旁边，在那儿自艾自怜、痛哭流涕。

“你今天过得怎样？”琳达说，在桌子旁坐下，把叠好的报纸在面前展开。

“收到了居纳尔的邮件。”我说。

“哦？他说什么？”

“什么也没说。就是问我要出版社的联系地址。但这足以让我没法继续工作了。”

“你不用这么坐立不安的。”

我深吸了一口气。她看着我。

“怎么呢？”

“我不知道你这么喜欢购物，”我说，“我还以为你最讨厌购物呢。”

她冲着我张大了嘴。

“有时候你真是吝啬。”她说。

“吝啬？”

“你能对我好一点吗？我就是开心，然后想我可以为这次出门给自己买点东西，那个装信件的盒子我已经想了好几个月了，把这事解决了不是很好吗？这样家里不就能够有条理些？”

“那倒是。”

“好。”

她继续读报纸。

抬头看着我。

“你所有的衣服都是在思必锐[1]买的，你化一千五百克朗买条裤子，我可什么话都没说。”

“因为那是我的钱。”

“我们也可能把它用在其他地方。我买的衣服也就是你买衣服价钱的三分之一，如果不是四分之一的话。”

“是啊是啊，这不是重点。咱们都别提了，我最不想的就是吵架。”

“我也不想吵架。”

微波炉“叮”的响了一声。我拿出盘子，放在她面前，她则同时起身去开了收音机。

“所以我们现在算是和好了吧。”我说，把另一个盘子放进去，设置了四分钟，关上微波炉。

---

[1] Spirit Stores，马尔默的时装精品商场。

“卡尔·奥韦，我爱你。我们当然没事。”

“好的。”我说。

她继续读报。收音机在播报新闻。微波炉嗡嗡地响，在它内部那个堆着意大利面条的绿盘子慢慢地转着。我拿出了刀叉，两个杯子，装满一罐水。

“今天你去接吗？”她说。

我等到她抬起头，眼睛看着我时才回答。

“好吧，”我说，尽量加重语气中不情愿的成分，“如果你不行的话，那就这样吧。”

“我当然可以。但是早上都是我管。所以下午就该你了。”

我看向下方，一言不发。微波炉又“叮”的一声。我把盘子拿出来，放在桌子上开始吃。琳达看着我，放下报纸，也开始吃。几分钟后我就吃完了，食物温吞吞的，甚至缺乏进行任何有意义抵抗的弹性，囫囵吞下就完了。尽管琳达还没吃完，但我还是站起来走到阳台上，坐下来，腿架在栏杆上，倒了杯咖啡，点了支烟。我们关系的基本原则就是一切平摊。从这点来看，她送孩子我接是公平合理的。只是我利用中间的时间工作，而她没有。今天我四点半就起床，要在孩子们起床之前完成一些工作，帮她给孩子找衣服，安顿他们直到他们出门，然后再次投入工作，她则坐在咖啡馆里，买衣服，买了文件抽屉。如果带孩子占一天百分之五十的时间，工作是另外百分之五十，那么我已经做了总劳作量的百分之七十五，而琳达只做了百分之二十五。如果我们争吵的话我就会这么告诉她。现在我不想争论，所以我什么也不说了。

我望向城市。下面的墙上有个奔驰车标，可能是阳光照在一辆停在那的汽车前盖上的投影，我不确定。但它以前也在那儿出现过，这显示某人总是把车停在同一个地方。很远的地方，一台起重机在屋顶上方升起。因为我能看到的只有屋顶，所以一切异常之处就格外明显；要是有个人上了屋顶我都能看见，就算在几公里外，身体的暗影紧贴着明亮的天空显得特别清晰。

我在用作烟灰缸的倒放的花盆里摁熄了烟头，喝掉最后一口咖啡，走进屋里。经过厨房时看到琳达在打电话。我停下来听听她在和谁说话。海伦娜，听了几秒钟我就认定了这点。她的视线和我会合，举手算打招呼，我微微一笑继续往卧室走，去查邮件。已经两点十五分了，我看着电脑。还有半小时就得出门。

没有邮件。

我如释重负地躺在床上，看着天花板。现在不管开始动手做什么也来不及了。一股让人头晕甚至有点恶心的食物气味充满了整个房间。当我们刚搬来的时候，我还以为它是从隔壁邻居那儿来的，但最后我震惊地发现这味道可能来自通风系统，这样的话它就来自底下一楼街面上的中国快餐店。我站起来，打开通向阳台的门，再次在床上躺下。市声涌入了房间。门廊上传来脚步声，在厕所前停下，那儿的门打开又关上。那位老萨克斯风乐手以前就坐在离大楼出口几米开外的一个柱子旁演奏，那里是广场上的人流量最大的地方。他总吹同一首曲子，大概是从什么旋律里截取的一分钟片段，也许是想着听他吹奏的人总是新来的。他根本不知道在他头上七层楼的地方有一个人，不仅每天，而且每个月都听着这同一段。

滴——滴哒——哒滴滴滴哒——

滴——滴哒——哒滴滴滴哒——

滴——滴哒——哒滴滴滴哒——

我闭上了眼睛。厕所传来哗的冲水声，门开了，脚步在走廊的镜子前停下。她在照镜子还是在看靠墙那张小桌上的一堆信？

吧哒——！这个声音是手机放进充电座里的信号声。

她是拿着电话去上厕所？又或者她走过时顺手把它放在长凳上，现在才放好？

她进来了。

我睁开眼，看到她在门口停下来。

“我可以去接，”她说，“接下来几天都是你一个人了。”

“我去吧，”我说，“反正我也没法专心工作了。这样你就可以收拾行李或者诸如此类的。”

“你说真的？”

“还要我重复一遍吗？”

“好吧好吧。你去接，然后明天我送，再出发。”

“几点的火车来着？”

“九点半。”她说，在电脑前坐下。她要去瑞典中部某地拜访海伦娜和她的新丈夫弗雷德里克，直到周末盖尔和克里斯蒂娜来拜访我们。我没有见过弗雷德里克，但据我所知，他和海伦娜前同居男友，迷人而常违法犯事的安德斯截然相反。弗雷德里克是消防员，在斯德哥尔摩担任救援主管，他在达拉纳买了套房子，把它拆掉后运到乌普萨拉，又一块板一块板重新拼起来，做得如此专业因此被装修杂志报道了。我知道的就是这些。还有就是，海蒂曾经见过他，有点怕他。他们见面时海蒂还梳了他的头发，海伦娜说这样她再怕他也有限啊，但海蒂说过，就在她梳他头发时也很怕他。海伦娜一说这事就会笑。海蒂爱她，每次都尽可能紧贴着她坐以确保引起她的注意，然后就说起最近发生的所有大小事情。她也和她在电话里聊天，经常画有她的画。海蒂总被所有亮闪闪的东西吸引，她最喜欢的莫过于打扮自己，一天换五件衣服也是常事，而在海伦娜身上，她终于找到了唯一的真正的万人迷榜样。

“有自己一个人的时间会很好吧？”我说。

她点点头，并没有转身。

“但是在火车上几个小时后我就会开始想你了。你们真的不一起来吗？”

“不了，我要工作。还有，我觉得你去做点什么又没有孩子在身边会挺好的。”

“你这话说得挺对。而且海伦娜总是很照顾我。”

“这很好，”我说，站起身来，“我得走了。”

“你直接带他们回家，还是去游乐场玩会儿？”

我耸了耸肩。

“如果你们要去什么地方就给我打个电话吧？这样我也可以过来？”

“行啊，再见了。”

“再见。”

我们去了市政公园（Magistratsparken），孩子们把这叫作“普通公园”。我们经常去的其他游乐场有柳塘公园里面的“蜘蛛园”[1]，磨坊区[2]的“鲨鱼园”，大楼后面几个街区的“安静”。此外，柳塘公园里还有另一个游乐场，在城堡公园（Slottsparken）里还有一个，我们叫作“山妖森林”的，消防站那边还有一个，我们很少去，但孩子们挺喜欢，因为那儿有一些很特别的设施。他们几乎所有的户外生活都在这样的游乐场里展开。剩下的时间就都在幼儿园或家里。我不喜欢这样，这和我想给他们的童年差得太远了。但也没有别的可能，买房子需要的钱我们没有，因为不良付款记录也没法贷款。从另一方面来说，他们在那儿也丝毫没有受苦的迹象，他们把头从树叶之间伸出来，他们把这棵树叫爬的树。我坐在另一头三条长凳中的一条上，翻着专门为此程买的报纸，同时每隔一定时间就抬眼，扫视那边的所有孩子，确定孩子们的位置。万妮娅是完全信得过的，我也不认为海蒂会溜走，但约翰仍然不好说，他可能突然穿过草丛，朝着公园旁边的公路走去，如果我没有看紧他而沉浸在阅读中的话，再抬头时他可能就已经不在其他孩子中间了，扩大扫视半径，就会看见那个半米高的身影已经走得很远，朝着那条马路走去。

现在，他站起来，拉着秋千，扯着嗓子朝我喊。我站起来走到他身边，把他放进秋千往回拉，看着他的眼睛。你准备好了？我说。是的，他认真地说。当我把他推出去时，他笑了。十次，我说，然后开始计数。到十次后我停下了秋千，他抗议，当他突然意识到我正准备抱他出来时，他紧抓住秋千，眼神惊恐。不！

---

[1] Spindelparken，位于皮尔达姆斯公园里的以蜘蛛为主题的游乐场。

[2] Möllevangen，马尔默的城区之一，以有磨坊而得名。

不！不！我把他放在地上，他肚子向下趴着，大喊大叫，将头紧埋在沙子里。当我又在长凳上坐下，这就变成了哭闹。哭得心碎，抽抽噎噎，就好像他没了爸妈，一个星期没吃过饭，刚刚还被打了一顿。我确定了一下海蒂和万妮娅的方位，点了根烟，再次拿起报纸。潜意识中我留意接下来会出现的情况，因为仅仅几秒钟后，我就放下了报纸，那父亲把孩子紧紧抱在怀里，朝秋千走去，他把孩子放在里面。一个大个子放下一个小人儿,像一条大船放出一条小船一样,它打动了我。但是秋千下，约翰还躺在那儿，而且一点也没有要挪窝儿的意思。我站起来朝他走去。我说，现在你要换个地方了，其他人也要玩秋千了。他没有回答，抽泣着肩膀一耸一耸。我把他像乌龟那样端起来，将他端到几米外，又原样放下。现在好了。我说，现在你玩吧。然后我走开，又坐了下来。我觉得内疚，应该安慰一下他，让他别哭了，但是首先，让他失望的事和他的反应完全不成正比，我不希望他从此认定这种抵抗方法是对的，其次，我的策略就是和他们一起出门时尽可能少地干涉他们的举动，我希望他们能自己应对各种情况。

但不是只有孩子难以做出恰当反应。当我想起我对待万妮娅时的方式，看照片上的她那时多小，就好像地面从我脚下消失了。我曾经对这一点点大的小家伙狂怒咆哮？我曾经把她从童车里拽出来，强硬地把她摁在地板上，因为沮丧和愤怒而气到模糊，对着才一岁半、不管从哪方面看都纯洁无辜的她？这是我有过的最让自己难过的念头。我怎么能这么做，我当时在想什么？怎么能如此彻底地失去正常的目光？我看不到她有多小，我完全看不到除了自己以外的任何东西，她和琳达以及我周围的其他人都被卷入这内部的漩涡，在这里最荒谬的也变得合理而公正了。我找不到任何可以与之类比的东西,它就是这样。

约翰已经不哭了，但他仍然趴着，脸冲着沙地。我不得不给他一个台阶下。大秋千刚刚空出来，我放下报纸，朝他走过去。

“我们要不要试试大秋千？”

“好啊——好。”他说。

“来吧。”我说。他站起来跟在我后面，用手擦掉了脸颊上的泪水,留下了黑道。大秋千就像个大筐,可以容下好几个孩子，不管怎样我的孩子们喜欢躺在里头，在快速来回摆动时看着上方的天空。当我抱起约翰时，海蒂和万妮娅穿过游乐场向我们跑来。

“我们也想要！”她们说。

“现在有约翰，”我说，“所以我不能荡得太高，好吗？”

“好。”万妮娅说。

“好。”海蒂说。

我把她们抱了进去，将大筐拉到适当高度。

“你们准备好了吗？”

“好了。”

“真的吗？”

“是啊，爸爸！快摇吧！”万妮娅说。

我照办了。

约翰抗议地大喊。

“不要！”

我停下了秋千，将他抱起来，放下地。他朝我伸开手臂。

我忽略他，把大筐拉高，他大喊。

“好吧，你这小犟头。”我说着把他抱起来，用一只胳膊揽着他，另一只胳膊荡着女孩儿们。他的身体又暖又好。他把头放在我的肩膀上。秋千筐朝我荡过来，我把它推回去。女孩儿们肚子朝下趴着，头支在筐边，视线朝着马路。她们的裙子和头发在风中飘动。四面八方都有孩子在爬、在走、在跑、在攀爬，父母们高高地站着，有些戴着墨镜拿着手机，其他人则沉浸在他们下一代的琐事里。一片草地在游乐场外展开，一些大树平静地站着，满怀阳光，向所有在这个下午逗留公园的人洒下一圈阴影。这些人大多很年轻，基本都是白人。许多人独自躺在草地上，身边是一辆自行车。他们卷起裤腿、脱下衬衫或 T 恤的样子告诉我，他们来这儿是临时决定的，是下班回家路上的一时兴起。其他人则成群坐着，他们多是高中生或年轻的大学生。几对情侣紧紧依偎在一起，眼中只有彼此。在柳塘公园那个老足球场的另一头基本是移民，一大家人出来在外面吃晚饭，一直坐到晚上。有时阳光里响起隆隆鼓声，就像从一个梦的深处传来。这阴影随着夜晚到来而逐渐蔓延开去的方式，这太阳下沉的方式，不是沉入大海或森林，而是沉入城市里，也有一些梦幻感在里面，上次我们在这里时我如是想着。这世界被阳光充满时就会溶解，这就是我有过的感觉，万物间的内在关系消失了，所有东西都摊在同一层面上。文化要做的是界定这些关系，把这些连接分出等级主次，把那分散开的聚拢，以固定的方式来产生意义。这就是为什么我们要有小说、电影、电视节目、诗歌和戏剧，还有报纸、电视新闻和周刊的原因。当然，一种文化在阳光灼烤着的大地上，在燃烧的天空下，沿着河岸边的沃土萌生，以别样的方式将世界整合在一起，形成别样的意义产生模式，这一切都如此理所当然。我不知道这当中有何等的区别，因为这区别如此之大，让他们的语言在我听来像是在咆哮和唾吐，那些字母与其说是文字不如说更像沙漠里的一排灌木，但在我想来，一切在初始时一定致密得无法穿透，它一点一点地随着语言展开自身，但绝不是一个顺理成章的过程，在我们看来就是这样，也许永不可能也因此并不希望去拥抱它。文化在人与人的关系里最大的作用就是，它那收缩、舒张和排斥的组织如此精微复杂，以至于身处文化中的大多数人只熟悉和他或她自身圈层有关的微妙之处，对其他人的了解只限于表面。但是一切都有明确含义，那就是文化所在之处。裤子用什么布料有意义,裤腿的宽度有意义,挂在窗前的窗帘图案有意义，突然低下的目光有意义，一个词用某种特定的方式读出有意义，一个人对这样东西或另一样东西的所知，也代表着什么。文化通过在世界中产生差异来充实世界，这些差异正是所有价值依附之处,在每种文化里都是不一样的。想到这些单位会越来越大，各种文化越来越相似，着实令人沮丧，至少对于我这样痴迷于差异、被孤绝而吸引的人来说是如此。日本的妙处就在于，它与世隔绝了几百年，发展出一种对我们来说在所有方面都很特异的文化，对我们来说可见而几乎完全不可进入。假使这种文化在西方文化里被溶解并且消失，只是成为其自身的一个亚种，那就和某个动物物种灭绝一样是巨大损失。但是西方世界如此强大，在本质上如此具有扩张性，以至于它很快就会把全球置于麾下，不是以殖民时期的暴力，而是以承诺。从这个更长远的视角来看，我反对移民，反对多元文化主义，反对几乎所有形式的平等思潮。从短期一点的视角来看，也就是我所居住的具体的、日常的现实，在马尔默，很难不将移民视为巨大的资源，因为我看到了这座城市爆发出怎样的生命力和能量，尤其与斯德哥尔摩相比，那儿的移民都住在城市边缘，在市中心看到的几乎清一色是白人面孔。马尔默的确显出破败，的确有触目的贫困，但与此同时它也因这些必须且终究会整合在一起的矛盾而震颤着，对于在这里长大的人来说真是一份礼物，有这么多不同的体验和背景同时并置，有那么多的事物出现，因为是第一次出现而散发着新事物特有的新鲜感和力量。

“我很羡慕他们。”就在不久之前的一天晚上琳达这么说，当我们在这个大公园一角的某处野餐完拖着孩子们回家时。

“怎么？”我说。

“他们一家人都在那儿。爸爸妈妈，祖父祖母，孩子，孙儿，叔伯舅舅，表兄弟姐妹。”

她朝聚在一个烧烤炉周围的一大群人点了点头，那边大概有二十多人，年纪大的坐在椅子上，小孩们跑来跑去玩着。几个类似的人群散在整个草地上。烟和烤肉的气味弥漫在四周。

“这里以前也是这样，”我说，“在三代人以前，差不多，不管怎么说在乡下是如此。我外婆就是这样长大的。对，说的不是在公园里烧烤。但是他们也是一大家人住在一起。”

“这看起来很神秘，”她说，“然后看看我们这个一点点大的核心家庭。就只有我们自己！假设我们是一大家子，那会是多么不一样啊！”

“是。但是那不会糟透了吗？”

“不，不，我说的不是这意思。只是说那……”

“你是浪漫主义者。你看到了环绕着他们的光晕，并想拥有它。”

她摇了摇头。

“我不想要这个。只是它显得是这样……是的，就好像环绕着他们的是更蓬勃的生活。”

“我们已经和你妈妈一起住过一阵子。我妈妈也来待过一阵。但是她们离开时你好像挺高兴的？”

“对，一点没错。现在一切都是以我们为中心的，我，你和孩子们。想象一下，如果有一样我们可以消失在其中的东西！”

我还记得，那时我们身后的太阳已经红了，像个弹丸那样挂在房屋上空，我看了一眼约翰，看他是不是因为和平时不一样的行程而在我的肩膀上熟睡，但是我看到的是他圆睁的眼睛，不禁向后退了几步。

“现在我觉得够了。”我对女孩们说。

“但是爸爸！”万妮娅说，“我们才刚开始玩！”

“再玩一会儿，好爸爸。”海蒂说。

“不。”我说，把约翰放下来，走回长凳那儿，那时我看到琳达从公园中间那圆圆的，围着砖墙、铺着砾石的广场走过来。

“妈妈从那边过来了。”我说。女孩们从秋千筐里爬出来去找她，约翰也朝她跑过去，她因为喜悦而咧开了大大的微笑，蹲下来迎着他们。这一切和我回家时她躺在床上而公寓里也听不到孩子们带着期待地问“嗨，妈妈？”的情形截然不同。

当我朝长凳走去，把报纸放好塞进童车下面，一阵不安忽然席卷了我。

这是从哪儿来的？

我看着琳达，她走过来，孩子们环绕在她身边。不是因为这个。

小说。

当然。就是它。

“嗨。”琳达说。

“嗨，”我说，“你带了现金吗？”

“没有，我觉得没带。你想干什么？”

“我们可以去那边的小卖部买冰激凌。但是我只有二十克朗。他们好像也不能刷卡？”

“收的，已经可以了。”

“你们要冰激凌吗？”我说，低头看着他们。

几秒钟后，我们在树荫下朝有交通灯的那个路口走着，我尽量说服自己没必要感到不安，关于那些现在正坐着读它的人，我没有写任何很过分的东西，我曾经很害怕看到英韦的反应，但是结果还不错，是所有可能里最好的。

“今天托儿所那边怎么样？”琳达说。

“我想应该挺好的，”我说，“我也没问。但是至少我去那儿时，他们很高兴。”

我们在十字路口前停了下来，琳达和海蒂抢着要第一个按下交通灯按钮，万妮娅冲上前去胜利地按下按钮。海蒂开始哭。

“下次你来按。”我对她说。

“万妮娅推开了我。”她说。

“万妮娅，你不该那样做的，”琳达说，“不过现在我们去买冰激凌吧。”

当我们迈步过马路时，海蒂还低着头站着。我走回去抱起她，一直抱到售货亭前。

“为什么抱海蒂不抱我。”万妮娅说。

“因为她哭了，”我说，“但是我们回家时，我可以抱你一会儿。”

我探头进去售货窗口，里面完全不见人影。我“叮”的一声按下柜台上一个小小的光滑按钮。

扬·维达尔也许是我最担心其反应的人。他在我心里依然是十五岁，而我也没有把我们的世界写得多么美妙。也许在他心中那一切是美妙的？也许他眼里的过去是带着光环的？

一个女人，看起来像罗马尼亚人，从后面的小隔间里出来了，站到我面前。

“好了，”我说，看着孩子们，“现在你们可以点你们想要的。马上。”我看着她，“先来两杯咖啡，一杯加奶。”

“我要……一个可丽波。”万妮娅说。

“可乐味的还是那个绿的？”我说。

“那个绿的。”她说。

“还有一个水果味的可丽波。”我对那个黑发女人说。

“我也想要那个。”海蒂说。

“那就是两个，”我说，“你呢，约翰？你能指一下吗？”

他指着一个三明治雪糕。至于他是否清楚那是什么，就是另一回事了。

“再来一个三明治。”

她把价格加在一起，我把银行卡举在空中，她推过来一个小型刷卡器，然后按了一些按钮。我把卡塞进去，她消失在一个冰柜。后面的人行道上摆着几张椅子和桌子，一个胖墩墩的年轻人牵着一条狗走过来。我看到万妮娅的眼睛跟随着他们。他胖到了让我觉得可能是拿伤残保险那种人。便宜的卡其色短裤，军用灰帽子，黑色T恤。他走起路来全身都颤动着，关节也像在滚动着。我输入了密码，那女人直起身来。

“那是什么狗，万妮娅？”我说着，按下了确认键。

“我觉得是条㹴犬。”她说。

海蒂坐在琳达的膝盖上，在遮阳伞的阴影下，约翰已经爬上了椅子，正试图把一根一头已经摁扁的吸管顺着桌子的裂缝向下捅。

“不好意思，果味可丽波已经卖完了，”那个女人说，“可乐的行吗？”

小刷卡器突然发出低鸣，一张纸条像是从很深处慢慢浮现出来。那个女人递给我三个雪糕，撕下纸片，我向孩子们那边走了几步过去，给他们每人一个雪糕，当我再回去时，她递给我两纸杯咖啡以及收据。我把其中一杯递给正在为孩子们撕开包装纸的琳达，在桌边坐下，小口喝起了另一杯。

《出离世界》出版时，居纳尔是生过气。但那次是我第一次出书，那是个巨大的变化，也许从某个角色里认出自己是很让人震惊的，但那已经是十多年前的事了，而且我上一本小说还获得北欧理事会文学奖的提名。我不再仅仅是一个为了写作梦想浪掷光阴的人，而是一个在国家级层面被承认的作家，那么一点点近乎微不足道的国外媒体对我的作品报道，我敢打包票已被《祖国之友报》引用了。《法兰克福汇报》上的评论称这部小说是大师级作品，英国《卫报》也许也说了差不多的话，虽然也许说得更含蓄一些。他不会喜欢我写爸爸和奶奶的部分，但是关于他的部分应该不会出什么岔子，他最后的形象还是好的，我是抱着尊敬的心写的。

“我觉得我有点出门紧张症，”琳达说，“有点不安心。”

一位老人骑着自行车过来了，好像什么东西撞着轮辐，脚蹬刮着链条上的护板。

“因为要坐火车北上？”我说。

“是吧？我只要一出门旅行就兴奋，从小时候起就这样。”

“妈妈，你说什么呢？”万妮娅说。

“我只是说我要出门旅行了所以很兴奋。”

“为什么会这样？”万妮娅说。

“这点我也想知道，”我说，“有一点躁动是好事啊。”

“想想我七岁时一个人去伊兹拉[1]，”她说，“完全不可思议呢。”

“是啊，的确是这样。”我说。

“那是什么？”万妮娅说。

“我一个人去了希腊的一个岛，就比你现在大两岁。或者说，也不完全是一个人，我是跟着另一个家庭去的，但是妈妈和爸爸都不在身边。”

“那是七十年代，”我说，“那时候他们对小孩另有一套观念。”

“就算在那个年代这也是很极端的。”她说。

---

[1] Hydra，希腊岛屿，在爱琴海上。

“我有没有和你说过我的第一次独自旅行？”我说。

琳达摇了摇头。

“那也是在七十年代。但我不像你那么坚强。我那时一年级。我到晚了错过了校车。当我站在那儿大哭时，学校校工走到我身边。我们有一个很棒的校工，有时我们还去他的工作间看他。但是，不管怎么样，他对我说我应该坐下一班公共汽车。那辆车走的是我回家的反方向，但这毕竟是一个岛，所以最后车还是会经过我们家的房子。我坐上车。车上的人我一个都不认识。当车往左转而没有向右边转时，我惊恐极了，突然忘了管理员说的话，或者已经不相信他的话了。无论如何，我太害怕于是就拉了下车绳。公共汽车停了，我站在一条从没走过的路中间，离家肯定至少一公里。

“那你怎么办？”琳达说。

“还有一个男孩也下车了。我说我迷路了，他说我可以跟他回家。然后我就跟他走了。路边一栋深色的房子。他父亲给我父亲打电话，然后他就来接我了。”

我看着万妮娅。

“也就是你的爷爷。”我说。

“也是你的，你的。”琳达对海蒂和约翰说。

“我知道的，”万妮娅说，“他死了。”

我点了点头。

“他在我出生之前就死了。”她说。

“姥爷也死了。”海蒂说。

“他是在一个除夕死去的。”万妮娅说。

“确实是这样。”我说，看着琳达。她笑了。

“但是他见过你，万妮娅。”她说。

万妮娅严肃地点点头。

“两次，”她说，“在斯德哥尔摩。”

“我在斯德哥尔摩出生的。”海蒂说。

“是这样。”琳达说，把她搂紧了。

第二天早上，我四点半起床，关掉了哔哔作响的闹钟，抓过那一堆衣服，在卧室外的走廊里穿上，免得吵醒琳达，拿起门外地上的两份报纸，坐上咖啡机，读了文化版和体育版，等咖啡煮好时吃了个苹果。咖啡好了以后我喝了一杯，在阳台上抽了根烟。天空朦朦的，晨曦的灰色依然萦绕在我下方的楼群之间，带着一丝生涩；这是 8 月中旬，秋天将至。

我又点了一支烟，以尽量延长开工前的这一刻，但是抽了一半就把烟摁熄，然后走进书房，打开电脑，坐下，打开用一个夹子固定在书架上的灯，扫视旁边地上堆起的一摞 CD，选了布·拉德利乐团[1]的《大步》(*Giant Steps*)。我一下子就被扔进了那个时代的氛围里，也就是九十年代初的卑尔根，因为自那时起我几乎没有放过这张唱片，正是这个原因，我怎能知道原来的感觉是这样呢。我坐了一会儿，反复掂量着要不要换其他音乐，同时也打开了第二本小说的文档看着。不，这张还是不对。我又选了乔希 · 劳斯（Josh Rouse）的《1972》，它柔软而舒心，已经很接近“素材音乐”[2]了，用它来开始新的一天是

[1] The Boo Radleys, 英国独立摇滚乐团，成立于 1988 年。

[2] Muzak，美国的音乐品牌，制作预先录制的配乐，以在商场或其他场合播放，或作为影视、广播配乐。

很美妙的。

一小时后，我听见什么地方的门开了。我关上音乐倾听。什么人踢踢踏踏穿过走廊。肯定是约翰或海蒂。不过这也没区别，他们中不管谁起床了，另一个马上也会起来。

我打开门走进厨房。约翰一只手抱着枕头站那儿看着我。时钟指向五点四十分。

“现在还是半夜呢，”我说，“回去睡觉吧。”

“我不累。”他用有点恼火的声音说，就像我指控他什么了似的。

“那你想吃早饭吗？”我说。

他点了点头。我把他抱起来放进儿童椅，从橱子里拿出牛奶什锦谷物早餐，从冰箱里拿出蓝莓味的酸牛奶，把它们都倒进盘子里，放在桌子上，递给他一把餐匙，运气不错，他接过去了。

又一阵踢踢踏踏声响起。我转身，海蒂站在门口。

“早上好，海蒂。”我说。

她没回答，用那窄窄的眼睛看着我，头发乱蓬蓬地竖着。

“我也想吃。”她说。

“当然你也有。”我说。

“嗨，小约翰。”她说。

“嗨。”约翰说。

我为她放好盘子和餐匙。

“那你可以自己在这里坐一会儿吗？”我说。

海蒂点点头，开始吃东西。我又走进书房，让门掩着，这样我就能听到他们的动静，试图再次进入工作状态。没有音乐很困难，但是几分钟后，我就又坐下写起来了，写的是盖尔·安格尔和我一起去森讷的那次旅行，那是在他母亲葬礼后的日子里，我在一个社区大学里的一次朗诵和对谈活动。我为什么要写这些，并没有什么具体的理由，或者只是那个空间给我的感觉，那儿冬天星空下的幽暗。

“爸爸？”海蒂在我身后说。我吓了一跳，有一刹那以为心脏停跳了。

“又怎么了？”我说着转过身来。

“小约翰想爬出椅子。”

我站起来，走进厨房，抱起他放在地板上。他的尿布沉甸甸的，已经挂在大腿边晃荡着。我把它从旁边解开扯下，塞进水池下的垃圾桶里，我让他站着别动，他照做了，我去厕所里拿了一个新尿布给他穿上，所有这些都在海蒂的眼皮子底下做的。

“我们想洗澡。”海蒂说。

“现在不说这事。”我说。

“什么？”海蒂说。

“不会让你们洗的。”我说。

“什么？”她又说了一遍。这是她最近的新习惯，她对一切都说“什么”，有时候这会让她显得在感受上有些迟钝，我不喜欢。

“不行，”我说，“不会让你们洗澡。”

她对我做了一个生气的表情。然后她转向弟弟，弟弟四肢着地，在墙边檩条那儿的地板上玩着什么游戏。

“来吧，约翰，”她说，“我们去起居间玩！”

已经六点过五分了。公共汽车开始在外面开过。它们低而沉的声音听起来像呻吟。我走进卧室去叫醒琳达。万妮娅睡在她旁边。她总是在晚上溜出儿童房，有几次我们上床时她已经躺在我们的床上了。海蒂出生时，我们才刚开始教她在自己的床上睡觉，琳达为她感到难过，所以她被允许和我们睡在一起，从那时起，我们就得躺在她身边直到她睡着为止。但这还不够，只要她醒过来就会来找我们。

"六点十分了，"我说，"海蒂和约翰已经起来了。你能起床让我再工作一会儿吗？"

"嗯。"她说。

我把电脑放卧室里的桌上，打开电子邮件，看看有没有什么在晚间意外到来的邮件，很走运，收件箱里只有《阿格德尔报》的新闻推送，我有次试图进入他们的档案库去看看有没有关于爸爸的文章，打那以后我每天早上都收到这个新闻推送。当时显示是出现了某种技术错误，我以后再也没有上过那个网站，但是他们有了我的邮箱，而我也从来无法成功地把我的名字从他们的邮件组里删除。其实每天都收到这小城消息还是挺温馨的。我删除了邮件，用谷歌搜了一下我自己，什么都没有。我又浏览了一下，看到琳达没怎么动，就又走进了书房，关上门，放起音乐，企图再次进入工作状态。但是这一次小小的中断已足以让阻力增长。当我每天早上开始工作时，没有任何杂念来得及掺和进来，从睡眠到文字之间的运动总很流畅。一天里越往后我就必须用更多的力气来克服这阻力，到了下午，我唯一能恢复工作状态的办法就是睡一觉，以消除那些阻力，重新开始。

我又花了差不多一小时才重新进入状态。没过多久琳达就敲门，问我知不知道哪儿还有干净袜子，或者我觉得是不是不穿凉鞋也能出门。我转过身，向她投去最冷酷的眼神。她用力关上了门。我内心沸腾了。走廊上传来他们的声音，万妮娅和海蒂在对喊。我理解她没办法让她们彼此合作，我的内疚感足以让我出去看看能不能帮上忙，但还不足让我去直视她的目光。我站在万妮娅身后，抓住她的脚，把凉鞋套上去。

“唉。”她说。

喊疼时，他们从来不像挪威人那样说嗷，这里瑞典话唉，那里也是瑞典话唉。

我把那些小小的皮带穿过开口，向后折，固定在魔术贴或者总之那个东西上。

“他们涂防晒霜了吗？”我说。

“我想今天不用。”琳达说。

“刷牙了没？”

“约翰刷了。万妮娅和海蒂还没有。我们还有好多事没做呢。”

我猛地推开浴室的门，把两把牙刷在水龙头的水下冲了下，挤一些牙膏，又出去，一把递给琳达，拿着另一把站在海蒂面前。

“张大嘴。”我说。

她抿紧嘴唇。

有时她这样做是因为好玩，但是这一次不是；她给我一个眯缝着而叛逆的眼神。

“你是觉得我今天脾气不好吗？”我说。

她点了点头。

“我不生气了，”我说，“你能不能把嘴张开？”

不。

“你不想我用强迫的吧？”

“什么？”

“强迫。就是就算你不愿意我也要刷你的牙。”

“什么？”

“我刷完了！”万妮娅对她妹妹坏笑着说。约翰站着想打开大门，他踮脚站着，手几乎要够到门把手了，但还不够把它向下拉。

“妈妈来。”海蒂说。

“好吧。”我说，把牙刷递给琳达，海蒂立即为她张开了嘴，露出牙齿。

“再见。”我说。

没人答应。

“至少你得说一声再见吧。”我说着看向琳达。

“再见，”她说，“但是我要先回家然后再出门。”

“好吧。”我说，走进书房。在椅子上纹丝不动地坐了会，等着，直到我听着他们消失在电梯里，电梯在楼里下降，才点开那关上的文件，它瞬间在屏幕上展开。

琳达半小时后回来了。我出去找她，她提议我们到阳台上喝杯咖啡，我们在那儿坐了十分钟，各抽了一支烟，几乎一言不发。

“希望你们这边一切顺利。”她站在门廊上，拿着手提箱，对我说。

“我们当然会的。”我说。

“他们上床前我会打电话回来，好吗？”

“当然。你可以试着放松一下。代我问候海伦娜和……”

“弗雷德里克。我会的。”

我们互相亲吻，她出去后关上了门，我则进去查电子邮件，一封来自 Play.com 网站，然后就没了，然后我又坐进书房重新开始写作。我和盖尔·安格尔通了半个小时电话，吃了一盒冷鱼糕当午餐，又煮了壶咖啡，当我从阳台回来时，有封新邮件，来自居纳尔。

标题是“话语的强暴”。

打开这封信的事简直想都不敢想。

我终于能支持着自己站起来，走进屋里，拿起电话，又走到阳台上，再给盖尔·安格尔打电话。

“是那个出来打电话的家伙？”他说。

“我刚收到一封邮件。”我说.

“你叔叔的？”

“是。”

“他不喜欢你了？”

“不知道。还没读呢。我他妈的不敢。”

“能有多严重啊？打起精神。别当鸵鸟了。”

“邮件标题是‘话语的强暴’。”

“去读！”

“我肯定会读的，”我说，“什么时候读都一样。听着，我把它发给你，所以你也可以读读，我待会儿再给你打电话。行吗？”

“当然。”

我们挂了电话，我点了根烟望着屋顶。心跳得还是一样快，就好像它在胸膛里逃逸了。

话语的强暴。

我喝了口咖啡。我想过要去城里走一走，让这封邮件在这儿再晾一会儿，我要找一个公园坐一坐，或者去逛几家商店。但我知道，对邮件中可能包含的内容的想法会持续地困扰我，让我不管怎么做都无法好好休息。

我起身走进卧室，甚至在坐下之前就点击了他的电邮，尽可能快地读完，就好像可怕的是眼睛和文字的相遇，而不是这文字所讲述的东西。

我对此有过多种期待，但不是这个。

这就好像他站在那儿咆哮。他写道，这本小说背后的主脑是我母亲。她讨厌克瑙斯高一家人，他如此写道，这些年来她一直给我灌输这种仇恨，让我思维扭曲，以至于完全丧失了现实感，并写下了这种中伤人的、伤风败俗的、自我中心的粗制滥造作品，以报复这个家庭并发笔横财。如此行径比我心目里的父亲在我童年时所有行为还要恶劣。我书中所有的信息来源都是我母亲，所有这些书都一律埋藏着她复仇的动机。它们谬误百出，它们充斥着错误、恶毒的描述以及一种他认为这个家族里绝不存在的人生观。我所需要的，是去住院做心理治疗。

他写道如果书稿一旦付印，他就将对出版社社长个人问责，并去报警、起诉要求赔偿。这封信没有署名。

当我读完了这封信，我勉强能站起来。无法再清晰地思考。我唯一知道的就是我必须找人聊聊这事。我输入盖尔·安格尔的邮件地址，转发了这封信。然后我走进屋里。站在客厅的窗前，瞥了一眼广场，走进厨房，瞥了一眼屋顶，走进孩子们的房间，看看我周围的一切，海蒂和万妮娅的双层床，约翰的婴儿车，又走进浴室，打开洗手池的水龙头，洗手，走进客厅，打开通往那长长阳台的门。外面有阳光，很温暖，我抓着栏杆，向前弯下腰，看着下方沿着大楼里面走过的人们，松开手，又走进去了，在地板上来回地走，最后做了个决定，邮件还有个附件，那还有封信，我干脆也把那封信读了，反正不可能更糟糕了。

这封信是写给西塞尔·诺伦·哈特勒于，也就是妈妈的。他在信中写道，他刚刚阅读了“作者”——也就是我——的最新稿子。这本书的性质使他完全找不到措辞来描述对我的想法。但是他还是这么做了。一连串人所能想象到的最恶劣的特征。我自吹自擂，我是无可救药的可怜虫，我是恶棍。居纳尔写道，奇怪的是，我所攻击的都是克瑙斯高家的人，而她，也就是妈妈，丝毫不受触及。作者对她一句恶评都没有。为什么？他对她则有很不同的看法，他写道：在我和英韦的整个童年她都忽视我们，只关心自己，以及他称之为半吊子哲学自我的那种东西，而这一点被我继续发扬光大。一点不考虑别人，只为自己着想。毫无慈悲，毫无关爱之心，只顾自己往上爬。当我们最需要她时，她本来应该成为为爸爸起到校正作用的准绳，但她没有做到。他把这称为疏于照顾。这才是核心，这才是最重要的。我从来就没有明白过这一点，因为她已经完全操控住了我的脑袋。我相信她所说的一切，并且因为她讨厌克瑙斯高家的人，我也有样学样。然后他描述了记忆里她进入他们家时的情形。

他那时还只是个男孩，母亲来到他身边显然给他留下了印象，因为他用最极端的词来形容她的气场，她如此冷淡，拒人于千里之外，你会觉得他在形容某个冰川。她一点不温暖，不冒热气儿，也不参与家里人的活动，就是坐在角落自己读杂志，时而在掸烟灰的时候向他们投来审视的一眼。她和任何人都不交流，他们这些小孩在她身边时她也从来没有一句好话——这里他想起来的肯定就是他自己的经历了。他继续写道，他长大成人后她也从不邀请他来家里玩，也从来没登门来看他的孩子，而她和他那爱交际又热情的母亲显然根本处不来。他写道，他为他的大哥要和她一起生活而感到心痛，他纳闷她是怎么长成这副德行，能这样地散发使人不快的气场，他还说起了他十二岁那年跟他们一起的那次旅行，去她挪威西部的老家。她的母亲，也就是我的外婆，被他描述为自闭、满怀各种心结和自卑感。他们住的那地界,在他概括起来就是穷酸,所谓的乡下地方。他十二岁看到我外婆时，就该明白两件事，一种要出人头地的病态焦灼是从何而来，她女儿身上何以有这种焦灼，而她的儿子，我的舅舅谢尔坦何以落到以乌鸦为题写诗的下场，显然是愚蠢且毫无价值。我母亲缺乏应有的家教,也就是说,共情能力，关怀别人的能力，让周围的人感到如沐春风的能力，而她又把这些缺陷传给了我，造成了如出一辙的破坏。

他给她写的信里着重指出，她对我目前这样野马脱缰的状态依然有责任，他把我称为“你那没朋友的儿子”。他把我和爸爸做比较，写道，我像爸爸以前那样不着调，我也有一样的人格分裂。然后他又拿我和妈妈做比较,写道我和她一样愤世嫉俗、毫无心肝。但这点在书中有体现吗？没有，这种显然正确的视角在书里完全缺席了。他以为，爸爸走下坡路的过程中妈妈的错有目共睹，前提是你愿意去看。爸爸从来没从她那里得到他所需要的，也就是爱、亲密、陪伴和温暖。居纳尔在十二岁时就已经看清了这一点，但是他的兄弟，也就是我爸爸，明白这一点时已经太晚。

最后，他请她必须让我终止这一项目，然后在某个地方的精神病房给我找个空床位。如果没有照此办理而此书依然出版的话，他就会起诉提出索赔。他将不惜一切站在克瑙斯高家的阵营里，去阻止这场她主使的、对克瑙斯高家族的仇恨攻击。

信的落款不是他自己的名字，而是以我父亲的兄弟名义。

我在床上躺下，纹丝不动地躺着。忽然间这就是世间唯一存在之物。一年半后的现在，我已经不再置身于那爆炸性的焦灼中，所以不太能回忆起当时都是怎么回事，有过什么感觉。我甚至可以很好地理解这件事，但是再也无法重温那感受。当我现在读着这些邮件时，一种巨大的不适紧握着我，它们证实了某些我一直都知道并感觉到的东西，但是我此刻的认知与它在那时裹挟而来的力道相比，简直淡到几乎没有。那一刻，2009 年 8 月的那一天，它让我动弹不得。假使我对在此等待着我的狂怒有一丝丝预感，我就能早做准备，以缓解它的冲击，又或者，最有可能的是，从根子上就把写这本小说的念头束之高阁。但是在写小说的过程中我根本没想过会引起这样的反应，一次也没有。

走廊上的电话响起了。

一定是居纳尔。

我没法和他说话。这就像我小时候做错事后听到爸爸在楼下打开门时一样。他来了。他来了。

但也可能是盖尔 · 古利克森或者盖尔 · 伯达尔，因为这封信也发给了他们。

我起身匆匆走到走廊。到电话旁边时，它已不响了。我把它从充电座里拿起来，按出来电号码。

所显示的是“10”。

这意味着来电者隐藏了电话号码。盖尔·安格尔一直都这样，可能是他。我曾经开玩笑说只有警察和他打电话来是没号码的。不过这不只是玩笑，因为我内心某处一直预备着警察终会打来的那通电话。

我把电话拿到阳台上，给盖尔打电话。

“对，你好，这里是居纳尔，”他说，“这是我那狡诈没朋友的侄子吗？你怎么敢给我打电话？”

“是你打的？”我说。

“是啊是啊，”他说，“你现在心情很差？”

“用差已经不足以形容了。你读完邮件了？”

“读完了。不管怎样，你叔叔用词还挺有新意！”

“是的。”

“我都笑出声了。”

“那肯定的。”

“行了吧。他生你的气。这也不难理解。但也就这样了。实际上你没有做错任何事情。”

“肯定有。他要告上法庭。这点我绝不怀疑。”

“但是这不是更妙了吗！你一定得希望、祈祷他去做这么愚蠢的事！你要富得流油了！真闹上法庭的话，每个人都会买你这些书！这事会直接写进文学史里。然后你就是百万富翁，情况不能更好了。”

“不是的，可以更好的。”

“得了吧！你干什么了？你写了一本关于自己人生的书，仅此而已。这是你的自由。自由是自己争取来的。如果自由是别人给你的，你就是个奴隶。你的生活是怎样你就怎么写。它也有代价。代价你现在也看到了。你没考虑你叔叔的感受，你也确实是没有顾忌。这就是这么做的代价。是，他生你的气。是，我能理解。按照他的世界观他有权利对你发火。但仅此而已。你明白吗？你写他的部分一点问题都没有。你写的是你自己的父亲。这是你的权利，这是你该死的遗产，这就是他留给你的东西。没人能从你这里夺走它。他们可以生气，可以发火，可以去找你和你家人的麻烦，但仅止于此。你什么都没做错。你得到了我彻底的宽恕。可惜我并不是神父。”

“是啊。”

“什么是啊？这事就这样了。打起精神,伙计。你要发财了。你一定要对这些一笑了之。”

“其实没有什么可笑的。”

“当然有！我读那封邮件时，就知道这一切的根源是什么。这是因为你不是你家唯一疯狂的人。其实每个人都挺疯的。你父亲、你叔叔和你。”

我什么也没说。他努力为我加油打气，这当然无济于事，但他这么做我还是很高兴的。我们又聊了一个小时，说的都是同一个话题，这些信以及它们带来的新状况。盖尔认为我应该顺其自然。道德是没有创造力的，它只会对被创造出来的东西说不。被创造出来，就是生命。为什么要对生命说不？

盖尔是彻头彻尾的尼采主义者。他从局外看着这一切，这是他的力量所在，但这也意味着他置身事外。我则身处其中，最不能安慰到我的，莫过于这种活力论，因为它与逾越是一样的，从根本来看，那是对逾越的恐惧。

我和他通话时，电话里响起一个信号音，显示有电话打进来。第一次我无视它，但是当它第二次响起，我告诉盖尔我要挂了，得接那个电话。

液晶屏上只显示“来电”，我没有拿起电话，谁都有可能打来。但后来电话号码显示是奥斯陆打来的。据我所知，居纳尔也可能出现在奥斯陆，但可能性很小，而且，我已经认出了前三位数字，这是十月出版社的号码。

我按下绿色按钮，把听筒举到耳边，同时打开门走进客厅。

“你好？”我说着朝窗户走去。

“嗨，我是盖尔·伯达尔。”

“嗨。”

“我收到了你叔叔的电邮。”

“是啊。”我说。

他笑了一下。我停在窗边，将额头靠在凉爽的玻璃上。

“这是很严重的问题。”

“是。”

“我们必须恰当地处理这件事。”

“是的。”

我朝书架走去，看着那些书名。

“我们必须尽一切可能和你叔叔达成共识。还有我们必须有一个可周旋的空间。无论如何，绝不能让他把这事闹上法庭。对你来说，改掉所有和你父系家族有关的名字都没问题吧？”

“没什么问题。”我说着朝另一堵墙走过去，转身，又走回来。“绝对没有。我在寄给他的信里已经提出了这个建议。”

“很好。这样我可以告诉他，我们会改掉所有的名字。然后尽量在可能的范围内隐去真实地点和环境。”

“好。”

“我会联系我们常用的一家律师事务所。你知道就行了。你知道，我们必须确保所做的一切都是合法的。”

“好。”

“可是他真的很生气呢！”

“是啊，可以这么说。”

我走进厨房，站着，看着水槽上方的一排橱柜，其中一个开着门，有一层是装玻璃杯的，几乎完全空了。洗碗机里肯定装满了玻璃杯。

“也有可能他是想吓唬你。”他说。

“他肯定这么想的。”

“是啊，但是好啊，卡尔·奥韦。你继续尽力把这些小说写好就够了。我得到律师答复再给你电话。”

“行。”

“嗨。”

“嗨。”我说着，放下电话。又走进客厅，然后穿过走廊，到了浴室，我打开水龙头，用热水冲着手。我走出去上了阳台，但我意识到自己无法单独坐在那儿抽烟，那儿过于空旷而安静，我去拿起刚才放在厨房桌子上的电话，给琳达打过去。

“嗨！”她说。

“你听起来挺开心，”我说，边走进客厅，走到窗前，“你到了吗？”

“还没呢，我还坐在火车上。我睡了一会儿。现在读点东西。你呢？”

“情况不太好，很不好。我收到了居纳尔的电子邮件。他气得不得了。他快要气疯了。”

“这样啊，好吧，”她说，“他都写了什么？”

“你回家后就能读到。他要我们停止出版，如果不这么做，他说要告上法庭。”

“真的吗？”

“真的。这真的太可怕了，你能想得到。”

“是，我从你声音里能听出来。你想我现在回去吗？我可以的。”

“不，不。不用。根本不用。不用。你应该在那里过几天属于你自己的日子。我这儿一切都好。就是吓了一跳而已。但已经没事了。我和出版社的盖尔·伯达尔谈过了，他们会去找律师，尽量圆满解决这事。他们办事我放心。会没事的。”

“你确定？”

“确定。”

“好吧。”

“我只是想告诉你这事。但其实也没事。我晚上给你电话，我们到时候再说，这样行吗？”

她说可以。琳达和居纳尔从来没见过面，但她也听说过一些他的事。还有那次他都站在妈妈家花园门口了，也不愿去见我们的孩子或她，给她留下了某种印象。而且万妮娅的受洗礼上，他是受邀宾客里唯一没来的。当时我根本没有发觉这些事情有任何值得留意的地方；花园那次他赶时间，洗礼那次他来不了。现在，我透过这封信里所体现的仇恨来重新看待这些事情。这种恨不可能是突如其来的，纯粹是因我写的书而造成的后果，这些年来它必定一直都在那儿。我曾经注意到它，但是总想着是我自己的原因，我察觉到的其实是自己病态的不安。我还觉得所有人都不喜欢我呢，但不可能真是这样，不是的，他是我父亲的兄弟，为什么他要不喜欢我？就算我做了什么他不喜欢的事，总有一些回旋的余地，不至于完全否定吧？我曾经就是这么想的，在那些思想斗争中我对自己这么说，但是现在，在那封信的语气里，这一类想法彻底消失了。真相就是如此，而且已经很久了，也许一直以来都是这样。在我写这本书时，在他看来就证实了他一直以来对我的看法。我内心是个小人，却自以为很伟大。我没救了，撒谎成性。我一直觉得他认为我爱撒谎。一切是如何成为现在这样的？谎言，恰恰就是我最厌恶、这辈子最排斥的东西。结果别人是这样看我的，而我也从别人的眼里看到了这样的自己，就是个撒谎精。

为什么？

有个简单的答案。我有要对他们隐瞒的东西。我有一些在他们面前不能展现或者不能施展的东西。而这一点，也就是我必须不惜一切代价地隐瞒什么，让我的行为好像蒙上了一层伪装，从而掩盖了我整个人和我的个性。当我在他们那儿时，我总要显得和他们一样，是他们中一员，说着他们的话，但是其实他早就看透了我并不真这样，和他们不一样，不是他们中一员。一切就是从这一点开始走上下坡路。

我手里拿着电话站了一会儿，看着客厅窗户外的楼群。我没法工作，没法阅读，没法看电影。我也没法出去见任何人，因为在马尔默我连一个熟到能聊这件事的人都没有。我唯一能做的，就是找人在电话上聊。这没有什么用，但只要外边有那么一个人愿意和我谈论这件事，这就让目前的一切还堪忍受。所以，在去幼儿园接孩子前的两小时，我都在打电话。我与盖尔·古利克森讨论了应对方式，和埃斯彭打电话，他说我不用改稿子里任何内容，也不要屈服于压力，而要坚定地扛过去，我和托雷聊，他很了解给熟人写一本真实传记会遇到怎样的情况，以及家里人会怎么看待这件事。我和英韦聊。他一反常态，因为他与居纳尔关系很好，他无论如何都不愿意卷入我们之间的争执。我说这是我的小说，是我写的，和他一点关系都没有，居纳尔会明白这一点的。在我看来，居纳尔一直喜欢英韦，始终和他保持联系。最后我给妈妈打了电话，她正在下班回家的路上，还没读电子邮件，但是她一回家就看。已经两点五十了。我穿上那双白色跑鞋，从橱子里拿了钥匙，出门时带上垃圾袋，到了地下室，把它扔到一个大垃圾桶里，从楼后开门出去，在后面街道里选了一条小路去幼儿园。当我沮丧时总是这么做，总想远远躲开别人的视线。当我出门走在这温热、深蓝色的 8 月天空下时又有了这感觉。我沿着充斥着汽车尾气的联合大道 [1] 行走，经过总聚在那个角上交通灯边抽烟的一小群人，走到马路另一边，那条通向下一条横街的用棋子石铺就的小路，路边成排墨绿色的小落叶树被旁边一片高楼的阴影笼罩着。我现在的心情就像父亲去世后的那些日子，像我接到指控我是强奸犯的电话后那几天，我周围的环境以某种方式被摧毁了，就

[1] Föreningsgatan，联合大道因联通马尔默东城区和南城区而得名。

好像我置身于一个如此沉重的场域里，它使附近的一切都化为乌有。我什么都能看见，看见了汽车，看见了利多[1]超市，看见了行人和骑自行车的人，留意到他们的衣着以短裤、T恤、裙子、连衣裙为主，偶尔有西装裤和衬衫，我漫步而过时看到了路口另一侧的蒙特梭利学校，那个非洲发廊，那家波兰食杂店和一串小古玩店。我看见那家小店的主人像往常一样坐在人行道上，他那条金毛犬，因为上了年纪总是昏昏欲睡，在他脚边歇着，但是这些对我来说没有任何意味，它们轻飘飘的、自身毫无分量。还有我的孩子看着我的样子，他们在后院向我走来时总是这样。我弯下腰，紧紧地抱着他们，因为这样做是我的本分，但是它也没有足够的分量从自身脱离出来。

两名幼儿园的员工坐在长凳上聊天，孩子们绕着他们跑来跑去玩耍。整个后院的地面都铺着沥青，尽头处是一面大概六层楼高、没有窗子的墙，很像城堡那种，一天里大部分时间它都把太阳挡在外面。靠着墙是沙坑，沙坑一头是一座三米高的玩具屋，另一头则是仓库，里面会堆满三轮车、滑行车、小桶和铲子、球和曲棍球棒，以及两个小型球门和一堆塑料玩具，但是在这快下班的时候，玩具在院里扔得到处都是。家长每半年要在这里义务劳动一周，除此之外还得管行政工作，每天擦洗所有房间。我一直试图避免担任一切重要的职位，比方说我从没加入过管理委员会，没做过人事主管、招聘主管或财务主管，而是坚持去做最需要动手且没地位的工作，也就是清洁组。这完全是体力活，意味着半年内有五到六个周末我得打扫整个幼

[1] Lidl，德国国际连锁平价超市。

儿园的卫生，另外在我轮值期间也得做打扫。但这适合我，除了指定的劳动时间我就无须更多投入，所以我很安于这个局面。唯一的问题是，当我周日晚上开门进来做清洁时，我心里会涌起一种强烈的要把一切做到尽善尽美的冲动，这样下来我花费的时间就比要求的多很多。也许就因为这样，一到下半年我就被邀请做清洁主管。我答应了，然后就必须负责组织春季大扫除，还要安排工作轮值，并保证清洁工具的供应，我做这些还挺开心的，但是当这一年结束，在年度会议上要决定新的分工安排时，我还是要求去做普通清洁工。因为成为负责人而引人注目是我不喜欢的，此外，如果某次清洁没做好引来员工的投诉，我的职责就是要把意见传达给那个偷懒的家长。这种情况发生过几次，当我不得不对他们说这些话时，我羞愧得几乎要钻到地板下面去，他们可是成年人啊，难道我该站这儿对他们说你们的工作没有达标，下次不能这样了？一次还行，最多两次，我就够了。

我在两名员工面前停下脚步。纳杰在伊拉克长大，对孩子们有种铁腕的慈爱，而卡琳是那些基本稳定的兼职工中的一员，她以前是这里的固定员工，和我的孩子们有着非常特殊的亲密关系。

“今天怎么样？”我说。

“都还很好，”纳杰说，“没什么事。就是约翰脸颊上有一道抓痕，他因为这个挺伤心的，但是现在都好了。”

“谁抓的他？”

“是海蒂，”卡琳说，“她已经道歉了。她和约翰一样都很难过。”

"好吧，"我说，"我们走了。"

我转身喊起他们的名字。约翰马上过来了，但海蒂，正在沥青地面上飞快地骑着车，马卢坐在她身后车斗里，没有任何迹象表明她听见了我的声音。万妮娅躺在沙盒里，腿上盖满沙子，这是卡婷卡往她身上撒的。我走向她们。

"我们现在要走了。"我说。

"再待一会儿，爸爸，求你了。"万妮娅微笑着说。

"那就五分钟。"我说，在长凳对面的石头上坐下来。身体在酸痛，把关于居纳尔的念头松开仅仅几秒后，身体感到了酸痛，这些念头又带着新的力量卷土重来。我曾希望在孩子们身边会好一点，能带来不同的视角，但所发生的恰恰相反，我为他们感到难过，因为他们有一个这样的父亲，他们所注视的、亲昵的父亲，并不是那个真实的我。当他们长大到足以评判周围人的性格和特质时，这一切将慢慢地浮现在他们面前。我不配当他们的父亲，但这并不是让人悲伤的事，让人悲伤的是现在的他们对此一无所知。

"琳达还好吗？"卡琳说。

"很好，"我说，"她在什么地方的一个小农场给自己放个小假。就几天而已。"

"你真是太强了，能一个人带这些孩子。"

"没有，没有，我的天，"我说，"这真没什么。没什么。"

我带他们真没问题，因为我挺严厉，比琳达也在时要严得多。我不会妥协，一点讨价还价的余地都不给。他们很快就发现了这一点并自我调节，但其实这并不好。幼儿园员工看不到这一点，她们只看得到送接孩子时的情况，那种时候，很多双眼睛看着我的时候，我当然也会注意自己的行为。

该死的地狱。

因为这些活见鬼的事，真的。

我怎么会让自己陷入这样该死的处境？这有什么好处吗？为何我不能像其他人那样把所有糟心的事吞进自己肚子里？那怎么行，我必须把这些都怼到大家的脸上，然后承担因此带来的一切后果。

居纳尔也没做什么，他只是尽力要过好自己的日子，然后这事就找上了他。

我本可以向天空伸出双臂，在后院里用尽全力大声吼叫。而我却坐在这里看着海蒂来回骑着车，看着约翰爬到卡琳旁边坐好并凝视着屋顶，看着双脚已经要快被沙子完全埋起来的万妮娅，带着僵硬的一丝微笑，以显示我觉得孩子们多么美好。

我站起来朝万妮娅走去。

“现在我们该走了，”我说，“不许求我。”

“可是我的腿没了！”她说，“看！”

“沙子里有鲨鱼吗？”我说。

“没有，”她说，“我生下来就这样。”

“不过，小姐？”

“怎么？”

“现在我们必须要走了。”

“好吧。”她说着站起来，把那些没有自己滑下去的沙子刷掉。我朝约翰走过去，把他抱起来举向空中，他大笑起来，直到他意识到我们正在走向童车的路上才停下来，但是在轻微的抗议后，他屈服了。就只剩下海蒂了。我也不耐烦去哄了，朝她喊着让她现在过来，马上。当她没有回应时，我按下了幼儿园出口的按钮，将万妮娅抓着的童车推到门口，打开了门。我们现在走了，海蒂，我喊着，她跑过来了。

“等等！”她喊道，“等等！”

“我们肯定在等，”我说，“但是你总也不过来！”

她一言不发，手抓住了童车。表情有点挑衅。有时候，我只需看着她，眨眨眼或者做个鬼脸，或者同样恼怒地看着她，这种冒犯的表情就融解成了一个通常是调皮的微笑，而因为被骗而导致的羞恼就过去了，然后她会追着打我，但眼睛闪闪发光。还有些时候这种挑衅会继续增强，就像现在这样。

我们顺着人行道往下走，一路都是骑自行车下班回家的人。万妮娅一路都在说话。我半心半意地听着，以防她会抬头看我并等着我的回应，听到的是她在说上周她看到的两个品种的狗各自的优劣。海蒂在另一侧噘着嘴沉默地走着，而约翰则如同往常一样在童车里昏昏欲睡。

“约翰在哪儿？我们把他忘在托儿所了吗？”我说，因为我想他也该得到一些关注，这样他就不至于完全睡过去。

“这里！我在这里！爸爸！”他说着，朝我扭过头来。

“约翰小子在这里！”我说，看向街角那家比萨餐馆，那里有不少人坐在绿色的遮阳伞下进餐。有几次下午我和孩子们一起经过时，看起来很像黑手党聚会。意大利老家伙们穿着棕色西装，矮墩墩的肥胖身体，邪恶的眼睛。

我转过身。我们后面来了一个穿黑色连衣裙的女人，小跑着往下走。她几乎是拖着一个男孩，九岁左右，从我们身边过去了，走到我们前方十米左右时，她把他推到墙边，他拉下裤子开始撒尿，而她警惕地前后看着给他望风。我不敢相信自己的眼睛。小便流淌在人行道上。

“那个男孩在干吗？”万妮娅说着，半看着他们，半看着我。

“看起来他站在那儿小便。”我说。

男孩抖了抖，拉上拉链，然后他们狂奔过马路，沿着对面街道向下走，而我们则在自行车店那儿左转，开始朝南城区走去。在 7–11 便利店那儿停了下来。海蒂拒绝往前走。

“我很累。”她说。

“哦，但是海蒂，”我说，“你可以再走一会，我们就到家了。”

她摇了摇头。

“我想坐在车上。”她说。

“但是如果两个人在上面，它就会散架。你不记得了吗？上次轮子滚开了。”

“我想要个水果。”她说。

“可以给你，但不是这里。在商店里可以给你买个香蕉。”

“我想要那边商店里的。”她指着我们走过来时的那条路说。

“我们要走回去吗？”我说，“走那么长的路回去？”

“对。”

站在童车另一边的万妮娅笑了。

“万妮娅，”我说。“没你的事。”

“她笑话我。”海蒂说，那是她觉得最差劲的事，被人嘲笑。

“并没有，”我说，“现在我们走回商店，在那儿给你买水果。”

海蒂看着我。然后她转身迈开腿沿着人行道拼命跑。她跑到一半停了下来，挑战地看着我。

“站这儿别动，万妮娅，”我说，“你能答应我这个吗？”

万妮娅点点头，我跑着追海蒂。她看到后就继续跑。我追上了她，她在一个交通灯柱子那儿停下来，双手紧紧搂着柱子。

“现在闹够了。”我说，把她从柱子那儿拉下来，抱起来走开。她打开肺活量大叫。人们停下来看着我们。她就是想要这样的效果。但是别人不明白这一点。他们以为我打了她还是把她怎么样了。我看到一个母亲或父亲对着孩子俯下身时我自己也会这么想，他们威胁性的身体动作总是让我觉得他们是坏父母，最恶劣的那种人类，虽然我自己很知道这些是怎么回事。

我把她放下来。

她大喊着不想走。

“那要我抱你吗？”

她摇了摇头。

“那我们该怎么办？”我说。

“我要一个水果！那边商店里的！”她喊道。

这一切让我脸色阴沉。我紧紧抓住她的手臂，弯腰把我的脸凑到她面前，从牙齿缝里说话。

“够了！现在别和我废话！马上过来！听到没有？”

泪珠在她的脸颊上滚落下来。

“听到没有？”

“我不要！”她喊道。“你真傻！你是狗屎爸爸！”

“你说什么？”我嘶嘶地说，试图保持住低低的音量，别给那些注视着我们的人什么把柄。

“你是个狗屎爸爸！”她说。

万妮娅笑了。

“这没有什么好笑的！”我对她说。她严肃起来，但是我因为某些自己也搞不清楚的原因也微笑了，于是她大笑起来。

“你们在笑我！”海蒂喊道，又跑开了。这次她跑开几米后我就抓住了她，把她扔在肩膀上跑回去，抓着她半悬在空中。

“你要走吗？”

她摇了摇头。

“把我放下！”她喊道。

“让我问问约翰看他想不想下来走？这样你就可以坐推车上？”

她点了点头。

约翰已经意识到要发生什么，双手紧紧握住童车。

我想到也许明天海蒂胳膊上会留下淤青。我又想到曾经读到的一个案子，在挪威，一个日托班阿姨把孩子扔进童车时把他的腿弄折了。

“行了，约翰，”我说，“我可以背着你。然后海蒂坐车里。”

“我的车。”约翰说

“我可以背着他。”万妮娅说。

他答应了！我抱起他放到她背上。他紧紧地抱实了，而海蒂在童车里坐下，这样我们这个戏班子就继续往前走。万妮娅走到 7–11 便利店那就背不动了，但既然约翰已经离开了童车，也就不再拒绝坐在我的臂弯里。

我们还没到超市海蒂就已经睡着了。所以根源在这儿，她太累了。我买了法伦香肠 [1]，一袋做斯特罗加诺夫炖牛肉 [2] 酱汁

---

[1] Falunkorv，类似热狗肠，用肉类、调味剂和土豆淀粉制作的熟食香肠。

[2] biff stroganoff，也叫俄罗斯酸奶油炖牛肉，本来需要用洋葱、红椒、芥末、蒜、蘑菇、酸奶油炖煮。这里指的是超市里出售的方便调味粉，加水煮开即成酱汁。

的调味粉，一袋子米，做沙拉的材料，牛奶和酸牛奶，一大瓶百事可乐。我咒骂着自己，因为我把自己的沮丧发泄到了孩子们身上。但这并不妨碍我在我们走进商店时对万妮娅很严厉。不，我说，不，那个不能买。现在过来，我告诉你过来！不，不，不！就好像我在许多不同层面上都存在着，且突然间它们都同时活跃着。一个被居纳尔的来信占据了心神近乎绝望；一个盘算着晚餐吃什么并据此推着童车在商店里游走；一个因为之前那样对待海蒂而感到难受；一个因为万妮娅的行为而恼火；一个因为她的屈服而感到悲哀，因为这意味着她服软了；一个因为她服从了指令而感到满意。

在收银台前轮到我们时，我抱着约翰的胳膊已经因为一直绷紧而发软。我放下他，以便腾出手来把货品放在传送带上，他跑到收银台尽头，企图爬上去，这是他喜欢的事情之一，站在那儿看着货品滑过来。我把他抱起来，把最后几样东西放上去，走到付款机那儿，将卡插进去，输入密码，确认显示的金额，把卡取出，并放回裤口袋。

我把东西放进购物袋里，把约翰抱到胳膊上，走上了最后一段路。

“那么，今天你在托儿所和谁一起玩？”我看着万妮娅说，主要是看看她有没有被我刚才严厉的语调影响。“本杰明还是卡婷卡？还是路易莎？”

“没有路易莎，”她说，“卡婷卡，和本杰明也玩了一小会儿。”

银行外面坐着那个最常出现的乞丐。他跪坐着，两手叠在胸前，当他把亮晶晶的眼光投向过路行人时，他的身体前后摇晃着。在他面前是一顶装着几个硬币的帽子。

“他为什么要这样？”万妮娅说。

“他在乞讨，”我说，“他想要钱。”

“为什么他没有钱？”

“不知道，”我说，“他也不工作。所以他讨钱去买食物。”

“你为什么没给他钱？”

“因为他什么也没做。如果他演奏什么乐器之类，我就会给。我一般都会这么做。但我也有直接给乞丐钱的时候。有时我为他们感到难过。所以其实做不做什么也没有那么重要。”

“为什么他没有得到钱？”

“不过，你现在刨根究底问起这个真是太糟了。”我微笑说。

她也微笑。

“他可能来自很远很远的一些国家。他们来这儿成群结伙地乞讨。有点像一个帮派。”

“小偷团伙？他们是小偷吗？”

“不，不完全是。但是他们差不多把它做成了一种职业。这就让乞讨的意义完全消失了。因为它本来就不是一个工作。”

我为自己讲的这个道理笑了起来，万妮娅微笑着看着我。我加快了脚步以赶上那个绿灯。十字路口的另一侧坐着那个老萨克斯管手，吹着他那一小段乐曲。现在我得给他点什么了，我把手探入口袋，寻摸着里面都有什么，凝视着手掌上的硬币，将一个五克朗给了万妮娅。

“你要给他吗？”我说。

她有点受惊吓地看着我。然后她郑重地点了点头，迈着那缓慢，几乎是无声无息的步伐走上前去，把那五克朗扔进了打开的乐器盒里。萨克斯管手对她眨了眨眼，她赶紧退后几步。

我们还得买点水果。他们不收银行卡，所以我把约翰放在地上，在自动取款机前排队，同时让视线滑过所有站在或走过这构成广场一端长如弯弓般建筑的人们的脸，我们住在这大楼的顶层。我在找居纳尔。我知道他出现在这里的可能性微乎其微，但是这事基本没道理好讲，搅在这里面的几乎只有情绪，而其中的深奥之处也无法解释。

那个短发呈干燥沙土黄色、戴眼镜的女人，身材几乎是圆锥形，她把收据撕下来，把银行卡塞回兜里，同时她对我投来飞快而狐疑的一瞥。我把银行卡插进去，输入密码，取了三百克朗，等待机器完成操作时我看向约翰，他正朝着水果摊走去，一直走到了房子墙边，小得像一截树桩。

“万妮娅，你要拿着钱吗？”我说。

“是给我的？”

“不是，但是买水果时你可以付账。”

“我不想。”

“好吧，”我说，“那我拿着吧，我来付账。另外，你看约翰，你觉得他把我们都忘了吗？”

她笑起来了，因为他现在已经走到鞋店那儿了。我把车推到水果摊那儿，跑过去抓住约翰，拿了一把香蕉，装了几袋子苹果和橙子，又装了一袋绿葡萄，把这些都递给店员，我觉得他可能来自土耳其或马其顿或阿尔巴尼亚，他称了重量，把它们放进一个更大的白口袋里，我付了钱，他找给我八克朗零钱，我谢谢他，推着在车里睡着的海蒂走过广场，把钥匙卡递给万妮娅，她把它贴在门禁上，门啪嗒开了。我把车推进去，把它拉上了两层台阶。海蒂的头前后晃动着，但也没醒。约翰已经站在电梯前，企图去按电梯按钮。

“你太小了，”我说，“明年再试吧。”

“抱我起来！”他说。

我照做了，还一直抱着他让他能从电梯门上那小小细长的玻璃窗里看到电梯慢悠悠地来了。

当我们上楼后，我把童车直接推进门廊里，因为如果我现在叫醒海蒂，她会哭闹上至少一个小时，那我可受不了。不叫醒她的代价就是她晚上会不肯睡。

我给他们放了一部电影，这样他们就能消停一会儿，可以让我做晚饭。给他们每人一个苹果，把买的东西放在桌上分类。水果放在食橱的水果筐里，牛奶放在冰箱里，蔬菜放在厨房料理台上，法伦香肠放在案板上。我本打算做米饭，但又改了主意，我们还有些通心粉，所以我转而做这个。去门廊那儿拿起电话，给盖尔·安格尔打电话，量了适量的水和牛奶，将它们放在炖锅里，把调味粉倒进去，他接起电话时我已经开始搅拌。

“你在干吗呢？”我说，“你以前都是电话一响就接的呀？”

“我洗了个澡，结果把书弄湿了，然后我得用吹风机吹干它。”

“吹干它？”

“有问题吗？”

我把香肠顶端那扎紧的深红色塑料切掉一截，把它撕下来，然后把香肠切成小块。

“你怎么样？”盖尔说，“还那么糟？”

“对，就是这样。”

我把一口深锅装满水，放在炉台上。

“他对我有某种威慑力。他转头针对我，是最糟糕的事。这是其一。我吓出一身汗。因为他。其次是这事本身。我冒犯了他。他什么也没做，这些也不是他要求的。等我出了这本书，他也不能为自己辩护了。这是他的母亲，对不对。这些都是真实存在的人。”

“你想过这些事会发生吗？”盖尔说。

“没有，但你知道写作时是什么样的感觉。”

“至少我知道被别人写进书里的感觉。”

“你那时两天没给我打电话。你真生气了。”

“开始确实是。但是后来我仔细考虑过了。我觉得恩斯特·比尔格伦[1]在被要求对《至上表演》[2]一书里描写他的部分进行评价时说得很好。他说，他很清楚那本书中有一个角色顶着他的名字。在我这个具体情况里，我没法同样看待这事，你写的东西离我太近了，但关键是他为所有小说人物指出了一条出路。在这本书里有个角色顶着我的名字。”

“但你是文化人。我从来没在居纳尔那儿看过任何一本书。我不觉得他会读任何东西。所以这事看起来就完全不同了。”

“你说起他就好像他完全没有还手之力似的！伙计，看在上帝的份上，你是没看过他写的信吗？他将你形容成一个彻头彻尾的恶棍！还把这信发给了出版社！他想毁掉你，卡尔·奥韦。他不是没有还手之力。你不能干坐这儿等着。我敢打赌你想过到底应不应该出版这些书？”

“有，肯定的。”

---

[1] Ernst Billgren（1957—），瑞典艺术家、作家。

[2] *Den högsta kasten*，瑞典作家卡琳娜·吕德贝里（Carina Rydberg）1997年出版的小说，实名描写真实情节，描写了斯德哥尔摩文学圈里种种怪象。

“这样你就是让一个克里斯蒂安桑的会计来定义挪威文学该长什么样。你知道你不能这么做。”

“我会出这些书的。”

我走到橱子那儿，拿起装着干通心粉的盒子，往沸水里洒下差不多数量的一堆，用叉子搅了几下，调低了火力。

“问题在于哪一种权利。文学的权利？是啊，那么我说的就是文学比个别人的生活更重要。更有甚者，我说我的文学比他的生活更重要。”

“但这不是他的生活！这是你父亲的生活。他是兄弟，你是儿子。儿子关系更近。”

我把案板斜放在炖锅上方，把香肠块推下去，从橱里拿出四个盘子放在桌子上，拉出抽屉拿出刀叉。

“还有法律。”我说。

“法律不能审判文学。”

“显然可以。”

“显然它是这么干了，米克勒[1]被入罪，但是他的书依然被人阅读。”

“冒犯一个时代的性道德与冒犯一个人之间有很大的区别。此外，米克勒案还有另一方面。也许这就是最后他被压倒的原因。他所写过的人都能从书里认出自己的形象。而且还不是随便什么事儿。所有和他睡过的女人都从书中的描写认出了自己。这

---

[1] 1956年，作家昂戈尔·米克勒（Agnar Mykle，1915—1994）及其出版社因《知更鸟之歌》（*Sangen om den rĭde rubin*）里对性行为和性器官的描写而被法庭审判，米克勒和出版社被判无罪，但是该书未售出库存都被没收。最高法院于次年取消了没收令。

才是真正的不堪之处。塔列伊·韦索斯[1]知道这个事时说了什么，我模模糊糊地记得。‘这可不好’，诸如此类。”

“哈哈哈！”

“是的，你笑了。但是韦索斯是个体面人。也许是有史以来最体面的挪威人。当他说什么事不好时，对，我就认为那真他妈的不好。”

“你不是说过他去世后他们在他遗物里发现了一个装着玛丽莲·梦露剪报的信封？”

“有的。但是即使在罪孽中他也是体面的。”

“你可以这么说。”

我从橱子里拿出四个玻璃杯，关掉两个炉盘上的开关，把水瓶灌满。

“现在我得挂电话了，”我说，“我们要吃饭了。”

“你还好吗？”他说。

“是啊是啊。眼下就是把这些事度过去。”

“你到底在怕什么？”

“好吧，你真觉得报纸不会报道这件事？他们会安安静静地把这事绕过去？这会是一场风暴。这个国家里每家报纸都会拿我来做文章。”

“你可以想想自己会变得多么有钱，偷着乐吧。”

我没有回答，向客厅走去。

“打起精神来！多好玩啊！”

“我们再聊吧。”我说。

---

[1] Tarjei Vesaas（1897—1970），挪威作家。

“反正我这么想的，嘿嘿。”

“再聊。好的。”

我挂上电话，把它放进充电座里。

“饭做好了。”我在客厅说，万妮娅回答了什么我也没听到。我朝他们走过去。

“约翰睡着了。”她说。

他像个小枕头似的躺在沙发一角。

“只有我们两个人还醒着。”我说。

“嗯。”她说，心神全部投入了电影，《龙猫》。

“饭做好了。”我说。

“我可以吃电视餐吗？求求你了？”

“既然只有你一个人，”我说，“如果你保证不洒出来。”

她点了点头。我走进厨房，把通心粉倒在漏勺里，舀了几匙进盘子里，浇上一些斯特罗加诺夫酱和香肠，为了美观切了个番茄放在盘边，把盘子端进客厅，放在她面前。我自己什么也吃不下，走进卧室时咔嚓吃了个番茄，我要查电子邮件。居纳尔没有来信，其他人也没有。但仅仅是看到他的名字和电子邮件标题，话语的强暴，已经使我恐惧。我躺在床上抬头看着天花板。焦虑和绝望又携带着千钧之力回来了。我没法用孩子们来给自己打气抵挡过去，这不好，我是他们所需要的人，而永远、永远不要，成为需要他们的人。

我站起来走向浴室。我拿了几个蓝色的宜家袋子，花了几分钟把成堆的脏衣服分类，我想，明天送孩子们去幼儿园后，也许有时间去地下洗衣房，忽然间我无法继续下去，走进门廊，在门口停下，看着万妮娅，她拿着装食物的叉子，一动不动地停在嘴巴下方，眼前看着的已让她神游天外。

是龙猫在咆哮。这是一声让人心惊胆寒的吼声，但它其实是善良的。这点你能看出来，这样真好。

电话响了。

我看着显示屏。

琳达。

我接起电话。

“哈罗？”我说。

“嗨，是我，”她说，“一切都好吗？”

“挺好的。”我说。

“他们回家还顺利吗？”

“是啊。一切顺利。”

“我可以和他们说两句吗？”

“海蒂和约翰睡着了。但是我可以去找万妮娅。”

我把话筒按在胸前，走进客厅。

“想和妈妈说话吗？”我说。

“你可以暂停吗？”她说。

我点头时，她把手伸向电话。

“嗨。”她说，走出了房间。我找了一会儿遥控器，在书架上找到了它，按下暂停，追着她走。她已经走进房间。当她看到我时，关上了门。

她已经长大了，以至于她打电话时想要点个人空间！

我看向海蒂，她还在童车上睡着。又看看约翰，他也睡了。打开通往露台的门，点了根烟，吸了几口，把它摁熄，然后又走了进去。没有地方可以待着，没有地方可去。

我走进厨房，在水龙头下接了一玻璃杯水，一口喝光。又煮上一壶咖啡，它过滤时的声音令人舒缓，我一辈子都听着这个声音，它总和某些美好联系在一起。

我只是想紧紧躺在谁旁边，那个能抚摸我头发，说着这事没那么严重的人。

我小时候从没这样想过。

那时是因为没有一个会这么做的人。现在有了，如果我愿意的话。但是我从来没有这么做过。这里有些自轻自贱的成分，几乎能让自我溶解。

但这正是我想要的。

我走进门廊，打开通往儿童房的门。万妮娅爬上桌子，站在上面讲着电话。

“你们聊完后，能把电话给我吗？”我说。

“我现在说完了，”她说，“再见。”

她把电话递给我。

“又是我了，”我说着朝走廊里面走，“她到底说了什么？”

琳达笑了。

“她就是说今天做了什么。”

“她一个字也没有对我说，”我说，“和你说话时，她自己走开了，好像不想让我听到似的。”

“和她说话真好。她现在长大了。”

“是啊，她长大了。”

“你怎么样？”琳达说。

“不是特别好。但已经过去了。我想你。”

“我想你。不过能不能晚上给你打？”

“可以。”我说。

“我想我们会烧烤。不过你可以十点打来？”

“很好，回头聊。”

“再见。”

我挂了电话。万妮娅自己恢复了电影的播放。食物好像没被动过。

“你不能多吃点吗？”我说。她叹了口气，吃了两口，推开了盘子。

“就这点儿？”

“我不饿。”

“但是一会儿你就会闹着要吃面包片了。你最好还是把正餐吃了。”

“我说了我不饿。”

现在轮到我叹了口气。我拿起盘子，端到厨房去，放在桌子上，这样她待会儿也能吃。我走到露台上，俯瞰着下面的广场，又走了进去，看着厨房里的钟，已经五点半了，进卧室查电子邮件。没有。我打开了一些报纸网站的页面，《晚邮报》,《日报》，打开挪威国家电视台的页面，又看了一些我不定时追踪的读书博客。其中一个被我关注是因为我被邀请在那儿写东西，我婉拒了，但也读了别人写的东西。一大堆“一本书作家”，其中有些人比其他人出名一点，那些在帖子下留言评论的人，似乎都在写作并想出书，他们对写作过程以及与出版商有关的一切都特别感兴趣。他们对文学的看法以及作家的看法大多很粗浅，几乎什么都能让他们大惊小怪，并且显然视自己是个有重要意见要发表的大人物。

我猛地意识到这完全就是居纳尔对我的看法。

基本一字不差。我的自我很小，但是在自己眼里很了不起，他是这样写的。

也就是说我是个小人，但我本人对该事实视而不见，反而自以为是个人物，以为自己所做的事意义非凡。

这话其实还挺对的，我确实是个小人。我所珍视的不是我自己，而是我在做的事。在乐观的时候我认为这些事有一天会变得挺了不起的。但是一个小人能创造伟大的东西吗？外在的伟大一定要和内在的伟大绑定在一起吗？

我怎么能认定那些博客评论家们微不足道？然后我就因此高了他们一等，这不是和他们一样了吗，觉得自己很重要。

在我自己看来，我作为作家比其他大多数更好。我很少读到什么小说家的作品时会想：这些东西我永远也写不出来。我的处女作出版后，我经常这么想，那本书写得太贴近我自己了，人人都可以这么写，那种东西只要拿起笔写就行了。但是第二本书问世了，我不但用了第三人称，所写的故事也离我以及我的现实环境相距甚远。它扩大了我的能力半径。我所无法企及的，是那种和写作者本人紧紧融合在一起的特质。比如托马斯·伯恩哈特所写的和所成就的，完全是我望尘莫及的。约恩·福瑟也一样。但强纳森·弗兰岑这样的作家就不是。我可以和他一较长短，甚至可能超过他。库切也是如此，他也是缺乏个性特色的作家，如果有这玩意儿的话他的文学还能再上一层楼；我觉得他写的东西就算得了诺贝尔文学奖，应该还是在我的能力范围以内的。问题不在于那卓越的是否最终和个人的相连接。它就是让那独一无二之物独一无二的原因。既然世上已有那至高超的作品，那么仅仅达到次于它的水平又有什么意义？就算也被认为写得不错，甚至能在世界文学里聊备一格？还是有，当然，因为价值在于劳动本身，而不是在于对劳动的评价。不管你干的是什么，你都有义务尽你全部的努力。如果你是工匠，就该尽你所能把活干得又好又精。这和满足感有关。如果你是个一般工匠，件件活儿都做得达标，每天早上去工作，下午晚上照顾家人，那么他是不是应该被奥地利某地某位工匠大师所触动？这位大师是工匠中的工匠，做出的东西都精妙绝伦，这个普通工匠难道不该自问，做这些达标而扎实的活计，而始终没有那么一件令人叫绝的作品，到底有什么意义？是不是该因着那位奥地利工匠大师的存在，而放下手中的锤和钉子？

不应该。你要继续把活计做下去，量才而行。也许会为你其实比报纸上刚报道过的那个工匠更出色而欣慰，因为你知道他，他不是像大家以为的那么好的工匠。好吧，看起来还成，但如果仔细打量，全是粗制滥造。为自己这扎扎实实的活儿感谢自己吧！

所有价值都在于工作本身，而不是对工作的评估。

但是对于居纳尔来说，我只是一个自以为是的小孩，一个自负的侄子想靠博出位来自抬身价。

我做的事对他来说一文不值。

写作是如此脆弱的事，写得好不难，难的是让所写的东西动起来，让它们协同一致地打开一个世界，并使它自成一体。当做不到这点时，其实从来没做到过，没有真正地做到过，我坐在那儿，活脱脱就是个自负的白痴。我以为自己是谁，竟能写点什么让其他人来读？我比别人懂得多吗？我心里藏着一个别人没有的秘密吗？我的经验特别珍贵？我对世界的见解特别到位？

居纳尔曾经指出过我这一点。他说过：我看透了你。你觉得自己了不起，但你只是个小屁孩。你对和你根本无关也永远不会懂的事情横插一竿子。如果你这么做，我就起诉你。让你出点血。我要毁了你。你这小屁孩侄子。

这就是他要说的。

我十七岁的时候，他因为同样的事情警告过我。我在地方报纸《祖国之友》上写了篇关于西塞尔·许尔谢博的一个不太好的评论，他就警告过我同样的事情。他曾说过，你以为你是谁？区区十七岁就写文章给一位卖了二十万张唱片的艺术家挑刺儿？他为我感到难堪，可能是因为我们同一个姓，我做什么都会牵连到他。克里斯蒂安桑是个小城，人人都读《祖国之友报》。

虽然我很为报纸上刊登了我的名字而自豪。但当他说出这些时，我在椅子里不安地扭动，脸也红了，他说的话让我冒汗。我用内心尺度来测量世界，也是由此出发来评价一切文化产品。他对那个世界一无所知，对他来说那些都是瞎扯，我觉得他用以度量我的是现实世界的那个尺度。那个成年人和靠谱世界里的尺度。我与那个世界对峙，但是那时我太孤单，没法和它叫板，我那时候能怎么做？低下头，内心深深感到耻辱。

我把椅子往后一推，脸上发热，然后去找万妮娅。

“你想看电影还是《叶哩嘣啪》[1]？我说。

---

[1] *Bolibompa*，瑞典儿童电视节目。

“《卟哩嘣啪》，”她说，“现在开始了吗？”

我点点头，用遥控器关上 DVD 播放机，打开儿童频道。她已经独自坐在屏幕前很久了，这再差劲不过了，尽管我自己内心失衡又不安，但我还是坐在她旁边。因为她很少主动来坐在我大腿上，但我把她抱起来时她还是很高兴的，所以我用双臂搂着她，把她拉到膝头。她把我的手臂拿开，但坐了下来。

约翰在另一头一动不动，他的呼吸嘶嘶有声，头发被汗水打湿了。阳光朝着窗户射过来，但是几乎完全被百叶窗挡在外面，那些透进来的光线被重塑成一种白色漂浮着的微光，除了阳台窗户那儿，那是没有遮挡的，光柱从那里涌入房间，里面满涌着微尘颗粒，如电子般来回旋转。

“我饿了，”万妮娅说，“我想要一个三明治。”[1]

我深吸了一口气。

“你啊，”我说，“我刚才说什么来着！你很快就会问我要一片面包。晚餐才是你要吃到饱的东西。不是面包。这个你也知道。”

她没有回答。

“要我把你的盘子拿过来吗？”

“不要。那么，我可以吃一个苹果吗？”

“如果你再吃点晚饭。”

“那我就不要了。”

---

[1] en macka 是北欧人常吃的开放三明治，单片面包上放上肉类、奶酪、蔬菜或者果酱等配菜。

“好吧，”我说，“如果你想吃就可以吃个苹果。但你必须自己去拿。”

她从我大腿上滑下去，匆匆走进厨房，然后她边啃着苹果边走回来了，在我旁边坐下。

我起身去找一件干净的睡衣。他们房间里的空气不流通，又热，我打开窗户上方两个通气扇叶，市声涌了进来。

地板几乎完全被玩具覆盖。我明天大概有时间清理一下。我打开五斗柜里的抽屉，找到一件睡裙。海蒂就不换衣服睡了，约翰穿着短裤。如果我走运的话，把他们抱上床的时候他们应该还不会醒。

“穿这件。”我说着把睡衣扔在她的脸上。她用手接住它，对我飞快一笑，开始脱衣服，眼睛还盯着电视。我去拿牙刷，她一换好，我就给她刷了牙。

“我们要在这里读书还是到床上读书？”我说。

“但是《卟哩嘣啪》还没有完！”

“还有两分钟就完了。床还是沙发？”

“床。”

我走进去看了看他们的书架。挑了三本书，给她选择。格林兄弟的《莴苣姑娘》、《伊坦和羊毛头们》[1]、佩特拉（Petra）系列童书中的一册，讲的是她要开始上幼儿园的事。

“但是约翰和海蒂呢？”我关掉电视的时候她说，“他们不用睡？”

---

[1] *Gittan och fårskallarna*，瑞典童书作家皮雅 · 林登包姆（Pija Lindenbaum，1955—）的作品。

“我给你读完书后，就把他们抱进来。”

“我也想被抱进去。”

“可以，”我说，“那你要假装睡着吗？”

“不用。抱我就行了。”

我把她抱起来，送到床上，我在她身边坐下。让她选一本书。她指着《莴苣姑娘》很好，这本书我读起来应该也挺享受。那年夏天早些时候，我在德国待了两天，参加在一座城堡里举办的夜间朗读活动，就在格林兄弟收集了许多童话的地区，他们是这么告诉我的。

“莴苣姑娘，莴苣姑娘，放下你的头发！”我对万妮娅说，她坐在下铺上，在我身边，我读的时候她看着书上的图片。我不知道她为什么对这本书特别执着，其他那么多故事都没有引起她特别注意，但这本不同。它的开场是一个男人和一个女人必须把他们的孩子交给一个女巫，对于一个孩子来说，这事本身就让人毛骨悚然，也许这就是吸引她之处，又或者引起关注的是一个女人从塔上把头发放下，让一个男人抓着她的头发爬上来救她，对我来说，童话是文学的原生图景，或者说是原生之力，因为在童话的表层一切都关于变化，关于世界变成童话的过程，同时作为变化，它也意味着某种形式上的简化，把现实纳入少数几个角色里，在那许多不同的塑造品格的经历后总能精准脱险，它们的真实性高于每个个体所感受到对现实的限制，适用于所有人，当这些不同角色动起来以后，童话的深层次就会对正倾听着它的每一个人打开，而且那就是个无底之渊。很多年来我一直想过要让一本小说在这里展开，一部分在森林里，那儿有山妖和鬼魂、济贫所和国王，会说话的熊和狐狸，一部分在现实的十九世纪的挪威，就是阿斯比约恩森和穆厄[1]在其中跋涉穿行收集传说之地。克里斯蒂安尼亚[2]，泰勒马克，东部内陆的那些山谷。可这需要好几年来写，而我现在恰好就没有这个时间。但每次我给孩子们读童话时，都会被这想法击中，那里是有些东西的。尤其格林童话有一则特别尖锐，一个女人掉进了井里，出来时就进入一个新世界。不幸的是，我们正在读的这个版本翻译得很差，真可惜。但是万妮娅并不知道这点，而正是为她我们才读这本书。

“就是这样，”我读完了最后一页，说道，“现在你要睡觉了。”

“你给我唱晚安歌时能给我挠痒痒吗？”

“当然。”我说。她肚子向下趴着，我把她的睡裙拉起来，用指甲在她脊背上轻轻滑过。这就是“挠痒痒”，我们每天晚上都要这么做，边唱着歌。

谁能够扬帆不用风？
谁能够划船不用桨？
谁能够离开好朋友，
也不流泪？

我可以扬帆不用风，
我可以划船不用桨。

[1] 阿斯比约恩森（Peter Christen Asbjørnsen）和约尔根·穆厄（Jørgen Moe）是最早收集挪威童话和民间传说，并整理出版的人。阿斯比约恩森从19世纪30年代中期开始搜集挪威民间传说，从1837年开始和穆厄合作。

[2] Kristiania，奥斯陆旧称。

但是我不能离开好朋友

也不流泪。[1]

我唱完以后，把被子拉过来给她盖好，摘下她的眼镜，把它们放在床旁的小五斗柜上。

“爸爸？”她说。

“怎么？”我说。

“我可以问你一个事情吗？”

“可以啊？”

“为什么他不能离开好朋友而不哭呢？”

“为什么你觉得这是个男的？”

“因为是你在唱啊。”

“你说得对。但是他应该很喜欢他的朋友。”

“嗯。”她说，把头放在枕头上，显然对答案感到满意。

“晚安。”

“我还会再进来的，”我说，“还得把你的弟弟妹妹送进来。”

“哎呀，我忘记了。”

我先抱起约翰，小心翼翼地把他放在里面的围栏床上，然后是海蒂，这个比较麻烦，要把她从童车抱出来，这动静把她吵醒了，她大喊不要！不要！还试着挣脱。我紧紧搂着她，小步跑进房间，把她屁股朝下放进万妮娅上层的床里，希望这睡眠中断的时间能短到不足以让她真正醒来。幸运的是，她跪着

[1] 原文为瑞典语。这首歌最早于二十世纪初出现于瑞典和芬兰之间的奥兰群岛，描绘水手离开家人朋友的心情。该地区目前是芬兰唯一的单一瑞典语行政区。

爬了起来，看了我几秒钟，又倒下去侧躺着，合上眼睛，呼吸再次变沉。

“晚安，小美人，”我对万妮娅说，并关上了天花板上的灯。

“门能开着吗？”她说。

“当然，”我说，“睡个好觉。”

“睡个好觉。”

我去卧室查了查电子邮件。没有新邮件进来。从某种意义上说这让我轻松了一点，另一方面它又引起了不安，因为托妮耶和扬·维达尔已经收到文稿很久了，他们没有做任何答复，就只意味着一件事。

为了缓和他们的反应，或者以某种方式让事情回到掌控之中，我决定再给他们发一封新邮件。我写信给托妮耶。

亲爱的托妮耶，

因为我没收到你的回信，估计你可能会因为我不经要求就把你写进了这本小说而感到震动和震惊。我想我没有出卖你，恰恰相反，正如托雷读完小说以后所说，“托妮耶就是个公主，当她登场时大家都感到开心”，但是我同时也明白，被写进一本小说本身，就像被出卖了。如果你希望的话，你很可能这么希望，我当然会隐去你以及你周围所有人的名字，这样就不会让别人把你和小说联系在一起。（除了你和小说作者结过婚这个事实，但这是无法避免的。）

祝一切都好

卡尔·奥韦

我给扬·维达尔写的信也大致差不多。我做完这些以后，进房间看看孩子们，他们三个现在都睡着了，我走到阳台上，坐下来，倒了杯咖啡，点了根烟，给妈妈打电话。

她立即就接了电话。

“你好，我是西塞尔。”她说。

“嗨，我是卡尔·奥韦。你读了那封电子邮件吗？”

“是的，我读过了。”

“那你怎么看？”

“真让我上火，你应该知道，”她说，“也受到很大震撼。我坐这儿想着我该怎么回复他。但是最好再等一会儿。”

“你不一定要回复他，”我说，“那你就进入他的地盘，降到他的水平了。”

“你可能是对的，”她说，“外公说过瞎话是不需要回应的。这个建议很不错。但我很生气，我有些话想对他说。他以你父亲兄弟的身份在信上落款。你父亲永远不会做这种事情，你知道。”

“我现在都不知道自己该怎么想了，”我说着笑了一下，“这些事情上你是我唯一的信息来源。”

“什么意思？”

“他就是这么说的。我写的这些信息都是从你那儿来的。”

“哦，这个啊。你都四十岁了我还要为你做的事负责，这想法本身就够奇异的。人对自己孩子的行为负责要到什么时候？”

“他是看着我长大的。在他看来，我还是少年呢。”

“这点你可能说对了。但是说我会以某种方式憎恨着克瑙斯高家人就很荒谬。我二十出头进入这个家庭时可能束手束脚还害羞，他这点说得不错，奶奶热情洋溢又爱交际，特别对她的孩子们是如此。所以他写的东西里还有那么一点点实话。他描绘的我则可以说是一种扭曲的画像。我能理解我在别人眼里会有这种形象。”

“一股西部来的寒风？”

“是。那次去我家肯定给他留下了深刻印象。他也写那就是乡下地方。又看到这个词感觉很怪，但是与他熟悉的环境相比，我们的确是穷。文化也完全两样。这些可能吓到了他。外婆很沉默，她寡言少语，这一定也是他很不习惯的。”

安静了几秒钟。我又点了根烟，把两腿架在栏杆上，抬头看着灰蓝色的夏空，那儿满是飞出或飞进凯斯楚普机场或斯图鲁普机场的飞机。

“他写到了一样东西，在某种程度上触动了我。”过了一会儿我说，“就是我们小时候他对我们的看法，他写‘男孩子们’，你知道。说到你不去纠正父亲也没在我们最需要的时候插手，让我们落到‘缺乏关怀’的地步，我从来不知道会有人想过爸爸可能对我们不太好。但是他看到了。他会这么写肯定就已经看到了。他的结论尽管和我的不一样，因为我身在其中，我知道是你救了我。但是光是这样的看法存在，或者有人曾知晓这一切，让我感动。太奇怪了。”

“这是关于被看到。我能理解这让你感动。尤其就像你说你曾经把他放在父亲的位置上。”

“是啊,那里是有些东西的。我注意到了。一些更深的结构。”

“但是你父亲眼里是有你的，这你应该知道。他知道你是什么样的人。”

“我其实挺怀疑这一点。”

“是啊。但是他确实知道。”

她这么说的时候我哭了，但是安静的，也没有让这影响到我的声音，所以她没注意到任何异样。我们又聊了半个小时，说居纳尔和这些邮件，没怎么说这本搅动了爸爸和她的两个家庭的书。她讲了在六十年代初进入这个家庭时的感受，以及当时他是怎样的。这些在他去世后她也说过。那时我每天打很多次电话给她，而她所做的就是说他的好话。一次又一次提醒我，他可能一直备受困扰，但他曾经是极出色的：聪明、有洞察力、知识渊博、充满好奇、眼光长远。她知道我需要父亲的另一面形象，所以就把她所知的给了我，向我展示我小时候的他在一个成年人眼里的形象。

她现在也在做同样的事情。

我被卷入一种我不知道是什么的事情，被带得越来越远。居纳尔的来信描绘了我在其中长大的家庭的样子，和我自己的印象完全是两回事。而我妈妈所描述的父亲的样子，也同样陌生，完全无法与我对他的印象吻合。这就好像所有人都在指摘我的内心。

我和妈妈说完挂上电话后做的第一件事就是给琳达打电话。

“嘿。”她说。

“你一个人吗？”我说。

“是的，我坐在他们给我安排的房间里。这里真的很美。海伦娜非常照顾我。”

“你们烧烤了吗？”

“对。特别惬意。可是你那边怎么样？和孩子们在一起还好吗？”

我告诉她今天的情况。我们讨论了居纳尔的邮件，但是这并不是我们想聊的内容。来信。她说得更多的是她的经历。今天他们都干了什么，那边看起来是什么样子。她说着这些的时候我想起了我们之前的另一场对话，发生在我们在一起第一年的初夏。她去了格内斯塔[1]城外她母亲家，这是自我们在一起以来第一次分离。我想她想到全身隐隐作痛。于是我在眼前想象着她周围看起来是什么样子，脑海里建起了一座房屋、一个花园和一片森林。后来，秋天的第一周，我亲眼看到了这个地方，它当然和我想的完全不同，且更坚固，这样我那最初的、几乎是梦幻般的图景消失得一点影子都没有了，被现实的分量和坚实推得远远的。她告诉我她们那天去游泳，她一直和母亲一起躺在码头上，大声朗读了我写的三篇文章，它们刚发表在我给她的一本书上。母亲觉得它们非常精彩，她说，开心得笑起来了。那天晚上她和大家说起了我，他们已经喜欢上我了。我坐在自己的公寓里，她低沉的声音从听筒里传来，我想象着她所处的房间，我唯一爱着的人，我想要她胜过世间所有。

在我们当时拍的照片上，我们看上去年轻得几乎吓人。琳达二十九岁，我三十三岁。琳达看上去还很小，而我看起来则好像在街上流浪了几年，在外表上留下了些沧桑痕迹，额上的沟垄则反讽地深刻，鼻子变得长了些尖了些，眼睛总像在紧紧盯着什么，不管我内心多么平静。

我曾经这样地爱过她。她曾是我唯一在意的人。我对其他一切都毫不在意。这样显然不能持续太久，我会燃烧殆尽，但那

[1] Gnesta，和斯德哥尔摩郡交界的格内斯塔郡首府。

不是我们要去的地方吗？这不就是我们在一起的目的吗？

但这还不算太晚。也还没有失去任何东西。一切都在我的能力范围以内。

“我真希望你现在在这里。”我说。

“你这话真让我高兴，卡尔·奥韦。”她说。

“这不只是说说而已。”

“我听得出来。我也想你。”

“我说的就是这个意思。距离也是挺好的。”

“哈哈。”

我们互道晚安，我挂了电话，又进去查了下电邮。没有任何回信。我又在网上浏览了半个小时，就脱衣服上床了。也才9点过十分，但如果我要应付早上那些事而不着急上火，就必须休息好。而且海蒂今天睡得很早，很可能5点就下地活蹦乱跳了，如果不是更早就起来的话。

10点半的时候我醒了一下，那时万妮娅拖着她的被子进了卧室，但我马上又睡过去了。我再醒来时，约翰站在床前，手里拿着他的宝贝枕头，看着我。

“现在是早上了吗？”他说。

我瞥了一眼时钟。正是5点一刻。

“也可以这么说。你想吃早餐吗？”

他点了点头。

“你去厨房，我就来。”

他照我说的做了。

我起来了，想到了居纳尔的那些邮件。我进厨房前，出门在门垫上捡起了报纸。厨房向着东面，太阳将地平线染成了红色。

我将约翰抱上椅子，在他面前放上一盘什锦谷物早餐和酸牛奶，将水倒入咖啡壶，在过滤斗里放进一张滤纸，装满咖啡粉，然后启动机器。当它开始滴滤后，我翻看着两份报纸的文化和体育版。

“嗨，爸爸！”海蒂说，她站在门口，容光焕发。

“嗨，海蒂，嗨，”我说，“什锦谷物还是玉米片？”

“玉米片，但是我想倒牛奶进去。”

“好吧。”我说。

她消失了，我听见她把那张小椅子从卧室拖到走廊上，她找衣服时就用它来垫脚。这些衣服在我们放在橱柜尽头的宜家移动衣柜里成堆地摞着。几分钟后，她进来了，穿着有草莓图案的粉红色上衣，和一条蓝色的 Hello Kitty 牛仔裙。这件上衣是她的最爱。如果她能自己选的话，她可以一整天都穿着这件。

“你真好看。”我说。

她微笑不语。

“我也好看。”约翰说。

“可是你还没换好衣服呢，”我说，“海蒂穿好了。所以我才说她好看。你穿的还是昨天的衣服！”

“是的。”他说。

我在一个碗里倒满玉米片，将它和一盒牛奶一道放在海蒂面前，走到露台上去拿了暖瓶过来，灌满咖啡，在碗橱里找到一个杯子，把壶里最后那一点、暖瓶里装不下的部分倒进杯子，然后把它拿到露台上。这扇门只在内测有把手，这很危险，因为曾经发生过这样的事，孩子们过来，想抓着门把手开门或关门，他们这么做了，门关上了，大人就被锁在外面。他们还太小不会开门。万妮娅能开，但她正睡着。所以我把门把手拧下去，固定在锁住的位置，半开着门，才坐下点了根烟。

空气清冷，但是天空很清澈，红色的太阳正缓缓从地平线上升起。我的腹部肌肉隐隐作痛，感觉就像我昨天健身过似的。有可能所有的紧张都落在了肌肉上。

我感到窗子里面有什么动静，本能地朝门那边后退一下，以免它被锁上。意识到没有危险，才重新坐了下来。

海蒂推开门。

“爸爸，我洒了。”她说。

“没关系的。”我说。

“你能过来吗？”

“我就想先喝完咖啡，一会就来。你先去吧，你。”

她没有照我说的做，而是把门开得更大，朝阳台迈出了一步。

“海蒂，”我说，“进去！你不能到外面来。”

“我只是想看看。”她说，一副被得罪的样子。

“进去，我就来。好吗？”

“那好吧。”

为什么她就不能再等三分钟，这样我就能安静享受一天中的第一根咖啡和第一根烟？不被打扰的五分钟，这就是我想要的全部。

我把最后一口烟吸进肺里，喝了咖啡，进去找他们。桌上流着不算少的一滩牛奶，已经淌过桌边滴到了地板上。我撕下了一大块厨房纸把它擦干了。

“你这么做是故意的吗？”我边干边说，看向她，而她坐在椅子上看着我收拾。

她摇了摇头。

“好吧，”我说，“但是你至少可以吃掉碗里的东西！”

“是啊，但是它已经满了。”她说。

我什么也没说，把碗拿到冲洗槽那儿，倒了一点牛奶和麦片出来，然后擦干净下面和碗边，又放在她面前。

“行了，”我说，“现在你可以吃了。”

“你生气了。”这话从她嘴里说出来时，就是个指控。

“我不生气，海蒂，一点也没有。我就是不想整个早上都站这儿擦东西。但这不是你的错。没事了。”

“现在早上了吗？”约翰说。

“是啊，”我说，“太阳升起来就是早上了。落下就是晚上。”

“冬天就不是这样。”海蒂说。

“不是，你说得对。但是在夏天这么说就没错。谁的生日在夏天？”

“我！”约翰说。

“居然是下周！”

“那我能得什么吗？”海蒂说。

“你？又大了一岁的不是你吧？”

“可是，爸爸啊。”她说。

“我不知道你会得到什么。也许一袋胡萝卜？”

“什么？”

“也许是一袋胡萝卜。”我说。

“什么？”

“这是个玩笑，海蒂。”

“什么？”

“我开玩笑呢。”我说。

“你不许开玩笑。”她说。

“也许一点点？”

她摇了摇头。

“所以我不可以生气，也不可以开玩笑。”

“不许。”

她低下头，开始大口吞着牛奶和玉米片。约翰吃完了，他嘴边都是酸牛奶，面前桌子黏答答的都是浸湿的什锦谷物。

“约翰，你还要吗？”我说。

他摇了摇头。我绕着桌子走过去，把他抱起来，撕下一些厨房纸擦干净他的嘴，撕下尿布和脏纸一起放进水槽下面的垃圾桶里。

“你是个小赤膊，约翰。”海蒂说。

“我不是！”约翰说着突然生气了。他大踏步走出厨房。

海蒂笑得乱颤，那种她独有的笑法。我朝她笑，去浴室拿了尿布，跟在他后面。他看到我就摆动腿跑开。

“停下来！”我说，追着他。我把他抱起，他踢着腿，但不是抗议那种。我把他放在沙发上给他穿上尿布时，他也很安静。

“行了。”我说，走进卧室开电脑查电子邮件。万妮娅将被子拉过头顶，只有枕头上露出来的发绺透露出下面有人。我随她去，打开了电子邮件页面，只有《阿格德尔报》的新闻和来自亚马逊的一条消息。我上各家报纸网站看头条标题，先是《阶级斗争报》，然后是《晚邮报》《日报》《每日报》《世界之路报》

《纽约时报》《卫报》《快报》，最后是《晚报》[1]。

半小时后，我带着走在童车左边的万妮娅，坐在车上的约翰，走在右侧的海蒂，走出公寓，到了路口，过马路上南城区大道，一直走到那间 7–11 便利店，从那儿往左拐，然后右转，十分钟后就站在幼儿园大门外，万妮娅输入密码，海蒂把门摇开。其他已经来了的孩子都去后院了，所以我就只用把约翰从童车上抱出来，把童车靠墙放好，与纳杰交换了一下目光，这样她就知道孩子们已经来了，我就回家了。路上我走进 7–11 买了烟和一盒火柴。在外面停下来点了一根，这时一辆巨大的绿色垃圾车在我身后的街道上吵着。它发出声音被从所有的平面反射回来，形成一个小型刺耳的音场。

但是现在它不叫垃圾车了。它能叫什么，环卫车？

我边抽着烟边往下走。早上这时候公共汽车来往密集，他们轰鸣而过时，地面为之颤抖。阴面的空气清透凉爽，阳光下的空气温暖柔和；今天又会是个好天气。这也于事无补。我要回家睡一会儿，然后试着继续工作。

我面前就是我们住的房子。我扔掉香烟，疾步走完到门口的最后一段路，经过汽车站边一群苍白而无表情的面孔，一辆公交车正好驶来，伴随着一阵刮擦声，好像什么东西被撕去了。我用了一年多才明白，这声音来自公共汽车的宽车轮摩擦人行道边上的铁格栅，我过了马路，走到大门前，用门禁卡打开门。我拾级而上，把香烟放在帽架上，拔掉电话插座，拉下卧室的

---

[1] *Aftonbladet*，瑞典发行量最大的报纸。

百叶窗，躺下睡了。

一个半小时后，一个梦让我醒来。T恤潮乎乎的，脑袋下的枕头全部湿透了。一阵对甜食的渴望驱使我走进厨房，我翻出一盒葡萄飞快地吃完，提升血糖。然后回到卧室查电子邮件。

收件箱里有封来自居纳尔的新邮件。

我站起来，打开通往露台的门，走过那阴暗的、仿佛甲板的木板地面，走到阳光闪耀之处，看向希尔顿，三部升降电梯在玻璃管里上下滑动。

我必须处理它。

我必须面对它，我不能把自己藏起来。

他生我的气。我做了一件可怕的事。我必须敢作敢当。有什么都要面对。面对就好。

但是先让我抽一根烟。

我在帽架上拿过烟盒，走到另一边的阳台上，这里的一切都已经被阳光热力所炙烤着。我没法坐着，点着了烟，抓着金属栏杆，凝视着下方的六层楼那油毡覆盖的屋顶，终于还是坐下了，吸了三口，摁熄烟头，走进卧室，打开邮件，尽可能快地读完。

他以几句官样文章开头，说他已经在电话里对出版社出版这本书表达了抗议，但是鉴于可能的诉讼以及记录抗议的必要，他也须寄送此电子邮件。他提出以下不可协商之要求：他和他的妻子不可出现在书中。对他母亲及其任何阶段的生活之描写不可出现在书中。关于他兄长人生最后阶段的描写，他如何给他的亲人带来沉重负担那段，必须全部从书中去掉。对他父亲几个兄弟的描写及他们之间关系的那段编造出来的虚假历史必须全部从书中去掉。他们之间从来没有过任何冲突，他们一生中都保持着良好关系。所有提及克瑙斯高姓氏处都必须从书中删除。其余所有姓名均应隐去。所有提及或者描写到可以辨识出他的家庭曾经住所之处都必须从书中删除。所有关于真实事件的错误记录都必须删除。他写道，他已发现此类错误逾五十处，或是纯粹的谎言，或是因为所知之匮乏。他目前不要求更正这些谎言，随后可能有的诉讼中将就此进行跟进。书中没有提及作者母亲在他兄长的悲剧里所起的决定性作用，他认为这很不寻常，但不要求这一点一定要被写在书里。在这方面他还有很多话要说，他所提到的情况只是其中之一，他衷心希望日后不至于要公之于众。十月出版社这样一家可敬的图书出版社在不联系被涉人士之前出这样一本书，他认为这非常可耻。他似乎压根没想过，他就是被联系上的，他的信也正是对此联系的回应。他太恼怒了。他把我的文稿总结为实录式描述，因此他认为出版社应该联系该家庭，经由他们的指证得以觉察到所有这些谎言、所有歪曲以及所有隐瞒的存在。一个可敬的出版社怎么可以不核实消息来源及其可信度呢？更恶劣的是，此文稿写作的全过程中始终追随着一个目的，就是要赚钱。我之所以出卖我的至亲，就是想借此发财。出版一本这样的书，是完全不可接受的，不但因为它谎话连篇，也因为它侵犯了私生活的安宁。如果他没有立即收到对此信的答复，他就将从速把他手中的这本书和这封邮件发送给律师和媒体。他提到了《世界之路报》和《日报》。如果这本歪曲真相、编造事实的书出版，那么这个故事的其余真相将被说出来，到时就会以小报风格的语言来传播。而作者和出版社所谋求的出版利润，也将在诉讼中赔得精光。

所以他会把这件事闹上报纸。也会提起诉讼。

我躺在床上，蜷成一团，搂着枕头。下一刻我站了起来，走进门廊，抓起电话拨通了盖尔·安格尔的号码。

“收到了一封新邮件。”他一接起电话我就说道。

“有什么新内容吗？”

“如果我不按他的意思去做，他就会去找报纸。还有提起诉讼赔偿。”

“放轻松一点。你能发给我吗？”

“可以。我现在就发。”

“我读完后会尽快给你电话。行吗？”

“行。”

我挂上电话，走进卧室，把电子邮件转给了盖尔，又走进浴室，手里依然拿着电话。我看着那三个蓝色宜家袋子，走进厨房，倒了一玻璃杯水喝掉。我在料理台上放下玻璃杯，走进客厅，打开通往露台的门又立即关上，走进卧室，躺在床上，坐起来，盯着电话显示屏。再次拨出盖尔·安格尔的号码。

“你就这么大失常态？”他说。

“是的。”我说。

“我快读完了，再等会儿。”

我站起来，站在通往露台的门前，拉下升起百叶窗的绳子，系好，走出卧室，走到门廊里。

“可信里也没有新内容，卡尔·奥韦。他提出两个威胁。他说如果小说以目前状态出版，他就要去索赔，他还说，他要去找小报讲他的版本的故事。但小说还没出版。报纸除了说一个叔叔希望立即停止出版一本关于他家庭的小说以外没有任何东西可写。小说问世之前，谁也无法决定自己的立场。他要真这么做，那就是给这本书的绝妙广告。人人都想读这个。别紧张。他就是生气而已。这不是什么大事。他什么都做不了。”

“他可以去找报纸，也可以去告我。我对此感到害怕很奇怪吗？”

“奇怪倒不至于。但完全没必要害怕。他就是在唬人，因为他想喊停这本小说。他企图吓唬你让你听他的话。”

“他也确实能做到。”

“但是你也不知道他是不是真的会去使用这些权利。”

“见鬼了。”

“放轻松。都会好的。”

“这是个地狱啊。这事真见鬼了。”

“有人生你的气这事？”

“这事不像你愿意承认的那么小。”

“我没有说这事小。我说的是这不是什么大事。”

我什么也没说，看着客厅的窗户，阳光照在希尔顿的窗户上。

“我过来找你散个步怎么样？”盖尔说，“反正我们星期五就出门了，我一个人带着尼亚尔，所以不管我们在这里或者那儿都没关系。你说呢？”

“你可以吗？”

“当然。反正有尼亚尔在旁边转悠，我也没法工作。”

“他不是应该在托儿所吗？”

“你到底想我来还是不想我来？”

“一般来说我永远不会要求你这么做。你知道。而且是你说你可以来。”

“你这算是想的意思？”

“应该算吧。”

“很好！这样我们明天一大早出门，大概……整整一天后我们就到你门口了。”

我们又聊了半个小时。我挂了电话，打给盖尔·古利克森。他立即就接了。

“你收到电子邮件了吗？”我说。

“我收到了，”他说，“他真生气了，你叔叔。”

“我怕的是他去找报纸。如果有了这个机会他们当然会报道这事。”

“你不认为这只是一种施加压力的方式？”

“我认为他已经愤怒到什么都干得出来的程度。”

“他写到会把书稿给出去，这是犯法的，你知道。小说还没有出版，而你才是拥有这本小说出版权的人。但是我会让盖尔·伯达尔去联系他。最重要的是，我们要有足够的空间来得体地处理这件事。”

“你看到那一串要求了吗？”

“大都在预计之内。他真正想要的，是这本书不出版。”

“改掉每个家庭成员的名字，隐去他们的身份和所有地名，这些都没问题。但是拿掉我父亲和祖母的部分绝不行。这样的话这本书就不存在了。我也不能拿掉爸爸的名字。整本小说写的就是他。而且这是我父亲。这点我做不到。”

“我们以后再说这个。但小说是不是站得住脚也不看名字。”

“对，这无足轻重。但是爸爸的名字是我的底线了。这点我绝不让步。”

“现在最重要的是确保他不会把这些捅出去。我们必须尽可能和他达成共识。”

我们挂了电话后，我马上又给埃斯彭打过去。和他说完了以后我又打给托雷。然后是琳达。然后是盖尔·安格尔。我一整天都在电话上，不是耳朵贴着听筒来回踱步，就是一动不动地躺在卧室的床上，百叶窗都拉下来了，我试图摆脱这一切。躺在那里时，电话也一直在我手里。我知道，我已经开始耗尽我有权得到的那份耐心了。比如说如果我再给埃斯彭或托雷打电话，我就逐步接近那道边界，之后我就不再能指望他们给我怎样的帮助了。我其实挺确信他们不会这么想，只是我依然认为有一道这样的边界，他们有工作要做，有家庭要照顾，有自己的日子要过。琳达又不一样，她正在度假，这时候我不能把一切都压在她身上。我和妈妈之间没有这样的边界，一涉及英韦和我的问题以及生活时，她就有自我牺牲的倾向，但是她白天在上班，我也不能劈头盖脸地向她倾诉。我倒可以这样去找英韦，但是他卷入其中的方式又复杂一些，他不像其他人一样是局外人，而是像被挤在树皮和木材中间。这样就只有盖尔·安格尔了，我倒不怕打扰他，我可以要他放下手上所有事来听我倾诉，但就算这样也得有个限度，今天我给他打了三次电话，第四次也许就不太好？

我一动不动地躺在那里，注视着窗下的桌子，还有半小时我就必须动身去接孩子了，这时电话显示屏亮了起来了，这是个国家代码 0047 的号码[1]。一个手机号码。我想着，我必须接

[1] 0047 是挪威电话的国家代码。

这个电话，万一是居纳尔呢，当铃声响起的刹那，电话号码被英韦的名字取代，我全身这才涌过一阵如释重负的暗流。

“哈罗？”我说。

“和居纳尔那事真是太糟糕了。”他说。

“是啊，”我说，“我很难过，真的。但是他无论如何没把你扯进来。”

“那毕竟也是我妈妈，你知道的。”

“是啊。”

“你知道他是那样看她的吗？”

“不知道，我从来没这么想过。”

“我也没有。我们只能希望他别去找报纸。出版社怎么说？”

“他们想尽量和他达成共识。还有他们找了律师。”

“那他们怎么说？”

“我不知道。他们正在处理吧。”

我听得出来他很难过。我为什么不能把这些事扔在脑后，我为什么要搅起这堆陈年垃圾和过去的仇恨？

我把电话放进充电座里，走进厨房，靠着料理台站着吃了两片分别抹了肝酱和甜菜沙拉的面包，如果我空着肚子的话，要把孩子们带回家而不让这恼怒在某个时间点发泄到他们头上几乎不可能。我喝了杯水把食物冲下肚，估计了一下出门前是不是来得及在阳台上抽根烟，最后决定还是在路上抽，我从水槽下的桶里把垃圾袋拎起来，打好结放在门前的垫子上，穿上鞋子。然后从橱里拿出钥匙，抓起袋子，坐电梯到地下层。通往各户储藏隔间的门开着，一个男人从里面迎着我走过来，这是住走廊另一头的邻居，一大团火般的男人，他六十多岁，我有时当然也会在回公寓或者从公寓下来的路上碰到他，他总是评论几句天气来填满那些小小的令人不适的间歇，并有兴致扩展到关于挪威天气的问题。我和他打招呼，他说晚上发生了爆窃，我应该检查一下我们的储物间。我说我们家的东西都不值钱，如果他们顺走什么也是给我们减轻负担了。他不赞成我的话，因为爆窃是件严重的事，又或者他没明白我在说什么。可能是后者，我边想边穿过又一扇门，沿着那边的走廊走过去。

我把袋子扔进现在已经全空了的大垃圾桶中，穿过又破旧又肮脏的房间走回去，到了走廊，楼梯顶头就是那外面的大门，门框被砸破了。这事常发生。我在马尔默的第一辆自行车三天后就没影了，因为我蠢到把它锁在了外面。下一辆自行车我就总把它锁在地下层，但是一次我忘记锁它，没到第二天早上它就不见了。他们时间相当充裕，还把儿童座椅拧螺丝卸了下来，端端正正地放在旁边地板上，然后才开溜。另一个邻居，一个老女人，我有次见到她时，她坐电梯被困在两层楼之间，她站那儿拍打着，声音颤抖喊着救命，当我们搬进来时她曾经说过这里就像芝加哥。我喜欢这个说法，因为芝加哥在二十世纪五十年代可能是犯罪和暴力的化身，现在已事过境迁，这印象还一直留存下来，延续到二十一世纪，不管怎样还活在老年人的心里。这就像芝加哥，他们偷地下室的自行车，爆窃地下室里的储存间，这到哪儿是个头？

外面的光线很锐利，我戴上太阳镜。空气热烘烘的，但在流动着，一阵风慢慢穿过马路，吹得我面前树上的叶子扑簌簌地响。汽车一辆辆排在交通信号灯前。人们走过十字路口，他们的头发飘扬在风中。人行道上的行人像影子一样从我面前过去，我对他们视而不见，察觉到的只有动作，我自动调整自己的步伐以与之适应。经过了奥伦斯[1]，家之店[2]，玛丽亚·马茹斯卡[3]或不管叫什么该死名字的商店，妈妈每次来这里看我们都会去逛的那家商店，蚂蚁二手，7–11，然后在诺拉斯谷街（Norra Skolgatan）的拐角处，是叫作“单车”（Hojen）的自行车店。那是条斜街，热气从沥青路面蒸腾而上。汽车缓缓在自行车之间向前，这条路从磨坊区直到市中心。那些小移民店的主人都站在外面楼梯上，看着四周。我停在幼儿园大门前，按了密码。他们在后院玩。场地中间有一个洒水器，四周围着孩子们，有些小孩打着赤膊。他们高声叫着笑着。再过去一点，有辆带车斗的自行车锁在那儿。它属于我们孩子刚上这个幼儿园时认识的一位家长。从那会儿到现在很多人都走了，我们现在已经算是老家长了。问题就在于我在第二本书里写过这些家长。

但眼下我是安全的。在这个院子里，我面前的这些人并不知道我都做了些什么。第二本要两个月后才会出版，而且我很怀疑会不会有瑞典语译本。

“爸爸！”约翰大喊，跑过沥青地面。

我举起他，把他扔向空中。

万妮娅和卡婷卡一起坐在秋千上，她们已经看到我并用最高音量尖叫起来。海蒂在沙坑旁边的小房子里站着，从开着的窗户能看到她的脸。她看到我就跑出来。我也把她抱起来。然后我去员工那儿听听今天的情况。他们说，一切都好，孩子们

[1] Åhléns，家居品牌连锁店。

[2] Hemköp，瑞典大型连锁超市。又译为亨雪普。

[3] Maria Marushka，由瑞典设计师玛利亚·马茹斯卡创办的品牌设计店。

在一起都开心快活。

半小时后，我终于成功地凑齐他们并说服他们回家。约翰坐在童车里，万妮娅和海蒂各拉着一侧扶手。万妮娅一路都在说话，海蒂时不时说点什么，和她姐姐说的完全无关，约翰静静地坐着，盯着随便在他面前出现的什么。到昨天同一个位置时海蒂拒绝继续走，又花了十分钟才再次上路。在家之店外面就轮到万妮娅了，她不肯在回家前去商店。我就不能送他们回家然后再去商店？我试图向她解释，因为妈妈不在家，所以这样是行不通的，但她不愿意。五分钟后当我说他们每人都可以得到一个小圆面包后，我们穿过自动门，走进嗡嗡作响、冷飕飕的超市。约翰说想下来走，我尽最大努力阻止他，因为他不像姐姐们那么好管理。他会停在这个那个他想要的东西前面，直到那样东西被放进购物篮前他一步都不会移开，他也可能突然跑开，但最终我放弃了，将他从童车上抱出来。到乳品柜时我发现他不见了。我要万妮娅和海蒂原地不动，然后一行行走过货品架，同时向两边张望。在狗粮架那儿发现了他，他背朝下躺着，盯着天花板。看到我时他乐了。我抓住他T恤的领子把他抱起来，像麻袋一样扛在肩上直走到童车前，他吊在那儿乐了很久，直到他明白过来他即将回到车里，于是开始犯犟。我买了一排酸奶，这让他平静下来，然后我们穿过所有货架，到了收银台，我付了钱，把买好的东西放进口袋里后再次走进阳光里。万妮娅和海蒂吃了各自的小圆面包。我们过马路走进购物中心，不是为了买东西，而是为了抄近道。那后面的出口离游乐场不远。我抱起海蒂加快脚步，她坐在我一边胳膊上，另一只手提着口袋还推着童车向前。然后我放下她，抱起万妮娅，没有别的选择，一切都必须平等。当我们到了游乐场时，已经有不少孩子在那里，我在长凳上坐下抽烟，而他们在各种游乐器材之间翻滚着。几分钟后约翰摇摇摆摆地走过来找我，他上半身趴在长凳上，说想回家了。我拨拨他的头发，说一会儿就回去了。不，现在，他说。不，一会儿，我说。然后电话响了。这个我很放心，我的手机号码只给我信任的人。上面显示着，私人号码。

“哈罗？”我说。

“哈罗？”盖尔说，“你在外面吗？”

“是啊。在游乐场上。”

“你怎么样？”

“我还没崩溃。我倒是把挫败感发泄在孩子们身上。”

“自杀不适合你这种人。你的方法是把头埋进沙子里。”

“你说得对，”我说，“但是鸵鸟最有意思的地方不是这个。我看过一部关于鸵鸟的纪录片。他们个头很大，强壮得不可思议，还有那样的爪子，能要人命的。所以知道养鸵鸟的人要靠近它们时会怎么做？”

“用一个袋子套住它们的头？”

“是的，那是最后一步。然后它们就彻底安静下来。但是在那一步之前，当他们走过去准备套上袋子的时候？”

“不知道。”

“他们把一根棍子举过它的头顶。扫把杆，随便什么。当鸵鸟看到一个东西比它高时，它就不会发起攻击。它的大脑小到了极点。哈哈哈！”

“哈哈哈！”

“它有三条处世原则：来了一个比我高的扫把杆，站着不动。如果受到威胁，就把头埋进沙子。如果麻袋套在头上，我就觉得世界正在消失，我也不存在了。”

“你说的是你自己的处世原则吧。”

“对啊，不然你觉得我为什么要提这个？但这也很让人着迷，不是吗？这是个古老的物种。毕竟，再大点的脑子它也用不着，它一直都活得挺好。”

“你尽可以让自己对这些着迷。”

“鳄鱼和鲨鱼也是一样。它们都很古老。它们行事完全是机械的，对它们来说不存在即兴或选择的可能，它们也不会进行判断：什么东西掉进水里，就张大嘴企图吃掉它，不管那是塑料罐还是地雷。吃进嘴里就完了。我喜欢这个，尤其想到万物都曾经这么原始而单纯，一个生物机械世界，想到有那么几种生物来自那个世界，而依然存活在现在的世界。”

“我听到原始、单纯、生物机械的，第一个想到的可不是鳄鱼和鸵鸟。”

“你是最后的弗洛伊德主义者。”

“每个人都是。只是他们不知道。生存本能（Eros）和死亡本能（Thanatos），这他妈的就是一切。但一说到你的问题，你就不再享受你的鸵鸟策略了。等你的书出来后，你就无处遁形。你就是没有沙子的鸵鸟。”

“等等。灵感来了。我这里有首诗要出现了。我是无地王约翰，我是鸵鸟没有沙，我真愚蠢拿这事没办法。”

“现在你又是你了！很好，卡尔·奥韦！在这样或者那样的时候，你只需一笑了之。其他也做不了什么。生活是一出喜剧。

当你开始这么想时就会发现一切都是愚蠢的。”

“你听到的那个人不是我。那只是有什么在借着我发声。我就是个工具。我本身是抑郁而消沉的。”

“这就是为什么我认为塞万提斯高于莎士比亚。喜剧比悲剧更真实。它只是在嘲笑一切。”

“你这么说是因为你来自希斯岛。你们对生活都很不严肃。你们是虚无主义者和犬儒主义者。但我来自特罗姆岛。对生活严肃与悲剧都很重视。”

“我以为雅典才是？”

“那你就想错了。许多人将阿伦达尔和雅典搞混了。亚里士多德来自弗罗兰，柏拉图来自埃维耶，犬儒主义者出自希斯岛。亚里斯托芬住在科尔比约恩湾。索菲克勒斯住在孔斯港。”[1]

“是啊是啊。你说的都对。我打电话过来就是问我是否需要带床单或者被子之类。”

“你不用带这些。这里什么都有。”

“好的。就这么定了。”

“回头聊。”

“好怕啊。”

回家以后，万妮娅、海蒂和约翰就消失在不同房间里，而我把几个口袋放在桌上，整理东西让它们各就各位，切开两包鱼饼，煎鱼饼的时候煮了土豆和卷心菜，又擦了一些胡萝卜丝。

---

[1] 弗罗兰（Froland）是挪威阿格德尔郡下属的一个市，埃维耶（Evje）是旧行政规划东阿格德尔郡的下属市，科尔比约恩湾（Kolbjørnsvik）是阿伦达尔市下属的一个村，孔斯港（Kongshavn）则是克里斯蒂安桑市的一个区。

我已经整整一天没清理厨房，所以到处都是东西，当食物在火上煎着煮着时，我试着收拾了一下，也就够清空洗碗机的，因为我还要给约翰换纸尿片。他拉屎了，通常这要几分钟，但是这次时间拖长了，因为我们没有湿巾了，所以我不得不事后在浴缸里给他冲洗。我把他放进浴缸时，他尖叫着试着要爬出来，我一只胳膊紧紧夹着他，另一只手拿着花洒冲洗，而他在号叫。

“行了，”我说，关上了水，“有这么可怕吗？”

他还在尖叫。我把他提起来放在地板上，用一条大毛巾把他擦干。放弃给他换上新尿片穿上短裤，到吃饭前他都可以光着。接着是万妮娅在他们的房间里高声喊，海蒂在哭。我离开约翰去找她们。海蒂见到我时哭得更凶了。

“发生了什么事？”我说。

“海蒂打我！”万妮娅说。

“万妮娅取笑我！”海蒂说。

万妮娅有时候的确拿海蒂取笑过，而海蒂没有这个比她大一岁半的姐姐的口才和急智，急躁之下也打过她。

“你别取笑海蒂，万妮娅。”

“我没有取笑她，”万妮娅说，“而她打我！”

“是的，这不好。海蒂，你不能打人。”

我看着她们。

“行了。你们还是朋友吗？”

她们俩都摇了摇头。

“那你们就不能待在一起了。海蒂，你和我一起到厨房来。”

“不。”她说。

约翰光脚裸着从走廊上快活地走来。

“那么你呢，万妮娅？”

“我想在这儿。”她说。

“你们可以都待在这儿吗？”我说，“不吵架。”

万妮娅点点头，海蒂摇了摇头。

“好吧，”我说，“你们两个都可以待在这儿。但是不管你们吵成什么样或者哭多大声，我都不会过来哄了。我得做晚饭。”

我走进厨房，约翰试图爬上他的椅子。孩子光着身子吃饭是我不允许的事之一。我走进浴室拿了个尿片过来，找到了万妮娅和海蒂小时候都穿过的那条灰色旧短裤，还有一件有蓝色海豚图案的绿T恤，给他穿好后我把他抱进旧儿童椅里。鱼饼的一面已经几乎全焦黑了，我给它们翻了面，调低了火力，把一根测量针还是叫什么的东西插进那个最大的土豆里，它中心还硬着，我把盘子放在桌上，把水倒进水瓶，拿出玻璃杯还有刀叉在桌上放好，从另一边的橱子里拿出大盘子，然后把万妮娅的一只小塑料狗给约翰，约翰轻蔑地把狗扔到地板上，说他饿了，但不想吃鱼饼。

我把最后几件东西从洗碗机里拿出来，放进壁橱和下面的抽屉里。海蒂在里面又哭了。没多久她就走进厨房，紧紧搂着我，然后退一步，在打嗝空隙里解释万妮娅都干了什么。我也没太听明白，只说饭已经做好，她可以坐下了。土豆煮透还要一会儿，但最小的土豆可能已经好了，现在重要的就是吃点东西到肚子里。

我把土豆锅里的水倒掉，用勺子把它们一个个盛到大盘里，把鱼饼也推到同一个盘里，卷心菜切成小块，盘边上还有地方放，磨碎的胡萝卜就单独放在一个小玻璃碗里。

“万妮娅！”我喊道，“饭做好了！”

我在他们每人的盘子上放了两个鱼饼，给每人剥了个土豆皮，起身去找万妮娅，她坐在靠墙的地板上怄气，我蹲在她面前时，她也不看我。

“饭做好了，超级女孩，”我说，“过来吃吧。”

“你只听海蒂讲话。”

“没有的事。老实说，我都没有听到海蒂说什么。快来吧。你的肚子需要食物了。所以你们才吵架呢。”

“为什么？”

“因为你们没有吃饭。”

“但是我不饿。”

“好吧，你想吃了就过来。”

我又在厨房餐桌旁坐下，给他们切开鱼饼，放上一些卷心菜和一点胡萝卜，尽管他们肯定不会碰它。我给自己碟子上放上一大堆蔬菜，以及五个鱼饼，几分钟后就吃完了。现在5点50。我站起来开始往洗碗机装东西。海蒂滑下了椅子。

“《叶哩嘣啪》开始了，”我说，“要给你们放吗？”

她点了点头。在我身后，约翰大喊他也要看。我抱起他，用遥控器打开电视，去找万妮娅，说《叶哩嘣啪》开始了，继续装洗碗机，万妮娅走进来，拿了一个鱼饼握在手心，尽管她知道我不喜欢她这样，我什么也没说，将清洁粉末放在洗碗机门内侧的小小凹处，砰的一声关上，开机。我在洗碗槽里飞快地洗了煎锅和炖锅，擦干放回原位。桌上的食物我没动，希望他们一会儿饿了会再吃一点，然后进卧室查电子邮件。当我浏览收到的新邮件时，我小心翼翼地避免看到来自居纳尔的那两封邮件，没什么特别重要的东西。做完这些后，我给琳达打了个电话，问她想不想和孩子们说话，与其说是想她或他们，不如说是安排点事发生。约翰说了声嗨，坐着，随着电话那头的她的话点着头，过了一会儿就把电话给了我。海蒂讲了她从电视上看到的东西，可没说她在看电视，所以听起来就好像她自己在一片花海里那样，而万妮娅就像昨天那样，拿着电话跑开，好一个人待着。

“好了，”她五分钟后过来把电话递给我时，我说，“你在那边过得好吗？”

“好啊。就是你们不在这里感觉有点奇怪。”

“是啊，”我说，“但这不大重要，对吗？”

“我们今天去玩水游泳了，不管怎么说。一整天都在放松。马上就要去烧烤。”

“那么，有个消防员在那儿感觉很安全。”我说着，打开通向露台的门走出去，木地板热乎乎的，我把胳膊放在炙热的金属栏杆上。

“他是救援主管。”她说。

“更好了。”

“你以后一定要见见他。他是北方人[1]。特别温和，不管发生了什么都特别放松。是啊，你知道，完全就像我在北边的亲戚们那样，像所有北方人那样。”

“你现在干吗？”

“躺着，读书。晒了这么多太阳后感觉有点累。”

---

[1] 瑞典北方，和南方人（skåningar）相对。

“我几乎都没离开过公寓。”我说。

“那你做了什么？工作？”

“不，实际上我什么也没做。就聊电话了。我身后约翰蹑手蹑脚地从门内走过来，他抬头看着我问可以吗，因为我什么也没说，他就跑向了二十米外的另一头。”

“在聊那些信？”她说。

“是的，在聊那些信。”

“你要在这件事情上花这么多精力真是太糟了。”

“确切地说，这也不是我能选择的。”

“我明白。但这也是一样糟。”

“该怎么样就怎么样吧。但是你，也许我们今晚应该说说这个事？我马上要送他们上床了。然后收拾一下。”

“好的。你能打电话过来吗？”

“可以。先这样吧，再见。”

“再见。”

露台另一端的约翰正要爬上一把椅子。我小跑过去。如果他站上椅子，那高度足以让他从围栏上摔下去。这是我们搬进来第一天起最害怕的事情。

就在他向前弯下腰去要好好看看下面那些人时，我捉住他的腰，将他抱起来。

“你还是跑步吧，”我说，“那我就可以追你。”

“好吧。”他说，摇摇晃晃地跑开了。我在后面小步跟着，他一转身，看到我离他多么近时就尖叫，我让他又跑了一会儿，然后抓住了他，把他向上抛起。

“再来！”他说。

“不，我们现在进去。你们很快要睡觉了。”

“不！”他说。

“要的！”我说，又骗到了他，因为我们又进入了那“要/不要”模式，我瞬间转换，而他大惑不解地跟着我重复了几次，才明白过来，然后自己也换过来，就把露台这事给忘了。

我从卧室里拿来她们的睡衣，她们边看电视边穿上，我关掉电视时她们抱怨，还想看后面的节目，但是明白不可能后，她们突然就饿了。而她们压根儿不想听到鱼饼两字。

“不。”我说，留意到自己的耐心即将耗尽。如果我给她们每人一块面包，她们会静静边吃边听我读书。如果不给她们，她们就会不停地要而且抱怨，也许还会把事情引向死胡同里，然后只能靠暴力解决，也就是说会一直哭闹发脾气直到深夜，或者屈服，也是同样丢人。

知道什么是最明智的，和去这么做是两回事。随着耐心的下降，想惩罚的念头升起来了。

“要么鱼饼，要么什么都没有。”我说。

“但是我们饿了。”万妮娅说。

“吃鱼饼。”我说。

“我们不想吃。”

我耸了耸肩。

“那你们就饿着肚子去睡觉。”

“但是爸爸。”万妮娅说。

“现在我们不要再讨论这事了，”我说，“进房间，我给你们读书。”

我找出了给约翰的《出去走走》，和给万妮娅和海蒂的《三只小猪》。

万妮娅坐在窗户下方的墙边，双臂在胸前交叉。

“我不想听。”她说。

“我也不想。”海蒂说。

“那么，我就给约翰读。”我说，把他放在大腿上。万妮娅十个月时我给她读过这本书，我们都会背了。我现在尽可能快地翻着它，根本不去想约翰是否表示出他知道书里每样东西都叫什么。完事后，我将他抱进围栏床，拉下了百叶窗。

“晚安。”我说着走出了房间，走进客厅，出去到露台上，坐下点了根烟。只过了几秒万妮娅就出现了。

“我饿了，”她说，“你也要给我们读书。”

“去睡觉。”我说，看向外面那些被阳光照得发红的屋顶和墙。

“呃啊啊啊啊啊！”她尖叫。

“你在干吗，说真的？已经不早了，你现在该去睡觉。”

“你真傻！”她喊道。

“有可能，”我说，“但我还是你爸爸。说自己的爸爸傻，你才是那个可怜的人，不是我。”

她肩膀一颤一颤地走了进去。我倒了半杯咖啡，它已经温了，我几口喝掉它。当我走回屋里时，那里面听起来就像个动物园。万妮娅和海蒂在喊而且旗鼓相当。

“怎么回事？”我说，从门口看着他们。

“你傻！”万妮娅喊道。

“我饿了。”海蒂说。

眼泪从她们的脸颊流下。

"我要妈妈。"约翰在那边说。

"妈妈在外面旅行，"我说，"如果你们饿了，可以去拿晚餐吃的鱼饼。如果你们不要，可以躺下睡觉。"

我关上了门，在外面无声无息地站着。才过了一小会儿门就开了，是万妮娅。

"现在你回去上床睡觉，听到了吗？"我说，"你们闹够了。"

我抓住她的手臂，把她按到床上。然后抓着海蒂的腰，把她抱上她的床，再次关上门，走进客厅，打开电视，新闻节目放到一半，画面上火焰熊熊燃烧，我觉得可能是希腊。墙上开始传来捶打和震颤，我起身打开他们房间的门。是万妮娅在踢墙。海蒂躺在床上哭。

"听着，"我说，"你们再吵我就受不了了。你们每个人都可以得到一个苹果，这样行吗？"

"可以。"万妮娅说，也不踢墙了。

我走进厨房，拿起三个苹果，把水装进两个奶瓶和一个有吸嘴和盖子的杯子里，把这些都拿进去给他们。

"我们要读书吗？"我说。

他们点头。我抱起约翰，海蒂自己爬了下来，很快三个人都坐好了，选好了要当哪一个小猪，就好像什么都没发生过那样。我轮着给他们唱同一首歌，手抚过他们的脊背，刚才那场哭闹过后，他们温和柔软，准备好入睡了。

"门可以开着吗？"万妮娅说。

"当然。"我说，然后去厨房煮一壶咖啡。咖啡煮好后，我倒了一杯走上露台，给妈妈打电话。

"这是西塞尔。"

她听起来很累。

“嗨，是卡尔·奥韦，”我说，“你睡了吗？你听起来有点累。”

“真的吗？不，我还没有睡。但是我晚上睡不着。所以我可能有点累，是的。”

“你是想着居纳尔那些邮件，还是其他事情？”

“是。我躺着想该怎么给他回信。”

“你不是已经放弃了？”

“是的。但是我现在躺着就会想到这事。我相当生气，你知道。”

“那你读了我今天发给你的信吗？”

“读了。”

“你怎么看？”

“我认为对你来说后果会很严重。如果他去找报纸或起诉的话，会变得很棘手。你会得到很多负面关注。会有巨大压力。有时候人在这种情况下会屈服。”

“你为我感到害怕？”

“是的，我是这样。”

“你不用这样。我从来都挺得住。”

“但是你也成家了。”

“你在建议我不应该出这本小说？”

“只有你自己知道。我要说的是，你要周全细致地考虑。就是这事值不值。”

“这完全是居纳尔想要的结果。”

她叹了口气。

“是的，”她说，“就是这样。我今天和几个同事说起这件事。他们中有些人认为匪夷所思的是你这本书，而不是你叔叔的反应。这事公开后也会有这样的情况。居纳尔会显得像个普通人，奉公守法又体面，你则可能被写得像个为非作歹的家伙。这是一种可能。另一种可能是他们会很容易就把你写得像某种精英的代表，而居纳尔则代表大众。是的，你能想到《世界之路报》会怎么报道。

“那又怎么样？毕竟我不能被别人的意见左右吧？”

“我只是想到后果可能会很严重。你别毁了自己，卡尔·奥韦。”

“我不会因为有人在报纸上写了不利于我的文章而倒下的，妈妈。”

“不，我也不这么认为。你很坚强，这你知道的。但是那压垮了米克勒，比如说。我觉得这个类比还挺恰当。他所承受的压力毁了他。”

“我简直不敢相信你要我撤回小说。”

“我没那么做。我只是请你仔细考虑这事。

“我就是仔细考虑了才这么煎熬，你很清楚这一点。除了考虑这事其他什么都没干。但是撤回小说根本不是一个选项。我永远不会这么做。我不能遇到第一个小阻力就放弃。”

“这不是什么小阻力。至少你不能低估它。”

“不，不，我不会的。我知道你是怎么想的，我很高兴你说了这些。”

我从阳台上走进来，将电话放在充电座里，打开通往儿童房的门，他们睡了，三人都沉重地呼吸着。我走进客厅，到处都丢着衣服、毛巾和玩具；地毯被拱成一堆，椅子们紧靠着电视放着，因为椅面布料上满是污渍，我们用白色羊毛小毯子盖上去掩饰，这些羊毛毯子现在都被扔在地板上。我们用来盖住沙发上更多污渍的毯子也一样下场。我没管这些，走进浴室，把脏衣服塞进宜家口袋里；明天我一定要记得洗衣服，否则他们很快就没有衣服穿了。我把这些袋子摞在脏衣服篮顶上，走进卧室查电子邮件。托妮耶和扬·维达尔都没有消息。我关掉电脑，穿过走廊，拿上电话，关掉洗碗机并打开门。蒸汽冒出来。我走进书房，书桌上有张纸条上写着电话号码，可能是汉娜的，我拿着它走到阳台上。电话打到了一个叫汉娜的人那儿，但是那个名字很常见，所以我不确定这是否真的是她的号码。

我把电话放在茶几上，坐下，倒咖啡，点了根烟，不安地凝视着屋顶。

整整一天所赐下的阳光和热度都带着某种分量，某种滞重不知不觉地就替下了6、7月份的轻盈，因为这夏日将尽，世界缩进了阴影，黑暗在增长。我渴望它。我想要黑暗。我想消失，为我自己也为其他人。我希望自己的情绪沉没，像冷却中的树里的浆液那样下沉，而各种念头，也与此一致地，像那伸展开去的众多枝丫上的叶子一样纷纷落下。

我已经有近二十年没有和汉娜说过话了。我有时会想起她，但是次数越来越少，直到我开始写这本小说，当我坐下来工作时，她突然占据了我的大部分思想。当我打开门走进琳达可能在家的公寓，这些念头就消失了，因为它们与一段已失去的时间联结在一起，而我身边的时间则是生机勃勃的，所有事物里都有它，它通过其结体和物理存在使过去变成了过去，鬼魂般的、模糊的。同时我也觉得内疚。为了让自己好受点，我有时也会说起我在写什么，想对这事轻描淡写，但看起来她并不在乎，直到一天早晨，琳达说起当她告诉一个女朋友我在写什么时她说了什么。“他在写他的老情人？”她说，“我不知道你怎么能忍得了。”

现在，我不得不再向前一步。如果汉娜没读过这本小说并认可它，它就不能出版。

我拨了号码。

没有应答。

我又打了一次，也没有人应答，正打算挂电话时，一个声音应答了。

“哈罗，这是汉娜？”

“我是卡尔·奥韦，”我说，“你是那个和我上同一所高中的汉娜吗？”

她完全沉默了。

然后她乐了，她那美妙的珍珠般的笑声，我有二十年没听过了。

“卡尔·奥韦！”她说，“是那个上课的时候给我递纸条的卡尔·奥韦吗？”

“是的，”我说，“你好吗？”

她又发出了同样的笑声。她总是很容易开心，总是离快乐那么近，这点没有变。

“我总觉得某一天你会打电话过来，”她说，“或者某天我们会在机场还是什么地方遇到。这不是很神奇吗？我一直确信我们会再见面的。你过得怎么样？我知道你住在马尔默？我反正在从报纸上读到过你。你没有听我的建议去当老师，真好！”

“是啊，”我说，“我有妻子和三个孩子。你有几个小孩？说真的，你有小孩，对不对？”

我们交换了一会儿彼此生活的信息。她住在曼达尔地区，丈夫还是以前那位，曾经开办过幼儿园，现在在学校工作。

“我打电话来不是来叙旧，”我过了一会儿说，“是有个原因的。”

“我也这么想。”她说。

“我写了一本关于我的生活的小说，”我说，“其中一部分讲的是我十六岁那年的事。因为那时你对我那么重要，我也把你写进去了。所有名字、地点以及其他都是实名。我当然知道这会很难。所以你一定要在出版前先读一读它。”

她完全沉默了。

“如果你觉得不好，我完全能理解，这可不是小事，那样的话我当然会改掉你的名字，并隐去你的身份。”

“真的吗？你把我写进去了？”

“我必须承认这一点。”

她又沉默了。

“但是与其说写的是你，不如说写的是我，”我说，“我那时爱上了你，实话实说。那就是我写的内容。我的意思是，如果你不想以这种方式被写进来，用你的真名，我就把名字改了。这绝无问题。你觉得很意外吗？”

“是。”

她乐了。

“这么说，你还记得那时候的一些事？”她说。

“是的，有点”我说，“也许对发生的具体事情不那么精确，但是心情之类是记得的。这些感觉到今天依然很强烈。”

“我还记得挺多的。我有时会想起这些。我一直觉得我们该见一次，说说这些事情，关于那个时候。”

“现在也不晚，”我说，“只要我没有因为写书而毁了这一切。”

“我对此表示怀疑。”她说着又笑了。

“不过我能不能把书稿发给你，你读完后就联系我，告诉我你觉得这样行不行？”

“好啊。我很期待。但是我也有点不安！”

又安静下来。

“又听到你的声音真好。”她说。

“彼此彼此，”我说，“你的笑声还和以前一模一样，你知道吗？”

“我不知道。”她说着笑了起来。

“但是我们就这么说好了？我给你发文稿，然后我们再聊？”

“好的。”

“那就再见了。”

“再见。”

我挂了电话，点了根烟。这情形比我担心过的要好得多。但我还是有点后怕。我步入了一种完全无法掌控的局面。她说以前那段时间的事她大多都记得。我则没有，也就是说，有那么两三件事我记得分毫不差。而其他事情就只有模糊印迹了。我写作的时候才让它们变得具体。比如说，编了一些对话，它们可能接近真实，但并非真实。这些她读来会有怎样的感受呢？毕竟她是亲历者。

我把烟摁熄走进公寓，在儿童房门口停下脚步。约翰像平时一样蜷成一团，肚子和膝盖冲下，跪趴着睡，身上也没被子。万妮娅躺着，腿向两侧伸开，胳膊收起，像摆出来的姿势，像孩子们在雪地里做的天使姿势。海蒂侧躺着，上臂撑着脑袋。她的脸颊上有些暗色的东西，鼻子下也有。我打开灯。

她的脸上血糊糊的。下半张脸上都蹭上了血，下面的枕头也已深红色。我的心脏开始狂跳像站在悬崖边缘。我赶紧走进浴室，用热水打湿一块手巾，回去给她擦了脸。她睁开眼睛看着我。

“你流鼻血了，”我低声说，“这没事的。躺着别动就行，我会帮你洗掉。”

我给她擦完后，从我们卧室里拿了个枕头把那个血枕头换下。她把头搁在上面，闭上眼睛，我轻抚她的背，来回几次后关灯出去，先进浴室把布冲洗了拧干挂在暖气上，然后到露台打给琳达。铃响了很久，当她终于接起电话时，声音里有睡意。

“嗨，是卡尔·奥韦。你睡了吗？”

“是的，我刚才肯定睡着了。”

“哦，那真不巧。我不是想吵醒你的。”

“一点关系也没有。家里怎么样？”

“一切都好。他们三个都睡了。其他也没有什么特别的。从幼儿园回来以后我们去公园玩，然后他们看儿童节目，然后睡觉。这里简直乱得可怕，这是唯一的事情。但是我打算明天再收拾。”

“你真能干。”她说。

“能干说不上，”我说，“不过说起来，你那边怎么样？”

“很好。”她说，打了个哈欠。

“你们游泳了吗？”

“是啊。太惬意了。”

“盖尔明天南下过来。”我说。

“明天就来？我还以为是星期五？”

“他一个人带尼亚尔。他意识到来这里和在那里是一样的。”

“就你和盖尔带四个孩子。谁能想到这个？”

“想不到,你说对了。这感觉就像预示着世界即将土崩瓦解。”

“但这对你挺好的。”

“是啊,当然。我想周五克里斯蒂娜来了以后我们可以吃虾。你觉得呢？”

“听起来不错。”她说，又打了个哈欠。

“你现在去睡觉吧,”我说，“我不会再吵你了。我现在也要上床了。这样就算约翰早上四点半起床，我也能顶得住。”

“替我亲亲他们。我想你们。”

“我想你。晚安。”

“晚安。”

我走进去，把手机放在充电座里，去看了一下海蒂，她没有再流血，查电子邮件，什么也没有，上网浏览了一会儿后把文稿发给了汉娜，在厨房里倒了杯果汁拿到露台上，抽了最后一根烟，刷牙，上床睡觉。

我醒来的时候才五点过几分，我看到约翰站在床旁，手里拿着他的枕头。我坐了起来。他也流鼻血了。到底发生了什么事？他两个鼻孔下面都有一道凝固的血迹，然后一边脸颊上有一点血。我走进浴室，打湿了一块新手巾。流鼻血并不危险，这种事经常发生，但是同一天晚上两个孩子都流，这不可能是偶然的吧？而且应该原因也一样？就算这不是什么问题的症状，鲜血从他们身上流出这事本来就让人很不舒服。空气太干燥了，我想，用手巾在他脸上擦了几次，而他一直试图挣扎着躲开。

“行了，”我说，“我们去吃早餐吧？”

“好。”他说，朝屋里走去，步伐是他那一贯的晃晃悠悠。我穿上昨天那身衣服，跟在他身后。尿布沉甸甸地坠在他身下，我取下它，拿了新尿片给他换上，他一直站那儿等着，我忽然觉得他像一辆进站维修加油的汽车。然后我把他放在椅子上，从橱子里拿出什锦谷物早餐，当我拿出蓝莓味酸牛奶时发现它已经空了。

“没有蓝莓味酸牛奶了，”我说，“改用牛奶可以吗？”

“不行。”

“那我们该怎么办？”

“我不知道。”

走廊上一扇门开了，是海蒂，她进来在她的位置上坐下了。

“嗨，海蒂。”我说。

她没回答，但是从她试图低头隐藏的微笑里，我知道她心情相当不错。我们吃了早餐，阳光涌入厨房，我叫醒万妮娅，给他们都梳了头发刷了牙，穿好衣服，拿起厨房里的垃圾袋，我们四个人坐电梯下楼。

再次回家时，我启动地下室里的一台装满脏衣服的洗衣机，然后给盖尔·安格尔打电话，问他们是不是已动身南下了，他们已经上路，估计下午一点能到。

然后我查了电子邮件。有一封居纳尔的新邮件。那是写给出版社的，同时抄送给我。标题是“侵犯名誉的作家和出版商”。开篇先说他已经确认，那些他希望从文稿中删除的情节和描述，由谎言、部分不实之词以及严重歪曲和遗漏构成，此外，这些部分的性质毫无疑问地属于《刑法》第二十三条关于诽谤的条款所涵盖的内容。他写道他已经找好了证人。他的妻子一直写日记，可以在上庭时作为证据出示。他们的孩子也愿意作证。在此之外还有很多人因为工作关系在小说涉及的时间段内和他母亲有紧密接触，他们也关注着此事。有家庭护士，有家庭帮工[1]，还有邻居和朋友。这些人都可以证明我在书中所写均为谎言。他举了一个例子。我写道父亲在去世前在奶奶家住了两年，我深入描写了那情形多么恶劣。我写的这些东西里半点真实成分都没有。那是纯粹的谎言。爸爸没住在克里斯蒂安桑。他那段时期一直都住莫斯。根据居纳尔的描述，他在莫斯的生活完全正常。他有自己的公寓，有汽车，在高中工作，甚至还有女友。他在克里斯蒂安桑的母亲家度过了春夏之间最后的三个月。在那里他死于心力衰竭，居纳尔写道，他描述得就像这是在完全普通、正常的情况下发生的。我对这些事的错误表述是如此触目惊心。我把自己写成了英雄，一个挺身而出给父亲收拾他弄出的这堆烂摊子的人。但是根本没有什么烂摊子，居纳尔说。他的兄弟在椅子上咽气后被救护车救援人员直接抬走不久，他就到达了这所房子。那一整天以及第二天，他都在这屋子里帮

[1] Hjemmehjelp，挪威为老人提供的福利服务，有家庭护士每天定点来老人家里帮助服药、护理；家庭帮工来为老人处理非医疗方面的家务，比如购物、清洁。

助并陪伴母亲。在这两天中他当然进行了必要的清理和打扫。我所写的，从屋子玄关往里到处都堆着酒瓶，那完全不是真的，只是一大堆垃圾。当我和英韦几天后到这栋房子时，他已经完成了几乎所有需要洗涤和清理的部分，剩下的工作量只有一点点，就是那些他一个人做不了的重活。他唯一没有清理的地方是我们父亲的房间，那里有他的衣服和财物，他理所当然地认为不该碰，那是我们的父亲。

接下来几天，英韦和我和奶奶一直在他们家吃晚饭，这点我完全想不起来真是太奇怪了。我对那房子的贡献把他的努力一笔勾销。是他的妻子擦擦洗洗，换下窗帘，给奶奶洗澡。我，这位迷茫的作家，只是拿着个水桶四处转悠，根本就干不了擦擦洗洗的活，这是我不具备的能力，这方面我与我母亲一样，她对打扫也是一窍不通。英韦几乎算不上去过那儿，待了一天就跑了。而最重要的是，我不仅无耻到把事情说得就像是我自己清洗了房子,还把自己的祖母,他的母亲描绘成一个嗜酒成性、醉醺醺的老太太。但是居纳尔知道这是为什么：我在克里斯蒂安桑读高中时，有次挪用钱款就被她当场抓到，从那以后我就恨上她了。奶奶还向妈妈表达了对我的不羁生活的担忧，我花钱太多，而且我在吸毒，所以这种担忧并不是没有理由，可是妈妈怎么反应的？是啊，她愤怒。为什么？爸爸遗弃了我们。

随后他列举了文稿中多处实实在在的错误。我从来就没有一个活了一百多岁从楼梯上掉下来摔死的父系曾祖母，这纯属编造。我父亲从来没有任何侄子侄女赢过选美比赛。我写过，我们有一个固定的场所用于家族聚会，也就是爱乐维咖啡餐厅，这是胡说八道，从来没有的事。说到我祖父和他的兄弟，他们一辈子关系都很好，并不像我写的那样断了联系。奶奶从来没有从她的雇主那儿偷过钱，事情经过和这完全不一样，而且本来是件趣事。居纳尔本人也被我的谎言抹黑。他从来没有像我所宣称的那样，说我们可以把钱装信封里藏床底下而不用报税。

在这长篇大论近结尾处，他说起他和妻子在父母的暮年为他们提供的照顾，让他们最后几年得以住在自己的家里[1]，并拥有相对高的生活质量。这些在我的小说里都被抹杀了，因为如果别人只读这本小说的话，就会认为他们从没关心过他的母亲，对一切听之任之。没有什么比这更远离真相了。如果别人知道他们在那栋房子里投入了多少劳动，他们在那里过得多么温馨，我对那情形的描述就站不住脚了。但那就是我的典型作风，我这么理解他的意思，因为下一句话中，他警告出版社要小心我习惯撒谎，我的坐姿总是倾身向前，眼睛从不直视说话的对象，还总是有一种阴郁而闪缩、充满内疚和思虑的眼神。他们不要被我骗了。我代表的并非善良和真实，虽然看起来仿佛是这样，真相恰恰相反。我是一个臭名昭著的骗子，我是个吉斯林式[2]的叛徒，我出卖祖母和父亲就是为这些带血的钱，为了出名，为了达到这个目标，使出再低下的手段也在所不惜。如果出版社不喊停这个项目，他将提起司法起诉。为了避免这一切的发生，他还建议了一个最终解决方案。我反正在上一本书中写天使写得那么好。我的谢尔坦舅舅写乌鸦也很出色。出版社应该建议

---

[1] 挪威老人如果条件允许多居住在自己家中，无法自理以后才去养老院。如果子女或专人经常探访，帮做购物、清洁之类的杂活，则可延长老人独立居住的时间。

[2] 维德孔 · 吉斯林（Vidkun Quisling），二次大战时挪威被德国占领期间的伪政权领袖。

我写一本关于魔鬼的书。那正是我所熟悉的那个领域。这样我用得上从父亲那里继承来的文学才能。

这一切如果用居纳尔的眼睛来看就都变了样。他与妻子和孩子们让我祖父母生命的最后几年过得充实，他们帮忙料理了实际事务，也给予了陪伴，每周一次或几次探访，像往常那样说说笑笑，居纳尔和奶奶，一家人一起去度假屋，一起去拜访爷爷的兄弟，和他们一起庆祝圣诞节。一个完全正常、一团和气的家庭，没有什么大秘密，没有什么海中暗礁，没有什么天际乌云。除了一样，他的兄弟是酒鬼。但并没糟到不能正常生活。他在高中工作，在莫斯有女友，是一位能干而受人爱戴的老师。他的人生中也有自己的问题，最大的问题可能是他第一次婚姻，正如居纳尔所见，这个婚姻是冰冷的、无爱的，而且那种低温已经延伸到了他的孩子们身上，他们成年后，不仅和父亲保持距离，也和整个父系家庭保持距离。小儿子卡尔·奥韦情况最差，但英韦也采取了回避态度。他们住在卑尔根，在西部，母亲这边亲戚的老家和现居地。但是克里斯蒂安桑这边一切都很好，直到居纳尔的兄弟搬进了他们的母亲家。然而时间很短，才八个星期，然后他就在客厅死于心脏骤停。奶奶有家庭帮工和家庭护士，居纳尔和他的妻子也常去那儿帮忙，尽管爸爸爱喝点酒，但那时情况并不比他去世前开车送祖母去瓦勒（Hvaler）另一个兄弟家时更糟，他也是那时卖掉了在莫斯的公寓。他能自理，她也能自理，她长子去世时，她当然感到震惊。那里有点凌乱，地上是有些酒瓶，不管怎么说他是个酒鬼，但是无论如何算不上不堪，绝没有到一两个上午都收拾不完的那种状况。

居纳尔是唯一一个长住在克里斯蒂安桑的儿子，那个照顾父母、安排家庭帮工和家庭护士的人是他，而不是其他任何人。居纳尔从来没有伤害过别人，他本人以及他的行为都没有什么可指摘的，恰恰相反，他开朗、乐于助人，在社会上和家庭里都是顶梁柱。一个好儿子，一个好兄弟，一个好父亲，一个好公民。

哥哥的儿子们下来料理父亲的后事。他把主场留给他们。他们干了点刷洗的活，安排了葬礼，就又消失了。十年过去了。然后他收到一本小说，是那个小儿子写的。他不敢相信自己的眼睛。所有的美好被写成了炼狱。他写道，他的父亲已经在那里住了两年，赶走了家庭帮工和家庭护理，将一栋体面好市民的房子写成了一个类似毒虫聚居地那样的地方，把他的母亲写成了一个整天烂醉、老糊涂了的女人。居纳尔成年后投入了大量精力来维持的东西，一点都没有被表现出来。一切都是悲惨的。他的朋友和邻居难道还会有别的理解？居纳尔怎么能让他的母亲和兄弟发生这种事呢？真相就是这些事完全没有发生过。但是怎么让大家知道这一点？毕竟小说里就是这么写的。作者在撒谎？是的，显然是。所以他面临两个问题：作者为什么要撒谎，以及如何阻止这本撒谎的书出版？作者撒谎是因为他的母亲，一个冷冰冰的自我中心的女人，扭曲了他的思想，让他把与父亲家庭相关的一切都做负面理解，也因为他年轻时碰毒品而被祖母拒之门外，这一点他从来没有忘记过。当他的父亲和祖母去世时，他又拾起这个，把他拥有的一切都押在这个赌注上。他恨他的祖母，恨他的父亲，同时又有足够的天赋，给这仇恨打上文学的幌子并从中牟利。此外他还无耻到给自己安排了一个英雄角色，让自己成了在父亲身后为其收拾的人，实际上并没有什么可收拾的，那就是居纳尔干剩下的那点活。这连篇谎言，这个满满恨意的项目，被他成功兜售给这家出版社。他们会接受完全是因为他们不知道真相。他们爽快地相信了作者，全盘接受他的表述。为了中止此事，一定要让出版社意识到这些。所以他给他们写了邮件，给作者的母亲和兄弟写了，但没有给作者本人写，他的背叛太严重，以至于他不想和他有丝毫接触，他再也不想见到他本人，因为这人是有意识、有意图地歪曲事实以摧毁他的家人。但是还有另一个原因，作者附上一封信，在信里解释了他为什么会写这些东西，这就很清楚了，他实际并不知道自己在做什么。而如果他不知道的话，居纳尔就不得不转向那个明知这一切的人，那个多年来扭曲了作者对现实观感的人，那个人在这方面做得太过分，以至于作者不再能分辨何为真实，何为他脑中幻想。他是个犹大，他是个吉斯林，是他的母亲把他引到这一步。他看出了她的冷漠来自哪里，因为她的母亲、作者的外祖母，在他十二岁那年夏天去造访的那次已经几乎陷入自闭，她为群山下那寒酸的乡下房子充满自卑感。外祖母的儿子，母亲的兄弟，后来疯了，已好几次被送进疯人院。他写诗，他最新一本诗集是关于乌鸦。这种病态、冰冷得让人胆寒的现实，他的疯狂、自闭，乌鸦和寒冷，被作者全部接受并变成了他自己的东西，以这些东西为笔墨写他的父亲，一个本身很好的男人，他被骗而陷入的那种日子也许让他感到沮丧，和那冷血西部女人一起过的日子，他不是总能对儿子尽到本分，没能像居纳尔自己对他的儿子们所做的那样，但是也没有很不堪，不管怎样不足以变成作者笔下描绘出的父亲形象。他以他母亲的眼光来看这一切，而他自己还没意识到这一点。

构成居纳尔对小说的主要不满的，并不是我写了关于父亲的真相以及他人生最后几年发生的事情，而是我关于父亲和当时的情况是谎言，这个谎言会让别人觉得居纳尔对此有责任，而这是严重的错误，无论如何，他是完全冤枉的。

毫无疑问他真的是这么想的，他眼中的事情过程完全是另一个样子。这让我害怕起来。如果我对自己某方面有什么担心的话，那就是自己未必可信。我写过爸爸在生命最后的两年住在奶奶家，把他们两人都拖垮了。我写过他赶走了家庭帮工和家庭护理。这两件事都被居纳尔否认了，他还写了他有证人可以证明。

我从哪儿知道的呢？

我怎么知道是住了两年呢？

我不知道。我这么写了，它必然有个出处，但是这出处又是哪儿呢？

当我开始写《出离世界》时，在克里斯蒂安桑待过一段时间，那是 1996 年 1 月，当时爸爸酗酒相当严重，住在奶奶家。诚然他在莫斯仍然拥有公寓，但据我所知，他经常住在她家，出于这样那样的原因，我的理解就是那年夏天他完全搬进去了，也就是在他去世前两年。但是这个信息是以什么方式到我脑子里，我真不知道。

有没有可能是我当时的假设，然后让这个未经核实的想法化作定论，十年后我写这本书时它就成为绝对真相？这不仅可能，而且很接近真实。居纳尔写着他在奶奶家只住了三个月，而且他对这点还能提供人证，这必然是真的了。我还更深入地写道，他赶走了家庭帮工和家庭护士，我又是从哪里知道的呢？这个我真不知道。脑海深处的意识是，这是居纳尔自己说的，要么是给英韦打电话时说过我们的父亲赶走了家庭帮工，现在也联系不上了，他打电话来就是为了说这个，不是吗？爸爸已经把自己关在了奶奶家，居纳尔对此也无能为力，他试着插手并诉诸爸爸的理性，但似乎没起什么作用？就在那一次电话中，我知道爸爸在那房子里摔断了腿，在奶奶家的地板上躺了很久居纳尔才找到他并送他进医院。那件事在我心里侵蚀出越来越深的痕迹，因为当时情况一定很糟，但是事件周围的具体情况并不清楚，我不能确定这件事在什么时候发生，也确定不了我怎么知道的。也有可能是在爸爸去世后，我们南下到了那儿，居纳尔描述事情过程时，我才知道家庭帮工被赶走的事。我不知道。有可能是他夸张了，这个说法也是在表达爸爸如何让别人无法插手，也许家庭帮工只是来得不那么频繁了。也许说的只是那个家庭帮工，也就是那个给她洗澡的人，而不是家庭护士。但是我的书里好像没有并写到家庭护士？第三种可能性是，这话根本没有人说过，一切都是我自己根据房子里那可怕的情形做出的猜测；必定已经很久没人清洁过或收拾过那里了，家庭帮工必然是被赶走了，而且一定是爸爸干的。在 1998 年夏天我很可能就是这么想的，然后这最初只是模糊的推断，十年后变成了真相。

我不知道。

但是我确定居纳尔知道，既然他带着如此不可动摇的坚定写道，这一切就是如此，那么这一切也就是如此。

这就意味着我曾经是不可靠的。这事本身就让人崩溃。但我在所有事情上都不可靠吗？就算爸爸没有在奶奶家住上两年而只是三个月，家庭帮工并没有被赶走，而是照常上班，这就能改变小说根本的真实度吗？

是的，它能。如果是那样，那么我们所讨论的就是一个和平且宁静的世界里不幸的可怕的几天，而不是持续时间以年计的灾难。我唯一清楚知道的是，当我们走进那房子时，英韦和我所面对的是可怕的一幕。居纳尔写道，从玄关到楼上都是酒瓶这点并不属实，我们到那儿之前的两天里，他收拾了一大半，剩下要收拾的只有爸爸的房间还有一些重的东西。

那里没有酒瓶吗？我记得从客厅到阁楼的楼梯上满是酒瓶，钢琴下面和上面都有酒瓶，厨房里满是酒瓶。但是通向客厅的楼梯？我对此毫无印象。我必定夸大了。又不靠谱了。对他来说，清理混乱局面的是他，而不是我们。我清楚地记得，那天和第二天我们在那儿擦洗、清理，而他描述了一个迷茫的作家拿着一个水桶瞎转悠，毫无关于清洁的基本知识。我也没有任何在他们家吃过晚饭的记忆，我确定这事没发生过。但是我也不能排除这个可能，我一生中有很多事情已经记不得了。至于他所写的，我们和奶奶一起去度假屋，我从码头跳入水中，这些都是真的，但那发生在小说的时间框架之外，也就是一切都结束后。祖母洗澡、洗窗帘，居纳尔和托芙为打扫房子所做的贡献，这些都是在我描述的两天半后发生的。我对在房子里大扫除的看法和居纳尔完全相反：对我来说，他那几天退后一步特别好，让英韦和我来担起责任，以这种方式来表达那是我们的父亲，以某种方式把他还给我们。居纳尔出现了几次，给我们建议，把我们一起搬出来的家具开车拉走，用一个他租来的小货车拉到垃圾场去。他没忽略任何事情，相反，他的一切都做得无可挑剔，而且这些我也写过？

如果他的暗示是对的，那么房子里展现在我们面前的景象本是正常的，我的印象是一种怪异的夸张，那么所有的东西就都不成立了。它触及了某些根本，首先当然是小说的前提本身，它描写了现实，但也带着自身的动机，也就是为什么我要写父亲的死以及随后的可怕日子。当英韦开着装满酒瓶的汽车转头对我说，如果有一天写到这些，没人会相信的，因为我们看到的一切更像小说或电影里的场景，不是现实里会有的东西。

在随后几年中，我主动对任何愿意倾听的人说起爸爸和爸爸的下坡路，这让我显得特别，或者有意思，这让我成为那种什么都经历过一些的人，赋予我某种漫不经心和深沉的气质，这也是我一直渴求的，心里一直有这样的渴望，成为一个人物，这种被人高看的执念一直是我写作动力的一部分。当我以这种方式讲述父亲和他的结局时，嘴里总是有点不是滋味，因为我以这种方式在利用他和他生命中的悲剧谋取自己的利益。这些都是在细节中的。小说让这一切膨胀，让它变成了大事。我利用了他，我踩着他的遗体往上爬。我通过写作就做到了这一点。同时这也是我一生中最重要的故事。如果这些事不是真的，我夸大了，为了让爸爸的命运给人留下最深刻的印象，给自己添加一些不顾后果的形象和破坏力，这样我就成为一个真正的作家，而不只是个假装自己是作家的人。那么我不仅背叛了他，也背叛了我自己。这也就是居纳尔的信所抨击的，这也是沉重一击：我撒了谎。通往客厅的楼梯上没有酒瓶。爸爸没有在那儿住上两年。家庭帮工没有被赶走。

如果我认同了这种视角，那从另一方面来说我也就消灭了自己。我从没觉得我在写房子的事时夸大了，而且我从来没想过我在利用爸爸和奶奶，因为我所描述的事件是压倒一切的，而我正在向前靠近的目标，也太重要了。

我写了爸爸。我写了我对他的恐惧，对他的依赖以及他的死使我充满悲伤。这是一本关于他和我的小说。这是一本关于父亲和儿子的小说。当我看到法律诉讼一词时，我吓坏了，当他写道他有证人能证明我在撒谎，我内心一片冰凉，要扛过这些考验，我就不能放弃我父亲的故事。

就算它有假话的成分？

不知不觉中，我搅起了一些危险的东西，是的，最危险的东西。

但是这为什么危险呢？

他一定会冲着我妈妈去，因为他认为我写小说就是这么一回事，冲着奶奶和爸爸去了。这是一种报复。以眼还眼，以牙还牙。他只是做了与我同样的事情，不同之处就在于报复是不对等的：我的小说将被出版，每个人都能读到，在所有书店和图书馆里都能找到。他的电子邮件只会被收件人读到，也就是出版社、妈妈、英韦和我。由于力量关系过于悬殊，他就通过对所有人都更奋力的一击来改变局面。

我坐下来打开电脑，打开小说的文档，开始阅读。由于最近几天发生的事情，几乎每一页都有引起不适的内容，因为我所提到的那些老朋友和同学，都可能和居纳尔产生同样的反应。

我给盖尔·古利克森打电话，一是为了谈论居纳尔来信的实际后果，我必须改掉一些具体的时间节点，小说里爸爸住在奶奶家那两年，也许根本就不应该提具体的时间，有些事实错误也要改掉。我问他，其他名字该怎么办。盖尔认为那些以相对中立的文字来描绘的人，作为童年或者青年时期的一部分，保留名字毫无问题，完全没有风险，而那些我以这种或者那种方式描写得让人对其有负面印象的人，比如说，涉及到他们的家庭关系，写一个酗酒或打人的父亲，或者以其他方式让人觉得不妥的，就应该做匿名处理。盖尔的观点让我放松下来，他是从小说出发，这是我们必须坚持的，去做必要的改动。

放下电话后，我又打给英韦。我们来回聊着对父亲去世前后那些日子都记得些什么，他不记得那么多细节，但是当他读到我的描述时并没有对任何内容有不认可的反应。如果真的要上庭，他可能会是我唯一的证人，但我没有提这个。我知道，诉讼是所有可能发生的情况里最糟糕的，出版社会尽全力来避免诉讼。其次糟糕的是这些有争议的内容会出现在报纸上。

所有这一切都是关于居纳尔和他对这本小说的看法。这涉及纯粹的从人道出发的考量。但是我在完稿后到收到居纳尔的信前这段时间里想得很多的，是小说里还有另外一个与文学更有关的重点。它也关于真相，但更多是从形式上的考量出发，让我开始思考形式是读了彼得·汉德克的一本篇幅很短的小说，叫《无欲的悲歌》[1]，讲的是他母亲的自杀，所以也带自传色彩。

[1] Peter Handke（1942—）奥地利作家、剧作家。2019年诺贝尔文学奖得主。《无欲的悲歌》挪威版名为*Kravløs ulykke*（无欲的意外），德语原书名为*Wunschloses Unglück*。

与我一直在追求情绪饱满、氛围浓郁的行文不同，汉德克的行文干练冷静。当我开始写作的时候，我一直在找一种类似的语言，就算不是干练的，也得是原生的、毛糙的、直接的，不用隐喻和语言上的藻饰。我最抵触的就是美化语言，这样对现实的描述，尤其是我想要描述的那段现实，就会显得像个谎言。这样的美是有问题的，因为它会给希望加上一种形式。美，也就是说文学的美，给观看世界加了一层滤镜，让无望的有了希望，让无价值的有了价值，让无意义的有了意义。这是不可避免的。孤独被写得很美就把灵魂提升到了新高度。于是它就不再为真，因为孤独不美，绝望不美，而渴望也不美。这不是真，但这是善的。这是一种慰藉，是一种解脱，也许这就是文学的正当性部分之所在？但是在这种情况下，文学作品就是其他的东西了，它独立自洽，其价值来源于自身，而不是来自其作为现实的写照。彼得·汉德克在他的小说里就是要尽力避免这种情况。它写于葬礼几周后，在这一尝试中，汉德克试图以一种尽可能真实的方式去贴近他的母亲和她的生活。不是现实事件那种意义上的真实，或者说她是现实里存在过的人那种真实，而是关于他的所见以及对此所见的传达。他没有在文字里再现他母亲，我阅读的时候这么觉得，如果他真这么做了那就是对作为人的母亲的侵犯。她只属于她自己，过着自己的生活，汉德克没有去再现这生活，而是将其作为存在于文本之外，也从不在文本之内的东西。这意味着他用概括性的笔调来写，关于她曾进入其中的那些情境，关于她承担过的和没承担过的角色，但是这概括也可能成为一个问题，他在什么地方这么写过，因为这行文也可能独立于她，通过他的诗意表达在文本里获得自己的生命——

这也是对她的背叛。他写道："这么考虑的结果就是，我首先以事实为出发点，并寻找让这些事实形成文字的方式。但是我很快意识到，经由寻找表述方式，我离事实越来越远了。于是我就开始用另一种方法——我不再以事实为出发点，而是从已成文的现有表述出发，也即人类社会经验的语料储备。"他在其中寻找着能用以描述他母亲一生的话语。我隐约能明白，他这么做是为了维护她的尊严和体面，但是这样一来文本里又发生了另一件事：当用社会的、文化的、同时代的视线和自我领会，以及个人的角色和边界来描绘一个人时，那些内在的生命，那自身的、个人的、特殊的存在，那在从前被称为灵魂的就消失了，我想，也许汉德克的书所讲述的正是这个故事：那些属于社会的对属于个人的压迫，对灵魂的扼杀。她最终结束了自己的生命。汉德克有意识地远离所有造作，所有情感，所有轶事，所有能激发出文本中生机的东西，他一直在坚持他写的不过是个文本，他描述的生活是存在或曾经存在某个地方，七十几页之后，他写到了死亡时刻和在森林边进行的葬礼，他写道："人们迅速离开了坟墓。我站在它旁边，抬头看着静止的树木：我第一次感到大自然真是没有怜悯心。原来这就是事实！森林自言自语。除了这不计其数的树木以外，在这里什么都不重要；前景中那些画面似的混乱形状逐渐从眼前退去。我感到卑微且无助。突然间在无能的狂怒中，我感到一种要书写母亲的欲望。"这种突然窥见了死亡是什么的洞察，是这本小说真正的起点。我了解这个洞见，因为这也是我的。我写的书是汉德克作品的直接对比，它的另一面。

我写道，汉德克站在坟墓边看着树木意识自然的无情，森林在自言自语，我也有同样的洞见。但真是这样吗？这一洞见让汉德克写了一本关于他母亲和母亲之死的书，在此书里他母亲并未被再现，只是被提及，那怎么可能是真的？被那个时代及其表达与见识所塑造的整体的知觉经验，看起来是一个可以从一些特定数量的类型中做选择的个体，被社会和历史所限定，当然并非没有自己的个性，但是那因为是她个人“典型”的样子，而不被算入那整体知觉经验的完形中，这其实是一种悖论式撒谎，因为她总是，一直是，其他的什么——在汉德克那里死亡是毫无仁慈的，他所描写的生活也没有，那么这不用说，他这本书也不可能是关于仁慈的。在文学上来说，仁慈藏身于美中，也就是说，在美丽的句子里，在这完形中——也即虚构化中，那贯穿着每一本小说的事件之间的隐秘联系，因为这贯穿本身也是对含义和情境的确认。因此，汉德克的洞见又怎会和我的洞见一样呢？既然我写了一本关于父亲之死的小说，并让文字再现了他，好像他就在其中存在那样，也即让他成为读者自身情绪的客体，在一篇始终企图建立一种完形的文字里，因为它或者它的作者，知道在一个并非无情的世界中，这完形过程会唤起或者调动情绪，因为含义和语境本身也在不断地被建立，不管文本想要对此表达是什么。

汉德克写道：“人们迅速离开了坟墓。我站在它旁边，抬头看着静止的树木：我第一次感到大自然真是没有怜悯心。原来这就是事实！森林自言自语。”我写道：“死亡，像我始终感觉的那样，在生命里它是极为重要的一个环节，幽暗而令人销魂。它如爆裂开的一根水管，风中折断的一个树枝，从衣架上滑落坠地的一件衣衫。仅此而已。”这是美丽的，那是某些东西，而它所描述的，却什么都不是，空虚、中立、无望且不仁。汉德克没有撒谎，至少他努力做到如此。我撒谎了。为什么？

当我看到一棵树时，我看到了它的盲目和随意，一种已经存在并终将逝去的东西，在这两者之间则会继续生长。当我看到一网闪闪发光扑腾着的鱼时，我看到了同样的东西，一种盲目和随意的东西出现、生长、消失。当我看到纳粹种族灭绝营的照片时，我也用同样的视角看人。四肢，头部，腹部，头发，生殖器。这与我的视角毫无关系，我看到的是那个时候这些人被观看的方式，以及是什么让这些成为可能，这么多人知道这可耻行径的存在而无动于衷，甚至参与其中。想到这种目光竟然能够存在，真让人毛发倒竖，但这并不会使得这目光所见的就丧失真实度。你可以将其视为虚伪，而所有要在世上寻找意义的思想，必须要让自身关联着这零点。我看到一棵树，我看到了意义的不存在。但是我也看到了生命，以纯净、盲目的形式，这一心只要成长的东西。它的力与美。好吧，死亡什么都不是，只不过是一种缺席。但是，既然盲目的生命可以被视为一种力量、某种神圣的东西——是啊，为什么不呢——神圣的，也可以被视为无意义和空虚的，死亡也可以被同样对待，死亡的歌声也应该能被唱起，甚至也可以充满意义和美。这就是德国国家社会主义对我们意义极其重大的原因，自从他们登上权力舞台后才过了两代人，而他们的恐怖统治，不管从哪方面来说都离我们不远，它同时向我们展示了三个角度：生命的神圣力量，死亡的美与意义，人类是盲目的、随意的、毫无价值的。这种视角在纳粹主义之前属于艺术和崇高，后来成为社会制度的一部分。汉德克的母亲在这一切发生时还是个年轻女子，他描述母亲的少年时代，在两次世界大战之间的奥地利，在相对贫困和无知中，她对学习的渴望，学什么都行、能上学就行，被视为毫不现实的、不被认可的，汉德克勾勒了这种从国家社会主义以及围绕它出现的新情绪，示威游行，火炬游行，装饰有新国家符号的建筑物，他写道“这些历史事件被包装成一种自然戏剧呈现给这些乡村居民”。关于母亲，他写道，她仍然对政治不感兴趣，因为“在她眼前发生的事情，与政治完全不同。‘政治’是无色和抽象的，不是狂欢节，不是舞蹈，不是穿着当地服装的乐队，换句话说，不是任何能看见的东西。”

纳粹主义是最后一个大型乌托邦政治运动，而它几乎在所有方面都具有毁灭性，这导致后来的乌托邦思想如果不说是空中楼阁，也是问题重重的，不仅在政治上也在其艺术里，然而艺术就其本质而言是乌托邦的，因而此后一直萎靡不振，或者说总在自我审视和怀疑，汉德克以及他那一代作家的小说中都表达了这一点。怎样表达真实而不添加上它本没有的东西？“有”和“没有”又是什么？什么是本来如此，什么是“并非本来如此”？构建出来的场景和不是构建出来的之间有何界限？这界限真的存在吗？世界和我们观念里的世界之间有差异吗？语言自身没有生命，也不是活的，它唤起了生命，而生命最初的场景，这完形文学的源头在《奥德赛》就出现了，当奥德修斯和他的人马离开喀耳刻，抵达了俄刻阿诺斯之河，奥德修斯在岸上为死者们献祭。血液暗沉地流进洞穴中，死者们的灵魂逐渐在其上方聚集。他看到新娘穿着打扮的少女，穿着血染铠甲的青年战士，还有老人，他们的呼喊声极尽惊悚，惊恐在他内心奔腾。他认出的第一个人，是厄尔皮诺，他在喀耳刻那儿死去，并没有被埋葬。他讲了自己的故事，他喝得烂醉，从一个屋顶上头朝下跌落，摔断了脖子而死。下一个和奥德修斯说话的是先知忒瑞西阿斯，他能预测未来，然后是奥德修斯的母亲，她也来喝血并认出了他，告诉他自己是怎么死的。奥德修斯想拥抱她，三次走近她，而她三次都从他身边移开，如虚梦或幻影。她说，肌腱再不能连住骨肉，焚尸的火焰将身体化作灰烬，剩下的只有灵魂，四处飞舞。文学唤起世界，就如奥德修斯唤起魂灵，不管用哪种方式，距离总是难以跨越，故事总是同一个。三千年前一个儿子失去了母亲，四十年前一个儿子失去了母亲。即使一个故事是虚构的而另一个故事是真实的，这并没有改变它们之间根本上的相似，两个故事都从语言中浮现出来，从这个角度来看，汉德克避开所有文学性的全部努力并没有什么用，他对现实的描述并没有比荷马的写实更真实。但他追求的也不是这个。

汉德克希望写一个人，他的母亲，而非招魂，不让她去饮血以显现出能让人忆起逝者生前的模样，换句话说，不去赋予她虚构出来的生命，这虚构的生命能把她已逝的、过去的存在和那活生生存在于读者的意识的她联系起来。取代招魂话语的语言，则是拥簇在她周围的、她生命的各种形态，虽然她的身份，这些她所独具的，在这过程中被看见，却保持无声。而这种语言所唤起的，就全然不在那难以跨越深渊的另一边，因为这些形态就算不是彻底至少也在某种程度上以语言形式存在。就这样，汉德克以这种方式达成了他所设定的目标，也就是以一种真切的方式再现现实。还有一种能达到这个目标的方法，可能是完全不要讲述者的角色，只一一陈列出那些提及母亲的或者和她存在有关的档案材料；那么现实与对现实描述之间的关系就会是协调的。这艺术作品中的“仿似”，那把它和现实区分开的深渊就会彻底消失。又或者，更确切地说，它就只能被理解为那追寻着这些资料，汇集它们并以特定顺序排列它们的某种意愿。当然，人们可能以为这种排列顺序是有意为之，在现实里这些资料呈水平排列，在不同位置的不同档案里，而就算按时间顺序排列也会被视为一种介入，会产生一种效果：最终的医生证明接着就是尸检报告，读者擦了一滴眼泪。

对于汉德克来说最重要的是描写母亲而不侵犯她，侵犯在这里被理解为去介入属于她自己的东西。这也是对她独立不可侵犯的完整性之尊重。对我来说，这不是什么好想法，因为我写了一个类似的基于我生平的故事，并以一种几乎截然相反的方式，一直在追寻着情绪、情感，和那些被理解为理性反面的感性，并通过戏剧化地呈现父亲，让他作为叙事中的一个角色出现，就像表现小说里的一个角色那样去表现他，通过藏起所有文学所着重的“仿似”，通过说“这”就是他，从而以最根本的方式侵犯了他和他的完整性。我对小说里的所有人物都是这个说法，但是只有在父亲这里，我采取的方式一点不顾忌他和他的完整性。他已经死了十多年了，但这只是让我的做法成为可能，而并没有让它成为正当的。

我在写书时并没有想过这些，不管是对现实的呈现方式，还是再现父亲的完整性，一切都发生在直觉里，开始时我面对的是一页空白和想要写的愿望，最后写出了那本小说。在这中间蕴含着一种对良好而盲目的直觉的信任，从那又可延伸出一种恰似本体论的诗意，我这么想，因为对我来说，小说构成了一种思考的方式，和写小论文、论文或者学位论文完全不同，因为小说中的反思并不是为了被认可而组织起来的，而是和小说里其他所有元素并列。思想在其中展开的空间与思想本身一样重要。雪在外面的黑暗中落下，车灯在河的另一侧滑过。也许这是我在大学中学到的最重要的事情，人们其实可以对一篇小说或一首诗发表任何看法，而这些看法也许既是有可能的又是可信的，但绝对不会是道尽所有的，也同样不会是本质的，因为这小说或这诗，总是自足自洽，并且如果要用这种表达方式以外的方式来说它所说的内容是行不通的，这就让它看起来深奥如谜。世界也以完全相同的方式显示奥秘，但是我们几乎总是忘记这一点，因为我们在审视这些时总是先反思。到底什么是“走”？是将一条腿放在另一条腿前吗？是，是这样。但是，这种机能性的描述，把一条腿放在另一条腿前，根本没有说到人在行走时的感觉，或者下坡和上坡的区别，以及走在砖砌防波堤或走上楼梯，走在草甸子上或苔藓覆盖的林间地面，光脚或穿靴子之间的区别，更不用说当人看见别人在行走时的感受，周六上午涌过广场的人群，一个孤独的老男人踯躅走过雪覆盖的土地，或者一个你认识很久的人走向你时，那人所有的特征都逐渐从步履间浮现，你立即看到了这一点，这就是“他”或“她”。你把你对这个人所知的一切、所打过的交道都放进了这独特的走动模样里，不是作为独立而明确区分开的部分，你所看到的，在某种程度上就是这个人的总和，也就是对你来说所“是”的那些。它来了，你看到，那就是一切。在这其中了解增加了，比如说沿着一种科学路径，这样的话就会是关于运动着的肌肉和筋腱，使一条腿得以放在另一条腿前，涌流过血管的血液，以及血液里携带的气体。细胞和细胞壁，线粒体和DNA链，更不用说在神经系统里穿行过的那些神经脉冲，从大脑中某处以化学分泌或者放电的形式发送出一种想要移动的意愿或愿望，然后问题来了：意愿是什么，愿望是什么，运动冲动是什么，它有怎样的形式？是化学的吗？这化学反应与你所知的意愿或迫切需要之间有什么联系？这些冲动不属于意识，而属于大脑某些深藏着的且相当古老的部分，几百万年来都没有变化，在我们最早、最远的亲族问世时就出现了，他们几乎完全和猴子一样，除了髋部、手臂长度和几个生理构造上的特征让他们能做其他动物在当时乃至现在都做不了的事，也就是能用双腿行走。能用双腿行走是把我们和其他物种区分开的特点。这是我们最显著的身体以及精神特征，因为我们在自己思维世界里徘徊就像在地形里游走那样，一片我们穿行其中的大地，从潜意识之幽深到超我的天空，最左边的这个政治乌托邦，另一个在最右边；有些思想就近在身旁，或容易把握或难以窥见，因为我们左右腾挪的笨拙，有些想法我们踮脚勉强能够着，有些则在更高处，只能通过那如攀登阿尔卑斯山般的艰难拼搏才能征服，其他有些想法是低而肮脏的，贴近土地和地里的一切。

成为作家就可以走得更远一些，或者，如劳伦斯·达雷尔[1]描述小说写作那样，设定一个目标然后在睡梦里行向彼处。“行走”这事是写不尽的，但写尽并非文学本身的任务，那以不能穷尽之物构造出来的才是，不管怎样，当它以再现现实作为自身目的，并对其持续地、变化地、波动地对其回应时是如此。

[1] Lawrence Durrell（1912—1990），英国小说家，旅行作家。

树木就是那样，正如里尔克所说，我们如不断变幻着的阵风从其身边经过。森林自言自语，汉德克写道，它与我们之间隔着一道深渊，但自然的不仁显出了威胁性，并不是因为它冲着我们而来，虽然如果你要这么看它也会在它梦一般的疏离中显得如此，而是因为它的愚昧和盲目也存在于我们身上。不仁是心脏的跳动。奥德修斯试图在那文化与自然之间的深渊上架起桥梁，他对他的心脏说话，求它不要跳得那么用力。深渊在我们心里。我第一次面对死人的时候看到了它。我当时不明白，但是当我看到它就知道了。死亡不是深渊，深渊在活物里，在思想和思想所活跃的肉身之间。在肉身内部，思想是一种入侵者，一个征服了陌生土地的民族，而当此地变得不再宜居，也就是说当所有运动停止，所有热度消失时，它就转身离去，就像死亡中所发生的一样。

但是我那时看到的不仅仅是死亡。死的是我父亲。对死亡是什么的模糊念头只是当时我全身鼓荡着的思想和情绪风暴里转瞬即逝的一小部分。在我面前躺着创造了我的人，他的身体决定了我的身体，我在他的监督下长大，他是我一生中最重要、对我影响最大的人。他的死一点儿也没有改变这些事情。克里斯蒂安桑教堂里的那个下午没有给任何事情画上句号。

我和英韦说完后挂上电话，坐电梯下到地下室，穿过潮湿的、工事般的走廊，头顶的灯光随着我的移动逐个提前亮起，到洗衣房那一刻正值洗衣机显示屏上的数字从一分钟变成零。我把湿衣服放进干衣机滚筒，把最后一批脏衣服放进洗衣机中，倒进洗衣粉，开机，它们立即开始轰隆隆转动。我站在那看了一会儿两个滚筒转圈，越来越湿的衣服被甩在玻璃门上，被拉走不见，又被甩在玻璃门上，脑子里把可能出现的最糟糕的情况都过了一遍，一起案件。在脑海里我似乎能看见自己怎样坐一辆出租车抵达，打开车门下车时所有在那儿等着的摄影师都拍下了照片，报纸上的头条新闻，克瑙斯高撒谎了，粗制滥造的作品，本来就不该出版，对撒谎供认不讳，克瑙斯高强奸了我，因为我知道这样的审判会引发其他相关投诉，这是一个自传式写作项目，我在里面写到了别人，所以也就把自己打开给别人看，别人对我说什么都行，什么人都能对我指指点点。就小说本身而言我不觉得会引起很大轰动，出版社也没这么以为。首印数是一万本，这很高了，但并不比我上一本小说高，但是如果它变成了一起诉讼案的话，销量毫无疑问会直攀云端。然后，这会成为丑闻，变成某种上不得台面的、耸人听闻的东西，所有能想到的脏水都会被泼到我身上。在我眼前已经有了画面，我坐在被告席上，出于某种原因我把它想成某种课桌，与我们在学校用的那种没啥不同，它被放在挤满了人的房间的一个低台上，我要回答各种所有能想到的最让人愤怒、最含沙射影的问题。首先是我为什么要写这本小说。为什么我要使用实名，而不像其他涉及现实的小说所做的那样，隐去所有人的真实身份，而且这种类型的小说已经自成一类了。为什么要写实？它有什么贡献？起初我无法回答，我在椅子里扭动着，磕磕绊绊，结结巴巴，就像我有时候上台会有的表现那样，上一次是在慕尼黑，那一次来到现场的观众本来也就稀稀落落，其中大部分人起身离开了，这事至今想起来还觉得非常羞耻。但是为什么要假设自己软弱又可怜呢？我想，抬头看着直贴着天花板的窗户，透过那斑驳的玻璃可以模糊地看到外面的沥青路面。

我为什么不回答对我的指控呢？于是我在椅子里挺直了腰杆，周围是记者和好奇的观众，也许有上百人，我开始生动而深刻地谈起了真相和主观的关系，文学和现实的关系，然后进一步讲到社会结构的特点，这样一部小说如何暴露了社会所遵循着却从来没有被形成文字也没有被看见过的那些边界，因为它们已经和我们自身以及自我意识融为一体，所以只有通过这样的冒犯才能为人所见。辩方律师说，为什么要让它为人所见呢。我说，有一些东西是所有人都经历过的，对所有人来说都一样，但是却从来没有被表达出来过，除了在一些极端私密的空间里。每个人在一生中都一次或多次经历这些难关，每个人都认识酗酒的人、有精神健康问题的人，或者因为这样那样原因跌倒的人，至少我的体会是这样；每次我新认识一个人，与之逐渐熟悉的过程里，或早或迟都会听见这样的故事，关于疾病、堕落或突如其来的死亡。这些没有被表现出来，因此就好像它不存在那样，或者只是成为我们每个人独自背负的包袱。那么报纸和媒体呢？辩护律师说。那上面的猝死和疾病够多了吧？的确是这样，我说，但那些是被作为事实来呈现的，从远处来观照描述，像某种客观现象一样。这类事件在个人及其身边人身上造成的连锁反应，没有得到任何描述，就算是被写到，也是引用几句话而已，外部信息而已。此外，它得有些不一般的东西才会被写出来。我说的这些，则是日常之物。对它的隐喻是死亡。它离每个人的人生都很近，开始以一种影响到你所认识的人的形式，然后，最后，是你自己。每一天都有大量人口死去。我们看不到这种死亡，它被隐藏起来了。我们也不想谈论它。为什么？

它触及我们每个人的存在的深处。为什么它被转移了？它与人的老去和衰弱是一样的。如果你已经老到无法自理的程度，那么你就会被安置在一个机构中，被藏到所有人都看不见的地方。如此说来，我们有一个怎样的社会啊，所有疾患、失范以及死亡都被挪出人们视线之外？就在两代人之前，疾病和死亡还离我们很近，就算不是生命很自然的一部分，也是不可或缺的一部分。就这个问题我可以写一篇文章来辩论，但那能表达的东西也不会太多，因为论点是诉诸理性的，而这件事所关系的恰恰与之相反，是非理性的，是我们在面对那些已逝去、已死亡的一切时所有的感受，是的，就是它到底为何。我记得我第一次看见疾病，那是我的外婆，她患有严重的帕金森式病，那肉身的虚弱与作为人的贫瘠如此巨大又震撼，因为我之前从不知道它的存在。我知道疾病的存在，但我不知道它原来是这个样子。我第一次在心智残障人士疗养院工作时也有类似的经历，所见的一切，所有这些畸形的身体和残缺的心智使我震动，为什么我从来不知道这些也是人类的一部分？它被藏到了大家看不到的地方，为什么？这让我去想肉身到底是什么，它要表达什么，这身体上的动物性或者生物材料的一切，它在这世上整体性的存在，这与对我们是谁、我们生活在怎样的限制里的反思中产生出来的世界观和自我认知完全不同，在所有这些不停地被制造出来的无尽知识中，在我们所读到看到的无穷无尽的新闻报道和电视节目里，这种视角并不存在。我所尝试要做的，是把它带回到现实中来，让这文字能穿透如天空或者如眼球前的薄膜一般覆盖着现实世界的观念、想法和图像，一直进入身体的真实和肉身的脆弱，又不是以概括的泛泛的方式，因为概括和观念是一家的,它们其实并不存在,只有个别的才是真实存在的,既然在这个案里个别的就是我自己,也就是我所写的内容。就是这样。这就是我唯一有过的目标。有人认为我没有资格这样做,因为我所写的不仅仅是自己。这说的也对。我的问题是,为什么我们要保守这些秘密?堕落的可耻之处究竟在哪儿?是人性彻底的灾难?经历这样彻底的人性灾难固然可怕,但把它说出来又怎么了?为什么要为此感到羞耻和保持缄默的必要,既然更深刻地看来这一切其实最能显示出人性?这里有什么危险的东西以至于我们不能把它光明正大说出来?

居纳尔的律师沉默地听着我这些话,用一种我认为是嘲讽的眼神看着我。

"说得很好,克瑙斯高,"他说,"但是现在的情况是你父亲并没有像你描述的那样沉沦。我们有证人。他酗酒,他也出了许多状况,这没错,但他走的时候还是很安宁平和的。同样,你祖母根本就不喝酒。你所描写的他们两年来住在一块并一起酗酒的情况,完全只存在于你自己的想象中。他在她那儿住了三个月。房子里并没有到处都是酒瓶。也不像你写的那样是你打扫的,而是你叔叔。于是,我对你提出的问题是:你为什么要在这些事情上撒谎?你说要如实描绘世界,为什么写了一个根本就没有存在过的世界?这是今天案件的核心所在。你尽可以躲在这些存在主义的知识分子腔调背后,正如眼前所见的这样,装腔作势地胡扯,自命不凡到了让我站在这儿听都觉得恶心的程度,但这不是我的事,现在还不是,不管怎么说,我从你的这自吹自擂、自鸣得意的长篇大论里推导出来的,是你认为自己说出了真相,这就是这本有失体面的犹大式小说的全部意义所在。然而一切都显示真相并不是这么一回事。你能解释一下吗？”

我僵硬而全身冰凉地看着他，动弹不得。

“我记得的就是这样。”我终于这么说。

“但这并不够！”律师喊道，“你侵害了这些人，粗暴损害了两位死者的身后名誉，你出卖了你的父亲和祖母以换来肮脏钱。因此你不能说‘记得的就是这样’。你侵犯了家人的隐私已经很恶劣了，这本身已经构成了犯罪，而你还雪上加霜地在你叔叔的母亲和他兄弟的事上撒谎，让事情恶劣十倍。这是诽谤。这可以处以三年徒刑。”

他擦擦额头上的汗，顺势把金发刘海拨到一边，看着我。

“我真的彻底打扫了房子，”我说，“说我不会打扫是不对的。我可能夸大了那儿混乱的情况，但情况是糟糕的。另外我写的是关于我父亲，我说的是我的故事，这不可能犯法吧？”

我谨慎地避免去看着笔直地坐在前排的居纳尔，开庭前尽管我英勇而宽容地向他伸出了手，他依然不愿意和我打招呼，我低头看着地板朝自己的座位走去，等待第一位证人，他是瑞典散文家、教授和瑞典学院院士霍勒斯·恩达尔（Horace Engdahl），多年来诺贝尔文学奖得主就是由他宣布的，以其文学上的高雅品位和威严气派而闻名，和暗杀帕尔梅（Palme）的疑犯克里斯特·彼得松（Christer Pettersson）是同学，和那个狂野不羁才华横溢的斯蒂格·拉森是朋友。多年前，我在卑尔根的一次研讨会上见过恩达尔；尽管那不是会议主题，他的发言是关于卡琳娜·吕德贝里（Carina Rydberg）和她的小说《至上表演》（*Den högsta kasten*），那时这本书引起的风波在瑞典达到了最高峰——她用实名写了还在世的人物——而恩达尔说就算有这些波澜但是文学的光辉还是最重要的。我希望他也能对我的小说发表同样的见解。另一方面，我站在这儿盯着洗衣机，看着满是肥皂沫的水撞向玻璃门，边想着他身上有些很明显的精英和上流社会特质，他是个文学贵族，这一点在这样的审判中会给人什么观感呢，在这儿居纳尔以普通人的形象出现，邻家先生，完全无辜的他被作家侄子彻底毁掉了自己的生活？人们会认为这事也有可能落到他们身上并为此感到胆寒。我将以一个卑鄙小人的形象出现，某种文学吸血鬼，残忍且丝毫不顾及别人，自恋。也许因为这一实际考量，一位文学贵族并不是在此发表见解的合适人选？

外面走廊的门打开了。我想有人要使用这间洗衣房了，我转过头去，但是外面那微弱的脚步声在另一扇门前停下，门开了。我等了几秒钟，等他或她进去，我才出去。当厚重的金属门再次在我身后的走廊重重合上时，洗衣房里的声音陡然被切断了。我想这就像在一个大型设施的底部。我走上楼梯，穿过门，走进广场，我得买烟了。水果小贩和我打招呼。我可能是他最好的客户。我微笑着和他也打了招呼，中指上转着钥匙圈，朝广场走去，经过了尼亚尔森鞋店[1]，每当我走过时总要看看橱窗里的鞋子。拉尔斯·诺伦[2]在他那大部头日记中就写过某家尼亚尔森鞋店，去年夏天我读了一半，他表达了对另一个女人——

[1] Nilsen shoes 是北欧连锁鞋店。

[2] Lars Norén（1944—2021），瑞典剧作家、小说家、诗人，长期担任瑞典国家剧院艺术指导。2008 年出版了 2000 年到 2005 年的日记合集，名为《剧作家日记》。

我完全不记得是他的女儿还是新女友——总是在那儿买鞋的气恼，显然他觉得这家店档次不够，他的鞋总是在另一家派头完全不同的店里买的，按我的理解是这样，直到那时我才知道尼亚尔森还是有一定档次的。从此我没回经过这家店都会想到这个事。秉承鞋子国际主义的诺伦对别人的鞋子地方主义愤愤然。我向街对面的商店投去一瞥，我总是这样，因为它卖的是内衣，橱窗里总有穿得清凉的女人的海报，然后我就闪进托马斯烟草店里，托马斯本人微微抬起他那好脾气的眼睛，又低头看向他正在鼓捣的烟斗上。

“下午好。”他说。

“下午好，”我说，“三包幸运。”

他从身后的架子上把它们拿下来。

“今天不要报纸？”他说。

我摇了摇头。

“一百四十七。”他说。

我从裤子后兜里拿出卡。

“用这个。”他说，冲他的新刷卡器点了点头，这能读芯片，而不是刷磁条那种，这对我俩都好，因为卡上的磁条有些磨损了，他不止一次需要手动输入号码。但他不在乎，因为不管店里多忙，他对每位客人都有足够的耐心。

“付了，”我说，“谢谢！”

“谢谢你。”他说。

我手上拿着三包烟走了出去，我朝人行道那边看去，那条道先是直通到一条运河，然后是古斯塔夫·阿道夫广场，星期六上午那儿黑压压的全是人，但现在则疏阔多了。

孩子们。

他们在哪？

我停了下来。

他们在幼儿园。我已经把他们送过去了。

不然呢？

早上都发生了些什么？

我疯狂地在脑海里搜索一个确定的事件，能证明我已经把他们送去幼儿园了，立刻就想到了我们曾经走回来拿万妮娅的眼镜，那就一切都好了。

我又走了起来，走过拐角，先经过卖鲜花的摊位，然后水果摊，身体里依然有种含混的不安；我整整一上午都没有想过孩子，要不是他们在幼儿园的话，我可能已经犯下最可怕的疏忽大过。去年夏天，我读到一位丹麦父亲忘记把孩子送去幼儿园，他把车停在工作单位外面时孩子在车上睡着了，孩子被忘在那儿，在高温中死去。这种事我也能干得出来，从那以后我就常有这个念头，每次我只带着两个孩子在外面的时候，常有突如其来的焦虑让我如坠冰窟，约翰在哪儿？我又把他忘在哪儿了吗，他在哪？他到底他妈的在哪儿了？然后我就想起来，他和琳达在一起，什么事都没有。但是，就算知道这一点，那焦虑还是会不时回来，他在哪儿？和琳达在一起，你确定那不是昨天？你能想起什么具体细节吗？

我用钥匙卡碰触智能锁板，推门而入。一个邮递员站在打开的邮箱架前，往里面放着信件。我冲他点头致意，停了下来。当他把一小摞信件放进我们的信箱时，我把它们拿出来，打开电梯门，电梯上行穿过楼层时我翻着那一摞信件。一封来自斯维亚催款公司（Svea Inkasso）的信，三份账单，一本《小熊》杂志（*Bamse*），一本思必锐商店（Spirit）的促销册子。我开门进了公寓，把它们放在镜子下桌上那一堆的顶上，脱下鞋放进柜子里，将两包烟放进写字台抽屉，拿着第三包走上露台，在那儿坐下来，倒咖啡，打开烟，抽出一根并点燃。

在我头顶上有只鸽子在咕咕叫，那声音来得突然，贴得极近。我抬头，它那声音听起来好像在天花板里。

“唔呼呼——唔呼呼——唔呼呼。”它说。

唔呼呼——唔呼呼——唔呼呼。

鸟儿在上面窸窣作响，我听到的可能是爪子蹭着屋顶金属皮的声音。它想移动，但是没有没找到合适的支撑。哦，爪子，它所具有的洪荒时代感，它们要在现代金属上做什么？

我倒了更多咖啡。

然后，鸽子几乎贴着我头顶起飞了，在空中盘旋，朝着另一侧的屋顶下方俯冲，也许比我们这低两层楼，降落在一个天线上。

很微弱地，几乎是从脚下公寓的深处穿来了门铃声。要过了几秒钟我才把它和要上门的盖尔联系到一起。

于是我站起来走进去，穿过走廊，那儿传来了一阵新的嗡鸣声。

我拿起门禁电话。

“谁？”我说。

“是居纳尔。是你这混蛋吗，我现在来上门收拾你！”

“进来吧。”我说，按下按钮，直到听见下面的门打开了，我才挂上话筒。打开门，站在那儿等电梯上来。

盖尔从电梯出来的时候提着一个巨大的黑色手提箱，在他身前晃荡着。尼亚尔跟着他走出来，紧贴着他的腿；他投向我的视线有点怀疑，有点好奇。盖尔板着脸伸出手，视线几乎没和我的对上。

“嗨。”他急促地说，还带点喘息声，已经出戏了。

“你们找过来顺利吗？”我说。

“以前来过这里啊。”他说着从我身边走过，走进门廊，在那儿放下手提箱，弯下腰给尼亚尔脱鞋。

“这倒是，是啊。”我说。

他抬头微笑了。

“所以，所以啊，放轻松点，这事会解决的。”

“什么会解决？”我说。

“困扰着你的事。”

他弯下腰，脱下自己的凉鞋。

“万妮娅和海蒂在哪儿？”尼亚尔说。

“在幼儿园，”我说，“她们很快就会回家。你可以先玩他们的玩具。”

他犹豫地往里走。

“见到你真高兴。”盖尔直起腰来时我对他说。

“我也这么想，”他说，“现在这样我们能省不少电话费呢。”

“你觉得我打得有点太频繁了？”

“频繁？”他说，“我每天就只干这个了！起床，刷牙，和你说话，吃早餐，和你说话，赶紧解决掉晚餐，和你说话，刷牙，上床睡觉。明天会有什么发生，猜一猜？我想，也许卡尔·奥韦会打电话过来？”

“你要咖啡吗，还是什么？”我说。

“好啊。”

“那我们去厨房吧。”

他跟在我后面，脸向上扬着，我们相隔很久再见面时他就是这样，嘴唇上挂着一抹敞亮而讽刺的微笑，仿佛在说：我了解你的一切。

就眼下来说也确实是这样。

我们搬到马尔默时，我曾经担心和盖尔会失去联系。距离的确会导致这样的结果；当谈话和谈话之间相隔时间拉长，亲近感会减少，日常琐事不再能自然而然地被提及，和一个你已经两个星期或者一个月没说过话的人，说到你买的一件衬衫或者你决定明天再洗碗的确感觉上有些奇怪，它似乎需要些重大一点的谈话题材，似乎它们开始掌控起了谈话，谈话被带着走，这就像两个外交官谈话时在交流着各自国家的信息，在这样的谈话里，每一次总要从各自有什么新闻说起，过了一阵子这总会让人受不了，还是别打电话为妙，而这又让下一次的谈话更沉重了一些，于是一转眼就半年不通音信。可是一切并没有发生。恰恰相反，我搬走后我们的联系更紧密了，打电话的次数更多，聊的时间更长，聊得太多以至于让我感到不正常，因此产生了一些不安，我真的不想不正常。一般的日子里我早上九点给他打第一通电话，我们无所不谈地聊上二十分钟到一个半小时，然后下午我再打一次电话，我给他读我在这一天里写的文字，他也会对之评论。他从不批评，而是聊我所写的内容能如何发展下去，会提出其他视角和可能，次日我接着写的时候就会用上里面我所需要的那部分。有时我们晚上也聊，但是我尽量在这方面克制住，因为我觉得琳达有可能会觉得盖尔占的位置有点多。但是我在马尔默也没有朋友，没有我经常相处的同行，他是我唯一能聊感兴趣的事和我在做的事情的人，而且由于这样相处已经很多年了，我不需要端着，去表现出比真实的自己更聪明的样子，去说本来不想说的话。许多我在书中直接或间接阐述过的想法和观念都来自他，这些念头引领着我前行的方向，我都和他讨论过。他影响了我，我的思想小宇宙越来越像他的思想小宇宙，这事情就像我感觉到的那样，我的完整性摇摇欲坠，而我唯一能抓住的救命稻草，让我能如此无耻地把从他那儿拿来的思想放在我这儿，放在我的故事和自传里，因为我也在他的工作和成长里发挥了一些作用，尽管不是同样重大，也没有那样威胁到他的完整性。六年前他去了巴格达，在美军入侵伊拉克前、占领中和占领后都在那儿。他想写一本关于战争的书，他作为人盾[1]进入伊拉克，这个身份给了他史无前例的自由，能去采访以这样那样的方式受战争影响的人。他从那里归来已有六年，这六年都花在写这本书上，虽然写得缓慢，但大概已快完成。

目前的书名是《致真知》(*Mot bedre viten*)，这其实也可以作为他人生的座右铭。

我斟上两杯咖啡，递给他一杯。窗外的那些屋顶和山墙，红彤彤地映着蓝天，似乎都向室内倾倒过来，这也许和透视有关，因为它们是被斜着俯瞰所以达成了这个效果。我第一次站在这

[1] 伊拉克战争期间数百名国际志愿者为牵制盟军对伊拉克轰炸来到伊拉克，被称为“人盾行动”。

个位置看到这景象时就这么想。那是我们来看房的时候，正是这一幕所带来的微微的眩晕感让我确定了，我想住在这儿。现在我对它已经习惯了，但是盖尔在这儿让我又注意到了这一点。

“你又收到什么消息没有？”他说。

“从居纳尔那儿？”我说。

他点点头，微笑起来，如果我不了解他的话会以为这是邪恶的一笑。

“没有。难道你不认为现在已经够过分了吗？”

“那倒是，是的。”他微笑着说。

“你还笑成那鬼样子。”我说。

“心情好啊，你知道的。还是不了，你才不知道呢。哈哈。”

“和我的问题比起来这心情还真不坏。”

“不坏。正是如此，正如你是个差劲的人。”

“一点不错。”

“也是罕见的真正自恋的人，必须加上这一点。”

“你怎么说都行。”

“这点毫无疑问。我能忍受你的唯一原因是我也同样自恋。”

“这我就不太懂了。你能忍受我病态的自我中心就因为你自己也是病态的自我中心？按照逻辑来推论的话，你该厌恶这一点，因为它霸占了你那儿的位置？”

“我的自我已经大到我根本不在乎这一点了。”

他看着我，从举到嘴边的杯沿上方冲我微笑。

客厅传来砰的一声。

“尼亚尔，你干什么呢？”他大喊。

尼亚尔那稚气的声音在里面说了什么。

“一起来抽根烟？”我说。他点点头，我们去露台上，中途看到尼亚尔坐在地板上，身边环绕着他从圆形墩子里拿出的玩具，我们听到的正是它的盖子撞在地板上的声音。我们在那个有点像露营桌的小台的两侧分别坐下。我点了一支香烟，两腿架上了栏杆。

“你要不要想点别的？”他说。

“好啊。”我说。

“我几天前进城买了木鞋。”

“我不觉得这个能让我振作起来。”我说。

“我买这个就是为了烦邻居的，”他说，“如果达不到这个目的，我就再给克里斯蒂娜和尼亚尔也买上。”

“你已经开始在室内穿木鞋了？”我说，看着他。

他点了点头。

“这是开战了。我把它们买回家后，穿上在地板上蹦了一个小时。”

“像唐老鸭一样？”

“不。唐老鸭只会生气，它完全不讲理性。而这是理智的。我利用了有利地形。我占据了比他高的地势。我的地板是他的天花板。”

“你就没想过给他一拳？把他带到林子里打上一架？”

“那就太残忍了。而这是一种很难界定的事件。还有，那样做我们可能就不能继续租房子了。我不能冒这个险。可是穿木鞋走动不犯法。没有人可以剥夺我的这个权利。如果他打了克里斯蒂娜或尼亚尔，那就是另外一回事。你得善用暴力。这是个关于暴力和以暴制暴的问题。我也可以对他开一枪。但是那就过于暴力了。打他一顿也是如此。人得谨慎审视冲突本身，考虑周全以行使适度武力。这是克劳塞维茨的主张。武力是手段，用来解决问题。是一种达到目的的措施。”

“所以，你已经考虑过要打他一顿？”

“我当然想过。但这是最好的解决方案。我要在室内穿木鞋，直到他认输。如果需要一年，我就把木鞋穿上一年，需要三年，我就穿三年。需要十年，我就穿十年。”

“你疯了。”

“疯？没有！我和邻居产生了利益纠纷。他攻击了我。好的办法我都尝试过了。都没有用。那我就再来一次。他很快就会发现，这是合法的。而他唯一可以让这些结束的方法就是认输。他知道这一点。他可以通过三种方式得到解脱。一，他搬家。二，他的妻子向克里斯蒂娜道歉。第三，他不再和我们说话，甚至遇见时也别看我们，也就是说彻底躲着我们。如果你问我，我想他会选择第三个解决方案。但是我们走着瞧。他现在正在硬扛呢。”

“瞧你说的好像这是一种完全正常的处理方式，”我说，“但它不是。没有人会买木鞋在室内来回走动来解决冲突。还有你说起这件事的方式，利用有利地形，你说这话就像一个攻下了越南某高地的美国兵，或者诸如此类的。但是我们说的是斯德哥尔摩的一间公寓。”

“冲突就是冲突，”他说，“我知道这么做就会结束。他不可能赢的。木鞋的声音太难忍受了。他可以坚持上一个月，也许两个月。然后他就会来问我他要怎么做我才会停止。再等等。然后问题就解决了。”

“而他的问题并没有。”

“不，那是无法解决的。而我的问题正相反，它不是无法解决的。”

几个月前，盖尔和克里斯蒂娜从他们在韦斯特托普（Västertorp）的两居室公寓搬到了同一地区的四居室。他们搬进来时，这位邻居就已经抱怨过他们把家具和箱子搬上来时走廊上的噪音。他也抱怨过他们在墙上挂画时造成的撞击声。他们告诉他会尽可能地小心，但是搬家是不可能完全没有任何动静的。他们在那儿住了几周后，他又抱怨起开门关门的声音和尼亚尔在地板上跑动的声音。盖尔为房门和柜子门加上额外的衬垫，又在地板上铺了加厚地毯。邻居给房屋管理员写了封信，投诉他们。除了他们公寓里传出的噪音，他们在楼梯台阶上下走动时，推婴儿车上台阶时也有噪音。盖尔写信回复投诉，他写道他们为别人着想的程度已经够可以了。他们从不放音乐，从不搞聚会，每天晚上十点睡觉。邻居所抱怨的噪音，都因为这是一个有小孩的家庭，而这是我们无能为力的。这封信让邻居更恼火，据我所知有次他在地下室和盖尔当面对上了。这种情况让我想起了琳达和我住在斯德哥尔摩时的情形。那儿也有个邻居埋怨我们的一切举动，面对我们也是一副凶恶模样。我们也试图满足对方提出的要求，但是它们太不合理了以至于完全做不到。我们通过搬家解决了这事。不过，我的身体依然记得那些反应，当哪个孩子做了什么能弄出声音的事，比如脚踢到了暖气片，或者用力踏在地板上。我体内就冻住了，我会去找孩子们，让他们立即停止。这里的邻居从没有抱怨过，斯德哥尔摩邻居给我的焦虑依然在我体内运作，即使我们从那个公寓里搬走已经三年。我和克里斯蒂娜聊过这件事，她的反应与我一样，她总是时刻警惕着，怕有什么有突然的声音或者高音响起，总是试图立即扑灭它们，蹑手蹑脚地活着。盖尔则完全是另一种人。他不让这事往心里去，他要扳回来。他说，他之所以现在才买木鞋，就是因为剧情又有了新发展。克里斯蒂娜和尼亚尔去露台上待了一会儿，回来进到门廊才几分钟就听到楼下露台传来的喊声。你们在那上面干了什么？这其实是尼亚尔打开了遮阳伞底部的盖子，那里面是装满水的，有些水流出来又滴下去了。克里斯蒂娜一开始还没明白发生了什么，就对下面的人说他们没干什么特别的事情。然后那个女人就对在房间里的男人说，那个该死的女人说他们什么都没干。盖尔一听到这件事就坐进车里开进城买了木鞋，自那以后他就与这鞋寸步不离，从早上一起床到晚上睡下。

“看起来你似乎在这事里找到了乐趣？”我说。

“倒不是穿着木鞋走来走去这部分。其实有点找罪受。但是一想到这会传到楼下他耳朵里再消失，而他也什么都干不了，这个部分让我快乐。这么说是对的。”

“我还是希望你不至于如此。”我说。

他笑了。

“再过几个星期我应该就可以把它们收起来了。”

“你也没有解决任何问题。他还会在其他方面找茬。”

“他要这样的话，我这边也会升级。这是战争。这里的关键是你的敌人得明白你永远会比他做得更绝。你就赢了。”

“你不明白大冲突和小冲突不一样吗？”

“不，你错了。原理是相同的。一旦他明白过来他永远不可能和我打成平手，不管他想到什么办法，我都会比他更狠，他就会认栽。走着瞧。”

“我等着呢。”我说。

“你的策略，就是认为什么事自己都有责任，希望事情自己会好的，对这种人不管用。”

“随你怎么说，”我说，“但我还是不确定你知道自己在干什么。”

尼亚尔打开门向我们走来。

“这么高！”他说。

“是的，很高。”盖尔说。

尼亚尔跪下，从地砖和栏杆之间的缝隙中看出去。

“那里有什么东西！”他说。

“你说的是那个油漆刷子吗？”我说，“那是万妮娅扔下去的，然后那儿还有几个打火机，是我掉下去的。”

“我可以扔点东西下去吗？”他说，看着他父亲。

“我觉得不行，尼亚尔。”盖尔说。

“我们去社区园圃[1]吧？”我说，“这样他就可以跑一跑了。我还有几小时才去接孩子。我们可以坐你的车去。”

半小时后，我们看着尼亚尔在草坪上奔跑，在树篱的阴影下各坐一把椅子聊着天，周围是黄蜂和蜜蜂的嗡嗡声。那里有个大充气泳池，但他不想游泳。他不时走过来，以孩子喝东西时那种笨拙贪心的方式喝着果汁，下一秒钟他就冲着

---

[1] Kolonihagen，城市里为居民开辟的园圃区，一般在郊区，居民可以在其中进行园艺或农事耕作，也有各自的小木屋供休憩。这里是加强社区居民之间联系的场所。

草地跑去，追着什么新的吸引了他注意的东西去了。我们买下这里时，它还是这里最美貌的小花园之一。两年过去，一切都开始衰败。但是在夏天，这些野蛮生长着的植物，可能会被人们称为葳蕤而不是衰败。无论如何今天不是因为它而败兴的日子。

几处都传来割草机的声音，那边的两个花园里有两个来自南方斯科纳的家庭站在一起聊天，否则这里本来很安静的。我试图和盖尔说清楚这里为什么给了我一种着迷的感觉，这样他就能明白并最后也同意这里是一种救赎。我很清楚地看到，当站在室外时一切事情都显得容易起来。居纳尔会打电话或者亲自过来吗，这不太可能；他已经断绝了和我的一切联系，所有通信都在他和出版社之间进行，也会抄送给我。这是因为他害怕我，不敢去直接对抗？根据他对我写下的评语，这根本不可能。在他看来，我还像个十六岁不知天高地厚的混球，满心仇恨，钻钱眼里了。他躲开我更有可能因为我一文不值，就这么简单。最后一种可能是他认为我对自己的行为无须承担责任，毕竟我属于克瑙斯高家族，这也是一种放过我的方式。有一阵子我想到了这个可能，这个想法本身就散发着一种奇异的温暖，但是我也早就意识到这是我的一厢情愿。

我们讨论着这个。也就是说，盖尔说，我听着。这些话我以前都听过，也认为所有能考虑到的我都想过了，但盖尔突然问道：

“他多大年纪？”

“大概五十五，我想。”

“看看坐在这儿的你，头发斑白，胡须斑白。四十岁。你们年龄差不多啊。你不能被一个同龄人整成这样吧。”

“这点我倒从来没想过。”

“什么你没想过？”

“我们年龄差不多。”

神奇的是，这恰好就是个让我解脱的想法。盖尔所说的话里的大部分，我自己都想到过，但这一句不一样。我和居纳尔在同一年龄段。他没有比我高出一头。知道这个是一回事，明白它是另一回事。

“他见过你穿尿布的样子，这就是问题所在。你对他来说永远是个小男孩。但这并不代表你心中的自己在他面前也是这样。”

“他是我父亲，你知道。”

“是，我知道。但是你不仅有感情和非理性。你也有思想和理性。现在让它们来接手。然后一切都会解决的。”

“你说得好像这还能选择似的。”

“否则呢？”

我冲着他举起手掌。

“这个话题就到此打住吧。不管怎样，其他事怎么样？”

他笑了。

“不是吧你。”

“这个过渡可能有点突然，只是为了让你明白我的意思，但本来就该这么做的呀？”

“什么？”

“这社交场合。谈话应该从一个话题转到另一个话题。这才是正常的推进谈话的方法，至少据我所知如此。”

“我们可是超出正常社交礼仪了，不是吗？”

“绝对不是。有没有什么新鲜事？”

“让咱们看看，”他说，“坐在书房里，写作……”

他看着我。

“换句话说，没什么新鲜事。就这样。那么，我们要不要说居纳尔？”

一个小时后，当我将两把椅子搬到小屋旁边一块隐蔽的空地上时，心情轻松了一些。这事可能不那么严重。可能世界也不会由此崩坏。我把茶杯和玻璃杯放在厨房料理台上，听着尼亚尔跑在篱笆外的砾石小道上的脚步声，锁上了门，走出花园，加快脚步追上了他们。车停在一百米外的停车场。我一路经过的花园都打理得井井有条，随处可见小小的池塘和雕塑，树篱修剪得笔挺，草坪又密又短简直像地毯。它们的主人在这里从5月住到9月，大多数是退休人士，把园艺作为一种生活方式。对我来说，这地方让我毛骨悚然。我讨厌这个地方，我真的讨厌这里。这里是展览自己的地方。不是展现自己本来是谁，以及现在成为了什么样子，而是你看上去怎么样。这些是我在童年时代就很清楚的规则，但这事的性质并未因此得到改善，因为我怎么能在这种炼狱里买上一处小物业？这得多么不了解自己的人才能干得出来啊？

就在要到停车场的路障前我追上了盖尔和尼亚尔。

“我要写的下一本小说，就从这里开始，”我说，“我有没有说过这个？假设没有什么第二次世界大战，纳粹主义和平地传播到整个欧洲。主角就在这里长大。在整个童年里他都向往着去非洲。第一句话就是这样。‘在整个童年里我都在读有关非洲的东西。这让我充满了一种大到我几乎无法承受的渴望。’差不多是这样。我曾经在《每日新闻》上读过一篇长文，讲的是纳粹对世界的规划。他们画了一个在北非海岸的巨大港口的蓝图。非洲大陆的其余部分是黑暗的，什么都没有。对小说来说这是个很好的框架。一个被规划、细节安排到极致的世界，一切都是有美感的，都在掌控之中，然后是一个完全未知，不可预测，以及即兴的世界，在这里，不管什么发生最后都会消失。你明白我的意思吗？”

他点了点头。

“我知道你需要从眼前这些事里逃出来。这是一种纯粹的逃脱行为。”

“行吧，你说的也对。但是我是认真的。非洲真的有完全不一样的东西。我去那里时就看到过，而且我也在很多关于非洲的纪录片里看到了这一点。我们还没有明白的是，非洲是我们的乌托邦。而不是相反。”

盖尔打开车门，尼亚尔一屁股坐进后座。我等着盖尔给他把安全带系好，然后坐上乘客位置。旁边传来其他几扇车门开开关关的声音，让我想起那种海港或浮式码头旁的停车场，人们拿着冷藏袋和野营椅进进出出，穿着短裤或裙子，晒成棕色的皮肤，举止慢悠悠。广袤蓝天和纹丝不动的风景中的荒凉，被这些细小的动静打破了，被提着搬着的东西，被关上的车门、含糊不清的声音。

“我们应该停止对非洲的发展援助。终止所有交易。从那里彻底地撤出，让他们随自己的心愿行事。现在这种做法，等于我们还保持着殖民关系，显示我们比他们优越，看他们搞的都是什么，自己管理不好自己，什么秩序都维持不了，甚至建不起一所学校。对他们来说所有事情最后都会变成地狱。他们打仗。儿童士兵。那里所有那些破事儿。不，斩断所有联系，让那里的人自己待着。封闭大陆。我憎恨我们在世界上行事背后的潜在思想，就是他们应该像我们一样。地狱才是这样。其他人越是和我们不同，一切才越美好。非洲文化很显然和我们的文化不一样。这才是乌托邦。而不是相反的情况。”

“你这一席话说得自己很满意。”盖尔说，他戴上了那幅哈利飞行员墨镜，慢慢驶过尘土飞扬的停车场，然后开向顶端阴凉的柏油路。

“关于乌托邦那段？”

“是。”

“我认真的。”

“我知道你是认真的。这是你那十七世纪的渴望，不过换了新瓶而已。”

“也许。但无论如何，这是一部反乌托邦小说，主角在这里长大，对非洲充满渴望，可能去过一次。小说开始叙述的时候，他已经老了。当时他住在波罗的海里的一个小岛上。”

“让我猜猜：你们去那儿度假过？它叫什么名字，斯利特（Slite）？在哥得兰岛（Gotland）上？”

“是的，差不多是那儿。这和情节关系不大，但故事是从那儿开始的。”

“它叫什么名字来着？”

“第三帝国。”

“一个新纳粹标题。”

“是。但这是个很好的标题。”

“当然。难道不是我想到这个题目的？”

“是这样吗？”

“我想是的。但是你也不记得了。”

我们离开了该地区，盖尔在环岛处停下，等着其他车过去，慢慢地进入环岛，在对面出口处提速。一辆公共汽车停在公车站边，引擎还开着，除此以外我们面前的街道就彻底空空荡荡。现在是3点半，距交通高峰还有一小时。

“你记忆的方式真是与众不同。别人对你说了什么，或者你读到了什么，你会完全忘掉，然后当你写作时这些会突然出现，但是已完全脱离了最初的情境，就好像完全是你自己想出来的那样。”

“这叫作剽窃？”我说，感到脸发烫。

他飞快地看了我一眼。

“不，这叫自由。因为你这人的构造就是如此，所以你写小说，我写纪实书。我被学术毁了。所有的内容我必须一再检查。如果不写带参考文献的脚注，我一个句子都写不出来。它束缚了我。你则没有任何束缚。”

“你可以对你写的东西负责，我就不行。”

“所以啊所以，你不用这样鞭挞自己。毕竟，它有用啊！”

“不要说《我的奋斗》这标题也是你想出来的？”

“我觉得是。”

“真的吗？”

“是你说出来的，在某句话里，用到了我的奋斗，然后我说，你有标题了。就是这样。”

“他妈的。”

“你就是这么工作的。你的脑袋就像个炖锅，里面的一切最后都熬成了汤。”

我们沿着美景大街（Bellevuevägen）一直开，路两边都有敞亮的低层砖砌别墅。这看起来像丹麦，马尔默和斯科纳多是如此景象。盖尔在国家石油加油站前的红灯那儿停了下来，尼亚尔在后面的座位上前后晃悠，好像要尽可能多地看看外面发生了什么。当绿灯亮起，汽车猛地提速，我们很快就跟在一辆公交车后面。它车尾的窗户下方是一个巨幅广告。那是当地一家房地中介公司的广告，四个微笑着的女性排开，穿深色套装，因此看起来有点像空服员。这广告我以前看过很多次，它出现在这城市的所有公共汽车上和公共汽车棚里，所以当它再次来到我们眼前之前，我已经对它有了看法。

“你看到那图片了吗？”我说。

“当然。”盖尔说。

“我想我知道这几个人里你会想打谁的主意，”我说，“现在如果我说对了你别为了否认而否认，行吗？”

“好吧。”他说。

“你会想要右边的那个。”

他笑了。

“是的，”他说，“但是你知道只是因为你自己也转着同样的念头。”

“没有。这画面我已经看过很多次了。左起第二个是我会感兴趣的。”

“真的吗？”

他又笑了。

“你让我惊讶的时候可不多。你怎么知道我会选谁？”

“我了解你。我非常肯定。”

“这话我可不能说。我绝对想不到你会喜欢左边第二个。对我来说，就必须是右边那个，其他人都不行。无法想象别人会有不同意见！”

“这边右转。”我说。他打开转向灯，换了车道，而公共汽车依然直行。

“这和木鞋是一回事，”他说，“在你说我疯了之前，根本不存在这个做法不算正常这回事。对我来说，这个行为完全合乎逻辑，分寸感也恰好。”

“为了报复邻居穿着木鞋在地板来回蹦？”

“不是为了报复。是为了解决争端，为了打垮他的意志。但是真的，对我来说，这再自然不过了。我就没想到对这事还能有别的办法。”

“你不是社会学家吗？”

“是。但是我也是人啊。”

我们开车经过王储大楼（Kronprinsen），这座建于六十年代的高大公寓大厦。在希尔顿饭店建好前，它一直是本市最高建筑，沿着右侧城堡公园茂密的阔叶乔木继续开，在这闪耀于阳光下的车流中。

盖尔笑了。

“你提起这个话题的。你的意思是你早就知道？”

“这也没什么好奇怪的吧？”

“有啊，因为我自己并不知道这一点。”

停好车后，我送他们上楼进公寓，然后去接孩子们。约翰一看见我来了，就从三轮车上爬下跑过来。女孩儿们在沙坑和小房子那边，她们看到我来了，但不愿意表现出来。我胳膊上抱着约翰，朝卡琳走过去，问问今天情况。她说，一切都好，早上大孩子们去了公园，约翰则在这里。每个人都很开心满意。

“约翰的纸尿片还是没补上，卡尔·奥韦。”纳杰说，她坐在我们后方几米的长凳上。

见鬼了，这就是我想着要做的！

“我很抱歉，”我说，“我把这事完全忘了。需要我现在去买吗？”

“这倒不用。明天他带过来就行。”

“好，我一定做到。真抱歉。一切还好吗？”

“我们给他借了一些尿片。”

“好的。谢谢。你们把这事处理了，真好。我真的全忘了。”

她微微一笑，我也微笑，抱着约翰走到童车那儿，这样万妮娅和海蒂就不但能听到，而且能看见我们该走了。

“过来吧，姑娘们！”我喊道。

那儿的孩子很少，大部分人现在还在度假。我觉得，所有家长中我们送孩子上幼儿园是最勤的，但是我产生这个念头只是觉得内疚，因为我想写作，孩子们就必须孤独地待在这里。我把童车拉到树荫下的一把椅子旁边，自己坐了下来。

“五分钟！”我喊道。“然后我们就回去了。可以吗？”

万妮娅瞟了我一眼，点了点头。我向后靠，抬头望向浅蓝色的天空，一些夏日里最常见的轻盈的、细长的片状云层漂浮在远处。起风了，一阵微风从屋顶过来，旋入了后院，它轻触着包括我身体在内的所有东西，抚摸我的皮肤，汗黏的皮肤因为这不期而至的细微凉爽带来的快感而抽紧。我抽着烟，坐在椅子上，看着约翰，他头上戴着蓝色牛仔布帽子，嘴边黑乎乎的一圈，坐那儿淡定地看着两个孩子骑自行车经过。有时候他想要什么却得不到的话会哭闹，其余的时候他一无所求，就只是那么存在着，完全安于这世界本来的样子。

“万妮娅和海蒂！”我喊道，“过来！现在我们该走了！”

“再一会儿！”万妮娅朝我喊道。

我起身朝她走过去。

“我们有客人，”我说，“尼亚尔和盖尔在我们家。我们不能让他们等久了。你知道，尼亚尔盼着见你们。”

“我们现在有客人吗？”她说，看着我。

我点了点头。

“他们来得比约定时间早一点。来吧，我们走了。如果你想的话，可以在商店里给你买根香蕉。”

“一个冰激凌。”她说。

“一个冰激凌，想得美。”我说，嘲讽地盯着她。

“怎么？”她说，微笑起来。

“可以的。”我说。

“我们有冰激凌吃了，海蒂！”她喊道。

我低头看着地面。对于其他孩子来说，听到我的孩子们马上能吃到冰激凌这个消息并不是很好。或者说，让员工们听到我这么说不是很好，因为所有人都能听见。

“我们要吃冰激凌了，卡琳！”海蒂说，她手扶着童车，已经站了起来。

“真好。”卡琳说，微笑着。

“是啊，毕竟还是夏天嘛。”我说。

“吃得开心！”她说。

“我们会的，”我说，一边按下了开门按钮，“万妮娅，你要跑过来开门吗？”

她像一阵风那样跑来，按下门把手，向后退了三大步，上半身后仰到几乎和地面平行，才有足够的力气把门拉开。

“真棒！”我说，“和你们的朋友们说再见吧。”

万妮娅和海蒂没搭理我，只有约翰，虽然没有人能看见坐在车里的他，挥手说再见。

“海蒂和约翰，我们家里有客人。”我说，当我们沿着树荫里的人行道走下去。一阵又一阵的风吹得海蒂的裙子紧贴着她的腿。

“我们有吗？”她说，“是谁呢？”

“尼亚尔和盖尔。你记得尼亚尔吗？”

“记得，一点点。”

“他比你小一天。

“什么？”

“他在你生日后第二天过生日。”

我们在斑马线前停下，过了马路。约翰大喊他想去马路另一边。他在童车里扭来扭去，愤懑地盯着我。

“约翰，你也想吃冰激凌吗？”我说。

“是的。”他说，又坐了下来。

当我们走到家之店外的两个黄色邮箱时，我说：

“现在你们听好了。我们结账的时候给你们买冰激凌，在那之前不会买。可以吗？”

三人都点头了，我们走进冷得几如冰窟的超市。万妮娅和海蒂不见了，肯定是去冰柜那儿，而约翰试着在我推着童车快速走动时从车里爬出来。我停下，把他抱出来，他追女孩儿们去了。我拿了两包红香肠，它们含肉量最高，自从我从幼儿园那儿知道香肠的品牌与品牌之间差别很大以后就突然强迫症似的总会考虑到这一点，然后我在购物篮里放了一袋配肠的热狗面包、一个普通面包、一包咖啡，是经过半年尝试后我最终选择的法式深烘焙咖啡，从那以后我就只喝这个；一公升牛奶，一公升酸奶，六罐大众啤酒，厕所纸和一排四块肥皂，这只有客人来时才会用到，因为他们显然比我们洗手洗得勤。最后是冰激凌。

约翰想走着回家，所以我可以把购物袋放在童车里。

外面是不是凉快了些？

是的，温度在我从家里出来后，短时间内陡然下降了。

“我看到马尔默了！”约翰喊道，他一直认为我们的公寓就叫马尔默。

万妮娅看着我，咯咯地笑。

我冲她微笑。

“阳台上有人吗，约翰？”我说。

“没—有。”他说。

“你知道吗，现在我们家里有个小男孩。”

他惊讶地抬头看着我。

“爸爸的意思是一个男孩！”海蒂说。

“就是这样，”我说，“我现在得说瑞典话了。”

“爸爸，别啊。”万妮娅说。

“你觉得尴尬吗？”

“不，但是你很笨。”

“是，你说对了。”

就在我们走到斑马线上时交通灯刚好由红变绿。我伸出手，约翰抓住了它，而女孩们牢牢地握着童车两侧。到了对面的人行道上，我把钥匙给了万妮娅，她朝门跑过去，打开了门。她给我们拉着门，我把童车调了个头，把它拉上三级台阶，而海蒂和约翰弯腰拉着电梯门，并没有太多东西给他们借力。

洗的衣服。我把这给忘了。

我打开门，把童车推进去，将其抬起来，让它用两个轮子立住，这样电梯空间能够我们四个同时进入。万妮娅按下到七楼的按钮。海蒂也想按，就开始哭。万妮娅学她，海蒂打她，万妮娅打回去，就这样我和两个号啕大哭的孩子一起打开了门走进公寓。她们俩都喊着要妈妈。但是，当盖尔和尼亚尔从客厅出来时,她们安静下来了。孩子们站起来并互相审视了几秒钟，和狗狗之间审视对方的模样差不多，看起来像在想，这又是哪一种小孩呢，然后他们接受了这种新情况，立即就溜进了房间，除了约翰，头上戴着蓝帽子的他坐在地板上，努力把脚从鞋子里退出来。

“晚餐吃香肠。”我说。

“哦，好吃！”盖尔说。

我从他身边走过，进了厨房，在那儿把购物袋放在桌上，开始把东西拿出来。

“我忘记楼下在洗的衣服了，”我说，“趁我下去拿衣服的时候，你能不能开始做香肠？”

“香肠我会做，”他说，“在乌普萨拉时我们经营了一家香肠公司，你知道，斯维亚香肠贸易公司，两辆自行车前面架着煮锅和烤架，我们骑着车在镇上来回转悠。车漆着芥末酱和番茄酱的颜色，红和黄。后面有一个巨大的金属香肠。是的，回想起来，这其实是我唯一做过的正经工作。”

“香肠在这儿，”我说，“煮锅在那边的橱子里。”

“奥斯–彼得（Ossie-Pete），我说过他没有？他给那些让他看乳房的姑娘免费香肠。很不少呢。”

他笑了。

“那是我到斯德哥尔摩后你告诉我的第一件事。”我说。

“那段日子真美好。我们坐着喝酒直到那些夜店关门，学生们都出来了，凌晨一点，然后我们点起石蜡灯开始卖。大排长龙。要紧的是周六最先到达那些黄金地段，摄尔西乌斯楼外的广场，你知道，那个和温度有关的人。那栋楼斜矗在街道上，那是因为乌普萨拉大火，几乎整个城市都重建了，除了那栋楼。我在那里学美学。那是我遇见克里斯蒂娜的地方。她给我们的香肠车拍照。你以后一定得看看。它们特别帅。”

“你从来没说过干这个赚了多少钱？”我从他身边经过走进门廊时说。

“这个起落很大，”他说，跟在我后面，“我不记得当时赚多少钱。好吧，等等。第一年的 5 月 1 日晚上，我们赚了两万克朗。

那是九十年代初。我们卖了一整天。那次我们甚至都不耐烦仔细分这笔钱，就是把钱分了两堆，一人一堆。”

“那确实很多。”我说，在约翰面前站住了，他依然坐在地板上战斗。

“我赚得最多的一次，其实是在一次全国经济学家地掷球联赛上。他们想要在那儿弄一个香肠摊子。那儿没有人买香肠，但是我有个保底金额。一个小时两千克朗。再加上赛后我可以卖香肠，当然。是啊。我们在阶梯球场最底部。你知道，乌普萨拉，这么有传统和坚硬灵魂的地方，卖香肠的人在那个场合上不能站得高。”

“想一起去地下室吗，约翰？”我说。

他点了点头。

我先给他穿上那一只鞋，然后穿上自己的鞋，盖尔就靠墙站着，讲他的香肠公司。

“我们把煮熟的香肠冻起来，然后再次煮熟。有时我们必须得站在暗处卖香肠，因为它们几乎发绿了。但是对于学生来说，要搞清楚让他们呕吐的到底是因为喝得太多还是变质的香肠并不容易，你还记得古巴可乐[1]吗？”

“记得。”我把手按在门把手上，说。

“这个我们也卖过。每个人都在议论它，从七十年代以来我就没有见过这样的情形，但没人买。有段时间我们也试过莓果香槟[2]。但是谁喝这个配热狗肠和面包呢？这是一场灾难，当然。

[1] Cuba Cola，瑞典本地可乐品牌，瑞典解禁可乐以后推出的首个可乐品牌。
[2] Pommac，嘉士伯公司曾经推出的无酒精汽酒。

法国芥末酱我们也试过。没人感兴趣。它不该太精致。你知道瑞典人怎么称呼热狗肠和面包吗？”

“不知道。”我说，按下手柄，打开门。

“肉肠和开合门。哈哈哈。这完全不对，老实说。呵，呵。”

“如果我们半小时后还没回来，那很可能是被人打晕了，因为我们没有遵守洗衣间的规定。”我说。

“我们自行车前部也有一个小的金属香肠徽标。”他说。

“看你说话的架势，还以为你好多年没见过活人了。”我说。

“总得有人说点什么呀，”他说，“我的意思是，既然你不说话。你下去时不能带上手机吗？”

我关上门，把约翰抱起来，让他坐在我胳膊上进了电梯。他迈着小短腿朝地下室冲过去。当我们进了地下洗衣间后，他立即拿着放在那儿的扫帚玩上了。有人把我们的干衣服很整齐地放在袋子里。尽管这处理的方式相当友好，没有任何愤怒的纸条指出我们必须对洗衣时间善加利用，或者说已经把这情况汇报给了房东，但我还是赶紧离开以免遇到他们。我一边胳膊抱着约翰，另一边挎着两只宜家口袋。那时候沙发上有粪便，我想；也许是因为我们经过的那面墙边放着两个啤酒罐和一个塑料袋。通往二楼的楼梯上都是空酒瓶。钢琴下有装着空酒瓶的口袋。但是也许从一楼到二楼的楼梯上没有？我不记得了。居纳尔似乎很有信心。他写道，他可以在法庭上提供证据。

就想想这事情会上了法庭吧。

见鬼，见鬼，见鬼。

我把约翰举高了一点，这样他就能按下电梯钮，然后把将他放下地，但他又举起手臂，可能他想看电梯下来时它的灯光穿过长方窗户的样子。我又抱起他。我的身体因为害怕而虚弱。他在生我的气。他对我非常生气。

“那里！”约翰说。

确实，一点光滑动着下来了。

我打开门，抱起约翰，这样他就可以按最上面的楼层按钮了。我把他放下，从镜子看着自己。

丝毫看不到内在的躁动，一张严肃的面孔，带着哀伤的眼睛，而已。

约翰弯下了腰，那儿有一个很小的红色塑料东西，吸引了他的注意力。看上去像一个塑料发卡？

最终，他设法用他小小的手指抓住了它。

“爸爸！”他说，把它举起来。

“这真漂亮。”我说。

我内心在颤抖，而外部没有任何可以慰藉它的东西，外面也几乎颤抖起来。

电梯停了，我打开门，约翰低着头走出去，盯着塑料发卡，我向镜子投去最后一瞥，迈几步走到公寓门前，约翰想去开门，但没开成。我把他的手拿开，开了门。

孩子在里面坐着看电视，盖尔站在炉前，凝视着那个大锅，一层稀薄的几乎看不见的蒸汽从锅里升起。

“进展得怎么样？”我说。

“不错，”他说，“我打开了电视。我觉得你应该会同意的？”

“是的，”我说，“但是我不喜欢这样。”

“嗯，你不喜欢，但你的孩子喜欢啊。”

我浑身是汗，不是因为我曾经那样地挣扎过，而是因为室内湿度太高了。透过窗户我看到东方的天空已经被覆盖上了，仅仅一个小时前还是晴朗的蓝色，现在已经灰白。

“如果由得他们选，他们可以一整天都坐在电视前，从起床看到睡觉，”我说，“所以我们得有规矩。”

“你想来一场伦理辩论吗，啊？香肠也不一定是孩子们的最佳饮食，但它们味道好，孩子们也爱吃。”

“这种香肠含肉量超过百分之七十，”我微笑着说，“它们在伦理上无可指摘。但是我现在想抽根烟。你也一起吗？”

他点点头跟了过来。

“但是在尼亚尔看电视的问题上，我其实还是有原则的，”他在我身后说，“我有时候会试图给他看点有用的，能从中学到东西的那种。但这也不容易。他只想要纯粹的娱乐。这和色情是一回事。”

我坐下，举起壶，用询问的眼神看着他。他摇了摇头，背靠阳台栏杆站着，我给自己倒了一杯，点燃了香烟。

条条黑暗飘摇而来，似乎要穿透覆盖天空的灰白色云层。

“一个真正的低气压天气正在来临。”我说，朝着远方点了点头。

“是吗？”他说，微微点了点头。他看着我。“但是你经常和你的孩子们一起玩。你可能不是总喜欢这事，但你还是会这么做。我什么都没做。我更重视温暖和幽默。”

“所以你的意思是我经常陪玩，但是冷冰冰没兴致？”我说。

他笑了。

“其实我也没有经常和他们一起玩，”我说，“我的确在他们身上花了很多时间，但也没有坐在地板上搭乐高积木或玩他们的塑料动物。”

“得了吧。你周末带他们去水上乐园。你带他们去公园。你和他们踢足球。”

“有的时候，是的。但这并不完全算是一起玩。”

“不算不算。如果你真要这么较真的话，随便你。我只是说你在孩子身上花的时间和精力比我多。这不是说我不喜欢尼亚尔。这方面我相信中国人。他们说，当孩子五岁时你会发现自己成为父亲。这里面有点道理的，我想。”

“所以明年秋天你会成为父亲。”

“一点没错。”

“你们只有一个孩子。这就不一样了。如果有三个，你没有其他选择。”

“我对尼亚尔说我爱他。就这么直接。”

“我不会这么做的。我想我可能从来就没有这么说过。这超过我的底线了。”

“不，不，别走近我。哈哈哈！”

“你不能践踏草坪，男孩。是不是夏尔瑞森[1]说的？”

“新发尖芽必得存活！不，我他妈的都不记得了。但是我觉得这和个人倾向有关，而不仅仅是角色。有些人喜欢玩。我爸爸对付孩子们有一手，他们爱他。邻居家男孩还邀请他去他的生日聚会。爸爸快八十了。他对待生活的态度和歌德一样。‘因为没有什么能比想鹤立鸡群更能让我们走向疯狂，也没有什么能比简单而平和地与许多人共处更能保持身心健康。’《威廉·麦

[1] 埃纳尔·夏尔瑞森（Einar Skjæraasen，1900—1966），挪威诗人、作家。

斯特的学习时代》。”

“你知道，只有那些置身局外、生活并不简单的人才能轻易地说出这样的话。”

“这就是我们之间的巨大差异，我想。几乎每个我认识的人都有个父亲以这种或者那种方式令他们失望。而所有人都试图在孩子身上去补偿这种失败。”

“世界不就是这样前进的吗？”

“如果你成功了，就像我父亲那样，我得说他是一个理想父亲，但是这种理想父亲不一定会被继承下来。接下来发生的是，他的儿子们没有什么要去弥补的。就这样你成了一个比你父亲更好的父亲，而我成了比我父亲更糟的父亲，而尼亚尔反过来要去补偿他的孩子们，同时他们又会像他们的祖父，也就是我，那样无可救药。这种完美不会遗传，这就是重点。”

“某种关于无可救药的辩证法？”

“是啊，完全正确。有一个好父亲这点毫无帮助。”

“显然有帮助。这本身就是好事。我的意思是，就有了稳定和谐。”

“但是童年的和谐里能产生什么呢？我认识很多有美好童年的人，但是他们又怎么样了？他们又做了什么？”

“那你简直是把人生当作工业来看。就好像它必须生产出点什么似的。如果这就是你要的，那么你是对的。一个和谐的童年生产不出什么东西。但是，如果和谐本身才是所追求的？如果过得好本身就是有意义？”

“不，不，不，你不可能真的这么认为！在这方面，我与安·兰德[1]的立场完全一致，她写道，少数几个人，只有少数几个人让世界保持运转。是他们创造了世界，是他们在世界上有所作为，而不仅仅是使用或享受它。”

“但是对于那些有作为的人来说，他们内心是不安的。所以他们才会去创造，去行动，因为他们内心存在着不安，某种不完整。但是他们所追求的总是和谐。整个二十岁、三十岁和四十岁。目标就是能坐在花园里，看着洒水器喷出来的水，被孩子们围绕，想着什么都不缺了，我现在是幸福的。所有作为其实都是冲着和谐去的作为。”

“听着，亚里士多德，你不是才写过你对幸福不感兴趣吗？”

“这倒是。但这并不是说我对和谐不感兴趣。”

“这是一码事。但是你对不安和不完整的说法是正确的，它是最强大的驱动力。我们这个时代里的事儿吧，就是这种不安不再能被付诸行动。这种不安不再产生任何东西。我们生活在一个疗愈社会里。不安是不好的，我们通过讨论它来消除它。我们发展出了一种零愿景。我们试图生活在一种绝对无瑕、绝对幸福的家庭中，我们有明确目标要把交通事故死亡数降至为零。但这是一个喀迈拉[2]，这是一个大谎。我们会相信它才真是奇怪。但是我们真就信了。和谐，幸福，无人死于交通意外。给我一个让我糟心的坏父亲！给我一个绝对悲惨的童年！它会有收获的。在那里会创造出些什么。真的，在那不和谐与不协调里。”

---

[1] Ayn Rand（1905—1982），德裔美国女作家。

[2] chimera，字面意思为嵌合体，源自希腊神话，是由异种生物部位混合的喷火怪物。又指不可能实现或不切实际的想法。

“我同意你说的理论上那部分。但不是实践的部分。我看着我的孩子，我唯一想要的就是他们要幸福。他们要尽可能地过得好。”

“谢谢，保证你做不到！”

“我真的就这个问题想得挺多。他们长大以后，这段成长岁月里的印象将给他们留下什么呢。这些到底是什么东西。我根本不知道这到底是什么。他们从我这儿能得到什么，我一点概念都没有。”

“他们之间也很不一样，他们自身。我的意思是。有可能你给万妮娅和海蒂的东西完全一样，但是你可以很笃定地说她们对此的体验很不一样，而且日后也会理解这种差异。”

“是的，就是这样。”

“真相就是我们不知道自己在干什么。我们不知道这样会导致什么后果。众所周知，离异家庭的孩子在犯罪分子人数里占大多数比例；父母离婚时他们的年龄越小，日后他们成为罪犯的风险也就越高。但是我们不会放弃离婚的权利，所以我们说这对孩子们有好处。所有系统都会产生一些不可控的结果。是的，这又像汽车似的：如果有人说这个发明每年杀死成千上万的人，那么我们还会将其投产，并以其为中心组织我们的生活吗？不。所以我们不说这些。我们说汽车提供了自由和机会。还有，当资本主义日益壮大而我们需要更多的劳动力时，会有人说，妇女必须走出家门加入商品生产，这样劳动力就会翻倍？这样消费者数量也增加了一倍？不。说的是妇女要有和男人一样的权利。工作的权利，这是什么权利啊？难道这就是解放吗？正相反，这是一种囚禁。这事的后果就是，孩子们从两岁起就必须进入一个机构，然后怎么样了？是啊，妈妈和爸爸因为良心上过不去几乎要疯了，把所有空闲时间都花在孩子们身上，并尽可能地他们保持亲密。补偿，补偿，补偿。”

“从社会分析到病态偏执的路比你想象得要短。”

“这么说，你不同意？”

“同意倒是同意。尤其关于喀迈拉那个，用你的说法。如果你读过马克思的《资本论》，说了很多劳工遭受的恶劣待遇。他们在极度非人的条件下工作十六小时。所以工人运动最重要的目标之一就是限制工作量。工作被视为是雇主也就是资本家，强加给工人的东西。这有奴役的性质。但是现在的人自愿工作到一头栽倒。为什么？是啊，出现了一种理念认为他们通过工作来实现自我。就这样工作成了异化的反面。变成是自我成就。所以现在所有人都发了疯似地工作，因为这对他们有益。消费也一样。你通过购买大宗制造的商品能找到自己的个体认同。还以为这是个玩笑呢。但最糟糕的是你还不能这么直接说出来。就是不行。那你就偏执了。不仅如此，这种批评立场也成了陈词滥调，就这样，因为它被重复了太多次而不再适用。我记得我读书的时候读过所有这些批评理论，也完全同意它，与此同时我生活的方式就和我所批评的那种一模一样。我甚至从来都没有意识到这一点。而就算我当时意识到了这点，我也不会就此做些什么。这两个场域是分开的。人的所知，和人的所行。它们从不相遇。它们好比东方和西方。或者说就像领带和背心。”

“你就不能放下嘛，还是怎样？”

“不能，但是我要说的点，就是再也不可能以任何其他方式生活。根本没有其他选择。它是无所不在的。”

“你还记得你有次说过，纳粹主义是业余爱好者的夜晚吗？这话说得对。我们，恰恰相反，过着专业的生活。我们怎么可能随心所欲呢？比如，在涉及尼亚尔的问题上，我不能把所有的安全考量放在一边。我也不能让他骑自行车不戴头盔，也不能让他在小区里自个儿疯跑，虽然我小时候也这么干过。”

“因为如果他因此摔了撞破了头你就会很内疚？”

“不，这事没那么简单。这种观念一旦存在了，他们就必须戴头盔，你必须全程跟着他们，放任是不行的。它也成为我自己的想法了。大家给孩子的东西，不是最好的就不行。现在这就是最好的。但是在这背后掌控着一切的，是关于什么是最好的想法。至于这在现实里是不是最好的，我们并不知道。尼亚尔要入幼儿园的时候，我想选离家最近的幼儿园，因为这是最方便的，而克里斯蒂娜则马力全开四处查看所有可能的幼儿园，因为她想要最好的。但是她怎么知道什么对尼亚尔最好呢？谁能知道在一个地方会发生什么，他会遇到谁，这一切又意味着什么？我们不能控制生活，只能控制对生活的看法。因为所有和我们孩子有关的事情，实际上都是关于我们自己。这就是善意的诅咒。我们除了善意以外完全没有其他意思，不可能有任何其他的想法，但是其中的后果我们并没有办法全部顾及。”

“我们正在变老，这才是问题的根源。”我说。

“是。当伏尔泰写一个人在生活里所需要的全部就是一个花园和一个图书馆，他那时候多大？无论如何，不是二十岁，这是肯定的。”

“那不是西塞罗说的？”

“是吗？”

我耸了耸肩。

“不过不管怎么说，”我说，“我半年前收到过一封信，里面就引用了这句话。但是我读错了。我读的是‘一个人想要幸福，所需要的不过一个图书馆和一把霰弹枪。’”

“哈哈哈！是的。我更相信这个。必须承认。”

“这就在你的灵魂里。”

“是的，但是你为什么认为男人总是恋战？你为什么认为男人会抛下一切，连孩子也不要了，就为了创造什么或杀死谁？这当然是因为爱。他们的爱不亚于女人的爱，只是不一样而已。现在我们都认为只有那亲近、亲密的才是真感情。我不记得有多少次读到过人们嘲笑男人处理情绪的方式。就是他们彼此给背后来上一拳之类的，举个例子啊。但是一个女人不会知道当你消沉的时候，有人在你脊背上来这么一拳意味着什么。男人的感情并不贱，如果有人这么认为，只是因为它没有以女性的方式表达出来。重点就在于，表达关怀可以有多种形式，亲昵的不一定就是正确的。如果存在着情感或者关怀上的垄断也别恼火。如果你总是和孩子很亲密，会有什么被创造出来吗？没有。”

“和谐啊。”

“不，不。我就没见过比那个不写书、和家人在一起的你更不和谐的人。当所有人都在矫正自己的童年时，他们会过度补偿，而在过度补偿中，他们就产生了相反方向的问题。你走到另一个方向的极端，缝那些垫在他们胳膊下的靠枕，给他们肯定想要的东西，这样会让他们发展出一点不感恩的品格，或者百无聊赖，并有了一个方式不同而同样过火的童年。这种补偿真的不会产生和谐或均衡。话虽如此，我知道我是一个糟糕的父亲。当尼亚尔出世时我就被这样指责过。这感觉可不好。我所有糟糕的那些方面突然间都显露无遗。我试图因为他而做个好人，但这很可能还不够好。他长大后可以评判我。那是他的权利。但是我永远不能评判他。绝不可以。我无权这样做。你叔叔就错在这儿了。他不能以你父亲的名义来评判你。他无权这样做。没有人可以。只有孩子才能评判父母,反之并不亦然。”

“你一定要说起这个吗？”

“什么这个？”

“关于居纳尔。实际上我有几个小时都没有想到他。”

“对这并没有什么好担心的。”

“当然是这样。”我说。

我们旁边的门打开了，海蒂探了个头进来。

“妈妈什么时候回家？”她说。

“明天。”我说。

“我要妈妈。”她说。

“我明白,”我说，“你想和她讲个电话吗？”

她点点头。我把烟摁熄，站了起来，走了进去，腿边跟着海蒂，我拿起电话，拨了琳达的号码。

“嗨,是卡尔·奥韦啊,”她拿起电话时,我说,“孩子们想你。你想和他们说说话吗？”

“当然啊。”她说。

“好，现在海蒂来了。”我说，把电话递给她。

“妈妈，你什么时候回家？”她说。

我走进客厅。

“你想和妈妈讲电话吗，万妮娅？”我说。

她点头站起来。

“我也想。”约翰说。

“不是现在，”我说，“现在是海蒂在讲，然后就轮到你们讲电话了。”

万妮娅又坐下了，盯着电视。我又认出了那种正襟危坐式的身体语言，也就是她把情感收敛起来了，这在我单独和他们在一起时经常发生，所传达的唯一讯息就是对琳达的思念。如果琳达现在进门，她会跑到她身边紧紧抱着她，接着就会和她滔滔不绝地说起自分别以来她所经历的一切，而这晚上剩下的时间里她不会离开她身边一寸。她接受了我这边视为必要而保持的距离，没有太多考虑，当然，可这依然是构成对我的忍受的一个元素，这是释放的反面。

我又朝海蒂走过去，她边听着琳达在另一头说话，边凝视着镜子里的自己。

“你可以和妈妈说再见吗？”我说，“这样万妮娅和约翰也能和妈妈聊一会儿。”

“再见！”她说，把话筒递给我。

“你准备和其他人说话吗？”我说。

“准备好了，很期待。”

我在门口停了下来。

“万妮娅？”我说，“你想现在和妈妈说话吗？”

万妮娅摇了摇头。

“她不想，”我说，“但是无论如何你还有约翰呢。”

约翰拿过话筒，把它压在耳朵上。他一听到她的声音时就整个微笑起来。

“是啊，”他说，点着头，“是。”

“香肠的情况不太妙，很不幸。”盖尔从厨房里喊道。

我过去那边。

“它们爆开了。煮香肠有两件事很重要。一是要在水里放月桂叶子。第二是别把水煮开了。”

“你觉得你是在教我什么吗？”我边说边看过去。所有香肠的红色肠衣都裂开了，粉色的肉挤出来。

“没有啦。”

“没问题，”我说，“味道还是一样好。”

我拿出了五个热狗面包，各塞进去一根香肠，把它们放在一个大盘里，挤上番茄酱，拿着盘子进入客厅。

电话在沙发上。我抓起了它。

“哈罗？”我说，但是对方已经挂了，我把它放进门廊上镜子下方的充电座里。当我再次走进客厅时，他们每个人都拿了个香肠。

“如果你们想要的话还有，”我说，“说一声就行。我们在厨房里坐着。”

我走进去拿了芥末酱出来，那是一种装在玻璃罐里的斯科纳粗芥末酱，我有一阵子吃什么都要加上它，从锅里捞起一根煮破的香肠，放在一个面包里，坐在桌子旁，盖尔已经在那儿坐得好好的，正把香肠塞进嘴里。

“老好丹麦货。”他说。

“嗯，”我说，“你一定要试试这个芥末酱。它也很美味。”

“下一根再加。顺便说一句，你还记得很多年前吉尔德牌香肠那个广告吗？”

“不记得。”

“你知道，吉尔德肉肠有点儿弯。然后他们有一句广告词，说吉尔德香肠给你起色。一些女权主义者对此反应很大，她们表示这是性别歧视或男性沙文主义。她们甚至还和吉尔德香肠的老板争论。但是他搞不懂她们的意思。这只是香肠啊！他说。哈哈哈！”

东边的天空现在已经完全黑下来了，那边稍微亮一点的部分，在城市边缘那一长条肯定是雨。我觉得脑袋沉甸甸的。

“你关于马克思说的那些话很好，”盖尔过了一会儿说，“现在所有人干的活都一样多，但是基于一种实现自我的想法。而事实是，以前有些人从其他人的劳动里赚得盆满钵满，现在有些人从其他人的劳动里赚得盆满钵满。没有任何区别，一切都没有变，除了我们的想法。

“嗯唔唔，”我说，“我认为这是关于学习与某样事物共处。这是对一个真实问题的充分回答。只要我们不能不工作，就必须不断找到让自己这么做的理由。也就是说，动力。”

“奇怪的是，”盖尔说着站起身来，“对爸爸来说，工作就是工作。它本身就有价值。它就是关于有一份工作可做。他去那儿，因为他必须去那儿。他努力做好工作，同时也不想出人头地。那种他得自我实现的想法，对他来说是打心眼儿里陌生的，我觉得啊。”

他从锅里拿出肉肠，放进面包里，坐下。我把芥末罐从桌面上推过去。

“但是你关于我们不遗余力地去补偿的论点，是不对的，”我说，“普通人的确总是在复制某种模式，把小时候所经历的事再重演一遍。爸爸挨过他父亲的打，然后他就打我们。是这样，虽然也不是经常打，只发生过少数几次，但是这事存在于他的世界里本身时不时地会提醒着他。他从来没有试过为此做过补偿。这并不在父亲角色里。一个人以某种方式被抚养大，然后又对自己的孩子重复这一套。是我们自己突然开始想要补偿。你还记得我那一次就鲁德贝克[1]所说的话吗？在他的传记里？他的父亲殴打并羞辱他，但他并没有把这事内化，并不把它视为他的心理、他内在自我的一部分，而是某种客观的、外部的东西？那是十七世纪的事情。”

“我记得这个。那本书是我的授课老师写的。”

“因此，问题一方面是为什么我们要这么看重这些关于创伤的东西，或者非要对这些创伤做点什么，另一方面，我们是从什么时候开始以一种新的方式来养育孩子。”

“这么说来，你认为是我们的选择？”

“不，我并不是这样认为的。真的，有一种变化发生了。这是肯定的。这个变化波及了每个人。我认为这是对什么事情给出的一个回答。我认为，仅仅是因为我们从孩子一岁就把他们放进幼儿园，以及我们让身边充满了各种可能带来进步的玩意儿，比如电视和电脑游戏诸如此类的东西，就是这些让我们不得不贴身守着我们的孩子。以前孩子们待在家里，这是他们有归属感的地方，身边有很多大人，可能和他们并不亲密，但不管怎么说人挺多的。当这个地方消失了，就得有什么来补偿。这必须得到补偿。这不是出于谁的计划。想都不要这么想。它

---

[1] 奥劳斯·鲁德贝克（Olaus Rudbeck，1630—1702），瑞典作家。

滚滚向前。它被迫如此。我的想法就是这样。”

约翰走进厨房，盯着盖尔。

“还想要一根香肠？”我说。

约翰摇了摇头。

“肉肠。”他说。

“哦，肉肠，”我说，微笑着，“当然。”

我给他做了一个面包夹香肠。从冰箱里拿出那种不辣的芥末酱，在香肠上挤出一条赭黄色的线，递给他。他拿着从地板上走过去时已经吃上了。

“也没有任何其他的选择，”我说，“我们这个时代唯一能替代资本主义的选项就是纳粹主义。他们想彻底改造社会，创造出翻天覆地的变化。而且我们已经知道结果是怎样的。”

“很遗憾德国人打输了这场战争，但是纳粹没有打赢这场战争是件好事。”盖尔说，他的脸颊上有条红色的番茄酱。

“爸爸？”客厅里传来海蒂的喊声。

“怎么？”我喊回去。

“我也想要一根肉肠！”她喊道。

“过来吧，会给你的！”

“不，你过来！”

“不！”

“什么？”

“不！”

于是安静下来了。

“所以到底是什么产生了这种安全理念呢？”盖尔说，“这种被拔高了的对可能出什么岔子以及我们能采取什么措施的意识又会带来什么？它会产生更多的焦虑，更多的恐惧，仅此而已。我们都上过学，我们谁也没有死。现在所有的小孩都要被送到学校去。他们也都活得好好的。”

“爸爸！”海蒂喊道。

“怎么了？”我喊道。

“来吧！”

“不，你得过来！”

“好吧。”我听见她在那边说，就站起来做一个面包夹香肠。她进来时我正好完成。“你还想要杯水吗？”我说。

她点了点头。

“尼亚尔也想再要根香肠吗，你觉得？”

她耸了耸肩，出去了。我装了四杯水，把它们拿过去，递到每个人手上。

“你还想要一个香肠吗，尼亚尔？”我说。

他点点头，眼睛还粘在电视上。

“你呢，万妮娅？”

她摇了摇头。

“妈妈什么时候回来？”海蒂说。

“明天，”我说，“你想她了吗？”

海蒂点点头。万妮娅直直地瞪着前方。约翰抬起头看着我笑了。

“妈妈！”他说。

我怎么会有一个这么快活的男孩，真是个谜。

“你想来点啤酒吗？”盖尔在我走进厨房时说。

“为什么不呢？”

“这样我们就构建了这个社交空间。”他说，打开了冰箱门。我坐下，他递给我一罐啤酒。“我们从头到尾地设计了这物理空间。我们对一切的意识程度都升高了。我们知道谁设计了叉子。我们防患于未然，对一切未雨绸缪。那么，消失的就是自发性。为什么我们会希望自发性消失呢？我们这么做又达成了什么？自发性是看不清楚的，它不能重复，而可重复性是控制的关键。这是我们目前的情况。”

“在某种程度上，这个圈画得严丝合缝了。”

“现在你怎么看？”

“尼安德特人。”我说。

“哦，你最喜欢的话题。那么，今天你从他们那蒙昧的生活里得到怎样的启示，说来听听？”

“你觉得他们很有自发性吗？”

“既然你这么说，那么答案是否定的。”

“在他们定居欧洲的二十万年中，他们根本没有任何进步。他们还做着和他们刚到这里时完全一样的事，以完全一样的方式，直到他们失踪时都是如此。他们甚至还住在同一个地方。有个部落在法国一个山洞里住了四万年。直到洞穴倒塌时他们才消失了。仿佛一个家庭应该在一个农场上生活四万年。这真是彻底无法想象。但对他们来说并非如此。他们制造同样的工具，他们以同样的方式狩猎，他们吃相同的食物，他们身上没有一点儿变化。这真让人着迷，不是吗？距离我们最近的亲族从不改变？而对他们来说，进步绝对是一种陌生的观念。从不即兴发挥，没有自发性，这些都不存在。最初的人类出现时代表了一场不可思议的革命。把我们和他们区分开的正是我们现在努力要从自己身上去除的东西。”

“现在你就要说，距离最初的人类出现其实也没过去多久？”

“是啊，但是事实并非如此！当时有许多种不同类型的人类物种同时生存着。这肯定还会再次发生。你想想，让我们假设时间到了三十万年以后。那时候这里应该有其他类型的人类物种存在。也许六万年后就会这样。”

“是的，替我向他们问好。”

“哈哈。但是你知道曾经有多少尼安德特人吗？”

“不知道？”

“往高里估计应该是两万。往低里说一万。可能是中间的某个数。总数就这么点儿！所以想象一下欧洲当时的样子。完全没有人烟，只有动物、鸟类、森林和平原，然就是一万五千个固执的尼安德特人散布在整个大陆的山洞里。仅此而已。”

“你的乌托邦。”

“差不多。但是,最初的人类与尼安德特人之间最大的区别，你知道那是什么吗？”

“他们没有红肠？”

“人们有首饰。他们把死人牙齿挂在自己脖子上。也就是说他们能用符号思考。还有更多的。这对于尼安德特人来说是完全不可思议的想法。”

“但是想想所有这些东西的意思在什么，”盖尔说，“在脖子上挂一圈牙齿。”

“这么说的意思是，”我说，“还有更多的东西。”

“是的，这就是让我开始纳闷的地方。牙齿就是牙齿。在我看来，尼安德特人在世界上的存在已经很足够了。”

"我们的DNA里很可能有尼安德特人基因。但是非洲人没有，因为当尼安德特人在那晃悠的时候那里还没有人类。但是欧洲人体内有他们的基因。我不觉得尼安德特人灭绝了。我觉得他们与人类的种混在一起，也消失在他们中间。"

"所以你是这么想的。"

"是啊？不管怎样，这不是没有可能。到目前为止尼安德特人存在的历史比我们的久远。不过他们自己并不知道这一点。"

"不。显然他们不知道。"

"我们确实已经从一个毫不神秘的世界进入了一个充满神秘感的世界，然后又回到了一个毫不神秘的世界。"

"国家付钱给像你这样的人坐下来每天琢磨着这些，然后把想的东西写成书，这真是不可思议啊。"

"在弗洛雷斯（Flores），印度尼西亚的一个岛屿，生活着一种小个子人种。他们住在那儿的一个山洞里。他们的人数在五十到一百人之间，可能不会更多了。差不多一米高。"

"侏儒？"

"不，完全是另一个人种。他们从有人类以来就一直住在那儿。现在住在那儿的居民中流传着一些奇怪的故事，说有些小人来偷他们的蔬菜。我听过一个这样的故事。他说，那些妇女奔跑时将乳房甩过去挂在肩膀上。这种细节是从什么鬼地方来的？当他讲起他们时，他们听起来像是一种小山妖或者，是啊，神话中的生物。小妖精或者这一类的。但是后来他们在那个山洞里发现了骨骼。小小的迷你人类。"

"你都从哪儿知道这些的？"

"晚上电视上就会播这一类纪录片。这个我看得还挺多。我也不知道这里有多少真实,有多少是瞎扯。但对我很有诱惑力。”

“很明显。”

“我觉得，这也和乌托邦有关。从前的一切可能真的是不一样的。不仅仅是环境，那时的人类也不同。我只想要一些其他的可能。不管怎样都行，真的。”

“你的意思是，你想成为尼安德特人？”

“不是！但是那种历史已经终结，除了重复我们现在已有的就再没有未来的事实，有时候会让我感到幽闭恐惧那样的抓狂。我不是一定需要去做什么不同的事或者成为另一种人，我不是这个意思，但我希望存在着一种可以过完全不同生活的可能。”

“我们生活在零愿景时代。这也意味着我们没有任何愿景。”

“你想出这个纯属侥幸。”

“是。”

我起身走进客厅。盖尔紧随其后。《叶哩嘣啪》结束了；现在他们在看的是一个青少年节目。我关了电视，看着盖尔。

“我们要给他们洗澡吗？”

“为什么不？”

“有人想洗澡吗？”我说。

“来吧，尼亚尔。”万妮娅说，从沙发上滑下来。尼亚尔紧跟在她身后，然后是海蒂。我抱起约翰，跟着其他人走进了浴室。我把他放在地板上，抓过放在镜柜顶部的洗涤剂，将白色的爱洁士粉末洒在浴缸底部，把海绵放到洗手池里，打湿海绵，然后开始擦洗白色浴盆。白色粉末一碰到水，不仅流动起来，而且变成了黄色。我喜欢黄色。黄色映着白色，黄色映着绿色，黄色映着蓝色。我喜欢柠檬，它的形状和颜色都喜欢，我喜欢那大片的油菜田，在春季和夏季的斯科纳土地上展开它致密的黄色，在高高的蓝天下，在绿色田野间。我喜欢这白色的、遇水混合后就变成黄色的爱洁士粉末。

在我擦洗浴缸时，孩子们已经脱下衣服，我身后一定满是张开的手臂和弯下的身体，我猜。我打开花洒，冲洗掉上次使用后留下的肥皂和发丝，把浴缸塞放好，打开水龙头，将手指伸到粗粗的水流下，它像小瀑布一样从喷头里涌出来。

“你们进来吧！”我说。

万妮娅和海蒂爬进来了，尼亚尔还有点不确定，朝他父亲看去，他的父亲迄今为止一直沉默地看着他们，约翰对我伸出了双臂。我脱下了他的T恤及膝裤和袜子，然后脱下他的尿布扔进洗手池下的垃圾桶，我用手把他举高，让他像一只小猴子一样晃荡着进了浴缸。

“进去就行，尼亚尔。”盖尔说。

“你可以坐这里！”万妮娅说，指着她和海蒂中间的位置。

他犹豫了。然后，他将手放在浴缸边上，抬起一条腿放上去，然后另一条腿也跟着过去。他的肢体很好看，脸长得也好看，棕色眼睛，金色头发，泛红的皮肤。他很敏感，他的眼睛是警醒的，但也充满活力，这两个层面似乎同时支撑着他。他有很多地方很像克里斯蒂娜，像盖尔的地方倒不是很多，至少乍一看没有。盖尔很多时候自我封闭，但这也未必就是说他身上完全没有像盖尔的部分，那一部分只是隐而不现而已。有时我想知道这一部分是否也对他藏起来，如果是这样的，那它又是以何种方式存在呢。盖尔有一个总想把他紧紧拉在身边的母亲，否则她就会让他有内疚感，也就是说，一个很需要他的母亲。据我所知，她一直满心焦虑，而且他为了挣脱出来耗费了许多能量，这显而易见。他对情感以及那些被情感驱使的都没有什么尊重之心，他讨厌所有非理性的，所有想一套说一套的，他理性到了非常极端的程度，并且通过这样，他时刻警惕着，总在寻找别人表达背后的情感基础，是个纯粹的愤世嫉俗者。人们对他有什么看法，他不在乎。因为他从不掩饰自己的意见，已有不止一个朋友与他绝交了。有一次我几乎要走到这一步。因为某些原因我冒犯了他而浑然不知，下一次我们通话的时候，他对我发起了攻击。他直击我最软弱的那一点，就是孩子们，那一次是万妮娅。我开始没明白发生了什么，他呵呵笑着，揶揄起她的敏感，说琳达和我是她的父母这个事实会给她的人生带来各种困难。他说得很清楚，但我不懂这是怎么一回事，我们挂了电话后也没有，除了再也不想和他说话了。几分钟后，他打电话来请求我的原谅。他说他之前被冒犯了，他说的那些话并不代表他真实的意思。我接受了道歉，但是有好几天没给他打电话，因为他说的那些话引起的受伤的感觉是绝无仅有的。我想不管他当时的行为是多么不理性，这些他一定都想过，他说的就是他想说的。但这事还是过去了，我们一直是朋友，而我也变精明了一点。神奇的是，我们在斯德哥尔摩第一次见面的时候他就这么说过，如果你冒犯了我，你不会知道的，他这么说。他这人自傲而诚实，这也许是他最与众不同的品格。我正是这样冒犯了他而不自知，或者说，我知道这事已经发生，但完全不知道是因为什么。我在斯德哥尔摩的第一年年底，他消失了。克里斯蒂娜几天后打电话过来，说他去了土耳其。那只是真相的一半，因为他继续前行去了伊拉克，几周后我偶然得知的。

盖尔在伊拉克？

作为人盾？

完全没和我打过招呼？

这也没耽误我去利用这件事在社交场所增加自己魅力。一触即发的对伊拉克的入侵是每个人都在谈论的话题。现在我就能说我真的认识一个此时就在巴格达的人，不仅如此，他是作为人盾去的。

大概三个月过了一点，他打了电话过来。他在斯德哥尔摩。要见个面吗？当我们在老城区的一个餐馆里见面时，他全身充满活力，微笑着很快活，和数月前离开城市时那个幻灭、绝望而消沉的人相比，已经是个完全不一样的人。感觉上就像去了一趟外太空那样，对在此处展开的生活有了完全不同的视角；之前困扰过他的事情已不再困扰他。从这场战争里他带回了无数原始资料，构成了他随后六年里用来工作的材料，而现在，2009 年 8 月的这个夜晚，当我们站在马尔默一间公寓的浴室里时，这些资料其实已变成了一本写完的纪实书。据我所知，他没有一天离开过他的工作。所有周末，所有假期，他都在工作。当我开始写这本自传小说时，我们的生存方式几乎如戏仿般相似；一切都关于我们在自己那间小书房里所做的事，除了各自的家庭，几乎全然和世界其余部分割裂。我读他写的东西，他听我读我写的东西，但这种关系并不对称，因为当我还在人群中生活，读每个人都读的书，持每个人都有的想法，而他在二十多岁时已经寻求着去挣脱这些，而且这些完全是他凭借自己获得的，而这就是我从他那里交换来的东西，这程度如此之巨，以至于如果没有他，无法想象我能写出现在写的东西。然后正因为我们所谈论的是一本自传小说。这让人不舒服，因为我的自我已经被证明是软弱而容易受影响的，而它必须要向他借贷才能变得更强更好，这实际上进一步地掏空了根本。与此同时，当我们见面或通电话时，我并不觉得我比他低一头，如果那样的话我们也不会成为朋友。恰恰相反，正是因为是我不用去调整自己适应他，不必去考虑他可能的言外之意或者他对我说的话怎么想，这才是最重要的。我对所有人感到内疚，我的意思是所有人，或多或少，总有些事我没有达标，有些事我做得不够好，或者做得过分。我开始写这些，写我的真实看法，这整件事是疯狂，完全的疯狂，因为这样我就暴露在唯一害怕的事情面前，即他人的不愉快。没有这些持续不断的电话，我就做不成这件事，我在这些电话里建起了一种防御工事，在这里好像所有的冒犯都失去了力量。是的，我在其中找到了自由和独立，以一种让人绝望的奇异的方式和其反面，也就是不自由和不独立联系在一起，而这当中他的影响如此之大。

但是什么是影响力？父母把世界展示给他们的孩子，告诉他们世界是如何运作的？一个伊阿古在奥赛罗耳边低语？什么时候一种影响会由良性变成恶性？或者，换一种方式来说，什么是独立？

对于一位作家来说，最可耻的事就是被抓到剽窃了另一位作者。第二可耻的是和另一位作家相似。缺乏原创性的可耻程度不及此，难堪的程度却是一样；这本小说没有原创性，是一个评论者能给出的最糟糕评语之一。写的东西和另一位作家的作品相似是可耻的，而写出没有原创性的东西不可耻，只是丢人，这是个至关重要的区别，它说明了人格文化在我们时代的核心地位，能把某种东西回溯到那唯一的、确定的、绝对独立的个体有多么重要，个体在某种意义上来说是不可侵犯的，在某种意义上他或她独自创造出来的东西，不可以在其他任何地方出现。最重要的不是那个声音在说什么，而是它以一种独一无二的方式说出来。

对于读者则恰恰相反，并不存在对独立或个性的要求，相反，整个文学系统都是基于读者要顺从于作品并在其中消融这个前提。对某样事物的崇拜与倾倒在浪漫主义时代之前并不是重要的文化特征，而只能理解为社会发生了本质变化所导致，由此这自我以一种和前几代人完全不同的方式呈现出来。但是，这浪漫的自我，简直已满溢出其容器，如果它最重要的特征就是独特性，那么它就不是一个无歧义的标记着我之改变的记号，正因为它已预设了所有那些其他自我，也就是说读者们，或者用我们时代的话来说，消费者们，已经臣服并接受了他们自身并无独特可言的地位。那浪漫主义或政治天才，歌德或拿破仑，他们起作用的方式和皇室成员们一样，代表着至高权力、霸道、成功和浮华，他们以所有人的名义活着，我们这个时代的名流是他们的某种延续。这是一种社会性的安全机制，因为我们被抚育长大的过程里一直相信自己是独一无二的，在我们说某事或做某事时，真的是在宣示自己的主权，而我们又的确非常相似，面貌雷同，这真相能使所有关于我们是谁的想法灰飞烟灭，为了不让我们被这真相压垮，我们以这样那样的方式来拔高所有人的卓异之处，说他们跑得特别快，跳得非常远，写得特别好，唱得特别妙，或者长得特别美。

如果你要把一个人从高处重新带回实地，最有效的调整机制就是戏仿：他不是独一无二的，还有另一个人说话像他，看起来像他，做派像他。然后我们就笑起来了。我们不仅会把那个人从高处带回原地，还摧毁了他或者她，我们让这人看见他或她的所做的、所说的都是别人做过或者说过的一个副本。相同是一种禁忌，因为这在我们身边随处可见，却不能被不假思索地说出口，因为它指向某些更重大更危险的东西。在某些同样原始的文化里，这种相同也是禁忌，表现方式是禁止模仿别人的手势和声音以及生了双胞胎就得杀掉。分身题材在十九世纪下半叶的文学里如此普遍，并且总和一种强烈的惊悚联系在一起，所表达的东西是一样的，又展现出更高的强度，好像随着大量人口出现在城市里，这一模一样带来的威胁更加逼近了他们的生活。接下来的一百年里，这一个和其他所有人之间的关系，本真性和认同之间的关系就是唯一的重大问题。不以此为背景来考量，就不可能去理解把握第一次世界大战，而第二次世界大战，其实也是第一次大战的直接后果。这场巨大灾难的后果是，那独特的与地方的就绝决地遗失了。也就是说，它们还在，但是已隐藏起来，再也不会应声而出。在个体生命里再找不到价值，目标，或者乌托邦理想，也就是说，任何高蹈之物，而只有从属和附庸，个体的生命成了一种悖论：每一个我都独一无二，不可或缺，就像其他所有人一样。我们拔高某些人，却不能坦诚我们这么做了，我们任他人观念在自己脑子里跑出，却不知道这点或者不愿意看见这一点。但是正是在这一影响过程中，在我们的文化乐于去复制的可接受之影响，和不能或者不想复制的不可接受之影响之间，差别才得以被觉察、被看见。这种无害的影响在属于大家的事物上屡见不鲜，并渗入了那些人际的和知识的场域——比如我在读福柯而且对读到的内容有极大兴趣，在某种程度上我完全领受了它，并让它内化成了自己的想法，开始像福柯一样思考和写作，我丝毫没有夸大，也没有任何省略，因为福柯现在就是这样的角色，他的思想已属于所有人，就像康德、黑格尔，或者在这方面和柏拉图与亚里士多德的思想一样，成为了一种智识基石，是我们展开思考的出发点，尽管它挂着某个人名，但其实已经不属于个人。我们整个的思想和观念世界是由一些这样的支点组成，文化就是如此。我们消失在文化里，但我们并未因此失去自己的身份，因为这文化正是身份认同的基础，比如说通过大众的观念，对什么是主体，什么是原子，什么是空气或者什么是家的认知，这些见解在语言和文化的所有层面上都有其表达方式。个体认同构成了一个“我们”，也即我们称为道德的东西所依托之处，而个体认同的基本原则就是非原创性、易被影响性和从属性。身份认同是随时同步更新的，也就是说，在任何时候都是完整的，也是可更改的。它的边界就是时间。那些在两辈人以前被普遍认为理当如此的——比如对儿童可以体罚，或者同性恋是可耻的事——现在早就不是这么回事了，如果今天还有人宣扬这些老调子，那肯定会被喝止或被谴责。伦理领域里的这些情况在学术领域里也有；例如，六十年代人文科学中普遍存在的结构主义理解模式现在已经无效而且不再适用。这种“我们”之身份认同并不是个人的，并没有迹象显示，那些在六十年代认为对儿童可行使体罚，或者认为同性恋是可耻的，或者认为结构主义分析方法作为工具已经足够完备精良的人，现在就会改变他们的想法，或者即使仍保持那些观点却不会说出来。

至于我们仍然将我们所有的态度和观点视为个人的，个体的，它们都经由我们自身的成熟考虑得来，我们也完全无视时代在其中扮演的角色，这一切就是现有最重要的社会机制之一，因为如果没有它，伦理和知识显而易见的相对性局限就会消解所有的必须之事，我们就会坠入无尽的混乱。这也是我们为什么要在艺术中培育那些独立的表达，那属于一个人独有的独特的，并且只有当其成立，像剽窃的概念这样强烈的审查机制才得以应用；它建构起关于我们个体性的观念。如果不是这样的话，社会化和剽窃之间就不会有什么重大区别。所有学习都通过模仿进行；小时候，我们模仿父母的言行举止，成长期间我们模仿朋友和老师的言行举止，长大后，我们模仿身边当代的言行举止。在公共空间里存在着的几乎所有语言都是不独立、非原创的，也就是没有任何一个信息发送者在这些语言上打上自己的独家标记。公共空间里最常见的语言是新闻报道，它正是通过匿名而做到公众性，要从一篇文章里的语言追溯到撰写文章的那个记者是不可能的，所有事件都以相同的方式、以相同的风格被书写，而记者们报道同一事件，互通信息，并没有任何关于剽窃的意识把任何人抬到一个当时的紧要位置。他们互相模仿,这篇文章是另一篇的副本,之所以会这样这是“我们”写的。操作说明和手册，论文和教科书也是如此。只有在小说里才会有对一个独一无二的“我”的期待，其最重大、最重要的边界就是它不能模仿，不能抄袭任何其他人，或者和他们说同样的话，或者说至少不能以相同的方式。一个作家越异于旁人，理解他或她的受众就越多。许多人似乎认为文学和知识生产有关，或者和洞察力增长有关，但那只是一种副产品，可能会随文学出现，也可能不出现；文学的本质是个体性，就蕴藏在那特异之处的无可模仿的语调中。但是这种个体性并非毫无限制，它只能在“我们”的框架里发挥作用；如果它出了这个圈，表达了“我们”闻所未闻的东西，它将被谴责或噤声。比如说，一位作家在今时今日认同对儿童体罚，歧视同性恋，就必须要有出类拔萃的文笔才能被接受，也就是说被原谅，而如果还有一位作家拒绝承认对犹太人种族灭绝曾经发生过，那么无论他或她的文学水平多么卓尔不群，都永远不会被大众接受或被视作伟大。文学的这两个前提，它在一方面必须尽可能地个人化，表达“我”的不可模仿性，另一方面，这个“我”必须存在于大众的框架之内，也就是说，表达出“我们”，这两个前提彼此矛盾，因为这个“我”越独特，就离“我们”越远。设想克努特·汉姆生可以给阿道夫·希特勒写讣告，用挪威文学中空前的句子，以其所有的不可模仿性，我们会低下我们的头，又比如说如果彼得·汉德克作为全世界最好的作家，或者说最好的在世作家的前三位之一，在米洛舍维奇的葬礼上致辞，就再也没有资格被纳入所谓的文化多数了，这两个例子显然就表达出了这独特之我与社会之我们或者说伦理之间的矛盾，而这也正是文学存身的空间。既然一位作家能写出詹特法则[1]。至于詹特法则具有着震慑所有人的威力，多有讽刺意味，因为詹特法则言说的是所有人的暴政，但这并不比读者们通过对个体的内化来培植个性更来得讽刺。但恰恰是通过与一个特定的个

[1] Janteloven，斯堪的纳维亚社群中对个人的一种看法，其特点是否定个人的成就。

体如此紧密地纽结在一起，最好的文学的声音才不仅仅关联着集体，也就是所有的我所消费的一个我的可能案例，而在实际上更关联着这一个，也就是在一个实际的时代里一个实际的地方上实际的一个人，而这个身份里承载着一种洞察力，不见于他处。文学因此是不可或缺的。无论我们是怎样地让他人在自己脑子里跑马，无论我们的自我是多么地集体主义，他们在事实上是孤立的，而他们在事实上也独自经历着一切，他们的经历，他们作为人的经历，他们经历这世上的存在，不能被概括的，一般性的，在“我们”的范畴内被表达出来，因为在这样的经验里找不到任何“我们”。一篇报纸上的文章或一个电视报道总是关于其他地方的一个或一批人，我们当中没人了解那种经历。一本小说或一首诗也总是关于他处的一个人或很多人，但是采用了一种让这种经验变得独特的语言，而这独特的体验以某种完全不同方式介入了我们自身独特的存在。这不是关于认出或者证实，这是关于真相。

但这社会性的真相是什么？就社会化和剽窃的主题写点东西是一回事，见证某人戏仿你，极力去贴近你的声音，你自己的手势，你自己的态度，这其中的强烈不适，完全又是另外一回事，或者说坐下来写东西，内心的最深处却明知你所写的内容不是你自己想出来的，不是你从自个儿乳房里吸吮出来的东西，而是来自别人，不是随便一个别人，不是从属于那宏大的我们的某个人，而是和你关系挺近，你必须直接看着他眼睛的人。社会性中全部力量都着落在此。不在那主导结构里，那宏大的集体里，我们所有人构成的“我们”里，因为那些都属于抽象，而是在这直面当中，一个人面对另外一人。力量就在这凝视中。

这就是社会性的真相。社交的即本地的，它在你所在之处，它是独一无二的，因为这承载着力道的凝视，应每个人情况而生，都有具体的情境。是的，每一次凝视都独一无二，是针对着那个人的，我们要对其负责的也就是这个，而不是其他任何东西。这是社会性的真相，因此也是伦理的真相。从所有人出发的，也就是从所谓我们出发的道德信条是危险的，是，也许是最危险的，因为对所有人承担的义务即对一个抽象体所承担的义务，这个抽象体只存在于语言和观念的世界里，不在我们这些个人所存在的现实世界里。在这种情况下克努特·汉姆生和彼得·汉德克的道德完全优于那些批评他们的人。

文学里的自我和现实里的自我在某种程度上是相似的，就是这一个体中的独特之处只能通过和其他人共有的东西表达出来，在文学的例子里就是语言。所有的文学之我使用都是同样的词，唯一的区别，也就是把这一个文学之我与其他的文学之我区分开的是这些词汇组织起来的方式，以及不同的分配手法，隔着一点距离来看，这些就显得很无足轻重了，而像艾米莉·狄金森这样伟大、生动、举足轻重的自我从中显现时，这奇异的程度并不是一点点。当我们思及她还在世时几乎没人读过她的诗，这事的奇怪程度丝毫不亚于前者。她明显地感受到的巨大孤独和渴望，在我们此刻阅读时她已经死去，被埋葬，回来的只有诉说着它的诗歌，这些诗歌的生机就在我们让自己的目光落在她很久以前写下的文字的那一刻被唤醒，然后我们臣服于它们。于是她就在我们体内歌唱。但是，有人可能会问，这一切对她有什么意义，因为她永远不可能预见她的诗会传播到世界各地，会被认为是她那个时代最好的诗，会在她的人生被遗忘很久后还被人阅读——但有可能她写下这些文字时完全没有想到过任何读者？为什么要诉说生命的感觉，而不仅仅只是感受它或思考它？

是啊，为什么写？

写下这些时，我一个人坐着。今天是2011年6月12日，时间是6点17分，在我上方的房间里孩子们在睡觉，在房子的另一头琳达也睡着，窗外过去几米的花园里，阳光斜照在一棵苹果树上。叶丛中充满光和影。没多久之前，一只小鸟在树干伸出的树枝上落脚，它的喙中叼着像是蚯蚓或毛毛虫之类的东西，它在那儿站了一会儿，脑袋仰着把那东西吞了进去。小鸟现在不见踪影。它曾经落脚的那根枝条后面，挂着女孩儿们的小泳衣；她们昨天一整天都在后面的塑料泳池里玩水，泳池就藏在一丛灌木后。外面的草大部分都在不见光处，仍然因露水而湿润。空中响着鸟儿的叽啾和婉转啼唱。这六个月以来，我每天都一大早就在同一个地方坐下，孩子们睡在楼上，琳达睡在房子另一头。那时壁炉里还点着火，外面铸铁般漆黑，空中飘满旋转的雪花。三年来我每一天早上都这样度过，坐在这儿或马尔默公寓家里，伏身在键盘上，写着这本小说，它现在快要收尾了。我一个人工作着，在空荡荡的房间里，就在我写作的同时，我的出版社出版着我之前写下的文字，到现在已经有五卷，外界对这些书有很多讨论，包括在报纸、博客、广播或者杂志上的文字和谈论。我对这些讨论并不感兴趣，并且尽可能地让自己离它远一点，对我来说那儿什么都没有。一切都在这里，我现在做的事情中。但这又是什么？

是的，写作又是什么？

它首先是失去自己，或者说是自我。在这方面它使人想到了阅读，但是阅读中失去的自我是对那陌生之“我”而言的，那个被通过明确定义为局外人的我，并不会真的威胁到那个真正的我的完整性，而写作过程中自我的丧失则以完全不同的方式彻底发生，可以这么认为，就像雪消失在雪中，或者是其他任何一种单色状态，在这里没有任何一点是突出的，没有前景也没有背景，没有顶也没有底，彻头彻尾一个样。这就是写作中自我的状态。但是这些东西又是什么，这既组成它又让它在里面游弋的东西？那就是它的语言本身。这个我在语言中显现，又是语言本身。但这语言并非这个我的，它是所有人的。这个文学之我的身份就系于这个词被斟酌替下了那个词，然而这个身份是多么缺乏前后联系和集中。从某种意义上说，这种身份和我们做梦时的身份有点像，那个时候意识也几乎不去区分何为我们，何为我们的环境和体验，而我们的自我也同样被安置在一个空间里，左边的绿色长凳对于我们是谁的重要性和右边活蹦乱跳的鱼一样，或者和从水中升起的海王星般的事物一样，而这水就在此时刚好流过地板，在红色天空下，双翼飞机飞向远方。梦和写作的不同之处在于，前者在不受控制的情况下发生，在身体的某种无意识状态下，没有目的，而后者在受控制的情况下发生，是有目标意识的。这话说得不错，但是也不对，因为这相似中最核心之处在于欠缺了这个我的本地化过程，在于它之游走不定，再也没有中心，这就提出了一个问题，难道不正是这个向心过程才构成了“我”吗？这个理出前因后果的行为本身？是的。但是关于这个我的真相并非关于自身存在的真相。远远地在这支离破碎中，在不同的割裂之间冉冉升起的，是自己的音色，这贯穿生命始终的自我之声调，在我们内部的每日一醒来就拥其入怀之物，我们思考的那些超越之思和眼下处境给我们的感受，是那我们入睡前最后松手放掉的，那贯穿了所有音乐，所有艺术，所有文学，不仅如此，还贯穿了所有能感知的活物的，不正是这自我的音色，这隶属于自我的遥遥声调吗？它与这个我无关，和这个我们更少牵连，只与这世上的存在本身相关。当我看着外面的小麻雀时，它怎样地站在阳光下的树枝上，把脑袋往后一仰好把蚯蚓或毛毛虫吞下去，难以想象它完全没有自我意识。也许它甚至比我们还要强大，因为它不会被思想投下阴影。阅读和写作可以消解这些把“我”统合起来的思绪，但是以两种不同的方式，在第一种情况下你从外部进入，抵达陌生，在第二种情况下你进入自己内部的陌生，也就是你自己所拥有的语言，换句话说就是你用以言说自我的语言。一个人写作时，就失去对这个我的控制，它变得不可掌控，问题是，这自我的不可控不可掌握，不正代表了它的实际状况，或者至少是我们能企及的最接近实际自我的表达。

当我们在说我时我们在说什么？

一本著名的从 1953 年开始的日记 [1] 是这样开头的。

星期一

我

[1] 指贡布罗维奇的日记。

星期二

我

星期三

我

星期四

我

对我来说这是份文学教材。J-e-g [1] 这三个字母单独放置不经注释时，可以反映任何人，一个没有身份的开放的我。问题在于写下这个字的人是谁。当我们除了这个“我”以外并无其他任何信息时，这个“我”可以是任何人。下面那层楼的邻居，广场上售货亭里的男人，你的孩子，奥古斯特·斯特林堡 [2]，索尔维·王 [3]，尼基·劳达 [4]，这些只是一瞬间闪现在我脑海里的名字。“我”是绝对的匿名事物，意味着无名。但是就算是一个无名的我也仍然可以通过它身边环绕着的这些语词，弥漫出一种清晰的特定人格，一种“我”之氛围，让我们可以与之共情，就像对一个真正的有血肉之躯的人那样，是的，甚至有时我们可以与之发展出一种亲近感，比与一个真实个人之间能有的感觉更近。因为这文学之我的语言和内在的思想和情绪联系

[1] Jeg，挪威语“我”的主格。

[2] August Strindberg（1849—1912），瑞典剧作家。

[3] Sølvi Wang（1929—2011），挪威女演员、歌手。

[4] Niki Lauda，全名为安德烈亚斯·尼古劳斯·劳达（Andreas Nikolaus Lauda，1949—2019），奥地利商人和传奇赛车手。

在一起，独处时的“我”也是如此，而这个维度在实体会面时就消失了，此时身体的表达就横亘在中央，不带敌意也不企图保护，只是简单地通过提出索求，通过有其自身的语言，在此之外，还有造就了“我们”的你和我的相遇，这相遇里也有特定的规则和规范，这社会性的，只有一个被激情燃烧的爱人能够让其休止，但也不能完全取消，就在这种关系里也停驻着社会性，没有一对恋人谈起恋爱来是独一无二的。就这一点，你可以说这个文学之我，不管表现得多么袒裼裸裎或亲密无间，也依然是社会的，通过我迟早对你会有的预期，以及一定会随之而来的一个“我们”。是的，这就在我的本性中，这是一次问询，你无须自称我，在问询里有他人的存在，因此也就有了我们。而日记里的我也是这样。这个我本身是匿名的，中立的，没有个性的，但是正是通过对你的影响，所谓的“你”在这种情况下就是对文本中那个我所表达出来的那些期待，这个“我”就能以意义来充实自己，解释我是什么，而不用去表达这以外的任何东西。如果我重复四次以后会发生什么？在一个充满了其他意义的句子里，我们本不会注意到这一点，但是如果没有这其他，这个我之称呼赤条条地自成一行，就变得奇形怪状起来。我，我，我，我。它表达出了自恋。但与此同时，通过这赤条条，就在自恋被展现出来时，这里似乎也具有一种意识，似乎有人说，我知道我在做什么。这确定感里又有什么呢？我知道这么说很自恋，但我还是这么做了。也就是说，我从不闪躲。我实话实说。我确实很自恋。但是我又是谁？到目前为止我是每个人。也即：所有的我都很自恋，但这话宣称了这一点，在这宣言里存在着一种二重性：自恋是种弱点，它不受欢迎，如果不是这样，我们本也不会试图掩盖它，所以自恋在这里被展露出来这件事，既宣告了这个弱点，同时是自我宣言，突出了自我，让它显得与众不同，因为这是真诚的，真诚的自恋高于偷偷摸摸的自恋，因为前者在探索真相，而后者试图隐藏真相。

在这对“我”的反复重申中，还有一些侵略性和甚至是敌对性。它说，操你。随你怎么想。在这儿我做主，也只有我能做主。

一个只代表自己的“我”是匿名的，中立的，没有个人色彩的。重复四次，它就成为文学和社会程序，因为在阅读了这个日记的开头四则后，人们知道了这是个站在社会反面的“我”，也认为社会是虚伪和不真诚的，与这自身书写截然相反，这文字是要向内寻求那真的，本来的，通过牢牢抓住自身，也就是这个通过展现自身来打开自己的“我”，第一次是匿名的，中立的，无个人特色的，它通过重复彻底地扔掉了那中立和无个人特色，第四次就伫立在那儿，因对真相的追求，对真实的饥渴和优越感而颤抖。

这就是文学。

但是如果我完全以这种方式给这本小说开场，那就不是文学了。尽管“我”还不具备这本日记的作者维托尔德·贡布罗维奇那样的分量，把“我”重复四次也不是他的专利，如果我要用同样的开场，也并没有什么法律和道德上的障碍，障碍是文学上的，因为开场的全部价值就在于它是独特的，在于它表达出了这独特。如果我做出了如此表达，贡布罗维奇之我就会盘踞在我之我上面，而我就成了一个戏仿者，表现出非独立性，正如贡布罗维奇恰恰表达出了独立性，于是这就瓦解了那句俗话的基础，所谓真相就在且只在这独特的自我里，因为这个说出这句话的我，正好是不想去当独特的，一手的，而只想是贡布罗维奇化的、社会化的、剽窃的。

我的文学自我已经够贡布罗维奇化了，因为他的日记对我如何思考身份、社会性和文学有很大影响，但这个自我也是拉森化的，普鲁斯特化的，策兰化的，桑德莫塞化的[1]，并且完全地汉姆生化了，如果要我用一个画面来概括这些影响，这画面可能有个男孩，让我们假设他十四岁吧，他住在一条河边，离他家房子大概三公里外有一股湍流，从山上下来的水流咆哮而过，澎湃壮大，闪亮如精钢，这条河岸滑溜溜的，被水藻覆盖，你可以游到那股湍流上方一点，然后任水流把你冲走，他常这么玩，这个男孩，和他的好朋友及所有其他人在夏夜里聚在一起，因为他的人生中几乎找不到比这更美妙的事了，你感到水的压力，速度在加快，然后就被吸入下坠的势头，他向下滑去，立即被摔入下游深处，水下充满了小泡泡和裂缝，如果他愿意，他可以被冲向河底的石头然后爬上岸，或者顶着激流向上游，直到阻力强到他无论怎样努力也纹丝不动的时候，最后被它裹挟着冲走。是的，潜入激流就像写作，你被自己也无法控制的力量从这一点冲到那一点，但是在过程中所有的体验都是个人的，因为我无法想象其他孩子的所见所感和这男孩一样，所有这些夜晚，以及那不断下沉的太阳，还温热的羊背石和迅速凉爽下来的空气，大群的昆虫盘旋在空中光线更强的那些区域，空中回荡着水涛轰鸣和男孩女孩们的喊声，他们身侧就是被光勾勒出来的重重树冠，那后面有条以前留下的石子路，通

[1] Aksel Sandemose（1899—1965），阿克塞尔·桑德莫塞，丹麦裔挪威作家。

向一个庄园，很有可能是十九世纪建的，和瀑布旁边的锯木厂有关，再后面就是那阳光璀璨、树木丰盛的连绵草坪，上方的天空缓缓地暗下来，一旦快到午夜时它就舒展开来好让那少数几颗足够明亮的星星光芒穿透这金黄的夏夜——这些夜晚，河对岸是草甸，最下方是最深沉的幽暗和阴影，最上方闪耀着火焰般的橙光，这儿还有条公路，沥青铺就，交通繁忙，沿着它的蜿蜒和平坦处是这些少年们的家，他们骑着自行车或者小摩托互相串门——所有这些都在他们的记忆里，记住的方式相当有可能和他的记忆完全不同，这十四或十五岁的少年，没有什么欢乐能比得上这一刻，在这个回荡着水声轰鸣和年轻人呼喊的空间里，被阳光照射或被黑暗湮没，如此神秘，令人魂萦梦牵，光是想起它已足以让欢愉充满整个身心，甚至就在二十八年后的现在。他对这一切的感觉未必比曾经在那儿的其他人更强烈，尽管这也是有可能的，因为我们每个人牢牢记住的那些都不一样，这些也未必对他就比对其他人更有意义，只是不同而已。这是独一无二的。而这，至少可以是一百本小说的开头。是的，从这里写出一千本小说也是可能的。一个夏夜里，一个男孩在锯木厂下方的河边。一个桑德莫塞式的作家肯定会把镜头拉近，对准那个他和朋友都倾慕着的穿红色比基尼的女孩，然后跟着展开他们三个人的一生，因为这是一个心理的也是社会的基础结构，两个对一个，这在本质上来说是陈旧的，围绕着它的那些禁忌是其基础。一个普鲁斯特式的作家肯定会扬弃这情境中物理的具体的一面，着重其在记忆里留下的回想，这回想作为某种再现又和其他所有再现联系在了一起，也就是说它具有艺术品的特质，它带回了那已不在此处但依然在我们心间的事物，如梦一般的的轻纱，而这轻纱又是我们现实的重要成分，在这树荫下那穿红色比基尼的女孩，伸出一只脚试着下面的水，多像伦勃朗画中的一位十七世纪女子，苏珊娜，这只是一个例子，或者那羊背石上的躯体们，他们或坐或站，脱下衣服，或穿上衣服，在某一刻这一幕让人想起十九世纪下半叶的皮埃尔·皮维·德·沙瓦纳[1]的画作，关于人类的一切都无限接近雕塑的特质，至少没有任何心理的表达，各种姿势都把思绪导向古希腊的盛期古典时期，公元前四百或到三百年，那时的自我并没有转向内心去寻求和谐，而是向外，宣称人类的一切都具有某种恒定的质地，而不是一种文化的、相对的造物，正如眼前可以拿来做例子的，激流边山上北欧少年男女的躯体。一个汉姆生式的作家，会怎样来切入这一切呢？从公路大拐弯上小摩托的噼啪声到上面的山凹处？从瀑布的轰隆咆哮开始，然后陡然降至女孩的眼睛？或者从住宅群里那脑满肠肥的商店老板的房子，到他在那些大型连锁超市之侧努力生存下去的坚持？贵族家庭的后代是否已不再拥有这河边庄园，或者依然拥有它？或者这个自我看着自己，同时也怀疑地监视着它，最细微的一丝做作都会带来沮丧，这无望的对本真的渴望，曾经让纳格尔[2]走上自杀之路，就在距离这里三十英里的一个城市，不过是九十年前。哦，这里还有牧师和牧师之女，警长和警长之子，沸腾的血液和悸动的心，这里还有最优雅和最残酷的情感，任选一角开始就好。

[1] Pierre Puvis de Chavannes（1824—1898），法国画家。

[2] 约翰·尼尔森·纳格尔（Johan Nilsen Nagel）是克努特·汉姆生写于1892年的心理小说《神秘事件》（*Mysterier*）的主角。

我第一次读《畜牧神》时才十五岁，就在离那处激流三公里的房子里。书里描述的强烈情感在我自己的身体里回荡鸣响。也许这就是为什么我的爱情生活在接下来的几年中如此糟糕，为什么我对女孩、爱恋和亲密关系的理解还是萌生自十九世纪末的。但是那几年给我留下最深刻印象的小说是布拉姆·斯托克的《德古拉》。读这本书就像发烧。为什么会这样我不知道，到现在也不知道。我从来没有对吸光他人血的伯爵有认同感，我觉得自己更像他的那些受害者，那些被他咬后不但失去了自己的血，而且丧失了自身独立性的人。如果我对自己的感觉是正确的，我是把《德古拉》当作一本关于屈服和从屈服中得解放的小说来读。并不是说我当时思考过这事，我阅读时从不思考，这是我感到的，或者说，我对这个主题的感受是最强烈的。当他们最终用木桩捅穿伯爵的心脏时，我胸口汇聚起的所有那些胜利感和喜悦表明了这一点。一个作家会被视为吸干身边人的血的吸血鬼，一种靠着描写身边人物来营生的有趣比喻，不管怎样，大众是这么看的，而我不这么以为，我把作家视为一个面临着失去其独立性的危险的人，一个被另一个人的力量所俘获麻痹、并开始像他一样行事的人，也苍白，无血色，鬼魂一般。也许因为我的自我一直很弱，总觉得比所有人都低一头，每种情况下都如此。不仅仅对那些我遇到的才华横溢的人，那些凭借他们的神采魅力和天分就照耀到所有人的人，也对出租车司机、招待、火车乘务员，是的，就是你在外面能遇到的所有人。在公寓楼里清洁楼梯和走廊的他让我觉得卑微，在这种情境下，他比我权威，所以当他以一种丝毫听不出情绪的声音表达意见，比如我们放在门外的婴儿车和自行车时，我会发抖。而在鞋店接待顾客的她，当我进去买鞋时，在她面前我也感到卑微。她掌控了我，浑身都散发着那种让我服从的权威感。在招待们那儿的情况最糟，因为他们的角色很显然是服务，他们在这儿是要让客人感到舒心，他们的工作就是要小心顺应客人们的意愿，而我依然觉得比他们低等，就好像我被交到他们手上全靠他们开恩似的，好像他们会看到我不是一个合格的食客，比如说，不太会品葡萄酒，或者，也不知道这些酒该是什么味道，他们在这些方面是专家，这让我每一次都感到很丢人。我遇到的所有记者，就算那些比我小二十岁的记者，都比我强。我总是勉力不让他们感到无聊，经常说些并非我真实想法的东西，只是为了给他们提供些素材。我三十三岁时搬到斯德哥尔摩时，外表看起来是个男人，心里却只有十六岁，这点被盖尔·安格尔说着了，我和他已经十二年没有见了，之前在卑尔根的那个春天我们出去喝过几次酒。他对我说的第一件事就是这个。你是我见过的人里自我形象最扭曲的，他说。你根本没有任何自知。你从来就没有意识到是其他人太无聊吗？正是其他人在人云亦云，无知无觉，毫不独立，平庸无奇？不，我说，因为事实不是如此。听着，他说。我见你的时候你二十岁。你与我那时遇到的所有其他人完全不同。你完全是你自己。看到你的小说即将出版时我一点也不奇怪。我们那时候的人还有谁做到了这一点？没有。你有一种郑重……是，至少没有其他任何人有的那种。你忧郁的眼睛。你应该已经看到了自己！哈哈哈！现在，你写了一本出色的小说。你还要写下一本，下一本。你一定要停止把自己与那些在自己和他人生活里搞官僚主义的人做比较。至少不要认为他们是有趣的而你是无聊的。是他们让你感到无聊，这很显然。

我继续否认，但我受宠若惊了，当有人说你有一种特殊才能而且独一无二时，谁不会如此呢？

我在抵抗，这感觉像毒药，这些他散布进我血管里的东西。

他不仅倾听我讲述生活里的事，还认为这很有意思，愿意和我聊它们，在我们那些在斯德哥尔摩城里无休无止地漫步的时候。我成长过程里一切是如何围着我父亲转，我那些想取悦他的尝试，那一直存在的恐惧，他如何去世。和我哥哥的关系，在他和一个我爱慕的人谈上恋爱后变得复杂，既亲密同时又很遥远。对我母亲的坦诚，她对现实所采取的分析手法。我的为数不多的人际关系。我如何把女人看得太高以至于看着她们我就开不了口。我怎样有两次因为某种绝望的恐慌而割伤自己的脸。我的虚荣心。我对自己女性化的焦虑。醉酒给我的喜悦，我不忠的那些事，我持续不断地对所有人和所有事都感到自卑。我的成功，无论是在数量上还是密度上都无法抵消我的失败。他把所有这些都转化为一张我的心理和社会性格一览图，用来分析和讨论。按他理解，我的自我几乎是巴洛克式的，有点不正常，摇摇欲坠，内部与外部完全不同步——这和我的理解截然相反，我认为自我牺牲到极限是很寻常的，而这一切对于我作为作家而具有的问题也很寻常。我喜欢足球，喜欢踢也喜欢看，我喜欢美国娱乐片，有时也还会看漫画，我看天气预报或新闻报道，因为有可能出现漂亮的女人，我就可以发展一段隔空暗恋；我喜欢的音乐基本上还是二十多岁时喜欢的那些，当我喜欢一本书或一幅画，我永远不知道是为什么，最后靠的是那些我收集起来的语言和思想，而这毫无原创性可言。我对任何东西都没有什么特别想说的，这是因为我没什么特别，也没有自己的特色。只是通过向一个不仅真的对我感兴趣而且会解析所有一切，或者在这些不同部分之间建立起关联的人谈论自己，那些在我看来很寻常的东西就变得独特，达到独一无二的程度。就好像我的自我曾经被冰冻起来，它现在开始解冻了。当它表面看起来还僵硬且纹丝不动时，表面已在开裂。我有种感觉，我内心的东西取之不尽用之不竭。这感觉很好。我说出来的可能是有趣的，这是一种新体验。我自己从来没有对此产生过兴趣。有趣处的是和那取之不尽的感觉联系在一起的，因为这无尽也就意味着没有边界，是边界框着一切使其纹丝不动，给它一种冰冻感。我很成功地从来没有对任何人倾诉过，因为我从不认为会有人会对此感兴趣，而且，那种瞬间，社交场合的那些瞬间，由这个我建构出来的对这个你的预期，就连我也觉得没意思，而它就以这样的态度应对一切。

我在社交场合保持缄默，由于社交场合就存在每个人身上而不在他处，我对自己也保持沉默，在我的内心里。我只经历过一次有无尽的话要说的情况，那时候和现在几乎一样：另一个人好像真的由衷地对我说的话感兴趣，而且对我谈论自己感兴趣。那次是阿尔韦（Arve），他比我大十岁，已经对世界有极深刻的洞察所以嘲笑一切。他和我之前见过的其他人完全不同。在某种程度上说，他像君主一样，达到了真正意义上的独立。他也是有魔性的，或者在我面前扮演了魔鬼的角色，也就是说充当了一个诱惑者，他拿什么来诱惑？是自由。自由又是什么？自由就是越界。也就是认出所有那些边界、锁定、钳制、静音的东西，然后从它们的束缚中挣脱出来。未必是作为整套行为规则的社会里的东西，这些你可用波希米亚作风把它撂在一边，而是这些社会规则里蕴含的思考方式。这就是罗兰·巴特称之为成见（DOXA）的东西。但是阿尔韦又和琳达在一起了——这我闪电般爱上的人，所以我把所有这一切都拒之门外，连他作为自由的魔鬼这一角色在内。一切到头来可能都一个样。我转头回到了自己的生活，这就是当时的感觉，有那么几天我过上完全不同的生活，但那不适合我，真的，那不是我的日子。那里面没我什么事儿。我善良，关心人，负责任，除了我喝醉的时候，那时我总感到一种强烈的想堕落的欲望。最后我真这么做了，在那一天到来的时候，在一年以后，我出海去了一个小岛，在那儿独自一人住了好几个月，当时的感觉就是我必须要做出一个选择，一个能决定我的余生怎么走的选择。我必须做一个好人。那是2001年冬春之交。2002年春天，我扔下了所有的东西去了斯德哥尔摩。在那里我碰到了盖尔，然后是琳达。与盖尔见面给我一种观看自己的视角，给了我一个把这面貌清晰表达出来的空间，也就是距离，这价值无法估量，与琳达的见面则给了我完全相反的东西，在这里所有距离都被消去，我和她的距离之近是以前和任何人都没有过的，在这样的亲密里词语没有用武之地，也用不上分析，用不上思想，因为当一切回到根本，换言之就是生命尽全力显现时，你就在那儿，浑然一体，在万物之中，这时除了情绪其他都不作数了。盖尔给了我看待我这一生和理解它的机会，琳达给了我去活出这人生的机会。在前者中我见到了自己，在后者中，我不再意识到自己。这是友谊和爱之间的区别。这两个人物在我的生活中同时出现这件事，导致有一阵子一切都天翻地覆，我突然间一天到晚总能找到全新的东西。一切都敞开着，再没有什么是不可能的。太阳在天际燃烧，在2002年美好的夏天，红得渗血，每晚都这样降入梅拉伦谷（Mälardalen），它最后一缕光芒金黄地照耀这城市所有的塔楼和尖顶，而我是不死的。七年后，在2009年不那么美好的夏天快要结束时，我再次与盖尔站在一起，在马尔默这个公寓的浴室里，看着四个孩子坐在浴缸里洗澡，而外面的天空，我是看不到的，只能通过这长方形窗户透进来的光线来估计，它在逐渐变暗。

“我们也能做到的，显然。”他说。

我转过头。他站着微笑。

“做到什么？”我说。

“好吧，孩子们。”

“你们在说什么，爸爸？”万妮娅说。

“我们正在谈论做父亲的事。”我说。

“那又是什么？”她说。

“就像盖尔和我一样。”我说，向前弯腰关上了水龙头。我琢磨着他的喜悦是不是因为尼亚尔现在被其他孩子包围着，这状况对于他这个独生子女来说并不那么频繁，他适应得这么好，或者因为这次是盖尔带他来这儿，不然其他时候总是克里斯蒂娜照看和尼亚尔有关的一切，而盖尔总是坐在他的书房里写作。他从来不曾陷入我每天折腾其中的那些事儿，衣服和洗衣，三餐和做饭，小孩游戏和儿童游乐场，这是他们做出的选择，他对这点一直非常明确，就是他一点儿也不想碰这些事，但是，我有时也会想，他一定也会觉得错过了什么吧，不是这些具体事务，而是这些具体事务带来的参与感。我之前并没有这么想但是当孩子们坐在浴缸里玩耍时，我在他身上看到的突如其来的喜悦，一定也和这有关吧。我不会就这事去问他，那是我不愿意介入的领域，这触及了我绝对不愿去尝试触碰的东西，有些过界离他太近了。

太近的话又会有什么危险呢？

当你太靠近某人，你会看到他们自己看不到的东西，也许因为他们自己不想看到，也许因为他们就是看不到。盖尔对所有事情都有套解释，但这并不意味着他能解释自己的一切。他能控制他自身所处的任何情况，但对他孩子所处的情况就未必；也就是说，他们带来的这种亲近，这种本质上的难以定义，并非他所熟稔的东西，而这种非熟稔感闪烁过他全身。我一直以为这就是他想要的，但是当我看到这一刻他看着尼亚尔时的微笑，这瞬间充满了他的喜悦，一个击中我的念头就是他可能知道他缺乏克里斯蒂娜所拥有的这一种彻底的熟稔感，是他人生中的缺憾。

如果我说起这个他会怎么说？

会说这事不是这样？

会说这事是这样，但这是他为了做现在在做的事要付出的代价。

会说这是他的问题，不是尼亚尔的，所以这一点关系也没有。

会说这不算什么代价？

昨天早上写完这段后，我带海蒂和约翰去了幼儿园，暑假前最后一天我要在这儿工作。员工说，如果我愿意的话，可以给自己放个假去看万妮娅的学年结束典礼，所以我和海蒂、约翰一起去了几个街区之外的教堂，典礼就在那儿举行。过去我自己学生时期的学年结束典礼都是在一个小教堂里举行，大家唱着赞美诗，牧师全身披穿着牧师服，一切都是僵硬的、仪式化的，这是在进入那已万事俱备、在外面等待着我们的夏天前必须忍受的最后一件事，而万妮娅学校的学年结束典礼和我的比起来简直像来自另一个世界。一个由九岁十岁的学生组成的合唱团演唱流行歌曲；几个十四五岁的女孩表演独唱，她们唱类似克里斯蒂娜·阿奎莱拉或玛丽亚·凯莉的歌。两个也是这年龄的男孩弹钢琴；一些十二三岁的男孩说唱。每个节目都带来掌声，满堂喝彩欢呼。这就像在《偶像》真人秀节目的试镜一样。之后牧师的讲道是关于快乐的重要性，成为名人或富人并不重要，每个人都有同样的价值。完全没有提到上帝、耶稣和《圣经》。讲道最多持续了五分钟，然后那些在这一年中表现卓越的学生被叫上台。他们得到了证书。有些人是因为出色的成绩，有些因为美好的品格，根据我所听到的那些话来判断，这些品格体现在他们照顾别人、关心别人上。整整一个小时的高涨情绪以九年级全体学生被叫上前，每人被颁发了鲜花而告终。我回家一只手牵着海蒂，另一只手牵着约翰，走到了一帮男孩身后，他们大概是十三或十四岁。每个人的头发都被推得几乎见青，都穿着西装，他们高声说话，打来打去，大笑大喊，刚才在教堂里很多人也这么来着。他们见面时彼此握手，当他们自己人中的一员或他们尊敬的某人出现时，他们就鼓掌并喝彩。这些男人气的行为在他们还没长成的躯体上显得大了几号，因此带着点滑稽，但同时也是真实的，因为理想目标在这里是最重要的，其他的都不算回事儿。这些男孩们想要强硬、强壮、强悍，他们是大多数。其他人，几个苍白消瘦戴眼镜头发上还抹着发胶的男孩，和这些移民家庭男孩们所代表的东西对比起来毫无胜算。当我回到幼儿园把要洗的东西装进洗碗机并清洗厨房料理台时，园长问我期末仪式怎么样。我说这简直就像在美国。我从来没见过这么美国化的东西。最有才艺的学生为大家演奏和歌唱，将证书颁发给那些表现卓异的学生。那个牧师荒谬的布道，说每个人的价值都一样，而在他身边发生的一切表现出的东西恰恰相反：呈现出来的就是一些学生比其他生更有价值，还被表现得这么壮观。是啊，园长说。我上学的时候，期末仪式就该是盛典，我们还唱国歌。但后来不许这么做了。他们说唱国歌是种族主义。你能想象吗。

能，我当然能。平等是压倒一切的原则，这带来的后果之一就是，所有本民族的，也即是瑞典的，都会被视为一种排斥性、歧视性之物，而也就因此被剔除了。当其应用在宗教方面时，人们就会特别警惕，教会和国家在很久以前就分离了，所以只要牧师们在对学生们布道时不提及上帝、耶稣或《圣经》就没事儿，因为学生中许多人的确来自其他宗教家庭，这可能会冒犯他们。这种憎恨差别的意识形态同样使人不能接受把男人的和女人的、他和她用来作为尺度。因为他（han）和她（hun）定义了性别，就有人提议用伊（hen）来统称两性。理想人类是这么一个人，伊视为最责无旁贷的任务是，避免借着优待自己的文化和宗教以压迫其他宗教或民族。这种彻底的自我消除，是一种过激的平等化意愿，却自以为宽容，它是属于文化中产阶级的一种现象，也即能左右媒体、学校体系和其他大型社会机构的这个阶层，而据我所知，这一现象仅仅在北欧存在。但是这种平权意识形态到底意味着什么？一项调查表明，目前瑞典在校学生之间的差异之大史无前例。那些有光明前程的优等生们，和未来与权力和财富毫无关联的差生之间的沟壑每年都在加深。这个调查里体现的趋势一目了然：最强的学生是有瑞典背景的学生，最弱的是移民背景的学生。因为即使人们一心想着别冒犯了来自其他国家和其他文化的人，甚至愿意做到抹杀所有瑞典化之物的地方，这也只是在象征的世界里发生的事，在旗帜和歌曲的世界里，而在真实世界是这样，每个不属于憎恨差别的瑞典中产阶级的人都被摁在底层和外头：马尔默大部分移民，这么备受欢迎的他们，都住在市中心以外的类似贫民窟似的居住区里，在状况凄惨的公寓里，这里失业率高企，前景黯淡。同样，这些憎恨差别的中产阶级不喜欢看到他们的孩子上移民孩子们也上的学校，如此种族隔离进一步强化了，并在下一代心里扎下了根。许多移民子女的父母没受过什么教育，而瑞典学校以前认为是至关重要的，通过赋予好学生和较弱的学生平等机会来消除差异，已经不再是一种原则，结果就是条件好的人得到更多，条件差的人什么也得不到。瑞典的平等发生在中产阶级中，这个阶级变得更加平等；在此之外，平等只存在话语中，由这个阶级塑造出的语言。在瑞典，语言里发生的事比现实里发生的事更糟糕。这种在话语里通用一种道德标准，在现实里又是另一套的情况，以前被称为双重道德标准。这就是在万妮娅学校的学年结束典礼中运作的机制；关于每个人的价值都是平等，出名或有钱并不重要的道理在只存在于牧师的话里，而环绕着意识形态的现实说的却是相反的东西：最重要的就是出名，以及有钱。那里面所有的小孩都希望出名或有钱，空气里漂浮的就是这个。

这种无自知之明、自觉良善的平等意识形态，认为所提出的东西是普世的、真实的，所以所有人一定都这么想——而实际上它只存在于一个得天独厚的小阶层的极少数人中，像商业主义和社会不平等海洋中的一个高尚小岛——我见到这类东西越多，我的人生斗争就越晦暗模糊，因为多陪或者少陪孩子，给不给孩子换尿布，洗碗还是不洗碗，在我的工作上多投入还是少投入，到底有什么区别？哦，见鬼了，怎样让自己的人生只表现生活本身，而不是某种意识形态的表现？围绕着我们这小小中产阶级日子的所有禁忌，所有这些不能说不能做的事，所有这些必须说必须做的事，我已经想对它们全体说去他妈的很久了，我想干吗就干吗。

但这是不可能的。当有人生气时，我会感到害怕，我希望大家都开开心心的，并且我愿意舍弃我的所有来达到这个目标。如果他们没能做到这点，我就闭上眼睛装看不见或者躲得远远的，因为他们完全有权利不开心，而他们在我面前毫不掩饰他们的不开心。眼不见为净。是的。我真的可以很长时间都不打开信件，有可能这些信会让人不快，除了这个，一封来自现实世界的信还能带来什么别的呢？玫瑰园在燃烧，报纸却没有报道，因为报道它会带来更多问题，人们可能会产生这是某种种族主义的想法，因此他们合上眼，闭上嘴，转身离开。从这个意义上来说，我也是个瑞典人，但是瑞典人还有其他我没有的东西，也就是一种很发达的社交技能。他们可以用某种非常个人的方式来谈论大小事而丝毫不显得过于私密，这种他们掌握得炉火纯青的技能，我一点儿也不会；我要么莽撞地说起那些私密到让别人低下头有点着恼的事，要么就说那些和我非常遥远，很自然地把所有人都无聊坏了的事。瑞典有一种灵性，是集体的，属于社会的，见多识广的，美妙的。这个在挪威根本找不着。挪威的灵性始终是一种个人的表达，或者来自一个或福至心灵说出某句话，或走运过上了自己那种人生的人。

一声警报骤然从什么地方响起，陡然升高，又同样突然地结束了，就在外面。我弯身向前方看，很有可能是从那家酒店来的，那家挺大，救护车停在外面的次数也不少。心脏病发作的商人，我想着；住酒店的客人身上还能发生什么呢？

这次是辆警车。

“那是什么？”盖尔说。

“酒店外的一辆警车。可能是个有阅读障碍的小偷，把迷你酒吧和迷你银行弄混了。”

“哈哈。”

“顺便说一下，你不觉得他们洗澡的时间已经很久了吗？”我说，看着他。

盖尔耸了耸肩，摊开了两臂。

“看来他们认为到目前为止都还挺好玩的。”他说。

“那么，你能看看他们去吗？我去查一下电子邮件。”

“是居纳尔的阴魂不散吗？”

“不只有他。”

我从他身边走过，进了卧室，坐在椅子上，点击几下进入电子邮件那个页面。

有封来自扬·维达尔的信。

嗨，卡尔·奥韦，

抱歉这封回信来得有些慢，我周日回家，之后一直都很忙，工作上的事很多。我没有被惊到，更没生气。我怎么会生气呢？发生的事已发生了，就算被写下来也不会有任何改变。在我看来书里也没写任何不能摊到光天化日之下的东西。我觉得我对自己是谁，自己曾经怎样都有相当的概念，也不再害怕别人会有什么想法。所以如果这能对你的故事有所帮助，你怎么看都行，我这边一点问题都没有。

另外我得说这本书完全打动了我。也许是因为它是如此贴近——也许是你的语言达到的效果，不知道，但是在我之外一定会有更多人会指出这一点。它美妙同时又残酷。精确得令人难以置信地再现了当时情况，许多事我都忘了——刻意的，也许……但这一切带着全部的力量都回来了。太奇妙了，这让我把一长串发生的事和为什么发生都回想起来了。

我就这样坐在芬马克高原（Finnmark）上，阅读的劲头几乎超出了我的能力。到了一个木屋里，度过几个小时，带着你的书。美得让人难以置信的地方，几乎会认为比尔博·巴金斯[1]就住在这里。

希望你叔叔和其他家人的事能妥善解决。也希望他们最终会明白这到底是怎么一回事。

如果你下次回来时有空一起喝杯咖啡或者啤酒，给我打

[1] Bilbo Baggins，托尔金（J.R.R. Tolkien）小说《霍比特人》和《魔戒》里的角色。

个电话就好。我们有过那么愉快的时光。

祝你和家人一切都好。

扬·维达尔

我读完了它，我很久没有这么高兴过了。但是也有点类似欢乐中的忧伤之类的感触，因为当他像现在这样表现得如此慷慨，很显然我的笔下对他不够公平。我对他有亏欠。这一点倒不至于让我萦怀；这微微一缕的绝望与已过去的那些时间有关，这属于那里，在过去，那个时候，我本该解决这种不平衡的问题。当他写到那本小说打动他时，另一件事发生了，我从这个角度考虑了下一本小说，那本和这本相比是如此鲜明地不同，它的叙事中受第一本牵引的部分如此之小，以至于根本不会有人说它和第一本有关。换句话说，它写得更糟糕，对此我感到难过。

我在卧室的电脑前坐了一会儿，看向窗外，先看着露台上的栏杆，然后是街对面那家酒店的立面，那三部电梯按着不可预测的模式上上下下，而泡在浴缸里的孩子的声音在我周围起起伏伏。扬·维达尔在我心里有很强的存在感。那段日子的情绪又浮动起来，我眼前浮现出他父母和兄弟姐妹们的面孔，想起了他们家的气味，我们经常一起走过的风景和那里所有的小小去处，都以回忆所能有的最大强度绽放出光芒。当时那儿只是一片风景，几乎没有任何意义，至少与我童年时期的风景比起来，童年的一切都满载着意义，但是现在那一带也成了一片特定的风景，充满了含义和意义。而所有住在那儿的人也一样。人的一生里并不会和太多人走得很近，而他们中的每一个都具有无可比拟的重要性这一点，不到年龄老大并能隔着一段距离来看这一切时是不会明白的。我十六岁时以为人生没有尽头，而里面的人多到数不胜数。这也难怪,从我七岁上学那一刻开始，我就被成百儿童和成人所包围，人们是可再生资源，他们层出不穷，而我所不知道的，是的，完全没有一点概念的，就是我走出的每一步都定义着我，我遇到的每个人都在我身上留下了印记，而我那时所过着的生活，那无边无界的随意性，其实就变成了人生。假使我某天回望人生，那些就会是首注视的东西。在当时什么都不代表的事，像空气一样轻飘飘，一连串像黑暗消散在黎明时分那样消散的事，在二十年后因附着命运而沉重起来。在那儿出现的人们也会变得更重要，具有了一种前所未有的意义，因为他们塑造的不仅是我的自我感知，通过他们我的面孔才得以显现出来，而且对这一生何以如此这般的理解才得以显现。

这就是我在想的事。然后我想到了我以前一直都把时间想成一种垂直的东西。觉得时间是一种可以攀沿而上的梯子，是到达各年龄段的不同阶梯——最靠近底端是小学时代，之后是中学时代，高中时代，大学时代等等。我从来没有过这样的具体念头，也从来没有浮现过这样的画面，但在我观念世界深处某地，一定存在类似的东西，并且通过一种潜意识的方式塑造了我的感知，因为我在写这本小说时发现的最惊人的事情也许就是，我一生中的每个人，幼儿园的小伙伴们，我母亲在科克普拉森的同事，蒂巴肯的邻居，我们在那儿请的帮佣，我过去的那些老师们以及从我半岁到十三岁身边环绕着的其他人，他们现在都与我同在，以前也一直如此。不仅如此，我在特韦特和克里斯蒂安桑时期认识的每一个人，初中和高中，都存在于同一个平面，都在同一片地界里。没有任何人沉入历史的深处！所有人过着各自的生活，和我一模一样，也一直保持着联系。他们和我只相隔一个电话。

我以前并不知道这一点。我曾经以为只有在我身边，在离我极近的环境里生活才在继续；而所有那些我离开了的地方，也同时被生活抛在后面。

我不是真的这么想，当然，我从来就没动过这样的念头，但是我内心深处有一种感觉，就是我一旦离开某地和那里的人，它们就都死去了。因此我所写的不是他们，而是关于他们的记忆。我根本没有意识到，就在我书写他们的同时，他们还正当地存在着。

这一次，这些事具有了我从来没体会过的分量。现在当我体会到它时，它又矛盾地不复存在，就好像我的生活和我这个人早就被注定了，所发生的一切本来也没有第二种可能。这只是我的一种感觉，但是它来得很强烈。我已到达了别处。现在是我的孩子过着由命运的分量所注定的日子。尽管我知道一切就是这样，依然很难将自己放在他们的处境里，用他们的眼睛来观看，不是以他们现在观看的方式，而是以日后他们终将会看的方式。对我来说，我们的生活是一连串日常事件，我除了老实做它的囚徒之外再不能有什么其他作为。这个时期也终将会消失，想到这点常常使我感到沮丧。只有现在我能和他们亲近，和我的孩子们，只有现在我可以用爱和亲昵淹没他们，也就几年光景——四十岁人的一年快得像火车呼啸而过，尤其和他们那慢悠悠的节奏相比——他们会长大告别这阶段，他们会长成大人,而这段塑造了他们的过去,我并没有来得及真正在场。所以，我所希望的，就是他们将在一个能温柔对待他们的世界里长大，而他们能借此独立，脱离我以及我们。

我起身走进浴室。一阵深沉的轰鸣忽然在整个城市上方响起。

“你们听到了吗？”我说。

“那是雷暴。”万妮娅说。

“该从浴缸里出来了，”我说，“来吧。”

我把我那仨孩子一个接一个地抱了出来，给每人扔一条大毛巾裹住身体，用手在他们的肚子和背上快速地抹擦，然后让他们离开浴室。这样就给盖尔和尼亚尔腾出了地方。我在卧室的抽屉中找到了万妮娅和海蒂的内裤，在那小浴室里找到了约翰的尿布，给躺在床上的两个女孩找到睡裙递给她们，给约翰穿上他的睡衣睡裤。

“妈妈什么时候回家？”万妮娅说。

“明天。”

“我现在就要妈妈！”海蒂说。

“不用多久她就回来了，”我说，“你现在睡觉吧，明天去幼儿园，你们回家的时候，她就在家里了。”

“妈妈。”约翰说。

“没问题，”我说，“她明天回来。万妮娅，你能去拿一本书吗？”

我在床上坐下。海蒂和约翰在我身边坐下。雷声又响起了。万妮娅和海蒂都看着我，万妮娅在墙边的书架那儿。

“这不危险，”我说，“这声音多好听啊，你们不觉得吗？”

海蒂摇了摇头。万妮娅选了一本书，拿过来我们身边，在我后侧方坐下。

房间里的空气因为潮气而湿重。我脑袋里依然有什么在微微地撞击着。

这本书说的是一个小女孩，她有点过于谨慎，很多事都不敢做。她在上幼儿园，有一天他们一起出门的时候，她和其他人走散了，还遇到了一群狼，起初它们很可怕，树丛间一些金黄的眼睛，但是当它们来到她身边时，原来只是想和她一起玩。它们最喜欢的游戏是假装医院里的病人，这样它们就可以平躺在地上一动不动，而她在它们中间走来走去，给它们挠挠痒。第二天早上，它们跟着她去了幼儿园，到书的最后一页，她终于鼓起勇气干了一件她从来没做过的事：从一个玩具小屋的屋顶上跳下来。

三个呼吸着的小小身躯紧紧贴着我，被这故事完全吞没。天空中的雷声越来越近。雨水鼓点般敲打着露台和下面的广场。这天真，他们身上的纯洁和美丽。

我站起身来。他们还要听更多，我说一本已经够了，时间晚了，她们必须睡觉，明天还要早起。我抱起约翰，把他放到床上，举得高高的假装失手松开了他，然后又接住他。他笑着说，爸爸。我说不，转过身来让海蒂爬上自己的床位，万妮娅在自己床上躺好，然后我会给她们挠痒痒。

我给海蒂唱起一个巫师哄他的孩子们睡觉的歌，给万妮娅唱了首小歌鹩，给约翰唱了那首航行没风。他们显然都很累了，但是也有点小亢奋。

“可以让门开着吗？”万妮娅说。

“当然可以。”我说。

“如果闪电打下来到我们这儿，会发生什么？”她说。

“这不可能的。”我说。

“我们会死吗？”她说。

“不，不，不。首先，这不可能发生，因为闪电总是去打最高的点。这里什么房子是最高的？”

“酒店？”

“对。因此，如果闪电打下来，它会落在酒店上，而不是我们这座房子。而酒店里有避雷装置，所以不会有什么危险。”

“但是，如果呢，”她说，“我们会死吗？”

“不会。绝对不会。这里安全得很。现在好好睡觉吧，小精怪。我们明天要早起。”

“晚安。”万妮娅说。

“晚安，万妮娅，”我说，“晚安，海蒂。”

她什么也没说。我走到她的双层床前，低下头看她。她已经睡着了。她有时会这样，顷刻之间就睡着了。

我抚摸着她的头。她微微地打着呼噜。

“晚安，约翰。”我说。

“晚安，爸爸。”他说。

“海蒂打呼噜。”万妮娅说。

“显然是这样，”我说，“她睡得很好。你也应该这样。”

“但是她打呼噜！”

“别去想它，这样你就听不见它了。”我说，走了出去并把门关上。

“爸爸！”万妮娅喊道。

对哦。

我又打开门。

“我只是忘了，”我说，“现在睡吧。”我让门开着，走进了一个厅里。听着盖尔在另一个厅里的声音，我打开通往露台的门，在那里的椅子上坐下。

哦，空气冰凉甘美。

一道闪电穿过深灰色云层斜冲下来，又消失了。我点了根烟。一道新的闪电，这一次冲着南面，从空中刺下。雷声开始滚滚向内而来。雨点儿砸下来，在下方六楼的油毛毡篷布屋顶上碎成白色，也砸在对面房子的屋顶上，像是又溅上去了。新的雷声，这次在轰鸣之外似乎又添了裂开或者吱吱嘎嘎的声音，这声响如此之高亢，响彻整个城市上空，以至于没有任何其他声音能和它相比。

真奇妙。

我深吸气，把两腿架在栏杆上，凝视着外面。几道闪电穿过云层。一会儿冲着南面，一会儿冲着北面。

奇妙。

我身边的门开了。盖尔探出脑袋。

“你要来一瓶啤酒吗，还是别的什么？”

“这主意不坏，”我说，“但是就一瓶。”

“如果我想喝两瓶我就会说两瓶。”他说着关上了门。我站起身跟着他走进去。

“但我得先给琳达打个电话。”我说。

他点点头，打开冰箱门。我朝镜子走过去，拿起放在下方台上充电座上的电话，拨了她的号码，然后往旁边迈了一步，好看看孩子们的房间。万妮娅侧躺着，抬头看着我。

“你在给谁打电话？”她说。

“你还不睡？”我说。

“我睡不着。”她说。

“是因为雷声吗？”我说，同时琳达的声音在另一端响起。

“你好！”她说。

“嗨，”我说，“都还好吗？”

“一切都好。家里怎么样？”

“都好，”我说，朝卧室走去，“不管怎么说，孩子们都好。海蒂和万妮娅都和尼亚尔玩。”

“真好。”她说。

“这边真正是电闪雷鸣，”我说，“天空都是闪电。”

“太棒了，”她说，“你和盖尔也还好吗？”

“是啊，我觉得。我们去社区园圃转转，然后一晚上都在这儿。孩子们泡浴缸了，海蒂和约翰睡着了。万妮娅还醒着。他们很想你。”

“我也想他们！”

“你明天就回来了。”我说。

“是啊。”她说。

电话里安静下来了。我把被子折起来推到墙边，背靠着它在床上躺下来。一阵新的雷暴响起，这一次更近了。

“你听到了吗？”我说。

“没有，”她说，“是什么？”

“雷声。就像孩子们说的，Åska。我刚来瑞典时还以为这说的是灰，尤其是火山爆发后那种。这个听起来确实戏剧性强多了。”

她笑了。

“我想你。”我说。

“真的吗？”她说。

“真的。不过你明天就回来了。”

“是啊，”她说，“盖尔那边怎么样？你们在干什么？坐着聊天？”

“是。”

“聊什么呢？”

“什么都聊。聊了很多我叔叔的事。”

“你又收到他的信了？”

“是。一封很长的信。他威胁要告我。他说他可以证明我撒谎了。我不知道怎么去考虑这事。我真的不知道他说的是不是对的。就是关于我夸大其词，这些方面。”

“但这只是本小说啊，卡尔·奥韦。”

“没错，但它的立足点就在于它应该是真实的。”

“你和他也不一定会有相同的经历感受。”

“不一定。但是那立足之处不在这儿，在事实里。而且扎得比这个更深，必须如此。我没法解释这个。但是这就是地狱。然后我开始害怕其他所有我写过的人。比如，你。”

“这肯定没有问题。这方面你什么都不用担心。”

“你现在也不知道。”

“知道啊，我想我大概知道你对我和我们之间的看法。当然，不是所有，也不是很具体的，但是大部分都知道。”

“比你想的情况更糟糕呢？”

“我可以忍受。只要写的都是真的，就这样。”

“是的，我希望你是对的。然后还有你母亲。”

“那也没有任何问题。”

“确定吗？”

“当然确定。她可以的。这点我知道。”

我站起来，打开通向露台的门，让它半掩着。那新鲜的冷空气立即进入了房间。雨水敲打着露台上那些船甲板模样的木板。

“你在外面吗？”

“站在卧室到露台的门边。你那边天气怎样？”

“天气很好。天空一片蓝。我们一整天都在游泳。我躺在一个阴凉的地方读书。”

“听起来真好。”

“但是我想你们。”

“这真神奇，”我说，“然而你不在这儿的时候，他们总表现得好一点。确实，他们不那么磨人，也不那么打来打去了。同时他们也不那么开心了。这点我敢肯定。他们只是在忍受我，从某种意义上来说，他们知道自己怎么回事，也知道有什么规矩，但是你所具有的那些，那是他们想念的。不管我是好说话又亲近，还是严厉又冷漠。那种亲密是不一样的。”

“这应该是好事吧？”

“是。但这就是挺神奇的。他们有所保留。不是约翰，而是女孩子们。我承担了这个角色，我觉得这是必要的，但是我得到的回应和你得到的不一样，要少一些。”

“我有时会希望我能有更多这样的时刻。我在的时候他们全朝我扑过来。想牢牢占着我，什么时候都这样。他们唠叨个没完没了。你带他们时就能坐下来看报纸。我就不能。他们会在我身上爬来爬去。”

“这个的确和边界有关，这事。”

“我精神好的时候，这都没问题。我精神差的时候，可能就难以忍受了。”

“我知道啊。我也住这儿。”

“但是我们别说这个了。他们现在都睡了？”

“我说过了呀。万妮娅没睡。”

“是这样。”

“你想和她说话吗？”

“不，她该睡了。”

“那你明天什么时候到？”

“应该是下午。我想三点或者四点。”

“那时候克里斯蒂娜也到了。我打算吃虾。可以吗？然后配白葡萄酒？”

“当然。”

“那我们到时见。”

“到时见。我爱你。”

“爱你。”我说，关上通向露台的门，手上拿着电话沉入床里。

现在我除了想和家人们在一起以外什么都不想要，在这里过日子，这愿望如此强烈，以至于我满心不耐烦，好像马上就来不及了。

我站起来，将手机放在充电座里，去洗手间，小便，洗手，发现洗手池边的钩子上没有挂着毛巾，走进卧室，从床边一堆堆到大腿高度的干净衣物里捡起一条，擦干了手，把它挂在厕所里，然后走到露台上，盖尔已经坐在了我的位置上，我拿不定主意地盯着他看了几秒钟。

“有什么不对吗？”他说，“你的啤酒在桌上。”

“没事儿。”我说，在另一把椅子上坐下。我这个人就是如此被习惯所束缚，以至于似乎从那一刻开始一切都错了。我只是靠意志力才让自己坚持坐着。这不是什么大问题，但是也一样，我要战胜内心某些东西才能让这一切照常运作。

闪电在天空中分岔，然后消失。我数秒，直到雷声响起。没有等太久。

雷声听起来几乎像山石滑坡，一种咆哮，是我在期待的那种不规则的声音，因为人的本能无法理解这种噪音并非从任何材料中生成，而是一种自然存在。

“你像平时一样开朗。”盖尔说。

“现在连你也批评起我来了？”我说。

他笑了。

“不，真的，我过来是为了安慰和鼓励你的。”

“你的话听起来好像我只有七岁。”

“这和真实情况也不差多少。我从来没有见你这样失魂落魄过。你完全垮掉了。因为你叔叔生你的气。这对我来说很难理解。我从不在乎别人生不生我的气。这是你们的事。我得说，你太把这当一回事了。”

“你像大象的地方不仅仅是你那长鼻子。你们的皮肤也差不多。”

他笑了。我点着了烟。他在这儿还是很有帮助的。

“九十年代在南非出现了大象问题，”我说，“不知道是因为它们数量太多了还是什么原因，不管怎么说当局采取了一个行动。他们把所有成年大象都射杀了，捕捉了它们的孩子并转移到该国另一地区。那些大象现在已经是成象了。它们有严重的创伤。有侵略性，会伤人，很不友善。它们身上有创伤后应激障碍的所有症状。也就是说它们很敏感。它们看着父母被杀，而大象在象群中一员死亡时总是会有一些反应的，它们情绪低落，会绕着死去的大象转圈，或者接连好几天躺在那里。它们具备很强的社会性。因此，当孩子们不但看到了那一切，而且被独自运到另一个区域时，它们就炸了。它们很不开心。愤怒，有了破坏性。”

“你这么说是什么意思呢？是我皮肤很厚也很敏感，还是一个有创痛的童年就决定了以后的人生轨道，不管你是一头大象还是特罗姆岛的山羊？”

“以上都不是。我刚好想到这个。这给我留下了深刻印象。我就想也许你也会感兴趣，因为你写过关于创伤后压力障碍方面的东西。”

“这对我的口味来说有点太精细了。而且我也不完全确定大象真的也因此感到痛苦是让这种现象的分量减轻了还是更重了。”

“更重了。它是普世的。”

“这么说来，这也限制了我们的行动自由。如果大象能受到创伤，那树木也能。它们抑郁地在森林里站着，因为它旁边那棵漂亮的小树在圣诞节前夕被砍下来了。另一方面，没有什么说过我们不能让这些见鬼去吧。就像尼采说的那样，同情心只会增加世界的痛苦。不再是一个人受苦，而是两个人受苦。”

“他就是嘴硬。但是归根结底，他是十九世纪最敏感的人。”

我喝了一口淡淡的啤酒。啤酒罐凉凉地抵着手指的皮肤。当我捏紧罐子时那金属随着刺耳的一声而变软。我把它放在桌上，用上一支烟燃着的烟头点了下一支烟，向后靠在椅子上叹了口气。

“又是一声你这东欧范儿的叹息。”盖尔说。

“我收到了扬·维达尔的电子邮件。”我说。

“哦？”

“他毫不介意被写在书里。”

“我想就会是这样。”

“是啊。我很高兴。”

“但这对你也没有什么帮助吧？”

“当然有帮助。它没什么分量，确实没有。但他一点都没提到不公平的事，不管怎么说。英韦也没有，到目前为止。”

“这和这个根本没关系，你知道。他根本就不想让你写任何关于你父亲的事。而且他一定已经忍了你很多年。你和你妈妈。毕竟，他这一封信里简直做了一个城乡之间、都市和农业、市民和农民阶级与贫富矛盾的社会学展示。哈特勒于家的人配不上克瑙斯高家的人，哈哈哈！谁听说过哈特勒于和克瑙斯高？谁会想到他们之间还有这些差异？哈哈哈！还有奥尔森和弗雷德里克森[1]。但这并非奥尔森本意，所以奥尔森才是奥尔森，而弗雷德里克森可就不一样了！”

“就是这样。所有家庭都有自己的情况，而虽然每个家庭都这样，但是这些到底还是各家的事。我所做的，就是让它成为公共的。很快大家都能读到它了，而这些也就不再是他们自己的。我拱手送出了这些东西。但并不是我的东西。这应该就是这事的关键所在。”

“是，就是这样。但这违法吗？”

“你是说从法律上是不是这样？”

“对啊？”

“我不知道。侵犯名誉权是违法的，但必须证明发表的东西有误。这就是居纳尔说他能证明的。如果他真能证明，而且被认为成立的话，那我就会被入罪。或者还有涉及对个人隐私的保护。但是只有在发表出来的东西所述全属真实的情况下，才构成侵犯。这一切都必须要针对言论自由和所谓的艺术自由来进行衡量。而且父亲和祖母都已经去世。这也会被考虑进去。因为在那种情况下，他是代表死者来表示受到了侵害。”

“那就假设一下，你要找证人。他也要找证人。这本该死的书将被详尽通读。审判可能要持续几个星期。报纸肯定每天都会跟踪报道。你要成为百万富翁了，卡尔·奥韦。你的书会卖得满大街都是。”

“我眼里看来绝对是全世界最可怕的事，你说出来就带上了

[1] 弗雷德·奥尔森（Fred Olsen）和约翰·弗雷德里克森（John Fredriksen）都是挪威航运业巨头，前者是家族企业继承人，后者白手起家，策略上往往针锋相对。

一种积极的调子，这事你是怎么做到的？”

“我也不知道啊？也许因为我对生活那健康、不多愁善感的态度？”

“但是，如果他能提交出证据，证明那些都不是真的，也就是说我会被入罪？”

“那就更好了！所有人都想读一本写真人假事的书！”

“严肃点行吗。因为这事确实很严重。”

“毫无疑问！但是行啊。你想让我说什么？真他妈糟！噗！你是坏人！得了吧。我们先说法理这方面。这是个灰色区域。你可能被定罪，也可能没事儿。这都是相对的。然后我们来说人情这方面。这才是让你难受的部分。你叔叔取代了你父亲的位置，你怕他。这和你自己、你的童年和你的心理状态有关，不关这小说的事。你一定要把它们区分开来。我认为你的焦虑差不多是种病态。你在某种程度上已经被毁坏了。我没有冒犯的意思！但是我就是这么看这事的。你写这个东西。它肯定有个来处。你梳理了你母亲的家庭，然后梳理你父亲的家庭。你试图去了解它。这没有任何问题。你千万别想岔了。什么都没做错。至于你觉得这是地狱，那是另外一件事了。我的看法差不多就是这样。”

“这样看也是可以的。可是一旦当它为了自己的权利而妨碍到别人，那就是另一回事了。”

“你会出这本书吧？”

“是。”

“那这样就没有什么其他要考虑了。你已经下了决心。你已经做出了选择。它妨碍了别人。但是那又怎样？你杀了什么人吗？你打过谁吗？你从什么人那儿偷过东西吗？没有，你写了某个人。你写了他们什么坏话吗？没有。你把居纳尔写得很好了。你一定要按事情的本来比例来看它们。居纳尔不是你父亲。你也不是个孩子了。”

“不是了。”

“对，就是这样。现在，给这事的安慰和支持已经够了。你还要一罐啤酒吗？”

“好，谢谢。”

他站起来从我身边走过，在这坏天气的光线里脸色煞白。雨点儿小了，越来越密越来越近地穿过露台前的空中，洒向这城市。面对狂怒本身就很让人心惊胆战，但是没有什么能比得上我再也不确定究竟发生了什么。到底什么是真的。我没法相信自己和自己的记忆，因为它被写作过程感染了。我以前就知道这一点，写一段记忆会改变它，突然间你不再能确定哪些属于记忆本身，哪些属于写作出来的内容。我不知道什么是真的。要知道这一点的话，我就得凭借外部意见来判断。也就是别人所说的和所记住的。

一声巨响在我头上炸开。

那他妈的到底是什么？

我起身走了进去。心跳快得像个受惊的动物。我从来没听过这么响的雷。闪电肯定直接打下来。

盖尔站在另一侧的客厅窗户旁边，向外看着。尼亚尔睡在靠着屋子较短那堵墙的床上，一动不动。

“你看到了吗？”盖尔说，“闪电打到酒店上了。”

“我没看到。但是我听到了。”

“雷鸣和闪电完全同步。”

“爸爸！”儿童房有谁在大喊。我走了进去。万妮娅和海蒂坐在床上。海蒂哭了。约翰侧躺着，嘴巴压在胳膊上。他的头发被汗打湿了。

“我害怕。”万妮娅说。

“我也是。”海蒂说。

“好孩子，这并不危险。”

“我不想一个人睡。”万妮娅说。

“可是海蒂和约翰都在这里呀。”我说。

“这不一样，”她说，“我想和你一起睡。”

“我也是。”海蒂说。

我看着她们。

“好吧，”我说，“你们来吧。”

海蒂伸出双手，我把她从双层床上抱下来。她们急忙跑上了走廊。当我走进卧室时，她俩已经在被子下躺好了。

“我们不想自己躺在这里。”万妮娅说，

“还会打雷吗？”海蒂说。

“也许，”我说，“但这并不危险。我马上就上床睡觉了，我也得睡了。好不好？你们能自己待几分钟，你们可以的吧？”

她们点点头。

“但是门必须开着！”万妮娅说。

“当然，”我说，“好了，晚安。”

我走进客厅。里面没人。但是通向露台的门开着，我就走出去了。

“都没事了？”他坐在我的位置上说。

“当然，”我说，在另一把椅子上坐下，“但是我想我还是一会儿就去睡觉。约翰很可能五点就起床。如果我没睡够的话，那就可能出大问题。但是当然你就请自便，在这儿坐着喝酒，一切随意。”

“这么慷慨啊。”他说。

“象人[1]就经常独自坐着。”我说。

“他头上不是总扣着个纸袋子？”

“不，不。那是顶纸帽子。他还戴着一个这样的哨子。象人来了！他出门溜达时就这么吆喝着，吹着哨子。他不管到哪儿儿都带来一片欢腾。”

“你现在上床睡觉也不是很差劲。嗯。”

“很差劲，但是我还是得这么做，”我说着站起身来，“床单这些东西你都有了吧？”

“有了有了。”

“那就晚安吧。我们起床时你们只管继续睡好了。”

“好嘞。晚安。”

我走了进去，在厨房门口停下，决定等到明天再把那些脏餐具放进洗碗机，把电话上的线拔出来，走进昏暗的卧室，万妮娅和海蒂闭着眼睛躺在那里，呼吸得均匀而沉重，像两只小动物一样。万妮娅打横躺在床上。我抱起她，把她放直了，和海蒂并排躺着。她毫无意识，自己一点都没动弹。我脱了衣服，在她们旁边躺下。她们个子小得不可思议，我看着她们时这么

[1] 他们提到的是大卫·林奇导演的电影《象人》（*The Elephant Man*）里的主角，除了患上罕见皮肤病还有语言障碍。

想着，然后闭上眼，堕入了睡眠，这睡眠内的黑夜如此广大，是的，当我们在其中时它似乎永远没有尽头，但它也永远不会比我们自身更大。

五点半没过几分钟，约翰就站在了我床前，喊着要我赶紧醒来。我穿上昨天那身衣服，跟着他走进厨房。外面太阳正在东面的坡上升起，它发出的锐利光芒直射进屋内。在这光线里一切都纤毫毕现，地板上的食物残渣，咖啡渍从右边的料理台一路洒到另一头的水槽，煮锅里泛着白色油珠的煮香肠水和上面浮着的两根煮破泡胀了的香肠。两个空牛奶纸盒，并排站着——那一包已打开的人造黄油已相当软要流出来了，比刚从冰箱里拿出来时的颜色要更黄。威塔克斯牌抹布硬得像干掉的贝壳，挂在洗涤槽两个池子中间的分隔金属缘上，仿佛原本就属于这个水槽的奇怪部件，抹布本来是白的，现在已经灰黑。玻璃杯、杯子、盘子和碗从两个洗碗池里满出到金属沥干架，像一种由玻璃和陶瓷构成的疯长的植物。水龙头后面是两个装过意大利面酱汁的空碗，红通通的都是残渣。装黄奶酪的透明塑料包装纸在漫不经心的一瞬里看起来像带着商标的那面从案板上旋转上升，朝墙那边飞去。被木头台面吸进去的甜菜汁，窗台上那些干透的植物已经死了几个月了，似乎就这样滑入室内，那派头就像没人认为它们应该被扔掉。餐桌上是玻璃杯和盘子，水罐里的水已经生满了小气泡，孩子们坐过的位置边上掉的干面包屑，装过水果的空口袋像塑料机棚那样躺在一堆图画纸、图画簿、彩笔和色铅笔之间，更不用说靠着窗户旁边那堵墙的两个书架，孩子们这些年来收集的玩意儿让它像珊瑚礁那样膨胀起来，从糖果售卖机里出来的公主或其他迪士尼角色人偶，一盒盒的彩珠，拼彩珠的板子，胶水，玩具小汽车和水彩，到拼图、摩比世界[1]部件、信件和账单、娃娃和几个里面有海豚的玻璃球，这是我们去年在威尼斯时万妮娅想要的。这个书架就是一个车站：当这些东西到达那里，它们就从路线中撤了出来，停在那里。我们还有好些类似的车站，物件的生命骤然终止于那里，尤其是在门廊那里的长凳，那儿可能像个食物的存放处，随后它被拿进隔壁的客厅，由于长凳上下方都能储物，因此乱七八糟地塞入许多我们觉得需要时买了后来却不记得曾买过的物件。那堆东西可能有一米高，三米长，那里有台灯，用过的和没用过的灯泡，蜡烛，成包的打印纸，成卷的没冲洗的胶卷，成堆的照片装在小黄纸文件夹里或散落在外，食谱，小孩衣服，冬天穿的羊毛连腿袜，单只袜子，单只手套，粉红色的凯蒂猫背心，几件T恤衫，可能都太小了，一件连帽衫，一件厚毛衣，再过去就是从宜家成批买的纸巾，花瓶，旧电脑的电线，插线板，笔和打火机，口袋书，洗过但是没有熨过的餐巾，请柬和广告小册子，周刊，没用过的星星焰火棍，一个叠起来的纸灯笼，生日小火车，标着数字的车厢里可以放上蜡烛、气球和哨子，木头玩具火车轨道的部件，一个还是两个车站或者火车头，图画簿子，DVD电影碟，CD，厨房毛巾。是的，这些东西堆成一座小山，这些东西有时候会让琳达神经质发作，是所有这些东西造成的混乱感让她忽然觉得再也应付不来。她不止一两次带着那种似乎能把所有这些都归置好的收纳

[1] Playmobil，德国产的类似乐高的拼插类玩具。

容器回家：不同箱子放不同的东西，一层放我的信，一层放她的信，分别标着我们的名字，因为她见过别人是这么做的，那些有生活秩序的人，但是这个系统过几天就会崩溃，所有的东西又如从前一样漫得到处都是。我也为此烦恼，大概每半年一次吧，也许，我会把所有这些都收拾一遍，清理那些多余的东西，而两周以后这些东西当然又会卷土重来。这就好像它们是活物，就好像它们躺在那儿，把其他东西吸附过去以不断壮大自身。

幸运的是孩子们似乎没有想到这些。他们还没有内在和外在混乱这些概念，基本上他们把世界当作一个一点问题没有的地方，我现在想，他们这么做其实也是对的。物质世界是中立的，是我们把它织进我们内在环境中，并用我们的想象为其上色渲染。是的,这里乱得很。但这是个实际问题而不是伦理问题。我们没条理但是我们也不是坏人。这不代表品格问题，我可以对自己这么说，但这无济于事，那些感觉还是太强烈了。当我从这片混乱中走过，它好像在指责我，指责我们，我们是糟糕的父母，糟糕的人。

“你觉得呢，约翰，你吃饭时我收拾一下？”

他看着我点头。我放下百叶窗，将他抱进椅子，给了他玉米片和牛奶，他看起来对此很满意，我就开始把洗碗机里的干净餐具拿出来。

“咖啡，爸爸。”约翰说。

“是啊，马上。”我说。

“不。现在！”他说，用汤匙指着咖啡机。

“行吧。”我说,煮上了咖啡。百叶窗的条纹状阴影打在桌上，它们之间闪耀着的光线有种特殊的质地，几乎在噼里啪啦作响，以至于阴影已经没了清晰的边界，而边沿处似乎已被光突破。

约翰有时看一眼咖啡机，又看一眼我，我把洗碗机清空后，又开始冲洗盘子和玻璃杯，茶杯和锅，然后再将它们放进洗碗机里，都装满以后就开机。

在走廊上响起了赤脚踩在地板格上的吧嗒声。是海蒂，她在门口停下，斜眼看着我们。

"嗨，海蒂，"我说，"你睡得好吗？"

她摇了摇头，走过来坐在椅子上。她的头发蓬乱，脸有点绷着，就好像经过一整夜不动还没有完全恢复白天的弹性。

我在她面前放下一个碗和一支汤匙，一盒玉米片和一盒牛奶。给自己拿了个杯子，把做好的咖啡倒入暖壶里，拿到露台上，在那儿坐下来，让门半掩着，点了根烟，这样我就可以听到里面的动静。面对着眼前延绵几公里的屋顶，我想起了昨晚的梦。我就坐在这儿同一个地方。天空一片漆黑，满天都是飞机。有几架离得极近，巨型喷气机，机身所有细节都清晰可见，另一些只是在星星下滑过的光。那感觉强烈又绝妙。绝妙，真是绝妙，就这样我醒来了。

我向后一靠，把双腿架在栏杆上。太阳，还是直矗在天空，已经把我周围的空气烤得热烈，光芒灼热我的脸，在窗户、桌儿表面，尤其是暖壶光滑的金属壳上闪耀。

飞得低低的飞机，通常是穿梭于建筑物间，有时在摩天大楼之间，有时是普通的高楼，这些是我经常梦到的，至少一年两次。有时我就在飞机上，有时我从远处看着它们。即使在梦中我也认为那是美丽而超现实的。我也见过飞机失事的大场面，它们从天而降，撞进建筑物或降落在一条道路上并爆炸的全过程。2001 年对世界贸易中心的攻击因此在我看来就像一个梦。在那儿所有的要素都有了。摩天大楼，那些巨大光滑的飞机，俯冲，爆炸。但是这些梦总是很奇怪地非常紧致聚焦，总是紧密地围绕着某一点，所有情绪也同样紧密地和这一点联系着，但在现实世界里这一事件则完全敞开着，弥散着，使人得以与之保持距离，同时也与之保持关联。

恐怖分子真正的工作是渗透进我们的潜意识。这一直是作家们想要做到的，但恐怖分子先行一步。他们是我们时代的作家。这是唐·德里罗[1]在 2001 年 9 月 11 日之前很多年就写到过的。他们所创造的意象被传播到世界各地，对我们的潜意识实行了殖民统治。这一袭击本身的具体结果，死伤人数，物质损失，并没有什么意义。这些意象才是重要的。他们所能创造的意象越是出色，越具备符号性，行动也就越成功。对世界贸易中心的袭击达到了空前的成功。死亡人数并不多，也就是两千人，如果和 1914 年秋天弗兰德斯战役前两天的六十万阵亡数目相比，但是那景象如此具有符号性，如此强烈，对我们所起的作用也相应地巨大，甚至更大，因为我们生活在一种图像文化中。

飞机和摩天大楼。伊卡洛斯和巴别塔。

他们想进入我们的梦里。所有人都想进去。我们的内心是最后的市场。一旦那里被征服，我们就被彻底地卖掉了。

我又喝了一口咖啡，用手背擦干了嘴唇，站起来，将食指

---

[1] Don DeLillo（1936—），美国作家。著有《地下世界》《白噪音》等。

压在一边鼻孔上，让另一个鼻孔喷出一点干结的鼻屎，飞向栏杆外。

“你在光天化日下搞个人卫生，我看见了。”盖尔说。他站在敞开的门旁看着我。“真舒坦！”

“你能体会到其中妙处，很好，”我说着又坐了下来，“我十九岁时在希腊的一个海滩上就这么干来着。一个在那儿躺着的美国女孩对另一个人说：你看到了吗？真恶心！”

“她说得也没错，”他说，“不过你这儿有杯子给我吗？”他休息了一宿后声音有点沙哑。

“有啊，”我说，“厨房壁橱里有杯子。咖啡在这里的暖壶里。”

我本来想着要进去看看海蒂和约翰怎么样了，然后还得叫醒万妮娅，但我还是继续坐着，因为他一来我就走似乎有点排斥人的意思。我将暖壶推到案子的另一侧，在花盆边上摁熄了香烟，那赤陶红几乎完全被黑灰盖住了，就像遭过火灾的房子里一堵墙似的，然后把烟头塞进顶端的小孔里。但是我没把它熄干净，因为那个小孔开始往外冒烟。我想它会自己烧尽的，盖尔走出来坐下时我又点了一根烟。

“里面都还好吗？”我说。

“应该是吧。”他说，他冲着刺眼的阳光眯缝着眼，拧开了暖壶盖子，把咖啡倒进杯子里。

“你不用每次都把盖子拧下来，”我说，“你打开一点就行了。”

“你现在是工程师了还是怎么？”他说，向后一靠，把杯子举到嘴边。

“我是灵魂的工程师。”我说。

“这是我这么久以来听到的最自我感觉良好的话。”他说，喝咖啡时他把眼睛完全闭上了。当他把杯子放到桌上时才睁开眼睛看着我。“我更愿意说你是个灵魂的清洁工。”

“环卫工作，不管怎么说，”我说，“你知道这里楼下的垃圾房叫‘环境室’。灵魂的环卫工应该是最恰当的头衔。”

“灵魂的环境顾问。”

“我们就这么说定了。”

“还有，你的烟灰缸着火了”他说。

“看见了，”我说，“我希望它会自己灭掉。但是看来不是如此。”

我拿起了花盆以及沿着它厚盆壁内侧躺着的所有烟头，让它们掉到下面垫着的深盘里。其中两三个烟头冒着轻烟，我用力在盘子里摁熄了它们，然后再把花盆放回去。因为有那些烟头，花盆没法紧贴着底盘，就算我已经尽量将它归位，它底下还是不平。最后我把它搬下来，把那些烟蒂扒拉成一堆，把花盆放在另一边，用手指头把掉出来的烟头扫到它底下，这样它终于回归本来状态了。

“看来今天是个不错的天气，”盖尔说，“我们要干点什么？你有什么建议吗？”

“我们可以去个什么地方，好吗？”我说，“我送完孩子们以后。”

“太可以了。但是别去什么海滩，我可受不了那个。”

“去某个城市？隆德？特雷勒堡（Trelleborg）？”

“隆德我一直想去看看。我们可以去那儿。”

“那我们就这么定了，”我说着站了起来，在烟灰缸边缘摁熄了抽了一半的烟，“要进去给他们穿好衣服，诸如此类的。”

当我到了走廊上时，海蒂已经站在壁橱前的一把白色儿童椅上，在最上面那一层乱翻着。她是三个孩子里唯一选择自己衣服的那个。现在她挑中的是一件蓝底有白色小花朵的上衣，看来还有一条牛仔布裙子，以及一双粉红色的凯蒂猫紧身裤。

“这几件很好看了。”我对海蒂说，她从那小椅子上下来，把双手伸进那无袖上衣的两个洞里。

“完事后把椅子搬进房间里去。”我说，朝厨房投去一瞥，那里面，尼亚尔的上半身撑在吧台上，腿在椅子上晃当，吃着麦片，而盖尔则斜靠着料理台，叉着双臂，看着他，然后我走进客厅，约翰坐在沙发上，往身边扔下一辆还嗡嗡作响的火车头，拿起来，再扔下。

“你得穿上衣服了，”我说，“你坐那儿，我去拿衣服。”

我在壁橱里找了一件黄色T恤，上面有红色瓢虫，以及一条绿色的、海盗式的裤子，裤腰有系带。去浴室里拿一片新尿布，我还在那儿用热水打湿了一块抹布，又打上了皂液，当他叉着腿站在我面前的地板上时，我用这块毛巾给他擦洗，以去掉尿片带来的那种微弱而刺鼻的尿味。那种气味被污名化了，只属于那些不讲卫生的家长带出来的孩子。干完这事后，我又走进去，把尿布扔在洗手池下面的垃圾桶里，拿了条毛巾出来给他擦干，穿上尿布和衣服，梳顺他的头发。

“行了！”我说。

“糟了！”他说。

“你今天可以穿凉鞋，天气这么好，那你就不用穿袜子了。”

“我要穿！”他说。

我走进他们的房间，开始在五斗柜里找两只一样的袜子。那里躺着也许四十只袜子，而很神奇的是，几乎没有两只一样的袜子。我把它们都拿出来，在海蒂的上铺摊开，就好像它们是桌子上的货物，而我是小贩，然后开始系统地把它们梳理一遍。黄色，绿色，蓝色，红色，粉红色，紫色，绿松石色，棕色，白色，黑色，灰色，橙色以及这些颜色之间所有微妙的中间色。条纹，点点，花朵。有些有汽车图案，有些有兔子，狗或猫。但所有的都是单只。只好走进卧室去翻那里的衣服堆。袜子总是在最底下，它们从其他较大件的衣服之间滑下去，好像有意识朝地板方向运动那样，我又发现了五只袜子，把它们拿回他们的卧室，看看在那儿的袜子有没有能配对的。运气不错。有了一对紫色袜子。尽管照我看来它们对于约翰绝对太女性化了，但我还是把它们拿过来套到了他的脚上。

我找了一件深粉红色的长袖衫，胸前有个长发大眼睛的独角兽图案，还有一条薄荷绿色的薄棉裤子，然后把它们拿进卧室，万妮娅还在睡，被子盖了一半。能看到她那小小的蜷起的脊背上，脊柱在皮肤下微微隆起，清晰可见。脊背最上方的肩胛骨微微外拱出在那服帖地盖着头和脖颈的金发两边，那金发的质地和皮肤迥异。你会想到，它和身体其他部分之间的关系就像花冠和花茎。

我把她抱到我的大腿上。她的皮肤暖烘烘，只有在整夜睡眠后才会这样。我张开双臂抱住她，用手撑开长袖衫，套过她的头。她把手伸进袖子，扭动着让它就位，把叠在一起的下摆拉过肚子。我把裤子套在她腿上，先套一条腿，然后另一条，然后拉过髋部，到那儿的时候她抬了一下身子，让我能把裤子套上臀部。

“好了，”我说，“我们出门前要不要给你拿上一个三明治，你可以在路上吃？”

她摇了摇头。

“一个油桃。”她说。

“但是我们没有那个，”我说，“一个苹果。”

“好吧。”她说。

我跟着她穿过走廊。沿着那整面墙都是柜子，淡棕色和把手都属于五十年代。有几格装得太满了，以至于一打开衣服或鞋子就会掉出来。宽松的连体衣，靴子，厚毛衣，冬天用过的东西都堆在这里，此外还有平时很少用到的其他东西。帽架下挂着的夹克背后，靠墙有一些挂钩，上面是我们所有的背包和口袋，过了这些年它们已经积攒到了相当的数量和一定的种类，以至于它们只能堆着而不是挂着。在孩子们光滑的小背包里还有放着食物的盒子，我们忘记清空它们时，它们就慢慢长霉，腐烂，而这个，在这所有层层人造物下，有机物遵循着有机物的法则，就好像自行其是而不用与其族群联系，是让我非常着迷的事，不管怎样，在这些盒子被发现后，里面东西被倒出来，塑料表面被仔细清洗，这事让我着迷。地板上，主要是靠着墙那边，一边是整排柜子，另一边是镜子和一张长长的白色台子，下面躺着玩具和娃娃，随机得就像飞机失事后散落的物品。一般我会在客人来之前清理整个公寓，但是现在来的只有盖尔，我就没这么做。此外我当时状态也很失常。但是今天琳达和克里斯蒂娜要到了，所以我可能得干起来了。我这么想着，跟着万妮娅走进厨房。从我们起来这段短短时间里太阳一直在升起，往远方移去，不再直射着厨房了，而是斜斜地照在料理台和洗碗机贴着的那面墙上。万妮娅走过去，打开橱子，从我们放水果的绿色塑料篮里那些大红苹果里拿出一个，递给了我。

这是一个蛇果，可能经过基因改造，因为它白色的果肉在空气里永远不会变棕，而我小时候的苹果总会变棕，而且它们似乎永不腐烂。这点挺吓人，和我关于对错的观念完全不同。可我还是买了它们，这和蛇果在我少年时是一种奢侈水果有关，是极其特别的东西，通常只有在圣诞节时我们才买，那时节它们在果盘里闪闪发亮，红色又神奇，同时又硬又脆而多汁，没有任何苹果能赶得上。

“我拿着它干什么？”我说。

“标签。”她说，把手指放在带有水果公司商标的小贴纸上，白底上有红黑相间的小瓢虫。

我拿起苹果，用指甲去刮那贴纸，但是指甲太短了使不上劲，所以我不得不把指甲按进苹果皮里，然后抠出那一块以把标签弄下来。

“你弄坏它了！”当我把苹果给她时，万妮娅说。“我想要个新的！”

“不行，别想！”

我的反应是如此坚决，以至于她立即就屈服了，把苹果放在桌子上，大步走了出去。我跟着她，不过当她走进儿童房时，我走进了客厅，海蒂坐在沙发上画画，约翰躺在沙发上，双脚放在靠背上，盯着天花板看，尼亚尔蹲在地板上，把布里欧铁轨一条接一条地铺向远处。我估计盖尔在另一个厅里，走到推拉门边，朝里看去。他站在书架前，手里翻着一本书。

“你找到了什么？”我说。

“一本关于乔伊斯的书。”他说，朝我扬了一下封面。

“哦，这本，”我说，“那是有个在的里雅斯特认识乔伊斯的人，一个船长，我想。一点儿都不文人，我模糊记得。他们成了朋友，后来他就写了一本关于他的书。”

我转身看向海蒂。

“我们现在该走了，”我说，“出来穿上凉鞋。”

“尼亚尔也一起吗？”她说。

我摇了摇头。

“他现在放假呢，对不对，尼亚尔？”

他没回答，用他那棕色眼睛有些迷惑地看着我。

海蒂站了起来。我在走廊上跟着她，先给她刷牙，然后是万妮娅和约翰，再和尼亚尔和盖尔说再见，走进了过道，不能说邻居们没有想法，我猜测，因为我们进出时孩子们的音量总是很高。声音沿着楼层之间砖墙一路弹射。我自己在下面一楼等电梯时就经常听见他们在七楼的声音。

现在挪威人一家要出门了，他们可能这么想。他们今天出门可是晚了。或者，又是那该死的挪威人和他的孩子们。

在幼儿园门口万妮娅输入了密码，我打开门。已经来的孩子们骑着三轮车，工作人员坐在长凳上。海蒂紧紧搂着我，胳膊圈着我的腿。

“我现在得走了。今天妈妈来接你。”

“妈妈？”海蒂说。

我点了点头。

“还有，今天星期五。所以你们会有冰激凌。”

我举手和工作人员打招呼，按下开门钮，打开大门，沿着刚走过的同一条路走回去。

阳光下很热，但是在我穿过的大片树荫下，空气凉爽，带着潮意，就像秋天提早到来了，决定在此等候，不要打扰夏天，这四季中的主人。

我在家之店那儿向右转，走进那自动滑门，抓起那两个入口闸外的一个购物筐，入口闸自动打开了，我向水果区上的显示器看了一眼，我的形象在那儿出现了，正抬头看着右边，这是海蒂和万妮娅从来理解不了的事，为什么她们直视着屏幕，而屏幕里她们的眼睛却朝侧面看？万妮娅和海蒂能在超市里这个地方一直站着，甚至跳舞，而约翰会从童车上朝自己挥手致意，就好像我们是那种巡游马戏团似的。我用一个塑料袋装了些西红柿，这些塑料袋并非全透明，更偏灰色，就像里面装满了烟雾。西红柿来自荷兰，还带着绿色枝蒂，和隔壁密密麻麻放着的瑞典西红柿截然相反，红光亮圆，没有茎也没有枝蒂，可能就是这一点让荷兰西红柿每公斤贵五克朗吧。我把袋子放在购物筐里后，又在它旁边放下一盒包装好的黄瓜，走向奶酪区，在便宜的普通丹麦古达奶酪、琳达喜欢的瑞典格雷夫奶酪和挪威芝亚奶酪之间摇摆不定，挪威芝亚味道和格雷夫味道差不多，价格却贵出几乎两倍。我想，我们有客人来，这时候节省是图什么呢？再说小说的预付稿费就快到了。四十克朗能有什么差别？

我把挪威芝亚奶酪放进购物筐，继续向面包区走去。它是这商店里最大的区域之一，面包种类介于五十种到七十种之间，甚至可能更多，都躺在架子上，架子们矗立着像地上的岛屿。在瑞典，面包都已切好片，装在塑料袋里。保质期很长，但都软塌塌的，缺少了新鲜面包那种酥脆和特有的美妙口感。但是在这里，除了带塑料包装的面包，架子上还有一层新鲜面包，它们的名字大多指向更简单、更自然的存在，几乎所有面包都带有“乡间”、“乡村”或“农夫”之类的字眼，这些名字也强调了谷物成分种类，这与那些有塑料包装的切片面包截然不同，后者更加强调“体能”、“能量”“健康”之类的字眼。在我的少年时代，那年代在我孩子们看来已经很遥远了，就像我父母生长的五十年代对我来说一样遥远，面包装在纸袋里卖，它的质感和口感一天一个样，从第一天晚上的十足新鲜好味道，外壳酥脆，面包屑也柔软温润，到两三天后的干硬外壳，以及这之间面包各阶段可能有的口感和质地。我见过许多其他家庭把面包单独放进一个塑料口袋，这能让它的柔软更为持久，但壳就再也不脆了。我们则让面包待在原本的纸口袋里；这样它的外壳就一直是脆的，而柔润却消失了。那时没有很多不同类型的面包，我能记住的有五种：克奈普面包、粗麦面包、维滕贝格面包、白面包，然后是一种在我八岁或九岁时引进的面包，也就是格雷厄姆面包。就是这些。

我已经成了那种属于过去年代的男人。时间过得真快啊，我想着，转向放着新鲜面包的架子。他们七个小餐包卖十克朗，我拿了一个装法式面包的纸袋子，放进去七个小餐包，把袋子口卷好，放进购物篮里，继续朝乳制品柜台走去，顺路拿了一袋咖啡和 1.5 公升装的百事极度可乐。

我还记得当时去买面包的那家超市。我记得它外面看起来是什么模样，里面又是什么样。我记得它建起来的时候，开始是在离我们房子几百米开外的公路边铸起的巨大混凝土平台，那商店就从那上面一点点升起，它的名字骄傲地出现在侧面，就像船只上那样：B-MAX。在我们口中说来就成了“北超（bemax）”，它享有和附近其他地名同等地位，如“于贝湾”，“大山”，“大街”，“耶尔斯塔岛”“浮码头”“桥”。即使后来商店改名了，它依然被称为北超。这是我人生里的第一个超市；在那之前什么都没有。没有任何关于某个商店的记忆。它建起来时我大概五岁。天知道在那之前我父母都在哪儿购物。

北超以后又来了“柱廊”[1]，我们每半年会去那里两三次进行大宗购物。十公斤装的糖，预备秋天用来做果酱或者果汁用，为圣诞节或者暑假准备的成箱汽水，大包装的面粉，诸如此类。爸爸就喜欢这样，我觉得，他喜欢买食品，但不是在便利店里，在那儿他可能会被认出来，所以买的都是小东西，所以他把这些都推给我或者英韦或者妈妈，但是在这些市中心外的中大型超市，可以进行大宗购物，这个他喜欢。是啊，这有种富裕的感觉，也有点身为大男人的感觉，一定是这样。如果不是相反，也就是说他寻求着收集和囤积带来的安全感的话。

我停在乳制品区前，拿了一纸盒牛奶，这是给孩子们的，所以我选脂肪百分比最高的那种，也就是3.5%的，然后拿了六个一盒的鸡蛋，是“室内走地鸡”生的，我站在那儿，目光扫过其他鸡蛋包装，看有没有哪些产自“小笼子里挤在一块儿

---

[1] 阿伦达尔的家具建材商业区，名字来源于希腊柱廊 Stoa。

的鸡”，没有。我继续朝着柜台走，沿着无人光临的冷冻食品柜通道和放着洗发液的货架，经过一块小小的“有机糖果”区，走过那由亮闪闪包装着的糖果构成的炼狱，规模之大赶得上面包区。

我曾无数次地走进北超，因为那是校车站点，多年来我每周两次拿着爸爸给我的购物清单跑进那里，但是我只有一次关于那里的记忆。那一次是和妈妈在那儿。我看到一个招贴，上面有一个雀巢可可（Nesquick）的黄色盒子，也就是巧克力奶粉，只要一块钱。这么便宜，妈妈肯定同意买。它才一块钱，它只要一块钱，我说，拉着她来到挂着招贴的地方。这里写的是减价一块钱，她说。什么？我说。它只花一块钱。不是！她说，它便宜了一块钱。这两件事不一样。所以那次我没得到那黄盒子的雀巢可可。但这个情节却一直留下来了。

为什么记得的偏偏是这个呢？在那里明明发生了不可胜数的，如整个浩瀚星空般那么多的事情。

我在最左边的收银台前站住。我前面只有两个人，而且东西都很少所以他们都直接拿在手上，在一天里这个钟点是很常见的。下午的时候，商店里就挤满了人，所有人身后都拖着那种带轮子的新式购物筐。这是我所知的最悲凉的景象之一，就在人们把那筐子拖在身后这一刻，所有属于人的尊严就消失无踪了，拖着筐子而不是拎着它，这种疲弱和庸常。那一点点大、一尘不染的轮子，长长的黑手柄，后面拖着的筐子像条狗，轮子轰隆隆的动静在你还不习惯它的时候真是震耳欲聋。

我光是想到这个就已经消沉下来。

生活不是用来留意的，这就是我们奋力追求的目标，但是为什么？就是为了能在墓碑上写下："这里长眠着一个爱睡觉的人"？

我走进公寓时，四下寂然无声。有一刹那我都以为他们出去了，但我随即就听到儿童房里沙沙作响，我就猜尼亚尔在那儿玩，而盖尔坐在什么地方读书。

"哈罗？"我说。

"你回来了。"盖尔在客厅里说。

"我买了一些小餐包，如果有人想吃的话。"我说。脱下鞋子，把它们放进柜子，抓起袋子走进厨房。我看见洗碗机已经结束工序了，就把袋子搁在桌上，关了开关，打开盖子，蒸汽冲着我的脸涌出，我马上本能地后退。

我把那个大号砧板拿出来放在桌上，在壁橱里找出一个面包篮，然后将小面包倒进去。新鲜的小面包抹上黄油，放上黄奶酪，我想不到比这更美好的东西了。我的美食之道也是很淳朴。不过黄奶酪和黄油里的咸味衬着小餐包那温和的麦香，还有餐包薄而坚脆的表皮，在你咬下去时应声散落，这是我永远也不会厌倦的。所以我在切开一个小餐包时嘴里已充满了口水，抹上黄油，再放上三片厚厚的黄奶酪片。

"尼亚尔也想要一个。"盖尔说，走到桌边站住了。

"给你。"我说。

"嘴里有食物时别说话。"盖尔说。

"我有没有和你说过万妮娅做了什么错事时是怎样振振有词的？"我说。

他摇了摇头。

"她宣称那是我们的错。我们给她的教养很糟糕。这还不够，她还说现在已经太晚了。"

"她可能说对了一点。"他说，用刀子斜插在人造黄油的表面刮过去，刀刃上聚集起类似冰川底部冰碛的一堆。

"当然，但是她把这事看得这么清楚还是有点出乎意料。"

盖尔将人造黄油涂在小餐包外面，抓起奶酪刨，刨下一片。

"手指别碰奶酪！"我说。

"你说真的？"他说，"还是说有条规矩禁止这么做？"

"我这么说有什么根据？"我说，"可你才是社会学家啊。"

"那么现在我也未免太隆重地被当作了个社会学家了吧。"

"隆而重之。我昨天提了一次，现在又一次。"

"一次都嫌多。"他说，把切成两半的小面包拿进客厅。我跟在后面，把最后一块面包塞进嘴里。

"我想在我们动身前收拾一下。行不行？"我说。

"如果你愿意的话我可以帮忙。"

"好。"我说。

尼亚尔坐着，胳膊肘撑在桌上，另一只手拿着餐包，边咀嚼边看着我。

"万妮娅和海蒂什么时候回来？"他说。

"下午。三点左右，我觉得。"

"那我们干什么？"他说，看着父亲。

"去隆德。"他说。

我开始捡起散落在客厅的所有毛巾，裤子，上衣和袜子。

"我可以带着自行车吗？"尼亚尔说。

"当然。"盖尔说，他把一些苹果核放在一个盘子上，然后把塑料杯子一个插一个地摞起来。我走进浴室，把衣服塞进已经很满的脏衣服筐里。站直了。我要不要去看看地下室洗衣房有没有可用的机器？

别了，这太复杂了。

我又走了出去，把到处躺着的娃娃们收集起来，把它们放进儿童房里的玩偶床上。其中一个娃娃脸上画着蓝色道道，看起来像部落文身之类，显得挺可怕。这和它婴儿模样之间的反差也太大。我把它头冲下放好，然后将所有毛绒玩具收在一起，把它们放在海蒂床的一端；她个子太小了，还用不到床长度的三分之一。大部分是狗、猫和兔子们，但其间也混着猞猁、熊猫、狮子、老虎、鹦鹉、乌鸦、羔羊、牛、大象和鳄鱼。我把它们都面朝外冲着房间放好，有的在上面，有的在下面，这也有点令人心生寒意，也许是因为它们的凝视和沉默结合在一起有种指责的意味，或者在于这些不会动的东西通过它们的眼睛和面孔似乎在从另一端盯着我们。随后我拾起散落在客厅地板上的玩具，将它们放在圆形的棕色软凳里，里面是空心的，有一个盖子，我们用三个网格筐子用来分割它的内部空间，而盖尔则继续捡起所有他能找到的童书和杂志。

“我也想帮忙。”尼亚尔说。

“你可以把走廊上的玩具收拾起来，放在……哪儿？”盖尔说，看向我。

“放在一个筐里，我给你。”我说，拿了个筐放在走廊的地板上。但是在往里面放了几件玩具后，尼亚尔就开始拿着它们玩上了。盖尔一只手拿着一对紫色塑料鞋走过他身边时揉了揉他的头发，我看到了，往旁边一步让他经过，随后清空了厨房里的洗碗机，里面的热度几乎完全从瓷器表面消失了，却还能从金属餐具上感觉出来。

“事情看起来总比实际要糟。”我对盖尔说，他站在门口，看起来有要求更多任务的意思。

“我认为混乱所造成的印象与混乱本身似乎很一致，”他说，“但这可能是因为我们家里从来不乱。我总是第一时间把所有东西都放回原位。它绝没机会发展壮大。”

“我倒是想这样，”我说，“但总有什么阻碍着我们。根本就没有可能做到。”

“我喜欢这里的样子，”他说，“乱糟糟的自有种放松的感觉。”

“只要乱的不是你家。”我说。

“没错，”他说，“克里斯蒂娜说过我必须要身边乱糟糟才能把事情做了。就像伊拉克战争。它的混乱已到达它的极限。然后我就可以动手清理了。”

“这个理论还不差。”我说，关上装玻璃杯和瓷杯的壁橱，打开旁边那扇橱门，里面放着盘子。“你完全没有内在的混乱，因此你得有外在的混乱。我内心完全混乱，所以我必须有外在的整洁。但是这点我依然做不到。”

“你再创混乱，我则再创秩序。我们的几何属性和心理属性半斤八两。”

“是的，”我说，“但你这么说是不是表示现在客厅和走廊上已经彻底整理好了？”

“还没有。我就是不知道那些杂物都该放回哪儿。”

“放在你顺眼的地方就行。然后我们就可以上路了。”

我把所有瓷杯、玻璃杯、盘子，刀、叉和汤匙都归置好，把要洗的东西又装满了机器，把清洁粉倒进小盒中，小盖拉过来扣上，关上机器，启动六十度程序开始洗。之后我走进客厅，从门后那块地方拿出吸尘器，把电线拉出来，将插头插进插座，开始干活。吸尘袋满了，所以它几乎没有吸力，比灰尘和头发重的东西我必须将吸头贴上去才能把它们吸走。拼图塑料珠子，面包屑，纸片，一两个小润喉糖片，小到看不出来是什么的小球和小块。贴着墙有个小爬虫在疾行，在瑞典语里叫“银鱼”（silverfisk），我不知道在挪威语里它叫什么，也不觉得在搬到这里之前我见过这种东西，但是也不确定，一种只出现在这里的昆虫，这听起来有点怪异。它们像一条长着脚的小尾巴，非常小，它们生活在一切能躲藏的地方：衣服堆，床架子里，毯子，脏衣服篓里。如果我晚上进浴室，就可能在地板中间看见它们，浅色的地板格上的黑，疾行去最近的藏身处，比如沿着墙面贴的踢脚线。我看见的话就会把它们杀死，但显然他们是除不尽的，因为我从来没觉得它们在数量上有所减少。

《银鱼》（*Silverfiskarna*），威廉 · 莫贝里 [1] 的一本小说。

我把吸尘器的吸头塞进沙发底下，来回拖动了几次，然后是桌子下的区域，这里才是我真正要打扫的地方，因为孩子们每天在那里至少吃一顿饭。这里吸完后，我吸了门槛边的碎屑，又把门后吸了吸，随后关掉吸尘器，拔出插头，然后就是吸尘这个活最爽的倒带时刻，按下那个键，让电线像一路狂奔那样被扯进机器里面。

---

[1] Vilhelm Moberg（1898—1973），瑞典记者、作家、剧作家和历史学家。

“收工了。”我喊道，把吸尘器放回原来的地方。

盖尔从儿童房里出来了。

“我们收拾完了？”

“这样就行了。我们待会回家后可以再稍微收拾一下。”

“没这个必要。现在看起来就很好。那我们走吧？”

我点了点头。

“再查一下电子邮件就好了。”

在盖尔身后尼亚尔蹑手蹑脚地走过来。他用尽全力给了他屁股一拳。盖尔猛地一转身。

“你这小野孩子。”他说，朝他走去。尼亚尔乐不可支，上半身都蜷起来了。“我抓到你了。”盖尔说，我走过他们身边时他正好用胳膊抱住了尼亚尔，我走向最里面第二进过道，靠墙摆着我们所有的沙滩用具，一把绿阳伞、两个野营椅、一张太阳床、装着戏水玩具的篮子，还有我们的两个大手提箱，一个是硬的塑料的，一个是软的纺织面料的，分别是灰色和黑色，还有我们的两个晾衣服架子，叠起来斜靠在墙上，上面还垂下黄色和绿色的手巾，是上周末游泳使用过的，孩子们的沙滩衣也这么挂着。卧室里也是同样阴暗，空气不太流通。所以我打开通往露台的门让它半掩着，然后坐下来打开电脑。我等着机器启动时，听着他们在里面大喊大笑大叫，我瞪着百叶窗却视而不见，我想的是居纳尔，想着琳达要回家了，我一定要记住回家前找个什么地方买白葡萄酒。

就这样。

我打开了电子邮件页面。

居纳尔。

我该等等吗？是否应该等等，避免破坏今天一整天的心情？

就算不打开，我肯定也不会去想除此以外的第二件事。

我打开电子邮件，开始阅读。

他的落款还是“你父亲的兄弟”。

我坐那儿一动不动良久。

“你走不走？”盖尔在走廊那儿大喊。

“快了，”我答道。甚至都没法提高音量，“我收到了一封新邮件。”

他的脚步声过来了。

“你说什么？”他说。

“新邮件。”我说。

“居纳尔的，我估计？”

我点了点头。

“我可以看看吗？”

“请便。”我说。

他站在我身后看完了。

“那我们走吧？”他说，“你不能让这事把你压垮了。那里也没什么新内容。”

“没有。但是他写到已经联系了律师。而且还用了‘报仇’这个词。”

我站了起来。

“你真把这事往心里去了。”盖尔说。

“当然。”我说。

“得了得了，”他说，“现在我们开车去隆德。”

“我只要先和英韦说一下。”我说。

“行。”盖尔说，然后跟着我走到门口，尼亚尔在那儿站着，手放在门把手上，看着我们。我从充电座上拿出电话，边往外走边拨英韦的号码，铃声响起时我正好打开了通往露台的门。

“哈罗。”英韦说。

“你收到电子邮件了吗？”我说。

“收到了，”他说，“我现在正坐这儿写回信。”

“你要给他回信？”

“是的。”

“你确定这是个好主意？”

“听着：他对我提出了很多指控。他做的事完全不讲道理。所以我想给他回信。”

“你觉得你回信能达到什么目的？”

“不，我不知道。但是我必须说他过界了，而且这样做是有后果的。他不能想说什么就说什么，就算他很愤怒。我不是你。妈妈也不是你。”

“我对把你拉进这一锅粥里深感抱歉。”

“你所做的事错在让他有这样的反应，而并不在于让他跨线踩到我们这边来。他反应如此夸张也不是你的错。”

“但我还是很抱歉。”

“我们失去了一个叔叔，就是这样。”

我走进去，将电话放回充电座中，看着盖尔，他坐在一个箱子上，要么就是我们放在那儿的什么东西。

“我只要再看一遍信就好了。”我说。

“你不需要看，”盖尔说，“行了，我可不想在这儿坐上一整天。信你已经读过了，回答我！”

我没回答，走进去又在屏幕前坐下。

“我们现在走了！”盖尔在外面喊。

“就来了。”我说，关上电脑，站了起来朝他们走去，他俩已经站在电梯前面等着了。我穿上鞋，去书房里拿了墨镜，估计我们可能要经过后面小路，又进了厨房。

“你现在要去哪儿？”盖尔在我身后喊。我没有回答，把垃圾袋从水槽下柜子里的垃圾桶中拎出来，打了个结，另一只手拿起靠着墙放在一份报纸上的满满的垃圾袋，走出去到了电梯前。尼亚尔穿着卡其色短裤和白色无袖上衣，下楼全程他都捏着鼻子。

电梯轻捷降落在房子底层，我一手拎着两个袋子，另一只手去开门。在裤子口袋里摸索着钥匙，同时就想起我忘了锁上面的门。但是我们又有什么贵重物品呢？三台电脑，仅此而已。电视还是八十年代的，会拿走它的小偷得是个怀旧的人吧。

“怎么？”盖尔说。

“就好了，”我说，“等一会儿。”

最后我摸到了钥匙扣上的一个钥匙，把它从裤子口袋里抽出来，把钥匙片在锁盘上一滑，锁盘闪起绿光发出哒的一声，锁开了。我所余不多的耐性还可以支撑我再朝门走十五米。那儿有楼梯，以及又一扇门通向“环境室”。

我停下来，手按在冰凉的墙壁，也有欲望想把脸颊贴上去，如果我一个人可能真会这么做。我只是把已经吸收了墙壁凉度的手放在额头上。我又走动起来时盖尔和尼亚尔刚好在门口停下来看着我。

“不是这儿吗？”盖尔说。

“是这儿，”我说，“我用了几个星期才搞清楚下面的这些门。”

“有四个门，”他说，“这能有多难啊？”

我没回答，打开门走上楼梯。

“你们在这儿等着，”我说，“就扔个垃圾。”

这沉重金属门后的楼梯是黑色，不知道为什么滑溜溜的，也许因为垃圾袋底部蓄积起来的液体经年累月一点点泄露造成的。这里面的气息既尖锐又柔软。通风管敞着挂在屋顶下，其余部分都是墙体。我打开离我最近的垃圾桶盖，垃圾桶大到足以容纳被肢解的一整家人，我把口袋们都扔进去。我觉得恶心，全身酸痛。它无从追溯，没有任何具体根源——比如某件我做错的事——而是和什么都有点关系，我的整体情况，所以无可救药。就算我撤回那本该死的书，也无济于事。好吧，居纳尔会满意的，认为他已经让我回到我该去的位置，甚至可能以为他已经碾压了我，认为这才是正义完全得到伸张。他的主张是公平的，他的愤怒是合理的，而其中的力量使我无力反抗，它使我彻底屈服，使我分崩离析，而我和我的所有都一文不值。一文不值。就连我的孩子们也在他的狂怒中被吞噬，他们也一文不值了，因为我是他们唯一的父亲，这样一个不安分守己的人，到处惹事，从根上就没有同情心，以至于可以摧毁他人的人生而毫不自知。

当我走出垃圾房时，他们站在敞开大门透进来的光里等待着。也就是说，盖尔站在那儿撑着门，尼亚尔已经走出去到了外面的广场，广场被他身边矗立起的高楼投下的浓重阴影覆盖着。他盯着一辆正在倒车的小型白色货车。那些纸箱肯定装着给那家中国快餐店的货物，快餐店的侧门在那儿，送货的正用力敲着它，用的是挂在那显然就是作此用途的一条金属，之后，如果他走运的话，一两分钟后会有个工作人员出来。成箱的汽水、罐头和面条。

尼亚尔跑过广场，到了被阳光热乎乎亮晶晶照着的人行道上。

“小心！”盖尔大喊，“现在别跑到马路上！”

尼亚尔看着我们，好像他被小瞧了似的。

“我没想去！”他说。

“没有，你没有，”盖尔说，“所以你没想那么做。只是看起来要去而已。”

他用手指转着钥匙扣。

“你马上要吹起口哨了吗？”我说。

“你什么意思？”他说。

“你的身体语言如此开心。”

“天气这么好。阳光明媚，我在度假。我当然开心！就算你这样垂头丧气的人也毁不了它。”

他吹起了口哨。

我们前方十五米处，尼亚尔在一辆汽车旁边停了下来，九十年代的红色萨博汽车。所以它可能在十岁到二十岁之间。我不太懂车，而且九十年代对我来说就是昨天。自它出厂以来已经过了二十年这事真让人无法理解。

“哎哟！”尼亚尔说，他把手放在车身上。

“你没有想过把车停在阴凉的地方？”我说。

“你的意思是说换了你会这么做？”盖尔说。

“如果我像你这么在意屁股的感觉，我肯定会这么做，会的。”

他笑了起来，开了车门，把尼亚尔在儿童座椅上系好，而我在灼热的前座坐下。在这死胡同尽头的停车场的三辆车后面站着一棵树，树叶在阳光下闪烁，在它的后面是联合大街，几个小时前我和万妮娅、海蒂和约翰就在那儿走过。

盖尔坐下，砰地拉上门，将钥匙插入点火开关。我系好安全带，发现了我之前放在裤子口袋里的墨镜，就把它戴上了。那就是一副宝丽来墨镜，去年夏天我们在威尼斯时我在利多超市买的，但是我喜欢它，它有种隐约的七十年代气息。万妮娅曾说我戴着它像个小偷，"你看上去像个小偷！"我也喜欢她这个说法。

盖尔把安全带拉过胸前并系好，松开手刹，挂上挡，慢慢地拐到马路上。他的驾驶风格有些不羁。并不是说他车速过快或者抢道，而是他坐在驾驶座上的动作，他要换车道时猛地看向身侧，突然地，好像刚刚想到那样，把转向灯操控杆拨上去，或者当他透过前挡风玻璃看正前方时那极目远眺的模样。我认识的大多数人开车时都是人车一体，好像汽车的各色仪表工具都是他们自身的延伸，而盖尔开车就像在操纵什么陌生的机器。

"我们往哪儿走？"他说。

"我不太清楚，"我说，"我一般就是往前开直到有路牌显示要出马尔默了。这样就可以了；高速公路是出城的，一条路总是以某种方式连接着另一条路。"

"你说真的吗？"他说，"我更喜欢知道我在往哪儿开。但是我就让恺撒的归恺撒吧。"

"你可以给恺撒蓝莓。"

"我拒绝笑。一个微笑都不会给你。"

我们驶过音乐厅,开上通往瓦恩海姆广场(Värnhemstorget)那条宽阔的有着大道感觉的马路，到处都是亮晶晶的汽车，以变幻的点反射着太阳光，以轮圈或前挡风玻璃，以保险杠或门把手。

盖尔按下了门上的一个钮，我这边的车窗降下。空气灌了进来，就像涌入一个咽喉咙中。

“它还有这么复杂的技术呢，”我说,“这到底是哪一年的？”

“2001 年。”

“2001 年？我还以为是九十年代的车。这车才八年吗？”

他点了点头。我抬头看着车道上方的标识牌。

“那边就是高速了，”我说，“只要从中挑选一条，剩下的就自行解决了。”

“哥德堡，斯德哥尔摩，于斯塔德（Ystad），哥本哈根，或者特雷勒堡？”

“随便哪条。最坏的情况也不过是调头。”

他叹了口气。

“那就哥德堡吧，如果你必须得有个名字的话。”

“那就这样吧。”

我们靠近那个大十字路口，有四条公路在这里交叉，每条都有多条车道。我看着旁边车里的面孔，看他们是怎样完全自在地处于自己世界中，就好像完全没意识到在半米之外就有他人存在，而除了透明的玻璃车窗之外并没有任何其他东西把他们遮挡住。

交通灯变了，前面的头一批汽车动起来了，几秒钟后，这流动也扩散到了我们这儿。整条车龙拐向高速公路，各个组成部分都根据自身意愿加快了速度，因此很快就散开了数百米之远。盖尔占着最里面的车道，严守时速限制，因此当道路一米一米被甩在我们身后时，不断有其他车超过我们，外面的风景也从城市几乎没有绿地的密布的楼群，转换成工业区和汽车交易中心那开阔的网状般的空地。

“我怎么说的来着？”我说，冲着那块写着距隆德出口约一千米的路牌点了点头。

“我从来没说过你运气不好，”盖尔说，“尼亚尔，你怎么样？”

“好。”

“你想去隆德吃个冰激凌吗？”

“想。”

现在我们离开乡村，先进入工业区，然后是别墅区，最后是市中心，比马尔默的市中心小得多；房屋更低，街道更窄，四下更静。盖尔的脑袋在侧窗和前窗之间来回转动，他在找停车场，希望他同时也在留意我们周围的交通情况吧。

“我大概记得，市中心有个大型停车场，”我说，“如果你沿着这条路直行，我们应该就能到那儿。”

他没听我的，而是打了右转的闪灯。

“但是那就在那儿！”我说，“你没看到吗？拐弯的地方就是？”

“这里车子禁止进入。你看到那个圆牌了吗？”

“它说的是这个意思？”

他看着我。

“你在开玩笑吗？”

当我摇头时，他笑了。

“你只学了一晚上就通过理论考试给我留下了深刻印象。但是现在我对这个有了更多了解。”

“我一直觉得我该恶补一下标志牌。但是就是打不起精神。反正我有驾照了。”

“看这儿。”他说，打了向左的转向灯，过了马路，驶上一个小而缓的斜坡，开进了一个停车场。

在一路气流翻滚后，我们从车里爬出来走入的空气就显得奇异地凝滞。就在沥青路面上方因炙热而震颤，或者一动不动，像水在湾里，像我们从那水底看上去那样。

十九世纪中叶的一天，在挪威西部峡湾沿线某个村庄里，正值打干草的季节，阳光就像此刻这样灿烂，所有人都出门打草时，一场灾难发生了。所有人都死了，没人能说出究竟发生了什么事。他们在次日被找到了，被一个本来要来叔叔这儿干活的小男孩发现了。他走进房子时四下寂然无声，他走进去，叔叔的妻子躺在厨房的地板上已经死去，面部如此扭曲以至于几乎无法辨认，眼睛凸起，鲜血从耳朵和鼻子流了出来。他跑了出去。跑上陡峭的斜坡，那里的草已经打了一半，有一群男人看上去像躺在那儿休息，这些人看来是死了，可能是突然倒下的，症状和屋里的女人完全一样。眼睛凸起，七窍流血。

那是一个小说的开头。究竟发生了什么，没人知道，几代人以后这最后就只是个故事了，而到了我们这个年代，已彻底消失。

然后它再度发生。不知道什么人，也许是小说的主人公，打捞起这段往事，并发现了其中的联系。

是。峡湾这蓝绿色水面下的巨壑，绿色的山谷侧面，色彩浓郁得不可思议，覆盖着白顶的山峰在蓝色无云的天空下。草挠在汗水淋漓的皮肤上痒痒的，昆虫的嗡嗡声。镰刀在草间歌唱，磨刀石上传来的霍霍声，感到所有这一切背后深处的寂静，就像这山，这峡湾和这天空所给予的一样。然后，灾难。

我站着凝视着下面的道路，而盖尔打开尾箱，拿出尼亚尔的黄色平衡自行车，把它组装好。我穿的黑色牛仔布裤子紧裹在皮肤上，还有双脚，就像先被那黑色不透气的弹力化纤材料袜子包了一层，然后又裹在黑色皮鞋里，现在热腾腾，被汗水弄得滑溜溜，不像身体一部分，而是在下面有了自己的生命。这两个满脸通红、汗出如浆的难兄难弟。

尼亚尔跨坐在小自行车上，两手抓着龙头，脚扎在地上。车的造型像个狮子，正面画着脸，背面画着条小尾巴。

“你的自行车太酷了。”我说。

他如此自豪以至于都不知道该往哪儿看了。

“是啊。”他最后说。

然后，他开始用腿划着走，在停车场上滑得越来越快。盖尔检查车门是不是真锁上了，将钥匙插进口袋里，然后也走了过去。

“别跑得离我们太远，尼亚尔！”他大喊，“就在人行道上。”

当他到了马路牙子边时，他一个急刹车，脚牢牢踩在地上，停了下来。

“这技术真震撼到我了。”我说。

“是啊，他可以的。”盖尔说。

“那我们现在去哪儿？你饿了吗？”

“我们能先去看大教堂吗？然后去吃午饭？”

“我没问题。”

是空气没有了。一阵轰鸣之后它就被从坡上吸走，开始是从远方来的雷鸣似的声音，越来越高，同时起风了，就在他们或惊叹或困惑地看着彼此时，一切在瞬间归于寂静。什么声音都没有了。他们互相看着，一片死寂，他们喘不上气来。他们跪下。他们掐着喉咙。体内的血液越来越猛烈地拍击着。他们的肠子拧起来了。眼睛都圆睁着。他们倒在地上，像蚯蚓一样蠕动扭曲。这一切全在静默中进行。就这样生命从他们体内一个接一个地消失，他们纹丝不动地躺着，他们所有人。所有在坡上的人，所有在屋子里的人。所有的鸟和动物。然后，也许七分钟，也许十分钟以后，空气又回来了，随着一声轰鸣，就好像一道闸门开启，水冲进干涸的河床。

但是然后怎么样呢？

在这之后应该发生什么？又为了什么？

尼亚尔骑在车上，有时在我们前面，有时在后，而我们朝着主教堂走去，它如此理所当然又清晰自明地从屋宇楼顶中升起。我们周围走着提着购物袋的人们，我们穿过一个广场，人们坐在长凳和咖啡馆椅子上，有些人前面放着自行车，大概是学生吧，而汽车在下方缓缓驶过，轮胎嘎吱嘎吱地压在鹅卵石街面上，这城市的气氛松弛而宁静，几乎就要沉沉睡去。很难想象这里离马尔默搭火车只要几分钟，那儿的生活和这里有质的不同。马尔默是个老资格的劳动城市，不是为了眼睛和头脑所建，而是为了身体，在这些长长的成排的相似的砖建筑里，以及街道上的气氛都几乎被生活及其矛盾所撕裂。隆德是一座完成了的城市，而且可能从来如此，因为它是依着一些既定的结构而建成的，也就是说，那些由教堂和大学所带来的，这些关于保有的机构，而马尔默则围绕生产而建。在隆德，城市塑造了这里的人们，在马尔默，是人们塑造了城市。伯格曼让也许是他最好的电影《野草莓》中的主人公去隆德，也许不是巧合，因为这旅程是通往死亡的旅程，因为生命是变化的，死亡是不变和不动的，在瑞典的所有城市里，隆德最接近这一状态。隆德的居民当然像马尔默的人一样活蹦乱跳，而这座城市也充满了生机。其中的区别就在于那已设定好的，那在事先就已经明晰，只需要人去遵从的东西，和那在每个瞬间创造出来的东西之间。问题在于形式和功能。

“那些住在你那个社区园圃里的人恰恰就是从这种东西里逃到马尔默的，”我们走过教堂边的广场时盖尔说，“他们在那里给自己造了个小隆德。你说这是死亡真是再确切不过了。”

“那里的人均年龄一定已经七十了。”我说。

“噢，”他说，“我真是搞不懂，你是见了什么鬼为什么会蠢到在那儿买一个过家家的小屋呢？这正是我这一辈子都试图摆脱的东西。”

“我也不清楚。”我说。

我们停下来抬头顺着教堂墙壁看上去，它罗曼式的厚重并没有像那些伟大的哥特式教堂那样向着天空伸展，它似乎除了此地哪儿都不想去，而是尽量利用自己现有的地盘。这里的区分不在下和上，而在里和外。

“很精彩的教堂。”盖尔说。

“我们要进去吗？”

“要。你知道入口在哪儿吗？这条路过去，还是怎样？”

“我们上次在这儿时是从另一边进去的。”我说。

我们继续走过去。盖尔转过身，向尼亚尔大喊，他在大概四十米外，骑着黄色狮子自行车。在另一边是个公园。绿树从绿草中升起，一动不动地站着，茂密的树冠里没有一丝风吹过。尼亚尔蹬着车从我们身后过来了。

孩子们在哪？我把他们忘在什么地方了吗？他们自己待在家里？

没有。我已经把他们送到幼儿园了。

这是昨天的事吗？

没有。绝对不是。回家后我们还打扫了公寓。当时他们不在，而是在幼儿园。

“那里有个入口，”盖尔说，“但那肯定不是大门。”

“不是，”我说，“过去年代他们一般把大门放在前面。”

“要有人被讥笑那也是你，”盖尔说，“来过这里的人是你。还有，尼亚尔！”

“在！”，尼亚尔说，现在他已经往穿过公园的道路上过去了一截了。

“过来！”盖尔大喊，“我们要往这里走！”

“好。”尼亚尔说，朝我们滑行过来。我看着这些巨大的砖楼，它们曾经是浅色，但是现在有些地方差不多已经是黑色了。在最底部也有一些发绿。

“把自行车放那儿，然后我们走进去。”盖尔说。

“我想带着它。”尼亚尔说。

“不行，小捣蛋。自行车不能进上帝的房子里。”

“不管怎样平衡自行车不可以，”我说，“如果是真正的自行车，那就是另一回事了。”

“你说什么？”尼亚尔说，看着我。

“卡尔·奥韦只是在开玩笑，”盖尔说，“把自行车放在那里，过来！”

他照盖尔的话去做了，我们走进了教堂，这里比从外面看起来的感觉要大很多，开阔很多。在这里有足够多的渴望。

我没有逛教堂的心情，只是半心半意地走着看着，过了一会儿坐在长凳上，根本没心情尝试去体会这周边的图象世界所表达的东西。盖尔和尼亚尔消失在我视线外，一会儿他们又出现了，他们走过来说他们已经下过地窖了。我出去抽根烟，盖尔还想再看看，所以我独自一人坐在楼梯上，看着公园那边，烟雾像一小团薄薄的云在我头上，我在想这个新的小说点子，它能怎样地和我已经有的那些小东西联系在一起。反乌托邦。从未存在过的世界。在由纳粹主义构成的社会秩序里长大的人。为什么是纳粹主义？不久前我看过一张照片，它来自纳粹的宣传海报，它表现的是一架桥梁穿山越谷，如此震撼，使我充满了一种神秘的渴望，让我想去探索它。去创造一个这样的世界。我马上就知道，社区园圃里那小资产阶级的可怖和那张照片太搭调了。我在《每日新闻》报上读了另一篇文章，是关于对动物的生物操纵，其中一部分写到六十年代的一个实验，一个科研团队在公牛的大脑中设置了电极，通过它成功地让公牛动起来又停住；有张图片显示了这头公牛冲向科学家，他在手里的一个箱子上按下开关，已经冲到他面前的公牛就猛地停了下来，文章另一部分写到一个正在进行的苍蝇实验，它被植入了来自鳗鱼的感光基因，这让他们能操控它的反应，哪怕做不到非常精确细致的程度：每次在苍蝇前面打下一束光，它就追着光走。这些实验所代表的东西，让人反胃，它让我内心震动。问题就在于，它属于我们的时代，在结构上、政治上、社会上、思维模式上都是如此，要是我把它放进另一个反历史的现实中，所有这些意义都会消失。也许这会成为两本不同的小说。我想，我总会搞清楚的。世界如此之大，如此多元，以至于所有这些矛盾力量同时活跃着，从来得不出尘埃落定的结果，未来是开放的，不确定的，就算日落西山，那也是对我们而言，对下一代人才不是如此，对他们来说太阳在升起。

“坐在这儿的是你吗，你这没朋友的倒霉蛋。”盖尔在我身后说。

我朝他转过身去。

“我们去吃饭吧？”我说。

他点头，我站起身来。这感觉就像腿在颤抖，但那只是感觉而已。尼亚尔过来拿自行车，一屁股坐上去的时候，我正好把烟扔进砾石里，然后我们往下走，我内心融化如糜，盖尔则大概喜悦满满，因为他又摇起了那钥匙环，试图告诉我教堂里面多么美妙。他说我没朋友，我的处境又回来了。那些可怕的信件。那些读过我书稿的律师们。等待着我的法庭审判，报纸头条。

“你看起来有点消沉？”他说。

“是的，”我说，“抱歉。我不是世界上最好的伙伴。”

“你现在连这个也要道歉？不管怎么说这是我的问题。在我这儿你想怎么沮丧暴躁都可以。它有它的价值，它也有价值。”

“不，并不是别人的情绪渗入了你，在你身上留下印迹。”我说，“无论如何你总是你自己。”

“你的意思是我皮糙肉厚。你昨天也这么说过。”

“但你就是这样啊。”

“你说什么来着，我们在那儿吃饭？”他说，冲着二十米外我们刚才走过的一条横街那儿的餐厅点了点头。

“我们可以坐外面吗？”我说，“这样我就能抽烟了。”

“当然可以。那就在广场上找一家？那儿有一些露天咖啡馆。”

我们走过去，找了个绳栏里面的桌子坐下。两张桌子外一个二十多岁的女孩和一个我估计是她妈的女人坐在一起，她可能有五十岁，除了她俩这里就再没别人了。这个女孩在手机上输入什么，母亲抽着烟看向广场。

“你要比萨还是意大利面？”盖尔对尼亚尔说，他不知道从那儿弄到了一个小汽车，在桌子边缘玩着，头靠在一只手上，肘部撑在桌上。

“意大利面。”他说。

“那就是它了，”盖尔说，“你呢？”

“我不确定。也许培根蛋面吧。”

“这个不错，我也要这个。”

他在桌子上放下菜单。女服务员来了，我们点了餐。等餐的时候，盖尔详细阐述了敏感和不敏感两个概念之间的区别。他指出了一件奇怪的事，我，这个一心要写出最真实的、写了死亡和身体的人，却没有写过性。他的意思是我太细腻了。

“我只是谨慎而已，”我说，“此外，我们文化里性的成分本来就有失比例，在我看来。”

“有失比例？”

“是。你还记得有一次你说的，那个遭遇了雪崩的人，他躺在几米厚的雪底下。”

“当然，你总能回到这件事。”

“是啊。因为他在那底下干的就是手淫。这是个很好的关于性冲动的意象。”

“因为它不论在什么条件下都会挣脱重围凌驾于一切之上？”

“不，因为它的渺小。它渺小得不可思议。一片雪海里细小的射精。性这东西所占的位置完全不成比例，我们给了它那么多空间，它使我们充满了意义，但其实它什么都不是。绝对无限接近零。”

“我可能是个傻瓜，但我不是白痴！我们在谈某个人怎么样，而不是我们希望一切该怎样。你希望生活足够伟大有意义。高贵，也许。抱歉。它琐屑苦闷。雪堆中的性高潮已经是它的顶峰。性与死亡，这就是它的所有。”

“那么，你何必还和我说话呢？你不该坐在家里手淫吗？或将头伸到一个桶中，从嘴里给自己一枪？”

“我们聊天时我经常坐那儿手淫的吧？”

“所以那些吧唧吧唧声是这么来的？我还以为是你的狗在吃东西呢。”

“我们现在也没养狗。”

“说得对，没有。真相永远另有其事。”

“这话说得对。”他微笑着说，那表情就像一个人打心眼里对自己满意，时不时地要微笑那样。

女服务员沿着酒吧柜台那边过来，两手各端一盘意大利面。

我看着桌子，那里有一篮子面包，还有一小碟橄榄油；她是在我没有留意到的时候把它们放在桌上的？

“两份培根蛋面。”她说着将盘子摆在我们面前。“你的马上就到。”她看着尼亚尔说。

“你现在先吃片面包吧。”盖尔把一片面包放在他面前。他咬了一口，眼睛跟着在桌子之间踱步的一只鸽子转动，然后看向我。

“这事关系到实然和应然之间的区别。”

“你还记得佩索阿[1]说过的话吗？‘我怎能以严肃和沉痛来对待列奥帕蒂的无神论，当我知道这无神论只需一次性交就能痊愈？’”

“是，这正是重点。我可以同意通过简化来达到某种形式的真相，但我不能理解为什么这种简化最后总要回到性上。”

“你理解不了因为你有优美的精神。你不想低俗。你不想归于身体。你知道路德写了什么吗？”

“不知道。”

“梦都在撒谎。床上的狗屎，那是唯一的真实。”

我们吃完饭后，朝植物园走去。在公园的最深处，有个小池塘，里面满是睡莲，旁边是一个小咖啡馆，我们在那儿坐下，在树下闪烁的阴影里，每人要了杯咖啡。那里有几只鸭子和它们的孩子——我和琳达今年夏天早些时候在这儿时，它们还小很趣致，现在它们已经长大了，但是还保有那种稚嫩气息，有

[1] Fernando Pessoa（1888—1935），葡萄牙诗人。

着小动物和人类幼儿所共有的笨拙，所以就这样，因为体型的关系，它们身上已经几乎有了点凶狠的感觉。尼亚尔很自然地不在乎这个，他跟着它们走了一段时间，想去抚摸它们，但是每次他一靠近，它们都会疾步走开，脑袋在相对细长的脖子上一动不动，他最后也没有了兴致，转而去把小碎石扔进水里，直到盖尔请他停止，他在桌子旁的小石头上坐下来，又玩起了汽车。

我想到了万妮娅经常问起的一件事，为什么成年人不玩耍。她无法理解我们觉得那很无聊，因此得出的结论是她永远不想长大。生活，就得是到处疯跑，大笑，玩着鬃毛长长的塑料小马和大眼睛的日本小动物，荡着秋千，骑旋转木马转圈，爬树，在水池玩水，假装是鲸鱼、鲨鱼、鱼。别坐在椅子上板着脸读报纸。或者就像现在似的，坐在桌子旁聊天不挪窝，时不时有长长的停顿，没人说话也没人做什么事。

坐在旁边桌子的人，主要是老年人，说话音量很低，时不时地有微微的叮当作响，就像叉子碰到盘子或是勺子碰到杯子，这动静片刻之后就归于死寂，在这树冠下凝滞的空气中。

感觉我们已来到夏日深处。我们仿佛身处一幅印象派绘画里之类，因为没有人比印象派画家更能捕捉这种感觉，问题在于他们到底有没有创造这种感觉。这就要说到，这种感受在他们之前的世界里并不存在，有了他们对色彩、光影的想法，他们对再现某个特定的一瞬的尝试，它才出现。这之前的绘画总是几何式地，处理的总是物体和人的实体方面，以及它们之间的交界线。这里有什么，这里的这些如何融合在一起，那儿，也就是这儿的对立面，有什么，这就是那些绘画探索的东西。

但是一个沉没在阴影里的世界，也充满了摇曳的光，一道光在哪儿滑过了另一道光，就出现了别样的问题。何为可见何为不可见，何为清晰何为晦暗，我们能见到的和不能见到的，同样重要的是，当我们出现强烈观感时那其中涌现的到底是什么感觉？没有印象派的话，马塞尔·普鲁斯特这样的作家是不可想象的，因为他所有作品都围绕着记忆与遗忘，光与影，可见与无形之间的关系，围绕着世界在他心中唤醒的强烈感受，尤其是那沉没的以及亲昵的，这就是印象派的凝视所塑形的，就算并非出于他们的创造。你看着一幅塞尚，问题在于：那儿有什么可观看的？你看着印象派绘画，问题则是：观看让你体验到了什么？令人遗憾的是，他们的激进性已经从文化的意识里完全消失了，现在剩下的只有精美的颜色和那些花朵，普鲁斯特避免了这些，因为他的精美色彩和花朵是写出来的，也不能怀疑他借着再现一个美的主题来廉价地得到美——媚俗可能就是如此。艺术变得如此智识化，所有与情感相关的一切都留给了单纯天真的人们，这也许是反对进步最好的理由，完全就因为这好像站在全人类最前沿似的态度，才是狭隘而愚蠢的，这本身就很单纯天真。人们摒弃对艺术要具备精巧手工的要求是基于这样一种观念，就是过去要尽可能精确地再现世界的要求已经被束之高阁，不再重要。所以它被摈弃了。无须太长的时间，人们就意识到了这并不是画家和雕塑家把整个至关重要、奠定人格基础的青春时光用在临摹他人作品或对模特或物品做纯机械的写生上的原因。他们这么做并不是为了忠实描摹现实，因为具备中等资质的一般艺术生很快就能达到再现现实的临界值。他们这么做是为了学习不动脑子。这才是艺术和文学里最重要的东西，现在已经没人能做到这一点了，或者根本没人知道这些，因为它已经失传了。现在人们总以为艺术就意味着理性和批评，它是关于思想的，美术学院里大家在读理论。这是退行，不是进步。

盖尔把椅子拉过去到石头子路面，站了起来。

“要给你也带一杯水吗？”他说。

“要的，好啊，”我说。“你介意帮我添一次咖啡吗？”

我举起杯子递给他。杯子外壁满是点点咖啡渍，大部分是圆的，但是也有条纹状的，我喝过的咖啡杯外面总是这样，出于某种我也没有意识到的原因。别人的咖啡杯外侧总是亮闪闪光溜溜。一定是我嘴唇的位置导致在它们和瓷器之间总有小股咖啡漏出来，但是就算我知道这一点也没法改进，不管多用力地把杯沿贴住下嘴唇，喝完咖啡时杯子外壁上总有渍。

“爸爸，你去哪儿？”尼亚尔说，抬起头来。

“就是去拿点水。”

尼亚尔站了起来，跟在他身后，把手伸进他的手里。我把手机从口袋里拿出来给琳达打过去。她立即就接了。

“嗨，我是卡尔·奥韦，”我说，“你到家了？”

“是。刚刚进门。你在哪儿？”

“在隆德。我们坐在植物园里。”

“太惬意了。”

“是的，这真好。不过你去接孩子，对不对？”

“是。我马上出门了。”

“我就是想确定一下。我们也很快就要回家了，一会儿见。”

“你买了虾和葡萄酒吗？”

“我回家时就买。”

“或者我买也一样。”

“不用，我来吧。一会儿见。”

“好吧。再见。”

“再见。”我说，按下那个红色按钮，然后将手机放回口袋，这时尼亚尔和盖尔正好从那咖啡馆所在的凉亭式的小小建筑里出来。尼亚尔用两只手握着一个玻璃杯，小步走着，肩负着一个重大任务，而盖尔一只手拿着咖啡，另一只手拿着一杯水走在他身后。

“谢谢，”我说，“既然你请了午餐，我来付水钱。”

“哈哈。”

他坐下，拿过尼亚尔端来的玻璃杯，一口就喝光了。他的脸上闪着汗水的微光。

“我们很快该回去了吧？”他说。

“是的，”我说，“和给琳达电话。她刚到家。”

他看着手机上的时间。

“克里斯蒂娜应该也快到了。等你喝完咖啡，我们就上路。”

“再抽根烟，”我说，“我们就出发。”

尼亚尔扶起他的自行车跨了上去。我从烟盒里拿出最后一支烟，点了烟，把包装捏成一团，往咖啡馆那边看过去，看那外面有没有垃圾桶。并没有。

“在这里面不能骑车，”盖尔说，“等我们出发的时候。”

“为什么？”他说。

“别人在吃饭！你也不愿意你吃饭的时候别人骑到你的食物里来吧。”

“不。”他说着笑了一下。

盖尔看着我。

“现在呢？”他说，“你怎么安静了？”

“我记得那是阿维德常说的一句话。在卑尔根的时候。你怎么安静了，你身上有屎吗？”

“我们又说到这个了。”

“是的，对不起。”

“但是我想起了我们昨天说过。关于做父亲。”

“怎么？”

“我的原则是谁最想要，谁就去做。而谁去做，谁就决定一切。尼亚尔出生的时候，克里斯蒂娜整晚整晚不睡，因为她什么都不想错过。她那时候在歌剧院有特别好的工作，她辞职了，就为了能尽量多和尼亚尔待在一起。由她来操持大部分事务不是因为她是女的，而因为这些事对她来说是有意义的。如果她对其他东西特有激情，事情就会完全不一样了。”

“是啊。”我说。

“在这事里她不仅比我走得更远，从中受益也更多。这对她来说意义极其重大。”

“我还记得万妮娅刚出生时我去马路对面还租的电影都是跑着去，跑着回来，我也是什么都不想错过。”

“但是你不能想象全职在家带孩子三年吧？”

“不能。”

“被这些柔软温暖吸进去真是太容易了，让它们成为全部也太容易了。但是这样一来我们除了柔软和温暖什么都没创造不出来。我将其视为疲软。这就是为什么我对那些没头没脑投入这一切的人只有蔑视。他们为此得到赞美，但他们真正的行径是逃避责任。更大的责任。这里我同意卡伦·布利克森[1]说的，她说你不能推着婴儿车追逐圣杯。你不能两者兼得。男性气质只有一种。男人或多或少总是男人。真他妈的。根本就没有多种男性气质。哦，我对付不了这个词。一提到它我就恶心。有些词会占据你整个身心，时间长到你难以忍受。这就是那种词。我受不了。但是这对女性来说自然也是如此。女性气质只有一种。话虽这么说，假使我们生活在六十年代，所有男人都出去工作，所有女人都待在家里，那我就很可能会愿意待在家里带尼亚尔。因为让某种普遍的意识形态和某种共识来支配我自己的生活，是我不能忍受的。”

“但是，如果真这样，那就只是一种抗议而已。我的意思是，如果你的目的只在于和其他人反着来。那你和其他人一样都是被困在其中的。”

“到目前为止你这么说也对。我收回这话。我的意思是，由其他人来决定我怎样和自己儿子相处是完全荒谬的。你知道，当我在伊拉克时，打仗的时候，当炸弹落下时，我接受了《晚报》记者的采访。你知道他问我了我什么吗？”

我摇了摇头。

“在我们家谁洗碗！你能想象吗？”

“那你怎么回答的？”

“我肯定拒绝回答啊。而且我们有洗碗机。”

“你把那个小盒子叫洗碗机？”

---

[1] Karen Blixen（1885—1962），丹麦女作家。

“你别小瞧它。就为了谁洗碗的事我们从来没吵得那么凶过。然后我们有了这机器，一切就都解决了。”

“小问题，小洗碗机。”

“他为什么问我这个问题，你觉得呢？他想知道的是，我到底是好人还是坏人。如果我做家务，我就是个好人。如果不做，就是坏人。”

“嗯，”我说，“我们动身了，好吗？我抽完烟了。”

我们起身走出咖啡馆区，穿过公园。我在一棵被砍掉了树冠的树前停下，读它旁边放着的标牌。说这棵树死于一种树木疾病，这疾病影响到了斯科纳地区所有这一品种的树。

操，确实是。

我继续前进，把他们再次带到入口处。我们沿着篱笆旁边的人行道走了一段，然后穿过马路，走上一条狭窄如画的街道，这儿有娇小玲珑的房屋，沿着墙壁开着鲜花。我们走到汽车旁边，还有那间公寓，让我内心的不安升腾起来，因为小说在公寓里等着。我抽烟，因为这是一个行动，而行动把注意力从那些念头上引开。就算效果不是特别好，不管怎样还是有点作用，总比没有好。我抽烟，目光胶着在我周遭的事物，试图去思考它，然后看了看手机，没人给我打电话。

“琳达什么时候接孩子？”盖尔说，这时停车场在我们前方大概五十米处。

“现在吧，差不多，我想，”我说，“你在想什么？”

“在想克里斯蒂娜到的时候家里有没有人。”

“但是她有手机啊？”

“是的，这倒是真的。”

“她从博斯塔德[1]坐火车过来？”

“不，我知道的是她会坐某个人的顺风车过来。”

克里斯蒂娜上过一个培训学校摄影师的课程，整个秋天都会在斯德哥尔摩地区给孩子们拍照。去年秋天她也干同样的活，那几个月赚到的钱维持了他们一年的生活。盖尔在大学里已经没有职位了，他拿了一段时间的失业救济金现在也领不到了。而他为此牺牲了一切的那本书虽然还没有完成，但是已经听我的建议寄给了一家出版社，然后是另一家，以便他们可以及早介入，但两家都把书稿退还了。我不明白他们的生活怎么过的，但他说这就是一个自律的问题。他们只在威利斯[2]买东西，大宗购买减价商品，他们买的所有其他东西，比如书籍、CD和DVD，都是他在网上耗费数小时去找到的最便宜版本。衣服这方面我不太清楚，但是克里斯蒂娜拿的是设计学位，我猜是在二手店买，然后她来改造翻新。

盖尔按下钥匙，汽车上的灯闪了一下，同时发出短促的信号音。他打开后备箱把尼亚尔的自行车放进去时我坐进了车里。我把头向后靠，闭上了眼睛。在外面的时候后备箱里倒腾东西的声音听起来是中性的，就是随便一种会上升会传开的声音，但是在车里面它听起来就不一样了，这声音就像汽车内部发出来的，属于车本身的。这区别相当大。在外面发出的让人感觉安全，而内部发出的则让人觉得无助。

车窗外的马尔默轮廓逐渐分明。市郊升起了大型住宅区，

[1] Båstad，瑞典南部斯卡纳地区的一个市。

[2] Willys，瑞典的廉价连锁商场。

在马尔默这儿常用某种黄色砖块来造房。一排排的窗子，一排排的阳台，以及它们之间的停车场和草坪。最富有的那些人住的别墅区则位于城市另一边，靠着海。这是钱可以办到的：占地广，和其他人家之间保持着距离。但是占地也不是太广，房子之间的距离也不是太宽：走到森林深处，你想有多大空间都行，到最近的邻居家之间可以隔上许多公里，但是，从来没有有钱人会想住在这里。宽敞的空间和距离只有在周边人家居住面积很小、密集地挤在一起时才有其价值。

超市，汽车卖场，购物中心，加油站，然后进入成排房屋的墙壁之间，窗口边上陈设着先是廉价和简单的物件，然后，我们越靠近市中心，这些陈设就越昂贵而稀罕。人们沿着窗户走在人行道上，汽车沿着人行道行驶，这些窗子，交通灯和斑马线，市场和露天咖啡馆，小公园，大公园，一条运河，一个火车站。大门前竖着旗帜的酒店，体育用品商店，服装店，鞋店，电器店，家具店，灯具店，地毯店，眼镜店，书店，电脑商店，拍卖行，整体厨房商店，画框店。中餐馆，泰餐馆，越南馆子，墨西哥，伊拉克和伊朗馆子，土耳其和希腊馆子，法国和意大利馆子，麦当劳，汉堡王，比萨快餐店。咖啡馆，电影院，音乐厅。剧院，歌剧院，幼儿园，唱片店，汽车站。失业登记处，床上用品商店，医院，养老院，诊所。眼科医生，耳科医生，心肺科医生。牙医，骨科，心理医生，精神科医生，管道公司。殡仪服务，建材商店，家装店，冲印店，银行，瑜伽店，啤酒馆，花店，健康食品店，游戏厅，烟草铺，户外用品店，儿童服装店，婴幼用品店，按摩沙龙，租车公司，宠物用品店，玩具商店，教堂，清真寺，学校，问讯处。植发中心，律师事务所，广告公司。发廊，美甲沙龙，药房，大码服装店，矫形鞋店，劳保服商店，园艺设备店，外汇兑换。音乐设备店，电玩游戏商店，公交卡亭，收音机，电视和音响店，热狗摊，鹰嘴豆丸子摊，箱包店。这整个庞大、细节浩渺的世界被划分为错综复杂、调整入微的系统，使一切互相区分开，首先是分成不同类别，比如说卖自来水龙头橡胶垫圈的地方不会卖吉他的尼龙弦。而卖丹妮尔·斯蒂尔[1]小说的地方不会卖丹尼尔·舍林[2]的小说，首先是这样粗略的分类，继而通过给不同商品或者服务定价值，分级的方式你在哪儿都学不到，必须得自己去掌握，没有学校或者机构会教这些，而且它还在不断变化。西装仕[3]的迈克戈登（McGordon）牛仔裤和艾克妮（Acne）牛仔裤有什么区别，或者一条汤米·希尔费格（Tommy Hilfiger）牛仔裤与一条便宜周一（Cheap Monday）的牛仔裤的区别，宾舍曼[4]或李维斯，李或者林德贝格，瑞典虎[5]还是博斯，桑德还是顶级表现（Peak Perfomance），朴尔[6]还是法客[7]，安妮·卡琳·埃尔斯塔德[8]的小说和谢斯廷·埃克曼[9]的小说并排陈列，释放出的是怎样的

[1] Danielle Steel，美国言情小说家。

[2] Daniel Sjölin，瑞典小说家，电视节目主持人。

[3] Dressmann，挪威一家平价西装连锁品牌，在北欧都有分店。

[4] Ben Sherman，英国品牌，以手工衬衫起家，主营男士服饰。

[5] 此处当为 Tiger of Sweden。

[6] Pour，瑞典男装品牌。

[7] Fcuk，英国时装品牌。

[8] Anne Karin Elstad（1938—2012），挪威女作家。

[9] Kerstin Ekman（1933—），瑞典女作家，1978 年当选瑞典学院第十五号院士，1989 年抗议学院对拉什迪死亡威胁的消极回应而辞去职务，2018 年，瑞典学院修改了不允许院士辞职的规定后接受了她的辞呈。

信号，那么它们在比如拉尔斯·米卡埃尔·拉塔马[1]的诗集之侧又呈现出怎样的关系。为什么读彼得·恩格隆德[2]好过读比尔·布莱森[3]，但也好不到哪儿去。是什么导致了人们一旦表达对萨尔曼·拉什迪的倾倒和激动就会显得像个还停滞在二十世纪八十年代的文化迟到者，但是提到奈保尔就不会这样。这些知识带着我走进那些售卖着某几家，就算不是全部，享有时代最高美誉的牛仔裤或西服的服装店，这些知识让我在书店里挑选出那些最有文化的书，让我在唱片店买下那些远远超出同侪的好品位音乐，就算这些作品是在那些我自己本身并不太能体会妙处的创作传统和风格类型里浸淫多年所成，比如爵士乐和古典音乐，我也果断下手，所以现在也颇有了解，甚至在某些运气好的时候，我也能冒充一下文雅人了。在其他所有事上差不多都这样。我知道，哪一种沙发释放出哪一种信号，茶壶、多士炉、跑鞋和背包都是一回事。甚至对帐篷我也能比较精确地掂量出它们释放出的信号。这些知识你在哪儿都读不到，甚至还没被认可为知识，它更是一种对事物状态的了解，并随着社会阶层浮动，比如上层社会的人也许不认可我的沙发偏好和沙发知识，就像我也许不认可社会阶层低于我的人的沙发品位，并不是对其个人的贬抑，这事我做梦都不会做的，而是针对他们的沙发。我甚至可能都不会说出口，因为我不想显得像个有成见的人，但我会这么想，天哪，这可怕的沙发。这一知识，关于所有商标及其实际意义和社会含义，相当博大精深，我有

---

[1] Lars Mikael Raattamaa（1968—），瑞典作家。

[2] Peter Englund（1957—），瑞典历史学家、作家。

[3] Bill Bryson，英国幽默作家。

时候会想，与那些所谓的博物学家们曾经拥有的知识并没有本质的区别，他们不但知道身边每一种植物和灌木的名称，还知道它们的特性和用途；还有我们文化圈里几代之前的人拥有的那种知识，比如说十八世纪，大部分人知道附近的草木名称，他们住的村子里所有人，包括在世的和刚过世上一代人的名字，他们知道附近大小地方的地名。他们当然知道所有使用的工具名称，他们所有劳作的名称，所有动物及其各部位和器官的名称。这些知识并非他们思考的对象，亦非他们对人展示的东西，因为他们根本没意识到其存在，这些知识紧密地编进了他们的存在里。我们拥有的广博知识也是这情况，比如在加油站商店里，辣芥末和温和芥末之间的区别，烤出来的香肠和煎出来的香肠，有奶酪夹心的香肠和卷着培根的香肠，热狗面包和卷热狗的土豆薄饼，生洋葱或炸洋葱碎，又或者日杂店里所有那些芥末酱之间的区别，法国第戎芥末还是英国科尔曼芥末，或者斯科纳芥末，酒就更不用提，满载着文化表达与社会含义。我们也不会去思考这些，也看不到它，它是我们自身，是我们身份的一部分。这是我们的世界：蓝点（Blaupunkt），而不是蓝色獐耳细辛，德国战车（Rammstein）而不是狐狸手套花，菲亚特（Fiat），而不是松树。

我们的车抵达时，紧靠着房子后门入口处宽街（Brogatan）尽头的三个停车位里有一个空出来了，这种好事简直从未有过，我对盖尔说我们这次太走运了，他一定得把车停在那儿。

我们出门时还在那个就业办公室所在房子正上方的太阳，现在已经到了银行大厦上方，它的光芒斜斜地落向我们，被宽街和联合大街之间这无名的若干平方米里生长的那棵树的叶子筛过，车顶和引擎盖上也明灭闪耀着光与影的游戏，显出红色的不同细微调性，从纯粹明亮的强烈，到暗淡的哑光。

我从裤子口袋里拿出钥匙，走过楼前的广场，它差不多整天都处于阴面，所以温度明显低于仅仅几米开外的房子，我把橙色的小片在感应盘上拂过，把门拉向自己，拉着它直到盖尔和尼亚尔都走进去。我跟在他们身后走下台阶，他们在通向走廊的门那儿停了下来，我也以同样的方式为他们开了门。空气凉爽，闻起来有砖的气味，有那么一丝腐烂和泥土气息，像所有地下之物那样。我们走过去时，住在我们两层楼下的一个波兰女人从另一端的门走出来，她一只手拿着一个蓝色的宜家袋子，另一只手牵着她的孙辈。我朝她点了点头，但她没看到我们，或者假装没看到我们，我们走进楼梯间，我按下了电梯按钮，电梯就在上面一层，所以几秒钟它就下来了。

"现在我们就能知道妈妈来了没有。"盖尔说。

"还有万妮娅和海蒂。"尼亚尔说。

约翰的童车就放在公寓门外，当我打开门时，走廊上的垫子被一小堆鞋子盖满了。

"哈罗！"我说。

"哈罗。"琳达在厨房里说。我向里面迈了几步好腾地方给盖尔和尼亚尔。当我弯腰脱鞋时，先是琳达，然后是克里斯蒂娜，从厨房里出来。尼亚尔赶紧从我身边走过去。我看见，琳达焕发出她开心时会有的那种光彩，蓬勃璀璨，最明显的是在眼睛比平日更强烈的光泽里，也在脸颊上染上红晕的皮肤里。她整个人都在微笑。我站起来，我们互相拥抱。

“我想你。”她低声说。

“真高兴你回家了。”我说，就好像对着她脖子说，我正低了下头冲着那儿。

“嗨，卡尔·奥韦。”克里斯蒂娜抬头说，她蹲在尼亚尔面前，问他今天做了什么。

“嗨，”我说，“见到你真好。”

她起身，我们给了彼此一个飞快的拥抱。在我们身后，琳达和盖尔也同样打招呼。尼亚尔抓着她的上衣，想要她走进客厅，好像是这样。她抱歉地冲我微笑，跟在了他身后。

“接孩子们还顺利吗？”我说。

琳达点点头，把手放在我的髋部。

“那么，你们什么时候回家的？”

“一小时前。也许。我给他们每个人都买了冰激凌。”

“你做得对，”我说，“我还没买虾呢，想待会儿去。”

我走进厨房，把接咖啡的玻璃壶和过滤纸支架拿到洗碗池里，把陈咖啡渣倒进垃圾箱里，然后把早上剩的咖啡倒了，把玻璃壶冲了几次，又灌上了干净的水，透过没洗过的玻璃这些水看起来也不干净，带着淡淡的黄色。

琳达在桌子前面的椅子上坐下，从那个蓝色的、几乎是扁平的大盆里的苹果中抓起了一个，那个盆是从她哥哥那儿借的，再也没还回去。它是陶瓷的，上面有黑色的类似阿拉伯卷草纹样，黄色的苹果和香蕉装在里面尤其好看。

“海伦娜和弗雷德里克问你好。”她说，牙齿咬着苹果。

“谢谢，”我说，“他们还好吗？”

她边咀嚼边点头。

盖尔走进走廊，走过门口。他似乎根本没有看他面前的我们，从声音来判断，他在里面的沙发上坐下了。

“但是无论如何回家的感觉真好，”她说，“我还从来没有离开孩子们这么久。”

“这就过分了，”我说，“三天，是不是？这基本上什么也不是啊。”

“但这已经够了。还有啊，我在火车上和一个男的聊天。原来他是一个学校的校长。他希望我能去给他们当代课老师。我拿到了他的电话号码。所以我有工作了！”

我把水倒进咖啡机中，放上过滤架，在里面放进一片滤纸，又量了六匙满满的咖啡，把机器打开。

“这是你想要的吗？”我说，“我还以为你想写作呢，还有制作电台节目。”

“但是我从来没有真正上手过啊。要自己独立做一档电台节目太花钱了。我需要一些单纯的东西。有明确框架的那种。我去学校，教书，然后回家。”

“那你要教什么？”

她耸了耸肩。

“分给我的科目。毕竟只要预先通读所有他们的教材就可以了，就这样。”

“是啊。”我说。

“你不太信我说的是真的？”她说。

“当然相信，”我说，“如果你以后能拿到一个永久职位就太好了，当然。”

我拿了一个苹果，我也拿了。在桌子另一边朝着她坐下。

“但是这一阵子除了那些信你什么都不想。”她说，

“对。”我说。

“试着别把它放心上。”

“这是不可能的。它已经在我身体里扎根了。当然，这完全是非理性的。但这就像有谁已经死了。就是这样的强度。有什么绝对可怕的东西一直在那儿，就算我不想它的时候，它也在那儿。”

“你一定要走出来。你不能一年写四本小说，还雪上加霜，被这些东西吞噬。”

“得了吧。我做不到。”我说。

“你想不想我读读它们？也许这样我们说起这事就会容易些？”

“好啊，你读吧。”

我起身去卧室，电脑在那儿放着，将苹果放在桌上，打开浏览器。当第一个字母出现在屏幕上时，琳达进来了。

“这是第一封，”我说，又抓起苹果，“你能看到其他那些在哪儿，对吧？”

她点点头坐下了。我走进客厅，万妮娅和海蒂坐在我们靠墙放着充作日间榻的一张床上玩摩比世界，床上盖着一条蓝白花卉图案的毯子，而尼亚尔手里拿着一把塑料剑，和克里斯蒂娜玩击剑，她扭头朝我微笑，我觉得她有点绷着。

“约翰在哪儿，你知道吗？”我说。

“我想他睡了，”她说，“至少他假装在睡。”

尼亚尔只黏着她，可能是用以抵御万妮娅和海蒂之间的亲密给他造成的复杂感受。她们有彼此，他只有他自己，所以他

就要和妈妈玩击剑到永远。

“在那个粉扑凳子里有个海盗眼罩，”我说，“还有个可以系在手上的钩子，是不是，万妮娅？”

“我不知道。”她说。

“你能不能去找找？”

“我们在玩呢！”

“尼亚尔可以自己去找，”克里斯蒂娜说，“对不对，尼亚尔？”

“嘿！”他说，用剑平坦的侧面打她的大腿。它不是塑料也不是木材，而是某种类似于泡沫橡胶的材料，就是更硬一点，沿着“剑刃”那儿已经开始有点剥落了。

我走进另一个客厅，盖尔坐在那里，翻着一本书。

“要喝咖啡吗？”我说。

“好啊。”他说。

“很快就做好了。”我说，在茶几另一边的椅子上坐下，啃下最后一块苹果。我是把它整个吃掉的，连着果核、茎等等，我打很小就这样了，这当中有些东西，主要是茎和核的苦味以及那纤维般的质感，不知道为什么总让我想起童年，像某种脱轨，因为我觉得这就像一次小小的越轨，打开了规则允许的更多的空间，像这白色多汁的苹果肉滋味一样。但是也没有很大的空间可以打开，这就像意识里来自旧日的轻微刺痛，暮光里房子外面的道路上手指抚过深蓝色羽绒外套上的感觉，或者一个周日上午刚刚开始落下的雨，而片片雪花还这儿那儿地躺在路边，自行车轮滑过因泥泞而灰黑、延展至小石子路的浅洼。

“你在看什么？”我说，把两只胳膊放在椅子扶手上，因为他也没在看我，我就看向窗外，也就是百叶窗缝里露出的露台一角和后面的屋顶。

“丹尼尔·笛福。关于伦敦的大瘟疫。你读过这本吗？”

他抬起头，我转头看向他。

“你觉得怎么样？”我说，“你抽出一本我读过的书的概率并不高。”

“在这里呢，尼亚尔。”我听到万妮娅在里面说。

“谢谢。”尼亚尔说。

下一刻海蒂就站在了推拉门前。她穿着一条白色的夏天裙子，上面有红色花纹。

“爸爸，我们可以看电影吗？”她说。

“有客人时不行。你和尼亚尔一起玩吧。很快我们就有好吃的了。”

“是什么？”

“虾。”

“虾？”

“是啊。”

“那好吃吗？”

“好吃，对吧？”

她一脸怀疑地看着我。我爱她这模样。

“尼亚尔在和万妮娅一起玩。”她说。

“得了吧，”我说，“两秒钟前你还和万妮娅一起玩呢。这么一会儿不会发生太多事。去吧。”

“什么？”

“去自己玩会儿。”

她转身朝里面另一个房间走去。我站起身来，进了厨房，咖啡黑黝黝地在玻璃壶里。我关了过滤键，这样我把咖啡拿出来时它就不再滴下了，把咖啡倒入保温壶，红色斯特尔顿牌，艾克赛尔和琳给我们的礼物，在什么场合给的我已忘记了。

琳达走过走廊。

“要喝咖啡吗？”她进来的时候我说。

她点了点头。她的脸没有几分钟之前那样坦然了。现在它似乎已耗尽了情感，逐渐苍白。

“这太可怕了，”她说，“他居然能这样写？我真为你担心，卡尔·奥韦。担心有人对你开枪。”

“放松点！”我说，“他只是生气而已。”

“不。他疯了。他已经完全失去了理智。这很危险。根本想不出他会干出什么。”

“不，不。这让人不痛快，就是这样。但并不危险。我保证。一定会没事的。你说要咖啡，对吗？”

她点了点头，我意识到刚才对同样的问题她也是这样点了点头。我拿出四个杯子，外面棕色，里面是淡淡的红和白，还有四个配套的小碟，也是棕色的。这些杯子其实是用来喝意大利咖啡的，但是用来喝过滤咖啡也很合适，如果我想表现出外行，那在盖尔和克里斯蒂娜面前再合适不过，我从来不担心他们从我们这儿回去后会嘲笑我们。虽然，这事谁也说不准。

不，这一点我非常确定。

我拿着热水瓶和杯子走进盖尔坐着的客厅，把所有东西放在茶几上坐下。想到琳达可能会要牛奶，就再次站起来，从厨房的冰箱里拿出牛奶盒，上面盖的戳显示牛奶今日过期，所以我打开纸盒闻了闻，这时盖尔在外间问琳达有没有读过那些信，牛奶好像没什么问题，我把它带到客厅放在保温壶旁边，此时琳达正在说她认为这事有多糟。

“如果官司真打起来怎么办？”她说，“这样的话你可能整个秋天都要在挪威。那么我该怎么办，这里该怎么办？我一个人带孩子们吗？还有你怎样才能对付这些压力？”

盖尔挂上了他最讽刺的微笑，在她说话时看着我。琳达当然捕捉到了他的眼神，一股怒火陡然在她那儿升起，而她又不能立即肆意释放，因为他们是我们的客人，所以这怒火就转而成为她眼神里的一片阴翳。她眼神黑沉沉地盯着我，然后站起来走向走廊。我给了盖尔责备的一瞥，但他似乎错误地解读为我谴责的是琳达，不管怎样他又笑了一下，也可能是他对一切都报之以微笑。

“你自己倒咖啡吧。”我说，去找琳达，而她已经在我之前进了卧室。

我和琳达开始在一起的那年春天，我们和盖尔和克里斯蒂娜一起出去了几次，我们那时完全被彼此吞噬，我们亲吻、互相抚摸，无法不让自己碰触对方，而就算我单独见盖尔的时候，比如在我的公寓里，我也全身心都是她，充满幸福感，坐那儿听盖尔说话，什么都是飘着的，那感觉仿佛我再也不是人类，我是其他的什么，一种躺着漂浮在天际的造物，高高凌驾于世间万物之上，我是天上男子，她是天上女子，我们在一起就有了天上宝宝。但是后来我们坠落了。天堂阶段翻篇，其他的事开始了。

琳达在一个短篇小说中写道，两个恋人躺在床上聊天，她小时候见过一只异鸟，她向他描述着它，说她之前或之后都从来没有见过这样的鸟，而原来他小时候也见过一只这样的鸟，而这就是天上男子和天上女子在一起的样子，什么都契合，一切都有了解释。但是在那短篇小说中，却是某事的结局，她将这个结局比作夏日别墅里的最后一天，行李打包了，窗户都关好了，门也锁上了。这也是一样。我们曾到过一个地方，那儿全是光，现在我们去了另一个地方。她很害怕这样，这里黑下来了。而且因为她害怕，所以她试着牢牢抓住我。这是个新情况，我以前没有经历过这个，所以我也害怕起来。我们开始吵架，还有她的公寓，自我搬进来以后就变得越来越小。我们吵架这事让她俨然成了我父亲，我害怕她高亢的声音，突如其来的暴脾气，让我没有回应之力，让我屈服，在这以后，我就总保持警惕，尽量让她有个好情绪，我总在找相反的迹象，而就是这种屈从，这种我总在哄她开心让她满意的努力，让我们的相处越来越困难，因为我也同时在试图从中挣脱出来，我必须争得自己的独立，成为自己的主人，有我自己的空间，而在争吵的时候我也像她一样愤怒，也许更愤怒，因为我要从自身那里得到解放，我要挣脱内在的束缚。她去学校的时候我试着写作，在周末我们试图去拥有我们曾经拥有的那些。一个星期天，我们在一家餐馆里遇到了盖尔和克里斯蒂娜，之后琳达和我想去其他的地方，我邀请他们一起，他们答应了，琳达贴着我耳朵低语，说他是故意的，我没看见他是故意的吗，他想毁了我们的关系。我不懂，我们差不多所有时间都泡在一起，难道这样对她来说还不够，难道我们根本不该和其他人相处？

有次盖尔上到她的公寓来，我们马上要出门，他四处转悠，肆无忌惮地盯着那儿的一切看，就好像他想显示她在他面前就是一本打开的书，已被他看透。我看到她生气了，那是个挑衅，但我不知道该怎么办，应该可以有一个朋友和一个爱人，不至于一个想摧毁另一个吧？盖尔成长过程里有个焦虑的母亲，她在很小的时候就失去了父亲，而此后余生她都把最亲近的人和自己绑在一起，这方面她是大师级的，按照盖尔的说法，她为了达到这个目的不择手段，让人有负疚感是其中最微不足道的了。忽然之间和我见面变得那么难，我还总得待在家里，这些情况被他以同样模式来解读。他曾经不得不挣脱束缚得到自由，所有和亲密关系有关的，所有和要求和纽带有关的，他都憎恨。同时他又把克里斯蒂娜绑在身边。克里斯蒂娜在很多方面像我一样，是忍耐的、留下来的那个，是取悦他人的那个，同时像我一样她是唯我论者，或自足的人，就算她是地球上最后一个人也会觉得挺好的。这点我也能做到。在我内心与其他人隔着很远的距离，而同时别人要影响到我又轻而易举，也很能束缚着我，让我无法挣脱。友谊不会束缚人，因为如果这样它就不是友谊了。但是，一段关系会产生束缚，因为它更深地扎根在情感里，是啊，它本身就是生之枢纽，而一段关系确实是一种牵挂。如果人们不被彼此所束缚，那就不是关系而是友谊了。当我有个工作要去某地时，琳达会说：那我呢，你想过这个吗，就我一个人在这儿，这怎么行呢？就算当时只有我俩，因为她不能自己一个人待着，我就会把那个工作推掉，我们有了孩子以后，这事就难上了十倍，因为现在她想和孩子们待在一起，而如果我要抽身出来，就得对她的孤独和她带孩子的辛苦负责，我就成了那种扔下孩子不管的男人，那种只考虑自己和自己的工作前途事业的人。我不想这样，所以我推掉工作，待在家里。就算短时间的出门也很难，像我每个星期天踢两个小时足球那种；琳达情绪不好时，我出门前她会对我发火，她得一个人带孩子真是太不公平了，她的负担大到不合理，她竭力挣扎，疲惫不堪，根本已经到了应付不来的边缘。我说那是我在这公寓以外的唯一活动。我晚上从不出去消遣，从来不看电影，也没见任何朋友，我整天整夜地与他们在一起，我整整一周就期待着这两小时的足球时间。但是她从来没有自己去做什么，她说，她可没有这样的奢侈，这样溜出门去做什么其他的事。这个理由可说不通，因为这样我就可以说我根本不希望她这样。拜托，我说。如果你想的话，你可以一个星期有三天自由活动。我可以一个人带孩子。没问题。肯定没事的。然后她会说，我带孩子轻松多了，因为他们对我的要求比对她的少得多，我带孩子时可以坐那儿看报纸，而和她一起时孩子们一直撕扯着粘在她身上。没错，我可以这么回答，但这难道是什么理由吗？你的意思是，就算我们带孩子时间一样多，就算我们完全平等，你还是负担得更多，因为你带孩子的方式是不一样的，付出更多的？她说，我说的就是这个意思。我说，那我们该怎么办？要我带孩子时间占 70%，你带的时间占 30%，才能真正做到公平？但这对我来说没有问题。我可以占 100%，孩子可以全部由我来管，都没有问题。你也知道这点。她说，对你来说可以，但是对孩子们来说不可以。然后她就改换话题，说我可以周末踢球，孩子们不在幼儿园的时候我们也可以做些全家一起参与的活动。对的。我回答说，不过我十二点钟就回家，接下来我们可以在一天的其余时间做些事情。再说，除了他们上幼儿园的时候，我们每个星期余下的时间都在一起，所以两小时不会损害到什么。她说，但这是另外一码事，因为平常日子属于责任，而周末我们才有机会作为一家人一起做些美好的事情。没有这些，我们就算不上是个家庭，她的意思照我理解来就是这样。就这样子我们还是可以过下去的。有时候我会很恼火，干脆就不去了，为了惩罚她，让她觉得内疚，也为了向她显示当这成为一种责任后一切会变得多糟，但是被这惩罚到的并不是她，而是孩子们。有时候我还是去了，代价就是我成了个背弃了家庭和所有承诺的坏男人。回家后等着我的常常是公寓里的哭闹和凌乱，而琳达的样子就好像在说：瞧瞧，你太自我的时候一切就成了这个样子。这样的一个星期天，我淋着雨踢了两小时足球，骑上自行车回家，一想到要回家心情就低落下来，而琳达不在家，这个发现在那一瞬间带着逃出生天的力道击中了我。在那儿的是她妈妈。而这一点，也就是回到家里发现在那儿的是她母亲而不是她，让我觉得如释重负，同时也就像对自己说，这样下去是不行的。一个男人不该害怕回家。我得离开。我的日子过得太糟心了，不是我自己，而是和她一起，为什么我就该过得这么糟？我可以忍受痛苦，但糟心也能忍吗？有些时间段里我做了几乎所有的家事，同时我还在工作，而她并没有在工作，她只会说我们并不平等，因为就算我做了一半家务，她那一半也是更重的。可是我在此之外还工作啊！我几乎要大声呐喊。我在此之外还养家了呢！她其实也可以做到，但是因为她生了三个孩子，离开就业市场如此之久以至于几乎不可能回去了。这是一个敏感区域，我涉足时须如履薄冰。的确，万妮娅出生后头六个月一直是她全力在家照顾，但是接下来六个月我就在家了。海蒂和约翰一直是她在家照顾，那时候我们已经有这么多孩子，照顾最小的孩子已经耗尽了她的全部力量，而我也有足够多的活要干，这就是我在家工作的主要原因，这样需要人手的时候我总是在，我每天工作大概五小时，她并不真正尊重我做的这一切。我不是飞行员或外科医生，需要在固定时间段上班或者有明确的职责要去承担，我是个作家，写了很多年也没写出什么样子来。她把这叫作打造职业生涯，简直是对那些全情投入工作的人的冒犯。至于她曾经被拦在就业市场外，现在却找不到门路重新进入，还有她被一个对女性怀有敌意的男性社会拒之门外，这些不都是真的，因为我认识她这么些年以来她从来就没有进入过就业市场。她是个作家，学的是电台纪实节目制作，而自她毕业以来就没有制作过任何纪实节目，这不仅因为她待在家里，孩子们现在已经上幼儿园了，可她还是没有制作过任何纪实节目。有孩子的生活吸干了她所有的精力，她无法工作，但是我们在孩子身上花的时间一样多，而我能工作。这是个只为女性而设的陷阱吗？与我比起来，她在换尿布还是带孩子去游乐场的时候花了比我更多的力气吗？她就是这样认为的，不管我做了多少，不管我怎样做到极致，都不能让人满意。对此的沮丧感是我生活的主旋律，由此也产生了巨大的耻辱感，我也没法和熟人说起这些事，他们不会相信我生活在一个不允许我每周踢两小时球的亲密关系中，而我坐在露台上抽支烟的那几分钟，琳达也不乐于见到，这是她用来论证我只想着自己的明证——因为她就没有这些小憩时间，她必须整天一直在公寓里，而我总能随心所欲地开小差休息一下。我对此认栽并被困在其中，让我感到堕落，不愿向人说起。除了和盖尔。

这些我都和他说过。琳达也能估计这点，也许会猜盖尔建议过我拔腿跑路，因为他的生活完全相反，高踞于种种日常义务之上，但是其实事情不是这样，他所说的，并不断提醒我的是，说这些话的是焦虑，而不是琳达。焦虑从内部吞噬了人们，它比他们更大，像怪兽一样，从不餍足，它们吞噬了关系，它唯一想要的就是让每个人都时刻拴在一起。

“那是焦虑，不是琳达，”他说，“琳达智商高，能干又有才华。她什么都知道。我挣脱出来得到了自由，妈妈为我感到骄傲。我去跳伞，逃开去喝得烂醉时，她也为我感到骄傲。这就是她的一个侧面。但是她的焦虑要大得多。她怕得要命，竭尽所能地要留下我。就算她的眼泪能装满整个浴缸，我也不会顾虑她的这些感觉。这可能超出了我同理心的范围。幸运的是，爸爸不会感到焦虑。我认为他甚至都不知道焦虑是什么。我从来没见过他害怕或者担忧。但这就是他们俩。我也没有和妈妈结婚，没和她生过孩子。我可以一走了之，那也是正当的。对你来说就不一样了。你们结婚了。琳达情绪好的时候，你怎么做都可以。当她焦虑的时候，你就得在身边。这把你拖垮。但你还在那儿。”

他就是这么说的。这帮助我了解局外人是怎么看这情况的，也帮助我看到我们的角色和人格之间的差异。一直以来，琳达都在那里，我爱她比爱其他任何人更多，我和她一起生了三个美妙的孩子，当她情绪好的时候，没在什么地方看到什么问题时候，她就慷慨大方，去吧，她说，在周日早晨，我英俊的踢足球的男人，我们在这儿好得很，可能去珍妮或博迪尔或者其他什么人那儿，也许去公园转转，你踢完球以后能给我打电话吗，我们可以在外面碰头，一起干点什么？假如你也不想再工作的话？如果她情绪好，工作也不是问题，孩子们在幼儿园里时她写作，我读过她写的东西，就像她一样轻盈且元气饱满，也有同样的暗黑深沉，这一方面我已经不太经常看到了，因为它已经消失在日常琐事里，但是当我看到它时，不管是在她的文字里还是她本人身上，当我们在一起时，还有她曾经的样子，就都全部回来了。但是在她的生活和我们共同的生活里这两种东西并没有达到平衡，因其中一种所产生的挫败感越来越强，我的生活里有浓重的被胁迫色彩，这强迫到底是内在的还是外在的，对我的感受来说都没有分别，这是胁迫，这是责任，这不是我想要的样子，而它也不会越来越无能为力。底线就快到了，我其实在等着最后一个导火索。在我们的争吵中，我开始用这个来进行威胁，说我会离开她。那样的话我们就要平分所有东西，不偏不倚，孩子们百分之五十的时间会和她在一起，我这边也百分之五十。她就得自己挣钱了，我也是。我这么说时，她崩溃了，然后乞求我别这样。别走，不要这样做。我没有这么做，因为我也知道这会毁了她的生活，她自己一个人怎么能过下去呢？还有，吵完架以后，希望总是在那里。总有人保证会改变。

所以在 2009 年 8 月的这一天当她看见盖尔投给我的眼神时所做出的反应，就和这个有关。盖尔的眼神说的是：我明白你的意思，卡尔 · 奥韦。她将这些威胁信与她自己联系起来了，它会对我产生什么影响，我要怎么办，还有隐藏在下面的，你会怎样借它来对付我。她在那种眼神里认出了我的观点，并感到她被出卖了。我和盖尔一起，和她对着干。事实并非如此，但她确实被出卖了，因为我确实和他说了很多她的事。这不是背叛，因为我需要这么一个能和外面的人交谈的地方，但是这让人觉得像背叛，正是经由这背叛的感觉它才能被看见。我估摸着让她产生不快的另一件事是，我让自己受到盖尔这么大的影响，他的观点成为我的观点，他从某种意义上给我洗脑，而琳达和我之间出现的距离，的确由我的挫败引起，但和这也脱不了关系。至于盖尔在我这吹的那些耳边风，关于我的生活和她在其中的角色，最终会导致我离开她。我不知道她是不是真的这么想，又或者是我自己胡思乱想出来的画面，但也没法搞清楚，因为这事是不能谈的，除了我们吵架到了高潮时，比如她有一次嚷嚷着她不懂为什么我不搬去盖尔那里一起住，既然我整天都在和他讲电话，她看到这次争吵即将告一段落而我们即将和解，她情绪低落，我心口像堵着石头，她又说她不是这个意思。她其实是喜欢盖尔的。我相信她说的，因为在这七年后我终于开始懂她了。她心情好时是喜欢他的，那时她体内有种昂扬心气让她有本钱对一切都不计较，包括她对我的情感在内，但是当她状态不好时，一切就看起来完全变了模样，她会担心失去眼下拥有的一切，这种感觉是如此压倒一切，因此也感染了她的意见、判断和观察。因此，在那焦虑和欢欣以外其实并没有什么本来模样，她身躯里这两种状态是如此强大，以至于可以在转瞬间将好的变成恶的，把恶的变成好的。有太多东西已经被撕得粉碎，以至于我已经不再操心这些，因为我已经用了那么多精力来应对它，不管它在我看来是多么不合理，所以忽然间它不管用了。她哭了，要多绝望就有多绝望，我只是看着她，说在她哭完前我不想和她说话。她对我尖叫，我说，你很快就完事了吧？这种情况，也就是我不再被这些情绪带着走，而是站在局外审视着它们，让她更为恐惧，而这恐怖也有其道理,因为我很快就再也受不了了,我知道自己已经忍到了头,我现在离我想过的那种生活已经太远,以至于完全没法去想其他东西。

然后那些信来了,来自外界的压力,而我也不再背对她和小家庭站着朝外看,我转过身来,飞快地,持续地,背对世界,面朝他们,琳达和孩子们,这还是很长一段时间以来的第一次。她去了海伦娜那里,我想念她,因为我需要她,我必须紧紧地搂着她。这一切因为盖尔的一个眼神而被撕碎了,这里面所蕴含的一切让我绝望,突然就好像一切都太迟了,好像即使我停下来可是坠落机制依然在继续。我停得太晚,转身太迟,它借着自身惯性继续滑下去。这就是 2009 年 8 月这个下午我跟在琳达身后走进卧室时的感觉,因为还有更多,更多:我写下的所有那些充满了整本小说的挫败感,小说是关于我们,她和我,虽然我突然又需要起她来,突然又想要她,突然又想在那儿把我的生活再过一次,过去、我的挫折和渴望都走远了,将要从我们中间滑开,因为她马上就会阅读这本小说,很快这本小说就会出版。

我进卧室时,她坐在电脑前。她注视着屏幕的视线很僵硬,就像在集中精神沉思一样,但是我认出了它,它显示着截然相反的东西,是一种她正试图掩饰的内心翻腾。

“怎么了?”我说了,在床上坐下。

“没事。”她说。

“那你为什么走进来呢?”

“我要查一下电子邮件。”

我想过我是不是要站起来，把手放在她肩膀上，但是我知道她会反应得好像那是什么陌生的东西，也就是她会对此置之不理，以表明她离我很远，而不是像她本来会做的那样，立即接纳它，因为很长时间以来我的爱抚变得稀少，每次都让她惊讶。

这真扎心了。我拒绝给予她唯一真正希望从我身上得到的东西。

“是盖尔那个眼神让你不高兴了吗？”我说。

她飞快地看了我一眼，转头，于是注意力再次转移到屏幕上。

“不是，真的不是，”她说，“我根本没注意到什么眼神。”

“那是什么呢？”

她叹了口气。

“这些信让我很不安。我知道它把你整个心思都吸引了，我只是在想秋天会怎么样。会不会打官司。也没有地方再考虑其他东西。还有你和盖尔坐在那儿……是的，倒下躺平了，在某种程度上。”

“我们没倒下躺平。”

“你不是问我为什么嘛。就为这个。我不想再讨论这个了。”

“好吧，”我说着起身，“我们还是好朋友吧？”

她点了点头。

我把手搁在她肩膀上。她坐着一动不动。

“这事过去了，”我说，“现在事态紧急。没有你帮助我是不行的。我不能在两个战场上同时战斗。那样我会粉身碎骨的。”

“我尽力而为吧。”她说，抬头看看我，把她的手放在我的手上。

“好。”我说。

尼亚尔和万妮娅从走廊上跑过来。琳达把她的手抽回去了。

“那么我现在去买虾，”我说，“还需要什么东西吗？酒，面包，柠檬，蛋黄酱和虾。”

“我们有蛋黄酱，有没有？在冰箱里？”

“那也肯定过期了。我买新的吧。你有什么要买的？”

孩子们开始在床上跳起来。

“可能那种黄色浆果或者他们那儿卖的那种水果。你知道的，”琳达说，“他们放在小筐子里卖的，我不记得那叫什么了。你知道我说的是哪一种吧？”

我点了点头。海蒂现在一定坐在什么地方，很不开心，我想。

“好吧，”我说，“我想我还会再买冰激凌和草莓。”

“给孩子们买冰棍。”

“好的。”我说着穿过走廊。在儿童房的门口停下，约翰肚子朝下睡着了，腿岔着，头枕在一只胳膊上，胳膊被嘴里流出的口水打湿了。我看了他几秒钟，然后走进客厅，海蒂坐在粉扑凳上，一定是克里斯蒂娜把盖子盖上的，她一手拿着个娃娃，另一只手拿着一把小小的蓝色塑料玩具梳子。

“海蒂，你愿意和我出去买东西吗？”我说。

她摇了摇头。

“你愿意的，来吧。”我说，“会很好玩。”

“我说了不去。”她说。

“行吧。”我微笑着说，走进饭厅，盖尔坐在沙发上读书，克里斯蒂娜坐在沙发另一侧的椅子上翻着一本相簿。

“那么，我出去买虾了。”我说。

“我也去。”盖尔说，站了起来。

“那倒不用，”我说，“我就是买虾而已。”

我不希望他也来，那样我们俩在一起的时间就太多了，以琳达目前的想法来考虑的话。但是我也不能直接说不。他得自己领会。

“出去溜达溜达一定很舒服，”他说着看向克里斯蒂娜，“我们有什么要买的吗？”

“我觉得没有。”她说。

走廊上琳达往里走了过来。从她脸上的表情和她的身姿来看，我认为她的心情已经平复了。

如果我们不在这里，也许她和克里斯蒂娜可以聊会儿。

“我出去一会儿，买东西。”我说。

“你带上海蒂或万妮娅吗？”她说。

“海蒂不想去。但是我可以再问她一次。”

我把头探进门里。

“穿上鞋子。我们出去买东西。”

她抬头看着我。

“一定要去吗？”她说。

“是的。”我说。

“为什么万妮娅就不用去？”

“因为我想带上的是你。来吧。”

她站了起来，从我身边走过，把脚捅进凉鞋里，然后在门口摆出一副等着我的姿态，我穿上鞋子，用手拍了一下屁股后兜以确保那个小包，也不知道被叫作什么的，那个放各种卡的小包在那儿，又用同一只手摸了一下前面口袋的侧面，那儿也如常鼓鼓地装着放钥匙的那个金属小壳，我从帽架上抓起墨镜，打开门。

海蒂在电梯对着盖尔害羞起来，低头看着地面。她可能看我也有点害羞；如果我和她视线相遇并微笑起来的话，她就垂下视线，腼腆地露出半个笑容。她以前在社交场合几乎从不害羞，她从一开始就无所畏惧，但在截然相反的环境下，在亲密的私下场合，当她得到只来自一个人的关注时，她就腼腆了。但万妮娅则相反，当她只面对一个人的关注时她是坦然的，欣悦的，落落大方的，而新到某个社交场合时她就怯生生，退缩到自己内心。

腼腆是一种保护机制，它有趣的地方在于它保护了一些很不一样的东西。这些东西受到保护是因为它们特别脆弱，还是极其珍贵？

有趣的是，他们通过放低视线，低下头，转过身来保护自己。腼腆总是直接和眼睛联系在一起，他们藏起来的总是眼睛。如果有人问他们，他们也会说话，但是他们说话的时候视线总是朝下。因此，他们所防范的又是什么呢，在视线闪避时？不是被看到这件事本身，因为他们的身体就在这里，那应该是他们被看到的本来的样子，它就在他们的眸子里。如果他们不熟悉的人想看进他们的内心。他们想藏起来的是他们内心的东西，而眼睛是通向那些东西的入口。动物幼崽的行为方式略有不同。比如说你走进一间有小猫的房间，它们想藏起来的是自己的身体，那才是脆弱的部分，可能会被杀死和被吃掉。也许孩子们面对陌生人的本能反应也是这样，但进化了一些，从生理的过渡到社会的，从身体的到灵魂的，而灵魂因为怕被捉住而颤抖。

到一楼时盖尔推开了电梯门，我们迈出几步下到外面大门时，海蒂抓住了我的手，那大门慢慢地关上，带着几乎听不见的嗡嗡声，而这一刻外面的声音，汽车飞快穿过交通灯的声音，那些坐在中国快餐店露天椅子上面前放着纸盒装的面条或米饭的人发出来的声音，那些走过这里的行人的脚步声和动静，在这城市里或上升或下沉，震得它意识模糊。

“我们要走那条路。”我说，指着广场对面。空气热烘烘，太阳斜挂在希尔顿酒店上空，颜色更饱满了一些，和今天早上相比似乎多了一丝深沉的黄。

“我喜欢马尔默，”盖尔说，“我住这儿应该也很好的。”

“那就搬过来。”我说。

海蒂在我旁边走着，蹦了一下。她抬头看着我时我捏了捏她的手，微笑着。

“那我们得有钱。而那总是稀缺紧俏的东西，就像你知道的那样。”

“在这里生活便宜多了。”我说。

“说得对，”他说，“但是我们得换公寓，而不是置业，所以这就超出我们的能力范围了。”

“是啊。”我说。

我们走下楼梯，越过喷泉前的广场，沿着人行道朝有公共汽车和出租车行驶的那条路走去，拐进左边第一条道路，我们要去的商店就在那儿。它叫作“美食小店”，除了虾、龙虾、牡蛎、贻贝、鱼和螃蟹，还售卖来自精选供应商的肉类，有鸟肉、野味、熟成牛肉和奶酪，此外还有说到一顿美餐你能想起的所有东西，各种精选橄榄油，各种红白葡萄酒和醋，各种橄榄，混合香料，法国产的薄片盐，新出炉的法国乡村面包和长棍面包。星期六晚餐时分这里总是挤满了人，那些人是马尔默的资产阶级，来此地为当晚的宴席采购，但是现在，我们进门时，这里空空荡荡，除了两个带着白色厨师帽、系着白围裙的店员，根据我眼前景象来判断，他们正为晚间做着整理和准备工作。

“我想坐在那儿。”海蒂说，指着靠窗两张桌子边高高的酒吧椅子。

我拉出其中一张，把她抱上去，同时向其中一个店员点头，他在玻璃柜台后出口位置已经站好。

“我们打算买点虾。”我说。

“好的，”他说，“你想要多少？”

“我们是四个大人和四个小孩，”我说，“孩子们吃得不多，所以大概两公斤半或三公斤？这样合适吗？”

“要我说两公斤半应该是够了。”他说，一只手从柜台内侧的一堆里抓起一只白袋子，另一只手拿着一个大杓状勺子。

“那我们就来差不多两公斤半吧。”我说。

“那就这么定了。”他说，开始把虾铲进袋子里，我这时瞥了一眼海蒂，她双手支在桌面上，看着店员。盖尔在奶酪柜台前站着，手架在背后。

我朝海蒂走过去，将她抱下来，抱着她一直来到柜台前，这时店员刚好把袋子放在锃亮的秤上。指针摇向一点五公斤，停在那儿，晃了一会儿。

“你看到了那儿的龙虾了吗？”我说，“它们生活在海底。”

“我知道。”她说。

“它们好看吗？”我说。

她点了点头。

从海底深处抓来，放在此处，黑胡椒粒般的眼睛，通红的触角。

“这是什么？”她说，说的是那些装在红色塑料网兜里的贻贝，放在一片碎冰上。

“贻贝。”我说。

“什么？”她说。

“贻贝，”我说，“蓝色贻贝。”

“它们是活的吗？”

“是。”

“但是它们没有眼睛！”她说。

“没有，”我说，“这些壳就像它们的房子。它们住在里面。”

店员把另一个袋子放在秤上。它重一点三公斤。他的估重能力挺惊人的，我想，边把海蒂放下地，走向这小店另一端的收银台。

“还要别的吗？”他说。

“可能再来点面包。一个法式长棍。还有这个，”我说着指向那些硕大的石头状面包。

“好的。”他说，将每样都装在各自的袋子里。我从裤子后兜拿出卡。

“还有什么是你想要的？”我对盖尔说。

“没有，”他说，“如果我们不吃焦糖布丁作甜点的话。”

我摇了摇头。

“冰激凌和浆果。”

“和平时一样。”他说。

“你开始吃厌这个了？”我说，看着那个店员，他正往收音机里输入货品。

“厌烦？我？我可是老派人。我只要你平时买的那种饼干就够了。”

“在马尔默买不到的。那是属于斯德哥尔摩的东西。”

“哦，可别。”盖尔说。

店员说一共要多少钱。

“好的。”我说，将卡塞进读卡器中。输入密码，不超过四位数，但是也不容易记住，因为那由键盘右上方的四个数字组成的，也就是“2536”，拿过店员递给我的两个袋子，等待交易成功的信号出现在显示屏上，取出卡，把它塞进那个小卡夹里，放进裤子后兜，这时店员正好撕下收据递给我。

“再见。”我说，把它塞进另一个后兜里，这里是我存放收据的档案库。

“再见。”他说。

“来吧，海蒂。”我说，她还站在贝壳柜台前盯着里面，随即朝我猛冲过来，牵起我的手，就这样我们走上大街，这些四层楼高的建筑之间的空气温热凝滞。

“我们要去哪儿？”盖尔说。

“去‘系统’[1]。然后去家之店。”我说。

“你可别为我们弄得倾家荡产了。”盖尔说。

“没事，”我说，“再说我喜欢花钱。花得越多，感觉越好。”

---

[1] Systembolaget，瑞典酒类专营公司，俗称“系统”，或“公司”，又译为制度酒水商店。

“这我知道。”他说。

“这就是杀猪时节的一根香肠而已，”我说，“我记得我妈就这么说来着，那总是在圣诞节前的大采购而我又想要什么东西的时候。她总是没有什么钱，但是如果我需要什么东西，比如说衣服吧，就是我上高中或者读大学的时候，我就能拿到这笔钱。我以前从来就没完全搞懂过。要是她没钱，那她怎么会突然就有这个钱了？现在我才明白。钱是一种相对的事物。它不可思议地难以捉摸。要给孩子们买衣服时，我能弄到一堆，因为他们必须得有衣服。还有我给自己买 CD，因为我写作的时候必须听音乐，而正是从这儿才能来钱。还有我花几千块买一双特别棒的鞋子。接着就是我的银行账户里突然就没钱了，或者只有一点点。我搜刮所有的口袋，翻箱倒柜，把这些凑在一起，还有退瓶子的押金，诸如此类，那么我就只买牛奶、面包和意大利面，也不付账单了。几周后催款单就来了，那时我也有钱了，假使他们不肯再等一个周期的话，我就把它们付掉。不久前，有人打电话过来，说关于一个应收账款或者诸如此类的东西，我得在这上面签名。最后来了一个让我提交抵押物的通知。但是这账单拖了太久，我已经又有钱了，可以付清款项。我从来没有把孩子衣服或者音乐 CD 这些东西和我们忽然一文不名，或者这些索要抵押物的威胁放在一起，这完全是两回事。

“我们就从来没有这样过，”盖尔说，“我们一切都是计划好的，井井有条。”

“我不钦佩这个，真的。”我说，“但这让事情简单多了。完全没有秩序的生活真累人。”

我们又出来到广场，海蒂放开了我的手，朝着喷泉跑去了。

盖尔和我跟在后面。

“我不确定，”他说，“我其实很想随它去吧。但是我不能。”

“你当然能。是你不想。”我说。

海蒂把一张雪糕包装纸放在水面上，它随着那下滑的水造成的微弱波浪轻盈地载沉载浮。我认出了那张纸，是给那种叫什么草莓的雪糕的。草莓喜悦？草莓梦？白巧克力壳包着粉红色的冰棍。

“想要就是不得不要，易卜生说的。”盖尔说。

“现在重要的是闭嘴！他也这么说过。但是有句俗话我是相信的。或者不算俗话，是一个旧道理吧。就是如果你丢钱了那其实是个好兆头，这意味着你马上要有更多的钱了。我对它坚信不疑。你越是收紧开支精打细算，财源就越窄。如果一切都宽宽松松，那总有余地迎接更多的钱。”

“如果有一天你得诺贝尔奖，反正肯定不会是经济学奖。”他说。

“这理论其实也不差啊？这里面可能真有点什么！写关于经济的情绪，而不是经济里的数学。”

“你是我认识的最乐观的人，”他说，“沮丧的乐观主义者。就是你。”

“这和乐观一点关系都没有。这是关于接受事物的状态。是什么样就什么样。你要么有钱，那你就买点什么，要么没钱，那就什么都不买。”

“但是，你现在说的是没钱时也要买东西。”

“但是我有啊！反之如果我把钱省下来在一周之内付账单，那我就真没钱了。”

海蒂一路操纵着雪糕纸绕着喷泉转圈。当她再次出现在我们视线里时，我向她招手让她过来我们这边。

“来吧，我们得走了。”我说。

“我湿了。”她说。

“在太阳底下就干了。”我说，握住她的手往前走，这时一辆双层大巴停在了希尔顿门口。

“我还记得在卑尔根时那次特别爽的感觉，我去一个取款机，但是机器和我的银行没有联网，可是就算没有连线成功，我还是取出了钱。那感觉就像圣诞夜。或者是有人完全出乎意料地同意借给我一两百块钱。”

“更不用说两万。”

“我的预付稿费到账时会还给你的。放松点。”

我从他的储蓄账户里借了两万，但一点没碰过，那是为困难时候打算的。琳达从她的朋友那里借了同样数目，也是为未来做的某种储备。那时候我和琳达开了一个联合户头，我们这么做是为了从这个账号里每月一次划到我们各自的储蓄账户，但是要么这个账户里的钱太少而根本扣不了，要么就是下个月我们就已经花光了所有存下来的钱。

琳达特别想要这个，就是我们应该有一个为我们的未来，为我们孩子的未来而设置的储蓄账户。它对她有着巨大的象征价值。这就是那些正经人家的做法，她的凌驾于其他一切的向往就是我们家应该成为一个正经人家。她最浪漫的梦想就是这种平常。

我们在交通灯前停下。希尔顿那边，那些退休人士从大巴上下来走上人行道。一个大大咧咧的美国人沿着马达声轰鸣的南城区大道慢慢走过来。七十年代的阿伦达尔，美国人是酷的事物里最酷的。在这里看起来就很奇怪，一个显然对外面的一切都有误解并满意地把这展示出来的人，让所有长了眼睛的人都能看见。

“琳达也是对的，”我说，“虽然我知道你不是这个意思。如果谁让我不痛快，我就让所有人都不痛快。”

“为什么我就不能是这个意思？”

我耸了耸肩。

灯变绿了，我们慢慢地随着这一小股人流走上那条街。

“当她开始谈论这一切对她来说会有多糟时，我看到你看我的样子了，”我说，“我当时在想的就是这个。”

“我那时看你的样子？”

“是——是啊。就是那种意味深长的眼神。”

“你认为我会在琳达在场的时候意味深长地看着你表达关于她的意见？这种失误绝对不会发生在我身上。”

“我看到的就是我看到的。”我说，松开海蒂的手，把手心在裤腿上擦干，又牵住她。“她也看到了，我觉得。所以她才走开了。”

我打开了“系统”的门，格外用力推了它一下，让盖尔也来得及进门，从那堆有黑把手的灰色购物筐里拿了一个，走过那小小的自动闸门，抬眼看上面的标牌，看白葡萄酒摆在哪儿。

“我非常能明白如果全挪威都讨厌你，你还得像个卑鄙小人似的坐在法庭上，这对她来说可不好玩。但毕竟落到最糟糕境地的不是她。所以你说我这么想也是对的。”

“爸爸。”海蒂说。

“怎么？”我说。

“那是汽水吗？”

她指着有好几层的圆形旋转架子，上面站着绿瓶子的“亚瓦”（Jäver），无酒精啤酒。

“不是，”我说，“那是啤酒。你想喝汽水？”

她点了点头。

“那我们待会儿在家之店买。好吗？”

她又点了点头。我们在白葡萄酒货架前停下，这里是按价格区间摆放的，最便宜的放在最右，越往左边就越贵。这太适合我了。关于葡萄酒我什么都不懂，所以我们有客人来的时候，我就从中间偏左拿上一瓶，剩下的就交给运气。

我把三瓶夏布利葡萄酒放在篮子里，看着盖尔。

“这些够了吗？”

“当然。”

我东张西望地看干邑在哪儿。我看到了，它在靠近收银台那些横着放的架子上，我朝那儿走过去，浏览着所有标签，也不记得品质等级之间的那些差别了，这些 X 和 O 们，拿了一种从来没喝过牌子的半瓶装放进筐里，然后去排队，站在一个五十岁上下的男人身后，他散发出一种典型的运动精神和酒精主义的混合气质，前者来自马球衫、卡其短裤和晒成棕色的皮肤，后者则由肢体的疲倦和空洞的眼神直白无误地显示出来。他要买两个盒装白葡萄酒。

“首先有火山，然后有恐龙。”海蒂说。

“说得对！”我说。

“然后有人类。”

“是。”

“但是恐龙不知道它们叫恐龙。”

我低头看着她。她盯着排在另一条队里的一个坐在轮椅上的男人，他腿上放着购物筐。这话听起来倒像是我会说的。但也不记得这么说过。

“这话是谁说的？”我说。

“什么？”她说。

“关于恐龙那个。”

“没有谁。他为什么坐椅子上，他生病了吗？”

去年我们在约尔斯特过完圣诞节后回家，海蒂在途中生了急病，当我们到达弗莱斯兰机场（Flesland）时，她烧得太厉害，我们不得不给她借了把轮椅。她现在还常讲起这事。这是她人生中值得一提的事件之一。

“我不知道。”我说，我前面那个人在他最后那盒酒后面放上了分隔条，我就把筐子放上了收银台末端。

“虾对你来说肯定不算什么稀罕东西，我才想到。”我对盖尔说，他正从我身边走过收银台，肯定是准备把传送带送过来的酒瓶放进跟着过来的口袋里。“你在希斯岛的时候整天吃的就是这个。”

“你现在想起这个来了？”他说。

“你是刷卡吗？”店员说。

“是的。”我说。

“一共六百一十二元。”他说。

“这其实有点傻，”我边说边把卡塞进读卡器里，“但你本来可以自己说啊。”

“我们来是和你们聚一聚的，就算要吃煮洋葱我们也可以奉陪的。行了吧，伙计。”

另一条队里有两个人看向我们。

我不喜欢这样，把身子转了过去，这样他们只能看见我的脊背。

我们说的是挪威语。一定是因为这个，如果不是因为以为我们是两个同性恋带着我们代孕出来的小孩子一起出门的话。也可以是我们的侄女。好像同性恋和侄女们关系都挺亲密?

“谢谢。”店员说。

他们到底为什么会想到这些?

合理地说这连鬓胡子和长头发让我看起来像个白痴，我看起来像个落魄的重金属乐手，全速奔向五十高龄。哦，耷拉的脸颊，肿肿的腮帮，深深的抬头纹，还有这软趴趴的胡须。

海蒂突然贴紧我的腿。我周围看了一圈。一只老猥犬贴墙坐着，带子紧紧地系在椅子腿上。

“这并不危险，”我说，“到这边来，然后我们就走了。”

她照我说的做了。我们一离开这商店，她就换了一边。

我们沿着人行道上的阴影婆娑的砖条走着，穿过热烘烘的空气，从“系统”的空调房出来后这空气似乎又热了些，又走上阳光底下的横街，阔叶树点缀着这条街两边。它们和路边停着的车以相同的方式隐没在视线之外，你通常不会注意到它们，除了在4月下旬和5月初的日子里，它们会开花，白晃晃地站着，像从里往外盖着雪。

焦虑突然浓重起来，仿佛从身体四面八方涌入，到我腹部集合，我低头看着海蒂，她迈着小小的步子走在我身旁，看着另一边购物中心的橱窗。这太疼了，太他妈的疼了。这就好像一切走上了解体的轨道。尽管我知道它从哪儿来的，是我写下的以及其招致的反应，但我先前并不知道这些感觉会如此强烈，这好像它们从起点被切断，开始自行其是了。这就是内疚的生理结构。内疚点染着一切，像乌云一样在体内散开，像是给身体注入了厄运，而环绕着它的一切，比如它所见的所想的，也被注入了厄运。内疚已经不再能被追溯到我做下的恶劣事情，它有了自己的领土。

我们在人行道一边竖着的打折酬宾海报和人行道另一边的自行车架之间走着，进了商店，这家店的右边摆了个纸壳搭的柜台，是一家电话公司“3”，有两个二十岁左右的年轻男人站在那儿，试图捕捉住过往行人的视线，好问他们用的是哪家电话公司。他们问我的时候，我只是低声挤出两句拒绝的话，这感觉并不好，他们朝气蓬勃，积极进取的程度真是不得了，我却如此抗拒和消极。这些是什么人？万妮娅会问。他们说了什么？他们想要什么？

现在他们俩都站那儿和一个五十岁左右的女人聊天，我们坚定不移地走过他们身边，走进那个大空间，一边是收银台，另一边则合小店、游戏厅和邮政中心为一体。我抓起一个购物篮，和海蒂一起穿过入口闸，海蒂抬头看着天花板上的屏幕，里面有正在行走的我们。

“你想要个香蕉吗？”我说。

她点点头，放开了我的手，一只手抬向空中，接着是另一只手，同时盯着屏幕上的反应。我拿了一个熟透了带褐色斑点的香蕉，它们被摆在一个专给孩子们的小盒子里，放在那些普通的、硬的黄绿色香蕉旁边，剥了皮递给她。

“我们要买柠檬，蛋黄酱，汽水和矿泉水。”我说。

“你别忘了冰激凌和浆果。”盖尔说。

“说得对。”我说。

“你看起来不太对劲。”盖尔说。

“你能从我身上看出来？”

他笑了。

“你看起来很烦恼的样子。”

“会好的，”我说，“问题在于这不是我现在想要的。我谁也不想惹。我谁也不想冒犯。我不想毁掉任何人。”

我将五个柠檬放在一个烟熏色的袋子里，这袋子是衬托它们用的，在水果从塑料袋凸出的那些地方，袋子的淡色调完全湮没,更衬托出水果的金黄色,甚至柠檬皮上的小孔们都很明显。

“我知道，”盖尔说，“但是现在你做都做了。”

“可是这很疼，”我说，看着海蒂，“来吧，我的女孩！”

她跑过来，把手伸进我的手里，在我身边走过商店的地板，经过水产柜台、熟食柜台、奶酪和肉类面包配菜柜台，还有那些像冰壶球大小的奶酪和像个圆球的萨拉米香肠，经过面包架子构成的岛屿,沿着袋装饼干的海滩,走向成箱汽水的陡峭斜坡，在那里我往筐子里放了两瓶 1.5 升洛卡牌矿泉水，一个带柑橘味的，一个原味的，还有四个玻璃瓶装的芬达汽水。

“你不对我说我什么都没做错也没关系，”我说，“我可以对自己这么说。我写了我和我父亲的生活，这事能恶劣到什么程度呢？我会这么说，但这一点用都没有，而且这和这件事也没有任何关系。辩论没有用，法律上的论点没有用。文学上的论点没有用。我已经跨越了某个边界，现在它就在我身体里。”

“如果社会学家们能明白这一点，也许这个学科还能有未来。”盖尔说。

“明白什么？”我说着，来回看着装在软管里的蛋黄酱，这让我想起了童年，和装在玻璃罐里的蛋黄酱，它们显得成熟优雅一点。

“社会里的各种边界，它们调整社会里的一切，我们才得以共同生活，它们并不是抽象的。这不是观念。它们是具体的，就像你说的，如果你跨过社会界限，就会很疼。就是你注意到的那点。”

“注意到？哦，见鬼了，这就像杀了人一样。还不仅仅是这样，就像我刚杀了一个很亲近的人。那种感觉。一件完全不可修复的事发生了。”

我环顾四周。海蒂不见了。

“玻璃罐的还是管装的？”我说，“正宗的还是低脂的？法国的还是瑞典的？”

“每样都拿一个，”他说，“一管瑞典低脂蛋黄酱，和一罐法国正宗蛋黄酱。”

“你太机灵了，”我说，“我从没想过还可以这样。”

“海蒂在哪儿？”他说。

“要么在前面雪糕柜那儿，要么在那边动物玩具旁边。”

我们朝最里面那条通道走过去。一个小孩在什么地方尖叫，但那是个婴儿，最多六个月大。当我们绕过架子边缘，我朝上看。她站在那儿，没错，拿着一个动物玩具，那种如果你捏它就会发出低低的“哔”一声，她捏了几下。

“来吧，海蒂，”我说，“我们要去付钱了。”

她把它放下，朝我们跑来。

“我们可以有一只兔子吗？”她说。

“我们已经有一个兔子了，”我说，“它在我们家不太合适。”

“我们可以再养一个吗？”她说，“更乖一点的？”

我笑了。

“你以前怕它的。”我说，

“没——没有，我没怕。”

“一点点啦，是吧。”我说。

“没有。”

“我们走着瞧。”我说。

那只兔子是幼儿园的一个工作人员给我们的。这事是琳达谈好的。笼子和兔子被运回家，放在厨房最里面。兔子很惊惶，我们也是。没人敢把它从笼子里拿出来。约翰把什么东西都扔在它前面。两天后，我们不得不把它还回去。希望这事没有在万妮娅和海蒂那儿留下什么持久的痕迹。我们那时候说，我们就是把它借来，看看会怎么样，然后又把它还回去，所以这一次造成的伤害没有那么完全，不像我们水族箱里的鱼儿那样，一条接一条地一个春天就死光了。

想到这些就很痛。我们做的事，成了他们的童年。

我在雪糕柜旁站住，拿起法国金卡（Carte d'Or）的香草冰激凌，香草货真价实，也就是淡黄色冰激凌里那些小黑块，几乎呈点状的香草荚碎，把它放进篮子。我看了看海蒂。

“你可以决定你们吃哪种冰激凌。那边的，在那里面。”我说这指向另一个冰柜，那个有各种小雪糕的。“看那儿的广告招贴，你想要什么？”

她让自己的视线在所有品种上滑来滑去。

“这个。”她指着梨子味雪糕（Piggelin）。“不，还有。”她指向一个戴姆杏仁太妃巧克力冰激凌。

“这是他们这儿最大的了。你确定吗？”我说。

她点了点头，我在篮子里放了三个戴姆冰激凌和一个三明治冰激凌。

“好了，”我说，“现在我们去付账。”

“浆果？”盖尔说。

“在公寓楼外买。那儿更便宜。而且那边质量也更好。”

我们站在了队伍里，可能有十个人。我把篮子放在地板上。

“在这儿等我一下，”我说，“我忘了饼干。”

我快步走到商店的另一边侧，扫了一眼成排的饼干，那儿肯定有五十个不同品牌，但是没有一种跳出来像我要买的那种，至少我看不到。那么，另一边？在那儿，一个我从来没正眼看过的架子最下面一格，和另一个架子成直角，但是彼此之间隔着两米宽的通道，躺着那种比利时饼干，以白色和蓝色纸盒包装，我上一次看到这种饼干还是在斯德哥尔摩。

完美。

我手里拿着两盒饼干，疾步赶回收银台，盖尔和海蒂现在排在第六位。

“你的夜晚得救了，”我说着把它们放在购物筐，“比利时华夫饼。”

“现在我开心起来了。”他说。

当我们一步一步地向前挪时，我提起篮子把它拎在手上；

不管用世上什么东西来做诱饵，我都不会成为那种一边用脚推着篮子松松垮垮地在地板向前滑着，一边读着他们没打算买的报纸，轮到他们付账就把报纸放回架子上的人。我从收银台旁的架子上拿了四个灯泡。因为我想到，在厨房外走道上的一个灯泡不亮了，以及浴室马桶上的那个。

海蒂在轮到我们之前就已经啪地倒在了柜台那一头，她爬上了那里的一块小板，那块板本来是为了大家装货物时把口袋放在那儿的，她看向我，看我有没有摇头。我没有，所以她就坐那儿看着那个外国男人买的东西沿着这黑色传送带游过来，慢慢滑上那固定的金属板上，被后面来的货品推动，这运动方式比起激流下的回流裹挟着的棍子和塑料物件没有什么太大不同，就是慢一些而已。

他把分割条放在传送带上，这标志着这条道已经可以用了，我把筐子放在专用的搁板上，将货物一个接一个地放在传送带上；瓶子竖着放，方便扫码，但是这运动让它们先摇晃起来，最后倒下了，一个顶着另一个，也是头朝下摔倒，就像两个喝醉的哥们儿。收银员是那个声音奇特的总拿着手杖的年轻男人，他微微抬头看了我一眼，用他那机械的声音说了声“嗨”。我给我的“嗨”加了一点真诚，又追加了一声“嗨”，基于一个模糊的念头，就是这样会给他的处境，这传送带上的现实，加上一抹人性的感觉，却没考虑到我的拒人千里或者说冷淡的肢体语言完全抵消了声音中的任何温暖。

“嗨，嗨。”我说，拿出银行借记卡。

“一百六十五块九角。”他说。

“好的。”我说，然后我瞥见家之店会员卡的上边，我好几天都没有用过它了，就把它抽出来，从读卡器里刷过。为什么，我也不知道，这差不多是一种强迫症行为了，因为即使这些年来我在这儿开销巨大，也攒下了许多积分，这点我从每月发给我的信里能知道总数，但我从来没有用过这些积分，而每过一段时间积分就会清零，所以刷会员卡是毫无意义的行为。而从另一方面来说，我也可以从现在开始好好用它。

我刷了第二张卡，输入密码然后确认金额。

“有个塑料袋不是挺方便的吗？”盖尔说。

“该死，说得对。”我说，看向店员的眼睛，可是他现在好像对和我四目相对毫无兴趣。

“还要个袋子。”我说。

他会说没问题，然后慷慨地一挥手，还是会输入金额，让我再刷一次卡？

“那么两克朗。”他说。

操，你这小混蛋。

我每天都在这里买东西。

“好。”我说，又刷了一次卡，输入密码，再次确认金额。我做这事时，盖尔和海蒂把东西装进口袋里，我们终于又能走进这炎热的夏末午后。

我们在广场上买了草莓以后，海蒂小心地拿着其中一筐一路走进电梯，盖尔和我拎着口袋跟在后面。坐电梯上去的过程里我意识到忘了买花。一束白玫瑰在桌上会很有效果，衬着虾的粉色和柠檬的黄色。但就这样吧。我受不了再出一次门，就算花店不过是在广场另一边。

电梯停住后，我用胳膊肘推开门并一直顶着它，让盖尔和还小心翼翼像拿着一个小动物那样拿着草莓筐的海蒂走出去。盖尔打开了公寓的门，我一跨过门槛就把这些口袋放在鞋子旁边，走向最里面的浴室。

“妈妈，妈妈，我拿着草莓。”海蒂大喊。

我感到胸口涌起一小股欢乐的气泡，注意到万妮娅和尼亚尔还在卧室里，我按下浴室门上的手柄。我拉下裤子，坐在马桶上。旁边是瑞典足球杂志《越位》(*Offside*)。阿根廷队将在安第斯山上进行比赛，那儿空气是如此稀薄，以至于球员晕过去并不罕见，他们在球场里还备好了氧气罐！

旁边房间里传来万妮娅的声音，还有尼亚尔的。我猜万妮娅给他看了她的电脑游戏,是她生日那天得到的。那是关于狗的，估计还能让它们去完成不同的任务。里面大部分元素对她来说还是太难了，但是其中有些是她可以完成的，比如那只狗在一根放得高高的原木上跳上跳下，抓住了空中飞来的各种物体。海蒂也有一个同款的猫主题游戏，但她太小了还不会玩，所以觉得看姐姐玩就很有意思。

一条小银鱼在一块瓷砖中间，就在我脚前面大概二十厘米。从外表看它像一条三叶虫或者其他某种小型化石动物。构造如此简单。它有种粗糙、物质性的气息，就好像一小块粘土，或者长了脚的小石子。

我俯身向前，正打算用手指碾死它，它就往远处一跃，朝着墙壁去了，消失在踢脚线下的一道缝里。

在沿墙放着的脏衣服筐下面肯定还有一些。在屋角窗子下面的灰尘里保证也有。一个小的银鱼聚居地。

走廊上响起了脚步声，既然万妮娅和尼亚尔还在卧室里，所以这一定是海蒂。孩子们几乎从来不用这个厕所，所以就算门没锁上，我也不担心他们会打开它。这事也发生过，因为他们并非绝对可预测的生物，但并不经常。琳达在这儿情况就不一样，如果她的脚步声响起，我就抓住门把手，如果她试图把门把手向下转我就将其往上抬。英韦第一次来这里做客时，他开口要厕所的钥匙，对他来说，去上一个锁不了门的洗手间是不可想象的。对我来说也曾经如此，或者不管怎么说深感异样，开始几个星期这让我感到赤裸裸，毫无防备，但后来我对此也习惯了。由于某种原因，我总知道其他人都在哪儿，如果他们走近，我也能听到他们的声音。我们没有上锁都因为万妮娅和海蒂，这样她们就没法把自己锁在里面了。这大概是我们针对她们采取的唯一安全措施了；所有的插座都是裸露的，所有架子和橱柜都没有安全锁，炉子也是如此，在某个最底层抽屉里放着所有锋利的刀和剪刀，谁都能拿到。到目前为止，一切都还好，以后也一定如此，因为你对自己小孩的能力范围在哪儿总归有所认识的，知道有什么是他们可能做的，以及什么是他们不会做的，我很确定我永远不会看见的事情之一，就是万妮娅或海蒂手里拿着一把大厨刀，或者约翰像小狒狒一样晃晃悠悠地爬到炉子上。还有，我总知道他们在哪儿，基本知道他们大概在干什么。当然，所有这些都可能在可怕的一分钟内化为泡影，但是我不相信这会发生，对此总抱着从容的态度。

海蒂从外面走过，她打开了通往卧室的门。我又拿起杂志读下去。有次我们在托龙根(Torungen)内侧的海里捕了条鲟鳕，我突然想起了这事。那天有风，但是空气很热；有可能是夏天。

我们那时候有条船，是我十一或十二岁那年爸爸买的，十七英尺长的拉娜渔船（Rana Fisk），有二十五马力的雅马哈舷外马达。英韦也在那条船上，他的头发被吹到一边，还有爸爸，我如此仰慕的那个黝黑的身影。短促的激浪撞着黄色的塑料船体。钓鱼线几乎无形地飞跃着穿过空中扎进蓝色的水中。看到一条鱼的第一眼，陡然给那蓝色增加了一线深度，就像傍晚依旧明亮的天空里第一颗星星那样。什么绿色的东西倏忽在这，倏忽在那儿，爸爸每拉一次线，它都变得更白了一点。

那是什么？

修长而普通的身躯，灰黄色和白色，脸长得很丑，眼睛完全凸出来。

“这是条深海鱼，”爸爸那时候说，“是条鲟鳕，我觉得。”

我充满了疑问和怜悯地看着它。它已经挣扎够了，他说着把它扔到了甲板上，它躺在那儿毫无生机，爸爸又把鱼线扔了出去，我才意识到我手指间也有这么一条线，我正紧紧地掐着它。

在某个深渊上空盘旋的感觉。

爸爸。

我对他做了什么？

一种不幸和惊惶感如电击般一震贯穿了我。下一刻我打开水龙头，在镜子里迎上了自己的眼神，那里面看不出我内在已被撕碎。我不常看那张脸和那双眼，这和我的自我紧紧联系在一起的东西，其实也可以属于另一个人。

眼睛看起来很悲哀。五官僵硬，沿着脸颊和额头沟壑深深，活脱脱一个面具。

我扭动了从百叶窗那儿垂下来的底端有个圆头的窄棍，于是那些页片打开了，我抓过挂在挂钩上的毛巾擦干手的时候，眺望傍晚太阳斜斜悬挂其上的酒店，人们坐在面朝小广场的台阶上，也坐在大概半米高的砖墙上，每次我的孩子们去这一区后面那个公园的路上都会把它当平衡木走。内疚感是决计无法摆脱的，从一开始它就脱离了意识那抽象的现实，在这里原可一战的，以抽象工具，可是它走向实在的身体后，就不可战了，因为身体这些部分并无可应对它的手段，只有一个除去跑、行、坐、进餐、睡眠之外再无其他所能的身体。这就像我是一个房间，房间里有些极可怕的东西和我一起在这里。所以跑也没有用，因为我跑整个房间也在跑。我逃不了的，因为它就在那儿。我是不是占理都已不再有任何关系，因为它就在那儿，不接受辩驳，无可避免，我除了等它自己成为过去时之外什么都做不了。

我背后的门开了，我转过身来。

是海蒂，她眼睛里有泪水。

“怎么了，小闺女儿？”我说，把毛巾挂回去。

她朝我扑过来，用胳膊搂住我的腿。我抱起她，吻了她的脸颊。

“他们不想和你一起玩，是因为这个吗？”我说。

她点点头，盯着正前方。

“来吧，咱们一起，我们做点吃的。”

“不想。”她说。

我把她抱在胳膊上，走出去。

“那么，你想看电影吗？”我说，“或者《叶哩嘣啪》？它马上就开始了。”

她点了点头。

我穿过走廊走进客厅，在那儿把她放在沙发上——我听到琳达、克里斯蒂娜和盖尔坐在另一个厅里聊天——我在周围找遥控器。它一般放在书架上，在孩子们够不着的高处。但是现在那里没有。

天啊，这地狱。

在卧室里约翰开始大哭。我听见琳达站起来，我估计不用数秒她就会走进门去，同时我让视线扫过占了整面墙的长窗台。也不在那儿。

海蒂看着我。

“找不到遥控器。”我说。

海蒂看着她面前的茶儿。就在那儿，一半藏在报纸下，琳达在我们出门时肯定读了报纸，然后随手放在这儿。

“它在这儿呢，”我说，“现在我们可以看了。”

琳达进来了，胳膊上抱着约翰。他像只小猴子似的蜷着，脑袋抵着她的喉咙。

“你要看《叶哩嘣啪》吗？”她说。

“我在弄呢。”我说。

当声音响起影像出现在屏幕上，约翰转过身来。琳达将他放在海蒂旁边，他顺从地没有反抗。电视就是他们的麻醉剂。

“我们什么时候吃饭，你觉得呢？”琳达说。

“不，我不知道啊？”我说，“也许七点？”

“那孩子们呢？他们肯定对坐那儿剥虾不感兴趣。”

“你说得对，”我说，“但是我们刚才买东西时没想过这点。我们现在有什么吗？我去看看吧，我来。”

尼亚尔和万妮娅小跑着穿过走廊。

“那是《叶哩嘣啪》吗？”万妮娅喊道。

“我很快的。”我说着走进厨房，打开冰箱门。有鸡蛋，胡萝卜，土豆，一个发黄的西兰花。半袋鱼饼。旁边冰柜里主要放着琳达妈妈做的菜，还有她买的各种肉类，还有成袋的豌豆，几包差不多空了的鸡腿，两三条我们冷冻后就遗忘了的面包。但是，啊太棒了，在最底下一格上是比萨！我抬头看着琳达，她就站在我身后。

“比萨对他们来说很隆重了吧？”我说。

她点了点头。

“那我把它烤了，”我说，“然后他们可以边看电视边吃。”

我拿出比萨盒放在料理台上，启动烤箱，在抽屉里找出剪刀，撕开盒子上纵向纸板折页，把它转过来，让那圆圆的重得有点莫名其妙的比萨缓缓滑入我手中，剪开包住它的透明塑料，塑料有点硬又有点脆，根本不像装水果用的那种透明塑料，那些袋子本身有些像塑料旗子，也不像那种成卷的用来装冰箱里的食物的塑料口袋，薄薄的有点黏的那种。而那种更厚而韧的裹在三盒装玉米罐头或者六罐装啤酒外面的塑料，和它也不像。

“不然我们也可以等他们都上床睡觉以后再吃。”琳达说。

“是啊，这听起来不错。”我说，把比萨从我剪开的口子中拿出来，放在一只手上，手像托盘一样承住它，同时另一只手拉开炉面下的金属抽屉，拿出一只深棕、几乎是黑色的托盘，我先将比萨放上去，再将其放入烤箱，然后把这内包装卷成一团放入水槽下已经满了的垃圾桶里，所以我得把垃圾袋系角抽起来，把里面东西往下摁以腾出点地方。我做完这个以后，正要关上门，脑子里还在想垃圾已经慢慢地涨回来了，这时电话响了。

我慢慢走进过道。谁侵入了我们的公寓，他或她就在这儿，让其意志在这空间里闪现。我在镜子下的几案前停下，拿起电话。电话号码以04开头。也就是说是来自马尔默的电话。

“嗨，你好？”我说。

“嗨，这是斯蒂芬。”

“嗨，斯蒂芬！”

“你还好吗？”

“都好。”我说。发现了刚才放在鞋子旁边的两个购物袋，竟然忘了它们。“你怎么样？”

“唉，都挺好。我们打算明天去游泳。你们想一起吗？我们也可以带上万妮娅，如果你们时间不凑巧。”

“听起来特别好，”我说，“但现在我们这儿有客人，我们可能要和他们一起安排点活动。”

“哦，是啊，我明白了。反正我这也是临时和你说的。不过我们现在了解了，不管怎么样。”

“下一次吧。”

“肯定的。我们回头聊。”

“好的，再见。”

“谢谢，再见。”

“再见。”

我挂了电话，把两个口袋提到厨房，放在桌上，把装虾的纸袋放进冰箱，两个面包放在那个大面包案板上，弯下腰来看躺在里面的比萨，在那亮着灯的小小空间里，就像它们在电视里的模样，但是肯定还没烤好，才放进去几分钟。

从客厅里传来《卟哩嘣啪》的片首曲。我在门口站住，克里斯蒂娜坐在一把椅子上，尼亚尔坐在她大腿上，琳达坐在沙发上，大腿上坐着约翰，旁边贴着海蒂，万妮娅坐在地板那边一把椅子上。百叶窗完全拉下来了，但是房间里光线还是很充足，所以电视画面不太清楚。

我应该坐下来，让万妮娅坐在我膝头。但是现在盖尔是客人，我不能让他在那儿自己待着。我代入他的眼睛，看到我们各自抱着孩子看儿童电视，这景象看起来可不好。

我走到椅子后面，一只手放在万妮娅肚子上，吻了她的头。她意思意思地抬头看了看我，然后把所有注意力都转向电视机，我经过桌子旁边，走进另一个厅，盖尔站在书架前。

“你要抽根烟吗？”他说着转过身去。

“是的，”我说，“你也一起？”

他点点头，将咖啡倒入他自己的杯中，走出门去。我用最后剩下那点咖啡装满我的杯子，跟在他身后。他又坐在了我的座位上，我坐下时，我内心再一次抗议这角度完全不对。也许因为我坐下后背后冲着门口，让我非常不舒服。我把腿架在栏杆上，点燃了烟。

“尼亚尔和万妮娅在一起还挺好的。”我说。

“是啊，”他说，“这很好。克里斯蒂娜也很高兴。”

“真的吗？”

“是。到你们这来她很高兴。这对尼亚尔也很好。”

“这我就搞不懂了，”我说，“我的意思是说，关于在这里的这一部分。”

“我也喜欢这里。”

“肯定是因为这里一片混乱。”

“是的，就是这样。在这儿很放松。自由。”

“你有这个感觉就太好了，”我说，“我自己是放松的反义词。”

“我们在这没让你觉得有压力吧？”

“不，不，恰恰相反。那只是因为居纳尔的事。”

“对那事你也做不了什么。放手吧。该发生的就会发生。”

“是啊。”我说。

我们对面房子顶楼住着的邻居坐在他们的露台上吃饭。他们大概在我们二十米开外，但是在上面这些屋顶之间就处在一个亲密场域内了，因为有时候我自己一个人，他们坐在外面，我侧耳倾听而他们又没有刻意降低音量，我就能听到他们说什么，不过他们如果知道我在的话就很可能会小声一些。在另一面，我们这栋楼的一端，我能直接看到一对老夫妇的厨房窗户，他们通常会坐那儿抽烟，三年以来我几乎像明了自己的习惯一样了解他们的习惯。他们对我肯定也是一样的，我猜，不管怎样，有时候我们的目光交会，我们总是立即垂下视线。这些交会的目光很奇异，因为我们彼此占据了对方的脑海，至少在我这方面来说是这样，我们距离彼此有一种相当的亲近，以一种始终在去看去了解和不看不想了解之间保持平衡的姿态。在相反的一面，从和那对顶楼露台夫妻同一栋楼里的顶楼其他公寓那儿，我能看到那些家庭，伴侣和单身住户的内在生活，但是并没什么好奇心，那些只是我看到的东西，但是有时也会有些东西坚持着要引起注目，比说那一对，我只能看到他们厨房最靠外的一部分，他们忽然有了个小孩。现在那家伙就在那儿，半坐半躺在一个婴儿椅里，似乎把他们指挥得团团转，因为他们做的任何事都以这样那样的方式和那家伙有关，而这一切对他们来说是全新的。

“你什么都没做错。”盖尔说。

“有啊，我当然有做错，”我说，“但是我试着与之和平共处。”

“你父亲死了，你奶奶死了。”

“你的同理心也死了。”

“听听谁在说话。”

“想想在这以后还有生命，”我说，“如果我们严肃对待这个想法。死去的只有身体。而作为我们灵魂的那个东西，还在超然中继续活着，以这样或那样的形式。就把它当作真的来想象。我真这么认为的，真的。几天前我忽然有了这个念头。如果死后有生命怎么办？操，也就是说，爸爸坐在什么地方等我。而且他气疯了。”

盖尔笑了。

“你可放松一点吧。他死得像只鸭子。”

“居纳尔可没死。”

“他还能干什么？是啊，起诉你。但是为了什么？因为你亵渎了你父亲的名字？他也不是耶稣基督。”

“他写了我是犹大。那他必须得是耶稣啊，因为我出卖的是他。”

“如果他是耶稣，你奶奶就必须是圣母玛丽亚了。你爷爷是木匠约瑟夫。可是耶稣也没有个儿子能出卖他。”

“我琢磨着他是不是想说布鲁图斯。他倒是算是个儿子。布鲁图斯·尤利乌森[1]。不可能先生。”

“你也不用想到什么都脱口而出。小孩才这样。成年人应该能检查一下自己话语的品质。”

“我记得我读到恺撒大帝时哭了。在他死的时候。我读所有传记都会这样。因为他们所有人都死了。托马斯·阿尔瓦·爱迪生。亨利·福特。本杰明·富兰克林。居里夫人。佛罗伦斯·南丁格尔。温斯顿·丘吉尔。路易斯·阿姆斯特朗。西奥多·罗斯福。”

“你小时候就读过西奥多·罗斯福传记？”

“是的，那是一种系列读物。肯定有二十册的样子。每本讲一个人。大部分是美国人。很多总统。我记得沃尔特·迪斯尼。罗伯特·奥本海默。没有，开玩笑啦。但肯定有亚伯拉罕·林肯。他们死的时候，不管怎么死的，我都会哭。但那哭得很舒服。”

“因为反正不是你！”

“不，不，不是那样。他们顶住了一生里所有的不公，并实现了他们的愿望。只有在他们在完成想做的事之前就死了才真的悲哀。像斯科特[2]似的。那真难受，我因为这个好几天都很消沉。”

“好吧，他的确如此。”

---

[1] 此处盖尔是用尤尼乌斯·布鲁图斯（Junius Brutus）参与刺杀恺撒的典故。北欧姓氏后的“森”（sen）指某某后裔，相传布鲁图斯是恺撒的私生子，恺撒名字是尤利乌斯（Julius），所以盖尔给布鲁图斯开玩笑取了一个挪威姓氏尤利乌森（Juliussen），意指“恺撒的儿子”。

[2] 指罗伯特·斯科特（Robert Scott，1868—1912），英国极地探险家。

“阿蒙森[1]的死则有些矛盾。他做了他要做的。再说他为救别人而失踪还是有点美好的。”

我把烟掐了，站起身来。

“可是南森到底干成了什么？我的意思在事业上？他发现什么了吗？什么地方是他第一个抵达的？我从来就没明白过。”

“你问我，我还问你呢，”他说，“他滑雪穿过格陵兰岛，还有某个冬天他和前进号一起冻在冰里了。”

我打开门走进去。

“有个冬天我也冻在里面了，”我拧头冲着后面说，“我们那时候家里可冷了。”

“还有他那些难民护照，”盖尔在我身后说，“当然还有吉斯林。”

“我们又回到老地方了，居纳尔也把我叫作吉斯林。”

“如果这样子，谁又是南森？”

“那肯定得是他，”我说，在椅子上坐下来，“爸爸肯定不是。他基本上就不会滑雪。”

《叶哩嘣啪》结束后，我把尼亚尔前一天晚上睡过的宜家折叠床移到了儿童房，这样我们就可以在客厅坐上一晚而不用担心吵醒他。之后我就开始做饭，琳达和克里斯蒂娜让孩子们和盖尔坐在厨房的椅子上聊天。我将虾放在一个绿色大碗里，切开柠檬，放进一个绿盘子，面包切块放进一个篮里，拿下来四个盘子和四个葡萄酒酒杯，从冰箱拿出人造黄油和蛋黄酱，将

[1] 指挪威极地探险家罗阿尔·阿蒙森（Roald Amundsen）。

所有这些东西都端到露台的正前方，阳光还照耀着这儿，以那种夏日夜晚特有的疏离而超现实的方式，这时影子越来越长，一日将尽，而空气依然温暖。当人们结束了手头事务，朝着各自的家行进，太阳只是继续燃烧，慢慢沉入那辽阔的蓝色。

孩子们的声音通过他们房间半开着的窗户流到露台上。他们大笑大喊，这疯闹劲只有在晚上才会有。我布置好餐桌，双手握着白色金属栏杆站了一会儿，低头看着广场。对面楼的阴影几乎延展至整个广场。但是我下方的墙还是亮着的，窗玻璃在闪光。

我又回到厨房洗了草莓，把它们放进一个白色的碗里，从冰箱里拿出酒瓶和矿泉水瓶。

“就是这些了，”我说，“我们等着的时候要喝杯酒吗？”

盖尔点点头，跟着我出去了。当我打开门走上露台时，一只该死的大海鸥从桌子上飞开，好像拧着身子，翅膀扑腾着，下一秒就消失在露台外的空中。它的喙上叼着一只虾，还有几只虾躺在碗旁边的桌上，露台甲板上也有。

“你看见了吗？”我说。

“是啊，我当然看见了。”。

“真是个该死的混蛋，真的。”

“你还想有什么别的？没人的七层露台上的虾。显然，它没什么可顾忌的。”

我坐下，把开瓶器的钻子扎进软木塞，把那圆圈转了几轮，然后往自己这头一拔，轻轻的“笃”的一声，它就从瓶颈中脱身出来。墨绿色玻璃上起了雾。这颜色真美。清凉绿，瓶子绿，峡湾绿。然后葡萄酒的浅黄色进入了光滑的玻璃杯。

“干杯。”盖尔说。

“干杯。”我说，喝了一口，点了根烟。我冲着打火机的火焰低下头去时酒的滋味充满了上颚，而一动不动地燃烧着的火焰让我想起十几岁时在克里斯蒂安桑的夏日夜晚，这让我渴望能一直喝到酩酊大醉。

“这酒不错。”我说。

“是这样。”他说。

这也居纳尔指责我的事情之一，我在克里斯蒂安桑上高中时就喝酒抽烟。他一方面认为这是品格低劣的征兆，凭这个就可以认为我不靠谱且不可捉摸，不管怎样不是什么正经人，另一方面也可以解释我痛恨祖母到要写六本小说来诋毁她名誉的程度。我明白他所写的，这毕竟是在我不管怎样还挺熟悉的逻辑之内，但他的信不是写给我而是写给了出版商。是不是因为他觉得如果出版商知道作者在高中时就喝啤酒也许还吸叶子，不是什么正经人，就不会出版他的小说？不管怎样我是这么看自己的，不是什么正经人，但是这些感受从我十六岁以来就没有变过，而不是理性。理性地看这一切就很不一样。我知道我是谁，知道我的价值。我也知道，生而为人就是会让人失望，会失败，永远做不到完美。当我看着周围的一切，这就是我看到的。软弱随处可见，不足和瑕疵随处可见，它们通常还以一种理直气壮的方式在性格里固化下来。如果说我在人们身上看到什么共同的特性，那就是这理直气壮，自负和自我感觉良好。谦卑，大家在公开场合都用得很随便的一个词，已经几乎没人知道它的确切含义了。那些有理由自负的人，那些有真材实料的人，在他们身上却找不到一丝自负的痕迹，只有他们是谦卑的。

自负和理直气壮是一种保护，如果没有它们人就会被自己的虚弱、自己的缺点和瑕疵压垮，这一个事实就潜伏在我见过的所有讨论下面，有口头和笔头的，报纸上和电视上的，但是也在我身边，在私人生活里。这种弱点不可被公开宣之于众，那样会有太多东西陨落，而正是这些讨论的形式和媒体的力量，通过向它注入自己的力量而终结了它。这就是为什么意见在社会里如此重要，通过它我们得到了自己实际上不具备的力量和主权。这就是形式的功能，即消除个人的疲弱。所有的团体，不管它们是因某种伦理而联合，因一个官僚机制而联合，因某种意识形态而联合，都消除了每个个体参与者的疲弱。这一点我是知道的，因为我看得到，但是当我面对这些事物时，这种确定感就完全被情绪挤走了，情绪以一种机械方式予这些联合体权利，而把我甩进一个觉得自己有错且卑微的噩梦。当我要和税务部门，或者银行机构，或者讨债公司打交道时，我就觉得错都在自己。当我蹑手蹑脚地在社区园圃里转悠时，我满心内疚。当我去幼儿园接送孩子时，我满心内疚。我知道自己并不比我遇到的人有更多弱点或者缺陷，我不是一个差劲的人，但是他们代表的不是自己而是一个系统，那里有规则，很简单，遵守这些规则，你就是好人，不守这些规则，你就是坏人。我试着遵守它们，但是因为我凡事都没有条理，所以常常打破规则。甚至我也知道这是为什么，这并不是因为我邪恶、懒惰或疲沓，而是这种“自知”比这系统的注视所见要软弱无数倍，系统视角里的一个不遵循规则的家伙，已经被我内化进我的自我。当我看到一件真正的艺术品或者读到真正的文学时，所有这些都被粗暴地推到一边，因为人性还有另一种维度，完全不同的，有与此迥异的性质，尊严和意义，正是它让中世纪的人建造起他们宏伟的教堂，在这样的丰功伟业前他们显现出自己的真实面貌：渺小、卑微、无足轻重的虫豸。是啊，微贱如尘埃。但是正是他们建造了它！他们是这些煌煌天宫奇景的创造者，也是卑贱的尘土。这就是人间的真相。存在着一些本质的事物，也存在不那么本质的事物。这虚弱属于本质的，这伟大也是本质的。而存在于这两者之间的就不是。隐身在数量里的软弱，甚至会自以为这就是力量的，这既不是虚弱也不是伟大的，就是我在被从一个柜台到另一个柜台间被踢皮球时，让我自己屈服认怂的东西。想喝到烂醉瘫软的渴望就是希望几小时后能摆脱这一切的渴望，而那希望写出什么精彩绝伦，什么真的独树一帜，什么如天国般美妙的东西的渴望，在这里也有份。这不是逃避庸碌，因为庸庸碌碌就是人生，而是逃避这人生的庸碌对自我的入侵，它一直对我唠叨说我不是个好人，不是个正经人，说我是个二流子，狂妄，差劲。在我内在叔叔的审视下，这声音从我十六岁那年在克里斯蒂安桑开始喝酒时就开始唠叨。我所渴望的，也是我当时并不知道而在二十年后体认到的，那完全不可实现的，荷尔德林写下那简洁的敦促时所要表达的："到空旷中来吧，我的朋友。"

什么是"空旷中"？[1]

那是自由，那是乌托邦。

但是那里面又有什么呢？

---

[1] 出自德国诗人荷尔德林的诗《乡间行——给兰道尔》("Der Gang aufs Land. An Landauer")，德语原文为"Komm! ins Offene, Freund!"（来吧！到空旷之处，朋友！）。

并不是说我们该谈论一切，解释一切，取消在我们自己、他人和世界之间的界限，无论如何，仅仅是把界限放在其他地方，让人性泛滥，就会让，也终将会让，实在世界走向消亡。

荷尔德林本来想说的是什么，已经没有人知道。荷尔德林和其他所有的浪漫主义者一样，是法国大革命的孩子。自由、平等和兄弟情谊的概念以及旧社会秩序的脱胎换骨这些概念对他们来说是一个出口，经由它，一些在当下还不存在的东西便成为可能。当下事物最显著之处在于其唯一性，社会秩序或世界秩序就是如此，存在得理所当然，任何其他安排人生的方式都显得危险，带有威胁或将导致分崩离析，所以不是真正的选项，直到其内在矛盾使其彻底颠覆，新秩序成为当下，则世上万物不至于动摇。但是，读荷尔德林时很难把“空旷中”理解为一种和阶级、生产条件或物质基础有关的政治范畴。不，荷尔德林的空旷是一个存在主义范畴。荷尔德林是位诗人，我的思绪又飘远了一点，诗人的乌托邦，就是无语的世界。诗歌进入语言与世界之间的空隙，为了站在世界本来面目前，但是，当这洞见，也许是所有洞见中最古老的一种，要扎根或者被传递开去时，就必须借助语言才有可能，而人已赢得的那些，却在同一瞬间也俄尔普斯式地失去了。语言之外的世界，人只会孑然无所凭赖。

但是那又是个怎样的世界呢？

一个没有语言的世界是个没有范畴的世界，每件事，无论多么微不足道，都全然自主自足地显现。这是个没有历史的世界，存在只有每一瞬间。那个世界里的松树不是“松树”，甚至也不是“树”，它是一个无名的现象，一种从地上长出来，在起风时随之摆动的东西。是的，如果你站在一片丘陵顶上，你就可以看到风从平原上吹来的时候这些生物是怎样前后摇摆，听到它们发出的呼啸。这景象，这声音很难描摹。因为这样它们就像不存在那样。但是它们存在过，它们依然存在。只需要往旁边退一步，世界就改变了。往旁边迈一步，你就置身这无名世界中。它是盲目的，而你看到了盲目。它是混乱的，你会看到混乱。它很好看，你会看到美。它是开放的，这就是那空旷，它是无意义的，这就是无意义本身。它也是神圣的，是的，它是那神性的。这小小的蓝盒子，上有红色太阳，两侧黑色有棱，在它里面带着红色硫黄头的白色木棍像在床上休息一样，它在厨房架子上纹丝不动地躺着时是神圣的，被一层薄薄的灰尘包围，被窗外的日光微弱地照耀着，而就在一大片乌云向城市涌来时日光逐渐暗淡，第一批被放出的闪电以疯狂的速度行来，沿着不可预测的轨道，雷声在天际沉沉轰鸣。上升的风和刚开始降落的雨，这是神圣的。抓住盒子的手，用食指将这小床推开，捡起其中一个木棍，是只神圣的手，当它把红色硫黄头划过那表面棱纹时，火舌弹出，稳定燃烧一秒，这是神圣的火焰。但是它躲开语言而燃烧，它躲开范畴而燃烧，它躲开它们创建的所有这些语境和联系而燃烧。去想曾经存在过人类的无邪时代，一种和世界的无间状态，也就是神话叙事中的伊甸园，我们从那里来，也想回那里去，因为在那儿我们和环绕着我们的一切以及上帝都浑然合一，处于一种本源的自然状态，这念头是一种背叛，因为它暗示出时间，一种过去和现在，而在现实中只有现在，在现实中只有一种时间，对万物皆如此；神圣的火焰现在正燃烧，伊甸园就在当下，只要往旁边移一步，你就到了。

但是我们不可能迈出那一步，因为我们是人，那一步带着我们走向的，是非人间。

做人就是要做很多人。要和他人相处。他人是一个集体。这集体的边界就是语言的边界。当荷尔德林最终走进空旷时，他彻底消失了；他疯了。在他的诗里他没疯，但这些诗也不在空旷中，它们站在人群里看进这空旷。宗教就总是这样。奥拉夫·尼加[1]将他的诗集称为《在林边》(*Ved vedbande*),也就是说，依着神圣。不是在神圣之中，而是在它边上。当宗教被认定为轻信，而诗歌被边缘化也不再相信自己的意义时，这空旷就从这人间的中，而人间又关闭起来，因为在其之外已经什么都没有了。

这是一种损失吗？只要这人间以外的已不可能企及，只要世界本体永远不会在我们面前显现，而只能通过言语和范畴也就是人间内部之物来展示自己，这人间以外的无言的世界就是个乌托邦，字面意义上的，一个乌有之地，为什么要寻找它？为什么不转身放弃？

因为这是我们的来处，也因为我们将向彼处去。就因为心脏像一只鸟在胸口扑棱，因为肺是两个海豹，而空气从中滑过，就因为手是螃蟹，头发是干草，血管是河流，神经是闪电。就因为牙齿是石栅栏，眼睛是苹果，耳朵是蛤，肋骨是闸门。就因为大脑里永是黑暗静谧。就因为我们是土地。就因为我们是鲜血。就因为我们一定会死。

---

[1] Olav Nygard（1884—1924），挪威诗人。

死亡，这大寂的反复归来，也是非人间的，它永不为我们现身，因为它来到我们身边时，我们就已经没了，差不多就像当非言语的降临时，言语的一切就被终止了。死亡与人间疆界毗邻，无言的与人间世界的疆界毗邻，我们和我们的世界正是抵着它们的黑暗在闪亮。死亡和这死物的世界是绝对的，我们无法进入的，因为在我们成为它们的同时，我们就不再是我们自己，而是它们的一部分。我们的世界贴着那个“它”之黑暗在闪光，因此并非绝对的，而是相对的，可易的。自然科学是相对的，道德是相对的，社会科学，哲学和宗教是相对的，人间的一切都是相对的。发现与发明之间的界限并不大，说到后果，那根本不存在。十七世纪有没有红细胞和白细胞？有，它们存在，但还不在人类意识里。换句话说，它们是世界的一部分，但不是现实的一部分。这现实就是我们的世界，这就是十七世纪的世界与当今世界不同的原因，尽管天地和闪烁的星辰具有与那时一样的特点和实质。达尔文写了一本书，这生物性自然在达尔文之前是怎样运行，在达尔文之后的时代里也怎样运行。世界总是一样的，现实改变了。描述世界就是创造现实。哈罗德·布鲁姆写道是莎士比亚创造了人类，他表达的也是这同一个想法。当那些角色走上舞台并揣摩着自己，就像置身于事件之侧，但是他们的一部分，被疑心困扰，为爱伤怀，自我纠结或者为自己而惊叹，这时人不仅仅是一个行动中的造物，一系列情绪的产生的现场，而是一个这些情绪遇到了反思中的自我的场域。根据布鲁姆的说法，这个“我”的显现正是莎士比亚新创造出来的，这让他能言之凿凿地说莎士比亚发明了人性，因为只有当什么东西对除了本人以外的其他人也看得到，它才成为了现实。现实，我们人类的现实，由在我们心中和我们之间能看见、被认可的一切构成。这些东西每一次改变，都会带来现实的改变。这就是为什么古希腊两千多年来一直是西方文明的参照点，现在依然如此；我们关于世界和人类的许多观念都从那里奠基。历史写作、哲学、政治、自然科学，一切都从那儿来。我们文化中唯一不是源出于彼的，就是宗教，那是犹太人的；还有机器，这是我们自己的。像希腊这样自足自立的文化，有那么多理论创造，对宗教持温和蔑视的态度，这并不奇怪，但是，他们，自己有那么高超的手工艺水平，对技术却至少在初见时持冷漠态度，这就着实是咄咄怪事。但是，如果你认可阿伦特的想法，即他们在公共领域里寻求自由，并在那里找到正当的人性为何，这是可以呈现给所有人的东西，而他们在所有和生活起居有关，和人类物质需求紧密相关的一切中看见的是不自由和必要性，这样的话，他们对机械、技术和实用知识缺乏兴趣也就很容易理解了。希腊人发明了民主，但不能预想出抽水马桶。同样引人注目的是这一事实，那些发明了历史的人，却不知日记本为何物。但这并不是说所有和家有关的东西都被撂在阴影里，是一种未被言说的现实，只有公共领域里发生的事才经由对大众表达出来而真正存在，因为在古典时期私领域里的事物也登上过舞台，正是在戏剧，更具体地说是在喜剧里，它处理的是卑下，依仗的是再现。笑声里所蕴含的自由，与因美德发展所得的自由在性质上完全不同，也许正因为这样阿伦特不去提及它，因为它不因任何企图而奋力，全无创造，不去改变，它只属于当下一刻，除了使其可堪忍受之外别无其他目的。

在喜剧里人们笑的是什么？是所有坠入这琐屑之物，是我们通常会隐藏起来的：肉体的生活、粪便、交配、瑕疵，以及所有那些要被伪装成其真实面目以外模样的人类特征，因为它所关联的是无法宣之于口的：嫉妒、自负、贪婪、自鸣得意、自我毁灭、轻佻、野心、贪名却无耻。这些不愿展现出自身真实的东西，就是喜剧的主题。喜剧总在揭发，而喜剧性就在这被揭发出来的世界之俨然与世界之实然之间的距离中。在这揭发中蕴含着一种洞见，就是社会关系乃是一种遵循着某些规则的游戏，有些东西要被藏起来，有些要被展现，而我们在某种程度上都生活在幻觉中。这游戏的诀窍在于所有人都得参与，所有人都得相信的幻觉。喜剧则打破了这个默契，而在这个意义上喜剧是所有艺术类型里最真实也最现实的。它说：这就是真实的人性，而我们大家都是人，在这个意义上它是予人自由的。但它也予人束缚，它束缚了所有那些还梦想着别样事物的人，那些认为有可能超越粪便、交配、嫉妒、自负以及持续的误解，也就是所有坚持着应该和能够而不苟安于就是如此的人。从这个角度来看，笑声是一种强大的社会力量，是现存最强大的矫正机制中的一个；没有什么比让人公开取笑更耻辱的了，为避免这种情况，关键在于别出头，而要留在人群里和大家一起。就这样，笑声一面揭发了这社交游戏，另一面又维护着它。笑声是反革命的，反乌托邦的：一个把一切当笑话的人也会把无产阶级专政当笑话，而如果大家都嘲笑革命，那也就没有什么革命了。如果所有人都把塞麦尔维斯[1]当个笑话，母亲们和

[1] Semmelweis，匈牙利医生，最早发现产褥热和接生人员手部清洁的关系，却不被同行认可，后被送到精神病院，去世时仅四十七岁。

新生儿们就将继续死于产褥热。如果德国人都把希特勒当笑话，他和他的思想就会无伤大雅。但是他们没笑，他们认真了，他们想得到什么，至高之物，那至高处由悲剧主宰，没人觉得它是玩笑。

但是，如果喜剧是所有类型里最真实最现实的，把所有事物和人都拖进这本来的世界，这身体及其绝不虚幻的现实，那么又要如何理解悲剧呢？悲剧和喜剧处理的是同样的东西，崛起和坠落。那么，为什么坠落在喜剧里是可笑的，而在悲剧里就成了悲剧的呢？我们为什么不因俄狄浦斯王而笑？他自认的身份和他本来身份并不相同。我们为什么不因哈姆雷特而笑？他不知道自己是谁也不知道自己该干什么。他的道路是惘然与躁动之路。我们为什么不嘲笑吞枪自尽的小赫德维格[1]？毕竟，她把一切都理解错了？

那些和自身浑然一体的事物并无距离可言，由于距离是笑声和喜剧的起点，对身份的否认是其前提，所以喜剧和笑声唯一无法撼动的，就是身份认同。那不参与游戏的，那不会变幻的，那些是什么就是什么的。陀思妥耶夫斯基的杰作，小说《白痴》，说的就是这个。小说最开始是一种喜剧类型，正是塞万提斯的《堂吉诃德》，让那关于宏大的、灵性的世界的理念在那渺小之中也就是世界原本的样子里展开，这里到处是风车、绵羊、驽马、驴子，和醉醺醺的土匪，一个病恹恹、瘦骨嶙峋的老人和他那胖乎乎的小个子同伴骑行其间。在《包法利夫人》里，福楼拜把小说的现实导向和祛魅的那一面继续向前推进；

[1] 易卜生悲喜剧《野鸭》里的角色。

在那儿关于浪漫之爱的概念和世界本来的样子产生了冲突，并驱动着主人公走向死亡。《堂吉诃德》和《包法利夫人》都是愤世嫉俗的小说，因为它们从不相信，还出卖了那些坚信的人。堂吉诃德和包法利夫人所相信的显然是幻相，这样小说就站在了真理这边，就算对他们的出卖里是有爱的，也就是说怀着一种认为他们的弱点和逃避现实是普通人都会有的特性这样一种洞见，但这也不影响大局。《白痴》则是《堂吉诃德》和《包法利夫人》的反面。《白痴》是反喜剧。它扭转了喜剧的逻辑，因为它通过和这些不做作的人对抗，揭发的是这个愤世嫉俗的世界，是那些嘲笑世界之空洞的人。哦，不做作又算是什么人类品质呢，既然它使周围所有人都感到绝望，加剧了不安，让混乱变得危险，通过单纯的在场和无所作为就让所有这些发生？梅什金公爵相信他看到什么就是什么，别人展示什么就是什么，说出口的必然是衷心之语。他没见过心口不一，也不懂反讽，对一人能饰演多个角色一无所知。他不知道社会关系是一种游戏。他与自己浑然一体，并以为其他所有人也是如此。他们不是，而且光是他不知道这点就足以让这游戏倾覆，因为他给了他们一个超然于人际之间的地方来观看，而此处也恰好是这游戏得以给看见的地方，而其设置也得以显现。在游戏框架内角色扮演是充满意义的，但是当它被识别为一种游戏时，这一切就毫无意义了。那么你是谁呢？你自己吗？这又是什么东西？梅什金公爵是他自己。他是真挚的。他是不可分割的，不是谁的双胞胎或分身。但是正因为如此他注定要站在人类之外。在一个由真挚的人、以为所言说的一一对应着所展示的人所组成的社会里，什么也藏不住，什么秘密也存不下，什么真正的区别也不会产生。换言之，真挚是社会关系的克星。社会关系会分割，排斥，压倒，抬高。社会关系是一个由差异构成的体系，一个由被分了等级的、差异化的事物所构成的世界。而白痴取消了所有这些差别，他的王国中万物平等。对社会造成极大不便的不是他的善良，而是他的真挚。从文学进化论的视角来看，文学人物的复杂性发轫自奥德修斯简单而古旧的精明，随即在哈姆雷特那狂野、纠结的文艺复兴式的“我”中爆炸，这就预告了当代人类的到来，就像我们所了解的，陀思妥耶夫斯基的梅什金公爵代表一种倒退，就算不直接说古旧过时，也是打根子上就很反叛，非现代，是一种荷马时代以前的人类，在他这儿，奥德修斯用关于名字的文字游戏骗过独眼巨人，和柏拉图的洞穴类比都是对牛弹琴。是啊，梅什金和独眼巨人可不是只有一丝相像，独眼巨人被关在自己对语言限于字面意义的理解中，无法明白过来奥德修斯说他名叫“没有人”时并不真诚。陀思妥耶夫斯基在骨子里是个复辟的作家，首先他大睁着眼睛，隆重地寻求意义，其次他不是在政治或意识形态，科学或哲学中寻求意义，而是在宗教里找，而且他在单纯中找到了它。陀思妥耶夫斯基所有小说里的主要威胁是虚无主义，这空虚的深黑夜空下，无意义的欢庆之地上，社会关系旋转闪耀的游乐园，而他一次又一次投身捍卫的，是那神圣和那神圣之单纯。陀思妥耶夫斯基赞颂单纯。他为什么这么做？他的小说有庞大的复杂和混乱，人物和声音搅成一团乱麻，一刻也安静不下来，也没有普鲁斯特那种悠然的昏昏欲睡或者开放的、无事发生的慵懒夏日。在陀思妥耶夫斯基这儿，一切都上着发条，一系列高度紧张近于歇斯底里的场景，濒临疯狂，但是在他最好的那些作品里，在描述这狂暴的，不受控制的世界时，迟早总会出现一点光，而环绕着光的，是寂静。陀思妥耶夫斯基的这点光不会如油灯那样暗淡和温柔，也不像现代的日光灯那样锐利，给人要解剖点什么的感觉，它是白色的，几乎能抹去一切的，你可以想象那就像镁光灯，会灼去细节和微妙处，还会使人产生这么一种感觉，真正重要的不是那被照亮的，而是这光本身。光与被照亮之物之间的区别，就是前现代的现实与现代的现实之间的区别，前者是合一的、素朴的，后者是众生的、巴洛克式的复杂。陀思妥耶夫斯基转向那盏灯，他想相信它，但是这"想"，只有生活在被照亮的复杂性中的人才体会过的，使其永不可能，因为这是信仰的反面。想要去信是不可能的，自相矛盾了。假使他相信，他就不会这么写。不过他也清楚这些。

他知道什么，是他想要的？陀思妥耶夫斯基小说中的光又是什么？那是慈悲。慈悲不去区分。用语言无法捕捉它，因为语言的本质就是创造差异。在这个意义上，陀思妥耶夫斯基的慈悲很像荷尔德林的空旷，但荷尔德林的空旷是关于河流和云构成的物质世界，陀思妥耶夫斯基的慈悲则是关于社会关系的世界。慈悲消除了其中所有差异，在慈悲里众生平等。这里面的思想非常激进了，几乎难以想象。但这就是基督教的全部要旨，没有其他任何东西。谁和谁都没有区别。最坏的人有和最好的人一样的价值。耶稣说：有人打你，把另一边脸也给他。他像你一样是人，他就是你。不要打他。这想法是非人类的，因为它是在社会关系之外来思考的。是的，这是神性的念头。阿道夫·希特勒和他杀死的犹太人有同等的价值。在这儿我们的身份消解了，我们这由各种差异所创造的身份，就是这些让基督教成为一种实现不了的东西，我们不能把自己思考没了，这损失也太大了，这些是我们的全部所有。我们也会失去其他所有人，一切再也不一样了。这无差异里没有任何类别，它是所有含义消失之地。你拥有什么，不管这些东西对你多么不可缺少—在那里它们都没有任何价值。这就是没有人能领会的东西。无论陀思妥耶夫斯基在写这部杰作时有什么意图，这就是梅什金公爵带来的东西，我们都不想要的，这几乎是一幕恐怖景象。那个白痴，他大张着嘴，和那些笑话他的人一起笑起来，眼神里带着疑问。白痴，是愤世嫉俗者的反面对照。选择就要在他们两者之间做出。愤世嫉俗者问:但是谁应该去宽恕呢？白痴回答:我会。

太阳直射着我们坐着的露台，太热了，汗珠沿着我的额头流下，渗入发际线里，虽然夜晚已经到来很久了，阳光如此锐利以至于我盘算着要不要去里面拿墨镜出来。还琢磨着要不要拿起几只躺在桌子上的虾，它们散发出淡淡的盐味，还有那深粉色的样子，简直就像披挂铠甲的生物，激起了我对它们新鲜的、带着海洋气息味道的渴望。但是我决定还是算了。进餐时戴墨镜很没风度，而在每个人都坐下前先开动就更差劲了。

“是啊。”盖尔说。

“你什么意思？”我说，“你在抱怨吗？”

“我。没有！抱怨是你常干的事。”

我又点了一支香烟，坐在椅子上腰往前倾，小臂支在大腿上。

“我偶尔抱怨，我必须承认这一点。但我就不能开个玩笑把这抵销吗？”

“在你身上，玩笑和抱怨是一个硬币的两面。”

“你知道史蒂维 · 旺达[1]在港口漫步时经过一艘捕虾拖网船时说了什么吗？”

“不知道。”

“嗨，美女们！”

盖尔笑了，把腿架在栏杆上。我再次向后靠回椅背上，用中指和无名指把汗水擦进头发里，同时要小心被食指和中指夹着的点着的烟别离头发太近。

卧室的声音低下来了。也许她们在给他们读书。我喝了一口酒。我和谁也没说过我更喜欢汽水。我也没说过，我更喜欢吃虾的时候配茶，就算在夏天也是如此。因为我少年时就是这么吃的，以后就一直觉得这两样东西很搭。

一只虾的眼睛从头上掉下来了，躺在碗边上。它看起来像个胡椒粒。它们的触须从那个钝钝的身躯上方朝着其他方向支棱着，刷子似的。虾在活着的时候颜色那么浅淡疲软，差不多是透明的，像脏了的窗户那样，而煮熟后色泽却如此独特且抢眼，简直让看到这一切的人难以想象，你真的很难想到大自然会在死去的生物上如此挥霍。但龙虾则相反，它精钢质感的黑色盔甲和意大利文艺复兴时期的铠甲相似，都是黑色的，几部分连接在一起，在活着的时候无疑比它被夹着放进沸水中终结生命时那近乎橙色的红渗开在壳上要美得多。是啊，它看起来更精致更优雅，但是那黑色之美，总联系着力和能量，和这相比，那红澄澄的精致就什么也不是了。虾就完全不同。活着的

---

[1] Stevie Wonder，美国盲人歌手。

时候它们看起来像海里的文员，死后则看起来像舞团里的芭蕾舞者。

在我们下方的街道上，一辆公共汽车叹息了一声在红灯前停下。汽车沿着这条最终止于海滩旁大片草地的街道行驶，减速，在另一侧交通灯旁停下。很明显这些车是从北面来的，但是那儿街道上空荡荡的。过街人行道现在嘀嗒地亮起绿色男人，或者现在被叫作绿人，那儿也空无一人。我在夜晚会有这种情绪，当荒凉的街道上无人观看的交通灯变幻着，我所产生的这一丝情绪刺入了意识，就像门口的空隙那儿被放下一封信。那时我想的东西能清晰地出现在眼前，一个无人的世界。所有的房子是空的，所有街道是空的，没有汽车，没有公共汽车，只有下面的以及全城所有十字路口的交通灯来回变化，还是会有一些动静，因为植被会蔓延得到处都是，以它们那永不停止的缓慢方式，水泥和沥青路面上爆出，最后终于将所有东西都覆盖在身下，街道上会有动物。但是它们绝不会听从交通灯和那过街信号指挥。它们情愿属于一个空系统。曾几何时那些造物以他们的身躯充满这系统，他们制造了这些交通灯用以调度自身，他们已不复存在，再也不会回来。

我向前靠过去，把香烟在我面前栏杆的竖条上摁熄，在没有烟灰缸的情况下，我让烟蒂靠着自己脚边，这是我能找到的最隐蔽的地方了。在那儿它就像一个躺在树下的男人，我想，喝光杯中酒，把杯子放在盘子边，抬头看：在露台另一头，十米开外，门打开了。来的是克里斯蒂娜。她微笑着冲我们半举起手，好像我们看到她的身躯还不足以明白她过来了，所以必须再多给一个信号。

她用一只手关上门，同时用另一只手理着长发，朝我们走来。

“这里看起来真好，”她说，“坐外面真是太惬意了！”

“他睡了吗？”盖尔说。

她摇了摇头，在靠墙的椅子上坐下，眼睛眯起来。

“但他至少在床上了，不管怎么说。让他和其他三个一起躺下简直是童话一般。”

“你要点酒吗？”我说，冲着她举起酒瓶。

“不用,谢谢,”她说,“但是我想来点拉姆洛萨水(Ramlösa)。”

我放下酒瓶，举起矿泉水瓶，倒进了她的杯子。白花花的，满是气泡,发出轻微的哔哔剥剥声,逐渐在透明容器中稳定下来。一些气泡从水面升起，在空气里往上升了四五厘米，在太阳光里清晰可见，并闪烁起来。

她把杯子举到嘴边喝了。

“我那几个也在床上了吗？”我说。

她点着头咽了一口，把玻璃杯放低，但没有把它放在桌子上，而是用一只手握着，胳膊肘支着大腿。

“是的，”她说，“但是约翰站在围栏床里，也想出来一起。”

克里斯蒂娜显得有些疏离，这并不是她说了什么或聊天的时候显得这样，而是她的举止；这就好像她不太想让自己的这些手势离开身边似的，有时我这样想。她面部表情也如此，看起来就好像是某种要控制的物件，并不是说它是经过深思熟虑的，不是这样，更像她不想展示那么多，就像展示太多会有危险，对那些属于她自己的东西总是有所保留。从某种意义上说，她就是盖尔的反面，因为他对他自己、自己的肢体语言和记忆的态度更为肆无忌惮。他的控制是对外部世界的，一切都打理得一丝不苟，不管是从不懈怠、不给偶然性留任何机会的物质世界，还是那思想的非物质世界，他字字必有出处，有脚注为证。

克里斯蒂娜总是穿得很漂亮，不是让人惊艳那种，但是品位超凡。这倒不让人奇怪，她本来就是设计专业毕业的。我们见面时我总是看着她的衣着，这让我被舒适感充满，也许是炉火纯青的确定感造成的，一切都像调音那样被调整过，但是又看不出调整，因为那样就会是像是在显摆打扮得体这件事，看那些比如围巾或皮带一类的小细节怎样在其他部分衬托下达到最佳效果，就好像被烘托出来，它们既自己处于前景中，通过比如说抢眼的皮带扣，同时又在背景里，因为这抢眼处也在提升其他部分。颜色、剪裁、质地、图案，所有这些都经过微调，基于某种只能是来自本能的确定感。这是她的本领，而且得来也毫不费力。凭着这个她就能做到几乎没有其他任何人能做到的事，也就是消弭新品和二手、贵价货和便宜货之间的区别，方法就是别看它们性质上的区分，而去看这些衣服或者配饰本身到底是什么。这和品牌无关，她的衣服我一次都没想过那些是什么牌子。她的衣服里我最喜欢一件无与伦比的浅棕色皮夹克，它对我有一种极致的吸引，而我还根本不知道吸引我的点在哪儿。是什么激起了它？我朦胧地把它和七十年代联系在一起，尽管它并没有什么七十年代的特征。但是也许很大程度上因为它的色调和剪裁非常温暖，同时又有点侵略性，就是皮夹克应有的那样，这种结合可能是让我觉得特别抓人之处。大纽扣。女性，但又不是以花边那种方式。优雅。是的，就是这个词。那件夹克是优雅的。

她用同样的方式打扮尼亚尔。几乎所有其他孩子都是H&M式的孩子，或卡帕尔（KappAhl）式的孩子，他们的衣服跟着这些百货店的季节和品位来，我们的也是。而就算尼亚尔有H&M衣服，那些衣服也绝对不会有H&M气息，而是会消失在那些独立挑选低调搭配过的衣服中。他也很优雅，但绝不是小公子方特洛伊[1]那种，恰恰相反，他看起来像我们这个时代的孩子，但是有他自己的风格，克里斯蒂娜是我们这个时代的女人，但有她自己的风格。二十年后，当我们看这段日子里拍下的照片时，她和他这母子俩看起来就很二十一世纪，像其他所有人一样，一点都没有远离，却以一种更干净、更漂亮的方式，就像约翰和杰奎琳·肯尼迪夫妻一样，看上去那么的五十、六十年代，却和我们的父母、叔叔和姨妈有着完全不同的丰姿和优雅，虽然他们都是同一时代的一部分。

克里斯蒂娜在穿衣上的确定感与她的举止并不矛盾，虽然相形之下后者欠清晰，不那么理所当然，或者因此而显得缺了点自足感。我没那么了解她，我们当然也从来没聊过她的内心或外表，但是就我所见，她内在生活要比其外部表达大得多也宽广得多，从这个意义上我认为她内心与外在之间的关系并没有调至和谐状态。她在展示自己这方面很小心，不一定是有意这样，应该不是，但是持续的保留暗示了这一点；她不希望自己的内心被别人看见，就好像那是什么会被别人的目光和想法引爆的东西那样。她有什么要藏起来的东西吗？她为什么东西感到羞愧吗？还是她只是一个特别封闭的人？

---

[1] Fauntleroy，十九世纪英裔美国女作家Frances Hodgson Burnett三部曲的主人公。

我在这一点上也是这样。我也不知道这种同感有没有意义，因为就我所知，她的感受和想法也很可能和我所猜测的是两回事，但也有可能她所表达的就是我认为她所表达的，在那种情况下我就知道是怎么一回事了。在她成长起来的家庭环境里，她内心里有些东西不能被展示出来，而必须隐藏起来。而她成长的主题就是如何摆脱这一切，也就是放到前台，以自己本来样子出现，和那些一直隐藏起来的东西和解，让它们公之于众，但是这种机制已如此强大，如此深刻地内化在个人的身份，个人的自我里了,以至于要根除它基本上是没有可能的:这就是你。而所发生的事情就是，至少在我自己这儿是这样的，那些无法被表达出来的，那些必须被隐藏起来的，已经有了它们自己的内在的生命，而这一内在生命，就是你不时转身去与之相处的东西，由此就成了某种生活方式，还是有点不错的，你不需要其他人，你自己心里已经很丰富了。展开成了向内展开。盖尔，她与之结婚的人，就完全没有这种所想和所言，所做和所感之间的不平衡。他的特点就是合群，他总是生活在人群中，就算他独自一人生活时也是如此。这就是为什么盖尔需要克里斯蒂娜的程度远高于克里斯蒂娜需要他的程度。我估计，如果有必要的话她可以一个人过一辈子。他就不行了；如果没有内在情绪和外部情绪之间的交换，没有他的自我和人群的交流，他肯定坚持不下去。他需要外部世界，而她不需要。她需要的一切在她自身已经拥有。她是个有责任感的人，该她做的她回去做，而他不是，他想做什么他就去做。我也是有责任感的人，对我来说，外部世界代表着，基本上吧，强制性，而内在则在大得多的程度上代表着自由。也就是最近这几年，我才意识到向内的退缩是一种危险，这把我从生命中抽离出来。也就是最近这几年我才意识到在这点上我和父亲是一样的。我少年时代时他就是个打骨子里孤独的人，他可以一个人宅在房子里，可以宅在他那小公寓里，也可以没几个亲密的朋友。合群是一种他已掌握的游戏，但他并不是那游戏的一部分；我疑心他并没有在那其中找到什么东西，可能在哪儿也没有找到。那种真正让一切不同，那种有意义有分量的东西，我觉得在他人生里没有这种东西。他这人的特点就是和他所做的一切保持距离，而唯一能消融这距离的，就是那些在他身上燃起的那些滚滚怒火和愤懑，以一种灼痛的方式把他真切地带到我身边，被缩短的既是物理距离也是心理距离，你可以这么认为，他该做的事就是别出现，保持距离。

他死后我们找到了他的一本日记，他在里面写的是“这孤独的人”。他写道，他可以把这孤独的人从人群里认出来，很明显，他认为自己是他们中的一员。他还写了更南边的文化里人们聚会的方式，比斯堪的纳维亚方式更包容，场面更热闹，要不把这理解为某种他渴望这种生活的迹象是不可能的。他开始酗酒肯定与这个有关。自由，无拘无束，友情。他生活方式里最斩钉截铁的分水岭分割开他离开我们的家庭之前和之后，除了酗酒之外，还有忽然在他人生里出现的这些聚会和这些人。这是个崭新的开始，是最后的尝试，但是酒精不仅是一种祝福，是恩典的琼浆，因为他很快感到了他从一起床就对它产生的渴求，或者不是渴求，而是一种需求，他被这强迫性所左右。在周末他从起床就喝，直到躺下，平时的工作日里他最初还是能控制自己的，早上不喝，回家吃午饭，这样他就能喝上一点酒，然后整个晚上都在喝，这事变得越来越难以控制，到了最后，也是很多年以后了，他完全放弃了，让一切都去他妈的吧。但是这一切的源头就是在那个单身小公寓里，他对孤独的急切渴求，想要远离身边这世界，而这无法与他对人群的向往达成协调的渴求，这不能被宣之于口或公开承认的渴求，直到最后，一切都失去了。他最终的下场就是某种失能，路越来越窄，他失去了一切，也是由于一种无所忌惮的侵略性和毁灭性，据我约略所知，他最后转向了内心，这就是他沉沦的过程，远离社会，回到了这一切开始之处，单独和他母亲在一起，喝得一泄如注。埋葬他的那个牧师，说了一件我永远会记得的事。关键在于要保持关注。他说，关键在于要保持关注。

关键在于要保持关注。

他本来可以说这些小事是很重要的。他没那么说。他本来可以说爱情基本上是最重要的。他没那么说。他也没有说这关注要投向何方，他只是说必须保持关注。

这话当时对我来说很有意义，那个上午我坐在教堂里哭泣，他的尸体躺在几米外的棺材里，而这话在今天同样意义，就在我坐着写下这些的当下。我知道观看而不关注是什么样子的。一切都在那儿，房屋，树木，汽车，人们，天空，大地，但依然缺了些什么，因为这些东西在那儿根本也不代表什么。它可以是随便什么别的东西，或者什么都没有也成。这就是那无意义的世界看起来的样子。要生活在这样无意义的世界也应该是可以的，问题就在于继续扛下去，你该干什么就去干什么。它也可能是好看的，尽管人们可能不知道它好看又能怎么样，因为它就是我们所有的一切，从来就没有什么区别，你不会去关心它。如果你不保持关注，你和世界就没有了联系，如果一切到了紧要关头，你可能就会很轻松地离开它。那些把你羁绊在此的关联，让你好似在这些链接中呼啸着滑过，它与期待值和义务联系在一起，事关这世界对你的要求，迟早有一天你会到达这种境地,你看到自己不再亏欠这世界,可世界依然亏欠着你,你看到了此中的盈亏不平衡。这一刻你就自由了，这时你想干什么都可以，但是这给你自由的无意义，也清空了自由的意义。

但是，如果世界无意义，对它保持关注又有何用？这是什么样的白痴小资产阶级骗局啊？

问题在于，意义又是什么。如果你认真对待这个要时刻保持关注的箴言，那么肯定是事物本身并不重要，人本身也不重要，随便什么东西都可以，随便什么人都可以，随便什么时候也可以。因为最关键的部分是这注视本身,而不是它看到的东西。也就是在去注视的和被注视到之间的关联，不管被注视的是什么。之所以如此，因为每一样事物在其本身而言并不重要。只有当这什么被看见，才成为了什么。所有的意义都在这注视中产生。意义并不是世界拥有或没有的东西，意义是我们赋予它的东西。注视把那外部的变成内部的，但是由于外在的仍然停留在这视线的外部，这自我的外部，因此它还认为它所看到的属于这事物或者说这现象，然后对此挑剔，推崇或者对其无动于衷，同时也并没意识到它所挑剔、推崇或者对之无动于衷的东西已经在其内部了。正是通过世界这些潜入内部的部分，意义才成为可能。所有的意义都从注视中出现，所有的意义都来自心里。赋予世界意义是人类所特有的,我们这赋予意义的物种,这不仅是我们自身的责任，也是我们的义务。我父亲没有履行他的义务，然后他沦落了。不是作为惩罚，而是作为一种后果。现在的我就是这样看待这事的，在他去世十三年以后。我认为牧师说得对，关键在于要保持关注，但我也认为这种箴言和关键在于要做个好人那种属于同一类。所有人都赞同这说法，但是对于许多人来说这根本是做不到的，还有同属乌托邦但更接地气的、根深蒂固的告诫，关键在于要有钱。当然。对于拥有大把钞票的人来说有钱很容易，对于人格完整的人来说要做好人也容易，但是对于那些不那么完整的人来说，做好人根本就不在其能力范围内，也可能根本没有什么能力范围。没有什么上，也没有什么下，没有什么好，没有什么坏，只有纠结，痛苦或者糟心，因为他们身上有什么已经被毁坏了，搞砸得相当彻底，而且他们已经被五花八门的各种无法应对的情绪缠住，他们的生活就是背对着世界奋力抗争，假使他们还没有被打倒躺下的话。这么多人为求生而战，这么多人已倒下，剩下的，这些丝毫不知痛苦或纠结滋味的人，坐在那儿看电视，为自己是个好人而惬意舒坦着。当我想到这个，想到我们把世界变成了什么样，一个独此一家的大客厅，我们坐在那里盯着其他人都在干吗，我想到了爸爸有次说的话，充满嘲讽，当时我们坐在外面烧烤，他、妈妈和我，简直就是家庭幸福和舒适的化身，他说：现在我可是什么都有了，你们！当我想到这事时，我想他做得对。让意义去见鬼吧，让一切都见鬼吧！我要喝到倒下为止。我要喝到双眼模糊，我要喝到天昏地暗，我要喝到四大皆空，因为虚空将被虚空驱逐。我喝到跌倒，我跌倒了再喝。一切都他妈混蛋，一切都他妈狗屎，大家都是白痴，见鬼去吧他们，我要喝到自己比他们更傻。所有人都是小人，我要喝到自己比他们还小人。因为我越喝，自己就越来越小，我在墙上的影子，就越来越大，直到我坐在椅子上，鼻骨折断，脸上和衬衫胸口都是血，正要死掉那一刻，那时候我就谁也不是，而我的影子就成为一切。

我父亲没有保持关注，他也不是个好人。但是他做了他自己，而就算他真的想，保持关注并做个好人，我觉得他也做不到。他身上有些东西从一开头就已经被毁了。对我来说这一点关系都没有，他是怎样就是怎样。我从来就没法像看自己那样把父亲作为一个单独的人来看，他的存在仅仅建立在他和我的关系上，作为一个父亲，他的举动谜一般难以捉摸，但是自有威严。他是不是过得糟心，并不是我要去关心的。我父亲是个没有国土的国王，谁能真的认为国王在受苦？至于他死得像个小丑，坐在他母亲的椅子上，鼻子被血染红，这也没有改变任何东西。对我来说，到我死那天为止他都是个国王。他仍然以昔日的威严出现在我梦里，这单身公寓令人望而生畏的主宰，因为在潜意识里洞见一文不值；它就是那些装满冰用来运输鲜活心脏、肾脏、肺和肝的盒子，从捐献者死去的医院运到那个存活的躯体所在的医院。而这个盒子里是死去的情绪，在夜里梦从这里升起，它们还继续活着，在它们曾经生长过的躯体已经死去之后，就是在这里，我父亲依然不时地成为主宰。

父母与孩子之间的关系大概就像机场里海关人员与乘客之间的关系。海关人员透过窗户看着进入到达大厅的乘客们，并以视线跟踪他们所做的一切，而乘客们从另一面盯着同一个窗子时，看到的只是自己。一个孩子从父母那里学不到任何东西；他们能期待的最好结果就是别重犯他们的错误。爸爸在日记中写道，他既是挨打的人，也是打人的人。如果这话说出了点什么，就是它能被用来反驳人类应该是理智的、被理性驱动的生物这一观点。他受过挨打的痛苦，所以为什么他自己还要去打人让痛苦传递下去呢？也许这本身关于一种共情能力，一种能洞察到其他人也会有自己同样感觉的能力，并且别人的感觉可能也同样重要，也应该像对待自己的感受那样去认真对待，而它这时已经破碎了。我认为，在最开始的时候人和世界是亲近的，但是这种信心一旦破裂，人就会逃向自己内心深处寻求庇护，就像从外界所发生事件那里隔离出来那样，而一旦这个距离已然形成了，再要去克服它就要花很多力气。但是这样一种联系，把童年时代所受的伤害和随后人格里对世界保持的遥远距离关联起来，只有在作为一种论理时是显然的，在这个看重论理规则的系统里，而不是在现实里，现实以另一种完全不同的程度敞开，在这里没有任何线性发展可言。在我憎恶亲密感和所有类型的情绪发作时，在我所经历的所有亲密关系里，迟早总要去追寻某种中立、有条理、清晰之物时，不能说这憎恶是非我自身所有，是我与父亲或母亲关系的破裂的一个症状。不是，当我憎恶亲密感和情绪发作时，是因为我真的**憎恶**亲密感和情绪发作，我不想要它，不想接近它，而我渴望的这种距离是好的，有时候几乎是最高级的善。对性的欲求是唯一能消除我对边界和距离的需求的东西，只有在那其中我可以超越对亲密的焦虑和对距离的焦虑，去靠近另一个人。同时，这简直不言自明，当我所亲近的是这个我与之共度人生的人，当性的欲求跨越了与她之间的距离时，亲密感焦虑就会以双倍的力量出现，因为这时已经没有任何距离了，和性有关的一切开始被抵触填满。在交际方面，我喝醉时可以跨越和他人的距离，那时候距离感消失，但是在其他情况就不会。拥抱对我来说是可憎的，在肩膀或后背上拍一记是一种威胁。但这些都不是让我觉得烦恼的距离，没有共情能力也不是短缺，问题所在恰恰就是亲密，我的意思是，说真的，我不想要它，在某种程度上它和共情有关。为什么人们就不能离我远点，让我一个人待着？我那个时候想，这难道是一种苛求？爸爸所写的孤独，我完全没有感受过。这样一来，就人际亲密关系和共情所带来的东西这一点来说，我比他更恶劣，因为我对此一点也不渴望，我觉得，这让我能比他活得容易些，也让我不太可能重蹈他的覆辙，把自己喝死。首先当我终于能自己一人待着时我为什么要喝酒呢？

天际线下，一些燕子高高地来回飞着。我知道这是一个气象标志，燕子高飞的时候要么是会有好天气，要么会下雨。至少我知道这个。我也知道它们飞那么高是因为那里有昆虫。但是昆虫飞那么高是因为即将来临的低压还是高压？它们到底在那上面干吗？

“卡尔·奥韦，你的小说现在怎么样了？”克里斯蒂娜说，“你都写完了吗？”

“差不多吧，”我说，“我只需要改掉一些名字。”

“然后你还得再写四本。”盖尔说。

“但是出现了一些小状况，”我说，看着她，“我不知道盖尔有没有说过这事？”

“有个亲戚不希望它出版？”

“是。他给出版商写了信，并威胁说要告上法庭，要登上报纸。他有个理论，说这一切都是我母亲在背后搞鬼，还说是她为了报复他们才让我写了这本书，就因为我父亲离开了她。”

她微微一笑，将玻璃杯放在桌上，把盘子往旁边稍微推了一点，给玻璃杯腾出位置，杯底消失在略微凸起的盘子边缘后方，而那窄窄细长的树干与碗本身预绑在一起作为阳光的支柱。

“没人信这些话吧？”她说。

“没有，那倒不至于。所以那就是对背景的一种揣测，不是主要问题。主要问题是他认为这部小说诽谤名誉。而且谎话连篇。也就是说那里面写的都不是真的。”

“他生气了。”盖尔说。

“是的，他确实如此。”我说。

露台那一端的门打开了。琳达出来了，当她关上她身后的门后，用一只手当作遮阳幕在额头上贴了一会儿看着我们。她穿着一件蓝白条纹的上衣和深蓝色短裤；再加上这粗糙的甲板般的地面和这像是敬礼的手势，让她带着一些水手的气息。我笑了。

“但他是否真可能阻止出版呢？”克里斯蒂娜说。

“我觉得不可能吧，”我说，“或许他会试着这么做，我不知道。”琳达在我们面前站住。

“你能把这个活干了真是太好了。”琳达说，把椅子拉了出来，在我对面那一侧桌边坐下。

“那我们吃饭吧，”我说，“开动了。”

“谢谢，”克里斯蒂娜说，“这些看起来真养眼。”

“来吧，”我说，“有虾。”

“今年夏天我还没吃过虾呢，”克里斯蒂娜说，“我们一般都会吃的。”

她笑了，看着盖尔。“你父亲总是给我们很多虾吃。”

“是啊，”盖尔说，“在那下面吃虾吃得很多。”

“在那上面，”我说，“你们现在所在位置很南面了。”

“你们是不是在说你的书？”琳达说。

克里斯蒂娜捏了一小撮虾放在盘子上。虾壳如此光滑，毫无摩擦力，以至于它们滑动的时间比预料的要久，有一只虾从被放下的地方一直滑到盘子另一侧的边沿上，卷曲的尾巴冲着天。盖尔则飞快揪起一块面包，环顾四周找黄油，拿起了它。我拿起酒瓶，倒入琳达的玻璃杯里。

“这真是特别糟糕，说实在的。”我说。

“谢谢。”她说。

“你之前没想到会有这样的事？”克里斯蒂娜说。

我摇了摇头，把一块面包在盘子上，等盖尔抹完黄油的当口喝了一口酒。

“没有，”我说，“完全没有。我可能想过他会生气，但是现在的情况我完全没有预料到。是我太天真了，真的。我之前想着，我写的是已经发生的事，没人能对此说什么。他们可能会因为这个生气，这点我考虑到了，也许他们不愿意自己的名字出现在书里，但没料到他们会希望书不要出版。还有这发了疯似的诅咒。”

“我读了这些信，”琳达对克里斯蒂娜说，“他看起来像一个会要人命的人。至少我很害怕。”

“他并不危险，”盖尔说，“否则他早就在车上放把斧头开到这里了。”

“别这么说！”琳达说。

“最糟糕的部分是他说我写的都不是真的。也就是说事情并不是以我所描述的方式发生的。我不仅仅是写得不够准确，还撒了谎。而且他可以证明这一点。”

盖尔抓了一把虾，一松手让它们掉在盘子上。我把黄油盒子拿起来放在自己面前，餐刀冲着自己，从那被阳光晒软的深黄色表面刮过来，把在刀刃面聚集起来的那一小堆抹在面包上。面包壳是棕黑色的,外面完全是光滑的,这儿那儿沾着一些面粉，但切面上孔洞很多，和那绵软洁白的内在紧紧交织着。我把面包块拿起来一点，为了和刀子之间形成一个更好的角度，让我把最后一点黄油抹上去，就在此刻对面酒店的三部电梯之一突然开始顺着那包围着电梯的透明管道向上滑动一直到最顶端。克里斯蒂娜低头坐着就好像在干缝纫活儿似的，她在清理她那些虾。我知道那种手指粘上虾籽的感觉，它们有一种独有的质地，与湿沙子有一点像，也很难刷掉，有那么一点点粘。琳达似乎还不想专心投身于用餐中，而是打算在边上逗留休息一会儿，也许孩子们的意志所产生的噪音还在她体内盘旋，她举起了玻璃杯。

“干杯，欢迎你们！”她说。

“干杯。”盖尔说。

“谢谢。”克里斯蒂娜说。

我们轻轻地互相碰杯，然后喝酒。我把玻璃杯放下，若有若无地迎着他们的视线，这是七年前我来到瑞典后学到的，大家都应该这么做，我由此也后知后觉到之前那些年里人们在干杯之后都会互相对视，除了干坐在那儿对此一无所知的我，已被暴露而依然浑然不自知的我。

“我可不想一直说我叔叔的事，糟蹋了这个晚上。”我说，注意到电梯停了下来，门开了，一个胖男人和一个不那么胖的女人步入电梯，与此同时其他电梯中的一部也开始向上移动。“我把我刚开了头的那些说完就不说了。就是他能证明我在撒谎。”

我抓了一把虾，将它们放在面包块旁，用手指捏住一个，拇指和食指在虾头和虾身之间的部分一挤，把头揪了下来。

“突然之间，我好像不再知道什么是真的什么是假的。这太不舒服了。这太不舒服了。这是关于我亲身经历过的事情，对不对。突然间我就在反复琢磨我是否经历过这些。你懂我的意思吗？”

她点了点头。我食指和拇指用力，掐紧那虾籽饱满的虾腹上的壳，让它连壳带籽基本全剥落了下来，放在盘子边上，然后捏着虾背的壳把揪起来，就像人抬起头盔的面罩那样，放在一边。

“我唯一能确定的，是我父亲把自己给喝死了。如果我只写这个就不会有任何问题。也就是说，这就是事实。但是我用最具体的那些细节描写了事情发生的地点。那就是他童年时代的家。我用最具体的细节描绘了我的祖母，也就是他的母亲。在他成长的这些空间里。显然，这就构成了侵权，因为它本身是私人空间。这是他的空间。然后我出现了，在那儿待了几天，还写了一本该死的小说。这小说甚至可能有撒谎的成分。或者扭曲事实。我现在都不相信自己了。我不知道什么是真的，什么不是。而我依然这么做了。和他的兄弟对着干。我一直都仰视他，也就是说，他在我的生活中一直有非常重大的意义，就像是什么事物的代表那样。”

我的拇指抚过那小小的毛毛虫般的虾肉下方，捋去还残留在那儿的几粒虾籽，然后把它放在一块面包最靠边的角上，又开始剥下一只虾。

“所以这事对我来说这么糟心。因为他所说的一切，在我心里引起了某种共鸣。它们本来就在那儿。然后当它又从外部过来的时候，就把我合围了。”

“那么就从纯实际的角度来说，会怎么样？”琳达说，“你肯定要改掉所有名字。但是你还有什么更多的事要做吗？”

“没有。”

“我认为你连名字都不必改，”盖尔说，“凭什么要你这么做？”

“如果你设身处地就会明白，”我说，“那是他的名字。我没有权利为了达到我的目的去用他的名字。”

“他的名字就算了，也许。”盖尔说，“尽管我认为你应该一视同仁。但你父亲的？还有你祖母的？这些不能算了。”

“这些部分是底线了。”我说，把另一只虾紧紧贴着第一只放下。这从生物到垃圾的转变值得注意，这一小堆碎壳、虾头、虾籽、天线般的触须就躺在这些精致美丽的甲壳动物旁边。

“我们姑且假设官司会打起来，”盖尔说，“对你的指控里该包括什么内容呢？指控你写你父亲的事？他又究竟凭借着什么要被保护起来？凭什么他的名字就要洁白无瑕？如果一个乱伦受害者写了一本关于自己父亲的书又会怎样，它会因为那个父亲的兄弟不想他哥哥的名字被玷污而不能出版吗？就好像那个名字本来并没有被他的行径玷污似的？”

“但你说的这已经是犯罪行为了，”我说，“那就是另一回事。”

“是的，说的没错。但是情况是他的确做了对你所做的事情。所以你就不能说这事，仅仅因为它经由亲属关系牵连到了你叔叔？这实属荒谬。到底什么更恶劣，是这行为还是对这行为的描述？对这行为的描述而不是这行为本身竟然成了犯罪吗？”

“我觉得卡尔·奥韦说的不是这个意思，”克里斯蒂娜说，“而是对这些私人空间的描述构成了侵权。说的是通向那里的门打开了，什么人想进都能进去。”

“这也解释不了他为什么如此狂怒，”琳达说，“这后面一定还有其他东西。”

“他为什么认为这都是你母亲在后面搞鬼？”克里斯蒂娜说。她的面包块上几乎已经被一层白红相间的虾盖满。它们躺在那儿，在一层薄薄的黄油上面，可以这么想象，就像从一架要降落的飞机上向下看躺在沙滩上的人们的样子。

“我根本摸不着头脑，”我说，“但是爸爸妈妈刚在一起时他还很小。十岁左右。他的大哥结婚了搬出去住。对于一个小男孩来说是个很大的变化。对他来说她是怎样的人？很有可能他和他父母对她持有一样的看法。我猜他们不愿意爸爸和妈妈结婚，她配不上他，或者不合适他。不管怎么说，他们毕竟没来参加婚礼。这是公开表态了。我记得爸爸第二次结婚又提起这事，而他们也没来。他牢牢记住了这些。这太重要了。居纳尔一定领会到了这种拒绝及拒绝的理由。也许不是作为一种观点或者想法，而是作为一种感受，所以这就成了真相：和她就是这样。后来他们结婚生子这段时间，他们一定很明显地感到了爸爸过得不好。不管怎么说现在当我想到这些是，这一点对我很显而易见。而且由于他是他们自己人，从他们那儿出去的，所以对他们来说这一切就要归咎于她。”

“所以他失去了一个兄弟？”琳达说。

“是的。”我说着，在面包上又放下一只虾，上面很快就要堆满了。我嘴里充满口水，剥虾的手加快到最高速度。“而且后来又失去了一次，在他的哥哥开始酗酒的时候。”

“然后第三次失去了他，当你写关于他的书的时候。”盖尔说，

“我倒没这么想过，”我说，“不过你说得对。我夺走了他，说他是我的，他就如此这般。”

“那时你母亲和你父亲的父母之间的关系如何？”克里斯蒂娜说。她把面包片递到嘴边咬了一口，这动作幅度如此之小，以至于那一瞬间她有点像松鼠，然后，也许因为我在看着她，也许她只是出于单纯的快乐，她笑了，然后那所有微小感觉都消失无踪。

我也微笑了。

“我可以问你一个事吗？”琳达说。

克里斯蒂娜点点头。

“你为什么不喝酒？”

克里斯蒂娜笑了起来，把手挡在嘴边。盖尔咧嘴笑到最大。琳达也笑了。

“我们要有一个孩子了。”克里斯蒂娜说。

“我就知道！”琳达说。

“真的吗，”我说，看着盖尔，“为什么你一点都没提这个？”

“我们现在说了呀。”他说。

“可是我已经能看出来了，”琳达说，“你的肚子大了一点。”

克里斯蒂娜低头看着她的肚子，一只手放在上面。她再次抬头时，满眼幸福。

“你预产期是什么时候？”琳达说。

“12 月底。”克里斯蒂娜说。

“真是太棒了。”琳达说。

“恭喜。”我说着举起了酒杯。

“我们是受到你们的激励了，”盖尔说，“我们除夕夜在这里那次看到了约翰。就有了想再要个这样的孩子的想法。他那么心满意足，朝我们伸开了双手。”

“这对尼亚尔很好。”琳达说。

“是的，”克里斯蒂娜说，“当哥哥对他来说应该很好。”

“你和他说了吗？”琳达说。

克里斯蒂娜摇了摇头。

“我们对我父母说了。还有盖尔的父亲。”

“你们查过是女孩还是男孩吗？”琳达说。

“没有，”克里斯蒂娜说，“我们也不会去查。”

“我们希望保留悬念。”盖尔说。

“我完全不能理解你在这儿已经晃了两天，居然一点没提这事，”我说，“而且，我就和你们提过。比如说。你记得上次我告诉过你海蒂要出生的事吧？”

盖尔点点头。

“后来你们有了尼亚尔。那次你也是什么也没说。两个月后他出生了。”

“那又怎么样？”盖尔说。

“我认为这过于克制了。我们就是什么都藏不住的。是过了多少天所有人就都知道了？”我说，看着琳达。

“两天，也许。”她说。

“这就是斯特莱一家对汉姆生一家的看法。”盖尔说。

“我大胆推测一下，你们就是斯特莱一家？”我说。

“显然如此，”盖尔说，“我们惊奇地睁大眼睛看着你们怎么过的。我们反正什么都井井有条。”

“我真为你们高兴！”琳达说，看着克里斯蒂娜。

当我看着她时，她眼中闪现着由内而外绽放的光芒，一切都解释得通了，就是这样，**所以**啊！她已经转身向内，并不是从世界中抽离出来转身背对着它，而是因为在她内部深处有什么美好事物。

“我们甚至连名字都准备好了。”盖尔看着克里斯蒂娜说。

“这个你们也是准备在六个月后才宣布吗？”我说。

“如果是女孩，她会叫弗勒于迪斯，”盖尔说，“如果是男孩，他就叫吉斯勒。”

就在我们坐在那儿的时候，在这个城市上方的这个狭窄台子上吃喝的时候，太阳慢慢下沉，越来越红，同时那黑暗逐渐以难以察觉的方式在我们四周升起，先是在街道上，那里空气的颗粒感逐渐变强，而那里的各种颜色，汽车、人和建筑物上的颜色，慢慢变灰。我们聊着他们在等待的这个孩子，我们聊着已经出生的这些孩子们，我们聊着那些已经变作旧时光的日子，我们在斯德哥尔摩生活的岁月，谈到居纳尔的那些信。我本来并不想这样，但是我内心的不安如此庞大，一定要让它消退，而我所知的唯一方法就是去谈论它。当酒已喝完，所有人都饱足后，琳达和我把桌上所有的东西都搬进去。我在厨房里煮上咖啡，从冰箱里把冰激凌拿出来。

“这个晚上过得真好。”琳达说。

“是的。”我说。

“你觉得还好吗？”她说。

“是的，”我说，“可以这么说，一样好。在这里就很好。”

我环抱着她。我们这么站了一会儿，然后她去拿蜡烛，还是她有次送给我的生日礼物，某种属于过去时光的有玻璃壁的金属灯笼，在那里面会立着一根粗粗的大蜡烛在燃烧，或者，像今天这种情况下，因为我们没有大蜡烛了，点着许多小蜡烛。

我站在客厅里，看着她手里拿着这道光芒在黄昏中走过。于是我把冰激凌、浆果、咖啡放在一个托盘里拿出来，还有杯子、碟子和茶匙。

8月的幽暗是所有幽暗里最美好的。它不像6月的那样明亮坦荡，就好像充满机遇的样子，又不像秋冬之际的暗夜那样逼仄紧闭。那曾到来过的，春天和夏天，显然还停留在这8月的幽暗里，而那些将要来的，秋天和冬天，你能在这里看到它们，却还不是其中一份子。

灯笼里散出的光在桌上摇曳，映亮了脸和眼睛。黑暗升起在我们周边这已经静下来的街道上。电梯上上下下，交通信号灯转换着，有时候有人从步行区那边走上来，晚上出来散步的一家人，或者出来玩的年轻人，也许去哪个公园，可以坐下来喝酒，或者去一家露天咖啡馆。他们身边环绕着一种张力，或者就是那原本潜伏在我心中的，被他们唤醒了，尽管多少次了我还是同样的反应，我依然感到那种吸引力，想出门并一心觉得今晚什么事都有可能发生。

但这感觉也在8月的黑暗里，我想。在那里也蕴含着许诺和希冀。有些东西会关上，有些会打开。生活要被度过。经过秋天和冬天，春季和夏季，每一轮都变得更饱满。是的，难道这不就是所发生的全部？8月的黑暗从来没有像现在这样充实过。

因什么而充实？

这已流逝的时光中的美好。

我们吃完饭后，我不但把干邑拿出来，还自己喝了一杯，然后我进去上厕所。半路上我将头探进儿童房，他们躺在那里，像动物一样呼吸着，完全退居在自己的世界里。露台上其他三个人的声音在这室内依稀可闻，我听到了琳达的声音和她的笑声，想到孩子们听着父母的声音入睡是怎样的感觉。来自他们生活的声音，外在于这些孩子们的声音。我撒尿，这感觉很好，洗手时看着镜子里的自己。万妮娅出生时，我的额头上和沿着脸颊的这些大沟壑以及现在已经来到眼尾的小皱纹都还没有出现。但是我自身的感觉，一直以来的感觉，还和我二十多岁时一样，也许这就是为什么尽管年龄如此触目且明显，我在镜子里看到的依然不是一个四十多岁的人，而是我自己，卡尔·奥韦。

我用毛巾擦干了手，走进卧室，打开电子邮件，一如既往地心里怦怦跳，心中不宁。

一封来自亚马逊的邮件，还有一封来自托妮耶。

我打开了后者。

亲爱的卡尔·奥韦。

抱歉，我一直没给你回信，直到这一刻。你的估计是正确的。我读小说那三天，头突突地疼，一只眼的眼皮在神经性抽搐。事后我也想搞清楚我为什么会有这些反应。首先是有一种怕被出卖的恐惧。之后，阅读本身就成为一种沉重。所有那些我已经遗忘的小事突然如在眼前，还有你以及我曾经对你有过的感受也如在眼前。

读完全书以后我稍微放松了一些。托雷说得对，我是个公主，在书里是这样，这话我记住了。但是，如果可以的话，我也想试着用更有原则性的眼光来看这事。我也不知道你在第五本书里是怎么写我的。我又不能说只要你写的都是好话就没问题。因此，我决定不以任何方式对此事进行干预。这是你的作品。用全名吧，好坏都随它去。至于对这本书的看法恕我无法提供,你肯定能理解的。但读这本书让我心如刀绞。亲爱的，亲爱的卡尔·奥韦。

祝一切都好

托妮耶

我读到这些时解脱如此之大，而最后一行是如此意外地充满爱意，让我双眼模糊了。我关掉邮件，在电脑前坐了一会儿。我希望在我出去见其他人之前这些情绪能沉淀下去一些。单单是我收到一封托妮耶的信这事就感觉像对琳达的背叛。就好像我在家庭以外还有秘密生活似的。而我确实也是如此，在这个小家庭之前我就有自己的生活，就算我平时没意识到这一点，我写这个系列的第一本书时确实想到了这点。我已经唤醒了那一部分人生，唤起了在那些时期和我产生过关联的所有人，在我内心深处，就这样，随着过去的苏醒，我也行走在他们中间，而我的家庭，什么也没说，也无从得知这一切，但还是在，它们就在那儿，在他们中间。

大概十分钟后，我站起身来，穿过公寓。我得把托妮耶的信转发给出版社，一部分是因为小说周围的伴娘群体已经变得如此庞大，他们必须厘清每个人的反应，一部分原因是我希望他们看到我也不是完全不靠谱的，因为就算居纳尔的信很疯狂，我感觉也许出版社的人会认为无火不生烟，而居纳尔的指控里的真实成分也可能不止一点儿。毕竟，我是一名作家，我谋生靠的就是无中生有，他们可能觉得居纳尔对我那些受到创作氛围渲染过的现实描述的反应可以说是过激，或许可以说十分激烈。我尤其怀疑盖尔·伯达尔的反应是如此。审计员对真实的热爱对上了作者的不靠谱。而托妮耶的反应就不是这样，并且对我有足够的信心以至于可以让我放手在下一本书里写她和我之间的亲密关系，这并不是什么东西的证明，但至少意味着另一种倾向。

但是这些我会留到明天去做。现在我要和琳达、克里斯蒂娜和盖尔一道坐在这露台的幽暗里，伴随灯笼里的烛光，喝着干邑，随心所欲地聊天。

当我走到他们身边时，琳达正在讲一个故事。讲的是我们在这里的第一个夏天。那时公寓、露台和这城市都是崭新的。几乎每个晚上孩子们入睡后我们都坐在这儿。那个夏天长得没有边际；9 月份已经到来很久我们还能在晚上在这儿坐着。我们买了一个婴儿警报器，发射器在儿童房里，接收器在我们中间的桌上。当她们转身挪动，或者以其他方式有了什么动静，接收器就会响，我们就会听到。一天晚上，它响了，有个孩子哭了起来。我走进了那间房，然而不管是万妮娅还是海蒂肯定又睡过去了，因为我进去的时候，她们都一动不动地躺着熟睡。我又走出来了。而接收器里又响起了那个哭声。这一次是琳达进去。她也经历了同样的事：她们都睡着了。这真是毛骨悚然，因为接收器里传出来的是一个孩子的哭声。刺耳，似乎由远处传来。我觉得那是个死孩子，一个在那幽冥处哭泣的孩子，而那哭声发出的波段被无线电接收器捕获了。我没有把这想法说出来,因为琳达已经自行忙碌起来,她再次匆匆走到孩子们身边，这次手上拿着接收器，这样她就能亲眼看见那里的哭声不是她的孩子们发出来的。她走开后，我明白了其中的关系。我们住在一个城市里，身边有数以百计的人口，其中肯定有些人有和我们一样的婴儿警报器。

琳达回来后我把这话和她说了。她安下心来。但是又过了一会儿，她看着我说：可是没有人去安抚那个孩子。

当她讲完了这个事以后，我们俩都曾经感受到的那种惊悚就消失了。它已经变成了一个故事。但是琳达刚刚写了一个短篇小说就是关于这事儿的。在那里，那种惊悚还完好无损，甚至可能更加强烈了。因为这就是她，这是她的天赋，能够把生命聚焦于某些具备着匪夷所思的强度和密度的事情上。当我读到她写的东西时，这个短篇也包括在内，我常常眼里会有泪水，因为那顿时就让我如此清晰地看到她是怎样的人。

“我们去哥得兰岛时买的婴儿警报器，”我说，“你还记得吗？那次出门？”

“是的，”她说，“我记得你早上背着背包跑去商店购物。”

“跑？”盖尔说，“要跑多远？”

“我跑了一英里，”我说，“那几个月我的身材好得不得了。但是我当时不知道这一点。一切都是相对的。当你某件事做得很好时，总有什么是你做不好的。所以我专心一件事就好了。”

“没车的情况下带孩子度假旅行，这完全可以单独占一个类别。”琳达说。

“这是幼儿生活的十四行诗，”我说，“没有比这更难的了。”

“但那其实也很美好，”她说，“我怀着海蒂。万妮娅还那么小。我们当时觉得她很大了。但是她只是那么一点点大！”

“是啊，”我说，“时间过得太快了！就像那些在童年时代发生的事。”

我们在那儿待了两个星期，租了一个紧挨着森林的房子，这森林在所有方面都使我想起霍弗的森林，因为林子里都是松树，而且一直延展到海边，在那片森林中间有一些白色柱状岩石。哦，那景色自有一种吸力。每一个下午，琳达和万妮娅在屋里的时候，我就跑到那儿去看它们。它们看起来像矗立着的雕像。像男人一样高，白色，在挺拔的松树中央。像是一些图腾柱，这就是我所产生的联想，印第安人和一个没有汽车、没有沥青、没有混凝土、没有玻璃、没有机器的世界。这里只有能生长之物，以及生活在其中的人。我跑过去，看它，它给我丰富的感受，然后我跑回去，回到我的小家庭。

现在，这些再也不是刚发生的事情，而是很久以前发生的事了，就像这样，今晚在露台上，不用几年就会成为我回顾的对象，就像我人生的一个切片。一段记忆就是意识之山上的一格，我们坐在那儿干杯聊天，在我们这一格下方，爸爸坐在椅子上，他已经死了，脸上满是血。在那下方的一格，我们坐在阿德格尔腹地某处的野餐区，爸爸、妈妈、英韦和我，我们采了一上午的浆果，现在我们坐下来吃自己带的干粮，旁边流淌着一条河，河水碧绿泛白，冷得刺骨、从我们背后的高山上流下；而在另一侧是路边，覆盖着尘土，停着我们的红色欧宝卡德特。

但这些尚未成为记忆，尚未成为过去，它依然继续只是我们来到的此地，在这个即将走上尽头的晚上。

“你不累吗？”琳达对克里斯蒂娜说，克里斯蒂娜点了点头，是啊，她累了，一旦这话说出口，一切就要结束了，因为我们都累了，孩子们在最坏的情况下可能5点就醒来，最好呢也就是5点半醒，所以我们最多就是把桌上的东西都拿进去，放进洗碗机，吹熄蜡烛，刷牙，上床睡觉。

我在黑暗中仰天躺着，等着琳达在浴室收拾停当。她过来后，立刻就倒在床上，就像沉入水里似的，我环抱着她，用力搂着她，感到她贴着我，她的体温和气味。

“我爱你。”我说。因为某些奇怪的原因，我说这话时哭了。但那是无声的，那只是眼里充满了泪水，她什么都没察觉到。

第二天我们去海滩。琳达煎了肉饼，做了开放三明治，我做了煎蛋，煮了咖啡，兑了果汁饮料，我们把所有这些都放在保温冰袋里，打包了一条大毯子，毛巾和泳衣，还有那些对女孩儿们来说生死攸关的手臂游泳圈，给她们穿上凉鞋和夏天的裙子，每人扣上各自的棒球帽，抹上防晒霜，将约翰放进童车里，然后出发了。到今年夏天之前，里伯斯堡[1]对我们来说就是沙滩的同义词，但是那里完全没有遮阴处，琳达很怕晒，所以只好整个夏天都躲在大帽子和墨镜下，此外，她总是走在街道有阴影的那一边，我们去咖啡馆时则坐在阳伞下，而我完全相反，任何时候都想尽可能多晒阳光，今年初夏我们去了锡伯巴普（Sibbarp）的海滩，因为虽然它离得相当远，但是在海滩边长着树，它们的树冠洒下最惬意最深沉的阴凉，从那次以后，我们每次要游泳的时候就去那儿。走过去太远了，我们要从音乐厅旁边的博格思街那儿搭公共汽车，从那儿差不多半小时车程就到了锡伯巴普。尼亚尔、海蒂和万妮娅走在前面，然后是琳达，肩膀上挎着保温冰袋，克里斯蒂娜背着一个背包，盖尔手里拿着一个包，走在最后的是我，推着约翰的童车，挂着两个被乱七八糟东西塞得满满的大袋子。天气很热，公共汽车站一点阴凉地方都没有，所以等十分钟后公共汽车来到时，我们也如释重负。车上几乎都坐满了。盖尔和克里斯蒂娜在最前面找到了座位，尼亚尔就坐在克里斯蒂娜腿上，而万妮娅和海蒂坐在后面紧挨着车中间较阔处的座位上，琳达和我坐在她们后面，琳达的腿上坐着约翰。穿过城市，经过医院，进入柳塘公园后面的那一大片区域，那里矗立着那古老而尤其美丽的体育场，它的形状接近一个长方形大盆或一艘平底船，源出功能主义时期，可不幸并不适合足球，因为它的跑道过宽而看台坡度不够，就因为这样在它旁边又造了一个体育场。这个地段还有

[1] Riebersborg，马尔默附近的露天浴场。

波罗的海馆[1]，还有一个巨大的人工草坪球场。我们住在马尔默的头几个冬天我来过几次，有些记者每周两个中午在这儿踢球，我也跟着投身其中。

我用手擦掉额头上的汗水，发现我们已经穿过了美景街。我对这个城市了解得真不多，所以不知道各个城区是怎么联结在一起的。那么我们应该在社区园圃附近了，我想。只是一闪念想到那个地方就让心情灰暗下来。我看着琳达和约翰。他的脸潮潮的，眼睛朝上翻着，又像两条垂死鱼儿的嘴。不用短短几秒他就再也抵挡不了睡眠，在这个年龄，睡眠的力量真的非常强大。

万妮娅转过身来，盯着我的眼睛问什么时候能到。还有几分钟，我说。一分钟有多长，她说。六十秒，我说。一秒钟有多长，她说。从现在到现在，我说。这很短啊，她说。但是请你别开始数数，我说。她看着我。为什么不呢？她说。我耸了耸肩。你想数就数吧，我说。她开始数数。当她数到三十一十一时，我纠正了她。我们到了利姆港[2]的区中心，主干道上满是汽车，两侧人行道都是人。三十九以后是什么，爸爸？万妮娅说。四十，我说，边看着琳达。他睡了吗？我说。她点了点头。我们的车沿着海边开着，很快宽阔的草坪展开了，到处都是一簇簇深绿色的阔叶树，然后公共汽车拐进了终点站。琳达把约翰抱起来朝童车走去，他醒了，开始尖叫，我抬起了童车，她试着把他放进去，他的脚开始乱踢，我把他接过来，他坚持

[1] Baltiska Hallen，为纪念波罗的海博览会五十周年而建造的多功能体育馆，于1964年建成，目前是马尔默手球队大本营所在。

[2] Limhamn，马尔默市靠海的城区。

了大概二十秒就放弃了，我把他的腿放进童车里，又提起袋子，然后跟着其他人走着，这时他的头向后一仰，立即又坠入睡眠。我小跑着直到追上琳达。万妮娅、海蒂和尼亚尔走在我们前面，吹着哨子像三只小狗。港口停着小船，一个防波堤，内侧满满的都是人。我们走过的草坪上也是，有些在散步，有些人在玩，遥控飞机在一处呼啸而过，有几个人坐在毯子上。空中到处是盘旋着的瓢虫，其中几个落在了我的白T恤上，我挥指弹走了它们。我们穿过宽广的草坪，走过售货亭，顺着沿海滩内侧铺就的砾石小路一直走到海滩北端，那些树就在这里。我们经过一个穿泳衣的女人身边，她小心翼翼地用那种不习惯赤脚走路的步伐走着，还有三个年轻人，也许二十岁，在那低腰游泳短裤下还露着内裤。琳达现在在克里斯蒂娜身边走着，而孩子们又在她们前面一大截，他们跑起来看谁第一个到达。盖尔停住了，让我能赶上他。

"你看见她了吗？"他说。

"谁？"我说。

"穿泳衣那个。她乳房周围全湿了。湿透了。可是其他地方都是干的。所以她还没有下水。那是奶。母乳。"

"我什么也没看见。"

我脚下咔嚓一响，我停下来看看是什么。是瓢虫。地上到处都是。小径上和草地上到处都是死瓢虫。空中也到处是瓢虫。我继续朝那棵树走过去，在树荫下铺好毯子，开始帮海蒂穿上泳衣，戴上手臂游泳圈，而琳达则在帮万妮娅。约翰坐在童车里瞌睡，下巴抵在胸前，帽子盖住了眼睛。他的T恤上停着三个瓢虫，帽子上有一个。我感觉到自己头发里也有，就晃了晃脑袋。

“你能带她们去游泳吗？”我对琳达说，她点点头，在我把食物拿出来时，她已经换好了衣服。毯子上已经满是瓢虫了。我抬头看。还有成群的大部队朝这边飞过来。我低头看着自己胸前，已有四只在那儿落脚。我把它们掸走，抓起毯子，抖动了几下，再重新铺好，开始拿出几个装着面包片、肉丸、沙拉、煎蛋和橄榄的冰激凌盒子。

“去他妈的，这里的瓢虫也太多了。”我说。

盖尔站起来，拍打着身体周围的空气。克里斯蒂娜手牵着尼亚尔正走向海滩。在已经知道的情况下，我能看出她怀孕了。她用手在空中拍打。尼亚尔也模仿着她的动作。琳达甩着头发，海蒂和万妮娅手拉手在水边站着，朝远方眺望。毯子上又落满了瓢虫。

“不可能在这里吃饭，”我说，“它们到处都是。看那儿。”指向那正飞过来的几大群瓢虫。

“也许那头更好，”盖尔说，“那边开阔，风也大一些。”

我们走到那边，那是大草甸的尽头，但是那边空中地上的瓢虫和这边同样密集。

“我们还是可以坐在刚才那块地方，”我说，“反正它们也不危险。”

又回到树荫下，我尽所能对它们视而不见。点了根烟，倒了杯咖啡。仅仅几秒钟后就有个瓢虫落在里面，漂浮在咖啡上。我把它捡出来，深吸了一口，在面前喷出一团浓密的烟雾，万一瓢虫和蚊子一样会远远躲着烟草的烟呢。盖尔到海滩上去了，往她们五个人那走去。琳达慢慢趟水朝外走，海蒂和万妮娅走在她两边。她们的高度大概到她的臀部。她的皮肤像大理石一样洁白。空气中密布着黑色的小点。它们落在所有的冰激凌盒子上，毯子上也到处都是。它们在我的鞋子、短裤和T恤上爬着。这很怪异。就算瓢虫属于最美丽的昆虫。凭借它们那纯粹的几乎是花朵般的美，它们是丑怪的反义词。蚊子可能成群涌来，铺天盖地，这没什么可奇怪的，但是如果瓢虫也这样，就显得很有些威胁性了，这就像有什么东西出了问题，什么本应该关上的东西打开了，当我望向海峡那边，那硕大的厄斯特松德大桥令人不安地在西北升起，在西南方向，巴瑟巴克核电站的轮廓清晰可见，而这湛蓝色闪着光的海水表面上方的碧蓝空气里密布着这些黑色小点，我知道那都是瓢虫，我想这就是世界末日的样子。

姓名和数字

几个月前我在信箱里收到了一封匿名威胁信，这封信是写给我兄弟的，所以我收到的是副本，但是在对我的兄弟的指控中并没有用他本人的真实姓氏，用的是我们母亲娘家的姓。英韦·哈特勒于，信里写着。写信的人以为他不再配得上克瑙斯高这个姓，所以给他改姓了。我的名字则被写信人完全剥夺，全文里提到我的部分都以我的头衔代替，嘲弄式的“诗人”，那就是我。

信的作者接着写道：

> 假使1964年的那一胎被流掉，2010年的许多人将少了很多烦恼，想到这一点也是苦涩。我们和哈特勒于家就能彻底没关系，而你父亲今天也还能活着。

英韦出生于1964年，写信的人藏着掖着说的就是这个。说那时候把英韦这一胎给堕了该多好，如果真这样的话爸爸也就还活着，写信人对英韦要传达的不仅仅是这些。写信人还给英韦的女儿，一个孩子，写了信。我写的那本书让我们不再配得上克瑙斯高这个姓氏。我配不上，我哥哥配不上，我们的孩子也配不上。

这姓氏的威力也太大了。

很奇怪的是，我家的姓氏总是有些问题。父亲在成长期间，尝试过用不同的拼写方式来写自己的名字：用 i 或 y 来拼写名字，用 aa 或 å 拼姓。这些是我从他留下来的书和杂志上看到的。他成人以后就改了姓，在其生命的最后十年中用的是另一个名字。我母亲结婚时改了父亲的姓，但后来又改回了娘家的姓。到了我十八岁的时候，我父亲、我母亲用的姓都和我们兄弟不一样。

当我开始写这本小说时，我想写的是爸爸，因为虚构作品的本质是把只适用于某人的的东西变成适用于所有的，以便让某个特定的父亲成为"父亲"，某个特定的兄弟成为"兄弟"，某个特定的母亲成为"母亲"，所以我用了他本来的名字。开始用的是他本来的姓，后来用他自己改的姓。最后我将小说稿子寄给了所有在作品里被提及的人。我父亲的家人们，以他的兄弟为代表，主张如果不更改小说里的真实姓名就要上庭和我打官司，还要喊停小说的出版。我照做了，我更改了叔叔、他的家人和父亲家族里其他所有人的名字。但是我不能更改父亲的名字。比如说我把他称为"乔治 · 马丁森"，那么我写的就不再是他了，不是我心目中的他，一具血肉之躯，其血肉和我的血肉是一样的，因为这个名字是小说里唯一存在的来自现实而保持不变的东西，其他所有东西都是一种指称，一座房子或一棵树，它们本身并不真的是一座房子或一棵树；这本小说里只有这些本来姓名和现实里的是同一样东西。我可以改掉其他所有人的名字，但他的不行。也因为我写的就是自己，以及自己的身份：如果我父亲是乔治·马丁森，那我又该是谁？我的名字和身份会产生什么变化？所以我拒绝了。在出版商年度新闻发布会的那天，我与出版社社长盖尔·伯达尔见了一面，他给我叔叔写了封信，罗列出了在他提出要求后我们在小说中所做的所有改动。最后一点是不使用我父亲的名字。前一天晚上，《卑尔根时报》文化版编辑给伯达尔打了电话，他们之前就认识，但是他偶尔得知了此事，以及我叔叔威胁说要打官司。是我大意了，在给一个在这家报纸工作过的老熟人写电子邮件时提到了这事，他又告诉了他的编辑。这就是伯达尔给我读这封信时的情况。

在那之前，我一直拒绝弃用父亲的名字。但是后来我再也没法坚持这一点，因为在我们坐着的办公室的门后，记者开始陆陆续续涌进来，而我对自己写下的这些东西会造成的后果是如此害怕，以至于我看到的唯一可能就是说，好吧，你可以把这封信发出去，我去改掉父亲的名字。

但是我不能改掉它。我不能用任何其他方式来称呼他。所以我通过对他的名字绝口不提来解决这个问题。小说里既没有他的名字，也没有他的姓。在小说里他是个没有名字的人。

当我看到与我一起长大的人的名字时，被唤醒的不仅是那里的整片景观，我们在其中奔跑的所有白天和夜晚，那为秋天深重的暗或春天轻盈的光弥漫着的所在，还有他们每一个人那时候的样子。盖尔·普瑞斯特巴克莫，卡尔·马丁·弗列德里克森，达格·洛塔尔·卡内斯特罗姆，玛丽安·克里斯滕森，还有后来的佩尔·西格鲁德·罗伊宁，阿尔纳·约尔根·斯特朗里，扬·维达尔·约瑟夫森和汉娜·阿恩岑。名字代表着他们和我认识他们的那段时期，就像记忆里的一种胶囊，一切能想象到的东西，重要的不重要的，都被保存在里面。但这是他们的名字对我所代表的。对于他们来说他们的名字必然有完全不同的意义。当他们读出或写出这个名字，他们所指代的是他们自己。这种“自己”不是他们指着自己时大家所看到的东西，而是这一构成的内部，充满了没有人能接触到的思想和情绪，也就是这内在的生活，从出生就一路展开，直到死亡。

名字紧紧地和私密的自我联系在一起，是啊，名字和自我身份认同如此紧密地交织在一起，以至于人们想到名字就如同思及自己的某种所有那样，尽管它并不是为了这个目的而起的，因为人不必为了自己给自己起名字，它是用来向其他人表示自己的存在的。你不会说“那个号啕大哭的龅牙小男孩”，而是说“卡尔·奥韦”。而且由于一个人的名字既向内展开又向外展开，所以其敏感程度高得匪夷所思。这里面还有一丝神灵思维的残余，就是语词“是”它所命名的东西，或者能将其召唤出来。我“是”我的名字，我的名字“是”我。如果有人错待了它，他们也就错待了我。孩子们中最简单的霸凌方式是乱改他们要欺负的人的名字，他们知道这样能触及他或她的内心。一个人能犯的最严重的社交失误之一就是显露出不知道另一个人叫什么，尽管你非常了解那人是谁，也知道那人的样子，口音，手势和举止，你也记得你们在一起共同经历过的几件事，但那无济于事；当你不记得那个名字，你就不记得她，没有名字的话她就谁也不是。

我们看到的绝大多数人都没有名字，所有在公共汽车或地铁上坐在我们身后的人，在街上经过我们身边的人，超市排队时站在我们前面的人。我们知道他们有名字，因为所有人都有，只是不知道叫什么。如果他们中的一个和我们打招呼，并成为朋友，他或她就从那无名的人群深处上前一步走到了包围着我们的具名事物的圈子里。但是在这圈子外还有一个圈，它由家喻户晓的名字构成,那些名人。你可以说他们已经“名声在外”。这样的名字不是你能要求来的，它是被给予的，就蕴含在“出名了”这种表达里，你通过这样那样的方式取得了令人瞩目的成绩，也就达成了这个效果。如果你跑步、骑自行车或者滑雪的速度快到一定程度，你就出名了，如果你声音美妙或者吉他弹得特别好，你就出名了。如果你在某个学术领域，比如在思想史上表现卓越，你出名了，如果你在社会里承担了一个重要职位，你也出名了。这个名字所代表的主要内容并不是这个人的自我，而是它的成就或功能。但是，一旦人的名字因其成就而被公布，就激起了人们对这个名字所代表的其他的、私人自我方面的好奇。我们这个时代的特点是，那些公开场合中的自我和私人自我共同亮相的程度越来越高，而私人自我也由此公开化了。这并不是公共精神衰落的表征，虽然常常被这样理解，而是媒体社会里一种绝对必要的调整机制。

一个人最重要的需求，除了那些物质需求以外，是被看见。一个没有被看见的人是不存在的。在古代北欧文化里最严重的惩罚是被宣布为法外之徒，也就是说，他们不被允许居住在其他人居住的地方。来了个法外之徒，所有人都转身离他远远的。如果他们愿意的话，也可以杀死他，他什么都不是，这意味着他是活是死都没关系，但是如果他们能转身远离他，那又何必杀死他呢？被看见是我们一直在追求的东西。但是被看见也意味着好几件事：在一个农业社会里被看到和在媒体社会中被看见是两回事。在媒体社会里被看见，就是被所有人看见。当被看见就等于被所有人看见时，它就会引起那匪夷所思的欲望，因为被所有人看见是少数人的特权。当这少数人不仅仅展示出他们出类拔萃的部分，这些是大多数人所无法企及的，也就是他们的公众方面，还展示出他们的私人生活那一面，这就不是大部分人无法企及的了，恰恰相反，是普通的那一面，所有人都生活在其中，这时那公众人物就再也不是无法企及的，不仅仅是钦佩和渴望的对象，而是有可能与之产生认同感的人，而这普通的私人生活，在这里名字只指称个人而不是其他任何东西，与这公共生活之间的鸿沟几乎就完全被消除了；他们其实和我们一样。你在他们身上看到自己，而这也是一种被看见的方式。在这里面有一种安全感，因为被人看到的渴望在所有人心里都同样强烈，它也会遇到一股同样强大的力量，但是冲着相反的方向拉扯，也就是渴望和其他人一样。如果你和其他所有人一样，那么你就是众生里的一员，如果你是众生里的一员，你就安全了。你遇到危险时站在人群里，就像人类在其存在史里最经常做的那样，最重要的事莫过于别被看见，别吸引任何注意。被看见是至关重要的，但别被看见也同样是。没有什么比暴露在每个人的注意力和视线下更危险的了。通过名字打开了那私人的一面，那所有人都在分享的日常的一面，这样你既是集体的一分子，也是那被挑选出来的少数人的一部分，也就完整了。

被看见是如此主流的观念，被许多人看见，在媒体上，如一个自带光环的名字，几乎所有我认识的人都已经开始不仅仅把他们名字作为自身的指代，那承载他们自己未能给予建议的意义的载体，而是通过名字来给自己是何等样人的设定做宣传，他们会在脸书上创建账号页面，在那儿通过添加一些特定的情境叙事来给自己名字添加某些特定的光芒，和建立品牌或者打造一个流行明星的手段没有什么不同。被媒体包围不仅意味着我们可以看到其他地方的其他人的照片，并通过这方式来对世界上正在发生的一切保持清晰认知，它也作用于我们看待自己的方式，并悄悄地渗透进了我们自身的身份认同当中，而我们的身份认同也在缓缓应着对某种注视的期待而自我调整，一种“全体”，它勾勒出了这在实在情境里实在视线的轮廓，在这里一切可以被触碰，后果就是这对我们自身印象所造成的影响。

尽管来自那些具体他人视线的期待，比如邻居的，或者如托尔·荣松（Tor Jonsson）所描绘的“城镇动物”的，可以通过纯粹物理的方式进行隔绝，比如拉下卷帘，比如通过出门旅行让自己消失，而来自那些抽象他者的期望，也即社会全体成员，是无法消除的，因为它是一种你始终与之保持关联的内在事物，在你内心最深处，就好像你以迎合这些期待值的方式来调整自我，比如说厨房，以前就是吃饭和做饭的地方，现在则按着昂贵的条条框框来装修成一个展示空间，而能看到它的不过寥寥几人。这内在的众人，其火焰一直跳动不熄，只要每个房间里的电视还在，让你一直被看见，也就像一直被自己监视着，这让我们越来越相似，因为它是我们共同臣服的神祇，我们共同顺应着它的各种要求，这社会控制的体系远比奥威尔在他著名的反乌托邦中所构想出来的更为精微细致。

名字始终位于实在的和抽象的，个人的和社会之间，但是当它在那些与物理现实相隔绝的地方被创造出来并赋予意义，并以这方式进入虚构世界，尽管大多数人看不到，可与此同时这个虚构世界不断延展，在我们的生活中所占分量越来越大——因为现在电视屏幕不仅出现在我们的客厅里，它们也挂在火车车厢壁上，飞机行李架下，在医生办公室和银行办公大厅，甚至有时在超市里，再加上我们自己也拿着它们走来走去，以小型电脑和手机的形式，就这样我们确实生活在两种现实中，一个是抽象的，比喻的，这儿展示着形形色色的人和地方，除了和我们不在同一处之外并无共同之处；另一个是实在的，物理的，这是我们在其中游走、不断接触着的现实世界——当世界成了这样子，一切要么是虚构的，要么被视为虚构，小说作者的任务就再也不会是写出更多的虚构作品。我的感受就是这样：世界正在消失，因为它总在别处，我的生活正在消失，因为它总在别处。如果我写一本小说，那就一定是关于现实的，就是它本来的样子，从身体被困在此处的视角所看到的，心灵并未被困在此地，而是被困在其他的东西里，被困在那强烈的要飞升超越这些琐屑温吞，进入那广袤清澈而醒神的空气里的愿望。上升是艺术，虚构，抽象，意识形态；被囚禁则属于实物和身体的世界，这肉体的，即将腐烂的，由我们所有人构成的宇宙。想法或者强迫的冲动就是：下到现实里去。而这现实所独具的符号，其唯一可转移的事物，就是名称。不是作为梦想或图景的名称，而是作为唯一人类符号的名称。我知道，一本小说，因为它由符号组成，所以不可能是现实，而只是指向现实，而这被召唤出来的现实就像我想要从中抽离的现实一样抽象，与此同时，我也知道小说可以，这可能是其最重要的特征，是通过用稍微不同的方式来描写就能穿透习惯和惯常的面纱，比如说通过执着于某事，比如说用一页纸来描写一个奶嘴，这样一来现实世界里的奶嘴下一次就会通过奶嘴给人的感觉以另一种模样显现出来，这导致我只看到它的功能而不是它的形式，而这形式本身也相当感性，是柔软、水滴状的橡胶和手拿部分的硬塑料的结合，这种乳头的模仿品和玩具的结合体，为迎合喜欢吮吸、喜欢明亮简单色彩和浑圆形状的婴儿们的渴望而创造出来，要穿透习惯定式也可以通过把一般不会并置的东西放在一起，因为这样一来消失的不是现实，而是我对它的注意力。我绝对不能放手的，是我的感知，或者说是我如何理解在自己人生里从根本上感觉到的无意义，有可能这只是一种说法，一种理论，其本身是抽象的，但是它感觉上不是那样，如果说我在这四十二年的生命里学到过要信赖什么的话，那就是感觉。因此，在我要开始写的这本小说中，必须采用真实的名字就是关键所在。我知道有很多人是不能提的，因为他们不想被与我所描述的事件联系起来，我叔叔就是他们中的一员，放弃这些名字对我来说毫无问题，即使在他们中的一员根本不愿意出现在书里时，我做了一段时间的抵抗，因为那时候我对这部小说在发布后会有怎样的命运一无所知，而只是将其视为在现实主义上的一个实验，它最终只会抵达少数几个对此感兴趣的读者那里，并会被其他那些朝着这目标努力过却遭遇了无聊和挫折的读者扔向墙壁。

另一方面，我非常排斥改掉那些在这个核心圈子以外的人的名字,比如我成长时期一起玩的人,或者一起上高中的那些人。这部小说的全部意义就在于它要照原样描绘现实。影响一整个青少年时代的有住在那儿、做了这些事的他，住在那儿做了这些事的她，我某一次听说过的他，我在那个星期五晚上与之亲热的她，没有被包在文学的裹尸布里，没有被散文那暗黑工坊里巧妙打出的灯光衬托，而是在澄澈充足的日光下被描写，被现实所拱卫。我尝试去达到这种现实的原生态和随意性，而在这其中名字就不可或缺了。很显然，现实在被描写的过程中已经变成了别样的事物，但是我希望这现象本身的美妙之处，这和一群特定的人共同相处的经历，大家都认识或者听说过彼此，在一个特定的时期内，在一个特定的地理范围里，在这儿什么事情都可能发生，而最后也就根据精确无误的现实，成为它最终成为的样子，我希望这里所蕴含的，每个人都体会过的，这成长过程里的星光，能在这文字里闪耀出来。每一个从实名换成了化名的姓名，都削弱了这种感觉，把小说拉进现实虚弱处的面纱里，而这部小说本就是为了攻击这些虚弱处而写的。盖尔·G 说这对读者来说无所谓，他或她反正不会把这些名字和任何东西联系起来，也不会知道这些名字是不是实名。但这种真实感是一种音色，那是不可能复制的。

在一本小说里一个名字就像一张脸，你第一次碰到它时，它是未知的，陌生的，但是当你在它附近逗留了一会儿，你就开始把某些特定品质和它联系起来，再后来，如果它在你身边持续存在一段时间以后，你就会给它加上一个故事，然后是整整一段人生，就这样你知道的这些脸庞占有了你所知所能的关于它们的一切，就算你可能根本没有意识到这一点。来了一个老朋友，这些知识当然已经融化在那张脸上，构成了你心目中“他”或者“她”。在最好的情况下，一部小说里的名字能够如此精确地包容进其时代的本质，在某些特殊个案里，它也能成为某种普世人性的象征。爱玛·包法利的虚妄生活，于连·索雷尔那肆无忌惮的野心，哈姆雷特那意义何在的迷惘，布兰德（Brand）那意识形态之险峻。奥地利作家英格博格·巴赫曼（Ingeborg Bachman）在一篇文章中指出，引人注目的是我们时代的文学里就没有这样的名字。唐·德里罗是当代最好的小说作家之一；可是有多少人能记住他众多角色中哪一位的名字？巴赫曼写道，托马斯·曼是最后一个命名大巫师。汉斯·卡斯托普（Hans Castorp），阿德里安·莱韦屈恩（Adrian Leverkühn），托尼奥·克罗格（Tonio Kröger），塞里纳斯·蔡特布洛姆（Serenus Zeitblom）；这些名字里所撷取的品质和意味不仅属于这些个人，也属于他们所植根的文化。托马斯·曼是最后一位伟大的资产阶级作家，他与马塞尔·普鲁斯特共同构成了整个时代的终点，以及登峰造极之处，也许，至少在普鲁斯特这部分来说是如此。资产阶级时期没有任何一部其他作品像《追忆似水年华》那样，名字在其中起了如此重要的作用。它不再是一种工具，不再是小说内在的理所当然的组成部分，在《追忆似水年华》中，名字是最重大的主题之一，也因此失去了它的无邪。还不仅仅只是在这里失去了无邪。就在普鲁斯特在巴黎写作《追忆似水年华》的同时，卡夫卡在布拉格写着他的小说和短篇小说，那里面的名字发生了脱胎换骨的变化；他叫他的主角约瑟夫·K或仅仅是K。对名字的简化拿走了那些名字通常会带来的所有那些，属于个人的，地方的，而在其缺席后这事也因此被我们看见了。这个人的，地方的，是我们可以与之认同的，一个名字给出的首先是一种熟悉感，而当这名字的熟悉感消失时，这个人身上的熟悉感也消失了，他被未知的、谜一般的氛围裹着，卡夫卡的名字是反名字。与此同时顶着这名字的角色也很明确地给人留下了一种特定的印象，它是“某人”，而不是“随便什么人”。这简化并非随心所欲的，那随着名字一起消失的所有特殊事物，所有将这个人物和其他人及其自我以及场所绑定在一起的东西，代表着他的历史。现在历史消失了，剩下的只有当下，那么一个只存在于当下的人又是什么？一个没有过去的人物角色又是什么？你所感受到的另外一个人的“什么”，也就是在没有与行动或来历关联起来时所留下的印象会是什么？这个问题并没有全面覆盖卡夫卡散文里所发生的事，这方面你可以把它和更早期一点的作家，克努特·汉姆生相比，后者在他的处女作中写了一个没有过去和家乡的人，这人在一个从根本上来说与他毫无关联的环境里游荡。汉姆生的角色是无名的，但这并不意味着他是一个“去人格化人物”，这意味着他的名字没有被告知。汉姆生的不告知姓名与卡夫卡的反名字之间的区别对于如何读这两本小说是切实而起决定意义的。汉姆生对个体性的追求非常强烈，有时候甚至是大声呼喊那样的强烈，他在最早期作品里主要反对的，是文学对个体性的减弱，独特的不能只是独特的，而总要成为某些普遍的、普世之物的表征，而且这两种事物经由形式和图式关联在一起。“比如，一个贩马的人，”

他在他对写作观念的声明《来自无意识的灵魂生活》里写道："一个贩马的人，除了马贩子就什么都不是。他就是字面意义上的马贩子。他不能读童话故事，不能谈论鲜花，也不能爱好干净利索。不，他必须终日吵吵闹闹，总是拍着自己的钱包，像野蛮人那样骂骂咧咧，闻起来臭烘烘的。"汉姆生所看到的文学作品就是这样，简单的，图式化的，整齐的，连贯的，和谐的，一切都有解释，而他在身边所看到的生活，是复杂的，缺乏系统的，不连贯的，随意的，不和谐的，没有解释的。怎样让语言从系统里走出去，进入到生活里，这是汉姆生在1890年秋天在利勒桑提出的问题。这是和现实主义的清算，或者是寻求一种新的，更真实的现实主义，而他为了实现这个目标所做的，就是拿走所有这些创建出既定语境关联、并在其本身就调动着对人物角色理解的类别，没有童年，没有父母，没有家乡，没有朋友，没有环境，没有过去——也没有名字。他所寻找的是这独特性，就在这当下来寻找它，这当下被理解为意义成型前，表征被指出前，也就是万事还未被解释前的那个世界。如果名字是小说中角色的面孔，那么汉姆生的角色就该是没有面孔的，但他并非如此，他的"我"是如此强大，如此有自我企图心，自己攒起了那么多东西，以至于它就如同一个名字，一个让你很快就熟悉起来的东西，但又不会被计入汉姆生鄙视的象征主义。他不希望角色去代表一个时期或一个时代，而只代表自己，而就算其中依然有丝毫的代表痕迹，而属于人的这部分依然是独特的。卡夫卡之所以要从角色中清除其来历、过去和周围环境，则出于几乎截然相反的目的，他不想展示人的独特遭遇及其个体性，而是束缚着并统治他的力量，不是在亲密的、个人的、私密的场域中，而是在那大众的、普遍的当中，在那儿他们和主人公一样是没有面貌的，K 字就像蒙住眼睛的罩子。我们说，约瑟夫 · K，并不会想到一个特定的人的形容，就像我们说起奥赛罗或奥德修斯时那样，而我们会想起的是一个特定的处境，晦暗，迷宫般的，无法战胜的，没有面目的。

汉姆生第二部小说的主角与他的《饥饿》里的“我”一样与他的过去割裂，他在周边环境里也显得格格不入，但是不同的是他有了名字。这个名字，纳格尔，并不会立即就告诉人他的来历，不属于任何阶级或者任何地方，并且很可能就是一个字谜，读起来就像里面藏着一个“疯子”（Galen）。如果说爱玛 · 包法利的命运是她混淆了浪漫的和本真的，而纳格尔的命运是他看破了浪漫，看破了艺术，看破了小镇生活这场戏以及广博世界里的波澜：一切都是装模作样，这是他的洞见。而它最终把他送上的死亡之路也有些剧场感，不是以悲剧的形式，更像一幕闹剧。这种天下无事值得严肃对待，在小说里是一种罕见的出发点，而至少它要被严肃对待这小说才能被写出来。《谜团》（*Mysterier*）可能不是一部成功的小说，但它包含了一些极其独特的段落，在这些地方，汉姆生试图进一步深入到这当下，去描写心灵在这特定却任意的一刻里几乎完全不可预测的活动。在纳格尔的心灵里活动着的这种种，其中没有什么内容可以追溯回某一特定的自我，或者更准确地说，很难说出这个自我是什么样子，这也因为在这自我中穿梭着的东西大部分是外来的，首先经由语言化的过程，这方面每个人都一样，之后则经由被各种大众文化碎片所建构而成，这个过程被描写出来也许真是第一次，因为我之前从来没看到过意识流被如此表现出来，包罗了高雅和低俗，重要的和无稽的，世界以一种如此惊人而壮大的强度流经个体，以至于人要问自己，这个体的真的存在吗，如果存在，它以怎样的方式来显现自身。如果它不存在，那么一个名字又能代表什么呢？

“名字！名字里有什么？”乔伊斯在《尤利西斯》第九章里这么发问，在都柏林国家图书馆里发生的事，是斯蒂芬·迪达勒斯，这个有着听起来不太真实的名字的年轻人和一些知识分子讨论哈姆雷特和莎士比亚。这个关于名字的问题最早是莎士比亚提出来的。斯蒂芬说，莎士比亚不是哈姆雷特，而是哈姆雷特的父亲，死去的国王，在他的儿子面前显形为鬼魂。那么哈姆雷特的母亲格特鲁德王后就是安妮·海瑟薇，莎士比亚当时的妻子，根据斯蒂芬的说法，她出轨了，而哈姆雷特是哈姆内特·莎士比亚，威廉·莎士比亚和安妮·海瑟薇死去的儿子。这次讨论背后，有这么一个事实背景，这本小说的开场就是描写两个年轻人在一个塔里的谈话，其中一人是刚刚失去母亲的斯蒂芬。另一个年轻人巴克·穆里根对他说：姨妈认为你杀死了你的母亲，而斯蒂芬回答：有人杀死了她。这塔即赫尔辛格，都柏林湾就是丹麦和瑞典之间的海峡，斯蒂芬是哈姆雷特。但是斯蒂芬也是忒勒玛科斯，正在寻找其父奥德修斯，在这里也就是犹太人利奥波德·布卢姆。而利奥波德·布卢姆除了是奥德修斯之外还是维吉尔，晚上他与斯蒂芬并肩在街上溜达，在这里斯蒂芬也就成了但丁，而他们游荡的都柏林大街小巷也就是地狱，他又是作家亨利·弗劳尔斯[1]，给通过报纸广告联系上

[1] Henry Flowers，利奥波德·布卢姆的化名，用来和一位女子匿名书信往来。

的一位女士寄去露骨的信件。但他也是一个死去儿子的父亲，因此在这个世界里就成为莎士比亚，哈姆雷特的父亲。而他的妻子不仅仅是佩内洛普，在奥德修斯在外的日子里被男人包围着，她还是安妮·海瑟薇，也就是格特鲁德王后，因为那天四点钟一过她就和自己的制作人睡在了一起，让布卢姆戴了绿帽子。《尤利西斯》是一本关于变化的小说，但它也是一本关于万物总归是不变的小说，它用力去打造的维度，它不断打破的秘密，就是时间。小说情节在都柏林的一天之内发生，当下就像一扇时空门户，它向着过去敞开，在一切事和人之间不引人注目地上升下沉，它也面向着未来，朝着它穿梭而去，把握住现在，斯蒂芬在这图书馆里想着，这个此处，所有未来都由此跌入过去[1]。在这其中有一种世界观和诗意。当他们在那儿讨论着柏拉图和亚里士多德，斯蒂芬自己想着亚里士多德应会评估哈姆雷特对死亡的思考，这“不太可能，微不足道且不切实际的独白”，与柏拉图一样浅显。在这些观念的巅峰之上，这无形精神的天堂，斯蒂芬站在这儿像个外人，他信的是物质世界及其实在，乔伊斯在《尤利西斯》里所做的就是探索那思想的和无形的如何在物质世界里显现出来，其出发点就是它们只在这里存在，在当下，在存在于当下此处的身体和物件中。如果生活是贯穿时间的行旅，那么过往就是幽灵。鬼是什么？斯蒂芬问自己。一个因为死亡，因为缺席，因为举止改变而淡出，不再能触及到的人。幽灵是那淡出为无形质的。普遍的理解是，这事是通过死亡发生的，通过缺席发生则是合乎逻辑的推导，但是在最后一句里，

[1] 此处原文为英文。用楷体表示，全书同。

通过行为改变而发生，它就离开了这个体死亡而进入了公共领域：幽灵是被时代所遗弃的一切。这就是乔伊斯的核心主题，最初是以略小型的，和《尤利西斯》相比尤显私密的形式来处理的，短篇小说《死者》(*The Dead*)。在那篇小说快到结尾处，他用的一个表达也是后来让斯蒂芬去思考的那一句：他自己的身份正在淡出化入一个灰色而触不到的世界里，书上这样写着。我在此间游荡着的，他自己这灰色的无形质世界，是属于死者们的。而这些死者一度建造起来并在其中生活的有形质世界，也化为虚无了。在《尤利西斯》里这个观念被放到了世界里，从一个有框架的、室内管弦乐般的所在移到了这普遍的芸芸众生的日常中，一个完全普通的城市里完全普通的一天，在这里每个面每个层级都在运转中，但是没有谁被主宰着，因为情节在一天之内展开，而文本始终贴着此刻当下，没有任何东西凌驾于其上，一切都消融在此刻里。历史如此，神话如此，死者也如此，哲学如此，宗教如此，而身份认同，也如此或者说尤其如此。所有这些事物既没有被打碎也没有被溶解，他们只是被通过当下之棱镜被看见，每次只能被小片小片地汲取。已过世的母亲之一瞥，她躺着的房间里的气味，这里是来自托马斯·阿奎那的一个念头，一格窗户上闪过的阳光，海浪的喧闹，马路那边走过去就是个啤酒庄，报纸上的一句话，歌剧里的一支选曲，一个温顺的图书馆员，想到了书架上的书就像储物箱。在世上就是如此。要理解，或要思考它就必须退后一步。而对于《尤利西斯》也是一样。所有这些小碎片，所有消融在当下时刻的各种结构，在更大的背景下观看就整合了起来，这就是乔伊斯对“生而为人意味着什么？”这一问题的回答。小说有三位主角：年轻人斯蒂芬·迪达勒斯，正值上升期；他所有力气都用在将自己从那些把他往下拉的东西里拽出来，他父亲是个迷人的醉汉，他母亲的死沉甸甸地朝他下坠，让他良心不安，他的朋友也是竞争对手，他的学业，也就是熟练掌握其他人的思想——比如他探索哈姆雷特的庸懦——是一条上升之路，以企及那被蔑称为年轻人的宏愿，但其实是一种必要活力的东西；利奥波德·布卢姆，这中年男子（在现在被视为相对年轻，会穿球鞋，定时理发，头发剃得短短见青；他三十八岁），人生走到中段，卖广告的，没有动力往上走，一个凡事尽力就好的普通人；还有莫莉·布卢姆，比她的丈夫年轻几岁，歌手，那一天她几乎都躺在床上，只是被别人提到而已。利奥波德·布卢姆在很多方面都是斯蒂芬·迪达勒斯的反面；当年轻人被引领至俯瞰这世界的高塔之顶，这里和哈姆雷特，古希腊和基督教联系在一起，中年人则被引领至日常里，一个厨房，从一开始就和接地气的，身体的快乐紧密地结合在一起；首先是那煎腰子散发出的淡淡尿味，然后是他坐下拉屎时他自己大便的爽利气息。那天晚些时候他走进一家博物馆，看那里的雕像，让他目不转睛的是阿芙罗狄蒂，为的是在其高贵感艺术性以外的其他原因。利奥波德·布卢姆的思想也一样充满了来自那非物质现实的碎片，却是以最低级的形式，就像报纸、广告、招贴和散页单张上会出现的那种，他对很多事情有误解，经常很幼稚，但与斯蒂芬相反的是他是个完整的人，一个长成了的人，一个真人，所以当他们终于见面并在这晚上一起穿过城市时，他真的就成了维吉尔，而斯蒂芬·迪达勒斯则是但丁。莫莉·布卢姆在他们上方躺着思索着，他们则在厨房坐下，并没有意识到她比他们要优越得多，正出于她眼里的丈夫比他眼里的她要好得多，她也认为斯蒂芬是他父亲的儿子，一个出色的男学生。

文学史上几乎没有任何人物的描绘比这三个人物的更为复杂。但是这部小说不能以他们中任何一个人的名字来命名，它不能叫《利奥波德·布卢姆》，像福楼拜的小说叫作《包法利夫人》或莎士比亚的戏剧叫《哈姆雷特，丹麦王子》那样，因为这部小说比他们更宏大，也就是说，他们并不是小说主题的燃点。所有人都知道包法利夫人的冲突，哈姆雷特的冲突，堂吉诃德的冲突，这些我们在听到他们的名字时就会想到，但谁知道斯蒂芬·迪达勒斯的冲突？他比哈姆雷特更聪明，会将哈姆雷特关于死亡的思考视为浅显，而且他的定向更为广阔，但是他也像他一样失去了双亲之一并为此感到内疚，但同时他作为文学人物确实甚至没够着哈姆雷特的膝盖也是事实。是因为伊丽莎白女王时代的英格兰和伟大的关系迥异于二十世纪初都柏林和伟大的关系？乔伊斯也竭尽了笔力来描绘普通人的生活，要的就是和奥德修斯的或哈姆雷特的宏大感形成了对比；如果这些在《尤利西斯》里发生，规格也较小。普罗米修斯令人瞩目而疯狂的变化在都柏林这儿相对应的就是一条狗以及斯蒂芬的幻想，正如奥洛夫·拉格克兰斯[1]观察到的。这微小的生命，被理解为普通的，贴近生活的，是《尤利西斯》的根基，那些大角色和大题材如幽灵般从其中汹涌而过。而一个普通的，别人眼里的小人物，也可以成为一个重要的小说角色。爱玛·包法利不是什么公主或伯爵夫人，她是一个可被鄙夷的外省药剂师

[1] Olof Lagercrantz（1911—2002），瑞典作家、文学批评家。

太太。区别就在于包法利夫人，堂吉诃德和哈姆雷特的位置在故事里，而对利奥波德·布卢姆，莫莉·布卢姆和斯蒂芬·迪达勒斯来说就是相反的，故事的位置在他们中间。自我和外界之间的界限被如此彻底地削弱，几乎成了不同浓度液体之间的分子渗透，这一点正是乔伊斯和现代主义文学的新意所在。人类因此伟大了一些，因为他们包围着故事以及当代事件之涌流，但人也同时变得更渺小，因为他们身上那独特、个别之处，本来收纳在名字里的，他们之为何人，也因这一点而解体了。

但是就算乔伊斯为自己赢得了这些解读，这个过程与许多其他文化领域内新见解的产生是同步的，但它们从来不是面向所有人的，不像曾经人人都读《奥德赛》那样，比如说，你可以这么想，不管儿童还是成人，女人还是男人，穷人还是富人。《尤利西斯》一直没有太多读者，就像其他现代主义开路先锋作品一样，不仅是文学作品，还有哲学的和心理学的，比如胡塞尔和弗洛伊德的作品，尽管他们的许多思想已传播开，已被大众认可，但是这个过程里那种它们借以成立的那种精确性却缺席了，得到这种精确的唯一途径就是直接阅读原作。《尤利西斯》已成为一个艰涩书籍的神话，八百页只写了简简单单的一天。弗洛伊德与潜意识联系在一起，和躺在沙发上谈论童年联系在一起，和关于雪茄的玩笑和穿过隧道的火车联系在一起，胡塞尔是引领着海德格尔的前辈，海德格尔曾经认同纳粹。而乔伊斯刚好就写了这个，所有文化的表达如何分崩离析，在我们中间作为遮掩的段子，误解、揣测、半真半假，迷思和猜想，一鳞半爪，他写这个是为了展示出这才是文化本来的样子，人类和生活是那样的，上帝是街上的一声高喊，可能是嘲讽地，因为他自己已成为文学精英主义和出世的化身，但是也不是不可理解的，因为他为了来到这里，为了穿透这些，放弃了这日常文化的传播方式。

它们到底包含了什么，从美国作家威廉·福克纳使用名字的方式来看就很清楚了。在他的小说《喧哗与骚动》里这些名字被呈现得如此地未经转述，如此理所当然，如此不附着任何特性或渊源；在福克纳的名字面前我们完全是异乡人。

英格博格·巴赫曼在她关于文学中的姓名的论文里写过福克纳，她的例子很能说明问题：在那一刻我们读到有人喊“卡弟”（Caddie），下一刻就读到有人叫卡迪（Caddy），也没有任何说明，那一刻是和动词“击打”有关，可能是一个打高尔夫的人在喊其球童（caddie），但也唤起了其他的什么意识；然后卡迪这个名字出现了，转换到了另一个时间片段，语境依然不清楚。然后提到了一个叫昆汀的人物，这一刻这个名字指的是一个女人，下一刻它指的又是个男人。福克纳在表现现实的方法上比乔伊斯走得更远，他试图描写世界在这些人物面前的样子，而完全没有努力为我们描写这些人物，在这个意义上他们的视线是未被转述的，而现实也就随之产生。读《喧哗与骚动》就像走进一个异乡家庭的房子，他们正讲着知心话，完全不顾及你的在场。你听到的只是一连串名字，它们关系着的情节和事件是大家都知道的，所以始终没有被完整地讲述，而只是若有若无地被暗示而已。不，这就像走进了坐在那儿那拨人里某个人的脑袋，分享他或她参与谈话的体验，谈话里会理所当然地关联到某些情节，但是人当然不需要对自己解释。这些名字对我们紧闭着门，但不是像在卡夫卡那儿一样，名字被剥夺了语境和过去。恰恰相反，在《喧哗与骚动》里名字被编织在语境和过去中，而且因为我们无法进入这语境和过去，所以也无法抵达这些名字。这缺失的开放感直指小说的核心，那始终在周边旋转着的核心。过去曾经发生过些什么，什么使他们无法启齿，甚至无法思考，却依然就在身边，就在这些不同的意识流动中。它无法被转达，不能去对抗，必须被隐藏。突然出现了“乱伦”这个词，和它有关。严禁乱伦是最古老的禁忌之一，而整本小说，它所营造出的氛围也很有些古旧。过去对于福克纳来说是深渊般的，不清晰的，与乔伊斯的过去截然不同，乔伊斯的过去首先是文化上的，被思考和被创造之物，奥德修斯和教堂，但丁和莎士比亚。你与这个过去的关联主要是智力上的，而福克纳作品里所存在的过去则没有名字，没有语言，只能被猜到或感到。这种差异也反映在标题中。两个标题都采用了互文，乔伊斯援引荷马，福克纳援引莎士比亚，但是这厢乔伊斯用了一个名字，尤利西斯，唤醒一种沉睡中的文化，那边厢福克纳则用了一个现象，它既来自世间，声音／噪音／喧哗，也来自人间，骚动／怒火／狂怒，两者都是永恒的。这名字所系，并不是那属于古奥的，而是那属于人群的。福克纳通过包裹着名字的隔阂感，通过拒绝熟稔感，展示出了古奥世界与人群世界之间的距离。由此就唤起了一种存在之深度，这是乔伊斯和卡夫卡都远未能企及的。这与当代世界是在场还是缺席都没关系，“存在的深度”一词本身就是一种误指，因为古奥世界并不是退居在什么后方，也不是隐身于什么之内，这不同并不是任何层级意义上的，而是在注视里，贯穿在体验中的，这是语言无法抵达之处，而必须竭力求索。《喧哗与骚动》里的那神秘感本身也是无法抵达的，也说不出它在社会性和心理上的原因，和易卜生戏剧里所出现神秘感也有相似，区别只在于在易卜生这儿它升到了表面并被供认不讳，而福克纳的角色们对这种救赎方式一无所知。

福克纳，乔伊斯，福楼拜，普鲁斯特和卡夫卡的书都置身于社会中，小说是社会的文学形式，它写的是人与人之间的关系，写的是这个我们构成了它，被它包围着又言说着它的现实。在陀思妥耶夫斯基也是这样；构成他小说中心的绝不是那神秘的或神圣之物本身，而是周围环境对其的反应。这才是小说唯一的真正边界，它与那人群中的生活联系在一起，处于关系中的人们，一旦小说离开了这人间的，涉足那非人间或凌驾在人间之上时，它也就死了。只要但丁写的还是人类所居的地狱，他的史诗就还活着；一旦他升入天国并想描绘那神圣时，那史诗就死在了他指间。那神圣的可由音乐表达，由绘画艺术表达，因为它们的形式本就是非文字的，它们的语言是另一种，不具姓名，就好比一行数学公式里的数字，和应用它的我以及观看它的我之间都没有什么联系。听过巴赫大提琴曲后读小说就像在日落后走入地下室。小说是渺小生命的形式，如果它没做到的话，那它就在撒谎，也不是真正的小说，因为没有一个我是不渺小的。唯一一种能超越这个限制的文学形式是诗。它与歌曲有亲，位置就介于音乐和语词之间，可以说它处于一种正要离开语词的状态，从而以这种方式挣脱了那社会性，换言之就是我们所认识的这世间。这也让诗歌和宗教有了亲缘关系，宗教一直在人间，用以抵御那些非人的东西，那些散出我们所不熟悉气味的陌生之物，不仅仅是彼此之间，也在我们自己内部。

里尔克的一首诗就是这样开头的：

他们已如此习惯，以至几乎看不到他。

但当厨房的灯点起火苗在黑暗里不安地闪烁跳动

这陌生的就完全陌生起来。

这首诗写的是清洗尸体的情形，是这样结尾的：

无名的人躺在湿冷托板上，

公正，无声，赤裸，将身边的一切安排。[1]

名字把我们的身体与社交生活联系起来，所有关于这特定某人的论断和想法都在其名字里集合，而一个人死后，接下来的事就是这名字不再与那身体关联在一起，身体腐烂逝去，而名字却在人群里继续存在下去。

你能想象一个没有名字的人吗？

在那种情况下它表达出的，迥异于生而为人所应有的含义。如果没有名字，那就会是心脏跳动，呼吸喷薄，念头翻涌的一个所在，其身份就只存在于每时每刻，也就是如同动物。

但我们也不过如此。

里尔克笔下那具死尸一直身份不明，但是只有在其死后且无名时，它才能被视为身份不明。它曾发布的那些律令，那是对着人群以外的生活所发布。血肉的，土地的，湖泊的律令。

这种视角一直存在于里尔克的诗中，他成为荷尔德林的一

[1] 挪威语翻译里尔克的这首诗比原作、中文译本、英文译本都增加了些内容。

个弟子并非没有理由，这神圣视角的诗人，这里找不到社会性；在荷尔德林这儿一切都关系着存在，他最终完全离开了人群，消失在疯狂里，也就是走出了自我的掌控，很难不把这理解为他的诗歌所表达的世界图景的后果之一。里尔克离人群更近，他的诗在这两个不同世界里不断出入，还有他用过那么多笔墨来写天使，也必须结合这一点来审视，因为这些天使本身就是神性的和人类的拼接产物。他在《杜伊诺哀歌》(*Duino elegi*)的一则里写道：

因为看来好像万物
都瞒着我们。树木都在，还有
我们栖居的房子，依然立着。我们只是
路过万物，像交错的风。
而万物都一致同意对我们缄默
一半出于惊畏，一半出于难以言喻的希望。

这首诗游弋于此的，这个静默、无名的世界和我们眼里的世界之间。这静默的世界瞒着我们，意味着它知道我们；它知道我们因为我们来自它，这也说明我们已经离开了它，与此同时我们依然属于它，我们的心跳动着一言不发，因此，我想，这就是他描写的运动，朝着这存在进发，而又从它出发。宗教在这存在里寻求着自身，艺术在这里面寻求自身。天使合宗教和艺术于一身。“每个天使都是可怕的”，里尔克写道。天使为什么可怕？因为它的存在使属于人类的那些不再独特，和死亡的手法如出一辙。是的，天使看着我们，以死亡之眼。里尔克的天使与基督教一点关系都没有，因为基督教本来就和那神圣的无关。在基督身上人成了上帝，他所开启的都在社会内部：你身边的人也就是你自己，把另一边脸给出去，所有人都有同等价值。社会本来系于创造和维持差异。他以一己之力就让它解体。宽恕，是那神性的无差别植入了人性里。就好像视线从星星转向了眼睛。

但是，正如我们很难生活在这神圣之大同里，我们也很难生活在宽恕中。我们太渺小，我们虫爬豸行地进出于我们的房屋和街道，就算某一瞬间被死亡之虚无而震慑，我们也甩甩头将这念头抛开，继续蠕动，在我们的居所进进出出，在我们的街道上上下下，满盈着生命力，却无法使其焕发出那让能万物都失色湮灭的善之光芒，就算我们有这个意愿也做不到，因为它在这儿撞到了一面墙，在那儿斜斜投在一个屋顶上，朝下行去又碰到了一处地板，它操控着我们一会向着这儿，一会向着那儿，以那小幅度的，几乎是抽搐的动静，它不仅仅是人类躯体的也是其灵魂和心智的典型表现。

我们走丢了，我们在彼此中走丢了。

当我读里尔克的这首诗时，想到的是爸爸，是1998年夏天我看见他躺在克里斯蒂安桑的一个小教堂的长几上已经死了。

> 他们已如此习惯，以至几乎看不到他。
> 但当厨房的灯点起火苗在黑暗里不安地闪烁跳动
> 这陌生的就完全陌生起来。

这就是我所看到的，并不是说他陌生，而是他从来就是陌生的。就算我那时叫他的名字，他也不会有任何反应，它会就此湮没，不再是他的名字。他那时是一具躯体，它在名字以外存在。它已经从姓名里落下，无名无姓地躺在那儿。那一周余下时间里我以同样的眼光向我周围其他一切投去短短一瞥，视这些为名字以外的事物。我看到的是一个秘密世界，如果我当时还不懂它，我现在懂了，死亡与艺术之间的血脉关系，它们在生命里的作用，就好像阻拦着现实——现实是我们对世界的观想——免于和世界一道分崩离析。

那么多关于爸爸的东西都集结在他的姓名里，他年轻时采用了不同的拼写法，他四十多岁时改了名，他作为死者无名地躺在那里时，石匠在他墓碑上刻下了一个拼写错了的名字。那墓碑现在就竖立在那儿，在克里斯蒂安桑的教堂墓地里，带着拼写错了的名字，下面是埋在地里装着他身体余烬的骨灰坛。十年后，当我开始写他，别人不许我用他的名字。在这之前我从来没有想过名字是什么，它又意味着什么。但是现在我思考这些，第一本小说出版后的余波所导致的这些事件对此也颇有影响，我动笔写这一章，先关于名字本身，然后是各种文学里的姓名及其他们在文学里的功用，出发点则是我在英格博格·巴赫曼那里找到的共鸣，关于文学里姓名的式微，帕克斯出版社（Pax）几年前出版的一本书里所收的一篇短文。关于名字的这篇短文从右边这页开始。左边那页印着几行诗，我纯属偶然地让目光扫过，那是春天我有次翻开这本书想看看我以前写过的东西，却不知不觉被带到了这里。

如此说来

殿堂依然矗立。一颗

星星

可依然闪亮着

没有

没有失去。

我读道。我猜这首诗是保罗·策兰的，因为我知道保罗·策兰和英格博格·巴赫曼曾经是朋友，也有一种文学上的亲缘关系。这属于大家都知道，但也不代表什么的那种事，这样那样的关系就在那里。比如保罗·策兰认识内莉·萨克斯[1]还通过信，而内莉·萨克斯在战争期间逃亡到斯德哥尔摩，然后就在那里住了一辈子。是，他们都是犹太人，都写过与犹太种族灭绝有关的诗。两个人都在流亡中，策兰在巴黎，萨克斯在斯德哥尔摩。我之前从来没有读过他们的诗，保罗·策兰的《死亡赋格》除外，它美得让我震惊，当这首诗被介绍给我，这个霍达兰写作学院的十九岁学生时。“清晨的黑牛奶我们傍晚喝”，豪格的译本[2]中如是吟道，“死亡是来自德国的大师”，这首诗中我真该为发现它如此之美而感到羞耻，因为它的主题并不是那美好和崇高的，而是那美丽和崇高的对立面，是对犹太人的种族灭绝。

[1] Nelly Sachs（1891—1970）德国犹太裔女作家，1966年诺贝尔文学奖得主。

[2] 挪威诗人奥拉夫·豪格1992年的译本。

我又回到巴赫曼的部分翻了几页。没错，是保罗·策兰。这篇文章最后引用的六行出自一首名为《紧缩》(*Engführung*)的诗。我以前从来没听过它，但是我有本厄于温·贝格[1]翻译的保罗·策兰诗集，那本书自九十年代中期以来就躺在书架上接灰，我在这本书里找到了它。这六行诗里有些什么吸引了我。也许是"没有/没有失去"这句话，乍一看似乎很积极，但立即就反转变成了相反的东西。"没有失去"可能意味着一切照旧，就像从前一样，如果你读下去，也就是说，什么都没丢失，但是如果你把它读为丢失的是"没有"，这首诗就开启了某种完全不同的意味，因为"没有"不仅仅是没有，它也是这神秘主义的终点——卡巴拉主义者写道，上帝安息在他那无之深处。这认为上帝即无的思想，属于这否定神秘主义。只要说出神不是什么，你就能靠近它而不至于对其有所减损。我不知道保罗·策兰的诗和这有没有关系，但是在前面那些诗行里提到了殿堂，宗教之宅和星星，只有在黑暗的地方才存在这些。那儿写的是"一颗/星星/可依然闪亮着"，为什么"可"，为什么"依然"？还有这殿堂也和"依然"有关。这些和里尔克的诗有着什么关联吗？因为当他写"还有，我们栖居的房子，依然立着"时，他是在其日常意义以外来用这个词。所有这些让这首诗变得值得反复推敲，但是我把它找出来匆匆一读的最重要的原因就是，我在找一些可以用在这篇关于名字的文章里的东西。我找到了。

---

[1] Øyvind Berg 挪威抒情诗人、译者（1959—）

他们所在的地方—它有
一个名字—它有
没有

我读道。

什么东西有个名字，但这名字叫什么，并未被提起，所以它有名字这个事实，又不作数了。

考虑到这一点，我留意到整首诗里没有一个名字。没有人有名字，没有任何地方有名字，时代也没有名字。

这是从哪儿来的呢？

我被一股力量拉着朝这方向靠近，因为这不是一个因为名字不重要所以名字不被提及才没有名字的世界，也就是说不是那无名的本体现实，语言之外的世界，那本真而实在的；这是一个因为名字无法被提及所以听不见任何名字的世界。这就好像名字的根基已经被毁坏。

名字的根基是什么呢？

它以什么样的方式被毁坏？

我读了这首诗，但什么都没懂，它是紧闭的，几乎是静默的。这对我来说太平常了。我读不了诗，我从来就做不到这点。而同时我也一直最尊崇诗歌，从我十九岁读写作学院时被推荐去读那些最前沿的现代主义诗人以来就一直如此。我所接触的那些诗歌是我以前没有接触过的东西，我对诗人的尊重无边无际。这一点都不夸张。我之前在这部小说里也写到过这一点，我知道诗歌是最崇高的，但它无论如何都不对我打开大门。随着年龄的增长，我逐渐熟悉了所有这些诗歌的名字，我也能够在写东西或聊天的时候提到它们，比如像前面提到的保罗 · 策兰；他来自罗马尼亚，父母死在德国集中营里，他住在巴黎，用德语写作，六十年代自杀[1]，自沉于塞纳河。他的诗如谜语，它们和荷尔德林和里尔克同出一脉，但站在了终点，因为在策兰这儿语言已经瓦解。

我知道他们是谁，但不知道他们所写下的是什么。

难道是诗人和读诗的人属于一个深奥的小教派？难道要入此门才能读诗？

出于这样那样的原因，我正好就是这么看的。这种别人对某些我根本不知道是什么玩意儿的东西有着独到见解，这种事别人才懂，别人才行的感觉，在我成年后的岁月再典型不过了，几乎在我碰过的所有领域里都如此。而且，我，快四十三岁了，坐在这里想着这事，这事可能也是这样。我猜在我永远无法了解的这个深奥生命内部有着极其广袤的各种领域，我总是把深奥生命和暗黑以及暴烈联系在一起，差不多就是说某种特别高级的东西，只有其他人，如果不是说所有人，才被洒了圣水得以进入。我遇到别的什么人时，一般总是会想，在他或她的眼中，我得是多么天真无害，像孩子一样。我在诗歌面前的感觉也是这样。它表达出了生命和世界的最内在的秘密，有些人轻轻松松就跨过去了，而另一些人却被关在大门外。我自己从来没能从所读过的诗里读出什么，就是一个证明。它几乎可以说是被加密了。还有许多其他语言把我关在门外，比如数学，但是数学没有那种能带你走向圣杯的光环，没有黑暗和心跳，向

[1] 此处原文有误。保罗 · 策兰死于 1970 年 4 月。

旁边扭开的半张脸，嘲讽的微笑，闪光的眼睛环绕。这种被隔在本质之外的感受让人自卑，因为这让我感到自己是个天真的人，生活是表面化的。我解决这事的方式就是忽略它，也就是说，不放在心上。那深奥生活里最深的秘密和关于诗歌的深刻见解对他们来说很有意义，而我，在我的生活那愚蠢的轻捷里泥足深陷，努力接受生活就是如此，愚蠢又轻松。与此同时，我到三十五岁左右有些事情发生了，在遇到文学时出现了一种确定的感觉，很难明确地界定，总的来说就是一种能读得更持久，思考得更深入，而且以前不得门而入的地方忽然有了豁然开朗的可能。但也不是没有限制；我读布洛赫的《维吉尔之死》获益良多，但同一作者写的《梦游者》就不行，我现在仍然不明白那书到底写的是什么。那个时候我在一个修订《旧约》的项目里得到了一个文字顾问的工作，由于我对《旧约》里的语言、文化和宗教都不了解，就不得不卖力地、精益求精地工作，对我来说没有什么是不劳而获的，这次后来也证明是如此，比如说，当我逐字逐句地细读《创世纪》一节开头几行，就能看到整个世界观是如何被蕴含在一个逗号，一个“和”字以及那些见解里，世界在和对它的描述文字并列在一起时看起来有多么不同，比如，当它受制于其隐喻时，或者当一个词所具有的不仅仅是辞典上的意义，也被其出现的上下文所晕染，《圣经》的作者把这一手用得炉火纯青，比如在开头在写太阳和月亮的关系用了一个词，许多页后在写男人和女人的关系时又用上了这同一个词。这个词只在这出现，这两个地方，而这种关联隐晦到了极点，却是一锤定音的。数千年来《圣经》都被当作神圣的文本来读，这意味着每个字都被认为是有含义的，而各种不同含义和含义的微妙变化所构成的让人晕眩的紧致网络也出现了，没有哪个个人能全面掌握。我埋头于这些文本中的结果是，我学会了阅读。我懂得了阅读是怎么回事。阅读就是把这些字看作灯，它们在黑暗中闪耀，一个接一个，阅读就是跟着这些灯往里走。但是，你看到的永远不会与你的根本所在脱节；心智是有边界的，有个人的边界，也有文化的边界，这样一来总有你看不见的东西，总有你过不去的地方。如果你有足够的耐心，足够仔细地审视每个语词和它们的周边，你就能立即看见这些局限，然后就会发现，它们就位于一个人的自我外部。阅读的目的地就是这些地。学习就是这样，去看在自我边界以外的东西。变老并不是懂的东西多了，而是知道需要去懂得的东西还有很多很多。但是《旧约》的秘密已经如此久远，不再具有什么威胁。情色文艺和诗歌的秘密则以完全两样的方式具有威胁性，因为它们与身份联系在一起，而让我远离它们的不是这陌生的文化，而是我自己文化的深度，那里面的东西总影响着最外面的事物。我知道这听起来很歇斯底里，不知道我怎样表达才能让它精确到位地展现出从那本源生出的排斥感多么具有抑制性。但是对我来说，这恰恰就是包围着保罗·策兰这首诗的光环。它们消解了语词所给予的，因此消解了世界所给予的。所以这里的节要所在不是存在，而是身份。在这无名中，名字一定变得非常显然，就好像万有在虚无中变得非常显然那样，我这么想着，这念头来自我刚才读到并斟酌着的这三个词“没有 / 没有失去”。而这个方式应该对整首诗都适用。它不是由谜题组成，而由文字组成。所以阅读它们就可以了。把第一个词可能有的所有含义写下，然后是下一个词，再审视它们之间的联系。

第一个词是“被带入”。

被带入
这风景
有不可更改的轨迹：
草，碎片书写。

“带入”的意思是引入或者带进来什么东西。它表明在外面有什么存在着，被带进来之物的来处。在德语里它叫“度过”（verbracht），这个词里有一种力量的元素，翻译成英语就是“Deported”到一个地方，也即被带至或驱逐出境；“Driven”他人，也就是被驱赶或者流离失所。

一些外面的东西被带进来，不是柔软地，小心的，而是坚定地，不去想周围环境，甚至本身就带着些冷硬、机械的气息；你可以如此理解“带进来”。但是带到哪儿？带到“这有着不可更改的轨迹的风景”里。这可能是这首诗自身的风景，这个地点是通过命名而创造出来的，但所指的是已经存在着的，在这儿那些被带进来的已是被带入的，现在构成了风景的一部分。

这风景的特点是“不可更改的轨道”。“不可更改”和“带入”以同样的方式都有种不服帖的感觉，有种坚定和决心。这不可更改之物可不能搞错，也不能就绕开它。假如说“带入”和“不可更改”这些词里包含了某种不体贴的要素，因此这样，它们本身也携带了一种暴力的形式，而“碎片书写”则显然是暴力的，哪怕只是通过其间接含义，因为有什么被毁坏了。但这不是发生在实体上的暴力，而是针对语言的暴力。因此说来，草也被以这种方式视为某种被毁坏之物，本身已经不是草了。

这种瘰坏之观也被引入一个先前就存在的风景里，其特征就是不可避免的轨迹，而且，你琢磨着，这种观看方式也毁坏了这片风景；被带入的正是这个。

开头这三行不单是没有名字，也没有人称代词。被描写的只有动作，就好像它们是自己发生的，与此同时，“带入”和“碎片书写”等词上附着着的这力量或者说暴力的要素把它们和一种意志，一种特定起源，某种非任意性联系起来。没有人称代词的事件一般和天气联系在一起。我们会说“下雨了”，“起风了”，“下雪了”。谁下雨了，谁起风了，谁下雪了？这雨，这风，这雪；但它们是自己的起源，事件和主体成了一回事，这个我们用“它”来指代。“它”指的是我们外部存在的，我们无法控制的力量。当人间的事没有人称代词，像这里的这种，我们就赋予这事件这同样的意义，也就是说它们由我们外部的一种力量所导致，那是我们无法控制的；它们自身就是无人格的，无名的。“它被带来，”“它写道”。

草，碎片书写。石头，白色，
有干草的阴影：
别再读了一看！
别再看了一走！

下一样物体，是带着干草阴影的一些白色石头，要么它们属于被带进来之物，要么属于之前就在这里的风景；可能是前者，在两者之间存在着联系，草和干草差不多是一回事，文字和阴影之间也有关系，就算不追究“干草”一词，干草的阴影又是什么呢？

前六行创建了一个空间，它是暧昧的，因为它包含的这些元素既创造了这一空间同时又埋葬了创造这空间的材料——也就是语言。

“破碎书写之草”被带入的是什么样的景观？不是一个真正的具体景观，不是世间的这种，有触手坚实的物体和实体物质性的，在这其中破碎书写之草也就成为一个对象，写在一张纸上的一些字母。但是它可以被带入对这同一风景的注视中，就在视线开始移动又还没有看到这景物并为其他渲染上主观色彩之前。被注视的风景，破碎书写之草可以被带至此处，被作为记忆带入这风景。在这首诗里，在草之破碎书写之前，风景都是一个整体，在草之破碎书写之后，它也是一个整体。同时，这首诗本身也是书写，其本身也承载着这已被毁坏之物。但是只有草被分成了碎片。而这破碎书写之草，这隳坏之观，只在这首诗开辟的这片风景中。它并没有带入所有风景，而只是在这一片，这以不可避免的轨迹为特征的风景。那么这又是何种风景呢？诗又在何方？

这个开场描摹出一个风景和一个情境，然后以一个呼吁收尾。别再读了，它写道。为什么？因为你阅读，文字，世界也就被写成了碎片？还是看吧。但是告诫还没有完，你也别看了，为什么？也许是因为观看与阅读紧密相连。文字和视线都是世界从中显现的地方。对于视线来说，世界只存在于瞬间，随即消失。这视线所见是独一无二的，永远无法重复。语言让瞬间固着下来，将它变成一种完全别样的事物。语言本身不给事物起名字，也永远不会成为起名者，但是它会一直是一个表象世界的组成部分，从这表象世界指向世界，因此当我们阅读时，我们看到的是语言，并不是世界。问题在于语言也没有渲染视线以色彩，并由此给世界染上了颜色。因此，草被破碎书写，并不一定意味着草仅仅在这文字里被摧毁，而是当你从文字里抬头看着世界时也如此。所以告诫在继续。别读了，别看了，开步走吧。从某种意义上说，阅读和观看都是被动行为，接受世界的到来；行走是主动的，穿过这世界。我们不要去就世界进行沉思，而应该在世界中行动。我们不要去读，不要去看，我们必须上路。也就是朝向某物；尽管我们还不知道那会是什么。

走吧，你的小时。
没有姐妹，你是——
在家里。一个轮子滚动
慢慢地，自行地，辐条们
攀爬
爬上黑草地，这夜晚
不需要星星，无处
在打听你的消息

你的小时没有姐妹。这是什么意思？是说每个瞬间都是独特的，独自成立的，还是只是这个小时如此？也就是说是刚过去的那一小时？这里写着“你的”小时，它不是那一般性的小时，不是一般的时间，而是你的时间，它属于你，它没有姐妹。它独立存在，它是独特的，这可能是死神降临的一刻，但也可能是另外什么特出的时刻。

"你是——"，上面写道，思绪在这里有点游移或不确定，就好像不想把话说死。"是"是那种存在之是吗？是的，但还有些其他东西。如果没有姐妹的小时是最后的时刻，那这个"是"里就有了死亡的意味，这是个结论。你的小时没有姐妹，你死了。所以这可能是思绪正悬在半空。但死亡并不是你的所在，家里才是。这就好像这语句在拖延时间，以思绪，也以重复着"是"。你是——你是在家里。还是你是在家里其实是你已经死去的另一种说法？你死后回家了，到这曾是你的来处的黑暗中？为什么不直接把它说出来，你死了，你回家了？诗不能提到"死"字，如果是这样，那又是为什么？因为没人知道死亡"是"什么？因为它本身并不"是"什么，只有虚空，只有在被命名之后，死亡，让它成为了"什么"？或者其实你就是很简单的在家里？如果是这样又是在哪儿？在记忆中，他们自己的记忆，或者在语言里，这语言里？

接下来的这几句让风景更深远了。那儿有个轮子，它自己缓慢滚动，橡树爬上黑色草地。这儿写着，这夜晚不需要星星。这意味着星星在那儿，却是多余的，因为这里说到的夜晚是更深沉的，绝不是光能穿透的那种，又或者说它的意思是这个夜晚并没有星星，而是一片黑暗？

在轮子和夜晚之后，它写道：无处打听你的消息。要么你被遗忘，要么你是那种无法被追问的人。因为你死了？因为那些不问的人会忘记你？还或者因为他们已死？

无处打听你。

那么你在哪儿，如果你不在别人的意识里的话？在你自己看来你独自一人，在别人眼里你什么也不是。但是为什么是“无处”，为什么不是“无人”呢？“无处问询，在你身后”——这句话里没有提到任何人，没有名字或者人，只有地方，在这里“它”不能被问询。而这问的是什么？什么时候问的谁？一个名字，不通过名字是没有办法找到一个人的。这个名字没有被问询，它没有被提及。

到目前为止这诗里还没有出现一个人。除了你，在其中走着一道轨迹，破碎书写的草，带有干草阴影的白色石头，滚动的轮子，黑色草地，一个不需要星星的夜晚，不追问你下落的地方——但是那里仍然有人，正如把这些带进来的力量，这用碎片进行的书写，这不追问之物，这就是这个你的家园。

在这么一首极精简的诗中，几乎没有提到世上的任何东西，每个单词和每个被提及的元素都因此具有了不可思议的分量。《尤利西斯》里面提到的一个轮子什么都代表不了。这首诗里提到的一个轮子，其意义必得执着追索。但是它又是关于什么呢？轮是我们所知道的最古老的符号之一。它是太阳，它是周而复始，它是蛇咬着自己的尾巴，它是时间在其内部终止，它是永恒。在这里，在小时之后紧接着就提到了轮子，但是它们并不是联系在一起的，它们比肩相邻，轮子是自己滚着的，是自在的，爬上了黑色草地。让车轮的意象值得说起的是，它是一种可以动起来的东西，可以在一个特定的风景里运动，虽然这风景也许是含混的，因为它赋予这风景一个特定的时间，现在就观看，以及一个特定的空间，就看这里。轮子作为符号或寓言可以代表其他东西，这就是其他东西，这轮子所指向之物，所以是第一义的，也就是轮子“是”的东西。而轮子越具体，其指向越清晰，其符号能力就越弱，这具体让它个体化了，变成这一个，现实主义达成了圆满，只是这一个轮子，就在当下此地，没有除了其自身以外的任何意义。这首诗里的轮子介于象征的全体和现实的唯一之间。它既不是纯粹象征之轮，因为它在这夜里独自在草地上滚动，也不是纯粹现实之轮，因为在现实里不会有轮子大晚上的独自在草地上滚动。

要怎样理解它呢？

轮子显然不是现实里的轮子，它所承载的意义多于自身，也许因为它那些具体化了的气息，使它的意义更近于这首诗里的这个轮子，以某种方式把它的象征意义个性化了，使它成为一种独一份的符号，仅在此处适用，在这首诗里，而其含义也就随之显现，被其进入的语境所节制，也就是这首诗其他的语词和意象。

但是，这已被开启的空间，也即现实的和象征的之间的暧昧，以前就被开启过，通常是在危机四伏年代的作品里，这些年代位于两种不同的世界观或不同的审美范式之间，而这些不同常常是一个硬币的两面。能说明这个情况的一个比较近的例子是《旧约》中的《以西结书》，里面描写了神的启示。

以西结首先发现了上方有一朵燃烧的云，他在那里面看到了四个活物，每个都有人形，都有翅膀，每个都有牛蹄，每个都有四张面孔：一张人脸，一张狮子脸，一张牛脸和一张鹰脸。火焰穿行于它们之间，从火焰里射出闪电。他写道，我看到这些生物，且看，大地上有一个环，就在这四个活物身侧，而它们向四个方位都能转动。

这些活物之前一直在他头顶的天上，现在它们站在这些轮子旁边,轮子落到了地上。轮子又高又可怕,布满眼睛。他写道，它们看起来像是用一种像橄榄石的物资做的，它们朝四个方向走去，一旦动身就再不回转。在这些神秘的轮子上方有个拱顶，那上面有个似乎是蓝宝石造的宝座，在那上面，有一个看起来像人的形状，被火焰和一个光环围绕。这是上帝了。但是轮子是什么？它们显然有某种寓意,布满了眼睛,但它们也具体实在，它们能自己在地面上滚来滚去。

在最古老的《旧约》文本里，上帝总是以外在现象来启示。上帝在燃烧的灌木丛里显现，在海龙卷风里，在火柱里，还以人形走过平原来到亚伯拉罕帐篷外面。以西结所见证的启示也被描述为一种外部现象，在他上方的天空里，但是这首先不是他看见的，不是那神灵向他透露出来的东西，就像燃烧的灌木丛那次，而是那神灵本身，其次，在这个启示之后其他启示也随之而来，这就很显然是内视所见的异象：就在他趴在地上闭着眼睛时，他已被带到耶路撒冷的圣殿，在那里他看到了同样的四个身形和同样的四个轮子。这就是以西结的启示如此怪异如此暧昧的原因：他所看到的事物既不仅仅是内在的，也不仅是外在的，它不仅象征着神灵，而且同时也是神灵。以西结所在的位置介于两种不同的经验模式之间，一种是宗教的，在前面的体验中是人类与神灵之间的深渊，而在后者中则是人类和神灵之间的联结，通过这内在的经验达成，也就是神秘主义。在这之间则有这些长着眼睛的轮子，它们在地上前前后后滚动，在上帝宝座之下。

但在保罗·策兰的诗里有什么东西能支持在阅读此诗时引入以西结这古老异象吗？在一首诗里有什么是能决定某一种读解关联是贴切抑或附会？

文本里的中心词是“没有”，没有姐妹，没有星星，没有地方。没有任何东西显示着谁的缺席。在缺席的情况下，不在的那样事物，也即存在的那样事物。你，轮子，辐条，草地，夜晚。它的特点就是不在场，这就是它们显现的背景。夜晚的特征是星星的缺席。轮子自己滚动着，这点被强调出来了；并没有因此引入任何语境。而在慢慢滚动着的它之上的天宇，是空茫的。如果做积极理解，就按字面意思理解，这首诗里的轮子和以西结的异象里的轮子之间没有任何关系。但是请像看负片那样去读，它所隐去的，是作为象征符号却没有上下文的轮子，这语境的缺乏和天宇的空茫表达了某种绝对核心的东西，它和这小时之无，夜晚之无和所在之无联系在一起：有什么不再了。在这里还有：有什么已不再可能。

缓慢地，自行滚动的轮子，也与这夜晚之暗以及天际之空茫有关，必定是有来历的，而那个地方，你不由会想，是个有语境，凡事也被赋予意义的地方。在这首诗里，不管现在是在哪儿，都只有这个你一人，轮子独行，天宇空旷，就算语境缺席，也不是因为它被写成了碎片，像被带进来的那些草那样，这片风景是以文本和注视为中心的，因为那破碎书写的草被放回去了；这个你不是为了来到此处才阅读的，那就别过来，走吧。这里不是有不可更改轨迹的风景，这里是家。

家是什么？这是你所属于的地方，你所熟悉的地方，通常是你的来处。这个家就是这个你要归去的地方。也就是说这路程转折回去；时间已流逝。有一个从前，有一个现在。这个家空空的，那里没有谁认识这个你。无处打听你的消息。要打听你消息的他们在哪儿，他们是谁？提到他们的方式，不用人称代词，一次也没说“他们”，就把他们和那些带什么进来的人和那些用碎片书写的人联系在一起，在这个意义上他们是一样地疏离。

“无处在打听”——这个“在”在“在打听”里是什么意思？在下雨，在进来，在起风，在问起。人的存在尽可能遥远而又不至于完全消失。这个关于你的问题，是“在”要提出的，并没有被提出，只是因为其缺席而存在着。没有在打听你的消息；在这其中这些不去询问的他们出现了。但是他们曾经在此处，这是潜台词；他们曾经打听过你的消息。现在这里所有的不过是个轮子，一片草地，一个没有星星的夜。这风景里空无一人，这缺席又被强调了出来，就导致唯一一个被提及的事物有了不可思议的分量。这个自己滚着的轮子。

在但丁的《神曲》里也有轮子，他站在尘世的天堂里，看到了一个奇观，这是有寓意的。他看到了二十四个老者，他们代表《旧约》的册数，他看到四只动物，它们代表传福音的人，他看到一只狮身鹰首兽，它代表基督，他看到战车，它代表普世教会，他看到了两个轮子，它们代表《旧约》和《新约》，或者代表积极和沉思的生活，或者代表正义与敬虔。但是这些寓意不是抽象的图景，它是一个具体事件，这奇观如一种实体事件和他相遇，是的，如此实在以至于车轮在土地上留下了轮辙。

这画面是一种诗意的癫狂，因为当寓意变成了具象，并获得了特定空间里的特定时间后，狮身鹰首兽就不再首先是基督，而是一只狮身鹰首兽，轮子们就不再首先是《旧约》《新约》，而是轮子。在但丁这里发生的事情是，中世纪永恒的世界图景，这把所有事物和力量都安排停当的不可变更的、整饬严明的系统，以及其他事物，在《神曲》里则被呈现为地狱圈层和天堂层级，依照数字三的原则组织，被放置入这时间和空间里，而这象征性的层次则被具体事物以一种匪夷所思的对等所穿透。

策兰诗里开头的风景就像但丁史诗里的风景一样关联着死亡或逝者，但是通过暗示，没有明说，以“你的小时没有姐妹”这种表达方式，以“你是——”“你是在家里”这个停顿，但是，如果我们明白了这没有星星的黑色风景就是死亡的风景，那么随着诗里的“你”走过它，轮子就是被展露的事物。在这死亡国度的诗歌里有一个目的地，徜徉着穿过死亡国度的人，会看到什么，而这就是向他这位漫游者所展示的内容，让他回到活人国度时能讲述的东西。这漫游者看到的东西，充满了意义。策兰诗的前十五行最显著的特点也许是古风，所提及的都是永恒的事物——风景，轨迹，草，石头，干草阴影，轮子，草地，星星。没有可以帮助确定时间或某一特定文化空间的名字。我们所在的这里似乎亘古不变。这也许就是为什么在一个无人的夜晚，一个自己滚着的轮子看起来这么诡异或者说有种宿命感。自己转动着的轮子并不是我们会感到陌生的东西，因为我们被这些自己转动的轮子包围着，从老式手表和机器上的齿轮到汽车和火车的轮子。这里的诡异来自这只有一个轮子，而且这是唯一的运动，对，这是这片风景里唯一的动静，要没有它这一切就会太古老了。自行滚动的轮子。它唤起了关于上帝之轮的联想，正如以西结所看到的，就像这个轮子一样，上帝之轮也是在一个具体景观里的具体存在。它唤起了轮子上所附着的文化意味的联想。生命之轮，不可避免地向前滚动，还有那个管控着混乱并赋予其无形之形的轮子。但这就是一切。这里有些什么，被万物包围着。它还唤起对那机械向前转动的轮子们的联想，在这种情况下所得到的不仅是关于时代的画面，更是关于我们这时代的画面。轮子饶有古风又有宗教感，但对我们来说却不是如此，对我们来说，轮子那古风已经消失在轮子目前所处的现代性中，并且这两个层面在此融合，因为这永恒景观中的寂寞轮子是古老的轮子，而其向前的运动，在这里没有和神灵联系在一起，因为上面的天际是空的，它陌生化了这古老，而这模棱两可使它变得诡异。没有人操纵它，没有人控制它，它自己“慢慢滚动”。这是人间以外之物。破碎书写的草和那些不追问你消息的，都在名字以外，没有面孔，几乎就像各种力，但又不完全是，它们仍然属于人间。可是这轮子不是。

是它在田野里留下轨迹，像但丁的轮子那样？

关于这点并没有留下任何文字。但是，寥寥几行前提到了“轨迹”。写的是“不可更改的轨迹”。轨迹本身就是一样东西，同时它也是其他事物的记号。轨迹是一种语言。通常来说轨迹是易变的，而它所标记的那些事物，是持久的。动物留在雪中或沙里的足迹，它们被吹散消失。这个轨迹是不同的，它不可更改，你不能绕过它，比如说铁轨就是不可更改的。这里写的不是铁轨，也没有写那个自行滚动的轮子，就像火车车轮那样滚滚向前。也没有写到机器，没有写到机械。只有“不可更改”

以及“自行”这些词本身。而且草是破碎的，也就是说，有些东西被毁坏了。运动是从这被毁坏之处回到到家中，在这里一个轮子慢慢移动，夜幕落下，没有谁打听这已经来到的人。这是诗的风景，是这个你的家园，在下一段诗句里再度深化。

> 无处
> 在打听你消息
>
> 他们躺着的地方，它有
> 一个名字——它有
> 无有。他们没躺在那里。有些
> 躺在他们中间。他们
> 没有看透。
> 看不见，不，
> 说到
> 语词。没有人
> 醒来。
> 睡眠
> 征服了他们

这是除“你”以外的其他人称代词第一次直接出现在诗中。他们没有名字，但是他们有代词，那就是“他们”。

“他们”是谁？

他们“躺着”是什么意思？是他们死了，被下葬了，还是他们睡着了？如果是后者，是在哪儿？这地方有个名字，但是名字并未被提及，然后甚至在回忆这个地方是否有名字——它没有。“他们”也没有名字。他们的无名状态，以及被称为“他们”和宾格“他们”，让人不安，因为尽管有某样东西把事物带进来，以碎片书写，不去询问，它离得相当远，所以你不太能就它产生什么联想，而人称代词把这些拉近了，而无名状态，也就是语言的没有面目，则以完全不同的方式具有威胁，差不多就像盲人的眼睛一样，你可以这么想，在人的注视里缺失了人性。它们被一连串否定词包围也让人不安——无有，不，无——就好像他们几乎不存在那样，他们就在被彻底清洗掉的边缘，而与此同时，这中立的，这非个人感中的距离则赋予他们的存在一种表现性的光环，几乎是庄严而富于仪式感的；就好像他们是国王或神祇。但“他们”不是神，他们看不到，他们几乎也不在了，因为如果这“没有醒来”的说的是他们，也就是说他们睡着了，就在“睡眠征服了他们”之前。这睡眠之睡眠，是死亡。但这里也没写死亡，这里甚至也没写睡眠之睡眠，而是：没有人醒来，睡眠征服了他们——为什么？

他们之间紧密地联系在一起，他们在生命里睡去，他们看不见，他们也没有醒来，因为下一场睡眠征服了他们。他们看不见，这又和他们说到语词形成直接的矛盾：他们看不到这本来的世界，但是这世界又指向这些真正的语词。对此可以做存在主义的理解，就好像他们过着不够本真的生活，好像这真实的是他们所没有看到的，但是在“没有醒来”和“睡眠征服了他们”之间的空间里还可能存在着一句话“趁还没有太晚”。这个，以及这所缺乏的洞察力，“他们没有看透”，然后重复“看不见”，强调“谈论语词”；一切都暗示着一种疏忽，而疏忽的后果是第二次睡眠征服了他们。他们死了，但是这首诗不能把这个说出口，于是死亡变成了什么东西，这些死者变成什么人。死亡不存在了，死者也没有，而他们的失去是绝对的，这件事上不可逆的终结现在必须要交付给这语言来处理，这就是它所承担的，同时它还必须忠于这独特的和个体的，也就是将其与虚无之无差别区分开来，又必要让语言保留下这身份，让它变成什么"实然"之物。这首诗完全站在这语言及其言说极限的边缘，但这并非它要指出的，这不是什么文字游戏；这首诗在夜晚之夜的荒野里召唤那不可召唤的，如此脆弱又难捉摸，如此幽灵般模糊，以至于以凝视或念头去触摸都会使它消失，是啊，某种意义上来说这迷离明灭也是它完形显现的方式。

这首诗目前的问题是：怎样给虚空命名，而不让它变成其他事物？这个问题是对宗教重大问题的逻辑之非，这听起来像是：如何给这无尽之物起名而避免使其变成有尽之物？就连"一切"都是有尽的。既然语言本身就是人间之物，如何能给它起一个人间以外之名，而不将其引到人间？如何给上帝命名？

在正统犹太教里，上帝之名不发音，也就是说，只有那已不复存在的耶路撒冷圣殿的大祭司能把它说出来。如果要写下它，就不可涂抹或破坏。这个名字是在《希伯来圣经》（*Tanakh*）里交付出来的，也就是说，对非犹太人来说，是在《旧约》的文字里，以四个字母 YHWH 的形式，称为四字神名（Tetragrammaton），"这四个字母"，在祷告里不要读出神的这个名字，而要读"阿多奈"，意思是"我的主"，当你要说起神的名字时，就说"哈萨姆"，就是"名字"的意思。因此，阿多奈和哈萨姆成了名称的名称。“这名字有个名字！”犹太哲学家伊曼纽尔·列维纳斯[1]在反思上帝的名字时不禁脱口而出。这名字如此显然，它是隐藏起来的。这就好像名字本身就是上帝。一个普通的名称是某物的名称，在这里名称本身也是某物。希伯来语里的“神”是艾洛希姆；YHWH 是这唯一的神的名字，是上帝自己的名字。没人能确定它该如何发音；最古老的希伯来语字母没有元音，它们是后来添加到文本中的，但 YHWH 不是。但是这些都没关系，反正它们是不发音的。但是这名字说了什么不能说的东西呢？

在挪威语《圣经》里，它被翻译成“我是我所是”和“我是”，也可以翻译为“我是我”。英国批评家诺思罗普·弗赖伊[2]写道，有些研究者认为更正确的译法是“我将成为我所将成为”。根本处在于这名称源自希伯来语的此在一词，也即是一个动词。这不能提及的名字是上帝自己告诉摩西的，通过何烈山（Horeb）上一丛荆棘上的火焰所显示出来。书上写着：“然后主的天使向他显现，以荆棘里一丛温和的火焰。摩西向上看，看见荆棘虽然在燃烧，却没有被烧掉。”摩西走了过去，然后就不是天使向他显现，而是主自己了，这时祂喊道，摩西！摩西！别再靠近了！上帝对摩西说：脱下你的鞋子，因为你所站的地方是圣地。我是你祖先的上帝，是亚伯拉罕的上帝，以撒的上帝，雅各的上帝。摩西害怕看上帝，就把脸蒙了起来。就这样，赤足垂首，摩西接到了他的任务，他将带领以色列人出埃及。摩西说：我又是

[1] Emmanuel Levinas（1906—1995），法国犹太裔哲学家。

[2] Northrop Frye（1912—1991），加拿大文学评论家、理论家，在加拿大出生去世，国籍恐为作者之误。

谁啊？我能去见法老把以色列人从埃及领出来吗？你能。上帝的声音说，因为我必与你同在。然后他还说摩西将得到一个证据表明上帝与他同在；当他带百姓离开埃及后，他们要在这座山上事奉上帝。但是摩西在出埃及后已经不需要这一信记，而是在出埃及前需要，因为摩西对众人来说什么都不是，他如何能让他们跟着他走呢？所以他说，假如我到以色列人那里，对他们说你们祖先的上帝派我来你们这里。他们如果问起祂的名字，他该怎样回答他们？于是上帝对摩西说：我是我所是。你要这样回答以色列人，“那位自有永有者派我到你们这里。”

上帝给摩西的名字不是一个名字，因为它没有界定任何东西，也没有划出任何内容，但是它仍然是一个名字，就算它不能被界定,被定位,被确定。这个不是名字的名字里的无穷尽性，与它将被昭告出来的环境形成了鲜明对比。这一事件和《旧约》中多处一样都有种滑稽感，因为这至高，至圣和无穷尽的和人走得如此之近，几乎触手可捉。上帝也好神灵也好，尽可以以天上异象来昭示自己,那就会挺崇高的,别用这燃烧的灌木丛啊,这几乎有种琐屑感，你可以诧异地凝视它，却不会面对着它心炽如灼,浑身战栗。上帝还要摩西脱鞋,让这启示变得更啰嗦了,穿鞋 / 不穿鞋是人间的事——你可以这么以为。当摩西对上帝说话时，出现了一个误会。摩西要求一个表记来加强他和以色列人会面时的可信度，上帝的回答是许诺一切结束后就给他一个表记。摩西不得不再解释一下,他说:假如我到以色列人那里,对他们说你们祖先的上帝派我来你们这里。他们如果问起祂的名字，我该怎样回答他们？摩西的手段让人联想到一条诡计，他通过要求回答一个假设的以色列人可能要问他的问题来求得上帝的名字。这答案，这名字，从这琐碎事物里指向神的本质。这两个层次在《旧约》中多次融合在了一起，当上帝在伊甸园里给亚当和夏娃缝皮衣服的时候，或者当上帝与亚伯拉罕的妻子撒拉竟然拌起嘴来的时候。其他古代文献里也有同样的现象，例如在荷马的《伊利亚特》和《奥德赛》里，诸神和那神灵的来往于人间，不是以被表现出来的意图的形式，而是很具体地，以实相的身体出现在实相的现实里。

格尔肖姆·肖勒姆[1]写了宗教的三阶段，第一个阶段发生在世界本就神圣的时候，人到处都能碰到神，人也能为了自己的事务战胜神，无须战栗。人与神之间没有任何根本性的分离。万物都关联着；人，自然，诸神。在荷马的世界就是如此，在那儿众神的名字并不是不可言说的，恰恰相反，它们满坑满谷。第二阶段发生在这几大宗教兴起的时期。肖勒姆写道，它们打开了神灵与人类之间绝对的、重大的鸿沟，只有声音才能跨越。一部分是上帝的声音，指导性的，颁发法律般的，另一部分是祈祷的声音。

《旧约》里有些文字还带着来自更早时期的碎片，比如雅各在黄昏遇到一个陌生人这件事中的神话色彩，他与陌生人整夜搏斗，直到陌生人求雅各放开他，因为晨光已现。雅各拒绝了，说除非这陌生人祝福他，他才会放开他，陌生人照做了，说雅各的名字从现在起就是以色列，因为他与上帝角力而且获胜了。然后，就算陌生人昭告了祂就是上帝，雅各还是问起他的名字。

[1] Gershom Scholem（1897—1982），德国出生的以色列哲学家、历史学家。

他回答：你为什么要问我的名字？然后祝福他，就消失了。你可以偶然碰到还与其摔跤的这个上帝，完全是实在的——因为还有很具体的对雅各的大腿窝在角力过程中脱臼了这个细节的强调——就把念头引向肖勒姆说的众神和人类分享的那个世界，还有因为晨光已现而要求结束战斗这节，又把该事件带入了那古老的冒险和神话的世界，那儿的妖魔在日光下将碎裂。诺斯罗普·弗莱写道，这个世界的特征被他称为隐喻语言，语词本身也是某种实在，与它们所指称的事物或现象有一种真实的联系，和象形文字差不多，它们还蕴含着某种力量，可以用于咒语和召唤，就好像比如说在《创世纪》里那样，上帝的话语变成现实。要有光，于是就有了光。名称能够创造，名称可以指挥。在这样的世界中，知道上帝的名字就能胜神灵一头，你可以这么以为，因为就在雅各问上帝之名前，他和上帝角力甚至还战胜了祂，这不能是巧合。“说出你的名字！”雅各说，趾高气昂地。上帝说：“你为什么要问我的名字？”然后消失在夜晚的阴影中。

根据肖勒姆的说法，神秘主义出现在宗教的第三阶段，当时宗教已经在信仰和社会生活里得到了经典的表达，而当新的宗教冲动产生时，并不是作为全新的东西得到传播和奠基，而是自称来自这古代宗教，在此处神与人之间的深渊被视为一个谜，借由对神灵的内在经验可以填平。

神秘主义里没有宗教、道德、义务和行为的实务部分，它完全朝向对这神灵的体验，朝向这神圣之物本身。这些最初的启示，比如摩西所见的燃烧灌木丛，或以西结所见的兽头有翼生物，在神秘主义者看来是隐晦而原初之物，肖勒姆如是写道。

他首先通过引用鲁弗斯 · 琼斯[1]来勾勒出神秘主义体验的定义，“一种基于与上帝之间无间的关系和对神性直接的、几乎能实在把握的体验之宗教”，然后是托马斯 · 阿奎那的定义“Cognito Deiexperimentalis”：通过亲身体验而获得的关于上帝的真知。这些伟大的来自元典的启示被放置在自身同类经验之侧。正如肖勒姆写下的这样：

> 在不否认这些历史上启示的真实性的前提下，神秘主义者认为宗教知识和经验的来源是他自己的心，心是具有同等分量的是知识来源。

心，是最内在、最深层的感觉之外在形象，智力和理性的对立面，也是外在事物的对立面。它就在那儿，在对神性本质的认识和冥想中，就存在于一个人的自我中，通过一种内在的狂喜，而这语言成为宗教里的麻烦。狂喜里充斥着极端的情绪，它们无可言表，不能被再现出来，无法描述，无法重复，和自身浑然一体，只有在非常明确的经验中才有上帝的在场。而这被展现的，被经历的，这神灵的，是位于人性以外的，而语言只有作为语言才能将其拉进人性。因此神秘主义的一个很强的传统是否定主义：只说神不是什么，你就可以走近神而不至减损这神性。你能说上帝活着吗？肖勒姆引用迈蒙尼德[2]。难道这不是对他无限性的限制？因此，这句“上帝还活着”只能具有

---

[1] Rufus Jones（1863—1948），美国宗教领袖、作家、贵格历史学家和哲学家。

[2] Maimonides（1138—1204），犹太哲学家，出生在西班牙。

“祂没有死”的含义，也就是说，他是所有否定的反面，否定之否定。但他是什么？你真的能说出上帝是什么吗？正是在这一运动中，卡巴拉主义者的常说的就是上帝安息在他虚无之深处。听听，上帝是无。说这些并不表示说策兰的诗探索了某种神秘体验，只是说这首诗的语言与神秘主义的语言具有共性，因为提出了一样的问题，怎样去接近它，而不使它变成什么实有之物。但是,这宗教上的鸿沟就横亘在神与人之间,只有无言的——心，狂喜，至福——才能跨越过去，神秘主义者文本中的挑战就在于赋予语词那无语的存在，正如策兰诗里的挑战就是走近一种无言的缺席。那诗里不能说出的词，不是上帝，而是死亡，因为死亡即无，而无若有名就成了有。这首诗的立足于意识到再现是不可能的，这就好像世界与它的语言再现之间的关系已崩坏，而这首诗既在这废墟般的崩坏中书写，又书写着这崩坏。这打根子里就不信任语言的态度一开头就表现出来，在那破碎书写的草中，然后在看和谈之间的矛盾里：他们看不见，他们谈论了语词。这些词位于他们与现实之间，他们看不穿它们，他们看着它们，谈论它们。这又和睡眠状态联系在了一起。

他们躺着的地方，它有
一个名字——它有
无有。他们没躺在那里。有些
躺在他们中间。他们
看不穿。
看不见，不，
说到

语词。无人
醒来。
睡眠
降临他们

但是这首诗本身亦由词组成，诗本身就在“说”。如果不把这些破碎书写之草，睡着这在谈论这语词的他们的意象作为反理性主义的表达来看待，就真的很难理解它们，不信任的对象并非作为现象的语言本身，而是附着其上的那些观念，属于“词”的，也就是这言语的社群，而不是“事物”或“现象”。

尤其清楚的是，当语言去命名那些已经不在的事物时，过去就被语言变成了眼前的存在，死亡，也就被语言变成了“某物”。而后者在这首诗里占了些便宜，因为通过称呼这无有，它成为某物，存在于文本中，如此才能被唤出，它依然是不存在的，而它同时既在这里又不在这里。这个策略第一次被使用就是和名称有关，让那敞开的，不确定，多样化，异质的，变成一体，这地点的化身，地名，收入了这地貌以及这地貌的历史，并以这种方式成为语言里的事物，也就说是文化中，而非世界里的事物。“他们躺着的空间，它有 / 一个名字——它有 / 无有。”这个空间有名字也没有名字。至于它有还是没有名字并不比这名字本身重要，但这是不能提起的。一旦这个名字被提起，这个地方和躺在这里的人都会变成他们所不是的东西。然后这首诗就会说着语词，然后入眠。

到目前为止，这首诗是关于这世上的一个“你”，这里其他人只是在作为没有人称代词的力量时显现，随后这个你朝着“家”行去，就好像“他们”和宾格的“他们”一样。这些“他们”不是被放置在这空间里的，他们先是躺在“那里”，然后被召回，“他们没躺在那儿。”但是他们被放置在时间里，因为诗中的你是在当下被书写的，也就是这围绕着你的风景是当下的，“他们”却是在过去被书写出来的。他们躺着，他们没有醒来，他们睡着了。这样就可以将他们的存在读为一个记忆，“你”回想起来的东西。“他们”位于和“你”不同的时间里，但他们躺着/没有躺着的这地方是在同一个时间里，“它”有一个名字。

他们躺着的地方，它有
一个名字——它有
无有。他们没躺在那里。

然后这首诗的第一个转折点出现了。到目前为止，它一直在匀速运动，从有轨迹的地表，通过那别读，别看，上路吧的召唤，到了死亡国度般的地表，在这里产生了“他们”在过去样子的念头。在下一节“我”第一次开口，如果说“他们”是过去的，这个“我”和“你”一样是属于现在的。

这是我，我。
我躺在你们中间，我是。
敞开的，曾
能听见的，我挠挠你们，你们的呼吸
顺从，这

还是我，你们

还在睡着。

*

还在——

在德语里是“Ich bins”；这是“Ich bin es”的缩写。这是种俗语表达，你接电话时可以这么说，Ich bins，“是我”。开篇谜一般的几个诗节里几乎汲取不出任何意义，在这之后，这个我的入场就日常得令人瞩目，甚至有些孩子气。它逐渐坚持起来，在四个词里我被提到了三次。Ich bins，ich，ich，同时时间也在变化，ich bins，ich lag，ich war——我在，我躺着，我曾在——然后它又变回去了，ich bin，我在——noch immer：还。这行动也从我在，到了我曾在，到了我还在。现在，过去，现在。

彼得·松迪[1]对这首诗进行了经典的也可能是最详尽的分析，他的这个解读现在已经成为标准解读，他认为在这里说话的是被人格化了的时间。这很有可能，但也可能写作者才是这个我，而所写的情况，我躺在“你们”之间，我是敞开的，是一种记忆。文字中突然孩子气起来的存在和“我躺在你们之间”这个说法使我想起一个躺在父母中间的孩子。时间在这首诗中很重要，这点毫无疑问，但是这里还有“我”，其存在通过重复着我，我，我，而非常用力着重地强调出来了。不管如何理解

[1] Peter Szondi（1929—1971），匈牙利裔文学教授，好友策兰死后一年他也投水自尽。

这个我，“我”躺在其间的这个“他们”，也有可能就是之前诗节里提到的“他们”，即“有些躺在他们中间”所指的。他们睡了，这个我的运动，从在到曾在到还在，是被他们所拒绝的；他们也依然“在”，但在睡着，也即是死了。这“在”通过这个我成为“曾在”，又通过记忆的唤起将其变成“在”——与诗人对现实的召唤是相同的，这两种事物，过去和被书写的，记忆和文学在此重合——但是他当时在一起的人就没有这个机会，他们那时睡了，他们现在还睡着，他们的“依然”有着不同的性质，不变的，无差别的，与死亡和虚无的永恒联系在一起。死亡不是一种状态或一种品质，它是从各种状态和品质中退场，它因此没有时间，只有无时。无时也是不在的，它并不存在，除了在语言这抽象世界里的，而在抽象世界里无有也可以具有形式。视线只能在一个“在”，一个当下中存在，而语言则可以朝着“曾在”挺进，通过记忆，在记忆里所有实在可触的和虚无不可触之间的差别都被抹去：在记忆里空间都是一样的，世界和人们都消逝为那虚无不可触的，这就是乔伊斯对幽灵的定义。

假使你不去看“我”和“他们”，以及他们是谁、他们之间有什么关系这个问题，或者更确切地说，他们对于这个我来说是谁，因为这个我对他们来说什么都不是，在这一诗节里进行着的最重要时间是时间流过了这些动词，也就流过了这个我。你不会两次踏入同一条河流，赫拉克利特的残篇之一里这么说，第九十一句，这是他最出名的话，已经变成了陈词滥调。但是他还有另外一句，第四十九句，说的是同一个主题，却是以另一种方式来表达，因此也算是另一番话。

我们踏进又踏不进同一条河，我们存在又不存在。

时间和身份被合并在“在”里，在，但又不一样了，“在”又成为了什么呢？在策兰的诗里，时间在这个我里打开了同样的距离，并不是说我在，我曾在，我在，而是通过一些小手段让它更微妙复杂了，要在挪威语翻译里把这些重现出来是不可能的。这是 ich 和 bin 和 es 之间的文字游戏。Ich bins 可以再现为“这是我”，这是惯用语里的意思，但它还有句法上的含义，假使不去想它的意义用挪威语怎么表达，而是转用德语的语序来理解，你就能看到它。它就表示“我是这”，“我依然是这”，最后，“依然是这”。这最后一个细微变化很重要，因为它使这日常的“这是我”的主语没有了，“是”，然后把关注拉向了主体构建这一部分。在这里的“这”是什么？“这”是我，很显然，但是这个我所是的“这”是什么？这个问题被朝后抛向开篇，它不再日常了，在这个我中有了一个“这”。德语里这段诗看起来是这样子的：

Ich bins, ich,

Ich lag zwischen euch, ich war

Offen, war

Hörbar, ich tickte euch zu, euer Atem

gehorchte, ich

bin es noch immer, ihr

schläft ja.

*

Bin es noch immer——

如果将第一个句翻译成“这是我”，就可以保留原文的口语感，以及这句话里的肯定感和理所当然，把这个我置于人群里，“这是我”。但这样一来，严格地说，最后一行就必须翻译为“这是依然”。这样加重了“这”的分量，这句话就延展至人群以外。“我是这”。它指向某种在这个我之外又紧紧附着之物。兰波写道：“我是别人”，但是就算这消解了身份认同，它依然在社会领域内。“我是这”则走出了社会，走出了姓名，进入这无名中：“这”这是去人格的标志。“这睡了”“这哭了”“这关怀着”——这句话不会用在一个人身上，“这”已经在人性之外。这是一个是“这”的“我”，但并不同时是。积极地来看，“这”也许是存在通过其来彰显自身的介质，是所有人共有的，与本真关联，其对立面是和人性存在所关联的社会的，也即等级制度，法律，规范和规则，是海德格尔所说的这一个，这人，这不自足，不本真的，完全是纯粹存在中的真实和自足的反面。海德格尔的纯粹自我，朝存在敞开，又和神秘主义者的自我有种亲缘关系的，在自我遗忘中和神性相遇的人，也即无我之我。毫无疑问，这首诗里我和这个有关，但不是积极地；这个我是在名字消失后，这个人唯一剩下来的部分，这个我是人死后名字继续存在下去时也死去的部分。这个我在狂喜中不会消失，充满了生命的意义，但是在它的对立面那里，它在死亡的阴影中被抹去，充满了它的非意义。

这是我

这是。

这

但这不是诗中被唤出的“这”，这是“我”。一连声地说了三次,我,我,我,几乎就像是在试图将自己从这个“这”上撕开。至于这是，而他们曾是，就是用这种方式来说我活着，他们已死去。这些事物是最简单不过的:你，他们，我，这，是，曾是。生存,还是毁灭。生存是一个关于存在的问题,那就是生存本身。这是哈姆雷特的问题，to be or not to be，这是关于无身份的存在。那么你就成了某物。于是出现了成为某物和成为无有之间的区别。但存在也是个关于身份的问题。那么你是某人，区别就在于成为某人抑或谁也不是。某物 / 某人,无有 / 谁也不是。第一个，某物 / 无有，就是姓名和人群以外的，第二个，某人 / 谁也不是，则是在姓名和人群以内的。某物可以和无有关联起来，但是某人不能和谁也不是建立关系；某人只能和其他人产生关系。一个你，一个他们，在一起就变成一个我们。在这里没有什么我们，只有一个我 / 你和一个他们。这个他们是缺席的，没有人追问这个你 / 这个我。这就是这里的关键；当没有人追问，没有人认识，没有人知道这个的话，你又是谁呢?所以这里没有什么人，只有无人 / 某物。

这个我是谁?它是“你们”的一部分，它就属于他们，那就是“在家”的含义所在吗?它是那个丢失了的语境吗?这一段里最根本的就是那把我与你们区分开的东西，也就是时间：曾经我和你们处于同一个“此在”里，现在只有我在那里，你们处于“曾在”状态里。这时间，这分离，这鸿沟，是下一段里被进一步叙述的。

岁月。
岁月，岁月，一根手指
上下摸索，摸索。
周围：
接缝处，可触摸，这里
又长好了——谁
把它缀连了起来？
*

缀连起来
谁？

同样的执着，把一个词重复三遍，就把“我”和“岁月”联系在了一起。此在和曾在之间的空间已经被打开，或是在这个我内部，或是由这个我打开。这就是这个我所步入的地方。年，年，年；时间在这儿是一个空间，在同一个地方，运动往上，往下，周围打转。阿里斯·菲奥雷托斯[1]在读这首诗时写道，摸索的手指与前一诗节中的挠挠有关。德语中的“Ticken”既可以表示“滴答”，也可以表示“用手指触摸”。这摸索着的手指，把以这个我为写诗人的理解和以这个我为时间的声音联系起来了。

[1] Aris Fioretos（1960—），瑞典作家、文学评论家。

它摸索着，它找到了。找到了什么？接缝处。接缝处是什么？是把伤口缝合好的东西。伤口已经长好，因此也就退场了，但依然还存在着，它没有被提及，但提到了那缀连者，所以伤口依然在场。伤口不是以自己本来形式出现，它在这首诗中几乎没起任何作用，但这还是有些不同，因为这里有“某人”缀连起来，缀连是活跃的，有特定的原因，问题是何人缀连了伤口，而不是何事。

“缀连起来”，它是在这样东西和那样东西之间添加一些东西，到目前为止在诗里通过意象来表达的有破碎书写的草，关于语词的话，和分离开我与你们的时间。注意力一直指向的是何事何物，这缀连本身，但是在这里，注意力被引向的不是何事何物，而是何人。

何人缀连？为什么“谁”如此重要，以至要去追问？

就这样，谨慎而没有说出名字，就好像可以将其推回那它如鬼魂般从中升起的黑暗中，这首诗来到了它的核心部分或者说零点。

> 到来，到来
> 一个词到来，到来，
> 穿过夜晚而来，
> 想要发光，想要发光。

对这个词的唤起还是以对“我”和“岁月”一样的强度：“到来”说了三次。它被强调了，又额外多说了两次。到来，到来，到来，到来，到来。听起来像是咒语，或者是祈祷。这即将到来的词，代表着缀连的反面，它将“穿过”夜晚，也就是那缀连遮盖之物，或者说那让一切平等之物，并借此将其废除。这个词是无有的反面，这个词可以作为无有之黑暗的反面而鲜明地凸显出来，所以它被召唤出来了。所以它作为词和“他们”所谈论的词是不同类型的，因为那个阻止他们去看的词，本身也被压抑下去了。

所以在去看和这个词之间形成了一组对立，一种否定关系；那些在说话的他们，说的是语词，而他们看不见。在这里，去看和这词之间是平等的，一种积极的联系：这词想要在晚上发光。而光让人看见。但是这个词其实还没有发光，而是想要发光，在这里光是一种尚未兑现的可能。这个词会发光，但它不能在这里发光，想来这诗要说的是这个。

为什么不？是什么阻止了这个词发光？

是夜晚。

这是什么样的夜晚？在开始几行里，它被描述为一个不需要星星的夜晚。这与那个将被晨光终结的夜晚是不一样的夜晚；要把它视为死亡的意象也是贴切的：这夜晚不需要星星，不需要灯光，因为没有东西要被照亮，这里是无有。这夜晚有别样的本质，它里面有些东西，而这些词没有足够的力量来把它们照亮。夜晚是黑暗的，黑暗即无差别，话语的反面，话语在本质上就是要造成差别和差异的。之前那个晚上不需要星星或灯光，但这个需要。为什么？这首诗一直在运动中，在运动中它接近了什么，而这靠近的过程里，这个什么，开始在远处，形式越来越清晰，这样，这逐渐展现的而我们尚不知为何物的东西，就有了一种上升的强度，而现在变得如此急促，以至于对这些词的召唤具有几乎是咒语的力量。到来,到来,到来,到来,到来。召唤就紧接着对那伤口的推断,没有提到伤口,也没有显示伤口,其存在只是经由“又长好了”的“它”一词,又被缀连起来,而问题是谁缀连了它。被唤出的这些词和唤出并不在同一个时间里:词来了,在那儿,这是在诗的当下,在这个你和这个我的时间里,而那灯光有要发光的意愿,却缺少发光能力,却是在过去:它们想要发光。

之所以会如此是因为夜晚是让现在成为过去的力量,所以所说的正是失败者的黑暗,它也看到了这些语词的光,让它们的意愿变成了过去式,就因为它们本是字词,必得附着在这上,就不可避免地,让它们变成了过去?或者这夜晚和缀连伤口以及草的破碎书写有关,也就是说,语言是夜晚的一部分,是缀连的一部分——在关于那些“述说着语词”和“看不见”的他们的描述里也蕴含着这个意思?语词出于这个原因所以不能发光,发光也即被看见,因为有什么让它们黯淡下去?在“想要发光,想要发光”这里蕴含着的愿望暗示了这被熄灭的不是语言本身,而是某一种特定语言,“他们”所说着的语言,也即还有其他的语言,但是这一种语言无法穿透这夜晚。这个和整个事件就联系起来了,没有在睡眠降临前醒来的他们,留下伤口的他们,关系着这个躺在他们之间的这个我的他们,打开了伤口的现在状态和过去状态之间空间的他们。

“一个词到来,穿越夜空而来”是一种祈祷,它未曾实现,这个词想要发光,但没有发光。这些词的意志没有主语,它这里只是写着“想要发光,想要发光”,它强调了意志,它顽强,而绝望。

想要发光，想要发光。

为什么这些单词不能在这里发光？是什么让夜晚如此冷漠以至于没有任何语词可以改变它的黑暗？

灰烬。
灰烬，灰烬。
夜晚。
夜晚——和——夜晚。走
向眼睛，走向潮湿。

灰烬又在这里出现了三次，夜晚三次，但没有动词，没有“到来”，没有召唤，也没有运动也没有“通过”。

灰烬，灰烬，灰烬。

灰烬是这燃烧后的形式，与那燃烧的东西没有任何相似之处，灰烬什么都不是，但它是那事物消失后它归来的部分，同时，它本身也有着一些实质，某种灰黑色的粉尘，所有东西烧完都一样。在一首从无有之界内召唤无有的诗里，灰烬可以被理解为那已经不在事物的具象化，也即缺席被赋予了实体形式。它可以被读解为无差别的物质表达。灰烬什么都不是，但它又是什么，它一视同仁。

在灰烬后面，夜晚和夜晚跟着夜晚。在这个晚上，灰烬的无差别也无差别了。

灰烬。
灰烬，灰烬。

夜晚。

夜晚——和——夜晚。

为什么在夜晚里有“和”？用逗号分隔这些被提及的事物不是一样嘛，夜晚，夜晚，夜晚，一种坚持，一种呼唤，但是以“和”加入了某种连接，也即一种差别，又通过这点形成了一条道，有什么被加进来了。夜晚 - 和 - 夜晚。夜晚后跟着一个新的夜晚，且跟着这么紧，连字符把它们变成一个词，“夜晚 - 和 - 夜晚”，这样它们之间没有间隙，没有光，没有黎明，没有白昼。

然后再次“走”了起来，回应着开篇处的呼吁。于是它敞开了，整体来说，只要“走”就好，而别“读”与“看”。现在已经确定要“走”，“走向眼睛”。但并没有止步于此，又进一步确定了，这里写着“走向潮湿”。它在全诗第五个诗节结尾处，考虑到这首诗有十节，所以它位于诗的正中点以及正中心。

来到，来到，一个词来到，来到，来到，想要发光，想要发光，灰烬，灰烬，灰烬，夜晚，夜晚和夜晚，走向眼睛，走向潮湿。从这个词，这不可能的普遍和光，到灰烬和夜晚和走向眼睛，但是没有走向那看得见的眼睛，然后继续，走向潮湿。

不要读，要看，不要看，要走，走向哭泣的眼睛。

“灰烬”和“夜晚”走进一组词的序列，它们通过三次的重复来添加了分量，也在这首诗里建立了特殊的地位，在这些地方意义就稠密起来。我（身份），岁月（时间），到来（祈祷），灰烬（缺席，灭绝），夜晚（无差别）。这些词构成了全诗之意义中轴。另一个轴是这些人称代词，你—我—他们—谁人。第三个是这些祈使词，读，看，走，它首先指引向这死亡之地，和没有人也没有星的景观，垂入过去，又回升至此，这是第一次指出了一个特定方向。哭泣的眼睛是诗歌的中点，是整个文本致力经营的所在，因为在这眼睛，以及通往它的漫长道路之后，这首诗发生了根本的变化。

到目前为止，关于人的部分一直是一个“你”，一个“我”和一个“他们”。在“我”和“他们”之间关系的根本一直在于它们是分开的。被时间，被睡眠，被死亡，被黑暗。而且视线和语词也一直和世界分离着。最后一次分离，是和那不可提及的伤口，它也不再是伤口，而被谁缀连了起来，接着就是一个祈求着语词和语词之光的祷告。祈祷没有被应许。灰烬和晚上里什么都分辨不出来，只有灰烬和夜晚。什么也读不了，什么都看不到。但是还能感到些什么。眼睛没有被分离出去，也没有参与进来，首先它没有通过观看而和外界联系在一起，但是它通过感受和那内部世界相联，如果不这么想就很难理解“走向眼睛，走向潮湿”。

神秘主义最核心真理的源泉是心，以其为万物之狂喜的凝聚力发生的所在。策兰的眼睛可以被理解为反向狂喜的所在，在这里无言的更为稠密，不是喜悦和洞见的扩展，而是悲伤和洞察力的内爆。这两处都在人群之外，在名称之外。

心被万物充满，眼睛被无有充满。被事物充满的此心，是盲的，什么都看不见，被已不在事物充满的眼睛，能看，看见了无有。

在这里，在悲伤之地，哭泣眼睛之地，这首诗转身离开了其当下，朝着那时而行，不是那曾经的现在已经长好的伤口，而是朝着那之前。“我们”的那个时代。

飓风。
飓风，来自洪荒
粒子飞雾，而其他
你
是知道的，我们
在那书里读到它，曾是
道理

曾是，曾是。
看法。如何
我们相互曾抓住
也许——也许用
这些手？

飓风在这里以两种不同方式来被定义。首先它来自洪荒，也就是说亘古的，不变的，到今天也还一样。其次它飞舞着粒子，这个“你”是知道的，因为“我们”在“那书”中里读到过它：这是有道理的。在下一节里这道理中的过去感又被强调出来。曾是，曾是道理。

飓风是什么？强风，自然力，任性的，暴力的，破坏性的，混乱的，由“它”而来，我们“它起风了”时所指之物。但还有“其他”，那里面有关于粒子飞舞的解释。“粒子”听起来有科学的音色，物质分解到最细微程度的组成部分，所以它是个概念而不是指无限性；“飞雾”是飞旋着混成了某种和概念相反之物，假如不仅仅只是旋成一团。粒子一词是指看不见但我们依然知道它们存在的东西。这种观念来自德谟克利特和古希腊人的原子理论，卢克莱修在他那融合了诗歌和科学的诗篇《物性论》里将其推导下去，它解释了一种现象，包括其功能和局限性，而飓风一词就展现了一个现象。这种区别的重要性接下来就变得很清楚了：粒子飞雾就在“那书”里，它曾是“道理”。求知总是和阅读联系在一起的，阅读则和道理相联。但是这道理已经不再，它暗示着，通过反复强调那昔日感。曾是，曾是。道理，道理。那关于别再阅读的呼吁，可以是对那个时代发出的；那个时代写出来的东西，曾是道理。未被充分理解，这道理已经不传。但是强调的重点与其说放在阅读本身，不如说落在作为读者的这个“你”和“我们”身上。在这里有一种伙伴感，而那道理已经是过去时，也许不再适用，接下来就是一个关于组成这个我们的他们之间纽带的问题，很难不去把它视为这事关这道理存亡的社会纽带，在一个文化中的人们所共有的一种共同根基：“我们”阅读，“我们”曾抓着彼此。

谁是“我们”？

它很明显指向某种过去之物，一个不复存在、现在已难以理解的社群。我们如何曾互相抓住？这是个问题，但是它并没有停留在这里，而是继续具体化——也许用这些手？这些手存在于当下。它们曾经抓住的，构成了这个我们的东西，则存在于过去，这里写着“曾抓住”，而不是“抓住”，这就是这个问题横亘于上的深渊。所有这些“你”，“你们”，“他们”，“我们”

和“我们的”都在过去，只有这个我是当下的，因此所发生的事就是，有什么东西已经失去了，被分开了。作为一个我看着我曾经是其中一员的其他人，和作为一个我看着那个由活过并死去的他们曾经构成的“我们”，这两者之间有巨大区别。丢失的不仅仅是这特定人群之间的共同情谊，还有在当时让这情谊成为可能的那些条件。这一损失被写在诗的内部。这就好像它所承载的这些，这个我们所代表的，在那对意味着我们所代表的意义，直到那走向眼睛，走向潮湿的呼吁后才能言说的，只有通过它这已经失去的“我们”才能被提及；这才是所有一切中最痛苦的。

赫拉克利特残篇里另一篇，即第二十六篇，是关于生者，睡者和死者之间的关系，凝聚在“抓住”这个动词里。

> 此人在晚上抓住一盏灯，对自己而言已死去而眼睛寂灭，
> 生者在睡眠中抓住死者，眼睛寂灭，醒者抓住了睡者。

这些状态是相互排斥的——你睡觉时，你不可能死，当你醒来，你不可能是睡着的——但这些状态依然被联结在一起，通过触摸，也通过这些状态中的模棱两可以及它们之间的边界。此人是在夜里，也就是黑暗中，这儿什么都看不见也分不清。抓住了一盏灯，但是光依然无法带来可见度，抓住灯的谁，有寂灭的眼睛，看不见，就是黑暗自身。这个人对自己来说已死，看不见自己，不知道自己的存在，但是“对自己而言”而不是对其他人而言。换句话说，睡着了。在睡眠里它抓住了死者。

这死者和光是一回事吗？夜晚之光，被这沉睡者寂灭的双眼看见。沉睡的自我被清醒者抓住，清醒者站在睡眠外，站在死亡之外还离得更远，但界限不是绝对的，我们像这文本一样地在这些不同状态中移动穿梭，意识在我们身体内部上升下降，当其下沉时，有什么东西出现，是醒者没见过的；死者的海滩。

但这个移动是单向的，从生者到睡者再到死者。死者并不回首顾盼。

赫拉克利特残篇的另一个段也涉及死亡和睡眠，即第二十一篇：

> 我们在醒时看见的一切就是死亡，而我们在睡梦中看到的一切就是睡眠。

这两个残篇里都以去看为中心：在前一篇里隐晦地作为去抓住的对立面，也就是用寂灭的眼睛去看；在第二篇里是作为清晰度，两处都关联着睡眠和清醒，生与死。这两段残篇都很晦涩，乍一看它们各有所指。第一篇里醒者可以抓住睡者，但不能抓住死者。第二篇里死亡是醒者看到的一切，而睡者只能看到睡眠，也就是其自身的睡眠，而不是其他人的。但是也可以将它们理解为对一件事的不同表达。当我们醒着时，我们看到死亡，将其理解为缺席和虚空，当我们睡觉时，我们就看不到它，在睡眠中死亡也是睡眠。这也可能与去看这件事上的质的区别有关，所谓醒着就是看得清晰，看得真实，这时我们看到死亡无处不在，也看到我们最根本的局限性，而睡着就是看得不清晰，这时我们看到了我们自己的睡眠，这把我们往下坠的事物。这承认死亡的本真人生，和这恍如死亡不存在的非本真人生。

在保罗·策兰的诗里，所有这些层次都在，既有在觉醒，睡眠和死亡之间的这些渐进层级，也有在这本真和非本真之间的分级。从开篇就如此：

他们躺着的地方，它有
一个名字——它有
无有。他们没躺在那里。有些
躺在他们中间。他们
看不穿。

看不见，不
说到
语词。无人
醒来。
睡眠
降临他们

他们没被抓住，他们滑下去了。首先是他们躺着的地方滑下去了，它有个名字，然后又没有了，然后他们也没躺在那里。这就是写作者所看到的他们，写作者醒着并试图抓住他们。然后写的是他们自己是怎样的，看不见的人。他们看不见是因为他们在谈论语词，这是在睡眠中。写诗者是醒着的，想要抓住它们就不能言说语词。这个地方的名字就是这样的词，是介于两者之间的。它以前存在，现在也存在，但对他们来说就不存在，因此对于本诗而言也不存在，通过提及它，就会把它们也包括在里面。名字的世界是意义的世界，它属于我们曾经但已经不再有的世界。在这里名字世界已经静默，它被禁用了，因为它的基础，这个我们，已经不再是可能的，或者需要重新创建。名字的静默在两个不同层次上存在。这里写着，无处在打听你的消息。这样一来你就是被秘密地藏起来的，在语言之外。伤口被缀连，以及此我所不认识的某人，也被藏起来了。这两部分的力量位于这诗开阔的景观之外。前者，无处在打听你的消息，也可能是因为“你”已死，或者是因为你在这风景里行走遇到的每个人都死了，所以不追问你的消息，不再知道你在或不在。但是，缀连就不是以这样方式显得模棱两可，它只是不清晰。在书写者和被书写者之间关系还有第二层，就在“你”和“他们”，“我”和“我们”之间。“他们”看不见，他们谈论语词。“你”知道这一点，我们在那本书里读到过它，这曾经有道理。曾是，曾是，道理，道理。还有：

说话，说话。
曾是，曾是。

说话就是置身在语言里，这首诗从头到尾对此不信任，在全诗所有层面都表达出来，是和存在联系在一起的。它所触及的是和存在有关的语言吗？或者这是分开的两件事？

是。

飓风，粒子——
飞雾，曾有。
时间，时间
曾在石头那尝试——它
曾是殷勤的，它
不曾打断。我们曾是
多么幸运

谷物。
多籽且多筋。梗节的
密集
葡萄的，线状的，肾的
成片的
成块的：松散的，分了枝：那，它，
没有打断，它
言说过，
最好对干燥的眼睛言说，在合上它们之前。

言说，言说
曾是，曾是。

飓风，粒子飞雾，这些东西已经可以被确立是在那书本里和社会的意见共同体范围以内的东西；这是“我们”一词还有意义，也过得很好的时期。这还是在这一切消失之前，在为其悲伤之前，但是这首诗是在这些事之后写的，并让其显得不是此我的这一刻，而是诗歌的那个瞬间。它完全处于意义的边缘，并不是因为它本身没有意义，一块没有意义的石头，只是存在而已，而是因为它对除了这个我以外的任何人都没有意义。

但是来看看一下这块石头是怎么回事？一块石头能如何殷勤呢？说它不曾闯入是什么意思？石头是那种最常见而承载意义最少的东西之一。一块石头是一块石头，它是中性的，而且通常是非特定的,一块石头就如同另一块石头。它本身是不变的，或者只是在无限缓慢地变化，除了地质学家们以外谁也断定不了它的年龄，这就让它以这种方式置身于文化，历史和时间之外，或者置身于一个我们的历史时间有异的时代里，但是，当我们看到石头时，我们倒是很少想到，我们面对着一种比人类久远得无边无际的物质，一种在有生命之前就存在此地的物质，石头只是一种自然界的日常现象，不，甚至还不是现象，一种自然界里的可用之物，一种我们毫无思绪波澜地将其抛向水面，让它为我们的孩子们打起水漂之物，一种我们在森林里徒步时坐在上面喝咖啡之物。

在那些古代宗教里石头被用来当作恒久的象征；在某些地方，它们作圆环状从地面升起，与神圣接壤，过去它们也经常与天体联系在一起。摩西从上帝那里接受的律法写在石板上，这让人类易变的文字和律令成为永在的，不变的。在这宗教生活里，石头是木头的反面：木头象征着生命和生命的自新，石头则作为不被侵蚀之存在的化身。从那个时代里留存到我们这个时代的东西不多了，木和石不再构成对立使我们借以了解我们的生活，但是这种具体思想的残余依然比比皆是，尤其是在丧葬仪式中，我们仍然在死者身上竖起一块石头，而棺材则是木头。在石头上我们刻上死者的名字。当那具身体在下面的土地里腐烂时，石头上名字会持久地存在下去，不再只是人类社会的一分子，也是物质世界的一部分。

这首诗没有任何仪式和宗教的痕迹，相反，这石头被日常感所包围,这是我们要去“在。那儿尝试”之物,它是“殷勤的”。如果说“尝试”可能就会应对着石头上这石头感，一种我们移动或者切分的物体，“尝试”将像石头一样照顾石头，这是我们移动或共享的物体，但是“在……那儿尝试”让石头的位置变得重要起来，这关系到要接近它。“殷勤”，这是一种强烈的拟人化，殷勤是人类的特质，动物甚至都不会具有这品质，可是该诗里的石头具有。殷勤就是对其他人敞开。在这个例子里是“我们”。因为它并没有打断，因此是殷勤的，对“我们”开放了。但是，它没有打断的，是对话，是在其之外进行的，也就是说，根据这首诗的逻辑，就是它没有经由语词而被看见？如果是这样的话，它以其绝对恒久的特质，而置身于人类社会的动荡之外？是它没有以其彻底的特异性打断这人类社会的语言？在这种情况下，一种“我们”也可以共享的特异性，因为在我们的内部，不仅有心脏在跳动，还有骨骼，就是我们死后会留下的那些，和石头上的名字一起。石头是“它”的一部分，世界上那非人类的部分，它是那没有打断的事物吗？因为它被编织了语言的面纱？这谜语随着重复而深入下去。

那，它，
没有打断，它
言说过

最好对干燥的眼睛言说，在合上它们之前
言说，言说
曾是，曾是。

言说在这里换一句话说就是打断的反面。而且它也不仅仅是“那”，也就是石头，它在言说，并被吸引到“它”中，它必须是所有随后提到东西；谷物，葡萄，肾脏。它就是这在“言说着的”。

在这首诗前面的部分，言说等同于看不见，等同于睡眠，因为睡着了也看不见，但是更强烈一点，因为睡者完全背对着他或她所躺着的世界。但是睡眠和看不见都是人类的事；不打断，也即言说，在这里和物联系在了一起。说话的对象是眼睛，这就是被看到。但并不是醒者在看，因为他们没有闯入。他们被看到在睡觉的样子。在观看的眼睛，是干燥的，和诗歌中心那潮湿的眼睛正相反。这是在悲伤的事发生之前，在诗里那属于我们的时代。但是，走向眼睛，走向潮湿，当然可以不那么伤感地阅读，那潮湿可以反映着某种湿润的性质，比如说它流动，流下来，不固着于某种形式，经常在变化。这干燥和潮湿的一对矛盾也存在于诗歌的其他地方，例如，开头的“不可更改的轨迹”和结尾处的“地下水痕”。轨迹指向其他事物，一个印记，并且这个印记必须持续存在一段时间，才具有意义。水则无法保持这么长的时间，它每刻都在形成新的形状，因此地下水痕在这个以及同一时间内包含着痕迹以及痕迹的解体。全诗的落脚点就在此，就在这时间的痕迹与时间痕迹的解体之间。轨迹也不再是过去的样子，而是过去样子留下的记号，同时它本身也是一种事物。当轨迹由水形成，痕迹的易腐性，它们的非不可更改性就急剧上升。但是这轨迹不仅是水，而且是地下水，也就是说，位于地下之物，被曾经在上面的东西充满，那些所有渗透过泥土沉降下来之物。湿的，流动的，属于眼睛的，看到过瞬间的，而那些固着的并赋予形态的则属于文字。对于眼睛来说，它看到的事物永不相同，所见之物总在变化，这首诗在许多层面上都贴着这一点来写，不仅通过轨迹和水痕，而且通过那种把名词从事物转换为事物属性的方式——不是谷物，而是谷物的，不是梗，而是梗节的，不是葡萄，而是葡萄的，不是肾脏,而是肾的。它们被描述为它们所是,在它们本体之内，而不是它们所属于的，某个种类，某个类别。它们在一起构成一个“它”，和石头一样不会打断，而是对着干燥的眼睛说话，在它们闭上之前。

为什么眼睛干燥？是因为它们全无悲伤，还是因为它们只是看向那不变之物？这就是为什么葡萄，谷物和石头不会打断的原因？它们不会打断，它们说话，说着与之前睡眠相似的词，然后它们闭上那干燥的眼睛，这可能是睡眠，或者死亡或也许就是打个瞌睡，但总之是和不看相关的。“它”很活跃，它“闭上”这些干燥的眼睛；它没有闭上那些不在观看的眼睛，而这些眼睛自己也变作了“它”的一部分，难道是死？但是，假如说这些干燥的眼并不在“它”之中，这首诗也不在“它”之中，而是在本诗的时代，以本诗的形式召唤它。诗在看见。这首诗看见了沉睡的目光，干燥的，但也是好的，降落在石头，谷物，葡萄上，而它也看到了石头，谷物，葡萄。

这很好，但它是真的吗？

这首诗没有提出这个问题，但可以理解为给了它一个答案，也就是我们要如何再现现实，当语言在其本质上把所有对象和现象普遍化了，剥夺了它们的时代，并借此掩盖住了它们的独特性，在此之外还将其与某个社会以及某个社会的历史捆绑在一起，在缓慢的意义之移动里对它们进行减损增益，这意义的运动被理解为世界观，不仅仅是关于存在，也不仅仅关于社会，而是把那存在的变成了社会的。因为“血液”不仅是血液，“土地”不仅仅是土地。可以避开它的一种方法是创建一种完全属于自己的语言，摆脱历史，完全和大众划清界限，但它肯定不会成为一种语言；这完全自有的无法被传达出去，必须再有一个共同体，一个你，这样就产生了一个我们；这是语言的基础。诗人自己能理解这首诗，其他人不行，所以问题就成了诗人在这个唯我主义的世界里懂得了什么。

避开它的另一种方法可能是改换语言。但是首先所有语言都是概括的，承载着文化和历史，其次，这首诗走得太远到了粒子的世界里，因此很难将它理解为某种特定语言，也即德语的一种表达，或者是某种特定的文化，也即德国文化的表达，这个危机大大深化了，触及了我们对人是什么，语言是什么，现实是什么，记忆是什么，死亡是什么，时间是什么这些理解的根本。这些问题，以包藏着对这些概念作一般化观察的语言，要被提出或解答这些问题而不失去其独有性和彻底性是不可能的。可是它同样也不能出走离开这语言，与其独有性彻底性合一，这样的话它就无法在任何人面前展现出任何东西。现实通过语言展现自身，不是如其所是，而是通过语言所展现的那些，如果这语言要想属实，它就必须展现其自身的本真，以其自身的语言但是又不能撕裂和现实或者是和语言中其他事物的关联。《紧缩》一诗就完全紧贴着这道边界。而如果你紧靠这意义的边界，那不可避免的问题就来了，关于意义到底是什么，而每个字都有了难以想象的分量。这分量不是来自其意义，而来自意义的基底。"石头"就是这样的一个词。它在那儿，它就像诗中的一块石头那样躺着，与周围全无关联，而如果你试图把和石头有关的这些方面纳入属于人的世界，以这种方式赋予意义，它并不"回答"。它在这语言中，却依旧在语言的上下文之外。

在这独特中独有得存，在独有中私密得存；大众以外的道路也要贯穿这些。也许此诗中的石头承载着读者所不知道甚至无法猜测的东西。厄于温·贝格在其撰写的挪威语版策兰诗集的前言里写道，策兰的父母，弗里兹和里奥，居住在当时罗马尼亚的说德语的犹太人，在一个叫采石场的德国劳教营里丧生。"在此你能联想到《紧缩》这些诗，"贝格写道，"与此同时在其自传背景和超越了这背景的诗之间保留一些透气的空间非常重要：历史化的解读让这些诗篇不再应时了。"贝格所指出的，是这根本的诠释学问题：这诗中的，这作者中的，和这读者中的，三者之间的界限在哪儿？策兰写道"石头"。当时他想到了他的父母吗？他们在"石头"一词中吗？我们永远不得而知。现在我知道策兰的父母死于德国人的采石场，并能在"石头"一词里看到这种联系，但是从诗里把这层读出来是对的吗，或者只是我把那首诗里没有的东西强加给它了？诗之外有什么，诗内部又有什么？

这首诗的中心词，在"无人"和"无有"之外，还有"夜晚”，“语词”和“灰烬”。当策兰落笔时，一个词穿越夜晚而来，想要发光，那时他借鉴了《约翰福音》开篇的方式吗？在那里建立了语词和光之间的经典关联，上帝一词，上帝的生命和人类生命之光在黑暗中闪耀。如果他真是这么做的，那么这首诗里就“有”这个，反之则没有？如果他没这么做，因此这诗里也没“有”这个，而只是在我作为读者这么解读，那么我就“错”读了它吗？

太初有道[1]，道与神同在，道就是神。这道与神同在。万有是借着他所成，没有一样不是借着他所成的。生命在他里面，这生命是人的光。这光在黑暗中照耀，黑暗却没有胜过这光。

到来，到来
一个词到来，到来，
穿过夜晚而来，
想要发光，想要发光。

如果你在这四行中听到了《约翰福音》的口气，那么你也会在这所唤出的词里听到上帝的口气，这想要发光但没有发光的语词。但是上帝不仅是这道出的语词，他是生命，生命是人的光。在这种情况下，这口气充满了这些语词中；同时，语词和这些光一样也无法穿透这夜晚的无差别，也许有人不必穿过

[1] 挪威语版本用 Ordet（语词）来译 Logos，考虑到语词也有道、说的意思，就依然采用《约翰福音》的通用中文译本。

这死亡的无差别。但是,《约翰福音》的开头不仅将语词或道与神，将神与人的光合在了一起，还把这些加诸“太初”，也就是创世纪之初。这是《旧约》里《创世纪》的回声,那也以“太初”开启全篇。但是尽管《旧约》里的创造关于物质世界，天与地，首先荒芜空寂地躺在黑暗之海中，而光明，土地，生命逐渐占了上风，所有古老的创始故事都是从混乱走向秩序，可是约翰福音的开始却不是随着晨光渐露展开的一天，不是从无尽黑暗里升起的土地，而是道出的语词。这是人类世界之发端，它从语词中浮现出来，在这无差异中建立差异，在那无意义中建立意义，在混乱中建立秩序。如果一个人脱离了语言也就脱离了世界。无语言的世界是无差异的世界，无差异的世界是无意义的世界。这里是混乱，这里是万物的扩张与崩塌。但是语言不是凌驾于世界之上并蕴含着人类的事物，一种归档了各种差异的活页夹，它存在于每个人身上，如此人才了解了自己，以及他人和世界。语言**就是**人本身。我存在于语言里，但前提是这言语行为里也有和我一样的一个你，否则这个我如何能跳脱出来并具有形状呢？这个没有你的我谁也不是，谁都能是。

如果没有他者一种语言将会是何种模样？不会是乔伊斯那样的内心独白，因为即使那其中的语言假装来自其自身，它同时也听着它，在整个流过意识的这些记忆、念头、生命与自我片段的静流里，它一直在场，比如在莫莉·布卢姆在《尤利西斯》的闭幕独白里，那就是他者，是这内心秘密的倾吐对象，而自我也不再封闭着。乔伊斯的卓异处恰恰就在于他知道这内在之我在多大程度上通过语言与他者以及所在文化联系在一起，并在他下一本小说里沿着这条路走得更远，在那其中语言再也不由这一个读出来，他写的是“全体”，或者说一个全体，也就是语言本身，没有发送者也没有接收者，没有我也没有你，只有一个庞大的我们，朝着所有方向不断蔓延，因为每一个词都有一部分和另一个词重叠，它们彼此之间畅通无阻，而所有它们所掌有的历史和文化和百年思潮都在它们内部涌流，也就因此到达了意义的第二道边界。第一道是在这个我消失在其内部自我那里，不失去独有特质、变作他者的话这个自我就无法被沟通表达出来，所以其最大的后果就是无语。这第二个边界，正如《芬尼根的守灵夜》里所写的，是这个我怎样消失在语言的自我里。如果越过第一道边界，这个你就结束了，只余这个我，越过了第二个边界，这个你结束了，而这个我就消失在一个“全体”；两种情况下，意义都从语言中消失，一切将变得如谜。

但如谜又是什么呢？那是一种抗拒被理解之物。但是理解又是什么？我们“理解”一块石头吗？我们“理解”一颗星星吗？我们“理解”水吗？《约翰福音》开篇里最重要的概念是“逻格斯（logos）”一词。这是希腊语，在希腊文化中，从柏拉图开始，语言就远比在犹太人那里更抽象，“dabar”[1]一词可做更具象的理解，更接近它所表意之物，几乎就像这些事物或行为本身，诺斯罗普·弗莱是这么说的，假如我没领会错他的意思。假如策兰诗里出现的不是约翰福音，那就该是这希腊气息，不单只通过对德谟克利特的暗中引用，就是实体世界被分成最小的单元那里，也通过这抽象的，关系的，联结万有的语言世界，它曾经是已不复存在的那个我们的先决条件：与一切都没

[1] 希伯来语里的“语言”一词。

有关联的石头躺在语言中。石头是什么意思？这是个语言的问题，是“石头”的问题。我们知道它看起来什么样子，我们知道它由什么构成，我们也知道它有什么属性。但是我们没有任何概念可以触及它所是为何，其本身为何。“这”，我们可以说，“这是一块石头”，“这是一颗星星”，“这是水”，“这是我”，或者，你想说，“我是这”也可以。“这”又是什么？

这就是这无名之物。理解和意义不是一回事。以色列裔美国社会学家亚伦·安东诺夫斯基（Aaron Antonovsky）把意义定义为一种对情境的感受或体验。宗教建立了这样的情境，将石头和木吸引到人的世界里，在这里它们是其所是，本身是具体的东西，代表了圣洁或神圣的，也就是人性以外的那些方面。进入到宗教场域里的科学也建立了类似的语境，将石头和木头置于一个巨大的由差异性和相似性组成的系统中，人类既创造又是其一部分。还有那社会的也创造了语境，一个精密的由什么能做什么不能，什么可求什么不可求，什么能说什么不能说的而构成的系统，在一个层级结构中一个人会上升也会下降，一切全取决于该社会里不同层级之间的差异有多致密。意义本身并不是什么东西，只是一种被激起的感觉，而激发它的情境，是相对的，它可以基于误解和理解，轻信和真信，幻想和现实，道德和不道德。意义是一种对情境的感受，语境越恢宏，意义就越恢宏。在狂喜中经历的与万有和神灵融为一体是人类能体验到的最强的对情境的感受。爱，是一种不断创造情境的感受。而当你与其他人在一起时所出现的共同情谊，也能不断创造情境和意义。《约翰福音》的作者的重大洞见是，在语词里不但出现了人类世界，也出现了人自己，而且这世界中存在的所有意义都源于语词。语词是光，它照亮了我们的世界，在这之外则是黑暗，之所以会这样，因为语词创造了差异，而黑暗是无差异的。在保罗·策兰的诗中，黑暗与无差异并不在人类世界以外，它们不是我们的极限，也即当我们面对死亡或神圣时所处之处，而是已经渗透到人类世界里的事物，因为从这种理解出发它和语言是一样的。

如果语言陨落，黑暗就会长驱直入进入我们的世界，像水填满海洋。

但什么意味着语言陨落呢？语言如何陨落？或者换句话来说：为什么语词召之不来，为什么它不发光，而只是作为一种否定出现，想要发光，想要发光？在约翰福音里，语词即上帝，可以这么理解，上帝是赋予语词以意义的那人或那存在，意义栖息其中，或者从其中散射出，也就让情境稳定下来。这首诗里找不到这样能赋予意义的情境。关于世界的语词摧毁了世界，草被破碎分开，轮子自己滚动着，与周围环境全无关联，一个被拆下的符号，此情形里这拆下本身可能是最本质的，至少是被强调的，因为俯瞰着轮子的天宇上没有星星。星星是黑暗里的光，光是语词，语词是神。当语词随即被召唤出来为光时，必须将其理解为对另一种类语词的调遣，那希望能创建出另一种情境，和已破碎的那种绝不相同，当这愿望未能达成，这首诗就归于灰烬，灰烬，灰烬，夜晚，夜晚和夜晚，以及那关于走向眼睛的呼吁，不是那去看去分辨的，而是那流泪的眼睛。

这情境或意义不仅仅是要找到语词的来处，也要找到语词的去处，也就是朝着某个你。对这个你来说，意义之缺席也是一种意义。没有这个你，这首诗就会是完全的静默无解。它就不会归于那接近于无言的灰烬和夜晚，而将归于那无言。这个你是这首诗的希望，这首诗的未来，这首诗的乌托邦。但是该诗里的这个你不是正在读诗的我的同义词，这是一个我或许可以赎回或许不能赎回的事物。如果我要赎回它，那就得非常警醒，因为这就是阅读的本义，放下自己的念头并全心交付给这陌生的声音，听它，这个例子里它发自一个人，保罗·策兰，已去世多年，但是在这里，以这些语词和他们微妙的变化，从中升起了他的自我，朝着一个你，就像现在的我，在这五十年前写下的文字面前，试图将其赎回。如果我在过程中动用了太多自己的东西，我就把文本中的你变成了我的自我，这首诗可能也就变成一面镜子，它的认知可能就受限于我的局限性，因为我知道我所知道的。这种偏见不仅作用于和我的自我，个人的自我的关系，也作用于宏观意义上的文化，它也是我阅读自我的一部分，这是绝对必要的；如果没有它，我就等于赤裸裸地站在每个词面前。保罗·策兰的诗里的这个"你"，这首诗所致的你，被剥夺了所有这些造成这种普遍偏见的词语，恰恰因为这个认知空间认为这些偏见相对于它们所想抵达的世界来说还有所欠缺，而这首诗就是在这个空间内部写作出来的，这就是为什么这首诗如此难以把握的原因；它行动的方向离这些共同节点越来越远，就算它也有靠近它们的时刻，也似乎是跳脱出了一般的关联和口气惯习：一块石头就是一块石头。这种独一无二性是诗人在写作中避免用语词召唤语词的方法，它迫使读者去阅读这种独一无二，也就是，让诗歌的意象与这意象所"代表"的东西之间的所有联系都艰涩起来，一个表达是"为了"

那“本真”。这首诗表达它自己。却是以大家都用的词。这使它变得难以阐述，却不难理解，因为如果这些词唤起了某些联想，被拒之门外，被周围的单词所排斥，却不会有任何拒绝冲着这唤起了气氛和情绪的语词而来，也许这才是这首诗的本真和最重大的意义所在，在语词之外，在心里和这哭泣的眼睛中。是的，是这个“你”在这里，这很可能是读者的化身。被鼓励着开步走。不要读，不要看，但走向眼睛，那潮湿的。另一方面这眼睛已看不见，但在哭泣，等同于想要发光的光，在这无力的黑暗图景里，语言的一种陨落。语言已陨落了，因为这个它既从中出现又构成的“我们”已经陨落，但诗人不是为了仅仅表明这一点而写诗，这诗本身就是在寻找出路，并以这种方式重建意义，就算只是在这里，在这首诗里，就算只是消极意义，通过彰显意义之丧失。这丧失的具体形象并非那隐藏一切的黑夜，也不是语词力量的欠缺，那无能的，而是灰烬，那一切都在其中消失的。灰烬是缺席的形式。宗教，通过其法律和法规把人类社会里的一切都变作和上帝相关，而因此具备了意义，也将灰烬纳入了社会现实、物理现实和神圣现实之间的界内；灰烬在摩西律法里被特别提到过，因为它被上帝通过摩西赐给以色列人，在此它是某些规矩要用到的物品。不是灰烬本身，而是焚祭后的灰烬。牧师拿走那灰烬时，该穿着亚麻布衣，然后将灰烬放在祭品旁边。然后，他再穿上其他衣服，然后才能将灰烬带出营地，带到一个洁净的地方。祭祀仪式包括转化，世上的一只动物被屠宰，被带入神圣，甚至成为神圣，成为上帝自身。灰烬仍在神圣之中，因此也是神圣的。牧师换衣服，标志着一种转化，就在灰烬被从圣殿带出，带出了营地时，它才圆满了；

它再次成为世界的一部分。但是，即使在这神圣之分化中，灰烬也是一种残余，它与生命相反，灰烬是无法终结的——因为它已经死了——而随着它被带出来，它也不再神圣。

问题在于灰烬这个维度和保罗·策兰的诗有何关系。这里写着，灰烬，灰烬，灰烬，好像它所坚持说的只有灰烬，没有别的。同时，这些被烧掉的牺牲物，也就是只剩下余烬的这些物质，在希腊语中称为全烧[1]。在一首由一位德国犹太作家于1959年写的诗里，很难把"灰烬"和"全烧"解读为中性事物。但是这样的阅读是不是历史性的阅读呢？可以在脑子里换一个问法："灰烬"和"缝合"过的伤口，以及"长好了"如果不指向大屠杀，还能指向什么别的事物呢？这样会减少它的意义吗？从某种意义上说，因为正是此诗如此用力地以否定力量来做名字的减法所要避免的，原因很简单，就是这会让该诗努力扩张开的东西闭上。但这也正是诗里所发生的事情，不是任何其他别的东西。它去贴近这一种非常具体又不能被命名的事物，就这样它走过这具体的，某一个历史时期的事物，进入了那根本的存在的范畴，其中语言与现实之间的关系是最重要的。如果没有纳粹大屠杀这样的人类灾难，该诗也可能是在玩味语词和石头的差异，围绕着死亡的无有徘徊，而徒劳地祈求那之上的神性之光来照亮，而我很难相信这种情况会发生。

《紧缩》显然不是什么语言练习，这里也很显然没有任何学术解析的存在或缺席，这是一首悲歌或安魂曲，为死者而唱，也为了那些随着他们的死亡而消逝的东西，也就是"我们"。这

---

[1] Holocaust 在希腊语里应该是 holo（全部）kaustos（烧），衍生意为大屠杀 holocaust。

在策兰自己的语言里，即他的母语德语，犹太人最早是被从这语言的“我们”中分离出去，成为这语言的“他们”，这样，进了集中营，成为这语言里的“它”。犹太人被剥夺了名字，这名字里不仅有他们的身份，还有他们作为人的一切，他们变成了“它”，有着四肢的身体，可以计量，但不能指名道姓。他们谁也不是了。然后他们变成了无有。他们最后唯一剩下的就是灰烬。

不久前，我看了一部关于犹太人灭绝的纪录片，克劳德·朗兹曼[1]的《浩劫》(*Shoah*)，它单纯只着力于劫后，只关于现在还在的一切；没有旧照片，没有旧摄影片段，只有当下的人，他们一个接一个地述说他们当时所见或经历过的事情。火车，森林，面孔。有些人流畅地说着他们那时看到的一切，那时他们还什么都不知道，他们不知道自己在说什么，其他有些人则完全缄默，有些人突然崩溃，因为某个小小的回忆忽然之间就变得无法承受。我作为旁观者可以理解这一点，这些已经发生了，而这些已经发生了，我可以判断这些不同人的故事，并将它们和我知道的其他事情结合起来，以及他们自己的心理状态和性格类型，但是在电影播放的九个小时中，只有两次我真正意识到究竟发生了什么，是怎样的可怖，窥见真相的一瞥，也就是说，我不是用理性而是用情绪把握住了它。它可能持续了两到三秒钟就结束了。我把那窥见真相的一瞥和保罗·策兰诗作联系了起来。

一位铁路工作人员 1942 年在波兰的一个德国集中营附近的车站工作，说了某天下午他的经历。这个集中营已经建设了一

[1] Claude Lanzmann（1925—2018），法国电影制片人。

段时间，他们之间也谈论这是建来干什么的，也许他还问了一些德国人，我不记得了，但至少他判断这会是犹太人的劳改营地。那天下午，他正要下班，一列火车到达了车站和营地。它有许多车厢，满满地装着犹太人，当他骑车回家时，这些犹太人进入了营地。火车站就在营地隔壁，所有在那儿工作的人都听得很清楚，到了晚上，这庞大人群的声音扩散到了整个营地：哭喊，孩子们的哭声，聊天声，喃喃声。当他第二天早上回去开始一天的工作时，一切完全静下来了。他想不明白。这些人都去哪儿了？他知道，他们没有被运走，一定还在营地里，但是这么多人怎么可能这么安静？

在这种消灭了所有人类差异的安静，就是保罗·策兰所写的那种。这寂静既是无有，但在这无有中又有什么，其中所有消失的人什么也没有。那首寂静和那寂静中的黑暗，就是让诗中的我恳求语词去发光，书写者想要发光，想要发光，然后是灰烬，灰烬，灰烬，夜晚，夜晚和夜晚。所有的差异都被抹去了，一切都变成了无，它曾经是的那些，再也不能被召回，它永远地失去了，在语言里它也再也不能被召回，因为在这无差异之虚无的空荡荡的领土中，一个词不会造成任何分别。他们在身后留下唯一的东西，就是这寂静，也就是说无语，也即这黑夜和这灰烬。这整个唯一有差别的世界：灰烬。过去，未来：灰烬。

如果一个人愤世嫉俗的话，可能会说，一条命就是一条命，一个孩子在毒气室里死亡并不比在车祸中丧生更可怕。家人的悲伤是相同的；悲伤就是悲伤，加在一起也不会更悲伤，人不是数字，悲伤不是数学。这话也是对的。失去一个孩子总归都一样。但是数字所代表意义不仅仅是这个加那个，它们本身也构成了一个共同体，一个集体。当一个人在一个社群中死亡时，关于这个人的记忆就存在于这个社群其他人心里，其物质所有由最亲近的人分掉。一个我们失去了一个你，死者成为了一个你。

在大屠杀中，整个社群同时被斩除，如此一来不仅它们曾是的那些东西，成为了无，而且它们一直以来的所有，也成为了无。他们所有的记忆和故事也被斩除。他们死时的身份，他们自己的“存在”停止了，但他们的“曾是”也停止了，这空亡，如此彻底，在这里谁都不存在，什么都不存在，创造了一个是和曾是之间的分野，这是死亡不曾做到的事，因为这个我们永不死去，它继续存在，我们所有的建制，我们所打造和所做的一切都致力于这个我们的延续，它比它的个体成员都要持久，而每个成员都会死去，成为其身边人组成的那个我们的记忆的一部分，而这些又会死去，成为这个我们，所以从根本上来看是一回事却由全新的个体们构成。

文化就是这么一回事。

文化不仅可以承受这些你和这些我的死亡，它的存在是为了超越它们。在这个构建里最重要的元素是语言。语言是这个我们的，但是我们通过它来表达的，是我们的个性性。这个语言在这个千百年来一遍又一遍所在表达的个体性，是这个我们的喧嚣。在语言和文化里我们战胜了死亡，这也许是语言和文化的最基本的功能。当法国诗人梅里美写关于儿子和儿子之死亡的诗时，他的文字所走向的是那无有的边缘，看向黑暗，而语言在此瓦解的事实与他发现自己处于语言的尽头有关，恰恰就在这里语言分崩离析了，正是在这一切面前它是无力的，不是本身无力，因为如果语言从那里移回中心，移回生命和社会的场域里，它又会重新充满意义，完整起来。梅里美记得他的儿子。在纳粹大屠杀里，孩子和记得孩子的人都死了。

但并不是这个区分开策兰的死亡诗和梅里美的死亡诗，尽管记忆的缺席扩大了这无有的无差异。不，不同之处在于，策兰死亡诗中的意义解体并不是在语言的尽头，在语言无法把握的事物也就是对神之名问题的否定里，这意义解体是在这时节的语言里，即语言本身。不是像石头或草这样的单个的语言词，而是这意义上下文的基础，在这之上这语言中的我们才得以成立，因为正是这个我们把你区分出来，并让他们成为这一个“他们”，然后是这个“它”，把他们排斥出了语言，也排斥出了那属于人的一切。

一个看到这些的我，在此之后可以说“我们”吗？如果不能的话，那究竟能怎样写，怎样说？

语言是一种社会活动，所有语言都需要一个我和一个你，在一起就构成了一个我们。

语言的现实因此是一种社会现实，它是这个我、这个你和这个我们的现实。但是语言不是一种表示已存在事物的中性概念，这个我，这个你以及这个我们都被语言染着上颜色，因为这一切在创建语言也被语言所创造着。身份是文化，文化是语言，语言是道德，让第三帝国的恶行成为可能的，正是对这个我们的极端强化，以及对这个我的内涵的削弱，减弱了对把非我族类者也即犹太人逐渐非人化以及排斥的反抗，同时又进一步加强了这个我们。非人化是在语言中以这个我们的名义进行，那里也存在道德，德国良心的声音从说你不该杀人到说你应该杀人也颇用了几年，正如汉娜 · 阿伦特所指出的那样。

在这语言中，道德，伦理和审美都被扭曲了，这就是保罗·策兰所说的“我”。当他用这种语言说“死”时，他说的不是生命的缺席，说的也不是一无所有，因为已经渗透到那文化各个部分的纳粹主义是一种死亡崇拜，所以他说“死”的时候，说的并不是一无所有，而是牺牲，家园，伟大，真诚，骄傲，勇气。当他说“泥土”时，他说的是历史，归属，家族。当他说“血”时，他说的是种族，纯洁，牺牲，死亡。毒气室中的死亡是另一种死亡，其一无所有是另一性质的，被提起时就像人们提起灭昆虫或灭害虫那样，消灭了一些讨厌的非人的东西，以及如何提及这种死亡，这无身份的死亡，又不唤起在“死亡”一词里休憩的或是飘扬的旗帜或者是成堆的老鼠？

在此诗之前七年，也就是 1952 年，保罗 · 策兰出版了另一首关于纳粹大屠杀的诗，也许是他最出名的诗，《死亡赋格》。主题相同，但是里面描述的世界相当地不同，其中一点就是诗中包含名称。德国被提到五次，金发的马格丽特四次，灰发的舒拉密兹三次。死亡被人格化了，是一位来自德国的大师，暴力被具体化了，“他抓住腰中手枪他挥舞”，“他用铅弹射你他瞄得很准”，“他放出猎犬扑向我们”，暴力和犹太人联系在一起，和音乐交织在一起，“他吹口哨召回猎犬 / 他吹口哨召来他的犹太人掘墓 / 他命令我们奏舞曲”，在他，这个来自德国的大师之上，星星在闪烁。《死亡赋格》是一首具有暗示性和催眠力的诗，它的美是疯狂的，可以与荷尔德林的诗作比肩。这也不是不真实的，纳粹主义是狂野的，野蛮的，彻头彻尾狂欢节般的怪诞，它以其旗帜、制服、游行和海报来寻求崇高，打起历史和历史之深度的大旗，把包括荷尔德林在内的德国文化拱卫在最前列，它的我被消解在大众的我们里，这是一个很好的解决方案，这是要进入一个比自身更大的事物，走出阶级的狭窄，走进那骄傲的众人，血统，国家，德国，一个夜晚降落，残忍，变态，被这暴力和隳坏的大火照亮。

这种盛大节日的刺耳低音充满了《死亡赋格》。身份没有被毁掉，它集中在三个名字里：德国和马格丽特，她的金发与舒拉密兹的灰发，雅利安人与犹太人。死亡不是一无所有，过去没有缺席，并非不可代表的，语言没有被毁，它依然赋予着意义。在《紧缩》里这所有一切都消失了。它们都落到了地上。在《紧缩》里是完全的寂灭。一个名字都没回来。这首诗就位于世界的名字和世界之间，但它所寻求的并不是纯粹的存在，这被理解为从文明和文化中挣脱出来的自由，也即所谓的本真，因为名字的缺席在诗里是一种损失。似乎名字那创造差异之力没有了是一种损失，这是被祈求的但是愿望未达成。实际上，甚至这原来模样的自然界，本真而无伪，紧贴着语言背后的自然，也被这个我们的意识形态和意义生产工程，以及纳粹们所染着，这是当时最具主导性的观念之一，在希特勒的《我的奋斗》中有所展露，书里关于自然本身的观念可能是书里最重要的东西，在海德格尔的哲学里也是如此，正如策兰所执着认为的那样，他这一执念如此之强，以至于亲自去见过他，这并不是没有问题的，因为海德格尔曾经是纳粹分子以及纳粹党党员，所以这视世界为此“在”而在语言之外的观念并非没有被意识形态和世界观所染着，它被编织进了万物，而纯真的不存在，或者发现了纯真的失去，就是策兰诗歌的出发点，至少我读来如此。

《死亡赋格》和《紧缩》之间的巨大差异当然和两者之间间隔的年头有关，但也不一定和策兰写作的发展、成熟和深化的结果无关，因为这些年里，文化，也即是这个我们，对纳粹主义和大屠杀的理解也有了些变化，因为在 1952 年它大概依然未有定论，像一桩无法估量的残酷，在一个完全成了废墟的社会里，到了 1959 年，它已经盖棺定论了，一件可以被指称的事情，历史里的某样东西，在这里所有个体时间，所有个体生命，所有个体瞬间都被锁死在名称的化身里，比如说奥斯维辛。

“谁把它缀连了起来？”这首诗问道。命名是失踪的另一种方式。因此这首诗无法描述犹太人被遣送出境，运牲口车厢穿越波兰大地的运输，集中营里的调度，除衣，通向毒气室的夹道之刑，毒气室的死亡，他们在惊恐中在门前挤在一起，当门打开，出来的他们已经死去，在炉子里或者坑上的栅格上燃烧，灰烬。这种描述，你可以说是由与“奥斯威辛”一词联系在一起的指控构成，和现实没有任何关系，部分因为这个视角指向一个完整的回路，这是一种虚构，原因很简单，没有人由头至尾地见过这个流程，可能只有部分，并且参与了整个流程的人要么死了，或者，假使幸存下来，其经历也是一种内心经历，而这个描述从头到尾就是从外部来看这个时间的。

这种从来没有存在过的视角，它属于文本，也只在这里成为可能。如我们所想的那个奥斯威辛并不存在，它属于那已经失去的过去，而因此它就没不存在过，因为我们所认为的在那里发生的事，从某种方式来说都是别人告诉我们的，并不是那样发生的，按照我们被告知的方式，并不是那样发生的，这个故事是在撒谎，因为它侵占了那个可能是唯一可能且唯一真实的观点的位置，而正是这个观点的被侵占使这种族灭绝成为可能。

* * *

我少年时期，十几岁的时候在特罗姆岛森林里的德国掩体中玩，或者坐在他们放大炮的位置上，两腿晃荡着远眺大海，这里上一次被使用仅仅就在三十一年前。但是我在其中玩耍的世界是和平的，井井有条的，我第一次到弗伦斯堡[1]时，是九岁，跟着爸爸的脚跟走，他走得那么快，脸上表情那么奇怪，那时我们溜达上了一条窄街，路两侧的小隔间里坐着穿着暴露的女人们，这可能就是我记得这座城市的原因，这城市也是和平的，井然有序的。我们开车翻过山岭，去到在挪威西部的爷爷奶奶家，我们碰到的游客大多数都是德国人。他们中的许多人一定来过这里，在战争期间。我们在学校学过这个，主要是在挪威发生的部分，但后来也学了世界其他地区的事情。它在报纸上的存在方式就是不断有战犯在世界各地被发现，并被起诉。周刊上，也许尤其是《男士》(*Vi Menn*) 里，充斥着关于战争财富的故事，所谓的纳粹黄金，以及隐匿在阿根廷和巴西的德国战犯的故事。但是我纳粹知识的最主要来源是《展翅凯旋》(On Wings and We Won Series) 等漫画系列。那里面的德国人，被统称为弗里茨的，总是邪恶且无所顾忌，黄种人或日本人就更糟。所有这些，

[1] Flensburg，德国最北部的直辖市，和丹麦很近。

书、漫画、报纸文章和周刊故事，连同学校历史课一起，都发生在另一个根本不同的时代，在一个根本不同的地方，大概就靠近汉斯和格列特[1]消失的那个森林，它越靠近那鹅卵石海滩就越来越小，越来越稀薄，直到最后在这德国人显然曾经占据过的霍弗岛，其存在就完全消失了。

七年级的那个春天，我十三岁时是第一次看到来自集中营的照片，我站在学校地下室的图书馆里，这是个绝对的震撼，我内心冻住了，但让我如此反应的不是被杀死的人数或他们的痛苦，因为我学过纳粹大屠杀，也知道那是什么，我是因为那照片本身。一个女人如此瘦骨嶙峋，以至于她看起来都不像个人了，她光着身子，但是她身上没有任何和性有关的气息，然后是一堆尸体的照片，他们像原木一样堆叠着，图片是隔着一段距离拍的，四肢和身体混在了一起，但我仍然能清楚地看到那是人。它在我体内凝结起的冰霜，在我体内缓缓流过的惊恐，让我在之后的几个小时后都处于一种感到世界很陌生的状态，而这些还是和他们的痛苦或这行为的可怖无关，它只与这些身体有关，堆放它们的方式以及这表达了什么，是我从来没有见过的，也从来没有想过这种事会存在。

在大学里，我以完全不同的形式与“二战”以及纳粹大屠杀相遇，例如，正如霍克海默尔和阿多诺在《启蒙辩证法》里所写的，当时为了理解文明在这终极野蛮状态下的崩溃，他们分析了《奥德赛》，我的理解就是他们要展示光明和黑暗是怎样联系在一起的，光明企图挣脱黑暗获得自由，好几次都几乎要

[1] 格林童话里的人物。

成功，但总是又被吞回去。而启蒙运动缺乏自明，它从对现实的祛魅开始，为了让人获得自由成为自己的主人，最终却被在这个过程里迷失了自我，同时进步的所有技术和征服仍在继续，现在则是让人类失去自由，变成奴隶，最终会彻底崩溃。

我知道，阿多诺的解决方案更多的还是启蒙。“启蒙必须被带到自我意识中，以免彻底地削弱人类。”他如是写道。还有：“这不是关于保留任何过去，而是为了兑现一个古老的诺言。”这光明，黑暗，启蒙，迷思，纳粹主义和卑尔根——我当时居住的城市，对我来说代表着整个世界——之间的联系是什么，我不明白，这本就是个不存在的问题。一切在这个时代里都有自己的位置。阿多诺是一个地方，《奥德赛》是另一个地方，我的生活是第三个，战争是第四个。当这一切混在了一起时，例如那天晚上我在南伯沃格和外公坐一起看电视，他突然指着电视说：那个犹太人在那里做什么？——他看到的是约·本科[1]——我并没有意识到这些东西混在了一起，没想到启蒙，没想到迷思，没想到阿多诺，没想到阿伦特，我想到的是外公，我知道他从来不是纳粹分子，还知道他的偏见来自他成长的那个时代，而不是表达了他自己内心的一些根本看法。

在随后的几年中，我读了许多有关纳粹主义的书，倒不是为试图了解，更多是因为那个时代对我产生巨大吸引力。无界限曾经是一个经常被讨论的概念，它是模糊的、理论上的，用在文本上，大部分是在现代主义文本，而这现实中的无界限，就像另一个学术和知识分子常用的术语，越界，大家并不是真

[1] Jo Benkow（1924—2013），犹太裔挪威政治家。

的感兴趣了解。因为我们文化里的无界限和越界在哪里呢？吸毒的人无界限，为了弄到货他们不惜一切，色情产是越界的，就像一种没人拥护的政治路线，人民进步党[1]的小资产阶级伪自由主义，就像种族主义和对暴力的颂扬。

文学里的无界限是什么？在那里有什么越界的东西？对于大部分类型来说，也就是传统上的低俗表达出现在传统上的高雅表达中，比如哲学出现在创造性的文本里，或者诗越来越接近散文。对我自己来说，完全个人地说，与这种越界联系在一起的，一部分是一种巨大的自由感，一部分相当可耻，但是它在其中展开的领域如此简单，像多喝的那两杯啤酒一样，后果就是随之而来的几小时的讨厌且不受约束的行为。它琐屑微小又固执，尽管不一定会感到这种感觉，而第三帝国犯下的罪行是如此毫无廉耻，越界，以一种截然不同，真的难以理解但显然非常有吸引力的理论。这就好像他们正在越过人类本身的边界。怎么可能？死亡的诱惑，堕落的诱惑，这完满的毁灭的诱惑，它由什么构成？世界在燃烧，他们在欢呼。

我读这方面的东西，我不断琢磨着这些，我遥遥坐在战争和死亡，毁灭和大屠杀之外看着这些，却不能不感到其中的诱惑，我坐在卑尔根的一把椅子上，被我的书环绕，手上多半有一支烟，旁边的茶几上一杯咖啡，而夜晚在窗外的车流呼啸声里沉下去，有几次有只暖乎乎的猫睡在我大腿上。我读着希特勒最后的日子，他和下属和最亲近的人住在那地底深处的彻底疯狂的氛围，他们上方的城市则被俄国人用炸弹炸成了碎片，在烈火中燃烧。

[1] FRP，挪威右翼政党。

他还有一次走上来鼓励那些希特勒青年团的士兵，我看过当时留下的摄影片段，他当时病了，从一个小男孩走到另一个小男孩身边时在试图防止自己的一只手颤抖，那一定是因为他的帕金森氏症。但是他眼睛的一瞥，却有一些出乎意料的温暖。

这不可能是真的吧？

爸爸去世后，英韦和我在他的东西里发现了一根纳粹别针，也就是一根带有德国鹰的针，可以固定在西装翻领上。他从哪儿弄到的？他不是那种会买这类东西的人，肯定是别人给他的，或者在哪儿碰到的。爸爸去世一年半后，奶奶去世时，我们为了分遗产把房子清理了一遍，我们在客厅的箱子里找到了一本《我的奋斗》。它怎么会在这儿？应该是“二战”以来它就在这里了。这本书在当时非常普遍，卖了成千上万本，很有可能什么人当礼物送给他们的，而这本书本身对他们没有任何意义，但还是很奇怪战后他们也没有把书扔了，他们也知道这书上所承载的意味。在第一眼看到这禁忌之物的惊叹过去之后，我就没怎么再想这事。我知道他们，也就是奶奶和爷爷，是什么人，知道他们来自另一个时代，在那里通行的是另一套规则。大概一年后，我开始更系统地阅读关于纳粹主义的东西，那就是一种我偶然走进去的地方，就像我以前也这样地走进了其他时代和地方。我读了夏伊勒[1]关于纳粹主义的书，克肖[2]关于希特勒的第一本书，吉塔·塞雷尼[3]关于施佩尔的书，施佩尔的

[1] William L. Shirer（1904—1992），威廉·夏伊勒，美国作家、战地记者、历史学家，代表作为《第三帝国兴亡史》。

[2] Ian Kershaw（1943—），英国历史学家，专门研究纳粹主义。

[3] Gitta Sereny（1921—2012），出生于奥地利的传记作家、调查记者、历史学家。

斯潘道监狱日记和他的回忆录《第三帝国内部》。那是我和托妮耶分手后搬到斯德哥尔摩后读到的。在那儿，我独自一人在南岛区（Söder）正中的一个装饰女性化的单间公寓里，读了吉塔·塞雷尼关于特雷布林卡（Treblinka）的书,《进入黑暗》(*Into That Darkness*)，它让我整整两个星期都不舒服，自那以后我就不再读这方面的东西，沿着那条路走不下去了，它彻底完全封闭起来，自行清空了一切。

七年后，去年春天，我自己买了一本希特勒《我的奋斗》。也就是说，那时候我已经是个有了些名气的作家，而因为这名字会引起如此之大的关注，所以我没有抱侥幸心理自己去古董书店订购《我的奋斗》，我那时候病态地紧张，怕这事会走漏出去，就请我最好的朋友盖尔·A帮我做这件事。他付了两千克朗书钱，然后把它们寄给了我。把它们从包装里拿出来，手上拿着它们站着，让我全身不舒服，更不用说当我开始读第一卷时那种近乎恶心的感觉了，就这样我让希特勒的话语和希特勒的思想进入了我自己的意识，过了一会儿就成为它其中一部分。我要去冰岛两天，打算在飞机上阅读它，因为当我再回到家时，就开始写这本小说的第一卷，而因为它也叫《我的奋斗》，也因为希特勒的书和那枚纳粹别针都属于这段历史里未解开的谜题，或者也许不是谜题，更准确地说是在当下现身的过去的陷阱，而我无法在其中追溯回到任何我所知之物，我决定就希特勒的这本书写上几页。

我总是先去嗅嗅我买的书，不管新书还是旧书，把头弯下，抵着这书页，深深嗅一口它们的气味，因为我把气味，尤其是旧书的气味与好东西联系在一起，那来自童年时候的，都好得不得了。童话，和其他的世界链接在一起。但是对《我的奋斗》我没法这么做。出于某种原因，它是邪恶的。我也不能把它放在书架或桌上，而必须把它放在最下面的抽屉里。像我打算的那样在飞机上读它是不可想象的，我在机舱里我的座位上坐下的瞬间就明白了这点。一位空姐为我的书而祝贺我，另一位眨了眨眼，说她认出了我是谁，而我前面的两个乘客都在读《晚邮报》上一篇关于我的文章。我如此显眼，所以阅读希特勒的书是不可能的，但就算我不打眼这也是不可能的，因为这书本身如此臭名昭著，肯定会被发现有人坐在飞机上读它，这种不安就会蔓延开来，因为这样的话肯定我有什么问题。在整个航程中我都把它放在包里，即使在上场前躺在酒店房间里休息的时候，我也让书留在包里，宁愿看电视，这书所承载的意味实在太巨大了。但为什么？我读过另一位名声很坏的作家萨德侯爵的书，但那是文学，所有伟大的战后法国哲学家都称赞它打破了界限，是革命的，也从它出发去分析权力、性别、语言和死亡。希特勒的书则不同。它不是文学，自那时以来所发生的，他所做的事和构想在书里已被详尽解释过了，属于那种改变了文学,使文学变成了某种邪恶之物的东西。希特勒的《我的奋斗》是文学里唯一的绝对禁忌。说这一点让它变得更有趣是不可能的，尽管其实真是这样，因为你这么说就是完全不尊重所有那些死于被直接从书里衍生出来的系统的人。六百万犹太人，就在六十五年前。几乎所有文学作品都只是文字而已，但《我的奋斗》不是，它不仅仅是文字。它是人类邪恶的象征。在这本书里文本与现实之间的门大开着，这是其他书籍所没有的。在德国，它还是禁书。在挪威，“二战”以后它还没有被重印过。

就在战争结束后不久，1947 年，德国犹太哲学家维克托·克伦佩雷尔（Victor Klemperer）出了一本书叫《第三帝国的语言》（*LTI*：*Lingua Tertii Imperii*）。克伦佩雷尔是德累斯顿技术学院的罗曼语族语言教授，一个同化了的犹太人，娶了一位雅利安女子。因此当纳粹在 1933 年上台时，他认为自己足够安全，可以留下来。但是最后还是失去了工作，失去了房子，失去了在图书馆借书的权利，不许他听广播，不许看报纸，不许读非犹太作家的读书，最终不许与犹太人以外的任何人交谈，也不许写作。他一直生活在被驱逐的威胁下，由于妻子的关系还有他第一次世界大战期间志愿为德国而战，他得以避免这种命运。

《LTI》一书是第三帝国的见证，从内部人的角度，但首要的还不是在其中的生活经由整个三十年代到四十年代如何从粗糙走向残酷，而是关于语言在其中如何变化。克伦佩雷尔记日记，第一批摘录是 1933 年春天，那时候他还是教授，还在社会中心，这些札记显示出不安，但还是温和的，差不多是惊讶。犹太人被从德国人里分出来，到处都在强调德国味。在莱比锡建立了一个委员会来进行大学的国有化。在他工作单位的公告板上写着：“假使一个犹太人写德语，那么他就是在撒谎。”“人民”一词被用在所有地方，所有场合。人民党（Volksfest），人民同志（Volksgenosse），人民共同体（Volksgemeinschaft），亲民的（volksnah），外国人民（volksfremd），来自人民（volksentstammt）。希特勒被称为人民总理，民族的提升变成了国家社会主义革命。在“市政厅”（Rathenaubeseitiger）公墓举行了仪式。到了夏天，他记下他注意到人民产生了希特勒疲乏，好像他们被所有这些宣传弄得精疲力竭。8月22日他写道：

> 克拉普曼太太，临时来帮忙的家务助理，嫁了个邮局工作人员，她说："教授应该知道，10月1日起，A19的邮政员工将被迫调整（gleichschalten）福利委员会。但是纳粹分子们不会取消什么现有的福利。它还要将为女士们组织一次有咖啡供应的香肠晚餐。"安娜玛丽，一如既往地对生理名词毫不忌讳，她讲了一位同事对钩十字袖章的说法："怎么办呢？这个就像女士卫生巾一样。"蔬菜商人库斯克讲了前一晚的祈祷："上帝让我保持沉默吧，这样我就能把自由奉献给霍恩斯泰州。"我在想，我什么时候才能从这一切中看到一点希望呢？

三天后，他写道学校的校长友善地要求他别发表他写的一篇文章，他去找了另一家出版社，他们以它缺乏民族立场（völkische Gesichtspunkte）为理由拒绝了。8月28日他写道，他认为人民应该忍不了很久了。他写了一次坐大巴旅行，和其他八十个人一起，所能想象的最小资产阶级的聚会，他写道，在喝咖啡休息期间，乘务员给他们来了场小型表演，主持人诵读了一首致德国领导人和拯救者的诗，关于这新的人民共同体，听众们沉默而冷漠，随后的掌声里也没有热情。然后他又讲了个笑话。他去理发，一位犹太女士想在那儿理发，但没能如愿。理发师说："元首就抵制犹太人行动已经庄严地保证，在德国不会碰犹太人一根头发丝儿。"接着就是笑声和长达几分钟的鼓掌。三个星期后，他提到了他在电影院看到的纽伦堡党代会

（Partidagen）的一些场景。希特勒祝福新冲锋队员的方式就是让他们触摸1923年的那面血旗。每次血旗和其他旗帜相触时，就响起一记加农炮声。克伦佩雷尔反思起“血旗”这个词。它对于国家社会党从政治到宗教领域的上升过程有什么样的重要性。他描述了那些看客，他们鸭子般地看着这一幕戏剧在自己眼前展开。党代会是种邪教式的行为，他写道，国家社会主义是一种宗教。他听说一些犹太同事被从职位上开除了。有人问他们能不能接待一个曾蹲过监狱的客人，他是国家安全的威胁，但突然被放出来了。他写过关于马克思的文章，被描述为“政治上不可靠”（politisch unzuverlässig）。他指出，哲学期刊上充斥着第三帝国的套话。“以国家社会主义为基础的科学”，“犹太精神”，“十一月人”。他的薪水里突然被扣掉了一项“志愿冬季援助”；他在思考“税”和“援助”两词之间的区别，后者是怎样诉诸情感。10月29日，突然来了规定，每个周二下午，学生要集合起来进行军事体育训练（Wehrsport），而不再上课。他写下了一个他看到的香烟牌子，军训。他听说一些共产党员被送到集中营里去了。他思考“集中营”这个词。当他很小时，他写道，这词有种异国的，殖民地的，和非德国的调调儿，英国人的布尔战争里就说到过这个，自那以后它就退出了语言使用，直到今天已成为一种德国建制的标志。一个永久性的，和平时期为德国人而设置的机构，他认为它在以后所有日子里都将与希特勒时期的德国联系在一起。

他问自己是不是没同情心，是不是思想狭隘的学究气所造成的，他不断返回至这悲惨的哲学。他写道，他搜寻着自己的良心，最后得到的结论是这不是无情，而是一个自我保存的问题。

他的课堂上出勤的人令人不安地少。犹太学生戴黄牌，无国籍者戴蓝牌，德国人是棕牌。他用法语授课，这本身就是非本国的，他是犹太人。他写道，要来上他的课需要勇气。此外，学生们把越来越多的时间花在“军事体育训练”上，不然就去协助选举宣传或参加市委，以及和即将举行的选举相关的会议。他参加希特勒的“单位名单”(Einheitsliste)聚会，并坚信这意味着党代会将和议会一样也到了尽头。每个人都在西装驳领上戴着“是”的小纽扣,他写道,你不能拒绝这些卖小纽扣的人，否则就会被视为可疑的人。他称其为“强奸民意”,这事之严重，一定会让其效果恰得其反。但是他这么认为已经很久了。戈培尔的发言对象是一帮已经心醉神迷的群众，克伦佩雷尔是知识分子，就没有猜对过。他提到他为一对犹太夫妇“K”所举办的咖啡聚会。他发现她势利眼又没有批评精神，她总是在重复当时的主流观点，同时他对她的丈夫抱有尊重。当他对克伦佩雷尔说道，他以及犹太公民中央联盟[1]的其他成员，也会在选举中投“是”票时，克伦佩雷尔没控制住脾气，在暴怒中一拳砸在桌子上。他大喊，问他有没有看到政府这些行径是违法的。他充满尊严地回答说他无权提出这个问题。她说，必须承认元首有一种真挚的人格，他那非凡的光芒不能否认也无法逃脱。随后他为自己的行为向他们道歉，又从他们圈子里其他犹太人，包括知识分子在内的社会各阶层那里听到了类似的观点。

“有一种蒙昧影响了我们所有人。”他写道。

---

[1] Centralverein deutscher Staatsbürger jüdischen Glaubens(1893—1938),在德犹太教公民中央协会，为抵制德国的反犹意识形态，维护犹太族群利益成立。1933 年改名为犹太公民中央协会，1938 年被禁。

纳粹只执政了几个月。

新事物不是来自外部，而是来自内部，它也不是来自未知，它是对已知事物的强化。而它不是作为一个否定力量而来，不是和毁坏和死亡联系在一起；如果你看三十年代初德国的描述，一切都散发着令人瞩目的乐观情绪。一些新事物已经站稳了脚跟，对行动的渴望相当强烈，新政党上台，为新人类的新职业创造了可能。很多事还未经尝试，这个过程中许多新事物又被创造出来；如果你读阿尔伯特·施佩尔的回忆录《第三帝国内部》，这种力量以及它赋予的自由感是很显然的。作为一名刚毕业的建筑师，他加入了纳粹党（NSDAP），接受翻新该省一所党产大楼的任务，他令人满意地完成了任务，获得了更多任务，引起了注意，被赋予更多责任，被党中央提拔，有一天他站在了阿道夫·希特勒本人面前。这种创造自己未来中所蕴含的乐观，像风一样吹过，贯穿着这段关于那个时代的叙事。纳粹当然正在寻找有才华的年轻人，要用人的岗位很多。乐观和力量也从所举行的那些大规模游行，游行，集会和大型公共活动中传播开去，它们使公共空间成为一个大舞台，在那儿所上演的，也根本不是外来的，不是陌生的或者属于其他什么人的——一切都是他们自己，是在一个共同体里的他们，在这些戏剧中找到了自己的形式。

但这并不是说人们被欺骗了，不是说他们不知道这是宣传，不知道他们所看到听到的东西背后隐藏着意志和某种意义，不知道他们自身正是它们的目标，因为需要他们以某种特定的方式来行事或思考。这一面如此明显，以至于没领会到这点是不可能的。就像我们现在的广告一样；我们非常知道它试图操纵我们，要让我们去买某个特定的商品，但这并不能阻止我们去观看它。它可能是好看的，有趣的，有意思的或只是傻乎乎的，但是就算我们不喜欢它，我们也不一定不喜欢广告这件事本身，即使我们知道这个商品和那个商品都是一回事，这个商品上有的而那个商品上没有的光彩，属于图像而不是产品本身，而这种美化可以非常，非常离谱，但我们还是买了让我们和这光彩联系起来的这一件。我们知道有些人会这样，我们知道产品和广告之间的联系是很主观的，所以我们买这个或不买这个，是我们自己的选择。没有人欺骗我们。

广告的特殊之处在于它同时起作用又不起作用。希特勒时代的德国的宣传也是这样。他们知道这是宣传，也很少从内心出发与之建立什么关系，正如从克伦佩雷尔的笔记里可以看到，他们把它更多地视为一种现象，它可以显得很透明，但也自有一种吸引力，当涉及到犹太人时，所有有理性的人都明白这是夸大，是希特勒打出来的一个幌子，但是他们却没有因为这个原因而和这宣传里的其他部分保持距离。克伦佩雷尔憎恶宣传，但他也被宣传所影响;尽管他的理性说不,他的情绪却有了反应，这是他自己的问题吗？克伦佩雷尔有意思是因为他既是犹太人又是德国人，也就是说，他出生在犹太环境里，但已经皈依了新教，因此他审视着周边所发生的一切时是以一个有智识的德国社会市民以及一个犹太人的底气。

就是这样，他描写了 1933 年这种宣传的具体形式：

11月10日晚上。我今天听登博斯广播的时候体验了宣传的高度。（我们所有的犹太物理学家都被解职了，但现在正在谈着一个土耳其的教授职位。）这次是戈培尔组织的活动——他导演了自己的演讲——确实是大师级作品。一切都以工作与和平为目标，这是和平工作的前提。首先是警笛号叫响彻整个德国，然后整个德国都安静下来——当然，这是从美国人和第一次世界大战后的和平典礼里学到的。不过，也许没有那么有原创性（与意大利相比），但是以一种绝对完美的方式被执行，镶嵌在希特勒的讲话里。西门子斯塔德的一个大仓库。几分钟内除了工厂噪音外什么都听不到，锤击声、哗啦声，隆隆声，哨声，嘎吱声。然后是警笛响起以及歌曲，随之是车轮停下后缓缓而来的寂静。然后，戈培尔低沉的声音从容地打破了寂静，读了这以信使身份传达的信息。紧跟其后的是希特勒，他占了四十五分钟。我第一次听全了他的讲话，我的印象和以前的大概差不多，几乎相同。大部分都是一种夸张的亢奋，用力的，几乎是嘶哑的声音。但是这一次很多段落被某种小教派领袖布道时那种哭腔增添了感情色彩。他宣讲和平，他宣传和平，他并不是为了个人野心而寻求全德国的“是”，而是为了保护和平免于某种狡猾的跨国欺诈，其背后的商贾为自己的利益能毫无顾忌地让百万人民彼此开战。

所有这些以及不时爆发出来的训练有素的呐喊（“犹太人！”）在我已经很熟悉了。但在其彻底的平庸里，这些喊声震天，聋子也能感受的谎言里，要感谢对这个预先统筹安排好的宣传活动那创造性的把握，它具有了一种完全属于自己的、全新的效果，我觉得这对它们已经达成的那些成功来说是至关重要的,决定性的。在那些书面的口头的广而告之里,说着"十三点至十四点免费,第十三时阿道夫·希特勒来到工人中间。"每个人都能看出来这是福音书的语言。主,救主,来到穷人和绝望的人中间。时间也给出得这么讲究。十三点——"第十三时"——听起来不早了,但他依然来施行一个神迹,对于他没有没有太晚这一说。党代会那天的血旗也是同一个类型。但这一次是教会仪式的致密被打破,古老日子里的盛装被放在一边,基督传说传送到了这当下时代:救世主阿道夫·希特勒来到西门子斯塔德的劳动人民中间。

当下被注满了神话的沉重和暗示力,这存在着的、普通日常的,变成了本质的,在它那些最深远的后果里简直是神圣的。普通世界成了一个神奇世界。它被提升了。你可以像克伦佩雷尔那样看穿它,但同时又不能免于被它触动。防空警报的声音很有魔力;它每月一次地在乡下响起,假如你在室内很难不停下来向外看看,或者如果你在外面,就会仰望天空;声音穿透一切,几乎像世界末日一样它切开天际。它呼唤着什么,那就是我们,所有听到它的人。集体沉默也是其中的一部分,在那里面永远不会是孤单一人。

在这两次对这个宏大的"我们"呼唤之后,接着就是戈培尔和希特勒关于和平的讲话。这些从希特勒演讲中剪辑出来的片段我以前看过,隔着两代人,展现在眼前通常是一个尖叫着挥舞着胳膊的男人,他面容扭曲,每个字都像吐痰那样吐出来给一群把他所说一切都抱着极大热诚来全盘接受的受众。这图景里是有一个路线的,有一个之前和一个之后,所显示的东西是不一样的。我有次看过一场希特勒完整的讲话，这由戈培尔的发言作为前导，伴之以尖叫出的口号，灼灼的双眼以及挥舞的胳膊，这类似某种热身，当他介绍希特勒时，一片欢呼升起。然后希特勒站在那儿，在台上一动不动。他对着麦克风喃喃说了什么礼貌的问候，女士们先生们，也许，或者亲爱的同胞们，之类的。他看起来有点不自在，看起来就好像他根本不想出现在那里。他挪了一下身边桌子上的一堆纸张，他从一个杯子里喝了一点水，他整了整裤子。他什么也没说，低头看着前方，而这庞大的人群前方，他是所有人注意力的中心。他的沉默快让人受不了了，怎么回事，他不敢开口说话吗？他这么紧张吗？他为什么什么都不说？他在那儿又抿了口水。然后他冲着麦克风弯下了身子。他说得低沉，缓慢，犹豫。但是每个人都在听，沉默是彻底的，所有人都希望他能成功做完这事。我也希望他能完成这事。甚至在他开口之前就创造了一种强烈的对他自己的认同感，观众们站在他这边，他是他们中的一员。从那里开始就只有一条路了，演讲不断地提高，提高，抓了一个人又一个人，很快他把所有人都握在了掌心里，他们全神贯注听着他最细微的角度和想法，不管他说什么他们都不愿否定他，他们不愿意给他一点点拒绝，愿意给他他所请求的一切。希特勒演讲的实质不是他说了什么，他有什么论点，而是他让人们站在了他这边。人们对他有感觉。

阿尔伯特·施佩尔二十八岁第一次见到希特勒，是在哈森海德（Hasenheide），柏林的一家啤酒馆，希特勒要在这里为柏林大学的学生们做演讲。在他的自传中，施佩尔写道，他估计会看到一个漫画式人物，一个穿着军装，大喊大叫，手势夸张的煽动家。但是他看到的，完全不是这样。希特勒穿着一件考究的蓝色西装，给人以可敬的印象，当他开口时，声音很低，几乎有些腼腆，施佩尔写道，而他所说的，更接近历史讲座，而不是政治演讲。清醒，腼腆，领导，可敬，这些都是施佩尔关于希特勒的话。过了一会儿腼腆和谨慎消失了，他的声音激越起来，他说话铿锵，带着一种越来越具有催眠作用的说服力，以及一种冲走了所有的保留和怀疑态度的热忱，希特勒演讲再也不是为了说服，而应该是为了表达观众期望他表达的东西。施佩尔写道，几个小时后他已忘了希特勒说了些什么，但似乎还有余音在耳，那应该就是欣悦和乐观：他看到了那新世界，看到了未来。这些是后来写的，目的也是施佩尔为了让自己脱罪，就是他因为某种实质性的东西而倾倒，而不是任何非实质的东西，因此他被欺骗了——同时许多其他的信息源也说了同样的话：希特勒还是有点其他什么别的，后世那种讽刺画形象之外的别的什么。

希特勒本人知道他永远无法通过观点赢得民心。写下的语词于他全无用处，因为它什么都带不来。希特勒要的是行动，他想要改变，它是在当下发生的，通过人们。报纸上一篇对这个或者那个的反对文章，又引来了一个回复，一场讨论，往来数个回合，这毫无意义，这些只是文字而已。即使在他的书，《我的奋斗》里，他也不断重申对写作的不信任。《我的奋斗》写的是一个社会能怎样从根本进行改变，因此它不是狂热的，而是实际的。

只有最审慎的演讲者才能判断要拂去和感性、情绪和感受捆绑在一起的偏见，让他人思想到位是多么沉重的事。

他在什么地方这么写道。这就是它关注的重点：穿透这由偏见，也即一般的未反思的态度所筑起来的保护墙，导入其他的想法。这堵保护墙用一个观点是穿不透的，因为它并非由观点构成。它由一种关于何为对错，何为体面，何为合适的感觉筑成。为了进入那里，态度们就在这里且能被改变，你必须经由感觉进入。它要求对他人保持觉知，不要冒犯他们的自我认知，所说的话不能听起来陌生——否则就会被排斥——它应该是熟悉的，是某些属于他们的东西，就是他们本身。希特勒写道：

至于一场演讲能够取得推动作用要取决于那么多可能无法衡量的影响和条件，它可能是，比如说，演讲人选择了那正确的时间可能对演讲能否生效起很重要的作用。同一个演讲，同一个演讲人，同一个主题在早上十点和下午三点或晚上有完全不同的效果。如果我自己选择的话，会把会议都定在上午，我尤其记得我们在慕尼黑—金德尔—凯勒[1]举行的一次示威集会，以抗议“反对压迫德国领土”。那是当时慕尼黑最大的大厅，这是一个非常大胆的尝试。为了方便支持这个运动人和其他所有人能来参加，我把时间定在星期天上午十点。结果极具打击性，但同时又极具教育意义：大厅里挤满了人，真给人铺天盖

[1] Munchener–Kindl–Keller，慕尼黑的一个啤酒窖，其地窖可容纳5000人。1960年代被拆。

地的感觉，但气氛却冷冰冰的；场子一点也没热起来，我本人作为演讲者感到非常失败，因为我没能抓住听众，甚至没有一次真正的接触。我认为我讲得并不比其他时候更糟。但是效果约等于零。完全彻底地不满意，但又获得了一次经验，我离开了会场。那以后如果我进行类似的测试时，结果是相同的。

这没什么可奇怪的。下午三点去剧院看一出戏，同一批演员的同一出戏，晚上八点再去看，你会惊叹这会有多么彻头彻尾的差别。一个有这方面感受又能把它想清楚的人会立即指出，下午的演出所造成的印象在强烈程度上根本无法和晚上演出相比。即使对于电影来说也是如此。后者很重要，因为有人可能会说，在剧院里演员在下午场不会像晚上那么投入。不，在这里时间本身就发挥了特定的作用，就像空间对我所起的作用一样。的确存在这那种绝对不会进入什么气氛的空间，但是为什么会这样就很难知道，但是从某种意义上说，它们自身就反对着去进入某种情绪里。也有可能是人们身上的传统，记忆和观念决定了空间如何起作用，《帕西法尔》[1] 在拜罗伊特上演所取得的效果肯定和在世界任何其他地方上演都不同。在这古老边境城市的节日演出岗上的房子似乎有种秘密的巫术力量，任何其他地方都无法与之抗衡或者望其项背。

《我的奋斗》出版于1925年，在《土地生长》[2]《于维克的

---

[1] *Parsifal*，瓦格纳所著歌剧。

[2] *Markens Grøde*，克努特·汉姆生在二十世纪二十年代出版的小说。

人们》《新娘·主人·十字架》[1]《尤利西斯》和《追忆似水年华》的第一卷之后，但是在《城堡》《存在与时间》《喧哗与骚动》之前。这是我们这个时代最臭名昭著的书，不是因为书里有什么，而是因为在现实里的实践，而且在今天读《我的奋斗》是不可能不感到强烈的不适的，书上似乎钉着什么可怖的，让人反胃的东西，就好像这是魔鬼本人写的。但是它的作者阿道夫·希特勒在写它的时候，还是个普通人，那时他还没有谋杀任何人，还没有下令谋杀任何人，还没有偷东西也没有烧掉什么。假使九年后他没有在德国上台，这里他所写的任何东西都不会有什么特殊意义或内涵，它就可能成为一个被遗忘的文本，以大学图书馆里蒙着灰尘的寥寥几册的形式存在，可能有几次被某个研究这个时代的博士研究生抽出来，在书中发现一些最典型不过、很能说明问题的片段，尤其是对犹太人偏执的仇恨。但是现在的情况是希特勒于1933年上台，《我的奋斗》就在文学里具有了一种特殊地位，完全朝着现实开放：不仅是其中的内容，在现实里的实践，还有在现实中发生的事，也为那里写下的东西染上了颜色；每读到或者引用一个句子，都不可能不考虑到纳粹实施的对犹太人的那种工业化灭绝，以及那陷入第二次世界大战的数百万人。就书言书近乎不可能，几乎不可能把它当作一本政治狂热分子在其中阐述他的背景，分析社会，描述为了把社会改造得符合他的愿望要做些什么的书。书里没有什么让人神魂颠倒的东西，也没有什么催眠式或暗示性很强的东西，

[1] *Kristin Lavransdatter*，挪威女作家、1928年诺贝尔文学奖得主西格里德·温塞特（Sigrid Undset，1882—1949）于1920到1922年间出版的小说三部曲。

那一点点关于作者本人及其生活的，每每在几行之后就变成冗长的政治解析。这书里很有些执拗的意思，因为所有作者指出的东西，都是出了问题的，而且作者也很确切地知道问题出在了哪儿，以及需要采取什么措施来纠正它。而这疯狂的抨击过了一会儿也有些机械感了。《我的奋斗》是蘸着一种正义的愤懑来写的，这语气如此强烈，以至于它一定吓跑了所有那些在同样的环境里生活却没有感到同等愤懑的人。

这本书采用的是成长小说的形式，在书里你跟着作者一路走过，从出生，到童年性格成型时期的最初几年，到少年时期，再到青年时期的探索以及基本观念的形成，所有时期都关于同一个主旨;希特勒使自身与其政治浑然一体,与其角色浑然一体。他所表达的意见与他这个人,是不可分割的存在。希特勒在《我的奋斗》中塑造了一个人物设定，并以其为政治平台。他来自人民，他提供这种讯息，也知道这身体出了什么，慢慢地发展出一种包罗一切的政治解决方案，一种愿景，以这种方式和民族与他自己都关联在一起，凝聚在这姓名里，这事工的花押，阿道夫 · 希特勒。

他描述的所有个人经历，都与政治相关，如果说有一条自传式的红线贯穿着整个事工，那就得隔着相当一段距离才能看到那所有个人的，私人的，那只和他个人联系在一切的东西，他的品格和性情，那独有的特性，都没有在书里显现。书开头是这么写的：

> 今天对我来说出生在因河畔布劳瑙（Braunau ved Inn）是一种幸福的命运。这个小镇位于边境上，在两个德国城市之

间，而我们年轻人把让其重新统一起来视为人生使命，一种我们必须付出一切才能完成的人生使命。德国 - 奥地利必须回到大德国母亲的怀抱，这完全不是出于经济方面的考量。尽管这种联合在经济来说并没有太大价值，是的，也许还有损害，但它还是必须实现。血统相同的人必同归一国。只要德国人民一天还没能让她的子孙们回到一个统一的国家里，就没有道德上的权力去推行殖民政治企图。只有当最后一个德国人已经生活在王国边界以内，而国家不能为他提供每天的面包时，才给了德国人这道义上的权力去获取外国土地和地权。那时剑就成为了犁，而战争之眼泪就成为了身后家人每天的面包。所以这边境小镇对我来说是一项艰巨使命的象征。

像任何回忆录或自传一样，这本书也从主人翁的诞生开始。但是在这事还没讲清楚呢，这个“我”就消失在了一个“我们”中，这个“我们”是如此重要的存在，在此做的第一件事就是来定义它的边界。

“我们”是这个民族，民族之我们的位置高于把这个我们分隔开的国家之我们。要让我们合二为一的那种必要性，要高于实际政治，以道义为根本缘由，这道义的力量来自身体，这言语之外的，不会论辩的，具体的，实在的：血液。这是如此重要以至于统一必要达成，就算这会导致损害。当这个，也就是这本书里的乌托邦，被付诸实现，它所带来的实际后果，也就是其招致的损害，即国家不再能喂饱其人民，则可以这统一民族所给予的道义授权来解决，也就是去征服新的土地。用不到半页纸的篇幅，希特勒既阐明了他的政治纲领，又把它和自身紧密联系在一起。他来自因河畔布劳瑙，因河畔布劳瑙是个边境城镇，象征着一项艰巨的任务，两国人民的合二为一，这是他，作为边境城镇的孩子，将要去推进的。这个目标高于其他的一切，在统一中蕴含着如此巨大的象征意义和道德力量，可以使剑变为犁，眼泪变为面包，战争变为和平。

以这样的方式写了一页后，文本转回起点，继续讲着其出身的故事。

> 在因河畔的这个小镇上，就像德国殉难者的光芒是金色的，其血统是巴伐利亚的，却受着奥地利的统治，我的父母十九世纪八十年代末在此居住。父亲是一位尽职的州公务员，母亲一心扑在家庭劳动上，最重要的是，她以从不或缺的爱和关怀环绕着我们这些孩子。

希特勒1889年出生在一个被这个大世界所遗忘的小城市，它在所有方面都乡气而微不足道，在资产阶级下层的一个普通家庭中。如果不是这个家庭在他三岁时搬到这个城市，他可能就和这座城市不会有一点关系。在这个文本中这个城市被殉道者的阳光照亮，它的血管里流淌着巴伐利亚的血液，这意味着我们一半在神话那昏沉而神奇的世界里，一半在十九世纪晚期奥地利的一个省。对母亲的描述，她首先“以从不或缺的爱和关怀环绕着我们这些孩子”，这也是全书关于她唯一的描述。至于她和丈夫是近亲，在丈夫的第二任妻子下葬后半年就和丈夫结婚，结婚时已经怀孕，这些一点都没被写到。她在阿道夫之前生下的三个孩子也没有被写到，他们都死了，一个是女孩，死的时候两岁，还有她在阿道夫之后生的男孩埃德蒙，死的时候六岁。希特勒有多少兄弟姐妹，他们叫什么以及他和他们有着怎样的关系，在书里都没写到。他们仅被称为“我们这些孩子”。他的父亲是在希特勒这前面三十五年生活出现的人里唯一被用多于几个词来描写的人，写了他的生平。提到他的时候并没有提到名字，《我的奋斗》里希特勒的所有家人都没有被提及姓名。

关于“父亲”希特勒写道他来自小地方，是一个贫穷农夫的儿子，十三岁时就离开了家，决心要成为个人物，而他所知道的最了不起的大人物，就是政府公务员了，他在四十岁时成功实现了梦想，十六年后退休，并在奥地利上州的兰巴赫买了个小农场。他与家人的关系，或者家人们和他的关系是怎样的，这里都没有写。母亲是满怀着爱的，会关心人的，也就是说，是从和家人的关系这个角度来评价的，而父亲是“尽履职的”，也就是从其工作的关系这个角度来评价。书里描述这个从农夫阶层到公务员行列的社会跃升，用的是很感性的词汇。他是个“穷苦的农村男孩”，“这穷孩子”，“这小男孩”或只是“男孩”。他不是婚生子，也就是说，是个私生子，事实上没人会说起这些。希特勒并没有否认这些糟糕的情况和低下的社会地位，而是将其变成了一个关于意志里和独立精神的故事里的一个点。诚然他并没有写他的父亲是个私生子。当他要结束这个故事时，他写了父亲在这漫长而辛劳的一生中最后回到了家族的发源地，这个写法和那个他出生的被德国殉道者镀上金光的城市一样，都有美化的成分。“家族”只表示亲属关系，一个人总要被谁生出来，这个概念里从根本上没有什么定性的成分，就好像和谁流着相同的血这个表达里也没有什么意义那样，因为所有人体内都流着血，所有人都是某个谱系的一部分。“谱系”和“血”是创造平等的，在这种情况下它具有提升的作用，因为在谱系和血统中一个私生子那可鄙的环境和低下的社会地位消失了，后来在希特勒政治思想里这些词也具备着同样的意义，它们抹去了社会分层，让所有人都成为这同一的部分。谱系和血统是自然；阶级和地位是文化的，在希特勒的世界图景里前者是主导的。正如他后来在讨论人口急速增长的问题时写道：

> 当大自然，在给繁殖以自由的同时，也严格考验着这些新生个体，因每类生物数量过大而要选择谁值得继续生存下去，也即让他们能抗下去，继续繁衍种族，所以人类控制着繁殖，同时又痉挛般不惜一切代价地让已来到世上的生命继续活下去。他发现能矫正神的旨意有智慧又人道，他也因为又一次战胜了自然而欣喜，是啊，这证明了自然是缺陷的。但是，我主亲爱的小猴子会很不甘心地看到，听到他减少了数量，但是也降低了这个人群的价值。
>
> 由于先是繁殖被控制了，生育数量降低，所以那以生存为目的，原本只允许最强、最健康者存活下去的自然之争，也就被那自以为是、病态的不计代价去“拯救”那最弱和最不健康之冲动而代替。只要这种对自然及其意志的嘲弄还在继续，这就种下了后代将会越来越孱弱的种子。

在这里，人被视为数字。人类的数量是这决定性的、主导的力量，它表达了自然的意志，这自然意志和与神的意志是一回事，而那些没有名字的，忍饥挨饿的生病的人，则没有活下去的权力。帮助这样的个体活下去是“人道的”，也就是说，与自然背道而驰。这不是希特勒个人的观点，这在他那个年代里相当普遍，如果没有达尔文和他那具备空前影响力的著作《物种起源》，这是不可能想象的，在《物种起源》中，所有生物都被导入同一个视角，即进化的视角，这种强大的力量通过一些简单的法则推动着生命以全球海洋里的单细胞为起点，走向了人类的复杂。适者生存，这些保有生命的品质就不断优化下去，又因为生活是持续的斗争，最能适应的通常是最强的，而这个观念，被推及社会和文化领域，构成了《我的奋斗》的几大支柱之一，是其意识形态其他部分的坚定前提之一。自然高于文化。在自然界中，病者亡，弱者亡，慢者亡，伤者亡。看到同样的原则处于这文化中心会感到残酷恶劣，是因为在人类上所附着的价值，也就是人道主义的，下降得非常彻底。在《我的奋斗》里，一条人命并没有太大价值。

但是有价值的又是什么呢？某种理念，人类可以把它表达出来，或成为其表达，它比生命更有价值。这就是为什么有人会某事赴死，因为有什么是更重大的，你活着就是为了它，有些东西的意义如此重大以至于你可以为其献出自己的生命，

生命不是最重要的。

这些写于 1924 年，也就是四百万年轻人在欧洲的战壕里互相厮杀后的六年，笼罩一切的阴影在之后这几年被思考，被书写。1914 年秋天的一条人命和 1913 年秋天的一条人命比起来就贱得没边了。第一次世界大战是个深沟，这个文明里一个几乎无底的危机，战后必须要处理、理解的最重要事务之一，正是关

于人的尊严。要读懂《我的奋斗》，就必须明白这一点。

被这本书所采纳，并引领着全书的，正是这样一种广大的社会角度，但是书里也存在着一些个人观点，这个正在写书的我，它在其中成长并受其影响的身边环境，以及其尽职的父亲和以“从不缺爱和关怀”环绕着它以及其手足的母亲。在这切身环境里死亡也绝不遥远。因为就算在希特勒出生前死去的三个孩子在他的成长过程中并没有被经常谈及，但这事一定在他的父母那还没有过去，尤其是母亲，当时的人把她描述为一个严肃而悲哀的人。那时儿童死亡率很高，失去三个孩子并不罕见，希特勒青年时期的朋友奥古斯特·库别兹克[1]也有三个兄弟姐妹在他出生前去世，而死亡来得更容易这一点，一定让生命同时变得即更珍贵又更不值钱。更不值钱是因为死亡是每个人都要以某种方式考虑的一件事；当一个人最早生的三个孩子都死去，第四个孩子的死亡就随时随地有可能。更珍贵是因为活下来的就变成唯一一个，一种绝对不能失去的东西。

阿道夫·希特勒是克拉拉·希特勒的第四个孩子，他很虚弱，但无论如何还是成为立住了的那个，而他母亲，根据儿时伙伴库别兹克的说法，总是胆战心惊，为他担着心。第五个孩子埃德蒙去世时希特勒才十一岁，年龄已经大到会为他难过，一辈子都记着他。

根据《我的奋斗》所表达的意识形态，弟弟之所以死是因为他太孱弱，因此不配活着。希特勒在十一岁那年想了什么感

[1] August Kubizek，奥地利音乐指挥家，希特勒青年时代的好友。

受到什么不可能有人知道，但是他弟弟的死会留在他心里并不是不合理的假设，同样可以假设他会问自己为什么这事会发生，为什么就是他而不是他或他？十几岁时希特勒与教堂保持着距离。他母亲每个星期天都去那儿，他的小伙伴及其家人也去了那儿，但希特勒不去，他会站在外面等他们，所以他并没有追寻宗教上对存在之残酷性的解释。

在《我的奋斗》里，所有属于希特勒自传的部分都与他的意识形态有关。他父亲的一生本身并不重要，也就是说现实里的那个他，这个散发出其特有气味的男人，走路和站坐都有他自己姿势，有特定的表达自己的方式，以他那特定气场充满他所在房间，这些都微不足道，重要的是他这一生所代表的某种意义。父亲从他恶劣的环境里杀出了一条路，换句话说属于强者，希特勒用这种方式把其社会背景的可疑处扭转成了一种优势，同时他也隐藏起了一些东西，是那个仅仅通过在这物质现实里的生存就毁了他的后代以及其他人的生活和精神世界的人，那个敲打、骂人、咆哮、痛打、怒斥、每过一段日子就把自己喝到人事不省的人，那个吧唧嘴、吐痰、闻起来散发着尿骚味和汗味的人，那个揪着儿子的头发和耳朵拖来拖去的人，这些在一个十九世纪末的海关职员家里一定不会罕见—但是这些都消失在父亲从农家子开始到小地主终结的这一生的家族轮回里。

但是，尽管希特勒把父亲的故事装点成一个生命力和强悍的典范，但这故事里还有其他东西，希特勒作为作家还没有敏感到能控制它们的程度。基本上所有对父亲的笔墨，都是关于他和儿子之间的矛盾。对这些冲突已经尽力轻描淡写，但依然占了很大的篇幅，它所承载的这种不对称感带来了张力。

> 所有这些户外活动，漫长的上学道路，尤其是经常让母亲不安的，和那些强健男孩们打交道，让我成为一个和客厅猪猡绝无半点相似的人。即使我很少对未来的职业做什么严肃思考，我也一样清楚，我的倾向让我绝对不会走上和我父亲一样的人生道路。

在这种自我描述中希特勒是个经常在外面活动的孩子，他和“强健”的男孩们一起玩，他是个刺儿头，且“什么都是，除了‘脾气好’，就是字面意义上的”，他写道。换句话说，他愤怒，刚烈，不听话，也许还很好斗。这是针对父亲的，这个文本里没有提到任何其他人，是“不容易理解”和“不安地看着”儿子。也就是说，他试图以暴力和残酷要让儿子屈服，要强迫他服从自己的意志。关于这个又写了一页。

> 我已经成了个小小的孩子王，学习很好，从学校老师那里收到的都是好评语，但是在其他方面还是不驯服。课余时间，我在兰巴赫主教堂合唱团那里上歌唱课，我一次又一次地有缘沉醉在那教堂庆典的辉煌壮丽中，修士生涯成为我的理想，有什么比这更自然而然呢，就像父亲曾经向往成为乡村牧师那样。他的确也当了一阵子牧师。但是，当我亲爱的父亲出于某些自然原因并不欣赏他那好斗的儿子的演讲才能，并不认为他可以对其未来前途有什么特别美好的结论，那么他也就不会容易理解类似的年轻人的想法。他不安地看着儿子性情里的反叛。

这种过路式的想投身神职的愿望也很快过去了，为更适合我精神特质的未来道路腾出了空间。我遍览爸爸的藏书，翻到了各种军事方面书籍，其中有套 1870 到 1871 年德法战争的大众版。这是两卷配有插图的当年杂志的合集，后来成为我最爱的读物。很快，这伟大的英雄战役为我带来了最盛大的内心体验。从那时开始我越来越热衷于和战争或士兵有关的一切。

但就算不说这些，我也认为这些很重要。我第一次问自己，就算还没有想得很清晰，在这边打仗的德国人，与在那边打仗的，之间有什么区别吗？如果有又是什么区别？为什么奥地利不参加那场战争，为什么父亲和他身边其他人不去打仗？

两种入迷都关于被现实所魅惑。这让他如痴如醉的流光溢彩的教堂庆典里的壮观，是舞台或者戏剧的魅惑，它发生在外部，而战争英雄主义的叙事是一种内在的转变，它是士兵的品质，他们的英勇和自我牺牲，为原本琐碎日常的现实蒙上了光芒，而不是在其本身，而是通过内化这英雄主义，而这就是经由这些以它们为主题的书所达成的，以它所缔造出的眼光来看周边事物，这些普通景象就能焕然一新，具备了超卓意义。两种迷恋都和他父亲有关；首先是希特勒把以乡村牧师为某种理想这件事说得顺理成章；他父亲也曾有过的。一个十岁或十一岁男孩以父亲的理想为男性理想，而对希特勒的父亲来说，这个理想再自然不过，因为他本就没父亲。但是希特勒有，因此必须在这个背景下考量对乡村牧师的理想化。这就是父亲不安地看着的“儿子性情里的反叛”。他滋长出一种离父亲远得不能更远的东西。在对战争狂热的描写里，这两种不同的现实，一种是他在其中长大的现实，一种是他所梦想的现实，更加紧密地合流了，这段文字已经极其接近一种指控，而依旧没有撕破它为身边一切批上的委婉面纱。为什么奥地利不参战？为什么爸爸和其他所有人不参战？

这指控是孩子气的，父亲不去打仗可以找到无穷多的充足理由，但它很孩子气这件事，表明这紧贴着他所写的那个时间段；在这三四页里是绝无仅有的，一切都被一种贯穿全书的语调捏得死死的。

到了要决定十一岁的阿道夫·希特勒该上哪一种学校时，这被暗示过的冲突逐渐升级。他本人想上拉丁语学校，而父亲想让他上实科中学[1]。

> 这是我当时几乎没满十一年的人生里第一次，必须要和父亲对抗。如果他已经在脑子里有了某些固定的想法，他就会很强硬而严厉，而他的儿子也倔强，勇于对抗，坚定地反抗着自己不喜欢的念头。
>
> 我不想当公务员。

---

[1] Realschule 或者挪威语中 realskole 起源于十八世纪后期神圣罗马帝国时期为培养管理阶层兴办的学校，学生十一岁入学，毕业时约十七到十八岁，可以工作或继续深造读大学。奥匈帝国第一所实科中学建于 1771 年，而奥地利境内实科中学数量很少。在今天的德语国家里，Realschule 指的是从五年级到十年级的初中，理论实践并重，一般被成绩中等的学生选择，毕业出路也很多样化。希特勒想读的拉丁学校，也称文法学校，侧重拉丁语、经典和人文学科，为培养宗教和政治官员做准备。

不管是好话说尽还是“严肃”的做派都不会动摇我的反抗。我不想当公务员，不，不。用爸爸自己人生里的故事来唤醒我对此的渴望是没有用的，它产生了相反的效果。我想到要以后我可能要坐办公室从此是个不自由的人，就浑身难受：不能做我自己时间的主人，而是不得不把我的人生所有塞进一个需要被填满的模式里。

奇怪的是书里也没有写事情最后怎么样了，究竟发生了什么，冲突又是怎样结束的。只是在十一行后间接提到，写着：“我现在要去读实科中学了，但是不变的依然没变。”

因此，他描述了一场完全无解的冲突，他十一岁，第一次与父亲对抗，而父亲强硬、严格，很注重自己的权威地位，没有什么能动摇他——然后，就好像一切都没发生过，他大概是屈服了，这个下场是他曾以生命和灵魂来拒绝的。

文字显然有所克制，但是克制了些什么？是这服软本身，还是这冲突所必然会影响的和父亲的关系？他父亲让他屈服了，而只要他曾经公开表示反抗，和他角过力，这屈服就一定很丢人。但是这里的整个陈述有些奇怪。父亲对儿子的教育有所打算是很自然的，但是儿子对自己面前的人生路如此有预见，以至于他以十一岁之龄就尽自己全力来反抗父亲的意志，而且是关于某个公务员职位这么遥远的未来，听起来就很奇怪。

是什么让希特勒费了这么多笔墨来写他被送往林茨读实科中学是违背他本人意愿的？这是所公认的好学校，与阿道夫·希特勒同年出生的路德维希·维特根斯坦也上这个学校，他出身自全奥地利，甚至也是全欧洲最富有、文化蕴藉最深厚的家庭之一。维特根斯坦和希特勒在这学校的经历都很糟，希特勒的更糟，他第一年就考砸了几门科目，所以不得不重修，第三年他又考砸了，没法继续升学，就不得不在另一所地位较低的学校重修学分。有没有可能他父亲逼着他来这儿上学的事就是他编出来的，意思就是说，如果他想考好不是办不到，但是他另有志向，觉得没有用功读书的必要？这听起来还挺迂回曲折。

在这些文字里关于公务员职业的冲突再一次升级。他违背自己的意愿去读实科中学，他屈服是因为有人在逼迫他，但是他正如他自道的那样“倔强而勇于对抗”，坚持要去“拉丁学校”而不是父亲主张的“实科中学”，一年后，他走得更远，更奋力地反抗。

> 事情会发展成什么样子，我自己也不知道，但有一天我很清楚地知道我想画画，成为一名画家。我有画图的天分这的确是一种不争的事实，这也是父亲送我去读初中的原因之一，但他一秒钟也没想过让我走这条道路，恰恰相反。当我再次对抗父亲的最心爱的想法时，他第一次问我想成为什么样的人，我立即脱口而出。爸爸第一反应就是无语了。
>
> “画家？艺术家？”
>
> 他倒没觉得是我疯了，而是以为他可能听错了或者我没懂他的问题。但是，当他完全搞清楚了我的意思以后，尤其是当他注意到我有多么认真时，他就以他所能汇集的全部意志力来反对这件事。他干脆利索地决定了，而我有没有能力在这方面发展已经根本不是问题所在了。
>
> “画家，永远不行，只要我还活着。”但是现在他的儿子

所继承的，除了其他品质以外，还有类似的固执，所以他也得到了一个类似的回应。只是意思截然相反。

我们犹如两军对峙。爸爸牢牢把着“永远不行”，我则更加成为“全方位刺头儿”。

现在这事里已经没有任何愉快可言。这老先生情绪很坏，我也一样，就像我曾经那么爱他一样。我曾希望去读美术学院，而父亲拒绝给我任何这方面的指望。我则在我这方面又进了一步，说我以后就什么都不学了。很自然我这话就让我倒大霉了，爸爸下定决心要采用铁腕来贯彻他的意志，我从现在起安静了下来，准备把我的威胁变成现实。

他的弟弟埃德蒙于1900年2月死于麻疹。希特勒于同年9月就读林茨中学。他弟弟的死对他有什么影响，无法从他自己对这个时期的描述里得知。在这些自传片段里对身边事物的描写会包括一种的性格变化，就是他从开朗外向变成矛盾，纠结，内向，但就算在这些例子里，读者仍然不知道这些是从哪里“来的”，只是说当时他当时换了环境，从小城市的学校转到大城市的学校，他谁也不认识，也根本不想去认识谁，他弟弟几个月前去世了。但是，哦，不，这里有个死了的弟弟，很明显它打开了一个存在的黑洞，很明显这让他的思想和生活变得晦暗。因为这个小弟弟本身，他的存在已终结，这事对于一个十一岁孩子来说很难理解，更难以接受。当一个家庭里死了孩子时，父母的悲伤是深不见底的；那些还活着的人必须要与这悲伤共存下去。父母亲和他的联结一定不同于那些一出生就夭折的孩子，他们看着他时一定也想到了他的未来。一个死去的孩子是一个大于其他一切事物的危机。一个十一岁的孩子对此会怎么想，除了这事不公平之外还能想到什么？这种底色也附着在希特勒读实科中学期间的经历里，这种对学习的抗拒显示出一种厚颜和自信，他是他自己的主宰，当他企图对父亲进行反击时，他没有任何理由不去让这一切见鬼，这父亲所代表的一切。这和他的性格变化可能没有任何关系，他以前也被打过，这是他生活环境里的状况之一，就像当年许多或者说大多数孩子们，至少是类似家庭环境里的孩子们一样。他对于母亲几乎只字不提，对手足们也如此，也没有写到他的朋友，只写到了父亲。如果他所写属实，也就是他通过蓄意搞砸学业向父亲表明父亲错了，那也有些自毁的意思。只有一个变得阴沉的孩子心里才会有这样的想法，我要让他看看，我再也不学任何东西了，这样他就会看到他都做了什么，因为没有任何其他的报复方法，也没有任何其他方法可以报复到这被仇恨的人。虽然这整个关于公务员的情节可能是希特勒为自己成绩差和学历低所找的借口，但它也描写出了父子之间的距离，两人之间处于一种胶着状态，因此没有理由让我们相信这些是编造出来的，因为它被展现在很多层面，并且在其他信息来源中得到了证实。“这位老先生”，对这位会痛打孩子的强硬暴脾气海关官员也是很给面子了，但在这里再现的并非希特勒的父亲，而是“父亲”这种每个人生命里都有的东西，每个人都仰视，模仿的，因此才有了这个称呼“老先生”。

阿洛伊斯·希特勒，出生时姓史克尔格鲁伯，很多人对这个人并没有太多好话可说。《希特勒的维也纳》一书中，布里吉特·哈曼[1]引用了他的一位熟人约瑟夫·梅霍夫的话，对他的描述如下："在酒馆里他必须总是对的，脾气也是一点就着。在家里他很严厉，不是个让人愉快的人。他妻子的日子可是不容易。"但这一画像也不是毫无争议的。《林茨日报》上的讣告里强调说，在聚会场合他也会开朗起来，表现出一种几乎是少年般的欢欣鼓舞的劲头，哈曼写道，他是一位歌唱家的朋友，"尽管他嘴上不时冒出一个糙字儿，但在这粗糙的外表下隐藏着一颗好心"，书里这么写道。在外面很喜兴，在家是个混球，看来这就是他。希特勒后来对他的秘书说，他不爱他的父亲，但这让他更怕他。"他会大发雷霆，然后就动粗。我可怜的母亲那时候总是很为我担心。"后来希特勒的哥哥小阿洛伊斯描绘的父亲形象也是这样，但此外又加上一句，阿道夫被母亲，也就是小阿洛伊斯的继母，宠坏了，从早到晚地围着他转，伺候他。但是小阿洛伊斯还说，阿道夫也挨过打，有一次甚至被打到他以为他已经死了的程度。

关于希特勒在林茨以及部分在维也纳度过的青年时期，公认的最重要文献是奥古斯特·库别兹克写的《阿道夫·希特勒：我青年时代的朋友》，于1953年出版。库别兹克比希特勒大九个月，他们十六岁时在林茨的剧院相遇。库别兹克从没见过希特勒的父亲，但他成了这个家庭的好朋友，写道父亲依然在他们身边。父亲的大幅画像挂在客厅最好的地方；他曾经抽过的那些长烟斗，还放在厨房架子上，库别兹克写道，它们是父亲

[1] Brigitte Hamann（1940—2016），奥地利历史学家、作家。

的一种象征。很多次当希特勒太太谈到已故丈夫时，她就指着那些烟斗，“就好像它们见证着她多么忠实地延续了丈夫的传统一样。”

库别兹克写道这位父亲的同事们对他的形容是，一丝不苟，尽职，严厉，为自己的地位感到自豪，但他并不是一个受人爱戴的上级。库别兹克强调说，希特勒父亲最引人注目的特点是高度躁动不安。他在布劳瑙居住那些年里换了十二次地址，住在帕绍（Passau）时期换了两次，退休后换了七次。阿道夫本人记得那七个不同的地址和五个不同的学校。这与居住环境的质量没有任何关系，他们经常搬到更差的地段。库别兹克的解释是，他的性情使得他需要不停改变，并且因为工作逼着他处于稳定状态，他就不得不以其他方式来达到释放。库别兹克解读说，他这辈子也以同样的方式组建过三个家庭；他第一次结婚，是和一个比他大得多的女人，他出轨了，和那个后来成为他第二任妻的女人，后来同样的情节再度发生，这次是和希特勒的母亲定情。

> 父亲这种奇怪而又不寻常的习惯，总在改换其所处的环境，可是那时是和平而愉快的时代，并不会促发这些改变，这就让他的这个习惯更为瞩目。

库别兹克在十六岁希特勒的性格中发现了完全相同的躁动和焦虑，并且从这个角度来考量希特勒在《我的奋斗》里如此强调的关于公务员道路的冲突。父亲性情里难以控制的成分，因着其工作的要求而被按捺住，自律为他不稳定的性格赋予了方向和意义，公务员制服的作用就是遮盖住了他暴风雨般的私生活；库别兹克写道，他所服从的权威使他能够避开生活中危险的珊瑚礁和沙洲，否则他就可能搁浅。这位父亲一定在儿子身上看到了同样的特质，这使他以超出一般的程度来关心儿子未来的职业。库别兹克写道，他本人可能并没有意识到他这么做的内在原因，但是他坚持这一点的决心已经表明，他一定非常明白对儿子来说存在着多么大的风险，“他如此了解他”，库别兹克写道。

这种想法描绘出了一个初衷比一般情况下要良好得多的希特勒之父，这倒不是多么令人难以置信或不可能，恰恰相反，一个人的几个孩子里和他之间关系最难以调和的，通常也是最像他的。甚至，在对孩子们下狠手里总有一种自我谴责的意味，而它在起作用时可能当事人自己还没有清晰地感知到它，尤其在这么一种情况下，这些汹涌而过的感觉是如此强烈，吞没一切，以至于全部理性都消失了。这个个案里有着如此强烈的意志，父亲用上了自己的全力，这其中也有关怀，但是一个孩子几乎不可能理解或承认这些，因为它首先试图强迫，根本不听反对意见，也不会站在孩子的角度来体会，其次，这种语言里完全不见一丝爱的表达。不管这种爱是否存在，没有人会视其为理所当然。希特勒对父亲的感情介于恨、怕以及尊重其权威之间。所有这些搬家，出轨，和妻子之间悬殊的年龄差异，都暗指向一个备受困扰、躁动不安的心灵，而很有可能他在儿子的叛逆行为里认出了自己这个特性。这种他比儿子更知道儿子是什么人的想法，把整个冲突，从义务和从属关系的范畴，或者从义务和从属关系所具有的那种机械性，变成了某种出于必要的事，而冲突中的人对此一无所知，只是无助地面对着他们各自的自我。

要当画家的想法是从哪儿来的？这个家里没出过艺术家，周边环境里也几乎没有。希特勒最接近的艺术一定是他在教堂里看到的艺术，以及他在书中读到的东西。然而他长大以后就想成为这样的人。不是士兵，不是牧师，不是老师，不是公务员，而是公务员的绝对反面，艺术家。路德维希·维特根斯坦成为哲学家并不是怪事或让人感到惊讶，他的世界里蔚然充盈着当时社会所能奉出的最顶级艺术和文化。但希特勒能画画，也许因此被鼓励过，从此他就梦想着这和周边世界完全不搭调的东西，也许艺术能把从这里搭救出来。

希特勒十三岁时，他的父亲突然吐血而亡。

> 但是，这个关于我要成为什么人的问题，比我预期更快地迎来了一个急促的决定。十三岁这年，我极其突然地失去了父亲。一次突然发作击倒了这个依然强健的男人，让他没有痛苦地结束了尘世生活，使我们陷入了深深的悲伤。他最希望去争取的，是帮助他的儿子取得人生里的一个位置，使儿子免于他自己这样为出人头地而经历的痛苦奋斗，这点他从来就没有成功过。但是，即使是无意识的，他还是种下了一个萌芽，从这里将生长出一个他和我在彼时都不可能设想到的未来。

这里再次使用“强健”一词，使其成为该文本里的主导词之一。第一次使用它时，说的是和他一起玩耍的“强健男孩们”，用来和“担忧着的”的母亲做对比，也和一个过着久坐不动的室内生活的“客厅猪猡”做对比。在谈及父亲时用到这词，表示他的生命力，他是“依然强健的男人”，从任何意义上来说都不是病恹恹或者虚弱的。

在这文本里，父亲是艺术的天敌，模式是这样的：内部/阅读/母亲/客厅猪猡，对比室外/户外活动/伙伴们/好斗，以及教会的辉煌/艺术/自由，对比父亲/强迫/力量/生命力。“强壮”是一个溢美之词，它呈现的是积极的东西，但在它的把握里流动的是那些不强壮的。两者之间唯一架起了桥梁的地方，是那段对阅读战争相关书籍的描述，在那儿，这士兵英雄生活里活跃的、充满行动力的强健成分，就和与阅读、艺术联系在一起的被动的、梦一般的、拴在妈妈身边的客厅猪猡，汇合了。

父亲去世了，但希特勒并没有辍学，他母亲希望他继续读书，直到他写道，一种疾病成为助力，一种肺病让医生“恳切地请求母亲放弃我有一天能坐在办公室里的想法”。他“恳切地”地请求她，暗示着，一定要说服她，而一定要说服她则她相当不屈不挠。这种疾病一定是能治的，也是母亲终于放弃的一个借口。她为了儿子而放弃这点并不奇怪，她看到她丈夫打他，却没有强大到能去干预，他的年龄是她的两倍，是个专横的男人，她失去了四个孩子。希特勒是唯一活下来的，没有什么能配得上他。

> 这我已经在寂静内心里梦想了很久的事，这我一直为之奋斗的事，现在几乎快要实现了，几乎是自行实现的。

因为生病，母亲终于同意让我从实科中学退学，迟一些就去上学院。

1938年德国进入奥地利时，希特勒命令盖世太保在公共档案里抽走所有涉及他与其家人的文件。希特勒显然想毁掉他过去留下的所有痕迹。但是这些年来关于他这段生活的资料依然大量存在着，他周围几乎没有一个人没被采访过。过去是不可能被控制的，它的生命在记忆、故事、谣言、信件和日记中里继续存在下去，它们通常永远不会被收集在一起，而是属于每个个人，以命运抛洒着一代人的方式被抛洒开去，而个人的飞黄腾达就可以把它们同时收集回来，拢在一起，在这个例子里这个个人就是阿道夫·希特勒。《我的奋斗》是不可靠的，这点没有疑问，但是它所描绘出的希特勒，是他本人在1924年希望自己看上去的样子，而这也具有相当的信息量。他描写了一个本来应该如此的童年，又保留下来一些事实上的童年要素不作变动，从这个意义上来说，一些关键人物和事件是被写进去了，即使不是所有的，也不一定是最重要的。在父母亲相继去世之间的五年，他写了十九行，那两年他和母亲及姐姐一起住在林茨，没上学，这些他用一句话就打发了。

这是多么幸福的日子，我觉得就像个美梦；这梦也似乎将持续下去。两年后母亲的死给所有这些美妙的计划急促地画上句号。

这幸福的两年，然而在《我的奋斗》里缄默的岁月，就是库别兹克关于希特勒的书所写的主题。这是关于希特勒从十六岁到二十岁这段岁月最重要的原始资料，同时也是能从中得到对希特勒人格最真切洞察的资料，因为库别兹克是他一生里唯一的真正朋友。

像所有和希特勒同时代又发表了关于他的言论的人一样，库别兹克的动机以及其所描绘形象的可靠程度必须要被详尽地评估，而它们也得到了这评估与考量。布里吉特·哈曼在指出了一些小错误之后，做了以下的总结。

> 但总而言之库别兹克是可信的。他的书是关于希特勒早期那些年的丰富而独特的资料来源，还没算进书里所包括青年希特勒所写的信件和明信片。

写过两卷本希特勒自传《傲慢与复仇女神》(*Hubris and Nemesis*)的伊恩·克肖，就更苛刻一点，他写道：

> 读库别兹克在战后写的回忆录时你要小心别太看重它，在事实和分析两方面都是如此。它在应纳粹党之邀而写下的那段回忆录的基础上进行扩展、再做涂抹而成。尽管这本书是事后的回顾，库别兹克的评价还是被他对前友人依然怀有的那份钦佩影响了。简单来说，很有一部分是库别兹克编出来的，有几段顺着希特勒在《我的奋斗》的口径写，又有一部分几乎来自剽窃的，拼接在他自己的记忆上。但即使把所有这些弱点都考虑在内，他的回忆已被证明其可信度超过大家以前认为的程度，尤其是当提到库别兹克自身兴趣所在的音乐和戏剧上时。毫无

> 疑问，尽管具有所有这些弱点，它还是包含着对青年希特勒人格最重要的观察，并展示出了那些日后会极其显著的特点还在萌芽时期的状态。

论理是克肖作品的典型特征，但是这一点被它对希特勒身上所有高度负面东西的详尽描述给毁了，我说的是所有，甚至是他童年和青年时期的那些，就好像他整个一生都被他二十年后会成为的那种人染上了底色，好像他一定会成为某种邪恶的化身，或者邪恶就是他的内核，某种不可改变且不可动摇的东西，这就能解释所发生的一切了。这种对希特勒的理解是不成熟的，也让他写的那些被称为希特勒权威传记的书几乎无法卒读。有可能一个人所做的**一切**，也包括他十六岁时做的那些，全部都恶劣可怕吗？克肖写青春时期的希特勒时毫不吝惜各种带着贬抑色彩的词。他写父亲对儿子的“懒惰和无用的存在”那种厌恶，他写道，父亲一路升职，通过勤奋，毅力和努力从“微贱抵达了国家公务员的名望和地位”，而“他儿子有更优越的背景，却认为没有什么比以绘画和做梦打发时间更好。”让父亲当英雄，儿子当二流子，只要有证据能证明父亲把儿子打伤了，而且在所有方面都是家里的暴君，那就是重口味了。

从儿童时期到青春期之间在希特勒身上发生的性格变化，克肖是这么描述的：“那个快乐而顽皮的小男孩已经成为一个懒散，愤懑，叛逆，易怒，固执和漫无目的的少年。”关于十六岁到十八岁这段时间，他写道：“在这两年中，阿道夫过着寄生虫式的懒惰生活——被一个惯坏他的母亲供养、迁就、照顾并宠爱着。”

他白天就在素描、画油画、阅读或写“诗”里度过，晚上去剧院和歌剧院，总在发着白日梦，幻想着作为伟大艺术家的未来。他晚上熬夜，白天起得很晚。他没有明确的目标。在林茨的这两年里，可以看到这懒惰的生活方式，耽于宏大幻想，缺乏自律以至于无法进行系统性的工作——所有这些都是未来希特勒的特征。

“诗”上打的引号里难道不是充满鄙视！写到他晚上熬夜白天赖床的负面口气里难道不是有着浓厚的资产阶级气息！书里难道不是常常写到他“懒惰”或“懒散”,他的存在是“无用的”或“寄生虫式的”！“发白日梦”，“幻想”，“作梦”难道不是带贬义的语调，以及画画是“打发时间”，这些遣词造句本身就表达了一种心智模式和态度，正是那时期希特勒的生活所鲜明抗议的。如果把希特勒换成“里尔克”，比如说，假设有人写年轻的里尔克，他懒惰、懒散、寄生虫一般，镇日发白日梦幻想着成为一个伟大艺术家的将来，没有能力去系统地工作，十六岁时每天晚上熬夜，白天赖床或闲逛，如果谁读过这本里尔传记里充满偏见的谴责，一定会嘀咕作者对人性和艺术的观点。克肖把和艺术相关的一切都视为负面的，因为它是真实劳作的反面。现在你可以说希特勒不是个合格的艺术家，因此这偏见是有道理的，但是当男孩十六岁时，没有人能预知他能成为什么人或不能成为什么人，而且也没有人能非常肯定地说艺术天分是十六岁的希特勒和十六岁的里尔克之间最重大的区别。

库别兹克笔下的希特勒形象则是克肖那带着偏见描绘的现

实的内侧，在这里一个年轻人在燃烧。希特勒对歌剧、戏剧、音乐、诗歌、绘画和建筑都很热衷。他写诗，画素描，画水彩画，画建筑图，画他所看到的内部和外观。克肖并没有去问这一种强烈的兴趣是从哪儿来的，又表达了什么，在他的生活里如此令人瞩目，在他头二十五年的生命里占据了如此重要的地位，他把其视为希特勒人格的表达，从而就抹杀掉了这些特性。但是他十六岁，他的诗歌没什么特别的可读之处，而他画得很细致的建筑无法与科班出身的建筑师作品相比，很明显，他是一个半吊子，但是哪个十六岁的人不是呢？

库别兹克对和希特勒的友谊的描写，以及对这段友谊所展开的那个年代和环境的描写，年轻人生活全部围绕着音乐、艺术和文学的那种氛围，让人联想到斯蒂芬·茨威格在回忆录《昨日的世界》里写到他青少年时期的维也纳时所勾勒出来的图景。茨威格比希特勒大十岁，他笔下直到第一次世界大战爆发前的奥地利，是个自由与安全的黄金时代，想必 1905 到 1906 年林茨的生活也是如此。

在对维也纳青年时代的描述中，茨威格强调他们几乎是如痴如醉地投入与文化有关的一切。他们排队参加每一场剧院首映礼，他们有上里尔克的诗集，包着学校课本的封面，他们在桌子底下读尼采和斯特林堡，他们追着看所有文学辩论和批评，如果谁某天晚上在街上看到古斯塔夫·马勒，第二天全校的人就都知道了。

全班同学在彩排开始前几周就开始为格哈特·豪普特曼[1]在城堡剧院[2]的首映而群情振奋；我们试图从演员和群演那里打听到剧情和演出阵容－都想做消息最灵通的那个人。而且——就说说我们那些蠢办法吧——我们让城堡剧院那儿的理发师剪掉我们的头发，只为了捕捉到关于沃尔特[3]或索南萨尔[4]够味的小道消息；一个低年级男孩是歌剧院里一个灯光师的外甥，我们这些高年级生不遗余力地栽培他，讨好他，因为他有时候可以在彩排期间将我们偷偷放进后台。当我们登上这舞台时，我们那敬畏之深，甚于但丁登上天堂那神圣之环，他超越了他。对我们来说，名望的光芒如此之强，我们不由自主地就对它敬重，就好像它突破了七种媒介才来到我们面前；一个可怜的穷老太太成了个精灵般的造物，只因为弗朗兹·舒伯特是她的叔爷爷，我们在街上满怀尊敬转身跟随在约瑟夫·凯恩兹的仆人身后，因为他如此幸运，能和这最受人爱戴、最有才华的演员如此亲近。

斯蒂芬·茨威格是犹太人，出生于维也纳上层资产阶级。他在纳粹主义残酷的、灭绝生命的统治所投下的阴影里写了自己的回忆录，然后自杀，“在为欧洲文化之陨落的绝望中”，挪威版《昨日的世界》的封面上如是说。很少有人能呈现出比茨威格那本书中里更好的、更让人心醉神迷的那已成往事的战前

[1] Gerhart Hauptmann（1862—1946），德国剧作家、诗人，自然主义代表人。

[2] 奥地利国家剧院，位于维也纳，世界上最重要的德语剧院之一。

[3] Charlotte Wolter（1834—1897），奥地利著名悲剧女演员。

[4] Adolf von Sonnenthal（1834—1909），奥地利演员。

欧洲实景，那是资产阶级的黄金时代，一个以繁荣、连续性、高觉知度、和谐和安全为特点的时代，到了年轻人以中年为理想的程度。他写道，所有想出去闯荡，向上攀登的人都要以各种能想到的方式遮掩自己的青春。二十五岁的人蓄上胡须，养起肚腩，拄着拐杖罩着大衣，就算视力没问题也会戴上眼镜。

托马斯·曼的处女作《布登勃洛克一家》(*Buddenbrooks*)于1901年出版，勾勒出了一幅类似的图景，和茨威格的宛如双生；一方面是这稳定的，基于商贸的繁荣社会和规律的资产阶级生活，另一方面，资产阶级家庭的孩子们以及艺术和这宏大情感文化对他们的吸引力，在曼的世界中，这一面总带着些虚弱的、几乎是破坏性的气息。资产阶级市民和艺术家，这是曼和茨威格都设置的两种存在。曼的慕尼黑和茨威格的维也纳在十九世纪初属于欧洲的文化中心，但是尽管希特勒在这两个文化中心都住过，并且与茨威格同一时期在维也纳，和曼同一时期在慕尼黑，但他与这两人所在的文化都隔着一段近乎深渊的距离。希特勒的维也纳是个贫民窟，希特勒的慕尼黑也没好多少。但是尽管有着巨大的社会差异，希特勒也和他们一样和这同一个世界关联在一起；在维也纳期间，他看了好几场古斯塔夫·马勒演绎的瓦格纳作品，为之叹服，评价很高，当他来到这座城市时，带来了一封给著名的阿尔弗雷德·罗勒[1]的推荐信，他不仅是美术学院的教授，还是马勒的亲密合作伙伴和舞美设计师；他就是茨威格和他的朋友们在街上走时会转头注意到的

[1] Alfred Roller (1864—1935)，奥地利画家、舞美设计、平面设计师。

那种人。推荐信来自希特勒家在林茨所住公寓的房东，她对希特勒有好感。她认识罗勒的兄弟，就写了以下这封信给维也纳的一位朋友介绍这位年轻男人，《希特勒的维也纳》引用了它：

> 我的一位租客的儿子，想要成为画家，自今年秋天以来在维也纳上学，希望能进入奥匈美术学院，但没有被录取，所以就转而去一家私立学校学习（潘霍尔泽，我认为）。他是一个认真、雄心勃勃的年轻人，今年十九岁，有超越年龄的成熟和稳重，友好和敏感，来自一个绝对体面的家庭。他的母亲在圣诞节前去世，患有乳腺癌，才只有四十六岁，是地方海关部门高级官员的遗孀；我非常喜欢这个女人；她住在二楼我的隔壁；她的姐姐和女儿，现在也在上学，目前住在这公寓里。这家姓希特勒；我为其寻求帮助的这位儿子叫阿道夫·希特勒。我们有一天偶然地谈起了艺术，他提到罗勒教授在艺术家里是很出名的，不仅仅在维也纳，甚至还可以说有世界性的声名，他对他的工作深感敬畏。希特勒根本没想到我对罗勒这个名字很熟，当我告诉他我认识这位著名的罗勒的兄弟，如果他能有一封致这位霍弗歌剧院布景部门总监的推荐信，会不会对他的努力有所助益，这年轻人的眼睛开始发光；他脸红了，嗓门也响了起来，说如果他有幸能与这个人会面，带着一封给他的推荐信，他会把这视为他此生最大的好运！我很乐意帮助这个年轻人。他压根儿不认识谁能给他说句好话；他作为一个彻头彻尾的陌生人来到维也纳，到哪儿去都必是独自一人，没有人引路也找不着门。他有这坚定的信念去学习动手东西！从我对他的了解来看，他不想“不全力以赴”，因为他专注于一个严肃

的目标；我也不希望你不会把时间浪费在不值得的人身上！

罗勒写了三页纸的回信。他写下这话：“告诉年轻的希特勒他可以来拜访我，并请他带来一些作品，让我看看他在做什么。我会尽力给他建议。他随便哪天都可以来我在歌剧院的办公室找我，从克恩滕大街的入口进，总办公室楼梯上去，十二点半到六点半之间都可以。”

但是希特勒从未出现过。后来他会说他勇气不足。到维也纳几天后，他去了歌剧院，但不敢进去，转身走了。经历了巨大的内心挣扎后他终于克服了恐怖，走了回去，但是结果是一样的，他不敢。他第三次站到了罗勒办公室门前，有人问他有什么事，他喃喃地说了声对不起，逃也似的离开了。之后他销毁了推荐信，再也没有试图去找罗勒。那时他被美术学院拒绝了，所以对他来说风险也很大。对于一个十几岁来自外省又想当画家的少年，能接触到罗勒的价值无可估量。不说别的，他至少可以看一遍希特勒的素描和图片，告诉他该在哪些方面下功夫，哪些方面是好的，哪些方面有欠缺，这样他就能更好地准备下一次美院的入学考试。希特勒的问题在于他都是靠自学，几乎没有接触过其他艺术家或艺术圈子。这意味着他可能没弄清楚什么是必须要满足的条件，他也不知道什么是合时的，如果他想进入那些名校的话，这就很致命了；何为合时本就是在那些地方被决定的。

但是他还是不敢。为什么？他很害羞，而罗勒是他敬佩的人，他看过罗勒为马勒演绎的两场瓦格纳歌剧《特里斯坦》和《漂泊的荷兰人》所造的布景，与他交谈差不多就像和神交谈；

在某种程度上，他一定害怕被拒绝。艺术家的身份对他来说是如此重要，他为了保留它顶住了那么多压力，首先是对抗父亲的意志，然后对抗母亲的意志，当他们都去世后，就是他家人和监护人的意志。

大家都希望他能有份固定工作，做个成年人，自己赚钱，建立自己的家庭。就在他去维也纳之前，他的亲戚帮他找了份在邮局的工作。根据库别兹克的说法，他拒绝了，也许还带着些鄙夷，因为在谈论"挣面包的工作"时，他的声音总是有些鄙夷。希特勒把艺术作为普通资产阶级生活的对立面，这艺术梦如此刻骨铭心，以至于他不能承受罗勒万一会说他毫无才分，应该回林茨找份普通工作的风险。就算这可能是真的，他也不能承受要面对它的风险，所以还是继续生活在梦想里比较好。

这是青年希特勒的典型特征，在库别兹克描述的许多情节里都出现过。他过着一种浓烈的内心生活，几乎全为幻想所滋养，这样他就能很长时间不去对抗现实。最能体现这一点的事情可能是他对斯蒂芬妮，一位他在市中心的漫步大道上见过很多次的年轻林茨女孩，那长达四年的单相思。林茨居民喜欢在下午和傍晚来回散步，看人也被人看，见到熟人就停步聊上几句，浏览商店橱窗，就像那个时代所有人那样享受外省生活。库别兹克写道，1905 年的一个晚上，他们像往常一样出去散步，希特勒激动地抓住了他的手臂，问他对那个苗条金发女孩，正和她母亲胳膊挎胳膊穿过乡村大道[1]的，怎么看。

他说，我爱上了她。

---

[1] Landstrass，林茨最繁华、最有名的大街。

后来我们知道，他从来没和她说过话。沿着乡村大道的晚间漫步是一个调情、四目传情和微笑的场合；如果他要和她说话，他就一定得被介绍，但是这就超出了他的能力范围，这是库别兹克的解释。希特勒问他该怎么做，库别兹克回答说，他得走过去，对母亲打招呼，介绍自己，请求她允许自己和女儿说话，并陪着他们。

> 阿道夫怀疑地看着我，有好一会儿都在反复斟酌我的提议。最后，他当场拒绝了。“如果那位母亲问到我的职业，我该怎么说？到了最后，我必须要马上说出我的职业，最好的方式是和名字一起说——‘阿道夫·希特勒，学院画家’诸如此类的。但是我还不是学院画家，我得成为这样的人才能这样介绍我自己。对于一位母亲来说，职业比名字更重要。

希特勒从来没有迈出过这一步，从来没有去找那位母亲，也没有介绍自己，这样的结果就是他在接下来四年里没有与女孩交换过一个字，根据库别兹克的说法，这个时期里她是他的挚爱。他所有的举动就是看着她。有时他们的目光相遇，有时他从她那里得到一抹微笑，这使他确信她对他的感觉和对她的感觉一样强烈。他把他们的未来计划得极其详尽，甚至画下了他们有一天要住进去的别墅；有一段时间他完全被吞没在这感情中。库别兹克说，他写了一首关于她的诗，其中一首的标题是“爱的礼赞”。斯蒂芬妮是一位几乎梦一般完美的、理想化的女性，也许最重要的是与瓦格纳那些神话里的女神有些接近，当现实有了这么一种力量，已经无法强迫退回那永恒里时，他就带着怒气去介入，去回应。他请求库别兹克帮忙调查她的背景，他又去找一位熟人，也是她兄弟的朋友。他大概说她属于上层资产阶级，与寡母住在一起，她喜欢跳舞；去年冬天，她和母亲一起参加了这座城市的所有重要的舞会。她还没有订婚。希特勒对此报告感到满意，除了一件事，就是她跳舞。这首先就不吻合他对她的印象，其次，这也不适合他所过着的这种生活。

库别兹克将希特勒描述为一个认真得不同凡响的人，对他所感兴趣的事物极其投入，在当时主要就是艺术和建筑。他不喝酒，不抽烟，对运动不感兴趣，对省会生活里社交这一部分不感兴趣。跳舞对他来说全然陌生。她跳舞，正是这城里社交生活的一分子，这给他带来了很深的困扰。

> 做他的倾诉对象已经很长时间了，我终于有机会来扭转他的想法。“阿道夫，你一定要去上跳舞课了。”我带着一种坚定的表情宣称。舞蹈很快成了他众多烦恼中的一个。我记得很清楚，我们那些两个人的散步不再总是聊着“剧院”或“多瑙河上那座桥梁的重建”，而被一个实际话题所主导——“跳舞”。
>
> 就像对其他事情一样，他没有办法立即着手，而是先沉浸在概念化里。“想象一个挤满了人的舞厅，”他有一次对我说，“再想象你是聋子，你听不到让人们随着它移动的音乐，然后看着他们这些粗枝大叶的，跳不出个所以然的动作。这些人怕不是疯了？”
>
> “你这样是不行的，阿道夫，”我回答说，“斯蒂芬妮喜欢跳舞。如果你想征服她，就必须像其他所有人一样漫无目的，白痴一样地跳舞。”这话可让他气炸了，屋顶都装不下他。“不，

不，永远不会！”他对我尖叫，“我永远不会去跳舞！你得知道！斯蒂芬妮跳舞只是因为她被这个社会强迫着，不幸的是她又依靠着这个社会。一旦她是我的妻子，她就一点儿都不会想去跳舞了！”

这次不同于平时，这次他没有被自己的话说服；因为他一次又一次地提出了跳舞的问题。我怀疑他在家里，在极机密的情况下和他妹妹练习了几个小心翼翼的舞步。

为了摆脱这种折磨，希特勒提出了一个建议，他想绑架斯蒂芬妮。这是很认真地提出来的，库别兹克写道。那时候她有一段时间不再接触他的视线，只是从他身边走过去，就好像他不存在那样，他就开始琢磨着要自杀，就像他所有其他计划一样精确地在幻想中筹划。她参加了一次花节游行，向他扔来一朵花，库别兹克写道，他从来没有见过他在这一刻的那种快乐。

我现在仍然能听到他的声音，因激动地颤抖：“她爱我！你看到了！她爱我！”

两年半后的1908年2月，希特勒在母亲去世后前往维也纳，带着给罗勒的推荐信，他寄了张明信片给斯蒂芬妮。他写道，他很快要上美院了，她一定要等着他，因为一旦他完成学业返回林茨，就要祈求牵她的手。他没有在明信片上署名，她也不知道到底是谁发来了这张明信片。

这个不署名之中的暧昧所表达的，和在罗勒的推荐信上所体现出来的是一样的：他没有走出那最后一步。他梦想着的世界，作为艺术家的未来以及有斯蒂芬妮的未来，一部分在他心里，一部分也表现了出来——因为他寻找着她，他看她，她是存在的，这是可能，就好像他确实也在画素描，画油画，也上交作品去参加美院的入学考试那样——但他不敢去把两个现实层面最终系牢在一起。现实社会所做的一件残酷的事就是矫正。年轻的希特勒性格的显著特征，恰恰就是对被矫正的强烈抵触。那就是他认为最糟糕的事。当他与库别兹克交谈时，最不能忍受的就是被反驳。即使是一点点反驳，也会使他感到沮丧和恼火。

很难不把这种剧烈的内心生活及其表达视为一种防御。防御什么？显然是人群。希特勒根本不参加任何社交活动，他对此完全不感兴趣，只是鄙视着那些寻欢作乐，喝酒跳舞，招摇过市，打情骂俏的人们。他也没有朋友。库别兹克显然是个例外，但是这种友谊很接近彻底的单向性：希特勒总在说，库别兹克总在听。希特勒是老大，库别兹克是跟班。库别兹克也知道这一点，他之所以会这样就是因为他仰慕希特勒，而自己也得到他友谊的青睐，此外他也明白，希特勒需要他，他这么写道：

> 很快地我觉察到我们的友谊之所以持续，主要是因为我是个耐心的倾听者。但是我对这个被动的角色并非不满意，因为这让我了解到我的朋友有多么需要我。他是完全孤独的一个人。

有次库别兹克要去参加一个葬礼，死者是的他以前的小提琴老师，使他惊奇的是希特勒也跟着去了。希特勒也不认识这位老师，所以他去那儿干吗？希特勒回答："想到你要和其他年轻人在一起还和他们聊天，我就受不了。"

他想要自己独占他，这在某种程度上令人感动，因为它体现了如此巨大的脆弱性，但它也令人毛骨悚然，好像他想拥有他一样。

库别兹克所钦佩希特勒的又是什么呢？

也许最主要的是他和同龄人太不一样了。正如库别兹克所说，大多数人在十六岁时人生轨道就已经设定好了，而希特勒没有，在他这儿"一切都正好相反"，库别兹克写道，"在他这儿一切都不确定。"他不愿意去过普通的资产阶级生活，库别兹克写道，他本人在父亲的家具作坊工作，大家都期望着他几年后会接过这盘生意，而他自己想要的，一个他甚至几乎不敢向任何人启齿的愿望，就是去受专业教育，成为一个音乐家和指挥。希特勒搬到维也纳时，他坚持要库别兹克也跟过来，希特勒还去找他的父母，并成功地说服了他们允许他的朋友离开家。

希特勒正代表了库别兹克自己想要成为的人。但是他们并不相像。他们在一起时库别兹克几乎不发言，他也没有他朋友那种躁动不安的能量，但相对他有希特勒所缺乏的耐性：库别兹克能潜心练习，他十八岁时考进维也纳音乐学院，而希特勒从来没有潜心练习任何东西，没有耐心，不断开始宏大的项目却从不完成它们，也始终没有考进维也纳的美院。

根据库别兹克的说法，希特勒最引人注目的特征是他在聊自己所看到想到的一切时都口若悬河，而且一般都会和某种形式的改造结合在一起，比如说这种风格的建筑物应该拆除，该新建一个这种风格的建筑，或者应该造一条贯穿林茨的地下铁路线，或者养老金制度应该改变，或者应该设立一种流动歌剧院，把瓦格纳的歌剧带到下面各个地区。他可能感兴趣并发表意见的话题看起来是没有界限的。当库别兹克描述他朋友的这一面时，他强调的是它所表现出来的躁动不安，就是在任何时候都必须发生点什么，这给人一种印象就是希特勒似乎总被追赶着，他总要起身去干什么，而且因为他所说的总是朝向外部世界的，也就是他总是被外界的什么东西勾着魂儿，不难想到他心里有些东西是他想要释放或者消除的。引人注目的是希特勒在《我的奋斗》和库别兹克的回忆录里所体现的希特勒内心世界，是那么的远离现实，几乎带着些梦幻色彩，总转向别的年代，转向他处，无论现在它是不是源于他们俩频繁地定期光顾的歌剧院里那些强烈感受，又或者当他读到德国历史和神话，或者当他说到自己人生里的事，都从来不是关于它是什么样子，而总在说它应该是什么样子。而他如此地反社会，也就是说，对社会交往完全不感兴趣，也和这个描述很吻合，而且他的严肃如此令人瞩目。

> 我经常被问到，甚至鲁道夫·赫斯[1]也这么问过，他曾邀请我去林茨到他家做客，说到阿道夫，在我认识他的时候，有没有幽默感。你会注意到他没有，他身边的人说。可是毕竟他是奥地利人，也应该有一份奥地利人出名的幽默感吧。希特勒给人的印象是坚定，尤其是在短时期的泛泛之交后，这是个打

---

[1] Rudolf Hess（1894—1987），纳粹党和纳粹德国的副元首。

骨子里严肃的人。这种极强的严肃似乎掩去了其他的一切。他年轻时也是这样。他对所有他关注的问题都以一种和他十六、十七岁年龄很不吻合的严肃到死的态度来处理。他能够以最郑重的态度去爱，去仰慕，去恨，去鄙视。唯一一件他做不到的事就是对什么一笑了之。

库别兹克在希特勒的母亲身上也发现了同样的严肃。他遇见她时她四十五岁。他写道，她的模样和她留下唯一一张为大家所熟知的照片差不多，但是“痛苦在脸上蚀刻下的痕迹更为清晰，头发已经开始变灰。”他很同情她，她唤起了他心中的一种情感，让他想为她做点什么。“所有那些滑过这严肃面孔的微笑都让我高兴。”他写道。她不喜欢谈自己和自己担心的事，但是说到儿子的不定性以及和他的未来时，她就会倾吐心声。

> 她太过关注她唯一活下来的儿子的幸福，这让她日益消沉。我常和希特勒太太以及阿道夫坐在那小厨房里。“你可怜的父亲在坟墓里没法安息，”她曾经对阿道夫这么说，“因为你绝对不去做他希望你去做的。服从是好儿子的品格，但你不知道这个词什么意思。所以你在学校成绩不好，所以你现在就没任何地方可去。”

这家人住在一个带两间房和厨房的小公寓里。希特勒一个人住一间房，而他的母亲、同父异母的姐姐以及小妹妹共住另一间房。他在家里从来不伸手帮忙，他的母亲为他打点一切，毫无疑问他被宠坏了。他想学弹钢琴，他的母亲给他买了一架钢琴，并付了上钢琴课的钱，这些在事后看来其实是她支付不起的。四个月后，希特勒放弃了弹钢琴，学琴过程里必然包括的那些愚蠢的“手指练习”让他很恼火，甚至还发了脾气。音乐是灵感的问题，而不是手指练习，他说，然后就放弃了。他将自己弹得不尽人意归咎于音乐老师，这是他的典型作风。他读了所有他能找到的关于瓦格纳的资料，认为自己完全和他一样；他小时候遭遇的逆境与瓦格纳所抗争是一样的。“所以你看，”他会援引一封信或者一篇文章之类的内容，然后说，“就连瓦格纳也经历了我正在经历的事情。他一直不得不应对周围人的无知。”库别兹克认为这夸张了，毕竟瓦格纳的人生漫长而富有创造力，充满起起落落，而希特勒只有十六岁，几乎什么都没有经历过。可是他说得好像他也是一个受迫害的牺牲品，奋起反抗敌人，然后被送去流放。

希特勒的这一面有些自负，从某种意义上说，正是他的这一面看起来像在指控着他，因为他没能够用所需要的练习和才华来填满这个角色设定，他穿衣倒是照这个方式来打扮，像个年轻的花花公子，黑外套，白衬衫，带有象牙手柄的手杖，有时还戴着黑色礼帽来加强造型，但是这事并没有这么简单，因为他并没有在某个圈子里，所以他做的这些也不会被看见，他基本上完全孤独一人，而比如说他们在看歌剧时他所切身经历的那种高浓度情感，似乎也不是装出来的或者仅仅是外在表现，而是充满了他的身心。他在创作那些建筑画时所表现出来的狂热也应该属于同样的情况，那些建筑画在房间里满坑满谷的。他确实非常渴望这些，这是让他焕发出激情的东西，为了实现这个目标，他愿意搁置其他所有。为什么？希特勒和库别兹克都相信艺术是一个人一生中至高之物，在这点上他们表达出了他们那个时代的一部分典型态度，在外省肯定只有少数年轻人能理解这种态度，但在维也纳和其他大都市这种态度就普遍得多了。根据库别兹克所描绘的希特勒形象，这似乎不仅仅是一种狂热，而以某种方式和他的性格结合在一起，让它成为一种必需。“他高强度地去吸收、审视、否定的方式，他那罕见的严肃，他始终活跃的头脑需要一种能与之抗衡的东西，”库别兹克写道，“这些只有艺术才能给予。”

库别兹克对希特勒的描述里让人瞩目的是所显示出来的这些狂躁的元素。希特勒说话口若悬河，他冲动又易怒，他有宏大计划也从不怀疑自己能完成它们，他还可以连续几个通宵地为一个项目疯狂工作。另一方面，这些强烈的高峰体验总有另外一面，希特勒也有些时期根本不开口说话，而是躲起来在林茨郊外那些地区独自一人长途漫步，显然是极其消沉。艺术是这一切之外的一个所在，他希望能进入那里，可能既是为了让那里的东西充满自己，又能在其中表达自己。

艺术对十几岁的他如此重要，另一个明显原因是，这是唯一的能让他超越自己阶层的通道。这点在和对斯蒂芬妮的单相思爱情里很清楚了。他为什么不去接触她？他腼腆又害羞，很明显，他不敢这么做。可是也许是他不想这么做，不愿意去冒这个险。因为某种程度上他知道往前一步会让现实割破梦想，而尽善尽美的梦想比有缺陷的现实要好。此外，他什么都不是，这事实太显而易见了。当库别兹克催他上前时，他就是这么回答的，他必须得是个什么人物，才好向那位母亲介绍自己，有一个职业，而不是随便什么职业，邮递员可不会给这位高级官员的遗孀留下什么印象，但一位学院画家或许能让她记住。

从某种意义上说，艺术不分阶级，从某种意义上说，每个人都能享用它。二十世纪头十年的林茨，没有电视、广播、留声机或电影院，所有音乐都必须在现场听，但那并不是特别昂贵，这两个来自资产阶级下层的十六岁年轻人去看戏、听歌剧和音乐会，他们吸收了很多东西，他们走出去时亢奋不已，谈论着他们刚刚看到的东西；艺术博物馆也不用花很多钱就能进去，而且也有很多书可以读。从另一种意义上讲，艺术也是一个阶级问题。每个人都触手可及并不意味着每个人都可以享用它；假使一个人在一个完全没有书籍，完全没有图画，完全没有音乐的家庭里长大，身边都是从来不谈论艺术，甚至不在乎艺术的人，他们甚至可以认为它就是把时间和金钱打了水漂，那么要光凭自己去追求这一切就需要很多的投入。而假使一个人真这么去做，很可能会缺少那些对于上层阶级成员所具有的那些条件，他们看待文化表现形式时那种熟稔。希特勒来自一个对书本和艺术完全不感兴趣的家庭，他克服了第一个障碍，但从来没有克服第二个障碍。他这辈子的艺术品位和对艺术的理解都是外省式的，小资产阶级的，尽管那个时候他住在外省，并倾尽全力去反抗那属于小资产阶级的一切，在周围的人看来一定表现得极其激进。

这激进也是库别兹克遇到希特勒时所特别注意到的。他们在歌剧院里见到对方，开始聊天，然后就似乎是希特勒牢牢地扣住了他。假使他们约好时间而库别兹克迟到了，希特勒就去他父亲的家具作坊找他，根本不理解他必须工作，要求他和他一起走，他们要出去走走，希特勒理所当然地代表库别兹克说。

库别兹克纳闷希特勒总有那么多时间，他不工作吗？当然不，希特勒粗鲁地回答。那些挣口粮的工作配不上他。这给库别兹克留下了深刻印象，但他没有完全搞清楚这状况。也许他在上学？学校？希特勒嗤笑道，第一次显示出他的性情。一提到学校他就搓火，对他提起学校就像挥舞起一块红布。他讨厌学校，他讨厌老师，他讨厌同学。

库别兹克说他在学业上也并不成功。

为什么不成功？希特勒想知道，显然新朋友在学校表现不佳让他感到不满意。这种矛盾使库别兹克感到困惑，但他很快就习惯了；自相矛盾就是希特勒的性格特征。然而，在第一个家具工坊阶段，目前还没有出现什么谜一般的东西。自相矛盾是当两个互不相容的陈述同时出现，相互对峙，在这种情况下很很容易把它们识别出来：希特勒的经历只适用于他，它们是他的，也许是珍贵而不可缺少的，因为它们定义了他，他讨厌学校和学校里的一切，这让他成为他自己，他自己的主人，不需要学校所提供的东西，因为他不会进入由这些东西延展出去形成的社会，林茨的小资产阶级世界，他会走得更远，进入博大的世界。而库别兹克也拥有相同的经验，这就让希特勒没有那么独特了，这是他无法容忍的。

但这并不是说这个感想作为一种觉知而存在，他本人并没有看到这一点；库别兹克显然只适用其他规则，希特勒并不用看待自己的眼光来看他，而完全从外在角度来评估，从这外部视角看来学习成绩不好就是一种失败。他的新朋友是个失败者？在老师的眼睛是失败的，在其他学生眼里是失败的？不，这点他不喜欢，库别兹克成绩差这一点真不好。

在这个小场景里展示出来的是希特勒的内心和外部之间的距离，它们之间分离的程度是多么触目，而且意义重大，因为它让内心变得难以触及，不可纠正。自我觉知是让内心去采纳外在视角的能力，它是那些非特定他人的视角或者声音，在个体内在自我里的存在，如果在这方面有障碍，这两者之间就失去了联系，在这个我里就再找不到任何距离，一切都被交给这个我，那么这个自了的我，就导致对他人的理解和体验都发生在它的外部，也就是不会共情，也没有自我的介入——而这正是共情最重要也是真正唯一的条件。

希特勒并非不能和别人共情，但那程度是比较弱的；库别兹克就这方面写下的一切都表明了这一点。他也常感情用事，经常处于自我感情的狂暴漩涡中，这可能会泛滥，甚至完全压倒了他；这也契合这自了之我的模式。他是如此反社会，但是他不仅仅反社会，他还刻意避免可能造成内心生活与那外在生活直接对峙的风险，凡可能造成这风险的情形他都尽量避免，就像斯蒂芬妮和罗勒事件所显示的那样，他也不能容忍库别兹克或他母亲的反对意见。另一方面，他才十六岁，正处于也许是人最勇于追求，发展最迅速同时也最不稳定的生命阶段。

以后他将会把在林茨度过的两年称为他一生中最快乐的时光。希特勒成了库别兹克家的常客，就像库别兹克是希特勒家的常客一样。其母喜欢希特勒，他礼貌又有家教，父亲则有所保留，他曾经希望儿子能有一个性情更沉稳更实在的朋友，因为他很清楚地看到了他想要走怎样的道路，一旦音乐成为真正的可能选择，家具生意可能就不是他想要的了。

逢周末时希特勒和库别兹克会出门徒步旅行，他们会在中午和库别兹克的父母会面，两位家长乘火车去一个预先说好的地方，并在那里的酒馆请他们吃晚餐。希特勒喜欢他们也关心他们；晚至1944年，他在库别兹克母亲八十岁生日时还给她送了礼物。

省里的战前岁月在库别兹克笔下是安逸的，慢节奏的，类似茨威格笔下十年前的成长岁月里的维也纳。那里有傍晚沿着城市主要干道漫步的人们，剧院里有席勒，歌剧院里有瓦格纳，凉亭里有军乐团在演奏，紧靠着市区的城郊有长长的徒步小道。没有汽车，没有飞机，几乎没有任何引擎，没有电话，没有收音机或电视，几乎没有电灯。但是他们并不富有。库别兹克的父亲为让小生意能支应下去而疲于奔命，希特勒的母亲精确地可着她的寡妇退休金来生活。贫穷不是什么抽象的东西，不是发生在他人身上的事：希特勒的母亲来自奥地利最贫穷地区的小村子，是家里十二个孩子中的一个。青年希特勒讨厌小资产阶级，一定是滋生于某种强烈但没明说出来的阶级意识；他的出身和初中班级里其他大多数人都不一样，他上学路要走一小时，他身上有些农民和外来者的气息，当他和母亲一起搬进林茨时，他都不愿意和他们多交谈——库别兹克提到一件事，有次一个老同学和希特勒打招呼，问他过得如何？希特勒冷冰冰地说这不关他事——但是要比他们好，这他们也代表着城里的资产阶级们，这些正常毕业从事普通工作的人，这种意愿肯定也以某种方式表达出来过，这样问题就来了，你怎样去超越那些你本就不了解的东西呢，怎样把一个他从来就没有通过考验的标杆抛在身后？

他打扮得像学生或年轻的艺术家，而只要他还有口气在，他就永远不会去做一份普通工作，这是他很确定的。他鄙视资产阶级的一切，但同时也被困在其中。

> 阿道夫以良好的举止和正确的举止为荣。他极其努力、高度精确地遵循社会行为的规则，不管对他对这社会本身的关心其实微乎其微……这能揭示出，年轻的希特勒，尽管一直鄙视着资产阶级社会，至少在恋爱这件事上，他比许多资产阶级成员更严格地遵守其规范和礼仪……这在他精心打理的衣服，得当的举止以及毫不造作的礼貌中可以体现出来，这也是我母亲非常喜欢他的地方。我从来没有听他用过一次模棱两可的语言，或者讲一个那种擦着粗俗边的故事。

年轻的希特勒知道衣着和举止对于一个人被怎样评价是决定性的，就算他可以毫不理会资产阶级社会，但他不能毫不理会这些东西，因为他背上空空如也：假使他穿得像个没受过教育的乡野之徒，或者一个愚钝的下层资产阶级男孩，那他就更没有什么能把自己和这些人分开，那他就会是这些人，在旁观者眼里，而这么看其实也是对的，所以如果他想要上升到他认为自己配得上的地位，唯一的手段就是这得体恰当了，再加上一点额外的努力，就可能能具备一种精致公子和青年艺术家的气韵。

《阿道夫·希特勒：我青年时代的朋友》在它所描绘之事过

去四十年后出版。正如伊恩·克肖所指出的那样，没有人能在几十年后精确地记得对话是怎样发生的，库别兹克引用希特勒和希特勒之母讲话时却很显然做到了这点。但是回忆录并不是什么精确的科学，所有读它们且有生活的人都理解事件后来会怎样地被扭曲、扭转当时发生的情形，并不断被新的见解以及人自身的处境所影响。当事件逐渐成形为叙事时你就要警惕了，因为叙事属于文学而不是生活，而在过去事件貌似能证明对未来的预期时也要警惕了，因为这真实的当下是开放的，是不知道以后会发生什么的。因此，当库别兹克在这样一幕里把希特勒对斯蒂芬妮的单相思爱情和母亲的去世放在一起，葬礼队伍经过了斯蒂芬妮家的房子，那时她刚好就打开窗子弯腰出来要看看发生了什么，这时候就有理由怀疑事情是不是以这个方式进行的。还有当库别兹克讲起瓦格纳歌剧《黎恩济》（Rienzi），这部戏讲的是一个罗马煽动家，它给希特勒留下了怎样强烈的印象。

> 阿道夫站在我面前，现在他抓着我的双手，用力握住它们。他以前从来没有做过这样的手势。从握着我手的力度来看可知他受震撼的程度有多深。他的眼睛因亢奋而灼热。话语并没有像往常那样从他的嘴里均匀流淌出来，而是爆发出来的，嘶哑而低沉。从他的声音里我更明确地明白了这次体验给了他多大的震撼。
>
> 渐渐地，他说话自如起来，话语也流淌得更自由。阿道夫·希特勒在那一小时里所说的话，我之前和之后都从来没有从他那儿听到过，只有我们站在星空下，就好像我们是世界上

唯一的生物。

毫无疑问，他们看了那部歌剧，这给他们俩留下了深刻印象，但是这一刻具决定意义和宿命感的，是希特勒在这里似乎看进了他的未来并找到了他的人生使命，这很明显是事后的建构，正如克肖所指出的那样。因此，库别兹克写希特勒的文字里很大一部分受了日后要发生事件的影响，这并不意味着他描写的事情过程不准确，而是对这些事件如此掂量，如此遥遥呼应着他们谁都不知道也猜不到的命运，应该从未发生过。但是，库别兹克回忆录的优点是，它所处理的时间段相当短，事情也相当小而琐碎，所以很难构建更大的叙事，还有时间上的间隔，库别兹克在希特勒十六岁前从来没有见过他，而再见他已是差不多三十年后了，这种间隔形成了一个框架包围这些事件，让它们清晰起来。和希特勒贴身相处是库别兹克人生里一次独特而短暂的事件，而希特勒这样一个相当特殊的人物，也非常可能被库别兹克清晰地记住。在他的记忆中，希特勒是一个异常矛盾的人物，他写的绝对不是充满溢美之词的行传，而且他描述的这位朋友的特征，与其他信息来源中浮现出来的人是相当一致的，只是更清晰了一些，因为之前或之后都没有人像库别兹克和他离得这么近。库别兹克对希特勒评价很高，通过钦佩的薄纱看他，可是这也不影响这肖像的多面性和多义性。下面这段描述就很典型：

但是就算他经常有些粗暴，情绪化，不可靠并且很不宽容，我也永远不会生他的气，因为他性格中令人不快的那些方面已经被那受到感召的灵魂里的纯洁火焰所掩盖。

1908 年夏天，希特勒从库别兹克的生活中消失了，然后他再也没有他的消息，也没有对他说过只言片语，直到 1933 年希特勒当上了总理，库别兹克给他写了一封信，几个月后他才收到了回信。

我亲爱的库别兹克，

直到今天你 2 月 2 日发来的信才来到我的面前。考虑到 1 月份以来我收到的数十万封信件，这也并不让人意外。这也让我愈加喜悦，这多少年来的第一次，因得知你生活近况，知道你地址而产生的喜悦。我也非常感激能有机会—在我最艰难的战斗结束之余——重新体验关于我生命里最神奇岁月的那些记忆。也许你有可能来拜访我。祝你和你母亲一切都好，并保有着我们旧日友谊的记忆。

你的，

阿道夫 · 希特勒

1938 年，在所谓的德奥合并（Anschluss）期间，希特勒从他出生的城市因河畔布劳瑙出发，越过边界进入奥地利，通过这个方式实现了他在《我的奋斗》开篇里所设立的目标。对这种象征性力量的注重在他身上特别典型。那天晚上他在林茨市政厅阳台上发表讲话。库别兹克那次没能参加，但是当希特勒于同年 4 月返回时，库别兹克去温辛格酒店（Weinzinger）找他。

酒店外面挤满了人，当他说他要见总理时警卫们还以为他疯了，但是在他向他们出示了这封信后，他被带到了前台，那里的气氛就像蜂巢，他写道，将军、部长、纳粹党高官和其他穿制服的人物来来去去，都围着一个人转，阿道夫·希特勒，现在和库别兹克之间隔着一堵权力之墙。他从一位名叫阿尔伯特·博尔曼的副官那儿得到口信，说总理有点累，今晚不见客了，但他可以明天下午再来。副官又请他和他再坐一会儿，他有些问题要问他。

总理总是早上睡这么久吗？他问。希特勒从来没有在半夜之前上床睡觉，上午则很晚才起床，而他的随从们晚上也必须熬到那么晚，却被迫次日很早就起床。这位副官，那位更著名的马丁·博尔曼的兄弟，就开始抱怨希特勒突然发作的脾气，没人能让他平静下来，还有他奇怪的饮食，他吃素，伴以大量奶制品和果汁。他一直都这样吗？库别兹克说，他一直都这样，除了饮食，他以前是吃肉的。

当他第二天下午再来到酒店，情形是一样的，整个城市都在脚下，他写道，他挤过酒店前的人群，被一些副官带过了路障。他所期待的不比握手和问候更多，并且对正式流程也感到紧张，一个失误也许就会让希特勒发火。但是他和希特勒的见面长达一个小时。希特勒从大厅下来，立即认出了他，喊道：是你，古斯特！然后他拉着他的手，看着他的眼睛时，库别兹克写道，对方被这次会面所感动的程度和他一样。希特勒带着他上了电梯，来到了二楼的套间。

　　这位勤务副官打开门，我们走进去，副官不见了。只剩下我们独处。希特勒再次拉着我的手，久久地看着我，说："你没变，库别兹克。我不管在哪儿都会认出你。唯一不一样的就是，你变老了。"然后他把我引至桌边，给了我一把椅子。他向我保证这么多年后再次见到我给他带来了多大的快乐。我的良好祝愿让他感到特别高兴，因为我比其他任何人都更了解他这一路走来有多难。眼下情形不适合长时间交谈，但他希望将来还有机会。他会联系我。直接写信给他不是个好主意。他所有的邮件都由其他人处理。

"我再也没有任何隐私，也不能像其他人那样想做什么就去做。"说着这些话时他站起来，走到窗边，从窗子里能看到多瑙河。那座带着钢梁的旧桥，曾经让年轻时的他看得很不顺眼的，现在还在使用中。如我所料，他立即提到了这一点。"那丑陋的人行天桥！"他大喊，"它还在那儿。但是也不会太久了。这点我可以向你保证，库别兹克。"这时他转身微笑道："不过，我其实很想和你在那座老桥上散步。但是我不能，因为不管我走到哪儿，大家都跟着我。但是请相信我，库别兹克，我对林茨有很多计划。"没有人比我更了解这事。像我所预料的那样，他从记忆里拎出了他年轻时占据了他心思的所有那些计划，就好像已经过去的并不是三十年，而只有三年。

在回顾了他对林茨所有那些计划后，希特勒开始向库别兹克询问他的生活，他现在在干什么。"政府人口登记处"这个答案让他非常强烈地不赞许。"所以你是公务员，坐办公室，这不适合你。你用你的音乐才华做了些什么？"库别兹克回答说，战争让他脱离了轨道，为了不挨饿，就不得不马死下地走了。

希特勒认真地点点头。“是啊，这场败仗。”看着他又并补充说，“你不会想以公务员身份退休的，库别兹克。”他问了他正操办的交响乐团，说如果缺什么东西只要告诉他就好，他会安排的。他问他有没有孩子。库别兹克回答是的，三个儿子。

> “三个儿子！”他情感充沛地大喊。他表情严肃地把这话重复了好几遍。“你有三个儿子，库别兹克。我没有家人。我完全是一个人。但这些儿子的事我想帮帮你。”他让我说了关于他们的一切。他听到这三个孩子都有音乐才能，其中两个画起素描来都很出色，为此感到很高兴。
>
> “我想赞助你这三个儿子的教育，库别兹克，”他对我说。“我不喜欢有天赋的年轻人被迫走我们走过的路。你知道我们那时在维也纳是什么样！在那之后，对我来说，接下来就是最坏的时期，在我们的道路分开之后。有才华的年轻人因生活所迫而凋谢，这种事不能再发生了。如果我个人能帮上点忙，我很愿意这么做，即使是为了你的孩子，库别兹克！”
>
> 在这里我必须提到，总理真的通过他的办公室为我三个儿子付了林茨—布鲁克纳音乐学院的学费，而根据他的要求，我儿子鲁道夫的画被送到慕尼黑美术学院的一位教授那里得到了评估。

后来他们又见了一面，希特勒邀请他参加 1939 年和 1940 年在拜罗伊特举行的瓦格纳音乐节。问题在于对这些会面的描述的可靠程度，以及它们所营造出来的希特勒形象。那里没有其他人在场，除了库别兹克自己的话，我们也没有别的线索。

但是有件事是肯定的；这对希特勒的形容并非机会主义的。如果库别兹克的书在纳粹党统治时期，比如说在1938年或1942年出版，它的内容应该会大不相同，那就有理由不信任它，因为书里任何关于希特勒形象的负面或者矛盾部分都不可能存在，或者至少说是很难被写出，或会招致危险。但是这本书出版于1953年，形势则相反了；机会主义者可能会妖魔化希特勒，强调他恶劣的那些方面，而就他的友谊着墨这一点，举个例子，就可能被视为同情纳粹的一种表达，战后并没有很多人愿意被贴上这个标签的。

1938年纳粹党找到库别兹克，请他为纳粹党档案写下他对希特勒青年时期的回忆。他于1942年加入纳粹党，然后立即接到马丁·博尔曼的命令，让他撰写回忆录，1943年他因这个任务而加了薪水。但是直到战争结束，他才写了一百五十页。由于与希特勒的关系，他被美国人逮捕，在监狱里度过了十六个月，期间是不断的审讯。关于希特勒的手稿和资料，都被他藏在自己的房子里。这份手稿构成了他1953年这本书的核心，但根据哈曼的观点，二者之间的区别仍然很大。所有对“元首”表示倾慕的段落都删掉了，而所有描述他们在林茨和维也纳生活的段落都保留下来。有些情节得到了扩展和加工，例如对斯蒂芬妮的单相思，许多日期是错的，有些地方他的记忆也不可靠了——他写道，在维也纳的女房东是波兰人，可她实际是捷克人，他写他们住的是29号，其实是31号——但除了这些，其他部分核对事后都是正确的。例外就是对希特勒似乎是反犹的一些推测。关于希特勒在青年时代就反犹，找不到其他出处或者证据。恰恰相反，情况应该是他在维也纳这段时期有犹太熟人，甚至对犹太文化也表示出兴趣。他崇拜的马勒也是犹太人。这些反犹情节在库别兹克此书最初手稿里是没有的，它被添加到了后来版本中。哈曼写道：

> 库别兹克很显然在这里挟带了私货。美国人曾经就他的反闪米特主义持续提审他，直到他筋疲力尽，现在他被迫做出自己的辩护陈词。在这样的情况下，他声称希特勒加入了反犹太协会，然后没有得到他同意就为库别兹克填了申请表。“我已经逐渐习惯的他身上这种政治操控在这件事上达到了顶峰。这事让我更惊讶的部分在于，阿道夫一直都很谨慎地避免加入任何协会或组织。”
>
> 但是在1918年之前，反闪米特协会在奥匈帝国并不存在。奥地利的反闪米特主义者一直处于边缘地位，不管是在政治上还是种族上，像1884年成立的德国反闪米特协会这样的组织从来没有出现过。库别兹克只可能在1919年参加奥地利反闪米特协会，那时就是完全自愿的，没有希特勒的推动。这个问题很重要，因为在所有要认真看待的早期证人中，只有库别兹克把年轻的希特勒描绘成反闪米特主义者，也正在这一方面，他是不可信的。

区分开这两个版本的另一个瞩目处在于，第一个在纳粹时期写出的版本，写得相对较劣，而第二个版本，出版于战争结束后第八年，写得比较好。克肖的解释是这暗示了一位“枪手”的介入，哈曼则以为当是“一位优秀的编辑”。但双方都同意该回忆录是深入了解希特勒青年时期的最重要来源。至于它以希特勒回到林茨，并要根据他青年时的规划来改变这个城市一事来形成完整的闭环，这点看起来相当可疑，可是一个不可否认的事实是，希特勒在地堡最后的日子里，上面的世界在燃烧，俄国人已长驱直入了柏林，离他吞枪自尽还有几天，他能对着一个林茨的模型坐上几小时细细打量，这个模型是建筑师赫尔曼·吉斯勒[1]根据他的指示造的，这城市的中心建筑包括，一百五十米高的钟楼，一个陵墓，父母的坟墓就在脚边，一家硕大无朋可容纳两千名客人的酒店，一所名为阿道夫·希特勒音乐学校的音乐学校，一家将会是世界上最大的歌剧院，可容纳三万五千人——本特·利耶格伦[2]写道。此外还有一所科技大学，一个可容纳十万名观众的大体育馆，工薪阶层和艺术家们的居住区，给党卫队和冲锋队伤残人员之家，连接着地铁的火车站，以及通往公路的联结道路，还有重工业区，钢铁厂和化工厂。除了带钟楼的陵墓，这新城景观将以一个巨大的艺术博物馆为中心点。希特勒对此很执着，甚至要把他庞大的藏画都捐给林茨，他在自杀前写的遗嘱中提到了这个，利耶格伦写道。希特勒掌权期间，林茨始终被优先考虑，和对维也纳的态度完全相反。哈曼引用了戈培尔日记里写于 1941 年 5 月 7 日的一则："林茨花了我们很多钱。但这对元首来说意义重大。"这与维也纳形成鲜明对比，维也纳在希特勒掌权时期根本就没有被优先考虑过。还是戈培尔日记，1943 年 3 月 21 日："元首对维也纳没有什么特别的计划。恰恰相反，维也纳有的东西已经

[1] Hermann Giesler（1898—1987），希特勒最欣赏的两个建筑师之一。

[2] Bengt Liljegren（1961—），瑞典教师、历史作家。

太多，它应该被减损而不是被增益。”

希特勒要去维也纳的打算，几乎从他们见面起第一刻他就向库别兹克说得明白。林茨太小，太外省气。他先是在1907年5月去那里做了一次短途旅行，对他亲眼所见极尽欢喜。在首都待了四个星期后回到了林茨，但是他现在还走不了，于是他退缩回了自己的世界，沉默着，他一个人城外郊区漫步，不分昼夜，也许这是一种分离危机，不管怎么是和要下搬到维也纳的决心有关，几周后他又恢复了平常的模样。

他，一个十八岁的年轻人，还要依靠母亲生活，这个念头让他越来越受不了。我可以看到，这个痛苦的两难处境甚至影响到了他身体的健康。一方面，他比什么都爱他的母亲；她是他在这世上唯一真正亲近的人，而她也对他的感情也给予了相当程度的回应，尽管她也因儿子与众不同的性情深感困扰，不管她对他感到多么自豪。“他和我们是不一样的。”她曾经这么说。

另一方面，她把秉承亡夫的意愿，确保阿道夫走上一条安稳的职业道路视为自己的义务。但是，如果考虑到她儿子异常的性格，“安稳”又是什么呢？他在学校混不下去，也无视母亲所有愿望和建议。画家——这就是他说他想要成为的。他的母亲对这个回答不可能很满意，因为，以她那样单纯的灵魂，所有与艺术和艺术家相关的一切对她来说都是轻浮的，不确定的。

希特勒的姐夫劳巴尔（Raubal）希望希特勒和其他年轻人一样开始工作，他试图让母亲站在他这边。他认为希特勒已经被不折不扣地宠坏了，他用小指头就能压制住母亲，现在要给他紧紧皮子，让他学着开始一份正经行当。“法利赛人为我摧毁了我的家。”希特勒谈到他时这么说。劳巴尔诉诸母亲的理性，一派站在死去父亲立场的样子，不难想象他说了什么，他的论点又是什么。希特勒早上赖床到很晚，不挣钱，整天溜达来溜达去发白日梦，这是她负担不起的，这样的话他永远都学不会照顾自己和家人，这都是为了他，你懂的。希特勒的监护人迈尔霍费尔（Mayrhofer）希望他去做面包师，还给他找到了一个工作位置。这房子里的其他房客对此也各有意见，库别兹克写道；没有一条意见是看好希特勒的。母亲对这一切感到绝望。对于希特勒本人来说，留下来是不可想象的，他已经决定了，除了维也纳和那里的艺术家生涯，再没有其他选项。

> 他开始憎恨他不得不生活其间的小资产阶级世界。在户外度过寂寞的时光后，他才堪忍受必须回到那逼仄的世界里。他总是处在大发雷霆，强硬和叛逆的边缘。

这种被所有人反对的感觉，在希特勒生活里并不是什么新鲜事。但是他也和母亲非常亲近——无论外部环境的压力有多大，她都无法拒绝他的任何要求。同时她也病了，那年一月，她去看了家庭医生，布洛赫医生，他发现她胸部有肿瘤。她做了手术，由于他们没有任何疾病保险，由十七岁的希特勒经手的这些费用，肯定对他们的财务状况造成沉重压力。她住院一个月，希特勒每天都来看她。她出院时，他们也要搬家了：她爬不了楼梯，不能上楼走到他们的公寓。新的公寓位于市中心以外一所房子的一层，而几个月将为希特勒安排一封给罗勒的推荐信的那位女士也住这里。因为希特勒顶住了来自周边的一切压力，即将在夏天启程去维也纳，为了成为一名艺术家。

库别兹克写道，他前一天晚上到他家，请求陪他一起去火车站，因为他不希望母亲去送他。

> 我知道对于阿道夫来说在众人面前和他的母亲道别会是多么痛苦。没有什么比在公共场合表现出情感更让他不喜的了。我答应来帮他拿行李。
>
> 第二天，我请了假，去百花巷（Blütengasse）找我的朋友。阿道夫已经一切准备停当。我拎起他的手提箱，里面沉甸甸的都是他不愿片刻与之分离的书，然后赶紧出门，以避免出现在这告别的场面里。但是我也没法完全躲开。他的母亲哭了，阿道夫从来没有特别在意过的小宝拉，也哭得让人心碎。当阿道夫在楼梯上追上我，帮手接过箱子，我看到他的眼睛也湿润了。

希特勒去维也纳是为了申请美术学院的绘画专业，基于对自己才能的确信，他觉得这只是走完这个形式就能入学。但是他没能如愿，他考试没合格。在身边有那么大压力的情况下，所有人都认为他的艺术家梦想纯属瞎扯，都希望他打起精神，找一份真正的工作，被学校拒了一定把他压垮了，这事他谁也没告诉。接下来几周里，不管库别兹克还是他母亲都没从他这儿得到任何音讯，他一个字都没写给他们，库别兹克不安地去找他母亲，问她和他有没有联系。她请他坐下，让他放心。

> “假使他能好好读实科中学，他现在几乎都可以去读大学了。但是他谁的话也不听。”她又补充道，“他和他父亲一样固执。为什么这次发疯式地要去维也纳之旅呢？那份小小的遗产并没有被攒下来，反而是被挥霍得一干二净。以后要怎么办？他的画不会有什么结果的。写故事也挣不到什么钱。我也帮不了他——我还要照顾宝拉。你也知道她病得有多重，不过，无论如何，她得接受像样的教育。阿道夫根本不考虑这些，他走上了自己的路，完全就像个无牵无挂的人去闯世界那样。我也活不了那么长，看不到他能给自己找个独立职位的那一天了。”
>
> 克拉拉太太看起来比以往任何时候都忧心忡忡。她的脸上皱纹很深。她的眼睛里毫无生气，她的声音听起来很累，且已放弃了。我得到的印象是，因为阿道夫不在这里，她也就自暴自弃了，她看上去比以往任何时候都要老。她对儿子隐瞒了这些情况，以使他离开得能好受些。

希特勒太太在儿子在维也纳时病倒了：据哈曼的说法，7月3日她又去看了医生，接下来9月2日又去了一次。库别兹克要做的事很多。在父亲的作坊工作之余，他用所有能利用的时间来练习，所以希特勒不在林茨这段时间，他也没再回去拜访他母亲，直到那年秋天晚些时候。然后他震惊了。她卧床不起，瘦且苍白，面容被摧残。她一开口就说起了儿子的来信，看起来他在那边过得很好。库别兹克问她有没有告诉过阿道夫她过得怎样。她没有，她不愿意给他造成任何心理负担，但是如果她的状况不能改善,她就不得不给他写信了。医生说,除了住院,没有别的办法。在他离开前，库别兹克让她答应了一定要给儿子写信。他回家后告诉父母这个情况。母亲想帮助希特勒太太,但他父亲认为，除非人家很明确提出这个要求，否则他们不能这样做。

10月22日，医生爱德华·布洛赫告诉这家人这种病是治不好的，哈曼写道。家人，是指克拉拉，阿道夫和妹妹宝拉。次日,希特勒出现在家具作坊。据库别兹克说,他看上去糟透了。他的脸很苍白到看起来几乎是透明的。眼睛没有光泽,声音嘶哑。他不打招呼，也不说维也纳的情况，也不打听斯蒂芬妮。他只是说："这是治不好的。"

> 他的眼睛在燃烧，他的灵魂冒起了火焰。"治不好的——这话是什么意义上？"他大喊，"不是说这种病是治不好的，而是这些医生没有办法治愈它。我妈妈根本还不老。四十七岁不是你能放弃希望的年龄。但是，一旦医生没辙了，他们就声称这治不好了。"

他说他应该留在林茨，照顾他的母亲和家里人。库别兹克问他是否能做得到吗，深知这位朋友把这类劳作看得多么低下，这些事是必要的，但是也是其他人一直为他做着的，是的，他对此是多么鄙夷。他回答说如果有需要，人什么都能做。而下个月里他所说的都做到了。他往常会口若悬河般谈起的话题，政治、建筑、艺术，现在一个字都不再提起，他身上再也没有这些东西，只有这垂死的母亲和由此而生的忧伤。他把她的床移到厨房也是最暖和的房间，自己睡在她旁边的沙发榻上。他给她读书，为她做饭，带着妹妹做作业。有天库别兹克发现他在擦地板，希特勒太太看到他惊讶的表情，自豪地微笑了，说："你看那儿，阿道夫什么都能做。"

> 我从来没有见过他如此有爱而柔软的一面。我不相信自己的眼睛和耳朵。一句硬话没有，也没有任何不耐烦的议论，也没有激烈坚持着这就是他认可的方式。那几周里他完全忘记了自己，只为母亲而活。当然，这部分要归结于过去四年以来他在她身边，却过着极孤独的生活。但最重要的是，母子之间有一种我之前从来没有见过的特殊的精神上的和谐。将它们分隔开的所有东西都被搁置在背后。阿道夫从来没提过他在维也纳遭的罪。在眼下没有任何对未来的担忧。这垂死的女人周围充满了一种轻松的氛围，几乎是安稳的满足。

12月是寒冷而苍白的，雾笼罩着河水；每天只有几个小时的光照，而它也没有带来任何热度。库别兹克每天都去看他们。有天他没去，希特勒就来了，他诉说着他母亲那极其可怕的疼痛。下雪了，街道和屋顶变白了，圣诞节快到了。12月21日早晨，希特勒来到库别兹克里。从他那疲惫不安的样貌里，我们明白了发生了什么。她死了，他说。她最后的愿望是葬在莱昂丁(Leonding)她丈夫旁边。他看起来连说话的力气都没有了。

库别兹克没有写到克拉拉·希特勒生命最后几周里医生的存在，但他从11月6号起每天都在那里，根据哈曼的说法。他给她用吗啡，并用碘仿进行治疗，"在当时很典型且极为痛苦的疗法”,你把浸有碘仿的布放在露出的伤口上,为了把它“烧掉”,哈曼是这么写的，这同时会导致痛苦的口渴。而患者已经不能进行吞咽的运动。

1941 年,布洛赫医生在《科利尔杂志》[1] 上写了一篇关于这段病程以及当时相关情况的文章，里面写到母亲接受的治疗似乎是在对儿子用刑，他对医生给她用吗啡表示非常感激。布洛赫这个版本证实了库别兹克描绘出的景象。

> 在我从业过程里很自然会目睹许多这样的场面，但是他们都没有留下和面前这个一样深刻的印象。在我的整个职业生涯里，我从来没见像阿道夫·希特勒那样被哀痛所摧毁了的人。

布洛赫还简短地写了一下他眼里的希特勒。

> 许多传记对他诸多诽谤，尖声大喊、坏脾气、做事潦草，一个年轻的恶霸，是所有无情之人的化身。一言以蔽之，这些话不对。他小时候很安静，举止得体，穿着考究。他身材瘦长，皮肤苍白泛黄，看上去比他实际年龄要大。他既不算健壮也不算病恹恹。也许对他最好的描述是“孱弱”。他的眼睛——从母亲那继承来的——又大又悲伤，充满了思想。这个男孩在很大程度上生活在自己的内心。他整日梦想着什么，那是我所不知的。

[1] *Collier's Magazine*，美国一家周刊画报。

12 月 23 日，库别兹克和他的母亲来到希特勒的公寓。那天变天了，街道上覆盖着融雪，空气因雾而让人喘不过气来。已去世的母亲躺在床上，她的面容如蜡，库别兹克写道这死亡来得就是一个从痛苦中的解脱。十一岁的宝拉哭了，希特勒却没有。他们走到街上。尸体被放进了棺材，棺材被抬出去。牧师祝福了死者，然后参加葬礼这一小队人开始移动。希特勒紧跟在棺材后面，身穿黑色长外套，黑色手套，一只手拿着黑色礼帽。他形容肃穆而镇定。他左边走着姐夫劳巴尔，在他们之间是宝拉。他同父异母的姐姐，怀孕了，即将临盆，坐在封闭马车里跟在他们后面。队伍里其余人就是寥寥几个邻居。库别兹克形容这葬礼着实凄惨。

第二天是圣诞节前夜，库别兹克邀请希特勒来家里，他拒绝了。姐夫劳巴尔和姐姐安格拉从现在起就承担起照顾宝拉的责任，他也不愿意去他们家，而是整夜徘徊在林茨的街道上，如果你相信他后来对库别兹克的说法。

在《我的奋斗》里几乎没有任何涉及这些亲人的内容。关于母亲的去世及当时大概的状况，希特勒写道：

> 她在长期承受了疾病的痛苦后死去，从一开始就几乎没有她能康复的希望。但这对我同样还是一个可怕的打击。我很尊敬父亲，对妈妈我也由衷地喜爱。
>
> 眼下紧迫之需要和艰难的现实逼着我必须尽快做出决定。父亲留下的那一点点东西在妈妈患病过程里几乎全都不剩了；我作为孤儿获得的社会福利金买食物都不够，因此我必须赚取

自己的面包，不管以什么方式。

手里拿着个小箱子，里面装着衣服和内衣，内心有不可动摇的意志，就这样我去了维也纳。既然五十年前爸爸取得了成功，我也希望能赢得和命运的摔角。我也想“成为什么人”，但绝对不是——公务员。

关于母亲和父亲的那一句里的“也”，“对妈妈我也由衷地喜爱”，这里不仅仅是暗示了，他并不喜爱父亲，对母亲的死着墨很少,又立即让文字指向未来和那乐观的,以某种方式结束了，从《我的奋斗》来判断，这主导着、引领着童年的冲突，也就是说他不远当公务员，这么看起来母亲身后带来的哀痛是会过去的，在这文本里基本就没有提到过，他们在一起度过的两年也只用一句话概括，也强化了这印象。这段话予人一种行动力和前行勇气的感觉，这是一个新的开始，两手空空，只有自己。在下一章中，他将回到过去，文中写道：

在她生命最后几个月的痛苦里，我去了维也纳参加美院的入学考试。备好厚厚一包图画作品，我坚信自己一定通过这考试，像玩似的那么轻松。在初中里我是班上画画最好的，无人可以和我相比；而从那以后我这方面的能力又往前发展了一大步,所以我对自己很满意,我自豪又欣喜,希望着好运的眷顾。

他通过了初试，但没能通过最后一次考试。可以肯定的是，“我曾经那么坚信我一定会走运，”他写道，“当我知道我考砸了，那像闪电从晴空落下击中了我。就是这样。”

这发生在母亲去世之前，由于这些在文本里都有说明，上一章也是以他去维也纳作结尾，因此这段关于没考上学校的叙述挂在了母亲去世后去维也纳的描述，这样，美院的拒绝和母亲之死在文本中里以和现实相反的顺序发生，并且是分开的。这样写来，母亲之死显得是个打击，但仍然带来了一种解放，因为它打开了未来，可是这些在现实里看起来一定和这描述大不相同：他的母亲病得要死了，他去了维也纳参加入学考试，没考上，他的梦想破灭了，带着这样的确信他回到了母亲身边，母亲死去。并没有什么被打开，恰恰相反，他人生由此封闭起来了。她是他生活的中心，而他也是她的中心。母亲情况越来越糟，他从维也纳回家更多，他们知道她要死了，她担心着他的未来，而且他从来没告诉她他没考上美院。

希特勒人生的前十八年在《我的奋斗》里仅仅占了十四页，而这段描述里还到处迸发出对民族主义的分析、历史和他自己就不同主题的理论。他住在维也纳这段时间，从 1908 年到 1913 年的五年，则占了九十八页。但是几乎没有一句话涉及他的个人生活，那仅有的一点点，也是泛泛而谈。

> 维也纳，这座城市对许多人来说都是纯真的生之快乐的缩影，一个让人们心满意足的盛会之地，不幸的是，它只是我一生中最悲哀时光的活生生记忆。
>
> 即使到今天这座城市在我心中只会引起悲伤的念头。这个逍遥之城的名字对我来说承载了在不堪和悲惨中度过的五年。这五年来我不得不挣钱糊口，先是做帮工，然后是流浪画

家。我这饔飧不继的口粮真的极尽稀缺，以至于它只能免于我落到饿殍的下场。那时节，饥饿是我忠实的守护者，可以说唯一几乎永远不会离开我的只有它，而诚实地、详尽地与我分享一切的也只有它。我弄到的每一本书，都有它的份，去看一场歌剧就能让它陪伴我好几天，这是与我这硬心肠朋友永恒的战斗。然而那段时间里我学到的东西比以往任何时候都多。除了我的建筑画和那难得忍饥挨饿省钱去了几次的歌剧院，书籍是我唯一的快乐。

那时节我读得很多，读得也很深入。工作之余的时间，我如数都用在学习上。那短短几年里我打下了让我现在依然时常援引的知识基础。

所有这些都不是假话。他很穷，常常挨饿，靠为游客或画框店绘画糊口。这无疑是“不堪和悲惨”的。在《我的奋斗》中，他将其描绘成一个必要的学习阶段，他在这社会底层的位置上了解了什么是贫困，什么是社会苦难，以及价值是如何消散的，哈布斯堡王国是如何瓦解的。他以建筑工人的姿态出现，描述了他如何参与工人政治，那里存在的暴力和对异见的压迫，又摆出了他那一套套关于所有这些问题应该被解决也能够得到解决的愿景。他谈到自己去参观议会，从中滋生出他对议会制和民主的鄙夷。他又讲了自己与犹太人的第一次会面，不是个人之间的，而是他在街上看到的异族人形象。他描绘了一幅世界图景，其中能分辨出所有层面和所有方式。他所经历的一切，以及他所承受的苦难，以这个角度来看是有理由的：他看到，体验，阅读，思考，就算他过得很差劲，那也是一所他不愿意与之分离的学校。他上的是生活学校，他会的任何东西里没有一样是在某间大学学到的，他吸收的，和所书写的，不是任何理论，而是这实际的现实。

“生活的学校”，这是一种委婉说法，而假使考虑到他有多想进美院，那么这话也是一种事后的合理化。一切都指向他现在的身份。但是如果你真想了解他这五年来的生活，那么就一点不能看未来会怎样。他那时所有作为里没有任何指向了其他东西。他后来堕入的悲惨生活就是纯粹的悲惨。他被人看见排队领给无家可归者的汤，他有段时间可能睡在公园里。他没有朋友，几乎谁都不认识，他仅有的那点社会交往就是和在一个收容所里认识的几个男人。而他如此度过的五年，可能是一个人一生里最具决定性的时光，从十八岁到二十三岁。希特勒沉沦了，他所有过的任何想法，没有一个是正确的，他所有的梦想都没有实现，他没人要，对任何人来说都没有用。实际上，他已经失去了对现实的把控，也几乎没有附着在现实上。如果他有天晚上冻死了也没人会在意。他确实谁也不是。他已经消失在一种完全的匿名状态里，且处于社会最低阶层。

但是他并不是一开始就落到这步田地。开始的时候很好。当他到达维也纳时，他有母亲留给他的钱，如果他精打细算，可以坚持一年。他可以再次申请美院。他在这大城市里也并不孤单；库别兹克跟他一起来了。

伊恩·克肖在他写的希特勒传记里用以下的方式描述了事情始末：

> 1908 年 2 月，当他回到维也纳时，不是要倾尽全力去成

为一名建筑师，而是要堕入到他在母亲去世之前所过的那种懒惰，散漫和自以为是的日子里。他甚至说服了库别兹克的父母让奥古斯特结束在父母家具作坊里的工作，与他一起到维也纳，学音乐。

就连库别兹克自己也对希特勒设法说服他父母让他做真正想做的事情——也就是学音乐——终生都充满感激。毋庸置疑，这种自以为是，是希特勒最重要的性格特征之一，但这也是爆发性的，近乎狂躁的，这会让他在某个阶段不顾一切地投身于自己所关心的事情，以一种澎湃的情绪与吞没一切的狂热，接着是一段无精打采的时光，然后又是躁动不安。克肖在这里可能相当肯定的是，他投身于其中的东西，从来就不是目标导向的，从来不跟着什么固定的路线或计划。希特勒的家人们可能会同意对他生活的这个形容，就是堕入“懒惰、散漫和自以为是”中，但他自己对此的看法可能是完全两样的，因为这些是他想要的，也是他追寻的，是他从来没有真正找到的，也是从来没有完全赎回的，一个十八岁的年轻人有成为艺术家的野心并不算罕见。希特勒在所有方面都是个典型的自学者，也和他们中的许多人一样，最终发展出强词夺理的特点，这因为他总是一个人，从不寻求别人的陪伴；他在维也纳的一个公园里有自己的长凳，它很隐蔽，他常常在这里坐着阅读，其他时候他坐在维也纳众多咖啡馆里的一间，读那儿免费的报纸，或者在自己租的房间里开始他诸多项目里的一个，要么是画住宅，建筑，歌剧院和音乐厅，要么是写戏剧或小说——所有他那时候在做的事，所有那些被他抛在身后的未完成项目，都被那时期和他生活在一起的库别兹克见证了。

库别兹克在一个冬天的傍晚到达维也纳火车站。希特勒站在那儿，穿着文雅，手里拿着拐杖，等着他，一副已经习惯了这混乱的做派，已经是大城市的人了。他们互相亲吻着脸颊，拿起行李，走到了城里。“那噪音实在可怕以至于你都听不见自己说了什么。”最终进入一条小街，斯通伯巷，希特勒在那儿的一栋房子里租了个房间。

> 在这归他使用的小房间里，烧着一盏凄惨的石蜡灯。我环顾四周。令我震惊的第一件事是所有素描稿子都堆在桌上、床上，到处都是。阿道夫清理了桌子，铺上一张报纸，从窗台上拿过来一瓶牛奶。然后他又拿来香肠和面包。但是当我把所有东西推到一边，打开我的口袋时，我继续看着他白皙严肃的脸。冷的烤火腿，填了馅的面包和其他美味食物。他只说了一句：“是啊，这就是有妈的样子。我们吃得像国王一样。一切都有家的味道。”

库别兹克在这一路风尘后感到疲倦，这些印象都乱糟糟地在脑子里，已经很晚了，但希特勒还是坚持认为他一定要跟着一起出门，去看看这城市。一个刚到维也纳的人怎么可能不去看歌剧院就上床睡觉呢？所以他们到那儿去了。库别兹克写道，感觉就像他到了另一个星球，这印象就是如此地铺天盖地而来。之后他们去了圣斯蒂芬主教堂。傍晚的雾太浓了，它的尖顶是看不到了。“我只能勉强辨别那沉重而黑暗的体量，它属于那向上伸展进入雾之灰色单调的船，几乎是超自然的，就好像不是人类的手所能建造。”他写道。

克肖则用以下的方式描述了同一事。

> 那天晚上阿道夫在车站见到了疲惫的库别兹克，把他带到斯通伯巷，因为他要在这里度过这第一晚，一如既往地，他坚持要向他展示维也纳的一切。谁能来到维也纳的第一个晚上，不去看皇家歌剧院就上床睡觉呢？于是古斯特被拖去看歌剧院建筑，圣斯蒂芬主教堂（在雾中几乎不可能看见）和那美妙的圣玛丽亚·盖斯塔德教堂（Maria am Gestade）。直到午夜以后他们才回到斯通伯巷。当精疲力竭的库别兹克坠入梦乡，希特勒还在喋喋不休地赞美着维也纳的壮观。

克肖关于这一晚唯一的信息出处是库别兹克的书。在书里没有说他“被拖去”或希特勒“喋喋不休”，而关于歌剧院予人一种像到了另一个星球的感受，主教堂在雾里仿佛是超自然的，库别兹克所写的这些，给这事件增添了无与伦比的积极色彩，却被克肖忽视了；在他的版本里，雾是负面的，因为它让主教堂几乎隐身了，之所以要这样是因为要塑造出一个非理性的、自说自话、自我中心的青年希特勒形象，一个对朋友的需求视而不见的人。但如果真是这样，彻头彻尾的负面，为什么库别兹克不这么写呢？库别兹克是朋友，他的到来已被期待了很久，希特勒想向他展示自己看过的一切，这座城市的美妙之处，我们怎能为此责备他呢？在朋友本人也把这事作为一个积极经历来描述时，我们怎能说希特勒的积极和兴致其实表现出了他对朋友的视而不见？他没看到他的朋友？库别兹克上当了？他蠢到看不出希特勒在利用他吗？他不明白看到雾中的主教堂其实是一场失败而不是超自然的奇遇？

或者，调转过来，是什么让克肖能以这*其实如此*的版本来压过他唯一消息来源里的叙事呢？

传记作为一种文学类型——自传和回忆录也同样——问题在于作者已经有了最后的答案，他或她知道事情会如何进展，所以几乎不可能不去强调他们所勾画出来的，也就是性格特点或者事件，指向着这个最终的方向，就算它们当时，在发生的那个节点上，只是众多性格特征或事件中的一个，并没有表现出任何程度上的倾向性。你当然无法推论出当时到底发生了什么这个真相，因为它仅属于那一特定时刻，也不能从那个语境中剥离出来并，但是你可以绕着那个时刻，从不同的角度去照亮它，掂量这种说法的可能性和另一个说法的可能性，在这个尝试过程中还要尽量忽略掉后来所发生的，也就是说，不要将某种性格特征或事件视为预示着这种事物本身以外之物的征兆。

这种“本身”既是谜题又是钥匙。假如我们视希特勒为“坏”人，儿童和青少年时期就具有这些负面性格特征，也不需要条件和前提，这一切都指向随后不断升级的“邪恶”，那么希特勒就属于“他人”，不是我们中的一员，这样就有问题了，这样的话我们就没有义务去思考我们自己和他和德国日后所犯罪行之间关系，那是“他们”干的，对我们来说也不再危险。但是这“坏”是什么，是我们没有的东西吗？这个“邪恶”又是什么，是我们不会表现出来的东西吗？这样的话我们就把人分成了不同种类来考量，我们也可以这么做，但必须先了解这么做的危险。

在病理学和决定论的夜晚里没有自由意志的存在，而没有自由意志，也就没有罪。

无论一个人被毁得多彻底，无论其灵魂变得多么摇摇欲坠，这依然还是一个人，是人就可以做选择。是选择让我们成为人。只有它让罪这个概念有了意义。

克肖和站在他这边的几乎整整两代人都在谴责希特勒和他的整个存在，好像指出他在十九岁或二十三岁时的无辜，或者指出他一辈子出现的一些优良品质，就是为他和邪恶做辩护。其实这么做其中的关键点恰恰是相反的：只有他的无辜才能让他的罪有分量。

库别兹克到维也纳的第二天，两个朋友就开始找他可以租用的房间。这项任务很艰巨，因为大多数房间都太小了，放不进他必须要用的钢琴，而有些房间足够大，房东又根本不愿听到有架钢琴要搬进来这种事。库别兹克对维也纳的印象不好，这座城市似乎到处都是冷漠的、没有同情心的人，阴沉的门厅，狭窄、光线不足的出租楼房和楼梯。在绝望和垂头丧气中，他看到一块新的"有屋出租"标志，在策勒街（Zollergasse），他们按门铃，一个女仆开了门，并把他们领到一个布置典雅的房间里，里面有两张棒极了的床。

> 夫人一会儿就到，女仆说，行了个屈膝礼就消失了。我们俩都知道这房子对我们来说有点太好了。然后"夫人"出现在门口，是一位女士，虽然不那么年轻，但很优雅。
>
> 她穿着丝绸晨袍和装饰着毛皮的拖鞋。她微笑着向我们

打招呼，打量了阿道夫，又看向我，请我们坐下。我的朋友问哪间房间是要出租的。“这间”她回答，指着两张床。阿道夫摇了摇头，礼貌地说：“那么这张床必须要搬出去，因为我的朋友必须要有放钢琴的空间。”这位女士脸上明显不高兴，是我而不是阿道夫想租房，又问阿道夫是不是已经安顿好了，当他确认了这一点后，她建议，我连同我需要的钢琴，都应该搬进他的房间，而他应该拿下这间房。当她以生机勃勃的动作向阿道夫提出这个建议时，把晨袍系在一起的带子松开了。“哦，对不起，先生们。”她大叫，立即再次系好带子。但是那一秒钟足以向我们展示她的丝绸晨袍下只有一条内裤。

阿道夫转过身，脸红得像朵芍药，抓着我的手臂说：“走吧，古斯特！”我不记得我们是怎么离开那栋房子的。我只记得当我们又站在外面街道上时阿道夫大发雷霆。“这位波提乏太太[1]！”很显然这种经历也是维也纳的一部分。

他描写的是两个乡下学生进了城，所有他加诸希特勒身上那种见过世面的气息，都消失在这涨得通红的脸上，这也反映出希特勒的性洁癖和对女性的焦虑。他十八岁，完全没有经验，库别兹克写道，在希特勒在一起度过的四年中，希特勒的生活中没有女性，他也不自慰。后者显然是个无法证实的假设，但它与来自其他出处的对希特勒性行为的描述非常吻合，这些可以从《我的奋斗》和其他周边资料里读出来。女人和女性的总是和纯洁和高贵联系在一起，她们是他培育出的理想世界的一

[1] Frau Potiphar，《圣经》里埃及侍卫长太太，勾引约瑟夫未遂。

部分，后来他进入的所有关系，都是与绝对年轻而无邪的女人。他对纯洁的痴迷及这种痴迷与性的联系也出现在库别兹克书里的多个情节中。例如，有一次他们在报纸上看到一出名声很臭的堕落的戏剧作品，然后希特勒带着库别兹克去了红灯区，让他去亲眼看看到人类能变得多么腐败和道德扭曲。妓女们坐在街对面低矮的单层房屋中点着灯的房间，男人们走来走去，看着她们，选中一个，那间房里的灯就灭了。希特勒和库别兹克走过这条街，没有驻足，但是当他们从这条街走出来时，希特勒想转身走回去。“这堕落之罪”是他反复提起的一个概念，而当库别兹克暗示看一次也就够了，希特勒回去又走了一次。妓女们试着赢得他们的注意，一个卷下长筒袜，在他们经过时正好露出光腿，另一个人把上衣脱了，当他们走出这个街区时，希特勒为妓女们这些“勾引伎俩”而暴怒。回到在斯通伯巷的家里后，他开始长篇大论地讲起他们当晚所见到，以及这些有什么意义。现在他已经学着去了解商业爱情市场上的事物，所以此行的目的已达成。

从这个情节能看出希特勒与现实的三种不同关系方式；首先他在其中，被困难而棘手的由吸引、厌恶、欲望和羞耻这些情绪所充满，然后他对它发脾气，最后，在拉开了适当的距离后，开始分析。最后一种被认为是最好的。这种距离是希特勒性格里中最醒目的元素，不能被低估。

希特勒和库别兹克生活在世界上最大城市之一的中心，他们十八岁快十九岁，至少希特勒是完全自由的，既然他父母都死了，他没有任何可以束缚他的家人，在原则上可以做他想做的任何事情。有太多的可能性，世界对他是开放的。但是他不去找任何人，不看女性，不去参与在他周围展开的任何活动。他对待生活极其严肃，他鄙视所有寻欢作乐的人，这是肤浅的，而且和下作事物联系在一起。他在周围看到很多苦难，有很强的社会良知，他常常谈论小人物和贫穷；他有一次到最贫困的地区，因为他想了解他常谈论的话题，但是这些穷人，身陷贫穷里的人们，是他不想去了解的，他不和他们聊天，也不靠近他们，这种害怕心软的焦虑就很明显了。在女性这方面也一样，他可以谈论她们，作为理想化的、道德沦丧的，但不愿让她们靠近身边，比如，当得知妇女不能进入他们所在的那部分歌剧院席位，就表现出如释重负。

他既倡导又身体力行的这些严苛的道德标准，他所遵循的这些苛刻的、否认身体的规则，显然是他控制内在自我的方式，而这自我，从各方面情形来判断，是高度混乱的。当外部也变得混乱时，那就是这复杂性以各种方式扩展，就像二十世纪的头十年里的城市和文化一样，充满了极度贫困、政治混乱、卖淫和性解放——必须记住，弗洛伊德就在这个城市里写作，古斯塔夫·克里姆特[1]在这里画画——难怪他让这些用在自己身上的规则，关于节制和控制，也要施行在社会中，因为这两种事物在情感里相遇并匀开，而情感在他身上很是强烈。当他横眉冷对“波提乏太太”或者“勾引伎俩”时，它们在他身上引发的情绪是那么明显，欲望和厌恶，也许，他认为这都是这个正在堕落的社会的错。他狂热地执着于洁净和体面，总是穿着

[1] Gustav Klimt（1862—1918），奥地利画家。

得体，这是控制内心混乱的另一种方式。这就是为什么他那么钟情于艺术，那能给他几个小时的安宁，在那儿他上升到了另一种境界，宏大，精致而美好。

> 当阿道夫听到瓦格纳的音乐时，他就变了个人。这时所有的狂热从他身上消失，他变得从容起来，随和，柔软。他的目光里不再有躁动。这一天里让他担心的事情消失了，淡出了。他自己的命运，不管怎样坠着他，都不再重要。他不再感到自己是个弃儿，是个失败者，是个独行者。

这些让他振作起来的感觉也是他自己的，它们不属于这音乐，不属于瓦格纳，而是他自己，还有这被音乐和舞台语言升华了的感觉，被这美好充满，对他来说是如此重要，为了攒钱买歌剧票他宁愿不吃饭。

他这惊人的行为冲动，被克肖理解为懒惰，因为它和学习领域无涉，而是总是在其之外，而且实际上他也没在那些有意义的领域里工作，所以要忽视这同样的模式也很难。因为当他完全沉浸在一个项目里时，他的自我完全消失了，存在的只有围绕他正在进行项目的这些想法、计划和草图。它是爆发性的，它是让人痴迷的，它濒临着正常人的界限。是的，如果说这个时期希特勒的个人和社会道德还在某种框架内的话，他在艺术活动上则完全不设限。他要追求什么完全没有任何东西能限制他，没有什么可以阻止他，一切都是开放的。“紧要的不是教授们有多少知识，而是天才。”他告诉库别兹克，开始创作歌剧。他不会演奏任何乐器，他也没有关于和声或交响乐的任何知识，但是他把这些限制推到一边，这些是技术，而他想进入自己这些强烈的情绪里，用他最仰慕的语言把它们表达出来。他设计了一个体系，想通过它把音调和颜色结合在一起，这当然不怎么样，他问库别兹克怎么样想。库别兹克说，这个基本概念是好的，但不可能只靠着这个就写出歌剧来，他可以教他必要的乐理。“你以为我疯了吗？”希特勒喊道，“我要你是干什么用的？首先，你可以把我在钢琴上弹的东西精确记在谱子里。”

他们也这样做了。库别兹克试图告诉他，他要让全篇保持一个相同的调性。“谁是作曲家，你还是我？”希特勒喊道。他想到了一个点子，这部歌剧从德国英雄史诗上的一个小故事开始，用那个时期的乐器进行演奏。他问库别兹克有没有什么那个年代里留存下来的音乐，库别兹克回答说没有，只有一些单个乐器，鼓、笛子和里尔琴。希特勒说，诗人们吟唱时有类似竖琴的乐器伴奏，他们也可以照做。正如他所写的那样，为了让这歌剧可堪入耳，库别兹克让他摆脱了这种想法。回到常规乐器后他们取得了小小的进步。希特勒详细绘制了整个场景以及所有服装，然后开始写歌剧剧本。他废寝忘食，几乎不喝酒。他不断要求库别兹克不仅要和他一起，而且要像他一样投入，每隔一段时间就责骂他。他是地狱来的室友。

> 以我们许多争吵之一为借口搬出去对我来说很容易。音乐学院的人很乐意帮助我再找一间房。我为什么不这么做呢？归根结底，我自己也经常承认这种奇怪的友谊对我的学习不利。在与我的朋友这些晚间活动里，我失去了多少时间和精力？那我为什么不走呢？因为我想家，可能就是这样，而对我来说阿

道夫就代表家的一部分。但是，归根结底，想家是一个二十岁的年轻人终究能克服的东西。那是什么？是什么让我留下？

老实说，正是我现在所经历的这些小事，把我更紧密地和我的朋友绑在了一起。我知道我这个年龄的人通常都对什么感兴趣：打情骂俏，肤浅的欢乐，漫无目的的玩乐，以及许多不重要，毫无意义的想法。阿道夫与此截然相反。在他内心有一种不可思议的肃穆，一种决绝，一种对所发生的一切都充满感情的兴趣，最重要的是，对美丽的、恢宏的艺术永不停歇的献身精神。这就是特别吸引我走向他，并在精疲力竭后又重新恢复平衡的原因。

和希特勒的许多其他项目一样，歌剧也终究付诸东流。他躁动太多，耐心太少，受不了如此长期的工作，再加上因自身知识和能力之缺乏而产生的挫败感，到了最后一定使他筋疲力尽，我们可以这么猜测。

在此期间，他又开始了另一个项目，相当宏大，要解决维也纳住房危机，他不但为此画出了整个城市，而且还绘制了他想象中的新工人公寓。他还有一个点子，他如此景仰的音乐，一定要被送到住在大城市以外地区的人们中间，就产生了“流动国家交响乐团”这个主意，也就是一个旅行交响乐团，其营运模式和曲目也被计划到比如乐团成员衬衫的颜色这样的细节，还有演奏曲目，库别兹克如是说。所有这些项目都有如空中城堡，远离现实，本身没有意义，但是它们透露了关于希特勒性格的许多信息，他如此地投入忘我，他对自己能力的信心是那么没有边际，以及他怎样通过这忘我和自信找到了一种将他内在的与外在整合起来的办法，还不需要绕路经过那他也许害怕或鄙视的社会，社会总要求他把内心梦想放在外在环境里，也就是在现实里检验他的梦想，从而打破他的梦想。内心现实是抽象的，外部现实是具体的，在这两个宏大而不切实际的项目中，这两者以一种他能掌控的方式汇合了。

库别兹克和希特勒在维也纳合住的时期是 1908 年春夏之间的五个月。希特勒从来没告诉他没考上美院的事，平时日子也过得让他的朋友以为他在美院上学。他们共用一间房；波提乏太太事件发生后，他们发现这也许是最好的解决方案。希特勒问房东扎克里夫人，她答应收回希特勒的旧房间，两人则搬进了她的房间。次日库别兹克去音乐学院参加入学考试。他考上了，但是希特勒被告知此事时显得并不特别开心。“我还不知道我的朋友这么优秀。”他如此评论。这个时期他也经常发火，易怒，库别兹克认为这就是为什么他不想知道关于他学业的话题。他认为很多事都很奇怪，其中包括希特勒将时间花在很多事情上，就是不画画；他写了部戏剧，他读的书和绘画艺术无关，库别兹克认为很多事可能不该这么做，但他已经习惯了希特勒的自以为是和天马行空，认为只是他这些毛病又犯了，更不用说他刚刚失去了自己的母亲。

> 日子一天天过去，他的情绪越来越让我担心。我从来没有见过他以这样的方式苦恼过，远远没有。以我的所见，以前他的自信太多而不是太少。但是现在似乎已经反过来。他越来越深地陷在自我批评里。但这只需要最轻微的一碰——就好像你打开灯，整个房间就都亮了那样—因为他的自我谴责总会变

成对这个时代、对全世界的谴责。他被那名目繁多的仇恨呛得透不过气来，便要将愤怒倾倒在一切之上，对整个人类，这些不了解他的人，不重视他的人，迫害他的人。我看到他陷在这无法抑制的怒火中，在这小房间里来回走动，内心深处也震颤不宁。我坐在钢琴上，手指放在琴键上一动不动，听着他，心情也被这仇恨牵动着，同时又为他担心。

开始几周里他们为要如何使用这间房吵了一阵子。库别兹克要练琴，希特勒要读书；下雨天里两人都要在室内待着，在这种氛围里可能火药味很浓。有一次库别兹克贴出他的时间表，并要求希特勒也这么做，以便知道什么时候能用房间。但希特勒没有什么时间表，他不需要这个，一切都在他脑子里。库别兹克怀疑地耸耸肩。希特勒在工作上和系统性绝对无缘，且一般都是在晚上，上午一般都在睡觉。他的朋友一切顺利，要每天见证这些对他来说并不容易。而现在，又有这日程表挂在墙上，本身就是他朋友顺利的象征，他爆炸了。

“这所美院，”他大喊，“只是一堆老掉牙的化石脑袋，公务员，官僚，冥顽不灵，一群吃公家饭的白痴。整个学院都该被炸掉！”他一脸狂怒，嘴巴绷得极薄，嘴唇几乎发白。但是眼睛在闪光。眼里带着些恶意，就好像他的仇恨倾其所有都凝聚在那发光的眼睛里了！我本来想要指出他如此轻易地就带着这汹涌愤懑去谴责的学院中人毕竟还是他的老师和教授，他从他们身上绝对还是可以学到一些东西的，但是他在我开口之前就让我闭上了嘴：“他们拒绝了我，他们把我扔了出去，他们把我拒之门外了。”

我震惊了。所以是这样啊。阿道夫根本没有上美院。现在，他身上那些让我困惑的事情都豁然开朗。我对他的不走运深感不安，问他有没有告诉他母亲他没考上美院。“你对这事怎么看？”他答道，“我怎么能用那种担忧去加重我那垂死母亲的负担呢？”

我除了同意也不能有别的表示。我们俩沉默了一会儿。也许阿道夫想到了他的母亲。然后我试着让对话往实际的方向走，“那么现在要怎么办？”我问他。

“什么现在，什么现在，”他烦躁地重复着，“难道你现在也要这样吗？——现在怎么办？”这个问题他一定已经问了自己至少一百次，因为他已经决定不和其他人讨论这个问题了。“现在怎么办？”他再次嘲笑我这焦虑之问，他没有回答，而是在桌前坐下，身边都是书。“现在怎么办？”

他打开台灯，拿起一本书，打开它，开始阅读。我起身准备去拿下壁橱门上的时间表。他抬起头，看到了，平静地说：“你不用担心这个的。”

他编造了一个谎言，这么长时期以来他一直努力生活在这个谎言里，而不是向他的朋友承认自己的失败，这事说明了他否认现实以营造幻想的能力，但最重要的是，这说明了他的骄傲。他们的友谊基于希特勒是说话的那个，而库别兹克只有听的份儿，也就是希特勒在行动，库别兹克跟随，简单来说希特勒在主导，库别兹克服从。在这个春天里，这基本的权力结构发生了变化，不仅仅是库别兹克考上了音乐学院，而希特勒没考上美院；库别兹克的表现也非常出色。他很快被委以教学任务，在学期结束仪式上，他担任了第一晚音乐会的指挥，他创作的三首歌曲以及一首弦乐作品的选曲则在第二晚演出。希特勒也在那儿，目睹了库别兹克从他的老师和音乐学院院长本人得到恭喜和祝福。希特勒欢喜激动，也很为朋友骄傲，但是，正如库别兹克所写，不难想象“他内心转着的那些念头”。朋友的成功使他自身的惨败更被强调出来。好吧，两人在一起时还是他在主导，显得在方方面面都是头儿，但是说到根子上，现实里的才作数，他已经黯然失色，是被抛下的那个人。

夏天到了，他们在一起过了五个月，现在库别兹克要去林茨父母家度假，然后他将在奥匈帝国预备役部队服役八周，之后返回维也纳继续他的学业。希特勒将留在公寓里。他没钱去某地旅行，也没人可供远道探望。这个夏天他给库别兹克寄去明信片和信，一切顺利，他很关注林茨正在进行的建筑项目，并希望库别兹克告诉他进展如何。库别兹克也照做了，他在父亲的作坊里工作，将他那份房租寄给维也纳的房东，动身去军队，要去维也纳时给希特勒写信，这样他能来接他，帮拿行李。那是 11 月。

> 我如给他的信中所言，搭早班火车过来以节省时间，到达火车西站时是下午三点。他应该已经在那儿等着了，我想，在老地方，在检票口。然后他就可以帮我提着这沉重的手提箱，里面也装着我母亲给他的东西。是我没看见他吗？我走了回去，但他绝对肯定不在检票口。我走进候车室。我徒劳地环顾四周：阿道夫不在那儿。也许他病了。他的确在给我的上一封信里写

道,他还受着老毛病支气管炎的困扰。我把手提箱放在存包处,非常担心地赶回斯通伯巷。扎克里太太很高兴见到我,但立即告诉我那房间已经租出去了。“但是我的朋友阿道夫呢?”我惊讶地问她。

扎克里太太皱着眉头,好奇地盯着我。“难道你不知道希特勒先生已经搬走了吗?”

不,这事我不知道。

“他搬到哪里了?”我问。

“希特勒先生没告诉我。”

“但是他肯定给我留言了吧——一封信,也许,或者一张明信片。我能怎么找到他?”

房东太太摇了摇头。“不,希特勒先生没有留下任何东西。”

“连个口信也没有?”

“他什么也没说。”

还要再过三十年库别兹克才会再次见到希特勒。他就这么消失了,也不想被找到。库别兹克推断道,如果他想和库别兹克保持联系,希特勒可以从他们的前房东,他在林茨的父母或音乐学院那里拿到他的地址。他从来没有这么做过,所以毫无疑问他不想被打扰。库别兹克下次回林茨时去拜访过他同父异母的姐姐,但她对他在哪儿做什么一无所知。

有很多可能的原因可以解释希特勒迈出了如此激烈的一步,以切断与他生命里唯一一个人的联系。最接近真相的是内心的骄傲:9月库别兹克参加音乐学院考试时,希特勒在美院参加了一轮新的入学考试而还是没考上。这次他在初试就被刷下去了。从库别兹克对他性格和性情的了解来看，这一次失败带来的打击太大，以至于他无法让库别兹克知道，这个想法不是不合理的。另一个原因也与骄傲有关。在维也纳待了一年，因为母亲的死而中断了几个月，他的钱快用完了，再也负担不起住在斯通伯巷，如果不放下身段去做他一直鄙夷称为“糊口工作”的那些事，没有任何能赚到钱的前景；而和库别兹克有关的掉价感也是一个很充分的因素。最后一个可能的原因是，库别兹克代表了他与林茨及其那儿的家人之间唯一的接触，通过库别兹克的父母，他们可以很轻松地知道库别兹克和希特勒住在哪儿。以这种方式消失，与他的家人，也就是同父异母姐姐的家庭之间联系也被永远地断开了。

随着库别兹克淡出画面，我们对希特勒在接下来这年的生活一无所知。这里面也透露出了不少信息。因为他的一生是过去这个世纪里最被刨根究底、反复书写的人生，从公共档案中，能知道他从斯通伯巷搬到了一个离那儿不远的、更廉价的房间，就在费尔伯街（Felberstrasse）。去当地警察局办理必要的登记手续时，他自报身份为“学生”，而他到达维也纳时，自报的身份是“艺术家”。他在费尔伯街住了一年，直到下一年的夏天。他在那一年里做了什么，没人知道。唯一能找到的信息是，他于 3 月 4 日结束了林茨博物馆协会的会籍，可能是为了省下会费这点小钱。1909 年 8 月，也就是一年后，他搬到了城郊一个更便宜的房间，在色克斯豪斯街（Sechshauserstrasse），在那里他登记的身份是“写作者”，也就是作家或者撰稿人。他在那儿住了三个星期，又搬了出去，之后就再也没有在身后留下任何痕迹。在登记册子上，有人写着“已迁走，不知地址”。那个秋天和冬天他很有可能已经流落街头了，也就是说，当了流浪汉。一个人如果要租房就一定会在警察局登记，尽管德奥合并以后，纳粹将奥地利档案里涉及希特勒的一切都拿走了，但它们并没有被销毁，而是保存在纳粹党档案中，而那里关于这段也没有任何记录。他流落街头的另一个迹象是一则关于他的观察记录，也是那个时期里绝无仅有的，是他前房东扎克里太太的一个亲戚。她从排队领给流浪者的汤的队伍里认出了希特勒，“他的衣服看起来很褴褛，”她说，“所以我为他感到难过，他以前穿得那么考究。”

他的名字下一次出现在警察档案中是在1909年12月，当时他在迈德林（Meidling）一家无家可归者的收容所里住了一晚。在那里，他遇到了一个二流子兼流浪汉，他背着多项欺诈和盗窃的定罪，后来他也写了自己的回忆录。他名叫莱因霍尔德·哈尼施[1]，他写道，当时二十岁的希特勒看上去很悲伤，死气沉沉，饿极了，双脚酸疼。雨水和收容所里每个人都要用来去虱的消毒药水把他的蓝色格纹西装变成了紫色。他身无长物，一定已经卖掉了他从林茨带过来的所有东西。据哈曼的说法，希特勒告诉哈尼施，他被女房东赶出来了，他在咖啡馆过了几夜，直到钱花光为止，之后他在公园的长椅上过夜。他几天没吃东西，他还说有天晚上，他去和一个醉汉搭讪，想要点钱，但是那个男人只是把他骂了一顿。现在，那儿的人给了他一点面包，还指点他哪儿有免费的汤和医疗帮助。

---

[1] Reinhold Hanisch（1884—1937），德国作家。

这不是斯蒂芬·茨威格和路德维格·维特根斯坦长大的维也纳。如果说希特勒与库别兹克在斯通伯巷租房时还处于较低的社会阶层，他现在绝对已经到了社会最底层。不可能再往下沦落了。他没有工作，没有公寓，没有钱，没有食物，没有朋友或熟人。他一无所有，衣着褴褛，他挨着冻，他受着饿。克肖写他就想懒着无所事事，那么他此时的恶劣处境就解释不通。懒是贪图方便，懒就是选择最容易的那条路。他现在所过的日子，完全濒临生存的边缘，全靠别人的善心，这不是省事的日子，而是一个人能想到的最挣扎的生活。现在我们知道希特勒离开林茨时，他的老邻居和他的监护人都给他介绍过工作，并且他在乡下还有亲戚，他和他母亲夏天去造访过的，还有他的姐夫是有固定工作的政府公务员，他完全可以在他家里住上一段时间，也许还能借助他的力量进入某个地方，只要他只是低下头就可以，所以他流落到此处，最饥寒交迫的境地，这一迹象完全是贪图安逸，懒惰和无所事事的反面。他对资产阶级生活说不不是为贪图安逸而说不，这个不是决绝的，他愿意为此付出高昂的代价。

为什么？有人可能会问。他想要什么？他两次申请美院，约翰·托兰[1]说是三次，也就是他于那一年 9 月又申请了一次，但不管结果怎样，这就是他进入他的生活所采取的姿态。他在租第一间公寓登记的身份是“艺术家”，在第二间是“学生”，第三间“写作者”。他说要当画家已经有很长时间了，他也说了

[1] John Toland（1912—2004），美国作家兼历史学家。

很久要当建筑师，中间他尝试写戏剧，短篇小说和歌剧。他什么都没干成，但这并不意味着他永远都不会成功。另一个来自社会最底层的意志坚强的年轻人，有着无止境的、在他人看来也许毫无依据的自信，过了很多年手停口停的日子，除了要成为作家之外没有其他任何目标，三十岁那年他成了，那一年他的处女作《饥饿》出版。凡·高也是那个时代另一位过着赤贫的日子，除绘画以外别无他求的艺术家，尽管他一生都没有卖出过一幅画。至于这些是不是希特勒想要的，没人能知道，但是如果他没有这样的意愿，他的拒绝也就更强大，更一意孤行，因为那时是对社会本身以及其会带来的工作、职业、婚姻和孩子说不，完全不想成为其中一部分，宁可住在贫民窟。这不是懒惰，而是一种信念之表达，完全是另一回事了。他是完全让自己放任自流了吗？看来他并没有在战斗，也即有个特定目标，好像他给自己人生设定了一种框架和先决条件，它慢慢地，但断然地带着他往下走，到了地下。因为迈德林男性收容所就在地下。陆续涌来这里的，是地下人类。无家可归者，二流子，乞丐，酒鬼，罪犯，失业者，穷人，骗子和常年待在这儿的人。

维也纳在本世纪初的社会问题是巨大的。贫穷泛滥，住房供给匮乏，数十万人生活在完全不堪居住的环境里，还有越来越多的人口涌入，来自这广袤帝国四面八方的移民成股地涌入首都。房屋价格激升，房东们投机吃相难看。哈曼写道，在法沃里滕（Favoriten）的劳工住宅区，平均一个公寓里要住十个人，这种公寓由一间房和一个厨房构成，没有自来水。维也纳这些地区的儿童死亡率比其他好区要高四倍，令人难以理解。几乎所有地下室都被用作公寓，白天用不着的床被租给了所谓的“床客”（Bettgeher），也就是冲着床去的人；这是那些无家可归的人，可以在八个小时里用这张床，但其他时间就不允许待在那儿。1910 年维也纳有超过八万名床客。社会保障是不存在的，唯一的济贫措施是由出于慈善之心而设立的各种施汤厨房、暖室、收容所和孤儿院，都由私人运营，其中许多是由犹太慈善家建立的。哈曼写道，一些被选中的有需要的人可以享用小酒馆和医院的剩菜，当面包师把没卖掉的面包施舍出去时，成群的人涌来争夺，甚至可能打起来。住房短缺问题越来越岌岌可危，所谓的暖室，白天挤满了床客，晚上也开始开放了。最糟糕的还是那些非法公寓。哈曼引用了当时的一个记者对那里情况的描述。那里随时都挤满了彼此不认识的人，很多是孩子，睡在一张床上，到处都是你能想象到的各种爬虫，做饭，洗涤，生活，睡觉，学习和干活赚钱都在这一个房间里。他写了一个马厩，它被认为不适合动物居住，现在那里住着十个人，其中三个是孩子。在一个被废弃的旧农场里两房或三房公寓中，可能住着八十个或者更多的人，男人和女人，病人和健康人，酒鬼和妓女，还有儿童。“我周围是一群走投无路的家伙们，破落户和社会渣滓。房间看起来像个巨大的粪球。”这样的地方到处都是老鼠，疾病迅速蔓延，霍乱，结核病，梅毒。乞讨根本挣不到钱，所以对许多人来说卖淫是唯一的出路，在儿童中也很普遍。

希特勒于 1909 年 12 月出现在迈德林收容所外，那里约容纳了一千人，每天晚上穷人们都在这里排起长队，这里有警卫监视，以防进不去的人起哄引发骚乱。报纸只在有宿命感的事件发生时才报道这里，例如孩子在收容所门口冻死，或者有人在这儿自杀，或急需救治却因缺医少药而死。1908 年，市议会里的反对派倡议把所有封闭以及敞开的电车站对无家可归者开放，但当局援引各种已付诸实施的措施——实际上一个都没有，声称所有在维也纳无片瓦遮头的人都有自己的一定责任，哈曼写道。没有任何措施，在这个被放任自流的社会地狱中，主要是移民，也就是说，斯拉夫移民和东欧犹太人，他们是这里身份最低下的；许多人希望医院只接受这些人里的新生儿，而把其他所有人都拒之门外。

希特勒本人对这些打散工者的住房条件描述如下：

> 当我想到人们所住着的凄惨小洞穴时，依然有寒流贯穿我身体；当我想到客栈和收容所，想到这些阴郁的满地垃圾景象，想到令人作呕的肮脏和更糟的情况。

这就是当时欧洲所有大城市的样子，从十九世纪上半叶大工业化和城市化势头兴起以来它的景象就一直如此。这是一种新的贫困模式，集中在大城市，在这里社会最底层住得如此拥挤，他们人数如此众多，没有面目，以至于在那个时代的文献里他们通常被形容为成群、成堆或穷人大军。

1903 年，美国作家杰克·伦敦出了一本关于伦敦东部贫民窟的报告《深渊居民》（*The People of the Abyss*）。他称这些地区为贫民窟（Ghetto），“其残酷与庞大都蔚为奇观，两百万工人在那里聚集、繁殖和死亡。”一百八十万人生活在伦敦的贫困线上或以下，他写道，隔在一百万人和赤贫之间的只有他们的周薪。他描述的这种绝境，很难被吸收和消化，但是这极高死亡率和极悲惨住房条件的后果仍然显而易见：在这里，在穷人的贫民窟中，生命的价值远远比外部要低。人命在这里不值钱因为死亡一直都在，也因为他们生存其中的非人道环境，是实际上无法克服的。他写道，在伦敦西边，18% 的儿童在五岁之前死去，在东边 55% 的儿童在五岁之前死亡，他写道。也就是每两个孩子中的一个。

> 伦敦有这么一些街道，这里出生的每一百个孩子里，有五十个在一岁前就死去，在活下来的五十个中，二十五个在他们满五岁前死去。屠杀！

如果孩子们活过了童年期，等待着他们的是不仅危害健康而且致命的工作。在亚麻行业里，对湿布的处理会导致支气管炎，肺炎和风湿病；对于那些梳羊毛和纺羊毛的工人，细粉尘会导致肺病，而从十七八岁就开始工作的妇女到三十多岁时身体就会垮掉。化工行业的工人，从最强和最有力的男人里精挑细选出来的，平均寿命不到四十八岁。陶瓷行业的灰尘年复一年沉淀在肺部，呼吸会变得越来越困难，直到完全无法呼吸。

1903 年，杰克·伦敦在写他关于伦敦的这本书，也即卡尔·马克思出版《资本论》第一卷的三十五年后，但距离第二卷和第三卷在他身后的出版分别只有十八年和九年。杰克·伦敦是社会主义者，《深渊居民》试图走进一个原本只能从很远处打量的世界，从内部来描绘它，并唤醒公众舆论。它没有包含任何分析，但有很多情绪；愤慨和无力感是其中两种主导情绪。从某个方面来说，《资本论》分析了杰克·伦敦所描述的苦难之所以会存在的基本先决条件，这就是商品、劳动和资本。这是本理论书，包含着冗长的，基于统计数字的对伦敦实地访问的那个阶级生存状态的描述，这个阶级的生存状态在十九世纪五十、六十年代与二十世纪前十年没有值得一提的差异。在“资本主义积累的一般规律”一章中，马克思希望展示工业化为统治阶级带来的“财富和实力的令人陶醉的增长”是在何种条件下创造出来的，这里说的还不是当时工作场所的条件——这本身也令人震惊，十六、十七个小时或更长的工作时间，没有适当照明或者通风条件的狭窄场所 – 说的是更差的工厂外环境，条件最恶劣的那些劳工的饮食以及居住状况。1855 年，公共贫民名单里包含 851,369 人，也即没有工作并依靠政府救济生存的人，到了 1864 年，由于棉花行业的危机，这一数字已上升至 1,014,978 人。这些是生活在最低生存限度以下的人。

这个社会完全没法处理这些硕大无朋的事物，因为它们是生产条件翻天覆地的变化带来的结果之一，这个正在发生中的工业化进程，却并没有什么与之对应的社会规划或治理之策；这无底的贫困，以规模庞大的贫民聚集住宅区为中心，是在几十年间出现的，许多人将其视为某种自然力或自然法的结果，大抵是在达尔文的研究突破以及其在社会思潮中传播开来的“适者生存”，以这很明显的道德或者灵魂堕落为某种人类低劣品性的结果，这都是自找的，或者是这社会底层不可救药的发展结果。

这就好像在旧社会的框架里出现的一个全新社会或社会秩序，它给这旧社会的结构施加的巨大压力，这些可能很难评估。

在工业化之前，农村社会里没有阶级，只有等级或行会，贫困所带来的结果完全不同，也被以完全不同的方式来处理。马克思的分析，作为去分析这社会大动荡的工具，当然，是不可估量的。他自己也经历了贫困的后果，他的三个孩子在很小时候就夭折了，他目睹了英国大工业区的悲惨状况，而它从那里以一种几乎是系统地、被法律保驾护航的方式传播到了全世界。

工业主义没有边界，尾随它而来的苦难也是如此，二十世纪初欧洲发生的激烈政治斗争主要发生在横向的即跨越边境的解决方案，以及纵向的也即全国的这两个方向之间。因此，要么认同阶级，要么认同地域。希特勒来自一个相对同质化城市里的小资产阶级圈子，那里是他的所有理想的发源地，在《我的奋斗》里他非常重视贫困问题，在当曾经围困着他的沦落已经不再威胁着他很久之后，他写了这个问题。他对其的理解首先是结构上的。

> 假使我当时没有为身边的人而感到悲观绝望的话，我本来能分清他们的外在生命和生活，以及让他们走上这条路的原因。只有这样才有可能忍受这一切而不会放弃希望。这样它就会从这所有的不幸和悲惨中浮现出来，从这污糟和外在的逆境中浮现出来，不再是人，而是令人悲哀的法则的悲哀后果。在这事上，我自己也不同样艰难的为生存的搏斗是有帮助的，让我面对这发展过程的残次品而不至于在这怜悯的伤感里丢失了理智。
>
> 不，一定不能这么看。

希特勒将贫困主要视为政治问题，他也和卡尔·马克思和杰克·伦敦一样，被这不堪的情形所震撼，但是在维也纳，贫困不仅从伦敦那样相对同质的工人阶级里蔓延出来，更有从帝国四面八方涌来的大量来找工作机会的民工，还有这些年充斥着这座城市的种族冲突，所有这些成分所复合起来的这一时刻，对希特勒如何去理解周围环境及其时代至关重要。他在奥地利以德国人的身份出生，父亲是德国国族主义者，但形式温和，因为他将对皇帝的忠诚放在首位，而学校的许多老师和大多数学生都在培植更激进的德国国族主义，这种态度，即国家高于一切，不仅是关于社会治理的，更几乎是形而上的存在，渗透到《我的奋斗》里的每一部分，而根据库别兹克的回忆录，这也是他少年时以及还是青年男子时所思考的全部政治问题。当希特勒看到这极度的社会不公，他首先并不着眼于阶级之间的关系并在其中寻求解决方案，而是着眼于国族群体之间的关系。在他梦想中的大德意志帝国中，这分层不该是在工人与资产者，或者资产者和贵族之间，而是该在德国人和非德国人之间。也正是在此基础上，他十八岁时就皈依了反马克思主义。马克思主义的国际取向违背了他的立场。出于同样的原因，他也是个反资本主义者。而且他亲身经历过贫穷，并正是在维也纳看到了这种去人性化的后果，这对他在《我的奋斗》中表达出来的对社会苦难的态度并非不重要，在此这不仅仅是一个阶级结构的问题，更被理解为风化剥落中的双重君主制和国际资本主义的后果。他的秩序感以及强烈的对控制的需求可以进一步被视为体现了这么一种愿望，去界定、定位这些最庞大的结构以使其化整为零，成为可控的单位，同样，他害怕能传播开去的一切，所有能跨越边界的东西，譬如感染和污秽，这些本可以被视为在他的时代里行进着所有大潮流和伟力的一种体现，它们不知道什么是边境，并不像它们听起来这样是被追求的，有威力的，因为如果说《我的奋斗》里发生了什么，那正是由这内在的情绪和性情发出的对这外在世界的解读。

> 世纪之交后，维也纳完全属于社会状况最糟糕的城市之一。
>
> 赫赫扬扬的财富和令人反胃的贫困以突兀的节奏交替出现。在这京邑的中心区域里，一个人尽可感知这有着五千二百万人口，散发着可疑光彩，民族杂处之帝国的脉搏跳动。宫廷那驳杂的辉煌有如磁石，吸引着全国的财富和才智前来投奔。而哈布斯堡王朝又厉行中央集权之政。
>
> 这个王朝是唯一可以将这锅杂菜炖羊肉约束在固定容器里的力量。但这样做的后果是一种凌驾于一切的高度集中，所有高等的、最高的威权都集中在这首都。
>
> 维也纳不仅在政治上和精神上都是古老的多瑙皇室的中心，在经济上也是如此。在这高级军官、官员、艺术家和学者的大军面前，有一支更庞大的工人阶级队伍，在贵族和商人的财富对面，是那令人心碎的贫困。环城大道（Ringstrasse）的宫殿前有成千上万的失业者在此漫无目的地徘徊，在这古老奥地利的凯旋之路之下，无家可归的人最终栖身在这运河水道的污泥和黑暗里。
>
> 如要研究社会问题，在所有德意志城市里，没有哪个比维也纳更适合的了。但是一定不要上当。这项社会研究不可能

从外而内，自上而下地来做。没有被这毒蛇缠绕过的人永远不知道它的毒牙咬在身上的滋味。不深入的研究所产生的，除了肤浅的空话和佯装慨叹之外，别无他益。这两者都是有害的。前者有害是这使人永远无法切入问题核心，后者则它滑到了问题的外面。我不知道哪样更糟：是根本不在乎社会困境，正如我们每天从大部分们运气上佳或凭自己一技之长站到了阳关大道上的人身上所看到的那样，还是某些穿裙或裤的时髦女子，那些自命不凡且时常冒冒失失，却总是降尊纡贵地“感怀民情”的女子们。在任何情况下这些人都比那些完全对他们凭愚钝的感知能力来生活的人要有罪。所以她们常惊诧莫名地发现，她们因“社会情怀”而各种忙碌，结果总是一场空，是啊，还常常被愤怒地拒绝，她们以为这是民众不知感恩的佐证。

这与社会工作实则没有关系，而最重要的是没有人能要求别人感恩戴德，而真正的社会工作不是分配施舍，而是重建公正的秩序，而这是这些头脑所难以理解的内容。

我则幸免于以这种方式来了解社会问题。当它把我拽入它痛苦的地狱时，它没有允许我“学习”，而是相反地用我来当实验室里的兔子。而即使这只小兔子幸运地在手术后存活下来，我也无须感谢这个社会问题。

这一节在《我的奋斗》里很典型，先描述了维也纳庞大的财富与贫困之间的差距，采用遥遥望去的视角，以“你”和“一个人”也即一般的而非中立的立场；复合民族国家具有“可疑的光彩”，而强大的中央力量团结在一起的许多民族则是“杂菜炖羊肉”。这个临时结论是没有哪个城市比这里更适合研究社会问题。但这只能以一种方式发生，即通过个人视角，还不仅仅是这样，而是通过“那个自己也被这致命的蛇所缠绕的人”，换句话说，就是在那里过着贫穷生活的人。文字里说：我就在那儿，我知道自己在说什么，和几乎所有人都截然相反。这就是它领悟到其中精神的方式。这种精神在书开头处每隔一段就被援引，最终，由于这一丝不苟的坚持和在根本上缺乏其他视角，这种精神变成一种自循环，不再是“因为我亲眼见过才这么说所以这是真的”，但是“因为我这么说所以这是真的”。

该文本把这种合法性使用在什么上呢？接下来没有任何分析，相反，后面紧跟着一段对那些名媛们突然爆发的怒火，她们以仁善自居，因为她们乐善好施，却不明白她们此举羞辱了受施者。希特勒对救济的观点和马克思一样，但在希特勒这儿它却跳起脚来，这话是根据文本中情绪之密集来说的，以及它与这文本中的我的紧密关系，因为在这一段里第一次出现了文本中的我，从自身经验出发，又混入一些额外的对女性的普遍鄙视，“穿裙或裤的时髦女子”。结论就是，真正的社会工作不是分发救济，而是重建一种公正的秩序，在这点上希特勒也和马克思持同一观点。

当杰克·伦敦描述伦敦贫困贫民窟生活时，它是原始的，残酷的和劣等的，用上了野蛮、原始这样的词汇，对于那些生活在其中，处于世界底层，处于最危急困境中的人，他们喝酒，殴打女人，对自己孩子不管不顾，他们或被殴打，他们年幼的孩子病死，他们自己也咳嗽，受冻，挨饿，在他们与这些苦难之间没有足够的空间，而正是这种空间才能赋予人更慷慨的视野，让人对同胞有更博大的同情，让人有力量去为了维护人道主义理念去抗争，而具有这个空间的杰克 · 伦敦却在这贫民窟漫游着，看着这些人就仿佛他们在上演这世上最可怖的愚人秀。正如贝托尔特·布莱希特[1]的《三便士歌剧》里麦基·梅斯所说："Erst kommt das Fressen，dann kommt die Moral"——先说食物，再讲道德。人的尊严也是如此。这就是在这些庞大贫民窟区域里所发生的，他们的生命更贱，对彼此来说如此，对外人来说也如此。杰克 · 伦敦就是这样写的：

> 在这个地球上再没有比整个"这可怕的东部"更凄惨的景象了，它从白教堂、霍克斯顿、斯皮塔尔佛德、贝斯纳尔绿地和沃平到东印度码头。这里生活的颜色是灰色和灰棕色。一切都无助，绝望，单调而肮脏。浴缸在这里是闻所未闻之物，就像诸神的仙馔蜜酒一样缥缈。人们自己就很肮脏，而所有想搞卫生的尝试即使在不凄凉不悲剧的情况，也是一场鬼哭狼嚎的闹剧。随着油腻的风吹来奇怪的，扑闪扑闪的气味，雨落下时更像是脂肪而不是天空里的水。就连鹅卵石也因油脂而起着沫。简言之，无尽的志得意满的污秽君临一切，要扫荡掉它们大概只能靠维苏威火山或培雷火山。这里住着的人像这里的连绵数英里的长长的积着污垢的灰砖一样愚钝而毫无想象力。宗教事实上已经消失，愚钝蒙昧的物质主义横行，对于那些所有和精神以及生命之美好的事物来说都是致命的。
>
> 以前人们都能自豪地说每个英国人的家都是他的城堡。但是今天这话已是昨日黄花。贫民窟里的人没有家。他们不知道

[1] Bertolt Brecht（1898—1956），德国戏剧家，诗人。

家庭是什么，家庭生活的神圣何在。即使是那些公房，专供劳工们居住的，也是超过满员负荷的营房。他们没有什么家庭生活。这点在语言中就很明显。孩子爹下班回家，问站在街道上的孩子妈，孩子在哪儿；回答："在楼里。"

一个人种也涌现出来，街民。他们的生活在干活和街头度过。他们要睡觉时就钻进某个洞里或什么能遮风避雨的地方，仅此而已。这些洞和避难所也很难被称为"家"，否则就是对这个词的歪曲。传统上安静保守的英国人消失了。人行道上的这些人吵闹，高声大气，炮仗脾气，一点就着——而他们还很年轻。当他们再大一点，就会被酒精渗透，麻痹了感官。当他们无所事事时，他们会像一头母牛那样地反刍。那儿都有他们，站在人行道边上和街角，凝视着虚空。看随便哪一个人，他就站在那里一动不动几个小时，而当你走开了，他还留在原地，目光凝滞地看向虚空。这真的很难自拔。他没钱买啤酒，他的避难所只是一张床，所以还剩下些什么要做？他已破解了女孩之爱，妻子之爱以及孩子之爱的秘密，发现这些都是些阴谋诡计，没有意义，转瞬即逝就像露珠，在生活那些残酷事实面前便挥发殆尽。

马克思援引了在1863年对大众生活水平进行的一次调查，由某位西蒙博士执笔：

我们必须意识到，食物短缺只是在痛苦的煎熬中被忍受过去，而饮食摄入的不足又给其他方面的不足雪上加霜。早在食物短缺对健康造成影响之前，早在生理学家们去计算那些生死攸关的谷物氮和碳水之前，家庭条件对每个个体来说毫无物质舒适可言。衣物和取暖状况比他们的饮食更显出贫苦。无法为他们充分抵御恶劣天气；住得如此拥挤以至于疾病滋生或恶化；几乎没有家庭用品或家具；搞清洁要么成本很高要么全无可能。假使谁出于自尊而试图维持一定的清洁水准，那就得在饮食上做出牺牲。人们住在住房最便宜的地方，卫生监察部门基本不涉足的地段，糟糕的下水设施，几乎没有公共交通，垃圾很多，水质差得可怕，而且—因为在城市里—采光通风都严重不足。这些是贫穷不可避免地会带来的健康风险，尤其在口粮也缺乏的情况下。尽管这些匮乏加起来威胁着生命，但食物短缺本身就是可怕的……这些想法令人痛苦，尤其当你记起来这里说的不是那种打日薪短工的人那种咎由自取的贫穷。这里说的是劳工阶级的贫穷。说的是这个城市里的劳工们，他们为赚取那少得可怜的食物所付出劳动早就被延长到极不合理的程度。然而，人们只能十分保留地说这些工人还是能维持生活的，而整体来说这在名义上尚能维持下去的生活不过是一条绕来绕去迟早将抵达赤贫的单行道而已。

这最勤奋的工人也难免的饥馑和建立在资本主义积累上富人们大规模精致奢费之间的内在联系，只有了解经济法则的人们才能了解。住房情况就要一目了然得多。每一个中立的观察者都能看到，生产资料集中程度越强，就有越多数量的工人必须住在同一个空间里。这意味着资本主义积累的速度越快，工人住房标准就越差。财富积累带来的城市“改善”（Improvements）——翻修那些危房，建造那些堂皇的银行和百货商店等等，为商务交通和豪华马车修建的街道设施，引入马道——显然把穷人转移到了那些越来越破败、贫困的居民区。另一方面，众所周知的情况是，住房价格与其质量呈反比，而且房产投机商们在这苦难之矿里以更低成本赚取更高利润，甚至超过波托西[1]银矿在盛期所能达到的最高峰。资本主义的积累以及这房地产的反动性在这里如此具体真实，以至于即使这英国的官方报告也一反常态地充满了反对“产业及其权利”的例子。工业发展，资本积累，城市增长和“美化”使这恶更趋严重，以至于对传染病的恐压过了对“荣誉”的珍惜，从1847年到1864年这些年间，卫生监察向国会提出了不少于十次提案，而这种情况也惊吓到了一些城市如利物浦，格拉斯哥等地的资产阶级，他们通过向市政当局请命而介入此事。无论如何西蒙博士在1865年的报告中说：“总的来说，英格兰的社会失衡已不在能控制的范围里。”

希特勒这样写道：

在这凄凉的地下室两间房里住着一个工薪阶层七口之家。五个孩子里有一个男孩，让我们说三岁吧。正是从那个年龄起孩子们才开始记住所产生的第一印象。天赋优秀的人常常可以回溯到那段时期的记忆。那狭窄，拥挤的房间让人际关系变得更差。光是这个就足以导致口角是非。就这样的住房条件来说，人们不是住在一起，而是叠在一起。那些脾气最好的人，如果在较大的房子里。只要保持距离就能相安无事的，在这里将会

[1] 玻利维亚城市，曾是西班牙殖民者的银矿。

陷入无休止的、可厌的争吵。在孩子们之间，这很自然，也能忍受。在这种情况下他们总是打架又很快忘记。但是，当这针锋相对蔓延到父母之间，几乎成为一种日常，在形式上则展现出某种不可思议的内在不堪时，这种“言传身教”的效果在孩子们身上是看得见的。任何对这种环境很陌生的人都难以想象在这里会发生什么，当争执中的父亲对母亲动粗，或者在醉醺醺状态下开始殴打她时。那个六岁小家伙在想的事情可能能让大人发抖。道德上受污染，身体上营养不良，可怜的小脑袋上满是虱子，这小“公民”去上学了。他凭着努力和吃苦推动着自己学会了读和写，这基本就是一切了。在家阅读想都别想。一切正相反。父亲和母亲说着自己的话，孩子们听着，而关于老师和学校的事则很几乎没有机会被讲述出来，他们宁可粗暴地对待孩子们，也不愿把这些小家伙们放在膝头，让他懂道理。这些小家伙要么被家庭同化，要么也无法加强他对这亲爱外部世界的敬意。没有什么能护持人性，没有一个机构能幸免，从老师到国家领导人。无论是关于宗教的还是道德，关于国家还是社会，都是一样，这些都全无区别被讥讽被嘲笑，并被这可悲地处于低下境地里的心灵以最糙的方式拖入污泥。当这个十四岁的年轻人辍学时，很难说在他心里占了上风的到底是哪一样：是在真正的知识和技能方面令人难以置信的愚蠢，还是那刻薄的粗鲁，以及在这个年龄里足以令人发指的那种毫无道德感。

但是无论他在生活里能占据什么位置，他现在必须要准备踏入其中了，这个人类至高处对他不再神圣，他从不知什么是伟大的，可是他可猜到或感到生活所有那些深渊吗？

那个三岁孩子变成了一个鄙视一切权威的十五岁少年。这个年轻人所知的唯有肮脏和腐烂，还没有遇到任何让他激动，让他焕发神采的理想或想法。

但是现在他来到了生活的大学。

现在他在某种程度过着他在整个童年时代里所见到的父亲过的那种生活。他到处溜达，上帝才知道他什么时候会回家，而唯一改变的是，现在狠揍那曾是他母亲的憔悴人形是他，他诅咒上帝和这世界，并因为这样那样的原因被判刑，进了青少年监牢。在那里，他被最后润色完成。

但是他可爱的资产阶级社会却对这年轻“公民”没有“爱国热情”而感到极度痛心。

他们看到剧院和电影院、低俗文学和庸俗小报日复一日以毒汁洒向大众，然后他们惊叹广大下层中低劣的“道德水准”和“冷漠的民族性”。就好像电影院、扒粪小报这类东西可以作为理解祖国伟大的基础似的。

他在维也纳时并没有住在类似劳工家庭附近；这个时期他还在历史之外，从没有任何旁证这个角度来说是如此，他先是在一间房里独自生活了一年，之后几周或几个月居无定所，然后才出现男性收容所里。他可能在公园里过夜，而不是在什么人满为患的劳工家庭里。这个描述只是一个把很抽象的东西具体化的例子，从这种社会环境里出来的劳工阶级青年命中注定要堕落。希特勒在《我的奋斗》中举出许多例子，但几乎没有这样的叙事，而且在别的例子中他也从来不会像在这里这样把自己代入进去，他在这里诉诸共情，这共情其实和文本中他处的语调格格不入。这里有一种感同身受的元素在里面。

伊恩·克肖暗示这段文本可能含有一些自传成分。他写道：

> 在《我的奋斗》里希特勒很明显描绘了一个劳工家庭里的各种情况，孩子们目睹喝醉的父亲殴打母亲。这很可能是出自他自己的童年体验。到底这些对阿道夫的人格发展造成哪些影响，我们就只能纯靠推测了。至于它极其重要，这一点是很难去质疑的。

如果是他自己成长历程在这里找到表达的机会，就好像他隐身在中立的例子后面来写着自己那样，那么这里就是唯一能找到的孤例了。

当人们看到这么恶劣的事物，像在希特勒在维也纳看到的那样，并不一定导致其对生命的尊重就此一落千丈，但是也有可能会如此，在希特勒的例子里很明显就是这样，尽管在《我的奋斗》里他写道并没有如此，他强调这些个人的苦难并不是他们自己的错，这是由一种悲惨的系统造成的。可是他是怎么表达的呢？

> 然后，它从所有的不幸和痛苦，不洁和外在的颓败中浮现出来，不再是人类，而是这些可悲规则的可悲后果。

这是一个狡猾的说法，不仅在希特勒这儿典型，在这整个时代里也很典型。说这些个体被背叛，被变得残忍不是他们的错，而是他们所属系统的错，这样的说法表现出一种人文主义态度，它的主旨在于，卑劣的不是这些人，而是他们生活其中的社会环境。这种态度的直接结果就是，个体被视为所属阶级的外在表现，而阶级才是本质的真实，个体命运的价值从而降低了，因为它被放在整体目标之下进行观照。再也没有什么面孔和名字，只有大众和数字。大众对个体的削减和吞噬也是一个新现象，它的到来是工业化和城市化的直接结果，它扑面而来：蜂拥而至的穷人，在这些人身上你看不到他们自身，只能看到贫穷；成群的工人早晚出入于工厂大门；街头示威者的大军，在广场和公园的示威会议上汇聚成人民的海洋。波德莱尔倾心于大城市里汹涌着的人群河流，他这闲人也漂浮其中，卓别林在《摩登时代》里把羊群影像剪辑入上班人群，还有汉姆生，首先是个彻头彻尾的个人主义者，因此他不鄙视个体工人，而是鄙视劳动大众，在其中工人们是所有人又谁都不是，劳工之流，他让他的主人公，二十世纪二十年代的奥古斯特走在一群羊的海洋里。魏玛共和国文学里一个顽固地反复出现的主题是大众，也常以从远处观察的视角，那一端的人类就像昆虫或成堆小动物一样。这里隐含的对人的简化也并非不含糊，因为不管怎么说，那个时代里人们开始懂得大众里蕴含着何等力量，以及它具有怎样的作为助推变革之媒介的潜力。

大众视角的另一个结果是，它把人推向了一种生物体，这生物学意义上的人。杰克·伦敦在 1903 年的大城市漫游创造了一个意象，把人当成牛，他解释说，最好的人已经从那儿离开，正如血液被抽走，他在这里用了隐喻。这是一种常见的思维方式，这样的意象如野草蓬生，没人觉得它们可疑，没人会踮起脚来看看它们后面有什么，那个时候它们还没染上残忍的意味，依然还是中立的，从某种程度上。正是血成为国家社会主义运动的伟大象征这一点，就和作为大众的人和作为生物体的人有关，因为所有人的血都是平等的，富人身上流着和穷人一样血，知识分子身上流着和文盲一样的血，这就和人民联系在了一起，它在制度上的表达就是民族国家，血也把那些不属于本民族的人剔除了出去，根据当时的人种知识，这些人种学知识并非不可疑，但确是在所谓知识的殿堂，大学里制造出来的。

希特勒从没写过任何意识形态宣言，除了从那些构成《我的斗争》的那些推论，主张和分析里所闪现出来的东西，如果不把它扭曲成别的什么，就很难从中提炼出什么主旨，因为那本书最独特之处在于它那么喜怒无常，经由性情联系到作者本身，文本里的时间落座在念头上前后穿梭，同时又如此用力地塑造一种人格，通过这奇异的愤慨、自吹自擂和内在怒火的低吼，姑且可说，整个上层建筑都是虚假，不，没有什么上层建筑，这里没有任何整体可言，直到出现了一种过于宏大的由琐屑语言和低等语言构成的离心力。

语言以一种和这图景完全不同的方式和社会环境联系在一起，无论纳粹分子们所布置的场景是否调用了神话和历史里的吸引力，并能够赋予关于国家的观念以具体形象，让每个人都能理解，希特勒的语言从某种意义上来说一直和那底层经验牢牢结合在一起，也就是他在维也纳期间身边所包围着的那个嘶嘶作响和沸腾着的语言现实，比如说，在这里，反犹太报纸上每天都表达出来的对犹太人的仇恨，在这里，空气也因政治鼓动和喧哗而厚重凝滞，就好像这个时代的宏大政治难题被拿到了街上，避开了奥林匹克式的视角，被理解为聚合了这自我的、当地的和私人的种种概貌：捷克人在这儿干吗？犹太人在这儿干吗？这里有住房短缺、贫困，高企的通货膨胀。这里不断有大规模示威游行，这里有骚乱，窗户和灯被打碎，电车和汽车被毁，军队介入了，暴力在劳工居住区蔓延。如果工人真的要搞革命那么会发生什么？暴力程度很高，这既是纯然具体的，在街头，在示威者和警察之间，警察与流浪汉、贫民之间，以及在家庭里，同时结构暴力的水平也相当高，其形式就是对那些安乐窝里的人保护得相当好，对其他人则不管其死活。国会根本不运作，濒临瓦解，政党的数量多到数不清，来自这双重君主制里各种不同国家和文化，根本达不成任何决议；代表们吹着小号，摇着响铃，哈曼写道，就像希特勒在维也纳的第一年所观察到的，那次他与库别兹克一起在议会里待了整整一天，他目睹着眼前的一切，热切得简直要从椅子上跳起来，据他的朋友说。希特勒读了很多政治方面的东西，主要是报纸、小册子和杂志，正是从这些被通俗化的二手货上他对当代伟大而有争议的思想家的思想有了一些了解，达尔文，尼采，张伯伦和叔本华，哈曼写道。当时时代精神很重要的一部分是，学术和科学并不处于高位，大量涌现的则是那些特立独行的、自学成才的思想家们，那些对权威充满怀疑的人，而我们知道希特勒所偏好的，正如他日后曾经透露过的，据哈曼说，几乎清一色是这种非正统的，披着科学外衣的游方郎中式的人物。所以那一年他独居一室，不与人来往，读的很可能就是这样的作家，也不遵循任何学术脉络，是啊，甚至也不和人性发生任何联结，一切都取决于他自己的判断力和直觉，这种性子也许是他在思想上最显著的特征。他那寥寥几本书，可能也在囊空如洗以后卖掉了，因为当哈尼施在 1909 年 12 月在迈德林见到他时，他除了身上所着脚上所履就再无长物了。

那天晚上，在一年半躲藏生活后，他终于又走进了历史的灯光下，站在男性收容所外排队，从市中心走到这里要两个半小时，就这样警察档案中有了他登记的名字，他又累又冻又饿，穿着一件略有磨损的西服，二十多岁，苍白消瘦，根据库别兹克的说法，看到他时最让人瞩目的是那对眼睛，有着洞穿一切的目光，照库别兹克的母亲看来甚至有些吓人，他必须拥有全部，否则宁可什么都不要。即使他在别人眼里无足轻重，从社会角度来说几乎已经被抹去了，也没有任何理由认为他自我认知中张扬的部分，那种对自身能力无限的确信已经彻底从他身上消失。肯定会被削弱一些，因为这是他一生中的低谷，对于一个具有希特勒这样的自我认知和骄傲的年轻男人来说这是绝对不能容忍的,但是按照哈尼施对他的印象,他看起来已经躺平,逆来顺受。

收容所有其重要的社交功能，在这里，你可以得到各种信息,白天去哪些地方不挨冻,晚上去哪儿能过夜,在哪儿能乞讨,在哪儿能找到工作。对于希特勒来说，哈尼施在这些方面都能帮上忙；他们开始一起混。白天他们出去找零工，晚上他们去各个能过夜的地方，在爱德堡有个夜间开放式的暖房，在法沃利腾也有一个，也许他们再转回迈德林。哈尼施说希特勒干不了体力活,他写道,有些人需要人去挖沟,但他不建议希特勒去,因为这工作他来说可能太重了。所以希特勒去了火车站，给人提手提箱，或者当城里有积雪的时候，给人铲雪。但是根据哈尼施写的，他没有冬天的外套，他冻僵了，咳嗽，所以只铲了几次雪。他如此孱弱，所以他与其他流浪汉穷得更厉害，其他人至少能挣日薪。希特勒“什么工作都愿意做，但是总是做不动艰苦的体力劳动。”

这与他本人在《我的奋斗》里所写的内容完全相反。

> 对我来说找工作不是很困难，因为我也不是有手艺的工匠，但也不得不去挣每天的面包，或者是做家务帮工，很多时候打零工。
>
> 我就像移民那样，当他们从脚上掸下欧洲的尘土，以一种不屈不挠的意志要为在美国的新存在打好基础，为自己创造新家。他们摆脱了以前所有阻碍着他们关于立场和地位、环境和传统的观念，现在抓住了一切能有收入的机会，什么活都干，越来越靠近那种认为只要是诚实的工作就不丢人的态度，不管是干什么。我也决心这样进入我的新世界，并扎下根去。
>
> 我很快知道了总有一些这样那样的活可干，但是我也很快知道了丢工作有多么容易。
>
> 这种每日命运的不确定性成为我一生中最可怕的阴影之一。

这说的也不是假话，但是当你知道希特勒是靠在火车站给人提箱子以及铲雪来挣钱时，一个想要毕生从事艺术但是失败了的年轻男人，他躲开了所有人，受着折磨，被残忍地羞辱，别人眼里的输家，看起来与这初来美国埋头耕地开田、建造新房屋的新移民相距甚远，但《我的奋斗》就是这样的风格；希特勒用一种远离贫困结果的语言来描述他的贫困，倒是没有避开这种贫困，而是将其变成了一种强大得惊人且有意义的东西，将其编进一种政治观点，观点中具有相当的力量，且几乎就植根于这种对他生活的扭曲。

这种类型，因一种强烈的内在优越感而对外部情况保持着距离，克努特·汉姆生在其小说《饥饿》里描述过，这本小说出版时间比希特勒在维也纳的潦倒岁月要早十七年。《饥饿》的主人公像希特勒一样在一个大城市里过着手停口停的日子，他不认识任何人，没有朋友，没工作也没收入，除了他偶尔在报纸上发表小块文章所得的小钱。《饥饿》主角梦想着当作家，这就是让他坚持下去的动力。当他试图到一个消防站找工作，被拒绝了,就不再往这个方向继续努力,在街上消磨了一天又一天，试着写作，思考，搬到越来越差的居所，并憎恶着周围的贫困。他从没提到过家乡，怎么长大的，以及父母或兄弟姐妹，就好像这些都不存在一样。他只有自己，而他在身处最深切的物质困难时也从来没有怀疑过这一点。

希特勒有同样的自信，也有同样的狂热想法；根据利耶格伦的说法，在收容所里他宣传科学将很快就能消除地心引力，大块铁搬动起来能毫不费力，还有未来人类光是吃药丸就能维持生存所需养分。

他谋生的方式也使人联想到汉姆生的主人公。不是报纸上的小块文章，而是在小酒馆和饮酒场所卖出的小画。

卖画是哈尼施的点子。希特勒对他撒谎了，说他上过美院，哈尼施就建议他可以卖画为生。希特勒买了绘画材料开始工作，因为暖房很拥挤，他坐在咖啡馆里画画，而哈尼施则把这些画拿出去卖，销路还不错，不久后他们搬进了一家新的、可以常住的男性收容所，这里所面向的就不是最穷困的那些人，在这儿他们每周付一笔小钱以换得一个小隔间里的床位以及每天一顿饭。这里地方很大，大约住着五百人左右，有些人在这常住，但是对于大多数人来说，这是一个临时过渡的地方。这里七成住客在三十五岁以下。七成住客是工人和手工业者，换言之这里有车夫、店员、招待、园丁、没有技能的失业者、一些潦倒贵族、失败的艺术家、离婚的破产男人，哈曼如是写道。他们的种族背景也五花八门。希特勒在这种环境里生活了三年。他有自己的小隔间，晚八点到早上九点之间他可以住在这儿。还有一个饭厅和两个阅览室，一个给吸烟者，一个给不吸烟者。这儿还有报纸和一个小图书馆供住客使用。根据哈尼施的说法，坐在那儿的主要是希特勒。他早上会读报纸，上午画画，晚上阅读，不然他就会去参加在那儿永不停歇的各种辩论和讨论，这里辩论风气之盛和城里其他任何地方一样，因为各种政治问题太严重，也太显而易见。卖画业务进行得相对来说还不错，他们赚的钱够付房租和食物，但还不够去购物，比如买衣服。哈尼施写道，有段时间希特勒在室内也穿着外套，因为他的裤子屁股上有洞，也没有衬衫。为了收支相抵，希特勒每天必须画一张画。哈尼施总在唠叨他，希特勒后来如此着恼，以至于半年后，也就是 1910 年 6 月，他去找收容所里另一个人帮他卖画，这人就是比他大十一岁的约瑟夫 · 诺伊曼（Josef Neumann），希特勒此前和他一起出门一周而没和哈尼施报备，显然和他关系不错。根据利耶格伦的说法，他们出门是去博物馆里看艺术品。

诺伊曼是犹太人，所以就算希特勒那时候已经开始反犹，这在他整个的思想观念里并没有占主导地位。而他也很可能当时还没有反犹。但他的政治观点是民族主义的，他反对社会民主党，也反对马克思主义，据哈尼施说，他对劳动阶层没有敬意，他们“除了食物、酒精和妇女以外，对什么都不关心”，换句话说，毫不关注生命的精神价值，而只看那些物质方面。他尽管也不知道自己是什么；他的确在画，这些年来他画了大概七百到八百张画，但是没有什么理由相信他因此感到骄傲，它们纯粹是画来换钱的。1939 年，他禁止这些画在市面上流通，很可能是因为它们流传之广而感到难堪和不快。

但是，如果他不是艺术家，不是建筑师，不是劳工，也不是打零工的，那么他到底是什么？他把这视为一个过渡期，在等待更好的时光到来？如果是这样，好时光里又应该包含什么？

把希特勒和汉姆生《饥饿》里年轻的第二自我区分开的是，后者终于写出了他梦想中的书，并以作家的身份实现了突破，但是在希特勒这里则什么都没发生。为什么？他缺乏才华？他缺乏上进的动力？他是不是对于这要成为画家的愿望来说还不够强大，无法战胜这环境之匮乏所导致的隔绝？他是不是放弃了，就让自己顺着命运的给予而随波逐流？

年轻人发誓要献身艺术也许是发誓要进入艺术家角色；与公务员角色不同，艺术家角色是个人自我的表达，一个人凭借自身力量和天赋成为艺术家，而这一定对他有着极大的吸引。他不需要去为达成什么而工作，做他自己就够了。在资产阶级文化中只有一种角色可以挣脱这资产阶级生活，并高蹈其上，而也被期待着这么做，这就是天才。这一个个人对上大众的众多。它基于一种理解，就是这个个人将会引领那大众的文化，作为某种理想化的，作为一种他们向其趋近对其渴望的东西，然后将这许多人的见解提炼为一个高屋建瓴的整体，这样就有了这世上我们的生活。这是歌德和瓦格纳的使命。十九世纪末，发生在艺术里的事是，天才艺术家这一角色的性质改变了。这个个体不再代表着大众，而是朝着他们走去。

蒙克就是一个例子。他跨越了那社会的边界——不是正面意义上的，而是负面意义上的。他遭到嘲弄和蔑视。为了能做到这一点，不去成为这所有人中之一，要表达出其和那一般人相悖的自我，他要么得对它不屑一顾，这需要巨大的力量，要么就得和它脱离关系。蒙克和其他许多艺术家一样，选择了脱离关系，他生命里大部分时间都生活在自己内心，与自己的家人没有或几乎没有联系，几乎没有朋友。只有这样才让这逾越成为可能，因为蒙克不是雅戈尔[1]，没有他的力量和意志。雅戈尔生活在社会里，他游戏社会，也在这社会里溃败。蒙克转过头，把情绪转向内心，画画。希特勒这些年里的孤独和无羁无绊和这没有什么不同，但是希特勒对资产阶级生活的逾越只是在社会性上，而不是在艺术上。相反，他的美学和资产阶级美学如出一辙，认为艺术应该是好看的，美的，理念化的。

对于许多人来这种艺术见解依然像法律那样不言而喻，它

---

[1] 汉斯·雅戈尔（Hans Jæger，1854—1910），挪威作家、哲学家、无政府主义活动家，蒙克的好友。

最广为人知的倡导者就是G. E·莱辛[1]，他1766年在《拉奥孔》（*Laocoon*）里表达了这个观点，他写了艺术中丑和美的分野。丑的形式“伤害了我们的视线，冲撞了我们的秩序感与和谐感，还会招致反感，不管我们所看到那个对象实际存在形态如何”。莱辛将艺术分为两类：试图照原样再现现实的模仿艺术，和追求美的艺术。“具有模仿功能的绘画能表达丑，而更纯粹的艺术则不会表达这些。首先，它所及范畴超出了所有可见物体，其次它给自己设立的界限就是只带来愉悦的感受。”对莱辛而言，丑的艺术威胁着整个社会的秩序与和谐，他要禁止描绘丑，而只允许描绘悦目之物的艺术存在。“艺术品……是享受，但享受却不是必然的。允许哪一种享受的存在，允许享受到什么程度，都取决于立法者。”

随着十九世纪中叶既描绘美也描绘丑的现实主义到来，莱辛的艺术观逐渐侵蚀进了文化，但也只限于资产阶级对世纪之交绘画艺术的发展的那种反对和愤怒，它不是艺术，因为它既不升华也不令人愉悦，而是艺术家自身病态的表达。

希特勒想走天才之路来超越资产阶级，身上却几近夸张地满溢着同样资产阶级的艺术观。他在《我的奋斗》中就是这么写当代艺术的。

> 在几乎所有艺术领域，尤其是戏剧和文学里，在这世纪之交，所产生的都是价值较低的东西，同时人们忙于拆除旧东

---

[1] 戈特霍尔德·埃弗拉伊姆·莱辛（Gotthold Ephraim Lessing，1729—1791），德国启蒙运动最重要作家和文艺理论家之一。

西里最好的那些，并把它们形容成劣质过时的货色；就好像这可鄙的低劣时代竟能对那过去事物的价值发表什么断语似的。但此种把时代的注意力从过去移开的努力，很明确地显示出这些未来使徒的怒气。从这点人们就能看出它不但秉承一种新的且错误的文化观，更是关于一种旨在彻底毁掉文化根基的进程，是关于引领健康艺术观，并在精神上为政治上的布尔什维克主义打开道路。就像帕台农神庙的饰带体现了帕里克勒斯时代，立体主义那些扭曲画面里体现的是当代的布尔什维克主义。

1907 年和 1908 年，希特勒申请美术学院的时候，绘画正在以形式语言来探索当时还骇人听闻的种种风格，蒙克、基希纳和诺尔德的表现主义，马蒂斯、德兰和弗拉曼克的野兽派，布拉克和毕加索的立体主义，克利、布尔柳克和康定斯基那极端简化并开始抽象的形式，贾伦斯基的原始主义，这里只是从那时候欧洲文化的激进洪流里举出的几个例子，而维也纳正是其中的重镇之一。

它提出的问题是，当下与艺术之间存在什么样的关系，艺术是否只是一种风向标似的行当，某种新潮的劳作，在这儿其他所有人做的事你都能做，而此“所有人”却远非任何人，而是一些绝对的精英，幸福的少数人，文化旗手，所有咖啡馆热议的话题，也就是文化作为一种学舌之人的场所？

希特勒将那些年里出现的发展视为堕落，在希特勒眼里这些最近的，最新的，即将到来的和艺术毫无关系，对他来说，艺术表达的是某种恒定和不朽。他理解不了，这稳定而永恒的艺术与当代和社会之间有着如何拆解不开的联系，这种生与死之间的动力机制，决定了其表达力和意义，而他的不理解，可能和他无法在书写时隐藏自己人格中的低级短小出于同样原因，也就是一种欠发达的形式感，因为对它来说，只有内容和内容激起的感受才是唯一真正有意义的。

但他没有当成画家并非因为他和这普遍时代精神之间缺乏感应。希特勒的画里看不到这些潮流，这并不奇怪，也只显示出因为他来自下层资产阶级而无缘得见文化中心处发生的事情，或者说是自绝于那些事物。他坚持着自己那个阶层的品位，它未必是被鄙夷的，也不一定已被弃若敝屣。他申请的美术学院，也是声名昭著，也秉承持护着同样的新古典主义和现实主义审美，也正是他的绘画立场。他没被录取大概也和他的画缺乏表现力有关，它们基本都是装饰性的，没有自己的东西。另一方面，他申请美院时才十七岁，而画那些小画时也才过了没几年。把他和汉姆生早期小说比较可能是比较到位的，比如《比约格》（*Bjørger*）也同样地不能单独成立，没有灵魂，它描绘了作者眼里的文学，文学作品位于他与世界之间，和希特勒对什么是艺术的想法差不多，认为艺术位于他和他画的东西之间。具有这种观点本身就够有毁灭性的了，但在希特勒和汉姆生的例子里，雪上加霜的是这种观念还是外省的，乡气的。他们的社会出身没什么不同，除了汉姆生来自甚至更低的社会阶层，他父母很穷，没有受过教育，他甚至没上过中学校，这点和希特勒相反。汉姆生的一切都是自学得来，希特勒也是这样，但是当希特勒放弃绘画时，汉姆生还坚持着写作，最终以作家身份取得了突破。希特勒作为画家所缺乏的，汉姆生作为作家所最终获得的，是对形式的熟稔。希特勒作为画家的弱项在于他没有能表达自身内在的手段，或者不愿意跋涉到那里去，也许这正是他放弃的原因，只把绘画作为赚钱的手段。

但是他的自身内在到底是什么呢？

作家恩斯特·荣格尔比希特勒小十岁，来自社会高等阶层，在两次世界大战之间的时期隶属于极端反自由、反民主的右翼，并在纳粹杂志发表了几篇文章，在 1929 年他写道：

> 顺便说一句，我也知道我的基本经验，这些从活生生例子而来的表达，是我这一代人里很典型的体验，一个时代主题的不同变奏或品种，同时也无法被归进任何一种分类的框架中。

如果读来自同一时代的众多传记，模式就会逐渐浮现，一些反复出现的关联和类型，这可能是荣格尔所说的“一个时代主题的不同变奏”，因为社会结构和影响着这结构的态度，形成了可以互相置换的空间，而生活在其中的人也有相同的经历，也就由此形成了他们的典型经验。希特勒并不是哈布斯堡王朝里唯一有专制父亲和慈爱母亲、手足全夭折、带着艺术家梦想来到大都会的人。不，这个时代到处都是这样的人。阿尔弗雷德·库宾[1]就是这样一个例子，他于 1877 年出生，比希特勒早十二年，他在奥地利的一个小镇滨湖采尔（Zell am See）长大。他有一个他憎恨的专制父亲，一个亡故的慈母，他年轻时为了成为艺术家而去了大城市。

希特勒和库宾身世的相似之处如此之多，这使人想到背景

[1] Alfred Kubin（1877—1995），奥地利版画家、插画家，象征主义和表现主义代表。

和经历的相似性是否也造就了灵魂的相似，也就是说，有着某些特定的瑕疵、缺陷、欲望、动力和偏好，希望和恐惧，他们宣称着的东西，和理解事物的方式完全一致，其实是某个共同主题的不同变奏，就像荣格尔所说的，它们源自一个时代、一个地方和一个阶级。并不是说他们要在气质、才智或者品格上相似，而是那些在他们身体内涌动过的情绪，他们按捺住的或释放的东西，他们憎恶的和将他们吸引的东西，是不是这些东西是相似的，甚至在某些特定情况下实际上相同。在这个例子里这个想法让人很想去玩味，因为库宾青年时代的画里充满了对女性的焦虑和死亡，和画面上描绘的人类保持着遥远的距离，这些身体被视为生物性身体，这也引起了一些可厌或让人避之不及的感觉，好像他直接表达出了希特勒移置了并竭尽全力避开的东西。

希特勒想升华这世界，库宾则描绘世界本来的样子，也就是说，按他所体验到的样子，降至地狱，就像一张素描里一个强壮的女人赤裸裸地站在地板上，双手举起，她从手里洒下了些什么，她肚子很大，带着些扭曲怪诞的气氛，她可能怀孕了，周围都是砍下的头，都是男人头，其中一些大张着嘴。这是大地母亲。

另一张素描表现的是一个巨大的女阴，一个小男人从一个对他来说崇峻如山的膝盖上摔下来。还有一些以地狱为题的素描，大批的人朝着它走去，视角被拉得如此遥远以至于分辨不出任何一个个体，还有关于死亡的素描，一架巨大的骷髅弯腰覆在一座房屋上，从一个口袋里往里面撒着些什么。有张名为“流行病”的素描。有张画是一个猴子抱着一个女人，另一只手抚摸着她的阴部，有一张画是长着鸟头的男人，有张画是一大堆戴头盔的士兵聚集在一座高耸入云的公牛雕塑下，有的画着大堆被斩开的动物肢体，被砍下钉住的头颅，有的画着一台在地面上滚动着的机器，有的画着自杀者和吐着白沫的狗，有的画着一个男人的头埋在一个女人的子宫里，还有一张画着一个除了怀着胎儿的肚子其余全是骷髅的女人，那肚子隆起像个鸡蛋。这些是世纪末的画面，但它们也充满了身体恐怖感，荒凉和众生氛围，把它们和其他国家的世纪末绘画彻底区分开来；在英国和美国都不可想象会出现库宾这样的画家，比如说，尽管他有些画接近法国画家奥迪隆·雷东[1]，但气氛依然有根本的区别，而和他相似的画家只能在同时代德语区找到，例外就是戈雅最黑暗、最末世景象的那些素描，肯定也曾是库宾的灵感来源。

库宾也在那个年代的文学里留下了印迹，以他唯一的小说《另一面》（*Den andre siden*）为例，它于1908年出版。它写的是某种梦之王国，六万五千人住在一个叫珍珠的城市里，它位于很远的东方，在乌兹别克斯坦，被一道墙和世界隔开，由一个上帝般的名叫帕特拉（Patera）的人物统治。居民们来自世界各地，许多来自疗养院和疗养胜地，非常敏感多思的人们，脑子里充满了刻板观念，虔信，沉迷于阅读或赌博，神经衰弱，歇斯底里；他们在现实里无家可归，才逃到这幻想世界里，这座城市是这个幻想世界在物理上和具象上的表达。但是帕特拉的存在，他以铁腕统治着他们，使这梦之国更像是一个黑暗的地下王国，一个没有希望的死之国度，而不是害怕现实世界的

[1] Odilon Redon（1840—1916），法国画家。

人们的自由国度。

库宾在父亲去世后写了这本书，父亲就存在于这名字里，帕特拉类似爸爸，类似德语里的父亲，也是父亲——这个人物既无所不在，又很难见到，并与之对抗，这当然也是父权制的意象。卡夫卡推崇库宾并被他所影响，并不让人吃惊。他的世界里这梦一般的特质，这无法对付的官僚主义程序，还有他们所有这些拖延，如此模糊又难以琢磨，还有这父亲般的权威形象，也都是卡夫卡的重要主题。

卡夫卡比库宾小六岁，比希特勒大六岁，但布拉格属于同一个帝国，讲德语的卡夫卡与其他两人一样都和这个帝国有关。他在日记中多次提到库宾。比如，1911 年 9 月 6 日，他写了库宾和汉姆生的会面。

> 画家库宾推荐的泻药是倍他尼定，一种藻类粉末，会在肠道中膨胀，让肠子颤抖，也就是以其机械性的功效区别于其他泻药那种不健康的化学效用原理，它们只是撕开结块的大便，让它们挂在肠壁上——他在朗根家里遇到了汉姆生。汉姆生无缘无故就诡魅一笑。谈话一边还在进行，他一边把一只脚架在膝盖上，从桌上拿起一把很大的剪刀，掉了裤子边磨损的线头。他穿着邋遢，却有一两处细节显得阔绰，比如领带。关于慕尼黑一个艺术家公寓的故事，那里住着画家和兽医（附近有兽医学校），那儿实在闹得太疯狂了，以至于公寓那边的房子把视野最好的那些窗子租了出去。为了让观众们满意，公寓里不时会有一位住客跳到窗台上，像猴子一样坐在那里，大口灌酒——一位造假古董的人为了让他的物件儿看起来沧桑，用猎枪向它

们射击："让我们在这上面再喝三次咖啡，然后我们就可以把它送进因斯布鲁克的博物馆了。"库宾本人非常强壮，但面部表情略嫌单调，不管他说的是什么，他都以同样的方式绷紧肌肉。他坐着或站着的时候看起来一样老迈，高大，强壮，只穿西装或穿大衣。

卡夫卡读过库宾也读过汉姆生，这两个人大概在1896年在慕尼黑的汉姆生的出版商朗根那儿见面。库宾遇到了荣格尔，并与他通了十年的信，而汉姆生于1943年见到了希特勒，并于1945年5月为他写了臭名昭著的讣告。这些人里汉姆生来自最低的社会阶层，来自欧洲边远地区，属于上一代人，而其他所有人都属于同一代人，同一个语言区，这里面又以希特勒的出身最低，在其上是库宾，其上是卡夫卡，然后荣格尔，他父亲是工厂老板，来自社会顶层。说到这一代人最刻骨铭心的经历，就是第一次世界大战了，希特勒和荣格尔都是德军前线士兵，前者是下士和传令兵，后者是突击部队的中尉，而卡夫卡和库宾则免于服役。纳粹进入议会后，希特勒为荣格尔提供了一个席位，但他拒绝了。希特勒，荣格尔，库宾和汉姆生都是右翼激进分子，在不同程度上都影响了他们的写作，而卡夫卡则与政治保持着相当距离，与意识形态保持着相当距离，这在他的日记的语调里表现得很明显——这些和库宾一样都消解于日常和琐碎事情之中，比如对泻药的提及，句子中被具体化，"它们只是撕开结块的大便，让它们挂在肠壁上"，这种东西希特勒，荣格尔，库宾或者汉姆生都写不出来。这不安中的安定，这对自身生活的贴近，是什么就写什么，从中就涌流出了一切，甚至那些最奇妙的事件过程，这让他的文字的效力远远超出了他的时代，比荣格尔和库宾更好，但也许不比他本人也敬佩的汉姆生更好。在性格和性情方面，希特勒和汉姆生并没有什么不同，尤其是其喜好宏大事物和全靠自学这两点很像，但汉姆生靠苦干从完全不可能的恶劣环境里中脱颖而出，在更大程度上赢得了社会上的成功，并且具有无可比拟的艺术才能。他和希特勒见面时，是后者倒台前几年，他把希特勒理所当然地视为和他平等的人，对他就像对任何一个他尊敬但毫不惧怕的人，这对希特勒是一种侮辱，只有戈林才能顶撞他，而他对戈林事后还总要叱骂，但总是会给予原谅，当汉姆生离开后希特勒大为光火。汉姆生属于希特勒父亲那辈人，一样地固执和专横，也难怪希特勒要生气。卡夫卡、希特勒和库宾都和其父亲的权威之间存在着问题，他们都孤独，多多少少都发展处了感情方面的焦虑，而且他们在和女性相处上都有自身问题。他们虽然各有特性，却属于同一种文化类型。心理状态也是属于特定纪元的，而且性情也会随着年头的变化而产生风格和方向上的转变。

希特勒在维也纳的男性收容所里住了三年。他在那里待了这么长时间并不意味着他在那儿过得顺心。二十四岁那年得到父亲遗产最后一部分的那一刻，他立即进城，买了新衣服，收拾属于他的很少几件东西，坐上去慕尼黑的火车。他这事做得如此坚决，表明他盘算着这天到来已经很久了，他一有钱就会立即离开这座他最后会全心全意地憎恨的城市，就好像是这里带来了他的不幸。和他一起上火车的，是收容所里的一位相识，鲁道夫·豪斯，希特勒希望带他一起去他所爱的那个国家里过一种更进步的新生活，又同时免于即将到来的奥地利军队的征召令，他十九岁，与希特勒一样都对艺术感兴趣，某种小库别兹克，他可以教导他，影响他，同时也是某种父母，或者说，母亲，对他倾注了同情。他们在慕尼黑合租了个房间，房东家叫波普，希特勒把自己的职业登记为“建筑画家”。

在那里他的生活轨迹和在维也纳时一样。父亲的钱花完后，他再次开始绘画，在啤酒馆里徘徊，傍晚在那儿卖画。几个月后豪斯搬了出去，希特勒又重新独自生活。在寄宿家庭邀请他共进晚餐时，他总是婉拒。根据托兰所写，波普太太认为他是个“迷人的奥地利人”，但也有些神秘，“你永远不知道他在想什么”。她也不记得他在房间里接待过任何客人。他白天绘画，晚上读书。波普太太曾经问过他这些书和他的绘画有什么关系吗，他回答说：“亲爱的波普太太，有谁能知道一生里哪些东西能派上用场，哪些不能呢？”

他在慕尼黑这样生活了一年，然后第一次世界大战开始了。希特勒在战争爆发的第一天就报名入伍，并被送往法国前线的战壕里，在那里度过了四年。

它改变了一切。

希特勒最著名的照片之一来自1914年夏天的那些日子。他站在慕尼黑音乐厅广场（Odeonsplatz）的庞大人群中微笑着，8月2日战争爆发后聚集起来的几千人中的一个，在他在二十年代成为德国总理后，这张照片被认可并放大了，他在这里完全是匿名的。一个举起帽子的年轻人，穿着白衬衫和黑西装，头发侧分，高高的颧骨，一撮浓密漆黑的小胡子，明显很愉悦的双眼。这张照片会说话，因为他只不过是人群中的一员，成千上万张面孔之一，成千上万条生命之一，充满了1914年夏天席卷了欧洲的城市和乡村那种集体热情。对于他来说，他自己就是一切，当然，满载着他自己的生活和命运，一个二十五岁、没有家人、没有朋友的半吊子艺术家生活在慕尼黑，没有方向，但内心的光芒现在点亮了，因为从青年时代早期就占据他身心的政治大戏现在近在身边，因为宣战，这出人意料地给了他和他这一代人一个去实现他们从童年时代就装满了脑袋的理想和梦想的机会，而这个机会，一直是这围绕着安定和安全，交易和风度的资产阶级社会迄今为止一直拒绝给予他们的。

1914年的欧洲夏天异常美丽，大陆的高压已经持续数月。在蔚蓝的天空和灿烂的阳光下，是绿色而阴凉的森林，斯蒂芬·茨威格写道，当弗朗兹·费迪南德大公被暗杀的消息传开时，他在维也纳郊外的巴登小镇上。他笔下是一派无忧而轻松的印象。这场即将来临的战争将意味着什么，还没有人知道，而就算他们知道，猜到它将以如此猛烈的毁灭之力挥舞开去，消灭几乎整整一代欧洲男人，而未来所栖息的黑暗也无法将其维持住，最多在这笼罩在万物上这迟缓的百年平静与和平中的一瞥；沿河丛丛乔木，田野绿浪滚滚。那些小乡村教堂凉爽的砖墙，它的钟声就像一种声音的斗篷笼罩在那些老房子上，就像马塞尔·普鲁斯特在一年前出版的一本书里描写的法国乡下。牛羊在吃草，马拉着车，烟柱从蒸汽机车升起向着天空。温暖土壤和热烘烘草丛的气味，在酒店露台上的遮阳伞下或者路边阔叶树荫下冰冷白葡萄酒的干酸味或冷啤酒的甜苦味。道上飞扬的尘土，在桥下滑过又没入水中的暗黑涌流，突然瞥见的成堆的鱼。这个夏天和过去所有夏季联结在一起的方式，这社会景观，建筑和交际中的人们所重复地散发出的饱满和分量，这使要想象和这当下彻底不同的事物如此困难，甚至不可能，就算那事情在仅仅几周后就会发生。

斯蒂芬·茨威格从巴登出发前往勒柯克（Le Coq），这是比利时北部沿岸的一个小型海滨浴场。他写道，那里的人们同样一点不悲伤，他们躺在沙滩上，晒太阳和游泳，孩子们放着风筝，年轻人晚上在堤上跳舞。他继续前行，去拜访一位朋友，画家费尔哈伦（Verhaeren），局势更紧张了，战争威胁在蔓延。

> 就像一阵焦虑的冷风吹过海滩，把其清扫一空。成千的人离开了酒店，火车呼啸而过，即使最乐观的人现在也开始匆忙收拾行李。

奥地利宣布对塞尔维亚开战，茨威格坐上了最后一班开往德国境内的火车。在边境的另一边，火车在暮色中停下，一列又一列货车经过了这些惊慌的乘客们，篷布下加农炮在闪着光。茨威格继续写道：

> 第二天早上的奥地利！每个车站都竖起了全民动员的海报。火车上挤满了刚报到的新兵，旗帜飘扬，音乐刺耳，当我到达维也纳时，这座城市已经是个独一无二的大漩涡。这场战争的第一可怖之处在于没有人想要它，人民不想要它，政府也不想要它，这是外交官玩弄的把戏，虚张声势，现在突然变调

了，从这些笨拙的手上滑了下来，砸进一团突如其来的兴奋里。大家在街上游行，忽然到处都是旗帜，飘扬的横幅和音乐，年轻的新兵们以凯旋的姿态踏着方步出发，面孔熠熠放光，因为众人的欢呼，这些普通的老百姓，平时从不被注意到，现在成为喝彩庆祝的对象。

可以这么说，我必须招认在这最初的众志激扬状态中，有着某种宏大而几乎不可抗拒的诱惑，很难去抗拒它。不管我对战争是多么痛恨厌恶，我也不愿遗失这关于战争最初日子的记忆。这几千、几十万人感受到了他们宁可在和平时期体会的东西：他们属于彼此。

茨威格一生都是积极的反战人士，可是却不愿意抹去 1914 年 8 月初的这些众志成城时刻的记忆，这说明了战争是挟着何种力道而来。宣战时不只有阿道夫 · 希特勒举起了帽子，眼睛闪亮。整个欧洲都裹在巨大的激扬情绪中，这场战争简直就是人人期待着，赞叹着的东西。思想史学家斯万特 · 努丁（Svante Nordin）在《哲学家之战》（*Philosophers' War*）一书中梳理了知识分子与战争以及战争爆发之间的关系，他写道，西格蒙德 · 弗洛伊德于 7 月 26 日在维也纳这样记录：

……三十年来我第一次感觉自己是个奥地利人，并希望给这个不太有前途的王国一次新的机会。到处都是极昂扬的斗志。

那儿的英国大使馆对这一天这样报道：

这个国家因要对塞尔维亚开战而欢喜雀跃，而任何推迟或受阻无疑将导致巨大的失望。

诗人莱纳·玛丽亚·里尔克，比希特勒大十岁，也出生于奥匈帝国，为开战而欢呼。

第一次我看到你站起来了

你这著名的永远冷漠的不可思议的战争之神。

托马斯·曼，比希特勒大十四岁，其他时候或许能保持平衡冷静的一位作家，在半年后那几天写下了这样的话：

我们感到的是一种净化和解放，还有一个巨大的希望……它让诗人的心着了火……艺术家，艺术家中的战士们如何能不赞美上帝，为了这让他厌烦已久，厌烦透顶的和平世界之解体！

卡夫卡也让自己被撕裂了。虽然战争爆发的那天他表现得还是很清醒克制："德国对俄罗斯宣战。下午游泳。"——但四天后，他在日记中写道："我在我身上看到的，只有小气、犹豫不决，和对要打仗的那些人的嫉妒和仇恨，我热切地祝他们交上厄运。"最终，七个月后写给菲利斯的信："以及，我在战争中遭受的最大苦难就是不能上阵。"

当然并不是所有人都欢迎战争。卡夫卡的朋友马克斯·布罗德比希特勒大五岁，他苦恼于这种对政治无所谓的态度，正是这种无谓让他们对战争爆发感到惊讶，他在反思战争爆发时写道：

> 对我们来说战争纯粹是一种疯狂的念头，和永动机或青春之泉一类的东西差不多荒谬……我们是被宠坏的一代，被这近五十年来的和平宠坏了，这让我们看不到人类上最严重的祸害。没有哪个自重的人会把自己搅和到政治里去。我们觉得讨论瓦格纳音乐，犹太教和基督教的起源，印象派画家的绘画要有趣得多。而现在就在一夜之间，和平突然破裂了。简单来说我们一直就是傻子……甚至不是和平主义者，因为和平主义至少预设了一种观念，就是战争存在且有必要反对它。

这种政治上的冷漠是普遍的，尤其是在学术界里，比如说马丁·海德格尔这样的人物，他与希特勒和维特根斯坦同年出生，也就是说战争爆发时他才二十五岁，不愿意战争对他一心沉潜其中的对中世纪唯名论之争的研究有任何影响。

他的一位同学路德维希·马尔库塞[1]描述了1914年7月弗莱堡大学的气氛，被萨弗兰斯基在他的海德格尔传记里引用：

> 7月底我在歌德大街遇到了我最可敬的研讨会伙伴之一赫尔姆特·法肯费尔德。他绝望地说："您听到发生什么事了吗？"我充满蔑视和敬畏地说："我知道，萨拉热窝。"他说："不，里克特的研讨会明天取消。"我惊恐地问："他病了吗？"他回答说："不，是因为战争的威胁。"我说："研讨会和战争有什么关系？"他耸了耸肩。

[1] Ludwig Marcuse（1894—1971），德国哲学家。

法肯费尔德几周后被送上了前线，萨弗兰斯基写道，他从那里给马尔库塞发了一封信：

> 我在这里还是不错的，即使我参加了10月30日那场战役，从那二十四发打出的隆隆炮声几乎把我震聋。尽管如此……我还是认为，康德的第三种二律背反情况比整个世界大战更重要，而且战争其实也事关哲学，因为它是理性的感性。我基本就不相信这个肉身世界里的事件会以任何方式触及我们先验的组成部分－我不相信一颗法国手榴弹会危害到我的经验肢体，先验哲学永存。

但是这种对政治的漠然与马克斯·布罗德所提到并进行审视的那种态度不同。布罗德与当代文化生活还有着紧密的联系，他以前只是没有考虑到政治这个元素，并没有因此就转身背对着世界。这些学生们的漠然完全是意识形态上的，他们认为哲学和社会生活是直接矛盾的，在哲学里那本真得以展现，在社会的虚饰背后，在历史之外。根据格奥尔格·L·莫斯（George L. Mosse）在《德国意识形态的危机》（*The Crisis of German Ideology*）一书所说，这些学术圈子产生出一些“把从永恒角度（Sub specie aeternitatis）来考量世界视为理想”的知识分子，也就说，一切要从永恒的角度来看，这是叔本华的人生座右铭。莫斯写道，“他们几乎从不关心任何世俗的日常事件。”这种意识形态上的基本态度，也就是社会、政治和社会的都是表面现象，在这些实际事务的立面后有着，至少是有可能有，其他一些更本质的东西，这种观念在战前德国文化中很流行，这还不仅仅是对真实和整体性的渴求。它在表现主义者们狂野的画作里得到了表达，通过这强烈主观性和强大的原始意志，将抵达被文化和文明的上光油盖住的生命本体，在这里动力统率一切。但是，它也在另一种几乎相反的方向表达出来，在这里，对工业化和现代性所导致的这些强烈社会动荡和不稳定，所寻求的答案被总结在一些宽泛的、非历史的关于民族和关于扎根的观念里。这种异化也意味着一种意义的丧失，而再怎样的物质也无法将其消除：如果说那个时代还剩下了什么，那就是对务实主义感到的不适，以及瓦格纳在一篇文章里说到的“没有灵魂的物质主义”。现代性广为人知的特点就是理性，因此他们所寻求的不是理性的，不是打上了理智烙印的，不是有目的的，而是超越了这一切的，并在那些永恒和非务实的事物里找到了意义。人民就是这样一种事物，它把本地的，自然和文化和精神性都整合在其名义下，其不变的核心反对的是工业主义和现代性的不断变化，在这它从历史、神话和宗教中调动出的深度面前，当代娱乐产业和商业相形之下就那么廉价，表面、平庸。

茨威格所描绘的他青年时代所充满的对艺术的热切追求，也是希特勒青少年时代的特点，它没有约束力，但是也意味着些什么。瓦格纳，荷尔德林，里尔克，霍夫曼斯塔尔[1]，格奥尔格[2]，都是德国青年人所热爱的诗人，歌咏着这伟大的，神圣

[1] 胡戈·劳伦斯·奥古斯特·霍夫曼·冯·霍夫曼斯塔尔（Hugo Laurenz August Hofmann von Hofmannsthal，1874—1929），奥地利诗人，剧作家。

[2] 施特凡·安东·格奥尔格（Stefan Anton George, 1868—1933）德国诗人、翻译家。

的，本真的，他们也歌颂死亡，它隐藏在一切之下。“Stirb und Werde”，死亡和成为——只有拥有你能为之去死的东西，活着才有意义。人民，大地，战争，英雄，死亡。这本地的，这本真的，这伟大的，这永恒的。这些就是“一战”爆发前在德国文化里涌动着的概念，为数不少的人看到战争的来临，把它视为一种净化，某种被渴望的美好之物。

这么多人所表达出来的振奋中，令人瞩目的是它并非关于政治问题，而是存在范畴里的问题。托马斯·曼为之欣喜的，是这充满沉郁之气的和平世界，终于崩溃了。弗洛伊德又重新相信奥地利是一个国家了。里尔克把战争形容成神。卡夫卡妒忌那些能去打仗的士兵。西梅尔[1]视战争为德国的大好机会，并宣称他对祖国无条件的爱。但是曼、弗洛伊德、里尔克、卡夫卡和西梅尔都没上战场，他们的欢欣是那种无责任的观众的。另一方面，战争爆发时才十九岁的恩斯特·荣格尔像希特勒一样自愿参加。整个战争过程中他都记日记，并在1920年出版了也许是迄今为止写得最好的“一战”题材书籍《钢铁风暴》（*In Stahlgewittern*）。他是这么描写1914年夏天他们这一代人的心情：

> 我们离开了礼堂，书桌和工作台，在我们进行军事训练那很少几周里，我们合并成了一个斗志昂扬的庞大躯体。因为我们在一个处处安全的时代里长大，我们所有人都感到被不寻常，被那巨大的危险所吸引。然后战争来了，像一种迷醉之物那样

[1] Georg Simmel（1858—1918），德国社会学家。

抓住了我们。我们被拉进了那鲜花雨中，那玫瑰和血让人心醉的气氛中。战争必能满足我们对那伟大，那力量和那盛典时刻的渴求。对我们来说，它带来了对男人行动力的号令，浸透了鲜血的草地上无畏地射击。“这世上没比这更美的死法了……”哦，只要别让我们坐在家里，只要带上我们一起！

战争那通向伟大和盛典的机会，这是这事的核心。浸透了鲜血的草地上无畏地射击，这是愿景。这种心态是哪来的，托马斯·纳文（Thomas Nevin）在他写的恩斯特·荣格尔传记《走入深渊》（*Into the Abyss*）里揭示了出来，当时他翻阅了1914年春季汉诺威地区高中考试里的小论文，学生们可以在以下说法里选择一个来讨论：“皇帝的话，‘我是德意志帝国的公民'，自豪和责任之语”；“战争和从天而降的灾难一样可怕，但这是好的，这其中有种宿命感”；“腓特烈大帝所言‘生活意味着成为一名战士’在多大程度上是真的？”；“弓只有在绷紧时才显示其力量”；“我在《尼伯龙根指环》里最喜欢的英雄”；“如果一个国家对其荣誉没有孤注一掷，它就一文不值。”

纳文写道，荣格尔对战争的概念主要源于他对荷马史诗的阅读，他学校的校长，约瑟夫·里赫曼博士在给即将离开的学生们的致辞里也提到了这点，他说：“除了基督教的光芒之外，没有什么能像荷马的太阳这样以其最强大、最清澈的光芒穿透到你未来的人生里。”

欧洲自1871年以来就一直处于和平中，那一场法国和德国之间的战争终止时，还没有机枪这种东西，运输都是用马、马车或帆船，死亡人数约十五万人。大多数人估计这一场新的战争也将以同样的方式进行，并在几个月内结束。

1914 年夏末最初的那些日子里，希特勒也在担心没轮到他上阵战争就结束了。他在《我的奋斗》中写道：

> 现在我进入了人生中最伟大的时光，我永远都不会忘记它，而所有德国人也是如此。在这恢宏的战役里所发生的一切面对，过去发生的所有事情，什么都不是了。怀着自豪的悲伤，我总会想起一开头的那些日子。那些大事发生以来迄今已有十年，那时我们的人民走进了这英勇的战争里，而仁慈的命运使我得以入伍。
>
> 一切就像发生在昨天，一帧又一帧画面在我脑海内眼前浮现。我和亲爱的朋友们穿着制服，第一次出列，操练，等等，直到最后一天我们出发离开。
>
> 像许多其他人一样，那些日子里我唯一害怕是轮不到我上前线。这让我不安。因此，在每一次为新的英勇战绩欢呼时都会有一小滴苦涩，每一次新的胜利都会增加我们迟到的危险。

德国对俄罗斯宣战两周后，希特勒加入了慕尼黑巴伐利亚预备步兵团第十六团，并在那里接受了为期七周的强化军训。在被送往奥格斯堡继续训练之前，他去了房东家，请求他们如果他在战场上倒下，就给他姐姐安格拉送个信。如果她不想继承他那很少几件东西，波普家可以留着它们。他拥抱了两个孩子，他离开时波普太太哭了，利耶格伦如是说。这个团在倾盆大雨中向西走了十一个小时，希特勒在给波普太太的一封信里写道他被安置在一个马厩里，浑身湿透，完全没法睡着。第二天他们行军十三个小时，在露天野地里过夜，冷到他那天晚上也没有睡着。当他们次日到达后，他们“濒临崩溃边缘”，托兰写道。在莱希费尔德营地（Lechfeld）那儿他们又训练了两周，直到10月20日，那一晚他们登上将把他们带到法兰德斯的前线的火车。“我幸福得要命，”那天希特勒给波普太太写信，“我们一到达目的地，我就会写信给你，并给你我的地址。我希望我们会去英国。”

《我的奋斗》里一点没提这事，没提任何名字，没出现任何面孔，没描述任何细节。这里只有希特勒和他所进入的战争。

> 我们可以离开慕尼黑去履行我们责任的那一天终于来了。我第一次看到了莱茵河。沿着它安静的河道我们向西而行，为了保护这条最德国的河流免受我们贪婪的老对头的攻击。当第一缕阳光穿过这晨光的薄纱照耀在尼德瓦尔德纪念碑上时，沿着那长长的队列然后在那背衬着天空的“守卫莱茵”雕像上迸发时。我的心好像在我的胸口炸开了。
>
> 然后在法兰德斯度过了一个寒冷的夜晚，我们在沉默中行军。当雾气消散，白昼来临，一声铁血的问候朝着我们的脑袋呼啸而来，炮弹尖锐地打进队列里的声音，鞭打着湿润的土壤，但是在硝烟尚未消失之前，两百条喉咙里发出的声音是冲着这死亡使者的第一次呼喝。但是然后就是撕裂和炸响，高歌和号叫，我们目光燃烧着，冲向前方，越来越快地跑过着甜菜地和篱笆，直到正在打仗的地方，人对着人。但是远处有一首歌的音调传来我们身边，越来越近，从一个连传到另一个连，

当死神也在我们的队伍里收割着人头时，我们会唱这首歌了，现在我们把它传递下去：德意志，德意志胜过所有人，胜过世界上所有人！

四天过去了，我们也转回来了。就连步履也和之前不同。现在十七岁的男孩看起来像成年男子。

步兵团的志愿役士兵们可能还没学会打仗，但是他们可以死得像个老兵。

就这样开始了。

希特勒所在的预备步兵团，当他们于10月23日到达里尔时共有3600人。在伊珀尔战役（Ypres）的前四天后，回来的有611人。这意味着每六个人里死了五个。他们前进时死亡的风险远远大于生存的机会，这样的伤亡数字对幸存的士兵有什么影响，当一个又一个占有在他们身边倒下，当每一分钟可能是最后一刻，只有自己参加过战斗的人才知道。伊珀尔战役是战争第一阶段里规模最大的战役之一；英国人试图在10月和11月突破那里的防线，他们损失了58,000人。在给慕尼黑的一个熟人赫普（Hepp）的信里，希特勒更详细地描述了这第一批战役：

现在第一批手榴弹呼啸着飞向我们，并在森林尽头爆炸，那里的树木像稻草那样断裂了。我们好奇地看着。我们对这危险没有任何概念。我们谁都不怕。每个人都在不耐烦地等着命令“前进！”……我们匍匐着爬向森林尽头。在我们头顶是呼啸和嘶鸣，我们被树木和灌木的碎片包围着。然后，手榴弹在

> 森林边缘爆炸的声音，把石头、泥土和沙子的团雾掷向空中，连根撕下最大的树木，用黄绿色难闻的烟雾窒息一切。我们不能永远躺在这里，如果我们要参加战斗，最好在外面被杀……我们前进了四次又被迫退回来；我这支小队除了我只有一个人幸存下来，最后他也倒下了。一发子弹撕开了我夹克右边的袖子，但是一个奇迹让我安然无恙。两点钟时我们终于第五次前进，这次我们终于抵达了森林和农场的边缘。

步兵团团长被杀，他的副指挥官受了重伤。新指挥官恩格哈特上校与希特勒和一名士兵一起，站到了最前线以观全局，他们被发现了，机枪向他们开火，希特勒和另一个士兵把恩格哈特推进一个洼地。他们将因此获得铁十字勋章，但第二天恩格哈特受了重伤，一枚英国人的手榴弹击中了前线后侧的军官帐篷，杀死了三人，又炸伤了三人。就在不久前，希特勒和其他三名士兵还在那儿，但他们要腾地方给后面来的军官，因此又安然无恙。“那是我一生中最可怕的时刻，”希特勒写信给赫普，“我们都崇拜恩格哈特上校。”

新的副指挥官芬里克·维德曼（Fenrik Wiedemann）为希特勒提名一等铁十字勋章。他没得到，而是在12月2日获得了一枚二等铁十字勋章，他写信给波普先生，这一次是关于这是他一生中最幸福的一天。“不幸的是，我的也应享此荣誉的战友们，他们几乎全部都死了。”他请波普先生保留报道了这场战役的报纸。他被任命为下士，并开始担任传令兵，在持续四年的战争里他都在这个岗位上。他的任务是将前线后方指挥部的信息传递给一线的战士们。这是一种危险的职务，这不但因为他们要在开阔地段行进，骑自行车或步行，完全不像战壕里的士兵那样有所遮蔽，也因为他们是敌人的重要目标。危险当然远远不及风暴突击队，他们要冲过那些无人地带对敌人当头痛击，但还是相当危险；11 月 15 日，该团的八个传令兵里就有三个被杀，一人受伤，克肖写道。条件允许的情况下，一个命令总是由两个传令兵送出，由此最大限度地保证消息能够送达。而且，死亡不仅发生在战壕里或风暴突击中，手榴弹炸得到处都是，在士兵们撤退休息的营地里，在离前线几公里处的村庄里，甚至在几个临时指挥部，最高级军官们所在的地方。

在所有关于壕沟战的描述中，恩斯特·荣格尔的《钢铁风暴》是最详细，因此也是最可怕的，可以和英国人罗伯特·格雷夫斯的《向一切道别》（*Good-Bye to All That*）比肩，从战斗另一方来看这个事件。荣格尔从个人高度描述了所有的事件，从他到达前线到四年后离开前线，混乱的感觉从未离开过这个叙事，这是一个没有任何特权位置的世界，一个无法一览概况的世界，死神从来没有停止过收割人命。

当他于 1914 年 12 月到达法兰德斯时，他什么都不知道——他的目光变成了我们的。他的小队被安置在前线奥兰维尔（Orainville）后面一个村庄的行军区，一个公园内围在一个庄园周边的五十所可怜的小房子。他眼睛睁得大大地看着那里的生活，衣衫褴褛、脸上被风霜侵蚀的士兵让他心软，那闪着火光的战地厨房里有人做豌豆汤，运食物的人拎着他们的哐当作响的桶在等着。他被安置在一个谷仓里就寝，第二天他们在一间校舍里吃早餐，突然附近响起几声低沉的轰隆。有经验的士兵往外冲，新来者懵懂地跟着他们跑。他们头顶响起呼啸和扑拉拉的声音，他身边的人扑通倒下。“所有这些几乎都透着点滑稽，”荣格尔写道，“差不多就像当你看到人们在做他们还不太了解的事时那样”。此后不久，他看到黑黢黢的人群出现在眼前，在这无人的街道上，用一条条帆布拖着沉重的一堆东西。“带着奇异而压抑的不真实感，我凝视着一个浑身洒满鲜血的人。一条腿以一种奇怪的姿势扭曲着从躯体上吊下来。他没下来，发出一声嘶吼：‘救命！‘好像死亡已经陷在他喉咙里了。”

这发生在离前线很远的地方，在一个用来休整放松的地方，荣格尔就是在这里第一次看到了战争。

它如此神秘，如此非个人化。至少你会想到敌人，那个神秘和阴险的家伙在那边的什么地方。这事件完全超出了我们的经验世界，它给人留下了那么强烈的印象，以至于很难把它放在更大背景下去看。就像在大日头下见鬼一样。

一枚手榴弹被扔到城堡门口，在入口处爆起一团石头和碎片的硝烟，就在被第一轮炸弹吓坏了的居民们冲出去的时候。它要了十三名受害者的命，其中就有指挥家格布哈特（Gebhard），这是我在汉诺威长廊音乐会上熟知的杰出人物。

这条街被大片血泊染成了红色；被穿了孔的头盔和皮带散落一地，大门口那沉重的铁门被撕成了碎片，还被手榴弹碎片穿了孔；人行道上被喷上了血。我的目光被这些景象吸引着，就像它们是磁石一般。同时，我也发生了深刻的变化。

他们走进战壕，战斗间隙里的生活寒冷，潮湿，泥泞，睡不好觉，周而复始，艰苦，烦闷。在仅一箭之遥的一条河里有几具在那儿泡了几个月的士兵尸体，属于法国殖民地军团的，没人能拿回，他们的皮肤被水冲刷得像羊皮纸。挖战壕的兵像大多数人一样累得要死，不习惯重体力劳动，他们挖得越来越深，在浸透鲜血的草地上无所顾忌地开战从来就不是很遥远的事。四个月后他们参加了在莱赛帕尔热（Les Eparges）的第一次重大战斗。一枚炮弹在他们前方落下，当他们到了那儿时，带血的布片和碎肉挂在炮弹落地处周围的灌木上——“这奇怪的沮丧景象让我想起红背伯劳，它习惯把猎物叉在荆棘丛上。”

在随后的战斗中，荣格尔第一次受伤。火力增强了，火焰一直在他们周围燃烧，空气里充满爆炸开来尘土，和震耳欲聋的炮声。荣格尔描写道他感到的惶恐，觉得自己像在另一个星球上，他辨别不出不同的枪击声和手榴弹声，一切都是混乱的，身边都是伤员，哀号和尖叫，一不小心就会觉得置身炼狱，完全脱离了他所知的那个世界，直到他突然描述了持续不断的，甚至可能是被轰炸激起的鸟儿婉转鸣唱，这让我们知道战役发生在非常普通的一天里一个非常普通的村庄外一片非常普通的森林里。

这对外部现实的匆匆一瞥，外部现实还像以往那样继续着，依着它自身的律法和习惯，很明显这是一幕场景，终究会燃烧起来的森林，叽啾鸟鸣，天空的太阳，田野上的草是自然，而在这自然中展开的史无前例的毁灭行为是文明，不管它在士兵们身上开的口子是多么原始狂暴，不管它打向一切的金属的枪林弹雨是多么盲目。

他们把彼此传召到了这里，在一条假设防线两侧各据一边，这一道看不见的粉笔线，把现实转化成了戏剧，在这里一切习惯都被解除，生活被移到最极限的边缘，而这边界一直在被逾越，以神一般的方式，因为在另一面等待着的，是死亡，也就是自然。而在内部也发生了一场战争，生命被清空成了虚无，而在战争的外部，一切依然照旧，这个印象又被武器的机械化所强化，这死亡方式的大规模工业化和现代化进一步把战争与文化捆绑在了在一起。拉着躯体的火车来了，被摧毁，被掩埋，拉着新的躯体的新的火车来了，被摧毁，被掩埋。共有八百万具身体参加了这场死亡庆典，而太阳依旧升起。

从某种意义上说这是最崇高的。没有什么比生命更珍贵了，而在这里它像霰弹枪里的霰弹那样落进泥土里。它显然是一个祭品，其数量级是前所未有地大，但是这是为了什么？鸟类置身在一种对它们来说过于复杂的现实里，充满了它们每天和每年都固定要做的那一套特定行为，事件和本能间的这些互动的意义全在于让它们的生命延续，并且它们也很擅长这些。它们看到世界，感受着世界，但只是作为果，而不是作为因。太阳炽热，雨水潮湿，它们随之扶摇而去的空气中的层流。它们被困在其为鸟的一切中，世界也经由此显现。

我们以类似的方式被困在我们为人的一切里，这个想法一直在我们身边不远，宗教从这其中一跃而出，想从外部来定义它，它对我们来说极隐蔽，其存在只在其效果中显现，其不可把握处只在图像中才可把握。而所有这些图像都无法用在这里。没有什么神灵从它们的高处俯瞰这人类战争的翻滚厮杀，没有什么独子的死亡是他通往天堂之门。这唯一在人类世界以外的树木正燃烧，这河流过森林和田野，这些鸟儿在树顶上唱歌，它们那婉转歌喉和无忧无虑的欢呼被士兵们在罕见的炮火间歇中听到。

然后，他被一块手榴弹碎片击中大腿，鲜血流淌，他放下背包跑进战壕，伤员从各个方向回到此处，像光线回归本体。

几个小时后他被发现，然后被火车运到海德堡的一家医院，经过两周护理，他得到短暂的假期，回了一趟家，然后又被送回前线。

他今年二十岁，几乎是直接从学校来到战场。他在那儿见到的和经历的，尤其是那大型物质战，几乎是一种有着大自然伟力的事物，和普通生活有彻头彻尾的差别，而这一点也深刻影响到他观看一切的眼光。荣格尔在“一战”中所看到的，携如此伟力在他眼前展开，以至于他必定无法将其视为非本质之物，也不会认为它表达的是人类生活边缘的事物，是不幸的意外事件，随意的，例外的。一切恰恰相反，打仗的时候他处于人类生活的中心，似乎所有外部所有事物都倒伏不见，只留下最简单、最基本的事物：生与死。他如此看待这些倒并不难以理解，一方面他只有十九岁，以前生活的世界里只有朋友和家人，学校和书本，几次来了又走的爱恋，一个爱下棋、爱在浴室里用口哨吹出莫扎特旋律的父亲，一个读易卜生并真的见过他的母亲，母亲还带孩子们前往歌德的魏玛朝圣；从另一方面来说，他的世界里有黏土、泥泞、寒冷、饥饿、疲劳和突然死亡，就在这漫天火与金属的天空下。第一个世界包含了第二个，以他所能读和听说的战争的形式，而这种的战争还并不少，德国文化里古典导向的成分和军事导向的成分一样多，所以他这样的十九岁男孩熟悉荷马和恺撒，也熟悉1870年德法战争里的拿破仑和德国将军，而这第二个战壕的世界则不包含第一个世界。在《钢铁风暴》里，所着手处理的不是战争的上层建筑，也不是所有那些最宏大的，牵动着一切的政治，他们究竟为什么会在那里战斗的原因，也不是什么军事上的，指挥着他们往这儿那儿的东西，一切只关于他自己的具体经验，他所看到和感受到的。是他必须决定是否要站起来冲入枪林弹雨中；不是国家，不是军队，不是皇帝，不是将军能为他做这个决定。是他被击中了胸部，嘴里满是鲜血，在手榴弹打出的坑里摇摇欲坠，心想这回死定了，满心强烈而灿烂的幸福感，在这爆炸、炮火、战斗和惊叫的炼狱里。他必须理解这一切，或赋予或者否定它的意义，从这个意义上来说，他所见的也以同样方式和他联系在一起。死亡是生命现身的背景。如果死亡不存在，我们也不会知道什么是生命。战争是唯一由人创造出来，让人大睁着眼睛走向这一边界的行动。如果导致战争的这些进程是游戏，战争本身可不是，因为死是绝对的。

死亡不是现代的。

凭借着思想，我们试图让自己从这些基本限制中解放出来，这些限制在死亡中短路，也没有办法避开它。思想向上向外地奋进，思想渴望着天堂和按照时代和文化不断以新方式被表达出来的超自然，而它们都是一块背景，映衬着死亡之永在的。但还有心脏，它和死亡一样，总是一成不变。心脏也不是现代的。心脏也没有明智或不明智，理性的或不理性之分。它跳动，然后不跳了。仅此而已。

这是战争的内幕。所有的本质思考，所有对本源的探求都从这里出发。当死亡袭来时，在现实中就打开了另一个现实。这是我们存在的前提条件，但是死亡打开的那个门户，是一直被我们藏起来的。在战争中就不是这样。它一次又一次地打开，全部地。最后他们已经习惯了，死亡成了常事，它在任何地方，任何时候都会打开。就好像在这个区间里把活人与死者分隔开的东西已经最小化了，也就是活人会移动，死人不会动，还有就是活人能移动所以相对大地来说是自由的，而死者就像被大地束缚着，并越来越深地沉降进去，一点一点地。

就在写这段的时候，距“一战”开战已有九十七年。隔着这个距离来看，这场战争似乎完全没有什么意义。“二战”就不是这样，它在很大程度上是对纳粹主义的保卫战。但是“一战”又是什么呢？从政治上说它没有任何意义，没有什么因素让英格兰和德国成为真正的仇敌，它们之间没有什么好争的，恰恰相反，它们之间有太多通过合作就可以得到的东西。说到领土它也没有意义，没有征服任何新领土，就算一个国家要挺进并征服另一个国家，它也无法将其投入使用；英国要德国有什么用，德国要英国有什么用？因此这从人的角度来说也毫无意义；在战争中牺牲的人，什么也不为地就牺牲了。

无意义存在于这些庞大的结构中，而在这真切的现场，士兵们的生命里，出现了意义密集场域，它如此致密，以至于它把这关于战争正当性或杀戮合法性的所有问题都付之一炬。荣格尔在那里看到三样东西。首先是那古老的，人类之不变性，荷马的太阳，其最终后果是死亡，这是一种普遍的、超人的事物。

第二个是他们赖以生存的那些价值，即勇气、意志和忍受痛苦的能力，也可以说是生命力，这可能是在人性中普遍事物，但只能在个体身上实现，以个人的方式。第三样是这些新机械和这机械性，它们越来越多地接管了战争，这是文明的表现方式。

它，我，我们 / 他们。

这些是生命中最基本的事物，从它们在文明复杂性中的藏身之处，到现身于战争之简单性中，由于它们涉及最根本，所以必须予以承认。如果它们被压抑，生命就变成了非生命，一种对生命那些本质的重要的根本基础的逃离。有人可能会怀疑，为什么有人要逃避这些生存的根本，为什么有人会想要那些非本质的东西？因为代价实在太高了。如果把个体生命视为价值最高，那么你会将生命理解为一种可以量化的事物，必须尽可能久地维系它，那么死亡就是最大的敌人，战争绝对无意义，绝对不可取。如果你不把个体生命视为具有最高价值的事物，而是以这个生命中的其他东西，某种特性，或者这生命以外的事物，比如一个理念，为价值最高物，那么你将就把生命视为某种具有质量的东西，而非细胞和寿命的总和，换句话说，存在着高于生命的事物，等式就简单了，那么你就可以为它赴死。

但是，什么能高于个体生命呢？所有人的生命，可以理解为每一个人的生命，你可以这么想，至少这是用来让大部分战争合法化的出发点。但这是一种抽象，当你站起身来向前冲进那弹雨中，这个词什么都不能代表。

为了对敌人的战壕发起风暴袭击，当你的朋友们在你身边倒下，你是无法从这些抽象概念里得到什么开解的。在荣格尔回忆录的第一版里基本没有什么爱国精神，也没有任何对其他宏大价值的捍卫。在第二版里他在结尾处加了几行文字，当他的仗打完后，他坐火车去德国，感觉到一种“悲伤和自豪的情绪，因为这为祖国之伟大而战而洒下的热血把我和祖国更紧密地连接在了一起”。在他的传记作者纳文看来，“生命只有通过为一个理念而牺牲才具有了更深的意义，而这里存在着某种理想，在它面前，无论个体生命还是一个民族的生命都无足轻重。”第二版以这个口号结尾：“德国万岁，永不言败！”所有这些都在 1934 年出版的第三版里消失了，当时的民族主义话术已被纳粹鹊巢鸠占并偷梁换柱，至少对荣格尔来说，他不想再和这些扯上任何关系。回顾战争，它是一种最深刻的内心状态的表达。

> 战争真正的根源在我们内心深处，而所有这些在现在和过去扫荡过大地的暴行，只是人类灵魂的一个镜像。

《我的奋斗》写于 1923 年，还位于这场大战的阴影下，如果不把这点考虑进去就无法理解这本书。没有一个德国家庭不被波及，没有失去儿子、兄弟、父亲、叔叔、邻居、同事或朋友。悲伤是看不见的，但它影响到了所有人。伤残军人随处可见，他们有好几十万人，在街上你看到被割得支离破碎的脸颊，没有腿或胳膊的身体，因为突然的声响动静就闪烁着惊恐的眼睛，高声自言自语的错乱的人们。那些活下来的人，带着那些他们无法和没经历过这些的人分享的经历活下去，因为他们所经历的那些无法被形诸语言。他们所看到的，在余生也将如影随形，不仅是在梦中或普通一天里最意想不到时刻来袭的那些黑暗或平时被理智置换掉的图景，而且也影响到他们如何看待现在包围着他们的事物。对于一个见过周围的人们成群结队死去的人来说，生命的价值就和一个没见过这些的人心目中生命价值不一样。那些死去的，不是随便什么人，而是和你同住过，分享过自己故事，一起笑过，也许还看过其亲人照片的人，在这亲密的社会关系里，在这战争所带来的局促集体居住条件下，这些战友，一个接一个倒下，突然地，任意地。经历过这些后，和其他人有情感上的束缚关系就和以往不一样了，因为就算他们知道那死亡之门再也不会突然从什么地方冒出来打开，但是那种留给这个自我的感受，就是朋友会在转瞬之间离去，在其他朋友身上什么都可能发生，它如此根本，以至于即使余生都在安宁中度过也无法消除它。这内在的伤残，这种感情的缺损，和父母所感到悲痛那样不太在外表体现出来，而这也从来没有被谈论过，但是它就在那里，这场灾祸过于浩大，过于残酷，它都没有留意到那些经历过它的人。第一次世界大战对于1880年至1900年间出生这代人来说是宏大的，遮天蔽日的事件，他们提出的问题是，它有什么意义。数以百万计的年轻人死了，为了什么？就为了这个？就为了休闲产业，歌舞表演，电影和自我中心的艺术？是不是因为这无意义已经在这系统里生了根，而他们就为此牺牲了生命？这些就是战争的结果吗？希特勒就是这么看的，而他也不是唯一一个这么看的人。

因为他们曾经到过生之边缘，生活在那处于万物与虚无间的边界区，而那曾经充满着他们的高强度感受，他们曾见过的暴力摧毁，不可能是无意义的，不可能是虚无；这，是他们所确定的，如果他们还能确定些什么的话。从政治上来看，实际上只能得出两个结论：要么再也不能如此残酷、无意义地虚掷人命，要么来一场新的战争，使两百万德国士兵的牺牲变得有意义起来。对于希特勒来说，他只可能认定后一种选择。因为如果战前所发生的一切都最后变成一场空，那么战后发生的事也会有同样结局。希特勒写道：

> 千秋万代会过去，但是没人可以在谈论英雄主义时不提起世界大战时的德军。那样的话，由灰色钢盔组成的钢铁前线就会从过去的轻纱里升起，它从不动摇，从不退缩——这是不朽的标志。只要还有德国人，他们就会记得曾经是民族之子的这些人。

这是作为神话的战争，一个从时间深处提取出的关于英勇的叙事，荷马式或瓦格纳式的，这意义提炼的形式是希特勒所熟知并景仰的，这就是他为什么追寻着它，不仅把它和战争联系在一起，也把它和当代一切事物联系在一起，从这个拉至历史深处的角度来看，它被升华了，被赋予了整体性和一致性，这就是意义。这正是参与了那场战争的人在战争里没有找到的意义，这是肯定的，因为这就是那事件本身没有表达出来的，整体性和一致性，但是没有理由相信希特勒这么描述是出于某种计算，有充分的理由相信这就是他亲身体验的这场战争就是这样充满深刻意义。他为他所信仰的冒生命危险，在一个大集体里，为他提供了无条件的战友情谊，而这战友情还不向他需索什么亲昵或私密，也为他提供了这人人为德国而战的局面，这是他从小就梦想着成为其中一分子的场面，而且，如果我们相信《我的奋斗》中的那些段落，写到阅读他父亲那些关于 1870 年德法战争的书籍给他留下的印象，那么这些印象将让他愿意为此奋战。

把战争变成神话并不是什么关于它的梦想，而是一种本质化，在里面找不到任何日常生活的踪迹，这对于浪漫化的“我”来说太典型了，这代表着内心世界对外部世界的升华，例如荷尔德林的诗就着力于此，而在他的诗里也绝无半点日常和琐碎，在这些诗中一切都是高蹈的，饱蘸存在的浓墨，永远在狂喜边沿，就好像生命如此浓郁以至于意义要满溢出来。热恋能让生命如此饱满，神秘宗教体验也可以，以及死亡。这三种情况都关于“我”的超越。荷尔德林的诗中那些近于神圣的感觉也和它有关，世界与“我”之间的界限几乎完全没了，它和那对深深的绿色阴影和烈日的描述几近融为一体，还有雷声从山脊和冰冷地流经山间的河流上滚过，因此一切都是有意义的：“我”与这世界之间的身份即终极意义。如果没有这身份，那么这世界就是异乡，而“我”在这异乡面前是孤立的，被隔绝的，就好像被排斥了一样，然后对自己也感到陌生，因为异乡就是能反射出自己的地方，映照出自己的无处可归。对于动物来说，世界不是异乡，因为它看不见自己，也感觉不到自己与周围环境之间的距离。这就是第二个创世纪故事要说的内容，知识带来的是堕落，堕落入这异乡里。渴望自然和自然的一切是渴望着身份，整体，这无差异的绝对意义。紧接着宗教世界观解体后只剩下人类的一切，这渴望在浪漫主义者孤独的“我”以及焦灼地要实现“我”之超越中表达了出来。青年马克思关于异化的概念是存在主义的，而不是政治上的；随后才关联上了资本主义制度下具体的机械性工作。瓦格纳的英雄故事和那博大的情感风暴要说的都是一回事，这升华以及“我”之逾越。《我的奋斗》中的“我”在与这相同模式之间的关系中得到了表达，它把战争和这本真的生命拔高了日常生活无法触及的程度，这种伟大的形式本身是有意义的，但和荷尔德林、里尔克、特拉克尔、瓦格纳，贝多芬以及几乎所有浪漫主义时期和浪漫主义晚期的德语国家艺术家之间的不同在于，希特勒的“我”因缺乏对形式语言的把握而受到了限制，也就是缺乏足够的才能，不能把形式变成表达出这个“我”及其内部充斥着的情感的语言，他所能做的，就是重复他人的形式，以最简单的方式，也就是陈词滥调。“由灰色钢盔组成的钢铁前线就会从过去的轻纱里升起，”他写道，“这是不朽的标志。”他也受到思想的限制，就把他框定在他所生活着的文化以内，偏见，大概的见解，虚虚实实的言论，传言，和普遍不可靠的信息，这就是哈曼惊讶地展现出来的，滋生于当时维也纳报纸和流行杂志上的东西，也就是说，被希特勒认为是伟大而绝对有意义的东西，并不是通过相应的介质传达出来的，比如说像荷尔德林的诗那种，而是某种虚张声势的东西，所以这关于伟大的概念，或者想达成伟大的意愿，就是这里所闪现的唯一关于伟大的东西了，它直指回那个“我”以及它的小资产阶级本性，而仅因其存在就失去具备任何崇高形式的资格。读到《我的奋斗》中这种想要实现超越的努力，就像看到一幅对着一座陡峭而独特的山峦的蹩脚油画写真。

但是这文字把一切都变得渺小，并不等于希特勒对他所描述的东西感觉渺小，或者他所描写的东西本身渺小。希特勒的天赋在其他地方，他也在《我的奋斗》中多次强调，书面文字比说出来的言辞要低一等，他绝对拥有这种能力，也知道如何利用它以听众和他感同身受，或者让听众感受到他想要他们感受到的一切。而把基本上日常生活的东西进行神话化，将现实升华，工人们的劳动根本就是乏味单调毫无乐趣的，在这里被变成了具有英雄色彩的宏伟业绩，在这里过往被一再翻出来使用，以中世纪旗帜和马匹游行的形式，以仪式和誓言，壮丽的古色古香的建筑物和广场的形式，在这种对当下的崇高化处理中，社会陷入一种迷狂状态。在这里绝大部分的元素都引自军事和战争的世界；制服，旗帜，游行，这制造出众志成城感的所有一切。工人们成了工人－战士，学校班级成了儿童－战士，运动员们则是运动员－战士，它的特别之处在于，所有这些对现实的升华和礼赞并非通过艺术作品的再创造或艺术作品精选出某个个体来实现，也就是在诗读到的世界，在音乐中听到的世界，绘画中看到的世界，而是通过这现实本身，现实被直接地重新打造塑形，并不经由任何媒介。希特勒把德国变成了一个剧场。剧院表达的是整个故事，通过故事来表达身份，通过身份认同来表达本真。这已经不是编出什么东西，用行头、旗帜和游行来构造一个身份的问题，而是表达一种一直存在着，但在现代社会里已被置换、瓦解了的东西，因此才要从历史里取来这么多元素：这就是重建。

希特勒不是什么要把自己的意志强加于人民的狂热的军国主义戏剧导演，他所撩拨的那些弦，是真实存在的，它们所唤起的感受存在于大家心里。所有看过希特勒时代德国游行的人都知道它们唤醒的是怎样的情感，这些穿制服的、无我的集体释放出了怎样骇人的力量，这集体有着怎样的力量，因为，哦，你会多么向往能成为这个“我们”中的一员。那时候的一些画面表达出了近乎狂野的美，例如一张齐着头部高度拍摄的正在操练队列的士兵，一片钢盔的海洋蔓延开去，完全对称，这同样的人重复再重复，无穷无尽。有或者是希特勒朝着纪念碑下的燃烧火焰走去，为纪念阵亡将士，那几百米的路程里鸦雀无声，周围是成千上万士兵方阵，穿着制服，戴着钢盔，一动不动。在《我的奋斗》他想唤醒却失败了的那一切，通过这些活人画实现了。它从这灰色钢盔的钢铁前线中升起，它们召唤来过去在此刻复活，它就存在于现在，是不死的。在纽伦堡国会日，一名士兵喊道：他们没有死，他们在德国永生。

谁不想成为比他们自身更伟大事物的一分子？谁不想感到自己的生活意义非凡？谁不想拥有什么能让人为之赴死的东西？

这和平，这饱足和安宁，充满了我们的生活，或者是我们努力要让我们的生活所充满的东西，满足是生活的终极目标，这里天空里几乎没有乌云，接近斯蒂芬·茨威格在他的回忆录《昨日的世界》所描述的那个模样，然后在 1914 年 8 月骤然结束。因此，我们要问自己，战争是来自某种战后社会无法想象的特定政治条件和历史社会条件，还是被某些人类社会里一直存在着的、一直是我们本质中一部分的力量所触发，而它也从现在起随时会被再触发。这种情况下我们唯一可以肯定地说的，它将以不同的方式到来，以不同的形式出现，因为那在 1914 年到来、然后在 1939 年再度卷土重来的形式，已经被我们找了出来，并关闭了所有可能通向它的出口。大街再也没有踢正步游行，广场上再也没有钢盔的海洋。但是在我心里，当这个春天我坐在于斯塔德城外遗忘桥的一个房间里，阳光汹涌地倾斜在正在萌出新芽的大地上，我用一张毯子把它挡在窗外，以让自己能静下心来工作，但是也难免被孩子们分散一点注意力，他们带着热情、喜悦和自我舒展开来那种力量在外面奔跑，和我记得的小时候是一样的，我母亲当时在外面，嗅着花坛，而琳达则在商店购物以备复活节晚餐之用，她的哥哥站在那儿，钉着露台上方那半伸出来的屋顶，它因为冬天积雪的重力已耷拉了下来，她的母亲也在旁边忙碌着，扶起一丛在冬天倒下来的灌木，所以我能感到一种对其他什么的渴望，而这种渴望，其他人一定也有，我不知道这种渴望代表什么，因为我们这同一个文化的人们之间相差也没那么大，所以某种感觉也不会是只有一个人才有吧？我不知道这种渴望代表着什么，但我知道这并不意味着和这里的，我所拥有的，或生活其中的事物拉开距离，不是这样，我没有鄙视任何东西，并且我了解这种生活之均衡性的价值，以及它的必要性。但是，仍然渴望。渴望着什么呢？

或者，与其说是渴望，更可能是某种欠缺。一种好像什么东西没在这儿的感觉。就在这生活和这活生生事物的中间，就像被包裹在一片由在附近筑巢的鸟儿们的叽啾和扑棱着翅膀声音中，在阳光下，四周都是在生长的绿色，是缺了什么东西。

这匮乏是在我内心的吗？是我没能征服自己的时间和自己的空间，没能做到见山是山，知道它们就是一切然后为此由衷地感到快乐？你俯身相对的那株最小的植物，打开的也是整个世界，它活着，和其他所有活物联系在一起，它在时间那令人晕眩的峭壁边缘生长，我们也站在那里。是我自己有责任让这个世界成立，并以价值充实它吗？是不是一切原来是这样？还是它是空的，被连续生长充满，那不断自我复制又自我复制，直至无穷之物？是否空虚构成了我们的生物现实，这人类世界的基础？如果是这样，为什么我们要在我们创造的文化里模仿这生生不息的空虚？它不该是制造出差异，既然差异是所有价值所赖以及所值，所以也是其所有意义所在？还是它就没有意义？或是它被隐藏？被什么隐藏？是被社会所隐藏，因为差异是为了让一切各就各位，而不是要让它们自由，也就是为了让我们固定在特定生活，由习惯构成的生活里，而从这个角度来看整个世界都将瓦解，趋至大同？

但如果真这样，那么一切可能是另一种样子的观念又是哪儿来的？毕竟，我们不信上帝，这意味着上帝不存在，也从来没存在过。如果是这样，祂就只是作为一种生存工具活在那些人的观念里，而前提条件就是它得有十足的意义，是洞察到其工具性的那一见识还没有进到意识里。而人们一旦发现了物质现实的工具性，这个洞察就抵达了意识层面，从那以后就没有回头路可走，因为意义把那些睁着眼睛的欺骗排除在外，信仰就是知道，正如他们知道上帝是现实，我们也知道上帝不是现实。和这本真的联系，在狂喜中被打破了；而狂喜，这人类最深的感情，是虚妄的，一种勾兑物。

但是太阳燃烧，草丛生长，心脏在它的黑暗中跳动。

“但是太阳燃烧，草丛生长，心脏在它的黑暗中跳动。”

我为什么写下了这个？

那种语言是空心的。它很像纳粹的语言。是啊，太阳的确在燃烧，草丛确实在生长，心脏确实在黑暗中跳动，但是这些确实并非这语言里最本质的要素，本质的是它所召唤出来的东西，是太阳，草丛和心脏以某种方式被升华了，它们被造作成比它们自身更宏大之物，就好像在承载着这本真的现实。也正是同样的语言指出文明被和动力，苦难和天才割离开来，而太阳，草，血则与这本真联系在一起，其两个宏大表达是战争和艺术，正如托马斯·曼在1914年所写的。

这种语言是空心的，它成为纳粹的语言，但它说的不对吗？

保罗·策兰的诗是对这摧毁了整个文化的语言的回应。在《我的奋斗》里它还没有出现，但是它在那本书里被聚拢，被浓缩，并通过《我的奋斗》的作者传播到了全社会，因为作者试图彻底改造这社会。那种语言已经被我们革除了。我们消灭了一切关于宏大的思想，以及一切关于正宗的思想。我们生活在事物的海洋中，我们一天中的清醒时刻多在屏幕前度过。我们尽量去隐藏死亡。假使在那上面忽然升起一种对别样事物的渴望，我们该怎么办呢？想去追求那更真切的真切，想去过更真实的人生？如果是这样，那就会是一个错误的结论。因为所有生命都是同等真实的，而宏大是一个关于生命的概念，而非生命本身。渴望着真切，渴望着真实除了表达出对意义的渴望之外其余什么都没有，意义则是从语境中浮现出来的，也就是我们彼此之间以及和周围环境之间关联起来的方式。这就是我为什么要写作，我在试图探究我所建立的这些关系，而当我感觉到真实性对我的吸引时，它也就成了我要去探究的一种关系。战争与艺术是一家子，这是曼在1914年写下的，但是之后他当然远离了这种说法，我信这话，因为两者都朝着生存的终极追寻，那就是死亡，在其背景下，生命焕发出光彩，突然变得珍贵而不可剥夺，有了意义。我在艺术里常常有这样的感觉，一种强烈的意义充盈感，但这在现代艺术中却很少见，而多在从十七世纪到十九世纪末的绘画里，但也有一些瞩目的例外，比如安塞尔姆·基弗的画。但是四年前，有次去威尼斯旅行时，好像这一切突然消失了。我看了威尼斯美术学院里的收藏，它们什么也没“说”，它们就好像在我身处那个空间之外。那里的规则不适用于这里。这很奇怪，因为死亡就是死亡，生命就是生命，人就是人，无论文化分出了多少品类，难道不是这样吗？我们在展厅之间小跑着，因为孩子们的耐心有限，尽管万妮娅坚持走完所有那些让人浑身不自在的展厅，所有的死亡骷髅，直立起来的马匹和被钉在十字架的男人身体，当我们走出去后，坐进一个安静的小咖啡馆，俯瞰潟湖，喝雪碧，吃冰激凌，被我对这些古老美丽之物的观感所震撼，我曾那么仰视它们，追寻着它们，因为它所蕴含的对我来说不仅是必要的，而且是至关生死的，也许，当这见真章了，**它却并不值得**。它是我们背上的负担，一种笼罩着我们的阴影，一些死亡和冷酷。它们所拥有的美丽，是死亡之美，而它们在我们心中唤起的见识，也是在那死亡里，仅此而已。

就在同一天里我看到了这一段旅途中唯一真正的崇高。我和约翰一起在公寓下面那一区里走着，穿过那些狭窄、黑暗和潮湿的小巷，每扇门外面都挂着一个系好的小垃圾袋，衣服晾在外面的绳子上，在房屋间纵横交错，已经快要到傍晚了，我们快要走到面对着一个潟湖的广场，那里停着运河蒸汽船，那时一艘巨大的船突然出现在屋顶上。它慢慢地开走了。我们走进广场，在这里海面开阔起来，而有种奇特的光总是照着这里，不管是在雨中还是出太阳，在秋天或春天或夏天，让这里的一切，墙壁和天花板，桥梁和水面，都闪耀了起来。

船来了，它很大，在上面可以俯瞰整个城市，所有甲板上都黑压压地挤满了人。有个大喇叭介绍着他们下方的城市。四下都潋滟生辉。我内心有什么在升起，我脊背发寒。

“你看见了吗，约翰。”我说，在他面前蹲下。他微笑着点头，指着消失的众多鸽子中的一只。“那儿！”他说。我站了起来，看了那条船最后一眼，那船已经开远了，以至于已经看不清人脸的特征，而只是堆满甲板上的团团块块，只有那黑色，还有那上面闪烁的光，然后我推着童车转身再次走进小巷里，朝着一家小咖啡馆，约翰在那里吃了个面包，我喝了一杯意式浓缩咖啡。

是什么让我看到游轮就我背脊生寒？是什么让我觉得这很崇高？

在古典美学中，这崇高景观着落在某种以其伟大感或陌生感震撼了观者的事物上。一次火山爆发，一次沉船，一座强有力而狂野的山峰，来到它们身边或者看它们展开，观者会清晰地感到自己多么渺小，微不足道。优美，从远古时代开始就是比例停当与和谐的代名词，也就是说，在人们控制之内的事物，而在浪漫主义中被拿出来放在崇高之下，也许因为关于神圣的观念再也是世界不言而喻的中心，再也不是所有思想和观念的源泉和归宿。但是崇高与神圣不是一回事，自然的陌生感给予的启示和神圣事物在场的启示不一样，因为当神圣事物的在场中，被看见的不仅仅是距离，不仅仅是那残酷的，让人忐忑的自然之盲目性和非人性，也是那相反的一切，是一个对整体和归宿的诺言，一个“我们”。这神圣的或圣灵所展示的是这个“我们”的边界，同时它也赋予它意义，不是一对一的，而是作为一个集体，一个整体。这种启示一定是很不一样的，因为对于那神圣或者圣灵的经验是那种超越一般情况下被法律所规范的现实的经验，人们可以想象它必定有多么可怕和惊悚。面对一个不是人也不是动物的全能生物，它隐蔽着，却和你同在。鲁道夫·奥托[1]写道宗教感受可以一种几乎是使人困惑的力量充满灵魂，他还试图描述其所有不同的阶段。那沉浸在虔诚中的飞升的安详的气氛，可能会过渡进入一种持续流动着的灵魂氛围，它又可能以一种余音缭绕的震颤形式继续存在很长时间，直到最终淡出并让灵魂再次回到俗世。它也会突然从灵魂里挣脱出来，猛地一下，打挺一般。这会导致各种罕见的激越症况：如痴如醉，狂喜，极乐。它也会陷入一种好像见了鬼一般让人哆嗦的惊恐中。奥托写道，这宗教感受有其原始和野蛮的先兆，它朝着那被陶冶过、净化过、阐释过的方向发展。“它可能导致一种在安静、颤抖、谦卑中的哑口无言，在……是的，在什么之前？”

当我读到鲁道夫·奥托或米尔恰·埃利亚德[2]时，他们围着这神圣和神的经验打转，是为了理解它，也为了定义它，当我读神秘主义者或教会长老们所写的文字时，这些文字被狂喜

[1] Rudolf Otto（1869—1937），德国路德教神学家、哲学家。

[2] Mircea Eliade（1907—1986），罗马尼亚宗教史家、小说家、哲学家，美国芝加哥大学教授。

所渗透，而我则彻头彻尾地摸不着头脑，这些东西在我人生，或身边的生活里从来没有任何位置，除了偶尔从电视里看到几眼的神恩复兴运动的集会以外。而它是这么样的一回事，就动摇了我原本还很基本的一种信念，就是我认为人的感受生活是恒定的，而一切流淌过我们的外在因，总是流过所有人，这就是为什么最古老的艺术在我们看来，最古老的文本在我们读来，依然有意义。做人这件事从古至今都是一样的，我一直这么看，完全不取决于文化所经历的所有变化。但是这种类型的经历，曾经是那绝对必要的，围绕着上帝和神的冥想，围绕着神圣的仪式和崇拜，在完全奉献给上帝和神之奥秘的生命里出现的异象和狂喜，去寻找意义的意愿，狂暴的内在性，有着自己的一整套感受、情绪和感受，这些都不再被人追寻了，就算有人去寻找，那也完全是很边缘的，在社会外围，不在我们注意力范围内，可能有那么难得的一两次被召唤进来，作为某些奇特而古老的事物的见证，像电视上的娱乐节目那样，哦，你是个修士？不做爱究竟是什么感觉？当我们关上通向宗教的那扇门时，我们也关上了自己内心的大门。不仅神圣消失了，与之相关的所有强烈感觉也消失了。关于崇高事物的观念是对那神圣体验的轻微回响，没有神秘感。作为浪漫主义艺术表达的那种渴望和忧郁是对这渴望的渴望，也是失去了它后的悲伤。无论如何，我就是这么解读那艺术中的浪漫主义对我的吸引力，它能引发的那些短暂而激烈的情感暴雨，以及当我看到时某些出乎预料，或者以出乎预料的方式看见一些寻常事物时那种悲与欣的音色在我体内忽然如天空般升起的东西。一艘黑压压挤满人的游轮，被雪覆盖的工业区风景，通红的阳光透过一层薄雾。一位身穿蓝色连体衣的老人把一个纸盒子扔进篝火里，在覆盖着冰雪的大地上，一切都寂静且静止，除了那个老人的动作，我对此如此熟悉，因为他是我外公，这篝火的小心翼翼地扑闪着的火焰。是的，火焰，火，燃烧，它除了是一种在这世上打开自己的事物还能是别的什么？那蒸腾而起的，在这里，消失？总是差不多，永远不一样。当我看到它时，我突然就和完满的自己一起在那里，我成了我自己的存在，不仅如此，我也成了我自己，在一段很短的时间里，它完全充满了我，这和我现在有什么发愁的事，我要做的或已做的所有事情，我认识或将要认识的所有人都完全没有关系，不，所有把我连接到这社会世界的事情都消失了。也许五秒，也许十秒，可能长达三十秒，我就站在世界中心，看着篝火燃烧，一个男人往后退了一步，在这冰雪覆盖，寂静无声的大地上，然后它消失了，魔法被打断，一切都回到刚才，我也一样。

但是这体验与神秘主义者的狂喜比起来是如此微小可怜，我对意义的追求和神秘主义者的奉献终身来比也很惨淡，总是被其他什么分心。我在电视屏幕前那些仪式和那之前世界上存在过的那些比起来太寒碜了。哦，现在我简直快说不出口了，在一个挪威人拿到滑雪比赛的世界金牌时我感到的激动情绪，和一个人在那神圣面前跪下时灵魂飞升之间的区别。

见鬼了：我对神圣事物究竟了解些什么？我有什么资格来使用这个概念？我，这世俗化的四十岁西方人，像没受过教育的人一样天真，世界上最无灵性的平庸的人中的一个？我不但两天来都坐在威尼斯一家露天餐馆看游轮，还把叉子掉在了地上，所以招待拿了一把新叉子走过来给我，然后我拒绝了他，不，我不要叉子，我有了，你没看见吗，这里？我就没把这事和我的叉子正在地上联系到一起，因此在他眼里我邋遢而无用？是的，我是这样的人，更尴尬的是我和埃斯彭和安妮在一起，他们对这场面有点内疚地微笑着，然后埃斯彭不自在地说他认为服务员给我一把新叉子是因为我那把掉在地上了。如此笨拙失礼的家伙竟然嘴里能冒出"神圣"这个词汇？一个并不相信有上帝，因此也不信耶稣是上帝的儿子的人；他到底为什么要来搅和这事？

是啊，我真正在寻找的是什么？

意义。就这么简单。我的每天都充满着某种阴郁，完全可以忍受，也从不会以任何方式具有威胁性或破坏性，它基本上是笼罩着生命的阴影，其最坏的结果也不过是一种被动的想死的心情，比如，我登上飞机时会想如果飞机掉下去我也完全不介意，而我也绝对不会主动地做什么事来消灭我自己。在这种阴郁中也可能有什么东西忽然爆出来许多意义。那就好像我之前站在什么特别有意义的东西之外，瞬间我就被卷入其中，然后又被排斥了出来。就好像含义一直在，持续地，而只是我和我的思维方式让我只能站在外面。

是这样吗？那外面总有一些东西，客观上是真的，是在的，一个生活与这活着的持续感，这些一直都在，但我很少，实际上几乎从来没有，能走进去过？还是这只是因为我内心里有什么？

我也可以跪下，双手合十，向我们的上帝颤声祈祷并抱怨，我们的主，可我生在一个错误的时间，因为当我抬头看天时，只看到一个极空旷的空间。当我往四周看，就看到这么一个社会，它竭尽全力要哄我们打起瞌睡，让我们想点别的，娱乐我们。它贴心又舒适，柔软温暖又美好，这就是我们想要的，这就是我们得到的。唯一还剩下能让生命严肃一下的地方就是艺术。在它这儿一就是一，也就是在这儿存在是圆满的，我一直在寻找圆满地存在的东西。美是圆满的存在。我有时候发现了它，它能把我全部带走，但是这并没有导致任何东西，没有通向任何东西，也许就是让一个过度紧张的灵魂能释放一下，心灵之黑暗中的小小闪电。

我看到一艘黑压压挤满人的游轮在一个正在下沉的古老城市屋顶上滑过，我脊背生寒，但是，然后呢？除了这个就没了吗？

詹姆斯·乔伊斯在天主教环境里长大，熟知那些伟大的教会长老们，把很多这样的瞬间都称为顿悟，这一词本来是用来形容三位智者在伯利恒的清澈星空下洞见了基督的神圣本质，但对他来说这代表着他身边街道上的生活给他的世俗启示。在那草稿式未完成的小说《斯蒂芬英雄》中，他将顿悟定义为“一种突如其来的灵光显现。”他是从阿奎那对美的定义出发，或者是当一个客体里具有什么才能让我们称之为美，但是把焦点从物体本身的属性转移到了我们对它们的感知中，分为三个步骤：首先，必须将这个客体从其他一切里单挑出来，将其视为一件事物（阿奎那所谓“整体性”），然后这件事物将被分析，从整体到局部，与其自身的关系，和其他客体的关系，也就是作为一件事物（阿奎那所谓“完整性”），然后，最后，就是这顿悟的时刻，这件事物将被视为其本身所是。（阿奎那所谓“照耀”）。

乔伊斯把这个叫作事物的灵魂，它的密度。

这个反思的起点，是斯蒂芬和一个朋友克兰恩谈起话来，说到一个晚上他在埃克尔斯街看到的一幕，一个年轻女子站在房子外面的楼梯上，一个年轻人靠着下面的栏杆。

年轻女子（谨慎地拖着腔调）：……哦，是的……我是……在……教……堂。

年轻的绅士（难以分辨）：……我……（又听不清了）……我……。

年轻女子（轻柔地）：……哦……但是你……真……坏……。

用这样一个描述基督神性之启示的概念来形容这样的一幕，是大不敬，因为它们之间的距离如此之大，但是这一幕里的吸引力与学院美学之间却相距甚远，乔伊斯把它提升了，他取笑了现实与那些饱学之士对其诠释之间的鸿沟，无疑他同时也勾勒了一点他自己美学的核心部分。那就是他所描述的当下世界，在他周围发生的事，就在此地，此时，他想挤进那里面去，因为一切都是本地的，对每个人来说，一直是。但是在乔伊斯的顿悟中，没有“更多的”，这就是它们的特点，它们是它们自己的表达，作者的任务就是看它们是它们，看到它们本身。他用来说明顿悟的例子是对话中出现的一些特定的转折，特定的手势，在意识中滑过的特定想法，换句话说它全然地充分地紧贴属于人的一切，完全紧靠着社会，也就是如我们所过着的这种在人际关系中的生活。他的美学中几乎有些反本质主义的倾向，它对本真的不感兴趣，对超越性也没兴趣，而是在每天流经我们生活的运动和语言之河里寻求这所有的意义和含义。他在其中捕捉到的语言，本身就是条河，像所有河流一样它有一个表面，也就是我们第一眼看到的东西，以及一个深度，是言下之言，句下之句，动作下的动作，性格下的性格。《尤利西斯》里的一切也总是些别的什么，不是因为世界是相对的，而是因为我们借以观看世界的语言，是相对的。《尤利西斯》中的超越是朝着语言的，它在这瞬间里开启了深渊，而它再也不是顿悟了——既不是孤立的，也不是完全的——假使乔伊斯的世界图景中真的具备相对性和庞杂的互文性，那它就是知性的，并且在愿意达成系统化和一致性方面是学院的，以疯狂的速度远离这物理现实和现实主义小说，差不多就像中世纪的教会长老们远离《圣经》和那里面具体的、具有行动力的和物理现实，同时投身那由他们在其中消磨了一生的推论和反思所构成的异常、抽象、无身体的天空里。在那儿你可能会迷失自己，就像在《尤利西斯》和其他伟大的现代主义著作里会发生的那样，它们提供了那么多智力的满足和审美的愉悦，为了他们这朝着他们的形式和语言的转向，这让它们在很大程度上是更能成立的作品，在其本身就有意味，同时它们显然也失去了一些东西，因为正如亨利·詹姆斯曾经写的那样，在艺术中，情感即形式。

如果你从这种角度看待艺术，那形式本身已经不意味着什么了，而只意味着承载着其他东西，而现代主义，也就是说专注于自上世纪初起迄今的艺术中的发展的这一运动，已经放弃这个维度了。那些没有放弃的，在他们的作品里还有浪漫主义的气息，例如赫尔曼·布洛赫，例如，他的《维吉尔之死》，这二十世纪最硬核的现代主义小说之一，一开头就是垂死的维吉尔躺在一条正驶入罗马港口的船上，这一段是过去几百年来欧洲写得最好的文字之一。

> 钢一般蓝，轻盈的，被一缕微弱的，几乎无法察觉的逆风打碎，这是亚得里亚海的波浪正朝着帝国的中队涌流过去，此刻，船只即将开进布林迪西港，卡拉布里亚海岸的低矮山丘一点点地近前并向左移去，现在，然后是大海的孤独，漫天阳光，但依然掺杂着一丝死亡感，逐渐过渡为安宁快乐的人类活动，现在，大海躺在那儿，在一片温和的波光粼粼中，和人的忙碌喧嚣如此之近，满载着各色船只，也有向港口快速驶去的船只，以及其他刚刚启帆的，现在，目光所及满是挂着棕帆的渔船，它们正离开那一白如洗海岸沿线众多小镇小村的码头，出发去夜间捕鱼，水面现在平如镜面，贝母般闪烁的天空已对着万物敞开，傍晚将至，你能闻到露天篝火里木材冒出来的烟味，那边每一声生活的调子，敲击或叫喊，都被风送过来。

每当我读到这段，一种特殊的幸福就会在我心中升起。这是崇高的。但为什么？这一段有什么特别，能唤起如此强烈的情绪？这句话描述的是一艘船在一个下午近傍晚时分驶入港口，这是琐碎的，有往事重温感，至少对所有在海边长大的人来说是如此，同时它又发生在古典时期里，那对我们来说已经遗失再难抵达的世界。这个解释说得通吗？这种老百姓世界之间的互相置换，也就是一切港口都会有的景象，还有那特殊的，也就是只在此处有的，因此已不再的事物？是啊，它唤起一种喜悦，那些对海边的气味、声音和光的记忆，尤其是岸边太阳升落时的风，将一种地老天荒的感觉充满胸臆，但这里没有崇高。崇高不会从这一类事物里出现，而是从和这一类事物相反的东西出现。这个句子里的崇高是从由海洋向着陆地的运动，或者，正如它所说："现在，是大海的孤独，漫天阳光，但依然掺杂着一丝死亡感，逐渐过渡为安宁快乐的人类活动。"

海洋的孤独，阳光明媚，但却掺杂着一丝死亡气息——我从来没有这样想过大海，但我肯定曾经这么感受到过，因为当我读到这一句时，心里有什么认出了它，朦胧地，就像隔着很远。一种旧相识感，我却不知道那是什么。以及那似曾相识的陌生与威力，那人性之外的，和死亡有关的东西。这句话所描述的就是从那里进入安宁快乐的人类活动，并且释放了，因为如果它只适用与这里，那么布洛赫想象的公元前一世纪布林迪西港口景象，精确地和这句话里所呈现的现实锁定在了一起，却也适用于我现在坐着的地方，2010 年 6 月 2 日下午 4 点过一分，在马尔默三角地市场上的七楼一个公寓的书房里，我被下面各种人类活动的声音包围着，也就是说，所有开过下面那条路的汽车，时而叫喊着的人，高中毕业生们把铁皮喇叭吹得哔哔响，他们车里的音响节奏强烈，大声地招摇过市，那个黑皮肤的老萨克斯风乐手靠着一根柱子坐着，一遍又一遍地吹着同一段乐章。在《维吉尔之死》开篇里的人类活动，也就是这人间，游子所步入的世界，当它们被这样地呈现出来，慢悠悠地展开着，只通过声音和气味逐步深入，你才能看到是什么，也就是一个安稳处，一个港口。布洛赫所写的那个时代人口还少，城市与城市，文化与文化之间的距离很大，要征服它们需要很长时间且风险巨大。现在则一切看起来都不一样，这人类的活动，我们的笑声映衬着漠然而死气沉沉的宇宙，不再是一地的、有限的，而是无处不在的。它再也不是我们离开又进入的，而是始终环绕着我们的东西，不管我们在哪儿在干什么。这并不意味着那时候的生存前提已经改变，只是我们对它们的观感变了。这就是为什么布洛赫的句子能起到强烈效果的原因，它把注意力引向一个我们越来越忽视的一项基本前提。而它达成这一点的方法也很简单，就是把它和这世上一个具体的风景相联系，在时间里具体的一瞥，布林迪西港口外的一个傍晚将至的时分，

这些元素，大海洒满阳光的钢蓝色，天空粉红色的霞光，一白如洗的海岸，房屋闪出的光，从读者们记忆的深处调出了类似的时刻，让这一刻以及它所包含的那些似曾相识，得以被体验。一种全套的体验，被情感所染着。推理是不看情感的，它完全转向思想和理性，但是在我们之前已有数不胜数的人为了思想和理性而生而死，而我们这些现在活着的人也很快要死去，你五岁时就知道的一种平庸见解。而只有当你体验到它时，感到了这最琐碎的环境里裂开的这个深渊，你才懂得了它。它才成为一种洞悉。这种洞悉基本上是说不出来的，因为它里面的东西太多。因为它是这么根本，这么关键，布洛赫本可以一页又一页地写它，当然，讨论自然里死亡所有可能的面向，以及我们如何防范着死亡，但是布洛赫写这些时正值其写作巅峰状态，他很知道文本所表达的和唤起的，是两样截然不同的事。他写大海掺杂着一丝死亡的气息，以及船滑入的那个祥和喜悦的人间劳作，如此简单，所以你能可以看到这个部分是什么，并以如此高度精确的具象描写，这图景就滑入了读者的意识世

界里，并在那儿添上丰富的情绪和情感，扩张开去。

白天朝着黑夜而行，我们很快就到了最后的时刻，这就是小说所处时代。在皇帝的船后的那条船上躺着维吉尔，写了《埃涅阿斯纪》的诗人，死神的印迹已被写上他的额头。他情况危急，也影响到了其他一切，因为这些很快就会在他这儿消失。白天朝着黑夜而行，一切都最后一次燃烧起来了。在北欧的意识世界里，死亡王国叫作“赫尔（HEL）”，这个词从动词 Hylja 而来，是隐藏或掩盖的意思，这个词也是恰如其分了，因为死之王国不在我们视线范围之内，但现在我想，这也可能意味着相反的事情，就是世界在躲着死者。就在我们去威尼斯前几周，我们在挪威西部，除了看妈妈并为约翰行洗礼之外，我们还找了一天开车去找我表兄约恩·奥拉夫，他在离他长大的村子不远的地方买了一个夏屋，其实是一个倒闭的小农场，它坐落在俯瞰弗莱克峡湾（Flekkefjorden）的一处高地上，那里有土地，森林和一小截海岸线。我们一大早去那里拜访他们，正值那年夏天许多美好的日子之一，天空一片湛蓝，山坡上一片翠绿，阳光如瀑洒向大地。峡湾和河里的水粼粼发光，山顶积雪晃眼，树丛中的叶子几次被风的气息拂动时就亮亮地闪起来。妈妈在前面开车载着琳达和海蒂，我跟在后面，万妮娅和约翰坐在后座上。路上几乎没有车。我开的车是从我妈妈的姐姐，约恩·奥拉夫的母亲谢莱于格那里借来的，那是一辆老丰田，在我开过驾校和租车公司的那些新车后，感觉就像我开着来自另一个时代，二十世纪机械时代的玩意儿。我仿佛直接坐在路上，全身震动和颤抖，每一次最小的加速都明确作用在我身体上，过去开的其他车都又暗又凉爽，几乎像玩电脑游戏似的，而周围交通其实是屏幕上的投影，而速度不管每小时一百、一百一或一百三十公里，都只是仪表盘上的数字。这眼下的感觉完全不同，我还挺享受。我们转过一个拐弯处，那里的水流转急，清凉的绿色一个疾冲变成白色冒着泡沫的漩涡。我们穿过一条隧道，一个峡湾就躺在我们下方，宽阔的、蓝色的，一侧散落着农场田庄，陡峭贫瘠的山脉，阳光下带着蓝色调子。一个人影也不见，只有旧的，摇摇欲坠的建筑，一两座考究的十九世纪房子，停着一些农用机械，草坡，森林，峡湾，山脉。还有万妮娅从后座发出的声音。

“我们什么时候到啊，爸爸？”

“现在已经不远了。再坚持一会儿！”

“但这太无聊了，爸爸！”

“看那儿，你看到了吗？另一边的瀑布！”

“是啊，我看到了。”

“要我放点音乐吗？”

“好。”

我放了丹尼斯·威尔逊[1]的歌，每次我在家放它，万妮娅都把它叫汽车音乐。在后视镜里，我看到她靠在座位上，望向外面，双眼放空。约翰在她旁边座位上睡着了。

我们到了达勒（Dale），这里因为有两个加油站而成为这个地广人稀的郡里的大城市，我少年时代的许多夏天就在这里度过。一分钟后就到了市中心另一侧，右边是陡峭山坡，谢莱于格和马格纳的农场就在那顶上。陡坡两边都密密地长着树木，

[1] Dennis Wilson（1944—1983），美国音乐人，“海滩男孩”乐队创始人之一。

几个山坡农场，另一边是直落到峡湾的陡峭山坡。十分钟后我们下车时，周围寂静。所以我听到了那些黄蜂、蜜蜂和马蜂的嗡嗡声，它们在空气里载浮载沉。我打开了万妮娅那边的车门，松开安全带，她爬出来抬头看着我。约翰睡着了，当我俯身过去给他解带子和锁扣时，他哭了起来，但是当我最后把他抱出来时就安静了，把头靠在我肩膀上。房子就在公路下方，在一个陡草坡顶上，坡底是深蓝的峡湾，懒懒地拍打着岸。另一边的树林在阳光里照耀着。

我们在那儿待了一整天。我只穿着内裤跳到那凉爽的水里，万妮娅和海蒂站在羊背石上看着我，我们划着小船出去逛了一圈，由约恩·奥拉夫的大儿子约翰内斯指路，下午我和万妮娅一起去钓鱼，用我们借来的钓竿。万妮娅以前从来没钓过鱼，现在我要教她了，今天的天气和钟点都不是最适合钓鱼的，为了让她别太失望，我说了好几次我们可能什么都钓不上来，你了解了吗？是的，她了解了。我们奋力穿过一些灌木丛，在陡峭的小山上努力别摔跤，最后停在一处岬角处，我把钓钩甩出去。它在空中闪了一下，扑通一下落在水里，当它开始往下坠时，我把钓竿递给万妮娅，说她可以把线往回拉了。是这样吗，爸爸？她说，是的，很好，我说，它上钩了！她说，你开玩笑吧，我说，真的吗？几分钟后，一只漂亮的鳕鱼在我们中间的海藻里打着挺。第一次甩竿就有了！我对她说，她骄傲得放着光。但是之后就没有上钩的了。回到房子那里，琳达拍了她手里拿着鱼的照片。我总算有一次觉得自己像个真正的父亲。丽芙和约恩·奥拉夫在做晚饭，他全家人一会要过来，安·克里斯汀和她的两个女孩，马格纳和谢莱于格。因此，一个小时后，我们就一共是八个孩子，五个父母和三个祖父母，太阳悬挂在西边的树冠上，我们坐在斜坡，每个人膝头放着自己盘子，吃着炖香肠和米饭。从外表看起来这好像是一个普通的、温馨的家庭聚会，但事实并非如此。马格纳，我这辈子常见到的也和他很亲近的人，现在病得快死了。他一直是个行动力很强而且强壮的男人，总是很张扬，以前气场很强，属于那种你不可能不关注的人。而他现在在斜坡上时，根本感觉不到他的存在。从身体上看没有任何区别，但是他的气场已经变了。现在他几乎无声无息，似乎都不在场了，而我全身心地一直在注意到这一点，即使他不在我视线范围内也是如此，我没法理解这一点，这么彻底改变居然是可能的，因为我以前认为他的气场就是他本身。他是他自己的影子。他说了几句什么，吃了点东西，坐着看了会峡湾，被他的孩子们和孙辈环绕，在那年夏天最美的日子里。

他所看到的，很快就会在他眼前消失，而再也不会回来。

不仅是家庭，他再也不会知道他们过得怎么样，还有这峡湾和山，草地和嗡嗡的昆虫。而且，哦，天哪，太阳。他将再也见不到太阳。

这个想法让我那天下午看到的一切都变了色。世界之美丽更广袤了，但也更残酷了，因为有一天它也会在我面前消失，而继续在其他人那儿存在下去，它自有时间以来就一直如此。多少人曾坐在我们现在坐着的地方，看着一样的风景？往回一代再上一代，所有人都曾在此，所有人现在都不在了。

入夜时分我们回家，万妮娅想和海蒂和琳达坐同一辆车，所以我一个人载着沉睡的约翰，开了一个半小时，在高耸的大山下，穿过山谷，夜的阴影在那里蔓延开来，沿着打着漩涡的急流和泻着泡沫的瀑布，我一路放声高歌，醉于这阳光和死亡。

除此之外我还能干什么？我是这么幸福。

这和布洛赫在三十年代写作时是同一个太阳，也是公元前十九年，沉入布林迪西外面大海里的那一个。而特纳画的也是同一个太阳，他让它的阳光从古典时期的一个港口照耀出来，这幅画作于大概一百多年前。特纳从维吉尔的史诗《埃涅阿斯纪》里撷取了这个主题，更具体地说是狄多的故事，她爱上了埃涅阿斯，并在他离开时自杀了。但特纳想表现的，与其说是这其中戏剧性事件的部分，不如说是这些事件展开的地方。这张画描摹北非海岸迦太基的一个港口，体现出浪漫主义的影响，不但是在其异国情调里，也在那对废墟的审美中，那画里最有特色的，是众多有纪念碑感但已半是断壁残垣的建筑。我第一次看到它就这么想。细细打量过以后，我意识到那些不是废墟，而是相反的东西。那宏伟的古典时代白垩墙建筑，其实是在施工当中，这幅画呈现的是一座正在崛起的城市，而不是一个即将沉没的城市。这真是一张独一无二的画。沿着画的一边高耸着一道险峻的坡，被覆盖在植被之下，向下直坠入一条河中，再往远一点就是港口。另一侧是盖到一半的建筑，其下方是一群人，按照和建筑物和山脉的比例画来，显得很渺小。一个穿白衣的女人，是狄多，被一群男人围着，其中一个人穿得类似士兵，背对她站着，可能是埃涅阿斯。他们周围的地上放着建材，背景里一列人背着什么从那边船上下来。在河边，和这些事件被区隔开来的，是一群男孩，他们都赤裸着，如果他们不是刚从水里上来，就应该是马上要下水。但是，尽管他们被和这些事件割裂开，他们并没有被从周围环境里割裂开，正好相反，当我看到这一切时，我的感觉是这一切都以某种方式被织在了一起，男孩们和植被与水都是相连的，他们背后的人和高大的建筑，以及背景中的船只上的桅杆都融入了这一天这片风景上的光雾里。

冷光使一切变得锐利，清晰，并精确地分开，而暖光则擦掉轮廓边缘，让一切相互融合。这是特纳最感兴趣的部分，我这么想着，因为他的许多其他画里也是这样，比如几乎完全被包裹在暴风雨里的火车，那里几乎没有任何清晰的线条或轮廓，一切都滑动着，一切都在过渡。如果你看色彩，那么你就只会看到色彩，物体本身就会消失，或者消失的是它们的功能，而这一凝视，将其所知推到旁边，将事先知道的知识推到旁边，这样它就能重新看到世界，这样世界就像第一次被人看到那样。特纳对变的与不变的，固定的与运动的之间的关系感兴趣，以这样的方式，火车就不是其他任何东西的表达，它本可以在许多类别里都占有一个位置，它和现代性、工业主义、文明和人造物都有关系，而现在它只是它自己，纯粹物理上的，一个沿着两条铁轨向前移动的巨大金属物体，就像被包裹暴风雨里，但暴风雨也可以包裹任何其他事物：一艘帆船、一辆马车、一个葬礼队列、一只熊。当说到《狄多建造迦太基》这幅画时，人的兴趣也同样落在光线几乎无穷尽地在风景中产生作用上，从它在水面闪烁，到那把地平线上的一切都吸入其中的光雾，这焦点也自然地带出了在这里展开的场景。狄多可能是第一次见到埃涅阿斯，有些什么开始了，但也有什么结束了，因为她所见到的，很快就会导致她的死亡。建到一半的楼和塌了一半的楼之间几乎没什么区别，也就是说，这些正在建造中的建筑其实也可以等同于废墟这一点，加强了这个进程。这些热带植物也与它有关，它生长得如此狂野，如此盲目，以如此迅猛的力量和速度威胁着这文明的、洁净的、整饬的，那方式让人想起死亡。所有这些都可以在特纳的画里找到，但它仍然不是那中心，那主题，太阳才是这个中心与主题。

我第一次看到这张画时，它挂在伦敦的国家美术馆中，让我心里充满了一种铺天盖地的情绪，我几乎无法站在它面前，它给我的印象是那么磅礴。自然是因为它很美丽，而且还因为太阳被表现出来的方式，那真的灼目的感觉。太阳是这张画的主题，它高踞大地之上，光芒射进一切，直接或间接地照亮所有的表面，创造了所有颜色，让空气发烫，让它浓厚且能抹去差别，从某种程度上来说把这景观里所有元素联结在一起，却没让画面上在它下方移动的那些人看到或者注意到它。这怎么可能？我站在画前想。一个人怎么能在如此庞大而厉害的事物下行动，一个如斯狂野的创造着生命的原点，一个巨大的气体构成的球形，永远在天空中燃烧着，却没注意到它？他们看不到太阳，但是特纳看到了，而通过他，我们也看到了。这张画里的太阳支配着一切，以至于很难不认为它是神圣的，特纳也崇拜它。他自己就把这张画放在很高的位置上，是啊，太高了，据说他在早年的一个遗嘱草稿中，要求用它包裹着自己下葬。后来他打消了这个古怪的念头，把画捐赠给了国家美术馆，条件是这张画要和克劳德·洛兰[1]的一个古典时期港口的画比肩

[1] Claude Lorraine（1600—1682），法国风景画家，职业生涯主要在意大利度过。

挂在一起，他崇拜他，而他自己的画也是对克劳德画的回应。事情就是这样，在国家美术馆15号房间里，特纳画的古典时代港口与克劳德画的古典时代港口并排挂着。两张画之间相似处很多。都取材于古典时代，都以女性形象为中心——克劳德的是示巴女王——都发生有古典建筑的港口中，在其上很高处是统领整张画的太阳和天空。但是因为元素如此相似，差异也就变得更显著而重要。最引人注目的是克劳德的港口向着大海敞开，而特纳的画却根本看不见大海，港口似乎在河的尽头。然而克劳德画里的光线清晰明了，而特纳的是厚重的，总带有一丝混沌。这就让两张画的气场完全不同。在特纳这里，生活就像锁在什么里面那样，有些静态的感觉，从某种意义上说，它在同一个地方上上下下，找不到出路。它强调了主题，一方面是死亡——埋葬了丈夫的狄多——另一方面是生命。伟大的幸存者埃涅阿斯到了，爱情也和他一起来了，也就是说生命力和未来，对于未亡人狄多来说是这样，然后是充满了情感的所在，最终是死亡。

这种密闭和被封闭感对于理解这张画所表现或探索的生命感受或者对生命的理解至关重要。而且太阳也是其中一部分，它上面静态成分被增强了，如果说它赋予万物生命，它也是使万物腐烂。克劳德的港口晚了几小时，日落时微风从海上来向内吹拂，万物以完全不同的方式敞开，动了起来。主题是示巴女王动身起航，但在那儿周围还有进行着许多其他事情；船摇来驶去，水手爬上桅杆，靠在栏杆上，人们漫步到港口，两两站着交谈，凝视着这皇家队列或看着在他们前方几米处跑着的孩子，一切都随着这敞开的阳光普照的港口向地平线处伸展。

那宏伟的伪古典建筑，那穿得过分隆重的人们以及外面港口处许多艘船只都清晰而纤毫毕现。这给中心事件女王出行带来了一些影响，它只是许多事件中的一个，在它发生的地方对于参与者来说相当隆重，但是就固定在那儿了，没有影响画面其他地方，然后你离得越远感觉就越淡，直到比如说你把视角移向海上，或者向里移到城里，它就完全消失了。这一点，就是某种东西在敞开空间里消失，或者说只存在于某特点地点，是克劳德画里经常出现的现象。

就在不久前我去了纽约大都会博物馆,那儿有他的一幅《特洛伊女人点火烧船》，也是从《埃涅阿斯纪》里选取的一幕，刚才那点在这里可能更突出。这幅画展现的是战舰队在一个海滩外下锚，一些妇女拿着火炬站在那儿，她们中有些人已经在一条船上，正朝着战舰驶去，但是这一幕的戏剧性和紧张感，命运的紧要关头，也只是就发生在那一个地方，就在这些人中间，风景朝四面八方延伸，毫不受事件影响，沉浸在那无所事事的深度睡眠中，在她们之上是那恒久不变的天空和它那恒定地燃烧着的太阳。四百年前在克劳德画这张画的年代，人们也是这样看这张画的吗？对我们来说，在一个大事件里恰恰总是本地几乎消失了，一方面因为关于这事件的一切都成了中心，也就是说被报道了，另一方面是因为它几乎无处不在。

无论你 2001 年 9 月 11 日在哪儿，你看到或听到的事都是同一件事，两架飞机撞上了双子塔。它受到所有人的关注，没有什么特例——除了你身处的地方，以及你的身体，不管当时在世界哪个角落。这种由两部分组成的操作，是我们这个时代的专属特色，一方面某些东西几乎是绝对中心，另一方面却几乎完全分散，这种事在克劳德时代当然是没有的，那个从科技角度来看非常不成熟的十八世纪，一个事件只是在碰巧在场的人们面前展开。当克劳德要表现《埃涅阿斯纪》里的这一幕时，他的传达方式和我们时代新闻摄影师所做的事情并没有太大不同，也就是说，作为一种见证人——前者是虚构的见证人，后者是非虚构的见证人，但是这与形式没有关系——在这种情况下，克劳德还为其他事物的存在作证，也就是和事件发生的时间和空间有关的东西。被这辽阔的、无事发生的风景包围着，非常明显，表示此事只在此地此时发生，这就是所有事件的本质部分，他们的本质。哦，这是一种简单而自以为是的洞察，但是知道一件事是什么是一回事，去经历它又是另一回事。事件真正怎么回事对我们来说多么地隐蔽，你在出乎意料地看一件事在你面前展开那一刻就会理解到这一点。你首先会惊觉在我们这个世界出人意料的事少得那么令人难以理解，我们所有人的运动是多么匪夷所思地被系统化了，被规范了，即使在最大的城市里也是这样，其次，也许这是最让人震惊的，事情在发生的那一刻就消失了。

几年前，我们那时候住在斯德哥尔摩，我在达拉街有个办公室，我和琳达一起散步，我们一起吃了午餐，她回家，我想去一家二手唱片店看看，然后再回去写作。下雪了，我们走过的街道上到处都是潮湿的雪水，我们头顶的天空又灰又重。所有亮着黄色车头灯和红色刹车灯、嗡嗡作响的引擎和滑动的雨刮器的汽车，以及所有这些在峭拔房屋墙壁下埋头走在人行道上的人，让这一刻变得喧嚣，但是我并没这么想，一切本该如此。突然间出了什么事，一个重重的响声，我的目光被吸引到车道中间。一辆汽车在减速，一个人飞在了空中。他像一只麻袋一样沉重地落在路面，再过去一点一辆自行车撞上了路面，就在车完全停下来的时候。两边人行道上，行人静静站着望向路中间看。那个男人，穿厚实的蓝色羽绒外套，慢慢坐了起来。他有个又大又光的脑袋。他直视着前方。血从他的额头流下来，顺着鼻子流下去。大雪花片围着他打转。我开始在想我该做点什么，打开书包拿出电话，但是我们前面的一个年轻人已经把电话放在耳旁说发生了事故，我把我的放回去，就在这时车门打开，一个男人走出来。他蹲在这个骑自行车的人身边，对他说了些什么，用胳膊抱着他，把他抬起起来，把他放进汽车前排座位，给他系上安全带，关上门，自己坐上驾驶员座椅上，再次拉上门，开走了。

这条街刚才像海葵一样打开，现在又关上了。除了还躺在路上的自行车，一切都像之前一样。

这位年轻人在电话里说，已经不需要救护车了。

我看着琳达。

“到底发生了什么？”我说。

“我也不太知道，”她说，“发生得太快了。但是他是开车送他去医院吧。”

“是的，他肯定是这么做了。”我说。

那个拿着电话的年轻人转向我们。

“他把他带走了。”他说。

“是的。”我说。

“我刚才是打电话叫救护车。但现在不需要了。”

“不需要了。”我说。

“他撞上了他。这是司机的错。他也不一定就带他去医院。有可能他把他放在什么地方，为了逃逸。”

“不，我不这么认为。”

“他为什么这么着急呢？”他说，朝着自行车走去，把它扶起来靠在一根路灯柱上，冲着琳达和我抬起手，就往前走得没影了，而我们继续往下走。琳达回家，我转身回到了办公室。

我很震惊。但是为了什么？我所看到的这些就没有难以理解的部分，也没有什么了不得的东西。一次小事故，一名司机在午餐时分撞上了骑自行车的人。第二天，我仔细阅读报纸，看看会不会刊登这件事。当然没有。但我还是很震惊。这和同情心没关系，和流下来的血也没关系，是因为其他的什么，一些和这事情本身性质有关的东西。五十米外的人根本不知道发生了什么，而对于少数几个看到它的人，它一出现就消失了。为什么这让人震惊呢？如果报纸上就此事登了几行字，我可能就会重新安下心了，那样的话，秩序就恢复了。报纸上经常有这样的报道，所有偏离了正常情况轨道的事件，假使我们在报上读到它们，这就给了它们一种持久的形式，这是它们在现实中本来没有的，在现实里它们一出现就消失了，而任何目睹此事的人都来不及搞明白到底发生了什么事。这种持久是一种虚构，但我们把它理解为真实，而我们就这样控制了现实，这是我们的港口和我们的堡垒。事件被从它的具体环境和特定时刻中抽离出来，从作为一种不连续的东西，到成为某个连续体系的一部分，这所谓的新闻视角。所有那些无法解释的事，也即所有预料之外的事故，突发死亡和费解的邪恶，都以小叙事的形态聚集在这里，而这些事被讲述出来已经足以让我们安心；这里有秩序了。这是一个彻头彻尾的非理性系统，因为这种秩序是虚构出来的，在这方面它和其他的非理性系统很相似，人类很明显就没停过搭建这些系统。秩序在社会里起作用，但它关联着社会以外的事物。那对自然力的恐惧，不管是无机的还是有机的自然里的力量，总是必须要减轻的，而且人间是大家所熟悉的，那些力量是大家不熟悉的，所以它们被带入人间，是陌生的，但是在这人间里的陌生事物。它的形象就是幽灵，鬼魂，有着人类形式的死者。人和自然之间关系的这个层面被表达得最明晰的地方之一，在奥拉夫·迪恩[1]的作品里。他最重要著作中的一本叫《人与力量》(*Menneske og maktene*)，那是他的主题。他的杰作，小说《于维克的人们》由里到外渗透着这个主题。尽管迪恩只比布洛赫大十岁，他们在同一个时代里写作、出版小说，但《于维克的人们》与《维吉尔之死》大不相同，会让一个对此没有多少了解的人把它们划归两种不同的文明。从布洛赫小说开篇里亚得里亚海上的皇家中队和垂死的维吉尔到下面这些之间隔着遥远的距离：

> 他们所知道讲起的第一个约维克人，是从南边来的，从斯帕本还是斯托伊还是其他的什么地方。他叫培尔。他结过婚，都这么说的，也曾经有农场有地，他带上了他母亲，谁把他赶出来的，只有上帝知道。他在林内斯那边建了自己的地盘。

[1] Olav Duun（1876—1939），挪威小说家。《于维克的人们》(*Juvikfolke*)是迪恩在 1918 年到 1923 年出版的六册历史小说。

布洛赫的小说是在权力中心发生的，主角是罗马帝国的大诗人，在那儿探索道德与美学，政治和文学之间的关系，而迪恩的小说则在文明的绝对边缘展开，在工业化前的北挪威海岸边，一个一丁点大的、从任何角度来说都微不足道的一个乡村社会里，主角们是一家子没受过教育的农民和渔民，世界上发生了什么重大政治事件或者人类心灵的变化，来到他们这里时都像被海浪冲到沙滩上的一种历史的浮木。当然他们自己的感受绝非如此，因为他们才是这个世界的中心，而迪恩如此贴近他们，让读者也同样贴近了，读者们通过跟着关于这个家庭的讲述，看到了这么一种存在和一个社会是怎样被建立起来，怎样被维持住的。土地被清理被耕种，房屋被造起来，孩子被生出来。这就是他们生活的根基，让他们能脚踏实地地站在上面，要不是他们之间存在着的这个引力场，那个看不见的由情感，嫉妒和痛苦，爱与无私，贪婪与傲慢，自我中心与焦虑，怀疑和无底线的开放构成的小宇宙，就会把他们一会驱赶到那里，一会到这里，就好像把他们装进一个大瓶子里，分了又合，合了又分，周而复始。仿佛这些是在这狭窄的地平线内部展开，所讲述的时间段又很长，就好像是这个地方在他们中间展现出来，就好像他们更能表达出这个地方而不是他们自己，这和汉姆生完全相反——他可能是最常被拿来和迪恩比较的人了一在汉姆生那里这种表现方式是不可能的。汉姆生的角色都是异乡人，他们不属于任何地方，而是一种心灵的游客，没有过去也没有来处。他们只是晃晃悠悠地走进来。他笔下的情感是一种在人内部产生的东西，而不是像迪恩这里这样是在人和人之间产生的。在对非理性的理解上也有差异。迪恩和汉姆生对这个都感兴趣。在汉姆生这儿，非理性通常是一种美好而微妙的东西，是神经高贵的体现，某种浪漫的疯狂，有多美丽就有多丰富。在迪恩这里，非理性与老百姓的想法，迷信，误解和暗黑联系在一起，它通常出现在无助的穷人们中间。当佩尔·安德斯，第一代主角人物死去时，迪恩是这样来描写这件事的：

> 女佣们不敢上床去睡觉，那天晚上。她们坐在客厅里睡的。因为她们听到外面有嘶吼的声音。她们听到踉跄的脚步冲着那老屋去了。安妮藏在她的干衣服堆里。她读着一本赞美诗，也许那是我们的主。
>
> 然后他坐起来喊着："一头大山羊！"但是他又躺了下来，微笑着："没事，那只是树桩和桦树。它们吓不倒我。"
>
> 墙外有一两个丑陋的东西，她们注意到了。这让人心里痛苦又害怕。今天晚上注定要有什么不幸的事发生。
>
> 佩尔·安德斯刚才很可怕地发作了一次，被人扼住那样喘不过气来，喉咙里咕噜咕噜。然后他说："现在来吧。安妮，给我一棍子。"
>
> "向我们的主祷告吧，向我们的主祷告吧！"她热切地低语着。
>
> "嗯，嗨，可是我以前也没有向它求过什么，所以——"
>
> 那是他说的最后一句话。安妮打开了门，让灵魂能上路，然后她料理了尸体，做了该做的事。她看见那个男孩安纳斯。他站在门口。瓦尔宝也正朝他走去，两人都问他："你看到了什么，安德斯？"
>
> 这个男孩指着床脚那边："站在那儿的那个人是谁？"

那儿？她们看着对方，她们膝头发软。瓦尔宝把男孩带了进去，让他上床睡觉。

死亡在迪恩这儿被笼罩在恐怖和迷信里。她们打开门把死者的灵魂放走，她们看到一个幽灵坐在死者的床头，假使不是魔鬼本人来接他的话。次日早上，她们把垫尸体的床单烧了，风把烟雾往农场那边吹，她们害怕起来，她们将其理解为一种警告：一个新的死亡即将来临。当儿子为死者敲响教堂的钟声时，钟声闷而重，这又是一个不好的兆头，他撒谎了，告诉母亲，一切都很顺利。遗体躺在老屋的稻草上，赞美诗被放在下巴下方，每只眼睛上放了一枚硬币，有一枚滑下去了，他直盯着她们，其中两个女人因为焦虑而打起嗝来。他在那儿躺了一周，等着葬礼啤酒和葬礼。“在这些征兆之后，女人们几乎不敢出门，无论她们走到哪里，站在什么地方，都觉得脚跟后有什么白东西；还有晚上会听到各种奇怪的声音。”喝葬礼啤酒的那天，一只乌鸦坐在了老房子的屋顶上，他们轰走了它，但它总是又飞回来。他们终于明白了这意味着农场里很快又要死一个人。但是死者终究还是在其他人心里引起了鬼魂幽灵之外的想法。佩尔·安德斯的儿子每天去看一次遗体。

他以为他想要什么东西。但是当他到了那里，他的意愿就没有那么强烈了。它睡着了，就像以前那样。

是的，他想，它终于安息了。和他们一起。

当他出来时，他看到了这些：山坡就这样把尽头投入大海。他就将止步于此。正如死亡已经带走了这灵魂，正如这傍晚将山丘和大山向着天际举起：寂静如石，沉默如石头，离生活和活生生的能动的人们如此遥远。

这是迪恩描述的日落，随着夜幕在这大地上升起，一切都寂静下来，暗下来。布洛赫笔下和阳光普照的大海联系在一起的一丝死亡气息，在这里被释放出来，变得完整，但并没有让景观失去它的美。“正如这傍晚将山丘和大山向着天际举起。”人被与寂静和黑暗联系在一起，就像它死后也要坠入这里一样，这是所有神秘事件里最古老的一桩，因为它曾就在此，现在它再也不在了，永远不在，而是到了那边，在那盲与哑的世界里，直到永远。迪恩的角色想做的，是要让盲的与哑的说出话来，以这种方式把陌生的事物拉进这熟悉的事物中来。烧死人睡过的床单冒出来的烟雾是一个信号，它对他们“说”了些什么。那闷闷的教堂钟声对他们说了些什么。黑乌鸦对他们说了些什么。当硬币从眼睛上滑下时，那具身体对他们说了些什么。当那暗哑的世界开始说话时，活人与死者之间的通道就打开了，这本身就是有意义的。所有无法解释的事情，一切莫名其妙的事物，如正处在生活中心的人，被人间现实指挥得团团转，会突然倒下，没有任何人能够控制这些，是死亡还是康复，这就让这些征兆有了意义：烧床单的烟被吹向了房子，就警告着这事即将发生。世界上还是秩序的，世上没有一件事是随随便便发生的。迪恩所描写的这种秩序，是基督教、异教和乡间宿命论的大杂烩，而他这一叙事的价值大部分在于他展示了这些独立于那里的人们而存在的上层建筑是怎样地被契合进了他们的具体生活里，就好像被付诸实践，被拉入了一种犁地、织网、养鸡和搭棚子的日常，从而彻底地得到了改变。这些神话在其纯粹形式里完全由现实之表征构成，是个封闭的系统，但是它们起效果的方式，也就是它们干了什么，与迪恩这些角色干的事差不多。神话让那些未知事物有了面孔、形体、地点、时间，出现在人与自然之间，死与生之间，过去与未来之间，创造与衰落之间。当像奥丁这样的角色，打个比方，吊在世界之树[1]上，半死不活，都是为了得到知识，或者当夏娃被蛇引诱着从善恶树上吃果子，而变成了会死的生物时，在两个例子里都建立了一种在树、死亡和知识之间的联系。这联系由什么组成？根在土里，枝条向着天空，这是个祭坛，这是生命，一种无限的生命，它总是从死去的树桩里萌出新芽。知识，来自死者，我们所知道的一切都是他们教给我们的。生命，是这一个人的生命，也是我们所有人的生命。死亡，是这一个人的死亡，也是我们所有人的死亡。太阳，不断地被第一次看到，总有一个新人第一次把目光投向它，它也不断地被最后一次看到，总有人闭上眼，从此再也看不到它。这些联系就是由神话和仪式来料理或管理，而它们自己也是一样，它们已经为我们而存在于这里。它们是一种语言，别样的语言，并且它们所沟通的，无法以任何其他方式来沟通。考虑到这一点的话，基于以神话、仪式和宗教为迷信之形式这一观念的启蒙运动，就是一种倒退。我们把那些神话世界图景叫作蒙昧的，很明显，生活在启蒙运动开始四百年后的我们，对物质世界以及它如何运作的了解胜过在那些生活在启蒙运动之前的人。是，我们知道的东西多了不知道多少倍。

[1] Yggdrasil，北欧神话里的宇宙树，其枝干构成整个宇宙。

但是知道又是什么？它究竟有什么价值？在整个《女巫预言》[1]里，女巫不断重复着她的问题，就好像不情愿地反复哼唱：你们知道得够多了吗？还想怎样？知识是一种藏起来的东西，和赫尔，死者和过去联系在一起，是看不见的，想得到它也总要付出代价。你们知道得够多了吗，还想怎样？女巫说，这话里就料到听者对知识的贪婪，对此她用了反讽的口气。为了饮密米尔泉，奥丁牺牲了一只眼睛，这对我们来说是不可理解的举动，因为我们的所知密切地与我们的所见联系在一起。对我们来说，知识来自看见，这就是启蒙运动之革命的出发点，它再也不受制于古代宗教和哲学文本的权威，而是基于亲身观察之上。在神话里就不是这样，而恰恰相反，那些属于知识的东西和我们看不见的联系在一起，那秘密的隐蔽的。要得到它得付出巨大代价。在《圣经》的创世纪神话里，在他们吃下善恶树的果实的时候，有知识的人类就堕落了。法国哲学家米歇尔·塞尔[2]写道：“我们最古老的宗教传统认为知识是有罪的，而我们认为它是无辜的。”所有世代相传的仪式、神话和传说，都可以追溯到我们有集体记忆以来的日子，并进入我们不知道那个时代的生活的历史黑暗中，他呼吁社会的或文化的技术和产业，去发掘出所有这些传统出现在地球上的时代。语言，我们已经习以为常的，就是从无到有发展起来的。这种即使个人死亡，集体仍然会继续存在下去的见解，被我们认为理所当然的，也是从

[1] Voluspå，北欧神话诗集《诗体埃达》的第一篇，女巫不断询问奥丁是否要听她复述她还记得的远古预言。

[2] Michel Serres（1930—2019），法国哲学家、理论家和作家，著作多讨论死亡、天使和时间。

无到有发展起来的。对于他们不会参与的未来的责任，不是被分配到的,而是赢来的。那里面有一点光,但是它所照耀的点是,作为人类意味着什么，而不是人类由哪些部分组成，以及他们如何运作。神话看到了时间里的人，启蒙看到的是空间里的人。

我们的世界在很大程度上与空间有关，几乎所有技术，工业和科学都以它为中心发展。这个空间被看到,被测绘,被解释,并且正在被以越来越快的速度被穿透。迪恩所描述的老屋，以一代代人在此的重复活动轨迹打下烙印,人们在这里流汗,恋爱,生孩子,死去,换句话说,是他们所习惯的,但由于他们也害怕,被他们所不知晓的黑暗包围，这个空间，并不遥远，因为我外祖父母的父母就是挪威西部人，他们是渔民，农民，他们就处于这样的空间里，而它现在已经消失了。我们不信兆头，我们不信上帝，我们其实什么都不信。我们知道风的方向由气象现象决定，而往屋子那边飘拂过去的烟雾并不意味任何东西，除了这个，由热空气和冷空气之间关系所导致的空气层里的一种运动。我们知道，我们死后灵魂也死了，所以不会打开门放它走。我们知道鬼是不存在的，魔鬼也是没有的；如果一个男孩看到什么东西在阴暗中坐在床尾，那是他想象力的产物。我们知道，钟表走慢了并不能决定这一年的运气。我们知道鸟类不会给对任何事情的警告；如果一只乌鸦坐在死者所在的屋顶上，是出于巧合，一只鸟的心血来潮；也许那里的景色是它想看的，在那儿看最理想？一切都有一个合乎道理的，理性解释，我们知道这一点，也正是基于这个我们过着自己的日子。所以我们不怕黑暗，也不怕死亡。

但是我们真的知道些什么呢？

在迪恩的世界中，人人都信仰上帝，这是当然的事，不这样才不可想象。但是很精确地知道他们信的是什么的人少而又少，只有极少数人对这个宗教有相当的了解，针对这个情况就有了牧师，他们知道关于《圣经》所有该知道的东西。对老百姓来说知道有个神存在，神还有个儿子来背负所有人的罪，以及他们期待死后的生活，这些就够了。对我们来说情况也是如此。我们知道一切是如何运作的，不会彼此矛盾，而现实里不存在任何解释不通的事情。但是我们当中很精确地知道我们所知道的这些事的人少而又少，只有极少数人真正了解科学。我们知道原子和电子，我们知道进化论和大爆炸理论，但是我们自己没法讲清楚具体怎么回事，然而只要我们知道肯定有人知道这些，我们相信这一点，相信世界就是如此，我们就安心了。迪恩的世界以重复为中心，时间是神话般的和静态的，而我们的世界则以新事物为中心，向前迈进。新体现在一切事物中；例如，我们使用的一切东西，都在不断被重新设计，八十年代的餐具与两千年时代的餐具之间有很大差异，或者五十年代的房屋和今天的房屋也是，但变化是给眼睛看的，它是视觉的，而不是功能上的：2010 年的一把刀和 1710 年的或 1310 年的刀一样，有一个手柄和一个刀刃。神话所理解的现实里眼睛是不算数的，意义都在于眼睛看不到的地方，理性所理解的现实是视觉的，而这种转移，发生在十六至十七世纪，构成了启蒙时代所带来的革命的真正内核。在启蒙时代被发明的最重要的技术是望远镜和显微镜，没有这两种光学仪器，科学能逐渐获得的那种洞察力就完全无法想象。也许人们可以由此出发来了解我们时代对设计的重视？时间是看不见的，时间既不能被放大也不能被缩小，它逃脱了所有空间方面的技术，因为它是看不见的，但是它在设计中被捕获了，在那里它的真容得到展现：十九世纪七十年代看起来是这样的，八十年代看起来是这样，九十年代看起来这样。旧的成了新的，在这个系统里，在原则上这仪式组成的东西都一样，在这儿每个春天都是一个新的开始，但是有着本质的不同，因此我们看不到这同样的东西，看不到这重复，而只有新的。新闻也是一回事，我们将所有事件从它们原生时间和原生位置里剪切出来，放进其他事件构成的洪流中，就好像从这一天到第二天，从这个月到下个月，从这一年到下一年，总有一架飞机坠毁，总有一个人被杀，总有一场罢工，一次车祸，一艘轮船失事，一个选举和一个饥荒。在这种持续性中，这些事件是不同的，但是形式总是一样，这里的时间也是静态的，神话的。哦是的，我们的世界是个神话世界，在我们头顶有一片图像的天空，在那儿没有什么东西会改变，一切都是一样的。我们已经将现实变成了一个神话，但是和那些生活在神话世界观里的人们不同，我们并没有意识到这一点，而信了这就是现实，这就是世界的样子，我们看到了它，并对其投射感情建立关联。就是在这种想法的基调里我去理解关于崇高的体验，或者说关于顿悟，就是世上那些好似会飞升的东西，经由我们对它的观念，然后在很短促的时间内展现自身。它们还是一样的没变，是我们对它们的观感改变了，因为它们，或者宏大，或者突如其来，或者以其他方式超出常规，在几秒钟的时间里让那些带着预期的眼光没法持续下去。这就是为什么特纳的阳光或克劳德画笔下的事件，或布洛赫的大海和港口，显得如此浓烈，并激发出如此切身的情绪的原因。那就是艺术的真理。科学的真理又有不一样的性质，它以完全不同的程度和时间捆绑在一起；例如，几乎所有在十八和十九世纪进行的研究在今天都无法阅读了，它们基本上已经完全失去其重要性，而那个时代的艺术品却仍在对我们说话，依然意义满满。是的，在我们所知时代和不熟悉时代之间的深渊之上，它在说话；一个壁上有数万年前绘画的洞穴给我们留下了印象，从某种意义来说这是无法超越的，而我们所知道的第一个创世纪故事也是一样，尽管我们对写下这些的人以及他们生活在什么样的环境里几乎一无所知。如果考虑到在启蒙哲学成为主流之前那数十万年里生活过来的无数代人之波浪，这四百年的理性世界观就只是波浪表面的涟漪了，大山上松脱的一块石头，在这样的视角里，“理性”和“非理性”之类的概念就不太有用。这是关于不同的和未知相处的方式。我们已经成功地对那些未知事物进行了祛魅，所以我们完全安下心来了，因为我们是有史以来第一个不在生命限制面前颤抖的文化，这些限制条件都成了可控的。但是这种安心的代价很高，因为我们失去了生命的在场感。而它出现在死亡里。我们不再害怕死亡，与死亡有关的一切都被我们送上了我们头顶这片图像的天空，因为要说那上面什么是主流的话，那就是死人。这图像世界里一直在死人，他们被击中头部或胸部，他们从悬崖和瀑布边缘坠落，他们溺水或撞车而死，他们和飞机或直升机一起落下，他们死在战场上，或在中东或伊拉克的某个路障前沦为人肉炸弹的牺牲品，他们被冰斧或匕首砍死，或者被剑捅穿，或者被长矛刺死，他们死于毒气，严寒或者烈火，他们绊了一跤头撞在了浴缸边上或者门沿而死，他们倒在斜坡上，因为动脉破裂出血过多而死，他们死在产房里，病床上，死于癌症，死于害虫，死于脑溢血和心脏病。他们死在十字架上，电椅中，绞架上，被绑在一张桌边被固定电压往学业里注入毒物。这种死亡是视觉上的，没有时间或地点，在图像天空里自由而毫无重力地盘旋飞舞，它是真正死亡的替工，它承担下所有焦虑和恐惧，而那真正的死亡，身体之物理死亡，因为它总在特定时间出现在特定地点，因此被尽可能地藏起来了。当它这样地出现时，像它原本的样子，当它从天上掉下，落到地上，在其向着幽冥世界的渴望里，对霉菌和沼泽，黑暗和湿气的向往中，尸体躺在那里，在我们眼前，死透了，僵硬的，就好像一层薄纱被拉到一边，因为我们反正也不是现代的，我们像所有山丘和石岗一样古老，和树木与草血脉相连，蚯蚓和蜗牛，奋力拖着自己向前，有一天它们就只是躺在那儿，在天空下一动不动，会分解，消失，但是死亡不会离开我们，死亡不会背叛我们，死亡总是如约而至来到我们身边，和这生命一起。

我看到一艘黑压压地都是人的游轮在下沉中的城市里慢慢滑过，扬声器喇叭里的声音在嚷嚷，潋滟水光在闪烁，我看到的这是死亡？

是的，而这也是崇高。崇高的是这整体，一种几乎已经灭绝的事物，在这一切都被分割开的当下。我们生活在组成部分作主宰的国度，死亡也在下面分类。只有个体的死才算数，我们被一个接一个地被带走，悄悄地不被别人看见，只有这特定的死才作数。不是死亡，而是堵塞静脉和过劳心脏之死，这破裂的脑细胞壁之死，肺癌细胞复发之死。它以同样的方式亲近着美。那些大部头艺术书籍的封面上几乎总是只有一幅画作的很小的局部，一只手，一个目光，一只鸟，一角天空，一个背景人物，极少会是一整幅画。在书里，这幅画也会和几个局部一起被印出来，并且通常还加上一张X光透视图，这样我们就能看到最终成图是怎样炼成的。哦呀，他把帽子去掉了？如果一张画是著名的，就会把它和同时期其他、较不为人知的画作放在一起，在伴随着它们的分析文字里，提出的问题通常是社会性的——文艺复兴时期绘画里的这些人物，穿什么样的衣服？他们属于哪个阶层？画家进入了怎样的经济体系？他们的颜色是取自哪里，又在什么地方留下了指纹？怎样的心智模式上的或者社会关系的改变使这个视角成为可能或必须？画家是同性恋吗，这一点以什么样的方式进入了他的绘画？为什么女性画家这么少，而这一点对品质观念的认定又有什么影响？这整体的分裂也是视觉优先的结果，因为现在重要的不再是艺术或死亡或神圣所唤醒的印象，而是它看起来怎么样——拿身体举个例子，在呼气之前发生了何种变化，在艺术这方面，不是印象本身，而是印象的前提条件。布洛赫和他的很多赞同者认为这种分裂代表了一种堕落，但是当然也可以视为一种缓慢沉降文化的浩大复兴，至少是巴洛克时期的画家们所见证的那种文化，世界在这里爆开为各种细节，以及它们各自物理现实之美，从野鸡的羽毛到死野兔，苹果，火枪，头骨和贝壳等等的所有一切，这些又与另一种显著不同的运动相遇，普世性的科学，una scientia universalis，正如十七世纪的弗朗西斯·培根所说，通过观察、可能性和可证实性所抵达。无法想象一种只适用于本地的科学，也就是说一种现象或一个物体，比如说，所显示的属性仅仅在那里才出现，或者在那时才为真。十七世纪关于奇迹或神迹的讨论，到那时候大家都还坚定由衷地信着这个，也就是说，这种只发生一次，只在某地发生，而且再也没发生过的低概率事件，比什么都更清晰地映衬出这种新动向，以及其结果。托马斯·布朗在1635年出版的《一个医生的宗教》(*Religio Medici*)中写道：

> 至于神迹已经终止了这事，我既不能证明，也不能很确定地否定，更不能确定其终止时间。那些基督身后的奇迹的由《圣经》里的证言证明了；那些使徒们身后的，以及多年后随着头领们的皈依又重新出现的，我们也不能否定，我们也不能去质问其真切性，如果我们没有去审核那些支持我们看法的例子里的证言。所以关于耶稣会士们及其他们在印度的奇迹的那些说法可能有些道理。我希望这是真的，或者还有除了他们自己的记录以外的其他证言。

一方面，他为《圣经》的无可争议的权威辩护，认为神迹作为一种现象是存在的，这点他绝对不怀疑，这反正也在《圣经》里有记载，所以一定是真的；另一方面，他打开了针对同时代出现的神奇人物的一个质疑的空间，这些就是《圣经》罩不住的领域了，为了确证这一点，他需要独立的证人。这种新的基于观察的理性一点一点地渗透进了信仰和这神圣的方面，但也和它也不是没有相似性，因为那神圣的特征就在于它排除了所有非神圣的事物，而理性的特征，也排除了所有非理性的事物。现在也还是如此。对于宗教和艺术来说这就意味着它们不再处于认可的中心位置，而是在外围，既没有权力也没有影响力。既然宗教已成为一个内在问题，某种封闭的私人的东西——如果某人是基督徒，那么此人是私人生活里的基督徒——艺术已经接管了在我们生活着的这个社会空间里的各种问题，并且有那么几次它也奋力地冲到了那意义中心，世界就是在那里被定义的，也就是说在实验室和天文台里，它身上总是有一些无助的业余感和几乎是无价值感。一半无知，一半逢迎地站在那儿，喃喃地说着些关于弦理论或量子物理的什么，或者是小说的一条新路？或者是人类的新路？有人一起喝夜酒吗？

小时候，我想当外科医生。这种向往可能源于我当时在电视上看到的医疗节目，挪威的七十年代，播出了很长一段手术的录像剪辑，但我完全被定住了。影片完全没展示全身，只展示要切开的那个部分，其余部分都盖住了，用的布料和医生以及护士的罩袍和口罩是同一种材料和颜色。这种布料光滑干净，没有褶皱或污渍，能很好地衬出白色皮肤，它像个火山口躺在中间，有许多小的起伏，几乎是色情的。当那块皮肤被手术刀切开，由那位不露脸的医生在灯下散发出的强光下操作，它就像一道小沟那样被打开了。这物被夹子固定住，保持敞开状态，满满的都是流动的流体和正在脉动的器官，根本分不清什么是什么，或者看出什么是什么，那光里闪亮的膜状物，肯定是有一种秩序在的，因为裹在橡胶里的手指飞快熟练地在上面作业。就这样我看到了心脏，盲目的在胸腔里动着的动物，泡在血水里。我那时候画的许多画都是外科医生在病人身上动刀子，血液飞溅，而我母亲很担心，是不是我过得并不好？但是外科手术进入了一种模式；我另一样兴趣是潜水和天空旅行，所有打开世界的实践，第一个是向着身体内部，第二个向着海洋，第三个向外进入太空。世界上那些被隐藏起来不让人看见的东西才是吸引我的，这些秘密空间是我想要去的，换句话说，那些未知的。其中，身体的内部也许最令人兴奋，因为这种陌生事物就在我的内部存在着，在我看到的每个人内部，并且一直都在那儿,但是我也没有转向这个方向,因为那身体里那咕噜作响、红通通的内部并非我能力所及，永远到不了。海之表面，我们每年夏天都会进入，那时我们就能看到那下面的波动着的，疾行着的世界。那漆黑的闪着两点的太空，在每年冬季和秋季里的所有晴朗夜晚，我们都能看见，有时也能看到几个行星。只有身体的空间是完全封闭的。肺，那灰色的小袋子，大脑，那从茎一样的脊髓上真菌般生长出来的东西，以及将血液输送至所有肌肉和组织的血管，这些我从没看到过。最接近的就是电视上的手术场面。我不知道有多少这样的节目被播出，感觉就像整个童年时代我都在看它们，但很可能不超过两次，或者三次。那个印象是持久的，而对人体内部以及这陌生之物的迷恋从没离开过我，但后来它变得暧昧起来，它里面混进了反感；看到身体的内部让人同时感到反胃和吸引。成年后我被文艺复兴时期对身体的探索深深吸引，那是身体第一次被系统地描绘成图，主要是通过解剖新鲜尸体，来源多半是死刑犯，也有一些时候是从墓地偷出来被秘密解剖，其他时候则是在众目睽睽下进行，比如大学里的医学课，当时被称为解剖剧院。这是当时最尖端的科学。例如，《一个医生的宗教》的作者托马斯·布朗在十七世纪初从英格兰来到欧陆，在蒙彼利埃大学

（Montpellier）学习解剖，在帕多瓦做手术，在莱顿学药剂学。但是这也是一种景观和大众消遣，身体内部是一种感官刺激，肉和血的游乐园。

四百年后这事的奇怪之处不是它本身会成为一种现象，而是它没有早点儿发生。古典时期和中世纪的人们为什么什么而不能探索身体内部呢？古埃及人就很了解它，经由他们的防腐技术，但他们从不关心器官的功能以及合作方式，他们的实践作为只指向死亡，以及对其的尊重。古希腊人让医学从某种程度上变魔法的发展成为一种理性的工作，他们对人体内部的了解基于他们对动物内部的所见和了解，以及也可以想象，基于在意外事故或战争里身体以五花八门的方式开了口子时的所见。被砸开脑颅里的脑子，被斩下的一只脚或手臂断肢表面的骨头、筋腱和血管。而他们其实可以安安静静地割开一两具尸体去研究那里面的东西，他们好像从来没有过这种念头。这种想法在当时一定是匪夷所思的，因为他们并不缺乏求知欲。

为什么这是一个匪夷所思的想法？

也许他们视身体和生命为一个整体，从这个意义上来看把这个整体分割开就没有意义了，也许他们不明白，这一具身体的寿命，也许能因为切割开另一具身体得来的更具体知识而得以延长，也许是因为他们不认为被延长的寿命有什么价值。也许他们只是认为身体之内部不可侵犯。不管是因为什么原因，他们都不解剖死者，对内脏器官的功能知之甚少。他们的医学和生物文本里充满了大概其和揣测，但还是很奇妙地相当靠谱，它把丰富的实践经验纳入考量，成为从那时起到文艺复兴时期前几百年间的规范，而在那时它的分量也还非常之重，以至于丢勒和列奥纳多对着面前解剖开的尸体画出的解剖素描也含有错误，那些细节来自那些医学文献，而非那医学的身体，换句话说，他们以前的所知战胜了他们亲眼所见。同样的情况在查尔斯·艾蒂安[1]于1546年创作的解剖图上也出现了，其中有一些来自盖伦[2]文本所描述的细节，在现实里是找不到的。但是新的范式很快替下了旧的，十七世纪的解剖图里最好的那些画得如此精确，以至于今天如果要把它们用在课堂上仍然是可行的。人类社会里如斯剧烈的一个变化当然也不会不招致反对意见。例如，在一千五百年中，帕拉塞尔苏斯[3]撰写了有关解剖的文章：

> 但这些绝对不足以让观看人体、切开人体并学着去触摸其里面的各部分，然后炖煮它、再观看它成为一件让人满意的事。观看就只是观看，这完全就像一个农夫看着赞美诗，只能认出那些字母，但除此之外就没有话可以说了。

帕拉塞尔苏斯的替代方案是魔术。只有在这通天达地的联系里，接通了这秘密的和这光耀的，事物的真实本质才能被澄清。帕拉塞尔苏斯的论点基于中世纪对现实的理解，这个世界由可见与不可见之间的对应构成，在人间的微观宇宙和祭坛的宏观宇宙之间，是一本上帝的书，书里的一切都是其他某些事物的征兆，而从来不只是其本身。描写在物质世

---

[1] Charles Estienne（1504—1564），法国解剖学先驱。

[2] Galen（129—），古希腊解剖家。

[3] Paracelsus（1493—1541），德国文艺复兴时期的瑞士医生、炼金师和占星师。

界里看到的东西是毫无意义的，直到它在通过被证明或通过建立其与无形世界的联系后而得回了其原本的价值。帕拉塞尔苏斯，以一种我们看来的混乱方式，把自然科学、道德、魔术和形而上学搅在一起，他的世界里充满各种灵体，各自关联着火、土、水和空气，与这人类的一切以无穷多种方式联系在一起，它完全不理解解剖学对医学的意义，从他的文字所持的那种立场看来，像列奥纳多·达·芬奇这样的人物的实践，在帕拉塞尔苏斯两代人之前就出现了，完全是无意义的举动，但是对列奥纳多本人来说这一定就像某种冒险，某种世上的第二次创世纪。

从他那些笔记本看来列奥纳多似乎痴迷于去穿透那些物理现实，他对人类的和物质的，活的和死的都一视同仁，他要描绘一切，捕捉一切，理解一切。在山顶怎会发现贝壳和海洋动物化石？为什么老年人看远处看得更清楚？为什么天空是蓝色的？热是什么？他想描述笑的成因，还有哭的缘故。打喷嚏是什么。打哈欠是什么。癫痫，抽搐，瘫痪。打寒颤和出汗是什么。疲劳是什么，饥饿，口渴，欲望。他想描绘人之初在子宫里的阶段，以及为什么八个月早产的胎儿没法存活。他想描述当人变胖时哪些肌肉会消失，当人瘦下去哪些部分会显露出来。他琢磨着为什么当你长期观测月亮就能看到月球上斑点的变化，他解释说是因为月球表面水域升起的云层来到了太阳和水域之间，夺去了水域上的太阳光，让它黑暗而无法反射光线。他所有的观察和推理的共同点是，它们都以他亲眼所见为出发点，也只从这里出发。列奥纳多描述了一个没有超越感的世界，但它显得一点也不封闭，恰恰相反，因为这里不仅有他视线所及的极大丰富，这视线本身也如此崭新，以至于它看到的一切，就连太阳和月亮，河流和河流平原，似乎也享有了这视线的新鲜和锐利。那个让人晕眩的讲求超越性的旧世界已经完全离场，但是还能经由这新视线的意志被意识到。它并没有或者几乎没表达出来它是从何处挣脱出来的，但是这挣脱的感觉本身，就是自由的感觉。

很奇妙的是，列奥纳多的画作在我看来完全与那种感觉格格不入，它们绝对是杰作，但同时又有种餍足的气息；这里的生命感是和谐与清晰的那种，也许是他的轮廓饱满浑圆，让它们滑入周围环境中同时又不失体量和坚固的技术所造成的，但也与那些构图上的程式化有关，这么完美以至于没有了张力，而且……是的，有点无精打采。我在列奥纳多的画前从不睁大双眼，就像我读列奥纳多的笔记时总是圆睁双眼。这可能出于一个简单的事实，就是他作为画家的时候置身在传统中，运用的是传统的眼光和传统的技术，而他作为解剖学家、生物学家、物理学家、地质学家、地理学家、天文学家和发明家时则以完全不同的方式独立存在。“眼泪并不来自大脑，而是来自心脏。”他会突然写下这么一句。或者就像他那许多奇怪的预言中的一条所显示的，“人们将从他们的坟墓中出来变成能飞的生物，他们将攻击其他人，像苍蝇一样从他们的手或桌子上抢走食物。”这种语气，这种性情，也是有些狂野成分的，同时又精确也难以捉摸，这些在他的绘画里完全看不出来，除了一个明显的例外：《抱银貂的女子》(*Dama con l'ermellino*)。十多年前与埃斯彭一起去意大利旅行时，我买了那张画的印刷品，现在就挂在客厅里，我依然没有看厌它。主题很简单，一个年轻女子抱着一只貂，貂靠在她胸脯上，和她看向同一方向，向着右边，她的一只手按在它背上。这画令人不安。为了什么，我不知道，但是背景完全是黑色的，除了这个女人和这动物其他什么都没有，也许正是这种合并手法让人不安。女人的脸比列奥纳多画过的几乎其他所有女人脸都要锐利，她抚在那兽背上的手瘦而有骨感，而且和我们看到画面所展示出身体其他部分有那么一点不成比例,有点太大了,也许很可能他的模特就有这么大的手，无论如何，观者目光总会被引到这只手上，以这种方式，让它，和动物的头一起成为画面中心。这只手也彰显出这动物的不安，是为了安抚它的。而这手的指关节有些嶙峋，突出了其生理特征，这在列奥纳多的画里也罕见，其他的画总是更关注颜色和形状以及那些饱满的成分，而这话里动物那紧张的非人的存在，也在这女人的关注以外进行着，就好像这身体在我们眼前一分为二,一部分属于生理的、生物的和动物的，例如，她的手指甲对应着动物脚上的爪子，动物眼睛的颜色也和女子眼睛颜色一致，另一部分是属于人间的，也就是和女人的安详有关的那一部分，而动物在她的意识范围以外，这似乎也努力指向着其他的一些什么，也许是她所看到的，也是她内心的什么，但是无论如何，她还是洋溢着某种温和和安宁的气质。衣服，珠链，发带，一切都这领域，把动物隔绝在外的这个领域。让人不安的部分，可能有些就在于列奥纳多描绘那动物的精确性上，和他画的其他动物完全不同,比如说狮子、或马或羊。银貂没在《圣经》里出现过，它也不是神话的，不属于战斗或田园，它在那儿就代表它自己，某种具体的动物。人们可能会想到这种被主题化了的形式，比如法翁[1]，半人半兽，潘神，或者半人马，神话传说里中充满了介于人与兽之间的生物，但是那本来就是一种幻觉，而这正是列奥纳多在这里所不为的：描绘一个思想或一个观念：图像即观念。

他的那些解剖素描并没有散发这方面的气息，尽管它们代表一种交汇，即艺术与身体之间的交汇，与《抱银貂的女子》中的交汇是一样的。之所以会这样也许因为这些素描里的东西默契得严丝合缝，就是说，素描表现的是身体，而那张画则位于两种事物之间的空间里。在两个例子里所画的和图画之间的区别自然都很大，但是说到这些关于身体素描上，自列奥纳多时代以来已经产生了无数这样的素描，在当时它还是一种新现象，现在已经如此普遍以至于我们不再把它视为现象，或者一种有特定创作者的图画，它们进入了由教科书插图和插画说明等等匿名图像洪流中，我们从童年起就踏入这条河，而实际上再也没从那里面出来过，在这里一切存在的和发生的都以图例的形式传达出来，比如分子的构成成分和结构，树木的叶绿素产生，行星围绕太阳的路径或内耳的结构。对列奥纳多来说就肯定不是这样，是他第一次绘下了所有这些东西，而籍研究尸体来绘制人体内部这种实践是如此新鲜而引起非议，以至于他觉得有必要要在解剖笔记本开头为自己辩护，和一个虚构的你辩驳，他声称关注这些解剖本身而不是这些绘图会得到更多的收获。

[1] faun，罗马神话里半人半羊的精灵，和希腊神话里的潘神对应。

假如真的能够用一具死尸，就能观察到这些素描里所展现的一切，那你就说对了。然而，只用一具死尸，就算你使出所有的本领，也不过只能看到或认识少数几条静脉，而我呢，为了对这些血管拥有实际而完整的知识，已经解剖了不下十具死尸，把各种器官组织全部分解，把包围着这些静脉的最微小的肉屑都剔掉，而没有造成血液流出，除了毛细血管里那些几乎感觉不到的出血。而由于每具死尸不能放太久，我必须用多具尸体来继续这个过程，直到我大功告成，并获得了完整的知识。而这个过程我又重复了两次，以了解之间的差异。

即使你对这个学科可能产生热情，也可能会因厌恶和恶心而止步。但是如果你没有被这些阻止，夜里与那些被大卸八块、剥了皮的惨不忍睹的躯体为伍所恐惧为伍，所有活人都会感到恐惧，这也可能成为你的障碍。

在一个还不知道图例作用的世界中，列奥纳多在这里争辩的是简化的效用。他虚构出来的对方辩友认为，最好的是亲眼看解剖家操刀的过程，因为它更接近真实，而列奥纳多则认为现实，也就是这个例子里的身体，太复杂了，理解它最好的方式是去看它本质的东西被提炼出来的表达：他用了十具尸体才能充分地了解了血管，并能把它们画下来。这种运动是从现实的混乱和摸不着头脑，到图例的秩序和功能清晰，同时也是从单个例子的真实，也就是本地的和具体的，这一具身体，到所有例子的真实，也就是普遍的和一般的，所有身体。列奥纳多的绘图不是图例，他没有简化自己所看到的，恰恰相反，他试图精确地画下它的原样，但是他对每个元素单独处理，这样让它们得到更清晰的呈现，而以这种方式，他也在同时既远离也靠近了他所图绘的现实：你离真实世界的逼真图像越近，也就离那真实世界越遥远。

列奥纳多的解剖素描之所以如此有趣，是因为它们处于这一运动的起步时期，甚至有可对这一运动推了一把，同时它们也处于另一个交叉点上，在艺术与科学之间的。

像《抱银貂的女子》这样的画激起各种感受和情绪，同时也观者敞开着，在六百多年后，观者依然会觉得它充满深意，这里究竟发生了什么呢？而一幅身体内部的图画，出自同一时代同一位艺术家之手，让人看来却波澜不惊，一个封闭在自身中的事实，你能感受到的也就是那点它散发出来的微弱的时代气息，而这也并非艺术家本身所拥有的吧？

艺术是由既有机构定义的艺术，这在现代主义里是很热门的说法，但是这种区别在这里也用不上，因为就算我们说这些解剖素描是艺术，但它和《抱银貂的女子》相比较起来那些根本的差别并没有被消除，后者显然是另一样东西。也不能说这个比那个品质要高，也不能说这个被简化了，另一个没有，因为即使《抱银貂的女子》里也有很瞩目的简化，还有，即使在背景全黑的情况下，所绘题材被从其环境中移了出来，只有其最中心的部分，女人的上半身和那只正爬着的动物被描绘了出来，但是你可以不断地把它看了又看，那在视线里鲜活的东西，是无穷尽的，而人体内部素描则以完全不同的方式让感官饱足，从而限制了随之而来的目光和情绪：我们看到的，就是画上这样子。也就是说，在那张油画里有更多的东西。这个“更多”又是什么呢？是什么充盈在那油画里，而没有被注入这些素描？

在博尔赫斯著名的处女作《迷宫》(*Labyrinths*)中里有一个短篇叫《皮埃尔·梅纳,〈堂吉诃德〉的作者》(*Pierre Menard, autor del Quijote*)。根据叙述者的说法,皮埃尔·梅纳是一位新近去世、较不为人知的法国作家,象征主义者,也是保罗·瓦莱里[1]的朋友。叙述者要缅怀他的那些已经开始褪色的往事,复述了他的几样作品,一些十四行诗和单行本,其中一本是论莱布尼兹的《通用表意文字》(*Charistica Universalis*)和拉蒙·柳利[2]的《伟大的和普遍的艺术》(*Ars magna generalis*),这就在博尔赫斯想前往的位置上插下了定位标签,然后他就集中精神来说梅纳的主要著作,按他的描述是我们这个时代最重要的作品,也就是《堂吉诃德》第一部的第九章和第三十八章,还有那第二十二章的一个残章。梅纳没有抄袭原书,否则那就不是艺术了,他重新创造了它们,叙述者把这一行为归为英雄气概,无可否认地比塞万提斯写小说时更英雄。一件事是戏仿骑士小说,假使你是生活在十七世纪的西班牙人,让一个老贵族在十七世纪的西班牙乡村骑着马,和假如你是二十世纪初的法国人来写同样的东西,是不一样的。叙述者认为这会让文本更出色,他又比较了这两幅作品的两小段。首先是塞万提斯的,他写道:

……真相,其母是历史,时间的对手,行动的仓房,过

---

[1] Paul Valéry(1871—1945),法国象征主义诗人,作家,法兰西学术院院士。

[2] Ramón Lull(1232—1315),加泰罗尼亚作家、圣方济各第三会会士。

去的见证，现在的教材，未来的使者。

写在这十七世纪，出自塞万提斯这样“机智的凡人”笔下，这罗列无非是一首辞藻华美的给历史的情歌。而梅纳就不一样了，他写道：

……真相，其母亲是历史，时间的对手，行动的仓房，过去的见证，现在的教材，未来的使者。

历史，真相之母；这个想法很草率。威廉·詹姆斯的同代人梅纳就从未把历史定义为对现实的考察，而是作为其起源。对他来说，这历史的真相不是究竟发生了什么，而是我们揣测着发生了什么。

通过让原创的观念与重复的观念并轨，这其实是不可能的，因此，当然，它就高于创新，博尔赫斯重新给新事物与相同事物之间的关系定了等级，从这种方式强迫这两种事物行进到光天化日之下。当然，认为《堂吉诃德》无法重写这种想法，肯定是因为在博尔赫斯写梅纳的成就的这些文字之前就没人想过它，也正是因为这一点它才这么重要：我们都看到了一种自说自话，但是我们没思考过我们的所见，这无形的由我们行动所依并被其主导的法律和规则所构成的世界，这些被设定的时间和空间，我们的笼子和我们的家。艺术是不能重复的，博尔赫斯提醒过我们，从这个意义上说，它与奇迹是一家子。某个什么家伙会画出《抱银貂的女子》，且和列奥纳多一模一样，这也是匪夷所思的想法，但是另一个人画出同样的心脏或者胸腔或那些有筋腱和血管的手臂的想法，则可以有。那幅油画有一个时间和一个地点，它在一个特定的瞬间展开，因着画中所有那些细节而在场，而那些身体素描则没有时间和固定地点。在那油画里的重点在于那具体的女子，那具体的动物，这独特的和本地的，而在素描中所展现的可以是所有人的身体，那一般的和普遍的。

艺术是独特而在地的，总是在寻找那独特而在地的，并反抗着要使其脱离这些特性的一切。它的所有价值都在于此。即使是马列维奇[1]的画，其简单的几何形状或完全单色的表面，朝着最普遍的事物而去，也是独特且在地的：它们所表达的并非这些几何表面，而是马列维奇笔下的它们，而这另外一个人的存在就把这幅画牢牢钉在时间里，它不可能出自另一个人之手。假如真的是这样，因为它就这么发生了，某种强烈的风格被其他人拿走，那么艺术就会不那么独特，不那么本地，也更弱了。挪威和瑞典立体主义者的画都比毕加索和莱热弱。这就是《皮埃尔·梅纳，〈堂吉诃德〉的作者》里关于独特性的概念。艺术是那种不能重复的东西，但是和奇迹不同，艺术作品的有效期会在时间里延展开去，经历一代又一代人，这就是博尔赫斯让梅纳进入的空间，他以巧妙的方式找到了走出现代、回到过去的路，同时又不让任何一边消失，他赋予文艺作品可以复制原作而不用进行改动的力量，原因很简单，整个二十世纪的心智都跟着他回去，并躺下压在了塞万提斯曾写下的句子上，他们就似乎是从内部改变了它们，因为我们所知总是决定着我们所见。博尔赫斯笔下的讲述人说到这文学上的新成果如此兴奋，他建议这种方法也可以用在其他书上，他以这个问题作为

[1] Kazimir Malevich（1878—1935），苏联艺术家。

结束："如果有人认为路易斯·费迪南·塞利纳[1]或詹姆斯·乔伊斯是《师主篇》[2]的作者，那么还不足以给这本书那模糊的灵修建议换上新颜吗？"

在博尔赫斯这里没有什么是偶然的，引用这本书就更不是偶然。《师主篇》是十五世纪的文集，被认为是修士托马斯·肯皮斯所做，它是基督教世界最常被阅读的书之一，在态度上是避世的，否认尘世价值，将基督在地球上的生命作为一种理想榜样，所以这个标题，最主要来自基于马太说的一句话：

> 耶稣对门徒说：如果有人想跟从我，那么他必须舍己，背起自己的十字架，然后跟从我。谁想要挽救自己的生命，谁就会失去生命。因为凡想要保全自己生命的，将失去生命；凡为我的缘故失去自己生命的，将寻得生命。一个人就是赚得了全世界，却赔上了自己的生命，到底有什么益处呢？人还能拿什么来换回自己的生命呢？人子将要在他父的荣耀中，与他的天使们一起来临。那时候，他要按照各人的所作所为回报每个人。

这种否定自己、模仿他人来生活的想法比梅纳的更激进，更匪夷所思，但是与他的尝试相反，倒是留存了下来，不是在那些细节上，当然，尽管在中世纪里间或会有这样那样的伤口出现在这个那个的手掌或者肋上，而是在其精神层面，将自己生命奉献给另一样事物是一个人能做出的最大牺牲。如果这由

---

[1] Louis-Ferdinand Céline（1894—1961）法国作家。

[2] *De imitatione Christi*，著名的天主教灵修书籍，据传由德国隐修士托马斯·肯皮斯（Thomas à Kempis，1380—1471）所作。

塞利纳或乔伊斯，上世纪最伟大的文学巨星写下，那当然是个玩笑，因为如果有谁把他们的自我投入其文字，有谁不知谦卑为何物，那必须就是这两位。如果这样的话他们的灵魂也受到了伤害。

对我们来说，真实的生活就是自己的生活，这独一无二的生活和这个人的生活，而模仿则是虚假的和从属的。在《师主篇》里这本身就是理想的，这从一切中把自己抽离出来并完全献身于基督的可能，是一直存在着的，它总被认为是高贵的，从来都不是软弱的或哗众取宠的。尽管《圣经》是至高无上的，统领着对一切事物的感知，无论是物质还是非物质的，它是一切都要去顺应迁就的形式，并且以它的名义建设出了错综复杂让人晕眩的对应和因果的系统，而在这无与伦比的普世性中，身体却一直在那里，在万物的中心，耶稣的身体，这人子的肉和血，尽管它溶解在文本和语言中，却是所有神学抽象散发光芒的源头之点。这至少在圣髑中得到证明，中世纪教堂、修道院和大教堂都围绕着它们。它们按基于物理接近性的体系进行排名：第一等圣髑是来自圣徒或门徒们的身体，头发，指甲，骨头块或整个骨架，第二等是他们曾用过或穿戴过的东西，第三等就是他们触摸过的，或者是曾用来保存一等圣髑或者曾被放在它们附近的物体。而在这些圣髑最顶端的是和基督的身体和他在这地球上的存在有关的，而在这些神圣圣髑里最神圣的，是和十字架受难有关的；十字架上的木刺，荆棘冠上的荆棘，刺伤他的长矛尖，曾经在场的人们所用的头巾和围布，自然还有裹尸布。对这些物体的崇拜，有时候会以歇斯底里的形式，因为它们经常是与奇迹和康复有关，构成了基督教的核心，表达了其内在真理和真实本质，即基督中的上帝成为了人类，被生在了人间，一个活生生的躯体就在这儿，在我们的世界里存在了三十多年。这个想法是如此激进，以至于简直无法接受这一点，更不用说理解，至多就是在一个突如其来、很感性时刻里的洞察。圣髑就打开了这种洞察，神圣的东西是本土的，与你可以自己跋涉过去亲眼观看的地方联系在一起，和这些能证明其在存在过的人联系在一起，这些人就生活在几代人之前。《旧约》也是在地的，那里提到的几乎所有地方都还能找到，你去找的话，就会看到它们之间离得多近。约旦河、西奈沙漠、死海、基利波、塞拉盆地、摩押地。耶路撒冷、伯利恒、希伯伦、加萨、别是巴，全部都在一个面积不比挪威一个郡更大的区域之内。对我们来说，这种本土性性消失在这异国情调和遥远中，《圣经》中的一切都在极远处发生，它是关于其他人的，和其他人的国家有关。但是，如果这是关于我们和我们的国家呢？这么想，这种本土感就出来了。摩西和以色列的孩子们就有可能从赛特斯河谷进来，之前他们在哈当厄高原一带徘徊了四十年。那摩西就有可能在盖于斯塔峰（Gaustatoppen）顶接受了刻着诫命的石板，而摩西看见但甚至没有踩过的应许之地就是东阿格德尔。在金牛犊事件发生后，主对他说话，讲到应许之地时听起来应该是这样："我将派一个天使在你面前，赶走赛特斯人，阿伦达尔人和弗罗兰人，希斯岛人和特罗姆岛人。继续往下走到一片流淌着牛奶和蜂蜜的国度。我不想亲自和你一起下去，因为你是个固执的人。"而摩西五经的宏伟结局可能是这样：

摩西就这样从哈当厄高原的旷野走下去到塞特斯谷，然后沿着那里的高沼走上去，就在瓦莱上方。耶和华让他看向那一整片土地：他看见的比格兰、埃夫耶和奥姆利，还有比克尼斯和哈格博斯塔德以及所有阿格德，直到阿伦达尔和南边的大海，还有格里姆斯塔和利勒桑，整个克里斯蒂安桑南部。耶和华对他说：这就是我向亚伯拉罕，以撒，雅各起誓应许之地。说我必将这地赐给你的后裔。现在我使你眼睛看见了，你却不得过到那里去然后耶和华的仆人摩西就死在塞特斯谷，正如耶和华所说的。然后耶和华把他葬在塞特斯，比克尔对面的谷中，只是到今日没有人知道他的坟墓。

但是，不仅是地理把《旧约》的文本拉向了那本土的，那些被说到的人也起了同样的作用。他们的共同之处是，上帝都向他们显现了，他们都有名字，有自己的明确特征和个性，从焦虑的罗德到狡猾的以撒，就算在这些文本之外不再有任何其他的东西或其他人能证明他们的存在，也未必是因为这些是神话里的人物，被送至大众想象力的深处，而因为他们生存的年代已经很久远了。这些事被说起的方式加强了在地感和这时代限制的趋势，因为这里没有任何抽象或体系，几乎没有任何神话或传奇的建构，这一切文本所传达的，都是通过在具体世界里的具体行动来传达的。土地，沙子，道路，房屋，血液。旅行，出生，战斗，逃亡。

对这些文本的解释则是陌生的，所有意义都必须从事件中抽取，而这些事件不是相对的，而是深不可测的。它们为什么深不可测？事件不是一种语言，虽然它们以语言来传达。当我们了解了一个事件，我们所了解的是这个事件在其中发生的文化。如果文化消失了，理解也就消失，事件就变得神秘起来，就像复活节岛上的雕像一样。《圣经》中的故事是古老的，甚至还有更古老的历史的痕迹。

当我1975年开始在桑德内斯小学上学时，基督教课和综合课[1]、挪威语和数学一样都是最重要课程之一，它主要由海尔加·托格森小姐讲或读《圣经》里的故事，然后我们就画出这些故事或者讨论它们。我们被带入的是一个田园世界，虽然充满戏剧性，但也很光明的。做基督徒就在于要善良，要亲切。我们所有人都想这样，但是当我们接近青春期时，我们一个接一个地都背离了这个理念。我坚持的时间很长，对我来说，轻便摩托车是邪恶的，游戏机也有害，是的，甚至可乐和花生也有点邪恶。尽管如此，我还是很能意识到这些逾矩行为；假使我开车超速，逾矩行为给我带来的难受劲会持续好多天，如果我打死个苍蝇或因为没有及时给它们浇水而让公寓里的一种盆栽植物死了，也会让我心情痛苦，因为想做一个好人的渴望这些年来一直活在我体内。

我现在所知道而那时还不知道的是，我们内心有些力量是不知恶也不知善的，而且情绪是如此强烈，以至于它们普照一切，而你甚至不知道自己受制于它们的力量，对这个“我”来说，这是意识最尽头的薄薄如日出般的光带，它包裹着整个自我认同，为对在这里存在着的所有其他的力量、欲望和情感的理解染上色彩，就像现代为对古代的观照染上了色彩一样，因为并

[1] O-fag，挪威小学之前的包含自然和社会科目的综合课程，1997年改名为“自然、社会和环境课”

没有什么所谓自然的外在，不管是在身体里还是在社会里，为了要到达一个人可以看见自己，或者其时代的地点，需要努力，需要很大的努力，因为并没有一个运作中的“我”之意识和时代能作为重力点，把所有的东西都朝着它们拉过去，这是向心力。但是《圣经》还是外在的，尤其是《旧约》的文字，它同时既是遥远又是亲近的，熟悉的又是陌生的。它们是古老的，它们所见证的生活与我们之间隔了几千年的深渊。同时，它们属于我们的文化，我们的祖父母，曾祖父母和高祖父母以及他们之前的几代人，上溯几千前，读的都是相同的文字，这些文字塑造了他们以及他们的文化，这些文化尽管经过修改，而我们仍然生活在其中。一个像该隐和亚伯这样的故事不仅流传在上古，也流传在奥古斯丁的五世纪，阿奎那和但丁的十三世纪，莎士比亚和培根的十七世纪，以及我们自己的童年和当代社会。如果把这故事叙述翻译成当代挪威语，其中很多陌的地方就会因此消失，如果让它尽量靠近最早的希伯来语版，这就根本无法理解了。中庸的版本看起来会是这样：

> 那人和他妻子夏娃同房，夏娃就怀孕，生了该隐，她说：我靠耶和华得了一个人。她又生了一个孩子，他的弟弟，亚伯，一个牧羊的，该隐是耕地的。过了一些日子，该隐拿地里的出产为供物献给耶和华。亚伯也把他羊群中头生的羔羊里最肥的那几只献上。耶和华看中了亚伯和他的供物。却看不中该隐和他的供物。该隐就怒火中烧，沉下脸来。耶和华对该隐说：你为什么恼火呢？你的脸为什么沉下来呢——如果你要想做好事，就扬起来，如果你不想做好事，罪就伏在门前。它看上了

你，你却要制伏它。该隐与他弟弟亚伯说话，当他们到了田间时，该隐就起身攻击亚伯，他的弟弟，把他杀了。耶和华对该隐说：你兄弟亚伯在哪里？他说：我岂是看守我兄弟的吗？耶和华说：你做了什么事？你弟弟的血的声音从地里向我哀号。现在你必从这地受诅咒，这地开了口，从你手里接受你弟弟的血。你耕种土地，它不再给你效力；你必流离飘荡在地上。该隐对耶和华说：我的惩罚太重，过于我所能承当的。看哪，今日你赶我离开这块土地，不能见你的面；我必流离飘荡在地上，凡遇见我的必杀我。耶和华对他说：既然如此，凡杀该隐的，必遭报七倍。耶和华就给该隐立一个记号，使见着他的人勿杀他。于是该隐离开了耶和华的面，去住在伊甸东边挪得之地。

这是一个简单但实实在在的故事。一个人杀死了他的兄弟，上帝驱逐了他，同时给他留下了印记，无人可以杀死他。这意味着什么？哦，血液和大地在这里意味着一切。耶和华看着羔羊，血祭，而不是谷祭。该隐杀死亚伯，血流了出来，耶和华诅咒该隐，但不杀死他，也不想让其他人杀死他，因为亚伯死了，该隐活着并将把血脉延续。血与大地联系在一起，首先是通过他们的父亲，父亲以大地在希伯来语里的名字，阿达玛（adama），为名，即通过一种创造，然后是流出，死亡，血回到大地。血的声音从地里呼号，大地的嘴张开了接收了它。但是，无论是血还是大地都没在推动着叙事，它们只是叙事在其之间运动的两种事物。推动故事的是面孔和目光。主看向亚伯。该隐的脸沉了下来。耶和华警告他，如果他不仰起头，罪恶就将在他门前蔓延。他没有听，他杀死了他的兄弟，从那时起，他将再见不着耶和华的面。而且由于希伯来语中的“脸”和“表面”都是一个词，从大地表面的被逐也可以被视为从大地，也就是世界之面前，被逐。

该隐怒火中烧，他的脸沉下来。

该隐没有被看，这是故事的起点。当他不被看见时，他就什么也不是了，而当他什么也不是，他就死了，当他死了，他就再也没有可失去的东西。他还能失去什么？他会失去脸面吗？那样东西他已经失去了。这是一个关键的点，当该隐的脸没有被看见，和他沉下脸为自己没被看见而难过之间，有一个空间。这沉下的脸直接和邪恶联系在一起，因为上帝说：“如果你想做好事，就扬起脸来。”也就是看，然后被看见。如果不这么做，如如果不扬起脸来，“罪就伏在门前。它看上了你，你却要制伏它。”要转身离开，不仅不去看，而且要不被看见，是危险的，因为在这个空间里，在这里未经规正的空间里，罪在此聚集。

他的脸沉下来了。

扬起脸来。

面孔是他人，正是在其影响下我们成为我们。没有这张脸我们就谁也不是，我们就死了，而如果我们死了，我们就做什么都可以。有了那张脸，它看着我们，而我们也看着它，我们就无法想干什么就干什么了。脸是能约束人的。这就是为什么上帝说：扬起脸来。让你自己受到约束。但是该隐并没有扬起脸来，他不约束自己，他逾越了社会规则，因为他杀了自己的兄弟，在这个古老世界里也即他自己的血脉。而这种朝向自身的暴力是最危险的，因为要戒备自己几乎是不可能的；它来自这个“我们”，而非陌生人，不是“他们”，而是沉着脸的“你”。

杀害手足的事情还在我们周围进行着，一个兄弟杀了另一兄弟，在非洲某地，亚洲某地，欧洲某地；它发生了，然后事件也就消失。自《圣经》中的时代以来，人类没有任何改变，我们出生，我们爱，我们恨，我们死。但是，我们身上的古老气息，以及我们所做的事都被吸了这日常里，吸进了我们创造和组成的当代文化里，在这里现实首先是水平的，垂直的只有在例外时才有可能被看到并认出。实际上只要抬头往上看，就能找到这个感觉，因为太阳永远挂在那儿，燃烧着，这同一个太阳也为该隐和亚伯，奥德修斯和埃涅阿斯燃烧过。我们眼前的山脉，它们也有相同让人晕眩的年纪。说到我们只是那数千代人向后延伸链条里的最后一环，并且我们的感觉和他们也一样，因为在他们胸腔里跳动的心脏现在也在我们体内跳动，这并不是我们可以或愿意接受的观点，因为它消灭了独特性，我们成了情感或行动的现场，就像水是海浪的现场，或天空是云的现场一样。我们知道每朵云都是独特的，每个波浪都是独特的，但只看到云，只看到波。神话也正指出了这一点，因为它们总是关于这一个，但是这一个所表达出的，适用于我们所有人。该隐怒火中烧，他的脸沉下来。该隐被仇恨压倒了，变得盲目，他扑向他的兄弟并杀死了他。这则神话是关于人身上不服帖于这个个体的身份或者社会规范的力量，它横冲直撞，肆意破坏。这是关于在人身上有什么失去了控制，我们在它面前恐惧颤抖，这与我们在自然中的崇高面前的反应没有什么不同。这是人性中的崇高，这不受控制，狂野和破坏性的，降临到这个人身上，就像在我们所有人身上。那就是这个体中的崇高。另一方面，这崇高也存在于“大家”里，当人的数量多到一定程度，都已经黑压压的时候。足球场馆里发出的雷鸣般的呼喊，一次大规模示威游行中穿过街道的运动。这两种人群中崇高的例子有共同之处，就是它们的边界处都在那个人的、自己的、人之自我停止运作的地方。就是在那儿，这人群就和自然力联结在了一起，失去了对自身的控制。那是“我”的边界，是文化的边界，对其产生恐惧是很正当的。当那古老的被那日常的吸了进去，天空中燃烧的太阳是我们的太阳，我们就生活在一种始终在努力确认一种观念，始终在所有已知事物拉向自身的文化里，而艺术则以完全不同的方式去向往着那在“我”以及文化外的事物，未知的事物和曾经被称为神圣的事物。死亡是通往那个我们迟早会返回的国度之门户。它位于语言之外，思想之外，文化之外，它不能被抓住，只能被感知，比如，我们可以转向我们内部那缄默盲目的部分。它总是在那儿的，就算是一个普通的周二早上，我们吃着早餐，咖啡有点太浓，雨水顺着窗格密密地下，收音机里放着七点钟新闻，客厅地板上满是玩具，心脏时而跳动——它本身也是古老的肌肉——使血在肉体中循环。文化被创造出来就是为了摆脱这种视角，为了别去看我们生活之侧的深渊，但是这种当代文化总共只包含两三代人对生活的视角，且只关心近前的历史，那些以前被称为人类记忆的，再也不能决定什么了，在文化里总有这么一个其他的时代，那个时代里的东西不会改变，那里的一切都保持原样，那是神话和仪式的时代。对现实的理解里已经没有了这方面内容，并不意味着它从现实里消失。希特勒年轻时遗世独居时做了什么？他谁也不见，也没人看到他。成年以后他也没有和某个“你”建立纽带；当他被看见时，是被一个人群看见，一个大家，一个“我们”，而他写作时也是以同样的方式：在《我的奋斗》中，有一个“我”，有一个“我们”，有一个“他们”，但是没有“你”。

他的脸沉下来了。

扬起脸来。

该隐和亚伯的故事讲的是一个“你”的堕落，这是暴力的基底，读者可以在这里驻足，也可以继续往前，因为它的组成部分不仅有一个兄弟杀死其手足，还和祭品有关：该隐杀死亚伯，是在上帝赞美亚伯的动物祭品，忽略了该隐的谷物祭品之后。法国人类学家勒内·吉拉尔[1]将这个叙事解读为它表达了祭品在暴力这件事里所起到的作用。祭品展示出了暴力，并取代了其行为，这是在一个社会里控制那些否则就不可约束之力量的方式。该隐站在祭品之外，而他杀死了他的兄弟。祭品的代偿功能在亚伯拉罕的那个故事里被彰显出来，他正准备杀死他的儿子以撒作为给上帝的祭品，上帝俯身下来让他牺牲一只山羊就可以了。这只山羊，吉拉尔写道，就是亚伯曾经拿来献祭的同一只羊。祭品是一种仪式，它是集体的，它把暴力理解为某种集体之物。

关于祭品的观念来自神话，是原始文化的核心，和更发达的，例如我们自己的文化格格不入，在我们文化里，暴力被理解为个人行为，在一定情形下由一定的人造成，并由司法机构来处理，会对这个有罪的人进行制裁。一个社会里社会化进程

[1] René Girard（1923—2015），法国人类学家、哲学家和文学批评家。

里最重要的目标是，个人自己要控制自己的冲动，情绪和行动，以避那破坏、打碎所有这些结构和联合的这个体暴力，如果个人做不到这点，去杀了一些人，就会经由法律部门受到集体的惩罚。禁止个体暴力适用于所有社会，无法想象没这个禁令的社会。原始社会里，“我”和“我们”之间没有那么清晰的分野，也没有制造差异的和颁布律法的机构，而关于自身暴力、内部暴力的危险的洞察很可能正因为这个原因而更大了，因为这种联合在其后果面前是更脆弱的。吉拉尔认为，那种要处理自身暴力的愿望就藏身在所有禁忌里，这是一种避免所有可能激活它的东西的方式。在那种情况下，仪式就意味着相反的东西，它们是通往那个这些力量都在可控状态下那个点的方法，因为仪式的不断重复消灭了偶然性，并征服了情绪。

但是重复也是禁忌所涵盖的内容之一，因此，一样的和相似的，模仿，拟似也被认为会带来危险，根据吉拉尔的说法，构成了一切的基本。在许多原始文化中，双胞胎是不能有的，出生后一个或两个都会被杀死。镜子也经常与危险联系在一起，有些文化是不许模仿其他人，不管是通过姿势，还是通过学舌。分身也是一直被恐惧着的事物，在许多宗教里不允许图绘出神的形象。

可以想象这种对翻倍、复制、模仿的恐惧是和身份有关的，这个人在另一个人中迷失了自己，如果身份是一个不稳定的事物，对世界是开放，这个“我”就会被渗透，那么，但是吉拉尔认为它关联着相反的东西，相同之物代表着一种对集体的威胁，因为它不把暴力视为个体的，不会将其追究到个人头上，也根本不考虑暴力的后果，也就是那被终结之物，更是比我们更关注这个过程，并在其中看到了对称性和相似性：这一个站在那一个面前，二者中间是一个物体，导致冲突之物，在它两侧的他们是对等的。这种对等被序列化地重新创造出来，如果不被复仇终止就可以无穷无尽地继续下去，报复则代表着第一个对另一个的代表施行暴力，而这种暴力，即血仇，能一代代传下去，而最初冲突是为了什么早就被遗忘了，或消失在这种序列性里。

在一个小社会里，这种升级是灾难性的，这是它的基本模式，这一个对上另一个，这就造就了复制禁忌，这明显而神秘的对于对称性的恐惧。暴力是模仿来的，可重复的。如果禁忌要逃避它，那么祭祀就直面着它，不仅通过对暴力的模仿，通过在仪式中重现序列感，也通过其结构，祭品在这一边，社会里成员在另一边，但这不是分裂；祭品承受了这分裂，它是替罪羊,却是集在这一身:所有人对这一个将要被杀的。完事以后，只剩下这边的所有人，一个被团结在一起的稳定整体。

从另一方面来说模仿也是一种文化里所需要的现象，几乎所有学习和发展都是在重复和摹仿中发生的，以及直接模仿某个榜样，但是永远都或多或少有些暧昧的成分，因为当一个人模仿另一个，是因为他想要另一个拥有的东西，这一点，被吉拉尔称为模仿欲望的，根本不是稳定的事物。《旧约》里的最后一条诫命说你不应觊觎邻人的妻子、驴子或任何属于你邻人的东西，这肯定是因为这产生了冲突，两个人面对这一个他们都想要的客体；在这模仿欲望里两人彼此面对，这客体便成为这一个人的主体，要通过模仿或者加倍来获得它，这种相似性就带来了关系中的不平衡，要么是模仿成像压倒了被模仿的，要么相反。因此，模仿就这样被和权力和夺权绑在了一起，在深处也和暴力结合在一起，吉拉尔认为，这就是柏拉图为什么简直仇恨模仿的原因，因为这一事物在他那儿很不清晰，而这种危机性的这个“我们”和这个“我”的破灭，在精神分裂症里很常见的，他解释为这表达出了一种模仿他人能力的欠缺，而这整个社会就是围绕着这个技能发展起来的，而这就是精神分裂症患者经常展示出来的一种突兀奇特、戏仿性的逾越。

吉拉尔关于祭祀和模仿的思考是不是心理学意义上的，它不是在这个体的“我”中，而是在集体中寻求解释，并认为暴力是一种结构性的事物。暴力的这个方面在我们这个时代几乎已完全消失了，当下对暴力的全部掌控都在于把暴力以及唤醒暴力的情绪归咎到个人头上，在这样的一个系统里，就在暴力逾越出边界施暴的时刻，群体会出现，并制裁它，防止它的升级，这让我们总把暴力视为一个属于个人的事物，而完全没有看到它集体性这一面。但是，每当社会里出现一个团体把价值置于这个“我”之外而又不认同国家权力时，或者在国家权力薄弱的地区，暴力就会再次对称地、连续地行动起来；西西里岛或美国东北海岸城市的黑手党是最近最重血仇的团伙的例子，而在已经半被遗弃的美国大城市中心里的青少年帮派的互相残杀也是依据同样的复仇原理。他们彻底摧毁对方，他们自己都无法控制这破坏的力量，它已经失去了控制，这就是那原始文化里试图用禁忌和仪式来处理的无法控制的力量，而所有禁忌和仪式都以祭祀告终。他们的神话，后来的宗教，都是这个集体之表达，他们处理着整体并关心着整体，而文化也逐渐发展起来，越来越成熟。摩西五经就是关于这种发展的叙事，从人类的来历，文化与自然的分离，到通过其法律，规则，治理和宗教来建立一个同质化文明社会的过程。祭祀所做的，是在文化里造成差别。在生死之间，人兽之间，人神之间，以及人类内部之间，让那大同中的破坏力被分离出来，变成不同。祭祀是一种没有辞藻的语言，在这种语言中，没被说出的东西都被展现出来，并不是为了认出它们以控制它们才把它们带到存在中来。祭祀是提及那不能提及事物，赋无形者以形态的一种办法。那无形之物便是那大同，它是所有创世纪故事以及科学开始的地方。摩西五经中的第一本第一章说："地是空虚混沌，渊面黑暗，神的灵运行在水上。"[1] 这荒凉的边界与虚无接壤，这空虚是虚无的，那黑暗是大同，那深渊是无边界的，上帝的灵是万有，那水是无区别的。然后，通过一句话，地与海分开，夜与日分开，太阳与月亮分开。上帝说要有光，就有了光。当物质世界中的一切都被分开，就有了这些动物个体，在海里游的，在陆地上爬的，和在天上飞的。

生命第一幅画面是什么样子？

"水要多多滋生有生命的物，"这里写道，"要有雀鸟飞在地面以上，天空之中。"它说，"神就造出大鱼和水中所滋生各样有生命的动物，各从其类，又造出各样飞鸟，各从其类。"

重点放在数量和运动上，用了"滋生"，"多多"，"活物"，"各样有生命的"。在这盲目的多多的生命的背景下，它又写了"各从其类"，但是生命被描写得如此不具体，几乎只有其多不胜数的特性，秩序是第二位的，你可以想象，几乎就像捕虾笼里被

[1] 引自新标点和合本的译文。全书同。

拉到船上，里面关着的满地爬着唰啦啦响的龙虾那样。

然后到了晚上，然后是第五天的早晨，上帝在陆地上创造了动物，他创造了人民。他对他们说："要生养众多，遍满地面，治理这地；也要管理海里的鱼、空中的鸟，和地上各样行动的活物。"。

尽管这命令里的讯息是人比其他一切活物都优越，因此也把他们与它们分开，某种明确的他者，但是运用词藻的方法却把他们拉入和那些爬行着的生物的类比："要生养"，这里写道，和"众多"，和"遍布地面"，换句话说，人类也被以数量来看待，被其他的大量活物所包围，这些活物的特点在于其运动，会动的生命，多不胜数，会四肢着地或攀或爬。

然后上帝说：

> 看哪，我将遍地上一切结种子的菜蔬和一切树上所结有核的果子，全赐给你们做食物。至于地上的走兽和空中的飞鸟，并各样爬在地上有生命的物，我将青草赐给它们做食物。事就这样成了。神看着一切所造的都甚好。

在《旧约》的第一章中，强调扩张的内容分量很大，它被描绘为生命的基石，说到它们如何蔓延开。在这种蔓延中就暗藏着重复，所蔓延开来的是一样的东西，具备独特形态的生命，这重复是个体的重复；落叶乔木每年都一而再再而三地萌出同样的叶片，都是重复和重复的同一片叶子，这重复也是整体的重复；落叶乔木肩并肩冒出地面，一片又一片地长成大森林。人类是这种扩张的一部分，它也将且必须繁衍昌盛，遍布地面，这就是生命的动力，要增长，从这个角度人类被描写得和所有其他生命没有不同。

但随后发生了一些事情。在摩西五经第一本第二章中，叙事从远处移到附近，它不再是抽象的万有，概括的大地，概括的天堂和概括的生命，而是那具体的地点，这片土地，这片天空，这两个特定人类的诞生。亚当，其名字与泥土有关，夏娃的名字与生命有关。上帝把生气吹入他们之后，将它们放在一个东方的花园里，伊甸园。有四条具名的河流通过它们，比逊，基训，希底结，幼发拉底。在那件事以后，也就是他们吃了善恶树上的果子并被放逐时，又来了一个名字系列。死了的那个儿子亚伯，儿子该隐这一脉是：以诺，以拿，米户雅利，玛土撒利，拉麦，亚大，洗拉，雅八，土八该隐，纳马。然后是赛特的第三个儿子：以挪士，该南，玛勒列，雅列，以诺，玛土撒拉和拉麦，挪亚，闪，含，雅弗。在最后四个人在生期间，大地上所有生命都在罪之洪水中消灭了，又开始了一个新的序列。雅弗的后裔，是歌篾，玛各，玛代，雅完，土巴，米设，提拉，亚实基拿，利法，陀迦玛，以利沙，他施，基提，多单。含的后代是，古实，麦西，弗，迦南，西巴，哈腓拉，撒弗他，拉玛，撒弗提迦，萨巴，底但。闪这一支是以拦，亚述，亚法撒，路德，亚兰，乌斯，户勒，基帖，玛施，沙拉，希伯，法勒，约坍，亞摩答，沙列，哈撒玛非，耶拉，哈多兰，乌萨，德拉，俄巴路，亚比玛利，示巴，亞斐，哈腓拉，约巴。法勒的后裔，是拉吴，西鹿，拿鹤，他拉，亚伯兰，拿鹤，哈兰。

这些名字把那个历史时代与这神话时代联系在一起，它们可以说点亮了历史的黑暗，开辟一条通往那创世纪时刻的小径。

这种联系是真的，即使不是实有其事，因为人类社会肯定是在某个具体时间、具体地点里萌生。与地球的年龄相比并不是很久以前，大概也就距今二十万年，差不多繁衍了一万代人。它发生在非洲大陆上某片土地上，它已存在了几百万年才有了最初的人类生活的痕迹，到了某个时间段，他们开始群居，比肩而栖，那时候可以倒推至四万年前。初民们的人数可能不多，只有几群人，开始他们一定待在某些地方，直到十万年前其中一些人开始迁徙，慢慢走到地球各个角落。

身体里的基因在九十年代被辨认并汇总研究，你就能追踪这个迁徙轨迹，它落实在还活着的这些身体上，通过一种奥妙无穷的繁衍长链条，我们和我们身体的历史就好像封装在这链条里，现在它们冲着历史的深处被打开了：我们不仅是像他们，从某种意义上说，我们就是他们。

人类之出现是一种在地之事，它发生在一个特定地区；关于伊甸园的说法以及随后流传开来的，表达的也就是这个意思。一些洞穴，一些平原，一些森林，一些湖或河流。

当叙事一路讲到亚伯兰，我们就来到了历史时间和非历史、深渊般的非时间这两者正当中，通过他兴起的是一个家族、一个民族和一个国家的奠基，它在这唯一真神的意志下团结起来，这意志也赋予了他们法律和法令，也就是文明和宗教。而神圣与非神圣之间，人与世界之间以及人与人之间的关系也在其中得到规范。而未来是对其后代的应许，因为上帝带领亚伯兰前进，说:现在仰望天堂，看着星星，如果你能的话，数一数它们。你后代繁多当如此。亚伯兰，结盟后改名亚伯拉罕，后来要用他的独子献祭，上帝阻止了他，也出于同一个约定：“我便指着自己起誓说，论子孙，我必叫你的子孙多起来，如同天上的星，海边的沙。”

星星和沙子也是量词，极言其多，但也是同样的东西。约定不是对所有人的，不是说人类本身就当无穷蔓延开去，而是亚伯拉罕和他的家族，也即一个“我们”，我们自己人的，这就是使其成为一个约定和一种乌托邦的所在，因为那个时候是家庭、家族、族群的扩张就意味着权力和昌盛。靠人口之大量就可以征服土地并据有财富。《圣经》中关于无数的负面形象是蝗虫,那灭顶乌云吞噬着它们前进路上的一切,无情地灭绝一切地。

我们与他们之间的边界在《圣经》中始终至关重要，是的，整个《旧约》都可被视为是源于这种划界行为造成紧张关系的叙事。亚伯拉罕的所有族人都要割礼，这是他们归于我们的一个记号，他们之“我们”，都在他与上帝订立的盟约中，应许是关于后面那些叙事都在寻求的关于自己未来土地的乌托邦，直到摩西在死前亲眼看见这流淌奶和蜜的应许之地，他的人民过河并占领了它，这诺言才实现了。他们之前一直在埃及当奴隶，无助无力，总被掌握在别人手中，在这情形下他们没有任何自己的东西，每天任人驱使，甚至孩子也不是自己的，唯一让他们抱成一团的，是这“自己的”概念，这是上帝许诺给他们的，那唯一真神。

埃及人杀死了希伯来人所生的所有男孩，但是当摩西出生时，他被放在河边的篮子里，被法老的女儿发现，公主将他当儿子养大。他不但可以安全地生活在埃及人中，还可以作为最高、神一般家庭的一分子享受最大特权，但是他和他出生那族人之间的纽带如此牢固，以至于他拒绝了这一切，但并不是经过盘算和计划，它是在被情感冲击下发生的，鲜血汩汩涌流，他看到埃及人打了一个希伯来人，他杀死了他，将他埋在沙子后就逃离了这个国家，于是上帝向他显现，并立下新约。在摩西的带领下，希伯来人逃离埃及，进入旷野。在那里他们被赋予所有他们此后要遵行的法律和仪式。他们还被清点了人数。

他们得到了法律并不引人注目，这是整个叙事的基础，但是他们还被清点了人数,而数字还被罗列出来,这就值得关注了。有人可能会认为这像是记账，一种古老的要精确解释当时情形的信念，数字在这里一定意义重大，这不但因为当时他们在沙漠里,食物和饮料在这里是极有限的资源,这就让数字举足轻重，并且因为他们要去入侵一个国家，而士兵人数将是决定结果的最重要因素之一。但是即使这样,这么精确的数字也似乎很奇怪，这种形式的精确在这个文本中并不常见，文中其他部分往往用一句话就描述一个民族长达百年的苦难或一个城市的倾覆。

文本中另外一个表现极高准确度，不漏过任何一点细节的地方是讲述祭司将要施行的各种律法和各种仪式。但是律法是普世的、不变的，适用于所有地点；数字恰恰相反，在一个特定时间点清点一个可变的事物，这只对他们来说有意义，当时摩西在西奈沙漠中召集以色列人民。他们人数众多，但不是多如星星或沙粒：总共六十万三千五百五十名能打仗的男人，分为十二个支派，根据以下顺序：

吕便支族：四万六千五百。

西缅支族：五万九千三百。

迦得支族：四万五千六百五十

犹大支族：七万四千六百。

以萨迦支族：五万四千四百。

西布伦支族：五万七千四百。

以法莲支族：四万五百。

玛拿西支族：三万二千二百。

便雅悯支族：三万五千四百。

但支族：六万二千七百。

亚设支族：四万一千五百。

拿弗他利支族：五万三千四百。

从外面看起来，这些即将去占领新土地并杀死一切挡路者的他们，是一堆无面目的族群，但是从内部来看，他们所有人都与和那已知的相连，这些线头可以追溯到各个家族和历史里，而汇总成了整个民族。

在今天阅读这古老的文本，也许最值得注意的地方是这宗教和社会的奠基是如何互相融合，并看起来是一体的两面。因为数字把这数量牢牢固定在那一刻只是数字本身所代表意义的一面，另一面则把数字与律法联系起来。这数字向着那无限敞开，那不可控制的，不可辨认的，沙粒星辰之无限；这些名字以名字的身份认定给它们设定界限，并控制它们。律法也以相同方式来界定行为之边界，并控制它们；禁止杀人，这是对生命的犯规，禁止撒谎，是对真理的犯规，禁止不忠，这是对婚姻的犯规。惩罚是驱逐生命，即死亡，或者，如果罪不是太大，还不至死，就代之以祭品。而在这其中昭显了自身的边界，把这个民族以及其存在和那神圣区分开的边界，是所有事情里最重要的，文本写到那些不同的仪式，讲到祭司们步入那最神圣中，在祭祀台上洒下血，或燃烧动物、鸟类、谷物或油时，所涉细节之详尽细节足以证明这点。祭祀不仅提醒人们所犯的过错的代价，不仅是象征性的行为，而且本身就是一种代价，就像被砍头的公牛不仅象征着生命和鲜血，其本身就是生命和鲜血。《旧约》中的语言如此具体，和这物理现实以及在其中的行动紧密联系在一起，以身体而不是精神，无疑也是这事的同一方面。在另一端是神圣的，无边界的，无穷的，也是无名的，不确定的，而它的身份就系于一个动词上，也就是一个行动或者动作。我就是我。这无名之人类的画面是沙粒或星辰，在这大众中失去身份是显而易见的，因为星星或沙粒的数量并非无限，而是有限，只是隔着一段距离它们看起来是一模一样，离近了看每粒沙子长得都不同，星星也彼此不同。它们是能算得清的，也是可以有名字。那没有名字之上帝的图景，倒是无限的，雷同的，因为它是火。它看起来总是一样，给一场火起名字毫无意义，但是给一粒沙起名则有，但其实它们每次都不一样。火无法清点，无法命名，无法限制；你扑灭了世上这一摊火，它就在另一个地方烧起来。沙粒和星星表达的是关于这一个和所有人、个体和大众的想法，而火则在这两种事物之间创建其身份，因为它同时是这一个和所有人。无边界的上帝位于法律和仪式的边界和告诫之外，这无边界的生物生命位于名字之外，只有长足的努力才能使我们免于消失或被其吞噬在它的深渊里。

这宗教世界，始终围绕着仪式聚成一团，仪式的分量把它牢牢地定住在同一点上，坐落在这乡土的从前，靠着这社会，这个社会里的时间跨度只包括了往前几代人和往后几代人，但是其营生，和田地与四季联系在一起，同时也压倒性地和重复联系在一起。彼此被分开后，那本地的和普世的对他们来说就更关系重大，因为那普世的，也就是关于所有人的，那些比如说可以调节地球上总人口的东西，已经超出了人类能力范围，被定义为伟力和命运，如此强大，以至于没人想过可以用祈祷和祭祀以外的方法来进行干预。面对干旱,洪水,寒冷和流行病，人类脆弱无助，不堪一击。这本地的与普遍的之间，个人的与整体的之间的关系是单方面的，在这种意义上来说是这些介入了这些个体的生命的力量，是广袤的，非人的，而这个体的生命从来不会去干预那普世的。普世的是一种宗教而非社会的概念。

当那科学的成为人类借以理解物质世界的语言时，这宗教的退到一边只操心生活的精神层面时，这在地的和普世的之间的关系就被彻底搅动了，同时这个变化也为技术发展铺平了道路，得以在如此短得惊人的时间内完全改变了生产和分配条件，让人口数量爆炸，在过去百年以来、千年以来的人口数字之恒定不动相比，更为惊人。如果 1350 年地球上有 2.5 亿至 4 亿人，而 1650 年则介于 4.65 亿至 5.45 亿之间，到 1800 年则介于 8.35 亿至 9.15 亿之间，1850 年介于 10.91 亿至 11.76 亿之间，1900 年是 15.3 亿至 16.08 亿，1950 年 24.16 亿，1980 年 40 亿，在写这行字的时候，2011 年，60 亿。我们确实已经遍布地面，正如《创世纪》叙事里所应许的，我们多如沙滩上的沙粒，或天空中的星星。

从某种意义上说，这种剧烈的人数增长什么都没有改变。它只是同样的东西增加了。更多的出生和更多的死亡，更多的身体和更多的食物，更多的衣服，更多的房屋，更密集的建筑，分布在更广袤的区域。人类蔓延犹如森林蔓延，因为这种树木总数增加了也不会改变任何东西。这在地的作为某种事物的存在不会终止，就算它已经从那和普世的链接中脱出，比如说工业革命以来被创造出来的世界市场，一件东西在某地生产然后从那儿被运到世界各地，正如社会学家布鲁诺·拉图尔（Bruno Latour）在他的书《我们从未现代过》（*Nous n'avons jamais été modernes*）里写道，通过一步一步地走这个过程，"你永远不会跨过那条把在地的和普世的分开的那条神秘边界"。火车什么时候离开这本地，走向全球的？拉图尔问，然后回答，永远不会。所有大型组织和协会均由当地单位组成，比如说军队的组织方式与罗马时代的军队组织方式差不多，只是人数成倍增加，官僚机构、国家部门、大公司和国际公司也是如此。它们由一个在办公楼里忙碌着，衬衫的腋窝都是汗，领带都歪了的人乘上一千或者几十万组成，改变人类状况的不是数字本身，而是我们对数字的概念。

1680年，牛津大学的解剖学教授威廉·佩蒂爵士（Sir William Petty）写了一本书叫《政治算术》（*Political Arithmetic*），他试图从数学角度来理解或贴近社会，换句话说，就是量化和测量人类。他想推理出一些人类法则，就像牛顿推理出他那些自然定律那样。在这显然的由多变性和任意性构成的混乱背后，世间存在着绝对的秩序，绝对的规则，如此精确可测，可以用数学方法进行推演和解释，这个想法在十七世纪是不可抵抗的念头，它当能证实了上帝的伟大；这就像有隐藏的计划，它和这世界的关系就像图纸和发明的关系，而在这样一个系统里，任何运动都遵循这一种预先确定的模式，这模式里任一部分都不可变更，这里的所有部分都和其他部分默契切合，而在一起就表达了宇宙的整体。人类，作为宇宙一部分，也是这个系统的一部分。在其本身而言，以其血和肺部，其大脑和神经系统，其肌肉和筋，就像线缆那样让使手臂可上升下降，让腿部能行走，在数量上，根据人组成的那些村庄、城镇、州等结构单位，就可以精确确定数量，活着的人口和死亡人口以及出生人口——因为如果你这样地从整体来看，就会看到其中的规则。每年出生死亡的数字，比如说，就不是任意的；诚然它时有上升下降，但都基于可识别、可确定的参数基础上。在预期寿命这样的事上也是同样。

但是，是什么推动着社会发展，驱动着个人，是什么决定着他们的行动，让他们的身体去做这件事而不是其他事，这些事上有没有规则，能适用于所有人？

身体与社会与钟表之间的比较，笛卡尔和霍布斯都明确地提出过，在我们的眼里显得是粗暴简化了，因为时钟对我们来说并不是什么高深得不得了的机器，所以把它表达出的这种被作为医学基础的思维模式放在这一边，它认为身体由运作中的各种零部件组成，这些部件可换可修，这是一种纯机械的概念，我们再把统计和社会规划的基础放在另一边，在这里所有人类活动都可以测量量化，成为确定的数字，作为政治决策最重要的背景材料。被量化了的社会现象清单长得没有止境，它们以不同方式被化整为零，以使大众中的这些趋势能被解读，使不受欢迎的趋势能被避免，或受欢迎的能被加强。你也能看到不同部分之间的关联。这些统计数据有边界价值；如果去统计一个家庭里死于交通事故的人和死于癌症的人，是毫无意义的，这就是举个例子，在那里事件不能作为量化概念来理解，这家的儿子约翰内斯属于最容易死于车祸的年轻人组别。但对他们来说，他不代表任何人，他是约翰，一个月前的一个下午他从走廊的桌子上一把抓走了车钥匙，就再也没有回来。在一个小型社会里中，比如挪威北部沿海那些居民人口不过二三百人的某个村子，谁都认识谁，这种统计目光也没有意义；那是约翰内斯呢。但是在某个节点上，统计数字就从无效转为有效。在这个节点上，“我们”就不再可能作个人观了，在这里那人群里的多个个体就无法被那只关心着这群体的人分辨出来；一所比较大的，比如有五百名学生的学校，一个老师认识班上的所有学生，但不一定能认出学校里所有学生，所以在班级里进行成绩统计毫无意义，因为老师知道谁在哪个科目得了多少分，而在学校里做成绩统计来看其整体水平则具有统计学上的意义。从这个体的人到数量级里的人之间的过渡是从“自我之我”到“我们”之间的过渡，但不是人格化的“我们”，它和另一个更大的“我们”接壤，那是非人格的，不再以某个名字而是以数字来代表，也就因此接近了“它”。

如果你要想象一个人性等级，那么它必须从非人格的开始，在身体的物质性里，这里所有部分在原则上都是可以换的，因为所有人的这些部件都一样，而个体的自然也就没有意义——也就是说，这人性的从那非人格的“我”开始，继续到有人格的“我”，然后进入这有人格的“我们”，随后是这非人格的“我们”，或者“我们”之“它”，作为一种大数量的人类，作为数字的人类。

这个“我”和这个“我们”靠着这个“它”的边界是流动、不清楚的，但也是真实的，因为在这个“它”的区间里，人性的特征是等同性、可预测性和一种近似数学原理的确定性，而在“我”和“我们”的区间里人性是自由的，我行我素的。这个内在的“它”的世界是生物学的，对它来说思想是一些互相作用的细胞，情绪则是经由神经传递的化学和电子脉冲，和人体的所有其他进程肩并肩地存在着，而情绪不能影响这些进程，也不能去思考或者感受到它们，假使DNA螺旋与细胞之间的交流不能算作一种思考的形式的话，在生命的最基础的水平上，这一个个体在另一个个体里的重复，不管它被叫作什么，它在我们的深处进行着，而我们对此无知无觉，不能理解也不会看见，除了这些进程的结果之外，也就是我们内心生长出来的东西。

这些系统是相同的，适用于这一个人的也适用于所有人，它们也是连续的，这是在它们通过在一代又一代人之间不断复制延续下去这个意义上来说。它是一种机械过程，某种生物材料工业，肯定精细得没有尽头，却是物质的，所以总存在着一个问题，就是这造人产业和机械技术还要多久才能达到向内转的精细程度，朝我们自己动手。这个过程在中世纪时就跌跌撞撞地开始了，当宗教不再被用来解释自然时，人们可以自行理解自然是，它以让人震惊的高速向前，人们开始了解自然的法律和原则，最初的实践成果是粗糙的，普罗米修斯式的机器，钢铁打造的巨型装置，人们把煤铲进去，出来的是蒸汽和烟的浓云，但它很快就被优化、缩小，发达到了一种可以不仅仅分离细胞和DNA螺旋并排列出整个微观的基因物资图谱，更能介入它、编辑它，修改它最后创造它的程度。这些系统是我之感觉和我们精神的基石，它们是会死的，而“我”也会跟着她们一起死，却不能因此就说我就是“它”；我们有可能体验到心脏是我们的，但是，事实证明，如果心脏完蛋了，可以放一个新的进去，来自某个死人，然后继续生活下去。我们不是我们的心脏，我们不是我们的手臂，可以就把它砍下来，放在桌上看着它，这血了吧唧的东西和我有什么关系？我们被这种肉体的暗和这眼里的光所限制，被这种单调的心的无感情搏动，以及肺这污灰色双胞胎不断吸入排空空气所限制，没有它们就没有我们，但是它们自顾自活着，它们不认识我们，它们什么都不知道，对肌肉来说，它们所导致的抽搐，不管发生在死人身上还是活人身上都没区别。

这个“我”和这个“我们”之“它”之间的区别是巨大的，因为虽然前者在这肉身中展开，而后者在关系中展开，前者因此是有寿命的，后者是不朽的，是从当个体死亡，它还会继续存在下去。这两者共同处在于可预测性和公理性，二者都以自己的方式排除了个人的成分，都以自己的方式和那以贯穿伟大整体之力和现象为特征的非人世界关联着，那些之前被视为威力的，在第一个例子里是生命的开始和过程，在第二个例子里是主宰生命的命运。

这里是什么时候变成那里的？米歇尔·塞尔问。在这个问题上还能再加上一条：我们在几时成为了他们？本土性是一个地理事物，但它也是一个社会事物。本土性所包含的这一地理成分，由划界这种行为来执行。城墙，就是这样的边界。环绕着物业边缘的围栏。财产权将人们和地点连接在了一起；天气，房屋，农场，庄园。我的，你的，我们的，他们的。在已经湮没的远古时代，人类世界一直是乡土世界，由小小的，互相隔绝的社群组成，这里的社会以地方事物为中心，人们在出生的地方死去，一辈子最多就走出这块地界不过几里地。在这样一个社会中，比如说十四世纪某个德国村子里，知识也是本地的，因为只有极少数人会写字，知识都通过口头和实践传播，它存在于个人记忆里和肌肉记忆里，和这特定地域所给定的先决条件联系在一起，不管是采石场里某种特定石头，或者某一种矿，或是森林中不同的土壤和树木。至于某种自然科学的进展会在这里发生，在一个十四世纪的德国村子这一类的地方发生，绝对是不可想象的，或者其他什么类型的机器，汽车引擎的构造、缝纫机或微波炉之类，都同样不可想象，这正是因为这本地性以及它塑造出来的知识形态。它被个人记忆的局限性束缚着，就没有办法得到所需要的理论，每种尝试都要从零开始，只能从个人的假设出发，而得到的所有知识，在知识所有者去世时都会佚失。这个世界上的所有著作、所有理论和哲学都集中在少数几人手里，所有书稿都以手抄方式流传，只在很少几处地方得见，大部分是在修道院，或从十三世纪开始在大城市出现的大学里。炼金术士就出自这些圈子，他们和帕拉塞尔苏斯一样什么都染指一点，那种漫游的浮士德式的人物，他们的知识也可能是系统的，但却是在这样一个很受限制的环境里，也就是所有的实验都在私下进行，和其他实验之间是隔绝的，那么除了重复自身错误之外也很难有其他结果。

新事物必须是被需求的或者备受期待的，能提供显然的益处，当这新事物的脉动出现时，一定要有个让它在其中发展立足的共同体。而在这本地的世界里，新事物就会像石板上擦出的火花那样熄灭了。只有本土的结构解体后，新事物才是可能的。就知识而言，十五世纪伴随着印刷机在德国被发明出来，巨变到来了，因为它可以复制任何书籍和论文并把它们同时传播到世上，这意味着一切不再随着那少数几个的命运而起起落落。知识可以以前所未有的方式进行积累，达到这样一个程度，就是任何人穷其一生也不可能学到现存知识的哪怕一小部分。在一地提出的一种理论可以在其他地方得到支持或反驳，再也不会每次都要从零开始，一旦可验证性和普遍性以及平等性这些简单原则被确立后，这种全方位系统就能创造出个人永远无法独自完成的事情，例如火车或机关枪。大自然被从宗教中解放出来，知识被从本土中释放出来，而这些被释放出来的能量，像风一样吹过人间。

“所有人”不再是一种宗教的概念,而是生物学的和社会的。承认了生物学等同性，以及身体是一种由可计量因此可操控的部分组成的物质，也就对器械以及后来的化学干预打开了大门，这都没有问题，它没有威胁到以往宗教里身体与灵魂之间的分野，反而增强了它；这个“我”是肉体里的一件事物，可以通过开胸并清理心脏周围血管里的钙沉积来延长其寿命，这当然是没有问题的。另一方面是承认社会平等性，人作为大众，也由可计量因此可操控的部分组成，这也对干预和采取措施打开了大门，相反，这并非没有问题，因为它对这个“我”的威胁并不关乎节制，而是关于消灭，也就以一种奇异的方式，把之前已有定论的概念，比如尊严和善良，又推入了动荡中。

这几个世纪以来所有这些潮流及其导致的结果，在很大程度上可以算作本土性的解体，本身也是好事。但就算是这样，它也给这人间带来一些阴影，一些不好的事。社会结构在变化，城市在生长，年复一年，孩子出生了，庆祝生日，收拾行装，去城市碰运气，都这么说，在各地都是如此。他们一个接一个地做出了这样的决定，但是他们在一起形成大众，一张面孔成为人流中的一张面孔，在去工厂的路上，去做任何人都能胜任的工作，或者往返至他们的房间里，也和其他房间没有不同。工厂里冒出的烟雾倾泻而出，像云一样笼罩在城市上空，街道上都是人，许多人很穷，在他们住的城区里，一些和贫民窟差不多的地方，时有饥馑或最深切的绝境。饥馑不是什么新鲜玩意儿，而饥馑面前的无助也不是，但是从前饥馑来自外部，以洪水、干旱、冻灾等面貌出现，它的力被本地化了，转成了命运，或某种威力，构成这些人生存条件中的一部分。在这些新的社会条件下，这种新的绝境，则从这些人自身而来，因此命运也好和威力也好都像是被这人间招引过来的，而人间也就在某种程度上承担了责任：一种疾病可以不再致命，通过人类干预可以治愈它，流行病可以预防，一场饥荒不再会在人口中砍出一个大口子，终于有了更有效的农业技术让作物增产达到了可以设置粮食安全线的程度，而通过基础设施的完善还可以被巩固，人类可以不再依赖本土环境。贫穷不再是自然淫威的错，而是人类自己的错。这种过错也无法归咎到谁头上，不能说它是某个特定的人或人群的错，也不能归到特定地方，因为这波及开来的后果不仅是由一个人的行为影响到所有人，它也是从一个地区影响到全球，就像纺纱机的发明，开始是地方上的现象，由少数几个人在英国某地搞起来，完全无害的，其后果却震动了社会各方面，尤其在整个西方世界里，同样的事情在各地发生，人口增加，城市增长，劳动生活的机械化，市场的全球化——各种显然无法被喊停、控制或把控的进程，这一切就这么发生了。贫穷、苦难和疾病没法归咎给任何人，它是系统的题内之义，如果要减缓或调整这个后果，就要去厘清并改造这个系统。

马克思和恩格斯所做的，也就是说，他们厘清了这个系统，将其钉死在历史中，然后让它通向一个乌托邦式的未来。但是，系统不是人，它没有面孔，“所有人”这个概念也不是全无问题，而当他们被分成阶级后更是如此。毫无疑问，在一个广大社会群体的劳动成果只让一个很小的社会群体受益时，贫困和苦难是社会结构所致，因为“所有人”一词是概括性的，所以“所有人”被理解为生活在相同条件和限制下的一类人，即根据他们的共同点、他们的相似处来定义的，这也就是“所有人”一词的最大适用范围，也是他们的有待改善和改变的生活条件，以平均预期寿命、平均儿童死亡率、平均收入、平均工作时间、平均生活空间、平均食物摄入量等统计数据来衡量，这些参数是《资本论》中用来显示工人阶级的生活条件之不人道，并探究其缘由的工具，个体福祉的意义是次要的，而这个集体的整体利益才是要考虑的，单个劳动者就被纳入了阶级或总和里，之后以共产主义之名进行的各种行为，不管是在列宁、斯大林或毛泽东的领导下，都是这种思想的结果。集体农庄是件造福所有人的好事，个人的遭遇是次要的。那期间对知识分子的改造，也是一样。

一个关于人人平等、人人平权社会的想法是怎样导向了古拉格呢？这是疯了吗，当杰克伦敦看到伦敦贫民窟的极度贫困时，感到的愤懑又是什么？难道人不该感到和他人是一个整体，并试着帮助他们摆脱困境吗？

当困境超过一定水平时，就不是个人能控制得住的：即使伦敦或马克思花上他们所有的所有时间来改善贫民窟的条件，并为此捐出最后一分钱，都只是沧海一粟。贫困、暴力和困境是结构性的，只能以结构的手段去应对处理。马克思主义的前提是，那些让大多数人过着不堪生活的重大社会问题，与社会财富的分配有关，因此从根本上讲是物质层面的问题，在解决方案上也当如此。问题不在于大规模生产的形式，而在于谁控制了生产资料，这不仅决定了不同的收入状况和生活水平的差异，还决定了个人的异化，这取决于一个人对自身劳动能控制到多大程度。马克思主义的主张就是，生产条件上的根本变化会促成社会条件的根本变化，从而消除所有经济上的不平等，让所有特权被平等分配，由此达到所有人的平等。不过，如果这对工业主义的核心质疑并非关于物质财富的分配，而是志在没收那几乎已经全盘占据了生活的物质，以这非同寻常的手段来减少人性，那么解决方案就不是乌托邦，而是换了一种介质的噩梦之延伸。

马克思主义也是一个身份认同问题，其中“我”和“我们”之间的联系不具备本土性，不按地理边界走，而在这新兴的工人阶级中，十九世纪中叶所有西方国家都普遍出现了工人阶级，他们的目标也是革命，革命的宗旨是要推翻“他们”并将“他们”拉入“我们”，并要将此进程席卷全球。这共产主义的“我”介于工人们国际性的“我们”和资产阶级的民族性“我们”之间，因为尽管统治阶级和富裕阶级的金钱没有界限，但他们的自我是有界限的——这浪漫的“我”满溢过其两岸，其天才者，其特立独行者，出现在十九世纪初工业主义开始时绝非偶然：人越来越多，越来越平等，独特的和本土的都弱下去了，关于大众的概念开始出现，朝向对个人产生威胁的那个方向，就树立起了这个伟大之“我”。同一时代的哥特式恐怖故事写的也是同一回事。

E.T.A · 霍夫曼[1]到达了罕有人至的集体恐惧深处，他写过仿人自动机，这些机器这么像人以至于你会爱上它们，他还写过关于分身的故事。布拉姆 · 斯托克写了一个不会死的人；玛丽 · 雪莱写了一个造人的科学家。害怕这相同物事会跨过边界到了这独特之物这边，和害怕这非人之物跨越边界到了人类那边，害怕这非生命之物跨边界到了生命那边，都是一回事。编造创造差异，差异创造意义，这就是为什么人类对那无差异之物的原初焦虑：在其中它就被消灭了。将浪漫主义那极尽夸张地强调对这唯一之“我”，其建构出来天才所属之地，视为一种

[1] E.T.A. Hoffmann（1776—1822），德国浪漫主义奇幻和哥特恐怖作家。

对上帝在世间缺席的补偿，同时也是为了应对那对无差别之物的日益增长的想象的压力，这当然是一种猜测，但肯定也不是没有道理；斯托克、雪莱和霍夫曼的书，都表达出了那个时代，都是关于人类与非人类之间的边界，也是把它视为一种处于威胁之下的事物。

十九世纪在身份认同方面的两大运动，一个朝向唯一和独特，另一个朝着所有人的相似，两个运动互相排斥，是个不可能的等式。这不是因为这个“我”和“我们”本身，而在于它们带来的人类观。人类被理解为大众，侧重其相似性，产生于外部，用外部语言，也就是数学和科学的语言来交流，而被视为具备独特和伟大特性的人，则出现在内部世界里，以内部语言来沟通。民族性之意义就在于它是这身份认同情结的一部分，在这里民族和人民不仅框定住了这个“我们”，将其变作一个可尽收眼底的整体，更通过转向那一贯英雄主义的历史而让它变得伟大。这是对本土结构解体的一种直接回答，因为这就是它的意义所在，英雄的，也即伟大的，发生在此处而非彼处，就在我们血脉所源的民族中，也是我们之“我们”的一部分，而绝不会在彼处，在他们中发生。

浪漫主义的大“我”，是名字的强化版本。工业主义的芸芸众生，则是数量的强化版本。这一对矛盾一直存在着；从那如蚁群般爬行着的生活，到有名有姓的人的运动所致力的是：差异化、制造差异、创造意义。祭祀的功能还有别的性质，它并不分裂集体，不像名字那样冲着个人性而去，相反，它建立差异，并让这个集体有了一种作为整体的意义。但祭祀的功能也会改变。亚伯的献祭和该隐谋杀兄弟这些事件中的原始意味，在一个简单画面中表达了从这相似性中涌出的暴力，在亚伯拉罕以儿子献祭的故事中被蓄养起来，变得复杂化了，在祭品以及作为被献祭对象的上帝这两方面都不再绝对，因为上帝把祭品送回来了，被送回的祭品又算什么呢？有很多说法说原始文化里最早拿人当祭品，随后被用来充作人的动物取代，但不是什么动物都可以，总是某种和人类最亲近的动物。亚伯拉罕的故事似乎就是这种转变的全面写照。但还有更多的事情发生。没有什么集体参与献祭，只有亚伯拉罕、他的儿子和他们的上帝。上帝是至高无上的造物，万物的创始者和显现，他通过索要人祭以逼迫人尽这种非人的义务，而亚伯拉罕打算以儿子献祭，就以这种方式把某些东西置于比死亡更高的地位，上帝的名字和荣耀，而这种不让死亡成为终极之物的方式战胜了死亡。在生命中有些东西比死亡更重要，因此可以牺牲生命。如果他牺牲了他的儿子,他这么做也是为了爱。对上帝的,也是对儿子的。当神把祭品还给他，亚伯拉罕没完成祭祀，没有为那至高的牺牲最爱的，儿子没死，而是继续活下去了，另一种爱在等待着他们，父子之间的爱，它并不会凝聚在一根火柱中，不会燃烧于在这生死之间的焦点上，却像是从无穷无尽的日子喷涌而出，那么长的时间就好像它被不断抹去，那么近就像近到难以看清，因为儿子在父亲身上看见自己，父亲在儿子身上看见自己，谁属于谁并不是那么好判断的，在下风的人总有一天会占上风，占上风的人也会总有一天会在下风。

以子为祭的故事是《圣经》中最奇怪的故事之一，不仅因为它没法解释，神话故事都这样，而且因为它偏离了那绝对，本来绝对是那些神话和宗教叙事的基本条件，这种偏差不仅发生在故事边缘，而且还在故事的中间显现出来。神是一种绝对事物，献祭是一种绝对的行动。但在这里献祭不再是绝对的行为，它被喊停了。上帝这么做是为了考验亚伯拉罕，那么这本质就从祭品转向了献祭的意志，也就是从人神之间的联系转向了人本身。献祭从来不只是一种损失，在献祭中总能得到点什么，那么当献祭被喊停时，亚伯拉罕失去了什么呢？他失去了绝对，也失去了对死亡的胜利。换言之，他失去了生命的终极意义。但他赢了什么？他赢得了生命最核心的意义，他儿子的生命，那真正不可失去的，但在这个世界里“真正”隐藏在旷野里，并不是像祭品那样能是被给予的东西，而是某种要取得的东西。这也是一种征服，对人类尊严的征服，这也是《旧约》的主题。神与人之间的关系是如此模棱两可，而这大地的和尘世自身的分量，似乎在把神拉向自己，在这反绝对的沙和尘的漩涡里，这也可以被视为那升华的反面，那琐碎的努力，总是在漩涡中间被终止、被喊停，半是日常，半是盛典，半是人，半是神，这一刻小气、下一刻全能，就是这些让犹太教成为一种怀疑的、犹豫的、未决的宗教——以及其暧昧性，因为这反对面的力量总在那儿，就算在报复这种不能更明确的对称中：以眼还眼，以牙还牙。

如果你像吉拉尔一样把那关于耶稣生平和教义的纪事视为《旧约》所构成的悠久历史的完成，尤其是在它结束了其运动这方面，因为说《新约》包含了什么意味，那就是消弭复仇观念，终止不可控的暴力。转过来让他打另一边脸，耶稣说，这是善的对称，这一个不再站在其他人而是在下一个面前，也就是说，这其他人不再被理解为威胁或危险，而是作为其本来的自身。

《新约》里可以与该隐和亚伯或亚伯拉罕和以撒这些场景相比的场景是，当耶稣，作为这一个，面对人群，他们所有人，一个集体，正要用石头砸向一个触犯了法律的女人。对于吉拉尔来说，这一幕意味着对这模拟施暴力量的终极驾驭。耶稣处于替罪羊的位置，被其他所有人包围的这一个，但他没有被他们打垮，反而把他们扳过来到了他这边，用简单的一句话就让这人群解体。石刑表达的是报复，建筑在重复的基础上，既是仪式的，因为掷石被施行于特定类型的所有越界行为上，也是个人的，通过所有人都扔石头。耶稣的说法很简单，他说："你们中间谁没有罪，就可以先扔石头。"通过这话他把暴力的责任还给了每个人，而集体也解散了。没有人是所有人，只有个人，他要为自己的行为负责。

但是善这件事，对身边人的关心和通过宽恕消弭仇怨是终极之善，它不是文明的表达，而是根本不同的东西。善解决不了暴力问题，它并非像法律法规和文明制度那样的工具性事物，倒是它们的对立面，一种溶解社会的力量。暴力的反面不是善，而是社会的。这个等式是没法成立的，因为暴力内在于社会里，它就埋藏在那些它作为根据的差异里，但这已经是我们拥有的最好的东西了，吉拉尔正是从这种暴力出发来理解禁忌和仪式的，我们已经驾驭住了这从内部撕裂社会的自身之暴力，我们的系统控制着它，它不再构成任何真格儿的危险。对这自身暴力的控制成为可能，是通过把责任转移给这个体，这也导致关于这集体的知识消失了，它不再是必须的了，但是随着人口在19世纪末的潮汐式增长，并涌向这工业主义打开的新结构，随之而来的是它的暴力，在这个系统里也是绝无仅有的——因为世界史上从来没有哪个时期像十九世纪末那样系统地压迫着那么多人——完全失控，它是从这一个身上蔓延开去的，本身是完全无关紧要、无害的一个点，蔓延开来，一个狂热分子枪杀了一名王储，先激起了地区性的、奥匈帝国内部的一个危机，然后国家危机，之后国际危机，几周内整个欧洲卷入了一场没有人想要也没有人需要、对所有人都会造成深切伤害的战争，任何人都阻止不了，这简单来说已经非任何人能力所及，随之而来的暴力也在不断升级，无法控制。那些原本在合作的人，原本有着共同利益和共同目标的人，以如此彻底、如此野蛮、如此大量的方式相互摧毁，以至于超越了以往所有的战争——最后，当它终于结束时，已经撕碎了八百万人的生命。那是一场毁灭性的风暴，无法驾驭，仿佛是在人类之外发生的事，但它不是，这被展示出来的本身就是人类最本质的力量，也是古老文化最最惧怕的东西，因为它们，如果让它们成型，它们就会自我复制，并扩散开，并威胁要彻底消灭他们。这正是暴力本身，但以全新的规模和新的、序列工业化的武器把死亡变成了一种序列化工业的死亡。

我们所知道的希特勒就是第一次世界大战的产物。如果脱离这个战争背景，就无法解释他后来所成为的人和所做的一切。战争成了他的家园；他在战壕里待了两年后才请假，不是因为他不能，而是因为他不想。

1918年10月德国投降时，他在波美拉尼亚的一家军医院。他对这个消息反应强烈。他要战斗到最后一个人，非如此则是抽掉了他信仰的基础。当和平到来时，如果他们没有在肉体上被打倒，那对他来说就是背叛。他在《我的奋斗》中是这样描述的：

> 但是这些日子来了，伴随着它们的是我这辈子所感到的最可怕的确定感。谣言愈演愈烈。我一直以为是局部情况，却被他们说成一场全民革命。对此前线传来了不光彩的消息。他们会投降。但是，这种事竟然能发生吗？
>
> 11月10日，神父来医院和我们聊了几句，现在我知道了一切。
>
> 我带着极其激动的情绪听了那简短的讲话。那位很有尊严的老先生颤抖着告诉我们霍亨索伦王朝不能再承着那德意志皇冠，祖国已经成了共和国，我们必须向那全能者祈祷，不要拒绝去彰显这个变更，不要放手让我们的人民滑入这正在到来的时代中。他不能就这样放下此事，他一定要说几句话来缅怀王室，提到它为波美拉尼亚、普鲁士、不，为整个德国祖国做了什么，他静静地抽泣着——在小厅里这最深的绝望席卷了每个人，我认为没有一只眼睛是干的。但是当老先生试图往下说，并说我们现在必须结束这场漫长的战争，而我们的祖国，现在（原文如此）我们已经输掉了战争，要从胜利者那里乞怜，将会经历重重磨难，但我们已进入停战状态，因为相信我们曾经的敌人会展示出高尚的态度，然后我就再也受不了了。我再也没有任何让我能支撑下去的东西。我眼前又黑了，我摸索着回

到寝室，扑到床上，把滚烫的头埋在床单和枕头里。

自从站在母亲坟前的那天起，我就一直没有哭过，直到现在。

在他感受里这些就是背叛，带给他的愤怒和轻蔑已经形成了仇恨的发动机，推动着他后来的政治思想和行动；否则这些政治思想和行动就是不可想象的。他把头埋进枕头里哭的场景，逐渐变成了一幅令人毛骨悚然、充满情绪的关于背叛的后果之画面：

一切都这样归于徒劳，这没有尽头的几个月里所有的牺牲和损失，饥饿和口渴，那些我们被死亡的恐惧碾压而依然履行着我们义务的时候也是徒劳，两百万已赴死的人也都是白费。难道坟墓不应该向所有曾经为怀抱对祖国的信仰出发而再也没有回来的数十万人敞开吗？难带它们不该敞开怀抱，迎回这些已经不能说话、浑身泥血的英雄们，这样他们能作为含冤的灵魂继续申诉，因为他们被如此冷漠地背叛了，纵然他们做出了一个人能为其民族做出的最大牺牲。

这种精神上的伤害，这两百万浑身泥血的阵亡士兵，确实困扰着德国，正是为了要给他们正名，把他们牺牲的意义交还给他们，希特勒在三十年代整顿德国：这些损失是要报复回去的，当时的仇敌也就是那些和平叛徒将被碾碎，还因为战争本身对他和他这一代人来说都曾赋他们人生以意义。纳粹主义是对死亡的崇拜，也是对战争的崇拜；这复仇的残酷画面，敞开的坟墓和冉冉升起的阵亡士兵，浑身泥血，让他们的人民不宁，这些在后来党卫军士兵的骷髅符号中得到了另一种表达。

与大多数人不同，战争结束后他也没有归处，所以他所做的，就是留在军队里，因为除了意义和方向，这里也曾在过去四年里给了他食物、住宿和各种指令清晰的工作。他回到慕尼黑，报名加入了他在战争期间服役的那个团的预备营。

到慕尼黑后希特勒先是在一个战俘营里当了两个月的看守。之后，他在慕尼黑火车总站担起警卫职责，当时他还是他们那个连的代表。1919 年春天，在城市仿佛内战般的状况有了一段日子以后，他被一名领导军队情报部门的军官卡尔·迈尔（Karl Mayr）接走，任务是监视可疑的政治动向，也就是激进的左翼分子，并与在军队里出现的同样立场做斗争。希特勒所受培训里有一个反布尔什维克"入门课"，正如克肖所写，就是在那儿，他的演讲天分首次被注意到。讲师冯·穆勒（von Müller）向迈尔提到了这件事，而迈尔那时已经注意到他。关于希特勒，迈尔说："我第一次见到他时，他就像一只茫然的丧家之犬在寻找主人"，并且他"准备把自己献给任何对他表现出善意的人"，托兰写道。然而，如今对希特勒的描述最引人注目的是，他"对德国人民及其命运完全不感兴趣"。情况可能并非如此。迈尔所观察到的，其实是希特勒不去谈它。害羞、沉默、烦躁、苍白、来历不明——一只渴望着友谊的丧家之犬。迈尔给了他友谊，或者说至少给了他一个背景：那年夏天结束时，希特勒本人在奥格斯堡郊外的一个军营里举办了一个反布尔什维克、亲民族主义的"课程"。用希特勒自己的话来说：

有天我报名参加了一个谈话会议。一名参与者认为他必须折断一根刺向犹太人的长矛，就开始高谈阔论地为他们辩护。这让我提出了反驳意见。大多数来参加该门课的人都站在我这边。结果就是几天后我被指派到慕尼黑一个团担任所谓的情报官。[……]

我一开始就充满干劲和热情。现在我有个机会向更大的会众发言；那效果听起来不错，就像我一贯以来都有而不自知的一种感觉："我能演讲"。声音也变得相当好了，至少我可以在那些小型场地让所有人都能听到并理解我的意思。

再没有能让我更高兴的任务了，因为在任务结束前，我都可以效绵薄之力，为我衷心爱戴的机构：军队。

我想我有资格说我是幸运的：我把成百的，也许上千的听过我演讲的战友们推向了人民和祖国那边。我"国有化"了部队，这也有助于总体纪律的加强。

也是在这工作里我结识了一些志同道合的伙伴，他们后来也一道形成了新事业的核心。

希特勒从来都不是情报人员，他也猛烈地夸大了他授过课的士兵数量，根本没有几千人，但说到他的这一事业很成功，他真的只通过演讲就能让人们站到他这边来，这点是很确定的。冯·穆勒教授描写了他第一次看到希特勒演讲时的情形：

这些男人们似乎被他们中的一员迷住了，他以一种越来越强的激昂态度对他们演讲，以一种奇异的喉音。我有一种奇怪的感觉，他们那种兴奋源于他的做功。我看到一张苍白而狭窄的脸，在一绺士兵般飘扬的发卷下，蓄着短胡须，一双明亮的蓝眼睛闪烁着狂热的光芒。

他的任务是给他的同袍上课，并监督当时在慕尼黑存在的无数政党。1919 年秋天，由于他后一项任务的缘故，他参加了一个名为德国工党的小党的会议，该党的政治纲领包含民族主义、社会主义和反犹太主义等一锅烩。对国际主义和犹太教的斗争是其中两个最重要的议题。希特勒最后加入这个党，该党的名字也改为国家社会主义德国工人党，从希特勒入党时十几名成员，短短十多年间发展为德国最大的政党。

希特勒参加这个党四天后，从迈尔那儿接到一项任务，回应该部门从一名课程参与者提出的探究“犹太问题”的要求。希特勒给出了一个冗长而详尽的回答。他写道，犹太人是一个种族，而不是一个宗教，反犹太主义不能基于情感，而应基于事实。情绪反应会导致大清洗，而理性反应会走向系统性地剥夺犹太人的权利。“但最终目标无疑当是坚定地移除所有犹太人。”

三年后的 1922 年秋天，美国驻德国大使派人到慕尼黑，收集关于这刚刚兴起的国家社会主义党派及其领导人阿道夫 · 希特勒的情报并进行汇报。这位武官的名字是杜鲁门 · 史密斯（Truman Smith），他得到的命令是去见希特勒，并评估他的性格、个性、能力和弱点，同时考量他的政党——纳粹党的实力和潜力。在慕尼黑领事罗伯特 · 墨菲（Robert Murphy）那里，他了解到希特勒是一个“纯粹而简单的冒险家”，“一个能利用所有潜在不满的现实角色”，但同时可能也没有“大到能领导一种德国全国性运动”的程度，托兰写道。在希特勒身边圈子里的冯·朔伊布纳–里希特（von Scheubner-Richter）的邀请下，同时也有里希特的保证说该党的反犹太主义只是宣传，一天晚上，他目睹了希特勒在新的党总部前视察冲锋队的情形：

> 一个真正让人瞩目的景象。一千二百张我这辈子见过的最冷酷的脸，在那古老的王国旗帜下，戴着卐字袖章，在希特勒面前踢着正步走过。游行过后希特勒发表了讲话……然后他高喊“犹太人死期已到”之类。跟着就是疯狂的欢呼。我这辈子就从来没见过这样的事。

三天后，11月22日上午，杜鲁门·史密斯见到了希特勒本人，希特勒向他介绍了该党的政策。希特勒说，“只有专政才能使德国重新站起来”，还说：

> 对美国和英国来说，我们的文明与马克思主义之间的决定性战斗在德国土地上打响，而不是在美国和英国的土地上进行，这对美国和英国来说要好得多。如果美国不支持德国民族主义，布尔什维克主义就会征服德国。那么也没有更多的赔款了，俄罗斯和德国布尔什维克会出于自卫动机对西方国家发起攻击。

托兰写道，关于犹太人，希特勒什么也没说，直到杜鲁门·史密斯直接提出了这个问题，希特勒对此做出了令人放下戒备的回答，他说他只是主张他们失去公民身份并被排除在公共服务之外。这次会面后，杜鲁门·史密斯确信希特勒将成为德国政治里未来的权力要素。时任该党新闻秘书的罗森贝格（Rosenberg）给了他一张当晚希特勒主持的集会的门票。然而他去不了，因为他被召回大使馆，当晚要乘夜车北上，所以他把票给了恩斯特·汉夫施滕格尔（Ernst Hanfstaengl），使馆的沃伦·罗宾斯（Warren Robbins）在慕尼黑的联络人；他们在哈佛时是同学。汉夫施滕格尔的父亲是德国人，母亲是美国人，他们都属于各自国家的上流社会。母亲来自新英格兰一个著名的古老家庭，母系祖母是在内战中倒下的塞奇威克将军的表妹，母系祖父是威廉·海涅将军，本来自德累斯顿，他也参加了内战，是为亚伯拉罕·林肯抬灵柩的将军之一。他母亲记得那次葬礼，也记得父亲在德累斯顿时家里接待过瓦格纳和李斯特。汉夫施滕格尔的父系祖先家族三代都是萨克森-科堡-戈塔公爵的顾问，是知名艺术赞助人；他祖父创办了一家艺术制作公司，拍摄对象包括三位德皇、毛奇、李斯特、瓦格纳以及易卜生，他们在慕尼黑的房子款待过理查德·施特劳斯、弗里乔夫·南森和马克·吐温这样的贵客。换句话说，世界对汉夫施滕格尔这等人物敞开着大门，他同时属于慕尼黑的和美国东北部的文化上流社会，他在哈佛期间还见过两位美国总统，当时的西奥多·罗斯福，以未来总统富兰克林·D·罗斯福，还有诗人T.S·艾略特，这些他一点都没有藏着掖着，都写在了他于1957年在美国出版的回忆录《闻所未闻的见证》（*Unheard Witness*）的傲慢前言里。

他就是在1922年11月的那个晚上在慕尼黑送杜鲁门·史

密斯去火车站的人，在那里遇到了罗森贝格，他先是给了他一张今晚活动的门票，又送他去了那儿。汉夫施滕格尔将罗森贝格描述为“那种脾气暴躁、邋遢的人，那让人不快的劲儿倒像半个犹太人”。他们坐电车去了金德尔地窖啤酒馆，那里挤满了人。汉夫施滕格尔在记者席坐下，问一位记者希特勒在哪里。他指过去；希特勒坐在他以前团里的中士马克斯·阿曼（Max Amann）身边，坐在一起的还有安东·德雷克斯勒（Anton Drexler），三年前希特勒加入的党派的创始人[1]。汉夫施滕格尔的第一印象如下：

> 他穿着沉甸甸的靴子，深色西装和皮背心，半硬的领子和一撮奇怪的小胡子，看起来真的不是那种令人一见难忘的人——倒像某个火车站餐厅的招待。

当德雷克斯勒介绍希特勒时，欢呼声响起。希特勒挺直身子，走过记者席，走上讲台，“步伐迅疾而有控制，明确无误地属于一位着便装的军人”，汉夫施滕格尔写道。现场气氛热烈，他的演讲绝对精彩绝伦。

> 近年来没有任何从他的表现来判断他能力的人能洞察到他真正的禀赋。随着时间推移，他已沉醉在自己的演讲艺术里，而他的声音在流经麦克风和扬声器后失去了以前的那种独有音

[1] 指德国工人党（Deutsche Arbeiterpartei，缩写为DAP），1919年时德雷克斯勒邀请希特勒加入该党。

色。在最初那几年里他已经对声音、短语和效果有了一种无人可以比肩的掌控，而今晚他处于最佳状态。

他以一种克制、含蓄的语气描绘了自1918年11月以来在德国发生的事。君主制的瓦解和凡尔赛的投降，建立在战争之耻上的共和国，国际马克思主义与和平主义的妄想；永恒的阶级斗争主题以及由此导致的，那无望的在工人与雇主之间、民族主义者与社会主义者之间锁死的僵持。

当他注意到听众对他所说的话的兴趣在逐渐攀升时，他轻轻地将左脚移到一边，就像一个士兵稍息那样，开始用手和手臂做起手势来，这方面他有一整套富于表现力又全面的动作。一点也没有他后来发展出来的咆哮和嘶吼，他有一种嘲弄而诙谐的幽默，既有表现力又不带攻击性。

希特勒批评皇帝过于软弱，批评魏玛共和党人同意了战胜方的要求，以这种方式从德国这里夺走了除了阵亡者坟墓以外的一切。他把分裂主义运动和巴伐利亚天主教会出现的宗教排他主义和战壕士兵的友情做比较，战士们在帮助受伤战友前从不问他信什么教。他用了很长时间来谈爱国主义和民族自豪感，引土耳其的凯末尔·阿塔蒂尔克和意大利的贝尼托·墨索里尼为榜样。他抨击在战争中的投机商，批评他们在通货膨胀使全国一半人口挨饿还用宝贵外汇从意大利进口橙子，这话赢得掌声一片。他攻击从这惨况中渔利的犹太人，攻击共产主义者和社会主义者，说他们的目标就是瓦解德国传统。

我看着周围的观众。就在一小时前我看到的那群五花八门的人都去哪儿？是什么猛地抓住了这些人，这些被狂跌的马克陷入无助境地的人们，每天都在为维护自己的体面而奋斗的人们？嘈杂的骚动和闲聊完全没有了，他们把每个字都吞了进去。就在几米外站着一名年轻女子，她的眼睛盯着演讲者。就好像在一种虔诚的狂喜被变了身，她不再是自己了，而被希特勒对德国未来的伟大的那种独裁者般的信念所迷醉。

演讲结束后，汉夫施滕格尔走向还站在讲台上的希特勒。

天真，但充满力量，从容而毫不妥协，他站在那里，脸和头发都被汗水湿透了，之前用四角形的镀金安全别针定住的半硬领子，现在已缩作一团。他一边说话一边用毛巾擦干了脸，焦虑地盯着那许多开着的出口，11月的寒夜透了进来。

“希特勒先生，我的名字是汉夫施滕格尔，”我说，“杜鲁门·史密斯上尉让我代致问候。”

“哦，是的，那个大个子美国人。”他说。

“他让我来这里听一听，我必须说我印象深刻，”我继续道，“你说的里面我同意百分之九十五，我非常想有一天和你谈谈最后百分之五。”

“是的，当然，”希特勒说，“我确信我们不会因为那不同的百分之五而吵起来。”

他予人一种非常和蔼的印象，谦虚又友善。于是我们又握了一次手，我就回家了。

能找到很多那个时期关于希特勒演讲的记述。汉夫施滕格尔的之所以特别是因为他属于社会顶层，不是希特勒一般的那种啤酒馆观众，而且他在希特勒的性格中看到了一种不同寻常的才能，这表明《我的奋斗》里那鲜明的粗俗无味，残酷简单之特色，在此刻他演讲时至少是看不出来了。汉夫施滕格尔所看到的希特勒是一个小资产阶级，但也看到他作为演讲者并没有受到出身的限制，他通过那吸引力和演讲技巧，以及一种很显然的近乎催眠般的人格魅力，超越了这出身，他几乎可以抓住每个人，不分阶级。与此同时，他的小资产阶级性是一种决定因素，因为正如汉夫施滕格尔所写的那样，他第一次听到并见到希特勒后失眠了，那个晚上他是这么想的：

> 在这个我们所有保守派政治家和演讲者都无法与普通民众建立联系，输得一败涂地之处，这位自学成才的希特勒，显然成功地向我们需要笼络的那些人们推介了一项非共产主义的计划。

当希特勒有了自信，并被要求上台演讲时，他发现他真能做到，人们对他所说的话感兴趣，他第一次在能力方面感受到进入了自由王国。他可以调用他内心的东西，而不必绕路经过头脑，只要沉浸其中，那种驾驭一切的感觉，那种技艺纯熟的感觉一定让他如登峰顶。他已经三十岁了，他以前试过的事没一件成功。相反，他做什么都失败，在任何事上都倒霉，直到现在为止，当他走上讲台，看向面前房间里的人群的这一刻。他的敏感程度那么地高，以至于他完全切断和他人之间的联系，或是通过出于一种畏缩状态，不直视别人的目光，沉浸在自我中，要么就通过滔滔不绝地自说自话来和别人保持距离，那种敏感是让他和他人之“你”的关系变得如此棘手，在这里却如此名正言顺，是他有生以来第一次，因为如果说他在某个“你”面前的那种觉知以近乎自闭的力量把其完全拒之门外，那么他在这个“我们”面前的觉知也是同样浩大，确实他可以对此敞开心扉的，因为这威胁不到他。他向着它完全打开了，他捕捉着它的每一点声响，他感觉到每一次情绪的起落并拨弄着它，因为他自己并不是这个“我们”的一分子，他站在它外面，唤醒它，托起它，把它带到这里，带到那里，他能做到这一点因为他一直站在外部。你要看到什么东西就必须站在它外部。

只有一个站在社会之外的人才知道社会是什么，对于身处局中的人来说，它就像水对于鱼一样。希特勒拒绝这个“你”，他站在这个“我们”之外，但他渴望着它，这就是他说话时能很明显留意到在渴望着的东西，因为对这个“我们”的渴望是人类社会的根基，它在危机中成长，在混乱中成长，就像 20 世纪 20 年代的德国，在希特勒身上它焕发出一种非凡的光芒。我们不会听他说了什么，因为他们也没有，而是他说话的方式，他所洋溢着的情感，这才是引起他们反应的部分，是他们注意到的部分，是他们视如琼浆饮下的。哦，这是对那共同体的渴望，这是对平等的渴望，是对归属感的渴望。最简单的就是最真实的，这就是关于希特勒的真相，他对这个“我们”的渴望遇到了在这个“我们”中深处的某些东西，对他那个时期的演讲的所有描述都说到了这一点，这些叫着、喊着、嚎着、打着、笑着的三教九流们，在他的演讲里是怎样平静了下来，成为一体。最简单的就是最真实的，对犹太人的仇恨代表这一切事物里最简单的，“我们”需要有个“他们”，对暴力的基本模拟结构，一个对其他所有人，正如仪式所重复的，一个“我们”反对一个“他们”，这个“他们”是牺牲品，这样“我们”得以成功。这种需要也在危机中成长，在混乱中成长，因为它是文化的一种基本形式，一种我们总是要回到彼处的限制配置。对于希特勒来说，对“我们”的向往也是对战争的向往，它在所发生的事情中的作用不可低估。

恩斯特·汉夫施滕格尔是对这一面看得最清楚的人之一。他写道：

> 我们什么都知道，但忽略了一个最深远的影响因素，就是他个性的第一次绽放是在作为士兵的时候。
>
> 当他谈到国家社会主义时，他真正的意思是军事社会主义，军纪框架内的社会主义，或者用平民术语来说，警察社会主义。我不知道他的思想是在哪一点上最终成形，但那胚芽一直在那儿。

希特勒加入德国工人党时，它甚至都算不上一个政党。它于 1919 年召开的最初几次公开集会上，由党魁德雷克斯勒发言，分别有十名、三十八名和四十名成员出席。而随着希特勒成为主要发言人，情况发生了根本性的变化。克肖写道，他在 1920 年的三十多次公开会议上发表讲话，每次吸引 800 至 2500 人参加，党的成员也相应增加，从 1920 年 1 月的 190 人增加到一年后的 2000 人，六个月后又增加到 3300 人。希特勒首先被其他党员看到，然后被慕尼黑人民看到。在最早那些党内集会上见到他的人，需要他，照顾他，这进一步解放了他，也就是说扩大了他的影响力半径，让他不断去见到新的人，进入新圈子。最早的一个党内成员在这方面尤为重要，他就是迪特里希·埃卡特（Dietrich Eckart），易卜生的德语译者、诗人、吗啡上瘾者和反犹分子，他立即对希特勒产生了兴趣并成了他的导师。他比他大二十岁，博学而有社会地位，同时也生硬直接，带他平生第一次坐飞机去柏林，带他去剧院，给他买了件外套，教他写作，出版了他的第一篇文章，把他介绍进入他以前接触不到的社交圈，并为他打开了慕尼黑整个右翼激进圈子的大门，此外还为他的反犹主义和反共主义提供了养分和论据。据蒂莫西·W·里巴克（Timothy W. Ryback）的研究，他曾这样评价希特勒，"这个人是德国的未来"，"总有一天，全世界都会谈论他"。埃卡特对希特勒来说就像父亲一样，他既为他的关注而受宠若惊，又吸收了他教给他的东西。在埃卡特被介绍给希特勒的三年前，他曾有一次说：

> 我们需要一个习惯了机枪声的人来领导我们。一个能让人们怕得要死的人。我不需要什么官员。老百姓已经失去了对他们的尊重。最好就是个会说话的劳动者。他不需要有太多知识。政治是这个星球上最愚蠢的职业。每个农妇知道的东西和政治领袖们一样多。给我一只脑子空空的猴子，只要它能冲那些自我的人亮出红屁股，有人冲他挥舞桌腿，他也不会逃跑。那么我在任何时候都更倾向于他而不是一打博学的、尿都撒不远的、坐在那里为他们所掌握的事实瑟瑟发抖的教授们。他必须是单身汉，这样我们就能打动女性。

很少有人能比希特勒更符合这种描述。汉夫施滕格尔出生于1887年，比希特勒大两岁，遇到他时，希特勒已经三十四岁了。他有生以来第一次取得了进展，他有生以来第一次在别人眼里是个人物，而不仅仅在自己眼里，而且从汉夫施滕格尔的描述来看，他在很大程度上还是库别兹克笔下在林茨和维也纳时期的那个人。在第一晚之后，他又看了一个希特勒的演讲，对他印象又好了一些，他这次走得更远，抛出了一个在莱茵河地区和法国打游击战的疯狂提议，汉夫施滕格尔认为这听起来像亡命之徒说的一种话。他把希特勒对外交政策的观点形容为令人震惊的，比例失衡的，极尽夸张的。但他还是被吸引了，想知道这个男人迷人的脑子里想的是什么，然后他第三次看了他的演讲，他把希特勒介绍给了他的妻子以及挪威漫画家奥拉夫·居尔布兰松（Olaf Gulbransson）的妻子，并邀请他去家里做客。汉夫施滕格尔很快就会成为希特勒周围圈子的一员，至少是为了他庞大的交游圈子，对他们来说相当有用。汉夫施滕格尔资助了一台新印刷机给他们的周刊，试着印一些外交事务方面的文章，并写道，他还试图影响希特勒对外交政策的见解，他认为这些政策过于限制在欧洲大陆本身，狭隘，过于受罗森贝格及其圈子的影响，而他对这个圈子是鄙视，如果不说是憎恶的话，他们被对犹太人和俄罗斯人的仇恨弄昏了头。他写道，希特勒认真倾听他说的话，后来他不这么做了，但说到美国的时候，希特勒更关心摩天大楼的高度和那些技术进步，而不是政治环境，三K党除外，他认为那个政治运动和他自己这场没有什么不同，还有亨利·福特，不是因为他是汽车制造商和工业创新家，而是因为他是反犹太主义者。

在汉夫施滕格尔的家里，希特勒给人留下了很好的印象，他恭维他太太，送花，亲吻她的手，含情脉脉地注视她，和他的儿子一起玩耍，有着孩子们喜欢的那种自发性。汉夫施滕格尔写道，在他太紧窄的西装中，他的礼貌谦卑，以及隆重正式的举止中，就能看出阶级背景；希特勒在和高学历或者有头衔的人交谈时，说话方式就像个下层阶级的人。他的餐桌礼仪很好，但在这场合里有种对所有甜食不同寻常的奇异偏好；汉夫施滕格尔写道，他从未遇到过像希特勒这样嗜甜的人。有一回他招待希特勒"一瓶梅特涅亲王最好的琼瑶浆"[1]，因为要接电话而离开了房间，当他回来时，他看到希特勒将一大勺糖倒进了酒里。

他造访了希特勒在蒂尔施大街四十一号的公寓，他住得像个贫穷的职员，极尽简朴：一间小房，一张对于那个角落来说过大的床，床头板比窄窄的窗户还高些。廉价地板革上铺着几块粗布编毯，床另一边的墙上挂着一个书架，还有一把椅子和一张桌子。就这些。房东赖歇特太太是犹太人，她认为希特勒是理想的房客。

> 他是一个非常好的人，但他也有着最令人瞩目的情绪波动。有些时候他看起来像在生闷气而不和我们说一句话。他直直从我们身上看过去，就好像我们是空气。他总是按时提前交房租，但他真的是那种波希米亚类型。

走廊靠墙放着一架钢琴，有一次他要去法庭为一个官司出

[1] Gewürztraminer，用芳香型葡萄（Gewürztraminer）所酿白酒。

庭作证，他让汉夫施滕格尔弹点琴让他情绪安定下来。汉夫施滕格尔照做了。开始弹的是巴赫，没有引起希特勒的兴趣，他只是含混地、不感兴趣地点了点头。但是随着汉夫施滕格尔开始弹瓦格纳的《纽伦堡的名歌手》的前奏，他这才醒了神：

> 就是它。这是希特勒的主场。他对这首曲子了如指掌，可以用一种奇怪而具有穿透力且干干净净的颤音吹出它的每一个音符。他开始在走廊里来回走动，挥舞着手臂，就像指挥管弦乐队一样。他确实这个音乐的精神有着极出色的感觉，肯定像许多指挥家一样出色。音乐触及了他的身体，当我奋力弹完终曲后，他心情愉快，所有的烦恼都消失了，他已经准备好接受检察官的质问。

克肖也写了同一事件，因为它发生在汉夫施滕格尔和希特勒之间，所以除了汉夫施滕格尔的书以外没有其他来源。克肖是这样说的：

> 希特勒很惊叹于普茨作为钢琴家的技巧，尤其是他演奏瓦格纳的能力。他会像管弦乐队的指挥一样吹着口哨，走来走去，挥舞着手臂来给普茨伴奏，并显然认为是一种放松。

在那些提到汉夫施滕格尔的段落中，他一直被称为带着轻视意味的“普茨（Putzi）”，希特勒对瓦格纳的兴趣则被描绘成滑稽怪异的，而这句带着嘲讽意味的评语“显然认为是一种放松”暗示只有像希特勒这样的人才能找到如此荒谬的放松方式。

但汉夫施滕格尔并没把希特勒描绘成一个傻瓜，恰恰相反，他很看重他的投入以及音乐理解力。他能吹出整部瓦格纳的交响曲这事，显得有点奇怪，但维特根斯坦也这样，他也能完美地吹出瓦格纳的曲调，偶尔用它来娱乐他的客人，一种聚会时的小节目。如果在一本写维特根斯坦的传记里，作者居然嘲讽其这位大哲学家的音乐性来，那就会是咄咄怪事了，即使它在吹口哨这事上给出了印象深刻的表达，但在克肖所描述的希特勒身上，他所做的一切或者可疑，或者可笑。另一个例子。汉夫施滕格尔写道：

> 希特勒最亲密的朋友几乎都是出自小康之家的人。认识他后，我开始参加周一晚上在诺伊迈尔咖啡馆的定期碰头会（Stammtisch），这是一家位于彼得广场（Peters Platz）和谷物市场（Viktualien Markt）拐角处的老式咖啡馆。这长长的不规则房间，有内置长凳和墙面镶板，可容纳约一百位客人。他经常在这里和他最早的那些追随者会面，其中许多是中年夫妻，来这里吃节俭的晚餐，他经常和他们一起吃。希特勒想和家庭对话，并试验技巧以及他最新想到的点子的效果。

而这些到了克肖嘴里，就变成：

> 到1922年底，当普茨·汉夫施滕格尔，这位有文化的部分美国人成了他的外事新闻事务负责人时，希特勒几乎每周一晚上都在谷物市场旁边那家老旧的诺伊迈尔咖啡馆订一张台。（……）那长长的房间里有排排长凳和桌子，那里经常坐着一

些老年夫妇，希特勒的追随者们讨论着政治，或者听着他关于艺术和建筑的独白。他们吃自带来的零食，一升接一升地喝啤酒，或一杯又一杯喝咖啡。

在那些晚上，希特勒的支持者们是小康人家的中年夫妇，在克肖这里就成了“那里经常坐着一些老年夫妇”，首先他们不是中年，成了老年人，其次这种呈现方式给人的印象是那些老人夫妇是作为希特勒不认识的随机客人坐在那里。为什么？体面人家的中年夫妇在一家氛围不错的餐馆里聚集在他周围，这就给希特勒带来了一些可敬并体面的感觉，这完全不符合克肖对他的印象。因此，在克肖的版本中，这些客人不吃晚餐，而是“零食”，他们“一升一升地喝啤酒”，这根本就没有出现在原始出处里，而是克肖添上的，肯定是为了增加一种巢穴之类的感觉——也不能说他不对，那里肯定有人喝啤酒——还有咖啡，也是他自己编的，并设法让它也可疑起来，“一杯接一杯的咖啡”。

汉夫施滕格尔进一步描述了当时希特勒最亲密的圈子，这些人都出席每周一晚上的政治和社会会议。

虽然汉夫施滕格尔不一定是世上最可靠的消息来源，因为他确实在希特勒的圈子里待了十年而足以被称为纳粹分子，这些都会导致一种给自己洗白的冲动，但这些描述仍然给出了一个有着微妙变化的希特勒和他的追随者的画面，完全不是单向的。正是汉夫施滕格尔描述中这些细微差别赋予了它可信度，这也是它有趣的地方，无论是在希特勒的形象，还是对他吸引力的理解上，这不仅是罪犯、傻子和精神贫乏人的吸引力，得有别点的东西，不然的话，简直不敢想象他竟能拖着整个民族一起堕入深渊。他是人，他身边圈子和党内成员们也都是人。这并不是说他们是好人；即使是坏人和残暴的人也是人。克里斯蒂安·韦伯（Christian Weber），一个吵吵嚷嚷的马贩子和共产主义银行家，也有另一面。例如，汉夫施滕格尔写道，他对来到上流社会人家里做客很感荣幸；这对于他属于哪个阶级说得还不够清楚吗？他宁可有份安稳的工作和一个体面的生活。汉夫施滕格尔写道，性子粗糙的韦伯对希特勒灵魂里的无底深渊有着一种直观的洞察力，他感到了希特勒能干出什么来——这也很值得注意，至少对于这个知道，也许从本身出发，人能干出什么来，而这些会怎样展现出来。另一个感觉到这一点的是希特勒的导师埃卡特，他"全都开始后悔了"。为什么？然后是工会会员德雷克斯勒，他不喜欢越来越普遍的暴力行为。那些周一晚上送希特勒回家的每个人都带着枪，希特勒自己也有把手枪放在西装外套口袋里。这些夜晚的奇异处正是在于他们这班体面的小资产阶级和无底线的狂热分子的混合体中，其中之一个可能还和魏玛共和国的政治暗杀里后果最严重的一桩——就是处决拉特瑙部长——有牵连。希特勒是这群人的中心。他可以一边吹出整部交响曲，边在空中打拍子指挥，他不敢接近同龄的女人，他喜欢蛋糕和一切甜食，他因为战斗中的勇敢获得一级铁十字勋章，他过着一种波希米亚式的阴暗生活，住在寒碜的公寓里，从不守时，别人常在汽车经销商的展厅里看见他，当他和别人在一起时，他总是滔滔不绝。他不能容忍任何人来主导他所在的局面，如果这样他宁可撒谎也要再次成为局面的中心，他总是比别人内行，在室内穿拖鞋，善于模仿别人，尤其是戈林的妻子和她的瑞典口音，他能学成一种滑稽而惟妙惟肖的版本，他也可以模仿阿曼发脾气，以及奎林·迪塞尔攻击政治对手时的神态，但他的拿手好戏是那种半吊子学者模样、政治上觉醒了的民族主义者，以一种让人难以忍受的自负叨叨着齐格弗里德之剑和德国之鹰，汉夫施滕格尔写道，并补充说，希特勒还背下了一位崇拜者写给他的一首可怕的诗里好几节，没完没了的“特勒”半韵，他极投入地朗诵出来，甚至能让听者流泪。此外他住旅店时以“作家”名义登记，不会欣赏自然，从不看小说，崇拜克伦威尔，但最崇拜腓特烈大帝，他被死亡吸引，理想化战争，写关于他母亲的诗，讨厌犹太人和所有和犹太人有关的东西，对优生学感兴趣并阅读他碰到的所有关于种族生理学的东西，从没读过尼采，但认为他的散文是最美丽的德文，相比之下读了更多费希特和叔本华，他最喜欢的绘画主题是丽达和天鹅。这个人每周一晚上都坐镇诺伊迈尔咖啡馆，被党内伙伴和追随者簇拥着，口袋里插着一把手枪，还有一群军事化的年轻人为他做守卫，立志要打倒共产主义者和其他和他们政见不同的人。他写了一封信，在信中提出必须驱逐犹太人，在他的很多演讲里都抨击他们。这是他与许多人共有的一种态度，在社会中最底层的人中最为普遍，而在地位更高、一般来说更有权力的人那里，反犹被视为不合适的、粗俗的，因为它首先就违反了审美或品位方面的规矩。同在一城的托马斯·曼，也许离诺伊迈尔咖啡馆仅几个街区，他并不讨厌犹太人，这对他来说是一个不可思议的想法。他欢迎战争，它的血代表着本真和本质，是文明那非本真和非本质的反面，这在我们这个时代也是一个极端的立场，但仍然在可接受的范围内，尤其是因为他在战后收回了这个观点。但是希特勒和曼在同一时间同处一个城市。在两人都还没做坏事的情况下，希特勒比曼更邪恶吗？邪恶是什么？是反犹主义吗？是什么让曼不反犹，而希特勒反犹？是教养吗？反犹主义是一个阶级问题还是个人品德问题，也就是不同人身上的个人品质差异？纳粹主义显然是自下而上的，德雷克斯勒是铁匠和工会会员，韦伯是马贩子，其他大多数人都来自中下层、公务员和文员阶层，他们都以某种方式失败了或被边缘化。埃卡特是个例外，但他是一个离经叛道者，因为也没有很多诗人是有吗啡瘾的还反犹，而罗森贝格和后来的希姆莱和戈培尔等人则是狂热分子。追随者们，那些中年夫妇，也属于工人阶级和中产阶级的下层，也就是没有恒产的人，他们是受德国经济危机打击最严重的人。他们在餐馆吃的晚餐里有一部分是家里带的。这就是 1922 年希特勒周围看起来的样子，那时他才正经迈出了一步，在全国范围内有了些名气。但仅仅因为杜鲁门·史密斯被派下来和他会面，而汉夫施滕格尔正式加入了他身边的核心层，就意味着运动上了轨道。接下来发生事情的所有先决条件，都在这里了。在希特勒这方面，他已被证明是一位天才的公众演说家，但根据汉夫施滕格尔所写的，他肯定也显露出令人畏惧的一面；在德雷克斯勒，他想要体面；在汉夫施滕格尔这儿，他想要那强大的、稳定的德意志帝国回来，而罗森贝格，因其美学背景而痛恨着俄国，以其东方反犹主义，根据塞巴斯蒂安·哈夫纳[1]的说法，

[1] Sebastian Hafner，原名雷蒙德·普雷策尔（Raimund Pretzel，1907—1999），德国记者、作家，1938 年为逃避纳粹统治，与犹太人未婚妻一同移居至英国伦敦，担任报社记者。此时开始以笔名塞巴斯蒂安·哈夫纳从事写作。著有多部德国历史以及关于希特勒的著作。

比西方的反犹主义具有更原始、更暴力的表达方式，还有那些无名的、来自中下阶层的中年夫妇。关于这个圈子，托兰写道：

> 这就是希特勒身边的人们。他的运动切入了所有社会阶层而所有类型的人都被他吸引了——知识分子、街头斗士、狂热分子、理想主义者、恶霸、雇佣兵、有原则的和没原则的人、工人和贵族。有温柔善良的灵魂，也有无情的，野蛮的恶棍，和想行善的人；作家、画家、临时工、店主、牙医、学生、士兵和牧师。他的吸引力是广泛的，他有足够的容忍度来接受埃卡特这样的吸毒者或像罗姆上尉[1]这样的同性恋者。

托兰写道，希特勒从不低估支持者，无论他或她多么不起眼或贫穷，他为那些需要避寒的潦倒失业的追随者和党员开放了新的党办公室。与此同时，他也转向几位支持这一运动的工业巨头来寻求经济支持，通过汉夫施滕格尔他被介绍进了上流社会圈子。他把他介绍给了威廉·贝亚德·黑尔（William Bayard Hale），黑尔在普林斯顿时和威尔逊总统是同学，现在是赫斯特报纸集团驻欧洲首席记者，他也被介绍给艺术家威廉·芬克（Wilhelm Funk），后者拥有一个沙龙，那里的常客都是亨克尔–唐纳斯马克王子这样的一流人物，以及许多富有而倾向民族主义的商人，从不掩饰自己仰慕贵族和名声的汉夫施滕格尔写道；此外，他还把希特勒带进了弗里茨–奥古斯

[1] 恩斯特·**罗姆**（Ernst Julius Röhm，1887—1934），纳粹运动早期高层人士。

特·冯·考尔巴赫[1]一家，他们对艺术很感兴趣，汉夫斯坦格尔希望他们能兴趣相投，而希特勒会受到他们教养的熏陶。此外，他还把他带到了布鲁克曼[2]家，这个人在慕尼黑经营着一家大型出版社，给著名的反犹主义者张伯伦出过书。埃尔莎·布鲁克曼，前罗马尼亚的康塔屈泽纳公主，后来也成为希特勒的门徒之一，但当她后来也照顾罗森贝格时，汉夫施滕格尔和她断绝了联系，他认为一个来自“曾款待过尼采、里尔克和斯宾格勒的家庭”里出来的女人居然会接受这样的江湖骗子，实在太不堪了。

他写道，希特勒在这些场合下总显得有些纯朴，没见过世面，尤其是在与著名工厂制造商贝希施泰因（Bechstein）一家共进晚餐时，希特勒在那些金碧辉煌前感到很不自在，因为他穿着平常那身有点太紧的蓝西装。贝希施泰因夫人曾说服他买件燕尾服和定制皮鞋，他也买了，但几乎从不穿，除了那双鞋，他有段时间总是穿着它，因为他被警告说，一个工人阶级党领袖以这种方式炫耀上流社会的服装，会发送出一种信号，对他影响不好。

贝希施泰因夫人和布鲁克曼夫人都表现出对希特勒的母性关怀，汉夫施滕格尔还提到了希特勒生活里还有几个这样的女性，她们的年龄与他母亲年龄差不多，他显然很受她们的吸引，可能因为她们都像母亲一样，关心人，也因为她们在性方面是完全不危险的。他不认识其他女人，没和任何人恋爱，而且，

[1] Fritz-August von Kaulbach（1850—1920），德国肖像画家，擅长历史画。

[2] Hugo Bruckmann（1863—1941），德国出版商，1928 年开始为国家社会党出版宣传资料。

汉夫施滕格尔写道，也没有性生活。他对美丽的女人着迷，为其中一些女人倾倒，包括汉夫施滕格尔的妻子在内，确实是以一种绝对柏拉图式和不做任何承诺的方式。

我很早就想到的一件事，是希特勒的存在里所缺失的关键要素。他没有正常的性生活。我说过他对我妻子产生了一种爱，这种爱是通过鲜花和吻手礼以及他眼中闪烁的钦佩来表达的。她大概是他遇到的第一个有个好家庭的漂亮女人，但不知怎么的，在他身上就从来不让人感到这种吸引力是身体上的。这一部分是由于他非凡的临场表现能力，部分是由于隐藏的情结和某种病理上的缺陷，也许是先天性的，也许是他年轻时在维也纳感染梅毒所导致的。

我说这些都是事后聪明。对于早期那些事我不太知道细节，只能怀疑有什么不对劲。这里的这个人有火山般的精神能量，除了他在讲台上那种几乎灵媒状的表演外，没有明显的宣泄阀门。他大多数女性朋友和熟人都是母亲式的。

布鲁克曼夫人和贝希施泰因夫人。还有另一位六十多岁的女性朋友，叫卡罗拉·霍夫曼。她是名退休的学校老师，在慕尼黑卫星城 - 索伦镇有栋小房子，他和他的伙伴们把那里用来做类似分总部这类的用途，那位好心的女士像疼儿子一样疼希特勒，用蛋糕把他喂得饱饱的。

当他带着库别兹克去维也纳红灯区时，他的愤怒也未免掺杂着欲望，显然既畏惧着又被吸引着；他在战壕里根本不想听见任何暗示到妓院或法国女孩的话，他对林茨的斯蒂芬妮长期的单相思，而他从来不敢主动去联系她，他对当代性堕落的长篇大论，他克制着从不手淫，他对细菌和感染的厌恶，他在身体和道德上的尖锐度，如果不说是敏锐度的话。在他公寓书架的底排，有一些半色情性质的书，汉夫施滕格尔写道，这就是它的意义所在，女性作为某种纯洁之物，女性作为图片，某种他可以隔得远远地欣赏和梦想的东西，但是一旦有危险它作为物理现实将闯入他的世界，它就会变成一种最令人惊骇的威胁。他发展出了一种强烈的亲密焦虑，性焦虑也在内，这是他无法处理的身体和实在，以及亲密关系。女人是作为“它”，也就是他梦中的美，而不是女人作为“你”，在他的私密领域里。所有和他有过关系的女人，总数也没多少，都有一个共同点，就是她们都比他年轻很多，几乎擦着未成年的边。他以这种方式照顾的女人里有一个叫玛丽亚·赖特尔（Maria Reiter），他 1926 年遇到了她和她妹妹，就在《我的奋斗》出版后不久，她非常年轻，他们在一个公园相遇，他们都在那儿遛各自的狗。他们聊了一个小时，希特勒邀请她们去听他的演讲，在一个内部场合，他说话时看着玛丽亚，然后送她回家，把手放在她的肩膀上，想搂紧她，当两条狗闹作一堆时希特勒忽然大怒，用他一直随身携带的鞭子打他的狗。他们见了几次面后，利耶格伦写道；希特勒让她叫他沃尔夫，他叫她米齐。他们去看了她母亲的坟墓，他们去野餐，开车旅行。希特勒三十七岁，她十六岁。她说他吻过她一次。作为生日礼物，他送给她一个金手镯和那两册红皮精装的《我的奋斗》，签着：“读这些书，你就会懂得我。”她的父亲是社会民主党人，不喜欢他的女儿与纳粹领导人有染。希特勒在给她的信中写道：

虽然父亲们有时不理解他们的孩子已经长大了，不仅在年龄上，而且是在情感上，但是他们的用心总是好的。虽然你的爱让我幸福，但我也由衷地请求你也爱你的父亲！

短短一年后希特勒就开始对她失去兴趣，当她发现他回到慕尼黑的公寓里过夜而没有联系她时，她企图用晾衣绳上吊，但被她姐夫救了下来。据利耶格伦说。这种关系显然是柏拉图式的，几年后他与侄女格莉之间关系也是同一模式，格莉是他姐姐安格拉在他们埋葬母亲时怀上的孩子。

格莉十九岁搬到慕尼黑读书，她爱上了希特勒的司机莫里斯，他们订婚了，这让希特勒大发雷霆。然而，在给莫里斯的一封信中，格莉写道："我们会常见面，甚至单独见面的，A舅舅已经答应了。他很可爱。"但是，自1921年以来一直跟着他并作为一种个人助理和多面手管家的这个司机被解雇了。他后来说希特勒"爱她，但这是一种他不愿承认的怪异的爱"。希特勒本人后来说："可能没有什么比养育一个年轻女孩更美妙的了——一个十八到二十岁的小女孩就像蜡一样柔软。"1929年，当希特勒搬到更大的公寓时，格莉和他一起搬了进来。他宠着她，她得到了她想要的一切，除了没自由——如果她出去，总会有人护送，她遇不到同龄人，只有希特勒党内的同志。这样子过了两年后她结束了自己的生命，希特勒正在前往拜罗伊特的路上，她用他的枪在自己的房间里开枪自杀。她对准心脏开了一枪。在警方聆讯中，希特勒说他离开前他们吵过架，她想去维也纳和那里的一位歌唱老师一起学习，希特勒拒绝了她，但在他离开时她一直很冷静并对他说了再见。女仆安妮·温特则声称，那天早些时候，格莉在她们打扫希特勒房间时，在他的夹克口袋里发现了一封信。这封信是他开始照顾的另一个看起来天真无邪的年轻女孩写的。她十八岁，是埃娃·布劳恩（Eva Braun），而她最后也以自杀告终。

当汉夫施滕格尔认识希特勒时，他还根本没有任何情感关系；汉夫施滕格尔得出的结论就是，这应该意味着他纯粹就在生理上是阳痿的，但是这点也不可能被确认，但有很多迹象表明他对性不感兴趣或恐惧。汉夫施滕格尔的妻子称希特勒为无性人或无性爱者；这也能看出他有什么样的气场，他的调情是哑剧式的，无身体的，一种调情的图画，是欲望的画面而非欲望本身，欲望完全被克制住，也就是被压抑了。希特勒身上有些女性化，你在他演讲的影片里能到，手势常常相当女性化，他撩起刘海拨向往旁边的方式也一样，他的体型瘦而没有男子气，声音则偏尖利。但是同时他又是在一个典型的男性环境中第一次找到了自己的位置，他在自己身边摆满的男性道具，鞭子、手枪、德国牧羊犬、军靴和军装，这些其实也没那么奇怪，因为像军队这样的男性环境一点也不需要亲密感，它是基于距离的，以行动和处理问题为主导，完全没有拥抱、触摸、信赖，这对希特勒来说是完美的，因为他可以和其他人在一起而不被触碰，不管是身体还是情感上。他的高度敏感性，几乎只是在他对瓦格纳那无限的、不知疲倦的迷恋中展现，这也属于他身上的女性气质，事实上，整个对艺术的热爱也属于这一部分；在前线无战事时坐下来画水彩画也是如此，所以不完全是粗鲁的前线士兵模样。

汉夫施滕格尔的妻子指出了他们俩都觉出来了的希特勒奇怪的地方，她说："普茨，我告诉你，他是无性恋者。"她用的词是"中性"，表示性别中立，没有性别。汉夫施滕格尔又继续琢磨着这事并注意到希特勒的核心圈子里有"某些"男同性恋者——三个或四个，其中罗姆在战争期间对女性有"正常"的兴趣，他是在二十世纪二十年代末才被人知道是同性恋——他写道：

> 但就算他（罗姆）也还不是一个活跃的变态，周围还有很多其他人。海涅和另外一两个爱国的组织领导人也以这个方向上的品位而臭名昭著。当我回想我第一次与纳粹招募人员接触时，我突然意识到希特勒身边有太多这样的人。
>
> 这些奇异的边界构成希特勒的性本能的一部分，它慢慢地开始占据我的心，说得含蓄一点，他对同性恋者没有明显的厌恶感。

出于几个原因，该声明很有意思。在某种程度上它显示了汉夫施滕格尔与同性恋之间的关系很有问题——同性恋在他写这本书的五十年代里肯定被禁止的，但是"积极的变态"和他在下一句话中造出来的形容他们的词"性变态的狂热极端分子"，都充满了厌恶——部分则是希特勒不把同性恋当成个问题。汉夫施滕格尔的反应恰恰是，希特勒对此的反应不如他自己那么强烈。相反，希特勒希望他的队伍中有没有家庭的人，因为他们可以更全心全意地战斗。这是否意味着希特勒是同性恋，还是意味着他对性完全不关心？汉夫施滕格尔说这点很值得注意是对的，因为希特勒的立场是如此极端的小资产阶级，所有偏离道德的事都会引起他的愤恨，一切越界的都是他的敌人，但对这在当时被视为如此过分的越界却没有怎么样，因为这事也是希特勒视为理想或者说总是推崇的男子气概的反面。也有可能他如此反应是因为他对此事并不关心——他所有对其他越界行为的焦虑或蔑视，尤其是对滥交，都与他自己以及他的情感生活有关，正如他在《我的奋斗》里将犹太人与性联系起来，他写道：

> 那黑发的犹太男孩带着撒旦般的喜悦，久久地妄想着那无辜的年轻女孩的面孔，他用自己的血给她带来了耻辱，也同时将她从她的人民那里盗走。

汉夫施滕格尔对同性恋避之不及，而希特勒却接受他们进入他的队伍，但在犹太人问题上就反过来了，汉夫施滕格尔认为反犹主义是令人无法忍受的偏颇，让人恶心，而希特勒则是狂热的反犹主义者，但这种关系并不绝对，因为汉夫施滕格尔蔑视党内反犹态度最强烈的那些人，他说他们是“半犹太人”。

希特勒的整体形象里有些非常不和谐的东西，1922 年他穿着黑色外套和黑色帽子走在慕尼黑的街道上，口袋里总是放着一把瓦尔特手枪，手里拿着鞭子，通常一边是德国牧羊犬“王子”，另一边是保镖乌尔里希·格拉夫，充满了对犹太人的仇恨、对女性的恐惧和对简单事物的向往。在最后这点上他并不孤单，这是那个时代的一个特征，就好像时代突然被复杂和混乱淹没，是的，这些都影响了它。

当然，他在他的演讲里，在《我的奋斗》里对这失范的反应如此强烈，当然因为这失范并不只发生在外部，在文化里，也发生在他心里。他内心的情感生活和外在的行为之间横亘着深渊，这些他对自己观点和行为做出的合理化解释，很显然是因着其他而强加上来的，也没有给出理由，但绝不是没有感受到的动机。

魏玛共和国的重大主题“异化”，被从左右各个角度阐明和描述，把生命视为斗争的不仅是希特勒。瓦尔特·拉特瑙（Walther Rathenau），一位犹太裔社会民主党人、魏玛共和国部长，1922 年被一个极右组织杀害，他在 1912 年写道关于人类：

> 建造房屋、宫殿和城市，建造工厂和仓库。它建造道路、桥梁、铁路、电车、船舶和运河：水、气和电力设备；电报线、高压线和电缆；机器和熔炉……
>
> 这些闻所未闻的构建有什么意义呢？在很大程度上，它们直接服务于生产。一部分它们为运输和贸易服务，从而间接为生产服务。一部分它们服务于行政、住房和医疗保健，所以也主要为了生产。还有一部分服务于科学、艺术、技术、教育、娱乐等等，也即间接……还是为了生产。
>
> 工作再也不是一种生命的活动，再也不是身体和灵魂对自然力的适应，而是由头至尾为生活服务的一种外来活动，是身体和灵魂对机制的适应。
>
> 工作再也不是和自然的斗争，而是和人的斗争。这场斗

> 争也是进一步反对私人政治的斗争；风险最高的事业，不到两百年前由少数政治家实践并推行，一种利益共享并将它们用于自己目的的艺术，总览全球局势，解析时代意志，谈判、结盟、孤立和打击：今天，这种艺术不仅对金融家来说必不可少，而且在相应尺度上对于任何商人来说都不可欠缺。这些职业的机械化使得个人成为一名政治家。

这是彼得·斯洛特戴克在他的《犬儒理性批判》[1]一书里所引用拉特瑙的话。拉特瑙的分析给了人两种可能出路：要么被生产吞并成为生产的一部分，被推过去生产机器和装配线成为一线，要么坚守自我和个性，但要通过这系统的经济政治方法，就被从那上层结构拉下来到了这个体的领域。在拉特瑙写下这篇文章一百年后，我们终于学会了在这新的覆盖全球的生产和贸易所创造的本地和全球之间的联系中坚守着自己，是的，这就是我们的生活，就在我们生存其中的个性和大众生产之间的怪诞游戏里。真实性问题，从上个世纪之交到1945年德国崩溃这段时期是如此危险和尖锐，我们通过大规模的即时操纵解决了这个问题，就在两场世界战争让其成为可能的这些实际场景中展示出来。我们每个人都像自己的领袖那样生活在世界中心，在那里我们的意见和想法都具有最重的分量，完全不受其他人的看法也完全相同这个事实的影响。文化对这个人领域的史无前例又来势汹汹的培养，就发生在这世界首次以最大规模来创

[1] 彼得·斯洛特戴克（Peter Sloterdijk，1947—），德国当代哲学家。《犬儒理性批判》（*Kritik der zynischen Vernunft*）是他1983年出版的著作，探讨哲学犬儒主义和流行犬儒主义作为欧洲历史上的一种社会现象。

造平等的文化中，这是对十九世纪末后首次出现、而在当下也被视为新事的问题的回应。我们只是对这样一个事实避而不见，即在当下普遍存在的对个人独特个性的观念和大家惊人的相似性之间应该存在某种矛盾。在二十世纪二十年代，人人平等是个反乌托邦。在文化中到处都有来自大众的威胁，以被巨大齿轮和重重锤动着的机器所包围的面具般的面孔和统一的身体的形式表达，在一个所有个性都被抹杀的世界里。

拉特瑙说：

> 智力，在紧张的一天过后仍然颤抖着，还坚持着在运动，要去体验一种新的印象大赛，条件就是这些印象应该比现有印象更火爆，更刺激…………感官上迅速地被娱乐到了，迅速，平庸，自负，虚假，有毒。这些欢乐和绝望接壤。汽车吞噬着公里，是这畸形地看自然方式的一种视觉意象……
>
> 但就算在这些疯狂和过度刺激中，也有一些机械性的东西。人类，同时也是全球机制中机器的操纵者或就是机器本身，在越来越紧张和白热化的情况下，已经将其能量交付给了这世界活动的飞轮。

拉特瑙完成此文两年后的战争，带来了作用在这独特之“我”概念上的进一步压力，是的，这对这个人自我来说是一场灾难，因为它能借之来坚守自己的，这英雄主义，已经不再可能，因为武器机械化的缘故；英勇，柔软、狡猾，急智在机枪或炸弹雨面前不起任何作用：死亡是任意的，它的力量是无法操控的，英勇之死变作大规模死亡。这场战争是一场机器之战，人也是其中的机器。荣格尔在1932年描述了一个人人都是工人，人人都从属于机器的社会，在一个没有边界、没有个性，只有运动和动力、身体和机器的世界里；极权政体里的生活。它以一种奇怪的悖论方式几乎就是朝着1921至1922年希特勒及其政党的运动开始发端，他们的党派要打造的世界而去。奇怪是因为这去个人化正是希特勒在马克思主义和资本主义里所害怕的东西，他认为这已经导致了文化的衰败和社会的混乱。他对这衰败体验得如此强烈，表示着他觉得它该如何和它事实如何之间的那种对应感已经不复存在。如果这对应存在的话，内在的道德就会赋外在世界予意义，以一种不隔阂的方式让人们将其认为是理所当然，而外在的行为和事件则赋内在世界予意义。如果没有这种对应，就必须不惜一切代价创造它，因为它代表了一种对身份的直接威胁，也就是"我"与"我们"之间的关系。

希特勒显然是一个受过伤的人，也许是从童年就已经开始的一个进程，并因为一种内在机制，这创伤在少年和青年时期又被强化，但被伤及的部分，是和他人形成亲密关系的能力，去和其他人共情的能力，也就是说在他们身上看到自己，在自己身上看到他们，这种无能让他置身于自己之外，让他与自己的情感生活格格不入，也就是说，在情感与对这些情感的理解之间出现了不可逾越的鸿沟，把他置于了人际社会之外。

这是一种时代的伤，受伤的人里很多成了艺术家，因为在艺术里可以弥合这道沟壑。希特勒尝试过，但没有得到肯定，也没有足够强大的人格或天赋来克服这些阻力，假使他不是先在战争然后在政治里部分超越了自己，他早就消失在这人间的虚无中了，在战争和政治他一开始就得到了肯定，得到了帮助，需求也被满足。当情感被从根本上切断时，内心是混乱的，而如果内心是混乱的，人们就会寻求秩序、规则和界限。希特勒所了解的秩序、规则和界限，是他从小成长过程中就经历的那些，林茨的小资产阶级们遵循的那一套，但部分因为这是一个他从十六岁开始打扮成波希米亚人和艺术家起就憎恨的世界，部分因为这是一个濒临消失的世界，其道德和规定完全不适用于他在维也纳和慕尼黑所见和所身历的一切，这里在更大程度上被这新时代和新时代的严峻社会问题所影响。这天翻地覆的新在他身上唤起的困惑，在他身上格外强烈，它没有出口，这社会所赋予的，他所读的、所想和所努力的也没能在他自己和他所生活的世界之间建立某种形式的一致性，对违反那些从深层次看来表达着他所痛恨的社会形势和人生观的那些道德的根，在他心头点燃了怒火。他为自己下了世上所有的禁令，是个苦修者和否定生命的人，他会在很长时间内都处于抑郁状态，然后在其他时候都充满了躁狂的冲动，他只在艺术、梦想和那理想主义中活着，直到第一次出现了一个可以帮他剥离内在这一切的地方，也就是军队，其题内之义就是简化到骨子里的生活。

他于二十世纪二十年代在慕尼黑参与建立的组织，其战队编制、制服和武器是军队的延伸，而他提出的政治主张，其中那种强敌四伺的图景和强大的侵略性，是战争以另一种介质的延伸。至于他有如此巨大的吸引力，可以带着数十万人跟着他走，是的，带着数百万人，这对我们来说是不可理解的，因为我们阅读了这些论点并在里面看到了危险、愚蠢和对人的蔑视，但他并不是靠观点赢得了民心，而正是借着这横亘在他灵魂的深渊，或者它在他身上产生的东西，因为这他所表达的，他内心的混乱和希望终止这混乱的渴望，正好和这社会内部的混乱及其对终结的渴望形成了一种奇妙的对称。他混沌的灵魂摸索着朝向它曾被强加的界限，也就是家乡的道德和军队的秩序，也就是这小资产阶级的，普鲁士的或威廉式的，这些都属于从前的事物，在魏玛时期是几乎人人都背弃的方向。很多人都有同样的心路历程，但希特勒的特别处在于他能在每个听他演讲的人身上点起的那种火焰，他那种非凡的创造集体感的能力，这个就是他整个内在语汇，那被压抑情感和克制住的欲望的水库能倾泻而出的口子，让他的话语充满了如此强烈的说服力，让人们想停留在那里，这里一面是恨，另一面是希望和乌托邦，那闪亮的，几乎神圣的可以实现的未来，他们只是跟随他和他的话。

希特勒善于简化，而这些肯定回应了他自己的渴望，但他对此的态度也颇玩世不恭，这么说是因为他把简化视为一种增加抓地力的修辞手法，不仅仅是通过他的政治信念来肯定这种简化，更是要在他的演讲中对那老练和复杂的发动攻击。他有一次几乎是抱歉地对汉夫施滕格尔解释起这个。1922 年的一个晚上，从诺伊迈尔咖啡馆回家的路上，他说：

> 汉夫施滕格尔先生，你不要因我把这些晚上的演讲局限在相对简单的话题上而感到失望。政治鼓动一定要是原始的。所有其他政党在这上面都有毛病。它们太专业，太学术了。街上的老百姓跟不上，迟早会沦为共产主义宣传的那些鲁莽手段的牺牲品。

汉夫施滕格尔认为他在希特勒这里所担当的角色是把他从罗森贝格和狂热反犹分子手里拯救出来的人，并给了希特勒一种比他及其党内同志所代表的地方主义更大、更广阔的国际视野。他认为政治激进主义和残暴与缺乏教养有关，一旦他与层次更高的这些社会圈子来往起来，这种因素就会消失，这些圈子包括他介绍给希特勒的工业家们，他们持和汉夫施滕格尔一样的保守主义观点，并不比他们的父母或祖父母所生活的那个社会更长足地涉及乌托邦理念。他们认为希特勒可用，可借助他来深入群众中，而毫不明白他是不可矫正的，一个革命的乌托邦主义者和一个狂热的种族主义分子。人们普遍认为后者在现实中也就意味着反犹主义，总会随着他权力和影响力的增加而逐渐得到缓解。希特勒听汉夫施滕格尔的，也用得上他，但对他说什么并不放在心上。比如说，如果他谈到美国和德国未来结盟的重要性，或者谈到其他外交事务，希特勒总是把谈话引向克劳塞维茨、老毛奇和威廉皇帝。战前欧洲是他外交政策的参考框架，问题不是他掌权下的德国会不会打仗，而是什么时候打，在 1922 年就已经是这个样子了。“一战”后希特勒生活中发生的一切，都是在重复他战前生命里所发生的事，不过是以更大的规模，并付诸现实，他唯一真正的目标，一切最终的指向，是一场用来了解旧战争的新战争。他从 1918 年秋天为起点，真的做到了这一点，几乎令人无法置信。但事实上他有如此多的劣势，他实际上是某种失意者，是个重要的因素，至少在他成为总理前的那几年里是这样，当时几个政党的态度是，对希特勒来说最具毁灭性的是给他真正的权力，他很快就会步入政治死亡，因为他只是个跑江湖的，一个吹牛大王，一个头脑简单的小资产阶级。显然这很奇怪。正是他，一个不了解自己感情的人，认为感情就是那些从头到尾冲刷着他的，让他的灵魂和存在变得盲目晦暗之物的人，将成为德国感情之王。

希特勒写一篇演讲要花四到六小时，他把它压缩到十张纸，每张纸上写着十五到二十个词。根据利耶格伦的说法，每当集会时间将至，他就在房间里来回走动，边在脑海中回顾演讲。他每隔一定时间就和在会场的人通电话，问他们多少人来了，他们的情绪如何，那里有多少反对者，如果有的话是哪一种。他不断地指示着在观众等待他时如何对待他们。门打开后半小时，他让人拿来外套、帽子和鞭子，上车，带着保镖和司机开车到了会场。登上讲台后，他把一叠笔记放在左边的桌子上，每讲完一张就把那些纸放在右边桌上。手枪就放在他裤子后口袋里。通常持续两小时的演讲结束后，国歌奏起。希特勒向左右两边致意，在音乐声中离开场地，通常在里面乐声结束前就已经上了车。假如在慕尼黑以外的地方演讲，他就直奔酒店。他在那洗个澡，换了衣服，在沙发上休息，也许汉夫施滕格尔在一边弹钢琴，随员们在旁边的房间。他在演讲前不和听众中任何人接触，演讲后也不接触他们。只有他和大家。

汉斯·弗兰克[1]，当时还是名年轻的法学院学生，在 1919 年见到了他：

[1] Hans Frank（1900—1946），二十世纪二十年代至三十年代纳粹党专用辩护律师，后来成为纳粹德国领导人之一，曾担任波兰总督。

你首先想到的是，这是一个诚实地谈论他感受的人，并不试图去宣称一些他自己还没有完全相信的事情……即使是最模糊的大脑也能理解他……并直入事情核心。

《慕尼黑邮报》报道了他在1920年的一次演讲，托兰写道，他们任由自己被他的犹太人模仿秀逗乐了：

阿道夫·希特勒表现得像个喜剧演员，他的演讲就像一个杂耍把戏……希特勒有点东西，这点是他该被认可的部分，他确为慕尼黑激情似火地玩这些伎俩的演说家里最狡猾的流氓。

库尔特·吕德克[1]于1922年见到了他：

我对他的批评被一扫而空。他以一种绝对的说服力抓住了群众，我和他们都被掌控住了……他对德国男人气概的呼吁就像战斗的号角，他所宣扬的福音，是个神圣的真理。他看起来像路德再世…………我经历了一种只能与劝人皈依宗教的极致感觉相提并论的醍醐灌顶…………我找到了自己，我的领袖和我的事业。我把我的灵魂给了他。

希特勒的演讲到底有什么能激起如此强烈的情绪？重要的是他表现出了诚实和直言不讳，一个终于能有一说一的人，与其他政客截然相反。紧急情况是显然的，不满是巨大的，快

[1] Kurt Lüdecke（1890—1960），德国民族主义分子，并在早期为纳粹党筹款。

到了绝望边缘。希特勒给了这些愤懑一个方向。凡尔赛之耻、十一月暴乱分子、犹太人–马克思主义者的阴谋，希特勒把其仇恨和愤怒收拢在这三点上，显然他在这方面并不孤单，但他的才能是能召唤出听众们心中的那种愤怒和仇恨，以一种炉火纯青地完全看不出来操控的方式，而真实、显然地以那种大家都心知肚明却说不出口的方式带出了真实和显然。他的气场也似乎在诉说着他就是这样一个实话实说的人，这点非常关键，他以这种方式在听众心里唤起了信任，那种当他们对他表达出了欢呼时也表达出了对自己的欢呼，他以这种方式创造了一个整体，是一种前所未见的力量，他发现他几乎能像魔法师那样随心所欲地引导着它。这就是权力。它不是基于某人占据职位而具有的、被那些正式的和非正式法律和规则所限制的正式权力，而是真正的权力，它本质上是革命的，逾越了法律边界的。他很有可能是逐渐意识到这一点的，因为正如塞巴斯蒂安·哈夫纳所写的那样，他在很长时期内都满足于仅仅作党的喉舌，即动员群众的人，那种觉得他也可以成为党和国家的唯一领袖的想法——一种具有悠久德国古早历史色彩的想法——首先在《我的奋斗》中体现出来，并在随后该党在1925年的重建中得到实现。

但与他直言不讳一样重要的是他说话的方式。他用的语言接近观众的语言。汉夫施滕格尔写道，这里面没有混杂着俚语，除非他需要它来达到一些特别效果，这是关于这时代的语调，从他周围的群众产生的。例如当他要描述一位家庭主妇的问题，她没有足够的钱去谷物市场去给家人买吃的，他所用的遣词造句和语气，就会像她亲自来形容这个问题会用的那些，假使她有机会来回答的话，汉夫施滕格尔写道。

希特勒的才华就在于这种从人群中产生而世代音色各不相同的声音、语调和社会方言的聆听中。在这一点上他的敏感来得恰如其分，他既能听到时代的声音，又能用微调后的方式将它们表达给观众，从某种意义上说，他怎么说话取决于他当时有怎样的观众，是学生还是工人。此外他还擅长临场反应，比如说有人喊出一句评论的话，他就停下来，双臂交叠在胸前，给出一个让观众捧腹的尖刻嘲讽的回答。他总是由衷地，表达所有由衷而发的东西，用发自肺腑的语言，而不像其他政治家和演说家那样高高在上地宣讲。

他的观众里大约有四分之一是女性，他也很能利用这点；他常被反对者的呼喊打断，当他在观众里寻求那些让他们安静下来的支持，并把观众拉到他身边来时，有很多次都是对着这些女性说话，他将注意力转向日常生活里的问题，完全接地气的话题，比如食品短缺或其他每个人都能切身感到的东西，但这些在二十世纪二十年代是属于女性领域的话题，因此汉夫施滕格尔写道，他所得到第一声欢呼就常常由此而来，完成了他和观众之间的破冰。但所有这些都是修辞范畴里的，他所说的，和他说话方式，也即这诉求，他去寻求这“我们”之集体意志并想成为其合法喉舌的能力，肯定是极强大的，但并没有大到能解释他所取得的这些成就，无论是1920年他已经在慕尼黑克罗内马戏团为六千人演讲时，还是之后，当整个场馆挤满了人等待听他讲话时。比他说的话和他说话的方式更重要的是，一定是在说着这些话的他，也就是他这个人的存在，他的气场，这被叫作领袖魅力的东西。

领袖魅力是人类社会两大先验力量之一，另一个是美丽。这些是我们很少谈论的力量，因为这两者都是从个体自身散发出来，不是通过学习或后天获得的，在一种民主制度中，原则上每个人都该被视为平等，所有元素都该是公平的，它们不能被认为具有与众不同的价值，即使每个人都知道它们，知道它们有多大的意义。我们更进一步把人类世界的价值和那些被创造、被生产或被制定之物绑定在一起，而不是事物本身的东西，换言之，那些被创造、被生产或被制定的东西才是本质的，而那些就是其所是之物，是非本质的。在大学课堂里，男性们的注意力不会集中在那些有着最出色论点、能富有洞察力又富有同情心地谈论着阿多诺或德波伏娃的女人们，而是集中在最美丽的那些女人身上，而任何其他聚集着男人和女人的空间都如此，街道和广场、餐馆和咖啡馆、海滩和公寓、轮渡和火车车厢；美胜过一切，使其他事物变得暗淡，它总是你看到的，有意识或无意识地去追寻的。而沉默围绕在这种现象周围，我们不承认它是社会中的一个因素，而是通过社会排斥机制将其排斥，称其为愚蠢、不成熟或不老练，甚至可能是原始的，而同时我们又允许它在商业中存在，无论我们向哪里转身，它都默默地围绕着我们：到处都是美人。电视上的美人，所有杂志和周刊上的美人，电影里的美人，戏剧里的美人，流行音乐里的美人，广告里的美人，是的，整个公共空间都密密地挤满了美的面孔和美的身体，这些还未被我们视为有意义的事物，它表达的并非本真，也就是这内在之“我”。美属于身体和脸庞，这个“我”的外在表达，就像是这个“我”的一种面具，其具有一种不可改变性和不可避免性，它不是被选择如此，而是被赋予的，也就这样东西使它失去了资格，因为在纳粹主义之后我们不可以给天生之物评判价值，因为正是他们把人按照其既有属性分成三六九等，而让他们走向了最终的灾难。也就是说，我们会赋这些特性以价值，但是是默默地这么做。这就像个体与相同之间的关系一样：这些事物彼此排斥，但前提是它们之间有联系——所以我们不去给两者之间拉上关系。就好像我们生活在平行存在的两种不同文化中。一个是商业的，它全部关于表面，脸，外在美，统一性，相似性，这些被我们理解为非本真的肤浅价值，都是为了愉悦而存在；另一个是人际的，它由独特的个体，内在美，可变的品质，不平等，所有这些我们理解为本真的事物以及我们理解为真实的价值观组成。我们在梦中逃离到非真实世界，我们生活在这真实世界。而这不真实的世界逐渐占据了我们的生活，我们很快就生活在这不真实世界里，这也就是我们周围的文化里滋生出这强烈的现实感渴求的原因。这种渴求开始在我们周围的文化。但如果连身体都不算真实，那还有什么是真实的？而身体又是什么，加入它不是生物体？然后我们就进入了那生而既有的领域，这也是魏玛时代的渴望所延伸而至的地方，它第一次出现在第一次世界大战前夕，当时来自非物质的压力，这文明的许多新的和越来越机械化的表达，被推到了一边让给了这本真的，也就是生而即有，身体，血液，草，死亡。

个人魅力，就像美一样，不管你投入多少练习或训练，它是学不来，也得不到的，它超越了内在的与外在的“我”之间的简单二分法，人类领域中生物的与文化的之间简单的二分法，并在某些情况下可以有这样的力量，能把其他所有类别推到一边，让它们解体。

有魅力的人是真正独特的人，这绝对无人可与之比肩的人，不凭借其外表，不凭借其智慧，不凭借其辩论能力，而是就是简单地凭借他的存在，并借此把其他人的非独特性或者说是庸常彰显得一清二楚。那么个人魅力的价值为何？为什么我们对它如此着迷？如果一位魅力四射的女人坐在一位侃侃而谈阿多诺和德·波伏娃的女人和美得不同寻常的女人身边，那么前者就会成为所有男人的注意力的焦点，不仅是男人的，还有女人的。魅力是一种不寻常的特质，几乎不可能说出它由什么组成，但当你遇到它时你总能认出它来。如果我在一个女人身上看到它，我就会想得到她。如果我在一个男人身上看到它，也会以一种类似但不完全相同的方式想得到他，因为一个有魅力的男人可以在我身上唤起一种愿望，想在那儿，在他身边，想向他低头。这情感中有柔软的成分，因为在这种魅力中有着并非软弱，没有言辞的东西，某种不设防的东西，也许。对亲密的渴望、温柔、顺从；这是种直接而强烈的情绪。但是我不能屈服于它们，我不能想亲近一个男人，就像爱上了他似的，至少我不能顺从他。因此，我离得远远的，但也不是看不到他如何影响身边的所有人，这让我心里充满了嫉妒，有时甚至高涨到了不合理的程度，因为我想成为他。我以为，这内心的斗争，不管它是被承认还是不被承认，总是围绕着有魅力的人们。这有魅力的“我”是如此强大以至于威胁到周围的那些“我”，它们必须努力扛着，或者放弃并臣服，是啊，然后呢？那强大之“我”的我们的一部分吗？一个门徒，一个追随者，一个唯命是从的人。在这魅力人格的光芒里有种漠然的成分，一种不去强加于人的东西，一种近乎威严也因此有些排斥人的独立感；因此，被有魅力的人看到，或被喜欢，是一种恩惠，是啊，一种完全不会让人多想的礼物，一种让人全心向往的东西。是的，这魅力独立于各种社会束缚之外，在某种意义上站在社会之外，那种无边无际的感觉给其存在赋予了这样的力量：这魅力是独一无二的。

与所有其他属性一样，它的出现有程度之分；很多人有一点魅力，少数人有很多美丽，几乎没有人有的只是魅力。耶稣是个魅力超凡的人，他的气场如此强大，以至于在他死后一百年写成的福音书里，以及自那时迄今的所有世纪中都闪彻着他的光芒。如果不把这点考虑进去，就无法理解他和发生在他身上的事。人们放下手里的一切跟随着他。当他说话时如海人群聚来在他周围。他仅凭其纯然存在就能化解一群气势汹汹的人群。他的恩宠是仁慈，他的不悦是惩罚。他要求他的门徒们离开各自家人和朋友,也就是他们的整个人际圈子,和他一起生活。当他的母亲和兄弟来看他时,他让他们离开。他为小事充满愤怒，例如当他诅咒耶路撒冷外的一棵树，那棵树也就枯萎了，故事里这么说的，他还冲进圣殿广场赶走了讨债者们。当他坐在客西马尼园祈祷时他内心感到的黑暗，这内在的自我毁灭倾向在耶路撒冷的复活节期间变得越来越强，越来越沉重，他不断地将自己置于使他越来越接近死亡的局面里，并始终不接受被许诺给他的各种出路，而是跟随着其心轨和意志，直到他血肉模糊地呼出最后一口气。也许他是有史以来最有魅力的人。一定有过这样的人。至少在他死了两千多年后，其光芒仍然照耀着我们。支持它的不是神学，是相反的东西，神学是抽象的，本质上是反魅力的。

希特勒三十岁前的生活里毫无迹象表明他有什么非凡的魅力。相反，从对他的描述来看，无论是在维也纳的男子收容所，还是在弗兰德斯的前线，他都表现得像个有点怪的人，身上总挂着一丝不自在的感觉。迈尔上尉认定他是只摇尾乞怜的狗。但是当他一旦开始演讲，事情就发生了根本性的变化。所有的描述像在说一个完全不同的人。同样在人际交往上他的分量完全改变了；罗森贝格、赫斯、施特赖歇尔以及后来的戈培尔都非常钦佩他，并且非常愿意服从他。但希特勒本人并没有改变，他的性格和举止这些年来始终如一。就好像是人群本身唤醒了他身上那种感召着他们前来的东西。没有它他就什么都不是，一个孤独、失败的人，对自己有着不切实际的高估，但有了它以后，在它眼前，在它注视下，孤独变成了独立，那不切实际的就有了根基，就像在一个盟约：他给了它它想要的，他的不依附于我们之“我”，它给了他想要的，它的依赖于我的“我们”。他们看见了他，被吸引了。这种吸引力也带着情欲，他和大众之间的张力显然包含着性色彩，但并非以什么明确的方式，他站在那儿并不是带着绝对的男子气概，也不是带着绝对的力量，如果那样就会有排斥性，一意孤行，刚愎自用，封闭，不，他也是女性的，也就是说两种特性兼而有之，在其暧昧中，既有张力又能和群众形成互动。看着他很有平易近人感。

魅力就是这样，它一出现就是很个人的。如果你看到一个特有魅力的人在舞台上，比如埃尔维斯·普雷斯利，在一次大概四十年前的演出录像里，他让每个人都感到和他有了个人接触，不是因为他的迷人，他的性感，他的美貌或他的肢体语言，而是他的魅力，他那独特的存在，人们可以感受到一种关切扑面而来，假使你在他身边，他可能什么都会答应你。但也可能那些只是我个人的感觉，其他人看到埃尔维斯四十年前的电视演出的体验会完全不同，也没有这些感情成分，因为我对父亲有同样的感觉，我在他身上看到了同样的那不可接近和脆弱感的组合，他的那种疏离感是强烈的，如果想到我们很久以前蒂巴肯那个房子的小场域的情形。但是，是的，在那强烈、坚硬、和我不合的气场里，有种几乎笨拙的东西在祈求着关爱。我想要进去那里，我知道，但假使我可以去那里，我会在那里做什么，这我就全无头绪。但要么是这样，我当时那种顺从的生活，那愉快的臣服，让我每次面对漠然、独立的类型都很容易就感到同样的情绪，这种类型的人一方面完全无法接近，但是另一方面又散发相反的气息，流露出一种对共处情谊、对仁慈恩典的希冀，一丝仁慈的恩典，也许是我已被训练得能这样看待它，格外能感知到这些。

夏天已经结结实实地来了。公寓外炎热的街道，绿色的公园，衣着清凉的人们。整个冬天和春天，我都在凌晨三四点钟起床，用这些时间来写作，到夏天就要写完了。我答应琳达那个夏天是属于我们家庭的。去年夏天，我们订了去科西嘉岛的旅行，那时琳达生病了，我们不能去。我一直想去科西嘉岛，所以今年春天我们又订了这个行程。我们的打算是小说写完我们就出发。现在看起来好像不行了。但是旅行的钱已经付了，所以除了我的其他人都会去，我的位置由琳达的母亲代替。

我在听湖中乐队的《他人的勇气》[1]，最近几个月我几乎每天都在听这张专辑，上一次我开车去房子那儿时在车里也放着它，库别兹克的书的氛围在我心中蔓延开来，就好像它们都来自记忆，来自我自己的生活。到目前为止，我读过的书和我所经历的事件一样都是我个人历史里不可分割的一部分。希特勒的《我的奋斗》也不例外。它与我读过的所有其他书籍不同，以一种无法定义，却同样清晰的方式。库别兹克这本以希特勒为主角的书却不然。在这里希特勒是被从外部来打量的，他被表现为一个有着不平常的坚强意志和严肃态度的普通年轻人。

当他写起自己，并以自己的身份出现时，库别兹克视角里所带着的缓和就消失了。《我的奋斗》里有种比比皆是的小家子气，一点没有我们希望在文学、哲学和艺术中看到的那种大气，那最深刻、最深入、也经过艰巨奋斗才得来的洞见即是对所有人的宽恕，在所有人身上都看见人性，他人与自己相同的绝对价值。这样的普世性在希特勒的书里是没有的，在这里一切都流经他自己的灵魂，而他的灵魂也随之动摇动荡，一切都取决于这些在他的内心唤醒了怎样的情绪，而且除了他自己之外找不到任何一张脸——在那里可以理解为某个独一无二的个人，而不是代表某类型、某政策或某公共角色的人。但是如果我们抬起目光，就会向上看到某个再也分不出其他人各自特征的地方，《我的奋斗》这本书分作两部分别于1924年和1928年出版，由出生在一个因重大内部民族–文化矛盾和社会差异即将解体

[1] 湖中乐队（Midlake）是美国德州独立摇滚乐队，成立于1999年。《他人的勇气》（*The Courage of Others*）是该乐队2010年发行的专辑。

的君主制国家里中下层阶级的一个男人所写，这个国家里的那些古老价值观，被茨威格生动描述过的资产阶级现实里那种迟缓的安定感，和那爆炸性增长的下层阶级贫困相对而立，这本书的作者对他人的信任度一定很低，被虐待的孩子们身上常有这种情况，而他对生活里的意义和公正的信念一定先是被哥哥以及后来母亲的死所动摇，这些不仅是亲眼所见，更是亲身感受。他不会觉得自己欠别人什么。他的字典里没有仁慈、宽恕、理解、共情。一个大气的人即使在相同情形下也能表达出那些，但这本书的作者不是大气的人，他是痛苦的，复仇的，自以为是的，当他终于有了机会时，他是冷酷无情的。但他的冷酷无情格局小，无法与荷马、莎士比亚或斯诺里笔下英雄们的那种冷酷相比；这也正因为如此《我的奋斗》表达出了一种很本质的东西，因为如果此书由具备特定性格的特定的人写就，那它也就渗透着那个人所处的时代及其问题，并且无法超越其自身和其时代，因为他的灵魂如此狭隘僵化，也从未见识过其可能性，这就导致那时代里的低劣也在书中流淌而过，正如在他身上流淌而过那样。是的，他是那个写大时代的小人物。

《我的奋斗》得到的评论很糟糕。所有提到它的报章评论都把它批得体无完肤。《法兰克福汇报》称其为政治自杀，标题为“希特勒的终结”。据里巴克的说法，柏林一家报纸对作者的神智稳定性表示怀疑。《巴伐利亚祖国报》称这本书为“他的抽搐”（Sein Krampf）。希特勒的书是一本被人取笑的书。斯蒂芬·茨威格在他的回忆录中写道，没人读过这本书，也没人把书中所写的内容当真，因为它写得非常糟。

希特勒本人很为这本书自豪，并给了他身边每个人一本签名书，也给了他在奥地利的家人，他从战前以来就一直没有和他们联系过。他当时所受刑罚里也包括禁言，所以当他被从监狱里放出来后，也不能从事政治活动，只好在阿尔卑斯山借了一间房子写了这本书的续集《我的奋斗 II》。它于 1926 年夏天完成，被各家报纸有意识地忽略，印刷一年后仅售出约七百本。但希特勒并未停止写作，因为《我的奋斗》系列是由没有全国发行渠道的地方出版社出版的，他又联系了出版商埃尔莎·布鲁克曼和奥托·布鲁克曼夫妇，可能是因为他当时计划要写的书不是关于政治，而是关于他在前线那段时期，参照的是恩斯特·荣格尔的《钢铁风暴》，这是他很钦佩的书。荣格尔寄给他一本，上面写着“献给国家领导人阿道夫·希特勒”，希特勒在书里划了许多重点。看过这本书的里巴克写道，根据这些划线处来看，希特勒感兴趣的是战争的情感和精神方面，而不是那些具体的、描述行动的方面，只有两处例外，它们是关于那感官印象如此暴烈，一切都在颤抖，所有的声音都消失了的时刻。在给荣格尔的一封信中，希特勒写道：“我已经读完了你的所有文字。我欣赏书中对战场前线经验的为数不多的充满力量的写照。”1927 年 8 月，埃尔莎·布鲁克曼在给她丈夫的一封关于希特勒的信中写道：“他已经在考虑他关于战争那本书的形式，并说它在他心里变得更生动和清晰。”12 月，出版日期被定为春季。但希特勒从来就没有交稿，稿子也从未被发现过。它可能在 1945 年春天就被烧掉了，和希特勒命令他的副官去取来的所有其他私人文件一起被烧毁。然而，里巴克发现了《我的奋斗 III》的一份未完成手稿，它保存在慕尼黑埃赫出版社（Eher

Verlag）的一个保险箱里，根据里巴克所写，战后那里的一名员工把手稿给了美国人。三百二十四页，未完成，大概写于 1928 年夏天，当时希特勒三十八岁，当时德国的政治事件正在加速发生，希特勒和国家社会党开始接近权力中心。《我的奋斗 I》是关于希特勒在加入德国工人党之前的生活，而《我的奋斗 II》写的是该党和该党历史，未出版的《我的奋斗 III》则是关于德国在历史上的地位，里巴克如是说。1928 年以后希特勒不再写作，在他写了两本书以及两本未完成书稿的这四年里，他必定会有的作为作家的自我形象，以及他在其中一本里给自己设定的超越政治的目标，最终都被政治战胜，同时他也看到了自己作为作家的局限。他曾对他的私人律师汉斯 · 弗兰克说过，墨索里尼能说出写出如此优美的意大利语，而希特勒却无法用德语做到这一点。有人听他说过："我写作时就是没有办法把所有的想法收拢到一起。"还有，在另一个场合，他对同一个人说："如果我在 1924 年能想到自己有一天会成为总理，我就永远不会写那本书。"

对于《我的奋斗》的现代读者，我说现代读者，指的是在今天读它的人，就像在 2011 年 5 月 4 日的我，我们这个现代社会，几乎在所有方面都与《我的奋斗》写成的那个社会相距甚远，但也不是没有共同点——我今天写这篇文章时，最后一位参加过"一战"的士兵去世了。他名叫克劳德·乔勒斯（Claude Choules），在英军效力，享年一百一十岁。三天前奥萨马·本·拉登在巴基斯坦被美国特种部队杀死，此人常被拿来与希特勒相提并论，西方和西方价值观的所有重要敌人都被定期拿来做这样的比较，尽管有一些相似之处，但在对国际资本主义不可调和的仇恨上，在恐怖主义所表达出的献祭心态中，在这里所持信念总是大于个人——不仅是为这个事业牺牲自己的生命，且带着喜悦——这些差异如此巨大，以至于这种比较未必成立，对于本·拉登和那些从那时起就一直带着邪恶面孔的人，如伊迪·阿明，爸爸医生[1]，萨达姆·侯赛因。他们都是其他人，都和我们不同，但希特勒是我们中的一员，他由欧洲文化内部向前推行自己的意志，他如此行径的身份是作为一个群体的领导，这群体大到不仅能引发世界大战，并让它持续了五年，直到两千万人丧生，以及一场几近完成的种族灭绝，六百万人因此被杀，在它面前其他任何事都显得苍白。它最异样的特征不是政治方面的，因为虽然激进民族主义是异样的，却不是无法体认或无法与之产生某种关联的，但反犹太主义则相反，它如此直白地被呈现出来，以至于很难想象，从某种意义上说很难，今天我们甚至不可能相信有谁会真的认同希特勒在《我的奋斗》里写的关于犹太人和犹太相关事务的那些东西。

《我的奋斗》的第二个值得注意处也和第一个间接相关，这和它那种让人不适的低级的、常语带贬义的风格有关，这在那个时代，也就是魏玛共和国时期的文字里本来是看不到的。风格不过是一种对自我的洞察，不在这本真的“我”中，而在文本之“我”中，从对那探询行为中所含他者的一种隐含想象中浮现出来。这种对他者的想象以一种预期基准线的形式存在，这个“我”以此为背景对自己进行定义，也以此为依据创造自

[1] 即弗朗索瓦·杜瓦利埃（François Duvalier，1907—1971），海地独裁总统。

己。风格之于文本就像道德之于举止：它为什么该说，什么能说或者能做和，以及怎么做设定了边界。如果我写“屄”，我就越过了正常文风所设下的界限；如果我是带着觉知有意地这么做，它就成为一种文体工具，但不一定是有品位的工具；如果是作为挑衅的话，它的意义已经空乏，还有种发育时期的气质，你要用它而不让文本之“我”沾染上这些气息是不可能的，还剩一种可能，把它当作某种特定语用的例子，用来表现某个角色，它应该“说”出某些关于这个角色的东西。（写完这个后，我又加上了“鸡巴”，所以这里写着“我写屄和鸡巴”，是因为一个念头闪过，也许“屄”可能会让人怀疑我厌恶女性，厌女，也许甚至害怕女人，因为我恰好也写了这方面内容，就好像这是我心底里最深切的感受，而以这种方式我就不幸地与希特勒产生了联系——不幸在于，它会显得好像我自己看不到这一点，对此很盲目，而围绕着这一点，我被认定的厌女和恐女，将可以密密地罗织出一张网，本来会从我缺乏社交能力，孤僻，还有我写的关于血和草那些文字等等下手的，不过无论如何都会殊途同归，归结成对希特勒的身份认同。假使这种认同被认为是在一种盲目或者无知无觉状态下发生的，那么这整个“我”的可信度就会下降或被动摇，而假使它以一种很明显地自知的方式发生，也就是都在计算之内的，那么它就可能被感知为某种能提升希特勒与角色之间相关性的东西，甚至也深化了这文本中的本来之“我”。在那个空间里，文本对其自身知道的和不知道的东西里，总是有种张力，但张力在文本里略小，因为文本里这个“我”更有风格方面的自信，因为在这里它只是和词语创造出的各种可能的预期相遇，这些都在它控制之内，知道怎样去调度它们，而这种在作者和读者，这两种写作行为所浮现出来的事物之间进行的游戏，在作者越成熟的情况下就会越隐形。这是一种不走到某个地步就无法发现的游戏，这个节点通常在属于某个时代的东西不再是天经地义、理所当然时到来，也就是说，当这些文字的读者们不再是作者身处环境的一部分的时候。作者的那些基于这个“我”的预期而做出的相迎姿态，就在读者那里碰了个空，而这姿态本身，在文本中去迎合着什么的这种意图，也就因此可见起来。所有文字都或多或少会发散出来的这时代气息，比如说，五十年代的文本会让人想起其他同时代文本，就是这么回事。当我写下“屄”，就直觉地意识到它会被以某种特定的和本文主题有关的方式来读解，也就是说，我“感到”了一种态度，“感知”到了观点的一个方向，朝着未被承认或被压抑住的厌女症，我又写下“鸡巴”，因为这样这些词就会显出我想来一场有点蠢的犯规，这样就没有性别方面的失衡了，不至于引起关于其他一些什么的怀疑 [未必不合理，但这是另一回事了]——直到我明白过来正是我现在描写着的这个过程在起作用，人写东西时的各种顾虑，这探询行动为自身所设定的边界，这边界也构成了文本道德的边界。）如果我再写下“黑鬼”或者“黑炭头”或者“黑货”，那么几乎有教养的人都会拂袖而去，这是不可接受的，不是因为这些词所指向的不能被提及，也就是黑色人种，而是因为他们不能被这样提及，用这些充满侮辱的词，会用这些词的人要么无知，因为他们成长的社会环境就是没教养的，也许因为他们本人就无人管教，对一切事物个人都充满了恶意，这些就在这样的言语里表达出来，要么是出自受过教育也知道自己在干什么的人，那么他们这么说就是基于冷血的计算，而这也是一种恶，这种事暂时还基本没发生过，还没有任何科学论文用“黑炭头”这字眼，没有任何小论文或者报纸文章用“黑鬼”这个词，也没有任何小说会用“黑货”，除了是要勾勒出那些没有受过教育的人也即底层人的形象。如果这个没受过教育的底层人要在公共领域里发声，就必须学着掌握这里通行的说话方式，他们这么做的同时就遵循了其隐含的道德判断，这样就使存在于这蒙昧中的观念和态度，基本上被关在了外面，被压了下去，这不是某种目的明确的战略之结果，而是作为社会机制的一部分，这机制使社会得以控制那些不受欢迎的东西，永远不给他们机会能上升到那能被政治决策考虑进去的那个层面。

在什么不能说，和不能用什么方式来说之间的界限如此模糊，以至于有时看起来这就像一枚硬币的两面。

几乎所有今日依然在被阅读的魏玛时期文本，尤其 1919 到 1933 年之间的德国许多经典著作，都很有品位，从文笔来说，它们处于文化上的最高层级，尽管它们所包含的思想可能惊世骇俗，太过真实，而且对我们来说确实是，无法接受的，比如卡尔·施密特把政治定义为一种区分敌我的行动，最终结果总是且必须是在身体上消灭敌人，或者像瓦尔特·本雅明对神圣暴力的概念，我们接受了它们，研究它们，讨论它们，就好像它们并非骇人听闻，我们只说这些思想是危险的，它们是例外，它们出现在一个政治动荡的时代。思想危险，但是风格是顶尖的，我们可以接受它们。

希特勒的《我的奋斗》没有任何风格可言，连低级风格都没有，那个“我”只是单纯地把它对各种千差万别事物的意见表达出来，而丝毫没有迹象表现出它看到了自己，也就是换句话说，它没有任何羁绊，没有边界，它不寻求除了自身以外的任何地方的认可，它想说什么就说什么，因为这就是它的本性，除了这点它什么都不知道。《我的奋斗》中的这个“我”看起来自诩、自负、自以为是、不受控制、充满仇恨、小家子气，但自认为是公平、讲道理、大气的，它出版时肯定是这些因素为此书带来了如此差评，从来没人把它当回事，希特勒在自己并未察觉的情况下露出了面目，他只是个没受过教育、粗野而残酷的男人，那种依着自己的有限见识这里拿点那里拿点然后烩作一锅自以为这就是政治，但其实只是一系列上不得台面的偏见、以态度为主的妄念和伪科学论断。那强烈的反犹主义也不过表达出了同一种东西。反犹主义很普遍，但正如希特勒本人所指出的那样：在那些出色的、注重品质的报纸杂志里看不到它，它们的层次高于它，它们在很多情况下根本甚至不承认它，即使这绝对是时代的核心问题之一。会表达出它的报纸杂志属于社会的较低阶层，那庸俗和粗野的，且经常，尽管不总是，带有对知识分子和上流文化的蔑视，不是对瓦格纳那种资产阶级上流文化的蔑视，而是对正在迅猛发展的前卫艺术的蔑视。

当犹太问题在这些偏见和刻板印象已经沸腾冒泡的大锅里讨论时，其语言里没有仇恨和厌恶，也就是没有一眼可见的情感，而是纯粹的道理和观点——例如，1930 年，魏玛时代末期，《南德意志报》出了一期“犹太人问题”（Die Judenfrage）专刊，海德格伦（Heidegren）写道，在里面编辑们陈述了选择这个主题的原因，说它是战后时期最普遍也最复杂的课题之一："有多种由外部而来针对着犹太人的解释、解读和攻击，对应着犹太人内部那种进取心的让人迷惑的多样性。"刊物的编辑们希望让更多的声音被形成文字表达出来，包括犹太人和非犹太人的、闪族的和反闪族的。他们写道，"这可能是犹太人和反犹主义者第一次在某种刊物里达成合作。"

根据海德格伦的记载，恩斯特·荣格尔的投稿"超民族主义和犹太问题"得出的结论是，德国的犹太人面临着"是做犹太人还是不做犹太人"之间的选择，荣格尔这么说，是认为犹太人为了保持犹太人身份必须保留其特质，这特质有一种价值正受到经济自由主义平等的威胁。和希特勒一样，荣格尔将国际资本主义和马克思主义视为对德国人的威胁，两人都是民族主义者，但两人之间关键的区别在于荣格尔所坚称的价值不仅适用于自己人，也即德国人，而且适用于所有人，也适用于犹太人。荣格尔主张的是独特的和创造差异的，这些是一个地区、一个文化、一个民族、一个国家最根本的东西，是用来对冲那均等的以及制造均等事物的，在这种想法中，把犹太的同化为德国的是有问题的，就和把德国的同化为国际的差不多，问题不在于犹太事物的本身。但即使这篇简短、理性、文笔更高超的文章与希特勒的文字相距甚远，却也进入了同一个文化圈层，这里面也能找到反犹主义的倾向。

> 要让犹太人变得危险、有传染性和破坏性，首先需要一个初始状态，让他得以具备一种新的整体感，以文明犹太人的完形出现。这个状态是通过自由主义，通过这种精神之伟大独

立宣言来创造的，而除非自由主义彻底破产，它就永远也不会被终结。

犹太人“危险、有传染性和破坏性”这个提法在1930年并非骇人听闻，恰恰相反。荣格尔把它和时代文化之变联系起来，在这种变化中，犹太人放弃了自己而随波逐流地变成德国人，是自由主义所导致的后果之一，这和犹太本质没有什么关系，也即其根本或天性，这就是这个说法和希特勒在《我的奋斗》里说法之间的巨大差别，但你无法不把这两者结合起来考量，因为其元素是相同的，犹太事物具有传染性，和自由主义结合在一起，也就是在这种情况下——犹太人不仅被没文化的人视为问题，有文化的人也这么看，尽管还远远不是将其视为无处不在的问题，而且犹太人内部也有类似看法，因为确实存在着反犹的犹太人，还有这犹太身份，它由什么组成，也在两次世界大战之间这段时期被讨论着－这让我们能理解一个像希特勒这样的男人，写了一本《我的奋斗》这样的书，以反犹主义为影响一切的核心问题，而最终还能成为总理。

如果我们把他与那时代最重要的知识分子之一、犹太哲学家西奥多·阿多诺作放在一起做对比，《我的奋斗》的这一面就清晰起来了，因为阿多诺能对它说什么呢？他不可能用他理性的、微妙的、无限精确的缜密论点来反驳它，因为也没什么可反驳，他所处的层次是那样远远地高于《我的奋斗》，以至于他根本无法去把它当真，也就是说，平等地对待它。他要真这么做，就会瞬间把它提升成它本不是的东西，从而也部分地使其合法化了。他其实也可以把它变成个笑话，公共领域里很多部分就是这么对它的，但这对谁都没有益处；唯一明智的策略是根本不去处理它。《我的奋斗》低于那个还有什么可辩之处的程度，对它只能不加辩驳地拒绝。

假使希特勒不是走自学道路，而是比说在维也纳期间去读个哲学专业，并在那个基准上在《我的奋斗》形成对其思想的表达，它本可以被讨论、分析和剖析的，但假使它未能表达出现有内容以外的东西，那它也同样无法被讨论分析，因为这本书的根本特质就在于它没有这样的基准，它的“我”不是对着任何“你”说话，而只对着一个“我们”，它则置身于其外。文本的承诺都蕴含在“你”中，而正是这种承诺构成了一个共同体，才有可能进行讨论。希特勒的“我”缺少“你”，它不作承诺，而因此在其最终后果里是不道德的，或无道德的。荣格尔的“我”有一个“你”，这意味着这允许反驳，可以说“传染”这个词不仅指人与人之间传播的东西，还暗指疾病，某种病理性的东西，还有自由主义和犹太教之间的联系太弱，所以这论辩中的病理性不至于被牢牢附着在犹太事物上或者说犹太人身上，然后，而犹太事物或犹太人也因此成为本身就具破坏性、危险性，或者有这方面倾向的事物，换言之，在性质上和你我相异的事物，你我都不是犹太人，你不会承认自己是犹太人吧？不，我可以的，然后他就可以说，不是，我其实真的不是那个意思，但无论如何文本和它所表现的态度是可以讨论的，荣格尔和那些站在他那边的人在原则上能接受反驳，改变观点，或对论点进行微调，以减少出现误解的机会。这个过程中不仅必须从字面上理解，也要通过比喻来理解，因为有意识或无意识的反思需要以文本方式呈现在这原本的“我”和它的“你”之间，由此设下了在一段时间内什么是能说的，什么是不能说的界限，那就是当代感存在的地方，这也是义务和道德的界限，这道边界是可以跨越的，只要跨越这个“我”的“你”就能做到，可以当这个“你”虚弱甚至不存在。容格尔并没有跨越，他的陈词完全在当代人可接受的范围内，假使不说有点怀疑的话。但怀疑又和什么有关？法律？法庭？舆论？社会规范？

一个反犹的陈辞不可能是相对主义的，但对反犹太含义的理解可能是相对的。至于荣格尔为什么会这么写，我们解释说他是右翼激进民族主义者、好战人士和希特勒所推崇的人之一，而这些并不构成说他就是纳粹分子的理由，但还是有种联系在那儿，这样的语境让我们想到：当然，他在道德上是可疑的，我们会带着这样的眼光来看那篇关于犹太人的陈述。但是我们该如何理解那一代人里的另一位，二十世纪文坛中心形象——弗朗茨·卡夫卡呢？身为犹太人的他也贬低犹太人，在 1914 年 8 月 6 日的日记中，他写道：

> 爱国游行。市长致辞。走开，然后又回来了，那德语的高呼：“我们敬爱的君主万岁！”我目光怀着恨意，站在那里。这些游行是战争最令人作呕的副作用之一。行走着的犹太商人，他们今天是德国人，明天是捷克人，他们自己不承认这一点，但他们从来没有被允许像现在这样高呼。当然，他们吸引了很多人。一切都组织得很好。这些在每个周日的傍晚、早晨都会重复两次。

这段话不是反犹主义的，但把“犹太商人”与“可恨”和

“令人厌恶”联系在了一起，他们的身份被写得像是他们自己能选择的东西，根据哪种选择回报最高来决定，而这一点，也就是以及犹太人是商人，根据个人利益来决定自己是谁，以及他自己犹太人的身份，这些是反犹主义的标准话题，即使卡夫卡没有写所有犹太人都这样，而只有这几个特定犹太商人如此，但这些话如果被当作荣格尔或汉姆生写的东西拿出来，一定会被人如此理解。如果它出现在荣格尔或汉姆生的书中，我们就会认为这么说很不合适，假使我们把他们看得很高，也许就会以他们在这混乱时代的政治天真来做解释，而假使我们把他们看得比较低，就会认为这些迹象就说明了他们本性不好不道德，但是当它出自卡夫卡笔下，我们对它理解就又不一样了。这意味着一段话里体现的道德不是绝对的，取决于言说的风格和言说的人是谁，还随着解读框架即文化的改变而改变。《我的奋斗》在 1924 年的意味与 1934 年不同，在 1934 年的意味与今天不同。卡夫卡和荣格尔的言论在当时都完全可以被接受，并非骇人听闻，而希特勒在《我的奋斗》中的言论则是绝对可接受的。这些言论没有犯禁，也不引起争议——从它不会招致什么丑闻这个意义上来说，它们只是粗俗、简单、毫无品位、带着恶意。

《我的奋斗》的故事就是一个它如何从 1925 年的让人避之不及，变成了 1933 年让人以生命践行的故事。因为希特勒本人一点都没变，他在 1925 年、1933 年和 1943 年的观点如一，变的是他周围的人，这种改变可能是德国纳粹人民运动最本质的部分，以前是错误的，从此它变得正确了，以前不道德的事，变成了道德的，而它不是通过法律或社会里任何正式建制所能动用的工具来造成改变，而是通过集体本身的变化，也就就是这社会的，社会之“我们”，它在每个个体里表现为良知。

如果说希特勒的“我”面对的是一个很弱的“你”，在生活和文学里都是如此，这并不意味着他在真空里生活或写作，只是他所做、所思、所说和所写并非要说服除了他自身以外的任何人，也不是要和那些他以为的正确之外的任何事物产生关联。他在一个系统内行事，在这个系统中，他者仅作为他者存在，或是它的巨大的“我们”，国家之集体，这德国的，或是那巨大的“他们”，国家的敌人，犹太人。在这个系统里循环着世上五花八门的想法和观念，从社会生活天差地别的各层面撷取过来，被用一种独门的、大多数情况下很白痴的方式拼在一起，这是那无法改进的论断之一种——另一种是天才论断——然后，在一个毫不顾虑什么是能说的，什么是体面的，什么是令人反感的文本里，我们看见了社会盲目的这一面，它不想知道的那一面，正如风格和品位的权力结构一般藏身于黑暗中那样。1910年，一个写了《我的奋斗》这样一本书的人成为国家元首是决计不可想象的。

国家元首要么是君主，就像在英国和德国，他们任命的大臣们都是社会顶层的一员，来自最好的家庭，上过最好的学校，他们有教养而这是社会最看重的价值观之一；要么是总统，也是从一样的顶层的有文化有资产的阶层里选出。这是种压迫性的制度，压制住来自社会下层阶级的人，但压迫不仅仅是恶，我们被教育着这样去思考，行使权力不等于滥用权力，也就是说，滥用权力除了维持特定阶级的特权之外还有其他功能。它所拒之门外的，是其所不欲的，之所以为其所不欲，因为破坏了权力阶层的特权，也因为破坏了权力阶级所掌控的价值观和社会稳定。一场革命颠覆了整个社会结构，摧毁了它赖以建立的价值观，且经由暴力手段。革命暴力可以说回应着既有社会系统里的结构性暴力——它产生的所有困境、贫困和大规模不公平——但它仍然是非法的，因为革命暴力也是这原生暴力，任何社会都无法容忍的东西，革命者上台后第一件事就是制定新法律，这些法律与被它们取代的那些法律一样不可侵犯，有着一样的目的，就是控制住这原生暴力，达成社会秩序和稳定。这就是 1789 年法国、1917 年俄国和 1933 年德国的情况，区别在于德国的革命不仅来自下层，不仅是阶级革命，而是和下层阶级、中产阶级和上层阶级都关联在一起，而和下层中产阶级结合最紧密，它在不斗争不流血的情况下把法律推到了一边。它之所以能够这样做,是因为社会结构已经解体,或者正在解体。国家机器属于旧君主制，议会民主薄弱，战争失败带来越来越浓重的屈辱感，雪上加霜的是随着大萧条而高企的通货膨胀和失业率，民主就成了悖论，因为它投票通过了自己的解体，也就是说，把权力交给了希特勒和反民主的德国国家社会党。十年前还是在社会底层徘徊的现象和暗潮，瞬间成为作为国家柱石一部分的政党意识形态，不再是低下之物，而变得高尚尊贵起来。

希特勒表达了大多数人想到但没说出口的东西，他表达得如此有说服力，充满情感力度，以至于它被认为能站住脚，人们跟随他到达彼处，在这里，人们会在心里静静地想但是会谨慎地不宣之于口的东西，尽可以表达出来，跟随他的人越多，合法性就越强。希特勒所表达的意见总是清晰的，明确的，他什么都不隐瞒，这些意见很容易遭到拒绝，他和他的政党本身毫无权力可言，他们得到权力是因为人们聆听着他们，甚至在其中听到自己的声音，自身理智的声音，那个声音说，可不就是这样嘛。没有任何东西去压抑这理智的声音，这安静的思想，任何压抑低层事物的结构都不再起作用了，这就是德国的悲剧。

就是这样，希特勒说，就是这样，人民说，并为希特勒鼓掌，也为自己和自己代表的一切鼓掌。可以说，希特勒赋予“自以为是”这种事物一种声音，但只有当人们觉得自己比那个声音所表达的东西站得更高一头，也即品位更好判断力更优时，那它才是“自以为是”。如果你和它是同一水平，那它就“为是”。谁能判断“为是”和“自以为是”之间的界限在哪儿？谁来决定了一个社会的道德，什么可接受，什么不可接受？这不由某个人，而是由全体来判断。道德不存在于社会之外，制度之外，不是某种我们人类可以召唤的绝对事物，不，它就是当下我们的一部分，我们的父母所认为的道德是不同的，对我们的孩子们来说也会是不同的，就算相差不是太大的话，因为一个社会最希望的事莫过于道德上最大程度的统一，然后在最大程度上看起来是某种外在于社会的绝对事物。但是不是这样，这是“一战”后德国那些事所最清楚地给出的启示之一。哲学家汉娜·阿伦特在她的《艾希曼在耶路撒冷》一书中写道：

> 在文明国家里法律的出发点是良心的声音对每个人说“你不可取人性命”，即使那人有时可能有一种天生想杀人的冲动。同样，希特勒统治下，国家法律要求良心对每个人说“你必须

取人性命”，尽管那些组织大屠杀的人很清楚，谋杀是违背大多数人的本能冲动的。在“第三帝国”里这邪恶已经失去了让大多数人能感知到它的特性，也就是诱惑的特性。许多德国人和纳粹分子，可能是他们中的绝大多数，一定感到了不去谋杀、不去抢劫、不让他们邻居赴死的诱惑。因为这些犹太人是被送去赴死的，那些德国人很知道这点，尽管他们中的许多人可能不知道那些残忍的细节。大多数德国人一定也很感到了不要通过享用那些特权而参与到这些罪行里的诱惑。但上帝才知道他们是怎么学会抗拒这些诱惑的。

良心，是在每个人身上展现的道德。对于希特勒这样的人来说，他被他的父亲打骂着制服了，他失去了他的兄弟姐妹，失去了他的母亲，他所成长的社会经历了巨变，释放出的力量加在结构上，并最终导致它们的崩溃，他经历了“一战”中的大屠杀和随之而来的社会动荡，让他身边每个角落都充满暴力——因为良知对他这样的一个人所“说”的东西，肯定和对我们所说的不一样，因为我们也没有过他的经历。但它对他那一代的其他人说着同样的东西，因为希特勒的所有经历都不是他独有的，他在《我的奋斗》里写的所有内容都不是骇人听闻的，也就是说在《我的奋斗》里有的，当时社会里其他地方也有。希特勒写在《我的奋斗》时最重要的灵感来源之一是亨利·福特的书《国际犹太人》。亨利·福特，这美国工业巨头和汽车制造商是世界知名人物，他的书在德国出版时引起轰动。1922年《纽约时报》上写着，希特勒在他办公桌旁边的墙上挂着亨利·福特的大幅照片，根据里巴克的记录，从那时起希特勒在他的演讲中也向福特致敬。里巴克引用了巴尔杜尔·冯·席拉赫[1]的话，福特的书出版时他才十几岁，他说他读了这本书后就成了反犹主义者。“当时这本书给我和我的朋友们留下如此深刻的印象，因为我们在亨利·福特身上看到的是一种成功的代表，和一位进步社会政策的倡导者。”希特勒在写《我的奋斗》之前还读过汉斯·F.K. 冈特[2]的臭名昭著的《德国人种分类法》，而根据里巴克的说法，希特勒的合作者之一，奥托·斯特拉塞尔（Otto Strasser）认为《我的奋斗》里最重要的那些概念离不开他与费德尔、罗森贝格和施特赖歇尔，以及最重要的埃卡特，的那些谈话，而埃卡特的书又以张伯伦和拉加德这些名字为中心。

《我的奋斗》里对这些一字不提，它把反犹主义及其相关理论包装为一种希特勒本人早就想到的东西，早在他成为政治人物之前。他把反犹主义描述为一种类似于转向的东西，就好像有什么东西终于就位，他终于明白了世界是怎么回事。在《我的奋斗》中，他把这个转向安排在到达维也纳后的第一个秋天，但因为那个时候他生活里没有出现任何反犹主义的证据，所以很难说是这么一回事。但事件的结构，它发生的方式，还是能正确地反映他后来的感受。他是这样描述的：

> 今时今日要说起我第一次对“犹太人”一词产生什么特别想法的时候，就算我能做到，也未免心痛。我父亲还活着的时候，我不记得家里有提到过这个词。我想在我父亲看来，仅

[1] Baldur von Schirach（1907—1974），纳粹分子，希特勒青年团负责人。

[2] Hans Friedrich Karl Günther（1891—1968），德国作家，种族主义者和优生主义者，被称为“种族冈特”。

仅强调这个词就表明没文化。在他的一生中他对各种事物或多或少地达到了一种世界公民的境界，尽管与此同时最深处的民族情绪依然如此强烈，以至于不仅一直存在，还感染到了我。

学校也没有给我任何理由去改变这个一直在我心里延续的观感。

在读实科中学时我确实认识了一个犹太男孩，我们都对他有点警惕，但这只是因为在与他相处了一段时间后就不再信任他的沉默。但我并没有比其他人多想些什么。

只是到我十四至十五岁之间，我才更频繁地碰到犹太人这个词，通常是在谈政治的时候。当我身边的人疲于忏悔时，我总有些抵触的感觉，也无法为自己这种生理上的恶心感辩护。

因为一些其他原因，我那个时候还看不到问题所在。

林茨的犹太人很少。在这几百年以来他们在外表上已经很欧洲，很人类了；是啊，我有时甚至会把他们认作德国人。我也不太知道这种印象有多么不可能，因为我看到的唯一区别是宗教上的。我是说他们只因为其宗教而受到迫害，因此当我听到关于他们的种种邪恶被说起时，那种抵触感几乎变成了厌恶。

当时我还不知道存在着一种有计划的犹太敌对势力。

然后我来到了维也纳。

所有这些新建筑所造成的印象令我心驰神往，也把我从自身沉重的命运中挤了出去，一开始我未能分辨这庞大城市里人群里的不同层次。那些年维也纳的二百万人口中有近二十万犹太人，但我看不见他们。在最初几周里眼睛和心灵依然还无法接受所有蜂拥而至的价值观和思想。只有当我的心终于安定下来，而那混乱的画面开始清晰时，我才更仔细地打量这新环境，而终于看到了这犹太人问题。

我不认为我是以一种特别有意思的方式认识了它。然而，我在犹太人身上看到的只是一个信奉别种宗教的人，我坚持人们必须能忍受这个，就在此处，要避免任何形式的宗教迫害。因此我认为维也纳那些反犹报章上的语气，不适合一种大度民族的文化传统。我认为，想到中世纪某些我不愿意重复的事件会让我痛苦。由于这些报纸在大家心目中声誉并不高——这是由何得来的印象，当时我自己也不太清楚—我更多地把它们视为一种愤怒嫉妒的果实，而不是一种有原则但错误的观点的表达。

那真正大报对所有这些攻击的反应，加强了我的这种看法。我认为它的价值要高出无数倍，最重要的是我发现这个媒体对那些攻击根本没有回应，只是让他们沉默至死，这非常妥当。

我热切地阅读了所谓的国际化报纸（《新自由报》*Neue Freie Presse*、《维也纳日报》*Wiener Tageblatt* 等），并被它们为读者提供的内容范围和文章里那种就事论事的风格所震撼。我很欣赏这种很高端的语气，我很多时候不太满意甚至觉得心生抵触的，是那花团锦簇的文风，但是那可能来自它在这世界之城上空的高蹈。

然而这些报纸逐渐展示出更多他所反对的特点。它们沉迷于与宫廷有关的一切，并在二元君主王国的皇帝面前“像松鸡一样玩耍”，假装这就是自由民主的模样，他写道。他们还与德国皇帝威廉一世缠斗起来，“假装为局势忧心忡忡，但同时也不太掩饰那邪恶”。正是这些“对城堡里来的可怜的老马也俯首帖耳”的那些报纸，却对德国皇帝公然怀疑，又以一种貌似友善的态度，在搅动伤口里感到由衷的快乐，这让他很快对它们失去了信心，而其中一份反犹报纸《德意志人民报》（*Deutsches Volksblatt*）在他看来在这些问题上的表现要好得多。此外，这些大报很推崇法国，他觉得这很恶心，因为他写道：

> 当人们听到这些对那伟大的“有文化的民族”的甜蜜情诗时，不得不为身为德国人感到尴尬。不止一次，这种可耻的媚法狂热让我扔掉了这些“国际范报纸”。原来我有时会提到《人民报》，我自然认为它次要得多，但在这些东西上更为纯粹。我不同意这种尖锐的反犹语气，但我不时地从里面读到一些启发我思考的观点。

他写道，当刚到维也纳时，很敌视维也纳市长卡尔·卢埃格尔（Karl Lueger）和他的基督教社会党，因为他们对他来说似乎是“反动的”。但当他开始了解政治时，他得以更公平地判断他，而最终对他仰视起来。卢埃格尔和他的政党主张反犹主义，再加上对报纸的不信任，导致他的态度发生了变化。

> 慢慢地，他们（原文如此）也让我改变了对反犹主义的看法。这可能是我有生以来所经历的最重大的观念改变。
>
> 它让我内心经历了好几次思想斗争，在理智和感情之间挣扎了几个月之后，理智才凯旋而去。两年后，感情也终于跟

上了理智，从此成为它最忠实的守护者和警示的桅杆。

在心灵教养和冷酷理性之间的这场艰苦斗争中，维也纳街头的观摩法教学对我起到了极可贵的帮助作用。当这一刻终于到来时，我不再像刚来维也纳的那些日子那样在这广袤城市里盲目行走，现在我的眼睛睁开了，看到的不仅是建筑物，还有人。

有一次，当我漫步穿过市中心，突然看到一个穿卡夫坦长袍、留着黑色卷发的生物。

它也是犹太人吗？这是我想到的第一件事。

他们在林茨看起来可不是这样。我偷偷地看着这个人，但我越是盯着这张陌生的脸，一点一点地审视，最初的问题就让位于一个新的问题。

这东西也是德国人吗？

在这种情况下我总是向书求助来解疑。花上几分钱，我有生以来第一次买了两本反犹著作。不幸的是它们都假设读者们在某种程度上，至少在原则上已经了解甚至明白了犹太人问题。再说我又重新充满了怀疑，因为这些书的语气很平平无奇，书里用来提出证据支持其主张的方式也极其不科学。

然后几个星期里我都很迷惑，是的，几个月以后我又回到了从前的立场。

我觉得这议题过于耸人听闻，这指控太离谱了，而可能会失之公平的想法折磨着我，让我再次感到不安和焦虑。

根据《我的奋斗》中所说的，使他成为反犹主义者的关键论点与犹太复国主义有关，还有自由派犹太人对这个问题的态度，因为他们没有把犹太复国主义者排斥在犹太人族群外，假如他们以为这是一个关于保持“内在凝聚力”的信仰问题，他们可能就会这么做了。

犹太复国主义者和自由派犹太人之间的这种纷争很快就让我感到恶心；毕竟，这完全是虚伪、虚假的，对于这个因崇高而纯洁的道德而不断受到赞扬的民族来说起不到什么提升作用。

总的来说，这个民族的洁净度，无论是在道德还是肉体上，都是他们自己的事情。他们不太喜欢水，这从他们外表能一眼能看出来，是啊，不幸的是你闭上眼睛时也经常会留意到。从这些穿长衫的人身上散发出的恶臭甚至让我之后也会感到恶心。除了这些还有那污秽的衣服以及他们绝算不上英雄的外表。

所有这些自然不会让人产生向往之心。但是让人直接心生抵触的一定是当你发现这些天先之民[1]不仅在身体上而且在道德上也肮脏时。

没有什么比这一洞见更能在如此短的时间内让我对犹太人在某些领域内展开工作的方式产生思考。

可曾有任何一种污秽或可耻的勾当，尤其文化生活里的那些，是没有一个犹太人参与其中的？

如果你谨慎地切开一个这类肿瘤，就有一个小小的犹太

[1] 原文中“det utvalte folk”为“det utvalgt folk”（天选之民）之误，所以译为天先之民。

人坐在那里面，被这光晃瞎了眼，像腐烂尸体上的蛆虫。

当我了解到他们在新闻、艺术、文学和戏剧领域的行径时，犹太人在我眼里地位急速沉沦。各种万金油式的保证也不再有用了。看了一张列着那些丑恶的电影戏剧劣作出品人的名单，那名单本意是要讴歌那些人的，足以让人怵然惕厉，而此感觉久久不能消去。这是瘟疫，一种在当下感染着人们的精神瘟疫，比当年黑死病还要严重。这种毒药滋生何其之多，传播何其之广。很自然，这样的艺术生产者在精神上和道德上越低，其作品就越不受约束，直到这家伙变成一种旋转喷头，转着圈不间断地往人们脸上喷着他的污物。此外，必须记住他们之中很多人是多么地没有底线；必须记住当大自然诞生了一个歌德，它也把至少一万个这样的骗子放出到了世界上，他们现在正像最可怕的带菌者那样毒害着灵魂。

这是可怕的，但不能让它就这么过去，大自然似乎任命了无数犹太人来担任这个可耻的工作。

这也许是他们被选中去做的事？

他继续把犹太教与维也纳的卖淫和白奴人口交易联系起来，写道他不再回避犹太人问题，而是追踪着它，当他知道自己的目标以后，就不断发现新的线索和背景，直到他在他最意想不到的地方突然遇到了犹太人：

从我发现是犹太人领导着社会民主党员们的那一刻起，他们在我眼里就像炮弹那样坠落了。这就终结了我那漫长的内心思想斗争。

我终于讨厌起他们来。

现在这一切都变成了好事。我对社会民主主义背后是谁在推动，以及是谁在传播它这些事看得越清楚，我对本民族的爱也就越强烈。谁能诅咒这些被那恶魔般、需索不休的诱惑者害了的牺牲品？在我终于能看透这个种族那辩证法式的谎言艺术之前，我自己又何尝没有付出代价。

正是这些知识帮助我在现实与社会民主主义最早那批使徒的理论吹捧之间展开了清晰的比较，我学会了理解犹太人表达自我的方式；他们说话时是在隐藏思想，或者至少是让它们朦胧起来；因此，他们真正的目标并不是在路线里，而是隐藏在路线之间。

我生命中最剧烈的内心动荡已经到来。

我从一个软弱的世界公民变成了一个狂热的反犹主义者。

他首先把文化的堕落作为和犹太事物联系起来的第一桩现象。它涉及了新闻的堕落、文学的堕落、艺术的堕落，换句话说就是公共领域的堕落。许多人认为他们在身边看到的这种堕落可以被视为一种道德堕落的表现，或是导致这种道德堕落的原因。希特勒的意见则是后面这种，他把犹太人与此联系起来，这也可以从两个方面来理解，一是它表现出犹太民族的道德低劣，或是它表现出其败坏现有道德的企图，换言之，就是从内部败坏这个民族。看起来希特勒认为二者兼而有之，并且通过社会民主主义的政策，在所有这些堕落领域里通行但在其他领域里还隐藏着的这些系统性和算计，才变得明显起来。无论是在公共领域里还是在个体中，在艺术作品中以及政治表达中所表达出来的意见、态度和道德，在这种论理中都成为一种相对的事物，都处于道德刻度的好坏两者之间。他通过这样一个问题最终把这相对区分推到了极致：“我们是否有一种客观的权利为进步而奋斗，又或者这只有源于自身的主观理由？”或者换句话说，文化和道德是相对的，一种我们自己来决定的东西，还是它有其客观基准？存在着某种在道德之外给道德赋值，在文化之外定义文化的东西？也就是什么本真的，一种牢固的基石？他认为是有的，并将此锚定为民族主义和马克思主义之间的分野，从最深层次来看，是德国人和犹太人之间的分野，他将此称为“上帝的工作”，即自然。他写道：

> 马克思主义的犹太教义拒绝了大自然的贵族原则，这原则赋予有力者和强者永恒的优先权；这教义反其道而行之，只侧重以量计的大众和他们的死。它否认个体作为人的价值，它漠视民族和种族的价值，因此从人类身上剥夺了其存在和文化的根基。作为宇宙的基础，它将终结人类思想所能想象的任何体系。如果将这条法则应用于我们所知的这个最大的生物体上，结果就会是混乱；同理，假使它在地球上推行也会让住在这星球上的全人类灭亡。
>
> 如果犹太人在马克思主义信仰的帮助下赢得了这个世界上各民族的支持，那么人类死亡之舞将成为他们的冠冕，这个星球将重新像亿万年前一样，荒无人烟地在以太中穿行。
>
> 这永恒的自然将报复那不可饶恕的，因为它的诫命被打破了。
>
> 所以，我相信我在当下是在按照全能造物主的旨意行事：

当我防御犹太人时，我是在为上帝的使命而战。

这一论理中最重要的修辞手法，构成了希特勒在《我的奋斗》中阐述的政治意识形态的核心，因此也是后来纳粹所有行径的关键，即使那些加总后构成人类有史以来最大灾难——犹太种族灭绝的行为，其发散源头，反犹主义的论点并非基于情感的事物，而恰恰相反，是在理智帮助下抵达的理性立场。这是一个绝对关键的区别。部分是为了他自己，因为如果他对犹太人的仇恨没有合理的理由，没有能解释为犹太人自身原因的成分，那就成为出自他的某种内心情感的表达，这是他决计不能承认其存在的东西。但对于他要打动的那些人——先写他对犹太人最初的直观感受，认为反犹主义是件可怕的事——这样他就先来了个非常性情中人的、再人性不过的角度作为开场，即犹太人是和他们一样的人，有其悲欢，有其孩子和父母，有其朋友和同事，你不能恨他们，不能对他们有敌意，这是不合理的，是不对的。希特勒说，你有这种感觉，这种感觉并没有错，我也是这样。反犹主义让人很不快。大屠杀是可怕的事。但是这些极其人性的情感掩盖了那真正的状况。正是在这种几乎如伪装的温情脉脉面纱下，犹太人正在开展行动，要摧毁一切美好，这美好也正是那些认为反犹主义不对的那些情感的生发之处。要扒下它的伪装，而这只能借助理性论证来完成，也就是他在该书其余部分给出的论证。这就是修辞的核心：我实话实说。德国人与差异联系在一起：个体有作为人的价值，作为其种族一分子的价值以及由此作为种族政治表达，也即民族国家一分子的价值。德国人的价值就在于这精神理想。

犹太人与马克思主义者一样，都与平等联系在一起：对他们来说，人与人之间没有个体差异，他们之间是无差异可互相置换的，一个大众，在这里没有人种差异，也就是说没有民族，也没有民族国家。这犹太-马克思主义者的价值观是唯物的货币价值观。在马克思主义世界里一切大同，而这那种无差别，这无特点的现实，也同样是混乱。德国性是基于价值分野的，这些价值为道德的是非善恶奠定了基础，也就是能定性了，而犹太-马克思主义则是基于数量和数字，也就是定量的。德国人从大自然中获得其合法性，也即大自然里有生命的那部分，那生物的部分，自然科学将其划分为种、属、科，它的原则也即生命的原则，是生存动力，也即最强者生存。犹太-马克思主义也从自然中获得其合法性，但它来自无生命的自然，那物质的部分，即死物。犹太马克思主义的后果是混沌，即无差别，最后走向死亡和绝对空虚，这是终极的大同。

这生物学思维模式在文本中有多种不同层次的表达；当希特勒写到被笼罩在犹太人影响下的文化生活领域时，是一个肿瘤，“你”切开它就能看见一个犹太人在里面，被比作腐烂尸体中的一条蛆虫。犹太人的行动也被比作瘟疫，比黑死病更严重，是有毒的。所有这一切，尘土、瘟疫、毒药、腐烂，都是来自人之外的东西，在人类中蔓延，摧毁着人类。对希特勒来说身体在根本上是洁净的，从道德和身体上都是如此，之所以如此是因为在一个由道德维系着界限的精细定义的系统中，它与其他身体保持着一定的距离。他后来写道，梅毒也即传播疾病的性行为，来自我们被卖淫化了的爱情，而这又由犹太人所导致。他写道：“我们整个灵魂生活都受到犹太人的感染，而繁衍后代的冲动被变作了钱的问题，而这迟早会毁掉整整一个新生代。”金钱将一切价值都转化为金钱价值，即使是最高的，如爱情这样的也未能幸免，其后果不仅是精神上的堕落，还有肉体的堕落，那儿疾病蔓延。犹太人变成一种冲着人们喷洒污泥的旋转喷头这个画面覆盖了希特勒的脑海，在那里，过界、传染、污秽和混乱的威胁，这些所能想到的最糟糕状况，就此有了一个简单、明了、但绝对暧昧的表达。

但到目前为止，在这个论理过程里，犹太的和德国的这两个领域之间的区别并不绝对，因为这将人视为可称重和度量之物 - 数字和重量的马克思主义 - 犹太主义，也还未被理解为犹太人本性的表达，还不是他们种族本质一部分，而只是他们文化的组成部分。希特勒在大自然里找到了为捍卫自身道德和文化而对犹太道德和文化开战的权利，在大自然里强者生存，因此斗争是一种绝对之事物，但现在要对之开战的还不是这个。只有当他讲到种族学说时，也就是在《我的奋斗》第一卷快到结尾时，在详细阐述了这在他的思想中引起的服膺、以及那痛苦的、愤愤然的灵魂消沉后。

种族学说所做的就是把自然界的事物转移到文化中。大自然指的是由动植物、一切活物构成的生物世界，它只表达自己，指称自己；希特勒写的是一个没有上帝、却并非没有价值分野的宇宙，因为那些支配自然的原则，生物的自然规律滋生了价值，物种的生存和发展又是其中最高的。这一价值通过两个原则得到保障，即分界和选择。

这些真理在光天化日之下如此明显，以至于大多数人都

看不到它们，或者至少没有感知到它们。[……]

因此，人类总是在大自然的花园里游荡，无一例外地以为自己无所不知，除了极少数，都盲目错过了自然法则中最明确的原则之一：地球上的每一种生物都被牢牢地锁定在了自身。

如果只从表面上看，这是一种由自然生命意志的无数表达形式体现出来的钢铁定律，就是它被限制在一种极特定的繁衍和形态格式内。每个动物只与同种动物交配。雀找雀，莺找莺，鹳找鹳，田鼠找田鼠，狼找狼，诸如此类。

只有采取特殊措施才能改变这一点，首先是强制圈养，或者让以其他方式让同一物种内不能交配。但这样的话自然也会开始尽力抵抗，它最明显的抗议是让杂种失去进一步繁殖的能力，或者后代的生育能力下降；但在大多数情况下大自然会去掉其对疾病或逆境的抵抗力。[……]

这种保持品种纯洁的自然界普遍本能，不仅导致单个品种在外有明确界限，而且它们在自己物种内部也是统一的。狐狸是且永远是狐狸，鹅是鹅，老虎是老虎，等等，而区别最多只在于个体样本之间的力量、强度、智慧、敏捷、耐力等方面的程度上。但是从来没有一只狐狸会对感到对比如说鹅的人道感情，就像不会有对老鼠产生友情的猫。

因此它们之间的斗争与其说是因为敌意不如说是因为饥饿和爱。在这两种情况下大自然都做平常观，做满意观。为了口粮的日常争夺让所有虚弱、生着病或不那么强大的东西倒下，而雄性动物之间互相争斗，既然雌性动物只会把交配的权利或机会给予最健壮的那只。但战斗始终是有益于物种健全和抵抗力的一种手段，因此也会导致它发展到更高水平。

这是对达尔文适者生存思想的复述，充满了各种价值。分界、纯洁、发展，这些是希特勒的关键概念，他在大自然里确立了这些观念后，将其带到文化领域里，其出发点是人首先是一种生物，但人的思想和观念也与这生物性相关联着，即只有高价值品种才能发展出高价值理想类型，而这些理想类型能生存下去的可能与该品种的生存密切相关。这样的理想类型是不服务于自身利益的。所有生物都有自我保全的本能，在最原始的物种中这只是为了保护自己。根据希特勒的说法，让雅利安种族高人一等的地方，并非其自我保全本能比其他种族更强大，而它的表达方式更为先进，通过超越利己主义，让那些自身需求只出现在背景中，并准备着为他人发声，为他人牺牲，也就是为比自我更大的一个集体服务。

> 雅利安人如果以精神品质来衡量并非最伟大的，但是如果以甘愿投入所有能力来为集体利益服务的意愿来衡量，他就是最伟大的。
>
> 一种这样的心灵，让一个人的自我和资深利益为了社会利益而退到背后，是真诚人类文化的最初的实在基石。单靠它就创造了人类杰作，作者所获甚少，但却给后来者带来最大的福祉。是的，光靠这个例子就能让人明白，有多少人可以忍受所得那么少，但依然有尊严地生活，他们忍受着这种生活，它只给他们带来贫穷和简陋条件，但却让这共同整体的基础更为安定。每个工人、农民、发明家、办事员，他们的工作并未给自己带来成功和富裕，可是他们在共同肩负着这伟大的理念，就算他们未必能看到其工作更深层次的意义。

但是那些作为保存人类生命和人类进步的基石的工作就是如此，而对于那些保卫着人类和文化的工作就更加如此。为这共同的社会能够存在下去而献出自己的生命，是牺牲精神的至高点。只有它才能防止那由人手建造的东西被人手拆除，或被自然破坏。

我们的德语里正有这么一个词，完美地点出了这种精神里的精髓所在：履行职责，也就是说，不太注重自身，而是为公共福祉服务。

换言之，这关于人类的生物学观点不仅适用于身体，它不仅与头发颜色、眼睛颜色、肤色、身高和力量有关，还与品性有关，而因此也和理想类型，也就是传统上来看人的精神方面：这也是关于生物学，关于种族和血统的问题。

有这么一种反驳意见，认为自然和文化是两种独立的事物，文化通过利用自然、控制自然和掌控自然来服务于自身目的，从而征服了自然，希特勒对这一观点进行了正面抨击，提出以下论点：

瞧，这现代的和平主义者带着他正宗的犹太式没皮没脸和同样愚蠢的反驳来了："但人类毕竟战胜了自然！"

数百万人不动脑子，跟着这犹太人的胡说八道也喋喋不休，最后还真以为他们自己代表着某种自然征服者，可是他们手上除了这么一个观点以外什么都没有，是啊，这样一个可悲的观点，甚至无法想象如果按照它来做规划世界会成为什么样子。

但抛开这个，人类从来没有战胜过大自然，最多不过是偶尔能掀起那层轻纱，稍窥见大自然的永恒谜语和藏起来的秘密；还有，人类从来没发明过任何东西，而只是发现而已，它（原文如此）并不掌握着自然，只因为他们知道少许几个自然法则和自然奥秘，就将自己充作了其他那些不具备这些知识的生物的主人，——那么一个理念就不能胜过人类产生和存在的先决条件；因为理念之存在本就依附于人。没有人类，这个世界上就没有人类的理念，因此这个理念作为理念总是受人类存在的制约，也因此是创造人类存在基础的一系列规律。

还不仅仅如此：一些特定想法总关联着特定的人。对于某类内容并非源自纯粹科学真理而是源自感受世界的想法来说尤其如此，而那些再现了“内在体验”的想法也同样，人们现在经常会奇妙而清晰地做如是表达。所有这些思想和严谨的逻辑无关，而只是代表着纯粹的情感表达，伦理观念一类，它们牢牢地依附于人类的存在，也依托于人类精神的表现和创造力才让它们涌现出来。但这正因为如此，如果要让这些理念存在下去，就必须保护那些特定的人们和种族。

如果有高等种族，就会有低等种族。如果高贵理想类型和良好品性是和某一生物人种绑定在一起，那么缺乏理想类型和糟糕品性也是同样。在这个系统中，一切都是生物学和遗传，因此最大的威胁是人种的衰败，这可能从内部发生，即高价值个体与低价值个体产生后代就会导致这个人种退化，也可能从外部发生，即较低种族与较高种族融合。希特勒用了一个例子来解释这种混血及其可能产生的后果，他指出北美和南美文化的差异，前者的人口大部分由日耳曼后裔组成，他们也不与劣等有色人种混在一起，而后者主要是罗曼移民的后裔，与原住民混杂程度很高，他如是写道。

希特勒将所有民族分为三类：文化创造者、文化承载者和文化破坏者。雅利安人是第一类的代表，犹太人是最后一类的代表。他认为犹太人有一种非常发达的自我保全本能，但即使延展到极限处也很少超越纯粹的自私。而群聚这种对他们来说似乎很了不得的东西，不过是一种动物群落本能，希特勒写道：

> 值得写下一笔的是这样一个事实，这种兽群本能的有效范围就止步于当共同危险让它产生效力或不可避免处。就比如一群团团扑到其猎物身上的狼，当饥饿消失后，它们又散开了各行其是。这也适用于那些面对攻击时试图挤成一团保护自己马，当危险过去后，它们也就从彼此身边走开。
>
> 这就很接近犹太人的行事方式。他只是从外表看起来一副愿意牺牲的样子。那只是在他们的生存绝对需要牺牲时它才会如此。一旦共同的敌人被击败，威胁所有人的危险过去了，猎物进了肚子，犹太人之间那种看似和谐的东西就消失了，他们又各自为政了。犹太人之间达成一致只在两种情况下，或者是共同危险迫使他们这么做，或者是共同的猎物引诱之下。如果这两个前提都消失了，那么他们身上最特出的那种锋芒毕露的自私就出来了，他们就从一个一致的民族，挥手之间变成了一群会打得头破血流的老鼠。[……]
>
> 因此仅仅因为犹太人在战争中很团结，或者因为他们在掠夺其他人类时更英勇的表现，而认为他们有着某种理想主义

的牺牲精神就错得非常离谱了。

而在这里引导犹太人的只有纯粹的、锋利的利己主义。

因此这犹太国——本该是一个活生生的机体来保护并繁衍这种族—完全没有领土的边界。因为一个有着领土和国界的国家总是需要一种理想主义的心态，尤其是对工作这一概念的正确看法。如果缺乏这种态度，任何要创立，甚至只是将地理上被划定的国家聚合在一起的尝试都会失败。而如果这方面失败，那文化将从中涌现的地基也就不复存在。

所以犹太民族尽管看起来有着许多智性的品质，却没有任何真正的文化，尤其是没有任何只属于其自身的文化。因为今天的犹太人所拥有的，是一种皮肤文化，是其他民族的作品，而他则是破坏这些文化的大师。

一旦形成了这样的认知，即品性和种族相互关联着，文化和理想从骨子里看上都是生物性表达，而最低等的，即犹太人，置身于最高等的，即雅利安人中间，这两个生物的种类之间没有明确的界限时，这种族混合就代表了这个系统的最大危险，这给其他所有问题都笼罩上了阴影。保护人种纯洁的战争比所有其他战争都重要。

地球上任何东西都有可改善之处。每一次失败都可能是下一次胜利之母。每一场失败的战争都可能成为下一次崛起的根由，每一次紧急需求都可能导致人类能量的增加，每一次压迫都可能产生新的精神复活之力量——前提是要保持种族纯洁。

只有当种族不再纯洁，人才会永远失去其内在幸福，他们被打倒在地而再也站不起来；对身体和灵魂产生的后果也是再也无法摆脱的。

当我们将这一问题与所有其他人生问题放在一起，进行探索和比较，我们将首先看到其他问题和这个问题相形之下显得多么可笑。所有其他问题都是在一定时间限制之内的——但只要有人类存在，这是否要保持种族纯洁问题，就会一直存在下去。

换句话来说，对于希特勒，犹太人问题是1924年德国最重要的政治问题，其急迫性高于除贫问题，高于和平条约和凡尔赛条约、通货膨胀和失业问题，因为它和其他问题不同，它关系到那最本真、最基本的一切，也即生命本身和人性。就这样，身体被拉进了政治的中心。身体表达着国家，它的任务是保持身体清洁，并确保它在身体和道德上朝着理想方向发展，并且不要在劣等精神的身体形成繁衍。这生物学的角度高于这个体的角度，作为身体的人高于作为个人的人，个体的品质并不重要，因为无论犹太人多么善良无私，无论犹太人多么勤劳无辜，他或她仍然有罪，因为他是犹太人。每一个犹太人都以这样的方式被判无罪，因为他们自己在此无足轻重，而犹太人作为一个集体被审判，被和他们躲不开的一长串特定品性绑定在一起，无论他们自己也没有表现出来这些品性。

我们就是一直这样看动物的，它们注定要通过其物种特征来表达自己，这是一种它们无法逃避的归属关系，猫或老鼠在被视为某一只猫或某一只鼠之前总首先是猫或老鼠。要追究一只猫或老鼠的罪责是没有意义的，它们是无罪的，它们只是表达了它们的天性，它们别无选择，道德这样的概念并非为它们的生活所设。如果它们对我们做了一些可恶的事，或者以什么方式造成麻烦，那就没有任何东西可以阻止我们消灭他们，因为它们没有个体的罪，也没有个体的权利。动物不被法律保护，除了作为一个集体的情况下，它们可以被作为一个物种受到保护，但这也不取决于它们的特性，当然前提是它们对人类没有直接危害。

从生物学的角度来看，人类首先被视为一个种族，一个具有某些特征和理想类型的集体，然后才被视为个人，因他们所属种族而具有价值或无价值的个体，最后才被视为具有特定名字和面孔的人，假使是在未来的某个国度里，那么这人类就要遵循新法律和新秩序，因为这种文化里个人责任和个人罪过的观念强到了闻所未闻的程度，其根源可以回溯到文明的最初。这文明规则的唯一例外是战争，只有在战争里可以完全不讲个人责任和个人罪过，因为在战争中另一方的每个士兵首先是敌人，是那个集体的代表，杀死他们没有任何后果，他们的个人身份是次要的。他们的制服所标志的正是这种集体属性，游行所全面彰显的也是这集体属性：这一个人、这个个体、人名和面孔始终从属于那个阵营、他们所有人、国名和国旗。人类社会在两种情况下都取消了个体，一种是人被理解为生物，紧密地和自然法则联系在一起时，另一种是人被理解为处于战争状态时，此时市民社会的法律不再生效，这也是让《我的奋斗》中关于犹太人的论断有可能出现的原因。这两方面的视角在他写作此书时的社会里都广泛存在着，或直接或间接。除了亨利·福特的《国际犹太人：世界最大问题》，冈特的《德国人种分类法》，以及张伯伦、埃卡特和罗森贝格的著作，美国作家麦迪逊·格兰特（Madison Grant）的著作《伟大种族的衰落》（*The Passing of the Great Race*）在当时对希特勒很重要，据里巴克说，希特勒将这本书称为"我的圣经"，并在《我的奋斗》中援引了它的一些推理。

但种族思维不仅仅是一种偏执的伪科学理论，它在严肃的、科学的以及和大学相关的那些圈子里传播也很广泛，在那里它被呈现为一种客观真理，与其他科学真理比肩，而这让福特、格兰特和希特勒的思想获得了合法性，因为就算他们把种族思想的后果推到极致，可它还是基于得到承认的观念，就是种族是人类社会里的重要分野，而这种观念是基于可以量化的事实。比如说，1926年，《我的奋斗》出版后次年，在瑞典就出版了本名为《瑞典民族的人种特征》的著作，出自乌普萨拉大学瑞典国家种族生物学研究所的研究员们笔下，这本书写得很全面，为随后在世界各地出版的类似作品设立了标杆。在书中一篇文章"欧洲种族地位的方向性概要"里，罗尔夫·诺登斯特伦（Rolf Nordenstreng）对"种族"一词的定义如下：

> 种族一词的含义，从科学角度就是一组来自同一物种的个体，其和来自同一物种的其他个体之间由所展现出的一系列遗传特性组合而区分开来。一个种族总是一些选择性因素和其他一些未知因素结合的结果，而这些未知因素也通过各种方式来改变了这些遗传特征。
>
> 种族是一个纯粹的人类学概念，其特征首先是身体上的。

种族之间肯定也存在心理差异，而这些也同样重要；但它们极难被找到，被证明。在眼下它们不过是猜测，虽然定义人种的心智特点的各种尝试可能包含着很多真知灼见，都基于出色而可靠的观察，但它们也包含相当多的偏见和揣测。在未来，可能会发展出在目前还不存在的，一种科学的种族心理学之类的事物。

我们可以相对确定地尝试列出以下五大种族的存在：1）北欧人种，2）东波罗的海人种，3）地中海人种，4）阿尔卑斯人种，和5）迪纳拉人种。在这些人种以外，还可再添上一些从字面来看不属于欧洲而主要属于亚洲的人种，安纳托利亚人种（亚美尼亚人种,印欧人种）和闪米特人种（阿拉伯人种），最后一个名称不甚理想，因为它也是一个语言学概念，但不可避免，因为也还没有更好的建议。

北欧人种这个名字不算完全合适，因为这个形容词在许多语言中也被用作语言学词汇，意思是“斯堪的纳维亚的”；这个人种里大多数并不说斯堪的纳维亚语。但这个词很常见，北欧和德国北部是该人种的分布中心区域，在北欧国家，在斯堪的纳维亚半岛，此人种最常见，纯度也相对最高。这个人种通常被称为“条顿的”或“日耳曼的”,也被称为“威尔士的”。德国考古学家有时称其为“排墓型”（Reihengräbertypus）。它的特征是浅色的、部分透明的、发红的皮肤;金色、时有发红、柔软，一般呈波浪状或卷曲的头发；生长茂密的胡须；碧蓝色或蓝灰色眼睛；高大的身材和相应的长腿，腿部伸直、坚实柔软的步伐；强壮的身体；长而窄的脸，多为狭窄的、直或略有弯曲的高鼻子，通常在从鼻骨到软骨的过渡处有轻微的隆起；

窄而高的山根；不显眼或者根本不突出的颧骨；不突出的颌骨，牙齿几乎呈垂直排列，齿缝紧密；相当窄的嘴唇；突出的脸颊；狭窄略微倾斜的前额；淡却相当显眼的眉毛；镶嵌在深深眼窝里的眼睛；长而窄的脑骨（头长约195毫米，头指数约77），颅顶几乎水平，拉得很长的枕骨。但必须注意的是，头发颜色和鼻子形状差异很大。几乎所有能想到的浅发色都可能出现，从浅黄到金红色到浅金棕色，从浅灰金色到深灰金色。在笔直鼻子和弯鼻子以外，也有一些略微后翘的鼻子，鼻尖稍微向上拉直，鼻梁可以说在中间塌下——这类形状在此人种区域内还很常见。

闪米特人种，也可称为阿拉伯人种，因为其特征在阿拉伯人中似乎比其他任何人都普遍，因此被认为是地中海人种的后裔。它与该人种的主要区别在于鼻子更高、更弯曲，但鼻子又细又窄；饱满却不厚的嘴唇；肤色较淡却从不发红；杏仁形的眼睛（内眼角更圆，外眼角尖）。脸颊和下唇之间的腔体比其他人种位置要高。塞法迪犹太人中有很多闪米特人的血统，而德系犹太人则较少，在大多数南欧国家的人口中肯定颇有分布。

头指数是头部长度和头部宽度之间的百分比比率，在德语里叫 Kopfindex，这不应和相应的形容颅骨形状，在德语里叫 Schädelindex 的颅指数混淆，这话写在某一章的导言里，这些章节带有表格，表格反映了研究人员在全国范围内收集数据的结果。《瑞典民族人种特征》里的头指数，被与所有瑞典的地貌、所有瑞典的县、所有瑞典地区以及四大城市，以及主要行业、社会阶层，和其他斯堪的纳维亚国家地区等等联系在一起解读，而同样方式也被应用在所有其他测量值上——上身长度、臂长、腿长、头宽、头高、脸宽、形态面长[1]、形态面部指数、颧骨正面指数和颧骨下颌指数、鼻子、耳朵、鼻梁轮廓、眼睛颜色、头发颜色、眉毛颜色、生殖器毛发颜色，全部分解在不同的地理和社会单位里，然后单列为一处，互相参照着被解读，也就是如，面长和臂长之间，地区和地貌之间的关系。这本书的最后一部分包括整页的裸体人种照片，有儿童、女性和男性，例如来自北博滕省（Norrbotten）一位农民的照片，被印在东波罗的海类型，相对纯种的字样之下，或一个耶姆特兰（Jämtland）的牧民，印在拉普兰（Lapp）原型下，相对纯种的部分里，或一名来自拉普兰的劳工，印在种族混合类型，东波罗的海–拉普兰的门类下。

这些文本与希特勒文本之间的主要区别在风格上。这人种理论以客观清醒的科学风格写就，这种风格依然被今日的科学写作沿用着，因为这种风格使人想到真理。在这里也是如此。真理，就事论事，彻底，全面，确定，洞察力，一切都很到位。数字、表格、拉丁文，一切都指向真理和绝对的可信赖。文本还界定了什么是它能确定地表达的，什么是它还未能确定地表达的，这就进一步加强了它的可靠性。在种族和心理之间存在着某种生物学联系这事是可能的，但是目前还无法证明。文本以这种方式所表达出的，就是关于人种的其他所有内容都可被

[1] 眉骨至下巴长度。

证明，同时让我们看到种族和心理具有生物学联系的可能性。我们现在看到了，真理和这种文风，其修辞手法和工具有着莫大关系，在内容如此不可信的时候——不仅是投机性和不科学，更是危险的，在骨子里是邪恶的。

但这种邪恶在我们这儿又意味着什么？这科学的笔调里也有着某种关怀，因为它呈现的是这些科学家获得的知识，不代表他们自己，而是代表这个群体，这就是他们在这些文本中分享的知识。关怀，以及一种清晰的进步观念；这是个新的学术领域，以前没有人讨论过这个，也许根本没人见过，但是随着20世纪下半叶生物学的进步，有了达尔文伟大的物种起源理论，以及在此之前，林奈的包罗万有的分类学，人们朝着这个方向越走越近，终于迈出了这一步——建立种族生物学研究所以及这全新的科研领域——这是对人类社会的深入洞察，将为以后的进步提供明显的机会，与这新种族生物学密切相关是这新优生学，即种族优生学，在那里整个民族的健康和繁衍可以被引导至被期望的方向，通过比如说对不想要的那些成分给予绝育，例如严重精神分裂症，心理发展障碍，不可救药的罪犯，流浪人口和吉卜赛人等等，瑞典、挪威、美国和德国在二十世纪二十、三十年代之间都干了这些事情。

这事的发生也与这项研究有关，该研究在国家领导下进行，它也扩展了关于国家为何，可能为何的观念：公共卫生的概念也起源于这个时期，因为国家要对个人卫生健康负责，并不是一种理所当然的事。所有这些，关于健康的身体里有着健康的灵魂，关于那些贫穷、黑暗和不健康的应该被打扫干净，而阳光照到贫穷上就会让贫穷的世界像山妖那样崩裂成石头块，而穷人家的孩子应该被送到乡下度暑假，关于社区护士和疫苗接种，这一切都是为了把身体和国家用纽带联结起来。这些都是善良的人出于好意的善行，而对一个有强迫症妄想还不能自理的女人施行绝育手术是错误的这一点并非显而易见，因为假如她有了孩子，她把疾病传下去的可能性很高，也会给孩子带来痛苦，给整个社会带来负担。

把人类划分为人种或物种，也即高等或低等，成为一种暗示，这属于同一范式，即把人类进行科学化或生物学化，正是它而不是其他任何东西，让希特勒的种族理论和种族政策先后成为可能。没有它，反犹主义只是一种非理性的感觉，一种显而易见的替罪羊理论，文化里的一种偏执念头，可以被认真或不认真地对待，但永远不会上升到政策制定的层面。希特勒一直在跟进欧洲和美国的国际优生学研究，在他成为总理之前和之后都如此。希特勒了解在这领域领先的美国优生学研究人员的工作，如美国优生学会主任莱昂·惠特尼（Leon Whitney），哈佛大学毕业的生物学家以及美国绝育项目的旗手查尔斯·达文波特（Charles Davenport），以及人类改良基金会的保罗·波佩诺（Paul Popenoe）。里巴克引用了希特勒在三十年代中期一次演讲里的以下内容：

> 现在既然我们知道了遗传规律，就可以更大程度地预防不健康和重度残疾的人来到这个世界。我抱着极大的兴趣地研究了美国几个州的法律，这些法律是用以减缓那部分其后代对种族福祉很可能有害无益的人类繁殖。

据里巴克说，希特勒还在 1939 年会见了美国优生学家、强硬的反犹主义种族理论家洛思罗普·斯托达德，当时他在柏林任记者，因为他在优生学上的工作而收到了元首的个人邀请。他答应希特勒不会对外提及这次会面的内容，但后来他说希特勒的握手很坚定，可是他全程没有碰到希特勒的视线，然后更笼统地写了德国在种族优生上的情况：

> 希特勒在很多年前已经对种族问题和优生学给予了相对重视，早于今日德国对这两个问题的各自兴趣。在德国，犹太人问题被认为是一种暂时现象，在原则上已无疑问，并很快会通过在第三帝国内在物理上消灭犹太人来彻底解决此问题。大众舆论所关心并试图以不同手段去处理的，是日耳曼民族的再生。

将种族思维进行一种科学化，围绕它开始运行的整个科学装置，包括头部测量仪这样的特殊测量仪器，所有那些表格，所有那些拉丁语术语和技术词汇，都赋予了它一种合法性，即使在希特勒的《我的奋斗》并没有这高级科学语言留下的痕迹，但它还是让文化与自然之间的联系成为可能，更让国家与身体、政治与生物之间的联系成为可能，而这就是希特勒意识形态的核心。《我的奋斗》是这种思维方式极端化了的版本，虽然可能很多人认为它太夸张，百分之五十都是妄想，认为这不是他真正的意思，至少当他正接近权力中心，表现得更得体时未必还做如此想法，但这些人却没有质疑过这政策的基本目标，也就是将民族作为一个整体，一个种族来改善，将其托举到一种灿烂的、健康的、在道德上无懈可击的未来。

对犹太人的仇恨古来有之，浮士德的世界里就有它，马丁·路德憎恨犹太人，对犹太人的迫害也由来已久，几乎就是一种古代现象，它是犹太人自己的自我感知和周围文化的一部分，就好像在那些古老村庄和森林中切肤感到的某种神话气氛那样，在启蒙运动之前很多年的就有的，到今天还仍然活跃，比如说在波兰那些广大贫穷的农村地区所有这些著名的对犹太人的偏见——他们有钱，狡诈，好骗人，不和外人来往——都是当地文化的一部分，也是当地人对自身贫困和苦难的解释。希特勒和国家社会主义者对犹太人的仇恨是新的，从某种意义上说，它关系着现代性、大城市和群众，不是关于那些走村串户卖钟表的犹太佬，而是关于国际金融体系和国际马克思主义。种族理论也是新的，它为这套想法提供了一种科学的合法性，进一步把它从神话里挪出来，放进了理性和现代性中。然而，最引人注目的是这种宣传中神话性与现代性的交汇，那些旧日仇恨的形象——老鼠一般的犹太人，贪婪的犹太人，邪恶的犹太人——被用新技术形式呈现出来，在电影那活生生的画面里，收音机那如临其境的声音里，被带入了这汽车、霓虹灯、工厂、电话和电影的世界，作为其反衬和原始根由。

希特勒在《我的奋斗》中很坦荡地说出了他对宣传、反犹主义、反民主和生存空间的想法，其后果只可能导向一场新的战争。虽然这反犹主义和民族主义是理想主义的事物，但是在种族生物学的帮助下，他关于宣传的理念是务实的。宣传是实现理想主义目标最重要的手段，他深信宣传的力量，毫不掩饰。

正如彼得·斯洛特戴克所写，说到其宣传对大众的力量，希特勒对自己的议题非常有信心，以至于他竟能慷慨地公开他的配方。希特勒称宣传为武器，“因为它就是一种武器，在知道如何使用它的人手上时确有可怕的威力。”

> 第二个问题，也可以说问到点子上了，就是：宣传该针对着谁？是给学术界人士和知识分子，还是给那些文化程度较低的老百姓？
>
> 它应该永远，永远瞄准更广的层面！
>
> ……
>
> 宣传的任务不是对个人进行科学教育，不，它应该让广大群众的注意力聚集在一些特定的实情，行动和必要的事情上，让它们进入在群众的视野，而它们所扮演的角色也终于水落石出。
>
> 此中的艺术就在于这事要做得到位，让每个人都相信这些实情是真的，正在发生的事情是极必要的，而这些必要的事，是正确的等等。宣传本身不是必要的，也不能是；因为它就像海报一样，它的任务就是抓住人群的注意力。
>
> 因此，宣传必须始终尽量不要过分去诉诸“所谓的”理性，而要去影响感受。
>
> 所有的宣传都必须平易近人，内容也必须达到其所针对的受众中条件最恶劣的人能理解的程度。它要去影响的人越多，其宣传所在的纯粹精神水平就必须越低。
>
> 宣传的艺术就在于去了解街头人们的感受和看事物的方式，这样你就能在一种正确的心理状态中引起群众的注意，然

后才能找到通往他们内心的路。我们的大知识分子们不明白这一点，这见证了他们是多么迟钝及自负。

感知能力在老百姓中是不明显的，他们理解得很少，可他们忘得也很快。基于这些实情，如果宣传要奏效，就必须满足于只包含寥寥几点，并把它用作口号，直到确定最后一个人也理解了这口号的意思。如果你放弃了这个基本规则，想要面面俱到，那么效果就没有了，那样的话大众既不能消化也无法记住那上面的内容。结果就会很糟，最终变成了零。

然而宣传里最紧要的，不在于它要简单到大众里最无天赋的一员也能理解，而在于它是完全主观的，它没有一捏捏的客观性或实事求是，也绝不触及议题的微妙处。

比如说，你看到这么一张海报，它为一种新肥皂做广告，可同时又说其他肥皂也“好”，你会有什么感想?

你大概会对它摇摇头。

这种规则在政治广告上也没有什么不同。

宣传的任务并不是去研究哪一方说得对，而是去一心一意地去维护它本身所代表的主张。

《我的奋斗》中这段话吸引人之处在于希特勒有一说一，宣传是一种经常推出纯粹谎言的操纵，要频繁要坚持，直到它变成真理。人们会以为一个政治家写这样的东西会削弱他的可信度，让他在政治上死亡，但希特勒敢这么做有两个原因：一部分是因为宣传是达到目的的手段，而他认为这个目的是如此重要，如此正确，如此美好，以至于为了实现它动用什么手段都可以，即使是谎言——实用主义是为理想主义而存在的，它是它的仆人，而不是相反——部分原因是他非常确定宣传是有效的，而且其本身又如此强大，以至于这样的解释和坦白丝毫动摇不了它；是的，这就是他所写的东西，那复杂的，客观的和微妙的永远无法触及这个数量广大的社会阶层并引发什么影响，而他自己正在写的东西也是一样。

在我们这个时代我们对辩证法并不陌生，因为每个人都知道广告无处不在，它在我们的生活里无处不在，几乎要满溢出来，它在操纵人性，也不真实，广告给世界呈现的是一个谎言，然而，这并不能阻止我们去受到影响并真的按它要求的去做：我知道我不会因为喝可口可乐而变得像一个幸福的美国青年，但我在超市时总是更倾向于选择它而不是开心可乐[1]，我知道多芬香皂其实和所有其他香皂都一样，唯一的区别就在于包装纸和广告预算，但我在超市里难道不是就把这种香皂放进了购物篮吗？这就好像广告对那种看穿它本质的洞察力和那批判的感知力是免疫的，正如希特勒所写的那样。是的，广告从这方面来说与美感和魅力有关：我们想要多少繁复和知识都可以，但说到最根本的，总是那其他的简单而永恒的力量最有杀伤力。我们的社会和希特勒的社会不同点在于我们已经把这些力量以及和它们有关的一切都放逐到社会一个无害的部分，最不需要现实感的地方，虚构和图像的世界，也就是娱乐文化，我们不允许它们出现在和现实切实相关的部分，比如政治、教育系统、官僚

[1] Jolly Cola，丹麦在 1959 年推出的可乐品牌。

机构或在私人领域里，除了那些无关紧要的部分。这样，我们有一个实在的部分和一个不实在的部分，广告和广告的威力就属于后者，这也许就把我们从这在欧洲已经横行了三代人时间的这些力量里拯救了出来。但这也不是永远的，因为这里面还埋藏着一些未被认知的因素，系统总包含着一些就算是真的也说不出来的东西，或者有那么一两次，你也可以想象，这真的力量会推翻那些不真实的东西。在一个没有身体困境的社会里，一个人本身的暴力是受到管制的，很难想象这种事会发生；没有哪个社会比我们这个社会离革命更远，没有哪个大众像我们这样沉迷于舒适享乐，但我们的世界也有背面，即所谓的第三世界，在那里结构性暴力就像以前的欧洲那样残酷无情，摧毁生命，而一旦它冲着我们来了，那就没法说这些好和坏，道德的和不道德的，真实的和不真实的之间，还继续能像现在这样有着清晰的分野了。

希特勒很清楚，情感永远比观点强大，而在这个“我们”，渴望，梦想和对共同体的向往所蕴含的力量，远远大于那对一个“他们”的关怀。宣传是冲着情感去的，而不是冲着智力，它冒犯智力，同样的原理也适用于他写过的口头语言优于书面语言；口头语言直入切入，或能直接切入情绪和情感生活，以这种方式达成由内而外的影响，因为一个人的所感总是会辐射到他的所思上，一种基于情绪的态度感觉上就是货真价实的，是你知道的东西，而不是一种基于理性的想法，其相关性的程度完全不同，因为它对各种论点和客观分析是敞开了，所以可以通过争论和客观分析来改变。

书面的总是复杂的，口头的总是简化的，至少在处理情绪和情感时如此，而这是书面文字，至少是政治的和论辩方面的文字做不到的。因此希特勒心仪的艺术形式首先是音乐，然后才是绘画；两者都能沟通而无须言语，借情感就能达成交流。他理解这一点，还知道怎样在他的政治生涯里使用它，这就把他与当时其他政治家区别开来了。

当希特勒于 1933 年成为总理，国家社会主义者们接手了德国，公共语言在很多方面发生了变化。它变得简单平易起来，同样的话重复了一遍又一遍。克伦佩雷尔认为这种语言滥觞为希特勒和《我的奋斗》，该书于 1925 年出版，书里发展出了国家社会主义语言的所有特征。克伦佩雷尔写道，随着 1933 年的权力交替，曾经的小团体语言变成了民族的语言，这种变化的本质是这种语言占领了整个生活，在公共和私人方面都是如此。政治、司法、经济、艺术、科学、学校、体育、家庭、托儿所、幼儿园和军队。国家社会主义者对什么都要插手，以自己的语言。这语言很简单，它是单向的，基于口头语言的。广播和电影这样的新技术使个人与众人之间的交流首先是一种在当下发生的事件——这有别于可以随时随地阅读、次数不限的印刷文字——其次，它能被传播至所有人，也能抵达那些阅读能力不强或不愿阅读的人。克伦佩雷尔写了国家社会主义者是怎样废除了书面语言和口头语言之间的分野，让语言中的一切都成为演讲、控诉、呼吁和煽动。宣传部长的讲话和他的文章没有区别。到了后来在公共领域和私人领域之间也几乎没有任何分野。这就是克伦佩雷尔所描述的，从 1933 年起，不仅国家的语言变了，个体和个人语言也变了。国家以一个个体的形式说话，发出一种穿透了所有人的声音，而这所有人里的每个人很快都像国家那样说话，自身就成为国家的表达。所有报纸，所有杂志，所有广播节目，所有小说，所有诗歌，所有非小说类书籍都染上了这种语言的底色，然而这还不够，它继续泛滥开去，传播至一切，至所有人：

> 当我扫马路的时候，在机械车间里，我听着工人们的谈话：所有的话语，不论是印刷的还是言说的，不论是受过教育还是没受过教育的人：总是同样的陈词滥调，同样的腔调语气。甚至在那些被虐待得最厉害的受害者，在那些必然是纳粹主义的死敌的人中，甚至犹太人那里，到处都笼罩着这第三帝国的语言，在他们的谈话里，他们的信件里，甚至在他们的著作里，只要他们还被允许发表作品，它既威风八面又干涩贫瘠，而正是因其贫瘠才具此淫威。

作为一个被同化的犹太人，克伦佩雷尔从一开始就是局外人；这种语言的功用，通过建立一种极强烈的共同体意识，一个超越所有政治和阶级的我们，通过将最贫穷的无家可归者和最富裕的上层阶级家庭囊括在同一个整体中，也即德国和德国人，来把克伦佩雷尔和其他犹太人关在门外，这个“我们”不包括他们，而是把他们排斥出去，这排斥的手法和吸纳其他人的手段一样多。犹太人变成了他们。名字很接近德国名字的犹太人被政府强迫要求添加一个额外的犹太名字，比如“伊斯雷尔”或“萨拉”（Sara），以使他们的犹太身份在任何场合都昭然若揭，而在德国人这儿则相反，他们不许用听起来像犹太人的名字。德国孩子不许叫“莱亚”（Lea）或萨拉。在电话里确认字母拼写时，不可以说D是大卫的D——这些禁令是1933年被有关部门发出的。后来犹太人必须佩戴黄色的大卫之星，上面写着“犹太人”，字体让人想起希伯来语。所有证件纸张上都标志着字母J；克伦佩雷尔写道，他的配给卡一共重印了六十次。他们被分出来了，这首先发生在语言里。名字，标识，字母。德国的同时也变得更德国；新生儿的名字变了，日耳曼味更足了。迪特尔、德特勒夫、乌韦、玛吉特、英格丽德、乌塔，这些是克伦佩雷尔从德累斯顿一份报纸的出生广告里抄下的名字。地名也发生了变化，所有斯拉夫地名被德国化。在波美尼亚有120个，布兰登堡有175个，在西里西亚被德意志化的地名有2700个，在固宾恩行政区有1146个。此外城市的街道有了新的名字，通常为了显得更古色古香。克伦佩雷尔在德累斯顿看到了这样一条街道，它被称为蒂尔曼街，名字下写着“尼古劳斯·蒂尔曼硕士，市长，1437年去世”。

德国的、地方的和历史的都逐渐被培植起来，这些都是在语言里发生的，通过新技术，将这非地方的也非历史的极权国家合理化，这在当时的口号里很明显，其中例如，“法勒斯雷本之大众汽车城”或“纽伦堡，党代会之城”，在这里十足的现代和十足的中世纪混作了一摊。他们用古老的后缀大区（gau）来表示省份，克伦佩雷尔写道，作为和古老德国属性产生衔接的另一种方式，还用码（mark）这个字符来表示边境地区，奥地利就成了“东码”，荷兰则是“西码”，就以这种方式划定了这些国家的归属，把入侵和占领合法化了。所有这些都与身份认同的创建有关。克伦佩雷尔在这个身份之外，但也不尽然如此，因为他和一个“雅利安”女人结婚，原则上被视为已同化，这意味着他的身份既不在“我们”里，也不在“他们”中，而可以清楚地看到两者是如何被建立起来。身份的变化，这种单向的，无所不包的，无孔不入的语言所日复一日、周复一周、月复一月创造出来的东西，是他切身体会到的。

1933年克伦佩雷尔还是一名大学教授。他说到那里的一名员工，一个叫宝拉·冯·B的聪明而善良的女性，早就不是小年轻了，曾在这家德国研究所担任一位教授的助教。她出身于一个老牌贵族军官家庭。克伦佩雷尔写道，他认为她在观点上是自由主义者的，欧洲的，对皇帝时期有一定程度的渴念，但政治在她的世界中并不重要。希特勒成为总理的那天，他在走廊里遇到了她。平日很严肃的她，那天走路时步履年轻而轻盈，满面春风。

“您情绪真好啊！”克伦佩雷尔说，“有什么特别开心的事情吗？”

“特别开心的事！我现在真的还需要解释吗？我觉得自己年轻了十岁，不，十九岁！1914年后我再没这么开心过！”

“您竟然对我说这些话？您难道没有看见，读到，听见这一切？您看见人们怎样被侮辱，那些和您一直关系密切的人，您看见那些您以前都很推崇的书籍怎样被践踏，您看见所有具备高度精神价值的东西怎样被抛弃，那些您一直……”

她吃惊地打断了他，但语气也是亲切的，他写道。

“但是亲爱的教授，我没想到你会受到这么大的刺激。您该去度假，休息几周，远离报纸。此刻您感到委屈，那些琐碎的，美中不足的事情伤害了您，可是那也是伟大的改造工程里决计难以避免的，这让您的目光偏离了事情的本质。很快您看待事物的眼光就会完全不一样了。还有，我过一阵就去拜访您二位，行吗？”

随着一句暖心的“问候您太太”，她像个少年那样雀跃地走过房门，克伦佩雷尔写道。接下来的几个月里他没有见到她，直到有一天她来到了他们系里。克伦佩雷尔写道，作为德国人，她要开诚布公，并希望她也能一如既往地被当朋友。

“德意志义务，这话您以前是不会说的，”他打断了她，“德意志的或非德意志的，这和完全私人的，以及普遍人性的东西有什么相干？还是说您要把我们也政治化了？”

“德意志的或非德意志的，一切都与这有关，”她说，“这才是唯一本质的东西，您知道，这是我们从元首那里学到的，或者说是重新学到的，我们有时候会忘记这一点。他把我们重新带回了家！”

“您对我们说这些是为了什么？”

“您也得承认这一点。您必须完全理解，我属于元首。但您千万别认为我就此放弃了对您的友好感情。”

“这两种感情怎么能调和呢？你一直非常敬爱的前老板奥斯卡·瓦尔策尔，元首对他又会有什么说法？您让学生写关于莱辛和其他大家的课程论文，您从他们那儿读到的人道主义和这一切如何统一？还有……但这么问下去也完全没有意义。”

对于他的每一句话，她只是摇头，眼中含着泪水。

“是的，看来的确没有意义，因为您问的一切都还是出于理性，而其背后的情感，却只是对非本质事物的积怨。”

“如果我的问题不是来自理性，它们又该来自哪里？什么是本质的？”

“我已经都对您解释过了！就是我们已经回家了，回到家里了！这一点，您得去感受它，您得听从这个感觉！时刻感受到元首的伟大，而不是您眼下不利的处境……还有我们的经典作家？我根本不相信他们与他之间互相对立，您只需要正确地阅读它们，赫尔德，比如说——就算有分歧的话，他们也会被他说服的！”

“这种信心从何而来？”

“当然从信仰而来，这里是一切信心的源泉。如果您觉得我这话和没说一样——是的，那只能说明元首反对……”在这里克伦佩雷尔写道，她勉强刚好把“犹太人”几个字咽了下去，再接着说：“那些死板的知识分子们是有道理的。因为我信他，我不得不告诉您我信他。”

“既然如此，亲爱的冯·B女士，我们最好无限期地推迟我们下一次就信仰的对话，以及我们的友谊……”

他在五年后也就是1938年再次见到她，当时他走进一家银行，收音机里正宣布奥地利已和德国合并。他写道，她，全身陷入了一种迷醉痴狂状态，她的眼睛放光，她体态的僵直和其他人那种庄严的立正姿势不同，而更像是一种抽搐的狂喜。后来他听别人大笑着告诉他说，她是元首最忠实的追随者之一，但又是完全不害人的。这第一位女性，给了他一个苹果，对纳粹保持中立，但仍然受到他们语言的影响，而第二个，教授的助理，得救了，成了一名信徒。她们是普通人，他们使纳粹主义成为可能。克伦佩雷尔看不懂这些，他在希特勒身上只看到一个尖叫的、一根筋的男人，在纳粹主义里他看到的是无法忍受的对人性的限制。这也是我们看到的。但很明显，她们一定看到了一些完全不同的东西，一些给未来注入了希望和信念的东西，激发了其内心之欣悦的东西。

这位宝拉 · 冯 · B 把 1933 年的春天与 1914 年之夏进行比较并非巧合，希特勒上台给德国带来的雀跃可能让人联想到战争爆发时席卷全国的那种雀跃。在吕迪格·萨弗兰斯基（Rüdiger Safranski）所写的哲学家马丁 · 海德格尔的传记中，他描述了在连犹太人都被带着跑的那几个月里大学校园里氛围。1933 年 3 月，欧根 · 罗森斯托克 - 休斯[1]发表演讲，他认为国家社会主义革命是德国人实现荷尔德林梦想的尝试。萨弗兰斯基写道，在基尔（Kiel），菲利克斯·雅各比[2]于 1933 年夏天用以下的话作为一堂关于贺拉斯的课的开场：

> 作为犹太人我发现自己眼下处境艰难。但作为一名历史学家，我学会了不从私人角度看待历史事件。我从 1927 年开始就投票给阿道夫·希特勒，在全国起义那一年，我满心礼赞，很高兴这一年正好要讲奥古斯都大帝的诗。奥古斯都大帝是世界历史上唯一可以与希特勒相媲美的人物。

---

[1] Eugen Rosenstock-Huessy（1888—1973），德国社会哲学学者，希特勒上台后移居美国，担任哈佛和达特茅斯学院教授。

[2] Felix Jacoby（1876—1959），德国古典学者和哲学家，1939 年移居英国，在牛津大学继续从事研究工作。

这一切发生抵制犹太企业法令在 4 月 1 日生效之后，以及 4 月 7 日解雇犹太官员之后，萨弗兰斯基写道。海德格尔，与维特根斯坦比肩的本世纪最顶尖、最重要的哲学家，他本人成了纳粹分子并加入了纳粹党。他以及其他人在国家社会主义和希特勒身上看到的，是一场政治运动，它穿越政治，挺进至那本真的，那最深的人性中，在那里有着情感、共同体、真理和价值理念，超越了行政、官僚主义和庸常政治务实，比它们伟大太多了。海德格尔通过“他人”[1]（das Man）的概念将公共事物描述为本真的对立面，他人即处于非本真状态的人，所表达的是一种一般性，个体的存在在这里被他人规范着，并以某种方式消失在他们之中。他把这个叫作常人的独裁。

> 他人施行其真正的独裁都是在不被注意和无法确定的情况下。我们以他人都享乐的方式来享乐玩闹；我们阅读、看待和品评文学，就像他人那样看待和评论；他人怎么从“大众”中抽身退出，我们也以同样方式抽身退出；我们认为这令人发指，就像他人也觉得这“令人发指”。这个他人并不特指某人，而同时也是大家（却不是作为总数）。
>
> 保持距离、中庸和平均是人家的存在方式，并构建了我们认之为“公众意见”的东西。它在当下调整着对世界与此在

[1] 海德格尔中译本里把 das man 翻成“常人”或“他人”，但在德语和挪威语里“man”不指男人或人，非常口语化，在不同语境里可以指：一个人，我，你，大家，别人，一种语气代词，含义极为丰富而流动，非常接近中文里的“人家”。在这段挪威语译本的《存在与时间》里，das man 被处理为“man”。但为了避免混淆，仍保留“他人”的译法。

的一切解释，并始终证明其为正确的。而这不是以公众意见为一种对“事物”的独特而原初的关系为依据，不是因为公众意见对此在具有格外适当的透视能力，倒是因为它“不深入涉及”事物为根据，因为它对涉及水平与真伪的一切差别都不敏感。公众意见使一切都晦暗不明，又把如此隐蔽起来的东西当成某种家喻户晓，人尽皆知的东西发布出来。

在这“他人”的独裁中，这独特的和唯一的遭到审查，被拉下来，被琐碎化到人人都能谈论它的水平，但却是以一种根本听不出来他们说的是什么的方式，被彻底改变了，被平均化了，在骨子里毫无品质可言。在大众社会中，这个情节每天都在发生，发生在以平均状态为导向的大众媒体上。从这个角度来看，这政治游戏就是非本真的角斗场，在这里每个人都在各扫门前雪，维护自身利益，同时每个人都把自己的程度降到“他人”的水平，以避免太与众不同或太打眼。海德格尔的存在主义里，存在，即真切而本真的存在，是语言之外的东西，是语言和理性思维所无法接近的，类似神秘主义，站在那圣地，用奥拉夫·尼加德[1]的话来说，或者说是在那神圣的边缘。我们在世上的存在是我们用理性去把握的东西，但理性通过观念来把握它，所以我们所把握住的存在就是某种想出来的东西。我们感受到的情绪，这始终属于我们的东西，是我们与世界联系的另一种基本方式。我们不知道它们来自哪里，也不知道它们的含义，只

[1] Olav Nygard（1884—1924），挪威诗人，《在圣地》（*Ved Vebande*）是他于1922年出版的诗集。

知道它们总是在那儿。它们是被赋予的，就像我们被赋予了我们的存在。言语，也即逻各斯，在这个系统里不是语言或理性，而是一种可以被理解的言说，或者是有可能被理解的言说，把海德格尔翻译成挪威语的拉尔斯·霍尔姆–汉森（Lars Holm-Hansen）如是写道。言语不是语言，而是语言的基础。语言是对被言语所言说出来的内容的解译。在言语里还有沉默和倾听。在那些时刻我们就完全在理性之外。情绪、沉默、聆听，所有这些语言无法言说，但仍然存在于言语中的东西，此在的言语。在这里，在这本真里，这外在于理性的，这情绪和感受的王国里，在这紧抵着宗教和神秘狂喜处，远离报纸上那些端着架子的政治领袖、时装秀、歌舞厅和体育赛事，海德格尔遇到了国家社会主义。这真实生活对不真实的生活。情感之非语言言语对理性之语言。

萨弗兰斯基对当时气氛有如下描述：

> 铺天盖地的，到处都宣告着这全新的共同体意识，在白日苍穹下的大规模宣誓，山间的篝火，收音机里元首的演讲，大家穿着节日盛装聚集在公共场合来听他说话，在大学礼堂里和酒馆里。合唱团在教堂里高歌以庆祝他上台。1933 年 3 月 21 日，教区长奥托·迪贝柳斯在波茨坦的尼古拉教堂说：“从北到南，从东到西，一个新意志降临了德国，‘渴望着再也不被剥夺，一个人一生里能有的至高体验’，用特赖奇克的话说，也就是能仰望自己国家的政府。”很难描摹出这几个星期的气氛，亲身经历过这一切的塞巴斯蒂安·哈夫纳写道。它构成了这即将到来的元首政府的真正权力基础。“这是——没有别的

词可以形容——一种极其普遍的被从民主中解救出来、解放出来的感觉。”

在第三帝国的这边，所有的民间游行、火炬游行、歌曲、共同体，对于成为其中一分子的人来说其美好是无边无际的，你看里芬斯塔尔在一年后，也即1934年拍的纽伦堡党代会电影就能对此有一些感觉，所有这些元素在这里都出现了。它们是摆拍，但它们所包含的，绝不止于摆拍，因为情绪比所有分析都强大，而情绪在这里得到了释放。这不是政治，这超越了政治。这是一种美好的东西。

1933年5月，哲学家雅斯贝斯[1]造访了海德格尔的办公室，萨弗兰斯基这样描写这次会面：

> 海德格尔自己似乎也变了。他一露面，一种氛围就出现了，把我们分开。国家社会主义已经成为人们的麻醉剂。我上楼去海德格尔的书房里见他。“就像1914年那样……”我这么开场，接下来的话本来是“又是这骗人的大众麻药”，但是当我看到海德格尔听到开始几个字就兴奋地鼓起掌来时，那最后几个字就堵在了我喉咙里。……面对面看着海德格尔，他也被这同样的迷醉裹挟，我的勇气也流失了。我没有告诉他他走上一条错误的路。我不再相信他已改变了的本性。我甚至感受到了海德格尔现在已成为其一分子的那种力量的威胁……

[1] 卡尔·雅斯贝斯（Karl Jaspers，1883—1969），德国哲学家、精神病学家，汉娜·阿伦特的老师。

看来海德格尔对这某单纯之渴望与他的同龄人希特勒和维特根斯坦一样强烈，尽管后者对语言所能说出内容的真实性设定了限制，把它所携带的当作数学性质来理解，海德格尔在边界的另一边发现了真实，在那语言无法言说处。1933 年 11 月 30 日，在图宾根的一次演讲中，海德格尔讲了了以下内容，萨弗兰斯基引述道：

> 保持原始意味着由着内在冲动和驱动力去站在事物开始的地方，做原始人，任由内在力量引领着你。就是因为这样，正因为新学生是原始的，他才有一种使命感要去完成这对知识的新渴求。

在国家社会主义中，哲学和政治融合在了一起，落在了语言和理性之外的一个点，所有复杂性都消失了，但并非连深度都没有了。你可以这么看：与书面文字联系在一起的理性和事实，分析和论证，总在人们之间横向地移动，总是在他们之外，总在他们之间，总在运动中，在复杂性极具压迫感的网络中，其范围足以纠正并塑造这个“我”，力度无限大于这个“我”能去纠正、塑造它的程度；而感觉和情绪是和言语联结在一起的，这个人在另一个人面前的具体存在，是种垂直的事物，来自人自身，来自其深处，并不连续的，和这生物的联结在一起，因此也联结着死亡，但也与其他生物性的，会死的东西联结着，以一种无法明说而只能感觉的方式：我们是孤独的，我们总是个人和个人，但在这声音里，总是具体的，总是锁定在某地的某人，孤独被超越了，这就是它所携带着的承诺，而在这声音里，在它最终的后果里，死亡也被超越了。所有的旗帜、符号和仪式都是以此为目标的，无言。黑暗中的火炬能让灵魂颤抖，人群里的一声呐喊能让它在幸福的波浪里升起，这是能在这里属于它的幸福，然后它会感觉到这点并做出反应。哦，我们都体验过，这是心在跳是血在流，这是生命和世界，河流，森林，平原，风吹过树林。理性怎能和这个相比？我所说的就是一首诗和关于它的几百种不同分析之间的区别。或者正如希特勒于1933年3月23日在波茨坦的一次演讲中所说：

> 德国人，已经倒做一摊，精神上不统一，意志上分裂，因此在行为上被剥夺了力量，在主张其生命时变得软弱无力。他梦想着星辰的正义，却失去了人间的立足之地……归根结底，对德国人来说，一直都是向内走的道路。作为一个由歌者、诗人和思想家组成的民族，他们梦想着一个其他人曾生活过的世界，只有当困境和苦难使它变得不人道时，才或许从艺术中产生一种对新的崛起、新王国，以及一种新生活的渴望。

这个国家社会主义政府里使用的语言也诉诸情感；语言中重要的不是它词汇所表意义，不是它分析和论证的那方面，而是除此之外的所有，那些不是说出来而是表达出来的东西，它在语言的语调、声音和言语里。“你什么都不是，你的人民就是一切”这是纳粹时代的口号，克伦佩雷尔写道，而整个这个信息被直接或间接地重复了又重复。人民，到处都听到这个词，德国，到处都听到这个词，我们，我们，我们在哪儿都能听到这个词。

我自己从来没有觉得自己是某个“我们”的一部分；总是如此，从我很小的时候起，我就感到自己总是外人。这感觉从来没有改善过，至于这是不是我一直是局外人的原因，不是，其实一直相反,因为我不够好才没法成为这个“我们”的一部分，我不配。我对任何地方都没有明确的归属感；我们搬到了特罗姆岛,我在那儿长大,可是我以前现在都没有资格说我来自那里。最有压迫感的是在高中时当个局外人，所有人都看到了我不够好，这感觉更加强了那外人感，我有一些奇怪的地方。哦，当我和大家一起一起做某事时，我怎么才能真心感到快乐呢，例如在我们的毕业狂欢车辆上，我知道我并不是真的和他们在一起，我只是和自己在一起。我在任何时候都只有一个朋友，从来没有同时有几个朋友，从来不是什么我们。我当大学生时已经习惯了这个，不再期待着别的，挂在我哥哥的裤腰带上，在他的乐队里演奏，也知道这就是让我一起玩的原因。作家这个角色救了我；现在孤独就合法了，我有真材实料，是个艺术家。

今年夏天，我第一次体验到了别样的东西。这是个悖论，因为它发生时我是一个人。尽管如此，我还是感到了我是某个“我们”的一分子，那感觉如此强烈和美好，让我哭了。或者说这是让我哭的原因之一。还有很多其他的原因，因为我现在写的是于特岛大屠杀，一个比我小几岁的挪威人在森林里走来走去，一个一个地枪杀了六十九个孩子和青年。我哭了，如果有六十九个儿童和青年在巴格达被一颗炸弹炸死或在圣保罗一场意外事故里丧生，我可能就不会哭，但这发生在家里，这是充满我身心的感觉，事实上，我竟然有一个家，这是我前所未有的感觉。我看到这事时哭了。我打电话给妈妈，我打电话给琳达，我打电话给在挪威的盖尔。在已发生的这件事之外，我心里没有任何其他想法或感觉。有时岛上发生的事以及它带来了怎样的后果以迅猛的全力涌上我心头，随后又消失了。它被一片黑暗包围。那是悲伤的黑暗，也是罪孽的黑暗，是死亡的黑暗。但从那里发出的所有照片上，都有光，我所熟悉的光，那是一个7月的雨天在一个挪威峡湾的光。是的，从那里发出的那些照片上的一切都是，都是熟悉的。那墨绿色松树几乎长到了水边，那灰白色的羊背石，以及石边那沉甸甸的凝滞的水，也是灰色的。在那里，在这熟悉的事物中，躺着尸体，盖着塑料布。在陆地那边幸存者们的照片也被展示了出来。他们有的躺在地上接受治疗，有的登上了大巴，有的走过来，卷在毯子里。有人站着彼此拥抱。有人喊，有人哭。这些都是普通的挪威年轻人。救护车是普通的挪威救护车。警车是普通挪威警车。而当他在岛上兜着圈子，一个接一个地向着他们开枪的照片被登出来时，那也是一张普通的挪威面孔，有一个普通的挪威名字。这是一场国家的悲剧。这也是我的悲剧。我想在那里，这是一种强烈的冲动，因为人们，挪威人民，聚集成了一个巨大的、安静的宣言，成千上万的人手拿玫瑰站在街头。这是来自我所熟悉的这个“我们”的吸引力，渴望归属感，渴望成为美好和重要事物的一部分。更多的民主，更多的开放，更多的爱。挪威政客这么说，挪威人民这么说，当我坐在电视上对之哭泣时，我对自己这么说，它是如此强烈，那种感觉中的吸引力如此强烈，它们是真诚的，它们打心里来，这发生在家里，那些聚集在街头的他们，是我的人民。

现在我已经走出来了，我又不能理解那些感受了。它们好像是虚假的，被暗示出来的，那些死者我一个都不认识，我怎么可能为他们那么哀伤？又怎么会有如此强烈的归属感？它们是绝对不可否认的，在它们还存在着的那些日子里，它们把其他一切都扫到了一遍。

只是到后来我才意识到，这一定就是那些力量，那在30年代充满了德国人民身心的巨大的力量。那感觉一定特别好，它们所提供的身份一定让人感到那么安稳。所有那些旗帜，所有那些火炬，所有那些表现形式：它一定就是这么起作用的。

就在这个“我们”面前，站着犹太人之“他们”。作为这个“我们”之传达介质的这种语言，在某种意义上也组成了这个“我们”，它创建着身份，这种语言可以以两种方式来理解。它可以被理解为一种唤起外在于这语言的那伟大之物的语言，它唤起所有感受，那与理想类型以及世界此在有关的一切。但它也可以被做相反理解，一种语言可能性的极大衰退，一种剧烈的缩减，缩小，人性在这里被禁声。克伦佩雷尔就是这么看的。

> 在这显而易见原因之下，所隐藏着的一个导致第三帝国语言贫瘠的更深层原因浮现出来。这个语言之所以贫瘠，不仅因为人人都须遵循那相同的模式，而且因为它在自我选择的设限中确实只被允许表达人性本质的一个方面。
>
> 每一种得以被自由使用的语言都服务于一切人性的需求；它既服务于理性，也服务于情感，它是告知和对话，独白和祈祷，请求、诫命和起誓。第三帝国语言只服务于起誓。无论该主题是属于私人领域还是公共领域；不，错了，对第三帝国语

言来说没有私人领域和公共领域的区别，就像它对书面语言和口头语言不加区分那样——一切都是演讲，一切都是公众的。“你什么都不是，你的人民才是一切”，它们的一条口号标语就是这么说的。这意味着，你永远不是一个人，永远不是和你的自己人在一起，你始终被你的人民注视着。

有些东西在这语言中被拒绝给予空间，它在一方面是那个体和独特的，另一方面是复杂的、多义的，迟疑的，不确定的，缓慢的，当所有和这些联系在一起的东西都噤声时，就不再有任何表达自己的空间，它就消失了。关于它是否只在语言中消失，或者那创造出它的东西也随着它的消失而终止，这个问题可能是国家社会主义者执政期间提出的所有问题中最白热化的问题，因为它直接指向一个绝非中立的身份问题，不是技术或手段性的问题，而是直接关于对犹太人的种族灭绝给人类带来的可怕阴影。

没有人可以说出对犹太人的种族灭绝是因为什么，有一些相关因素，比如第一次世界大战导致的心灵残暴化，战前德国民粹主义运动，两次世界大战期间蓬勃发展的民族主义，大萧条，通货膨胀和大规模失业，种族生物学的兴起，希特勒的病态仇恨和个人魅力，凡尔赛条约对德国的羞辱，从这些因素里推导不出来要灭绝犹太人的理由，因为它根本不存在。对犹太人的灭绝是从这个社会里散落出来的东西，是社会里的一个事件，但这社会又不能或者不愿给它一个名字，因此，当第一批载着犹太人的火车向东行驶时，这事几乎有些不真实，这是发生在人类最边缘的事，那种无声的，几乎也是无形的，因为如果说看到它的那少数几人有什么特点的话，那就是他们都转过身去当没看见。在《浩劫》中接受采访的波兰铁路工人的沉默就是一切。那沉默，正是对犹太人的灭绝。那些突然消失了的人声，寂静又覆盖在这刚刚还有动静的大地之上。林间时不时呼啸而过的风，从远处传来的敲击声，凄凉的声音。这么多人，一千多人，怎么可能鸦雀无声？他们在哪里？寂静，它是虚无，当曾是的不再是，这就是让这件事无法被理解的原因，犹太人灭绝就是那已不再的东西。是的，它是虚无。我们应该如何正确地对待它？如果我们选择一个人来代表它，一个有名字、有历史、有家人和朋友的人，我们把它当成一种命运，或者说，我们赋予了它尊严，因为那个人只有作为一个个体才具有尊严，但这恰恰是在灭绝里缺席的，正是这缺席使种族灭绝成为可能。加入我们不选一个人来代表它，不说出受害者的名字，而是将他们视为六百万人，我们就把这事一般化了，这么说也不是真的，从来没有六百万犹太人被灭绝，而是一个接一个，六百万次。这些观点之间是相互排斥的。

在《浩劫》的九个半小时内从未放下其就该问题的承诺，它以可能唯一可能的方式得到解决，就是将对犹太人的灭绝视为一个在当下发生的事件，即我们只去关注那些就在我们身边的东西，也就是说，以这些地点现在模样的方式，除了奥斯维辛之外的所有地方都被销毁了，以周围那些人的记忆或非记忆的形式，无论是以守卫，幸存者，邻居，火车司机，官僚，没有别的，完全在现在，记忆也是现在的一部分。因此，缺席本身也是一种形式，每个人都在说它不是什么，存在于什么中，以及它在各种层面上的不可能性，这就是这部电影的主题。我们怎样去说一个拒绝被说起的事物？那躲避着语言的指认，因为这指认本身会把它变成它所不是的东西？

对犹太人的灭绝发生在语言之外，它没有被提及，是一个缄默的事件，而犹太人自己也在语言之外，被放逐到他们的身体中，到了“它”中，无名的虚无，最终也被销毁。《浩劫》中最具启发性的场景之一是切斯瓦夫·博罗维（Czeslaw Borowi）的采访，他战时住在特雷布林卡火车站附近，那是还是个年轻人，每天都看到火车开来，满载着犹太人，他看到他们排队等待，最后终于完全明白了就在几百米开外发生了什么。他在描述其见闻的过程里，突然模仿起那拥挤的车厢里犹太人的声音。啫啊啫啊啫啊，他说。啫啊啫啊啫啊。听起来像某种动物或鸟叫。对他来说这就是他们的语言。

理查德·格拉扎尔（Richard Glazar），就坐在其中一列火车上，在一截有座位的普通车厢，就像一次假期旅行，他说，过了特雷布林卡车站后，火车开得很慢，以步行速度穿过森林，当时是夏天，热得很，他们看到那儿有个小男孩向他们做了个手势。他的手飞快地抚过自己的喉咙，好像是在指它被切断了。格拉扎尔不懂他的意思。两小时后他的同车乘客都化为了灰烬。格拉扎尔幸免于难，他们需要劳动力，所以他活了下来。

切斯瓦夫·博罗维接受采访时也打了这个手势，手飞快地划过喉咙，还有住在那里的两个兄弟，住在营地旁边的农场里，每天他们犁地，照顾动物时都听到恐怖的哭声，闻到腐烂和烧焦尸体的味道。那气味在几公里内都很能辨认出来，他俩也做了这个手势，连续好几次。一定是这两兄弟冲着格拉扎尔做了那个手势。这个手势，本身并不是有直接的虐待狂倾向，但是至少充满了建筑在别人痛苦上的快乐，它是他们与犹太人之间存在的所有交流。喏啊喏啊喏啊是犹太人对他们的语言，喉咙上划一刀是他们对犹太人的语言。在那一幕里所展现的，接受采访的人不知道他们在展示什么。他们显然是反犹主义者，虽然他们作为那些极少数看到种族灭绝的人，并不知道这意味着什么，在这人类的脑袋里根本没有对这一灾难维度的大局观。看着他们展示出那无底洞般的无知让人心痛，因为他们完全处于无知才这么做。他们不知道。

同样引人注目的是海乌姆诺（Chelmno）的一些居民接受采访的场景。海乌姆诺是第一次工业化灭绝人类发生的地方。灭绝人类的事不新鲜，但在海乌姆诺发生的事在性质上是全新的，以前从未见过或做过的。即将被杀的人被运送到一座城堡，在那里他们被迫脱光衣服，被赶着穿过走廊，出来跑上一条坡道走进一辆货车。门关上，一条排气软管与管道相连，让货舱里充满二氧化碳。等所有人都死了，卡车开进了村外的树林里。尸体挤在他们本能地想打开的车门前，车身倾斜，尸体被扔进坟墓。过了一阵子，一个巨大的炉子在露天建了起来，埋葬的尸体被挖出来烧掉，以后再运来的尸体就直接烧掉。新的事物是，它不是发生一次，而是在两年里每天都发生几次。如今，那城堡已被拆毁，炉灶被拆毁，唯一剩下的只有森林里平地上的一些墙的遗迹。

森林是黑暗的，安静的。一条河流从其下方流过。这里的火焰冲着天空升腾。西蒙·斯雷布尼克（Simon Srebnik）说，1941 年他十三岁，他在炉子那儿干活。更多的卡车被投入使用，以增加产能，最后抵达的犹太人被集中在教堂里，而不是那破败的城堡中。就在那教堂外，村民们在接受采访，他们围着西蒙·斯雷布尼克，他们清楚地记得：他为那些德国士兵唱歌，他几乎就像他们的吉祥物一样，他唱的是士兵们教他的德国歌曲，而当他们站在如今已是中年男子的斯雷布尼克身边时，带着一种重逢的喜悦。他们准确地讲述当时发生了什么，他们看到了什么。他们身后的教堂如何充满了犹太人，圣器收藏室装满了他们随身带着的手提箱，用了多少辆货车来运输才把教堂腾空。其中一个人站出来讲了他当时听到一位拉比说犹太人应该为耶稣的死负责，当时他们的头上都是血，当采访者问他是否认为犹太人在这方面有罪，他说他说的只是那个拉比说的话。他们不断地说出自己对发生事情的精确记忆，越来越多的人出现在镜头前，他们凝视着镜头，几乎不隐藏自己的兴趣和喜悦，像孩子一样。过了一会儿，队伍从教堂里出来，这些村民们照应着让人们别挡着镜头，让孩子们远离，以便他们可以拍摄游行队伍，这是村里的骄傲。他们不知道他们在展示什么，也感受不到相机看到了什么，不明白那里发生的所有事情，他们为某些事情道歉，当然，他们已经知道了很多，但没有任何东西进到他们心里。就在这一切在进行的时候，在数十万犹太人度过最后几个小时的这座教堂前，在一群村民中间，站着西蒙·斯雷布尼克。完全看不出他在想什么。他的脸完全深不可测。

他后来说十三岁时在炉子这里工作时，他唯一想要的就是五片面包。他也不明白发生了什么事，他说他太年轻了，他已经习惯了人们在贫民窟里死去，什么时候都有人倒下。当德国人离开时，他们朝他的头上开了一枪，但他活下来了，在电影中他第一次回到这里，在一条小河上坐着船，唱着那些过去的德国士兵歌。在另一个村庄，现在住在犹太人老房子里的人被采访了，其中一个为自己孩子的教育感到自豪，另一个人说犹太女人带走了他们的男人们，其中一个人说他很高兴犹太人已经不在这儿了，但他不喜欢事情是以这种方式发生的。最重要的是，他们似乎对自己受到的关注感到受宠若惊。所有这些人当时都在那儿，犹太人正是从他们那儿，他们的当地社会里被集中起来转移走的，而他们也是在他们这个地区被毒气杀死后焚烧。采访是在70年代末和80年代初进行的。那个时候距离它发生已经过去三十多年，它是其他事件中的一个事件。他们所展示的显而易见的反犹主义有些无辜的成分，因为他们根本不知道他们展示的是什么，或者更确切地说，他们是在向谁展示它。这是琐碎的，从社会里学到的，与缺乏教育和贫困有关。但它是邪恶的吗？是这些邪恶的人住进了犹太人的房子并对因此而提高的生活水平感到高兴吗？这些急切地转身指出犹太人的手提箱都放在哪儿，为上电视而感到高兴的人？他们不知道自己在做什么，他们是无辜的。他们是做不出他们所亲眼见证的事情的。德国人组织和实施的对犹太人的灭绝在性质上是不同的，所关联的事物远比民众对犹太人的仇恨要大得多。

组织和实施这样的事情，首先需要巨大的意志；我们知道要杀戮会有怎样的阻力，因为对于战争中的士兵来说这都很困难，而且在那儿还有全副武装的人想要杀你，在这里则是对着手无寸铁，从来不曾对你动手的人，还有两三岁的幼儿，女孩和男孩，年轻女性和男性、老人和病人，是“一战”中丧生的德国人总数的三倍，在短短两年多的时间里。这不仅仅是就这样发生的事，这事发生只能是出于某种宏大的意志，因为必要克服无穷尽的人性之抵抗才能让它发生，但是如果你看着这事件的进程，它怎样发生，怎样被执行，在这里意志几乎完全缺席，它就像是那种就这样发生了的事，几乎是无力的，疲软的，不得不熬过去的事。

波兰乡村的农民不明白发生了什么，它意味着什么。问题是我们是否也是这样。因为消灭犹太人的并不是波兰乡村头脑简单的农民和他们愚昧的反犹主义。是德国人，来自柏林、慕尼黑、德累斯顿、法兰克福，这些欧洲的大城市，一个领先的、各方面都启蒙了的社会，在技术和文化上都处于世界前列，当说到希特勒那代人，距离我们只有三代人。我们可以说当时统治德国的那群人是野蛮、残暴、无情的罪犯，他们也确实是，但他们只是一小撮，而这个国家有六千万人，他们掌权是因为他们表达出了人民的需求，他们是他们的代表。但是把这些局限在德国，说干下这些的德国人真是堕落，这就把我们自己轻易放过了。就像前面说的，是挪威警察去把那些挪威男人、女人和孩子们验明正身，确定住址，集中起来送到奥斯威辛被烧成灰烬，而不是德国人。而这些被烧成灰烬的挪威男人、女人和孩子们都有邻居、熟人、同事、朋友。他们垂下视线，去看着别的什么。这一切不存在。挪威是这样，德国是这样，整个欧洲大陆都是这样。它不存在，或者几乎不存在。没有人知道发生了什么。没有人看到它。几乎无事发生。然后它结束了。然后我们看到了都发生了什么，并不是几乎无事发生，恰恰相反，它如此极端，如此广泛，以至于史上从来没有以如此规模发生过这样的事。

我们该如何理解它？当它发生时，它几乎什么都不是，它无名地、不知不觉地发生着，那些看到它的人不知道他们看到的是什么，而从那时起，当它已不再存在了，才被理解为人类的终点，我们的终极界限，一种绝对，绝对不能再重复的事。对同一个事件怎么会产生两种如此截然不同的视角？而我们如何才能知道我们绝不会重蹈覆辙，既然我们甚至都不知道发生了什么？为什么只有一切结束后它才能被看到，而这时已经没有任何东西可看？那个时候所有的人都死了，所有的营房和炉灶都被拆除，被种上了树，铁轨也被清除。

我们现在依然不知道死了的人都是谁。他们失去了他们的名字，他们变成了数字，他们没有被找回来，他们仍然是数字，六百万。我不知道任何一个在海乌姆诺被烧毁的人的名字，先在货车里吸入毒气，然后在炉子里被烧成灰烬，然后被撒进那条河里，而那些没有被烧掉的部分，那些最大的骨头被碾成骨粉，也被散在河里，我只知道一个数字，400,000。我也不知道任何一个在特雷布林卡被毒气杀死后烧掉的人的名字，也只有数字，900,000。

另一方面我知道纳粹党中大多数关键人物的名字。希特勒、戈林、戈培尔、希姆莱、鲍曼、赫斯、施佩尔、罗森贝格。不仅如此，我还能认出他们的脸，我对他们的生活和他们的性格知道的也不少。这不成比例的程度是惊人的：希特勒是人人都知道的，也依然会把某些东西和他联系在一起。那些被他消灭的人，只能通过把他们驱逐出语言，拿走他们的名字，使他们只剩下身体，不再与社会的也即人类的产生关联，在一个不断做减法的过程里最后走向虚无，也就是成为数字，他们现在仍然是数字。要问名字有什么力量，当你把它们放在一起时你就会看到。一边是希特勒，另一边是六百万犹太人。希特勒在《我的奋斗》中从坟墓里唤起了两百万德国人，让他们满身是泥和鲜血返回德国，以提醒国民他们为他们所做出了何等的牺牲。如果你能在脑海里唤起在“二战”中被静悄悄地消灭了的六百万人，让他们从自己坟墓中站起，将他们聚集在波兰平原上并将希特勒放在他们中间，那么他们之间的真实关系就会被揭露，因为他的名字就会成为几百万名字中的一个，他的声音只是几百万声音中的一把，他的命只是几百万生命中的一条。这个庞大的人群会随着我们离它的远近距离变化而变化。如果我们站在远处，从远处看它，我们看到的只是身体，只有四肢，头，眼睛，头发，嘴巴，耳朵，这是作为生物的人，作为生物和物质，这使得燃烧他们成为可能，正是燃烧他们使他们变得可见，这是看待人类的新视角，我们的无价值，我们的可替代性，从井里涌流出来的生命。人的生命是礁石上的一簇贝壳，人是甲虫和爬虫，人是在起网时在里面蹦跳的鱼。然而一旦我们走近，走向他们每个人，近到耳语时能听到名字，注视着他们的眼睛直到其灵魂在里面浮现，独特的，不可或缺的，听着那关于这个人一生里某一天的事，被其亲人、家人和朋友包围，在一个平凡的地点度过平凡的一天，带着所有的快乐和脆弱、嫉妒和好奇、流程和自发性、幻想和无聊、仇恨和爱，所展现出来的东西就是相反的，这一个，不是作为我，而是只是这个“我”

的条件。那就是你。

当十三岁的有着悦耳嗓音的男孩西蒙·斯雷布尼克把死去的人放入巨大的炉膛，火焰向着天空中升腾，被森林的黑暗所包围，他在幻想着未来，他在想象着两件事。第一件是五片面包，那是他唯一想要的。他想象的另一件事是当他从这里出来时，就能完全自己一个人待着。除他以外地球上没有一个人。他站在天空下，抬着一具又一具尸体，或者在田野里唱着优美的歌声，对其他的任何事都没有感觉，除了这个，就是他必须要能活下来以外，其余什么都不想。而理查德·格拉扎尔讲述了他们开始在特雷布林卡焚烧尸体的那一刻，那时候天已经黑了，集中营外的森林像堵墙，火光冲天而起，其他在那儿工作的犹太人中的一个，曾是歌剧院歌唱家，唱起了以利亚，以利亚[1]。他为吉塔·塞雷尼描述了这个瞬间，就在她那本关于特雷布林卡和那里的营地指挥官施坦格尔（Joseph Stangl）的那本书《进入黑暗》里，他也对克劳德·朗兹曼讲起了它，它让人心神俱震并不是因为这暴行令人心神震荡，这暴行因着令人发指到难以计量的程度，已经被归入了他者，也即那种无法纳入“我”的可能性里的东西，因此我们将其称为邪恶，不，那个瞬间让人心神俱震是因为完全不同的事，因为在这如纪念碑的一刻中，它向上帝吁求，而正是通过这凄美，它背叛了人的真理倒向了神性。上帝在这里死去。不是因为上帝遗弃了他们，而是因为这神性正是

[1] 出自门德尔松歌剧《以利亚》咏叹调。

属于使灭绝成为可能的彼方立场。

灭绝犹太人是何等的禁忌，我在写它时就注意到了。就好像存在着一种对它的所有权关系，不是什么人都可以写它的，你必须以某种方式来证明你配得上写它，要么你自己亲身经历过，要么采访过亲身经历过的人，要么是以一种有道德追求的、毫不含糊的方式来写作。你要写它就必须写得无可挑剔，不然是不行的。你的动机必须不能是利己的、商业的、投机的，必须是善良的、可敬的。在一本小说里你想怎么说上帝都行，别人可能说这是亵渎神灵，但也不会正经八百地这么认为，渎神行径会招致的道德愤慨早已不复存在。但是在大屠杀这件事上，你绝对不可以想说什么就说什么，是的，大屠杀作为一种现象是我们这个社会中唯一有可能被亵渎的，这么说是基于，如果真有这样的侵犯行为，所引起的愤慨就会是众口一词的，雷霆万钧的。这就是底线。但它是什么样的底线？为什么底线会是在这里？以及为什么它如此脆弱？

当我们对这一类有着如此道德分量的笑话进行论断时，是因为我们在保卫着什么，保护着什么，一种不可侵犯的价值。但在这个情况下我们保护的是什么？我们通过让事件变得无法触及所要实现的是什么？我们关心的是哪一种价值？英国历史学家大卫·欧文进了监狱，因为他认为毒气室根本就不存在。这是一个观点，不是一个行动。还有什么其他观点会让其主张者进监狱？不是很多，我也想不到另一个了。

大屠杀具有了禁忌的所有特征。禁忌是一个社会保护自己免于有害力量侵害的方式。它通过否定让它们被看见，在它们周围放下一个“不”，从而让它们外在于日常生活，外在于生活在其中展开的这领域，恰恰就因为它本身其实是一种正常，是一种连续的可能。大屠杀的特殊之处，与我们所塑造出来的它，是完全相反的。大屠杀的特点在于它的细琐、贴近和本地。被筛选出来又集中的是一个个家庭。火车从波兰、德国、荷兰、比利时、赫尔辛基、捷克斯洛伐克、立陶宛、拉脱维亚——所有德国控制下的国家——出发，向东穿过欧罗巴，停靠在波兰乡村这些小车站。特雷布林卡、索比堡、奥斯威辛、贝乌热茨[1]，如果他们来自东边，就成堆赶下车，如果他们来自西边，就按指示跳下车。他们以为到了安置营或劳改营。他们被分开，右边是妇女和儿童，左边是男人，他们被迫脱掉衣服，然后被驱赶穿过栅栏进入一个房间，在那里他们吸入毒气死亡、被运走、被焚烧或掩埋。这些营地很小，特雷布林卡是六百米乘以四百米，那里工作人员相对也少一些，一百五十名乌克兰士兵，五十名德国党卫军士兵。在特雷布林卡，还有一千名所谓的犹太工人，粗重活都归他们做，在他们进毒气室并烧死前。在格拉扎尔所说的旺季里，一般一天有一万犹太人被火车运来营地。几小时后，他们已经尸骨无存。这个行动持续了两年。那段时期里在那有800,000至1,200,000人被杀。这是一种任何人都想不明白的数字和事件。但它同时也是日常，是常规活动，他们把它叫作死亡生产。与比克瑙的死亡生产相比，特雷布林卡的死亡生产是最原始低级的，营地里的党卫军士兵弗朗茨·祖霍梅尔（Franz

[1] Bełżec，位于纳粹德国波兰占领区贝乌热茨火车站南一公里处的灭绝营，在1942年3月17日到1943年6月期间使用。

Suchomel）说。

我在这些话里要表达的意思是，它是真实的。我说真实，意思是它是具体的。我说的具体，意思它是本地的。它紧贴着那正常的一切。是，它如此紧贴着那正常世界，以至几乎可以说很难注意到它。所有的恐怖都收拢在其中。在第三帝国，第一批被毒气毒死的人不是犹太人，而是有身体和心理发育障碍的人。它被称为怜悯杀戮，是绝育法案的延伸，这个法案在1933年通过，允许对患有遗传性疾病的人进行绝育手术，据塞雷尼说，纳粹从一位教授神学伦理学的教授，帕德博恩的天主教大学约瑟夫·迈耶（Josef Mayer）那里得到了一百页的专家意见，然后才实施了怜悯杀戮行动。梅耶的报告先进行了历史回顾，又讨论了支持和反对方的论点，然后进入耶稣会道德体系里关于这种可能性的探讨，据说：

> 很少有什么道德决定是很明确的善，或者恶。大多数道德立场并不是非黑即白的。在这种模棱两可的决定的情况下，如果有合理的理由和“权威”支持一种个人意见，那么这种个人意见就可能起到决定作用，就算在还有其他“合理”的理由和“权威”反对它的情况下也是如此。

由此得出结论认为这种“死亡救济”是合理的，因为支持方和反对方都有合理的理由和权威支持。塞雷尼写道，那份文件有五个副本，但是从来就没有被找到过，它不存在了；就像与此相关的几乎所有其他东西那样，要么被摧毁，要么只是个谣传，是为了让什么合理化或者达到洗白效果。围绕这个死亡救济及其执行的缄默，几乎是彻底完全的。但死亡救济计划还是实施了，十多万人被杀死，一个门槛被跨过去了。这是关于种族纯洁，有科学和法律的基础，始于绝育，继之以毒气，对那些伤得很重的无助的人来说，这很有可能被视为对他们自己和身边人的一种解脱。

《我的奋斗》里，犹太人问题在原则上也处于同一领域内，种族对种群，国家对生物身体的控制，种族纯洁和公共卫生，但尽管绝育和死亡救济是归法律和有关部门的管辖范围内，是普通人虽然有争议但是能接受的，灭绝整个民族当然是绝对闻所未闻，匪夷所思之事。灭绝犹太人的决定被构思出来，可能是在 1941 年底某个时候，当然是以口头命令的形式，从希特勒发给希姆莱，然后那个冬天建立了第一个死亡集中营，其核心成员大部分是从安乐死计划里调过来的。如果规模的屠杀是史无前例的，从来没有这样的经验，除了安乐死项目里的毒气室，因此他们就从这里开始。在东线对犹太人的杀戮，是纯粹的处决，对妇女和儿童也是如此，需要的人力和时间太多，这个手法在实际条件上完全不可能推广。他们面临的问题是：如何在尽可能短的时间内用尽可能少的人杀死尽可能多的人？经过了很多次试错，系统才真正有效起来。没有预算拨给种族灭绝行动，它是通过没收受害者的财产来自给自足的。一家普通的旅行社负责处理铁路和火车租赁等实际事务，就像他们安排其他包车一样。普通的办事人员负责交通规划，在表格里排好火车班次，将信息发到系统中。营地建好，人员到位，行动开始了。某些士兵一定是因为他们的残暴而被选中，因为其中许多人明显是虐待狂，在这里他们可以为所欲为，而其他的就是普通人，在其他场合里也会体贴周到，他们在这里就是完成他们的工作。

两年后他们试图消灭所有痕迹；拆除了特雷布林卡所有建筑物后，他们在这个地区建了一个农场，让一些乌克兰家庭入住，指示他们说的口径就是他们一直住在那里。同样的事情发生在索比堡、贝乌热茨和海乌姆诺，一切都无迹可寻。在它们周围生活还在继续，仿佛什么都没发生过。

到底发生了什么？

我认为可以有理由地说，所发生的，恰恰不是非人的，而是人性的，这就是它如此可怖的原因，它和我们自己以及我们的生活如此紧密，紧致地融合在一起，以至于我们为了要看到它，就必须掌控着它，把它推到外在于我们，外在于人类的地方，作为一种不可触碰之物，要提及它，就必须以某种特定的、被精确控制着的方式才可能。但它始于一个“我们”，聚集在一个“我”里，这个“我”又被浓缩在一本书中，从那一点上，它在一种难以理解的沉默中被传播到整个社会，从一个思想变成了一个行动，具体地物理地发生在世界里，而涉及其中的人从不谈论它，只是照干。

火车接着火车，拉了一车又一车，一个人接着一个人。

嘟－咚，嘟－咚，嘟－咚。

* * *

在写这些关于《我的奋斗》的讨论的几周里，我一直在思考我对邪恶的了解。在此之前，我从来没有为这个牺牲过脑细胞，这个问题属于少年时期，比约内伯[1]时期。当时我感到作为个人对人类负有责任。上帝是否终究存在的问题也属于同一时间。我还记得我十六岁日记里的一页,开篇就是“有上帝吗？”这个问题，结论是它不存在。我现在已经四十二岁了又回到起点。我已经不是那同一个人；那那么长时间里离我那么近的东西，这青葱年代，现在就像时间之海的另一头。而我那时只是本能地或从情绪上与之关联着的东西，人际之间的，这当我为我自已行为感到极度羞耻或愤怒的时候就留意到了其中蕴含的力量，这让我感到自己如此不尽人意，如此不合时宜，如此夹杂不清，如此要命地愚蠢又讨厌，也是不洁、肮脏和不诚实的，我现在把这些看得更清楚了，尤其是在写完这些书之后，这些书里每个句子都在试图通过把最内在的感受和思想表达出来而超越社会的界限，这些都来自我私人生活的最尽头，我的内在，但是我也通过描写家庭的私密氛围，在那把家庭和社会隔开的那堵立面背后的东西引入了一种公开形式——小说里。这些存在于社会里的力量首先是在被僭越时表现出来的，它们是强大的，几乎没有可能，绝对没有，没有，从它的束缚里挣脱出来。我当时以为我该精确地写出我的想法，意见和感受，也就是说，要真诚，就好像，这就是自我的真实，但后来这些却证明是和这个我们的真相不兼容，也就是它应该的样子，这种分歧在几句话以后就浮现出来了。以这种方式我了解了道德是什么，道

[1] 延斯·比约内伯（Jens Bjørneboe，1920—1976），挪威作家，出生在克里斯蒂安桑，对社会问题颇多著述，著有《邪恶，残忍，正义和人性》。

德又在哪儿。道德是小我中的集体我们，也就是说，是社会里的一种事物，它高于真实。道德应是正派所发出的声音，它是来拯救我们的。但这也是管束着小我的声音，真实和自由的对立面，它阻止着我们。这是海德格尔所最不希望“他人”落入的下场，大我的独裁，平均主义的暴政，把事事都认作和自己有关的小资产阶级。他没有看穿希特勒，希特勒所做所想都十足地小资产阶级，纳粹主义则是小资产阶级革命，他被他们宏大符号和所建构的本真所欺骗，没有看到这宏大和本真无异于死亡，这一点是很让人吃惊的。当雅斯贝斯问他像希特勒这样没有受过教育的人怎么能够统治一国时，海德格尔回答得像个陷入情网的人：“教育完全是无所谓的……只要看看他那神奇的手！”像所有追随过希特勒的人一样，只有正派才能拯救他。雅斯贝斯被正派拯救了，荣格尔和曼也是如此。但海德格尔没有。而特雷布林卡的指挥官约瑟夫·施坦格尔也没有。对他来说，留在他的职位上并确保每天有一万人被送到毒气室后焚烧是正派的，这样在系统里就不会出现拥堵排队等候的现象。社会是多么阴险的事物，在他和其他纳粹政权下的所有其他德国人身上已体现出来，很重要的是，它具有怎样的野性的力量。如果施坦格尔有能力打破这社会的纽带，他就永远不会陷入自己一手构建的疯狂地狱中，其良知上也不会背负九十万条人命。正如汉娜·阿伦特如此精确地写道，在第三帝国良知不会说杀人是错的，它说不杀人是错的。这是通过语言中的推移来实现的，其最纯粹的形式就出现在《我的奋斗》里，那里没有“你”，只有“我”和“我们”，这使得“他们”得以变成“它”。“你”中有种正派感。在“它”中有邪恶感。

但正是“我们”实践了此事。

为了保护我们，我们用上了我们所知的最强距离标记，即分开“我们”和“他们”的界标。纳粹分子已变成了我们宏大的“他们”，正是“他们”通过他们的恶魔行径和野兽般的邪恶灭绝了犹太人，陷世界于劫火中。希特勒，戈培尔，戈林和希姆莱，门格勒，施坦格尔和艾希曼。跟随着“他们”的德国人民对我们来说也是“他们”，这毫无面目和狂热的大众性让他们几乎与他们的领袖们一样都是怪兽。他们和我们之间隔着极远的距离极远，这就把我们祖父母辈熟悉的那些身边历史事件扔进了一个中世纪般的深渊。同时，我们都知道，所有人都知道，虽然不是所有人都愿意承认，假使我们曾经是那个时代的一部分，而不是这个时代的一部分，我们也很可能会在那纳粹旗帜下游行。1938年的德国，纳粹主义是共识，那个时候它就是对的，谁会，谁敢冲着那正确说些什么？我们中的大多数人以大家的想法为自己的想法，做大家都做的事，我们这么做是因为“我们”和“大家”决定着社会的规范，规则和道德。现在纳粹主义已经成为“他们”，疏远它是很容易的，但是当纳粹主义还是“我们”时就不是如此。假如我们想了解曾经发生了什么，是什么让它成为可能，我们首先就要明白这一点。我们要明白的第二点是，纳粹主义和纳粹主义的要素本身并不那么令人毛骨悚然，也就是说它本身并没有极其暴虐、邪恶的东西，它并不是和当时社会上流行的东西泾渭分明，恰恰相反，它是当时社会流行之物中的一部分。毒气室并不是德国的发明，是美国人先把人放在充满气体的房间里来处决他们，他们最早施行是在1919年。充满妄想狂色彩的反犹主义也不是德国现象。1925年，世界上最著名的反犹主义者不是阿道夫·希特勒，而是亨利·福特。而生物种族主义也不是某种肮脏、卑劣和不值一提的事物只见于社会边缘或底层，恰恰相反，它是琢磨得炉火纯青的知识，就像我们今天的生物基因工程一样，包裹在光环和对未来的希望中。一个正派人和这一切都保持一定距离，但他们人数也不多，而这是值得思考的问题，因为假使那一天所考验的是我们自己的正派，我们又会是怎么样的人？我们敢不敢反对大家的意见，我们的朋友、邻居和同事的意见，并坚持认为他们是不正当的，而我们自己是正当的？这个“我们”中有着极大的力量，它的纽带几乎永不磨损，我们真正能做的就是希望我们的“我们”是一个好的“我们”。因为假使恶来了，它不会以“他们”的形式出现，不会是一种我们可以轻易拒绝的陌生之物，它会以“我们”的形式出现。它会以一种正确事物的面目出现。

* * *

阅读几十年前导致第二次世界大战发生的文字，就像阅读一个古老社会里不再生效的法律文本。这些思想构成了一个本身是可以理解也有意义的体系，但它不再与实际现实联系在一起。这些关于人类何为，社会何为，本质何为的思想已不适用于我们所生活的社会。今天，没有哪个高中生愿意为其国家牺牲自己的生命，没有哪个二十五岁的人会认为两百万人的死亡有任何价值。这种现象简单来说就是无法想象的，而不仅仅是一种异常。视民主为堕落的表征，认为自由主义不值一提，这也是不再会被任何人主张的观点，而如果有人这样主张，他们就会在公共空间里被处私刑。反民主是禁忌，其根本的出发点是可以理解的，也就是在这个社会里它属于不能触碰之物。在这样被处理后，也就是说，我们就以这种方式被防护起来，免受其内容危害，就好像原始社会里仪式的功能一样，在这个例子里，就是把当时的文本拔高，以从神圣文本里剔除所有非神圣元素同样的手法，把这些文本里非文本的内容也全面剔除。以这种方式，人们就得以处理诸如神圣暴力这样的概念，这是瓦尔特·本雅明一篇写于 1921 年文章的核心，由于他是魏玛时期，甚至整个现代社会里最出名的思想家之一，这个概念里各种反民主的引申意义必须要清除，人们可以去审视那些关于法律之任意性的想法，而不需要赋它们以意义，它们只被局限在文本内部，这些句子回溯至古典时代，从柏拉图，亚里士多德甚至苏格拉底之前的学者们，到尼采，从罗马和罗马法到海德格尔，从奥古斯丁和阿奎那到本雅明，从笛卡尔到克尔凯郭尔，但绝对不会在我们的时代和我们的社会里，可以说，绝不会是以一种引发起任何责任的方式，因为这些在文本里横行的洞见，在文本外的现实里不会有任何后果。这些问题被讨论，被展示，但是其效力被局限在它自身的有限的语境中，完全就和那些仪式处理其社群之深渊问题的手法一模一样。最好的例子是尼采，人文学科里最核心的人物之一，在几乎所有涉及社会和文化的问题中最常被引用的人之一，但是以这种方式来重读他这些让一代代读者为之着迷沉醉的哲学里所阐述的价值观，是永远不会得出什么真正的意义，这是从它没有建立起文本和读者所处现实之间的责任这个角度来说的。所有属于它的思想，关于非民主的思想，关于人与人之间品质的差异，关于虚无主义，关于这非道德和法律任意性的思想，都只被作为文本处理，所有可能产生的沉迷和关联都被视为关于内心的沉迷和关联的问题。

吉拉尔的一篇文章就堪称典范地彰显出了文本和世界之间的距离，他把《哈姆雷特》读作一部关于哈姆雷特试图终结复仇这种暴力模仿之基本概念的戏剧，因此才有了这些推迟，疑虑，犹豫，笨拙和毫无行动。这样一来吉拉尔几乎就废黜了之前的所有解读，而这种废黜本身也成为一个论点，他诘问过去一百年来所有文学评论家和文学教授们怎么会把哈姆雷特未能报父仇理解为一种残缺，是一种意志和能力有瑕的表现，甚至对哈姆雷特的拒绝进行病理诊断。当一千年后另一种文化里的人读关于哈姆雷特的这些文本时，你肯定会认为，这些文学教授和文学评论家们是如此嗜血、报复心极强的一帮人。哈姆雷特是塑造出来的人物，文学风俗和文学教授是人类，但是阅读中的体认永远不会指向这一点，这种联系简单来说就不存在，因为《哈姆雷特》里的道德和伦理是一种文本里，或者一种文本体系里的道德和伦理，不适用于阅读这文本的人。这些文学评论家和文学教授们为了理解哈姆雷特，应该问自己：如果我父亲去世而我怀疑有人杀了他，我该怎么办？我会去找那个我认为杀了他的人——原来是我叔叔——并杀了他而复仇？不，没有人会这样做，这将是很骇人听闻的行为，极其陈腐，绝不道德。我们该做的是报案，让法律来作为。吉拉尔说，这是哈姆雷特的困境，他是我们中的一员，一个所谓的现代人，却置身于一个陈腐的关于复仇和暴力的体系中。这个系统对他来说并非绝对律令，在它这里可以随意，而因为可以随意，它就是个游戏，而如果它是个游戏，是的，那么其他一切也都是游戏，社会不过是这板子上的一个小块，可以根据规矩移到这儿，又根据规则可以移到那儿。这种任意性，只有在你退出这个系统并站在其外部时才能看见，或者当这个系统从遵从一组规则转换到遵从另一组规时，也能看见。在这转换之前和之后，这社会和规则体系都浑然一体，很难区分，就好像这些规则不是谁给出的，而是来自内部，来自这社会自身，就好像是自然的，是的，就像自然法则与自然物体之间的关系。

这个如果我是哈姆雷特我会怎么去做去想的问题事关身份认同，而身份认同事关平等。法国作家让·热内曾写过一篇关于伦勃朗的文章，在里面他写到他自己的一次火车旅行，他和一个相当恶心的人坐在同一节车厢里，他的牙齿很糟，味道刺鼻，他冲地板吐痰，而热内忽然被一种革命思想的力量震撼到了，所有人都有同样价值。这想法我们已很熟悉，我们学会了去这么想，但是热内所描述的是对它实际含义的突然领悟，也就是它的激进性。他，这个坐在对面座位上的可怜人，令人作呕的倒霉蛋，也和自己有着同等价值吗？你和我会具有同等价值吗？这是个不可能的念头。热内看着他，他们的视线相遇了。当他们的视线相遇时，他直视着他的眼睛，他所看到的，让他去追问自己，在我们的身份中是否有任何东西，来自那很深的深处，是绝对相同的。也就是完全一样的东西。热内从来没有把这个念头直接和伦勃朗联系起来，它其实来自他的画作，这我知道；我在伦敦看过一张伦勃朗自画像，那视线给人一种强烈的存在感，就好像它穿透了画像诞生以来的四百年，迎着我们的视线而来，说这热内所说的一切。尽管我自己从没有把它付诸言语，但我感觉过它。

我是你。

这些和这社会中的我们没有关系，这只是这独特之我的表达，而所有艺术，因为它事关传递和传播，也就是说，在文化里所共享的一切，正是与此有关。只表达这社会之我们的艺术，就是孤立在这个时代里的艺术。一百年后，它只是这个时代的表达，它只是在那当时的社会里活动，仅此而已。这个社会之我们就是纳粹主义所摧毁的，而保罗·策兰的诗正是对其的回答。《紧缩》是由希特勒《我的奋斗》所引领起来的那个运动之收梢，它以被纳粹摧毁的语言的余烬写就，其首要目的并非为展示这种毁坏，尽管在 1959 年这一定也很重要，而是要找到一种让语言进入现实的新路径。为此，策兰进入了语言的最小单位，它最基础部分，比如我，你，我们，他们，它，以及曾是，正是。以死亡和永逝的虚无为背景，它们释放出了一种新的含义，这是独一无二的，也就是说，不可模仿，仅在此有效，在此诗中有效。这意义的边界也是这社群的边界，只有那人可以来到此地。这首诗走入了那自我的、独一无二的极深处，在这里名称不能被宣之于口，因为名称是一种凌驾，一种概括，它既不受时间影响，因为它始终一样，又被时间充满，因为时间的关联不断在它中间流过。就这样策兰接近了这自我的一切，但不是以身体之匿名，不是以生物学之缄默，而是以所有人都拥有的这一自我。这首诗所具有的古老特质，把那些历史时间作为某种名称之外之物来处理，也就是说，在那无差异中，一种永是同等的，或者向着那同样边界而立，由此而来的。以一种异样但绝对本质的方式，“二战”期间被处死的犹太人之无名和这首诗里的无名就截然相反了，这诗里的无名不和身体之匿名相关联，没有锁在缄默中，反而是试图给这在虚无和所有之关系中的缄默，这语言的世界观念和世界之间中的缄默，一个声音。这是这个人的声音，这是所有人的声音。这是我，这是你，这是我们，这是他们，这是它，这是贯穿所有这一切的时间。

我是你。

耶稣的想法是：你的邻人就像你自己一样。这想法的后果，如此骇人听闻地激进，是希特勒的价值和他杀死并焚烧的那些犹太人是一样的。热内的想法是：你的邻人就是你自己。即使对阿道夫·希特勒这样的人也不例外。他代表的一切，我们都反对，这是正确的。希特勒是我们的反面教材。但这是因为他的行径，而非针对他这个人。这样他就是我们中的一员。希特勒的青年时代和我的类似，他的单恋，他渴望成就伟大，想让自己超越自身，对母亲的爱，对父亲的恨，他通过艺术来达成彻底无我境界、通向宏大感受境地。他在与他人建立关系上的困难，他拔高女性，面对女性产生的焦虑，他的禁欲，他的洁癖。当我在影片里看到他，他在我心中所唤醒的那些，也正是我父亲曾经在我心里所唤醒的，这里也能找到相似之处。他在很多方面都代表着资产阶级，这我很熟悉，这就是那恨声恨气地说你没有达成目标的声音。他还代表了对同样的资产阶级性的冒犯，这个早上赖床的少年，不想找一份正经的工作，而是想写作或画画，因为他比其他人更有分量更出色。他就是打开了一个“我们”的那个人，说你是“我们”中的一员，他也是关上一个“我们”的那个人，说你是“他们”中的一员。但最重要的是，就在世界在燃烧、数百万人丧生时—这些由他的意愿而产生的后果——他从掩体里走上来，会见一队年轻的男孩，他的手因疾病而颤抖，他的眼睛闪过一丝他灵魂里的友善和快乐。他是一个小人，但我们都是。不能因为他是什么样的人而判断他，而是因为他的行径。但是他所做的那些，并不是他一个人直接做下的。做下这些是一个“我们”，它被放在压力之下，破裂和崩塌。要站起来反对它，只有那些自身足够强大的人才能做到。是那些心里自有判断的人，那些不团结的人，那些对意识形态——也就是集体公认世界该是什么样子——说不的人。保罗·策兰的诗是一首非意识形态的诗，它表达了意识形态的反面。甚至名称也表达了意识形态，它是一种关于一个人的观念，同时它又使一个人免于消失在大众之中：名字是这一个。希特勒让他的名字家喻户晓，他清空了其中的个人身份，正如赫斯所说：你就是德国。在对犹太人的种族灭绝后，他的名字留存下来了，而死去的六百万犹太人仍然无名无姓，没有面目，也就是说，谁也不是。而这正是保罗·策兰的诗所在述说的内容。一个故事结束在这儿，因为这是一个零点，一处虚无，一个空虚而可怕之物，作为虚无的人，没有价值的虚无。那里也发生了一个故事，那就是我们的故事。谁把它们缀连了起来，策兰在《紧缩》里如是发问，也就是说，谁把这场灾难的独特的根本的人性之处，藏在了这通用的、象征性的、大众的语言之下，难道这语言还没有分崩离析吗？

一个故事到此结束，但这不是什么关于恶的故事。从二十世纪初到第二次世界大战结束这一整个时期是人类和人类组织形式里那些根本事物正发生变化的阶段，假如不说这些根本事物处于一种解体状态的话，还有五十年间前所未有的激进性，引发了最后两次伟大的乌托邦运动，即纳粹主义和共产主义，这些事物只能从这个基础上理解：由于从那时工业主义在极紧缩时间内极爆炸性的变化，由此蔓生出来的前所未有巨大内部压力，使得社会秩序突然就无法再延展拉伸，它爆裂了，它显得随意，也即顺应外部施加的规则，在一个不再与其居民浑然合一的文明系统中，而那些居民，或者他们中的许多人，站在这系统外部，宛如异乡人。那些有着这些经历人在寻求一种新基准，一个新社会，而因为它并没有延展顺应，就像民主和经济自由主义顺应着我们的需求而延展那样，所以他们试图在人放下身段去适应，换句话说，那绝对的。核心，那本质的，那本真的。

我们的社会，我们的文化，它们包围了我，就当我坐在这瑞典南部城市马尔默一间公寓的客厅里一大早在听铁与酒[1]，因为琳达和孩子们在科西嘉岛所以一个人在家的时候，它们也完全充满了我这个人，充满了我的语言和思想，在我的见解和观念上打下烙印，给我心目中在思和行两方面何为可能何为不可能设下局限，简单说来，它们构成了我的自我，它们把我和其他人的自我联结在了一起，通过两次无所不在的大危机，两个这样的人类社会里极密集的结构改变而成为了某种基底，第一次因十六世纪兴起的启蒙时代而起，第二次因十九世纪中期的工业革命而起，把西方世界送入了长达五十年的危机，在希特勒治下德国于 1945 年的溃败里达到最高点。人性在这里不是抽

[1] 美国音乐人萨缪尔 · 比姆（Samuel Ervin Beam，1974—），民谣歌手，铁与酒（Iron and Wine）是他的艺名。

象事物，它只以大量的个体形式存在，它就在这儿，在每一个人身上，从十六世纪开始的从宗教到世俗之间的过渡也将延展下去，也就是说，在这个我在于这个“它”，这个“我们”，这个“他们”的关系中对其自身的理解。

十四世纪时，一个人要解剖尸体来探索其内部形态、各器官的工作原理和排列还是不可能的事。并不是因为这事是被禁止的，也即要受惩罚的，也不是因为害怕外来的报复让它不可能，而是因为这事本身简单来说是无法设想的。要到十五世纪，达·芬奇给死人开膛破肚，准确地画下他所看到的，到那个时候这事是可能的，尽管也就好了那么一点点；他在晚上秘密地进行这些尸体解剖，一个人和死者在一起，但是，对他来说，这种限制是可超越的。如今，解剖尸体不仅已经制度化了，而且作为一种绝对毋庸置疑的实践，构成了医学知识最重要的根本。

之所以这样，是因为关于我们究竟是什么东西这个概念已经改变，随之改变的，就是关于我们能做什么该做什么的概念。这些变化本身也无足轻重，但是它带来的实践却举足轻重；正如拉图尔所写，没有科学之类的东西，只有许多科学家，每个人在各自生活里都脆弱而渺小，在实验室里穿着拖鞋来回踱步，往返于冰柜、显微镜、试剂和电脑之间，和同事们一起喝咖啡，下班后回家，琢磨着是该在花园里烧烤，山上的云是否意味着有雨。而这一切如此，意味着“科学”是一种如果不对个体性施以暴力就无法被定位的事物，但是同时它显然存在着，作为男女科学家们活动总和而存在。

在这里，在这从个体到所有人的过渡中，横亘着的是我们时代的整体性问题。一方面，我们生活在一个这样的社会里，在这里有一整套评估体系，所有以某种方式威胁着现状的，所有和暴力、革命和乌托邦相关的一切，都被视为禁忌，从某种意义上说，它们只能在仪式的语境里展开，也就是它在现实里的锚点只能是比喻式的，而不能是真实的；另一方面，我们生活在一个其变革方式无法用除革命以外的任何词来形容的社会里，改变路线直接和各种禁忌联系在一起，而这些禁忌的形式和本质也恰恰使得这种关联无法建立。这第一个方面是我们可谈论的，但是只作为位于我们自我以外的，一个封闭系统里的东西。另一个方面则正在我们中间进行，我们却很难看到它，因为事件和我们对自己的理解所构成的统一体如此之大，而通向外部视角的门是关闭的。

在实践上这意味着我们生活在一个这样的社会里，一方面，它让乌托邦和革命都绝无可能，它反对对其制度的任何真正改变，出于一种它现在已经尽善尽美的认知，不管怎么样比任何一种其他方案要好得多，这些替代方案都陷入了越来越不人道的恶性循环，并以灾难告终，而另一方面，这个社会却在快速、激进地改变自身，深层次来看就是一场革命，也终将会走向那乌托邦的，被理解为彼岸的地方。这一程就像在隐藏最深的秘密里进行那样，之所以会这样，是因为它从根本上来说是不民主的，因为尽管它涉及每个人的利益，但一路的所有决定都由某些个人做出。这某些个人不是乌托邦主义者，不是革命者，不是反民主人士，而是好的民主党人和公民，无论他或她身上是否有是否有反叛的成分，有改造社会冲动的成分，它们都导向对福祉的分配，这在一段时间内或多或少都是公平的。我们以此方式一起进入新领域，有些领域如此之新以至于必须制定新法律，不是为了禁止或关在门外，而是为了将其纳入老体系中。我们克隆了动物，我们绘制了人类基因组图还可以编辑基因，我们移植了心脏和肺，我们在子宫外创造了孩子，我们甚至还创造了新的物种，具有我们所定义特性的、无起源的生物。

对我们来说，这些显得都是小事，这既是因为这些操作是由不涉及社会其他部分的小单位来进行的，也因为在纳粹主义和对犹太人种族灭绝后我们已经搁置了宏大事物，也持续地避免那些把众多价值在一个形象上辐射出来的点，例如天才的概念，崇高的概念，神圣的概念，天选民族的概念，在这个世界图景里不再有敬畏的位置，这听起来很空虚，但是对人性的敬畏听起来更空虚；这是一种修辞，从我们的感受而言，它指向一种比我们更大的东西，一种因为纳粹主义而显得会具有毁灭性的形象。

结果是，不再有比我们更伟大的事物，不再能为之献身的事物，也根本没有什么让我们因敬畏而驻足的事物。但是，克隆动物，操纵人类的遗传物质，创造新的生物，也不是什么小事。分离一个原子也不是小事。它是要跨越那些从来没有被跨越过的边界，这是要干预生命的组成单位，我们不知道生命来自何处，是怎样出现的，我们总是把它视为礼物和奥秘，一种不可侵入之物。这个谜团不是通过干预操控来解决的，但是它的边界被侵入了。个体生命是不可侵入的，这就是我们建立我们这个社会的基础。什么是入侵个体生命？就是去杀死它，殴打它，偷窃它，强暴它，折磨它，霸凌它。对它做它自身不想要的事。我们通过社会纽带来维护这一边界，假使这些边界被打破，我们就实行制裁。

但是，来维护人类生命不可侵犯的，是否被理解为了某种非个人的事物，人类生命是否被理解为某种集体生命，也就是所有人的生命？以前它是宗教和宗教里确立的法规。但是现在呢，当宗教没有了的时候？国家？国家是一个工具性的概念，是对某个群体的实际治理，其成功很大程度上通过国内生产总值和失业率来衡量，而科学也是工具性的概念，当其的越界产生利益时，国家就没有任何理由去立法说生命是神圣的，其边界不容跨越。

我们已经废除了那绝对之物，我们这么做，是因为众所周知它是会激发骇人听闻的渴望的事物，但是如果没有绝对，那么一切就都是相对的，这是一个关于这样是更好了还是更坏了的问题，这是可以讨论的，还在理性的范畴之内。理性对我们来说和盈利性是一回事。如果什么东西是在理性范畴之外又会发生什么呢？无利可图的东西在盈利性的范畴里是没有位置的，而这绝对之物是不可进入交换的，不管是以金钱还是以观点。这绝对之物既非理性也非不理性，它是各种范畴以外的东西。这绝对之物只能经由情感抵达。这绝对之物属于宗教、神话和非智性的。这绝对之物是一种让人为了某种比自己更宏大的追求去死的东西，这绝对之物是曾经作为信任基石的法律。这绝对之物是死亡，空寂，虚无，黑暗。这绝对之物是衬托着生命展开自身的背景。

这绝对之物是永恒。相对之物是日常。这是我们生命中的两个基本意象。这绝对之物把我们生活中拉开，首先是通过把伟大日常化，把它理解为生命和物质的边界，原子和肉体，也就是说让这个问题以及涉及所有人的边界，这宏大的集体，人类问题，都在微小、琐碎中进行处理；其次，通过在一个非现实的意象世界里把它变成仪式：对我们来说，死亡不是身体死亡，而是意象里的死亡，同样暴力也不是身体的暴力，而是意象上的暴力。英雄主义对我们来说已不可能了，已经没有用武之地，我们已经关闭了它们，因为英雄主义属于我们不想要的伟大，但是在那我们每个人都可以随时进入的意象世界里，英雄的一切依然存在：在大型网络游戏世界里，整个世界和社会都呈现在眼前，任何人都可以连续几小时地端起机枪，踏上征途去扫射敌人。我们所看的几乎每部电影都关于它：英雄主义，暴力，死亡。我们看到的那些以我们的名义在我们的地方行英勇之事的人们，是美的，具有超凡魅力的，或两者兼而有之。是的，这个世界越来越大，越来越无所不包，它庆祝着那些被我们在他处拒绝了的价值。外在美，魅力，英雄主义，暴力和死亡是非相对的，属于那纯粹，毫不含糊和简单。我们对它的渴求,对要看那标志着绝对事物边界的那些伟大,是无法餍足的。

但是由于这两个体系，这已相对化的现实和这绝对化的伪现实，之间相互排斥，而只能以差异概念的形态同时存在，而问题就成了，当它们被用来相互权衡时会发生什么，也就是说，如果有谁不仅用这绝对之标尺来衡量这相对之现实，还依据这个付诸行动。这就是夏天在挪威发生的事，当时一个比我小几岁的男人到了一个岛上，开枪杀死了孩子们和青年。他的举动俨然就是在玩电脑游戏的样子，但是在他自己眼里他的英雄主义是真切可测的，他造成的死亡不属于意象世界，不是抽象的和无后果的，不是在任何和他自己身体所处时空分离的别处发生；它是真实的，具体的，绝对的。每一枪都打进肉体里，每只闭上的眼都是真实的眼睛，它属于一个拥有真实生命的人。只有距离才能让这种行为成为可能，因为距离消除了后果，所以我们一定要问自己的，不是这个人有什么样的政治见解，也不是他是不是疯了，而恰恰就是这种距离是怎样在我们的文化中产生的。他是否渴望着真实，渴望着终止这相对，渴望着那绝对之后果？大概是的。我有没有这种渴望？是的，我有。我基本的感受是，世界正在消失，我们的生命被关于世界的图像所充满，而这些图像就隔在我们与世界之间，正是因为这样，联结变得越来越容易也越来越稀薄。把我们与物理现实联系起来的一切，我们都试图从中挣脱，从超市冷柜里不带血的真空包装牛肉，这从圈养动物身上来的被工业制成的肉类，到这个社会对身体死亡和疾病的隐藏，从做了美容手术的，或者说是越来越同化的，女人面孔，到那源源不绝地每天都会滑过我们生活的新闻图像，所有这些加起来，就抹去所有的区别，创造出某种越来越同质化的世界，不仅因为一切都被以同一种语言传达，也因为这种语言在传达中毫无悲悯，尽管也是缓慢地，它在它的图像中再造着它所传达之物。这种运动的象征是金钱，它把一切转换成货币价值，即数字。所有东西都是批量生产的，也就是说，我们的整个世界，这商业的世界，都基于一种序列的体系。在这形象宇宙里存在着的价值是纳粹的价值，尽管大家对它们都各有看法。漂亮的身体，漂亮的面孔，健康的身体，健康的面孔，无瑕的身体，无瑕的面孔，英勇的人，英勇的死亡，这些都是那个时代所形成的同一类形象，它们与我们的形象之间的唯一区别是我们不愿意把它们置于现实中，而是让它们待在那儿，那不具有约束力的位置上，我们说，重要的不是形象的价值，而是人的价值，这是不同的。但是它们之间的开口如此巨大，把那真实的都吸了进去，就好像这里是虚构，如此巨大以至于好像天空迟早会降为地面并就此成为地面。于特岛大屠杀的凶犯就是这么做的，他不让自己受和现实之间关系的羁绊，也就是说和物质身体的关系，而是投身于和现实图像的关系，那没有真正后果的关系。大屠杀后几天有人讲了这么一个故事，一个男孩转身朝着那个杀人狂，杀人犯看着他的眼睛说他没法朝他开枪。他没有。他开枪打死了其他所有人，但放过了那个男孩。为什么？他看到了他的眼睛，在那当中有了某种羁绊。希特勒的一生里也有类似的故事，利耶格伦讲了这个故事。希特勒在担任国家总理期间和一个孩子之间有了羁绊，一个蓝眼睛的小女孩伯恩哈尔迪内 · 尼耶瑙（Bernhardine Nienau），就好像他放下了内心的戒备，享用着草莓和奶油那样，他喜欢她，两人聊得那么好，他说只要她想就可以随时来看他。第一次见面后他们就开始通信，但马丁 · 博尔曼查了她的家庭，发现她祖母是犹太人。利耶格伦写道，希特勒很生气，他说："就有一些人有那种摧毁我所有小小乐趣的独特才能。"但根据利耶格伦所写，通信一直持续到 1938 年，她还多次去贝格霍夫[1]拜访了他。这丝毫不能说明希特勒的邪恶或善良，也不能显示他仇恨犹太人的强度，但倒是能展现其相当一部分内部结构：希特勒内心充满了仇恨，他从青少年时代以来就是如此，他创造了一个世界，其中大部分就是关于和他人保持距离，这里完全没有家人，密友和女友的位置。在这个不可更改的系统里，所

[1] Berghof，希特勒在德国巴伐利亚萨尔兹山里的一处行馆。

有内在事物都被重构成外在的，其中就有仇恨，他从那次战败开始就把在他的系统里把仇恨导向了犹太人和犹太的以及他们所代表的一切。在那儿，在那系统里，仇恨是绝对的。但是一旦有任何东西进入那个区域，进入他的自我和他的信念之间的空间，除了那些他所不知道的通道，这空间几乎是全空的，这里没有仇恨。仇恨是对其他人的。这个房间里有关于他母亲的回忆，比如，它依然强烈，当你知道每个圣诞节，也就是他母亲去世的时候，他就变得缄默、安静、低落时，这点就很清楚了，1915 年圣诞节他也是如此，那年他在前线度过，根据当时和他在一起的证人的说法。犹太医生布洛赫和那个十岁女孩也都在那儿，因此可以说他的关怀也投注在他们身上。他与伯恩哈尔迪内的眼睛之间没有隔阂，她是真实的，就在那空间里和他在一起。这不是对现实的渴望，不是对那真实的，对那危险的自然的渴望，也就是纳粹主义中危险的力量，它正好是其反面，所有意识形态观念都会创造出来的与世界的距离以及人类之万众一心。但是假如我们的文化也以把图景放在优先于现实的地位上来使自己远离物理现实，并在一种暴力序列中拉平差异，那它就该被以对待希特勒同样的方式来被评判，不看它是什么，要看它做了什么。事实是它并没有消灭人们，不管是以具体的还是以比喻的方式，也没有迫害人们，或阻止人们发出自己的声音，问题是，从根本看来，这种文化是否能为这影响到每一个人和所有人又无解的现代性问题提供答案。在一个发起战争并试图以其名义消灭整个民族的国家，与一个杀死六十九名未成年人和青年的孤独的大屠杀凶手之间是有区别的。我们一直在时刻警戒着第一件事的发生，可第二件事是我们无法预防的。

两个例子都是关于自身的暴力，都是由距离带来的后果，但是相似处也就到此为止。距离与真实性相反，对真实性的渴望并不构成问题，距离才会构成问题。这独特的，就是那无法重复的，无法复制的，只出现在某一地某一时的。它是这个体的艺术，是这个体的生命。在德国曾发生的事是，一个人溶入了所有人中，理念主义的天空沉降下来，那并不自洽的关于绝对的图景，成为了某些人为之行动的依据。那绝对之物，在该情况下被理解为种族，生物学，血液，地球，自然，死亡，不仅被和相对之物对立起来，相对之物被理解为股票市场，娱乐业，民主议会制度，这些在第一次世界大战之前在世界各地都存在的实践,绝对之物也被应用在现实里;纳粹德国即是这绝对之国。它是其公民能为其牺牲的国家。当你看到里芬斯塔尔关于纽伦堡党代会日的电影，它展现了这在那万众一心中近乎达到极乐境界的一国人民，围绕着同一个中心，被标志以及从人们生命最深处发出的呼喊声所包围，这些和生死相关的，和家国，也即和起源和归属相关的，它既是美丽的又是不堪忍受的，而且你越看越觉得难以忍受，至少对我来说是这样，当我在今年春天的一个晚上看这部片时，我想了很久这种难受劲是从哪儿来的，这德国乐园的让人不安的景象，在黑暗中闪耀，这中世纪风格的城市，它那欢呼雀跃的人群，它的阳光和旗帜，就好像我对它们做了些什么那样，因为我既知道这个乐园是从哪儿升起，它以什么为代价，而这其中又发生了什么，同时我又能得出结论不是这么一回事，我和我的知识里并没有关于这电影背后的那些岁月的知识，是这些图像本身里有什么，是它们所展现的世界,是一个不堪忍受的世界。并不是说这是个虚假的世界，因为它当然是虚假的，假就假在它里面所有图像都是为了这个场合而构建出来，我是说这个虚假的世界，过去一世纪里少数几个纯粹的乌托邦之一，一切都刚好是它该有的样子，这点是让人无法忍受的。那让人无法忍受的就在这无差别之中。所有都证实了这一个，当所有都证实了这一个后，其他事物就不存在了，而当其他不存在了，这一个也融解开去并消散了。一个没有其他人的这一个就什么都不是了。里芬斯塔尔为其留下影像的这个社会，关于这一个的乌托邦，就算为了能维持其单纯和内在差异也必须创造出另一个来，这就是这些和平和谐的图像背后所隐藏的，让它们充满不安形的原因：战争的不可避免性。并不是那些绝对价值把他们送上战场，因为生和死，根源和家乡对每个人和每个阶层来说都至关重要，导致战争的是这一个人的乌托邦。这是名字落入了数字，是创造差异之物落入无差别之物。

如果我们说我们当前的文化终于在十七世纪奠定了基础，这是出于这个角度——所有我们这个时代特有的元素都是在那个时候第一次出现，那么正是这两个特定的守门人之间，那道门打开了：哈姆雷特和堂吉诃德。他们的作者莎士比亚和塞万提斯在同一年去世，而他们对人类的理解是如此从根儿上就不同，他们与其说是互相抵触，倒不如说是形成了我们对自身理解的两极。在他们那个年代，绝对之物，对他们来说就是神圣之物，被拉得离相对之物——也就是人际关系，换句话说就是社会——越来越近。哈姆雷特疑惑，这就好像疑惑是他发明的，它充满了一切。堂吉诃德不怀疑，他相信，但是他所相信的，也正如他看到的，因为它左右了他的视线，这些并不是真实的，它属于虚构而不是这世界。他看到绵羊们，压低长矛开始进攻，他认为那是一支敌军。他看到一个风车，压低长矛开始进攻，他认为那是一个巨人。堂吉诃德是一个没有英雄的世界里的英雄，或者是一个英雄和他们的绝对的人生属于伪世界的世界，与这属于日常生活的相对现实并不相容。堂吉诃德是个喜剧英雄。哈姆雷特也是英雄，但出于完全相反的原因，他在一个绝对的世界里怀疑着，把一切都变作相对。哈姆雷特是一位悲剧英雄。堂吉诃德就像是最后一次看到了这旧世界。哈姆雷特则像是第一次看到这旧世界。通过他们，我们看到了自己，因为我们的文化植根于怀疑中，我们的跨度也从这相对的日常现实延展到那宏大观念的天空。希特勒消除了怀疑，他将那宏大观念的天空降到了相对之日常现实中，也就是说，将虚构插入了这物质现实中，把这现实变成了戏剧，将每个个体牢牢地固定在了其面具上。

犹太哲学家伊曼纽尔·列维纳斯早在1934年就写过有关希特勒和希特勒主义的文章：

> 这身体不仅是让我们与无条件的物质世界产生关联的幸运或不幸运的巧合——它之紧挂在这个“我”上，是仅凭自身就成立的。这是一种无法逃脱的挂靠关系，就像任何隐喻都不能和外部对象的存在混为一谈；它是一种实体，有着那种永远不可能改变之物的悲惨气质。在我自己和身体之间的这种一体感……永远不会允许某些人从它出发重新发现那种深刻的二元性，也即自由的精神与本应束缚着这精神的身体展开战争。对

这些人来说，精神的全部存在意义反而在于它被身体束缚。将它与包裹住它的具体形式相区分，就是对人们本应以之为起点的那种感觉的源头的背叛。西方精神从不愿意满足于被划归到这身体感里的分量，可是这分量是一种全新的人类观的基础。这生物性的，连同它所带来的命运，不仅是精神活动的客体，更成为它的心脏。血液那神秘的声音，遗传以及它古老的呼唤，这些都是身体作为一个神秘使者带来的，就失去了作为一个问题的特质，而受制于一个自治的我所给出的解决方案。这个我的贡献不止是对这些问题的解决方案提供这些未知变量。它由它们组成。人类不再存在于自由中，而是存在于一种束缚中……被束缚在自己身体上的人认为自己被剥夺了逃离的机会。真相是它再也不是对某出陌生戏剧的沉思——它就由人自己当演员的一出戏构成。它就仿佛被它的整个存在坠着——其中包括它再也不能够改变的那些条件——人要自己选择，说是，还是否。

这是一个与其自我已合而为一，浑然一体的人。这样的人可被称为这一个。列维纳斯，这个他者的哲学家，在这段论述中即针对海德格尔也同等地针对着希特勒。意大利哲学家乔治·阿甘本如是写道，他在他的书《神圣人：至高权力与赤裸生命》引用了这一段。阿甘本认为，在这里，人类被理解为这一个人，与他自己和他的身体合而为一，在这个“我”之存在与它的存在方式之间没有分野，阿甘本认为，正是在这里，海德格尔和希特勒相遇了，在这个人类学的所有区别——身体和灵魂之间、感觉和意识之间、我和世界之间、主体和质量之间——都不再适用的地方。

此在（Dasein），作为其“彼处”的存在，终将把自己置于一个与人类所有传统规定不可分离的区域里，并意味着它们的最终崩溃。

这存在中的相对性——那任由选择的一切——都被绑定到那些非相对的，绝对的和明确的东西上，对于这个“我”来说就是这生物的身体。如此这个“我”就越来越接近自己的“它”，在那儿所有的声音都被禁止，冷漠之黑暗在肆虐，而这种朝向生命之绝对——也即它的“它”——的运动，就让犹太人和德国人有可能被区别开来，因为在他们和我们之间的本质区别已被置入身体里，也就就是种族里，也即那不变性里，而所有其他区别，如语言的，心理的和文化上的，这些可习得，可调整，可修订，可商榷的，则成了绝对无效的。一切都被压在身体上，一切都聚集在身体里，人与自己合而为一的最终结果，我们可以暂时称之为单向度人，他们肩并肩站在一起像个不间断的系列，因为下一个不是另一个，而还是这一个，这个“我”朝身体的转向，这一致化，同质化的终极结果，就是对犹太人的种族灭绝，因为在这其中犹太人就只是身体，只是躯体，只是肢体。当他们到了灭绝营并被赶出车厢时，他们谁都不是了。他们被剥夺了公民权利，被剥夺了人权，被剥夺了姓名。他们是“它”。他们一出火车车厢，就被命令脱掉衣服。然后被驱赶到毒气室里，它位于特雷布林卡一个小山包上，他们没有公民身份，没有姓名，也没有衣服。他们是完全赤裸的人，除了身体什么都没有，完全就是阿甘本所说“赤裸生命”。在这个图景里出现的，不是比喻，而是真实事件，关于人是什么，在其中人又成为什么。完全赤裸的人，难道这不是真正的人吗？自然的人，人作为生物学的造物，它处于文明和文化的帷幔下吗？如果我们想象一个没有语言、没有土地、没有名字的世界，而我们都过着这样的日子，就像在一个无名世界里赤裸无名的身体，直到死亡来临，把这赤裸身体变成尸体，被扔进那腐烂、腐蚀着的死者世界里。这种生活也许发生在世界中心，被这世上的树、水、山和山谷所环绕，在这世上的大地上，这世界的天空下，但它仍然是一种外面的生活。外在于什么？人外在于人类。因为这就是想到赤裸人类时所浮现出来的图景：它在法律之外，在社会之外，在名字之外。只有这样，通过缺席，我们才能看到法律、社会和名称是什么。法律规范这个体的暴力，并将对它的责任归还给个体，同时它通过警察和军队维系自身，也将其制度化。社会则规范着集体；就是通过把它所包含的所有都分组，造就一系列大大小小的“我们”，正式的和非正式的，而名字则保证了所有人在这个共同体中的独特性。如果你是法外之人，你可能被杀。如果你在社会外部，你就什么都不是。如果你在名字之外，你就只是个数字。那些没有立即被送去奥斯威辛集中营杀掉的犹太人也被通过数字进行识别，这个数字被文在手臂上。但是犹太人是能够被杀死的这事并不简单，因为他们被剥夺了那所有属于人类的东西，文明在他们和他们的命运中以这种方式被废黜，因为将他们推到那人类社群之外的力量，就来自人类社群内部，也即文明自身，我们的“我们”。这个“我”与身体存在的并轨，把人推向这个“我”的“它”，并由此将其从历史和当下中同时移除，它戴着相似性的面具，因为这出戏，一直以来都代表着人的可能性，已经不复是一场戏，而是随着它的逐渐展开就成了生活本身。这种并轨也和那集体中的“它”里对应的手法平行地出现，或者说是后者让前者成为可能；也就是这个“我们”被拉着走向这个“它”，也即数字。在官僚机构里人就是个数字，在人群里人是个数字。这种对这个“我们”的非人化，可以将另一个人缩减成一个数字，在战争里很必要，这样才能杀死敌人，在管理大量人群时也是必须的，而现在，一个现代国家而没有统计数字也不可想象，但在希特勒治下的德国,国家被极权化了,这个“我们”已被熔铸在国家里，它们是一回事，就像这个“我”附着在身体上一样，外面没有它的空间，这个“我们”附着在国家上，在它之外没有属于这个“我们”的空间，就以这样的方式，才有可能把犹太人之我推入“它”里，成为一个纯粹的身体，才有可能把这犹太人之我们推到“它”里，成为一个纯粹的数字。无论是身体之我还是国家之我们里都没有“你”。所以，数百万犹太人才可能当着所有人的面被送进毒气室，而除了这些人垂下视线，扭头看向别处以外，什么都没有发生，这些人有什么可看的？没什么可看的。他们什么也没看见，什么也没听见，什么也不说。身体之它：无差别。这“我们”之它：无差别。在语言之外，他们被载着穿越大地，沿着那不可避免的轨道，在冷漠的夜色中化为灰烬。

无处在打听你的消息，因为“你”并不存在。

* * *

已经大晚上了。我一个人在家，琳达和孩子们仍然和她的母亲一起在科西嘉。海蒂在那儿掉了一个门牙，她自豪地在电话里告诉我。我期待着看到她回家时的微笑。约翰得到了一个鳄鱼模样的浮垫，还有他摔倒了，膝盖撞在地上，这是我从他的不连贯和嘶哑的陈述里理解到的。万妮娅不想和我在电话里聊天，但是当我在站台上和她们说再见然后走开时，她哭了，她以前从来没有这样过。四天前他们离开以来，我夜以继日地写作，晚上就看《浩劫》，昨天除外，我在读塞雷尼关于特雷布林卡的书。《浩劫》不会进到我心里，要么是因为我在刻意保持距离，要么因为它所调动的是洞察力，而不是情感。不过这么说也不完全对，因为突然间，不知道怎么回事，某个场景就让我哭泣，那被触发的共情，然后就过去了，我继续往下看。塞雷尼的书，我上次读的时候几乎让我瘫痪，这次我倒能无动于衷。但这只限于我醒着的时候。当我睡着后我会梦到它。

今天早些时候，我像往常一样坐在阳台上，抽烟，看着屋顶。天空是淡蓝色的，典型的 5 月，从城市里升上来的那些普通声音：公共汽车的嗡嗡声，刹车声的吱呀声，滚动着的轮胎的摩擦声，偶尔几声叫喊。在另一边公寓屋顶上，一些波兰人在干活，他们在那里建露台和顶层阁楼公寓已有几个月了。突然什么地方一个孩子笑了。是那种打着嗝的，欢天喜地的幸福的笑声，完全停留在此刻的欢欣，这也让它充满了我。我也微笑了，起身看看笑声是哪儿来的。那是个孩子，从那声音来判断大概三岁，也许四岁。一个男性的声音也时而响起，我想象里那是一位父亲，他把孩子往空中扔，一遍又一遍。但是下面的街上没有人，停车场或车库外面也没有人。笑声又响起来了，我猜它来自一条狭窄的通道，这条通道把步行街与我们房屋后面的街道连了起来，并被那排排房屋挡着。我又坐下来，从热水瓶中倒出温热的咖啡，又点燃了一根烟。

第九部分

Del 9

闹钟响了，外面还是很黑。我把它关了，起床。琳达静静地躺在床上，枕头上的脸几乎被盖在脸上的头发遮蔽住了。现在是4点半，倦意让我身上酸疼，因为我在睡着前醒着躺了很久了。我几乎从来都不会这样；如果说我这辈子在一件事上总是很顺，那就是睡眠。我有一个所谓善睡的心。我在地板上也能毫无困难的睡着，孩子们在一米外尖叫着也没有任何关系；我睡了，然后我就睡着了。以前我曾经觉得这说明我不是真正的作家。作家是无眠的，饱受摧残的，他们在黎明时分凝视着厨房窗外，被永远不会给他们安宁的内心恶魔折磨着。

谁曾听说过一位伟大的作家睡得像个孩子？

我想到这事本身就是个坏兆头。因为明天，我的第三册小说就要出版了。所有报纸上都会有书评。

我拿了我前一天晚上就拿出来的衣服，走进浴室洗澡。看到这些衣服在我身上激起一阵紧张。我爬进浴缸时，放在花洒架上的手还在抖着。我打开水，热水喷在皮肤上，又引起不舒服的一阵哆嗦，皮肤刚从被窝里出来可是其实还想在那儿待着。但是情况扭转过来，才过了几分钟会让我不舒服地哆嗦起来的是要从这热水澡里出来的念头。

哗哗水声关上后，四下完全安静。外面的街道上一点声音也没有，公寓以及下面的公寓也都没有任何声音。这就好像世界上只有我一个人。

我在锐利的灯光下用一条大毛巾擦着自己，等皮肤干到差不多程度了，我用毛巾把镜子上的蒸汽拂去，给头发抹了些发蜡，腋窝下抹了除臭剂，同时看着自己在镜子里的样子又慢慢地因为水分子或现在还剩下的那种什么附着在玻璃表面上而变得模糊。

我穿上泰德·贝克牌衬衫，它粘在了那还有点潮的肩胛骨上，还很不服帖，然后我穿上有斜口袋的保尔（Pour）牛仔裤，我平时不太喜欢这条裤子，太正经了，那些多克斯（Dockers）卡其裤上都有斜裁口袋，但斜载口袋出现在牛仔裤上就有了挑衅那多克斯感的意味，所以实际上还挺好的，这样一来它原本的牛仔裤感也受到了挑战，在这当中就构成了一种张力，这不是很显眼，但是在一个所有牛仔裤看起来都一样的世界里，有那么一丝不同也就够了。

我用那条用过的毛巾擦了擦地板，搭在浴缸边上，走进厨房，烧上热水，往杯子里倒了些雀巢咖啡，看向窗外，等待水开。窗子是朝东的，远方逐渐亮起来的一带开始从黑暗中升起。我不耐烦地没等水沸腾就把电热水壶从底座上拿了起来，那越来越高的嘶声被打断了，被水冲到杯子里时那低低的咕哝声所代替，开始那粉末的金棕色还能看见，杯底土块般的一团，在接下来的几秒内完全溶解，表面变成了不透明的黑，沿着杯壁有一些颜色较淡的泡沫。

我手里拿着杯子，走到露台上，坐下来抽烟。一架飞机像一颗小光球那样滑过天际；四下还是太黑以至于我还不能把机身与包围着它的天空分开。再过一个半小时我自己就会坐在上面了，我想，然后我想到了科塔萨尔的那篇小说，每当我坐在这里它就会频繁地从潜意识里升起，因为那如此陡峭又令人眼花缭乱的交替着的视角，在一个机舱的人和一个地面上，大概是地中海某岛上的人之间。科塔萨尔最擅长这种让人晕眩的视角变幻，尽管他的短篇小说有时会像博尔赫斯的短篇小说，但这个完全是他自己的。

一个读着关于读着关于读书男子的书的男子的书的男子。我小时候曾手持一面反射着镜像的镜子站在镜前，那一排排向内消失在镜子虚幻深度中的面孔。越来越小，向里面越走越深，永远持续下去，因为这个映射运动没有尽头，它只会变得更小，而不会消失。

我把烟深深地吸进肺里。我冻僵了；一部分是因为我只穿着衬衫，一部分因为我很累。一部分因为我害怕。

但是没有什么好害怕的吧？

飞机现在只是一个小点了，而晨曦正向城市这边升起，我下方建筑物之间空气中的黑暗里充满了某种光，如此模糊以至于好像有人翻动了一下这黑暗，让藏在黑暗底部的光泛了出来混在空气里，上升到表面。

从我十几岁时开始就认为宇宙也可以是微观的，例如说在另一个宇宙里的一个原子中，而这个宇宙又在下一个宇宙中的一个原子中，永远地[1]。可是要直到我读到帕斯卡看到他持相同

[1] 此处为拉丁文 ad infinitum 。

观念时，这想法才真的成立了并被认可为一种真正的可能。是的，有可能真的就是这样。分形系统，世界上很多事物就是建立在它之上，就是这样子的；在一个图像内的一个图像内的一个图像，无穷尽也。

我在烟灰缸里摁熄了烟，把剩下的咖啡从阳台栏杆上洒出去，听到它怎样击到下面的屋顶，同时开门走了进去。把杯子在厨房料理台上放下，穿上我那件新西服外套和新鞋，在背包里放进一盒发蜡，用来换洗的一条内裤和一件衬衫，把护照、机票、香烟和打火机放在背包最外面的袋子里，单肩背着它，正要开门时，琳达走了出来。

“你要走了吗？”她说。

“是的。”我说。

“祝你好运。”她说。

我们互相亲了一下。

“明天见！”我说。

“是啊，一定会很好的。”她说。

我朝电梯走去。她在我身后关上了门，电梯下行时我避免看镜子里的自己，走到街上时点了根烟。酒店外有两辆出租车，我慢慢走到红绿灯前，过了马路，一直来到他们面前。第一个司机坐在那儿睡觉。我向前弯下身子，用指关节敲了敲窗户。他没有像我估计的那样激灵一下，而是在头和身体都纹丝不动的情况下睁开了眼睛，带着某种不合时宜的王室尊严感。

窗玻璃滑了下来。

“你这车走不走？”我说。

“走的，”他说，“你去哪儿？”

我打开后门进去坐下。原本的计划是乘出租车去火车站，然后从那儿搭火车去凯斯楚普机场，但是一部分是因为这么短不超过一百块的一段路就把他叫醒有点过意不去，另一部分也是我需要那种坐出租车直接去机场那种宽裕的、阔气的感觉，这也是我以前从来没试过的，除了有次带着孩子们，我们去加纳利群岛行李太多，实在不愿意拖着这些上火车。

"凯斯楚普，"我说，"你有一口价吗？"

"有。"他说，打灯左转。

这一来就贵了四百块钱。几乎快赶上机票价了。但是管它呢，小说明天就出版。这本书我最少也能得到六万克朗。所以我尽可以给自己花点钱。另外我将要做很多采访，休息好，保持精力充沛很重要，这是我的工作。

我往后靠在座背上，看着这城市，其灯光在这晨曦之灰暗里明灭着，又一波紧张的浪潮贯穿了我。

在将近两年的时间里，我一直为新一版挪威语版《圣经》担任语言顾问的工作，于是我常从凯斯楚普机场飞往加勒穆恩机场（Gardermoen），当天来回，迄那时为止我也没视其为了不得的事，但不管怎么说还是不太寻常的，就好像一种成为固定行程的旅行聚会，每天像坐公共汽车一样坐飞机。我在出发大厅的一台机器上取了登机牌，然后上到二楼，朝着那长长走廊里的安检走过去。将外套搭在手臂上，手握皮带，轮到我时把背包放在传送带上，在另一端再次抓过它，身边是一些穿西装的五十多岁男人，还有一些看起来也是在公司上班的女人，其中一些人开朗外向，另一些也似乎是消失在自己内心世界里，就像树木那样。假使有人像我看着他们那样看着我，我猜我自己看起来大概也是这个样子。我又系好皮带，穿上西装，走过免税店，朝着B登机口区入口处的咖啡馆走去，我一般都坐那儿，不过要先去那个大便利店买几份挪威和丹麦报纸，然后在柜台边买杯咖啡。

我几乎没有和任何人聊过这本小说，最亲近的那些人除外，他们能看到我和他们自己，完全不为一本普通小说创造出的客观现象所影响，所以我对外面的人，那些不熟悉我的人如何看待它一无所知。很难预测媒体记者会提出什么问题。但是当他们一开始，某种特定的观看模式就能被推测出来，因为他们总是以相同的方式思考，提出的总是同样的问题，当我第一次对此人说了这个，下一次就对另一个也说了一样的话，它就成为这本书的某种平台，随后就成了书本身，因为在下一天报纸上登载的关于这本书的内容，会进一步附着在更大范围的读者和感兴趣的人身上，他们也会以这个平台为出发点来发言。下一次我再接受采访时，记者们也已经通过阅读以前的采访和书评来做好功课。在此过程中，除了寥寥几个要点外的大部分内容都会被筛掉，只剩这几点被反复咀嚼着，重复着，直到这本书的生命周期结束，躺在奥斯陆郊外某个地方的仓库里。

但是这次可以肯定的是，他们会问到那些自传性的部分。我为什么要写自己？是什么让我的事这么有意思以至于我写一本还不够，而必须写六册？我自恋吗？为什么我要用实名？这些应该还好，这些还不是没法回答的问题，但是如果他们说到那些具体名字，例如我父亲和祖母以及他们的某些亲戚，如果他们想谈到小说的现实背景，不是从原则上提，而是具体地，祖母和父亲在克里斯蒂安桑的那些日子，那就会是一场噩梦。

我对于他们会关注哪些问题已经有一些头绪，来自之前在马尔默进行的三场采访：一个为《日报》，一个为《财经日报》，一个是为挪威国家电视台的读书栏目。《日报》和《财经日报》都关注我写的关于我自己那部分，我现在是一个什么样的人。关于我没有朋友，对社交活动不感兴趣，关于我喝得大醉以至于失去控制。这些是很难启齿的话题。谁想在报纸上说他没朋友？当我写小说时，这不是什么问题，因为我写的，就是我那时的情况，在那儿我独自一人坐在房间里。这本小说所描绘就是这私密之我和我的一切，但一被置于光线底下，它就变成了别样的东西，因为在这属于我和我的这种私密中，已经拉开了一种尺度很大的距离，它成为一个“对象”，某种公开的东西，但是在现实里它就什么都不是了，这些我们无言地顺着它行进的，在小说中确实具备了某种形式，但是小说和报纸文章有个显著的区别，前者属于私密的世界，它紧紧地和一个“我”绑定在一起，有一个特定的声音，有时候会超出这个界限，因为它也对一个或者更多的读者说话，但是从来没有离开过其本身和本人的，而报纸文章就和这本人的以及个人的没有这样牢固的联结，所以它把小说里的一切都改变了，变成了一种别样的东西，某种公开的，广泛的，具有了某种裁决力：克瑙斯高没有朋友。克瑙斯高一喝酒就失控。克瑙斯高吼他的孩子们。所有我在那本小说里写下的东西都会有类似遭遇。小说是一种私密的文学类型，而即使这本小说印了八千本也不会改变这种私密性，因为它只被一个人读，每次只有一个人读，永远也不会离开这私领域。但是当报纸写到我所写到的，它就不再和那私密联系在一切，它变得客观而公开，“我”没有了，尽管它还是与我和我的世界联系在一起，这只是通过我的名字，这名字的外观，“克瑙斯高”，众多物体中的一个——直到那时，那本小说才变成了“某种东西”。

我早就决定不去读我做的那些访谈，也不读任何书评，因为当我以这种方式从外面看到我的内在时必定会让我恨自己，情绪低落，但是《财经日报》的记者，一个年轻的南挪威小伙坚持要求我在见报前读读它，我读了，而且以后再也不会这么做了。在给他的电子邮件里我把读这篇稿子的感受比作一只在射灯光线下慢慢冻僵的动物。

我坐在那儿的时候把脑子里不同的观点前后过了一遍，企图对所有我能想到的问题都预先准备一个答案。同时我一边看着窗外以及站在那儿的那些飞机，而那些小小的机场工作车以它们那玩具感呼啸着来来回回，这一切的背景是那湛蓝的天空，以及太阳，从另一侧让它光线所到之处的所有玻璃和金属都闪耀起来，一边看着在这里涌动的人流，正是人最多的时候，直到他们都登上飞机以后，我也站了起来，把报纸放进背包，走过走廊，走向登机口，而就在我坐下时，一波新的巨大的紧张又澎湃而来，穿过我的身体，就好像某种焦虑浪潮。

我毫不怀疑《祖国之友报》，也就是克里斯蒂安桑的报纸，会尽他们所能地到现实里刨根问底。也许他们会很生气，因为没有人会把这么私密的东西写出来，如果说他们会找居纳尔聊并打算尽可能地抨击我也不是不可能。官司，不可信，无所忌惮地利用无辜的人为自己谋取利益。

我站了起来，不可能坐着了，我走进厕所，用力排出一小股深黄色小便，洗干净手，在干手机或者那镜子旁边墙上挂着的不知道学名叫什么的小热风机下烘干。当我再出来时，我去走廊上兜了一圈，去了一个小免税店，用几分钟看了看那里卖的货品，然后回去，登机的队伍已经排起来了，因为柜台后面的空勤人员们已经打开通向廊桥的门，完全投入了检查护照、扫描机票上条形码的工作。

飞机离开跑道升上天空时，我看向海峡另一侧的地貌，寻找着我们住的房子。这并不困难，它在马尔默第二高楼希尔顿酒店对面。仅仅两个小时前我还坐在那下面抬头张望着这里，这让人简直无法参透，而且那里的一切之前感觉就像我这里身边事物一样大，可是从这里看下去，我所看向的不但是我平时坐着的地方，还有周围几平方英里的房屋，然后还有其他几十万小骗子坐在那里看着世界，就好像他们是那其中唯一的人。

琳达和孩子们一定现在已经起床了，我想，首先认出了兰斯克鲁纳，然后赫尔辛堡，然后风景就不可辨认了，没有意义，仿佛变成了一些概念性事物：田野，嗯哼，道路，嗯哼，小城，嗯哼。我拿出报纸，直到抵达加勒穆恩机场前都一直在读报，然后我低头看着阳光照耀着的森林地带，深绿里间着秋天的黄和红，就仿似一些更狂野一些的树在呐喊，在那些父亲般平静的云杉和松树中间被渴望、幸福和死亡撕成碎片。

一条河，黑暗，一些田野，金色。几辆汽车，就算它们排成了一排也显得很寂寞。下面的一切都有那种等待着冬天来临的气息，就算是印度式的大太阳也拿它没辙。

飞机从天上缓缓下降，直到轮子撞上地面并开始向前滑行，空姐的声音响起，欢迎我们来到奥斯陆，并要求我们系好安全带，几乎每个人都装听不见，因为我们都知道这不再危险了，就算我们不听，也没有人来惩罚我们，这就是自由。

咔哒，咔哒，到处都响起这声音。我一般会等到几乎所有人都离开机舱后才走出去，但是现在我赶时间，所以我先挤到中间过道上，把包背上，打开手机，就像我周围其他人那样。我当然没有收到任何短信，我从来都没收过短信，但反正别人也不知道。

我把手机放在衣服内侧口袋里，碰到一个五十好几的女人的视线，她刚从帽架上提起一个包，扭着上半身把它放到地板上。

“你写的书很棒，”她说，“谢谢。”

我迷惑地看着她，脸上发烫，嘴半笑不笑。

“《万物皆有时》是我这些年来读到最好的。”她继续说，

“非常感谢，”我说，“太客气了。真让我开心。”

她热情地微笑，然后再次转身。

之前还没有任何陌生人就我的书和我主动沟通。要说如果这都不算好兆头，那我就不知道什么是了。

一个小时后，我从停在克里斯蒂安 · 奥古斯特街的出租车上下来，付了钱，走进了十月出版社所在建筑的大门。出版社刚扩大了规模，现在占了两层楼；我推测是安妮 · B · 拉格德[1]的书赚的钱，让这一切成为可能。我按了门铃，有人开了门而没有问是谁，运气不错，我讨厌站在那些小盒子面前介绍自己。

---

[1] Anne B Ragde（1957—），挪威童书作家、小说家。

我走上二楼时，西耶站在那儿等我。我要了杯咖啡，一起走到上面那层楼，我在入口处上那张黑色皮沙发上坐下，第一个采访会在这里做，我点了根烟。盖尔·伯达尔来打招呼，也许是烟味传到了他在另一头的办公室里。他告诉我书还没到。它本来昨天就该到了，但是货车在瑞典遇上了事故；他依稀知道好像是因为公路上的野猪，它开到了路边的沟里。他乐了，我乐了。然后他严肃了起来，他总是这样，在轻松一下后就立即切入主题，说这很不好，明天所有书评都会出来，可是书店里没有货。但是他明天一早会亲自开车把书送到奥斯陆主要的大书店里，他说，短促一笑，在祝我好运后走回他的办公室。我又在沙发上坐下，西耶过来了，拿着一暖壶咖啡，给记者的杯子，水和玻璃杯。我想象着一辆满载着书的大货车，停在一个瑞典森林的树木中，司机下了车，手机压着耳朵，白烟从前车盖中渗出来，门再次砰地关上后四下寂静。然后我眼前又出现另一幅画面，盖尔·伯达尔，头发胡须支棱着，开着一辆装满书的小丰田驶过奥斯陆的街道。这一定是他在七十年代工作的样子，那个时候十月是马克思列宁主义者的出版社，也有自己的连锁书店，并借此把翻译过来的马克思和毛泽东著作传递到挪威人民手中。我对那个年代几乎一无所知，一切都被某种神话色彩笼罩着，我决定下次有机会要问问他这些事。不然的话，我对他来说只意味着麻烦。我欠出版社很多钱，因为我五年来没有出过一本书，而我也不知道欠他们多少钱，从三十万到七十万都有可能，当我终于完成一部小说，他又要和我叔叔打交道，叔叔给他寄去荒唐透顶的电子邮件，还和他通了电话，他还得去找一家律所来看我的书稿，审阅所有这些细节。我身上发生的这些事情委实疯狂得令人不安，因为我这辈子从来没找过别人麻烦，我总是尽量做到友善，亲切，礼貌和得体，我只希望大家都喜欢我，那是我唯一想要的，结果我落到了这般又是有被侵权人又有律师的风暴里，不是因为运气不好，而是对一桩我做下行径的充分回应。我只是想写作，成为作家，所以我是怎么落到这种必须要律师通读我写下所有内容的境地？他们的陈述都在我家里，以及这些年来我收到的其他的一般的顾问评估陈述，律师陈述有多么不同就很能引起注意了。隔开一些距离来看，这也很有意思，因为法律即语言，并且在适用法律时，它并非以绝对的方式，而总是需要考量斟酌的，必须尽可能准确、精确地表达出来。律师们必须描述案件实质是什么，也就是所发生的是什么，在法庭上总是在这一点上存在争议：究竟发生了什么？当这些得到确定后，它是出于什么动机？有着怎样的意义？这和小说家的劳动没有什么不同。

不同就在于律师不仅必须了解事件本身，而且还必须了解它和法律的关系，法律也是书面的，是以对未来事件预期为出发点，也就是某种假设，该假设基于人类数千年的经验，也即意味着未来也会发生盗窃、贪污和谋杀，而一些基于特定文化的法律也随着该种文化的死亡而死亡了。行动是非语言的，但是法律和法律解释是语言的。一种语言以外的法律就像一首语言以外的诗那样无法设想。法律和诗歌是一路的，它们是同一件事的两面。

一位编辑走过，微笑着，祝贺我的新书出版，消失在他的办公室里。西耶把表格过了一遍，我半心半意地听着；我已经很久没有这么为一件事而揪着心了。门铃响了，肯定是记者，我走进厕所，为了小便也为了往头发上再抹点发蜡，采访后要拍照。

当我再次出来时，挪威通讯社的记者已经到了。她的穿着以某种方式发散着某种我会和摩托车联系在一起的东西。我们握手，她说摄影师待会会来，我们坐下，她开始提问，这些都进行得不错，我想，问题停留在一般性的层面，而不是关于我个人的。大约半小时后，我站在后院被拍了照，这样我就已经准备好进入下一个环节，也就是《卑尔根时报》的电话采访。多出来的几分钟我在盖尔 · G 的办公室里度过。我和挪通社记者谈话时他已经来了。我们聊了下一册小说。第一册我们就是坐在这里一起编辑的，他坐着，书稿放在面前，我则带着电脑，然后我们把他的建议过了一遍，这些建议主要是关于待删除部分的。除了开头，我们讨论过要拿掉，因为它的语气与书稿其余部分很不一致，还有那关于新年夜派对很长的一段，我一丝不差地遵照了他的建议。我立刻就看到这好多了。文本更紧凑了，其中的力量也强了。现在我们又坐在这里，他坐在转椅上冲着写字台，我坐在靠墙的椅子上，我问我们什么时候开始编辑第二册。它写完有一阵子了，但关于第一册的那些争议出现了，我意识到它不可能像以前那样出版，它的攻击性太强，某些段落几乎令人发指。我写它的时候内心沮丧又愤怒，而沮丧和愤怒贯穿了整本书，以至于某些地方会伤害我和我所写到的人。我删掉了最坏的那些部分，但留下的部分仍然很疯狂。原本的想法是写现在这样的生活，然后回到过去，先写童年时代，青春时代，直到成年生活，以最后在瑞典与琳达会面结束，从某种方式来说，我们的爱情故事如此浓烈，应该作为第二册书里发生事情的背景。但它所需要的耐心太不人道，我所绘出的我们的图像太单维了，这感觉就像那些能给它增加细微差别，给予它某种解释上饱满度的东西还遥不可及。然后仅仅一周前的一个早晨，我坐下来写了一个故事，讲了我们见面时的故事，以及我们之间发生了什么。大约二十四小时后，我写完了这故事，那时这故事有五十页，这里面有一部轻小说所需要的不至于让人难以理解的一切。我睡了一个小时，然后去了马尔默美术馆的咖啡馆，接受了《日报》的采访，那劳累的程度就只有在前一晚喝醉后可以相比。

“我们不需要做什么额外的了，我想，”盖尔说，“我们按原样出。”

“你认真的吗？”我说。

“是，我就是这个意思。”他说。

“你确定吗？”

“我能多确定就有多确定。”

“一点都不用删？什么都不用？”

“有一点点，我们校对的时候一起做。”

“那我就信你了。”我说。

“是的，你可以的，”他笑着说，“不过挪通社那边怎么样？”

“我觉得还好。我想。但是现在是《卑尔根时报》，我对这个有点担心。”

“不会有问题的，”他说，“正如我答应的，我昨天与他聊过了。他叫什么来着，特纳（Tønder）？”

“对。”

“他先说只是想问你一些关于背景的问题。但是我很快意识到他另有打算。”

“那么，什么打算？”

“不，是关于自传元素那些部分。”

“他知道居纳尔的事了？”

“是。他知道的。”

“那么，你说什么了？”

“我告诉他我不能以这种方式谈你的书。我想他明白这一点。他只是又问了点东西。我认为你没有什么可害怕的。”

“我当然希望如此。”

西耶敲了敲半开着的门，把头伸进来。

“你可以从楼下那层的一个办公室里给他打电话。”她说。

“现在？”我说。

“是的，他应该已经坐好在等你了。”

我起身跟着她走下楼梯。办公室在最里面左边那间。一壶咖啡和我的杯子已经神秘地移到了那里的写字台上。电话旁边是一支笔和一个小本子。西耶给了我一张写着电话号码的纸条。

“这是他的电话号码，”她说，“先拨零。”

“谢谢你。”我说着坐下。她出去时关上了身后的门。我还以为我不用打电话呢。就这么想着的时候，我在簿子上胡乱画着什么。然后我收拢心神，将话筒从座机上拿起来，拨出号码。

电话另一头的声音讲卑尔根方言，此后每次我听到有人讲卑尔根方言时，我都会听到这个声音的余响，因为不适而脊背生寒。这是我活了四十多年来听到的最让人不快的声音，也是我经历过的最不愉快的谈话。那倒不是因为那把声音说的话，那些我其实已经记不太清了，是因为它的语气，在奉承和臆断之间来回波动，但是从来不会放弃那种自以为是，不管是多么小心翼翼地或者隐晦地。

自从这本小说的第一册出版以来已经过了两年，我遇到了很多记者，他们身上总是有些好的东西可说，总有一些能让人和他们和解的东西，不管他们写了什么，不管他们把我写得多么愚蠢，无足轻重或不可原谅，但是这个声音是无法与之和解的，它纯粹是丑恶，我再也不想听到它。采访结束后，我感到反胃，觉得自己恶心，因为那声音曾进入到我耳朵里，我脑海中，而且我以前从来没有想过这个，就是声音是一种异物，可以深入进你的内在并以其特质充满它。这个声音最糟糕的地方在于，它只是试图引诱我踩进一个陷阱，就像你能想到警察在问讯嫌疑人时，在普通事物之间来回切换，让他们感到信任，又让他们有机会打开话匣子，说些本不该说的话，然后就忽然凭空劈来一个问题：你不在那儿，你在不在，你真的在那儿吗？对？你可以告诉我，我知道这究竟是怎么回事。

这个声音就是这样。它问我为什么没有在小说中写到我母亲。对一个写了本关于他与父亲的关系和他父亲之死的小说的作家提这个问题，很奇怪啊。为什么卡夫卡只给父亲写了一封信，而不是给母亲？声音问这个问题不是因为它想知道为什么我的母亲没在书里，它太知道为什么了，在问题下面隐藏着一个指控，没说出来，但很明显，它只想让我招认这一点。我当然没承认，而是说这是一本关于父亲和父亲之死的书，而不是关于母亲和母亲之死的书，而那声音，对我说的话一个字都不信，把它记下，以便以后使用，在我开始自我矛盾并把自己缠进陷阱里的时候。这是一场问讯，而不是采访。这个声音向我保证它真的很喜欢这本书，并问了一些中立的问题。它想知道小说是以怎样的方式处理现实的。当我回答之后，他说我说这本小说是关于现实的，但它与现实不符，并想知道我会怎么解释。

“你写道你父亲与你祖母在一起住了两年。但并不是这么一回事，对不对？他只在那里住了两个月，不是吗？”

“但我并不是这么写的，”我说，“书里没这么写。那里根本没写他在那儿住了多久。”

“有的。它写了。里面写了他在那儿住了两年。”

“没有。我已经把那个删掉了。所以你不可能读到它。书里没这么写。”

声音沉默了几秒。然后它开口了，以一种非常推心置腹的方式说。

“就像你知道的，我已经与你的家人聊过了。”

“你已经与居纳尔聊过了？”

“是。他说你写的东西与现实不符。在书里你被表现得像个英雄，但是在现实里你并没有这么好吧？你其实没有清洗那所房子，对吗？你基本不会做清洁，是不是？”

我说我打扫了那栋房子，完全就像我写的那样，打扫差不多是我唯一真正擅长的东西，但是这样谈论这本小说是行不通的，讨论是我还是我叔叔打扫房子，这么是不可能往下谈的。再一次，我能听出来这个声音对我说的话一个字都不信，它对我的那个印象，就是自从我进入青春期以来就一直忍受着的那一种，我是个不靠谱的小混蛋，以为自己是个人物，没道德，没底线，没有那些必要的能让我成长为一个体面人的正经。而我写父亲去世后我清洁了祖母的整栋房子，不过是为了给自己加上善良和可敬的光环，而事实上是我叔叔清洁了房子。而我把父亲的死夸张到丑恶的程度，把这本来是普通的心脏停跳变成了一种自毁性地狱的后果，这还不能让我满足，我还要把我那总是友善纯良的老祖母拉进了这肮脏泥泞之地，这肮脏和泥泞只是我自己的，而不是其他任何人的。而在我背后做主的是我母亲，克瑙斯高家的仇人，儿子大脑的操控者。

为什么我没在书里多写些母亲？为什么我写她时这么正面，而写父亲却很负面？我为什么要写父亲在祖母那儿住了两年，而事实是他在那里只住了两个月不到？为什么我要写我打扫了整个房子，而我根本就不懂如何打扫，只会碍手碍脚？

这个声音不仅明显相信居纳尔对它说的一切，它甚至还信了一种理论，那就是我的母亲毒害了我，这让我手拿电话坐在那儿时感到强烈不适，这是那种阴瘆瘆的说话方式的效果，让我有点意识到我擅长写作这件事其实就好像它说我在撒谎，一贯撒谎，一个无廉耻的人；是啊，这声音对我说话的腔调就好像我是个罪犯。居纳尔做了这些是一回事，他总之是被深深地卷进这件事里的，是我把他卷进来的，在违背他意愿的情况下，所以不管他提出怎样的指控，我都会感到一些内疚。但是这个声音并不是指卷进这件事里的，对于它的指控我不感到任何内疚，同样它也对我做出了判定，以那种卑尔根大报记者身份所能给它的站在道德高地上自以为是的立场，同时为了这个报道，它又想从我身上得到些什么，它需要我。它知道：没有我就没有报道，所以它既谴责又讨好，在同一个令人作呕的动作中。

是的，这是个令人作呕的声音。

我知道它相信了居纳尔。曾在电话中与居纳尔谈过的伯达尔说，电话中他表现得像个理智，清醒和克制的人。他只是在邮件里释放了怒火。《卑尔根时报》这位刑侦记者和他通过电话并相信了他。居纳尔是个审计师，一个体面的公民，这和他的声音是一致的，我能想象出来，当我的小说在这样的眼光下被审读，他就看到了居纳尔所看到的：我不可信，撒谎，我写小说是因为我憎恨克瑙斯高家族，我要复仇，在我母亲的指令下。居纳尔这个说法剥夺了我所有的独立性和个性：我这仇恨甚至不是为了自己，而是为了我母亲。他把我的小说变成了抹黑文字，一种扭曲的、卑劣的东西。《卑尔根时报》也认可他对此的一切的意见。我撒谎了，我写的东西不是小说，而只是些鸡零狗碎，对社会来说毫无价值，打着书的幌子对活生生的人发起的攻击。

在我和这与阴森森的、半是乞求半是谴责的声音交谈时，并没有想到以上这些，因为那声音占据了我所有注意，我有太多东西要为自己辩护，谈话结束后我也没有想到这些。被当作罪犯的感觉以及对我所写内容所导致的、现在已开始显示出来的后果的恐惧，让其他一切都消散了。那个夏末正是这同样的感觉在我心中掀起风暴。我被这种情绪凌虐，灵魂也随之剧烈波动，就是那种当灾祸已有迹象但是还没真正来临时人会有的感觉，在这样的状态里我离开了那间房，走到楼上进了盖尔的办公室。我感到反胃，内心哆嗦着。但是坐下来能好一些。我说了刚才都说了什么，盖尔·伯达尔进来了，我又把这些再说了一遍。盖尔说那个记者昨天晚上对他说的也是同样的东西，说我父亲在他母亲家也就住了两个多月，而且我没有像我写的那样清洁过她的房子。盖尔还以为记者只是在从他这些试探一点，但是在采访我的时候就不会这么做了。

“但是我很快就意识到他对这部小说没有兴趣。他只对这些事感兴趣。那才是他要写的。”

“幸运的是我对他说我想读那些和居纳尔有关的部分。所以他今天之内会给我发电子邮件。”

“很好，”盖尔说，“现在它出头了，然后我们就知道该怎么对待它了。可能没有那么严重。”

“他们本来让西丽·厄克兰负责这个报道，”我说，“埃尔纳·厄克兰的女儿。但是后来他们把他安排进来了。加强了一点活力。他是那种老刑侦记者。”

“对啊，你说过的。”

“真见鬼了。”我说。

盖尔笑了。

“这应该会没事的。卡尔·奥韦。”他说。

“这是我经历过的最不舒服的谈话，他一边讨好一边冒犯我，同时。哦，他妈的，用那种阴险的方式。”

“是的，他是让人很不舒服。我也想到过这个。”

“现在接下来是《祖国之友报》。这些是让我最紧张的。如果《卑尔根时报》给我家人们打了一圈电话，你觉得他们难道不会也这么做吗？”

“我不这么觉得。”盖尔说。

“我希望你是对的，”我说，边站了起来，“就是与《卑尔根时报》这次是我经历过的最糟糕的一次。”

我和西耶一起走到大街上，外面阳光强烈而清朗，经过国家美术馆，一直走到卡尔·约翰斯大街（Karl Johans Gate）上。路上我在报摊前停下来，拿了份《晨报》。西耶知道我在想什么，说，他们今天没有什么书评。我把它放回架子上，我们走进了格兰酒店，易卜生过去常常戴着礼帽坐在镜子那边，我们搭电梯到顶楼酒吧，来自《祖国之友报》的记者和摄影师已经站在那儿等着了。我和记者坐在阳台上的桌边上。她戴着墨镜，并解释说这样她就不用看着我的眼睛了。她说她对这本书感到震惊。根据她说这话的样子我知道她没有做任何道德判断。我说了些她想谈论的话题，尽可能地小心谨慎，在这广袤湛蓝的9月天空下，然后摄影师在阳台另一侧给我拍照。我接下来还有一个采访，这次是和《晨报》的一个记者，坐在那儿抽烟，喝法里斯气泡水和咖啡，同时回答他的问题。他名叫哈康，这表示我其实是想记住他，也可能是哈拉尔，和我差不多是一个地方来的，他在那座桥的另一侧长大，他也想说说那座桥，这很好，因为它和我以及这本书都距离甚远。

午餐后，我乘出租车去了国家广播电视台（NRK）。我提早二十分钟到达，所以就坐在外面的一块石头上在阳光下抽烟，听到不知哪里传来的瑞典话，一转身就看到卡尔–约翰·瓦尔格伦[1]，一位我在斯德哥尔摩见过几次的瑞典作家，他刚从一辆出租车里下来，朝前台走去。他要在挪威发布他的新书。我把烟摁熄，跟在他后面走了过去。我进去时他正好背冲着我，所以我把手放在他肩膀上，一般情况下我从来不对别人这样，但是眼下我们同时进入此地这么一种情况，似乎让我必须这么做。他转过身，看到来者是谁时就笑了。他穿着西装，七十年代的

[1] Carl-Johan Vallgren（1964—），瑞典作家、歌手、音乐人。

大开领衬衫在脖颈处敞着。我们握手，我说我喜欢他最近这本书。他说自他到达后奥斯陆所有作家都和他说到我，而且声音里不是没有嫉妒的。他这么说的时候笑了起来，转身冲着大厅里面，有人走过来接他了。再见，我说，是啊，我们再见，他说，然后我走出去，打算再抽一根烟，也为了给琳达打电话。刚才这个照面让我心情好起来，他是个让人一见就心情好的人，有些人就是这样，这种人不多。我就绝对不是这种人。

琳达坐在马尔默的一家露天咖啡馆里，那边天气也很好。她说，早上一切顺利，她妈妈已经到了，晚上我母亲也会到。我说采访都很顺利，再做两个采访，我就可以去在阿克塞尔和林恩家了。她说这听起来挺好，她希望明天早点到来。我说我也很想快点到明天，然后我们说再见，挂了电话。

和《周日新闻汇》[1]的采访进行得很顺利。采访结束后，西丝·维克[2]到前台来接我，我们去了她的办公室，为文字前线[3]做了采访。这是那天我第一次谈到了文学。我说得并不到位，不算好，但它是关于文学的，它本身就有种净化作用。就像一个害羞的管子工被迫一整天地对媒体谈自己、自身情绪、家人和朋友时会有什么感受，你可以想象，而他终于在下午一天快结束时能谈到管道和垫圈了。

我从国家电台搭出租车去了阿克塞尔家，他住得原本也不

[1] Søndagsavisen，挪威国家电台的一档新闻节目。

[2] Siss Vik（1970—），挪威文学评论家、电影评论家和文化记者。

[3] Ordfront，瑞典出版集团，有许多分支机构，当时西丝·维克负责其中一个分支机构：电台前线（Radiofront）。

远，我到的时候，他做了卷心菜炖羊肉，整个公寓飘满把我带回童年秋天的那种气味。他说他以前觉得我在瑞典吃不到卷心菜炖羊肉，至少他住那儿的时候对他来说是如此。这是他怀念的事物之一。他说得没错；除了琳达和我在一起的第一年秋天，那时我还热衷于向她展示我是谁，我来自哪儿，因此既做过卷心菜炖羊肉又做过腊羊排，而搬家后我就再也没有吃过这些了。

和阿克塞尔的两个儿子埃里克和约翰一起，我坐在厨房里吃卷心菜炖羊肉喝啤酒。他太太林恩下班后还要去其他什么地方。也正是因为如此，我才答应过来阿克塞尔这儿一趟，到别人家待着是一种心灵上的慰藉，那里总有些美好的东西，也许还有纯真的，至少是未受污染的。如果我在采访后回酒店房间，那么白天说过做过的一切都会萦绕不去，在我体内来回波动，而我最后会躺在床上哭泣也不是不可能的，这事曾经发生过。我和盖尔·安格尔说起那次时他笑了，他说这就像奥卢夫[1]一样，他会点面包片和牛奶送到酒店房间，这样他表演结束后就他坐那儿边哭边吃。我也笑了。但是当我处于这种心情里时，就笑不出来了，有太多事要去梳理。我甚至不知道真正的压力来自哪里，这些对我来说是完全不明确的，但是就像我身上那些邪恶，都被打开了，在这一天自由流动起来。所有采访都是关于把某事安顿在某位置上，好像赋予它某种形状这样就可以和它保持一定距离，而就在其外部被赋予形状的同时，在其内部也流动起越来越大的力量。几年前，有个电视台对一些人进行一天的

[1] 挪威记者、幽默作家、演员，原名阿图尔·安德烈亚斯·阿恩岑（Arthur Andreas Arntzen，1937—），以所创造的角色奥卢夫（Oluf Rallkattli）闻名，因此也被称为奥卢夫。

跟踪采访，到他们家里去，其中就有扬·谢尔斯塔，我和托雷还讨论过这事，他说，如果他们和我做这个节目，我肯定会把面具戴得好好的，二十四个小时以内对一切都友好礼貌作答，但他们消失在门外那个瞬间，我就会倒在床上大哭一场。我从没告诉过托雷我做完电视直播后会哭，以及我有时在普通的文学活动以后也会哭，所以我带点钦佩地看着他，他是怎么领会到这一点的呢？我是这么把一切都挂在脸上的人吗？

所以这些，卷心菜炖羊肉和啤酒，在奥斯陆某个厨房的餐桌上，阿克塞尔和他的儿子们，外面太阳低垂，空气寒冷，正是我所需要的。

我和阿克塞尔是四年前在斯德哥尔摩遇到的，一个晚上，海伦娜的一位女演员朋友给她打电话，他们有支足球队还缺人，问她男友约根是不是愿意去踢。他给我打电话，问我是否愿意一起去。我愿意。在斯德哥尔摩郊外某个地方的柔软的砾石球场上，某个类似工业区的地方，那里又冷又暗，球场照明灯几乎完全是黄色的。我已经很多年没有踢过球了，被安排踢左后卫，在那儿我能造成的损失最小。球队里都是演员，这很有意思，休息的时候大多数人都说在自己的贡献，他们做了什么没做什么，完全没有团队的整体意识，某种自我中心的七嘴八舌鸡同鸭讲。教练是个三十多岁的男人，踢中锋，用一种低沉的斯德哥尔摩口音给出指示。球踢完后，他和另一个中锋来找我，原来他们都是挪威人。教练叫阿克塞尔，他是东部人，另一个叫亨里克，是克里斯蒂安桑人。他们都曾在斯德哥尔摩戏剧学院上学，也都住在这个城市。卡尔·奥韦，亨里克说，该不会是克瑙斯高吧？是的，我说，他们笑了，因为他们俩都读过我的书，想想他们在这儿，秋天暗夜里斯德哥尔摩郊外一条破败球场上，碰到我的概率有多小，他们一定会这么想。我继续和他们一起踢球，然后一个星期六我收到阿克塞尔的短信，他问我要不要去参加他儿子的生日聚会。我相当肯定他按错了什么，这条短信准是发错人了，所以礼貌地拒绝了。但是这并不是什么手误，他继续主动联系我，我们在足球场外也见了几次，当他和同居女友林恩过来参加万妮娅两岁生日会时，林恩在一张电影海报前驻足，这部短片的剧本是琳达写的，她问这张海报为什么会挂在这里？原来林恩是这部电影的制片人。他们的孩子和我们的孩子同龄，所以我们开始了稳定地来往。

阿克塞尔是一个友好周到的人，但在足球场上我也看到他身上的其他气质，一种他平时没有的侵略性和威势，有次我们去了罗松达体育馆（Råsunda）看比赛，然后在一片拥堵人潮里坐地铁回家，一个男人坐上了我正要去坐的那个位置，阿克塞尔几乎是嘶吼着朝他飞身过去。我没有办法把这些小小的瞬间和他其他时候的形象整合起来，因为如果如他这人有什么特点的话，那就是温和，那是天性里的，是他骨子里的，我想，不是他学来的东西。林恩也很周到，但在她身上也有一种锐利，她不怕把话说清楚，而且也基本不在乎别人对她说的话做的事有什么看法。说到家庭生活，他们比我们高一个层次。他们有房有车，财务情况也井井有条。她在瑞典电视台（SVT）做电视制片人，他是自由职业演员。他们是在一个广告的工作中相遇的，这是他一开头就告诉我的事情之一。我们在我办公室附近我常去的地方吃午餐，不然就常在周末见，赛季则是每周一，那是我们有球赛的时候。就算我们搬到了马尔默，而他们也搬到了奥斯陆，我们仍然保持联系，尽管时间间隔越来越久。他们是那种很大方的类型，什么都邀我们参加，同时也一手包办了所有实际事务。有年复活节，他们请我们去他家拥有的山上度假小屋，有次他们邀我们去柏林，他在那儿借了一套公寓。我们就从来没邀请过他们参加什么事，我们怎么能办到呢，家里没人有度假屋或房子，也没有钱去租那些我们没有的东西。但是似乎他们根本没有去计较这些。

吃完饭后，我们一屁股坐进沙发上，每人拿杯啤酒，等着林恩回家，这样我们就可以出门了。我累到几乎不知道自己在说什么东西的程度。那真是可怕的一天。明天一切就会被登在报纸上。

过了一会儿，我们沿着城西街道朝着市中心走，黑暗已经笼罩在城市上空，满天星斗。所有树下都堆着叶子。空气几乎如水晶般锐利，但不冷，其中依然能找到那炎热白天的痕迹，它只是慢慢地淡去。我们在房药咖啡馆（Tekehtopa）外面的一张台子上坐下，我住的酒店就在旁边，我们喝了几杯啤酒，然后聊了会。因为我明天还要去歌剧院朗读，所以无论如何不愿意有宿醉，所以一小时后我就回去睡觉了。阿克塞尔跟着我进了酒店，因为西耶保证在酒店给我留两本书，她确实这么做了，前台面带微笑地递给我包裹，并满意地盯着我打开它。我在其中一本上签了名，递给阿克塞尔，对他说再见，带着另一本上了房间，我把它放进包里，脱了衣服，躺着看电视直到眼皮睁不开为止并睡着了。夜里不知道几点的时候我肯定是醒了并起来关上电视，因为我早上六点醒来时，电视屏幕是漆黑而安静的。我洗澡，换了衣服，去吃早餐。所有的报纸都放在面前，但我就让它们放在那儿,我什么都不想知道。我拿了炒蛋,培根,香肠和几片面包,一些果汁和一杯茶,坐下,朝那堆报纸看过去。我不想看到的是那些采访。它们登在《日报》的《杂志》特刊、《财经日报》和《今日报》(*Dagsavisen*)上。但是书评?我已经想好不去读它们。但与此同时我也得弄清楚这会是一场灾难还是情况不错。我与盖尔约好,他读完这些后给我了发条短信,告诉我情况如何。但是现在才七点,可能还要等很久。

妈的。就看一眼那些开头应该不会有太大损失。

我站起身把《日报》拿了过来,小心避免不去看里面的《杂志》,而是翻到文化版。它就在那。

当我的眼睛扫过那几行字时一团火在心里烧起来了。

看起来不错啊。

的确一切都很好。

或者看看《财经日报》里是不是也一切情况良好?

我把《日报》放回去,把《财经日报》拿到了桌上,同样的程序,不去看专访,只看书评。

那上面也相当不错。

那么就是这样了。

我手里拿着杯咖啡,在大门外抽烟,看着这一大早走过的寥寥行人。天空和昨天的一样蓝,太阳的光芒已经洒向了屋顶和各种尖顶。

在歌剧院朗读是某个图书日活动的一个环节。我不想读第一册里的内容,所以在第二册里选择了一段,关于我在斯德哥尔摩去过一次的一个婴儿节奏课,我之所以选择它,是因为希望它可以召唤出一些笑声。有两次朗读我都是读第一册里的内容，一次是应英瓦尔·安比约恩森[1]之邀，他是那年卑尔根国际文化节的荣誉诗人，那次我读了刚写好的开头。第二次是在文学之家的一次活动里，读的是我和英韦到达克里斯蒂安桑的房子时的一幕。两个部分都关于死亡，它把场地里的氛围往下拉，在朗读关于死亡和衰败时很自然就会如此，而因为这是一本自传式小说，不是什么我编出来的东西，就好像我正在把自己以及我这阴郁的人格强加在他们身上，仅仅以我的存在就毁了他们的夜晚，自文学之家那次以后，我就决定再也不这样干了。所以必须是喜剧，所以就是婴儿节奏课上的一幕。第二册是一部喜剧，但这个喜剧的内核却埋得非常，非常深，因为它讲述的是一个男人，被困在他关于自我以及家庭的观念里，而这个家庭也被困在其关于自身的观念里，这把他们拉进了那深深的无意义之外，假使他们能看着彼此，说这些观念已经不再适用了，说现实就是这样且并不危险，他们就能得到解脱。但是他们做不到，那正是不可能的，他们做的事正相反，他们互相看着对方，说这很危险。

我住的酒店就在出版社外的拐角处，我过了一会儿就逛去那里，把要读的这个片段打印出来。家里的打印机坏了。盖尔·伯达尔在那打包他待会要去送的书，他女儿玛丽亚也在那儿，我和她只是打过招呼，但从来没有一起交谈过。报纸上铺天盖地的都是这件事而书店里却没有书这一点真是让人恼火，因为这种势头和兴趣只会存在一天，下周它就会开始消退，如果以后

[1] Ingvar Ambjørnsen（1956—），挪威作家，以“艾林三部曲”闻名。

没有获得任何奖项提名的话，有提名也可能会再冒几天的泡泡。当我出版处女作时，出版社印数太低，当这些书卖完后，他们又只印了二百册新书，他们就是这样，所以整个12月，这是挪威唯一真正能卖出书的月份，在哪家书店都找不到它。销售数字本身对我来说并不代表什么，但钱对我来说很重要，尤其是现在我们家里有五口人，而书带来的版税是我们除了写作津贴之外唯一的收入。

我把书稿放进包里，对盖尔和玛丽亚道别，然后去了歌剧院。我还没好好看过它，除了从火车站那儿看去的那堵身份未明的立面，所以我站在它面前感到很惊讶，它确实是一栋独特的建筑。所有这些白色石头，太阳强化了它的存在，让它闪光，几乎是燃烧着的，背后是它从中升起的凉爽的蓝色海洋。我走上屋顶，边抽烟边望向海港一带；离朗读开始还有一个多小时。我背靠着砖墙，拿起一瓶半升装百事极乐，咕咚喝了一口，找出手机，给琳达打电话。她说，她已经收拾好行李，马上就去凯斯楚普机场了。妈妈也来了，她们刚才和孩子们一起在游乐场上。我说我很紧张，晚上去布拉格将会很美妙。她祝我好运，然后我们挂了电话。把手机放进包里之前，我把手机关机了。有一次当我在台上接受采访时，它响了，观众们笑了起来。这恰恰就是能让观众们笑起来的那种事。观众们想要笑，他们寻找着所有滑稽的东西，它们一出现他们就发笑，基本上不管是多小的事，一定有笑声。观众人数超过一定规模后就会自有一套动力规则和心理机制，几乎独立于组成观众集体的个体。他们中的一人如果是独自看到这个永远不可能笑出来，而如果在外面的世界里永远不会觉得这个滑稽，因为它是太小的一件事，而在那个大厅里却能引起瀑布般的笑声。当他们沉默地坐在那里，这沉默可以表达出不同的，非常清晰的情绪。乏味和漠然；这是在所说出来的话像烟一样散开然后消失的时候。倾听和兴趣：这是在所说出来的话就存留在这空间里，而这空间里也有同样的渴求，它美妙地激荡着想要与之对话。我一般常常读同样的文字，气氛没有一次是相同的。有几次大家都在读到一个特定的段落时发笑，其他的时候我读到那里时，全场都沉默着。某个晚上某一幕可能会产生巨大的暗黑的吸力，而在其他的晚上显得扁平且没什么意义。这和我自己的表现也有些关系；由于我看起来挺严肃，有时还显得沮丧，这就像我本人的存在压抑住了那些滑稽的成分，而某几次我成功地先说了几句开场的话，笑声也就不远了。但大部分还是和观众本身，他们由什么人组成，以及场地里的氛围有关。

我把香烟扔在地上，踩了一脚，然后朝入口走过去。外面的广场上黑压压一片全是人。在门口，我碰见了韦特·利德·拉森[1]。我们曾经是同一家出版社的作家，但我从来没有和他交谈或打过招呼。那我该做什么呢，假装没看见？这可能显得太高傲或者冷淡了。但是和他打招呼也不那么自然；我们彼此根本不熟。

“嗨。”我说。

“嗨，”他说，“恭喜你！”

“谢谢。”我说。

“再聊。”他说，就消失在门里。我跟在后面，在所有这

---

[1] Vetle Lid Larssen（1960—），挪威记者、作家。

些人中间挤出一条路来，找到一个年轻女子，看起来她和活动方应该有点关系，她的确是，她让我等一会，又找来了另一个人，这个人这把我带到了后台。沿着黑色墙面狭窄的过道，突然就见到了到处是绳子和升降台装置的几个厅，这儿那儿都是门，在一堵半墙后面有个临时房间，就是我们候场的地方。那儿已经放着一盆水果、几个装着咖啡的暖壶和一瓶法里斯气泡水。主持人卡特琳·桑德内斯[1]已经在那儿了，她给了我一个拥抱，又说了几句话，然后大笑，因为她是那种罕见的总是在笑的人物之一，而要和我一起朗读的达格·索尔斯塔已经坐在那里，还有某个读书俱乐部的头儿，以及其他一些我也不知道是谁的人。我和他们打招呼，倒了一杯咖啡。问卡特琳她的孩子们都怎么样，她说了点他们的事，给我看了手机上几张照片，她又问了我的，我说都很好。我已经不记得第一次见到她的情形，大概是和埃斯彭和弗雷德里克一起，我想我记得是我们在外面看足球赛，她也在那儿，有人说她是某种格斗项目的挪威冠军。那时候她在《今日报》工作。她还采访过我一次；之后，我记得当我们朝酒店走过去时，我们谈论过“状态好”这个神秘概念，一大批运动员可以被归入这个概念里，所有障碍突然都倒在一旁，这可以和写作做比较。作为作家，你有时处于一个区间里，什么都行不通，然后是无所事事的区域，再来就进入一个区间，一切忽然顺畅起来。这一切的根源都在脑子里。足球，写作，跆拳道。现在，卡特琳是《当代》杂志的编辑，和阿斯

[1] Cathrine Sandnes（1972— ），挪威空手道选手、记者、编辑。

拉克·西拉·迈尔[1]结婚，我在卑尔根就认识他，开始有点距离，他是左翼学生政治人物，然后距离近了一些，因为他是托雷在斯塔万格成长时期最好的朋友，也显然是托雷那些以亚勒·克莱普（Jarle Klepp）为主人公的小说中最重要的辅助角色的蓝本。我给《当代》写过一篇文论，这和卡特琳也有点关系。这些年里我们偶尔也会遇到彼此，她一丝一毫都没有改变过。她最重要的特征，至少是最可见的特征，是她无所畏惧。她完全置身于围绕着文化生活飞舞的这种恐惧和紧张之外。现在也是，她站在一群人中间，说着笑着，先是朝这一侧，然后是另一侧。

她把我带到舞台上，介绍了一下她的打算：先做一个简短的介绍，然后我上场，应该站在那儿，她来问一个关于标题的开玩笑性质的问题，然后我就开始朗读。

当我站在舞台上，看到面前空空的大厅，我脑袋里的血一下就空了。我的脸肯定因为焦虑变得白亮。我们回到走廊，进入了那个临时后台。我又倒了一杯咖啡，然后小心地朝达格·索尔斯塔走去，他坐在几米开外的椅子上。我之前见过他几次，大多是在出版社组织的活动场合，但从来没能和他说上话，连天气真糟糕或真好这样的话也没有，就像今天这样。我倒不是怕他，不是这样，因为我不能把他看作一个人。我出生时他已经是一名作家，不仅如此，他已经被赞誉为他同代中最好的作家的高度。在我这一生里，他一直是大作家“达格·索尔斯塔”；因此他是像互利保险公司、林内斯啤酒、足球决赛（cupfinalen）

[1] Aslak Sira Myhre，挪威前记者和政治家。2014 年，他被任命为国家图书馆馆长，并因此成为挪威国家图书馆的首席执行官。

这样恒久存在的社会事物，某种他和同样也是一直在场的扬·埃里克·沃尔所共享的东西，在电视里，教室里，他们就是作家的代表，他们符号性的形象——一个外貌温柔的男人，用那罕有的声音读着关于白面包的诗，还有那头发蓬乱戴着眼镜的男人，当被问到问题时总是鼻音很重地嘟囔着什么——所以当我成年并开始认真阅读他们的书时，有一段很大的距离需要跨越，就像某种之前非代表性的东西，现在变得相关了，当那笼罩在这些符号性的形象上的神奇感有了生命，因为你忽然就把自己和自己的经历和知识投入了那里，可以和发生在一个人父母身上的事相比：当你自己成为父母：忽然他们那些遥远的生命，那些本来是不可理解的行为，对某种深刻的人性的、普世之物的表达，这些都活过来了。就这样“达格·索尔斯塔”活过来了，但不是作为人，而是作为作家，因为如果要说达格·索尔斯塔的写作有什么特点，那就是他写的都是符号性的作品；它们把一些模糊的不可见的东西表达出来，变得清晰可见。不仅是一次，而是一次又一次。因此，阅读他的书所揭开的“达格·索尔斯塔”面纱，只是通向了另一个面具，因为这些符号性写作所表达的并不是书的作者，而是作者的时代，并且可能这些书也参与了这时代的形成。他一本书开篇就是一个孤独的人，因羞耻举起双手捂住了脸。我读到它时，我觉得我在我的处女作里做得更好，更深入，主人公一直为自己感到羞耻，对这种手势以及导致它的冲动很不陌生。在某种傲慢中我甚至怀疑达格·索尔斯塔的这段是从我书里拿来的。我那个时候还不了解符号性的价值，它对我来说太陌生了，在我的生活和我的写作里，没有任何东西可以归结到一个形象上去，一切都流出了自身的边界。现在我明白了。符号性是文学的极点，它始终追求着的真正目标：那独一无二的可以总结其全部的一个意象，而这意象同时也能自足存活下去。一个孤独的人举手捂着脸：羞耻。这个一手造成了自身瘫痪的人：冒牌货。这是索尔斯塔所有符号性意象里最充满张力，最可怕的一幕：父亲目睹了儿子拿钱去送走他的朋友们。索尔斯塔在后来的作品里一直和托马斯·曼和易卜生周旋，也一定是出于这个原因，他们是最后的两位伟大的符号性作家。是的，曼在《魔山》里的疗养院就是一部小说完美的展开场所，它既是一个形象又是一个场所，就像培尔金特和布朗德一样，即是形象又是角色。所有文学都将进入那里，进入那最本真的符号，借其自身就说尽了一切，而自身就是一切。《黑暗的心》，《白鲸》，《大河奔流》（*Riverrun*）。

我把杯子递到嘴边，抿了一口滚烫的咖啡，我把它放下它时对杯侧流下的棕色小滴很不满意。我看着外面的大厅，又喝了一口，想和达格·索尔斯塔聊两句，但不知道聊什么。有次有人说我只想和那些名家说话。从那以后，我每次站在某个"名家"面前时都会想到这句话。这说得对吗？我只想和他们说话？不是"只"，也许，但我必须承认我的确想，他们有种无形的牵引之力。能够处于一个能和他们说上两句话的位置，就是一种尊荣，感觉上就是这样。另一方面这也有阿谀奉承的成分。毫无疑问。阿谀奉承，卑躬屈膝。

我搜寻着他的视线，并与之对上了。

"你与彼得·汉德克有什么关系吗，说真的？"我说。

这话听起来有些唐突。但是达格·索尔斯塔没有去留意这些。他摇了摇头，说他其实没有。他读过他写的一些书，但那是很久以前了，他不能说他对汉德克有什么直接的兴趣，没有。

“我现在正读他的一本很奇妙的小说，你知道，”我说，“《我在无人湾的岁月》，你读过它吗？好像那是八十年代末或者九十年代出版的。”

“不，我还没有读过。那本书好吗，你认为？”

“是，它是好。”

关于这个就没有更多讨论了。很多人都在那儿，谈话进行着，人们来了又回，很快就到了要上台的时候。索尔斯塔还坐着，我结束后再过半小时才到他上场，技术人员给我挂上了麦克风，我站在帘幕后，在闪闪发光的混音台旁，等待掌声停息下来，卡特琳介绍了我。然后我走上舞台地板，她提出了她的问题，听众笑了，我说了一些毫无意义的话作为回答，她后退几步，我开始朗读。

结束后，我走进舞台后方，摘下麦克风，匆匆走到门厅，这里仍然满满地都是人，走过广场，滑入过街天桥，那儿也挤满了人，有些地方水泄不通，我不得不站着等待，直到到了马路另一头，在火车站找到辆出租车，把摄影师图伦菲尔德工作室在城西的地址给了出租车司机。我们的车穿过这遍地阳光、璀璨夺目的秋天街道，我付钱下车时，一个男人站那儿冲我挥手，在也许五十米开外的门外。我小跑过去，被带进摄影棚，汉娜·奥斯塔维克[1]和英瓦尔·安比约恩森已经在那儿了，前者穿着一

[1] Hanne Ørstavik 挪威女作家（1969—），获得多个文学奖项，作品被翻译成十五种语言。

件古着连衣裙，可能是二十世纪二十年代的，也许三十年代，后者穿着白色小礼服，戴着白礼帽。图伦菲尔德（Thorenfeldt）亲自过来和我握手，这个圆滚滚的男人显然一贯笑嘻嘻的，至少他现在是这样。给了我一堆衣服，都是白色的，我走进一个小隔间，把它们穿在了身上。小礼服的裤子太大了，它们像口袋一样挂着，但是用上吊带以后效果是一样好的，我走出来时摄影师助理如是说，现在就可以开始了。我们摆好姿势，图伦菲尔德不遗余力地有如弗兰克·辛纳屈附体，又笑又喊，我们三个人紧靠在一起站着摆各种姿势，戴帽子，不戴帽子，最后汉娜被发了一些五彩纸屑，她用力洒出去表示结束。这一切大概用了不超过十分钟。据我了解这些照片是给一家连锁书店拍的，我首先是对此表示怀疑，这是我拒绝的方式，别让我搞这一套，因为我得考虑我自己的文学信誉，这样的事来一次就会让它削弱。我不是那种作家，我想，但是后来我还是让自己被说服了，这对新书来说是重要的，而且“不”也是我最难说的一句话，我软弱到了不能说不的程度，想到会让谁失望总是比关于我的信誉的想法分量要重一些，所以我站在那儿，在一个惯于拍名人的摄影师工作室里，打扮成某种文学综艺艺人。这还挺开心的。这么扮起来很好玩，被拍照很好玩，站在瀑布般的音乐、欢笑和姿势中央很好玩。而我和英瓦尔·安比约恩森以及汉娜·奥斯塔维克在一起做这件事，也有帮助，因为我尊重他俩，因为他俩也一起，那这事就不会太坏。这是出来卖了。是啊是啊，但是我又卖了什么呢？我的灵魂。而我反正已经失去它了。

拍完照后，我在附近咖啡馆和汉娜喝了一杯咖啡。我们第一次见是在九十年代中期，我为《流浪者》采访了鲁内·克里斯蒂安森，而他邀请我去参加了十月出版社的夏季聚会。埃斯彭在那儿，他是十月的作家，妈妈的兄弟谢尔坦在那儿，他是十月的作家，在我那张桌子旁，坐着汉娜，也是十月的作家。我们在晚餐时一起聊天，但是由于我身为那里唯一的非作家，自觉低人一头，晚餐一结束，我就挪到埃斯彭那桌，整个晚上都和他粘在一起。再遇到汉娜时，我已经出了第一本书，她提起我那晚上的情形，我那时多么没礼貌，起身就走，就好像她不值得与之说话那样。自从我签约出版社从时代转到十月以后，这些年来我们在出版社组织的各种文学活动里屡屡会面。她是个纯粹的小说家，捍卫起她的作品毫不妥协，也丝毫没有变质。所有这些都是罕见的品格。作为个人来说，她很敏感，身上总有点不设防的气息，也许正是这不可能的等式，毫不妥协与毫不动摇,对上这面对世界坦坦荡荡的印象,让她的小说如此整体，同时又具有探索性。我们从来没有在一起聊过太久，除了几周前的一次，新闻发布会之后十月出版社召开的晚宴上，当时所有社会身份突然都融化殆尽，我们聊起了事情真实的情况。我说我的生活到底是什么样，她说了她的生活到底怎么回事。这种坦荡只属于那一刻，现在我们只是稍微聊了一会儿，主要是关于我们的书，过了一刻钟后我就起身，得赶飞机了，我搭出租车去了火车站，从那里坐火车到机场，在最后一刻办了值机手续，登上飞往哥本哈根的飞机，终于可以一屁股沉进座位里，完全独自一人。

在出发大厅的紧赶慢赶使我想起了另一次我不得不跑步赶

飞机回家的情形。那时候我胳膊上抱着万妮娅。她肯定不超过一岁。我受邀参加叔叔孩子的坚信礼，那是在奥斯陆郊外，因为琳达怀着海蒂不想坐飞机，所以我带着万妮娅一起旅行。我想把她带给家人们看看。一切都很顺利，除了在回家的飞机上，她持续哭闹了半个小时，我甚至把西装外套都汗湿了。现在，因为我也一样地赶时间而唤起了这段记忆，我也想起来那次可能是我最后一次见到家人们。的确，那以后，我在我母亲约尔斯特家花园门口见了居纳尔和他儿子，但是那次见面只有几分钟。坚信礼持续了一整天，这些我认识了一辈子的不同的人都以他们特有的方式展开了自己。兄弟之间的互动，双关的俏皮话，所有那些口头禅。他们的孩子正在成长。他们的孩子即将长大成人。我感到我代表了爸爸，而万妮娅的存在让这一切变得美好。

当我坐在座位上，一动不动的飞机正等着轮到它被放出去，对万妮娅的感觉，她那时的样子，充满了我。对她的爱好像汇聚在了一点上，铺天盖地而来，无法应对，它这么疼痛以至于眼泪含在了眼中，然后它被释放了，又沉入深处，飞机开始向外滑行。太阳低垂，阴影很长，我把头向后靠过去后，闭上眼睛，试图睡一会儿。当然，这是不可能的，过去两天发生了太多事情。但是现在只有这架飞机，在这之后，一辆开往市中心的出租车，然后我身边环绕的就是另一个世界了。

当我们升到空中时，下方的东挪威森林地貌越来越遥远，隔壁座位上的乘客，一位二十多岁快三十的女子，也许三十出头，金发头发，胳膊很壮，拿起《日报》，从中间把《杂志》特刊抽出来，翻了起来。我一发现这个情况，就转过头看着看着舷窗。

几秒钟后，我伸手打开了座椅上方架子上的通风按钮，作为掩饰用的假动作，然后飞快瞥了一眼她一动不动地放在面前的杂志，绝望地发现，她正在读有关我的那篇文章。在我把发烫的脸颊再转开之前，我看到了我照片的一角。她应该没意识到，她正在读着的人物专访里的那个人就坐在她旁边的座位上，否则她会就看着我说出来了吧？如果她在航程中发现了这事，她会明白为什么我如此刻意地转过身去，而这种情况对我们来说都很尴尬；她会揭穿我，我会被她揭穿。但是我也不能拍怕她的肩说：你读的那篇是写我的！因为这似乎太弱智了。如果她就是翻翻而已，那就不会太危险，但是现在她坐在那里逐字细读，离我只有几厘米远，我尽可能地把头转开。一旦她读完了这篇采访，我就必须继续把自己藏起来，因为这情况也不会随着阅读结束而终止。

她至少用了十分钟来读这篇采访，这是我用眼角余光扫了现在翻到的页数由此推断出来的。她什么都没有发现这一点很奇怪，因为我的身体肯定散发着各种紧张。但是没有，从奥斯陆飞往哥本哈根的航程所需的这一个漫长的小时里，我坐着看向舷窗外，她悠闲地坐在我旁边，阅读一会儿，吃了点东西，再读一会。哦，飞机降落，停下来，她起身朝机舱前面走去是真是一种解脱，我终于可以挺直脖子，呼吸，放松。

我出来时琳达已站在到达大厅里。她打扮了，很高兴的样子。我们吻了对方，办理登机手续，飞机起飞前那一个小时，我们坐在我前一天早上坐着的咖啡座里喝啤酒。这感觉很堕落，我一般旅行时从不喝酒，因为那种情形我总是带着任务的，而琳达和我几乎也不再一起喝酒了，因为我们身边总有孩子。

这感觉就是自由。接下来的两天我们想做什么就去做什么。没有孩子，没有写作，没有阅读，没有采访。只是我们俩。但头上也罩着阴影，琳达还没有读过我写的那本关于我们的书，我把这念头推在了一遍。万物皆有时。当我们回家后，我会把稿子给她。现在她什么都不知道，就在这什么也不会发生的感觉里这个周末开始了。

当我们登上飞机时，太阳已下沉。这明亮的机舱里的气氛与奥斯陆来的那班机上完全不同，这既是因为所有标牌和小广告标志都是异国语言的，空乘人员的面孔也是别样的类型，也因为这黑暗，就在我们一升上高空时，它就相当迅速地把我们封闭在其中，它无与伦比地清晰地定义了这空间：我们坐在这儿，离地极高，正在进入欧罗巴，朝着它古老的首都之一，而那些无名的陌生的城市则像发光的水母那样在我们下方黑暗的大海中，而这被定义的空间所说的，是“旅行”，以一节火车卧铺车厢说旅行的方式，以一间船上客舱说旅行的方式，考虑到此行性质还可以说以一个齐柏林飞艇客舱说旅行的方式。不是身体做物移的旅行，而是作为神话的旅行。二十世纪二十年代、三十年代的旅行，五十年代和七十年代的旅行。也不是作为地理位置的欧罗巴，而是作为神话的欧罗巴。这美妙之处就在于这自中世纪以来一直在那里的城市，那曾经是中世纪的一直就那儿，那曾是文艺复兴的一直就那儿，那曾是巴洛克的一直就在那儿，更不用说二十世纪的两次世界大战，依然在那儿，散布在我们下方的大陆上，而它们如此不同，有着不同的气场和含义，吸饱了时间，各有各的方式。伦敦和巴黎，柏林和慕尼黑，马德里和罗马，里斯本和波尔图，威尼斯和斯德哥尔摩，萨尔茨堡和维也纳，布加勒斯特和曼彻斯特，布达佩斯和萨拉热窝，米兰和布拉格，这只是几个例子而已。布拉格，这里曾有过魔像（Golem），这人造的人，这里曾有卡夫卡。这里曾是浮士德的中世纪，这里曾有那双重君主制之十九世纪，这里曾有共产主义之二十世纪五十年代以及资本主义的2000年——以生硬而庸俗的东欧变体。

现实与我们对现实的观念之间有什么区别？就算现实存在，对我们来说也是遥不可及，这没有被观念建构的现实本身也是一种观念。

这些名字所唤起的情绪和观念都有什么意义？它们什么意义都没有。但我们的生活也是如此，假使我们取消了我们对它们的观念。

酒店就在河边，就在老桥旁边，我们拿到的房间有一个面水的窗户。房间不豪华，没有迷你吧或没有电视，但是很考究，有点像挪威西部峡湾老酒店的那种考究，那些保留了十九、二十世纪之交的内部装潢的酒店，这家也是这样，假使这不是翻造出来的效果的话。我们放下行李去吃饭。快到10点了，所以我们去了桥那一侧离得最近也是最好的餐馆，河边的桌子上点着小灯笼式样的蜡烛。我们真的在这儿了，在古老城市桥梁横跨过的黑色涌流着的水边，城堡在我们身后如冠冕矗立，这感觉无法言表，至少我不行，就好像我们身边的一切都在动，它们所存在的地方，而不是我们现在置身的此地，这感觉我在走过这座桥上有就了，甚至在脚踩上桥时就有了。

我们点了一瓶红酒，然后干杯。琳达被微弱烛光映照着的脸在我面前的黑暗中明灭，她的眼睛闪着光，她把手放在我的手上，一种暖意在我身上散开。我们的餐来了，我们吃完了，身后响起了挪威语，那完全自由的感觉消失了，忽然有人能看到我们。琳达注意到了，她问怎么了。我说这儿有挪威人，我开始以他们为秤来掂量我说的一切，开始用他们的耳朵来听自己的声音。她说这听起来很糟，说我别想这个了。我说我试试吧。所以，我说起了飞机上的情节。她笑话了我。我们结账，往城里溜达了一趟才回酒店。第二天早上我们一大早就醒了，又试着再入睡可是怎么也睡不着，我们的生物钟在带了五年小孩后完全被破坏了，所以我们起来吃了早餐，走进了这早上空荡荡的，具有周日之宁静的城市，它缓缓地热了起来，我们在临街咖啡馆里喝咖啡，几个小时后回家的路上，我们买了当天晚上的芭蕾舞票，柴可夫斯基的《天鹅湖》，我们觉得在这古老的东欧看这个一定很妙。傍晚时分我们打扮停当，我穿了件白衬衫，打了条领带，穿上西服，琳达穿了件深色连衣裙，然后我们出发去剧院。在我想象中应该是大理石楼梯，垫着红色毛绒的包厢，以及穿着裙子，白礼服和宴会长裙的人们。我从前台的电脑查到了去剧院院怎么走，但没打印出来，当我们走到那个区后，又走了一阵子却没找到街道。距离演出开始还有十分钟时，我们小跑了起来。琳达在一家小便利店里向一个女人打听这个地址，她什么都没明白，琳达给她看了票，她朝下方指了指，我们朝那个方向跑过去，什么也没有，我们走到一个空旷的广场，没有什么剧院，横穿过它，跑到一条窄街，那里除了出租公寓之外什么都没有，我们转过身，跑回去，琳达又问了一个人，这次是个遛狗的胖男人，他会英语，告诉我们它在和这条街平行的街上，我们赶过去，找到了街名，朝上跑，停下脚步，终于到了。但矗立在我们面前的，不是我想象的那种大型的，宫殿般的剧院，普鲁斯特小说里的歌剧院那种，而顶多像间电影院，还是破败阴森的那种。不可能是在这里吧？但是没错，我们买的那漂亮的印着花体字的票上的名字，和门上方的名字相符。我们走进去，这建筑里那破旧、类似综艺杂耍感的气质甚至更强烈了，演出大厅很小且敝旧，舞台一点点大，没有乐池也根本没有什么乐团。观众人数很少，而且大多数看起来都是懵了的游客，但不像我们两个人这么懵，我们打扮得如此隆重，沿着一排折椅走下去找座位时，无可避免地引来许多关注的视线。不，不，我对琳达说，我们把自己折腾到这儿看的是什么玩意儿？她说，可能舞者们跳得很好呢，我们坐下来等待时她牵着我的手。我们四周的灯光变暗，但也不是很暗，我们面前的舞台上，就在有人放起舞蹈配乐 CD 的同时，灯光亮起。音乐是从两个音箱里放出来的，它们就立在舞台两侧的支架上，几分钟都没有任何事情发生，然后两位年轻的芭蕾舞演员蹦跳着过来了，她们大概十六岁或十七岁，很可能是芭蕾舞校的学生，从她们舞蹈着的身体上没有升起任何东西，所有的动作都还驻留在她们身上，她们在那儿扭转着跳跃着，在舞台上前后摇摆着，每一步都重重地击着地板。我对芭蕾舞并不在意，我坐在这里只是为了琳达，为在我们面前展开的这不可救药、毫无优雅可言的状况感到羞耻，坐立不安。琳达在镜子面前站了那么久，把自己打扮得那么好看。这是我们在布拉格度过的唯一一晚，而我们要在这里度过。我看着她。她看着我。然后她笑了。她小声说，我认为这是我所见过的最差的演出了。这话说得不轻，因为我看过很多差劲的演出。我们走吧？我小声说。我们等到中场休息，她小声说。我们也这么做了。我们又找到了一家酒吧，这个晚上剩下的时间我们就坐在那儿聊天，喝到酩酊大醉。第二天早上我们睡到很晚，在城堡所在山脚下找了个地方吃午餐，在一个院子里，然后我们沿着山坡走到城堡，去了那里的一个艺术展览，然后，我们坐在城堡区域尽头的一家露天咖啡馆里，俯瞰着下方离我们有一段距离的森林。这里热得像夏天，我们每人要了一瓶冰镇啤酒，突然她拿起一支笔，写下半年前我四十岁生日时她唱过的歌，然后交给我。我几个月前曾问她要过，后来又忘记了。我在家里搞了个聚会，我们一共有二十几个人，我事先告诉过大家我不想要任何致辞。埃斯彭，托雷和盖尔G·都没搭理我这茬，所以当琳达站起身来时，我以为又是另一个致辞。

“万妮娅曾说过这个家里没有大人，”她说，“但是我认为你现在已经上轨道了，我希望我能紧紧跟在后面。但是我不打算致辞，我想到了用歌来抒发。而既然我从来没学会过任何乐器，所以我想到了弹尤克里里。”

她往后退了几步，这样我就看不见她了，当她再次向前走过来时，手里拿着尤克里里。我知道她不会弹尤克里里，所以担心着最坏的情况。但是后来才知道她从幼儿园另一位家长那儿学会了这个，有一首歌她已经完全掌握了，上个月我每次出门的时候，她都会练习。

然后她站在那儿为我唱了一首歌。这就是她在这间城堡咖啡厅塞给我的纸条上写着的，我边读眼泪边顺着我的脸颊流下。

曾经有次我见到这个人，
我的视线被转动
就像他走过带起的风，
又快又无畏肯定会赢
他看着我，还微笑着
他看到我的玫瑰，还微笑着
然后他走过我身边
但是他走过我身边

然后我又见到这个人，
我的视线被转动
他像太阳发着光，
他将改变我的人生
他碰到了我，还微笑着
他握着我的手，还微笑着
然后他没有走过去
不他没有走过去

一天天变成了一年年
我的视线被牵引
这个人，他这样的人
他的手让人生完美
他看着我，并微笑着
我看见了他的勇气，并微笑着
卡尔 · 奥韦我的爱。

我这样爱你[1]

我一开始甚至没有要庆祝四十岁生日的想法，这完全不在考虑中。但是在前一年的秋初，也就是2008年9月，我们去沃斯（Voss）看英韦的时候，英韦和琳达突然说起了这事。孩子们入睡后，我们晚上就坐在外面的露台上，每个人手里都拿着杯红酒。我们上方的天空完全是黑色的，满是让人眼花缭乱的星星。空气冷而清爽。

“我们聊到了你的四十岁生日。”琳达说，在这露台窗户透过来的微弱灯光下看着我。

“真的吗？”我说。

“是啊。我们聊出来的结论就是，你一定要搞次大聚会，好好庆祝一下。”

“邀请所有你认识的人，”英韦说，“这样就可以让‘獴’和‘卡夫卡制造机’[2]演出，比如说。”

“那是我想不想要的事，”我说，“这绝对是我能想象的最糟糕的事。”

“我们很了解，”琳达说，“但是你已经把自己藏起来很久了，不是吗？”

“那么我该邀请谁？”

“人倒有很多，”英韦说，“你认识的人比你想象的要多。你只要开始考虑这事就够了。”

---

[1] 这首歌是用瑞典语写的。

[2] “獴”（Lemen）和“卡夫卡制造机”（Kafkatrakterne）都是克瑞斯高年轻时组的乐队。

“可能吧，”我说，看着琳达，“但是，假使我自己能选的话，我愿意和你们一起庆祝，像一个完全普通的生日那样。那已经很美好了。你们拿着蜡烛和礼物，唱着生日歌进来。这样的庆祝对我来说就足够了。”

“这是当然。”琳达说。

“但这不是为了你，”英韦说，“这是为了给所有你认识的人一个恭喜你的机会。然后还有搞个庆祝活动。如果你早点发邀请，大家就可以好好计划，订酒店和航班这些，我相信每个人都会来的。至少我就很想来。”

“我不怀疑这点，”我微笑着说，“但是你自己也没这么庆祝过。”

“所以我后悔啊。”

“你说什么？”琳达说。

“没什么。”我说。

这个提议里有些部分说动了我，琳达说的那话是真的，我已经躲起来很久了。

我为什么会这样？

这是一种能让自己应付裕如的方式。在我二十多岁那些可怕的岁月里，我试图去参与身边的生活，也就是这普通的生活，每个人都过着的日子，但没能做到，而这被打击的感觉浓度如此之高，这种深切羞耻感的闪念，也就是我逐渐地，自欺欺人地，转移了焦点，越来越深地进入了文学里，用一种看起来不像退缩的方式，好像我在避难似的，而是恰恰相反，是一种英勇和凯旋，在我听到那句话之前，我真以为我的生活就是如此。我不需要别人，书房和家里的生活就足够了，是的，绰绰有余。不是因为我有社交障碍我才退缩回内心，我这样是因为我是个大作家，或者想成为一个大作家。它能解决我所有的问题，而我也非常适应这样的方式。

但是，如果真的是我躲了起来，那让我害怕的是什么呢？

我担心别人对我的评判，为了避免这种评判，我干脆对他们避而不见。想到会有什么人喜欢我是很危险的，也许对我来说是最危险的想法。我从来不想这些，我不敢。即使妈妈是真的喜欢我，我也不这么想。或者英韦或琳达。我基本的出发点就是他们不喜欢我，不是真喜欢，但因为困住我们的这些社会的和家庭的关系，使得他们仍然要看到我，听我要说些什么。

如果我只是对自己有责任的话，那就根本无须考虑什么东西。不管什么情况我都能应付过去。但是我和琳达有三个孩子，我不希望他们在一个与世隔绝的家里长大，也不想让他们认为躲起来就足以应对这世界了。我唯一能给他们的就是我现在给他们的东西而这不是通过我说了什么，而是我做了什么。我希望他们身边总是有人，我希望他们变得独立和无所畏惧，能够打开自己，也即在这个社会这无自由的边界里尽可能地自由。最重要的是，我希望他们对自己有安全感，喜欢自己，做自己。同时，我想过他们有什么样的父母就有什么样的父母，而我们也无法从根本上改变自己的性格，这么做既愚蠢又是灾难性的；让一对父母假装是他们所不是的什么人，这么做只会带来更多的痛苦，太显而易见了。这事关我们的局限性。它们就这样了，但是这也并非不合理。我们有了孩子后的头三四年里，我的那种行为方式常让我感到挫败，这挫折感经常发泄到他们身上，一定在他们的自我感受上留下了印记，这是在他们身上做父母唯一不能去乱碰的东西。这就是我的出来的结论，那些已发生的不能再发生了，我们再也没有在他们面前吵过架，我再也没有在愤怒中失去理智，但是我差不多每天都要来一次沉默的祷告，祈祷我所做的事别留下痕迹，别留下不能治愈的痕迹。哦，我想象着他们的自我感受是片沙滩，我在上面留下了我的印迹，但是后来海水向内涌来冲刷，阳光明媚，天空蔚蓝，水也是，这环境里的可塑性多么奇妙，一切都被覆盖，一切都被抹去，咸而冷而美妙。

我想着这些，但是知道我从来不必直接去进行干预，也就是我从来没有让这些担忧，这些所有父母的担忧，去形成某种如有实质的问题，让他们留意到或者要对此有什么回应。万妮娅甚至还不到一岁的时候，一有陌生人出现她就开始闭眼，这是打哪儿来的？它是基因在她身上的沉淀，一种如此强烈的害羞让她不得不闭眼把一切关在外面？又或者她从我们这里攫取了这个，屋子里的氛围，我和其他人来往的方式？她一见陌生人就躲起来这事持续了一会，这样下去是不行的，后来到她三岁半的时候，一个下午，她坐在童车里，我们碰到了另一个孩子的家长，万妮娅滑进童车里假装睡着了。这没关系，但是不管怎样我还是有点被困扰，我只是想让她感觉自在一些。如果让她注意到我的不安，那才是最糟糕的。我不能让它们附着在我身上，也不能让我的担忧显露出什么迹象，只能试着安静地去校正这一切。因此，我的能躲就躲，我那闪缩的视线，我的避世，我在这密闭空间中的生活，我必须要走出来。

琳达的性情在很多方面和我差不多。但是她是交替着来，在内向，消沉和被动的时期里，她白天除了躺在沙发上看些不动脑子的电影以外，什么都做不了，然后这些就消融在一段外向，兴致勃勃且非常活跃的时期里，她就突然会绕着孩子们忙碌，好像这是世界上最轻松的事。所以我们两个人在让自己去适应周边环境上都有问题。一位母亲和一位父亲。他们的父母。

我们在 2007 年春季结婚的时候，婚礼规模之小是我们觉得能够能应付的程度。琳达的伴娘海伦娜，我的伴郎盖尔和他的女朋友克里斯蒂娜，琳达的母亲英丽和我的母亲西塞尔。在市政厅里进行结婚誓词时，除了万妮娅和海蒂，一共有五个人在场见证这两分钟。一个小时后，和我们一起坐在西港（Västra Hamnen）订好位的桌边吃饭也是五个人。没有祝词，没有跳舞，没有引起任何注意。这分毫不差就是我想要的，我可以想象到最糟糕的事之一就是成为别人关注的中心，是我认识的人的关注也不行。

这是琳达想要的吗？

她说是的，我也以为这是她的本意，但是后来我明白了，她可能想要一场更大的婚礼。对我来说，最重要的事是我们结婚，对她来说，重心可能更在于我们怎么结婚。

那天晚上，我们去了哥本哈根，没带孩子，我们住在安格利特酒店[1]，在附近一家海鲜餐厅吃晚餐，第二天，我们带着孩子去了加那利群岛，琳达肚子里怀着约翰，我们住在那儿一个可怕的专接待北欧人的度假中心，在酒吧电视放着《每日评论》，前台出售《日报》，我们待了两周。我们精疲力竭地降落在机场，拖着巨大的一堆行李、双座婴儿车和两个孩子坐上在那儿等着的大巴，饥饿、口渴，因心焦气躁而喘着粗气，坐着车穿过这

[1] Hotel d' Angleterre，世界上最早的豪华酒店之一。

贫瘠的、几乎沙漠般的乡间景物，就好像这些度假平房和商业中心拿走了这里所有的希望，一个小时后我们到了住宿的地方。一排排两层楼的混凝土公寓，一片干枯的草坪，沥青路面，两家大型酒店，都在高高的围栏内，在一座碎石山之侧，满满的都是斯堪的纳维亚人和英国人，这就是我们度蜜月的现场。我被这挫败感弄得沉重而僵硬，琳达看上去很累，以至于我们站在门口而她找不到钥匙时我对她嚷嚷，她就哭了起来。万妮娅对我很愤怒，我不可以这样跟妈妈说话。海蒂看上去很害怕。我们进了门，这两个房间很暗，但是那儿有个阳台，那还算有点像样的东西。我出去给大家买些吃的，附近有家类似超市的店。我回来时海蒂和万妮娅都穿上了泳衣。对于她们来说，这就像个童话，所以我明白过来，只有我变得暴躁了，这对她们来说会很好的。

对我们来说，这根本不是什么童话。是的，实际上是童话的反面。没有什么魅惑，没有什么神奇，没有任何光环存在。我们陷入了一种节奏中：海蒂 5 点半醒来，在电脑上看一部电影，为了打发掉一天里这些最早的、不看电影就纯粹无所事事的时光，等那个贵死人的超市开门后去买早餐要吃的东西，去游泳池和与孩子们一起游泳直到午餐时间，在那家餐厅吃午餐，那里坐着几百名客人，提供汉堡包、热狗和意大利面，招待们痛恨我们，然后带海蒂回房间让她睡会儿。另一个人带着万妮娅，在外面咖啡馆坐着喝咖啡，而万妮娅画画，吃冰激凌。海蒂醒了以后再去游泳，在两个小游乐场之一玩上一会儿，在四家餐厅之一吃晚餐，然后和孩子们一起参加晚间的娱乐活动。它的全部团队就是一个快乐的瑞典青年，也许十九岁，他用音响放歌，让孩子们跟着一起唱，然后说起一个可能会来的小丑，问孩子们是否很期待小丑的到来。小丑是全场的高潮，他来了，跳了一会舞，给每个孩子都发一根棒棒糖，就又消失了。我们还带孩子们去了几次小熊俱乐部，她们太小了所以不能自己待在那儿，她们也太害羞了，除了盯着那个穿着泰迪熊皮的年轻人，或画画以外，也参与不了任何别的活动。

第一个周快结束的一个晚上要举行一个生日派对，过生日的小丑，所有孩子都得到了邀请。万妮娅和海蒂一起，每晚都瞪着大眼望着小丑，却没有看出面具后面藏的是个瑞典小伙，可能最多就在高中上过戏剧表演课，她们强烈期待着这个生日聚会。万妮娅穿上最漂亮的衣服，和母亲一起充满冀望地走到了那儿，而我推着坐在童车里的海蒂去海边作一次长距离散步，沿着一条海边的沥青小路。这么安排的意义在于我们在晚间活动里再碰头。海蒂安静地坐在童车里，向前看着。她的眼睛很大，在照片上她的脸除了脸颊就是眼睛，她天性是温柔而外向的。当她出生时，万妮娅急切而决绝地转向了她的母亲，海蒂则留给了我，我每天抱着她在公寓里走来走去，开始是斯德哥尔摩的公寓，然后是马尔默的公寓，我抱她抱得太多以至于她从来就没有好好戒掉这个，总想被抱着。我其实也想，比抱着她更让我欢喜的东西其实很少，尽管我认为她应该尽可能多走一点，为了能更好地独立，不要依赖别人，但除了很少的几次，只要她伸出双臂，别的什么都不需要，她就坐在了我的臂弯里。今天下午也是如此。我一手推着童车，另一只手抱着海蒂，朝码头上的咖啡馆走去，刚走了二十米左右，就看到了惊涛拍岸，我们边走着，她和我都催眠般地盯着它。到咖啡馆后给她买了冰激凌，看着她聚精会神地吃冰激凌是一种解脱，因为无论我离她多近，在和她的关系中总有一种困扰或者甚至是害羞的成分，我和万妮娅一对一在一起时我也是这样，但那情形又有不同，因为她年纪大一些也会说话了。这感觉就像我在和她的关系里总有点造作的成分，我们不能只是陷入那沉默，因此我总要说点什么，提点问题来填充它。而她笑起来后我松了口气！但是那也对随后的沉默提出了更高的要求。所有这些都是感觉，因为我心里知道与自己的孩子们在一起是可以保持沉默的，而也绝对没有必要总在娱乐她们，我也学会了就算什么活动都不安排也没关系，也知道对这要额外地安排点什么的期待不是来自她们，而是来自我自己。

有谁对着自己的孩子会感到害羞？而这又对孩子们产生了什么影响？

和她们靠得这么近，就像今晚这样，当她把柔软的脸颊贴着我的，并微笑着，这简直无法忍受。我加快了脚步，几乎是跑完了这热带树木下窄窄的柏油路，来自大西洋的风抚着脸，温和而清新，在这渐渐浓起来的暮色里，遥遥地可见我们度假区的灯光在闪烁。

万妮娅期待了一周的小丑生日聚会并不像她所想象的那样。那里的工作人员首先不同意琳达也在那儿待着，这个活动的意义就在于家长不必在场，他们应该自个儿待上几个小时，所以如果琳达有时间陪万妮娅，就不应该来这儿。

“他们不想被看见，”琳达说，“他们不想任何家长在那里，因为那就暴露真相了。”

“小丑不在那儿，爸爸！”万妮娅说，“他没有参加自己的生日聚会。”

孩子们得到了一顶帽子，他们坐在桌边，每个人都画了一张画，这画要送给过生日的小丑的。然后给孩子们发了汽水，香肠和一块蛋糕，他们默默地吃掉了。他们问工作人员小丑什么时候来，他们说他很快就要来了。然后他们玩了一会，没有小丑，也没有欢乐可言，因为他们彼此之间并不认识，尽管工作人员喊着一些鼓励的话。万妮娅不想玩，她坐在琳达腿上，不断地问小丑什么时候来，以及小丑为什么不来。最终，派对结束了，他们最后派对离开，到了舞台那里，营地里其他所有孩子都坐在那儿等小丑，小丑最后出现了，做了平时那一套流程，只有一个例外，他从参加聚会的孩子们那里拿到了那些画。

万妮娅不明白这点，小丑怎么可能不参加自己的生日聚会？

这个问题的答案是，这些见鬼的度假商业机构根本不在乎孩子们，在他们身上能少花一分钱就少花一分钱，可是我们无法把这个答案告诉她，所以我们只是说，可可，也就是小丑的名字，看到画已经很高兴了，还有，蛋糕好吃吗？

我们这个套餐式度假的日子就这样过去了。但是，即使我们都非常不喜欢它，但从那里还是生长出了某些我们后来聊起来才发现的东西，还有晚上的气氛，我们坐在露台上，阅读，聊天，而孩子们在里面睡觉，这些突然成为我们渴望的，并真的想再度体验的东西。海浪的呼啸，我们上方广袤的黑暗天空，洒满了星星，这热带夜晚的声音。那时我读了贡布罗维奇的日记，它们很狂热，以一种奇异而几乎是诱惑的方式汇入了这些斯堪的纳维亚童车、疲惫的低龄儿童家长和像小便般温热的游泳池的世界：这也是生活。就是这样。接受它吧！但是当我们在那里时，最主要的还是郁闷，除了两个时刻，一个是当我和万妮娅一起去看海豚的时候，远远地到了海上，那些美丽的动物就在我们所站立的船舷下游戏着犁开水面，不仅我，万妮娅也认为那是神奇的一幕。当我们聊起这事时，事实表明她的记忆如此强烈地附着在那个在回程时脸变得煞白的男人身上，他冲向船舷，吐了出来。我自己则很清楚地记得她如何把小小的脑袋放在我的大腿上睡着了，这在我心里唤起了欢乐如汩汩泉涌，又想起了我曾在克里特岛一家博物馆见过的克诺索斯王宫海豚壁画，这很简单，那画里很单纯又无与伦比的生之快乐。这种单纯在同一时期的北欧艺术里是无法想象的，它具有完全不同程度的装饰性，在这装饰性之前是石器时代，简单的岩石雕刻，那所见的就只有单纯，那里除了线条就没有别的了，因为那个时候人类和动物之间以某种深刻的、我们现在无法理解的方式连通，艺术品背后的思路是仪式和魔法，而克诺索斯王宫里的海豚就是海豚。这个事实基本上从根子上摧毁了我刚读过还很喜欢的理论，我喜欢它是因为它颠覆了我脑子里对世界的观念，也就是意大利的核工程师和伪历史学家芬奇（Felice Vinci）所提出的，认为荷马的《奥德赛》实际发生在挪威、瑞典和丹麦之间的水域。芬奇和许多其他人一样，对《奥德赛》里的地理如此不吻合现实中地中海地区的地理感到困惑，即使名字都是一样的。书里对伊萨卡[1]的描述与伊萨卡的现状不符，这种情况比比皆是。于是芬奇出于某种原因向北边看过来，他

[1] Ithaka，希腊伊奥尼亚群岛之一，是荷马史诗里奥德修斯的故乡。

发现那里的地理环境和这些描述简直就像手在手套里那么贴切。艾尤岛（Aeaea）是北挪威的霍亚岛（Håja），特里那喀亚岛（Thrinacia）是罗弗敦（Lofoten）的莫斯肯岛（Mosken），斯刻里亚（Scheria）是罗加兰（Rogaland）的克莱普（Klepp），伯罗奔尼撒（Peloponnese）是丹麦的西兰岛（Sjælland），纳克索斯（Naxos）是博恩霍尔姆岛（Bornholm），波兰的北部是克里特，法洛斯（Faros）是法罗岛（Fårö），伊萨卡岛是丹麦的小岛吕岛（Lyø）。如果你来到吕岛，就会发现荷马的描述与该岛上的地貌完全吻合。这个想法很吸引人，也没有立即被人嗤之以鼻，因为它解决了荷马史诗里的一些疑问，例如他们在仲夏时分点火这个事实，当你想到地中海地区一年里那个时候天气有多么炎热，这一点就很明显了，或者另一个事实，书里所描绘的海洋色调和我们所知的地中海迥异，倒是在北方水域里更为常见，而为什么要把这北方的转写为南方的，芬奇也有解释：荷马所写的民族其实在北方生活了很长时间，可是哦，因为气候变化，他们被迫南下，进入了地中海，他们只是简单地用以前家乡的名字来起新的名字。由此就造成了这本书里的伊萨卡——即现实里的吕岛——与现实的伊萨卡之间的错位。伊萨卡曾是“伊萨卡”，或新伊萨卡。但是现在我想，是什么让这种想法不再成立了呢，大腿上万妮娅在静静地呼吸，风鼓荡着直冲着脸上来，被这特有的扑簌着的汽油和盐的混合气息所包围，有一丁点儿晕船，但还是很高兴，是了，是不同地方之间的文化差异。不仅是人在定义了一个地方的文化，地方也定义了一个民族间的文化。从克诺索斯的海豚到帕台农神庙饰带里的马匹，或者从微笑的希腊古风时期青年男子像到那个壮美非凡的蓄须男子青铜雕像，大概是宙斯，1928年在希腊外海的海底发现的，或者从第一个多立克神庙到亚里士多德的哲学。我说的是对世界本身的喜悦，就像对所见感到的喜悦。希腊人所做的就是这些，他们让世界自由。希腊艺术的激进性，它以世界本来的样子来对待它，没有通往某个秘密世界的纽带，这和更深层的真理的联结，只能以人类是上帝之子的观念来衡量。希腊艺术所经历的发展里最有趣的事情之一就是对真实性的要求看来是如何逐步提高的，就好像每一部分被呈现出来的世界都以一种新的方式和那些不可见的联系在一起，而这不可见的就由此被发现，再被弃置。那有着深不可测的微笑的古风时期雕像，依照同一个模板制出来，而这些相同的，非个体的也是非人类的，而假使你想到它们位于某个神庙或者坟墓前，在外面，在人们中间而不是在博物馆中，它们的气场就一定会是强烈和吓人的，对这些以人类形式出现的非人类来说，这是死亡或神圣。它们的时间不是我们的。它们的场域不在这里。几百年后，那些希腊人制作的古典雕像就完全、彻底地个性化了，它们身上没有任何令人恐惧的非人气息，既不指向死亡也不指向神圣，而是一心一意只在人间。在它们身上切身存在着一种尊严和美，在某种意义上来说使它们处于时间之外。它们是崇高的，理想的，代表着某种整体说来，它随后几代人去攻击的东西，在希腊化时代，注意力转向了那脱轨的、丑恶的、丑陋的，在那上面没有任何崇高的东西，就像那个蓄着连腮胡子，独自坐着的青铜拳击手，从胳膊上和腿上的撕裂以及断了的鼻梁看来，他也许是在一场搏斗后休息片刻，头侧着，视线向内向右，几乎是狐疑地还有点侵略性，就好像他刚刚被一声大喊或者一句嘲讽的评论弄糊涂了。他看上去有点愚钝，但身体的力量和潜在的残酷性立即就将这愚蠢拱到了一边，能定义他的绝不是这愚钝。在这里，这座塑像，出于一位叫阿波罗尼奥斯（Apollonius）的人之手，在基督诞生前那个世纪，没有指向任何不属于那个特定瞬间的事物，我们看到的就是一切，没有任何隐藏的东西，不是作为理念或者理想的死亡，神圣或人间，这就是世界，不多不少。但这是艺术吗？

什么是艺术？

我们所知的与我们所不知的东西之间的矛盾在所有艺术中都得到玩味，这就是让它贯穿一个又一个世纪源源不绝的动力，而且这种关系永不固定，永不稳定，就在我们了解了某样新东西的瞬间，立即就出现了另一些我们不知道的新东西。希腊人是第一个在他们的艺术中完全无视他们所不知道事物的民族，他们完全把精神集中在他们所知道的那部分。

希腊艺术里没有秘密。金字塔是如谜的，但多立克式或爱奥尼亚式神庙不是。在舞台上他们把这变成了一个主题，索福克勒斯的《俄狄浦斯王》讲的是一个不知道它的人，而当他逐步接近它时发生了什么，最终他知道了那是什么。这个究竟悲剧是源于无知还是有知的问题是核心所在，这是希腊文化本身的重大问题。但是在剧中既有俄狄浦斯所知的，也有他所不知的，重心在于他对秘密的反应，而不在于秘密本身。他们的神话，整个万神殿，都由那些你没法把它们太当一回事的神祇们构成，在这一点上他们太像人了，被吸向地下和冥界，那些在其他地域神话，尤其是北欧神话里极其突出的元素，在希腊神话里几乎无足轻重，在这里死者是阴影，也即我们所知的黑暗。我们所看到的，就是我们。但是柏拉图，他所看向的不是一个在我们这个世界背后的世界吗？是的，在某种意义上，但是那个世界不是不一样的世界，它是一样的，只是更强一些，就像一个物件比它的影子要更强大，更真实。

我很难想象像古希腊这样的艺术会在波兰森林或丹麦荒野里出现。至于为什么，我不太了解。许多人也曾涉足这久远的部分，尽管我在瑞典大诗人威廉·埃克隆德[1]那儿读到过关于南北性情和气候的许多解读，尽管现在以这种理路来说事已经完全不太上道了，关于气候影响文化，抛出这个假说的人们，很少不拿北方的明晰简单来和南方的阴险炫耀做对比的，我觉得还真是这么一回事，不过是完全相反的：这明晰属于地中海文化，而欠明晰属于北方文化。那关于开放，清晰和单纯的思想在森林里就陷入逆境，在这里一切都躲藏着，一切都关联在一起，所有的事物总是另一些事物的标志。所以这北欧文化痴迷于装饰和纠结在一起的东西，而美洲印第安人痴迷于动物，且始终以疏远如谜的眼光看待事物本身，这并非最不奇怪的，也推翻了芬奇那所有令人神思激荡的，关于奥德修斯在斯卡格拉克[2]和波罗的海一带烧杀劫掠的想法。我在这满是游客的船上这么想，这时一个声音在扬声器里响起，说附近有一条鲸鱼，但是它几分钟前已经浮出过一次水面，所以很有可能到我们下次出海之前它都不会浮出水面了。当万妮娅醒来时，我告诉她这事，还有我们要下船了，她很失望，她多想见到一条鲸鱼，

[1] Vilhelm Ekelund（1880—1949），瑞典诗人。

[2] Skagerrak，北欧的海峡，南边丹麦、东边是瑞典和北面是挪威。

我用那条鲸鱼和她同一时间在这片海里的说法安抚好了她。我夸她在犯恶心的时候也能睡着，还没有其他人能做到这一点，我说，这很明智，我说，然后在接下来这一年里，她一直记得这个，多次说起这事，其他人没能睡着，所以他们吐了，但是我睡着了，你还记得吗，爸爸？

我们穿过港口走到这城市中心小小的海滩。我的背包里有泳衣，但万妮娅不想游泳，她想回家去找琳达和海蒂，所以当她在咖啡馆里舔掉了一个冰激凌后，我给她买了一副心形太阳镜，我们坐上了公共汽车，不久我们就在这条甩向海边沿着那些悬崖绕来绕去的道路上飞驰，太阳高高地在我们上方燃烧。在我付墨镜的款项前，我已经将它拿到了商店尽头的衣架那边，我们一路走，那个店员在我们身后追上来，几乎是尖叫着，喊道，墨镜，你得付墨镜的钱！这让我恼火，顺东西根本就不是我的性格，谨慎说来，而且我带着个孩子，所以她凭什么认为我的行为是偷窃？我解释以后她也没有道歉。

“为什么那儿没有鲨鱼？”万妮娅说，她没看着我，而是凝视着大海，那么大，那么蓝，那么荒凉，因反射着阳光而颤抖。

“它们可能在其他地方，”我说，“而且它们可能会有点怕海豚？”

关于海豚比鲨鱼厉害这个知识点，我是从《魅影》[1]那儿学来的。他在那个叫伊甸的岛上有两条海豚，他站在它们后面滑水橇，一只叫奈费尔提蒂，但是另一只，多尔菲？无论如何，要有鲨鱼来，它们就会把它们赶走。

---

[1] 美国漫画家 lee Falk 系列漫画作品《魅影》（Phantom）里的主人公。

“他们为什么怕海豚？”万妮娅说。

“我不知道，”我说，“它们更强大吧，我觉得。”

这个回答让她安定下来了。我看着她那小小的脑袋，还有那蓝色的，有点斜的眼睛，现在正凝视着大海。她坐在那儿思考鲨鱼、海豚和鲸鱼吗？如果是这样，那她想到了什么呢？她只有三岁半，词汇量很小，她不知道或不了解的是那么无边无际。在这样的处境里会有什么感受？

我微笑着揉了揉她的头发，她真美好。

她严肃地看着我。然后她也笑了，又再次看着窗外。

她这样做是为了让我满意吗？

我盯着前方，朝着那片凹凸起伏的山，它像电影一样在右边窗户上延绵不绝。她的念头可能是琐碎的，贴着周边环境的，但它们一定是像我的念头装满了我脑袋那样装满了她的脑袋。它们对她来说就和我的念头对我一样重要。因此，理解所带来的念头肯定不是它们的重点，它们的客观内容，而仅仅是它们与情绪，感官印象和意识的相互作用。这些和这个我的情绪有关的东西。那么，这些念头为什么去到那么远，去就着它们来衡量自身？智商高，智商不高，聪慧，不聪慧？

那个该死的店员，真的。

我把一只脚伸进过道里，向后靠过去。这次出门都很顺利，万妮娅很高兴，我早上感到的那种不安，怕她觉得闷想要和琳达和海蒂在一起，这感觉完全消失了。

那种我接近了什么重要事物的感觉来了，升起了它的旗。

那是什么？

我在刚才在想着的东西。

我看着窗外。

那外面的什么东西。

太阳？

这深蓝色的大海？

地平线和它微微的弯曲？这种置身在一个星球上的感觉，在太空中旋转？

不，不。我们搭过的那条船，芬奇的荷马理论。

就是它。

那里有什么重要的？

让我们看看……

公共汽车紧急刹车，我向前看，是一辆白色大卡车就在我们前方拐弯处，我们的车开始倒车。

“那是什么，爸爸？”万妮娅说。

“我们要倒车，让那个大卡车，”我说，“你想要一个口香糖吗？”

她点了点头。

“这是成人口香糖，真的。”

“味道像牙膏那种的？”她说。

“是的。”我说，把那些小方块中的一条放在她伸出的手中，把三条塞进自己嘴里，就在那大用链条接起来的大卡车慢慢地滑过窗前时，薄荷味在口腔里像一场小风暴那样蔓延开去。

的确。至于地中海的艺术已经接近世界本来的样子，再现了它，同时也把它从各种关系里撕开来，这对芬奇的理论一点都不会有影响。奥德修斯的经历在北欧开展，并不一定导致对这个过程的书写也是在北方完成。难道《奥德赛》里的战争不是正在这里发生的吗？这里有一个神话世界，代表着它的是独眼巨人，是把船员变成猪的喀耳刻，是塞壬们的歌声，也就是被再施了魔法的现实，另一个是这新的，尚未被实现的非魔法世界，有着理性和聪明的奥德修斯由它而来，也随身带着这个世界，战争不正发生在这两个世界之间吗？霍克海默尔和阿多诺将这种矛盾理解为启蒙本身的辩证，这是理性挣脱樊笼的所在，第二次世界大战期间的兽行也是它再度瓦解的场所。他们看得很清楚，这非常精彩，但是我从来没有认同过这里面暗示出的进步观念，即启蒙了的世界优于未启蒙的世界，理性优于非理性，也许只是因为我自己的心灵同时是晦暗的，不清晰的，轻信的，清晰的，能领会的，理智的，而非理性的总是和那理性的一样重要，一样占主导位置。在我体内，它一直不断地前后波动，而我所想的一切，即使是最精确的那些，也总被情感和能量影响着。塞壬的歌声，她们也为我们而唱，死亡也诱惑着我们，毁灭和退化之歌声永不沉寂，因为那里面也有新的，即将来到的，生命就是这样安排着的。我们可以发展文化，可以把它推崇到很高的位置，越来越高，我们可以把塞壬们的歌声关在门外。但是人们与他们生活其中的文化并不是一回事，尽管很容易相信这一点，因为我们生在文化里，长在文化间。一种成熟的文化必须要被维系下去，这需要所有人的巨大努力，就好像他们活得超出了他们的能力范围，直到文化的系统强大到可以承载自己，但这也是一种背叛，因为所缺乏的努力使这结构隐没了，而我们还是和我们生活其中的文化浑然一体。然后是自然，这唯一的可能，现在再没有什么外面了，那是塞壬们的地盘，这样野蛮就变成了难以理解，邪恶，非人类的东西。

一位杰出的文学教授如何成为巴尔干最糟糕的战争罪犯之一呢？一个谜！不可思议！

克努特·汉姆生知道这一点。在他几乎所有的小说中，这被施了魔法的世界和这已祛魅的世界肩并肩地在一起，而由此产生的见解是，它本来就是半斤八两的一回事，是那关于生活的空虚和无意义。但这是可以庆祝的，这可能就是他的书所做的。

“我吃完了，爸爸。”万妮娅说，把口香糖从嘴里拿出来。我伸出手，她把口香糖放进去。我撕下了包装的最外那部分，把那纸条卷在口香糖上，然后塞进了口袋。在我们下面的是一个小型的，新建起来的城市，里面全是酒店和度假屋，在强烈的阳光下闪着白光。

“还有很远吗？”万妮娅说。

“不远，”我说，“也许半小时？”

“那是多久？”

“就像《叶哩嘣啪》第一部分那么长。”

“海蒂做了什么？”

“我不知道！我一整天都和你在一起！”

“她有冰激凌吗？”

“我想会有的，但你也有冰激凌。”

“是。”

我们进入了一个更大一点的城市，到处都是脏兮兮的白砖房，熄灭的霓虹灯招牌和度假打扮的北欧人。在最外面那些排屋之间能看见沙丘，再上方就是大海，蓝色而宁静。最后几公里一路都是建筑物；房屋，超市，车间，酒店，林立的酒店。大巴开得很快，很快我们就下坡朝着到酒店前最后一个海湾驶去，有一次我们再也受不了待在度假酒店里，就去那里走了一下午，并在紧靠着海边的地方找到了一家餐厅。海浪被喧哗地打碎露台的墙上，风让一切飘摇激荡，阴影修长锐利，这片土地上的光和这燃烧着缓慢下沉的圆球之间的关系真令人难以理解。这家餐厅，位于一家酒店脚下，是五十年代或六十年代早期建的，已经有些摇摇欲坠的样子。我和琳达都喜欢它，这种即将逝去与缓缓沉没的氛围令人无法抗拒，我们坐下来点菜，但是女孩子们有些躁动，不情不愿，所以就是赶紧吃完然后从那儿出发。

六十年代，也就是四十年前，这样。还没能称之为历史。但是也一样的，大众旅游业也被注入了那逝去岁月的光环。

上坡，开进向右的那条道，然后下坡，朝着我们住着的大型酒店区开去。

“妈妈和海蒂在那儿！”万妮娅喊道。

她说得没错，在坡上，琳达挺着大肚子推着那双座童车，海蒂躺靠在其中一个座位上，腿晃荡着，穿着一件颜色缤纷的夏季连衣裙。大巴停了下来，我们下车了，万妮娅朝她们跑上山。我想到她会说什么就感到有些兴奋，常常发现她对一件事的经历和我完全不同，但是现在只是她看到了海豚，而且她睡过去了，没有吐。

“你们怎么样？”我说，停在她们面前。

“挺好，”琳达说，“我们挺开心的。”

“你累了吗？”

“有点。不过没事。海蒂睡觉时我也睡了。”

“好。我们去吃饭吗？”

她点了点头，我们漫步到餐馆和商店所在的中心区域。它们环绕着一个类似庭园的结构，一半没有屋顶，中间有个小喷泉。商店里地板和外面庭园里的地板是一样的，陶土色瓷砖，缺少区别让我觉得很糟糕，就好像看到铺上去的草那样。我们坐在最上面的餐厅，为孩子们点了意大利肉酱面，我要了个汉堡包，琳达是比萨。阳光在沿着餐厅边缘延伸的金属围栏上闪烁颤动。人们穿着泳裤和泳衣，脚上穿着在瑞典叫作福爸鞋[1]的洞洞凉鞋，在我们下面来回走动，很多人推着婴儿车。一首类似欧洲迪斯科的歌曲在我们上方的扬声器中低低地播放。万妮娅用刀敲玻璃杯，然后海蒂也跟着做。我请她们克制一点。孩子们沐浴在一切事物中，包括声音，这对他们毫无影响：如果把许多小孩聚在一间房里，比如过生日的时候，他们可以大喊尖叫，大笑喧哗，那音浪的高度成年人根本受不了，但是他们自己根本就没有任何感觉。

过去几年里我对声音越来越敏感，就好像最小的撞击或敲击声都能直接敲到我灵魂里去，灵魂颤着抖着，这是某一天突然发生在我身上的，爸爸肯定也有同样的经历，如果有什么他要按下去的，如果有什么他不能忍受的，那就是任何会发出声音的东西。地板上的脚步声，门再次砸上，餐具撞着陶瓷器皿，孩子吧唧嘴。妈妈，与此相反，从来没有在意过这些。也许她更远地置身于自己内心，也许她更朝着世界，也许只是她宽容程度更高。但是爸爸，他是真的蹑手蹑脚，他身上从无安宁，

[1] Crocs 洞洞凉鞋，在瑞典因为被昵称为福爸（Foppa）的传奇冰球运动员彼得·福斯贝里（Peter Forsberg）加入营运而被称为福爸鞋。

一声突兀的声音，就能让他爆炸。

现在我也在同样的局面里了。

别弄那么大声！不，不，不！不要！**你没听到我在说什么吗！安静！**

万妮娅从椅子上滑下来，啪嗒砸在栏杆下。海蒂也跟着她，很快她们俩都肚皮朝下躺在喷泉前，用手拍打着。我拿出一包烟，点了一支。琳达生气地看着我。

"我怀孕了，你知道，"她说，"你就不能坐到别的地方去吗，至少？"

"别紧张，"我说，"正要去呢。"

我起身朝最里面桌子里的一张走过去。如果说我对声音敏感，琳达就是对气味。这就像和一条猎犬结婚了一样。烟现在对她来说就是折磨。但是她这么生气依然让我有些恼火。没必要为这种事就他妈的这么生气啊！我今天一天几乎都没抽过一根烟。我事实上抽了多少烟？三根？是的。早上一根，和万妮娅在咖啡馆里，一根。现在，一根。

一个招待一手拿着托盘在我们桌前停下，放下装着矿泉水和苏打水的玻璃杯。琳达抬头看着他，微笑了。

下面喷泉那边万妮娅和海蒂在咯咯笑。万妮娅把手放在水中，朝她妹妹甩过去，而妹妹的裙子前胸已经有一块因为湿而变暗了。

"万妮娅！"我喊道，"小心点！"

她抬头看着我。其他几个孩子也看过来。

但是她还是放弃了，下次我再用视线寻找她们时，她们已经用胳膊把自己挂在另一头的圆圆的金属围栏上了。

饭后我们朝中心另一端的出口走去，经过餐馆，服装店和纪念品商店，在万妮娅的敦促下停在一个很大很暗的游戏大厅前，这里有飞行模拟器，汽车模拟器，战争模拟器和独臂匪，又继续经过几个空置的店铺，再次停在一张长台前，这里出售了各种活动和游览的票。我们说过第二天要去远一点，出了这个地区去玩，也许在什么地方找个好海滩。一个年龄和我差不多的样子很和气的男人朝我们走过来。

"你知道附近有什么很好的海滩吗？"我问。

是的，他知道。他拿出一本小册子，给我们看了一张壮观的海滩照片，说它离这儿有一段距离，但是明天早上有辆迷你小巴去那儿。我问这要花多少钱。他说这是免费的。免费？我惊讶地说。是的。海滩其实属于一家酒店，那是家新酒店，这个行程和免费沙滩椅对我们的唯一要求是去参观酒店，回家以后介绍给朋友。而且这当然也是自愿的，但对他来说如果我们真能这么做就太好了，因为如果他介绍去的每个人都直接去海滩，他这里的口碑就不好了。

"请看看这家酒店吧，然后你们就可以去那个美丽的海滩了！"。

我看着琳达。

"你觉得呢？我们要去吗？所以明天我们就算出了趟远门了？"

"好啊，为什么不呢？"她说。

推销员给了我们一张纸，我们填下名称和地址，拿到了一张票，对他说了再见，然后又在这一区里走着，到了游乐场，它像个猪圈那样附在酒店主楼后面，我们并排站着，看着我们的两个孩子在滑梯上滑下来，在秋千上打着秋千，而穿着湿答答的泳裤，肩上搭着湿毛巾的人们从游泳池那边走过来，一股均匀的人流。一小时后，他们会再次出动，穿着衬衫和棉质连衣裙的两口子，脸颊因为阳光和这节日气氛而红润，走在去这住地某家餐厅去用餐的路上，有些人手上牵着孩子，有些没有。想到他们中许多人可能认为这儿真棒，是啊，简直就像个天堂，可能还为这个假期专门攒钱了，这个想法可能会让我感动，这里面有些美好的东西，同时也有些悲伤，因为这个地方是属于后一类，只是为了从渴望阳光的斯堪的纳维亚人这儿搂钱而造出来的，一种进阶版的信任骗局。这个想法最糟糕之处在于它让我成为什么样的人。我，如此鄙视这里的我就比他们更好吗？难道这里的傻子不是我吗？他们很开心，我不开心，但是我们为此付出的钱一样多。

晚上孩子们入睡后，我穿上运动鞋，朝坡上跑去，穿过那条人行天桥，跑进交通机器背后那片金色的黑如熔岩的平原。我的打算是上山，在山上跑一会儿，去看看度假时节里公路和酒店以外的东西。我跟着一条狭窄的柏油路向内跑。热气从地面升起。太阳照在我面前的山上。眼前一个人都没有。我的状态很差，跑得很慢。在我前方，一辆公共汽车从拐弯处转过来，往下开去。它经过我时，我看到车里都是老年游客。他们这是去了哪了呢？我呼吸沉重地继续往上跑，顺着道路进入隧道，一辆新旅游大巴朝我开过来，引擎轰鸣，朝着那纯天然状态的山坡。在另一边躺着一个小山谷。最远方有几辆大巴停在那儿一个很大的由砾石铺就的停车场里，在过去是一个篱笆围起来的区域，看起来里面有个西部小城，就像我小时候在电视上见过的那种。假使我不知道自己在哪里，这荒凉的，被阳光灼烧着的大地和这些破败的木头建筑会让我误以为这是美国西部的哪个地方，而不是在非洲海岸之外的大洋中的一个岛。

我继续朝内跑。T恤慢慢地湿了，太阳沉进大海，当我又回到住地时，几乎已经全黑下来了。我在走廊上打开了通往卧室的门，万妮娅和海蒂在里面睡着了。这平稳的呼吸，在夜间放松的肢体，以及这完全地从周边环境里抽离出来的状态，是我从一开始就为她们而着迷之处。就好像她们过着另一种生活，与另一个世界相连；睡眠之黑暗，植物般的王国。因此很明显她们是从那儿来的，母体内那盲瞽般的存在，在出生后很长时期都维持着这个状态，她们在其中除了睡就是睡。这情形和醒着时没有什么不同，因为在她们睡觉时，心在跳，血液在流，营养和氧气被分配下去，血细胞在创造并摧毁，在这内部液体在汩汩流淌，器官在脉冲式跳动，甚至还有神经，肉体之闪电顺着黑暗道路疾行。唯一不同的，是意识，也就是说，它在睡眠中也在场，只是向内而不是向外而行。我记得波德莱尔有次在他的日记里写过，我记得，每天晚上需要多大的勇气，才能跨过这门槛，向内心那未知世界而行。

她们像树木一样活着，就像树木一样她们茫然无知。明天早上她们会头发乱蓬蓬，带着睡意睁开她们的眼睛，准备开始新的一天，而不会想起她们过去那近十二个小时里所处的状态，一个念头。世界对她们敞开了大门，只要跑进去就够了，然后忘掉一切，因为遗忘才能使预设被打开。记忆创造了痕迹，模式，边缘，壁垒，底部和深渊，它把我们绑在一起，让我们下坠，把我们的生活变成宿命，而走出它只有两条路，疯狂或死亡。

但是我的孩子还是开放和自由的。可我竟然这样拖拽着妨碍着她们！如此严格，总是拒绝，叱骂她们！为什么我如此热切地要摧毁她们拥有的最好的东西？就好像她们就应该失去这些？

我关上门，脱下鞋子，正要打开浴室门时改了主意，不洗澡了，转而从冰箱里拿出一瓶啤酒，走到阳台上，琳达坐在那儿读书。我进去后她把书放在一边。我坐下来点燃了烟，但是刚才如此辛苦工作过的肺不愿意，所以我咳嗽了好一会儿。

“你不能把烟戒了吗？”琳达说。

我斜瞅了她一眼，灌了口啤酒。

“我希望孩子们尽可能长久地有个爸爸。”她继续说。

“我也希望，”我说，“外公有次说过我能活到一百岁。我对这个坚信不疑。”

最后我的肺部屈服了，我可以把烟雾深深地吸到它们里面。

我们在外面坐了一会儿，说起今天发生的事，以及明天要干什么。琳达有了睡意，这是两个生命的要求，她和肚子里的那个孩子，过了一会儿她起身去睡了，而我依旧坐着读书。我读的是维托尔德·贡布罗维奇的日记，假如我一整天都没有看它的话，没错，那对该享用点好东西的模糊期望就一直潜在那儿。我读的时候边划线，我几乎以后再也没这么做过，但是这些日记中几乎所有内容对我都显得极其重要，而且它有种罕见的品质，它如此独特以至于我一路都在想我一定要回头再读此书，为了记住，以后能用上它。我每隔固定的一会儿就把书放在一边，点燃一根烟，抬头看着这广袤苍穹，或者低头看着那排排平房的灯光，或者冲着大道上的树木，尽头是两个游泳池，从我这儿看不到那儿纹丝不动的水面，但只光是想到它们就让我放松下来。那些灯发出的灯光因为树冠而有些发绿，看起来有点人工，这里的自然也是这样，不仅仅只是建筑如此，都像人造的。但是我的这些念头没有追随视线，没有落在形状或颜色上，或醉醺醺的英国男人或者正穿过草坪走在回家的路上的斯堪的纳维亚小家庭们身上——这些念头独自在意识的黑暗中漂流，因贡布罗维奇而汹涌，它们不去推敲，不去玩味，而更像一只孤独地待了一天的狗去对待它的主人那样行事，摇尾巴，舔来舔去，开心得乱吠。我全心全意地知道这是本质的，它就在那里，在这将成型的，将有着落的，将到来的之中，我的写作必进入其中。也就是说，我一定要潜下去，潜入这意识形态之下，在这里人只能通过坚持自己对现实的体验来为自己辩护，而不是通过否认它，因为我们总这样，一直都在否认，为了学来的东西而否认这亲身经历的现实，没有任何地方比艺术更能动摇这个"我"，这独特而特殊的东西，比艺术更重要，因为艺术一直是独特之物的特权地。看起来似乎创造艺术的前提是放弃艺术。如果这样的话，最困难的事就非它莫属，因为这样一来它就没有任何预设价值，而且没有人，至少是没有艺术家能知道这被创造出来的东西是否只是垃圾，还是某种本真的不可或缺的东西。凡·高突然画出来了，在他生命的最后几年，从一张画到另一张画所取得的巨大进步有目共睹，这光芒，世上没有任何复制品能再现，而这存在，到了最终阶段以一种几近病态的疯狂和美丽出现，而任何看过这些画的人都知道这疯狂和美丽是对的，是靠谱的：就是这样了。他很少画人，房间里和大地上都是空的，但不是偶然地空旷，这更像是这看着它们的，已经迷失其中，也就是死了。作为死亡来观照这世界，凡·高就是这样来作画的。为了抵达那里，到达这被色彩点亮的世界里中心我们生活那嘈杂的虚无中，他放弃了一切。因为他只想绘画，所以那就是他通过这么做而放弃的一切。谁能，扪心自问，他或她能放弃一切吗？因为一切实际上就是一切。

是的，至少我不能，那事非常肯定。

贡布罗维奇呢？

不，不是一切。可以放弃很多，但不是一切。他写道，艺术的逃脱必须在那普通生活的领域找到对应物，就像秃鹫的阴影扫过田野那样。他写道，要解开戈尔狄俄斯之结不能以我们的智力，而要以我们的生活。他写道，真理不仅仅是观点之争，而是关于吸引，也就是吸引力之争。他还写道，一个观点是也将成为一个屏幕，而在其后面，其他的更重要的事情在发生。这不是什么复杂的真理，它已尽可能地简单了，但是它们的真实是基本的。而它们必然有成本。价格很高，这就是隔绝，但是回报也同样地高，那就是思想自由。在这思想的无所顾忌中，他与尼采有亲，而和尼采的文字一样，贡布罗维奇对一条道路的描述，写的并非道路本身。假使他写起在布宜诺斯艾利斯港口区与年轻男人们的那些性爱冶游，这些夜间冒险的欢喜和羞辱，羞耻和诱惑，关于他怎样某个周日在他肮脏的下榻处醒来，南美的阳光照进着窗户，写到他的包括作为银行官员在内的许多工作，关于他被侵犯的骄傲，关于他的贵族幻想，简言之，所有这些情形是作为他的念头来描述的，而通过这些念头，他的灵魂也凸显出来，并在事实上把这最高的（因为在这些日记里关于这些最低下事情的念头也属于至高的）和最低的联结在了一起，脐带，蛔虫，血尿，耳屎，或者只是秋日在布宜诺斯艾利斯的一个公园里晃膀子，胳肢窝里夹着一本布鲁诺·舒尔茨[1]的书，那他就会是世界上最伟大的作家，我们时代的塞万提斯和莎士比亚，合二为一。

但是他做不到。他的思想自由，但形式不自由，没有全然的自由。

或许我可以？

去你的卡尔·奥韦。你这愚蠢的小破玩意儿。我甚至够不到贡布罗维奇的鞋底。光是想想就挪威文学说些坦荡的真话，就像他对波兰文学做的那样，已经让我胃疼。是啊，我光是想到这事手就开始发抖，我其实可以有一说一，这么做就行了。

多么胆大妄为的想法！

“只有”我可以大放厥词！

但是贡布罗维奇指出：这里就是这样，不然就去那里。

这我似乎能做到？

假如我在布宜诺斯艾利斯的港口区有过一段相当肮脏且不羁的日子，生活在那儿的底层就像一只海底的螃蟹，无耻地掠夺着我碰到的一切，用石头砸别人脑袋砸死了也无所谓，就像兰波可能会做的那样，像他那样跑到非洲，靠武器走私来养活自己，是啊，什么都可以，只要不是眼前这些，在加那利群岛的一家酒店露台上，有两个小孩和一个怀孕的妻子在那扇玻璃推拉门里面睡熟了，以及所有那些给未来添加体面和责任的东西。

---

[1] Bruno Schulz（1892—1942），波兰犹太作家，著有《鳄鱼街》等。

但是即使在那儿贡布罗维奇也给了我一丝希望，在我这平凡的阔大黑暗里点起了几乎难以察觉的光，因为他没有写：“身体上的便利的确能提高灵魂的敏锐程度，而在家常温馨的窗帘后面，在市民的令人窒息的房间里，生长起了一种坚硬，而这些是那些用汽油瓶袭击坦克的人甚至都梦想不到的。”

哦，让这些都见鬼去吧。

自从我上一部小说出版以来已经过了快四年，而这段时间里我还没有做成什么。屁也没有，实际上。我为一个小说的开头工作了将近一年，在其中我第一本小说的主角、第二部小说设定中的作家亨里克·万克尔（Henrik Vankel），自杀未遂后在医院醒来。上一部小说结尾，我把他留在了一个相当荒凉的岛上一间房子的浴缸里，就在他割伤了自己的脸和胸口后，想法是他要完成已经开始了的这件事，割开动脉，让血流光，也让生命完全逝去，我描述了视线怎样逐渐合上，这种混沌的状态怎样有点像植物，在他体内生长，并蔓延开来，这就是死亡，它，然后，谁在敲门。在很远很远的地方，就像在一个梦以外。后来发现是邻居的儿子，岛上其他四个居民之一，过来要杯咖啡喝。一艘海军舰船就停泊在外面，他和他们取得联系，他们把亨里克带上船，救了他的命。我一秒钟都不相信这个故事，海军军舰那一部分尤其可疑而愚蠢，但是当我自己住在岛上时，确实有过一艘类似的船停泊在岸边，这给我留下了深刻的印象，因为它也是没有面目的，只是自己全封闭地停在那里，船上有加农炮，甲板上没有一个人。有一天，一艘小橡皮艇从那儿被放下水出海，它开到我住的房子前面的海湾，四个穿制服的男人把它拉上岸，然后向内陆跑去。小艇躺在那儿，被拉到了陆地上，整整一天。到晚上它就不见了。第二天，船也走了。所有这些都似乎有着什么意义，因为不管是船还是那些橡皮艇上的男人们在这否则就完全无事发生的生活的背景衬托下有着非同寻常的意义，它们如此抢眼，而我对这其中的意义又完全摸不着头脑。这些事件没有发送者，不知道来自何方，而这夺目中的如谜使我着迷，它就像诗一样。当时一艘俄罗斯潜艇在巴伦支海某个地方失事，船员还活着，但无法对该潜艇进行营救，他们也会在几天内死去。当时我站着刷牙，向外望去，雾笼罩着整个岛屿，那里有黄色的草，深褐色的礁石和石堆，水面一片漆黑，一动不动，那外面的海底某处有数百名年轻的俄罗斯人陷入了死亡陷阱。就是现在。当我搭邻居的船去主岛购物时，我看到的报纸封面有如世界的开口。库尔斯克，库尔斯克。每段电台广播都以该事件最新进展作为开头。他们将会死去，在几天之内，几小时之内，几分钟之内。我在岛上走来走去，我坐着看书，他们被困在深处。然后所有的希望都消失了，所以他们不得不躺在那里，所有人，在海底，像鱼一样死去。他们在活着的最后一刻是否用手捶打着墙？他们是否蹒跚着乱走，因愤怒和绝望嘶吼。沉默地躺在那儿，等待这不可避免的事情？

他们死了，然后就被遗忘，新事故和新灾难接班占据了公众注意力。我也忘记了这所有的事，直到动笔写亨里克·万克尔在岛上的最后一天。然后我就想这些事件代表了两种截然相反的现象。第一种是我们这个时代的开放性，我们尽知天下事，即使那些人死在遥远海底，**就在这事正在发生的时候**。它给人的感觉是一种不自由感，就是我们永远不能自己待着了，我们总是被看到，再也没有让我们可以独自一人的地方。这些事件被通过一种戏剧性呈现出来，创造出一种熟稔感。这事件的第二面没有戏剧性，这只是我所看到的，未经中介的，没有任何熟悉感，它变得纯然如谜了。我把这总结为，这写作必须向着那不熟悉的，我们知道却说不出它是什么的那些进发。这点其实适合所有的事，因为即使一切都被解释了，理解了，它也始终作为一种现象存在，自在的，关上的，封闭的。

世界必须再次关闭。

但是在我的工作里找不到出路。我开始写当亨里克·万克尔的父亲去世时他祖母家里发生的事情，他和他的兄弟克劳斯在一起，但我一秒钟都没有相信过我写的这些，一切都造作而敷衍。我花了三个星期的时间来描写亨里克怎样把行李从克里斯蒂安桑的谢维克机场的取行李传送带上拿下来，此刻克劳斯正进来接他，然后放弃了。

我已经到过那里。所以读贡布罗维奇才会让人觉得自卑，他水平那么高，同时我也同意他写的几乎所有内容。

我拿起书继续读下去。我已经读到最后一部分，这里写道贡布罗维奇离开了阿根廷去法国。所有的力量，所有的张力和所有的激进性都从他的文笔里消失了，突然间他的风格里一点生命力都没有了，还有那之前具有锐度的，看起来也成了有些疲倦的、机械的重复。

发生了什么？是他变老了，还是失去异乡的后果？欧洲是旧世界的一部分，他从那里来，在那里长大，它在他心里。那时候他在这熟悉而有力的世界里，因为他还年轻，当他的好奇心消亡时这力量原本也会消亡，一般来说在四十多岁的时候吧，可是现在这陌生感却让这力量延续了下来，是不是就是这样的情况？又或者是当他置身于一种垂死的文化里时也就进入垂死状态，有点像托马斯·曼的《死于威尼斯》里那个作曲家？

我读了一小时书。然后我走进去躺下，还穿着运动服，我别的什么都不想干了。第二天早上，我为万妮娅和海蒂放上电影《胆小鬼拉班》(*Lilla spöket Laban*)，冲了个澡，在露台上抽了根烟，然后和其他人一起去到酒店的入口处，十分钟后一辆小巴开过来停下。我们出示了发给我们的那张票，把折叠起来的童车和一个装着游泳衣物的包放在车后，然后坐好。一起去的还有另外两对夫妻。很快我们就呼啸着开上了万妮娅和我前一天坐车经过的那条很像悬崖的道路。没人说话，我眨巴着双眼望向大海。海蒂哭了起来，她的脸煞白，她晕车了吗？她躺着，头枕在琳达的大腿上，琳达抚着她的头发直到她入睡，很幸运地，万妮娅把所有可能的嫉妒抛在一边凝视着大海，大海像天际屋顶下的一块地板。

大概一个小时后，小巴开上了一条柏油马路，这条路通向一家富丽豪华的酒店，路两边都是种满鲜花的花床，成排的棕榈树，绿得耀眼的草坪。司机停下了车，打开了门，而我们，这来自马尔默的灰头土脸套餐旅游家庭，走进了这已有点压迫感的炎热天气。一个胸前挂着名牌的女人站在入口处看着我们。我打开童车，为车篷布料上的那些污渍而感到羞愧，朝她看去，礼貌地微笑。我说，我们只是去海滩，但是我们应该先看看酒店对吗？

请你几位往这边过来，她说。

万妮娅和海蒂站着环顾四周，在这陌生环境中有些警惕。琳达的目光一直在我身上。当我们视线碰上时她笑了。

我们穿过旋转门进入前台区域。地板上的深色瓷砖在从那些巨大窗户里透下来的光线里亮晶晶的，空气凉爽，在那柜台后工作的人穿着整套西服或西服套裙。电梯一直在上上下下，它不是被包在看不见的竖井里，而是在墙壁外，在玻璃管里。往里面去是一条购物街，两侧是小小的品牌专卖店。我想，它像是一条船，那种巨无霸豪华游轮，那里什么都无须节省，船上什么都有。

佩戴名牌的女人向我们展示了前台左侧的区域，那里有沙发和椅子，坐着几个穿着假日服装，很茫然的人，还有一个柜台，那儿有张表格需要我们填写。名称，地址，电话号码。

写这些是为了什么？

我们填好了这些信息，上交了表格，他们说我们可以坐下来稍等一下，轮到我们的时候他们会叫我们的。

叫我们？

万妮娅和海蒂爬上了沿着窗户内侧伸出来的石头台子，手脚并用地爬，突然地挺身而起像猴子一样，手按在玻璃上。我说，别这么做，你会留下印子的。她们没搭理我，互相喊着什么，爬到了更远的地方。我观察到她们还没有引起任何人的注意，就在琳达身边坐了下来，琳达往后靠着坐，手放在她的大肚子上，再过去就是一根柱子，上面挂着电视屏幕，上面放着一些照片，肯定是我们现在置身其间的这家酒店了，也许是下面，因为那有一片海滩，那里的人们晒成褐色，苗条，很美满的模样，他们身后有一栋建筑，最上面有个大露台，大老远就能看见。一个宫殿，金色的海滩，在远处的水边，有个水上运动乐园。

海蒂跪坐在一个硕大的花盆前，捡起里面放着的圆球。我走到她身边，把她抱开，把小球们放回去，而万妮娅把她的嘴唇贴在窗玻璃上，我又朝她走过去，把她抱下来。我说，你们就不能和我们一起坐一会儿吗，但她们不能，她们想去大厅另一端，那条商店街的一头，那儿有个水族馆，我跟着她们，一个接一个地抱起他们，让她们能更近地看到鱼，而我同时还短促地朝里面看看，好让我跟上现在什么情况。走过我们身边的人们，看起来经济情况都很好，我想知道是什么让我有了这个想法，因为那是上午，他们在度假，穿的都是很普通的短裤或短裙。可能是那种自信的态度？不管是什么，我都觉得自己低人一头，而孩子们的腿和胳膊都四处乱放，可见没有控制和尊严。

这是爸爸，海蒂说，指着一条一动不动、头顶上有一个大肉瘤的黄棕色鱼。万妮娅说，这是妈妈，指着一条优雅的橙色鱼，尾巴托着长纱。那就是我！海蒂大喊，指着一条小小的蓝黄相间的鱼，它像宝石一样美丽。那是我！万妮娅说，她说的是一条红白相间的小丑鱼。尼莫！我是尼莫！

“好吧，”我说，“现在我们该回去了。来吧，小东西们。”

她们跟在我后面，走着她们那不合逻辑的道，就在琳达坐着的沙发后面停了下来，完全僵住了，因为那儿，几米开外，站着一个毛绒玩具式的东西，个头像个男人，头很大——他一看到我们，就开始朝我们走过来。她们感到不可思议，可能还很害怕，同时被迷住了，而且紧张，用她们那蓝色的孩子眼睛看着他，下巴都合不上了。他在她们面前停了下来并伸出了一只手，但海蒂和万妮娅都没意识到她们应该去握手。他的前爪就这么伸着，就好像他想到了什么，转过身朝一张桌子蹒跚而去，回来时拿着两个一次性相机递给了她们。

“妈妈，妈妈，这是什么？”他离开后万妮娅说。

“我想是一台相机。”她说。

“我可以看看吗？”我说。

万妮娅把它递给我。这是一台一次性水下相机。

“你们可以用它在水下拍照了。”我说。

“我们可以吗？”万妮娅说，“我想拍！我们什么时候去游泳？”

“马上了。”我说。

“为什么要给我们这个？”万妮娅说。

“我不知道。”我说。她把相机举到眼睛上。在她身后朝着我们来了一个中年男子，穿牛仔裤和西装外套的中年男人。他已经半秃，脑袋两侧有黑发，一只手拿着一个薄薄的文件夹。

“琳达和卡尔·奥韦？”他说。

我们点点头，他停下来和我们握手，用带点外国口音的瑞典语说，请我们跟着他，他会给我们做一次小小的展示。我们穿过那条购物街，他停在一堵照片墙前，他们都是各种名人。挪威人，瑞典人，以及一两个美国人。

“所有这些人都住在这里。”他说。

“真的啊。”我说。

他向前一伸手，我们就走进一条长长的过道。瓷砖，镜子，镀金的金属栏杆。

“你们在瑞典那边从事什么工作呢？”他说。

“卡尔·奥韦是一位作家。”琳达说。

“琳达也是。”我说。

“真有意思，”他说，“也许，我听说过你们？”

“卡尔·奥韦挺有名的。”琳达微笑着说。

她为什么这么说？他妈的，太蠢了。

“哦！”他说，“那么待会结束后我们要给你拍张照片，然后把它挂在我们的名人墙上！”

“我不确定啊。”我说。

他高声笑了。

“我开个玩笑而已，亲爱的。”他说。

我的脸因羞耻而涨红，低头看着前面的地板。

“听出来了。”我说。

“但是，也许你哪天就出名了，你知道，那我们就会把你的照片挂出来。我保证。假如你们成为我们这儿的客人的话！”

“是啊。”我说。

他在电梯前停下来，按下了按钮，按钮就亮了起来，发着微光。海蒂盯着那点光看。按下按钮。就在这时门开了，一种惊恐的表情滑过她的脸。

电梯里几乎完全被镜面覆盖。我毫无准备地看到了自己，在那短短一秒钟里。我看起来像个傻子。这件白色T恤是在两年前从奥伦斯（Ahléns）用四十九克朗买的，脖子那已经松垮了，肚子那儿有点紧，有很多口袋、吊绳晃荡着的军绿色海盗裤也是在奥伦斯买的，一百四十九克朗，在我的幻想里它是种很酷的行头，还有那穿垮了的阿迪达斯鞋，曾经是白色，现在已经发灰，因为我是光脚穿的它，在这奢华环境里有点像一种诅咒，因为不可能不感到渺小，是的，配不上这里，这时电梯朝底层沉下去。

“那么，你们在岛上住哪儿？”他说。

琳达说了酒店度假村的名字，他点了点头。

“你们总共付了多少钱，都加在一起？”

“两万五，”我说，“这里面还包括一部分食物和其他的钱。”

“这也不便宜啊。”他说，这时电梯停了下来，门滑开了。

当我们出来时，热浪迎面而来。我们到了酒店脚下，沙滩就在旁边。

“我们要走那条路，”他说，“那边的岛上。那儿是建酒店时打好的地基和设施。”

“是吗。”我说。

“是的，”他说，“这里该有的一切都有。可是相应的价格却很低。这基于一个全新的假期概念。它一部分是一家普通酒店，你可以正常订房，一部分则可以购买一间房或一个套房。你一次性地付一笔钱，然后你此生每年夏天都可以住在这里。

“哦？”我说。

“是啊，”他说，“非常明智的选择。这比在这儿买一个公寓要便宜多了。同时你从这笔投入里所获得的简直多得不可思议。我们说的是真的奢华。”

海蒂停了下来。她向琳达伸出了双臂。

“我抱不了你，你知道，小心肝儿。”她说。

“宝宝在肚子里！”海蒂说。

“是的。”琳达说。

“姑娘们多大了？”他说，“她们这么甜蜜又美好！”

万妮娅把头扭开，我抱起海蒂，开始朝阳台走去，经过一家意大利咖啡馆和冰激凌铺子，那里的两位年长的女士晒得黢黑，皱巴巴的皮肤令人反胃，穿着比基尼坐着，在喝咖啡，两人都戴着墨镜和太阳帽。

“万妮娅三岁半，海蒂一岁半。”我说。

“下一个什么时候出世？你们是在等宝宝出世，对吧？”

“是啊，”我说，看着琳达，“8月中旬，是不是？”

她点了点头，手里牵着万妮娅在我们身后走了几步。

“你们是住在瑞典吧？”

“我们住在马尔默。”琳达说。

“这是个很美的城市，”我说，“大小正适合。但是你呢？你是怎么学会说瑞典语的？”

“我在瑞典工作了很多年，”他说，“在斯德哥尔摩。”

“哦！”我说，“我们也是。你那时候住哪儿？”

“在纳卡[1]，”他说。

“在纳卡！”我说，“我们常去那儿。我们有些朋友就住那儿。”

“世界很小，”他说，微笑着，“那里很美。我爱瑞典。”

“是啊，”我说着放下了海蒂，“现在，你可自己走了。我们要去那里。万妮娅，你可以牵着海蒂吗？”

我们到了岛上，这里像一个有树木和喷泉的公园，他想知道我们有没有听说过这家酒店。我们没有。可是这个概念呢？这就是挪威人想出来的，他说，还提到了企业家的名字。我摇了摇头，琳达则出乎我意料地说她听说过。我看着她。她真听说过吗？他想知道她从哪里听说的，是不是有什么朋友和她说过这个，她说她从一个电视节目上看到的。她是在撒谎吗？如

---

[1] Nacka，斯德哥尔摩东边的一个市，该市西部被认为是斯德哥尔摩的郊区。

果是的话，又是为什么？

他开始介绍这家酒店，它是多么优雅和豪华，他说海滩上的沙子都从巴哈马运来，餐馆和商店都是顶级的，所有房间都出类拔萃，就连价格最低的房间档次也是如此，又说这里总有很多挪威人和瑞典人。在他讲话的全程中，在这深蓝色的清晨天际里，太阳已经以如此强大的力度燃烧着，以至于肩膀、脸颊和鼻子上都感到灼热，而这光芒就像打掉了我们周围所有景观里的微妙之处，我把视线放在万妮娅和海蒂身上，他们就在我们前面跑着，而他花在我们身上的时间越长，这种脏兮兮，灰头土脸的感觉就越强烈。他口才很好，人也和气，身上甚至有种高管的气息，很有可能就算不是酒店总监，也是他的左右手。他用这么长时间向我们展示酒店，这让我周身不自在。此时是想要我们向朋友介绍这家酒店。但是我们的朋友里没人有可能住这家酒店的，至少我的朋友都不可能，所以我们白费了他的时间。我也无法告诉他这一点。同时，他似乎对我们很有信心，他知道我们的穿着并不能涵盖关于我们品质的全部真相，我试图通过尽可能地保持友善和开朗来加强这一点。而且，我对自己说，我们回家后，我真的要和别人说这家酒店。我们欠他的，我们慢慢地并肩前进时我们这么想。太阳并没有灼咬着他，除了额头和上唇上一层薄薄的闪着微光的潮气，酷热对他没有任何作用。

走到最外面，他停下转身。从这里你们能拥有很美的视野。他说。最好的公寓在最上面，它们都有很大的阳台，你们看。更合适一点的价格就在低一点的楼层，但所有公寓都很宽敞，水准都很高。

“是啊，这看起来真的很好，”我说，“美得不可思议，真的。”

琳达看着我。

“你觉得呢？”我说。

“不错，挺美的。”她说。

她的声音有点疏远的态度，我感到有点恼火的扎心。但是他有可能什么也没注意到。从她身上不断涌出的气场和情绪的小变化，只有那些最亲密的人才能解读出来。不，甚至可能没有别人。只有我可以。

“也许我们该再走回去了，”那个男人说，“然后你们可以看看其中一间公寓的室内。”

“这可能就没有必要了，”琳达说，“我们对它已经有了一个概念了。”

他看着我，我抱歉地对他微笑。

“这也没有什么关系的，”我说，“我们就去看一眼？你不同意吗？”

她点点头，不情愿地，相当，但是她同意了，我对孩子们大喊，她们显然不愿意从那里离开。万妮娅用她找到的一根小棍子去打喷泉的水面，海蒂肚子朝下趴着，双手放在水里。

“嘿，姑娘们，现在我们该走了。我们去看看一个房间。然后你们就有冰激凌了。”

“不想要冰激凌。”海蒂说，我抓住了她的腰，把她抱了起来。

“不！”万妮娅说着并跑开了。海蒂的双腿踢腾着。我把她放在肩膀上，然后跑了过去。幸运的是她笑了起来，那美妙的冒着泡的笑声，从她几个月大开始她就发出了这样的笑声。我放下她，快跑了几步，追上了已经开始嫉妒她妹妹的万妮娅。

“我要去找妈妈。”她说。

她总是想去找妈妈，不管我做了什么都一样。有时候我想之所以会这样是因为我对她如此严厉，不讲理，有时候我想事情原本如此。

“她就在那儿站着呢！”我说，“走过去就行了！”

她朝着阳光眯缝起眼睛，嘴唇也向上滑，好像它们是以一种秘密的，她所不知道的方式和眼睛连在一起。我认出了这细微表情来自琳达。当我最爱她的时候，我内心像森林一样燃烧，正是她嘴唇上这些小小的抽搐在我的灵魂里扎了根。我从来没有像那个时候那样敞开过。全世界从我身上流过。

万妮娅转身朝琳达身边跑去，抓住她的手，紧紧贴着她。海蒂已经坐到了地上，我抱起她，跟在她们后面。

我们一到达酒店的顶层，这个男人就请求我们稍等一下，他就是去检查一下房间，看看是不是没人，有没有做完清洁。

“我想洗澡。”万妮娅说。

“马上，”我说，“我们只要看过那个房间就行了。”

“为什么？”万妮娅说。

“是的，就是这么说。”琳达微笑着对她说。

就在这时候，那个男人又出现了，朝我们挥手，示意我们走进一个房间。窗户是打开的，轻薄的窗帘在大西洋的微风中飘拂，鲜明的颜色，闪闪发光的石材地板，海蒂和万妮娅在这里走来走去时有一种冒犯感，凉鞋不要上沙发，你们听到没有，别拉它，不要，走过去，它可能会被搞坏的！他带我们走出去上了那大阳台，蓝色的沉重的大海，在阳光下闪耀，天空广大深沉，南边沿岸一带的悬崖在阴影中。路上那些小小的忙碌着的汽车像昆虫一样。他说，只要我们愿意这一切都是我们的，而且也不用花太多钱。我问这到底要花多少钱。他重复说只要一次性付清，然后每年都可以来这里住几个星期。这就好像买了一套公寓的“一部分”，或者一间“度假屋”的一部分，他微笑着对我说。不用维护，不用洗刷，一切都有人给打理，这样我们余生每年都可以有这样的豪华假期。作为有孩子家庭的家长，这是我们应得的，他说。此后每年夏天都住在这样一个乐园里，而如果你们想买下其中一间较小的公寓，你们就有拥有所有的权益和服务了，当然。

他请我们继续跟着他。他给我们提供的这个价格，意味着他确实认为我们可以负担得起这样的东西，就因为如此他才花了这么多时间在我们身上。所以他不认为我们是流浪的跳蚤马戏团，琳达有次这么形容我们自己。他在过道上说，最便宜的公寓要花多少钱，最昂贵的公寓要花多少。这个数字也不是天价，至少最便宜的那个不是。

我们走进一个极宽阔、全铺着地毯的会议室，男人穿衬衫打领带，女人穿女衬衫着坐在电脑，他们中的许多人在和我们这样的顾客交谈。这里有很多电视屏幕，上面放着这酒店和周围风景的照片，还有一个休息室，低低的茶几上放着宣传小册子，空气凉爽，几近寒冷，有一种专业而高效的气氛。他把我们带到一张高桌边，桌上放着个厚文件夹，他请我们翻翻看。原来在这里付了款以后，不用每年都来这儿，因为世界各地还有其他同样豪华的酒店，我们在这里一次性付款后，就可以去那些地方免费住宿。假如我们买那些普通度假公寓或“度假屋”，就没有这种机会了。现在他要离开我们一会儿，他要有些重要的事情要料理，但他会回来的。

我在翻阅，琳达照顾孩子们。我久久地看着阿尔卑斯山里的一家酒店。这张照片是在秋天，降雪前拍的，这风景，这些有绿色针叶树的陡峭山坡，最低层忧郁的泛着光的落叶乔木，栅栏和小路，还有这古老的刷成白色的酒店，这景象在我体内形成了一股巨大的吸力。在彼处。我继续翻着，墨西哥，意大利，法国都有酒店。每年夏天或秋天，我们可以一家人四处旅行，这就像童话一样，至少对于孩子们来说如此。妈妈也许可以提供担保，所以我们能获得贷款。也许我可以从出版商那里申请更多的预付款？

我喊着琳达，向她展示了阿尔卑斯山酒店的照片。她看到我内心多么兴致勃发，因为她说这很美，但我们没钱消费这个。我说别这么说。也许我们可以从哪儿变出些钱来。这实际上是个很好的机会。不一定是这家酒店，而是其他所有酒店。而且也不需要很多钱，真的不用。

“我们本来也没钱，”琳达说，“而且我和这里的环境有冲突。这里那种上流社会气息我这辈子已经受够了。”

我们在这里坐着。这感觉就像我们坐在一家享有盛誉的大律师事务所或一家跨国公司的欧洲总部一样。几分钟后，那个带着我们周围转的男人出现在场地另一端，向我们招手。当我们在桌子一侧坐下，他，面前所有那些文件和文件夹摞成一堆，在另一侧坐下，这时我们之间的关系发生了变化。我们是他的客户。他问我们是不是什么都已经考虑过了，关于它是否适合我们。他确实认为我们的经济状况足以负担这些。他对我们的衣服和风格忽略不计这点，起到了很好的效果。他打心底里地认真对待我们。我说我们觉得这个真挺不错的。不是这里的酒店本身，而是所有其他酒店，我们可以在它们换着地方住。是不是这样？我说，我要绝对确定地知道这一点。是的，就是这样，他说。然后我们在财务上能不能负担？这点我不是这么确定。也许能吧。你们想不想我们一起来看看？他说。可以，我说,这时孩子们随着她们感到这里更安全,就开始向更远处移动,她们的地盘越来越大。你们的收入是多少？他问。我说我赚多少钱，即写作津贴加上每月的顾问咨询费，又补充说，在收入好的阶段，也就是说，当我出版一本书时，这个数字会高很多。我可以一次拿到几十万。所以一种操作方式是现在申请一笔贷款，等一有钱就立即还清。他说，这是有可能的。你们每月有多少支出？我说了，他写下来，抬头看着我。你们有积蓄吗？如果没有，为你们申请贷款可能很困难。不，我们没有什么额外的东西，我说。我可以请人给我们提供贷款保证，这个我倒是很肯定的。你们现在能安排好这事吗？你们可以从这里免费打电话。

我看着琳达。

“这可能会有点压力，”我说，“我们不能到家后做这个吗？我们只要带上一些资料，等我们放松的时候好好看一下？”

他摇了摇头微笑了。

“我现在给你们的是特价。你们能拿到这个价是因为你们到了这里。这需要你们尽快做决定。你知道，很多人都盯着这块骨头。我们不能只为你们保留这个。”

“但是我们不可能在这里把这些都料理清楚。”我说。

“你觉得这事从根本上可行吗？因为如果你知道你你们能搬

到，你们可以现在签下合同，回家时再去解决资金问题。但是，你们完全确信这一点。”

“我们负担不起的，”琳达说，“我们差的不是一点点。”

他叹了口气，放弃了，往椅背上靠过去。

我看着她。

“我们可以试试啊，”我说，“如果我们想的话是可以办到的。”

“那么，我们真的想吗？我是没法想象这辈子以后每个夏天都在这过。这听起来就像场噩梦，如果让我说实话。”

她这话中的无礼像把刀扎在我心里。

“我觉得这儿挺好的，”我说，“但是关键还不在这里的酒店。重点在于我们能去住的其他酒店。我真觉得这是个相当好的创意。”

“但是我们不能在这里做决定！我们必须考虑一下！”

我看着他。

“我们可以再想想吗？然后回家后和你联系？”

“刚才我们说过了，这个报价只适用于今天。你考虑能给你们提供贷款担保的那个人是谁？”

“我妈妈，比如说。”

他把电话朝我这边推过来。

“你现在就可以打电话，”他说，“这样我们立刻就能把这事办好。”

“我们需要更长的时间，”我说，“我们的钱太少了所以这样的消费会给我们造成很大影响。我们真的必须考虑一下。”

我这话说得简直像祈祷，所以他应该明白我希望事情不会是这样。但这无济于事。就在我说了这话以后，他就好像变了个人。所有的友善都从他身上消失了，温和的目光黑了下来，他硬邦邦地站起来，好像受了什么刺激。

“如果你们没钱，你们又在这儿干什么呢？”他说。

“抱歉。”我说。

“如果你们往右走，会走到一个露台。你们在那儿坐下，就会有位同事来招呼你们。”

他转身走向其他员工里的一人。我有冲动想追在他身后，再对他道歉。或者说刚才就是开了个玩笑，我们肯定有钱，你拿来合同，我们就签字。我没这么做，而是站起来，不看琳达的眼睛，她正看着我，我抱起海蒂，开始向出口走去，受到打击，流着汗，内心酸楚。

“我们不回家吗？”琳达说，“我们不需要更多这些了。”

“我们答应他了等同事来，”我说，“在那边，是不是？”

我朝玻璃墙后的露台那边点了点头。我们走到那里，在一张桌子旁坐下。没有人过来。海蒂很累了，现在她到点该午睡了，所以当万妮娅唠叨着冰激凌和游泳时，她抽抽搭搭地哭了起来。

“我们走吧，”琳达说，“来吧。”

“不，”我说，“我们答应了要等。那我们就得等。”

那个要接手我们的男人，是个年轻人，戴着黑色的普拉达墨镜，白衬衫，打领带。他拿着和那位年长同事一样的文件夹，把它放下在面前的桌子上，用英语说他给我们提供了一个优惠。我们可以以非常低的折扣在酒店上住两个星期，是的，这几乎半价，他说。

“我们来这里是为了在这海滩上游泳的，”琳达说，“我们得到的保证是会给我们今天沙滩椅的票。现在我们已经在这里两小时了。”

他看着我。

“不幸的是，我们没钱。”我说。

这是真的，我的银行账户里最多只有五千克朗，这还要维持我们在这里度过的最后四天。

他站起身来。他的动静也显得很恼火。

“那我这就去给你们拿这些很贵的沙滩票。”他说，走得没人影了。

“我完全累瘫了，”琳达说，“而且很饿。”

“我了解的，”我说，“但是我们可以在那底下一家咖啡馆吃饭，然后你可以在海滩上放松。反正海蒂睡着了。我就可以带着万妮娅。”

那个销售直到半小时后才回来。没有一句话，年轻的脸上带着讽刺的表情，他把票放在桌上就走了。我们去吃了东西，海蒂在童车里睡着了，我和万妮娅一起游泳，万妮娅在半小时内就照完了整卷胶卷。尽管沙子是细腻金黄的颗粒，这泻湖里的水是天堂般的绿，但这感觉就像我们在这儿是被施舍的，就好像我们随时会被拒之门外。我们靠自己还配不上这里。但是我们还不能回家，要等到出租车来接我们和另一对瑞典夫妇，他们现在在离我们几张床以外的地方躺着，而且他们和我们相反，看起来还挺享受这里。

“我从没想过我会因为回到这里而感到高兴。”我说，这已经是几个小时后，小巴从主路上拐下来，朝下面的酒店开过去。

"但是我真的高兴。"

"我也是，"琳达说，"想想吧，你还真的考虑过买这里的度假屋！"

"是的，这太不可思议了。但是最糟糕的是我当时就没明白过来。我当时没明白发生了什么，直到一切过去以后！但是你是清楚的，是不是？"

"是。我当时在琢磨你在干吗。"

"我被骗得团团转。哦，想到这点真是尴尬得不可思议！我们对那里那些票来者不拒，却根本没想到这点。一个小时的出租车，谁会付这个钱而什么也不图呢？"

琳达笑了。

"好了，笑吧，"我说，"但是我们别对任何人说这个，行吗？"

"行！"

这天晚上，在我们去游泳池旁的舞台下看过小丑可可，孩子们上床睡觉以后，我们就坐在阳台上，聊了很久，这是很长一段时间以来第一次，我的双腿搁在栏杆上，手里拿着瓶啤酒，琳达双手叠放在她的大肚子上。我们决定再也不这样度假期，这一点意义都没有，她和我都不喜欢它，一切都是为孩子们而做的，首先来自某种关于家庭的观念，关于这正常的，健康的，这爸爸妈妈和两个孩子在游泳池，在海滩，在西班牙餐厅，晒成夏天的棕色又快乐的景象，但是我们离现实越近它就越苍白，当我们真正抵达时，它已经完全消失了。我们应该租一间房子，我说，在我们喜欢的地方，在那儿住上两个星期，这也不会更贵。她说，我同意。我比你更不喜欢这里。但最糟糕的是，我说，我始终处于两个层面。一个层面是孩子们，因为她们实际上过得很开心，她们没看穿这里，对她们来说，小丑可可就是个真正的小丑，是一个童话。她们没觉得这里的招待鄙视我们，也没留意电视上放着挪威电视台节目，售货亭里卖着《日报》，对她们来说，这是个很棒的地方，如果你明白我在说什么。这里是给儿童的世界，不是给成人的。而且我认为我们几乎整个文化也是如此。那真的是给孩子的。

我看着她。

“但是你不会介意这事吧？”

“介意，显然我在乎。我那么出世吗？”

“有点。不过这没关系。你还有其他事情要考虑。我明白这一点的。”

“也没有。”她说。

“那么，你怎么看？”

“海蒂。这感觉起来几乎有点不公平，她这么小的时候就有兄弟姐妹了。”

“对她只有好处。”

“也许。”

“该怎样就怎么吧，无论如何。”我说，然后去冰箱那儿又拿了一瓶啤酒。我已经喝下去那两瓶所起的效果，就像在意识上蒙了一层感觉良好的轻纱，再来一瓶，我知道，会注入一种轻微的期待，再来两瓶后就会被纾解，那时候看什么都顺眼了。再来两瓶，我就会将情绪付诸行动，更容易地对抗议和理性麻木不仁，然后，如果我出去，从里到外会焕发着光彩。

哦，我喜欢喝酒。

我喜欢这个。

想要这么做的愿望只有在我喝了一点后才出现，那时就好像我记起来那是怎么一回事，想起来我真正想要的，那就是无止境地喝，喝到神智不清，丧失意识，然后坠落到我所能坠落的狗屎里。我想喝到无家可归，想喝到没有家人和朋友，想喝到没有我曾经爱过的并曾经珍惜过的一切。喝，喝，喝。哦，天哪，就是喝，从白天到黑夜，从夏到秋，从冬到春。

我打开冰箱门，拿出一个冰凉细长的啤酒瓶，打开它，快速地喝了两口，再次走出去到露台上。

“你还记得我们第一次见面时吗？”我说着坐下了，“如果你预先就知道你将和他生三个孩子，还和他结婚的话，那你那时会怎么想？这个愚蠢的挪威人？”

“那么我的心会融化。”她微笑着说。

“别，说真的。”我说。

“不过，你确实是‘那个挪威佬’。英格玛已经说了很多关于你的事，几乎除了你和你的书其他都不重要，所以我知道你会来。”

“但是那时候你不愿意和我一起。”我说。

“当然有原因。但不是那个时候。我有其他地方要去。如果那事当时发生了，我们现在也不会坐在这里。”

“不会，”我说，“我记得走进一个公共休息室，有大壁炉的那间，大家都在那儿，我不得不立即出去，我不能忍受和你在同一个房间里，或者，我受不了你和其他人交谈，受不了你还有在我以外的生活。”

“我那时甚至还没认识你！”

“没有。但还是一样的。所以我出去坐在我房间所在的那排营房外的楼梯上，然后我向上帝祈祷，你会跟着出来。我从不向上帝祈祷，我从很小的时候起就没有这样做过了，但后来我还是这么做了。我说，让琳达出来，走到我身边。亲爱的上帝，你能做到吗？然后门开了！然后你出来了！你还记得吗？”

她摇了摇头。

“我以为我在做梦。你出来了，关上了身后的门，开始穿过广场，朝我坐着的地方走过来。那时候我信上帝了。我以为是他干预了。但是后来你没有拐到我坐着的地方，而是一直往前，一直走到你住的地方。你说嗨。你还记得吗？”

“不记得。”

“那时候你要去拿一些东西。”

“哦，卡尔·奥韦，”她说，“现在我挺内疚的！”

“那是去拿你的通行证。”

“如果我过去了，我们就不会坐在这里了。”

“你确定会这样吗？”

“是。”

“因为你生病了？因为你住院了？”

“是。”

“也许我会一直在那儿陪你。你想过这一点吗？”

“这有可能。但是我不会愿意那样。我那时是完全不同的。”

“你那时是。然后我又见到你了，在斯德哥尔摩，我首先想到的，是你的气场完全不同了。”

“怎么个不同法？”

“那种坚硬的东西在你心里已经没有了。你那种几乎在表演的感觉，也消失了。是啊，我该怎么说清楚这事呢？你很坚强，很酷，很肯定。是啊，你只属于你自己。就是这感觉。当我再遇到你时，你就不再是你自己的了。”

“我自己的什么？”

“一种自足感。”

“你没认出我来？”

“不，但是我不是在说你真的怎样，而是在说你散发出来的东西。我对此毫无抵抗能力，你知道的。”

“好吧。但你得到的也不是这个。现在我挺着个大肚子坐在这里。屋子里面还有两个孩子。感觉就好像我根本没有自己。”

“我知道。但这样更好。这样要好得多了。”

她安静下来了。

我喝光啤酒，又去拿了一瓶。

“你在想什么？”我说。我们关上那外面的灯，所以她几乎完全坐在黑暗里；窗户透过的光一条条地落在半边脸上。

“我想着我失去的一切。”她说。

“还是想着你赢得的一切吧。”我说。

“你内心有那么多的轻视，”她说，“我知道你轻视我。”

“轻视你？我根本没有！”我说。

“你有。你认为我做得那么少。我总在抱怨。认为我不够独立。你厌倦了这样的生活。以及我。你现在再也不说我很漂亮了。我对你来说没有任何意义，我只是和你住在一起的那个人，是你孩子们的母亲。”

“这话不是真的，”我说，“但是，说我有时候觉得你做得太少是真的。”

“我的朋友们不懂我怎么能做到我所做的一切。两个孩子，还怀着第三个。我认为你对这一切到底意味着什么毫无了解。”

“你的朋友们什么都不知道。你别想着听他们的话。她们只是想安慰你。就像上次约尔根回家那次，你知道，就像你说的那样，你和海伦娜坐在沙发里喝茶。‘你们又坐在这儿抱怨了！’你还记得吗？”

她若有若无地一笑，但眼睛冷冰冰。

我们坐了很久，什么也没说。大海那传来的微弱涛声像一层薄纱那样笼罩着我们下面的人造景观。从在我们下面那层楼的露台上的人们那儿传来的低沉的声音，从最下面的餐馆里传来的一两声大喊或一阵大笑。

我点了根烟，喝了一口啤酒，从我们之间桌子上的碗里抓了几颗花生。

这就是我们吵架时她曾经说过的话，她在狂暴的攻击中想将从我的胸膛里把我的心撕出来。什么我小看她，我应该从她身边离开，去找别的女人，一个足够能干独立的，能让我有自个儿待着的，什么我和她在一起纯属责任，什么这些对她来说还不够。她根本不知道自己的价值，而且她的价值比这多得多。

但是现在我们不在吵架。她没有在试图把我的心从胸膛里撕出来。她平静地，下结论式地说了这话，作为一种生活的事实，而我只是出于义务去抗议。

我知道她很快就会起身，去上床睡觉。一种恐慌在我内心升起，这情况必须澄清，琳达必须要哄好了，不能让这事保持着敞开的状态。

她把手放在栏杆上。

“对不起。”我说。

"为了什么？"

"为了一切。"

"你不用这样的，"她说，"就是现在我内心已经足够强大了。但是它是一阵儿一阵儿的。有时好像我怀孕了它就更坚强，我认为如果需要的话，我一个人也能把这些都扛下来。"

"我以前从来没有听你这么说过。"我说。

"有时候这种感觉会完全消失，当我感到我是完全彻底地依赖你时。这时候我会很害怕，你理解吗？就是我自己什么都没有。如果你消失了，一切都会随之消失。这是一种可怕的感觉。然后我看到这正是你最不喜欢的。而如果你要消失，也正是因为这个原因。但是对这个我真做不了什么。"

"我知道这个。"

"而且你想要走开。"

"我没有想走开。我想在这。百分百真话。"

她什么也没说。

"昨天我在贡布罗维奇那儿读到了一些我一直在想的东西。"我说，"它是关于为什么任何事情都不会再让我们感到惊奇，我们怎能走到一座房子的拐角处而丝毫不好奇有什么在那里等着我们。我们怎能坐在餐厅里，却丝毫不为我们点的汤感到兴奋，它会有怎样的味道？这些就是我的问题。你明白吗？我把一切都视为理所当然。这是一种毒药。我没有轻视你，我认为你特别棒，但是当我把一切都视为理所当然，无论什么都没感觉了，这让我很忐忑。就是这个词。让我很忐忑。"

"我让你忐忑的？"

"得了吧，你知道的。当我气得冒烟儿时，显然就是这样。"

她站起身来走了进去。我在她身后跟过去。

“你明白我的意思！”我说，“这不是我想出来的什么声明！我只是想试着解释一下！”

她脱了衣服躺在床上，并没有看我。我在床边坐下。

“那么，我做了什么会让你心里忐忑？”过了一会儿，她说。

“不是你做了什么。”我说。

“你一定要说出来，这样我就可以停止这么做了。”她说。

“但是这不是任何具体的东西，你不明白这些吗！”

“这就是我们的一生吗？”

“行了！你知道感觉不对是什么样的。那时候你心里有了点什么。对不对？这就是我试图形容的。我内心有些什么东西。”

我抚过她的脊背。她完全静止不动地躺着，目光直视前方。

“我们明天要做什么？”她说。

“我不知道，”我说，“但我明天不太想整天待在这里。”

当她这么侧躺着，你看到的肚子就不仅只是个肚子，而是它包含了什么，一个对象，而这个生物学现实，她，这女性人类，繁殖裂变了一倍，这个现实穿透了关于她人格之概念那层薄纱，我眼里的她，我们一起经历和思考的一切，在一切之上。就好像我们过着一个语言和观念上的生活，在身体上过着一种生活。

“不，”她说。“那我们不能去我们说过的拉斯帕尔马斯[1]？”

我点点头站起身来。

“我们可以啊。晚安。”

“那么，别睡太晚。”

---

[1] Las Palmas，加纳利群岛自治区首府之一。

“不会的。”

“晚安。”

我穿过公寓，打开露台灯，坐下向远处望去。我没想到什么特别的东西，但是我充满了琳达所说的、所展示的在我内心唤起的情绪。最终，大概二十分钟后，我又一次拿出贡布罗维奇的日记，找到我对她提到的那一段。它看起来已经不是我记得的那个样子了。

> 相当一段时间以前（也许是因为我的存在是如此单调），我有时会被一种以前所未有强度出现的好奇心抓住——对接下来这个瞬间会发生什么的好奇心。就在我鼻子前面——一堵黑暗的墙，那一切事物中最直接的即将作为一种威胁性的天启浮现出来。在那个角落后面……那里有什么？一个人？一只狗？如果是狗，它看起来什么样，是什么品种？我坐在桌旁，今日例汤一会儿就会被端上来……但是哪一种汤？艺术迄今为止未能以透彻的方式来处理这种基本的经验，人作为把这未知转变成为已知的工具，并未被表现为其最前沿的英雄。

这是他在1953年的一个星期三写的。我把它和我以前读过的德勒兹联系在一起，那时候我还是卑尔根的一个大学生，然后它成为我的某种里程碑，我不断回到此处，这想法事关世界永远在被创造中，它总在围绕着我们不断地生成，但是这，当下时刻之不间断创造，就在我们了解了它的同时消失了。在我们发展出来的两种认知形式——科学和艺术中，科学属于确定性和计算，而艺术则通过自身从无到有的创造，属于当下和埋藏在其持续显现中的不确定性。在这方面，没有哪个艺术家比塞尚做得更多，这是他的原则和使命，也是他对同时代人产生巨大影响的根源。如果有一个预先确立的何为空间的概念，你就可以在这个空间里画进不同的物体而不会改变这个空间，这个系统是恒定且不可动摇的，这和我们眼见一致，因此，这就是空间的样子。在塞尚的画里情况恰恰相反，在那儿是物体赋予了空间，空间是一种随时生成的东西，而这种生成是相对的。如此一来它是关于这观看的视线，其紧要程度和所观看之物是一样的；这空间的惯例，通常是不可见的，也因此可见了。

十五年来我一直没放下这个问题，在寻找证实了这一点的思想家，尤其是尼采和海德格尔，还有福柯，他更关心社会结构而不是存在的，而似乎把这个问题又推进一步。问题在于我并没有想出什么头绪，自我在卑尔根学习文学和艺术史以来的十五年里,我一直没能成功离开这个点。它在根本上和一切逆反。生成，成为，显现，这永恒之新——只是不在我内心和我的理解中。

我起身走进厕所撒尿。小便是淡色的，几乎清澈，我想到了某个早晨父亲因为什么原因上完厕所后没冲水，我看到了他的小便。那是深黄色，几乎是棕色的。倒不是特别可怕。并非如此。我把颜色与他的灵魂联系在一起。以及男性气质。我自己这淡色、几乎透明的小便很女性，他的深色则很男性。他的愤怒也是男性的。我的恐惧则是女性的。

我冲水，走到露台上，在那儿站了一会儿，朝外面的草坪看去。

不,我没有轻视她,这点她说错了。但是她对我要求这么多,比以前其他任何人索取的都要多，到了不可估量的程度，而她对此一无所知。有时候，它是如此令人冒火，把我抛进了一种类似疯狂的状态。我如此生气，以至于除这愤怒之外，其他什么都化为乌有了，而我也没有给它一个出口，我把它在心里按捺下来，当怒火在我心里沉下来和我的身体融为一体后，当然看起来就和轻视一样了。不，这就是轻视。在那个瞬间它就是，但是还有什么其他的在等待着。这些是另一种轻视吗？我们真的过得很好吗？不，该死的，这轮番出现的，一波一波的，这来回搅动的，所有的，这一个并不比另一个更真实。我们在一起又好又糟，我爱她，我不爱她。

我们婚礼前的那天晚上，我请她清洗厨房地板。我们那一百三十平米公寓里的其他每一平米，我都已经清洗过了。她跪在地上手里拿着抹布，抬头看着我，说事情不应该这样，她要在自己的婚礼前一天洗厨房地板这事。她说，这对谁都没有好处。她说，这几乎是不公平的。我说那是我们的地板，所以我们得洗它，不管有婚礼或还是没婚礼。我也没有说，这还是我们在一起这五年来她第二次洗地板。否则她就会恼火，说其他所有事都是她做的，是她把这个家拢在了一起，而且她做得比她认识的所有人都多。然后我会说她生活在谎言中，然后我们会这么下去没完没了，所以我什么也没说。第二天，我对她说“我愿意”，她对我说“我愿意”，我们看着对方，泪流满面。

我们是通过情绪连接在一起的，而好的或坏的，都是情绪，而不是这些日子。

我觉得好像留意到背后有什么，我突然转过身，但房间里没有人。

还是去睡觉吧。

坠入世界之外的世界，那甜美而空茫的。

我醒来时心情不好。我一直都这样，但是只有在这要命的第一个三十分钟里我才清净，喝杯咖啡，抽根香烟，它就过去了。5点半。我套上头一天的T恤和裤子，光脚走进客厅，万妮娅和海蒂坐着，面前放着她们各自的一碗什锦谷物早餐，海蒂坐在儿童椅上，万妮娅坐的就是一般椅子，这让她坐得太低，以至于她的下巴刚刚能放在桌上。琳达站在厨房料理台旁，正在切一个苹果。我什么也没说，把水倒在水壶里，在一个杯子里洒了些速溶咖啡粉，把牛奶和什锦谷物早餐倒进碗里，把它拿到露台上，关上门，背对着她们吃饭。天空是灰色的，更像雾而不是霾，空气寒冷。当我大口吞下那什锦谷物早餐，我又进去了，把开了的水倒进杯子，从走廊的架子上拿起香烟和打火机，又坐在了外面。我身体很冷，关节很冷，灵魂很冷。在我身后，有人敲了敲门，我转过身，是万妮娅，她把玻璃门拉到一边。

"进去吧，"我说，"我很快就来了。"

她冲了出来，贴着栏杆，看着那空荡荡的草坪。

"我说进去！"

"不，"她说，噘起嘴，"为什么外面没有人？"

"因为你们起太早了。这时候没有别的人起床。现在差不多还是晚上呢。"

"是早晨。"她说。

"是啊，是啊，"我说，"但这是凌晨。至于到底有多早，你长成大人以后就明白了。顺便说一句，你的眼镜在哪儿？"

“里面。”

“进去戴上吧，待会儿让你们看部电影。”

她去了，很快两人就在手提电脑前各坐了一把椅子。在电影上，她们是不知餍足的，可以一动不动坐上几小时，囫囵吞下屏幕发生的所有事情。万妮娅一岁半的时候，她第一次从头到尾看完了一部长片。我记得这事是因为我们第二天去了哥得兰岛，那是2005年夏天，她看的电影是《逃跑的皮皮》(*Pippi på rømmen*)。我和她一起看过它，中间打起了瞌睡，所以这让它有了种梦幻气质，而且从那以后都是这样，因为从那以后我们把这部片看了很多，很多次，所以我总把它和这梦幻感联系在一起，同时那个时期的所有气氛，当时我们住在内阁街(Regeringsgatan)的公寓，就都饱满地回来了。当我和她一起看电影时，我总是看着画面的边缘，那儿的房屋，那儿的森林，那儿的道路，那儿的海滩，这些事物里有足够的吸引力让我看上一个半小时儿童电影而不感到无聊。假如电影是七十年代拍的，比如《小飞人卡尔松》[1]，或者《埃尔维斯！埃尔维斯！》[2]，那吸引的力度就更大了，因为那个时代，在所有事物上都能看出来的，是我记得的第一个时代，那是我在其中长大的时代，它构成了世界本身，现在它消失了。七十年代，这悲哀的、质朴的、没有餐厅的、贫穷的十年，有野餐区和碎石路，甲壳虫和雪铁龙，只有一个频道的电视和只有一个频道的电台，那里面播的基本都是国家大事，几乎没有商业广告，商店在4点关门，

---

[1] *Karlsson på taket*，瑞典著名童书作家林格伦(Astrid Lindgren)多部作品的角色。电影改编于1974年上映。

[2] *Elvis! Elvis!*，拍摄于1976年的瑞典电影。

银行3点关门，而没有一个以从事体育运动赚钱的人被允许参加奥运会,这些都消逝了,当你看到世界已经变成了什么样子时，真是很难相信那么一个时代曾经存在过。即使是对那个世界的匆匆一瞥,也让我充满了悲伤和喜悦。喜悦是因为我曾经在其中，悲伤是因为它已不再。《小飞人卡尔松》开场时，小弟弟在斯德哥尔摩的滕纳尔公园（Tegnérparken）玩耍,让这一幕复杂起来，因为我几乎每天都穿过滕纳尔公园，我认出了所有的房屋和街道，它们还是那个老样子，但又不是，它们似乎不在那个七十年代了，而是在二十一世纪，这个我回答不了的问题是，七十年代到底在哪儿。在我的脑子里，很显然，在所有其他经历过那个年代的人的脑海里，但只是在那儿吗？在一部电影里，时代是什么？在一张照片里,时代是什么？当我们看《埃尔维斯！埃尔维斯！》时，情况就更加复杂了，因为琳达的母亲在剧中扮演老师，一个三十多岁的女人，那就不可能，完全不可能把电影里那个女人和作为我们孩子外祖母的那个女人联系在一起。外貌不同，肢体语言不同，甚至声音听起来也不一样。她们是同一个女人吗？

怀旧是一种病，但它属于这个个体，时代以这个体为滤网筛了下去，不可预测地，个别地，带着人类所有的错误和瑕疵。已流逝的时光还在意识的隔间里，它们中有些隐蔽不可见，像荒芜森林里的小水塘，有些发着熟悉的光，像林边的房屋，但是它们都是脆弱而多变的，意识消亡时它们也就消亡了。电影是一个诅咒，因为它属于每个人，它是机械的不变的，是时代的储藏室，从这一代到下一代都不走样，也将始终簇新下去，以至于这事的后果无法克服。已经有着成千上万的电影，在里面走来走去的人，早就死了。这是一种新的死去方式，身体，生命和灵魂永远被困在画面中，同时身躯早已腐烂并分解完毕。电影是一个教堂墓园，一座墓地，但仍在生成中，因为两百年后，五百年后，一千年后它不会变成什么样子？在我祖父母的时代，电影银幕上基本只有演员和名人，这事不难去体会，就是只有他们的形象会继续存在下去。但是现在每个人都拍摄着彼此，每天都有成千上万个视频被发在网上，当我们离去后，这些东西会如何影响那些来者，那些总是能看到我们的人们？他们会以某种完全不同方式沐浴在这死亡当中。他们必须改变对死亡的整体看法，对于死究竟是什么，从而改变对生的看法。

那么时间呢？当过去跳出来，时间又会怎么样？它最后会变得那么庞大以至于穿透现在吗？我们已经看到了这样的结果，就是来自不同时代的特色事物又卷土重来，八十年代，本来只存在于个体中，附着在这个人生活上，现在则被在时尚和音乐这些集体表达中再创造出来。

尽管我有这种感觉，但我们还是让孩子们看电影看到她们不耐烦为止。我不觉得这事很光荣，我也不喜欢这样，但是那时节降临在公寓里的静好，实在是美妙得难以抗拒。此外，我为自己辩护时会想，她们也从里面学了很多东西。

嗯，可能从胆小鬼拉班那里没有。

假如这个岛是一个人，道路是血管，那么我们现在是从一根手指出发，当我在公共汽车中坐了几个小时，看着内陆上的黑色岩石地貌时这么想着，因为道路狭窄，与它交汇的道路也同样狭窄，冲着那些山脉消失在荒凉的石头风景里，而在此地进行的活动，在那些铁丝网后的低矮砖建筑里，不属于任何人，只有那些相关人员会关心它的存在。接着道路变宽了，车越来越多，我们进入了大型交通机器系统，桥梁和道路挥向远方又遇到了其他道路，系统不断扩大，复杂性不断增长，标志之间越来越密，很快建筑和人类活动就到处都是，我们接近了市中心，这所有事物和所有人都趋近之地，本岛的心脏。我们沿着挤满了人的人行道滑过，被汽车围绕，进入越来越窄的街道，直到驶入一个水泥造的大站，公共汽车停下了，我们下车。

从荒无人烟、没有活动迹象的郊区景观进到城市的运动在哪儿都一样，不管是从特罗姆岛到阿伦达尔，从约尔斯特到卑尔根，从克罗默岛（Cromer）到诺威奇（Norwich）还是从诺威奇到伦敦。这就像一次坠落，你越接近中点速度就越高，而虽然这是一种外部现象，但不可能不牵动内心，内心也似乎开始随着活动而振动，因为我们对这世界如此敞开着，它源源不绝地流过我们并留下印记，不仅是在我们的念头和观念上，还在我们的情绪和感受上。非如此我就不能解释当我们在城市里漫步在露天咖啡馆里坐下时，在我内心涌起的喜悦，我和琳达各要了杯咖啡，孩子们都拿着自己的冰激凌；这就好像我从自己身体里飘了出来，就像当一个漫长而寒冷的冬天过后，突然一切就变得很好，无忧无虑，我开始边走边聊，我在阳光下大笑这事也有可能发生，是出于什么原因呢？一切都和之前一样。琳达是一样的，孩子们是一样的，天上的太阳在我们这十天假期中都保持一个样子。不一样的，是我们所处的环境。公园里，瘦弱的老人穿着深色西服坐在阴凉处的长椅上，常常是抽着烟的，总是优雅的；歪歪斜斜的十七世纪小砖房，鹅卵石街道，高大而摇摇欲坠的教堂坐落在敞开的广场上，牧师和修女从身边快速走过，一身黑的老女人，或皮包骨头或身量可观，坐在门外的椅子上或门厅里的一级楼梯上。长着棕榈树的小街，满载着游客的大巴轰隆隆开过，大货车，货车，水泥搅拌车，开着皮卡车或小货车的手工工人，八十年代的方头方脑的小汽车，锃光瓦亮的新型空气动力型小汽车，轻便摩托车——无穷无尽的轻便摩托车。六十、七十年代的功能主义建筑，华丽的八十年代建筑，保守的几乎是反乌托邦式的、有大块深色石头和玻璃表面的九十年代建筑。

这个城市不是很大，但是它是一个首府，它是西班牙的，但是被大海与西班牙隔开，因此与众不同，不是在那些大面上，而是在小处，比如你到处都能看到过去时代留下的小细节，比如时间在这里不像在他处那样迅猛流逝，没有淹没这座城市并将其彻底改变，像时间在西班牙其他大城市里所做的那样，在那些地方过去被栏杆围起来，作为样本被保存，而在这里它渗进了一切，哪儿都有一点。而在任何地方都能留意到大海，这个事实使我想到拉斯帕尔马斯就像那些古老的南美洲殖民城镇，尽管我从来没有去过那里，但仍然觉得我熟悉那种气场，而我自长大成人后就一直向往着它。

我把这些对琳达说了。我们漫步到一座白色教堂前一个铺着棋子石的广场上，万妮娅跑向在那里安栖着的一只大理石狮子，爬了上去，而海蒂蹲在一个小喷泉的水池前。

“这里有点南美情调，你不觉得吗？”我说，“你几乎可以想象自己是在布宜诺斯艾利斯。并不是说我去过那儿，只是一种感觉。有点老套，有点破败，殖民时代，棕榈树，但同时也是现代的。西班牙的，但又不是西班牙。”

“我知道你的意思，”她说，“这特别美好。”

“是啊。”

“你这么开心。这样我也开心了。”

“对不起，”我说，“我应该一直这样的。毕竟没有理由不这样。”

“那我们要不要搬到布宜诺斯艾利斯？”她说。

“哈哈。”我说。

“不，说真的，为什么不呢？”

“没有比这个更让我动心的东西了，”我说，“但是对一个最小的变动都能让他焦虑的人，我觉得还是有比带着三个孩子搬到阿根廷更好的方案。”

“它不一定会这样，”她说，“也很有可能一切会很棒呢。毕竟，也有可能事情就是应该往这方向走呢？”

“我随时都可以。”

“那么我们就这么说好了？关于我们搬到那儿去？我的意思是，有这个计划？”

“如果你也乐意的话，就没有理由不这么做。”我说。

我们沿着一条狭窄而阴凉的街道走过去，发现了一个博物馆，它的主题是哥伦布的美洲探险，我们进去了，这就像一种预兆。一个沐浴在阳光里的中庭，墙上鲜花盛开，正中有个汩汩流淌着的小喷泉。展厅就在这环绕一圈的房间里，我们一间间走过，从外面明亮光线里走进来，里面漆黑而凉爽，到处都是地图、模型，来自船上或者是它航行的那个时代的一些物件。海蒂很累，稍有最小的不如意她就尖叫起来，所以我们快速浏览一轮后就一致同意我推车带着海蒂，让她睡一会儿，而琳达和万妮娅在里面继续看。

我走在街道有阴影的那侧，这条街道上有许多窄长巷道通向阳光明媚的庭院，或者黑暗如舞台布景的商店橱窗，想推测这里到底经营什么还真不容易；一个穿着仆人制服的木质模特，这套服装是古董呢还是准备卖给酒店的？我们到了一个广场，朝下往右拐，穿过一条宽阔的林荫大道。海蒂完全安静地坐着，但眼睛是睁着的。

“现在你必须睡觉了。”我说。

“不。”她说。

“好吧。”我说，推着她走上下一条街，进了公园，然后从另一边出去，现代的市中心从这里开始了。以我们刚走过来的这部分城区的眼光来看，也就是我一转身就能看到的，让我想起了斯塔万格，然后是卑尔根。不是因为光线，我在下一个瞬间就明白过来，是因为这里和大海如此近，一种完全贴着海的感觉。

这对我的思考产生了什么影响呢？

街道，广场，房屋，公寓，商店，咖啡馆，充满它们的这些人，就好像你被什么充满了一样。

然后，这个巨大的陌生一直紧贴着这里。

当哥伦布和他的手下停在这个港口时该是怎样地心惊，通向那未知之地前的最后一个岗哨。他们不知道在远方有什么。这难道不让他们害怕吗！

我低下头，看着海蒂，海蒂仍然睁着眼睛。我把手放在她胸口。

"你想睡就睡吧，"我说，"你累了，不是吗？"

她什么也没说，没有回应，只是完全沉默着，盯着我们周围的一切。H&M，索尼，阿迪达斯，ZARA。玻璃上的闪光，音乐从开着的门里倾泻而出，当我们经过它们时，我也感到那里特有的空调冷气。到处都是人。但是没人推着童车！推着童车走的只有我！

不。那儿还有一个。黑色网状的，里面有个小小的穿着花边衣服的新生儿。推着婴儿车的那个女人还很年轻，和另一个女人肩并肩走着，也许是姐妹俩，她们在穿着西装的男人们和穿短裤的游客人潮里认真而激烈地谈论着一些事情。然后她们从我身边走过。我穿过了整条步行街，当我到了我们早上来过的公园旁边的咖啡馆时，海蒂已经睡着了。我把童车推到一张桌边，买了一杯双份意式浓缩咖啡，然后抽了根烟，从书包里找到了贡布罗维奇的书，但是只读了几行，在有这么多东西可看的地方读书感觉是不对的。

一个棕褐皮肤色男子，大概六十多岁，稀疏的沙子色头发，坐在桌旁看报纸，那是《世界之路报》。他抬起头，碰见了我的视线。

"你是挪威来的吗？"我说。

"是的。"他说。

我几乎从来就没有主动和陌生人交谈过。除了我喝醉的时候。但现在我感到很轻松，没有忧虑，好像这是最自然不过的事了。

"你也是？"他说。

"是。也就是说，我住在瑞典。但我是挪威人。"

“那么，你是在度假？”

“是的。你不是吗？”

“不，我住在这儿。这里的气候，你知道的。全年都是阳光和温暖。我受够了铲雪。”

“我明白。”我说。

他喝了一口啤酒，点了一根香烟。

“而且这里又便宜又好。你不会因为买一包烟而搞到倾家荡产。”

“你住在这城里吗？”

“哦，不，不。我住在往北挺远的地方。在那儿的一个小镇上有一间公寓。”

他穿着灰色的防尘外套，下面是蓝色的衬衫和一条浅棕色“西装仕”样式的裤子。他的衣着不能说非常随意，但肯定不能说考究。衬衫皱巴巴，我在外套胸口看到了几个黑点。

我说了我们住的那个度假点的名称，问他那个小镇是不是在附近。他摇了摇头，又喝了口啤酒，用手指擦干了嘴唇。

“我住在另一边。”

“还有很多其他挪威人住这儿吗？”我说。

“有一些。是啊。”

“那么，你们夏天那半年回家吗？”

“许多人这么做。但我不是。我就住这儿了。”

他身上有种孤独的氛围，也许是郁郁寡欢的氛围。他看着我时眼睛里的友好和善意，在他转开视线的那一刻就消失了。

“那么，你很适应这里了？”我说。

“当然，”他说，“至少我再也不用铲雪了。”

“不用。”我说。

“不过，有时候也会下一点儿，但是待不住，你知道的。立即就化掉了。”

“是啊。”我说。

他从盒子里抽了一支烟，把它举到嘴里。拿着打火机的手轻微地抖着。

我假装又开始读书，还他一些清净。但是我一直感知到他的存在，就好像我现在盯着公园那边，盯着那边的步行街，或者低头看。他和我父亲一个年龄段，就算他没有落到那步田地，至少也散发着和我父亲一样的气场。

他们来到这里也只为在余生这些岁月里能这样清清净净地待着。

我低头看着海蒂，把手放在她头上，只为了能触摸她。

在他去世前的几年里，妈妈的姐姐谢莱于格的一些朋友在加纳利群岛遇到了爸爸，在一家酒吧里，我朦朦胧胧地记得，他们认出了他，而他还没想到他们是谁。他们聊了会儿，他说他以前是海员，但他已经走在平地上了。

妈妈说起这些的时候，她微笑了，因为，正如她所说，他的话里有很多还真是那么回事。

一个女孩沿着公园那铺满尘土的小径走过来，一个男孩坐在长凳上伸直了腰，他几乎在闪闪发光，没看错，下一刻他们就站着互相拥抱了，坐在了一起，谈话和身体动作多到密不透风。我瞅了一眼我旁边的那个男人，他在读体育比赛版，同时抬头看着招待，后者在他的桌子上放了一杯新的啤酒。

我向后靠过去，凝视着湛蓝晴朗的天空，点了一根香烟，吸进去并愉快地把烟吐出去。我在国外时总是抽切斯特菲尔德牌烟，这是我最喜欢的牌子，但在瑞典和挪威都没有出售，除了在卑尔根的托加曼尼根广场的瑟伦森烟草店才买得到，那儿的价格非常贵，以至于我只有在学生贷款到账后才买得起。

来一杯啤酒会很好的。

但不是在海蒂在童车里睡觉的时候。

另外，我应该尽快去找琳达和万妮娅。

再过一刻钟吧。

我与服务员用眼神交流了一下，他走了，我又点了一杯双份意式，从书包中找到了笔记本和一支笔，描写了一下公园里的树木，首先是它们在干燥多尘的土地上投下的阴影，试图去看阴影原本有着怎样的颜色，是不是被这稀疏的草地之绿或微微偏红的泥土感染了，然后是这棵树干燥，开裂、可能还很硬的树皮，另一棵树的更柔顺，光滑。以及它的树干如何像是被劈成了枝，越来越细，直至成为最远端那些小小的，颤抖着的茎。阳光如何像是被倾泻到了树冠的叶子上，就好像从一个桶里泼出来的一样，然后渗进层层树叶中，直至最后滴落在下面的土地上。

我搬到斯德哥尔摩后，一天早上我和我的新朋友盖尔·A一起去了哈加公园（Hagaparken），那一定是在5月中旬，因为天气很热，但我那时候还没有和琳达在一起。我们从铜帐篷那儿走下来，沿着那个大草坡，那儿到处都是躺着晒日光浴的人，然后走进了一个更类似森林的地区。我开始聊起这里生长的所有奇妙的树木。它们如何都是个体的，有着自己的形状，而它们又是如何相似，它们都具有同样的特征，无论是作为广义上的树木，还是在这些不同的树种之间。到它们还活着，只是站在这儿，站在我们中间，而我们从来没有想到过它们，没有把它们想作生物，或者也没有即使是偶尔地说起它们。我说，它们中大部分比我们老得多，有些来自十九世纪，甚至十八世纪。这不是不可思议吗？它们在这儿，像我们一样，但状态完全不同。一种完全不同的生命形式。我们想知道宇宙里有没有生命，那里有可能发现什么样奇怪生命的形式，而我们在这些神奇生物身边做的只是没完没了地兜圈子！

盖尔大声笑了。

“你知道今天大家都在看什么？”

我摇了摇头。

“到处都躺着女人。她们中有不少大美女。她们大多数都只穿着比基尼。然后你在看树！醒醒吧，男孩！”

“但是这不矛盾吧？”

“矛盾！一个是人类内部的生物学。另一个是人类以外的生物学。你是人。”

“看来在这儿说话的人里只有一个知道果汁是怎么上升的。这距离没有你想的那么大。”

“是啊。我认识的人里没有一个会这样兴奋地谈论树木。一个也没有！而我认识的人还挺多的。”

“那并不意味着我不想女人。”

“你被冒犯了吗？”他说着又笑起来了。

“一点点吧，也许，”我说，“我觉得这不像你说的那样不寻常。还有一本周刊就是以这个为主题的。”

“哦是吗？”

“是的。《女性和树木》。”

“哈哈哈。但是我记得还有一个人在公园里跑来跑去找树木。我读社会学时候的一个朋友。他打算组织一个最后单身之夜，计划是在这儿打排球。他拿着尺跑来跑去，要找到距离完全相等的两棵树，以作为排球场的四角。他是我见过最过分的教条主义者，“差不多”对他来说是不够的。所以他无法满足于任何近似的要求。不，它们之间应该有完全相等的距离。我就不用说他花了多不可思议的时间来写论文了。”

“那是反常了。走过树木时谈论树木就不是。”

“怎么不是。他还在人类社会以内。游戏，两件事物之间的特定关系。你说的可是树木本身。对我来说，生活里的一切都是社会生活。我根本不在意外面有什么。那毫无意义。”

自那以后的四年中，我们每隔一段差不多的时间都会做这样的讨论。这物质世界，以其石头、沙粒和恒星，或这生物世界，以其猞猁、甲虫和细菌，都不能使他感到最轻微的兴趣，只要它们没法告诉他有关人类社会的事情。我却一直被它们吸引过去，朝着意识和身份都不再起作用的这些区间，不但是在身体内部——在这里自我朝向的两个方向都越来越小，即朝着这独一无二的，在这些生理过程中自己照顾自己，就好像一个人由无数不同的动物构成，被大脑中最古老，最原始的部分之一协调为一体，也朝着那共有的，普遍的，因为所有这些器官和过程在每个人身上都一样——以及身体以外的，也就是这身体在死亡那一刻就成为其一部分的这世界。盖尔对这些都很冷漠，当我谈论这件事时，假使他的声音或视线没有因不耐烦而喑哑，那只是因为他的兴趣是冲着我来的，这个痴迷于此事的社会造物。

隔壁桌那个人站了起来，卷起报纸，把它夹在胳膊下，朝我看过来。

“那么，祝你假期愉快！”他说。

“再见，嗯。”我说。

他快步朝步行街走过去，站在过街口等绿灯时身体微微前倾，我再看过去时，他就已经被这城市吞没了。

回博物馆的路上，我正在寻找一家适合我们午餐的餐厅，发现了一家挺好的老餐厅，里面坐满了年长的岛上居民，但它乡村风格的魅力被它隔壁餐厅比下去了，那家在一个小广场上有露天座位，又很得当地靠着一条宽阔且交通繁忙的公路，这一切又被树荫和建筑物旁斜斜的砖墙所抵消，一位招待正靠着砖墙抽烟，而他的同事端着放着食物和饮料的托盘跑进跑出。

当我走进博物馆中庭时，琳达和万妮娅坐在靠墙长凳上，对着太阳眯缝着眼。

“是啊，在这儿真的有事发生了！”琳达在当我踩下童车轮锁的时候说。

“怎样了？”我说，在她旁边坐下。

“你想说吗，万妮娅？”她说。

“我的鲨鱼掉在独木舟里了。”万妮娅说，

“不，你是故意把它扔进独木舟里的，”琳达说，“我们弄不出来了，而且你知道她有多离不开它？”

“是啊。”我说。

“那我们进去看看能不能找到什么人来帮我们。”

“在那边的独木舟里？”我说，朝对面墙上那两个巨大的绿色独木舟点了点头。

“对，就是那个。哥伦布的独木舟。”

“真的？”

“是啊。就是发现美洲那条船上的独木舟，我们的女儿就是在那儿把鲨鱼梳子丢进去的。”

“然后发生什么事了？”

“就出大状况了。所有员工都出来帮我们。他们把整个独木舟抬下来。它还撞到了墙上，弄出了一道裂缝。但是鲨鱼最后弄出来了。当他们发现我们找的是个梳子，你真应该看看他们的表情！”

“我不在这儿真好。我会因羞愧而死的。”

她笑了。

“但是他们并没有怎么样！他们很高兴能帮忙。你知道这里对孩子们是怎么样的。他们这么爱小孩，为他们做什么事都可以。”

“你确定这点吗？他们没有坐在里面发脾气？我的意思是，哥伦布的独木舟上有了道裂缝？”

“我找回我的鲨鱼了！”万妮娅说，微笑着，眼睛窄窄。

“但是现在我快要饿死了。我们去吃饭吧？”琳达说。我点点头，站起来，把童车推过来，琳达去拿了踏板，我把它接上去，万妮娅跳了上去，然后我们这推着车的一小队人马就出了博物馆。

我们吃饭时风一直在刮，拉扯着桌布。餐巾纸好几次飞到空中，但是在我成功起身之前，总是有一位招待已经去追它们了。我们谈到了在布宜诺斯艾利斯等着我们的未来，这是幸福的一刻，也许是自我们在之前那个夏天搬到马尔默以来最幸福的一刻，一切，包括我们的生活在内，都沐浴在这新的光芒里。当我们吃完饭等咖啡的时候，我跟她提到隔壁的餐厅，它有厚厚的砖墙和木凳，多么好看，她把海蒂抱在胳膊里，走了过去，而我和万妮娅在一起，她正忙着用吸管将空气吹进汽水里中。它起泡了，扑出来了，但看起来她做这件事并不是因为有趣，从面部表情来看更像是出于一种沉浸和坚持。

我想找点什么和她说说。

汽车呼啸着驶过街道。一名修女进入眼帘，在一个街口，然后又不见了。这些高大修长的针叶树在风中轻轻摇摆。我从包里拿出一个苹果，放在我们之间的桌子上。

“你知道有少数苹果可以说话吗？”我说。

她看着我，头并没有动。她的目光带着怀疑，但并非完全不认可。

“当我和海蒂一起走的时候，我听见包里有一种声音。我不确定，但我认为那是苹果。如果是的话，我们的运气好得不可思议，因为几乎没有苹果能说话。但是我认为这个可以。你知道这个机会有多小吗？”

她紧紧地盯着我，摇了摇头。

“毕竟他们不会说人话。这很明显。你好像不太相信？”

她再次摇了摇头。

“他们说的是苹果话。看，如果我把它摇一下，也许它能说点什么。要不要我这么做？”

她把玻璃杯放下了。

“它不会说话！”她说，“你在开玩笑！”

“不是。这很不寻常，肯定是因为这样你才不知道的。”

我又进了一步。

“那儿！你听到了吗？”

她盯着苹果，同时摇了摇头。我把苹果举起来放在耳朵旁边，睁大了眼睛。

“它说了些什么！”我说。

“没有！”她说着笑了，“没有。”

“有！听听！”

我把苹果递过去，她低头侧耳贴着它。

“你听到了什么了吗？”我说。

她摇了摇头。

“但是爸爸！”她说，“苹果不会说话！”

“它刚才就说了！”我说。

“那它说了什么？”

“我不确定。那是苹果语。但我认为它说‘我很孤独’。”

“你也不懂苹果语啊！”

“懂啊，不是那么好。但是我也懂一点。”

“你是怎么学的？”

“这里那里地捡了一点。我长大的地方苹果树多得吓人。”

“不，你在开玩笑！”

“听！你听到了吗？”

她微笑着，不确定地摇了摇头。

“它说：‘真是个好看的女孩！她叫什么名字？’”

“我叫万妮娅。”

“万妮娅！”我尖着声音说。

“这是你！”万妮娅说，“它不会说话！”

我有点被她伤害到了。

“是的，就是这样，”我说，“你刚才信了苹果会说话吗？”

“没有！”她说，笑起来了。

“你确定吗？”我说，把苹果举到嘴边，咬了一口。

“不要吃！”她说。

“但是这只是玩笑，”我说，“毕竟那只是一个苹果！”

“行吧。”她说。

服务员拿来了两杯咖啡和两碗冰激凌。他一放下万妮娅就立即开始吃。我说谢谢，抬起来头，但他没有看到我的目光，低着头走到隔壁的桌子上，把盘子放在右臂上，把杯子摞成一堆，用左手拿着，消失了餐厅那边的黑暗里。

“我想吹！”万妮娅说。

我把杯子朝她那边推过去，她吹了，我喝了一口。琳达出现在拐角处，仍然与海蒂在一起。她看起来有点沮丧。

“我在那里面摔了，”她说，“就在那旁边。胳膊上还抱着海蒂呢。”

“你受伤了吗？”

“有点。”她说，把海蒂放在高椅上。我把冰激凌推给了她。“那里是石头地板。我想海蒂有点被摔到了。也许她更多是吓到了。但是至少那里面又是一场骚动。每个人都跑过来帮我。这也不是很奇怪。一个孕妇抱着小小孩重重地摔在地板上。我完全是直接倒下的，你知道吗？就像一艘侧翻的船。然后所有乐于助人的人都过来了，帮助我重新站起来，帮我掸灰，想知道我怎样了。”

“这听起来很戏剧性。”我说。

“就是这样！我感到很无助。我突然连路都不会走了。你懂我的意思吗？”

“懂。”

“在这里你一个孩子都见不着。上帝知道他们在哪里，至少这里没有。然后我来了,一个孩子在肚子里,一个孩子在胳膊上，然后啪嗒一下绊倒了，就在所有人眼前。我觉得我简直太斯堪的纳维亚了！”

坐公共汽车回去的路上，万妮娅把头放在琳达的大腿上睡着了，而海蒂坐在我的大腿上，打着瞌睡。她小小的身体跟随着公共汽车所有的小震动颠着，我们从一个交通灯路口开到下一个交通灯路口，穿过城市，然后驶上沿海的高速公路，那里的太阳还在深蓝色大海上烈烈燃烧。

我从不走运，但是我是幸福的。

一切都轻盈得像风一样，我的情绪广阔而单纯，仅仅是当那些凸起的铁丝网或者一个修车铺外一堆破轮胎映入眼帘，我的灵魂就打开了，一种几乎是未知的温暖在我体内舒展开去。

快乐都做了什么？

快乐会删除。快乐会打破。快乐会溢出。所有困难的事物，所有通常阻止或限制我们的事物，都会在其中消失。在长时间段里这是无法忍受的，因为快乐中没有抵抗，你靠着它，就会跌倒。

你在哪里跌倒？

到空旷中来吧，我的朋友。

我看着琳达，她把头靠在座位靠枕上，闭上了眼睛。万妮娅的脸被她的头发覆盖着，像一丛植物般躺在她的腿上。

我低下头，看着海蒂，海蒂漫不经心地回看我。

我爱她们。那是我的小帮派。

我的家人。

以纯生物质量来说我们并不特殊。海蒂重大概十公斤，万妮娅大概十二公斤，再加上琳达和我的体重，我们大约一共一百三十公斤。这真的比一匹马要轻得太多了，我想，差不多等于一只发育良好的雄性大猩猩。如果我们紧紧地躺在一起，我们的物理维度并非任何能夸耀的东西，随便一只海狮都有更大的体量。而在无法衡量的方面，也就是一个家庭唯一的本质，则和想法、梦想和情感有关，这家庭的内在生活，这一堆藏品是爆炸性的,散布在时空里,如果要用这相关维度来理解它的话，它可以覆盖一片可以说是无穷无尽的表面。我见过一次我的曾祖母，这意味着万妮娅和海蒂和这个新孩子属于第五代，如果命运仁慈的话，她们又可以往下经历三代人，也就是说，这一小堆肉身覆盖了八代人，或者两百年，伴随它而来的不断变化的文化和社会关系，更不用说涉及多少人了。它就是一整个小世界，在这个春日下午以争分夺秒地的速度沿着高速公路移动，我自己的小家庭最终可能会发展出自己的传统，某些只在我们这儿很典型的东西，就像我在其他家庭里多次碰到并总是很羡慕的东西：在它之中那些安稳，美好和安全。

当孩子们入睡时，我们互相靠近，在黑暗中彼此靠近。琳达的眼睛是大睁着的，好像完全赤裸，毫不设防，就好像我记忆中我们刚在一起时头几个星期。后来我们出去坐在露台上，我喝着啤酒，这在我们住在这里的十天以来已经成了一种习惯，琳达喝姜汁汽水。黑暗似乎在靠近地面上方的空气里盘旋，每过一分钟它就变得更灰暗，更沉重一点，此时天空中的星星一个接一个地出现，犹豫的，几乎有些腼腆，好像它们不太信任记忆里它们昨天晚上是怎样闪亮的，骄傲，坚硬，矿物的无情。但是这些一点点地又回到了它们身上，很快整个现在已经全黑的天际充满了闪耀光辉。

“我想我要上床睡觉了，”琳达说，“今天谢谢你。要给你亮着灯吗？”

“好啊，”我说，“晚安。”

“晚安，我的王子。”

灯亮了，她的脚步消失在卧室里，我坐在椅子上，将我的腿放在栏杆上。如果哥伦布在发现美洲时转身回航会怎么样？我想。如果他们说将绕过这个大陆，不去打扰，让居住在那里的人们不受打扰地生活，事情会怎么样？如果他们不去利用这块大陆的财富和人民？这样，美洲就只会作为一种观念在古老的欧洲、亚洲和非洲存在。每一代人都会学到，在西边有个巨大的大陆。那里发生了什么，我们不知道。也不知道它看起来什么样，那里存在什么样的动物或者植物，或者那里的人对生命和生存的看法。任何这些事我们都不会知道，也永远不会去解释。

这是我想过的最不可能的想法。这等于和我们现有的一切逆向而行。

但是那样会多么奇妙啊。一个秘密的、没有被探索过的大陆，没有人开发或利用过，而只是转身离开了它。怎样一种令人不安的无知的阴影将会笼罩着我们的欧洲大脑。

我喝光啤酒，抽了根烟，双手握着阳台栏杆，站了片刻，望着在那些平房灯光背后的黑暗，望着大海向外伸展开去。

然后我走回去，上床睡觉。

回家的飞机在两个晚上后出发，飞机上挤得严严实实，我们带着这些行李和两个小孩压力很大，但是登机升空后几分钟后万妮娅和海蒂就睡着了。我们沉进座位里。飞机发出嗖嗖声穿过黑色天空。机上的气氛很奇异，许多人一刻不停地喝酒，高声说话大笑，可能是想把假期延长到最后一刻，其他人坐着睡着了。半小时后，机长的声音在扬声器中响起，让所有人坐下并系紧安全带，前方有气流。万妮娅醒了开始哭。不是低低的抽抽搭搭的哭，而是用了整个肺活量在尖叫。这吵醒了海蒂，她也开始尖叫。突然我们周围变成了炼狱。我和琳达疯狂地试图让她们安静下来，但一点用都没有，她们陷入了一种无法控制的境地，只是不停尖叫。最初的几分钟内人们还能自持，但是一刻钟后，我们周围的不满和烦恼就很明显了。我们为什么不能让那些见鬼的孩子们闭嘴？她们为什么这样尖叫？我们是糟糕的家长吗？这简直难以忍受，当安全带灯熄灭时，我请琳达站起来，这样我就能把海蒂带到过道中间，她这么做了，我松开了海蒂的安全带，把她抱起来，她挣扎，扭动着弯着身子，那小小的身体绷得像弹簧一样，而万妮娅踢着她面前的座位后背。我把自己拱过座椅之间的狭窄缝隙，半弯着身子，把打着挺的海蒂紧紧摁胸前，她在我耳畔尖叫，终于出来站在走道里，向前走着，前面有个小空间，但海蒂什么也不愿意，不想走走，不想被抱着，不想好好待着，不想看帘子后面的东西，只是尖叫再尖叫，脸涨得通红，四肢踢打。人们再也不隐藏恼火，公然以敌视的眼光盯着我，这个管不住自己孩子的人。我再次把她按回到座位，坐我们前面的那个男人转过身来，说我们必须让小孩别再踢了，这使琳达大为光火，她高声说，她才四岁！我把手放在她的肩膀上，请她别着急，一位空姐在我们头上弯下腰来，给了一些玩具之类的，万妮娅愤怒地把它们扔开了。我出汗出得浑身湿透。孩子们被困住了，她们走不出来，他们没有摆脱困境，我唯一能想到的就是其他乘客会怎么看。这太清楚了，我们是不称职的家长，为什么我们的孩子会这样尖叫？她们有一个可怕的、带着创伤的童年。一定是出了什么问题。我从来没有见过其他孩子在公开场合有这样的表现。情况非常紧急，一定要让她们停下来，但是我们的方法没有一个管用，一切都像火上浇油。而且这样子已经持续太久了，是某种病态了，这些想法在我汗湿的额头后面不可阻挡地咬噬着我。我感觉自己就像那种垃圾白人，带着我疏于管教的孩子坐包机去加纳利群岛度假。一切都失控了，而且是在这么一个封闭空间里爆发。

她们闹了大概一个小时。然后就停止了。万妮娅先停下来，然后是海蒂。她们满头大汗、精疲力竭地静静坐着，在这高空。我简直不敢相信这是真的，一动也不敢动。几分钟后她们就睡了，七个小时后我们就能把她们放在公寓家里她们自己的床上。我们完全透支了，看着对方保证在任何情况下我们绝对、绝对都不会再做这样的事了。但是，缓慢而难以察觉地，所有这些旅程中磨人的时刻和度假村里的庸俗逐渐滑出了记忆；剩下的只有那两周里孩子们在游泳池里的欢乐，露台上的夜晚，到拉斯帕尔马斯的那次远足。

约翰出生了，琳达和他在家，而我早上和下午带女孩们去幼儿园和回家，坐在公寓里每天工作六小时，一部分时间做《圣经》翻译，一部分用于那本我写不出来的小说，直到次年春天，我才开始写自己。孩子们睡下后，琳达在黑暗中书房的椅子上听我读着它，她说那是“妙不可言”[1]。那个夏天要过完的时候，这是约翰的第一个夏天，我们先去沃斯拜访英韦，然后去约尔斯特看妈妈，而关于四十岁生日派对的计划也渐渐地背着我成型了。这后来成了一个小型聚会，大概二十几个人，客人不算多，但是对我来说已经不得了了。我们在客厅里摆了张长桌子，当人都到齐，在另一个厅里站着，人手一杯香槟，我们要说欢迎的话时，我想过要说他们都是我写的一本小说里的人物，他们在今晚所做和所说的一切都会被用来对付他们，但我不敢，我什么也没说，是琳达致欢迎辞，我站在她身边沉默地微笑。托雷说话，盖尔 · G 说话，埃斯彭说话，琳达唱歌，英韦很绝望，因为他知道我希望大家都别说祝词的愿望已经被忽视了，而他，作为一个兄弟，似乎玩忽职守了。我说这没关系的。那天晚上再晚一点的时候，他把克努特 · 奥拉夫，汉斯和托雷叫到一起，来了一场小型演出，他们弹了一首卡夫卡制造机的歌，一首獴的歌，和一首 ABBA 的歌。夜晚余下的时光就是跳舞喝酒，我大概是十五年来第一次跳舞，就这样，我们一直持续到次日早

[1] 此处为瑞典语 Hisnande。

上 7 点钟才睡下，我那时多么开心，以为一个全新的开始已经到来。三周后的新年前夜，盖尔和克里斯蒂娜在马尔默结婚，并在我们的公寓举行了婚礼，这规模小得不能再小：围在桌边的只有六个大人和五个孩子。这个安排的重点在于之后几天他们要住在我们这儿，但是他们在元旦就离开了，因为琳达的兄弟马蒂亚斯打电话过来，他问能不能和琳达通话，我说她正躺着休息，他说是重要的事，他们的父亲死了，我能叫醒她吗？

* * *

今天是 2011 年 8 月 26 号。时间是 6 点过一分钟。我在遗忘桥[1]的一个类似毛坯房的阁楼里写着这个，我们已经开始把这里叫作“夏屋”，因为这里没有加隔温保暖层。我在另一所房子里醒来，叫醒了琳达。两个小时以后万妮娅和海蒂就要上学了。学校离家不过一箭之遥，那里一共有四个年级，总共三十名学生。我们从没计划搬到这里，就像很多其他事情那样，它就是发生了。原本的计划是我们要把这里作为一个夏天别墅，所有的周末和假期都会来这里，但是买下这里仅仅八个月后，我们就搬过来了。所以我们现在住在这里，远远地住在乡下。我每天早上 4 点起床，喝咖啡，抽烟，然后走到这冰冷的、未装修的阁楼，写到 8 点，接着送万妮娅和海蒂去学校，睡半个小时，然后写上一整天。在下午和晚上，我都待在外面花园里，我看上去像个野人，在花园最深处砍着树和灌木丛，事实证明这里本来有美丽的石

[1] Glemmingebro，瑞典南部斯科纳地区的一个小村。

头路贯通园子，它完全掩埋在泥土和杂草之下。我清走所有这些，上个星期我在那儿洒下了草籽，现在已经开始冒头了。自我开始清理杂树乱枝，拔走灌木和野草的第一个下午开始，我就停不下来；9点钟，孩子们穿着睡衣贴在窗子上看，想知道我在做什么，我拖着整棵树跑前跑后，直到差不多午夜才停下来，从那以后就一直如此；我一旦开始在户外干活，就不想停下来，而必须强迫自己上床睡觉，才能有精力在第二天继续写作。这就是我小时候爸爸总在干的事，他总是在外面花园里干活，而我以前从来就没能理解过这是为什么，这些能给他什么，直到现在为止。在此之前我都认为这很无聊，是一种责任，当我比如说在妈妈家里帮助时，或者当我们去社区园圃那里时，那总是一种麻烦事，我总是更愿意坐下来阅读。现在我懂了。从外部来打量，就像我总是从外部来打量爸爸和他所做的事那样，在花园里干活是小资产阶级凝滞状态的图景，往深里想是可笑而表面的东西，是一种人工方式，通过让世界成为一片草坪和数丛灌木来整饬世界之混乱，并将此手艺练得炉火纯青们，同时花园就是别人能看到的私人生活，所以它是作为一种为周边而设的展示橱窗在起作用，也就是，外立面。

昨天我坐在外面读英韦写的一段文字，关于“糟透！”乐队以及他们的专辑《物质疲乏》(*Materialtretthet*)，他就那段时期采访了还在世的乐队成员。其中的一个，我觉得是哈拉尔·奥恩[1]，把自己描述为一个漫游者，过着一种漫游者的生活。那个瞬间文字里产生了吸力：旅行，视世界为旷野，继续前进，从

[1] Harald Øhrn（1954—），挪威乐手，乐队贝斯手。

不坚守除漫游以外的任何事物，这不断敞开着的世界。这是我十几岁时的梦想，可我当时不知道那意味着什么，也从来没有实现过。他们在 1979 年组的这个乐队，就是关于这个，这种完全想干什么就去干什么的自由，完全不受过去的束缚。克里斯·埃里克森[1]说得最好，朋克所做的就是摆脱所有旧的，所有历史，所有古老的英雄，所有已逝去的，只让这新的，这就在此地当下的，成为主宰，并护送它到它该结束的地方。这就是二十岁的样子，一切都是敞开的，但是既然那些还没有敞开的事物并未展现它的模样，你对其依然一无所知，也不知道它意味着什么，直到为时已晚，然后就轮到下一代人站在这敞开的面前，而自己站在城郊别墅区里花园里忙碌着，有孩子，有车，也许很快有一条狗，如果最大的孩子能如愿的话，而她也终将如愿。

这就是我昨天的感受，我坐在那儿读英韦的稿子，同时海蒂坐在苹果树下荡着秋千，有时候把她想到的大喊着告诉我，比如当她问我知不知道她长大后想干什么。不知道，我说。我要做圣诞老人的工作！她喊道。这让她笑了很久。我说这听起来是个好主意，然后继续阅读。这样地把生活完全掌握在自己手里：不学习，不工作，只是和几个伙伴一起练琴组乐队。或者就是去欧陆，找份工作，赚点钱，继续漫游。

这真吸引人。这是关于对世界保持开放，让该发生的事发生，而不要让它被这些东西主宰：被受教育、工作、孩子和房子等等所形成的某种特定结构，被这种生命的僵化，绕着某些机构打转，也许是孩子的幼儿园和学校，也许是父母的养老院

---

[1] Chris Erichsen（1955— ），丹麦音乐人、媒体人。

和老房子，也许是自己的工作。

所以现在我像野蛮人一样在花园里跑来跑去时，内心燃烧着小资产阶级的火焰，和父亲不是不像的，除了他的络腮胡更密而我的更稀疏，他的上半身强壮而我的瘦弱，这基本上不可能不被认为是向内的逃亡。同时，这里面也有我喜欢的一些东西。土地的气味，所有那些里面爬着蠕动着的蚯蚓和甲虫，当一枝巨株倒在地上阳光涌入之前还在幽暗中的棋子石面时所感到的喜悦，孩子们有时会过来看看我在做什么或对我说些什么。

我在二十岁时有过机会。我当时没有抓住它。现在有机会的她们。现在轮到她们了。这是她们的未来。

在这里说这话的是放弃的声音，但这也是必要性的声音，以及一种倏忽而至的见解的声音：事情一定一直以来都是如此。我以前从来不知道这点。但是有些人一直都知道，因为有些人一直在那里。《尤利西斯》里讲的就是这个，关于做儿子和做父亲的区别，前者是斯蒂芬·迪达勒斯，后者是利奥波德·布卢姆。斯蒂芬在所有方面都超过了布卢姆，除了这个方面。利奥波德没有斯蒂芬的企图心和上升能力，他别无所求，他在家待着。利奥波德·布卢姆是一个完整的人，斯蒂芬·迪达勒斯是一个不完整的人。只有斯蒂芬才能创造，因为想创造就是要让自己完整，想创造就是想回家，而那些完整的人感觉不到这不安，这冲动，这渴望。哈姆雷特就像斯蒂芬一样也是儿子，也只是儿子。父亲的死引发了他的危机，而母亲的背叛使危机僵持着。哈姆雷特无家可归。耶稣也不是父亲，而是儿子，他无家可归。哈姆雷特，斯蒂芬，耶稣，卡夫卡，普鲁斯特都是儿子，而不是父亲。因此，也就是说有些关于人的事情，他们不知道，也可能不想知道。但那是什么呢？什么是做父亲？做父亲是一种担当，因此你可以生孩子而不做个父亲。但是你所担当的又是什么？你必须在场，你必须在家。企图心和上升能力与之不兼容，因为企图心想要的，是那无限，而家庭所做的，是设限。一个没有边界的父亲不是父亲，而是有孩子的男人。一个没有边界的人是个孩子，也就是这永恒的儿子。这永恒的儿子接受或获得，他不给予，他接受或获得因为他不完整，因此也不是他自己。爸爸去世前搬到他母亲家并非一个偶然的细节；他是作为儿子死去的。他已经卸下了做父亲的责任，而这点只有在父亲责任是外在事物的情况下才能做到，一种你因为必须才承担的角色。我对他的想法就是这样。他不愿意在那儿。他二十岁时就当了父亲，他必须压制自己身上和这些相冲突的一切，和自己的企图心和所有那些上升力抗争，他被怎样的侵略性、恼怒和挫败感充满啊，而这些影响了我整个童年，只有一个不能做自己想做，而只能做自己不想做的事的人才会被这些情绪充满。如果是这样的话，他牺牲了整个作为年轻人的阶段，从二十到四十岁的时间，用在他不想做却不得不去做的事上。他离开家庭时我十六岁，也算成人了，这显示出来他对责任是认真的。但是他不是什么父亲，他是个儿子。他不完整，没有成年人都会有的内在平静，和内在的分量。妈妈当母亲时也只有二十岁，但她是成年人，或者是在责任到来时成长了。她也是他的母亲，这是从她为他设定他自己所不能设定的疆界这个意义上来说的，任何儿子都不能自己做到这一点。这是一个简单的解释，但我认为真是这么回事。琳达的父亲以完全不同的方式没有界限，他确诊了，有躁郁症，这和完全卸下对自己生活的责任是一样的，因为躁狂者的行动力和抑郁者的无法行动都是不让自己去处理自我这些问题的力量，这是某些在内部不断将其抬起并下降的东西，让它永远不在那儿，而要么在往世界的方向膨胀，要么在那内在内爆，当然也包括认为卸下责任比孩子们的一生更重要。琳达和我都是儿子们的孩子，而这没有边界就是我们被席卷缠绕在其中的一种事物，从琳达很小时候就如此，我则从十六岁开始，但实际上也是从很小的时候，因为说到爸爸，我所见证的，并参与其中的，可以说是勾勒出了没有边界这件事的边界，缺乏内在安宁，分量都从外部而来，也就是作为一个 1944 年出生的男人，得是一个有尊严，能立下规矩的父亲。琳达父亲的母亲在他十三岁时去世，他就一个人负担起了对兄弟姐妹的责任。她去世时他一直在医院里，和她在一起，躺在她旁边的床上。他与母亲之间的纽带非常紧密，也许就因为它如此单纯，从来没有被生活消磨掉，因为她的生命在他从她生命里挣脱之前就已停止了，然后这纽带在他身上变强了。我不知道，我只见过他三次。一次是在我们雷格斯街的公寓里，一次在他的公寓里，一次偶然在街上。他是一个热情而开放的人，为他自己着想的话也许太开放了一些。他距离我与琳达的生活很遥远，我还以为她早就从他身上把自己摘了下来，而且她这么做是因为她必须这样做。她二十五岁左右时，自己也诊断出躁狂抑郁症，或者按照当时的说法叫双相障碍，住了一年多的院。她的生活，越来越激越，忽然成了一种无法控制的东西，这就好像她从一道边缘翻下来，然后坠落了。她坠入了这无边无界。这是她生命里曾有过的一种可能，一条通往那里的道路打开了。

当我们见面时，它听起来已经结束了。然后她父亲独自住在距离我们公寓仅一百米开外的一个公寓里，但同时也在人群以外，因为他已经多年没有工作，从他发病开始，他以一种对他自己最好的方式来安排生活。他独自一人死在一间新公寓里，此时，他刚搬进去不久。他在除夕夜去世。当琳达在新年第一天知道这事时，她坐在走廊地板上，背靠着墙。孩子们还睡着。她哭了。克里斯蒂娜和盖尔收拾好他们的东西，离开了，让我们好自己待着。到了晚上我被惊醒了，琳达在我身边躺着哭泣，我轻轻地抚摸她的背，然后又睡过去了。至于在此后三周里，她是否经历了与我在父亲十一年前去世时完全相同的经历，我从来就没有明白过。她北上斯德哥尔摩，找殡仪馆，联系律师，和哥哥马蒂亚斯一起清理了父亲在公寓里的东西，并为他哀悼。她为她的父亲哀悼，但我，她的丈夫，却不在她身边。我在写作。而我写的是什么？我写了我自己父亲的死，在十一年前的那个时候完全充满了我整个身心，就好像我这辈子都黑暗起来了一样，它现在依然充满着我。当这事发生在琳达身上时，我则是远远地看着，而我的试图安慰和参与都很机械式。当来真格的了，我就退缩了。我对我自己说，我的职责是照顾孩子，我还得写作，不单是为自己，而且是为家庭，因为我们需要钱。我也对琳达很生气，这状态持续了很久。但是，我们，至少是我，生活在其中的所有那些日常和细小，所有那些琐碎和自我在中心，有时候是要被喊停的，在来真格儿的时候，在事关生死的时候，人要足够大度，这时那些小事就不再有关系了，而人要紧紧揽住的东西也很少。

葬礼前一天早上我们坐飞机前往斯德哥尔摩。约翰一岁半，海蒂三岁半，万妮娅马上就五岁了。琳达借了一个女友的公寓，孩子们只用几秒钟内就把它当作了家里的客厅。下午，先是琳达的母亲英丽来了，接着是琳达的兄弟马蒂亚斯。我们分享了一瓶酒，聊了几个小时。热情而实在的马蒂亚斯问我的写作怎么样了。我说我正在写一本自传小说，他也在里面。他闭上了眼睛。琳达微笑着说她觉得我在书里面谋杀她的性格。我说她可以一票否决，如果里面有什么她想删掉的，我会把它删掉。马蒂亚斯说，琳达也可以代表他来否决。我当时对自己写的东西觉得那么内疚，以至于我当时心里已经决定把提到他们的部分都去掉。毕竟，他们是这么和善！明天他们将埋葬他们的父亲和前夫。在如此脆弱的情况下，我是哪位，有资格描写如此脆弱情况下的他们？我们坐在那儿的时候，孩子们在我们和她们在另一间房电脑上在看的电影之间来回走动。海蒂坐在我的腿上，淘气地长时间地看着马蒂亚斯；万妮娅则黏着她外婆，不理会马蒂亚斯，而约翰看着他的样子像要吃掉他，只是在马蒂亚斯把他抱起来时转开视线一秒，然后当马蒂亚斯把他朝天花板扔上去时他爆发出了笑声。

马蒂亚斯和琳达讨论了次日流程所需要的各种最后的准备工作，我们讨论了一下是不是要让英丽看一个小时的孩子，我们自己出去外面附近的一家咖啡馆，但还是决定哪儿都不去了，当妈妈和儿子离开后，我们让孩子们早早上床睡觉。也就是说，他们睡在我身边，而我坐着读卡尔–约翰·瓦尔格伦的新书《昆泽尔曼和昆泽尔曼》(*Kunzelmann & Kunzelmann*)，这是我前一天因为瑞典电视文化新闻节目对它的评价而买的当代惊悚小说，书评人英丽·伊拉姆[1]在节目上说“我真的不喜欢它”，这对我来说就是品质保证了。在这黑暗的公寓里坐着读它，在一盏朴素的台灯下，被呼吸着的小人儿们包围着，除了这以如此敏捷和丰沛笔调讲出的故事以外别的什么都不想。

第二天，先给女孩们穿上美丽的裙子，给自己穿上黑西装，给孩子们套上连体服，要多亏我们还有些务实精神所以带上了，它们因为外面吹着大风，下着雨夹雪，我把他们放在出租车上扣好安全带，驱车两公里到了斯库格林公墓，英丽，马蒂亚斯和海伦娜也和我们一起，他们在仪式上会接手照顾约翰。我们在仪式开始前一个小时到达。紧靠着围着教堂区的围墙里有一个小小的功能厅，我们把东西都放在那儿，而万妮娅和海伦娜一岁大女儿的布兰卡跑进树丛间玩耍，海蒂有点犹豫地跟在后面。琳达和马蒂亚斯走进小教堂，看看布置得怎样了，还要和葬礼经办人说上几句。

他们在里面那会儿，一辆汽车停在了另一侧。一个人打开后车门，另一个人来了，他们一起小心地把一口棺材抬到一个担架上。

躺在里面的是琳达的父亲。

两个穿黑衣服的人缓缓地推着棺材走向一条铺着薄石板的走道，两边绿色的松树在风中前后摇摆。他们停在门前，把门推开，然后把担架推进场地。我正好看到他们如何将棺材轻轻地抬到这小小空间内另一端的灵柩台上，随即门又关上了。我转过头去看女孩儿们在哪儿。她们在树木间奔跑，在这覆盖大

[1] Ingrid Elam（1951—）瑞典作家、新闻记者

地灰色的脏雪上很容易看到。门又开了，那两个黑衣人出来了，走到篱笆另一侧的汽车上，坐了下来。引擎发送时尾灯亮起红光。这些绿色松树上方的天空沉重灰暗。

汽车慢慢驶向公路，消失不见。我想这小小的石头教堂具有某种纪念碑感，尽管它这么微型。在它身上贯穿着二十世纪二十年代的审美，那血与土地（Blut und Boden）之精神，这栖息在这片广阔的教堂墓地区上的北欧森林和死去的英雄们。

琳达和马蒂亚斯回来了。我低下头，不去打扰他们的悲伤。琳达建议给孩子们每人一个香蕉或橘子。食物在我的书包里，我已经把这事儿给忘了。

“我忘带书包了。”我说。

“什么？”琳达说，她愤怒地盯着我。

“那里面有什么？”我说，“什么重要的东西吗？”

我想也许是上面有她要读的诗的那本书，或者其他葬礼上不可缺少的东西。但是不是，那里面只有一些食物，几块纸尿布。

“真是太好了，”她压着火说，“你在所有情况下都靠不住啊！”

我很恼火，但是眼下的情况起到了调和作用，甚至连我也知道，她的父亲再过四十分钟就要下葬了，所以我什么也没说。

“给我根烟。”她说。

“我没有烟。”我说。

“你是抽烟的人。为什么你今天偏偏就没有烟？”

“因为你早上把它们都拿走了。你把它们放在你的外套里。它们应该还在那里。”

“没有，”她说，拍了拍口袋，“哎，在的，好吧……”

她出去了，消失在等候室后面，而海伦娜避免看着我。

“我来带约翰，看能不能让他睡着。”我说。她点了点头，我推着打着雨罩的童车沿着路走下去，我在那儿推着他来回走动，而他只是从一堆衣服和毯子里若有若无地看着方面，如此二十分钟，而风穿透了我西服那薄薄的一层，我全身冻得冰凉，我踩进去的那些融雪泥泞，也让我薄薄的鞋底湿透了。当我带着在童车里睡着了的约翰回来时，我已经冻僵了，我很多年没这么挨过冻了。第一批客人来了，我和他们握手，琳达的丈夫，我说。是的，我读到过关于你的东西，他们说。一共来了大概十五个人，加上孩子们，这就是一段时间后聚在棺材周围的人数。马蒂亚斯把一条围巾放在棺材上，这是他父亲青少年时踢足球那个运动队的围巾，我们坐下，一位竖琴家弹起了巴赫，万妮娅和海蒂睁大了眼睛看着四周。但是她们知道他们必须完全保持沉默，当海蒂想对我说些什么时，都是用耳语般的声音。马蒂亚斯偶尔抬起头，好像他在快速吸气那样，脸有时会突然皱起来像一种鬼脸。琳达眼里有泪，时不时地涌流出来，沿着脸颊流下。然后第一个音乐环节来了，放起了本尼·安德森交响乐队[1]的一首舞曲，一阵悲伤也涌上我的心头。我不认识他，但我认识他的孩子们，正是他们的悲伤感动了我。万妮娅专心地盯着她的母亲，因为她从来没有见过她这个样子，有时对她微笑，仿佛在安慰她。我事先已经告诉她，妈妈会哭的，但是那没关系，葬礼就是这个样子，大家会哭会难过，这是和死者告别，他再也不会回来了。仪式主持人概括了死者生平，马蒂

[1] Benny Andersson Orkester，由瑞典音乐人、前 ABBA 乐队成员本尼·安德森在 2001 年组建的乐队。

亚斯读了他的哀悼辞，开头和结尾都哭了出来，其余部分还是能朗声清晰地读。琳达读了一首诗。《忧愁河上的桥》[1]。然后万妮娅开始大哭。她哭得势不可挡，紧紧地抱着琳达。坐在我腿上的海蒂拍了拍她。这一幕太激烈了，我终于把她们带走了，带到约翰睡觉的那个有点像岗亭的建筑里。当我们到了那儿时，万妮娅想马上回去，她不会再哭了，会按照我们计划的那样，把她的花放在棺材上。我又把她们抱起来，一边胳膊一个，把她们放在门外，打开门，进去，刚好就在仪式进入尾声，最后一批人要把花放在棺材上。琳达后来说，这太美了，当门打开时，我们背着光走进来，两个小孩分别把自己的花束放在棺木上，结束音乐响起，所有人都起立，棺材被送出门去，大家鞠躬，向死者致意最后的敬礼。

在我们后来去的小酒馆里，琳达的堂兄告诉我，夏天她父亲来探访时是什么情形，他以他躁动的能量和冒险精神填满了他们几天的生活，带他们去钓鱼或开车出行，根本坐不下来。

第二天，我们带孩子们去了动物园岛[2]。当我们到了那里的水族馆时，马蒂亚斯过来了。他告诉我们，葬礼结束后，他去了一家酒吧，用他的话，就是为了“把脑袋清空”。他的眼睛敏感而友善，他的声音总是很喜兴，总是在找容易的话题，当我们要走时，他像哥们那样把手放在我的肩膀上。他失去了他的父亲，当我们坐在那里时我想，那和琳达所失去的父亲不是同

[1] Bridge Over Troubled Water，保罗 · 西蒙所做一首关于父亲的歌曲，由西蒙和加芬克尔乐队（Simon & Garfunkel）演唱。

[2] Djurgården，斯德哥尔摩郊外一个岛，WASA 战舰博物馆就在这里。

一个人，因为作为儿子和女儿的感受大不相同，所以琳达和马蒂亚斯从根本上是不一样的，在悲痛中也是如此，所以他们两人所经历的肯定不同。

下午，我们收拾好行李，乘飞机飞往阿伦达尔。我们在起飞前三个小时就到了机场。但是孩子们一直在玩，心情很好，即使飞机晚了一个小时，直到晚上10点半才起飞。我们一登机坐下，他们就睡着了，当我们11点半降落在凯斯楚普机场时，就面临着一个问题：我们怎么带上着两个箱子、一个背包、一个大包和三个熟睡的孩子？雪上加霜的是飞机停在停机坪最远那头，要走上十五分钟才能到达大厅。我们好歹下了飞机，走到了那没有尽头的，也几乎没有人的走廊。琳达背着约翰，牵着万妮娅，我背着海蒂，两个箱子、一个背包和一个大口袋。大概一百米后，琳达说走不了了，实在太重了。我说，可是你只背着约翰啊，这你肯定能行吧。但是不行，全身又酸又疼，绝对不行了。

"来人啊！"她突然大声喊叫，"帮帮我们！"

"现在你必须安静下来，"我说，"你很清楚，不能在这里喊着叫人帮助。"

远远地在我们前面的一对夫妇转过身看着我们。我摇了摇头，试图向他们表明没有出现任何大问题。如果我们中有一个人心脏病发作，我能理解她这么叫人。但是因为她背着的东西太沉？上帝帮帮我。上帝帮帮我。

那里有一些手推车。

我呼出一口长气，将手提箱放上去，将海蒂放在上面，继续往前走，没有等待琳达。"来人啊。"假使我们在高山上迷路，或者在海上翻船，那我可能会喊人来帮忙。但是在一个他妈的机场里？

我微笑着转身，等着他们。剩下的行程还很顺利，虽然孩子们都累了，孩子们的士气还很好，是在出租车站的时候又出了问题，琳达骂了那个可怜的司机，他那么恼火以至于把我们的行李扔到了街上，还骂了回来。一位友好而温柔的司机来拯救我们了，而我只想因为这轻蔑和羞愧钻到地里去，他问我们是否走了很长一段路，是的，琳达说，我们是不是累了，是的，琳达说，而我所做的就是坐在那里快喘不过气来，看着灯光扫过汽车引擎盖，我们快到三角地了，终于可以下车，搭电梯，放孩子们上床睡觉。我做的最后一件事是将海蒂的恐龙蛋放入一碗水中。这样她明天早上醒来时，一只小恐龙将会破壳而出。

* * *

8 月 27 日，8 点 6 分。我坐在丹麦默恩岛（Møn）的一幢副楼里，我下午和明天下午都要在这里登台，是昨晚从遗忘桥开车过来的。琳达的母亲在我们家帮忙，过去整个月她都在那儿帮忙。这里的事结束后，我就会去马尔默完成小说。星期五我将和琳达一起去哥本哈根郊外的路易斯安那当代美术馆（Louisiana）参加文学节。她的生活里有些东西改变了。她已经开始对此采取更坚定的态度。她每天早上散步时间更长，戒了烟，不再喝酒精饮料，甚至吃饭时也不来杯葡萄酒，她吃健康食品，一个多月以来她都没有情绪高涨或者低落，而自身依然在场。

昨天凌晨，我因她的尖叫声而醒来。

“救命啊！”她尖叫着，声音大而深沉，就像某种危险逼近。

我当然是瞬间就清醒了，用手臂环抱着她，说这只是个梦。她喃喃地说她知道的，又睡了过去。3点半了，我去厨房煮了咖啡，去了另一栋房子的阁楼上开始写作。在她父亲的葬礼后我立即就写了关于这个葬礼的段落，然后就把它抛在了脑后。我忽然想到这事是因为她在机场求人帮助的那次，也因为她现在喊着救命。我以前是从字面上理解那句话，就是她想要人帮助背着约翰，但是我现在再读它时，就不可能不把它当作其他一些更重大的事物，从她内心发出的呼喊，是对我的，我必须去救她。我必须把其他所有东西都放在一边，她急需帮助，我必须去帮她。

可我没有这么做。我当时生气又尴尬。

昨天凌晨她大喊时，我想我应该帮她。我希望我能做到，希望我做得足够好。我希望我学会了这些。

* * *

8月28日，4点56分。外面还完全黑着。我坐在里头写作的房子就紧靠着海边，在一个小时前醒来后做的第一件事就是躺着听下面浪涛拍岸那轻微的唏嘘声。昨天凌晨时我是因为闪电雷鸣而醒来，动静之大以至于整片大地都被那颤抖的电流释放而照亮。闪电直打下来就在外面，声音与这电光同时到来，巨大的爆炸声响。然后雨就来了，也是猛烈的，一团高速降下的水在外面到处敲打着噼啪着。然后我早上晚些时候与房东聊起来的时候，他们说水已经淹过了厨房地板。两点前，我们开车去了活动召开的地点，路面上很多地方都泡在水里，水深在半米到一米之间。景观完全被天气所穿透。我不记得我小时候的雷雨天气有这样的激烈和狂暴，以后就更没有了，直到我们搬到马尔默，那铅灰色的暮夏地平线有可能完全地被那迅疾地斜冲向地面的光茅穿透，天空则充满轰隆与喧闹。也可能就是出于一个简单原因，这里大气层比较特别。因为肯定不会是因为雷暴天气越来越多，密度与年俱增？

昨天的活动进展顺利。有两百名观众，我讲了两小时，先是采访，采访者提问，接着是观众提问，他们提出自己的问题。在这种情况下我的策略很简单，我尝试尽可能地在场，就在这当下，也就是说，不要说我以前说过的话，而是试着像第一次被问到这个问题那样去回答。然后我试着完全不去做任何自我批评，只是说那些我在那个时候那个地方想到的。之后我就不记得我说了什么，我只想自己去走走，因为我在这儿就像被展览一样，所有人都看着我，不只是瞥我一眼，而是已经超过两个小时，而我也冒着可能掉链子的极大风险。这事会如此难受也真是很奇怪，但确实如此。当我说了什么让他们笑了起来，或者来了一阵叹息，因为我证实了一些他们自己也想到的事，这让我痛苦，因为我欺骗了他们，这是一种感觉，他们上了我这些把戏的当。琳达很认真地把我叫作跑码头的，而这个概括很是恰当。两周前，马蒂亚斯在斯德哥尔摩文化中心我的活动上出现，马蒂亚斯后来告诉他母亲，我表现得棒极了，他从来没见过我这么热情和真挚。这恰恰就是问题所在，当我与马蒂亚斯或琳达或随便哪个和我亲近的人坐在一起时，我就是那热情和真挚的反义词。这就好像是我只能在许多陌生人面前表现得热情真挚，而不是在少数几个亲近的人面前。这就是为什么这是一种把戏，是我做出来的。当我坐在舞台上与公众交流时，距离很远。这是我能应付的，并可以表现出亲近而热情。当我之后和组织者们坐在一张桌边一起吃饭时，与他们之间距离很近，但是在我内心却拉开了很远的距离。我什么也不说，表现得像是很疏离，冷酷，一点也不像之前在舞台上那样的坦荡热情。这就好像出名让我有可能表现出我的本来面目，或者真实感受，但是只是在某些设置好的情况下，而不是在正常的社会情况里。这就是为什么我在事后自觉虚假，即使这样我其实是更真实了。当我在签售时遇到的微笑，友善和钦佩都让人受不了，不是因为它不是出于好意和真诚，而因为它来错了地方。我必须打心里去拒绝它。同时我也觉得我以后会想念当我进入场地时遇到的嗡嗡声，所有同时向我投来的目光，还有那一波波洗刷我全身的掌声，当风转了方向，我的幸运星坠落，我已经成为昨日黄花时。

事后我一般还有另一种强烈感觉，是我公开谈论小说其实正削弱了小说。它还没有被出版，它目前还是我自己的，这是一个我每天都要前往并在其中逗留的所在，我的一部分，我的内在，而在这一刻它就被公开了，变成了外部世界的一部分，亦不再是我前往并在其中逗留的地方了。像昨天这样对它谈得这么多，感觉并不好。我和小说之间那种熟稔感在某种程度上被打破了。当我说起它时，它听起来要比它本身更好，更有趣，更重要。尤其是关于《我的奋斗》的论述就变得更加事关重大，因为它听起来挺好的，写了四百页，关于战前维也纳，两次世界大战之间的魏玛，时代和心理怎样丝丝入扣，艺术与政治，给全人类的配方，我－你－我们－它，在这种情形下，聊这些是很容易的，还能营造出一种光环，显得特别有意义。我说起这些他们是费了一番劳顿来到那里，所以感觉我不能光坐在那儿说我和我自己那些事，我一定要让这些变成和他们相关的东西，创造一个我们，而我就是这么做的。为了把这个场面对付过去，为了收割这短期利益，我背叛了这部小说。就这样我坐在这里，一起都混在了一起。好与坏，虚假与真实，文学与现实，个性与众性。好像这样还不够似的，有人塞给我一份《周末报》（*Weekendavisen*），而刚刚出版的第四本书，就在上面有了书评。我回到家后胆战心惊地读了它。博·比约恩维[1]写的。他写道我在这个系列里第一次表现出了不诚实，而这在整本小说里都很明显。也即，一种虚伪的语气。我在写完那本小说后就再也没有想过它，而当我读到这篇时，它就回来了，我知道比约恩维写的是对的。我在那本书里并不诚实。我写它那会儿所遭受的压力最大，因为头两本已经出版，关于它们的辩论在媒体上甚嚣尘上，每天都有很多关于它们的文章，所有人对它们都有自己的意见，一份像《晨报》这样的报纸用整个头版和诸多内页来报道我这行径中不道德的一面，不但登出了我父亲的名字，以及他种的一丛杜鹃花灌木照片，以及我祖父母的房子的照片。小说里没有提到那座房子，我把所有的情节都放在别处了，小说里也没有他们的名字，却在那篇文章中被公开。其他的报纸也整天给他们能追溯出来的所有小说里人物打电话。我与扬·维达尔聊过，他有次刚走出家门，门口已经站着两个记者想采访

[1] Bo Bjørnvig（1947—），《周末报》书评撰稿人，曾经长期任该报文学版编辑。

他。我和马蒂亚斯聊过，他在斯德哥尔摩，带着儿子从幼儿园回家，正在做完饭，此时门响起，两名来自挪威的记者想和他聊聊关于我的话题。而马蒂亚斯甚至都不在小说里，他说不了谢谢，他不想谈。他一关上门就给他母亲打电话，警告了她。有记者正在去找她。完全正确，不久后她公寓门铃就响了。她没有开门。他们离开了，但是那天晚上再晚些时候他们又来了，那时候她已经上床睡觉了。他们不肯放弃，她也不敢起身上厕所，因为她害怕他们会意识到她实际在家里，就更赖着不走了。他们还给她的前夫打电话，维达尔，今年七十多，还住在郊外位于森林里的房子里，问他对我的看法以及我笔下他的前妻的看法。他们给我妈妈和英韦，托妮耶和托雷打电话，在我长大的地方，地方报纸上登出了我的四个老朋友，谈起了我以前怎么样，都做了些什么。我所有的前爱人们都被联系了，他们也给我以前的老师们打电话，其中一个是我唯一以全名提及的扬·贝格（Jan Berg），他上了电视，说起在今秋大热的小说里被描写成“邪恶”是什么感觉。报纸上每天都会登出一些关于这些书的东西，我的照片到处都是。我整个私人生活都被翻个底朝天，再也不存在什么边界了。当我出现在奥斯陆的文学之家[1]时，《日报》的一名记者追着我，一次又一次地问我同样的问题，我是否曾经和一个未成年人发生性关系？他说的是第四部，也就是我当时正在写的那部，而这个问题根本就等于在问我是不是强奸犯，这因为我曾经提到了和盖尔·A的对话，这段对话是在第二本书中里，而我说第四部大概会是关于在北挪威那个时期。所有

[1] Litteraturhuset，奥斯陆重要的文学机构和文艺活动场所。

这些从来没有在报纸上出现过，也没有在电台或者电视上说过，甚至我自己也没有听说过，但我就是被引用了，我也听说了所有的记者们都忙着给这里那里打电话。他们开始是用电子邮件轰炸我，但是很快就停止了，所以我好像是在暴风眼里。我听说，《世界之路报》采访了我们楼下入口处那家中国快餐店的员工，询问关于我的问题，还有那些在我常去的咖啡馆里工作的人，马尔默市长，以及那个公寓的业主，他们问起我每个月房租多少钱。在那种气氛下，我一生中的所有石头似乎都被翻了个面，我坐下来写了我在北挪威当老师的那一年。这个地方如此之小，谁都认识，而这又曾经是个如此敏感的情形，因为我在那里是作为一名老师，写在我在家庭里或是在最亲密圈子里的生活是一回事，而写关于我作为老师所任职的学校里遇到的孩子们又是另一回事，他们当时展现给我的，当然是在一种完全的确实无意识的熟稔感中所展现的，他们并不是要对我展示，而是对我作为老师的角色，完全没有想到这个老师某天会写到他们以及他们的人生。父母把孩子们托付给我，间接地也把他们自己托付给了我。我写前两本小说时，根本没有想到过公众；我习惯了我所写的东西和表达的态度，从某种意义上来说是留在小说里的，我写的那些地方也是一些闻所未闻的地方——这确实也是如此，当小说出版时，就好像这些地方并不存在，好像我没有写过它一样。在处女作里，我写了一个二十六岁的男人和一个十三岁的女孩发生了关系，她是他的学生。没有人挑这点出来做文章。这是个危险的话题，但这本小说让它变得无害。这本小说一共卖了七万本，所以很多人都读过它，但它还是不存在，它仍然留在读者之中。我写小说写到这一节时，肯定是在 1997 年夏天，我和托雷在约尔斯特的一个牧场小屋里，一起在写个电影剧本。我告诉他我都写了什么，以及我接下来想写的。我问他我能不能这么做。这争议性实在很大，我已经考虑了两个星期，我能不能写它，如果写的话，我为什么要写它。托雷认为我应该写。我自己的结论也一样，所以就写了，内心充满不适和恐惧，这感觉就像我在做什么邪恶的事。假使我是完全无辜的，假使这是我生造出来的一个主题，这事本也不会太严重。但是那样的话，也就没有必要去写它了，那它就会变成我编出来的东西，某种主题的技术性，被精心计算过的，一种挑动，因此在艺术上就算死亡。那让我痛苦的，正是我写它的合理性所在。它越是让人痛苦，也就越合理。我并没有和我十三岁的学生发生关系，但是确实我动过这个念头，不仅一次，是很多次，而我曾经内心充满了如此强烈的渴望，这渴望如此秘密，以至于我从那里离开，就成功地完全将其移位了。而我开写时，它就浮现出来，我记得它，我也知道，当我写它的时候，正确的做法是让它在想象中完成，让它在那实境里发展下去，那实境并非现实，而是一本小说，因为这就是写小说的题中之义，所有存在着的趋势、愿望、欲望、可能和不可能都在这一点，一个图景，一个行动中被具象化，而那埋伏着的、埋藏着的、隐藏着的都展现了出来。所以我这么去做了，我写了另一个我，老师亨利克·万克尔，他与他的一个学生，十三岁的米丽娅姆，发生性关系。在那之前我写了大约两百页，关于他在克里斯蒂安桑的生活，很接近我自己的传记，但是只有当我写到这一刻，他们做爱时这一幕，它才成了一本小说，而我才成了小说家，因为我在那里做到了，通过一件从来没有发生过的简单行为,表达出了一种真实,一种我曾经甚至想都不敢想，把它推回那它所产生的深处的东西。这真实是小说的真实。小说就是那种不能被思考的事情得以在此思考的地方，在小说里，而我们所处的现实，有时它与我们所谈论的现实相矛盾，可以在这图景中冉冉升起。小说可以描述实然的世界，而不是应然的世界。每个读过《出离世界》都明白，其中存在的这些情绪，这些驱力，这些欲望不是作者编出来的，而是他内心的东西。但是作者和读者之间的共识，即小说的盟约，就是其不能形成结论，就算形成了，也必须是隐蔽地。它永远不该被说出来。“小说”这个标签即对此的保证。只有这样，那不能被说出来但有是真实的，才能够被说出来。这就是这个契约，作者想说什么就说什么，因为作者知道他或她所说的话永远不会或至少不该，与作者的自我，他或她的私人生活联系在一起。而这些引起如此骚动和愤慨的书所打破的，就是这个必要的盟约。我写它们，是因为对小说的内心义务对我来说还不够，我想再往前走，去履行对现实的内心义务，因为让我第一次能写出小说来的矛盾，在我写作时能通过小说的图景来表达那真实的东西时，已经被用光了，它现在是空的，一个姿势而已，已经不再代表什么，或者，我现在已经不能再让它代表什么，感觉是我什么都可以写了。什么都可以写对作家来说就是死亡。一个作家只能写一些特定的东西，而去界定出这特定东西的，也正是某种内心义务。我对现实要尽的义务就是，我写已经发生过了的现实，而且它是这样结束的。小说里的我的感受，就是小说作者的感受，私人空间也就这样被取消，而我个人不得不站在那里面面对所有发生的一切。在第一本书和第二本书中，这样做没有任何问题，因为我一旦开始打破自身自我与作者自我之间的障碍，它就被打破了，而所使用的规则，也就是所写的应是在现实里发生过，被感受过的东西，也很容易遵循。这些书已经出版，被一种匪夷所思的公众关注所包围。这意味着这些书有了自己的生命，成为现实，已经不在我控制之内，这事对我来说很新鲜，因为之前我写任何有争议的东西，它都不会变成现实的一部分。它一直都在小说里。现在它已经不留存于小说中，而是出了这个槛，在外部现实里存在下去，上面装订着我那已经越来越像一种标识的形象。写到第三部小说的时候，我仍然可以不偏离这基于直接真相的标准，因为它所描绘的在我童年时代展开的那些事件，距离我们还是相当遥远的。我们，也就即我和出版社，还是改掉了一些名字，并删去了一些可能会产生冒犯感的特征描写，但也不多。我母亲还没有读过它，但是已经知道了里面一部分内容；因为那本书的关系，她作为母亲在私人生活里扮演的角色已经被公开讨论，就好像她代表了女性和母亲那样，就好像除了她自己或她最亲近的人以外的人也能对她做过或没有做过的事进行指责。而第四部的情况又不一样。我很害怕我着手创造的这样东西终将失控。我给我工作过的村子起了化名，称其为霍菲尤（Håfjord），而不是它的真名峡湾农场（Fjordgård），而报纸也毫不迟疑地登出了它叫什么。我也给所有学生和老师起了化名，并赋予他们一些额外的，虚构出来的品质或特性，所有这些都是在躲避对现实要尽的义务，因为我已经无力履行。所以我那本书里既没有对小说负责也没有对现实负责。出于这个原因，它变成了一本奇怪的书，我在其中所做的事和作家应做的事恰恰相反，也正是掩盖真相。在处理同一题材的《出离世界》中，我经由履行对小说的责任写出了真话，在《我的奋斗》前两部中，我则履行对现实的责任写出了真话。在第三部中，这种联系弱下来了，而在第四部里则完全消失了。我写的所有关于自己的一切仍然是真实的。这些因为原汁原味而显得最真诚的段落，是一种做作，因为那些我当时明白的东西，在我写作时倒不明白了。我在书里写了一件我从来没对任何人说过的事，就是我十九岁前从来没有自慰过，一次也没有。而早泄带来的耻辱和自轻也没有和任何人说过，因为这太琐碎了。这毕竟不是能和其他人说起的东西。但是那真正危险的，我十八岁时对一个十三岁女孩的感情，我也远远没有写到位，而仅仅因为我提到了它，就使我对其他的所有人都必须打起十二分精神来小心对待，这些父亲们和母亲们，这些儿子们和女儿们，我曾经处于一种某种满心都想着性的状态里，满怀着欲念，在他们中间徘徊。出版社也非常小心谨慎，因为特蕾瑟（Therese），我的文字编辑，多次打电话来，讨论这个人伪装得够不够好，或者那个人可能不应该以这种方式来说这话。律师们还读了稿子并提出修改建议。我和出版社都捏在公众的手心里，而这部小说成了现实的人质。这不是借口，也不是在说第四部作为小说之所以虚弱是因为它仍然充满了年轻时期那可怕的平庸和力道，一种青涩的喜剧，虽然它是传统的，但它同时也是无法归类的，原因很简单，就是它恰好没有满足那些套路所需的种种条件。但事实并非如此。

2011 年 8 月 29 日。14 点 12 分。我坐在马尔默的公寓里，这里的一起都显示出空置了近三个月以后的特点：所有植物都枯死了，空气干燥，就像满是尘土，浴室有浓郁的腐烂气味；水肯定是不知道怎么回事积在了管道里没放出去。家里其他人都在遗忘桥。昨天我在电话与万妮娅说了话，她说：爸爸，你不能在马尔默待到星期五，你今晚必须回家。我说，如果她允许我在马尔默待到星期五，那么我在写的书就能全部完成。她说：它会完成吗？我说，是的。她说，那你就得一直工作。那你就别吃饭，别睡觉了，要一直工作。我说，我会的。但是当我早上坐下来以后，头疼了起来，全身无力，以至于无法继续。过去三年里，有那么几次发生了这种情况，就是我突然就什么都干不了了，就连从床上起来，穿衣服，到厨房去做几片开放三明治，也变得费劲极了，甚至可能根本做不到。它会持续一到两天，然后消失，一切又回到原状。有一次持续了一个星期，琳达非常担心我，还强迫我去看医生，虽然我从不看医生，还是在那儿做了全套检查，甚至做了心电图。没事。一切都好。我知道就是这样，但我这么做是为了让琳达安心，我知道她有时会害怕我忽然倒在地上，躺在那死掉，心脏已停止跳动。这是一个有趣的现象，当你突然站在局外看着你曾置身其中的一切，当那些以前你不假思索就做的事，变得再也做不到了。我带着恐惧想这就是变老，行动越来越缓慢，也就是力气逐渐消失，知道你最终站在你活过的一生之外，也没有力气再挤回来，也活上也许二十年。但是活着又是什么？是去行动，去作为，去存在，在世界之中。如果一个人被排斥在行动之外，行为之外，在世界上的存在之外，在自我与世界之间就出现了一段距离，你看着它但是不是它的一分子，这种边缘化就是死亡的开始。活着就是对日子贪得无厌，不管是好日子还是坏日子。

死亡就是对日子已经餍足，因为它们已经不再会产生任何不同，或者能产生什么不同，因为你已不再生活其中，而是在它们之外。被疾病或突然事故夺走生命是另一回事了，另一种死亡，对周围人来说更残酷，但也许对被终止的生活来说更宽厚，因为它就发生在飞跃中，在生命之中，而不是生命之外的一种淡去。但是我当然对这些都不明了。也有可能一切正相反，最好的是对日子餍足，慢慢地看到世界变得越来越虚，越来越轻，越来越轻，直到它最终消失，不再。

在写这本书的过程里，我身边有四个人死去。英君姨妈，马格纳姨父，我的姨公安芬（Anfinn）和我的岳父罗兰。我喜欢他们所有人，他们是好人。现在他们再也不在那儿了。在最亲的家人以外的圈子里，她有几个叔叔和姨妈去世了，我自己除了很淡薄的记忆之外几乎全无印象。盖尔的母亲西格纳·阿恩伊去世了，克里斯蒂娜的母亲埃沃尔去世了，盖尔的两个朋友马可和彼得去世了。最后这两人很年轻。其他人的年龄多在六十五到七十五上下。那些出生的，有我堂兄英韦尔德的儿子西居尔·奥古斯特，我和琳达1月时去参加了在布鲁塞尔举行的洗礼仪式；安妮，琳达女友的第一个孩子；吉斯勒，盖尔和克里斯蒂娜的第二个孩子。我们的三个孩子万妮娅、海蒂和约翰，已经从我开始写作时的四岁和两岁和半岁，长到了如今的七岁半、快六岁，以及今天满四周岁。时间毫不宽恕的风卷走了许多也带来了许多，也扫过了这些书页。

我也不再是开始写书时的那个人。也就是说，我还是同一个人，但是我和其他人的关系已经改变。自从这些书以及我的私人生活一并被公开后，我周围发生了很多事情。我认识的所有人都经受了考验。这对谁都不容易。对于琳达来说是最困难的。亲属关系，无论它充满何种情感，都是既是纽带也是角色。英韦是兄弟，西塞尔是母亲，英丽是岳母。无论英韦做什么，就算杀死了一个人最后坐牢了，他还是我兄弟，而我也不愿意自己能做到转身从他身边走开。当我自己当了父亲后，我懂得了为人父母是怎么一回事，并且知道对兄弟该怎么样，对孩子就得比这好上一千倍。不管万妮娅，海蒂还是约翰干了什么，我永远会原谅他们,也永远和他们同在。其他的选择是不可想象的。这点是我在 7 月 22 日挪威于特岛发生了那非人的大屠杀之后，所想到的，那时候凶手父亲说儿子应该自尽。一个有孩子的男人可以这么说，但一个父亲说不出这话。对父母、子女和兄弟姐妹来说,他们之间的纽带不可磨损,这当中存在着一种安全感。之所以这样，是因为角色与行为无关，而与纽带有关。无论如何，它一直能给我一种安全感。妈妈和英韦可能会被我写的东西伤害，感到不安，他们可能会生我的气，也许会与我保持距离，但是他们一直会是我的母亲和兄弟，直到他们或我死那天为止。这种纽带是永不磨损的，这当然有好有坏。对我父亲来说，他与他母亲如此紧密地联系在一起，也是有问题的，因为他从来没有真正得到自由并完全成为他自己。对我母亲来说，当我十几岁和她住在一起时最重要的是我要真正得到自由并成为真正的自己。而它最终的结果就是这本书，它真的为我从十六岁时就开始的一种运动画上了句号。当时的问题不太是关于我是谁，而是我属于哪里。现在，这两个问题已经是一回事了。就像我十六岁时那样，是关于获得自由。在这本书中，我试图通过写作来使自己从一切束缚中解脱出来，也许最主要的是来自父亲的束缚，但也有来自母亲的束缚，并不是情感上的，因为它是永不磨损的，就像我与父亲的情感纽带也是永不磨损的，而是从她或直接或间接地交付给我的所有价值观和态度里挣脱出去。她曾经对我有很大影响，但现在已经不再如此。

友谊纽带的情况和亲属纽带又有不同，因为友谊纽带是在社会中缔造出来的，也能在而在社会中解除。朋友可以是持续一生的角色，但未必需要如此。恋爱关系很接近友谊，因为它也是可以创造的，也是可以被解除的，但是在当下这恋爱关系里涉及孩子，就接近了家庭关系，因为一个人将永远通过孩子和另外一个人联结在一起。你可以离婚，过着各自的生活，但不可避免地同属于他们。友谊和爱情关系之间的另一个决定性的区别是友谊是有边界的，这里有个例外，在友情互信里可以看到，友情互信指向另一个场域，也就是生活所展开的地方。友谊关系是一个无忧之地，你可以在这里观看着生活，也可以用它作为一个干别的事的平台。你可以喝酒，可以踢足球，可以参加音乐会，可以打保龄球，可以聊生活。恋爱关系不是无忧之地，它本身就是个场域。它让承诺变得更大，因为你所分享出去的场地正是你展示你是谁的地方，在这里你没法从自己或者别人身边逃开。当我遇到琳达并爱上她时，其他一切都消失了，只有她。这种情况是一种例外情况。当例外情况滑落回正常状态时，其他一切又回来了，魔力被打破。当这种无限成为有限，例外成了规则，假期变成日常，爱过彼此的我们，就开始争吵。我们有了孩子，这也是一种其他一切都消失了的例外状态，它也滑落回正常状态，而所有其他又回来，而日常渗透进这假日，就像水渗进了一件衣服。这个我已经写过了。我在书里写朋友或熟人时，我写的只是他们很小一部分，他们向我展示的那部分。但是我所写的关于他们的任何内容都是不危险的，也不会以任何方式威胁到他们。这可能会让人感到不舒服，但这是因为一本小说中提到了他们，而不是因为书里的内容是爆料，或者以任何方式对他们产生了破坏性。我的家人又不一样，因为他们在小说中扮演了更重要的角色，但我唯一真正深入地写到其生活的，只有我父亲，而他已经去世近十年了。我的亲戚们还认为对我祖母的描述也很荒谬，但首先我并非有意为之，其次她也过世了，是她的后人们一定要就我对她的描述以及对此公开发表表达他们的态度，他们认为这是侵权，但就算在这种情况下，我所冒犯的不是他们，而是她的记忆。在写到琳达的这部分，情况又有不同。我们生活在一起，她是我孩子的母亲，我知道关于她的几乎一切。琳达和我是一个整体，是我们两个人。但是这个我们并不是一个完整的我，而是我与她所分享的那部分，而在所有情况下，都是这样，你不拿出来分享的东西，那仅属于这个我的东西，是放在外面的。而把它拿进来的那一刻，它就属于彼此。我写的并不是我俩的关系，而是我在其中的生活，而我这样做也就把它带入了关系里，因为现在她就不得不对我这些秘密想法作为我们共同的东西来表达态度，现在它就是我们共有的东西了。这些想法的秘密性并不在于具有破坏性或者很下作，它们的秘密性在于，我之前没有展示过，只是因为我觉得这些和我们共同的事物没有关系，也许甚至会对其产生破坏。所有人都有类似的念头，每个人都知道每个人都有这样的想法，但是在一种默默的协议中，它们并没有被表达出来，也不构成这两个人共同生活的一部分。那在街上转身看一个美女的冲动，想要一个人待着的渴望，对另一个人所喜爱的人或其亲朋的鄙视，所有出于责任而不是快乐而做的事情。除此之外，我还给她描绘了一个她自己都不知道的形象。她对此是有感觉的，甚至可能也知道了，但是在我们的共同体中它并没有被说出来，因此也就不存在，更像是隐约的威胁而还没有成形的东西，我这么想。不仅如此，其他人也会读到它，并通过它形成对琳达的印象。他们不认识她，所以这也不代表什么，但在意识里思及这事本身，即这就是别人对我的印象，一定会融入她的身份中。不仅仅是新的“当卡尔·奥韦私底下对我的看法”，而且也是“其他人看到卡尔·奥韦是这么看我的”，这其中的力量非常强大，尤其是对琳达来说，我知道这点，她是一个有梦想并可以部分地活在那些梦中的人。关于爱情的梦想，家庭的梦想，职业角色的梦想，当作家的梦想。在这本书中，挫折感渗透到爱情里，家庭生活是一系列责任，而她在我笔下备受指责，因为她做得不够多，因为她限制了我的生活。而我请她阅读这些并接受下来。

我怎么能这么做呢？

事实是，当我坐下来写那个小说时，我没有什么可失去的。所以我才写它啊。我满心挫败感并不是因为我过着这种低龄儿童家长的生活，承担许多职责，必须放弃自我，我不幸福，我从来没有这么不幸福过，而我完全是孤单的。我的生活当时糟糕透顶，我的感受就是这样，我过着极糟糕的生活，而我又不够强大，没有足够的骨气离开，去过新生活。我经常想一走了之，有时一天想几次，但我做不到，这行不通，我完全不能去想这对琳达和她的人生会造成怎样的后果，因为这就是她害怕的事，是我会离开或者我会死掉。我也怕她的怒火。我也害怕她母亲的怒火。那些即将等着我的狂风暴雨般的谴责，我对琳达的背叛以及对孩子们的背叛，我完全没有办法面对这些。但这就是让我决定写一本我将在里面完全地彻底地让一切去他妈的的小说，事情是怎样我就怎么说出来。在它已经写好可以付印后，我才明白过来自己都做了什么，我把稿子过了一遍，把最坏的部分删掉了。不是关于琳达的，而是关于她周围的人。然后我写了我们的爱情故事，因为正是它让我来到了我现在所在的位置。如此强烈而清晰地彼此相爱的两个人，有着如此燃烧着的心，怎么会陷入如此的黑暗，这样的悲惨之中？并不是日常生活使其晦暗下来，根本不是这样。我不介意换尿布，穿脱衣服，幼儿园接送，去公园玩耍，做晚餐，洗碗洗衣服。我做不到的，是在做所有这些事情之余写作——除了指责以外什么都得不到，除了说我做得还不够以外没有一句好话，每次我想做其他事情时都不行，因为她不能自己带这些孩子。她冒犯了我的母亲，冒犯我的兄弟，她冒犯了我的朋友，她可以在和他们在一起时表现得如此不快，而让我被这忠诚冲突撕成碎片。但是，让这一切在整体上如此可怕的是，她对所发生事件的印象与实际情况完全相反，而那就是我们的生活所依据的图景。在这个图景里，她是家庭的枢纽，她拉扯着一切并牺牲了自己。而就算我在浴室里拿着清洁抹布又刮又擦，她则站在旁边着看着，不客气地批评我擦得太仔细了，说如果我继续这样下去就永远干不完，而从来没有做过任何清洁的她，才是让一切都井井有条的人。就算我必须推着两个婴儿车出去送孩子去幼儿园，身上还背着约翰,因为她“累了”想睡一会儿,而我三天前才断了锁骨,可依然是她做了所有和孩子们有关的事而被耗干净了。她常常躺在床上，一次可以躺上几天，她总是这儿疼那儿疼，要么嗓子疼，那让她什么都做不了，要么肚子疼，要么头疼，都是一回事，她病了，我就得那几天里把一切都扛下来。我就没病过。而我真生病了，她也不承认。有次我发烧四十度，她说我什么事都没有就在那儿躺着，这对于男人来说太典型了，说我这种小病她就总是能忍过去，一点事都没有。我看着她，下巴都快掉了。这已经疯到什么程度了？难道我们生活在落后国家吗？她说的这话，这个从来没病过的我，什么也不为就躺那儿了，而不适阈值如此之低的她，说自己从来没有如此小题大做地躺倒，这话太捅人肺管子了，让我简直无话可说。我在这怒火中摇摇晃晃地和万妮娅一起到了幼儿园，几乎都不能好好地站着，那是在斯德哥尔摩，那天余下的时间我都烧得晕乎乎地躺在办公室里。如果家里有东西摔碎了，或者是灯泡灭了这种微不足道的事，我不去料理就没人料理。我可以用一个周六上午清洗完整个房子，同时还带孩子，但是如果是她带孩子，我做清洁，她就会抱怨她承担得太多了,而我承担得太少。我采购所有食物，带着三个孩子以及四五个口袋一起挣扎着回家，因为我必须把所有这些事情一块做了以节省时间，这样我才能写作，而所有事情都是这样，我连一分钟的空暇都没有，因为当所有家里的事，所有带孩子的事都做完后，我必须写作，唯一的例外就是阳台上的五分钟，我一个人坐着抽根烟，就连这个她也指责我，说她就不需要这样的休息。就好像她把我写作的时间视为我给自己的时间，兴趣爱好，某种我花在自己身上的东西，而当我写了一段时间，出来后，我就必须接着干所有的活，因为轮到她去拥有自己的时间了。她能写的时候并没有去写，所以并不是这个。她也没有在工作，尽管她嘴上说着这事，但她从来没有为此付出任何具体努力。这些对我来说都不是问题，因为当她写作的时候，她写得直切本质，技巧高明，这对我来说已经足够。有问题的部分在于不被承认。在于她心目中的自己是一直劳作不休而因此筋疲力尽，而我却是只想着自己什么事都不干。这太荒唐，简直荒唐到家了，因为我无力去更正她的印象，就算我尝试过，她也只会说我没有“看到”她和她所做的一切，这就是典型的男人，女人做的一切都是隐形的，而男人做的，就是可见的。要战胜这种认知是不可能的。我看到了她和孩子们一起所做的事情，非常清晰，但是这些事我也做了，完全一样，再加上我额外干的所有其他活。她还谴责我爱她的程度不够，说我自我中心，把写作排在家庭生活之前。我每天能写五个小时，趁孩子们在幼儿园的时候，而且我星期六和星期日不写，这是绝对禁止的，所以实际上，我用最少的时间做能赚钱的工作，而用最多的时间做所有其他的事。这样的状态持续了几年。我真忍不了，但是我必须忍，否则的话，一切都瓦解了。有时我已经到了临界点。我第一次告诉她我再也受不了，说我要离开她，那是我们搬到马尔默的那个夏天。我们在她母亲及丈夫在乡下的家里住了几周，我早上从那儿进城，做翻译《圣经》的工作，下午回去，而琳达和她母亲一起带万妮娅和海蒂。一天晚上，我没回家而是和盖尔 · A 出去了。这事琳达同意了，我们去了索德拉剧院（Södra Teatern），在户外的露台上，我喝得那么醉以至于没法坚持着去坐我说过要搭的那趟火车。当我凌晨两点钟回到那儿时，她雷霆暴怒，冲我发火。我那么地绝望以至于开始哭泣。我大喊我再也受不了了。琳达，我说，我真的做不到。我再也受不了了。我走。我现在就走。我边这么说，边走进我们的房间，把衣服扔进手提箱里，关上箱子，拿出门，朝着那林间路走去，琳达大喊我不可以走，我一定不要离开她，请不要走,不要走。她满是泪水的脸庞和说她一定会改变的承诺，使这一切无法继续。我停下来，走了回去，放下手提箱，留了下来。那时我们要搬家了，就在几天后，我把家里所有东西都打包进纸箱中，连续忙了三十二个小时，刚好在搬家公司的车到达前半小时干完，而琳达去了海伦娜家，我们所有人坐火车南下。

那个秋天是自我们在一起以来最美好的秋天。是因为这新城市，新公寓，这开阔的天际和美妙的暮夏天气，但是也许也因为我的绝望之深已展现在她面前，也因为我们的关系打开了，互动空间变得更大，而当上半年结束，很显然我们又有孩子即将降生，这美好在继续，直到这个阶段过去，也许是因为对我们俩来说都太多了，我们又回到了过去。我们吵架，大喊，这是她解决问题的方式，而我不得不承受这些，而我的方式就是距离,也是她所知道的最可怕的东西,所以形势再次螺旋式下降。我变得无情,冷淡,做了该我做的一切,让挫败感蔓延到她身上,我冷嘲热讽,直到她受够了,大发雷霆,这是我眼里最可怕的事。但并不仅仅只是这样，我们也有过好日子，每次我们有客人或去谁那儿做客，我们两个人又找到了彼此，就我们两个人，而这笼罩在我们真我之上的，并不算少，简直像灵魂之双生子的黑暗，就散去了。我们也有孩子，我们当然都比其他任何人都更爱他们，当涉及他们是谁、他们有什么并表现出什么时，我们也几乎在所有方面都意见一致；我们看见了一样的东西，想的也一样，感觉也一样。但是，我们之间的不和谐也蔓延到了他们身上，这很明显，因为我们的耐性并没有好到在他们面前从不争吵的程度，而且当我特别生她的气，却憋着火，不愿把它说出来，是孩子们承接了这蔓延过去的怒气。如果琳达躺在沙发上说我可以把孩子带出去，如果他们想出去的话，那么他们不需要做太多抵抗就足以让我大喊，几乎是气得冒泡，或者站着摇晃他们。有一次我和琳达在厨房对着彼此大喊，所有三个孩子都站在门口，排得像井字棋那样，我们发现他们后就平静了下来，万妮娅走进来，重演了刚才的情形。爸爸喊，打着那儿的桌子，妈妈喊，把杯子扔在那儿的地板上。琳达和我当时看着对方，她的脸煞白，我们俩都意识到了我们都干了些什么。不能再这样下去了，但还是这样继续下去。我会写这个的唯一原因是，我已经到了某个点上，再没什么可输了。就算琳达读了，也没有关系，她可以按照她心愿行事。她想走，那就走吧。我什么都不在乎了。我在不幸的感觉里醒来，在不幸中度过一天，在不幸中上床睡觉。假如我能有一小时，一天，一周，一个月，一年的独处时间，这一切就会好起来，这我知道。也就是说，是我好起来，而不是她。对于琳达来说，这不会好了，这我也知道。光是想到要离开就让我内心充满内疚感和良心不安，在这些念头中我过着双重生活。我也很害怕这个，害怕它将会造成的所有那些愤怒和深渊般恐怖扑面而来。因为琳达很害怕，这才是问题所在，她以前有焦虑，而我却如此害怕矛盾以至于我宁愿生活在绝望中也不愿把它如实说出来。所以事情一有转机，也就是我们之间一有好转，我就想着我爱她，眼下可能很难，但是它总会过去。当琳达的父亲去世时，我当时对所有事情都很钝钝的，以至于无法给她任何她需要的东西。我把所有的都交给了小说，以及孩子们，什么都没有给她。

但是后来形势转向，在外面有谁转过身来，朝我发起了进攻。这就好像我的一切都处于危险中，好像我脚下的田野消失了。那外面有些东西，而为了面对它，我在我的内部寻求勇气，我真正的生活，琳达，万妮娅，海蒂和约翰，从这里汲取力量。我知道我有什么。我知道他们是什么样的人。我看到了琳达，她是什么样的人，也看到了我们的孩子。我看到了我的家庭。我不想失去它。我不想失去琳达。她就是我的一切。是她让我活着。当我离开生活，当我想转身回去从这世界里抽身时，她也就离开了我，我以前没有意识到这点，我一定要为她留在那里,就在生活中间。我一定要为孩子们留在那里,就在生活中间。我需要她，我需要孩子们，他们让我成为完全的人。她需要我，孩子们需要我。

就是在这种情况下，当我们从布拉格回来几天后，在这个开始脱胎换骨的秋天,我把稿子给了琳达。我写完它的那个时候，没有什么可失去，一旦她读完它，我可能就会突然失去一切。

她正要去斯德哥尔摩看一场演出，上午乘火车北上，第二天早上回来。之前那天晚上，我想到是不是拿走对那些对她最有伤害的段落，这么做很容易，小说也不会因此失色，但与此同时，我想这个过程要真实，否则这就完全没有意义了，所有这一切。我想向她展示这一点，因为这是真的。这一真实不仅是在给她的信里，是让她看的，而且是在一本小说里，是给所有人看的，这使得我所要求她的变成了某种真的不人道的东西。焦虑和内疚堵在我心口,像水坝中的水。我试图想让它减轻一点，对琳达说书里有很多糟糕的事，她一定会特别生气，但那不是出于恶意。她只是微笑，他说，她能受得了，没事的。她把稿子放进她的包里，在打开的门前站直了，我们给了对方一个吻，她又说了一遍让我不用担心，都会好的，然后她走进了走廊，关上她身后的门，消失了。我去露台上抽烟，走进书房，写着第三部，去下面的烟草店，买了更多的烟，走进书房，继续写作，但是关于琳达在那儿读着稿子的念头在我心中燃烧，我完全没有心思干别的，而且她读的版本未经删改，没有任何解释，这是最难放下的事，我一定得做点什么来缓和一下，我拨打了她的号码。她出门已经一小时了。她立即就接了电话。我从她的声音里听出来她心情不好。她说她坐在火车上开始读了。她说她觉得这挺好的，读着它相当可怕，但是还能坚持下去。我说我那时特别郁闷，但是现在已经不是了。她说：再见了浪漫。她说：有一件事是肯定的，那就是关于我们关系的所有幻想从现在开始已经消失了。说出这句话时，她的声音里的情感已枯竭，有些硬邦邦的，就好像她告诉自己得扛住。我很抱歉，琳达，我说。我也是，她说，但是不会比这更糟了吧？会，我说，它接下去会更糟。我会没事的，她说。好的，我说。那我现在挂了，她说。好，我说。我们迟点再聊。

我吃饭，写作，坐在露台上抽烟，洗了些衣服，又写了一会儿，然后我等不及了，给她打电话。她刚才哭了，她说，但是现在火车快到斯德哥尔摩了，她很期待能见到海伦娜，也许接下来几小时里能想点别的。我们挂了电话，我去接孩子，给他们做饭，他们看了儿童电视，我给他们刷了牙换上睡衣，给他们读睡前故事，离开，在他们睡下以后没多久我也睡了。送他们去幼儿园，写作，给琳达打电话，她正在回家的火车，刚刚读完我写我们刚在一起时那段，她的声音轻松一点了。我说她还剩下那最糟糕的部分，她一定要坚强。她不信我说的，我听出来了，因为我听到她说我会的，那声音里带着微笑。

一个小时后，她打电话。

“在哥得兰岛发生了什么事？”她喊道。

“都写在那儿。”

“你做了什么？”

“所有的都写在里面了。我敲了那扇门。”

“她是谁？你为什么这样做？”

“我喝醉了。”

“那是什么时候的事？我记得那是什么时候。我和孩子们一起在家里。海蒂病了。你怎么能干这事呢？你怎么能？她是谁？”

“她是谁都没关系。”

“你为什么之前没有说过？”

“你明白的。”

“你怎么能把这事写在小说里，让我从那里读到它？”

“我也不知道。它就这么发生了。”

“不，我再也不想和你说话了。”

她挂了电话。几分钟后她又打过来。

“她是谁？我想知道这是谁。”

“我不知道她叫什么，琳达。什么都没发生。”

“你一个晚上都在敲她的门。”

“是。我很抱歉。就是这样。”

“海蒂病了。我完全孤零零一个人。”

“是。”我说。

她挂了电话。我一直在露台上抽烟，在公寓里来回走动，一直拿着电话。在网上浏览了一会儿，又出去抽烟，站在客厅窗前看着旅馆，进去，上网浏览，出去抽烟，从一个房间走到另一个房间，最后在孩子们的房间里停了下来，那里的纯真氛围也许会让我想到一些美好的东西，我以为，但事实并非如此，一切只是变得更糟，我又出去到了露台。我脑子里没有任何想法，一个也没有。

在我去接孩子之前，她又打了电话过来。她平静了一些。她已经读完了，她说。我们该怎么办？她说。她说这个的时候开始哭了。我们现在要怎么办，卡尔·奥韦？突然它在我心里也迸发了。我抽噎了起来。我说：我不知道。我哭了。我说：我不知道，琳达。我不知道。

一小时后我站在厨房里煎鱼饼的时候，电梯的声音响起，听起来一路往上，我对孩子们喊道他们可以去看看是不是妈妈回来了。这回支使他们一点也不难，他们已经很想念她了，她每次出门他们都这样，现在他们站在走廊上等着门开。他们紧紧地贴着她，她跪在地上一个接一个地抱着他们，抚摸着他们的背，同时以一种看透一切的目光看着我。她的脸色苍白泛着灰，可是当转过去面对孩子们时却充满热情。他们没有看到她给我的那眼神。

看看你做了什么，那眼神说。

看看我们拥有的这些，以及你正在摧毁的，那眼神说。

她脱下鞋子和外套，把那小小的手提箱放到墙边时，孩子们依然紧紧搂着她。我布置好餐桌，我们吃饭，对彼此什么都没说，谈话是在孩子们和我们之间进行的。他们又激动又欢喜，因为她回家了。随后我们坐在客厅里和他们一起看儿童电视。过了一会儿，她看着我说：

“The knife。” [1]

我不明白她这是什么意思。当不想孩子们听到时，她有时会说英语，这是我至今一直没弄清楚也不喜欢的东西。当然，我现在没想着这个，而只有她这苍白的脸和灰暗的眼睛会与刀子有关。

“在小说里，”她说，“The knife。”

“这是什么意思，妈妈？”万妮娅说。

“我只是在和爸爸说话，”她说，“这是他写的一样东西。”

一把刀？什么样的刀？我写过一把刀吗？

“你在说什么呢？”我说。

“盖尔送给你的，”她说，“如果不必使用也就不必送。在第一幕出现的手枪总会在最后一幕打响。”

盖尔？我想。他和他的礼物和这些有什么关系？

“那是什么手枪？”万妮娅说。

“我们正在谈论一出戏。”我说。

“是有一点像一出戏。”琳达说。

---

[1] 琳达说的是英语，“这把刀”。

儿童电视结束后，她给孩子们读睡前故事。我坐在露台上，灵魂凉透了。当他们睡下了，我们就必然要谈一谈这些了。我一直都很了解她那按捺住的愤怒和绝望。当他们睡下了，它就会发泄出来。

那么我就不能坐在这里·我不希望她出来时以为我在这儿很放松地坐着，什么都不在乎。所以我起身走进客厅，在沙发上坐下，听见她在里面说晚安，孩子们的抗议，她现在不能走，他们还不累，睡不着。整个公寓都在咣咣响，万妮娅仰面躺在床上，用脚后跟砸着墙。

她走进厨房。打开水龙头，打开壁橱，我知道她要泡茶。一会儿水壶响起来了。然后她手里拿着一个大杯子进来，坐在沙发上，在茶几的另一侧。她看着我。我泛起恶心。

“你说的刀是什么意思？”我说。

“他把它给了你，让我用来捅自己。他要我离开。你不明白吗？他是吸血鬼。他没有自己的生活。他通过你活着。你认为他给你一把刀纯属巧合吗？”

“那是他所知道的最好的东西。”我说。

她咯咯地笑了。

“这事和盖尔没有关系，”我说，“这是关于我和你的。”

“肩膀上还挂着他。”她说。

“不是这样，”我说，“我在家庭以外就只有他那儿可去。就像海伦娜对你的意义一样。”

“我们说起话来可不会像你们这样。我对她说的全是你的好话。其他的我什么也没说。”

我没有回答。我低头看着地板。她把杯子举到嘴边喝着。

她直直地看着我。

有一件事我必须要问。她没有说到的一件事。

“如果我出版这本书，会有什么发生？”我说。

“那请你一定要为我这么做。这是一本好书。我能看到。如果它不是这么好，那么一切也都不可能了。但它很好。”

“有没有什么你希望我拿掉的东西？”

“没有。或者有，有一样。你写到伯格曼拍着我的脑袋说我是个美丽的孩子。那段尴尬得不得了，一定要拿掉。”

“别的没有了？”

“有一些错误和误解。但是我们可以晚点再说那些。这样的话就没有什么了。”

她把杯子放下，看向露台，在那一面外面的黑暗已经浓稠了起来。

“她是谁？”她说。

“谁？”我说，虽然我知道她指的是谁。

“哥得兰岛那个她。她叫什么名字？长什么样？”

“别追问了，”我说，“一点好处都不会有的。我不知道她叫什么。我喝醉了。我控制不了自己。”

“然后你就去做那些事？就在我在这里带着万妮娅和海蒂，而且海蒂还生着病的时候？我当时那么相信你。”

“我知道，”我说，“我对这件事很抱歉。”

她又把视线转向门那边。然后她突然站起身来。她的眼睛里有愤怒或害怕或者两样都有。

“我不能在这儿。我不能和你在一起。这样行不通的。我要去珍妮家。你明天早上送孩子们吧。”

"行。"我说。

"我简直不敢相信你做了那些。"她说，尽她所能地疾行在走廊上，胡乱裹上外套，弯腰穿鞋。她系鞋带时手一直在抖，好像多快都不够快似的。

"我再给你打电话。"她说。

然后她就走了。

珍妮是服装设计师和场景设计师。她的孩子和我们的上同一个幼儿园，我们就是在那儿认识她的，然后她和琳达成了朋友。她住在市中心外不远处一个带大花园的房子里，她和一个女朋友一起买下的，她说琳达只要愿意随时可以去那里写作。琳达有时候会去。有时候，当她需要走开的时候，她就那儿过夜。当孩子们第二天早上问妈妈在哪儿时，所以我回答说她一早去珍妮那儿，并没有让他们觉得奇怪。我们出发去幼儿园时已经晚了，那是一个什么事都特棘手的那种早晨，当我们终于走到街上准备过马路时，琳达在街对面冲着我们走了过来，在一小群等着大巴的人中间。她看上去疲倦憔悴。她还没看见我们，当她发现了我们时，交通灯也绿了，我们开始过马路，她看起来很震惊。那就好像她看到鬼魂似的。孩子们看到了她，万妮娅和海蒂从童车上跳下来跑过去，约翰伸出了手臂。

"我以为你们已经在幼儿园里了呢，"她说着，没看着我，"我没想到在这里见到你们。"

"妈妈，"万妮娅说，"你去哪儿了？你去珍妮家了吗？"

她点了点头。

"我只是回家拿点东西。"

她站起身来，第一次看着我。

“我回来时能见到你吗？”我说。

她摇了摇头。

“那我能给你打电话吗？”

“我迟点会给你打电话。”她说。

“好吧，”我说，“再见。”

“再见。”她说，我们各自朝自己的方向走去，我和孩子们去托儿所，她朝着公寓。

到了晚上她回来了，孩子们都已经上床睡觉了。我给我们泡了茶，我们坐在客厅里。尽管绝望依然在那儿，但它并没有像之前那样接近表面。当我发现自己处于危机局势中时，我的内心还是一样冰冷，像我人生里其他发现自己处于危机中的时候一样，当周围的一切似乎都烧得发白，而唯一其他还存在着的，就是情绪，也是完全失控的。身处危机中就像身处中心位置，因为那处于危险中的一切，都是至关紧要的。除了这些其余都不存在了。眼下就是一场这样的危机。其他一切都倒下了，只有这些，她和我。

我不知道该说些什么。我们在静默中各自喝着茶。我们对视一眼，又往下看。

“你怎么样？”我说。

“好了一点了。”她说。

“我们必须谈谈了。”我说。

“是啊，必须要谈。”她说。

“我们要认真交谈。不要有任何掩饰。”

她点了点头。

“我曾经过得难受极了。”我说，

“我知道。”她说。

“让你在一本小说里读到这个，我很抱歉。但我想说的不是小说，而是人生。这是我们必须谈的。我们不能这样下去了。这样是行不通的。我们做不到。”

“做不到，”她说，“我知道。”

“不仅仅是为了孩子们。也是为了我们。我们现在离刚在一起时的状态已经不能再远了，再远就要出事了。你还记得当时是什么样吗？你还记得那有多美妙吗？”

“我当然记得。我也希望有那种状态。”

“但是我们现在已经不在那里了。你说，再见，浪漫。但它其实不是关于浪漫。它是关于这段生活。这是我们拥有的全部。所以我们必须尽力去做好。让它尽可能地好。”

我起身坐在她旁边。用手臂环抱着她。她哭了。她不停地哭。我也哭了。我们到阳台上去，在黑暗里坐下，她点了根烟，也就是说她又开始抽烟了，我也点了根烟。我们走进卧室。我们整夜待着，在外面走廊散进来的微弱灯光中。我背靠在墙坐着，直视着这半明半暗，她在我身边。我们谈了所有能谈的一切。我们说的都是肺腑之言。好像我们在我们之间堆起来的这一切，所有的想法，观念，梦想，意志和希望，一切都倒下了，只剩下了那最紧要的，也就是我们谈话所围绕着的。她和我。我们怎么看对方。我们这样地聊着，完全就像以前在斯德哥尔摩巴斯图街（Bastugatan）的小公寓里一样，躺在床上，听着音乐聊天，什么都摊开了，完全赤裸裸地，完全诚实，因为没有东西好隐藏的，我们那时候不只是想要对方，我们想成为彼此。我想当她，她想当我。那一点我们永远是回不去了，我们已经到了另一个地方，但也许是更好的地方，它有了不同的饱满度，因为我们有了孩子，我们是一个家庭，这是真是的，这就是我们，我们和生活之间再也不用隔着什么梦。她必须接受我是我。她必须让我能自己待着。她必须相信我也希望一切能往最好的方向发展。而且我也必须支持她，因为她也再也受不了过这样的日子，她迷失了自己，滑入一片黑暗，在那里她不知道前方有什么，后面有什么，孩子们是什么是孩子，她是什么，我是什么。

我终于完全平静下来。已经发生的，也发生了。没有什么了不得的。自从我们在一起以后我还没有过这样的感觉。然后就是这样。内心一丝紧张都没有，我们都已经完全自由。一切都是敞开着的。现在我们已经做到了我们那时候以那样的激情所计划出来的一切。我们组建了一个家，我们有了孩子，而这正是那让我对她封闭起来，她对我封闭起来的原因，这事没法理解。但这就是所发生了的一切。

我们整夜躺在那里聊天，清晨来临，她回去珍妮那里。她还有更多要自己思考的事。12 点钟她打来电话，说她给我发了一封邮件。我去了网吧，因为家里的网络连接还是不能正常运行，我在那儿读了这封信，在那所有亮着的屏幕之间的黑暗以及那些战争游戏玩家们的喊声之间。

被深爱着的卡尔·奥韦，我现在只能用这个词。这像在说起一个死了的人。这是我吗？我死了吗？我曾经是。

你曾经以那么多的方式要我去拥有自己的生活。

我知道你是对的。我是那么害怕。

你知道我有多害怕。

你请求不再要成为我的全部。我知道路在哪儿但是依然害怕。我站在最底处，知道我必须开始生活。

我对那种生活一无所知。

我看到我和孩子们在一起。我看到我在风中骑自行车。我看到我朝各个方向奔波因为我必须如此。我看到我俩晚上在一起。我是怎样地让你消失在视野里，然后去做我喜欢做的事情。我不知道自己到底喜欢做什么？我不知道什么对我是有好处的。我看到我必须成为什么。

我要给孩子们照相。公寓里的一团糟。我想能和孩子们一起做点什么。

你说我们必须完全地和彻底地接受彼此。我知道这是对的。在我内心最深处，有一个清晰的声音在说话。我要告别我曾经是的那个孩子。我现在要长大了。我看到你不断在敲着门时那巨大的忧伤又是什么呢？

我爱你。我对你的爱无边无际。而且我也知道背负这所有的爱和所有渴望是多么沉重。我希望我用一种对我们都好的方式爱你。我知道我必须放手。我必须放掉卡尔·奥韦。我这么爱你。你和孩子们是发生在我身上的奇迹。

当她那天下午回来时，我们像往常一样做晚饭，吃饭，感觉就像我们在过去这两天里经历了一年里的事情。我完全疲惫不堪，她也如此，但与此同时，有什么在我身上颤抖，我知道那感觉，这是幸福。每次我感到这种震颤时，我都试图让它尽快消失，因为我在这四十年的人生里学到了一件事，忍受绝望比希望要容易得多。

* * *

2009年和2010年春季的整个秋天都是如此，如果说那两天里注满了一年的分量，那么那一年里就注满了十年的分量。我在秋天出版了三本小说，次年春天出版了两本小说。一切都要修订、校对、做市场推广，还有三本要写，我又不能让琳达一个人承担家里的一切，所以解决方案就是加快写作速度，我设定了每天十页的目标，假使在我预定的一小时后去接孩子之前已经写了六页，那么我就必须在那一个小时里写四页，然后去接孩子。进展顺利，我喜欢这种随时都有新的事情在发生的感觉，以及我总是不知道我在写的这段会在哪里结束。写作压力如此之大使得这个做法成为可能，而尽管我不喜欢自己写的东西，但我喜欢写作本身，一切都是开放的，不会每隔一公里就有个岗哨。来自媒体的压力每天都在加码，这对我来说更难处理，但是也有解决办法：完全忽略它，告知所有和我说话的人都不许提到任何媒体报道，哪怕在从句里提到也不行。假使有人在从句里提及它，对我也是完全的折磨，就像当我看《周末报》报纸时发现我以前的老师对写到他的那一部发表了意见，被引用在报纸固定的金句专栏里。当我们结束了短暂的布拉格之旅归来时，媒体报道的势头才刚刚冒头，第一部原本只在文学版的书评部分出现，现在则在其他版面也有讨论，因为尽管书评人将其视为一本取材于现实的小说，并没有涉及这一事实，即我笔下这些角色不仅仅只是一本小说里的人物而且也是现实里的人物，可对于那些媒体工作者这一维度的其他可能后果也开始浮现出来，尤其是在《卑尔根时报》以此为主基调对它进行报道后，他们不单就此书采访了我的叔叔，文化版编辑扬·H·兰德罗（Jan H. Landro）还写了一篇偏颇的评论。周二，我给盖尔·古利克打电话，谈话快结束时，他说他将会和兰德罗在国家电台二台（P2）的《文化新闻》栏目就此书进行辩论。之后我打电话给他，问情况怎么样。他说一切还好，但那是一次奇怪的经历。兰德罗没有引用任何来自书里的具体例子来说明书哪儿写得不对，除了一个，它肯定有某种情感张力，因为它伤害了某个人，但在道德和法律上都不值一提。他说我在这本书里某个地方写道，二十多岁时我有一个我不太爱的女友，兰德罗这么说，根据盖尔告诉我的说法。可是她是匿名出现的，盖尔当时说，我根本没提到她的名字！如果一位作家不能以匿名方式写一个二十年前与他在一起的女人，说他那时并不是真正爱她，那么挪威文学会变成什么样子？这样的话它会完全消失。大概就是这样，盖尔告诉了我他当时说过的话。但是为什么他没有提到任何关于家庭的事呢？我还觉得那会是重点？就是他们采访了你叔叔，然后从他的反应中来判断你所做的事情？

我觉得我知道为什么，我对盖尔这么说。说来听听，他说。我说，今天我收到了一封电子邮件的副本。居纳尔在凌晨两点发邮件给《卑尔根时报》感谢他们的报道角度。我很确定兰德罗在见你之前读过它。我看不出有其他解释了。到目前为止，他们和居纳尔通过电话。毕竟伯达尔也做过这事。然后他觉得有了把握，都准备好了。但是当他开始写作，所有正常角度就都消失了。兰德罗一定突然明白了他在为什么辩护。这个他真的做不到，因为居纳尔对他们提出了他那一整套关于哈特勒于那边亲戚的理论。

他做了吗？盖尔说。

所以他转而提出那个原则，我说。我把那封邮件发给你。他只抄送给妈妈，英韦和我，以及特纳和兰德罗，但没有抄送出版社。

发吧。你。盖尔说，然后我们迟点再聊。

琳达的母亲英丽，那年秋天下来帮我们，事情那么多，当年她的生活事多繁忙时，她的母亲也总是去她家，照顾琳达和马蒂亚斯，做饭并料理家务。英丽在这方面复刻了她母亲。她起得很早，给孩子们做煎饼，她觉得他们太瘦了，或者给他们烤小面包，她梳理他们的头发，帮他们穿衣服，当他们和琳达一起去幼儿园时，她就出去购买那天要用到的食材。她为自己制作的食物感到骄傲自豪，而我们也被宠坏了；所有的东西都是从原材料开始制作，食材来自磨坊区和沿着那条长街的许多移民商店。她做午餐，当我从幼儿园把孩子们接回来时，晚餐正在桌上等着我们。她是无价之宝。同时我也精确地在第二本小说里描述了我与她之间充满冲突的关系。她已经拿到了稿子，离截止日期很近，所以被迫在短短几天内飞速读完并给出回复。她认为那是一本精彩的小说。她说：拉尔斯·诺伦[1]，勇敢去吧！但是她也对里面关于她的部分感到生气，当她在我们家里时我

[1] Lars Norén，瑞典剧作家、小说家，被认为是继斯特林堡后最伟大的瑞典戏剧家。

注意到了这点，这持续着的矛盾态度。开始几天里，她有次一直走到我身边，对我说：你在小说里写的那个人不是我。你应该知道的。那只是一个挂着我名字的小说角色。但我允许你这么做。

我去了斯塔万格，在那儿的斯汀咖啡馆里朗读，和托雷以及其他人一起，托雷开着他的丰田来酒店接我，把我带到他的公寓。他离婚了，搬出来自己住。四壁隐藏在书籍和唱片后面。外面暮色已降临。一瓶啤酒在手，一两个我从来没听说过的乐队，是托雷现在正在音响上放着的。我们试衣服。这件衬衫，托雷，还是那件？这件。这件夹克，还是那件？这件。他在厨房的炉面前，我在镜子前。而从这一切中，如果不是只从我身上，散发出了一种强烈而独特的九十年代初氛围，即学生生活。那并不是神奇的时光，因为它就是那个样子，根本不是“学生年代”，根本不是“青年”，根本不是“自由”，而是其他的什么。日常。在这日常中，托尔和我坐那儿读普鲁斯特，为他描述的神话世界着了魔，讨论了那吸引力正是冲着那如此中的并非如此。现在那段时期，在当时什么都不是，现在本身已经变成了什么，它本身就变成了某种东西，有时像现在一样，具备着几乎是狂野的吸引力。

托雷三十六岁，我四十岁。我们是成年男子，但我们的举动就像年轻人，喝啤酒，放音乐，开玩笑。他有两个孩子，我有三个。小说家们，我们俩都成了当时唯一想成为的，小说家。这个想法现在依然让我欢喜。有一次我们在《日报》上登了一则广告，那是九十年代末某年的圣诞后新年前。广告上写着：新感伤主义者们祝挪威人民圣诞快乐，新年好。

“你还记得我们登的广告吗？”我说，坐在椅子上抽着烟，而他在走廊上试着那件刚熨好的衬衫。

“哪个广告？”他说。

我告诉他。

他笑了。

“是啊，妈的！这是真的！”

“也许还有人在那儿琢磨那究竟是什么意思呢。”我说。

“不会，那也没有成为什么伟大的运动。”

“你把书分为可以让你哭的书和不会让你哭的书这个分类，至少属于这个。”我说，

“打领带，还是领结，或者什么都不用？”他说。

“什么都不用。”我说。

他穿上格子西装外套，戴上一顶鸭舌帽。

“那我们走吧？”

我点点头，站起身来，然后我们坐出租车去了咖啡馆，弗罗德·格吕腾[1]已经坐那儿了。他把我们介绍给他兄弟，他的兄弟是气象学家，或者和文化生活相距甚远的什么。托雷和他已经成了朋友。他表现出对托雷的尊重，不是所有作家都会这么做，光为这个原因我就喜欢上他了。

人们看着我。他们在机场这么做，他们在这里也这么做。当我站在外面抽烟时，一个女孩朝我走过来，她语无伦次，几乎说不出她想说的话，我身上有些东西吓到她了。

我们读了自己的书，然后去水泥（Cementen）喝啤酒，在

[1] Frode Grytten，挪威作家和新闻记者。

那儿，托雷向我讲述了他生活里一些可怕的事，那是荒谬绝伦，令人震惊的，一个深渊。他人生里有这样的深渊，但从他的做派，他的行事，他所谈论的东西里看不出来，不管怎样它们定义了他，至少根据我对他的了解，他就是那种认为自己站着不动就会下沉的人，所以他不会站着不动。

在飞机上我想我已放弃了一切，不再有什么自己的东西，我谁也不是了。也许因为我前一天晚上喝了酒才这么想，而就算我没喝太多，也足以让我感到焦虑，也许是因为有那么多人看着我，而通过这个我明白过来我究竟都干了些什么，每个人，就连那些八竿子打不着的陌生人，都可以把我读个彻底，爱怎么想就可以想。我还把万妮娅，海蒂和约翰放在了他们手中。

这之后没过多久，我在奥达（Odda）的一个文学节上再次和托雷见面。我飞往卑尔根，租了辆车沿着峡湾开，和托雷一起登台，次日开车去机场，然后飞回家。文学节总监是玛丽特·艾克莫（Marit Eikemo）；我们和她在学生电台一起工作过。英韦和阿斯比约恩也来捧场，我记得塞尔玛·洛宁·阿罗（Selma Lønning Aarø）是和我同专业的，当时她赢得了一个小说竞赛大奖，所以也在那儿，佩德罗·卡尔莫纳–阿尔瓦雷斯（Pedro Carmona-Alvarez）也在那儿——我知道他是谁，他在桑尼姐妹乐队（Sister Sonny）里，我们也许打过照面，但我从来没和他聊过，而就像我在那年夏天所写过的，他最新出版的小说《铁锈》给我留下了深刻印象。我们在酒店坐着喝着聊着，所有这些人，然后我有一种鲜明的感觉，九十年代还没有结束，它会一直存在下去。就在登台的时候，托雷拿出了许多我当年寄给他的信件和电邮，还有一封关于爸爸的信，当时我俩分坐在舞台上的两把椅子上，他读了这封信，而我一开始没法发表意见，因为我不记得自己写过这个。

> 事情是这样的，我父亲两周前去世了。他在他从小就住着的那幢房子里一把椅子里睡觉，这真是让人无法理解，现在我已经从里面走出来了。现在我在卑尔根给你写信，托雷，我在冰岛的朋友。是英韦打电话告诉我发生了什么事，我立刻坐下一班飞机去了他那儿，次日我们一起去了克里斯蒂安桑。我每天都哭，这样已经一个星期了。我多次玩味过这个念头：如果他死了会怎样——但我从不曾想象过我会做出这样的反应。那么我为什么而悲伤呢？我不知道。这和理性一点关系也没有，纯是情感，它们一次又一次地倾覆，我独自一人躺在祖母的房子里，只是哭泣。现在我已经从里面走出来了，现在就好像什么事都没有发生过。

我坐在那儿，它感动了我，因为这叙述的声音，从1998年8月20日发出，因为它依然因悲伤而动弹不得，也许自己都还没有意识到这点。是在这里，在舞台上，我第一次真正明白了爸爸死了意味着什么。好像他就是在这儿，在奥达的舞台上去世的，在我面前。所以整个世界突然变得难以捉摸。

第二天早上，我在酒店的咖啡馆碰到了斯巴达克斯出版社的总编辑弗罗德·莫尔文（Frode Molven）。我已经把盖尔·A的书寄给了他，那本书经过六年的劳动终于完成了。它被命名为《巴格达靛蓝》(*Bagdad Indigo*)，是本独一无二的作品。它讲的是那些去到巴格达，通过住在重要轰炸目标里来阻止美国入侵的人盾们。盖尔和他们在一起，从伊斯坦布尔一路到巴格达，登上了一辆红色双层巴士，他也是人盾，在整个入侵期间都住在巴格达。他采访了战区的各色人等，就在他们上方的天际在爆炸，背后的窗户被炸开。战争是什么，为什么它对这么多人都具有如此的吸引力，甚至对那些来这里制止战争的人来说也是如此？这本书就是围绕这个来写的。与记者们截然相反，记者得到政权的照顾，要么被巴士载着在城市各处转悠，要么就坐在酒店房间里，盖尔则可以随意想去哪儿就去哪儿。巴格达沦陷时，美国精锐士兵站在他和其他一些激进分子居住的水厂上，他背上包，与他们一起生活了几个星期。他采访了他们，他们从战场上下来，被诉说的欲望憋坏了。这本书有一千一百多页，这就让它所讲述的这三个月获得了无与伦比的重量，就好像是在时间以外。他捕捉住了一段时间。几乎再没有人会这么做了；新闻记者的战地报道和来自战争区域的书都很轻巧，不承诺什么，甚至在尸体变冷之前它们的视线就转移到了其他地方。该地和那段时间的特殊性消失在它们那一般性的，无差别的声音中，在其中所有冲突都变得一模一样，无论是在阿富汗，利比亚还是索马里。我读盖尔的书时，就像在读30年代西班牙内战，不是因为冲突相似，而是因为这种写法与那个年代里许多文本里的写法是一样的，是贴着存在来写。《巴格达靛蓝》是一本很棒的书，我对此毫无疑问，所以我对盖尔说，要出版它将很容易。他对此有些怀疑，不愿意预先接受这些好话，也不听我的。我认为最好的做法是在书稿完成前把它发给某家出版社，让他们可以更早地参与进来，因为这是如此罕见的涵盖极广的好料。盖尔听了我的话，把它寄给了阿斯拉克·诺尔（Aslak Nore），后者是居伦达尔出版社（Gyldendal）的纪实系列编辑。他读过盖尔之前那本书，他在回信里写道，很喜欢它，对主题很感兴趣，所以对这一本也很期待，既然我也在那儿，他能否请我帮一个小忙，我能不能给他的书写几句推荐的话呢？写一句就好？我当然无法对此说不，因为他的决定对盖尔书稿的命运如此重要。我写了一个推荐，而诺尔不仅拒绝了盖尔的书稿，他还愤怒地抨击它，因为它不道德。另一个收到我寄去书稿的是阿斯克豪格出版社（Aschehoug）的哈尔沃·福斯利（Halvor Fosli），但他半心半意，不冷不热，根本没读完这本书，这是从他说这本书是反美的——可是它压根儿就不是——这里能看出来，他只是读了一点，可能就读了几行对和平主义者们的采访，就认为它们反映了此书自身的态度。福斯利说他会在与其他编辑的会上谈论这本书，这当然没有产生任何结果。然后盖尔放弃了这个策略，决定等到书稿全部完成再说。这也就是现在了。我无法想象有人会对其说不。莫尔文在卑尔根那会儿和我就认识，他似乎因为我主动联系他而有些受宠若惊，而斯巴达克斯是一家严肃的出版社。但是当我们在奥达坐下后，他想先聊聊其他的事。不，他想要的不是推荐语；恰恰相反，他想过出一本阿克塞尔·延森[1]的传记，他想知道我能不能考虑写这本书。我没有说不，尽管只要我活着就绝不会写过任何人的传记，但我也没有同意。这事说完后，我们谈论了盖尔的书。他说这听

[1] Axel Jensen（1932—2003）挪威作家，出生在克里斯蒂安桑。

起来很有趣，可以一读。我们握手告别，我朝坐在一段距离开外在等着我的英韦走去，我们要一起开车去码头。我决定不告诉盖尔莫尔文要我为他写传记这事。这件事有些地方令人不快，周围每个人都试图从我这儿弄到点什么，因为我欠盖尔那么多，而我不也希望他自己的书和我的名字有关。

在渡轮上我和英韦喝咖啡，到了另一侧渡轮码头后抽了根烟，然后我开向弗莱斯兰机场，他则驶向沃斯。那是秋天，空气寒冷、锋利，清新，天空一片蔚蓝，阳光好似被光线坠得沉甸甸，醉醺醺。英韦借给我一张 CD，是险峻海峡（Dire Straits）的第一张 CD，这张专辑我已经滚瓜烂熟，因为在蒂巴肯我读五年级他读九年级时，我们就听过它，而那个年代的氛围充满了我内心，挪威的七十年代，松软的雪，羽绒外套。

沿着波光粼粼的峡湾。经过那些红色的，黄色的，棕色的，绿色的树木。上了山边。然后，到了山顶，就在前面的路上，一条狗。我紧急刹车，但还是撞上了它，因为那咚的一声，狗被甩进了路边的沟里。汽车停下，我关上引擎，走了出去，一个男人从路边小院里朝我走了过来。我用目光寻找着那狗，它已经不在那儿了。那人指给我看。那只狗沿着另一侧的乡间小道跑上去了。这怎么可能呢？当我撞上它时时速至少有五十公里。我说过他必须把那条狗系好，那个四十好几的男人在我面前停下脚步说。究竟发生了什么？我说。那条狗怎么能活下来的？它是被你的保险杠撞上的。它可能受了伤，不过看起来倒不像，他说。它是上面那家的吗？我说，冲公路对面上方那个农场点点头。他点了点头。我得上去那儿说一声。他又点了点头，跟着我上去了。当我们到达时，那只狗躺在院子里，没有乱吠或之类的，看起来一点事都没有，也没脾气。一个老人站在那儿，我朝他走过去告诉他刚才发生的事，并表示歉意，又说看起来情况似乎还好。他说：它还挺好的。然后我走下去，再次坐上车,继续前进。我想到了万妮娅,因为她爱狗胜过其他一切。她可以叫出大多数品种的名字，我们几乎每天都要给她读一本和狗有关的书。如果出门时碰到狗，我们就必须问人家，可以让她摸摸它吗。有时候她也会问我借手机,给我们遇到的狗拍照。本来她要到十二岁才能养狗，她已经磨着把这个界限降到十岁了。现在是八岁。我很期待着把这事告诉她。如果它死了我肯定永远也不会说。但是现在一切还好。我就可以说了。

在弗莱斯兰机场，我把租来的车挺好，交了钥匙，办理登机手续然后飞回家。

在随后的几周里，我完成了第三本小说。在奥达，托雷答应要帮我，因为它太长也还没有成型，可以这么说，它唯一的构架原则就是按时间顺序。托雷已经读过了它，提了一些建议，我也照这些建议做了，但这还不够，它必须有些激进的东西，一两处抓人的地方。在最后必须交稿前一晚，我在马尔默坐着工作时，托雷惊人地在斯塔万格找到了它，那个可以作为整本小说建构基点的关键转折处，他打来电话，之后他一整个晚给我发送了许多条短信。到清晨一切完工。我完全逐字逐句落实他的指示。几天后，第二部就出版了。盖尔·安格尔那天早上打来电话，尽管我已经告诉他，他不许对我提起任何写到我的文章，但他坚持要把《晚邮报》的一篇书评读给我听。你一定要听听，他说。得了吧，你能受得了的。但那不是关于登出来的内容里面有没有什么不好的内容，我说，光是有文章登出来这事。你知道它对我的摧残有多大。得了吧，他说。下不为例，再也不会了。好吧，我说。然后他给我读了。我唯一记得的是这一句“是的，该案件已经过了追诉期吗？”我被形容为“可能的作案人”。书评人在探究的是我是不是一起性侵犯的作案人，以及这个案件是否过期。我记得这事，是因为盖尔读的时候大笑起来，也因为他事后又把这重复了好几次。他们还没掂量清楚吗？他说。他们没彻底疯了吗？几小时后我收到了来自托妮耶的不安的电子邮件。她引用的也是这篇书评，出现了这样的文字“例如，作者的前妻也以真名出现，完全可以想象此书出版会给她带来怎样的不适。”托妮耶想知道这话是什么意思，以及既然这本书和她有关，为什么出版前没有给她看看。此前我给她发过一封电子邮件，请她务必不要读这本小说。我这么做是因为这本书讲的不是她，而是琳达以及我对琳达的感情，我当时想过这也许会伤害她，读到我爱到什么程度，仅仅在我们分手后，七年前我离开卑尔根那天之后几周。现在托妮耶认为我是在瞒着她，认为我已经骗了她。整个挪威都在读着关于她的那些内容，而她对此还浑然不知。而要说我这么做是为了使她免于受苦，这话太天真了以至于她一秒钟都没信过。压力如此之大，媒体打来的电话如此之多，以至于这个论点根本站不住脚。造成伤害的是书，而不是她读到了什么。我没有写到她，但是我写了一些她不知道的东西，那是在我们还在一起时发生的，就是我遇到琳达时坠入了爱河。砰。她。正中心口。但是那是什么样的心？那些日子里一切都消散了，我坠落，跌入了虚空，琳达转身离去，我割伤了自己，让一切都归于死寂，回家。

这是我一生中最激烈的经历。我去过一个地方，我之前根本不知道它居然真的存在。世界就像一条印象之河，而我和它联在一起，这感觉就像，任何事物都是充满了意义，我可以用十分钟来细细打量一个橡实，就好像它装着宇宙的奥秘，它的确是，所以我才这样凝视着它。我就是在那种状态下看着琳达，被她催眠了，但是什么也没发生，我们没有为彼此驻足。她即将走入躁狂情绪，而我，毫无疑问，当时就在躁狂状态中。对于我来说，写一本关于我人生的书而不写我那段时间的情绪以及所发生的事情是不可想象的。但这把托妮耶撕裂了，而我是撕裂她的人。我写了一封电子邮件，试图解释，但这只是让事情变得更糟，给她重击的人不能同时当安慰她的人。她给盖尔·伯达尔发了封愤怒的电子邮件，后者公开说过所有小说人物都事先读了全稿。她就没有。因此，当我坐在网吧这半明半暗中，读着她的邮件，以及过去两个月来其他人发给我的邮件，我发现自己来到一个从未涉足之处，在这个世界里我写的东西要被律师读，会有被起诉之虞，关于谎言的公开指控，说我有违伦理的书评，在这里和我亲近或曾经亲近的人都因我而受苦。我写作的时候没有想到他们，但是当新书即将问世，他们突然冲了进来，以其自身和在这里他们曾经的样子，让我看到都造成了怎样的后果。冲突就在小说与小说的后果之间。我选择的办法就是出版小说，让这些后果得以展开，不管它会带来多少源于我的痛苦，并希望这些伤害并不是不可愈合的。我可以为它做一些泛泛之谈的辩护，因为我知道我追求的是什么，其中又有什么价值，但是一旦涉及此书给我笔下每一个人所带来的后果，我就无法做具体的辩护；给他人造成痛苦，谁也没有权利这么做。在这类似掩体的网吧里的电脑前，我害怕，绝望和深感抱歉，但是我也知道这些是当我写作时就会消失的情绪，所以我会在这些情绪里进进出出，因为在那写作着的自我中那个社会之我们会消失，而这个自我也随即自由了。只有当我从写字台边起身离开时，这社会之我们才回来了，然后我就会为自己刚写下的想过的感到羞耻，或轻或重，根据我在写作过程中抵达的深度而定。这社会的是让我们保持着稳定的原因，只有这样我们才有可能在一起生活，这个人的是让我们免于消失在彼此中的原因。这社会的能存在的前提是我们有所顾虑。如果我们自己的感受或想法触犯到了其他人，我们就隐藏自己的感受或者不说出我们的想法，这也是我们顾及他人的做法之一。

这社会能存在的另一个前提是我们展示一些东西，隐藏一些其他。什么该展示，什么该隐藏，由共识来调度，因为它与这个我们联在一起。耻感是调控机制。我在写书时这本书为我提出的问题之一是，通过描述这没有人希望它被描述出来的东西，也即秘密的和藏起来的，无视这社会属性又能赢得什么呢。用另一种方式来表述：那些肆无忌惮的人有什么价值吗？这社会是应当如此的世界。所有任何不应该如此的东西，都被藏起来了。我父亲把自己喝死了，这不是事情应该的样子，必须隐藏起来。我的心为一个不应该的人而燃烧，必须将其隐藏。但那是我的父亲，那是我的心。我本不应写的，因为它的后果所波及不仅是我，还有其他人。同时这也是真的。为了写它，一个人必须是自由的，而为了是自由的，一个人必须是肆无忌惮的。这是一个不会往上走的等式。在个人这边，真相等于自由等于肆无忌惮，在社会那边是有所顾忌和秘密，但只是抽象的，就像是内在自我这样的事物，因为现实中，并没有社会这种事物，只有个体的人，这一个，我们的你，也是在个人这边。托妮耶不是什么“角色”。她是托妮耶。琳达不是什么角色。她是琳达。盖尔·安格儿不是什么角色。他是盖尔·安格儿。万妮娅，海蒂和约翰，他们存在，他们就在我现在坐着的地方几英里之外躺着睡着，就在这一瞬间。他们是真实的。如果你要如实地描写现实，那就必须描写这样的现实。它只有在无视这社会的才能写出来。如果你想抵达那现实对于每个个体的本来模样——并没有其他现实存在—你就必须亲至此处，你就不能有所顾虑。这很痛。没有被顾及、考虑到的滋味很痛苦，而不去顾虑也很痛。这本小说弄疼了我亲近的每个人，也弄疼了我，再过几年，当我的孩子们年龄大到能读这本书的时候，它将弄疼他们。我越是让它更疼，它也就越真实。

这是一个实验，它已经失败了，因为我甚至距离说出我想说、写我真见闻还很远，但也不是全无价值，至少不是完全如此，因为当对一个个体的现实进行尽可能真诚的描述时，就会被评估为不道德的，还会引发丑闻，这社会里的力量就可见起来，它规整、控制个人的手段也同样可见了。这力量是巨大的，因为我所写的纯属普通事件，其中没有任何耸人听闻的成分，这种事情就没停过，每一天都在发生，而每个人也都知道它在发生；酗酒，出轨，精神疾病和手淫，这里只是自那些从这小说里被用在报纸大标题上的元素里撷取几则。在这个例子里唯一不寻常的事情就是，这些普通的被和一本小说里的真实姓名绑在了一起，并按原本的样子来传达，几件关系着特定的人的特定的事。小说是一种公共形式，这种对优先秩序的变更就是题中之义，这特定的关系着个人的被挪到公共空间里。它在所有公众人物、演员、政客、电视新闻记者和流行歌星身上每天都在发生，但他们是自愿选择了它也只选择了它。唯一被挪到公共空间里的非公众人士是罪犯。在这本小说中，它把没有为非作歹的普通人也挪了过去。他们的名字由此具有了罪犯的样子，一个普通名字越过了普通人的界限变得如此不寻常，以至于记者们打来电话采访并把这些事登上了报纸。他们所做的事，本来是极普通的，也具有了罪行的模样，成为可以被别人评判的东西。是我让他们成为罪犯。但是当时这些我一点都没有想到过，在那许多个在网吧和书房的上午，我能为自己所做的事情提出的一点点辩护，就是我只是写了自己，而当我写过的一个人转身看着我时，这个辩护就立即解体了。他们轮流地，有秩序地这么做，而我低下头，移开视线，低头看着小说页面，继续写作。

我在外面阳台上听着盖尔给我读《晚邮报》书评的同一天，阿斯比约恩和英韦来到了马尔默。那天晚上我们要去哥本哈根的威尔科乐队（Wilco）音乐会，然后他们周末就在我家做客。我先和阿斯比约恩握手，然后和英韦，同时深深地直视他们的眼睛，我知道他们在想着我正在想着我刚刚写下的这些东西。他们给孩子们带了些糖果，阿斯比约恩把他拍摄的我的第一本小说的封面照片配了画框送给我，此外还有一堆书，都是他设计的装帧，出版社给的多余样书，包括海德格尔的《存在与时间》，这书我只有英文版的；帕斯卡的《沉思录》，我这里只有删减了很多的旧版本，总之整整一堆。他们还带来了今天的几份报纸。我举起一只手转过头去表示不看，但琳达接过了它们，她很好奇，尽管我说她没必要这么做，但她还是坐在厨房桌边读了起来，而英丽则站在她后面从她肩膀上看几眼。我在封面头版大标题“出卖家庭——酒精和精神疾病”，然后看到报纸内页的大标题，“出卖妻子”。然后我走开去找英韦和阿斯比约恩，他们在客厅里把行李放下。我们上阳台那儿抽烟。阿斯比约恩说，当他听到琳达的母亲在这里时，他有点心里打鼓，根据我所写的那些，他不确定我们之间的氛围到底是怎样的。我说她大人大量，而且一切都挺好的。但其实我希望远离这些报纸的还不是琳达，而是英丽。因为琳达是她的女儿，现在报纸上说我出卖了她的女儿和她的精神疾病。以及“酒精”，正是对英丽本人来说最敏感的话题。我知道这对她会造成多深的伤害，因为她曾经对琳达这么说过,而且她也说那不是真的。它躺在那里，闷闷地烧着,发着光。但是一堆纸是一回事,一本书是另一回事，报纸上的文章是第三件事。每次都又逼近了一些。在瑞典，挪威是个很远的地方，但是现在这事以她的母语登出来，出现在这里,还不知道结果会怎么样,但很可能会把她一把拉进这生活，在现实中造成后果。

琳达去接孩子们，当阿斯比约恩经过厨房去厕所时，他看到英丽坐着看报纸，抬起头，对着他比大拇指。他说这事的时候笑了。我在想她当时在想什么。是这些议论对书是有好处的，而因此对家庭，也就是她的孙辈们有好处，也许最后他们能住进一栋房子里？可能还能有车开来开去？

半小时后，孩子们回来了，进门时他们的举止和平时不太一样。还是那样，当公寓里有外人时，他们的表现就让我想起动物。警惕，警觉和谨慎，他们环顾四周。嗯，陌生的鞋。陌生的外套。在这里最好保持警惕。万妮娅需要的预热时间最长，海蒂稍短一些，约翰绝对最少。他对所有人微笑。我们在客厅的桌子上吃晚饭，孩子们仅仅在几分钟后就滑了下来，带着他们各自的糖果袋消失在房间里。我很开心，我和阿斯比约恩和英韦在一起时总是这样，尽管这有点奇怪，因为尽管英韦和我是血脉相同的兄弟，他俩而不是我俩，才是秤不离砣的一个整体，而我在旁边总是作为旁观者或偶尔的参与者。我们之间这种互动机制和我 1989 年到卑尔根时完全相同，他俩经验丰富，老于世故，我是新手，对什么是正确的心里没谱，而这个局面，不为自那时以后发生在我们人生里的任何事情所动摇。也许这就是我喜欢的，我卸下了责任，跟着他们混就行了，又是一个小弟弟了。

海蒂进来，淘气地看着阿斯比约恩，又问了一遍他的名字叫什么。

“阿斯比约恩。”阿斯比约恩说。

“北极熊 [1]。”海蒂说。

“不是，”阿斯比约恩说，“阿斯比约恩。”

“北极熊。”海蒂说着笑了起来，又消失了去找其他人。

“实际上我们这桌上都是小说里的人物。”英韦说。

“这是真的。”阿斯比约恩笑着说。

“我们应该为这些小说人物建一个网站，我们就可以讨论彼此的感受了。”英韦说。

“你可以当版主。”我说。

---

[1] 北极熊的挪威语是 Isbjørn，和阿斯比约恩（Asbjørn）发音接近。

“你读到那篇说你被出卖的文章是什么感觉？”英韦说，看着琳达。

“感觉挺好的，很好，”琳达说，“但最糟糕的是它说我被出卖了，你知道我的意思吧。那么大家也会这么认为。其实如果没有这些，我就只是被写在了一本书里而已。这两者不是一回事。”

“其实只有你们两个人对我提出了删改要求，”我说，“但是那么小的小事！我写了你的一件事。”我说，看着英韦，“我肯定是让你感到自豪的一件事。但是不是。那个得删掉。”

“那是什么事？”阿斯比约恩说。

“那我不能说，”我说，“但这和我们那天贴在他门口的那张条有关。”

“迷妹们必须在早餐前离开？”阿斯比约恩说。

“也许，”我说，“而琳达那儿，就是她绝对没有鞭打过游乐园里那头驴。”

英丽笑了。

“我可不想顶着这个鞭打动物的名头，而且这事根本就没有发生过。”

“没有，它没发生过，”我说，“那也许是捕捉到的当时那情势里的恶狠狠气氛。”

“谢谢晚餐，”阿斯比约恩对英丽说，“味道好极了。”

“确实好极了。”我说。

我们起身把盘子收到厨房去。然后我们出去在阳台上抽烟，琳达和英韦各坐一把椅子上，阿斯比约恩和我背靠着围栏站着。

“我对四十岁生日派对还有点印象，”我说，“是不是我们大家也是都这么站在这里，在某个时间点上？我记得我们挤着站在这里，沙丁鱼似的。当时我想着那里的那道裂缝。”

我指着墙上那道裂缝，大概只是在表面，因为不然的话，整个阳台可能已经掉下去了。

“哦，他妈的。”阿斯比约恩说。

“海伦娜认为聚会上的每个人都很怪，”琳达说，“她后来说起了这件事。睡在儿童房里那个男的，不是很出色吗？还有那个一晚上都没说话的男的，他到底是怎么回事？还有那个男的……是的，你们懂的。”

“我们也是。”英韦说。

“也是什么？”我说。

“很怪啊。”他说。

“这个词在瑞典语里是很棒的意思。”我说。

威尔科的演唱会在哥本哈根的旧剧院里举行，我们的票是分头买的，所以我坐在一个离舞台贴得很近的楼座的最边缘，可能音效会很差，我坐下时这么想着，英韦和阿斯比约恩，我在一番搜索后看见，他俩像两只鸟坐在一块鸟栖台上那样，就在屋顶下，那儿的声音肯定要好多了。

我往后深深坐进蒙着红色毛绒料的座位里，向外面看出去，没有把目光固定在什么特别的东西上。我很累，能这么一个人待着真是太好了。我住在挪威的时候就没去过演唱会。城里来了乐队可是大件事。可能大卫·伯恩[1]就在离我们公寓两百米

[1] David Byrne（1952—），苏格兰裔美国音乐人，是美国新浪潮乐团 Talking Heads 的创始人。

外的一个场地演出，而我也不会去。我丢失了音乐，它曾经对我具有那么重大的意义，但是现在已经不再有关系了，大概就像看电视差不多。有时它也会回来，就像冻在冰里的一把斧头，连带着我在这路途中丢失的所有悲伤。

暖场乐队上来了，是挪威的。他们在舞台中间站成一堆，这舞台不是他们的，而是借来的东西，不知道出于什么原因，我想到了一个在停车场里搭起的帐篷，这就是他们让我想起来的。声音很低，灯光也打亮了。但是这相当不错。赫克伯格[1]，这是她的名字吗?

我抬头看了看所有座位，看到那两个人坐在那里，像闪着光那样，因为那是我在这陌生人之海里唯一熟悉的两张脸。

看完普鲁斯特后就不可能不把这样的老剧院视为某种水下世界，某种珊瑚礁，座位像蛤或贝壳，女人们的裙子像鱼的尾巴或水母的触角。他变幻一切并使之变得魔幻的手法，已经不再可能了，我想，因为一切都已经变了，一切都已经变成了其他东西，就好像已经被虚构所渗透。我们可以一层层脱掉现实的衣服，但永远不会达到其核心，因为最后一层下盖住的，是最不真实的，一切虚构里最大的虚构，就是这本来。

全黑下来了。聚光灯对准了舞台。杰夫·特威迪（Jeff Tweedy）肉乎乎几乎有点肥，走到麦克风前，没有再弹吉他就直接开唱了，唱得绝对纯净而精确，且毫不费力。在英国乐队这儿你永远不能肯定或者指望这一点，至少是我看过现场的那些乐队。唯一的例外是模糊乐队（Blur），那次我和托雷一起在

---

[1] Hanne Hukkelberg（1979—），挪威歌手兼创作人。

中心舞台[1]上看他们演出，1993年，他们所做的一切不但完美，而且还充满了那么一种能量，只有那种想要什么又突然发现他们能做到的年轻人才具有。但是威尔科乐队是美国人，音乐不是他们表演给人看的东西，而是他们沉浸其中的东西。乐队中的其他人也进来了，他们演出了大概一个半小时，也许两小时，在那儿坐着有那么一种安宁，音乐有时到了一种如此强烈的情感浓度，让我放下所有控制，只是哭泣。后来，当我们还为这趟回到青年时期之旅而亢奋着的时候，我们在外面碰头，喝得酩酊大醉，我说过通宵都有火车，但是当我们到火车站时，它已经关了，我们不得不打出租车一直开到马尔默。过桥的时候，路灯颤抖地不断照亮新的一截灰色沥青路面，而四下都是黑暗如墙，感觉就像我坐在梦里一样。第二天，焦虑还是很重，但我还是和他们一起出门，我们在一家亚洲餐厅吃了晚饭，阿斯比约恩用他从一个医生朋友那儿听到的故事来娱乐我们，她罗列了她知道的那些人们在独自一人时塞进屁股里而弄不出来的所有物件。

暮秋，这些小说里第一本得到布拉哥奖提名，我和琳达一起去奥斯陆参加活动。我们把箱子放在酒店房间里，她去弄弄头发，或者也许叫去做个发型，而我去出版社找盖尔。当我回来时，我敲门，琳达顶着新发型来开了门。

“你觉得怎么样？”她说，“说实话。”

我起初没回答，走进房间在一张椅子上坐下。她是要我肯

[1] Sentrum，奥斯陆的一个现场音乐演出场地 。

定她自己的意见，说这太好看了，还是她想，就像她说的，听到一个非常诚实的回答？”

我觉得它看起来很糟，赌了一把她也这么认为。

“这看起来就像是，五十多岁的人可能会认为这很美。”

“是吧，对不对，这难道不是很糟糕吗？”

“是啊。”

“很好。我把头冲干净，就平时那样出门吧。”

出版社的伊丽莎白来接我们，然后我们搭出租车去了活动地点。很大的建筑，许多的人，单独有一间房给被提名人使用。吓了我一跳的是，一位我在第二部里写到过的记者也在那儿，他为《晚邮报》工作，但我不动声色。他一看到我就走了过来，做了自我介绍。我想起他来了吗？是啊。我说。他笑了，说能在书里出现也是很荣幸的，尽管是以那么一种方式。然后他说：但是有件事你搞错了。我可不是什么在西城长大的公子哥儿。你不是，我说。很抱歉。然后我看见了谢尔坦·弗勒格斯塔（Kjartan Fløgstad），我的老偶像，这社会主义绅士作家，我也在书里写到过他。我介绍了琳达，他介绍了他的妻子，我们寒暄了几句，期间我不停地东看看西看看，因为我不想待在这儿，我也不能待在这儿，这些我实在受不了了。我的写作老师朗纳·霍夫兰，也在这里。我在那儿站了一会儿，然后叫上琳达一起出去抽根烟，就在出口前面，那里络绎不绝地一直有人到来。黑暗真好，下雨真好，所有那些湿的，棕色的，滑溜溜地躺在草地上的叶子很好，但是那种众目睽睽之下的感觉，不好。我们要在最前排的位置上落座，在谢尔坦·弗勒格斯塔和他妻子身边给我们留了两个座位，一位摄影师从上方楼座那儿弯下腰来给琳达拍照。她没看到，我也没说什么，可能我看错了呢。这场秀开始了，有音乐，有朗读，一些插科打诨，我几乎快吐出来了，因为我看着舞台，感觉着脊背后的观众们，而我赢得了奖项，我不但必须走上去，还得说点什么。我得上去那里真是不幸。小雕像沉得像件杀人凶器。我想说的是，手里拿着这个，许多读过这本书的人估计我现在该哭得稀里哗啦吧，可是这话我不敢说，所以我喃喃了几句关于我在现场碰到的所有书中人物，又讲了我从家里搬出来那时候随身带着并阅读的都是什么书，都是其他被提名人的作品。的确，罗伊·雅各布森那年出版了《新湖》(*Det Nye Vannet*)，而我读过的第一本弗勒格斯塔的书《波特兰谷》(*Dalen Portland*)，也是我当时买的。我感谢琳达，说她是我遇到过的最慷慨的人，很高兴我说的时候没哭出来，当我对琳达说这话时，声音有一点点嘶哑，因为她从那时开始就从下面迎着我的目光。然后我走下去坐下了。我其实一千倍地希望弗勒格斯塔才是那个起身上台拿奖的人，他也能有尊严地接受奖项，我猜想，肯定和我完全相反，这个满心羞愧耻辱，恨不得钻到地底下的人。结束后所有人都去了附近一家很大的爱尔兰酒吧。我和琳达和弗雷德里克以及他的几个同事坐在外面后院里，雨水滴滴答答沿着墙和帐篷支柱流下来，也不知道那具体叫什么，那种把临时屋顶撑起来的东西。弗雷德里克在我和琳达在一起的那个夏天就已经见过她，他和谢蒂尔和理查德一起来我们家做客，我们都醉了，所有人。他们坐在一起聊天，我盯着外头喝啤酒，有时回答坐在那儿的其他人问我的问题，因为突然间，我变成了一个大家对其提问的人。一位知名作家走过来了。我们打招呼，我难堪而感动，因为我知道他不喜欢我写的东西。他也提到了这点，还带着自我嘲讽的意思，这让场面更难了。但是他不是光过来打个招呼祝贺，他是来聊天的，他至少用了五分钟来调整和我以及我的书之间的关系，就好像他不能直截了当地说他不喜欢它们，它们真差劲，真的，也不能干脆闭嘴不说，从他嘴里出来的东西，根本捉摸不出来是什么意思，因为我不明白这些话附着在什么东西上。也就是他为什么要这么说。说这些话大概出于人情世故，得先清理掉一些障碍我们才能在一起交谈？又或者出于某些他以为很重要的美学考量，必须要摆在台面上说清楚，以使我不至于从任何其他非他本意的立场来理解他的话？他在那里站了相当长的时间，以至于他的角色已经悄然从来打招呼的人变成了在桌边有位置的人。他挺招人喜欢的，但是他为什么站在我的桌边？他喜欢我的书吗？显然不是。他喜欢我？也许是，也许不是。但是，假使我是一个藏在挪威西部某山谷里偷偷摸摸做着自己事情的作家，而这位低调的作家又没有被公认为同时代人里最好的作家，他走过来打招呼的概率，就会很小，我猜。那么他就会在那儿站着不动。我也会那样。

有一次，我和一位作家及其丈夫在餐馆里坐在一张桌边聊天，是在某个挪威小城的一个文学日上，而拉尔斯·索比·克里斯滕森也在同一张桌上坐下了，我就开始看着他，而没有完全听着她都说了些什么，而机会一出现我就立即向他介绍了自己，我们在英国好像是同一个出版社呢？即使我看到我正在与之交谈的她也注意到我投向索比·克里斯滕森的目光，并精确地明白了我在想什么，我还是那么做了。如果要挽救这个局面还不算太迟，但是想和他有实质交谈的欲望胜过了我给人留下差劲印象的自知。在这个活动里，会议主持人和我被另一位作家的妻子骂了，因主持人在介绍我的书时比介绍她丈夫的书时花了更多的时间，显示出更大的热忱。作家圈子里这样的文学作品能达到的最高与这些最低、最简单的相混杂，再典型不过了，这也不是那么奇怪，很少有其他地方会有人投入那么多的自己，以获取那么少的回报。我的处女作出版那年，我在一个深夜与埃里克·福斯内斯·汉森坐在一个旅馆房间里，光是和他交谈就让我受宠若惊，尽管自从他作为毛头小子出版处女作《猎鹰塔》(*Falketårnet*)后我就再也没有读过他，《猎鹰塔》还是我上高中时读的，我偶然提到《流浪者》，这就像在他面前挥舞起了一块红布。《流浪者》！他几乎喊起来。他已经卖掉了几十万本书，这些书在世界各地出版，他在哪儿都有很好的评论，唯独《流浪者》上没有，他们几乎没把他当作家，这本一丁点儿大文学期刊在现实里由出没在奥斯陆东部几家咖啡馆里的几个年轻人组成。他鄙视他们。那只是云里雾里的玄谈和学院智识主义。为什么？他没有说，但我觉得他们的不认可可能起了一些作用。当我的第一本书开始销售时，我所担心的就是这状况。救命的是有一段时间我加入了《流浪者》的编辑部，战略上来看这相当完美，因为那样的话我就同时是既大众又小众的作家了，我在那儿像鳗鱼一样逆流而上，一路遇到了越来越多名字，直到我最后在这雨水淋漓的秋夜坐在了奥斯陆一家爱尔兰酒吧，名字们冲着我来了。克瑙斯高已成为一个商标，一个标志，在那年秋天的报纸上到处都是，我现在留意到重复里有着何种的力量。人们看过来，人们在开口前先说声叨扰。人们不敢开口。

人们喝醉了朝我走过来。这些都很值得注意。这不是因为我写的这几本书，因为它们都那么芸芸众生，两个儿子埋葬了死去的父亲，沮丧的小娃父亲为读者把自己脱得精光，这是因为名字，以及在其中能填进去的一切。

我喜欢那天晚上那位著名作家走过来并站在我们的桌子边。它给了我一种权力感。那种感觉里包含的是，我说什么都行，什么都不说也行，都没有关系，对什么都不会有影响。我第一次见到他时，我是他的课堂上一名写作学院学生，当我第二次见到他时，我是一个大学生，带着一丝傲气，因为行走四方采访遍了挪威所有著名作家。为了让我真的值得他付出时间，我不得不极其卖力；我采访他时已经为此准备了几个星期，其他什么都没做。想出的这些好的，聪明的，知性的，有价值的问题，我几年后才明白过来，它们完全透明的，让我宛如赤身裸体，还不仅是我这次对他的采访，和其他所有人的会面也都如此：研究生，教授，作家，编辑和新闻记者，因为我是如此极端地势利眼，对方的名头越是响亮尊贵我就越是卖力，哦，那时，布维克教授不仅仅记得我的名字，还在讲课时对我提了一个问题。我第一次见到容尼·哈尔伯格[1]，托内·霍得内博[2]，亨宁·哈格吕普，埃尔里德·伦登，图勒·埃里克·隆，英瓦尔·安比约恩森。塞西莉·洛维德（Cecilie Løveid）。奥拉夫·H·豪格，玛丽特·克里斯滕森（Marit Christensen）。厄于斯泰因·罗特姆（Øystein Rotem），谢尔坦·弗勒格斯塔，奥勒·罗伯特·孙德，

[1] Jonny Halberg（1962—），挪威作家、戏剧家，1998年任《流浪者》编辑。

[2] Tone Hødneb（1962—），挪威作家、抒情诗人。

耶奥格·约翰内森，谢斯蒂尔·霍尔门（Kjersti Holmen），阿澜·卢，阿斯内·塞厄斯塔（Åsne Seierstad），威廉·尼高，谢蒂尔·罗尔内斯，埃纳尔·厄克兰（Einar Økland），弗罗德·格吕腾，特隆·吉思克（Trond Giske）。我已经明白，我处理这个问题唯一的办法就是装着它没有任何意义，而你是绝对抗侵蚀的，而你以你安静的灵魂期待着这次会面，并希望有人会注意到这一点。直到我坐在那里，我才意识到，存在着一种运动和一个目标，当一个名字突然具备了如此分量，以至于其他人在我面前表现得就像我之前在其他大名鼎鼎的人面前那样。这并不是我不明白他们在做什么，我对这一套太清楚了，对这低级的，人性太人性了的逢迎之术太心知肚明了。因此我也清楚这一切和我没有什么关系，因为我还是同样的我，这些年来我都对此表示不屑，通过像那些品性精纯的人行事那样行事，我表现得比以前好了一些，然而这只是腐败更高级的一种形式而已，我还是一样的。唯一变了的是这名字，和这名字捆绑在一起的形象。我出场朗读的酬劳一直是一千五百克朗，现在突然得到六万克朗登台四十五分钟的邀约。我谢绝了，不是因为我不想要钱，而是因为我想要更有价值的东西，也就是正直；不是因为我是个有正直品性的人，而是因为我是个双重腐败的人。是的，我如此腐败，以至于我不再在乎《流浪者》对我写的东西什么态度，因为在价值体系里它已经过了在乎这事的阶段，而这价值体系是我唯一在乎的事情。就是这样。我已经两次卖掉了我的灵魂，但也没有更糟，我那时已登上顶端。你知道你想登顶，沐浴在那儿的光芒里，但那时你并不在顶上，因为到了顶上时人想保留的只有其正直，那时你就会对这些说不。对报纸说不，对电视说不，对公司和表演说不。只有当你能对顶端说不时，你才到了顶部，但这也不是最终的顶峰，因为还有那些真的什么都不在乎的人，他们毫不妥协地独坐在山谷里某处，写下了坚信的、愤怒的，毫不妥协的文字，关于，比如说，作家的顶峰是否值得一提，他们没有把这些文字寄给什么出版商，而是将其埋入森林，然后着手下一项工作。

这晚结束后，琳达和我挎着胳膊回到酒店，我一手拿着那尊小像。她饿了，我去一家 7-11 便利店给她买了点吃的，回去的路上我突然开始大笑，它也不知道是打哪儿冒出来的，我停下脚步，转身冲着墙壁。哈哈哈！我笑了。哈哈哈！然后，我继续穿过雨水和黑暗，越过闪闪发光的沥青路面，朝着那家酒店走去，萨伏伊酒店（Savoy），我又停了下来点了根烟，我睡觉前最后一支了。我不知道自己在笑什么，但是想到这个又让我笑了起来。哈哈哈！哈哈哈！哈哈哈！

我走进房间时还在咯咯地乐着。琳达睡着了。我坐在床上，把手放在她的额头上。你想吃点东西吗？我说。但是她已经完全陷进了她灵魂的暗处了，所以我把椅子拉到窗边，坐下来吃买给她的食物，喝了一瓶百事可乐，看着窗外，看到落下的雨水，挂在外面一条横跨过马路上空的细细电线上的路灯，在风中前后摇晃着。

* * *

2010 年 5 月下旬的一个周末，我租了一辆车，开车去了马尔默郊外的社区园圃，去处理那边的一团糟。琳达已把小屋产权挂牌待售，已经安排过一次开放日看房，但没有人有兴趣，也难怪，我们没有采取任何措施来掩盖小屋的破败。这种让那儿的一切都见鬼去吧的念头，已经在我这儿沉甸甸地潜伏了很长一段时间。眼下，当我驶过最后一个环岛，进了社区园圃区，它往两个方向伸展，由数百个带有小花园的小房子组成，几乎所有房屋都被精心维护着，而我这念头就比以往任何时候都更沉重，而与此同时，我已经来到此地并马上就要着手解决它的这一事实,就让我心里有了某一种光。不是燃烧的也不是闪耀的，更像你在森林里不经意瞥见的那种光，它带来的那种期待。

下一次看房就在明天，如果我把最差劲的地方处理好，那么有什么人会上钩也不是不可能，因为买这种地方的人，他们会买就因为他们喜欢干这一类活，甚至会觉得这些破败里有一些吸引力呢；这样他们就有活干了。

天空是灰色的，有点冬天感，我沿途看到的这些人，几个骑自行车的孩子，一个推婴儿车的女人还拿着沉重的 Coop 超市口袋，和这天空似乎毫不相干，这一点打到了我，当事我正以时速三十英里开过去，他们就像海底的螃蟹那样和海面没有任何接触。树木的叶子刚刚萌发，但是没有阳光就很难将它们与春天总是伴随着的生机联系在一起。

我挂上了更低的档，拐进砾石铺就的一个大停车场。我的胃已经痛将起来。这是一个你被观看的地方，不看你的过去，不看你的现在，就看你看起来的样子。在这里，我是一个有着油腻长发，留着络腮胡，穿着黑色旧衣服，目光狂野，肢体语言紧绷的男人，而这些流浪汉气息和我们的三个孩子一起出现时，我透过社区园圃其他居民的眼光看过我自己有的这些东西，我所有内在安全感和尊严就彻底消失了。假使有人打电话给儿童福利保护组织，请他们一定要来把孩子们从这个可怕的父亲那儿解救出来，父亲可能是吸毒者，不管怎么说看起来很可疑，那么我就得为自己辩护，我会觉得他们还是说中了什么，让我只能半心半意地为自己辩护。

我一直把车开到另一端砾石路前的路障杆那儿，停下车，走了出去，把路障杆的锁打开，转到一边，又坐回车里向前开了几米，走出去把路障杆复位，继续这些小房子之间以爬行速度行驶着。碎石头在轮胎下咔嚓作响，汽车像一辆童车那样在这狭窄的运河河道般的砾石小道上滑行，篱笆复篱笆，最后我停在我们的小屋前停下。它不像其他房子那样光洁锃亮，而是被一层发绿的，不是藻类就是菌类的东西覆盖着。它也没有像其他家那样按照规定不得生长：里面的树篱蔓生枝丫既从栅栏的裂缝冒出来，还长长地超过了栅栏的顶端。

我熄了引擎，拔出车钥匙，留意到了上次放在栅栏上的那个标志。白底蓝字地写着待售。我打开车门，站出来，再砰的一声关上车门。空气凉爽地落在脸颊和手上。砾石被杂草盖住了，这又违反了这里的另一个规定，我一看到它就胃疼。我希望我有这个能力让这一切都见鬼去吧，见鬼吧，这被裹挟在这些坐着守卫彼此花园的白痴们中的漫长游行，这些皱巴巴老东西的愚人帮，脖子上挂着预备装狗屎的塑料口袋，除了对错是非以外脑子里装不下任何其他东西，在经历了漫长而独特的一生后，要把他们最后这些年，最后这些日子全部用来保持草坪的规整，如果别人没这么做他们就怨气冲天。我希望我可以让他们都去他妈的，但我做不到。事实是，我怕他们，我宁可讨好他们。

我打开门，走进花园。

她怎么能不修草坪呢？花床里枝蔓横生的确是桩活，要几个星期才能打理好。但是草坪？还是她卖房时脑子里都在想什么呢，是第一印象并不重要？还是他们会透过这里无人料理的凄凉景象认为这地方倒也不错？

我转过身来。在另一端的玩偶房子的窗前站着那个老女人，窥视着我。她丈夫以前是这里委员会的主席。他的职责是让这些园圃业主去做他们该做的事。因此，一个星期三夜晚，在几天沙漠般高温后，我坐公共汽车出城来这里给草坪浇水，他溜溜达达地来到了我们篱笆前，似乎是偶然地，总是偶然地，问我知不知道今天是周几。知道啊，这我知道，我说，难道不是周三吗？是啊，就是这样。你知道，我们这里在浇水方面有一个体系。奇数门牌号每周一、周三和周五浇水，偶数门牌号周四、周六浇水。你家是多少号？我不得不承认我们家是偶数门牌号，现在没有资格浇水。因此要么坐公共汽车回家，要么和他对着干，在小屋后的花园里没人能看见我的地方用低低的水柱浇。不用说，我后来就是这么做的，当我坐在台阶上抽烟时很担心会被他发现。还有当我们这帮人星期六下午过来，准备在这儿过夜，星期天回去，我可能心底还打算罕有地割一下草。是谁纯属偶然地走到了我们的栅栏旁边，如果不是主席还能是谁呢？我听到你在割草？他说。是啊，草已经高得可怕了。是啊，他说。但是周六下午四点之后到周一早上，这里室外都不允许使用会产生声音的机器。这能让我们这里安宁清净那么一点。不过嘛，你，今天晚上割，下次你就知道了。是的，谢谢！我说。你真好！

然后还有他们例行巡查后放在邮箱中的纸条。是一种固定的表格，他们在各种他们看到的不同事项后画勾。

我绕过那个屋角，好离开邻居的视线，然后在台阶上坐下，点了根烟，试图汇总一下所有必须要做的事。来自通向丹麦的高速公路的一阵微弱的烈烈呼啸停留在空中，空气也托起了来自附近足球场那闷闷的踢球声和喊声。我从来没见过那足球场，除了那些每晚都会亮起的灯光，在秋天和冬天的日子里，它像一个发光的停机坪那样躺在这黑色平原上。

那个秋天和冬天我一直坐在这里写作，这偌大一片区域里只有我一个人，从停车场旁的一个大水箱里取水，去几公里以外的一家超市买东西，一页接一页地写，这么写上三四天再回家，在家待几天，再回到这里。在这里我置身于所有关系之外。没有报纸，没有互联网，没有电视，没有收音机，只有一部手机，而没有人有这个号码。这里一个人都没有。在傍晚和深夜，一只刺猬在花园里漫步，有时候，如果我坐着一动不动，它就会用嘴捅捅我的鞋。在白天，就是鸟儿们。带着毛线帽子和连指手套坐在电脑前，膝盖上盖着夹克或羊毛毯子或被子。在这冰冷台灯光里，呼出的气像烟雾一样竖着萦绕在我脑袋周围。我写了童年，写了青年时期。和盖尔通电话，我给他朗读我写的内容然后讨论，和琳达通电话，琳达的母亲来帮她带孩子，还有当孩子们在幼儿园里的时候，她永远不知道自己该做什么或者怎么做。我知道，在她面前展开的时间，带来的与其说是新的可能，不如说是惊吓。自很长一段时间以来就是如此。她曾经申请到某机构里的工作室位置，但很害怕去那里，曾经逼着自己去了几次，但是一连几个星期都不去一次。

那是一个不错的办公室，她的写字台上有带音频编辑功能的苹果电脑，旁边放着孩子们的照片，书架上有带来灵感的书籍。有一次她把海蒂带到那里，海蒂为能去妈妈工作的地方而深感自豪，她和其他人打招呼，坐在那儿画画，我看到琳达回家时多么幸福，因为这一天她和别的家长一样，带着孩子去工作的地方，向同事展示孩子，向海蒂展示了她的工作。尽管如此，她去那儿的时间还是越来越少。

在琳达身上有些东西让她消沉，有些东西使她振作。她必须与之抗争，因为当有些什么让她消沉时，一切都是黑色的，无望的，当有些什么让她振作时，一切都明亮而充满希望，它浸染了一切，她的整个存在也因此不断在激烈地改变着性情，虽然这存在本身没有变过。

当我第一次见到她时，她正在上升通路上，那时它不肯停止，没有转弯，只继续前进，没有边界，她不睡觉，白日无法穷尽，终于有个女友到公寓里去找她，她蹲在一张桌子上，在数数。琳达身上有星星，当它们发光时，她就闪耀起来，但是当它们不发光时，夜晚就一片黑暗。她在医院里住了一年多，当我再见到她，我们在一起了，不久她就走了出来。我们几乎马上就有了孩子。我从来不想着她生过病，我并不害怕，这种信心也许让她有可能考虑生孩子的事，或者至少这个决定更容易做。

在助产士那里，她不得不在所有表格上关于精神疾病那一栏打勾，我看到了这如何影响着她们看她以及我的目光，即使她现在一切都好。她的情绪随周期而变化，她消沉然后振作，但是一直都在正常范围内，我从来就没多想过这些，她就是这个样子，性情大起大落，我的感受从来没有落在她高兴时的喜悦或是她消沉时或突如其来暴怒时的阴郁，而是落在她身上，她所说的或者所做的。

她试尽了一切能稳定情绪的办法，因为这种持续的变化也对她造成极大的消耗，以及我们的生活也大不一样了，和不久前我们的生活相比，多了孩子以及随之而来的所有责任，无法控制的感觉绝对是最糟的。她比什么都担心混乱。所有能让她想到越界的东西都让她怕得要死，因为在她起起伏伏的时候，其他的一切，我们所有的，这个家，必须得是尽可能地牢固结实。任何东西都可能威胁到它。我把时间花在写作上，也是对它的威胁。她知道这是我的工作，也知道这对我的意义，当她状态好的时候，这些一点问题都没有，直到那种消沉再次进入她内心，恐惧到来了，这时这事就会成为一种威胁，而她无法对抗那不会餍足的恐惧。

她怀着万妮娅时特别坚强，她怕失去她怕得要死，对等着她的责任也怕得要死，在大爆发里把所有的焦虑都释放出去了。我则把注意力和感受转向了那些爆发，我认为那很不可理喻，同时我也害怕它们，它们是如此暴力，我不太适应如此强大的内在力量；我长大的地方，那里一切都被控制好并合理化了。万妮娅来了，清净退却了。琳达去上学，海蒂来了，我们搬到了马尔默，约翰来了。工作量非常大，但是我的工作本身没有成本，不管是做什么；而在家里要做的任何事情也不会造成开销。把这些活干了就行了。我从自己身上阅读着世界，并希望琳达也咬紧牙关，一道忍受。

她有什么呢？

她有电台专业的教育背景，但是距她毕业已经很长时间了，自那以后她还没有制作任何广播节目，这是从业的门槛，打电话给电台并说她有一个点子，每一天都在进步在发展。她也买了麦克风和编辑软件，仅此而已。

她也有她写的一些东西。最早的那些文字是在我们初次见面之前很久写的，最新的那些则是她去年写的。它们好得惊人。她把它寄给她以前的出版社。它被拒绝了，他们说，在图书行业如此艰难的时候，短篇小说是很难出版的。没有市场，他们没有钱。她把它寄给另外三家出版商，其中两家根本没读这个集子，第三家说了不。我的两本小说出来了，第三本也已经就绪，我在写着第四本时，琳达打电话给瑞典广播电台，介绍了她的一个纪录片的点子，这是一大步，也是一个转折点，因为这一通谈话有了下文。制作人想见她，他们见面了，她相信了琳达。这次应该会出些成果。她们制定了工作计划。琳达兴奋起来，洋溢着精力和灵感，孩子们睡下后我们坐在阳台上谈论她应该做的一切。她去斯德哥尔摩采访将瑞典宇航员富格莱桑（Fuglesang），再从那儿继续去诺尔兰省[1]（Norrland），那儿有一个商业空间站，她去参观了那里，采访了那里的工作人员。

这部纪录片缘起兴登堡飞艇的最后一次航行，她有次偶然看到当时一份瑞典报纸的一些剪报，上面说飞艇上有名瑞典记者，他每天多次以电报传送对这次旅行的报道。飞艇着火并在大西洋另一侧烧成灰烬，他也就死了，就在飞艇即将到达此行目的地之前。这是一个独一无二的故事，将被用来和太空旅行历史做对比。

为了这次报道之旅她离开了八天，从酒店房间里热情洋溢

---

[1] 瑞典最北的省份。

地给我打电话。她坐了狗雪橇，去了一家冰屋旅馆，在一片充斥太空飞行器残骸的地区漫步。她与很多人交谈，和他们约时间，这看起来好像她成了他们的朋友，因为她提起他们时说起的很多内容，只可能是在有着某种信任的情况下告诉她的。

电话那一头响着她热切而活力满溢的声音。我坐在阳台上，戴着帽子穿着夹克，抽着烟。孩子们睡了。我感到一种朦胧的不安。这感觉就像我和她有点接触不良。

“我走遍了那个地方，那里很大，完全被雪盖住了，到处都躺着很大金属部件。那是一个太空公墓。想象一下，卡尔·奥韦。”

“这听起来不错，”我说，“你在那儿采访过什么人吗？”

“不，我只是拿着麦克风走来走去，说着我看到的东西。但是我知道这肯定会出彩。那里真是太神奇了。”

“是的。”

“现在这里全是星星。你能想象这里的天空是什么样吗？”

“你明天不是要早起吗？”我说。

“是啊。还有冰屋旅馆里那个男的，顺便说一句。对不起，趁我还记得的时候我得说一下，他说我们绝对要一起来这里！我们可以有个免费房间。”

“一家冰屋旅馆？得了吧。”

“在这北方非常特别的，你知道。它是魔幻的，从某种意义上说。”

“是啊。不过，我想我可能马上要上床睡觉了，如果想明天早上能好好应付孩子们的话。”

“是的，我明白。晚安，我的王子。我爱你。晚安。”

她回到家，还因她所经历的和即将要做的事情而兴奋着。她写了脚本，想法是根据这新闻纪实报道来戏剧化那次飞艇之旅。脚本通过了，预算也制定了下来。琳达去招募演员，做导演，录制。她早上7点去上班，傍晚6点回家。她像是变了个人。之前我只见过一次她如此勤奋地工作，那是在戏剧学院（DI）的制作人课程毕业考试期间，那时候她尽了全力。但这是不同的。现在好像她把自己一切所有，把她的整个存在，都押上去了，就好像要么现在，要么永不，不仅是为了这部纪录片，而且是为了她的一生。

她工作的第一个星期的周五晚上，孩子们睡觉后我们昏昏沉沉地坐着看电视。

“你明天带他们吧，对不对？”她说。

我看着她。

“为什么？你要去哪儿？”

“工作。”

“你周末也要工作？”

“是啊，当然，”她说，“这很重要。要赶截止日期。”

重要？截止日期？

有什么在我体内沸腾起来。我看了几秒钟电视屏幕。然后再次转向她。

“但是亲爱的，”我说，“你从来不允许我在周末工作。因为我们全家人在一起做点什么才是重要的。我七年来没有一个周末是在工作的。而现在你突然就要这么做了？”

“哦，你太小气了，”她说，“你小气得不可思议。”

“但你有工作时家庭这些事就不重要了？”

她站了起来。

“你要去哪儿？”我说。

“去睡觉，”她说，“我要早起。”

我还在那儿坐着，听着她的脚步在走廊上逐渐消失，心里想的是跟过去，把这事抹过去，但是内心依然在翻腾，就是交谈也不会有什么好话。此外我真的很高兴看到她如此精力充沛，意志昂扬，从长远来看，它也打开了我以后在周末工作的可能。

我就是这么想的。这究竟还是很好的，这才是事情本来应该有的样子。

她第二天一大早就起床，骑车去电台。周日我们所有人一起去了城堡公园，沿着我们穿越城市的路线，走到第一个游乐场，这个游乐场只有旋转木马和一些高大的落叶乔木下的滑梯，夏天时的树冠像某种屋顶，然而现在则光秃秃地刺入灰色天空，然后去第二个游乐场，它位于公园另一侧，与一个大型住宅区域接壤，我和琳达肩并肩地站在风中，看着我们的孩子们穿着红色的风雨夹克跑来跑去，她显然在往下坠，几周来她第一次向内转向自己。回家后，孩子们看电影，她在休息，我坐着看周日报纸。如果她不是答应了要做这些工作，有时间表和预算——这些也是一个相对较大的节目所该有的，她下周本可以在家，躺在沙发上看着劣质电影，把所有那些黑暗的和恶劣的睡过去。可是现在不行，她必须工作。星期一早上她起得很早，我管孩子们的时候她已经准备停当要出门了。当我在放衣服的架子上乱翻着要找约翰可以穿的东西时，她关上了厕所的门。她在里面崩溃了。这持续了几分钟。然后门开了，她出来了，走到挂着夹克的架子上，穿上她那件黑色皮夹克。

“你吐了？”我说。

她点了点头。她的脸煞白。

“但是现在我走了。咱们下午见。不太确定我什么时候能回来。也许6点。”

她拿起包走了出去，而我继续料理孩子们的事。当他们被送到幼儿园后，我坐下来继续写第四部，整整一天，接他们，做晚饭，琳达回家后我和他们一起吃饭。她似乎已精疲力竭。第二天早上，同样的事情发生了，她上班前又在厕所里崩溃了，次日又如此，之后又如此。我觉得她在某种程度上夸张了，这只是一份工作，但我不能这么说，而且这么说也根本就不对，这对她来说不仅仅是一份工作。在这五年里的三次分娩后，在这只有孩子和养育孩子的生活里，以及过去一年里的一些弱弱的让自己重新自立起来的的尝试之后，这一次是她的大机遇，一个她将能在此证明自己价值的所在。假使是她想对其他人证明这一点，我就会对她说放轻松，这并不重要，可是这回她要向其展示能力的，是她自己，是她能做成，而对此我就什么也说不出来了。她早上呕吐，去工作，晚上回家，自信一天比一天少。她的母亲南下帮我们，我就可以把更多时间用在写作上。

星期五下午2点，我听到外面的门开了，就出去看看是谁来了。

琳达站着，垂着头脱下外套，没有看着我。

“你这是回家了？”我说。

“这做不下去了，”她说，“我做不了了。”

“你在说什么呢？”

她哭了。

“我在控制室里崩溃了，”她说，“我明白过来我永远做不成这个。就是没办法了。进行不下去了。卡尔·奥韦。”

她走进卧室。我跟着。原来是制片人要她回家好好休息几天。制片人很严格，要求多多，她已经了解琳达的能力，知道她能做到什么，但也许不知道她有多脆弱。

“我做不到，”她说，“对我来说是惨败。”

母亲走了过来，在门口停下，看到琳达在哭就往后退了一点。

“你确定吗？”我说。

“我没有办法去完成它，”她说，“而现在几乎不剩多少时间了。无路可走。没有可能了。”

这太糟心了。在她把所有都投入以后的一次挫败，没有比这更坏的事了。

“那么，你能不能用简单一点的办法？走些捷径之类？”

她没有回答。但是那天晚上孩子们上床睡觉后，她问我能不能听听她现在有的这一小部分。我说我当然愿意。实际上这是我最不想做的一件事。我自己失败没问题，但是我真受不了看到别人失败。

她把耳机递给我，然后按下播放键。

这很不错。它当然很不错。那只有一点点，但这一点点是好的。

星期一她强迫自己回去，脸色苍白，咬着嘴唇。她的广播节目已经变复杂了，比她原来的设想要大很多，当制片人说此路不通，这个节目要彻底返工时，她又崩溃了。像上次一样我以为这次真完了，她真的不能够了，这事就过去了。像上次那样她又回去了。

有一天，节目做好了。我得到邀请，作为某种试听听众来到电台，我们坐在马尔默广播电台一间敝旧的工作间里，两位制作人，一个技术人员，琳达和我。

我几乎因听到这个节目而愤怒起来。它不可思议地好。我信了琳达，她说这是一场灾难，她之前也没有给我任何理由让我认为还有其他可能。

之后，她崩溃了。接下来的几周比平时都要长，她陷入了她那黑暗的暴虐中。她轻声啜泣，看电影，当只有我们两人时她说话比平时少。面对孩子们她奋力让自己像平时的样子，我看到我自己带孩子们出去时她如释重负。她说她再也做不了广播节目了。但随着黑暗散去，光明开始充满她，她的世界日益轻盈，她开始整理起关于其他纪录片的想法，她一条腿已经迈进去了。

我在社区园圃小屋里夜以继日地工作了一个星期后，完成了第四部，第三部也出版了。我之前寄送过书稿的所有老朋友读到那段时期都很振奋，都给了同意的许可。我收到了我最老的朋友，盖尔·普雷斯特巴克莫的一封热切而美好的信，我已经三十年没见过他了。他描述了一些他还记得的场景，其中一幕是，我们站在船屋里，在雷暴天气里握着一条水管，因为我们听说闪电不会打进橡胶里。这封信里的性情和语调完全就是我记忆中的他。达格·洛塔尔（Dag Lothar）和我在电话里交谈过；他提醒我我们那次关于润喉糖的颜色和味道之间关系的讨论，还有那年夏天我们一起骑车经过艾德港（Eydehavn）去打网球。这感觉就像我以某种方式把我们的故事给了他们，而不是把这些故事拿走了。这感觉很好。每个人都邀请我下次去南边时到他们家去。在第四册这儿又出了问题。我没有使用实名并把书稿发给每个人，而是用了虚构名字，就这么出版了，我再也受不了一场新风波了。但是人们为此很生气。我用八个星期写了第五册，因为那个时候我真的什么都不在乎了，同时我也找到一种语调，使我想起我写的那个年龄段里读过的那些文学作品，我自己想来这就是我二十岁时想写而写不出来的那种小说。

现在我做到了。最后一周琳达和孩子们以及海伦娜和她的孩子们一起去特内里费岛（Tenerife），我则伴随着冬奥会完成了这本书，一个人坐在沙发上，在诺图格（Northug）或者瑞典体育评论员口中的“狼”获胜时大声欢呼，然后我走进书房继续工作。这本书完成后，我把它发给我写到的人们。有些人生气了，以为我毁了他们的生活，他们的名字都改掉了，有些人要求我删除一些情节，因为它们涉及很多我那个时候并没有意识到的危险的东西，还有一些人说我应该保留一切。说这话的是托妮耶，这本书里最重要的人物，除了英韦以外，她说，就保持一切不变吧。我请琳达别读这本书，因为读到和她以外的一个女人的爱情故事会很不舒服。我以同样的方式，但出于不同原因，请求妈妈不要读第三部。当她读完第二部后，她给我发了一条短信，说书里写的确实让痛苦减少了。当她读完这第四部，她给我打电话，怒不可遏，我写的东西里有些绝对是不正确的，那是关于我们一起住在桑内斯的房子里时在我们之间发生的事，与酒精有关，要么是我完全误会了，要么是我编出来的。我把它删掉了。每日综述（*Dagsrevyen*）过来给我做了一个采访，之后我回到家里，我躺在床上，简直不能动弹，我备受焦虑的折磨，它会在周六综述里播出，整个挪威都会看到，而我刚才几乎说不出连贯的句子。

就在摄影机对着我的脸的时候，采访者给我看了一本杂志的封面，上面写着“克瑙斯高入门”，我这才意识到，在挪威已经发生了什么关于我的事，而我对此完全没有概念。这事闹大了。我领会到这一点是在圣诞节前去奥斯陆，我进了一家书店做签售，那是一个事件了。在场的有电视台的摄像机，电台的麦克风，各种照相器材，书店里挤得水泄不通，我坐在签名桌前，麦克风快顶着嘴了，面前的队伍没有尽头。签售活动后，我去了文学之家，在最大的那个厅里，所有票都卖掉了，又加了一个厅，在那儿支起了视频转播屏幕——也满员了。托雷采访了我，我们做的事和在奥达做的一样，但是那个时候势头才刚刚开始，现在这有点歇斯底里了。当一切结束，我朝后台房间走去，就是那个新闻记者跟随我的，一遍又一遍地问我有没有和一个十三岁的孩子发生性关系。之后，我和托雷及其女朋友出去了，我们喝得大醉，回酒店的路上，我在 7-11 便利店看到了当天报纸。《日报》用我的照片做了头版整版。我已经签售完毕。这绝对是不真实的，梦幻般的，就没法和我自己联系起来，因此马尔默郊外的社区园圃小屋，我一回家后第二天就动身去那儿了，作为藏身之处和写作之地的分量是一样的。一切像从前一样，坐在电脑屏幕前。在那里住了三天，回家和家人一起，在幼儿园过圣露西亚日，圣诞节一屋子人，然后是除夕。出城去社区园圃小屋，回到家庭里。没有采访，没有报纸，没有电视，我整个秋天就这么度过，然后整个冬天也如此度过。《每日综述》是个例外，因为我的第一册小说得到了一个电台奖项，这个奖会在马尔默颁发，所以我不得不接受采访，然后《每日综述》问他们是不是可以一起。因为我反正是要接受一个采访的，所以我觉得也没关系。当我坐在那里，坐在一张椅子上而摄影机对着我的脸时，就好像我对于那些已经发生的而迄今为止依然没有搞明白的这些事的焦虑，就在此汇集在了一起，就在这一时刻。

采访后，我躺在床上，如此恐惧以至于动弹不得，我一听到琳达进了家门就喊着她的名字。

“琳达！琳达！琳达！”我喊道。

她朝里面走，停在门口看着我。

“你今天必须带孩子，”我说，“现在到晚上余下的所有时间。我不能，我得躺着。”

她点了点头。

“没问题。”她说，

我看到她很高兴能对我展现关怀。她出去接孩子们后，我站了起来，打开电脑，它终于能上网了，我整晚都躺在那儿看关于第二次世界大战的一组系列纪录片。它的图像材料非常独特，许多日常图像，世界的坚固和不可动摇在战火的肆虐中闪耀着光芒，以一种完全别样的方式让它现实了起来。当琳达进来睡下时，我已经睡着了。

复活节我们去了斯德哥尔摩，在一家酒店订的套间，因为我赚的钱已经足够支付这些，重点在于我那几天里要开写第六册，琳达和孩子们则会去拜访她母亲，和她去各种地方，比如六月坡[1]（Junibacken），斯堪森民俗博物馆（Skansen）和文化中心（Kulturhuset）的儿童部。但事实并没有按计划进行，琳达情绪低落，一个人做不了这些，几个小时后就打电话问我能不能来，我去了。期间海伦娜和弗雷德里克邀请我们去他那美丽的房子做客。我们搭火车去了乌普萨拉，他开车到那儿接上我们。盖尔和克里斯蒂娜也在那里，在我们被周围展示一圈后，我们在室内坐下聊天，而孩子们在外面玩耍。琳达情绪高涨，如此激昂以至于我都不能好好地和她交流，她已经漂浮到九霄云外去了，一切都棒极了。我知道她其实很沮丧，而我真的恼火，我讨厌她这个样子，看起来那么夸张地喜悦，热切，对每个人都赞不绝口，但是这些并不固着在她身上。有一种虚假的意味。我清晰地注意到了这些差别，但是其他人没有，他们只是认为她迷人极了。当她这样时她也确实迷人极了，是所有聚会的焦点，但我并不喜欢。

我们又回到马尔默，我继续写第六部。目前它还不到二十页，但它也不会太长，计划是在六周内写完它。盖尔的书被拒了，它太长，词汇太丰富，所以斯巴达克斯无法对其做什么投入，莫尔文写道。这样两个大出版社和一家小出版社都说了不，我们不得不换一种思路。盖尔一直说事情必然会走向这个样子，这就是他从世上得来的经验，而我一直说肯定会有好结果，我的经验就是如此。一本具备国际水准的书，与在挪威出版的其他纪实书籍相比具有本质的不同，却不能被出版，这超出了我

[1] 斯德哥尔摩附近的儿童博物馆，主要展示和瑞典儿童文学有关的内容。

所能理解的范畴。你不会对《白鲸》说不吧，因为它太长，词汇太丰富，或者太不道德？

我打电话给英韦，问他想不想和我们一起创办一家出版社，给阿斯比约恩发了电子邮件，提出相同的问题，他们都对这个主意表示出盎然兴趣，于是我们成立了鹈鹕（Pelikanen）出版社，首要任务是出版《巴格达靛蓝》，然后想再继续推进，翻译我们喜欢的书，并出版它们。

在那些日子里我也开始将书稿发送给我在第五部里写到的那些人。那是我在卑尔根住的十二年。那段生命里的最中心的人物是托妮耶。在寄出给她的信前，我对着那封信坐了良久。

当你读到第一部时，你写道这是一幅精美的肖像，你也知道它可能在后来的叙事里改变，但是你还是予我双手以自由。你那时候就是这么做的，然后就发生了后来发生的事情—包括在你没能提前阅读的第二部里——现在一切看起来都不同了。你当时对其说“是”的，现在已经发展为完全不同的东西。当我写第五部时我想到了这一点，这就是为什么我几乎没有去深入地写你是什么样的人（对我而言），而基本只是通过这恋人的目光来描绘你。书中关于你的内容，你完全无须感到羞耻或害怕，你唯一犯的错（这毫无疑问）就是和我在一起。你可能会担心的，很自然的是报纸上会怎么写。大标题“克瑙斯高涉嫌强奸”可能真会出现。至于你可能会和这些事情产生联系，固然是可怕的。从另一方面来说，书里所有的责任都在我，你没有任何责任，所有读这本书的人，都一定能明白。如果你愿意，我可以改掉你从克里斯蒂安桑回家时那一幕，把出轨情节拿掉，这样你就可以很简单地说它在那儿结束了。

不久之后，我收到了扬·维达尔的电子邮件，他要和家人一起去哥本哈根，他们能过来看看我们吗？当然，我回信了，很高兴在这些年后能见到你。我用了一整天打扫公寓，购物和做晚餐。他们下午到的，扬·维达尔，艾伦和他们的三个孩子。我只见过两个大的,那时她们是小孩,现在她们已经是大女孩了。

琳达病了，打不起精神来见她不认识的人，所以她打了个招呼就走进房间。我估计扬·维达尔将其解释为一种抗拒，她并不真的希望他们在那里。

我们整晚坐着聊天。他一点都没变，一如既往地从容淡定。我们历数当时认识的所有人，扬·维达尔还住同一座城市，和其中许多人都保持着联系。我们还聊了我写的那些书，主要是关于它们引起的那些大惊小怪。扬·维达尔说，他一直拒绝接受采访直到事情到了某一个地步，对我的非议如此之大，到处都嚷嚷着对我不道德的指控，所以他就出去为我辩护。我知道，妈妈对我提过这个，我说我很高兴他这么做了。

如果说我十三岁时搬到那儿时曾经需要过什么人的话，那就是他，当我们坐在这间客厅里我这么想着，所有的孩子们都坐在另一个厅的沙发上看电影。忠诚，百毒不侵，周到，独立。他留下了，我离开了。他学会了弹吉他，而我从来没有学会过。他有三个孩子，我有三个孩子。那时我们之间的差异很小，因为你十几岁的时候，年龄是主导性的，在你眼前形成的世界也是如此，都是一样的。第一个和我一起喝酒喝醉的人是扬·维达尔。第一个和我去参加聚会的人是他，第一个和我一起去找女孩们的也是他。首先是从在一起聊这些话题开始，因为几乎所有的一切都是关于音乐和女孩，还有一起骑车去找她们，在我们各自的沙发上和我们各自的女孩一起坐着卿卿我我，听着就像是为此景而作的“险峻海峡”的《电报路》(“Telegraph Road”)。

现在这些之前的微小差异已经扩大了，但他还是以前那个样子，而我也还是和以前一样的那个人；差异就在于时间所堆积出来的一层层体验和经验。

那天晚上，扬·维达尔说了一件事，让我在他们离开后还坐在那儿想这。那是关于爸爸给他留下的印象。我和扬·维达尔是最好的朋友，在我住在那里的头三年里，爸爸也住在那里。扬·维达尔的父亲成为我生命里的重要人物，我到他们家里时，他总是很有兴致，也很平易近人，而爸爸对扬·维达尔来说什么都不是，爸爸影子一般的存在有时候会被他觉察到，他有时会看到，但是从来没与之说过话。他告诉我，有一次我刚刚放下自行车，爸爸就急匆匆地过来，为什么其他的事情对我一顿大吼。除了这个，扬·维达尔对他几乎一无所知。他知道他很严厉，估计我会怕他，但其实真的一点儿都不了解他。我们从来没有说过这事。这听起来还挺奇怪的。为什么我在那三年里就从来没有谈过爸爸呢？其他什么事我们都聊到过。也许因为这并不是可以拿出来说的话题。它是怎样就怎样了。也许是因为当时没有能去言说这些的语言。但是当这些既不是可以拿出来说的话，又没有能去言说它的语言，那它成了什么呢？我不认为我在想他。我只是把自己和他关联起来，和他比较，梳理他所说的和所作的，这一切的出发点是这么一种观念，即他所是所思都是不变的，差不多是某种权力，一种我生活所依偎着的东西。而我为此感到相当羞耻。一定是因为这样我才从来不与扬·维达尔谈他。我们还在青春期早期，那是一个人开始往上走的年龄，除了自己的家庭之外还有其他的行事方式和思维方式。

这样的话，我为之感到羞愧的就不是爸爸，而是我的生活方式。我自己已经不太记得他那些年的样子。对我来说，童年时期他的在场尤其清晰，而，从我十三岁到十六岁这段时间，他是模糊的，不清楚的，几乎不在那儿，直到我十六岁时他又全力向前，然后他和妈妈离婚了。

三年来他大部分时间都坐在谷仓一楼的厅里，而我妈妈和我则在房子里，而他进房子时，我也总是上楼去了自己房间。

没有朋友。没有社交生活。只有工作，晚上在家。周末偶尔去城里看他的父母。

当我们搬到那里时，他才三十八岁。他一定觉得他是自己人生的囚徒。而且他一定很寂寞。当我想着在那儿的他时，这就像某种阴影。

那套小说的第一册出版的那个秋天，我收到了博德市（Bodø）一个男人的来信，他以前认识爸爸。他对此没有多写，他的兴趣主要在把自己的生活写给我看，以及这本书对他的意义。几周后，我在奥斯陆的一家书店里签售，另一个人走过来，说他曾经是爸爸的同事，而且他是一位出类拔萃的老师。还有，扬·维达尔和他的家人来访之前不久，我收到了一封信，来自爸爸从小就认识的一个人。他写道，在读完了前四本书之后，他在想爸爸长大成人过程里的经历对他成年后的经历产生了多大影响，又对英韦和我产生了多大影响。他写道，他高中毕业后就与父亲失去了联系，当时他搬到了卑尔根，以后也就住在了那里，父亲则搬到了奥斯陆。他写道，他认识父亲的那个时期，父亲的生活里满满的都是对别人吹牛撒谎，而我写到的父亲这个特点，和他所看到那些比起来简直什么都不是。他写道，爸爸的父亲是个急性子，暴脾气，他控制儿子的手段相当铁腕，经常拧他耳朵，把他关在家里。他还写了一个情节，有次爸爸被一些同龄人围殴，他被扔下躺在地上，流着血，嘴唇裂开。

当我读到这些时，我想他从来就没有过机会。他身上有什么早早地就已经破碎了。

这是一种危险的想法，因为除了我们自己之外，没有人该对我们所做的事情负责，我们是人类，而不是被某些驱赶着我们的外力左右着，茫茫然东奔西跑的生物。如果是那样的话，自我就不是人性的，而是受制于被别人影响的威慑力，而做个好人就等于做个幸运的人。

爸爸在他母亲家的椅子上死去。房子里堆满了酒瓶，沙发上有排泄物，他的鼻梁断了，脸上沾满鲜血。他坐那把椅子上死去已有一天以上，而他的母亲在那段时间里也在那房子里。没人知道她当时做了什么。没人知道爸爸怎么摔断了鼻子，让脸上满是鲜血。但这就是事情发生的方式，这就是它看起来的模样，我现在完全肯定地知道这一点了。假如我因为这本书惹上官司，正如我的叔叔居纳尔一再重申的那样，我这里有一份文件可以作为证据。当我把它弄到手时，我顿时怒火万丈。我想我从来没有这么愤怒过。我写了爸爸怎么去世的，然后他说我撒谎。这让我成什么人了，居然在自己父亲之死这事上撒谎？他怎么能对记者，对出版社和对我家庭里每一个人说我就父亲去世的情况撒谎了，在我根本没有撒谎的情况下？

我打电话给克里斯蒂安桑，请他们把爸爸的病历打印出来寄给我。然后我收到了它。从这份文件里可以看出来，他在去世前一年零五个月里都住在祖母家里。这还没满两年，但是这距离居纳尔写的他只在那儿住了两个月差得很远，很远。他怎么能说爸爸只在那儿住了两个月，而我在这件事上撒谎了？卑尔根时报的记者要怎么解释这件事？

我已经描述了我所看到的。在居纳尔那些电子邮件之后，我开始怀疑自己的所见。现在我确知我看到的就是我看到的。也就是在我们到达前，爸爸一直坐在那里，满脸是血地死在椅子上，而奶奶在他周围走来走去，他死了，他流着血，那里到处是酒瓶，而且这状况持续了很长时间。然后来了救护车。

是谁叫的救护车？

我再次给克里斯蒂安桑打了电话，问有没有这样的电话记录。他们有，但是和我说话的那个人不知道这些记录会被保留多长时间，他会查一下，他说，然后再和我联系，但是我就再没有他的任何音信了，我由此推测应该是再也找不到任何记录。

这些血从哪儿来的？他曾经摔倒了，然后站起来，又坐在椅子上死去？鼻子里的血，这可能是致死原因，因为他有心脏肿大，那是我在尸检报道里里唯一记得的一点。葬礼经办人说他的死和酒精有关。

怎么会有人说这叫一切都很好呢?

我怒火熊熊。也因为我已经确知我永远不会知道他是怎么死的。奶奶,我们问过了她,每次给的答案都不一样。一次是她坐在他旁边然后发现他已经死了,我们问当时外面天还亮还是已经黑着的,她不记得了。下一次则是她睡了,醒来,然后发现他坐在那儿已经死去。

但这不仅仅是他脸上有鲜血,他的鼻骨也折断了,他是在哪儿弄断了鼻梁?客厅里哪儿都找不到血迹,这我是知道的,我清洗过那里,哪怕居纳尔说我没有清洗过。有没有可能爸爸出门了,挨了打,挣扎着回家,然后因为这场恶斗在椅子上死去?又或是在屋子里摔倒,鼻子撞在地板或者或壁炉上断掉了。这倒是最有可能的。但是血迹在哪儿?奶奶没有那个本事把它擦掉,至少这点是绝对确定的。

我打电话给英韦说起这事。他说他几乎已经不记得那些日子了。他甚至不记得他给医生打过我说他打过的电话。会不会是我打的?我对这个也没有任何记忆,我觉得是记得他打过,但不确定。我提到了那些无处可寻的血迹。那时候地毯上没有血吗?他说。那儿有血?我说。没有,我记得这一点。没有,地毯上没有血。我可以确定。我第一次意识到血迹的存在,是葬礼经办人警告过我们,你知道,就在我们马上要看到他之前。他说了这个吗?英夫说。他不只是说鼻梁断了?不,不,我永远都不会忘记,那当时真是一个震惊,他警告我们,那儿有很多血。

英韦说他在他的东西里找到了另外一份文件,他之前提到过,但我忘了。他在地下室捡起了它,然后打了电话过去,这是一次就医记录。爸爸血液里酒精含量高得不可思议，写这份记录的医生，对他所说的一切都持怀疑态度，也怀疑他是讲师[1]。在他最后那些日子里身上已经没有什么讲师的气息了。但是他还在撒谎，他说他即将开始一个教育顾问的新工作了，典型的他。

他遭遇了怎样的死亡呢？

当我们在那下面，直面那可怕的一幕，我立即就接受了，这事就是这个样子的，但是当我现在读着这些记录，已经不再需要我去接受什么，我隔着一段距离看着这一切，他，爸爸，坐在椅子上死去，鼻子折了，脸上有血，周围堆满酒瓶，奶奶在那儿走来走去。但是他是她的儿子。她的长子。她心爱的长子。现在他死了，而且死了有一段时间了，而她和他待在一起，这死去的儿子。她煮咖啡吗？这事她已经做几千次了。我知道她是怎么煮的，我眼前能浮现出她所有的动作，还有她，奶奶，当她没打招呼就上门来时，我在门廊闻到她的味道，总能让我胸膛里涨满幸福，她把咖啡倒进杯子里，点上一支烟。薄荷烟，肯定的，她抽的就是这个烟。

居纳尔不希望这个故事被讲出来。这我能理解。但是我不能理解的是他说我撒谎。是他说我捏造了所有这一切，为我十五年前被父亲遗弃的母亲报仇。我那时候很高兴他们离婚了。我那时候很高兴他离开了。我恨他，我怕他，我爱他。

就是这样。

现在我写了一本关于他的小说。这不是一部好小说，但他

[1] 挪威中学里的高级教师职位，需要硕士以上学位。

也没有过好这一生。这是他的一生，在克里斯蒂安桑一所房子里的一把椅子上结束，因为他已经到达了一个他已经放弃所有希望的地步。没有希望。一切都毁了。于是他死了。

我们本可以赶到那里，如果说不通就强迫他入院，或者用其他手段把他从那里弄走。但我们没有这么做。我并不因此后悔。他就想这样,而且他是我们的父亲。我是他的儿子。关于他，凯·奥格·克瑙斯高的故事就是我卡尔·奥韦·克瑙斯高的故事。这个故事我已经讲完了。我有夸张，我有加料，我有删减，还有很多我不了解的地方。但是我所描述的不是他，而是他在我心里的样子。现在这一切都完成了。

* * *

在 5 月 17 日前的几天，幼儿园里放了一连串的假，为了能有写作时间，因为我头上悬着一个截稿期限，我带着海蒂和约翰去了沃斯，而琳达则和万妮娅一起去奥斯陆，去阿克塞尔和林恩家。这个安排的意图在于英韦和他的孩子们来照顾我的孩子们，我就可以工作了。之后我要去冰岛出个差，并在北欧中心接受采访，然后我就去社区园圃小屋，在那里把小说写完。我不在的时候妈妈和英丽会来家里帮忙，然后就一切大功告成。

但是事情并没有这样进行。

我们到英韦家刚刚几小时，琳达就打了电话过来。当时约翰和海蒂被于尔娃追得跑来跑去，我站在客厅地板上，电话在我还没来得及脱下的外套口袋里振动起来。

“嗨，是我。”她说。

“嗨，”我说，“你们到了吗？”

“到了。但是你知道吗？我有个好消息。”

“是什么呢？”

“书被接受了！”

“真的？”

“真的！今天就在我们要出门前，我接到了电话。是现代主义者出版社（Modernista）打来的，那里的编辑。他说那本书特别棒。他刚读完就打电话了。”

“太好了！”我看着窗外的风景说，它首先陡峭地落到远处的水面上，然后上升到山峰和另一侧的山峰。“恭喜！那就是你需要的。现在你可以完全放下了，我的意思是。就是工作之类，现在你已经是作家了。”

“是。我很高兴。”

“那书什么时候能出？”

“明年。在瑞典这会拖得久一点。但是在我看到书之前我都不能确定。你还记得邦尼尔[1]收回了对我之前那本书的接受意见吗。”

“这事不会再发生了。放松吧。但是这真是好得不可思议，琳达！”

约翰在我面前停下，抬起头。我把电话放低。

“我在和妈妈说话，”我说，“你也想和她说话吗？”

他点点头，我把电话递给他，他把它放在耳朵上。我听见琳达那兴奋的声音微微地传过来，看到他是怎样她每说一句都

[1] Bonniers，北欧跨国媒体集团。

点着头。然后他又把电话递给我。

“我们回家后一定要好好庆祝一下。”我说。

“是啊，”她说，“我们一定要的。”

“太棒了。但是我一直都这么说，这些文字有多么好。”

“你说过。但是毕竟我们结婚了呀。”

“所以我说什么不算？”

“当然算。但是你应该听听他有多么激动！”

我读到的琳达的第一个短篇叫《宇宙》(*Universum*)，我曾要求她给我参与编辑的《流浪者》投稿。那是我俩在一起之前好几年的事了。它有那种能直击心脏的语言和暗示力，同时赤裸裸而强大，无助又威严，在这寒冷而璀璨的冬季天空下。这是我多年来读过的最好的文字之一，我留意到当我这么对她说时她是多么欣喜，我明白了她对自己的才分一无所知。我们在一起以后那几周，她写了一篇关于瑞典诗人卡尔费尔特的小论文，我想那是她正在进入的世界。然而不是，那篇小论文只是一个例外，她几乎一点都没接触过这些围绕着文学的思考，我们刚在一起时她还为此觉得很不好意思。但她好也就好在这里，因为她的写作完全源自自我，她从那里汲取的东西，具有这一种别样的复杂形式，与作者努力追求这种形式时，也就是你希望文本具备某种特定风格时所做的那样，出现的东西完全不同。她的问题是她写得太少也缺乏自信。它忽地出现，在几个小时的光芒中写就，然后光就消失了。

来自另一个世界的事件：我们住在斯德哥尔摩的雷格斯街，

我们有一个孩子，她只有几个月大躺在床上我俩之间。我为琳达高声朗读，这是外公外婆在我和英韦还很小的时候给我们的礼物，阿斯比约恩森和穆厄的童话集。我读的是《白熊国王瓦乐蒙》（*Kvitebjørn kong Valemon*）。我热爱童话，爱最好的那些童话里的暗黑，琳达也爱童话。后来我们躺着聊它。琳达对那个女孩得到用来爬山的金属爪子特别着迷。几天后，她开始写作。她把全部身心都投入放在那个想要得到并最终得到了白熊的女孩身上。她在那儿写的东西属于我们不能谈论的那种，讨论是不可能的，但是它还在，在我们之间某处。它让我想到什么是实在的，什么是真实的，为了让某些东西存在，我们对语言和形式有多么依赖。那些没有语言也没有形式的东西是找不到的，尽管它们就在那儿。这就是琳达和我的问题，那些曾经在那儿的东西，在我俩之间却找不到的，变得越来越弱，越来越模糊和如幽灵一般，终究会像它的非语言那样慢慢淡去不见。

生命里有如此之多的事物是静默的。

那天晚上琳达又打了电话过来。她还是那么开心，仿佛那喜悦是冲刷着她的波浪。一切都很棒。万妮娅，阿克塞尔和林恩，奥斯陆，挪威国庆节。告诫的话都到了我舌头尖上，我想说她得冷静下来，但又不忍心这样，很明显她有权开心。

在沃斯没有写出太多东西；海蒂和约翰受不了我坐在上面阁楼写作，至少不能允许我一次写上很长时间。我有过一个整天，那次英韦和他女友托内把所有孩子都带到她的度假屋里，仅此而已。英韦家下方的房子里住着埃斯彭，这很神奇，因为很多年前我们在卑尔根就是这么住的，他住下面，我住上面，当我看到他在花园里时，我把他喊了上来，我们喝咖啡聊了很久。他用过去那几年写了一本关于解剖的了不起的书。我们分享了对于这巴洛克的和肉身的一些痴迷，但是在立场上又泾渭分明：埃斯彭从一开始就更理性，我则更非理性。另一方面，他是诗人，我是散文家。也许就因为这样，在他身上敞开的东西，在我这里是紧闭上的，反之亦然。无论如何我们也当了二十年的朋友了，那才是最重要的。晚上他带着一瓶红酒上来，我们与英韦坐下来喝酒，听着八十年代的音乐。第二天早上，我头晕恶心起不了床。有些事得背着孩子们，我说我感冒了，直到下午我才勉强起了床，然后带他们去购物中心买了 5 月 17[1] 那天要穿的衣服。他们不知道 5 月 17 日是什么，但还是很高兴，他们估计那是一个极有意义的日子。在英韦家海蒂的脚上扎上一条食指那么长的木刺。她尖叫的声音那么高，整个沃斯都能听见。她对自然界里一切会动的东西，以及和血液、疼痛有关的一切都非常紧张，但是在社交场合里非常淡定从容。把木刺拿出来根本提都不能提，我一说到这她就尖叫起来。最后，是她仰慕的于尔娃帮她取出来了，到第二天这已经成为了海蒂嘴里的一个故事，规格大概等于那次她在机场坐在轮椅上被推着到处去相仿。

5 月 17 日那天我们在沃斯站在雨中看着国庆节游行，海蒂和约翰一手里拿着挪威国旗，另一只手拿着冰激凌。我只写了几页，关于布洛赫，一些看起来会变成一篇小论文的东西。那个时候还住在卑尔根的托妮耶，有一天拿着一台录音机过来了，

[1] 挪威国庆节。

她想做一部关于身为我书里的一个角色的纪录片，问我是否回答她提出的一些问题，我不可能说不。几周前她回复了我关于第五册的电子邮件，写道她不愿意做任何删减。我回答了她所有的问题，并朗读了书里的一些段落。她离开了，我们在那里待了几天，然后我们飞回马尔默。我们刚到家不过两个小时，门把手就上下晃动起来，我知道这是万妮娅在试图打开它。

“现在他们来了！”我喊道。海蒂和约翰在客厅里站起来冲向门厅，就在房门打开万妮娅和琳达出现的那一刻。万妮娅一肚子都是她想讲的经历，但同时也满溢着对弟妹们的思念，他们从来没有分开过这么久。

“嗨，”我对琳达说，“这一趟出门怎么样了？”

“都很不错，”她说，“但是我现在有点累了。”

“那你就歇会吧”我说。

她点了点头。

“但是我们得先吃点东西。我们家里有什么吗？”

我摇了摇头。

“不然我们就来个中餐外卖盒？”

“行啊。”

我坐电梯下去，买个五个盒饭上来，拿上来，把里面的东西放进五个盘子里，喊孩子们来吃饭，他们不来，所以只有琳达和我坐在那儿吃饭。

她情绪在往低走。那喜悦消失了，精力也消失了，她安静地坐在桌子另一边吃饭。但是，我想，这也可能是旅途劳顿以及在陌生地方度过的一周后的精疲力竭。

“我在那儿基本什么都没写出来，”我说，“所以接下来几周我必须真的加紧了。这应该可以吧，对吗？”

她点了点头。

“无论如何妈妈和西塞尔会来，”她说，“不过她们要在你去冰岛后才来。”

“是吗？”我看着她说。

“你真的需要走吗？你不能取消吗？”

“你疯了吗？我肯定不能。而且那只有一天。一天，琳达。”

“是啊。”她说。

“现在就让我一个人写，在接下来的几周里，然后我就结束了。以后我就有大把时间。再坚持一下。然后就完成了。”

“是啊。”她说。

我去冰岛之前，必须维护修理一下社区园圃的小屋，我租了一辆车，在5月末这个上午去了那里，我在这儿先是坐在楼梯上抽烟，看着外面这凄惨景象。第一件要做事是挪走那一堆木板，石膏墙板，管子以及其他所有堆在那旧厕所里的东西。我租的车是一辆奔驰，全新的，我用垃圾袋在那宽大的后备箱里垫好，然后在里面装满了这些废料，开到几公里外的垃圾场。一共跑了六趟，才让这堆东西彻底消失。

我在楼梯上又休息了一会。

仅两年前还平平整整的草坪现在已被杂草覆盖。花床和草坪之间蔓联成一片。在那一人高的树篱下长着苔藓，有些地方连苔藓都没有，那里露着土像某种伤口。小屋本身的刷着白漆的墙已经覆盖上了一层深色，几张桌子最底下已经腐烂。窗户里窗棂上的油漆剥落。窗框中一条已开裂。那一堆建材和废料没有了，但是工匠在铺设新管子时铲起来的土和沙在草坪上堆起巨大的一坨。紧贴着树篱还站着来自户外厕所时代的两桶屎尿，显然已经在过去一年里被认为是合理存在了。我今天必须得把它们给倒了。还有地窖里的几箱苹果，我在两年前的秋天很乐观地存放起来的，也必须拉出去扔了。

草要割掉。

坑要再挖出来。

另一端那些腐烂的花园垃圾堆必须清理掉。

这些应该会起到一些作用。

我把香烟在坑里摁熄，打开那小小工具房的门，割草机在那里面。拿下成圈的电线，把一端的插头插进插座，另一端插进割草机里，提出去启动机器。

提议买社区园圃小屋的是琳达。在某个她睡不着，精力过剩的夜晚，她在网上看到了广告。这个小屋建于二十世纪初，真的很美，有点瑞士别墅风格，花园大而且打理得很好，有两棵老苹果树，玫瑰花丛，无数花坛以及那巨大的、两米高的树篱围着物业的三面。琳达已经说了一段时间我们应该试着弄一个社区园圃小屋，幼儿园另一对家长有一个，他们春天和秋天每个周末都去那儿，种自己的蔬菜和浆果，他们夏天大部分时间都在那儿。我们有三个孩子，住在市中心的公寓里，所以不得不像遛狗一样把他们带到公园里去，我们绝对应该有一个社区园圃小屋。

我本可以爱她这一点的，因为她梦想着一个社区园圃时，所梦想的其实是我们这个家。一种幸福生活，夏日下午她在外面站着洗碗，而孩子们在她周围玩耍。关于沾着泥土的女人的手，关于孩子们有他们自己的小小的菜园子，拥自己的小游泳池，关于她的丈夫在晚间用手动割草机割草。在野外的一个地方，我们自己的土地，这是她所梦想着的。我本可以爱她这一点的，但我没有，我只是很恼火。

早上她把这个展示给我看。放在书桌前面的椅子上，单击图片。我在她上方低下头。

“这不是很棒吗？”她说。“这么好看。有点像玩偶房子。但是有两层。楼上有卧室。里面刚装修过。”

她转向我。

“你觉得怎么样？”

“不错，”我说，“但是我们没有钱。你想过这点吗？”

“我能弄到的。我会弄到的。”

“你怎么能弄到呢？”

“我想弄到就能弄到。我想要这个地方。”

“但这有很多活要干。我没有时间。咱们不聊这个。”

“我有。我可以干这些活。你什么都不用做。”

“如果我们有那么多钱，”我说，“我们就应该买辆车。那是我们需要的。”

“我们住在城里用不着汽车。无论如何如果我们有社区园圃小屋也不需要车。”

“我不能拒绝你。那确实挺好看的。的确是。但是刚才说过了，我们没有钱。”

“我们不能去看看吗，最起码的。”

“可以。”

接下来几天里琳达那边高速运转起来了。她和银行约定见面时间，但那没有任何成果，因为我和琳达都有欠款记录，也就是说，我们只要有一次没付这个或者那个账单，就会被计入一个登记系统，导致我们无法获得贷款、手机开户或租车，除了欧乐驾，因为他们从来不查这个记录，所以我每次租车都在它家租。

坐在银行里感觉真屈辱，感觉就我就像个有案底的犯罪分子，而那个穿着裤装，女式衬衫戴着金首饰的她绝不会给我们任何贷款，琳达打电话给她父亲，不久前他卖掉了公寓，他很高兴能出十万，因为他以前从来没给过她任何东西。我给妈妈打电话，她可以增加房屋贷款借出一些钱，她说，她查了一下第二天就回了电话：她可以借给我们十万两千克朗。

这样我们还差十万。

十万！

我们要从哪儿弄到这笔钱呢？

我每个月有一万五千克朗的写作津贴。我还帮一家出版社审稿，每月拿一万的工资。这样每月有两万五，税后是一万七，我们有的就是这些。尽管这笔钱不少，但它也就刚刚够花；房租一万，我们家里有五个人。如果遇到特别紧急的事，我会打电话给出版社。我不知道我欠他们多少钱，反正很多就是了，因为在一定阶段内，我每个月都得到一笔固定的每月预付款。但是我不敢问我欠他们多少。自从我上一部小说出版已经三年，我还不知道下一部在哪里。我对于所有和钱以及未来有关的一切，都闭上了眼不去看它。事情基本都会好的，这是最重要的。

但是十万！

“你至少可以问问啊，”琳达说，“最糟糕的也无非就是他们拒绝。”

“是的。”我说，写了封电子邮件给盖尔·古利克森。

我们要买一间社区园圃小屋，我写道，打算就是我会用它来写作，然后到现在我们还缺十万。我知道我已经预支了很大一笔预付款，如果这事不行，我也不会难过。但是至少看看这个可能性吧，无论如何。

盖尔把这个请求转给了出版社社长盖尔·伯达尔，后者第二天给我打电话，想听听说的是哪种地方。我向他解释了一下。他说我可以借九万。这样能行会吗？哦，是的，非常感谢，我说。这真是太多了。非常感谢，真的。

当我挂断电话时，良心很不安。出版社真的非常迁就我，他们对我一直这样，我利用了这一点，把家庭生活拉到财务关系里来了，让他们为了帮我买这个社区园圃小屋做出了更大让步，而这甚至不是我想要的。

现在我必须坐在那儿工作。不管怎么说这一点是肯定的。我必须在那儿写很多东西。

琳达高兴了。我们去看房，一个五十多岁的女人接待了我们，她自己重新装修了小房子内部，做得很美且有品位，到处都有各种和航海有关的小细节，比如木头海鸥雕塑，木头灯塔雕塑，海鸟活动雕塑，装着贝壳的分格小盒子，泛绿的坠网球和网绳。家具简朴古老，一张美丽的长凳和一个美丽的梳妆台，都漆成蓝白两色，还有两把漆成白色的柳条椅子，以及一张带椅子的餐桌。感觉就像我们在遥远的群岛某处的小屋里，而不是在瑞典第三大城市郊外一个巨大的社区园圃区中。

女孩们喜欢它。她们在琳达的腿后躲了几分钟后，胆子就大了起来，在花园里跑来跑去。业主说，她在这房子和花园里投入了那么多劳动，说她那么喜欢它所以真的不想卖掉它。不，卖掉这里是她最不愿意做的事。但是她即将搬到另一个城市，所以她也不能保留这里。她说，她很高兴我们有孩子，想到会有孩子们在她的花园里玩，是一个很好很能安慰人的想法。

她开价二十九万。我们回到家以后，打电话出价三十二万。还有其他人在竞价，我认为一次性打退他们，而不是一轮轮地去竞价，是最明智的做法。那天晚上她回了电话，接受了这个出价。

就这样我们成了社区园圃小屋的业主。

琳达想象着她会戴着草帽在花园里走来走去，打理花卉，我这么猜想，也许躺在树荫下的吊床上读书，孩子们围绕着她，光着脚，开开心心，在秋天的傍晚，被从土地里拔出的胡萝卜，在这正在降临的黑暗里几乎没有颜色，在里面小厨房的炉子上，一锅蔬菜汤。孩子们热切的声音和红红的小脸，然后他们在那小阁楼上入睡，我和她一起坐在这小小的客厅里，手里拿着各自的红酒。事情终究没有如此，现实像一辆冲着我们开来的大卡车，把所有梦想都碾碎了，我们争吵，孩子们不听话，花园被铲起来因为要铺一条管道，也没有人把土再铲回去，所以到处都堆着泥土和沙子，而没堆着沙土的地方，万物在疯长。几年后，把它卖给我们的那位女士下来探望那儿的老邻居，她看到花园的模样时，眼里有了泪水，这是别人告诉我们的。邻居们对我们很有意见，应该要做的工作量如此之大，以至于我们开始躲着那里，因为那是我们购买时我的条件，我是反对买它的，这些本来应该不关我的事，她才是要打理这些事的人。她做不到，这已经没过她的头顶了，然后我们坐在那里，心怀内疚，良心不安，她那儿还要加上梦想破碎。哪怕是一个关于广阔天空下光着腿的孩子们和无忧无虑生活的梦想也需要投入一些劳动的。

2010 年 5 月的这个下午，我沿着草坪的边缘推着割草机走着—假如我现在修剪的东西配得上草坪这样一个讲究的名称的话，我们拥有这个地方已经两年半了，没有一件事是按设想进行的。首先，带着三个小孩很难待在这里。上二楼的楼梯像峭壁那么陡，因此我们必须一直要确保他们谁都没攀或爬上去，并且我们要待在外面就得锁上门，我们俩必须有一个去陪着约翰玩，另一个则要留意着女孩儿们，所以想放松做点什么别的事想都别想，而我们在家里就可以做到这点，因为那儿有他们的房间，他们的东西和他们要做的事。其次，在这儿外面我总是被巨大的幽闭恐惧症压倒。这被各种人从四面八方包围的感觉绝对不适合我。在城市里，其他人不会给我造成任何困扰，因为在那里他们不在意我，我也不在意我。在城市里，我们彼此是陌生人，在这里我们是邻居，我们见面时要互相打招呼寒暄两句,总得意思意思,而要做任何事而不被人看到是不可能的。被视为一个管他是谁的陌生人，和被视为某个特定的人，一个四十多岁凶巴巴的孩子爹，是不一样的。我忍受不了这种视线，它让我脑子滚烫，让我心里没办法静下来，我像在一直看着我自己，和这些或在喊叫，或哭着或打闹的孩子们，让我心绪不宁的并不是这些叫喊，哭泣和打闹，而是这些被别人看到。这些别人已经被我带进了自己的脑子，而我痛恨这样。哦，我痛恨这样。它在我脑袋里沸腾，我看到我自己，看到我自己在看着我的孩子们，然后一切都不再是本来的样子，一切都被绑在了一起，我是世界上最不自由的人。我出于自愿地把我自己锁在了这里！从另一方面来看这是一个梦想，琳达的梦想，这是我欠她的。

一个春天早晨6点醒来，外面冷得要死，草地都是湿的，在这玩偶房子里没有任何事可做，除了等着时间慢慢拖到10点，那时我们就能去商店买点东西，做午餐，也许。

假使附近有海！或者森林！一块空地也好！

那年夏天，我们得到通知所有小屋都要安装下水管道。这要花两万。秋天，整个花园都被翻起来，管道通向户外厕所，那是一个有门的小房间。我们必须要找到一个能在那儿造新厕所的管子工，而且，还要筹集支付管子工和挖掘的费用。不会少于四万。琳达从银行借了钱，她的母亲提供担保。栅栏被推掉，整个前面的花园都被翻起，再加上之前缺乏维护所产生的后果。这不是我的责任，我在这方面表达得绝对明确了。我们买了一间社区园圃小屋，这是你的责任，你必须打理它，我没有时间，我早就说过了，而这话说过一次以后，我也不愿意再回头去老调重弹；比割草更多的让步我是不会做的。当这破败的范围逐渐变广，我也感到幸灾乐祸，这是她的责任，全是她的责任。我可早就洗手不干了，别说我没警告过她！别说我没有说过事情一定会变成这样！

琳达的母亲在那个时期在我们家经常会住上一段时间，她从巴尔干[1]那儿找到了在那工作的一个园丁或者花园工人，他答应来规划我们的花园并播种新草，还有一个北非的管子工，可以用相对比较低的价格来完成这项工作。她是怎么联系上他们的，我完全想不出来，但是她是那种和所有人都能聊的人，比如我们在公寓的邻居，在几天内就和他们混得比我两年来还熟。所以到了春天，花园又显得生机勃勃了，我们有了一个带淋浴的卫生间。如果我们打开热水水箱，喷头就关不上，所以其实是没法实际使用的，而管道并没有精确地贴着墙壁低调地走线，而是辉煌地凸出其金属镀铬，有些地方像是柯能堡电影里那些谜一般的工具,我倒不在乎这些。我只是更深刻地认识到，我们没有能力应付这间社区园圃小屋，我们没有能力实现这个梦想，这不适合我们。我什么时候要和孩子们一起播下胡萝卜的种子？我什么时候要除去花圃里的野草？幽闭恐惧症开始让我在我们坐上去那儿的公共汽车上就已经浑身酸痛。我们去得越来越少，在 2010 年 5 月，当我肩膀上缠着那红色电线，在这干燥泛灰的初夏天空下割草时，我们去年秋天以来就一直没来过这里。也许偶尔，几个阳光灿烂的周日来过，因为这也许是个恶性循环：它越是荒芜，我们在那里的时间就越少，我们在那里的时间越少，它就变得更荒芜。

这让我心痛。我们失败了。

作为一个家庭，我们失败了。

又或者,我们真的失败了吗？为什么不实事求是地看这事？我们在评估上犯了个错误，买了一处我们没有时间来打理好的

[1] Balkan，马尔默的足球俱乐部。

地方，我们认识到这一点时，就把它挂牌出售。为什么要为此心痛？

心不会辩论。辩论是大脑的事。假如说我从生活里学到了什么，那就是，心就是一切，大脑什么都不是。

这就是为什么生命里的一切总是让人痛得能直接见撒旦。

我关上割草机，走过去搬开长凳，桌子和那几把半靠在苹果树下的椅子。它们看起来是木头的，但其实是一些合成材料制成，完全不受天气影响。做完这些，我再次打开割草机，慢慢把它拉上这凹凸不平，几乎波浪般起伏的柔软草坪，草坪被苔藓盖着呼吸不得，冒出来的叶子孤零零地在空中打着转。要到了贴着树篱那边，在那几乎被杂草盖住的石板那儿，它们才再度占有了地盘。

人们的问题是他们太敏感了。我认识的或者遇到的或者见到的几乎每个人都太敏感。他们身上曾经发生过一些事，于是他们就走不出来了。如果你父亲在你小时候对你大发雷霆，也许打了你，这些对你现在有什么影响？如果其他孩子把你关在健身房设备间的车库门后，这和你当下的日子有什么关系？无论你是那操蛋的尿床鬼，还是个卑微的可怜虫，或者你母亲酗酒，或者你父亲自杀，或者你父母对你视而不见，可你也他妈的不是他们啊，你是你自己，你有你自己的时间，也就是当下，所以你为什么要让过去的事情在这上面打下烙印？为什么父母的角色在生命里如此沉重？我们为什么就不能翻篇呢？

所有这些多愁善感和左思右想又会有什么好处？

我在自己的孩子中已经看到，一些微小的事物会怎样长到巨大的尺寸。起初他们就像动物一样，是从他们的感受紧紧和当下联系在一起这个角度来说的，哭泣或笑声或者恐惧或心满意足都从当下升起，在下一刻被遗忘。然后他们成为了人类，从那时起事情就开始持续下去并延伸出范围。例如，最近万妮娅开始被她不能发 r 音这件事困扰。她更小的时候，这没有任何关系，她替之以“j”，比如她要说“trädet”（树）时，她就说“tjädet”，要说“trollri”（魔术）时就说“tjolleji”，虽然这事梗在我心口，因为我小时候也发不出“r”音，而且我也记得这事后来变得多么糟心，但是我大部分时间不会想起它，它是属于万妮娅的事，而且所有人也明白她说的是什么意思。然后她自己也意识到了这一点。爸爸，我说不了“j”，有一天我们从幼儿园回家时她抬头看着我说。爸爸，我为什么说不了“j”？所有其他人都可以？我回答说每个人发的 r 音都不一样。说斯科纳方言的卡婷卡（Katinka）有她自己的 r，妈妈说斯德哥尔摩话，说的是另一种。而你有你自己的。

听到这个她安心了，但也没安心多久，现在种子已播下，现在它开始生长。有些事情是正确的，有些则不是，有些似乎应该是正确的而后来不是了。有一个下午她要开始唱一首有字母表里所有字母的歌时，她唱到 r 前就停了下来，大发脾气，往周围扔东西。她开始唠唠叨叨地说起这事，说她做不到。我看到这对她来说太糟糕了，但也做不了什么来帮她，只能说她的 r 音已经足够好了。但是，事实是海蒂能发出世界上最颤抖的 r 音，她的舌头朝着咽一路抖过去，她所有的词的发音都完美清晰。为什么海蒂可以我就不行？万妮娅说。她开始绕开所有以 r 字母开始的单词。我记得我自己甚至幻想着长大后要搬去英国，因为他们语言里的 r 音我能发得出来。我发不出 r 字母音这件事曾经是压倒一切地重要，就好像它决定了我这个人的成败。现在，我作为局外人看到了这件事，我希望我能向万妮娅传达出不管她能做什么或不能做什么，做了什么还是不做什么，我都一样爱她，但这当然这是不可能的任务，她必须自己解决这个问题。她戴眼镜已经好几年了，对此也接受得很好，但是现在她开始问为什么戴眼镜的小孩那么少，当她生气的时候，总是一来就把火发泄在眼镜上。把它砰地摔在地板上。在幼儿园里突然犯恶心，突然一定要睡觉，员工打电话来说她病了，我们知道不是那么回事，肯定是发生了什么，我们还是把她接回家，躺在沙发上盖上毯子，看动画片，我们终于哄着她说出来了，她最好的女友那天早上不想和她一起玩。她有了自己不该吃糖这个概念，所以就算其实想，也会拒绝。在儿童时期最早的这四五年岁月里的自由，随着这个“我”开始为自己设限的，这自由就终止了，一种新意识已来临，所有关系中复杂程度都在增加。我知道所有这些东西究其本身都不重要，这些都是主观的，但她还不知道这点，对她来说这些就是一切。她走进了一个系统，并对此一无所知。

她现在已经六岁。三个月后她就要开始上学。在我和她在一起的这段生命里我第一次能回忆起来我和她这么大的时候是什么情形。不再是模糊的，基于单个儿的记忆碎片，而是清晰明确的，整个世界的密度就像我在蒂巴肯那周边奔跑时深深吸进肺里的每一口气，在那儿，一切，每个最小的物件和事件都有其的含义，这些忽然来到我身边，就像透过放大镜看到的那样，多么强烈的情感被投向了我周围的所有人。那简直是生死攸关的，现在感觉起来是这样，那时的生命紧绷着快到了临界点，而当我爱上班上一个女孩时，它充满了我，以一种我现在无法理解的方式，至少当我看着万妮娅时无法理解。她也如此强烈地感受着世界吗？我看着她，我看到一个小女孩做着她自己的事情，在我们划下的框框里，比如住这里，市中心的一个公寓里，每天把她送到家长合作社幼儿园。她画画，玩着她那无数的动物和人的小模型；有时一个人玩，有时和海蒂和约翰一起玩。她在公园里爬树，她对路上碰见的所有狗都投去长长的注视，她读她那些狗狗书。她幼儿园里的一个朋友来家里找她玩，或者她去她们家玩。她在水上乐园游泳，在浴缸里玩水，我们去商店时她为我推着购物篮。她说的话和做的事都牵动着我，这就是"万妮娅"，我的女儿，她生命里绝大部分时间我几乎每天都见到她。我知道从她的视角来看这一切都很不一样，在她的内在自有一套法则，她的法则，一个看着这世界，内心充满对它的强烈感情却几乎从来没有想到过这一点的人，这实际上意味着什么呢。我对我们遵循的所有这些例行公事已经如此麻木，对已经沉淀在我生命里的那一条协调机制已经如此麻木，以至于我下意识地希望我周围每个人都是如此，尤其是与我共享公寓的三个小家伙。甚至他们那几乎是火山般的情绪爆发，我也是从我自身角度出来来看，视为烦人的干扰，无望的不规律性，路上的绊脚石，而不是把其视为他们某种特定内在生活的标志。

在这件事里，就像在其他所有事里，总能找到某种意义。一种你持续不断地通过其他人而活的生活，一定是无法忍受的，甚至是有伤害性的，如果这涉及孩子，因为需要和成人世界保持一定距离才能看到它，并依据它进行相应的发展，那么也许也是有害的。这就足够了，但这并不妨碍我认为我和他人共情得太少。尤其是与琳达相比，就显得很明显或者很有伤害性。她指责我的众多事情之一是我看不到她。事实完全不是如此，我对她的关注是足够的；问题在于我看着她就像看着一间自己熟悉的房间；什么都在那儿，灯，地毯，书架，沙发，窗户和地板，但是以几乎透明的方式，因为它在心灵里不会留下任何印记。

我为什么要这样安排人生？我要这种中立性有什么用？显然，这一切都是为了尽可能多地消除阻力，使日子尽可能轻松地、没有摩擦地滑走。但为什么要这样？难道这和希望尽可能少地生活不是一回事吗？对生活说让我自个儿待着，这样我就可以……对，干什么？读书？哦，可是，见鬼吧，我读的除了关于生活以外还有别的话题吗？写作？同一回事。所以我读着生活，写着生活。对于生活我唯一不想要的，就是去过它。

我把割草机放进了空荡荡的工具房里，因为在建洗手间时我必须清空它，这以后我就再没有把以前放这儿的东西再放回去。我去树篱那边，看了看那两桶屎尿。一个有盖子，另一个没有，上面蒙着一个塑料袋。我考虑过将它们装上车送到垃圾场，但一部分因为我担心没有盖子的那个桶会翻倒，或者里面装着的东西会漫出来，桶已经装得快满到边上了，租车公司或许能接受奔驰车里有瓷砖，石膏板碎片和灰尘，但是对一桶流动的排泄物的态度可能会有所不同，我想。另一部分原因是垃圾场里到处都是这个社区园圃的住户，汽车后拉着拖车去那儿，那里还有很多工作人员，这些屎尿要归到哪一类呢？花园垃圾？我无法想象我拎着这两桶东西走过去时，工作人员之一过来问我要扔的东西是什么，因为他们会这么做的，让每一种垃圾归入正确的类别很重要。这行不通。我必须在这里解决它。很自然的选择是把它埋下去。在管子通进去的地方已经有个大坑，就在浴室下方。如果我把它再挖深一点，我还能把花园垃圾也扔进去。我想，我还留了一些管子工拆下来的石板，它们可以加固这个坑，然后我可以用土壤把一切都盖上。

我开始动手挖坑。到我觉得坑够深的时候，我把树枝、灌木、烂树叶都扔了进去。然后是那些屎尿。我先拎过有盖子的那桶。它很沉，我不得不用两只手来搬它。我用嘴呼吸。当我打开盖子时那股恶臭仍然强劲，一阵要呕吐的条件反射贯穿了我整个人。桶里的东西稀薄地晃荡着，深棕色。哦，真他妈的要命。哦，操，我把它倒出来，又一阵呕吐的神经反射来了。哦，操。我没有什么手套，手和裤腿最下面溅上了斑斑点点的屎。我接上水管，冲了冲桶，洗手，把桶放在树篱旁，仍然用嘴呼吸，恶心感梗在胸口。感觉自己在地炼狱中，我的脑袋沸腾着，所有东西都有了一种疯狂的意味，而且我一直在担心有人会来看看我在干吗。但是更糟糕的还在后面，我得把没有盖子和提手的那一桶抬到胸前。我做到了，身上更污糟了一点，但是该做的已经做完了。桶倒空了再冲洗，坑里闪闪发亮。我捡了更多的花园垃圾扔了进去。再铲土盖上去，但是我放下去的树枝太多，它们是有弹性的，土不能把它们压下去。无法忍受的恶臭。我脑内如沸。我压上石板，它们的重量让树枝往下沉了一点，我把剩下的土都铲过去。树枝看不见了，土也盖得均匀，下面的一切都看不见了。但是恶臭还在地面上萦绕，很多米以外都能留意到，如果你朝那些掩埋的土上迈出一步，那些泥土会在脚下晃动。

我只能希望那股恶臭会自行消失，明天来看房的人也都不会刚好就站上去。

我把车停在停车大楼，把钥匙从门上的口子里塞进了出租公司办公室，然后从后街走回家。穿着沾着屎的裤子，沾满了土和石膏末的衣服，我不会抱着侥幸心理从步行街那边穿过去，那儿我有时会遇到一些在马尔默的熟人，有时也会被陌生人拦住，他们想谈谈我的书，以及他们对这些书的想法。回到家后我直奔浴室，脱掉衣服，把它们放进洗衣机里开机，然后放水进浴缸，然后躺了进去。缓缓地，过去几小时内在我脑子里满满当当的那歇斯底里的声响退潮了。我这样躺了大概有半个小时，只是盯着天花板，没想什么具体的东西，而蒸汽像胶带一样敷上了窗户和镜子，就这样浴室成了我观念世界里的一个水箱，一个和其他一切都分离开的空间。

皮肤发红了，指尖皱得像葡萄干，我站了起来，擦干自己，把毛巾裹在腰上，走进卧室，在那儿我在我那堆衣服里乱翻了一阵，直到找到一件衬衫，一条牛仔裤和两只一样的袜子，最后终于可以去找其他人，他们都在客厅里，孩子们坐在电视前的沙发上，琳达在靠躺着另一堵墙的床上躺着。

"怎么样了？"她说。

"进展顺利，"我说，"倒那些屎尿桶是场噩梦，但现在至少已经做完了。"

"什么屎尿桶？"万妮娅说。

"在社区园圃小屋的，"我说，"你记得我们以前在那里是怎么上厕所的吗？”

“你倒掉了它们？你把它们倒哪儿了？”

“倒在它们该倒的地方，”我说，“还有，你们吃饭了吗？”

“吃了，”琳达说，“那边有留给你的。”

我吃完后就开始为出门收拾行李。只在外面过一晚，所以我需要的东西不是太多。但是我带上了我的电脑，预备着在飞机上有时间写东西，还有阿道夫·希特勒的《我的奋斗》第一卷，在我去社区园圃小屋写完小说前本来应该已经读完的。不管怎么样我应该把它翻一遍，这样我至少能知道它写的是什么。

“你送孩子们上床睡觉吗？”当我收拾完行李在沙发上坐下时，琳达说，“我今天陪了他们一整天了。”

“那我送他们上床时，你去修理社区园圃小屋吗？或者你怎么想？”

她没回答，只是看了我几秒。然后她转身冲着墙。

“我当然会去做的。”我说。

“我们可以洗澡吗？爸爸。”万妮娅说。

“你们自己能行吗？”

“可以。”

“那就可以。”

他们起身进了浴室。

“你一定要出门吗？”琳达说，“我不知道我能不能一个人带它们。”

“你当然可以，”我说，“肯定没问题的。”

“你不能取消它吗？”

我摇了摇头。那年早些时候，我已经取消了一次去吕勒奥（Luleå）的旅行，而我以前也取消过一次去冰岛的活动，所以才有这一次的重新安排，对于我来说再次取消是不可想象的，那样肯定会出大事的。我也取消过一次利勒哈默尔文学节（Lillehammer）的活动，那次是孩子们的幼儿园要去露营，琳达没法自己乘火车和公共汽车带孩子们去那儿，所以我给文学节组织者发了电子邮件取消了出场，毕竟孩子们特别期待，这是半年以来的闪光时刻。但那时我已为人所知，所以取消不会像以前那样静悄悄地过去，不，妈妈打电话来说，所有报纸上都登了，电视上的文化新闻里也有报道。

“说好了就是说好了，”我说，“而且只有一天。我后天就回来。毕竟，这是我的工作。你必须尊重这一点。”

在冰岛我几乎不想打电话回家，肯定只要电话一通她就会抱怨说所有事情多么多么困难，情况有多糟。而确实也是这样，或者说，她没抱怨；她说的是，这样是不行的。这样是不行的，卡尔·奥韦。她说。真的不行。必须行，我说，再坚持一下。

次日下午我回家了。孩子们听到门开的动静就跑过来了。我把在机场给他们买的礼物给他们，三个毛绒玩具。琳达站在走廊的尽头看着我。她看上去一脸惊恐。

我把东西清出来，腾空的手提箱放在走廊壁橱里最顶上的架子上。万妮娅一只手拿着礼物包装的缎带，另一只手拿着剪刀。

“你能帮我做个颈带吗？”她说。

“也给我做一个。”海蒂说，她跟在后面。

我剪下来长长的两段，一条系在万妮娅脖子上，另一条系在海蒂脖子上。

“再来一个环！”万妮娅说。

我就着她的手做了一个环，也给海蒂做了同样的一个。然后我就出去到阳台上。孩子们似乎状态还不错，至少，我想，所以情况肯定也不会非常糟糕。对事件的感受与事件本身不是一回事。

琳达打开门。

“你不能在里面待着吗？”她说，“我已经单独和他们待在一起很久了。”

“这就来，”我说，“就是抽根烟而已。”

“你送他们上床睡觉？”

“当然。”

旅途使我充满活力，所以给他们刷牙，找出睡衣，倒上一杯水，读睡前书，解决所有那些必然出现的小冲突，对我来说不费半点力气。此外我正期待着明天去社区园圃小屋写作。主要是想着可以完全一个人，像着了魔似的工作；当我真正坐下来要开始时，那抵抗力几乎是难以战胜的。

当他们最终躺在了床上，终于屈服于这一天已结束的想法，我去找琳达，琳达在黑暗中坐在阳台上抽烟，裹着那件绿色风雨外套，还是我送给她的生日礼物。

我坐下时她什么也没说。看着屋顶，一只手臂搂着身体，就好像她在拥抱自己或试图把自己摁在这座位上似的，另一只则指向前方，手指间升起缭绕的烟。

“你好吗？”我说。

“你明天还要去社区园圃小屋吗？”她说。

我点了点头。

“但这样是不行的，”她说，“你不明白吗？我做不到。”

“听着，”我说，“我有三个星期来写完小说。这时间太少了。我不能，真的，不能，白白扔掉两天。”

“但我很害怕，卡尔·奥韦，”她说，看着我，“我不能一个人和他们在一起，我不知道什么会发生。这样子是不行的。这是危险的。”

“那只是你心里的东西，”我说，“一切都很好。一切都像以前一样。那只是在你心里有些黑暗。但是我们不能让它来掌控我们的生活。而且我必须写作。”

“别走，”她说，“求你了。不要走。”

我什么也没说。我注意到我开始生气了。

过了一会儿我再看着她时，我发现眼泪顺着她的脸颊流下来。

“你为什么哭？”我说。

“我特别害怕。”她说。

“没有什么好怕的。”我说。

“当我早上起床时，有时候我会对任何事情都毫无掌控之力。我意识不到孩子们在哪里。万妮娅在一个女友家，海蒂在另一个女友家，约翰在睡觉。他们可能在任何地方。你懂吗？”

“你坚持很久了，是的。但一切都很好。什么都没发生。你做得真是太优秀了。”

“还有我买的那些东西。”

她哭了。

“来吧，琳达，”我说，“现在打起精神。我们是成年人了。我们不能因为心情不好就放下工作。我明天要去那里，这个周末你和孩子们在这里，然后英丽和西塞尔下周就来了。之后你就可以让她们接手。就这两天。你肯定可以的。我必须写完它。你很会和孩子们打交道。我知道的。”

“但不是现在，”琳达说，“不是现在。”

“当然可以，”我说，“你很坚强，一定没问题的。这些我做起来都很很顺利，你也会的。这只是你有了这种你做不了的念头。你就放弃。然后这就不行了。”

她绝望地看着我。

“你一定要行，”我说，“因为不管怎么样我都会走。而且你母亲和我母亲都来帮忙。”

“不是明天，”她说，“然后只有我一个人和他们在一起。”

“说的没错，”我说，“你肯定能做好。只要你想的话。我完事后，我们就去科西嘉岛。一切都会很好。但是我必须先写完小说。”

我摁熄了烟，走进去。她还坐在外面。我拿出那个大手提箱，把电脑，键盘，耳机，一堆 CD，一堆书和一些衣服放进去。我做这些事的时候，听到露台的门被打开，又被关上。琳达在我面前停下。

“别留下我一个人。”她说。

我抬头看着她，又低下头，看着手中的拉链，我正把它往手提箱的侧面拉，一只膝盖顶着箱盖往下压。

“我必须去，”我说，“我没有其他选择。”

她走过我，走进卧室。我把手提箱放在走廊上，坐进沙发，在电视频道之间来来回回看了一个小时。我躺下时，她仍然醒着，完全安静地躺在床上，抬头看着天花板。我脱了衣服，躺在她旁边。

“你肯定能应付得很好，”我说，“但是我不能留在家里。我这么做已经很多次了。现在有把刀架在我喉咙上。”

“好吧。”她说。

“那么，晚安。”

“好好睡。”

“好好睡。”

夜里我醒过一次，那时候她还醒着，躺着盯着天花板，还是我睡下时那个姿势。我转了个身又睡着了。我再次醒来时，已经是早晨。琳达躺着，看着我。当我们视线相遇时，她的嘴开了又合上，似乎在吸着空气。她的眼里泪光闪闪。

“你不能走。”她说。

“不能，我也这么想。”我说，做起来，把脚穿进裤筒里，拉上身。“但英丽一进这个门，我就得走了。就是告诉你一声。”

我用力关上身后的门，走进厨房。奇怪的是孩子们还在睡觉。我到大门外拿了报纸，坐上咖啡机，先读了文化版，又读了体育版，同时吃了两片面包。外面下雨了，一阵寒冷的，淅沥沥的春雨。孩子们起床了，还是老顺序，约翰先起，然后是海蒂，最后是万妮娅。

“妈妈呢？”她说。

“她今天必须休息，”我说，“她有点不舒服。”

“我也是，”万妮娅说，“我今天也想休息。”

“别开玩笑啦，”我说，“她需要放松和清净。所以我们就在这儿看电视。好吗？”

"好吧。"然后，她说，然后走进去找另外两个。他们整个上午都坐在沙发上看电视，他们每个星期六都这样。我去关上了通向卧室所在那截走廊的门，告诉他们不可以进去那里面。他们已经习惯这样，但是如果我不提醒他们的话，他们就会冲进去。我有时觉得自己是伯格曼电影《范妮和亚历山大》里的牧师，那个让孩子们远离母亲的坏男人。

10点钟，那个每周六上午都要手拿麦克风来到下面广场上的传教士的声音传了上来。我打开露台的门，往外看了看。靠在门外的圣诞树已经全秃了，黄色针叶掉了一地。吊在栏杆外悬挂花盆里的所有花朵都已枯萎，以及所有靠墙罐子里那些花也是。桌子和椅子已经在外面连续摆了三个冬天，泛着灰色，开始破裂。一些空塑料袋，两大两小太阳椅靠墙放着，褪色了。一根杆子在某场冬季暴风雪里被吹下去了，而其他各种乱七八糟的东西也在这外面集合。

我决定彻底清洁它，扔掉所有东西，然后买一些新的花，也许加上一张桌子两把椅子。一部分出于需要，一部分因为我想让琳达看看带孩子同时做一些建设性的事情有多容易。问题在她身上，而不是在外部世界里。

"穿上靴子和雨衣！"我说。

"为什么？"海蒂说。

"我们要去哪里？"万妮娅说。

只有小约翰有探险精神，跑到走廊里等着我来帮他。

"我们去买些花。"我说。

"没劲。"万妮娅说。

"可能吧，"我说，"但是我们还是要去。"

“妈妈也一起去吗？”万妮娅说。

我摇了摇头。

“我不想去。”海蒂说。

“我想去找妈妈。”万妮娅说。

“哦，得了吧，小捣蛋鬼。我决定你们该干什么。现在我说你们要穿好衣服。”

“没有人可以决定其他人干什么。”万妮娅说，

这些她们都是从哪儿学来的？

我拿起遥控器并关上电视。她们用那愤怒的小眼神看着我。

“我们也去买星期六糖果。”我说

“好吧。”万妮娅说。

“好吧。”海蒂说。

一刻钟后，我们在雨中朝着步行区那边走下去，万妮娅穿着那件蓝色雨衣，海蒂是紫色的，约翰穿着绿色的，像青蛙一样坐在童车里。

花店外面有一张桌子和两把金属椅子，我想它们是“铸铁”，这个词对我来说只具有文学上的意味，类似“天花疤痕”，我其实根本不知道那是什么。关键在于它们看起来会有19世纪的感觉，可能有点媚俗，但我喜欢它们并买下了。另外，我购买了六盆绿植。我把桌子平稳放在约翰的童车把手上，两只手各拿一张椅子和几个口袋，然后一只手推着童车，很快另一只也放上去，而两个小女孩穿着橡胶靴踢着水走在旁边。当她们意识到我们的路线直奔我们公寓所在房子大门时，她们抗议了。

“我们要去买糖果的呀！”万妮娅喊道。

“但是我们不能拿着所有这些东西进商店！”我说。

“那你应该事先考虑好这点。”她说。

“我们先把它们放下，然后我们再出去。好吗？”

她点了点头。我把桌子和椅子放在露台上，他们本来该在走廊上等着，但是当我回去时他们不在那儿。他们湿漉漉的足印通向了卧室。我跟着走过去，他们围着床站着，琳达躺在床上看着他们。她说了什么，声音完全是有气无力。这就好像她几乎连话都说不出来了。

脸上也没有表情。

“你们现在过来这边！”我说，“马上！”

万妮娅和海蒂照我说的做了，但约翰假装摔在床上。我抓住他颈背上的夹克，夹起他抱到走廊上，在电梯前放下。他笑了起来，抬头看着我。

“再来一次，爸爸！”

我对他微笑。

在花店下方的那家廉价家具店里，我发现了一个白色球形吸顶灯，看起来够好的了，然后我们去了三角地，那里有一个小店，里面的糖果有一些很不错的选择。在他们往各自袋子里装进了他们想要的东西以后，他们每个人都在外面咖啡厅里各吃了一个巧克力小圆面包，而我喝了杯咖啡。

我以前从没见过琳达这样子。这就好像她置身于那极深处，必须要用尽所有力量才能到达表面，也就是孩子们在的地方。她眼中几乎已经没有生机。

是的，是的。

我看着对面的狗仔队（Paparazzi），那是一家小服装店，有时候也有些好东西，虎牌和博斯的西装，一个我从来记不住名字的丹麦牌子，我在那里买过一些那个牌子的围巾，他们的衬衫也很好。

“你们能安静坐在这里吗？”我说。

他们点头。

“我就是去一下那儿的商店。”

我起身走进去。我从橱窗里能看到他们坐在那里，在各人的椅子上晃着腿。我看着皮带，选了条浅棕色的，然后翻看了一堆黑色牛仔裤，找到了我的尺码，把裤子和皮带放在柜台上。

“如果你想的话，可以试试它们。”店员说，一个五十多岁的女人。

“我没时间，”我说，“有小孩子在那边。”

当我冲着咖啡馆那边点着头时，我看到约翰正飞快地跑过来。我赶紧走出去，抓住了他，抱着他进了商店。

“就站这里，”我说，“我付完账就好。”

我把银行卡贴在读卡器上，输入密码，她把收据和裤子一起放在口袋里，递给我。

“我们还得购物，很不幸。”我们又出来走到街上时，我对他们说。

“但我不想去。”万妮娅说。

“我想回家去找妈妈。”海蒂说。

“但是我们必须去，你们知道的。来吧。路上你们每个人都可以选一部电影。”

购物中心另一边有一家电影和音乐店。我在一排排 CD 中翻看着的时候，他们跑去儿童电影那边。我买了一张托斯特伦[1]的合集，安娜·耶尔维宁[2]的第一张唱片，还有纯用来试运气的瑞典乐队“电台部”[3]，以及一个叫克里斯蒂安·谢尔万德[4]的瑞典人。孩子们拿着自己挑的电影来了，我付了钱，我们走过马路，走进了家之店，我买了一些比萨当晚餐，以及明天要吃的面包、牛奶和面包配菜。回家路上，我不顾他们的强烈抗议走进托马斯烟草店，在那里买了《政治报》、《周末报》、《快报》和《晚报》。回到公寓，他们开始争论要先看哪部电影。我保证他们可以看完这三部，并说最公平的是他们先看万妮娅的，因为她是最大的。他们接受这个建议。我给他们放上电影后，就进去看琳达，她侧躺着，头几乎完全埋在被子里。

“怎么样了？”我说。

她慢慢地转过身来抬头看着我。眼神还和刚才一样，它来自那很遥远的地方。

“还好。”她小声说。

“你吃了点东西吗？”

“我……”她说，然后说了些我听不出来是什么的东西。

“你说了什么？”

“你们在外面时我吃了一点。”她说。

“所以你现在不想吃什么了？”

她微不可见地摇了摇头。

“孩子们……”她说。

---

[1] Thåström（1957—），瑞典歌手、音乐人。

[2] Anna Järvine（1970—），瑞典—芬兰歌手。

[3] The Radio Dept，瑞典迷幻摇滚乐队。

[4] Christian Kjellvander（1976—），瑞典歌手、创作人。

“他们怎么样？”我说，“他们很好。我买了一些电影给他们。他们现在正看着呢。然后我买了阳台的桌椅和花。还有饭厅的一个顶灯。”

她什么也没说，只是看着我。

“现在我想去清理那里。那里的东西很多都得扔。可以吗？我会告诉孩子们别进来这里，不过他们可能还是会来。”

“那是可以的。”她说。

“好吧，”我说，“晚上吃比萨饼。你会出来吃的，对吧？”

她点了点头。

“那就好！”我说，关上门，拿着鞋子走到露台门口，穿上鞋走了出去。在那儿站了一会儿看着圣诞树，想着我是不是要就这样把它拿下去，但是下面垃圾桶里肯定没有什么位置了，把它放在垃圾桶旁边也绝不可行，这肯定会引发大规模侦查。我又进去，拿了把锯子和一个黑色垃圾袋出来，把它锯成四截放进口袋里，再搬到地下室。我又把所有枯萎的花扔进了一个新口袋，拿了下去。当我再次上来时，沙发上空空荡荡。我走进卧室。琳达在床上坐起来了，万妮娅和海蒂在她身上打挺腻歪，约翰在床垫上跳来跳去，她看上去很绝望，好像她不知道该怎么办，完全是懵的。

“我说什么来着？”我说。

“没关系。”琳达小声说。

“来吧，”我说，“妈妈需要自己静静待一会儿。”

“你生病了？”海蒂说，“你发烧了吗？”

“不，她没有病。有点累，”我说，“对不对？”

“我现在可以起来一会儿了。”她说。

“太好了！”约翰说。

琳达坐起来坐着，用手在她身边慢慢地摸着什么。

“你在找什么？”

“我的上衣。”

我向前弯下腰，把被子拉开。

“它在这儿，”我说，“好了，所有人，我们进去厅里，妈妈待会就来。”

他们听话照做了。我在门口停住，看着她。她的动作如此缓慢，看起来就好像她穿不上衣服。

“你不用起来的，你知道，”我说，“你最好还是这么躺着好好休息。”

她看着我。

“但是现在你既然也这么说了，就这样吧。”我说。

我有出去到露台上，在这匀而密的雨中，被七层楼下的市声包裹着，把所有散落在地上的东西都捡进一个垃圾袋里，将新的花放进旧花盆里。当我背着那个口袋进房间里时，琳达坐在沙发上，约翰坐在她膝头，我发现她没有看着电视屏幕，只是直视前方。

“我下去一会扔东西，”我说，“现在那外面至少已经变得很不错了。”

当我再上来，在另一个客厅里椅子上坐下看报纸，我听她在那站起身来，她的脚步声朝里走，厕所的门开了。那是她要去的地方。

几分钟后，门又打开了。

我站起身来朝走廊走去。她在那静静地站着看着我。她哭了。

“我不行。”她说。

“那就去躺下吧。”我说。

“我必须这么做。”她说

“那就这么做吧。”我说。

我装好了吸顶灯，也颇费了番力气，因为螺丝太小，我手指又太大还不灵活，我热了比萨，又做了个沙拉做配菜，我们在电视前吃饭，大家一起。然后他们吃各自的糖果，琳达上床睡觉。我给他们刷了牙，他们穿上了睡衣，但是如果不和他们的母亲说晚安他们绝不躺下，于是他们一阵风地冲了进来，琳达坐起来拥抱了他们。她的视线对着墙，当她抚摸着他们的脊背，紧紧搂着他们时，眼神几乎完全是空的。

孩子们睡了以后我又坐了几个小时，翻着报纸，看了会儿电视，在露台上抽了几根烟。我进卧室时琳达已经睡了，或者至少是闭着眼躺着，我小心地在她身边躺下，立即就睡着了。

第二天是母亲节。雨还在下，均匀地稳定地撒在整个城市的房屋和街道上。我带孩子们出去一个游乐场。这灰色春天光线里，草闪着绿光。他们在各种器械之间走来走去时，他们雨衣的颜色鲜艳得几乎过分。半小时后，我把它们拖到一家家具店，在那里我看了看沙发，因为我们的沙发在经过五年小孩生活的洗礼后已经那么污糟敝旧，要用毯子全部盖起来才堪使用。然后我们去了奥伦斯。我说今天是母亲节，他们可以每人给妈妈买一份礼物。

“你能把它包起来吗？”我对店员说。

“请再说一遍？”她说。

“你能把它们装起来吗？”我说。

“当然。”她说。

孩子们选择了一条大毛巾，一双袜子，上面写着“最好的妈妈”，我为她找了两张DVD。约翰想给她一架飞机。他们看了一会儿包装礼物的过程，就消失在玩具部门。电话响了，我付了钱接过袋子。是房地产经纪人。她说，她这两天一直在试图联系上琳达。

我说她病了，从现在开始她就得和我沟通了。我的脸很烫，我很确定她会问为什么会有臭味，以及为什么靠墙那边的地面不太稳。但是她根本没有提到这些，只是说今天有一些人来看房，说其中有个人已经开始挑剔他看到的一切，又嘲笑价格，又说目前还没有人出价。下午还有一次看房，然后是下个周末。我们挂了电话，我去找孩子。我们要给琳达礼物这件事让他们很开心。我们还买了肉桂面包卷和果汁。

“妈妈，妈妈，我们买了礼物！”我们进门时他们大喊。

“等一下，”我说，“我们要先做好菲卡点心。”

菲卡（Fika），瑞典语里喝咖啡的意思，这是一个古老的俗语，他们只是调换了一下那两个音节。

我把面包卷放进一个篮子，拿出五个盘子，三个玻璃杯，两个瓷杯，混好果汁，做好咖啡，海蒂和万妮娅摆好了桌子。

“现在你们可以去叫她了。”我说。

她跟在他们后面慢慢地穿过走廊。在靠着客厅墙壁那张床的床沿上坐下。他们站在她的面前，每人手里拿着各自的礼物。

一个接一个地递给她。她慢慢地把它们拆开。毛巾，有“世界上最好的妈妈”字样的袜子。她做这些的时候他们满眼期待地看着她。

“谢谢。”她说。

她的脸完全没有表情。看不出任何一种情绪。

哦，不，不，不。

哦，不，不，不。

“海蒂选了毛巾，万妮娅袜子，约翰想给你一架飞机。但我觉得那是因为他自己想玩，”我说，“然后我们买了小面包和果汁，对吗？海蒂和万妮娅摆好了桌子。现在我们去吃吧。来吧，所有人！”

我说得声音又高又快，为了让他们身边热热闹闹，让他们不会注意到出了什么问题，并开始琢磨这个。

后来我们单独在卧室里时，琳达哭了。

“我什么都做不了。”她说。

“做不了，”我说，“但这只是现在。它已经结束了。”

“明天我约了医生，”她说，“你可以一起来吗，你觉得？”

“我当然可以。”我说。

“这样是不行的。”她低声说

“会好的，”我说，“都会好的。很快就会变好。孩子们都很好。”

她摇了摇头。

“是的，他们是这样。然后外婆和奶奶来了。”

“你还得写作。”她小声说。

“会有办法的。”我说。

琳达在做完那个广播节目后消沉了很久。在那以后又有些闪光点，突然间就好像世上没有任何可担忧的事。这对我很有好处,因为这意味着她能干的事多了,我就有更多的时间来写作。她买了很多东西，不过就算她不是直接对我隐瞒，她也没有很公开地做这些。突然，两只大大的可怕的瓷狗立在了孩子们的房间里，这是她为他们买的，而我们卧室窗台上堆满了类似的小东西。我知道她的外祖母也有类似的东西，也许这些东西让她安心。假使是她给自己买的，我无话可说，但是孩子们也被拉到这里面来，我就不太喜欢。这也不是她，一般来说她品位很好，这是其他一些什么从她身上冒出来了。有次她看到一个很年轻女孩在家之店前面徘徊不去，她就决定插手此事，给儿童福利机构打电话，说了她的情况。这可能是一件善行，但这不是琳达通常会做的事。如果我对她说她最近买东西太多，她就对我嗤之以鼻，这个这么便宜，几乎所有东西都是她从二手店买回来的。一天下午，门铃响了，外面站着个古董商，她买了一盏灯，还是那种罗里吧嗦、多愁善感的老姨妈风格，不是因为它便宜，这不便宜，而是因为它这么精美。她与陌生人聊得很多，咖啡馆里坐在隔壁桌的人，商店里的售货员，在幼儿园她与所有人都成了密友。她光彩熠熠，她说话，她也不太在意所提到的细枝末节都准确无误。这一切都没毛病，除了我好像总是和她接触不良，她总是没有扎在实地里。当我这么说时，她看着我，说她明白我的意思。当然，她什么都了解，一切都很好。她很高兴，仅此而已，一切都上了轨道，她和孩子们在一起总有好点子，他们喜欢她散发出的气场，突然间那么多事围绕着她发生。至于我不喜欢，我并没有放在心上，因为这也没有错，至少我对她也说不出口，说什么呢，她不必为孩子们买这么难看的东西？哦，一天下午，她们人手一个二手芭比娃娃，约翰拿着一个士兵。这是琳达为他们买的。

孩子们上床睡觉后，我扔掉了这些娃娃。

当这段明亮时光结束后，她开始下沉，她对自己做过的一切都感到羞耻，尽管她也没有做错什么。这波动的加剧令她非常担心。有一次她对我发脾气，说我要帮助她，任何丈夫都会这么做的。她希望我帮助她重新去做心理治疗。她最希望的是我们要一起去做治疗。这事她已经希望了好几年。她知道我宁死也不愿去做夫妻治疗，而我实际上是说真的。如果在夫妻治疗和去死之间有得选，我会选择去死，毫无疑问。单人治疗我也不愿意去做。但是，她的绝望里有些东西依然让我拿起了电话，和一个心理医生订了时间。所以那年早春我们去了。当琳达开始说自己过得怎么样时她开始哭了。心理医生听了她的话，然后他问我对这个怎么想，我就说了。他对琳达的情绪波动的关注不像对她的生活状况关注得那么多，她没有工作，也没有收入，他问她要怎么解决这个问题。他说的话里也对，但我不明白这如何能帮到她。下次琳达就是一个人去的，然后她自己联系了一个医生，和她约了问诊时间。然后她的情绪又高涨起来。现在这情况很不一样。我以前从来没有见过她这个样子，她已经不在我们当中。她放手了，她陷入了内心的黑暗中，以至于她周围的一切都不再有意义。我觉得情况就是这样。她比什么都爱我们的孩子，但她甚至无法为了他们而回到这世界里来。

第二天早上，我带孩子们去幼儿园时，我给琳达做早餐，用托盘装着端去找她。我们在一起以后的第一年我常这样做，因为没有什么比这更让她高兴。但是后来我就不这么做了，我不再想为让她高兴而额外付出什么努力。

她在床上坐起来。她用手来回摸着羽绒被，这看起来很异样，动作就像一个动物似的。然后她一只手举起那装着什锦早餐谷物的碗，另一只手首先将拿着餐匙往下，再往上送到嘴边。这个过程如此之慢以至于我转过身拉起百叶窗，看对面的旅馆。

她那里面有什么已经支离破碎了，我想。

她吃了半碗，然后把它放下。

“你吃饱了吗？”我说。

她点了点头。

“那么我们就出发？”

她又点了点头。

“你想先洗个澡吗？”

“这做不到的。”她说。

“做不到，”我说，“不过不洗也没问题。”

我抓住她的胳膊帮她起来。她站着朝着开着的柜门看去，那里面里面放着她的衣服。她看着孩子们时的那绝望再次出现在她眼中。

我拿了一条蓝色牛仔裤和一件灰色学院毛衣，将它们放在床上她面的前。

“可以吗？”我说。

她点了点头。

“我在走廊上等。”我说，然后走了出去。

我们搭电梯下来，然后胳膊挎着胳膊去希尔顿酒店外面坐出租车。她的动作沉重迟缓，好像她所承受的重力比别人都更大。也许真的是这样。

她体内有什么东西已经崩坏了，我又想。

我们上了出租车，我报了那条街道的名字以及号码，司机在联合大街打灯转过去，然后到音乐厅，在那儿我们又右转，过了运河上的桥，进了城市最南部，这里我们很少来，我们的生活主要在三角地的公寓和莫勒瓦恩的幼儿园之间。

在进大楼的门外，我问她进门密码。她机械地说了出来，她记所有这些事比我好不知道多少倍。

我们搭电梯上去，进入了一个大候诊室。琳达慢慢走向她要去知会她已经到来的那个窗口。我在咖啡自动售卖机的架子上放下一个杯子，按下黑咖啡的按钮，在杯子被噼里啪啦滴溅着装满的过程里环顾四周。

两个人往前垂着头坐着，想尽可能缩减自己的存在。其中一个是女人，可能五十，另一个是男人，也许三十。女人苍白丰满，穿着裸色的衣服。男人也生得饱满，一部稀疏的络腮胡，头发油腻，戴眼镜。他们旁边坐着一个女人，高声用手机说话。一个男人从走廊上走了过来，头发理得短短，衣着得体，脚上穿着那种医护人员常穿的厚底凉鞋，可能是个医生。我刚拿过杯子喝了一口，他就他们面前停在，说了个名字，那中年妇女站起身来，他们握手，她跟着他穿过走廊。

“要喝咖啡吗？”我对正朝我走来的琳达说。

她摇了摇头。

“我们要坐下吗？”

她点了点头。她慢慢地朝沙发走了几步，看着我，我点头，她坐下了。我坐在她旁边，握着她的手。那个女人还在用手机聊天。什么地方传来广播，我抬起头，天花板上有个扬声器。有人在说话大笑，这是那种轻松的早间节目，几乎每个日常工作场所里都在播放；发廊，出租车上，修车铺。我觉得这个很不合适，它直接戳到琳达心里，这就是把她关在门外的生活。

我看着她。她看起来根本没让自己留意到这些。

我记得有次我们搭出租车去斯德哥尔摩的一家医院，琳达担心得要命，她觉得她快要临盆的孩子已经死了，出租车里播放着电台广播。尽管我知道这轻松对她来说是残忍的，她已经被推到生死之间的边界，最最可怕的区域，但我不敢对出租车司机说让他把收音机关掉，我怕他会觉得被冒犯了。

我握了握她的手。她凝视着前方。

“想来点水吗？”我说。

她点了点头。

我站起来，用一个白色塑料杯装满水。杯子壁太薄，以至于我几乎能隔着它摸到水，寒冷的，颤巍巍的。

她一口就把它喝光了。

拐角处来了个女人，也许比我年轻几岁。她停下来看着我们，琳达站起来，那个女人微笑着伸出手。琳达握住了它。

“嗨。”我说。

我们握过手，然后走进走廊。她在一扇门外停下，用手推开它，我们走了进去。茶几一侧有把椅子，另一侧有两把椅子。窗户下面的写字台，墙上两张朦胧的，中性色调的石版画。

“来吧，请坐下。”她说。

我们坐下。

“你过得怎么样，琳达？”她问。翘腿坐着，一只手拿着个记事簿或笔记本，另一只手拿着一支笔。她目光友善，隐约地散发着公事公办的气场，也可能是记事簿和笔造成的感觉。

琳达久久地看着她。

“不好。”她最后说，声音低到几乎听不见。

医生又提出几个问题，照我的理解，是摸清楚整体情况。每次琳达都要过很久才能作答，说少少几个字。

“你听到过声音吗？”医生说。

很长的停顿。

声音？我想。她这也跑得太远了吧。琳达没有幻听。

也许她有一个单子要逐项询问勾掉。

“没有……”琳达说，“只是有些想法……我不愿意去想那些……”

“你想过自杀吗？琳达，你是不是想着结束自己的生命？”

琳达看着她。然后她开始哭。

“但……但是我……我做……我做不到……”她说，“孩子们……我……做不到。”

“但是你想过这个？”

琳达点了点头。

“经常吗？”

琳达点了点头。

“我……我……整天……都在想……如果……如果我只是得了什么病死掉就好了，那样就……更容易一些……对大家来说。”

我开始哭泣，垂下眼睛。深呼吸，缓慢地，因为我不能让自己陷进那种情绪。看着地毯上，看着椅子腿，看着角落里的字纸篓，吞咽。

“就好像一切都在变慢？”医生说。

琳达点了点头。

“你什么也做不了？”

“做不了！”琳达说，哽噎着。

“你能去冲澡吗？或者你到底能不能起床？”

“不行。一点点吧。孩子们……我做不到……”

医生在笔记本上写了一些东西。然后她看着我。

“你对琳达现在的状况有什么感受？”她说。

“我不太知道。但是我从来没有见过你像现在这样消沉，”我看着琳达说，“这完全是新情况。”

“你显然有严重的抑郁症，”医生说，“我们要试图尝试扭转这种情况。你当然要开始吃抗抑郁药。但是我们也不希望在这一波低潮过去之后让你太兴奋，所有我们必须要谨慎。很自然地，还有一个可能是你入院治疗。你在那儿身边能更清净一些。在家你有孩子还有日常生活。很可能对你提出一些要求，但是你最好能避免这些。你也没有考虑过住院？”

琳达惊恐地盯着我。

她摇了摇头。

“我想也许最好还是她在家里。”我说，

“琳达？”医生说。

“我不想住院。”

“我了解了，”医生说，“你肯定可以在家。也许这对你来说会是最好的。但是我希望你经常回来这里。可以吗？”

琳达点了点头。

“重要的是你要尽可能地起床活动。试着尽可能多地做一些你平时做的事。不需要太多。一点点来，这样你就不会在床上一躺就是一整天。你可以给孩子读睡前故事吗？”

“我不知道。”琳达说。

“那你就可以和他们坐在一起，看半小时儿童电视。还有一点很重要的，你要出门，接触一下阳光和新鲜空气。你一定要试着每天出去走一走。”

琳达点了点头。

医生看着她。

“我有那么……可怕……的焦虑。”琳达说。

“会给你开一些对症的药。一种焦虑时可以服用的药片。它一吃下去就会有效果。可能会让你有点困。然后再给你开些治抑郁的药物。但是我想开始时要谨慎一些。我们不希望你的情绪立即就高涨起来。”

她站起来，朝电脑那边走过去。我抓住琳达的手，紧握着它。

“这样你就能在任何药房取药，”医生说，站了起来，“然后我在这里写下了下次见面时间，已经定了星期三。可以吗？”

琳达点点头，我们站了起来。

“琳达，我认为你不是孤单一人真是太好了。那里总是有人在你身边。”

“这是当然的。”我说。

她跟着我们到了门口，友好地微笑着，道别，小心地关上门。

“你觉得那边前台可帮我们叫出租车吗？”我说。

琳达点了点头。

“那我去问一下。”

琳达在我与前台说话时在门口等着。我们下到街上后我点了一支烟。

“一切都会好起来的，”我说，“你不去住院是挺好的，不管怎么样，你留在那里是为了孩子们，就算你受不了那么多。”

“是的。”她说。

“那我们每天都出去走一走。然后你就和他们一起看会儿电视。”

“是啊。”她说。

“那是我们的出租车，我猜？”我说，抬头看着前方街道，一辆黑色的帕萨特开了过来。它在我们身旁停下，我们坐了进去。

“这些肯定会好的，”我说，“很快你就会走出来了。”

对于琳达来说最糟糕的事，也是最大的噩梦，就是再次入院，我很知道这一点。考虑到孩子们，这种情况就更糟，他们有一个被送进精神病院的母亲这点，本身就造成耻辱感。我也是这么认为，入院就定义了这件事，将其锁定为一种疾病，让它成为某种带有医疗机构色彩的东西，而其实这本来只是琳达，一阵黑暗灌注进了她心里，琳达，这现在坐在我旁边的她，万妮娅，海蒂和约翰的妈妈。对他们来说最好的也是她在家，这不是任何陌生或危险的事物，而是他们自己能看到的东西。

在我们坐出租车回家的路上，我就没有那么确定了。那是我的责任。尽管她不愿意，但她现在没有能力去做反复权衡后的决定。这就是她为什么看着我。如果我点头然后说，你绝对要入院，她就会情愿去这么做。

医生已经建议了我们这么做。我们说不，最好还是按照我们自己的方式来处理。

“英丽什么时候来？”我说。

“我不知道，”琳达低声说，“肯定是今天下午。”

“一切会好的，”我说，“然后她就会在那儿照顾孩子们，而他们也会想些别的东西。他们现在必须身边有些人。我觉得这很重要。”

“是的。”她说。

出租车滑至希尔顿酒店的立面前停了下来。我付了钱，我们下车,我扶着她的胳膊,我们一起过马路并继续朝药房走去时。

回家后她躺在床上，几分钟后就睡着了。我从一个房间走到另一个房间，这么走了一会儿，在阳台上抽烟，开着门，以防英丽按门铃，坐在书房里打开电脑，因为当她睡觉时就不需要我了，但是当我看到我在沃斯那里写的那段小论文，关于特纳和克劳德·洛兰，我意识到现在不是写这类东西的时候，就又关机了。

我走进卧室，只是为了看看她躺在那里。整个周末，我们外出买东西时，她则不得不躺在那儿，渴望着死去。

门铃响了。

我走进门廊，拿起开门对讲机。

“你好？”我说。

“是英丽。”

“我开了门。”我说。

我站在那儿，等着直到听到电梯在外面停下，打开了门。

“她怎么样？”她一出电梯就问。

“不太好，”我说，“我来拿。”

我对她的手提箱点了点头，她放开了这个箱子，这样我就能接过去。

“我们刚刚去看了医生。她说是深度抑郁。还建议她其实应该入院治疗。但是琳达宁愿在家。我也希望这样。”

“那是个好医生吗？”

“是，我的确这么认为。”

“唉，唉。”她说着叹了口气。

“是啊。”我说。

“她现在睡着呢？”

“是。”

“那么孩子们呢？他们有什么不安情绪吗？”

“没有，我觉得没有。他们没有留意到太多这些。他们现在在幼儿园里，和平时一样。”

“这很好。”她说，向前弯腰好把鞋脱下来。我在离她几米处站着，希望对话就此停止。她之前为我在第二册里写她的内容而生气，现在又是这个，关系到她的女儿。同时，她又依靠着我——住在这里的是我，是她孙辈的父亲——就像我依靠着她一样，她所提供的这些帮助。

她看着我。

“我想你可以睡那个厅，”我说着转身把手提箱放了过去，“可以吗？”

“我睡哪儿都行，我，”她说，“我也可以和孩子们睡一间房，如果西塞尔睡客厅。”

“她可以睡我的书房。”

“好——好吧，”她叹了口气，“不管怎么样，能在这里就很好。能看到孩子们真是太美妙了。”

“他们都盼着你来。”我说。

那天下午我去接孩子时，英丽也一起去了，她也想给他们一个惊喜。在电梯里我们什么也没说。到了外面街上，我们停下来看着对方。

“她不能自己一个人待在那儿。”我说。

“我也这么想，”英丽说，“你去吧，我和她一起待在家里。”

这怎么可能。我继续朝南佛斯塔德大街（Södra Förstadsgatan）走过去时想，我怎么会忘记这一点？她不能一个人在家？

这个周末我们出去那么久也同样恶劣。这就好像我根本还没有认识到问题的严重程度。就好像一切可以照旧，就好像她躺在房间里把自己和其他家人隔绝开来时，在她内心所发生的一切只是无足轻重似的。

“外婆来了吗？”万妮娅问，她一看到我在围栏后出现就跑了过来。

我点了点头。

“她来了。她很期待见到你。”

我朝工作人员走了过去，与他们寒暄了几句。一切都好，他们说，孩子们高高兴兴，心满意足。我想过和他们说琳达抑郁了，这样他们就会格外留意孩子们，看看孩子们是否会出现什么不妥，但万妮娅和海蒂都站在我身边，我决定等到明天再说。

我们在家之店买了水果、牛奶和酸奶，他们不耐烦，想立即回家，因为外婆在那里。因为她肯定带了很多礼物来？

当她在我们家里，总是她做所有饭菜，购物，让厨房里井井有条。她对我们是竭尽所能地好，对此我毫无疑问。假使我没写那本书，我与她的关系原本会很好的，但是它像阴影那样挂在那儿，而我们也没法谈论它。

奇怪的是，当我们进门时，约翰在她面前腼腆了起来。但这并没有持续很长时间。当他们打开各自的礼物，他们跑到里面去给琳达看。我跟在后面，照顾着局面。琳达看着他们，坐了起来，试图微笑。真好看，她说。

“来吧，小妖怪们，”我说，“妈妈要休息一会儿。”

这次要让他们听话倒不难。我关上了卧室的门，然后通向走廊的门。英丽站在厨房里，已经做好了晚餐。

“你想要我们什么时候吃饭？”她说。

“什么时候都行，”我说，“你觉得最适合的时间。”

“五点？”她说。

“很好。”我说。

我把我做好后被遗忘的咖啡倒进暖壶，正准备去阳台上，这时电话响了。

这是个奥斯陆的号码，我接了。

是十月出版社的伊丽莎白。

“有打扰到你吗？”她说。

“没有。”我说。

“你在写吧，我希望？”她说着笑起来了，“但是我能联系上你真是太好了。我们要说说书的首发式。第五部毕竟马上要出版了。”

“是啊。”我说着，打开了通向了阳台的门，坐了下来。

“你有没有想过你想怎么做这件事？”

“越少越好，就这样。”

“原则上你可以选择你想做的。这毕竟是大家都感兴趣的大事。但是我有个建议。《晚邮报》想采访你已经很久了。不然你就做一个采访？然后其他事就不考虑了？”

“这听起来不错。”我说。

“我觉得这应该会很不错。”

“然后还有一件事。今年秋天奥斯陆的读书节。如果你能过来这边那就太好了。”

“那是什么时候？”

“9 月中旬。”

“这倒也不是不可能。”我说。

“太好了！现在我知道了这点,我们以后再说细节。谢谢你，卡尔·奥韦。”

我挂了电话，把咖啡倒进杯子。琳达上一次生病，已经是一年多以前的事了。

我甚至都没想到过这一点。

想象一下它会持续下去？

我灭了烟走，走进去。看看孩子们怎么样，然后走进卧室。她没在睡觉，睁着眼睛躺着，抬头看着天花板。

“怎么样了。”我说，在床边坐下。

她把头朝我转过来。她的视线里几乎完全空洞

“孩子们都很好，”我说，“他们在幼儿园里就和平时一样。他们很高兴英丽在这儿。约翰开头有点腼腆，但他很快就恢复

原样了。”

她看着我，仿佛希望我再多说点儿。

“你能起来吃饭吗？”我说。

她点了点头。

“还有，吃完饭你和他们坐在一起看《叶哩嘣啪》？”她又点点头。

“这就够了，这样，”我说，“你能做到这些，就很好。”

我站起身来。这就好像我承受不了她那样的注视。

“饭好了我就过来叫你，”我说，“好吗？”

她点了点头，我走进客厅，坐下来，拿着两份早餐的报纸，我到现在还没有打开读过。

第二天当我把孩子们送到幼儿园后回家时，英丽坐在卧室的床上和琳达在说话。一个放着食物的托盘在她俩中间。一碗什锦谷物，一个鸡蛋，水果，一片面包，一杯果汁和一杯咖啡。琳达看着英丽就像她最近看着我那样，从远远的她的内心深处看过来。这就好像说出口的一切都在这目光里消失了。它进入了一个没有尽头的空间，它在那里是那么小，完全无法造成任何改变，同时那也是她所有的一切，也是她到现在还在坚持的原因。她一直一直地看着我，现在她也一直一直地看着英丽。

“现在他们都去了该去的地方了。”我说，站在门口。

英丽站了起来。

“你吃好了？”她说，“那我把它们拿走。”

我知道她不想太侵入我们的空间，而我们的卧室就是这种她只有在极端必要时才跨过的边界，但是刚才我不在，所以她才进去了，因为琳达是她的女儿。

“那我们出去走一走吗？”她消失在门口后我说。

琳达点点头，慢慢地站在了地板上。

“要我给你找衣服吗？”

她又点点头。

我拿出一条裤子和一件毛衣，出去在走廊里等着。把外套递给她，在她面前放下鞋子，她穿好衣服后我抓住她的胳膊，然后在她身边一起走向电梯。当我们下行时她看着地板，肯定是为了避开镜子。

外面太阳灿烂。广场和道路间的树木是绿色的，叶子繁茂。人们在那铺着石板的广场上来来去去，汽车在上方呼啸而过。我们慢慢走向公园。

“我爱你，琳达。”我说。

她身子一顿，看着我。

“现在很糟糕，但是这些都会好起来的我保证。你只需要坚持下去。”

她再次凝视着前方。

“我知道这些让人完全受不了。但是你必须扛过去。然后就好了。”

我们走过了过街通道，走上人行道，经过了那家墨西哥餐厅，发廊，牛仔服商店。天空湛蓝，道路另一侧的公园里草是绿色的。到处都坐着人，有些人面前放着自行车。

“你是个特别棒的妈妈，琳达，”我说，“我知道你觉得你给孩子们带来不好的影响。但是你没有。这对你来说根本不可能。那只是你身上发生了一些事。但它会过去的。一切都会好起来的。

我保证会这样。”

她看着我，还是那半是神游天外，半是乞求的目光。她什么也没说。我们过了马路，走进公园。

“我们坐那儿好吗？”我说，冲着公园中间树木下的石栏杆点点头。

“一切都会好起来的。”我说。

一位牵着狗的老女人走过我们身边，在她身后是一个骑自行车的年轻女子，她背上有个背包，围着我们划了个小弧形。游乐场那边响起孩子们的声音。我看到大概有三四个家长带着他们的孩子在那儿。

我们在石头上坐下来。

琳达哭了起来。她大声抽泣，肩膀耸动着。我用胳膊抱着她，低下头抵着她的后颈。

“都会好起来的。我爱你。现在是很糟，但是它会过去。”

那些坐在我们旁边草坪上的人朝我看过来。一对夫妇从对面走过去，他们也看过来。来了一阵风，我们头顶树木的叶子扑簌作响。琳达身子前倾坐着放声哭泣，就好像她身体发生了一场山崩。

我抚摸着她的脊背。

你现在是在怎样的黑暗中啊，琳达。

你在怎样的黑暗中。

“我爱你。你是独一无二的。你是个特别出色的妈妈。一切都会好的。你只要把这些扛过去。”

这哭泣的潮水在她身上慢慢退去。我伸出我的胳膊，她把她的胳膊挎上去，然后我们站起身来，沿着这砾石小路走下去，慢慢地，像一对上了年纪的夫妇。那躁动不安追逐着我，洞穿了我。

当我们站在那儿脱下外套时，英丽走出来到了走廊上。

“看看你多棒啊，琳达，”她说，“你能出去走一走真是太好了。”

“你想休息一下吗？”我说。

她点了点头。我跟着她进入卧室。

“你想要个收音机吗？这样你躺在这里时就有点东西可听？”

她摇了摇头。

“我只想睡觉。”她说。

她躺下，将被子拉过来盖住一半脑袋，闭上了眼睛。

“好吧，”我说，“我半小时后再来看你。”

我出去抽根烟。我经过厨房时垂下了视线。英丽坐着，面前桌上放着报纸，不像是想聊天的样子。我知道她以前是喜欢我的，但是我写的东西，可能给这一切蒙上了阴影，而且她有可能把琳达身上发生的事与我所做的事直接关联起来。我不知道她有没有这么想过，但是可能性很大。

我们说过晚餐要吃什么。我们谈过琳达，就是我们必须帮助她尽可能多地起来活动。我们说过了孩子们，关于他们的那些家务怎么分配。但是我们没有谈论她，我们没有谈论我，也没有谈论我写的关于她的内容。

我低下头，悄悄溜了过去，我对自己说，对我们两人现在来说只有琳达的事才是重要的。

我坐在阳台上时，听到微微的电话铃音。我进去拿起了它。是房地产经纪人打来的。她刚刚结束了一场新的看房。有七个人来了，但很可惜的是没有人出价。这个周末她还会安排一次看房。她说我们肯定能卖掉它。我说这听起来很不错。她说那里的淋浴看起来好像有问题，来看房的人里有一个把它打开，然后就怎么也关不上了。然后管道里也有水喷出来。我说这没错，淋浴和管道是有些问题，我会找人来看看的。很好，她说。然后我们挂上了电话。

我进去看琳达。她睡着了，我又出去，进了书房，在这里我可以安静一会儿。打开电脑。翻着那本有克劳德·洛兰的画的那本书，我上次去纽约时买的，也就是几周前。感觉上像是过了好几年。我在曼哈顿晕了过去，是我在一个活动里朗读了以后，我之前一直那么紧张，然后我和我的美国出版商喝了啤酒，然后我们站在外面，她给我介绍了一位年长的埃及作家，他在那儿极尽张扬，我突然就站不起来了，但还是要下楼梯坐下。我用手撑着头，注意到那黑色在我体内集结，并升了起来，一波让人眼花缭乱、不可抗拒的疲劳和晕眩。这位埃及老人是一位伟大的诗人，他的张扬恰如其分，他走向我，突然变得友好起来，他把手臂放在我肩膀上，问我还好吗。我说我还好，他走回了他的同伴们那儿。我突然甚至连坐都坐不住了，就起身向出版商挥手，说我必须马上回去，她说她去给我叫部出租车。我等不了了，在人行道上躺了下来闭上眼睛，意识消失。她把手放在我的肩膀上时，我的意识又回来了，并明白过来我晕倒了不会超过一分钟或者两分钟。但是人们朝我躺着的地方看过来。我终于站了起来，她打来了那辆等待着的出租车上的门，对司机说了一个地址，然后我们就开车朝这个强大的城市里驶去。

我就是那里看到了克劳德·洛兰的画，这也就是我现在写下的内容。奇怪的是，我轻松而聚精会神地写着，其他一切都消失了，直到我突然地，在抬头看着覆盖着我面前窗户的百叶窗时，就像这明灭的春光一样，想起了琳达。我关上电脑，起身走进去到了她身边。

她坐在床上。她用手指抓挠着她面前的被子，抬头看着我。上身前倾，手指抓挠着床罩。所以她在把什么东西刷下去。所有这一切让我害怕，这些动作如此陌生。

“我很焦虑，卡尔·奥韦，”她说，“我好害怕。”

“那你不能吃一片给你开的药？”

“能啊，但是它效果持续时间这么短。然后只会变得更差。”

“我可以去拿过来。现在这种药叫什么名字来着？”

她说了。我走进厨房，有一格里放满了她的药盒，我找到了她该吃的那种，装了一杯水，然后又进去了。

她吃了药，背冲下躺着。

我在她身边躺下。

我们什么也没说。我握住她的手。我在想我刚刚写的东西，洛兰的画里那些情绪使我内心充满安宁，而这些在下一刻就给了我一拳，当她躺在我身边想死，而我居然能想到这些，我得是个什么样的怪物啊？

“你想吃点什么吗？水果之类的？”

她没有回答。我看着她。

“葡萄？”我说。

她点了点头，我站起身来，走进厨房，幸运的这里已经没人了，我把一盒葡萄放进一个大碗里，又进去了。

“还是不要收音机吗？”我说，把碗放在旁边。

“我什么都不想听。”

“音乐也不想吗？”

“不想。”

她把被子拉过来，扭头冲着墙。

从幼儿园回家的路上，万妮娅想知道妈妈是不是还在睡。

“是的，她是还在睡。她生了点小病，你知道。但这很快就会过去。”

“它永远不会过去，”万妮娅说，“她总是生病。”

“不，她不是这样，”我说，“她只是现在生病。所以她需要休息。”

“我也是，”万妮娅说，“我想和她一起休息。”

“你当然可以，”我说，“如果你可以安安静静的，就没有问题。”

“我也要。”海蒂说。

“是啊，肯定可以，”我说，“但是每次只能有一个人。我们就这样说好了吗？”

但进展并不顺利。万妮娅开始折腾琳达想让她起床，海蒂也没好多少。

万妮娅拒绝离开房间，我最后不得不把她抱走以了结此局面。我试着把它变成什么好玩的事情，开个玩笑，但她真的生气了。

我把她放进房间里。她想从我冲过去，想再跑进去。

“万妮娅，”我说，“妈妈是真的不太舒服。她需要安静和放松。这很快就过去了。我保证。”

“不会过去的。”她说，低头看着地板。

“来吧。我们看个电影。”

“我不想。”

“那你想要什么？”

“我想去找妈妈。”

“我明白这一点。你也可以去找她。但是不是现在。”

她坐下来，开始把她那些小玩具模型挪来挪去，就好像我不存在似的。我看了她一会儿，然后就出去了。

第二天，我们又去了医生那里。她问的还差不多是上次问过的那些事。琳达还是一样地缄默。

“我们现在必须要做的，是扭转抑郁的情况，”过了一会儿她说，“实现这个的一种方法是电击。我知道这听起来可能很可怕，但事实是它真的有效。它以某种方式给这个过程来了个刹车，给了大脑一个新起点。这会不会是你愿意尝试的东西呢？你知道，这一点都不危险。而且就在这里停下来。”

当医生说着这些时，琳达转向我，眼神和上次被建议住院时看着我时一模一样。

她的嘴张开又闭上，就好像在抓取空气似的，眼里积满泪水。

“不，”她说，“不。”

“我不这么认为，”我说，“我觉得我们只要试着把它根除，就是这样。”

“我明白这一点，”医生说，看着琳达，“最重要的是你每天都起来保持一些活动。你已经出去走一走了，这很好。如果你还有力气，还能做一些你平时做的事就太好了。”

“我什么都没做。”琳达小声说。

“你说什么？”

“我什么都没做。”她说。

“人在抑郁的时候是不容易看清楚这点的，”她说，“感觉就好像你什么都没做，也没有什么价值。但肯定有些是你更喜欢去做的，和其他事情相比？”

琳达摇了摇头。

“你没有爱好，没有什么你特别期待去做的东西吗？”

琳达再次摇了摇头。

“你喜欢电影，”我说，“还有阅读。”

“这些我都干不了。”她说。

“对，”医生说，“但是我想的不是这些大事。假使你愿意把要洗的东西放进洗碗机里，哪怕只是几个玻璃杯，也就很好。”

琳达点了点头。

“孩子们怎么样？你能够和他们在一起待一会儿吗？”

琳达摇了摇头。

“有啊，你做了呀，”我说，“你和他们一起看电视了。”

“很好，琳达。也许你可以试着给读一点书之类的。你能做到吗，你觉得？”

“可以。”

那天下午，她一个接一个地给他们读书，因为三个孩子一起的话她应付不来，那样的话他们就会争夺她的关注闹将起来。她先给约翰读书，海蒂站在走廊上等着，然后是海蒂，最后是万妮娅。做完这些她就睡了。在她的这些新日子里，一种模式开始清晰起来：她在床上吃早餐，我送孩子们去幼儿园送孩子，她穿好衣服和英丽或者我出去走一走，睡觉，起身吃午餐，把碗碟放进洗碗机，睡觉，孩子们回家时给他们读书，睡觉，起床吃晚饭，和孩子们一起看儿童电视，睡下。我每天抽空写上一些，但也不多，几行而已。伊丽莎白打来电话，她已经与《晚邮报》约好了，他们下周将派一名记者过来。

"记者叫西丽 · 厄克兰。"伊丽莎白说，

"但是她在《卑尔根时报》工作。我们说的不是《晚邮报》吗？"

"是的，但是它们之间有合作。这些区域大报。它们经常登同样的报道。"

"好吧，"我说。

我其实早就决定永不接受《卑尔根时报》的任何采访，这既因为他们在第一部出版时对我的态度，也因为他们随后对我以及我的书的态度。所有他们的报道都是以负面角度，那种冷嘲热讽有时到了接近谩骂的地步，有时则带着道貌岸然的愤慨。我自己不看这些，但是妈妈和英韦都住在《卑尔根时报》覆盖的区域，所以我也能对他们笔下的语调有些印象。我那次去奥达时，我收到由主办方转达的《卑尔根时报》提出的采访请求，记者向他们保证这次肯定会做得讲究，也不会出现他们迄今为止一直表现出来的那种倾向性。这太粗鲁了，让我在读那些文字时都合不上嘴。首先，他们激怒我，然后他们问我是否愿意

接受采访，他们保证不再激怒我了。

但是我真的不想再给谁制造什么问题。西丽·厄克兰我还是信得过的，此外他们已经说好了。他们登她写的专访也不会有什么坏处。

琳达的情况没有好转。每次我和她在一起时，我都说着同样的话。我说我爱她，说我知道她现在处境糟透了，但是那些会过去的，一切都会好起来的。这就好像我说的一切，都消失在她体内，它们只是在那黑暗中溶解然后消失。她从来没有回应过我，当我说那些话时她也没有看着我。我们去了小公园，在那里坐了一会儿，然后就回去。我知道这种情况可能会是长期的，我们再去看医生时，我要求开疾病证明，这样我们就可以取消去科西嘉岛的旅行，拿回那笔钱。她每天下午都给孩子们读书，读完后就精疲力竭，但我也很高兴她能做这些，因为这就像一条生命线，对孩子们来说是最低限度的必需品，这让他们不至于被在她身上发生的这些事打上烙印。可以说，对于海蒂和约翰来说是这样，他们接受了一切，而万妮娅，恰恰相反，被许多她自己也不知道如何处理的矛盾情绪所充满。有天晚上，她大发雷霆。琳达坐在客厅的一把椅子上，万妮娅大喊大叫时开始有一下没一下地打她。

“你很丑！你很丑！你很丑！”她喊道。

我把她抱走，她踢着扭着，也试图打我。我不得不和她坐下来摁住她，很久很久，直到她消停下来。之后，所有人都睡了，我自己在办公室里坐着，我哭了。我不知道是为什么，我就是哭了。幼儿园说一切都很好，他们没有看到他们身上有什么不同。

万妮娅现在是那里最大的孩子，对一切都尽在自己把握。她在那里也有一个新的最好的女友，她们今年秋天要成为同班同学，我们选择了那所学校完全就是为了这个，她们下午会讲很长时间电话。而她与外婆关系也很亲密。

孩子们做的事都是他们必须要做的，他们去拿他们需要的东西，能替代的东西，能平衡的东西，而完全不知道这就是他们的行事原则。

一天早上，琳达走进厨房。她颤抖着，完全崩溃了。她手里拿着一张信用卡。

“我在地板上发现了这个，”她说，“就在地板上。”

她边说边哭。

“你们一点条理都没有，”她说，“一片混乱。”

“那是我的信用卡，”英丽说，“它肯定是从口袋里滑出来的。”

“它躺在地板上，”琳达用颤巍巍的声音说，“你一点条理都没有。”

她转过身，又朝里面缓缓地走进去。我跟在她身后。

“这不代表什么，”我说，“我明白你认为一切都乱糟糟。但其实不是这样。一切都很好。都在我们掌握之中。别再想这些了。”

她打着寒战。我在想她吃的所有那些药物是不是有什么副作用。

“你可以睡一会儿，”我说，“但信用卡那事什么都不代表。不像你想的那样。一切在掌握中。”

“明明不是这样。”她说，躺下去。

“是的，”我说，“就是这样。本来就很好。我们有三个特别棒的孩子。他们正在长大。他们很好。你的书被出版社接受了。你是作家了。我们也有了钱。只要我们愿意就可以买一栋房子。一切都很好，你知道。一切真的都很好。”

我说这些时她看着我。她的眼睛睁得很大。好像她不知道我在说什么。这些对她来说是全新的。

然后她闭上眼，我站起来，说我马上就回来，我走进去，把咖啡倒入咖啡机的过滤器中，然后开机。

那天晚上，英丽问我有没有第二部的有声书。我点了点头。她问能不能借给她。我最不愿意的就是这个。她为什么要搅和进来？但是我除了去把这本书拿过来递给她也没有别的办法。

她总是早早上床，差不多和孩子们一个时间睡，关上推拉门，自己一个人待着，直到次日清早，她就起床为孩子们做煎饼或烤面包。我一般在其他人上床睡觉后看一小时电视，要么就是坐在书房里翻那些艺术书中的一本。这天晚上，我听见她没有像以前那样很快就安静下来。我上床睡觉时她还醒着。第二天早上，她说她整夜都没合眼。她听完了我写的那本小说。她说我是在书要下印厂之前发给她的，她没有时间读它，而且她也不懂挪威语。这就是为什么她说我笔下关于她的部分都没问题。她信任我。

当她说这些时，她站在炉子前面摊着煎饼。我手拿杯子，正要出去抽烟。我怕她。但是我不能走，我也不能为自己辩护。我必须站在那儿听着，给她这个权利。而她也有这个权利。她说得对。她对我非常愤怒。但是在里面房间里躺着琳达，她爱她，怕她会死掉，在客厅里的是她的孙辈们，她爱他们，为了他们她什么都可以做，甚至牺牲自己的生命。琳达是我的妻子，她的孙辈们是我的孩子。这让她心碎，这也让我心碎。我不能道歉，我不能为自己辩护，所有的理都在她那儿。我之前有的唯一道理就是她提前读过也给了许可，但现在这一点不成立了，因为正如她所说的都属实，因为书稿被送到错误地址，所以最后她只有几天时间。

她对此没有再多说，但我熟悉她，她愤怒，悲伤，害怕。

所有这些之下躺着那不曾被言明的指控，就是因为我写的这些导致了琳达溃败地地躺在那里面。我对此一直都有感觉。这既来自我也来自她。她躺在那里，我则让其他人远离她。我让孩子们远离她，让英丽远离她。那感觉糟透了，它纯是黑暗，因为是我做下的这些事让她落到如此地步，在里面房间的床上。我没有照顾好她。如果我做到了，这些都不会发生。我还做了恰恰相反的事，在我的努力下她的压力变得难以忍受。她一直为之挣扎的是自己的身份，她是谁。之前那一次，当她生命里的压力那么大，一切都分崩离析，她那时逃到一种自我的幻想身份里避难，然后就陷入了黑暗。在她是谁，和她想成为谁或以为自己是谁之间没有任何呼应。我第一次看到的琳达和两年后再次见到的她之间有巨大的差别。她又把自己收拾起来了，我当时这么想。她完整了，或者更完整了。生孩子是某种她可以在其中得到休憩的事，因为那必须要做的事和她必须成为的人，已经放弃了，那时候没有别的选择，就是这样，她也就成了这样子。所以我曾经写道这生活是一种幻想，一种观念，某种不真实。还不仅仅是这样，还把这生活捧出去给所有人看。

她的生活，我们的孩子，我们的问题。还不仅仅是这样，也正是这本书在公共领域里爆开来去，成为每个人都在谈论的东西。这就冲击到了她最脆弱的地方，她的身份问题，她是谁。镜子是我放好的，不仅她在那里面看见自己，而且其他所有人都看到了她。

这些书出版后，她在斯德哥尔摩的治疗师给她打过一次电话，我接的电话，她用冷冰冰的声音要求和琳达说话。她太洞悉琳达的内心，很精确地知道她在抗争着什么，也知道我的实验究竟有多危险。

每次我穿过走廊走进卧室时，我都会有同样的感觉，感到我毁了她，现在又把她藏起来。我们在一起生活了将近十年，而我行事所依据的前提是，我们和其他人一样，我们的冲突也和其他所有人一样，而琳达也必须做到其他所有人能做到的东西。我见过她的爆发，也见过她要控制我的尝试，但我没见过这害怕失去一切的恐惧，这种站在深渊边缘的感觉。我见过清洁抹布、水桶、洗衣机和尿布口袋。我见过童车、童装、浴缸和花洒。我见过琳达与孩子们有多亲密，她把他们需要的一切都给了他们，但我没有看见她为此付出的代价。现在我看到了，因为现在她已经放手了，沉没了。她沉没得越来越深，离得越来越远。日常生活现在已经远非她力所能及。她看着它，从深深的底下，如果她竭尽全力，也可以伸出一只手，触摸到它，在那儿待上几分钟，让一个孩子坐在大腿上，再多就不行了，构成生活的那些东西一点都没有了，那些容易的，容易得不可思议的东西，给他们一点水果，讲个笑话，问他们对什么感兴趣，给他们穿上衣服，把他们扔到公园里去。所有这些都很容易，因此也是我们不珍惜的——就在它进行着的时候，要直到后来，当孩子们大了一些，这些我们在他们两岁或四岁时做的事才给我们以重击，因为我们和他们现在都已经是不一样的人了，而曾经的我们，已经永远失去了。

就是这样。生活很容易,生活是个游戏,直到它的基底消失，你跌倒了，躺在床上并坠入黑暗，然后生活就突然变成了不可能的，突然变得无法企及。琳达看到了这些，但没有力气对此做些什么，就算孩子们围着她蹦蹦跳跳，她所有的念头依然是她不配活着，没有她我们会过得更好，她已经毁了一切，并不停地幻想着自己要死，也就彻底离开了将继续活下去的我们，这些念头是不堪忍受的。

英丽陪琳达出门散步去公园，我看着她们，女儿垂着头，动作迟缓，眼神空茫，母亲挽着她的胳膊，鼓励地，健谈的，积极的。我陪琳达出门散步去公园，我说我爱她，说她现在情况很糟，但是这些都会过去，我所说的一切都没入她身上，完全没有任何抵抗，她的内在像一道深壑，那黑暗如此浓密以至于没有任何东西能照亮那里。没有。就算她最爱的人，万妮娅、海蒂和约翰，都不能照亮那里。

妈妈来了，我们很久以前就说好了，在我坐在社区园圃小屋里写小说的结尾时，两位祖母会过来家里帮忙。这事现在已经没有了，但我们还是需要她们，因为我们现在处于紧急情况。

妈妈和英丽总是相处得很好，无论她们是如何地不同，她们现在也是这样，同时屋子里的张力也增加了，因为我们之间那些没被说出的，没被处理的，处于无意识边缘的，都嵌入在身体和声音里，无法准确地界定，却依然是压倒一切的存在。

许多个晚上，当其他所有人都睡着了，我和妈妈坐着聊天。这感觉有点像背叛。但不该有背叛的感觉，因为我正在被撕成碎片，需要有个人和我一起谈论它，但是这感觉还是背叛，因为这正在把我撕成碎片的东西，还是我自己造的孽，而它所波及的不是我，而是琳达，所以这种和某个对我无条件地好的人讨论这个话题而获得的解脱，本是我无权得到的。

妈妈说琳达比她之前想的情况还要糟得多。她坐在沙发上打着毛线，我坐在椅子上，两腿放在茶几上，手里拿着杯咖啡。她没有说这就是我和琳达确定关系时她就一直担心着的事，但是我知道一直以来就是这样，然后想到我从来没有害怕过这个，这点还挺奇怪。我曾经非常确定一切都会很好。我的哲学就是跟随内心。不是思想，不是理性，不是金钱，而是内心。当我们刚好上时，我想到的第一件事就是我想和她一起生孩子。不是一个，不是两个，而是三个。这些我们现在都有了。

当我写到我们的时候，我也跟随我的心。那个时候它很冷。

我打电话给旅行社取消了去科西嘉岛的旅行。计划本来是我们在那儿待一个星期，就我们一家，琳达、万妮娅、海蒂、约翰和我，接下来那个星期，英韦和他的孩子们以及阿斯比约恩和他家人也过来。出发那天定在是小说截稿期的第二天，此行本来是对所有这一切的奖励。现在我可以忘掉那个截稿期，这部小说被撂在一边，它已经没有任何意义。房地产经纪人定期打电话过来，她在周末和工作日都安排看房，在报纸和网上做广告，有人来看房，没人想要它。我和琳达一起出门去公园走走，她把盘子放进洗碗机，躺下睡觉，和孩子们一起看电视，给他们读书。有时候，她的焦虑变得如此强烈，以至于她变得煞白，根本动弹不得，于是她会再吃一片药，就进入一种忍受着什么的昏沉状态，又睡过去了。哦，琳达，琳达。有两个祖母在身边，孩子们有足够的事可以干，他们大部分时间都很快乐，都已经习惯了他们的妈妈正病着。我不知道我应该干什么。有时候我很生气，它在我心中冉冉升起，她就不能只是收拾好心情，起床，抓紧她生命的缰绳吗？我爱你，现在很糟糕，但是一切终究会好的。我们去散步，她把碗碟放进洗碗机，和我们共进午餐，和孩子们一起看电视，给他们读书。我知道她所有的念头都是黑色的。我知道她想死，也知道她做不到这点。

晚饭在厨房吃。英丽，西塞尔，万妮娅，海蒂，约翰和我。琳达在里面的卧室。英丽没看着我，她说："你考虑过把孩子们写进去的后果吗？"

"是的。"我说。

"孩子们长大后会这会成个什么样子？每个人都想知道他们是谁？你有没有想过这个？想过他们是没有得到任何保护的？"

都因为她女儿，我想。所以她生我的气。

"这并不危险，"我说，"我认为我所写下的东西里，没有什么是危险的。"

这话听起来很空洞，她看着我，我们继续吃饭，孩子们从椅子上滑下来，他们没有注意到有什么特别的，一切都是以最平常的语调进行。

第二天是星期六，阳光明媚，我们所有人要一起去公园，已经打包好了野餐篮子，带了一张大毯子，这是我从冰岛回家后，琳达第一次和孩子们一起出去。英丽和西塞尔以及孩子们站在大楼外面等着我们，但是我不知道，我和与琳达手挽手穿过地下室的走廊，从后门出来——这边离我们要去的公园更近。我以为他们都已经在那儿了。

他们等了一刻钟后，琳达的母亲发火了，把我破口大骂了一顿，这是那天晚上晚些时候，每个人都睡下后，妈妈告诉我的。妈妈也很生气，英丽骂的是她儿子，但我说这没事的，而且我理解英丽。她有各种理由对我发火。但是她也喜欢我，这可能是最难理解的部分。

所有这些都远远地避开琳达。当她出现时，我们之间的所有紧张气氛都立即终止，然后我们都以她为中心来调整自己。当我们独自相对时我当然也不会就这个再说什么，即使这些就是我们曾常常讨论的话题，其他的人，他们之间的关系。琳达很会看人，这是她曾经有过的天赋。现在这些在她那里已经不复存在了。她几乎不说话，在孩子们身上用光了她仅有的那一点点力气。第五部马上要出版了，这也不是什么我能告诉她的事。我预计会有一场风波，因为我写到了我曾经被指控为强奸犯，考虑到我写的所有其他小事最终都出现在报纸头版上，要说这件事不会落到同样下场就真是匪夷所思了。我收到了一些愤怒的邮件，来自被我写到的那些人，我因此把他们都匿名化处理。但是那个曾经说过我强奸了她的女人，她真有其人，就住在卑尔根，如果有人找到她并采访她我绝不会奇怪，尽管无论她的名字，还是其他任何能借此把她辨认出来的信息，书里都没有提及。

因此在接受西丽·厄克兰采访的那天，我什么都没对琳达说，她和她母亲出门走一圈后就回来躺在床上，这次一直走到了柳塘公园。我只是告诉她我要去做个采访，大概一小时，最多两个小时。她说好吧，然后我起身去了美术馆（Konsthallen），前四部的所有采访都是在那里做的。西丽·厄克兰已经坐在那里，和摄影师一起等着我。采访进行得很顺利，尽管我整个过程中都处于戒备状态，一种持续的防守姿态，这暗示出我做的事情里肯定有什么问题。之后我们在外面街道上拍照，然后我回家。英丽去接孩子，琳达睡着了，妈妈坐在客厅里读书。我进来时她抬起头。

“这里怎么样？”我说。

“很好。都挺好，”她说，“你出去的时候琳达起床了。她来厨房里来找我们。聊了有一个小时。”

“什么？”

“是。她哭了，说了她的感受是怎样的。”

“那她说了什么？”

“她说她什么也不会，说她什么都没做过。她说她完全一文不值。她不能自己带孩子，没有工作，而且看来也找不到一份工作。她已经到了一个人所能达到的最绝望的程度。”

“但是她说话了。”我说。

“是啊，她说话了。”

一天早上，她整理了床，当我进来时她坐在被子上，背靠着墙，尽管她看着我的眼神里依然没有希望，但她散发出的东西有些不同了，比她昨天散发出来的要多了些内容。我不能去染指。也许不是所有东西都消失在她体内，不是所有的东西都流进她内心，从她身上也流露出了一些什么。她铺了床，坐在被子上，她迎上了我的目光。

“我刚才试着读一点书。”她说。

“是吗？”我说。

“做不到。”

“这完全没关系，”我说，“你能起来就很好。我们要出去走走吗，还是？”

她点了点头。我们穿过那个小公园，过了马路，顺着那段旧体育场外的木板围栏走着，进了柳塘公园，转身，走了回来。

我们回家后她没有像之前那样躺下睡觉，而是要我在房间里放电台广播。我做了，调了一个古典音乐频道，关上了身后的门，进了书房。没过多久电话响了。是英韦。他说《卑尔根时报》给第五部做了一个大的跨页报道。是啊，很多跨页。在那里，除了其他的，他们写到了那个强奸指控。

“他们那篇文章结尾处写道，《卑尔根时报》已经知道了她的名字。”英韦说。

“那他妈的到底是什么意思？那是在威胁吗？”

“我不知道。”他说。

“再说这本书还没有出来呢，”我说，“毕竟还有发表期限[1]呢。”

“看起来他们并不在乎这个，”英韦说，“一切都是负面角度，一如既往。”

“我必须打电话给出版商。我们再聊。”

我打电话给伊丽莎白。她说事情是这样的，因为西丽·厄克兰要采访我，所以她把一份书稿副本给了她。条件是书稿只能用于准备采访这一个用途。他们答应了，但是他们违背了这个承诺。伊丽莎白和西丽已经交谈过，她非常抱歉，说她和这事无关，他们命令她交出书稿。伊丽莎白非常生气。一家报纸不遵守发表期限并不罕见，比如《世界之路报》就从来不遵守，所以出版社也从来不把要出书评的书提前给他们，但是这次，《卑尔根时报》拿到书稿只是因为他们是唯一做了前期采访的，也因为有这个君子协议做保证。毫无疑问，他们干脆利落地打破了这个承诺。为什么？他们认为他们有权按自己的想法来对待我，因为在他们眼中，我做了极不道德的事。

“但是他们还没有登专访吧？”我说。

“没有，那会在新书发布那天登。”

“那我想让他们撤稿。你怎么看？”

“我认为我们应该这么做。我马上打电话给他们。”

我挂了电话，去阳台上抽了一根烟，走进卧室，琳达闭着眼睛躺着。我进来时她睁开了眼。

“收音机听得怎么样？”

“我什么都听不进去。甚至音乐也不行。”

---

[1] 新闻能发布的最早期限，由其发布者来界定。

她哭了。

我躺下来紧靠着她。

“你已经好很多了，琳达。你现在比几天前又近了很多。它应该要过去了，我敢肯定。”

“我好害怕。”她说，

“我知道，”我说，“但是一切都好着呢，一切都好。”

她躺下了，头埋在床垫里。

她动作快了一些；有些其他的东西在她身上了。

我去幼儿园接孩子，穿过三角地购物中心，从那后面出来，再走一个街区就到了一个游乐场。万妮娅和海蒂在围着一个停车场的栏杆边停下，她们想爬上去，我深呼吸了一下，说她们可以，约翰坐着，脑袋后仰，凝视着天空，那儿有两架飞机拖着的条纹形成了一个十字。

手机响了。是伊丽莎白。

“我今天已经和他们谈过几次了现在，”她说，“最后一次是主编打过来的。他们还是会登那篇专访，无论如何。”

“但是我想把它撤下来！”

“这没有用。他们连言论自由的话都说出来了。”

“什么？他们疯了吗？”

“爸爸，爸爸，看！”海蒂大喊，她向后仰，只用一只手把自己吊着，另一只手戏剧性地向外伸着。我微笑着伸出了大拇指。

“言论自由？他们违背了契约，不遵守发表期限，然后他们要以言论自由为名把这个登出来？”

“是啊，就是这样。这个过程也有律师参与，一整套的。他们还是会登。我们什么都做不了。”

“我这辈子永远不会接受这家报纸的采访了。我再也不会和他们打任何交道。”

“这事我和你站一起，”伊丽莎白说，“我也不认为在以后一段时期内他们能采访到十月出版社的作家们。”

“但是，谢谢你，无论如何。”我说。

“我们再聊。书评马上要来了。但是，你是不读书评的，对不对？”

“盖尔会给我一些简报。我想。好吧，再见。”

“好，再见。”

我挂了电话，把手机塞进口袋里。

“走吧。”我说，向往走起来，停下，转身。“来吧！”

她们慢慢地在栏杆上晃悠过来。

这些该死的双重标准白痴。哦，我真恨这个。哦，这正义的愤慨。哦，他妈的。我去他妈的言论自由。

愿他们在地狱中燃烧。

在游乐场上，万妮娅和海蒂直奔那棵她们称之为“攀爬树”的树。约翰想荡秋千，我把他来回推着，偶尔在他高速飞过来时抓住他的脚，他就会笑，而我抓着他的脚把拉起来高高的，然后尽量把他荡得尽可能地远离我，他就笑得更厉害了。现在书已经出来了，我想，现在每个人都知道了。明天那些报纸就该开始狂欢了。“克瑙斯高涉嫌强奸。”这事我在那个时候只对最亲近的人说过，当时最担心的是它会被捅到报纸上。但这事从来没发生过，可是现在是我自己写出来，大家都可以尽情享用。但是假如我不写这事，那么就有人会知道我对自己手下留情，我隐瞒了我人生里可能后果最严重的一件事，而我书写自己生活这件事就给了别人随心所欲地写我的生活的权利，它迟早要亮相的。

我把约翰从秋千上抱下来，把他放在沙地上。他不想自己玩，跟在我旁边向另一头的长凳走去。我举起他，把他放在我大腿上，用胳膊环抱着他，用头抵着他的后颈。

“我的小约翰男孩。”我说。

“不要，爸爸。”他说。

“不要，”我说，坐直了，“你看到女孩们了吗？”

他一指。她们坐在那里的树叶之间。

她们在做什么?

坐着说话，也许。我能微微地听到了海蒂那典型的大笑和万妮娅的开玩笑的声音。

一刻钟后我们回家了。我们进来时琳达躺在床上，但是当孩子们脱下鞋跑进卧室时，她已经正在起身了。

“妈妈，你能读书吗？”万妮娅说。

她点点头，从书桌上的一堆书里拿了一本，坐下，三个孩子围着她，一堆胳膊腿儿。

第二天早上我很肯定外面会有记者。《卑尔根时报》已经登了关于那桩强奸指控的文章，这事已经捅出来了，尽管到目前为止还没有记者来过这里和我联系——他们到目前为止跟得最近的行为就是来拍这个公寓楼并采访周围任何能找得到的——他们已经联系了所有我认识的人，上来这里这里只是个时间问题，我想。而现在又出现了一个把他们吸引过来的案件。

我给孩子们穿好衣服，把约翰放在童车上，进去走到琳达身边，她躺在那儿正迷糊着，我说我们走了，弯腰亲吻她的额头，又朝孩子们走去，打开电梯门，将童车推进去，按下了到地下室那层的按钮。假使外面有记者，我不想带着孩子们一起碰上他们，他们也不会知道房子后面有个出口，我想，推着童车穿过地下室走廊，倒着拉上楼梯，打开门走了出去，顺着联合大街走过去，从后街走上去到托儿所。

回家的路上，我在距广场还有一段路的地方停了下来，审视了大门入口处外面的区域。没有看起来像记者的人在那儿。我觉得自己有点犯傻。我还没有重要到他们要监视我住处房屋入口的程度。

我已经有点妄想狂了，我想，走去水果摊买了几公斤葡萄和一些苹果，搭电梯上去，给琳达切了一个苹果，把它放在一个装了一簇葡萄的大碗里，拿着走到她身边。她坐了起来。

“所有事情都怎么样了？”她说。

哦，听到这个问题我是多么高兴。

“都很好，”我说，“你吃点东西，然后休息一会，然后我们出去走走，好不好？”

“好。”

“我就是先和盖尔说几句。”

“安格尔还是古利克森？”

“安格尔。”我说，把电话拿出来在阳台上给他打电话。

“你知道今天《日报》上写了什么吗？”他说。

“不知道，”我说，“但是我也他妈的不想知道。”

“上面写着你这事能判十年。”

“哟呵。”

“是的，你可以这么说。开始是《晚邮报》的书评人要送你进监狱，现在《日报》也来了。”

“就是现在的话我真不介意这个，”我说，“蹲监狱，真的”

“我想你一直就在监狱里蹲着呢吧？”

“哈哈。”

“你那边到底怎么样了？”

“其实真的在见好。琳达好了一点。不是很明显，就是那些小小的迹象表明它有扭转的趋势了。”

“可怜的琳达。”盖尔说。

“是的，”我说，“她一直在地狱里。”

我挂了电话。我走进卧室时琳达在冲澡。我躺在床上。她进来，在壁橱里找衣服，穿好衣服。我们去公园里散步，下雨了，我们坐在那些滴滴答答的树下的石墙旁边，一言不发，然后我们回家吃了午饭。她把餐具放进洗碗机，躺在床上听音乐，我写了几行字，关于奥拉夫·迪恩。半小时后我站起身来去看琳达。

“你想来点水还是别的什么？”我说。

她慢慢转过头看着我。

“不用了，谢谢。”她说。

“那是什么样音乐？”

“我不知道。”

厨房那边吱嘎作响。

“你能听音乐就很好，”我说，“几天前你还听不得音乐呢。它在向前走。有点慢……但是……”

我微笑了。她看着我。

“一切都会好起来的。”我说。

她看着我。

“我爱你。”我说。

她看着我。我说的话做的事都消失了在那目光里。

她转过头，抬头看着天花板。

“我走了，再写一点，”我说，“我很快就会回来。”

妈妈回家了，英丽回家了，夏天来了。琳达一次能起来几个小时，看书，对孩子们承受力更强了，几乎完全无声无息地滑入了一种她与我们分享的存在中，尽管她仍然滞重而黑暗，但已经有了很大区别，这个家不再外在于她，她在一天将尽时只有片刻能触及，现在她进来在里面了。我上网搜索了厄斯特伦的度假屋。我们必须走出这个公寓，但没法出远门，所以厄斯特伦是完美的，开车只要一个小时就能到。

我找到了一个有档期的房子，给房主打电话，把钱打进她的账号，租了一周的汽车，然后把车里装得满满当当，开车去了东海岸。这个村庄叫哈马尔（Hammar），房子就在陡峭的山坡下面，我们看不见的山丘另一侧，是大海。我们把车停在房子外面，和主人打招呼，主人向我们展示了我们将入住的三个小房间，我把行李扔进去，然后我们上山环顾四周。阳光明媚，天空湛蓝。山坡葱郁，我们站在顶上时，大海扩展向远方，璀璨朦胧。我们爬下那陡峭的，也许三十米高的沙坡。琳达开始不想，但是我拉着她的手，把她牵了下来。下面的海滩上一个人都没有，向两个方向都延展开大概一公里，我们肩并肩坐了下来，孩子们在我们眼前玩水。

琳达还是缄默，但她在这里，来到了此处。从这个坡上爬回去对孩子们和琳达来说太陡了，所以我们沿着海滩继续走到沙坡足够低的地方，然后我们沿着一条小路走上这片草山坡，翻过一个篱笆，回到了山顶。我们下方的大地极尽平坦，目力所及之处满是田野和农庄。开车过来的时候，我看到这里就已经很开心。过去一年里我们来过这里的一些地方，我们在周末租车，开始只是过来兜个风，然后我们就开始过来看房。我们在找一个度假屋，可以在周末和节假日去住。我喜欢这片风景，不仅是位于这地表的东西，这起伏的原野以及长而低矮的房屋，还有更深处的，在这森林和水覆盖下的东西。它不是我的，它在我体内不存在，也许就是吸引力的来源。

我们走下去吃饭，孩子们睡了，我和琳达坐在外面，暮色萦绕在我们四周，一棵离我们一箭之遥的树上满满都是乌鸦，它们从四面八方飞来，肯定有一百多只，整棵树都黑了，空气中充满了它们嘶哑的声音。

第二天，我们去了海滩，在那儿待了几个小时，然后开车去锡姆里斯（Simrishamn）吃午餐。餐厅旁边有家地产经纪公司，我们进去拿了本小册子，里面有所有他们在本地的待售房屋。回家的路上我们去看了其中一个，很好，但是它孤零零地躺在一片平原中间，给人一种荒芜寒冷的印象。回家后我们烧烤，睡觉前看了世界杯足球赛。这就成了我们那个星期的模式。海滩，城市，看房，烧烤，世界杯。

第三天，琳达在去锡姆里斯的路上，在后座笑了。

我飞快地扭头看了她一眼。

“我已经很久没听到这个声音了。”我说。

第四天，下午回家的路上，我们开车去看了一个房子，位于往内陆进去几公里的一个子里。当我们开到它所在的那条路边，我想这里肯定不行，因为这显然是一片住宅区，我们想要一个度假屋，属于我们自己，完全独立的，一丝一毫都不能让我们想起那可恶的社区园圃。

我们在房前停下，琳达说进去没有意义，因为我们无论如何都不会买，我说我们来都来了，去里面看看也好。

我们下了车，绕过那个转角。

这里，该死，我想。

两座房子以九十度角互相抵着，像个小L形。那儿还有第三座房子，比其他两座小得多。在这些房子之间，延展开一个很大而有年头了的花园。它至少在这儿有五十年了。有些地方已经完全被植物覆盖，但是对孩子们来说它是美妙的完美的，因为它由那么多好似迷宫的地方组成。

“你觉得呢？”我说，看着琳达。

“这里真美。”她说。

“这里美得不可思议，”我说，“我们要把它买下来吗？”

“也许吧。”她说。她的声音里那轻飘飘的无所谓态度，主要和她现在的心理状态有关，而不是因为这房子，我想。约翰又把他的水枪忘在了那儿的花园里，这是一个征兆，我们会回去的。我和房地产公司约了看房，两天后，我们又回到了那里。我们说我们会考虑一下。我们回家了，在那里待了几天，然后我们飞往挪威，到我妈妈那里待了两个星期，然后琳达开始转向另一端，转向轻盈，转向欣快，她说得很多，笑得很多。有很多灵感和很多力量，这很好，没有太过分。

我打电话给房地产经纪人，给房子出了价。然后是一轮竞价，我一点不在乎钱，我想要它，两天后，它就是我们的了。十月份我们将收房。

那个夏天早些时候，妈妈的表弟哈尔斯滕（Hallstein）打电话给她，问我能不能可以在他们即将主办的一个活动里朗读，我说可以，因为我想那会是某种读书日，在现在改造成美术馆的老乳制品农场里，就在妈妈房子所在那条马路的对面，可能有五十或六十个访客；约尔斯特湖一带的村子都很小，它再过去两公里就是郡中心弗勒，而弗勒也不大。

朗读的日子到了，我并没有太考虑这件事，但是离活动开始还有好几个小时，汽车们就开始在外面停下了。当我穿上鞋子，绕过房子，手里拿着书穿过马路时，迎面是一大帮新闻记者和摄影师。还有电视摄像机，咔咔闪动的照相机。他们在等着的是我。

“那些钱你都怎么用了？”其中一人问。

“我买了一台洗衣机，一台烘干机，一台洗碗机还有一台电视。”我说。

哈尔斯滕和我握手，然后带着我进去。里面挤得水泄不通。

“我来得及抽根烟吗？”我说。

“当然。”他说。

记者们又涌向我。更多的问题。在他们后方，妈妈，琳达和孩子们走过了马路。他们隔着一段距离看这边发生了什么事。孩子们惊奇地看着我。海蒂还以为我要唱歌呢，她说。《世界之路报》在我没看的时候就拍下了孩子们的照片，次日就把它登在了报纸上。我打电话给伊丽莎白，问他们这么做不犯法吗。而我自己对此也无能为力，因为我写了其他人的生活，所以在涉及我自己的生活时，我就不再有任何权益了。我接受这个，但不喜欢这样。伊丽莎白回电，她已经和《世界之路报》沟通过，他们承诺再也不会使用这张照片。妈妈买了报纸，想看看上面写了什么，万妮娅看到了自己的照片，她生气了，她戴着眼镜看起来很丑，她说。我说，你是全世界最好看的，但这没有用，她的眼睛绷得窄窄的，再没有光，这种情绪一直持续到关于报纸和电视的那些想法在现实世界里解体的时候，那是在那片小海滩上他们和各自的充气海豚一起玩耍之时。

之前那晚我朗读了，又聊了一下我和约尔斯特的关系，我每本书里都有一部分是在这里写出来的，而我所写的所有东西都和这里有关。我说话的时候，看到万妮娅站在最后面看着我。哈尔斯滕提了一些问题，我也给书签了名，又走过马路，在那儿妈妈家族的人已经聚在了那里。

这太荒谬了，因为过去近二十年来我每年夏天都来，从来没有任何人对我写的或我说的东西感兴趣，然后突然间，我过马路的时候到处都是镜头。

第二天，琳达和我去了山上的牧场，在那儿的小屋过夜。山谷中部的河流，两边的山脉，灰色天空下，湖边白色峰峦可能就在三公里外。附近一个人也没有，只有琳达和我在小屋外的桌子旁，森林密密地向上延伸，云杉和松树。

我对她说起了我要去读写作学院的那年夏天，我就是坐在这同一个地方，独自一人待了一个星期想写点东西。我告诉她，这是外公第一次追求外婆的地方。太阳下山了，我们坐在小屋外，在这暮色中交谈，被是林中远处传来的微微瀑声围绕。

琳达自第一次见到这挪威西部的大自然就被摄魂夺魄了，当时她几乎因这峡湾和山脉之美眩晕，她那时来拜访我妈妈，要录制一个关于 5 月 17 日国庆节的广播节目。她现在对我说起了那时候。她们在峡湾见过鼠海豚，据妈妈说这是个好兆头，她们在树林里见过鹿，那也是一个好兆头。那时她已经怀上了万妮娅，但还不知道。安芬，姨婆阿尔夫迪丝的丈夫，是个马商的儿子，小个子，像熊一样强壮，对她讲述了他当捕鲸人那时的事，还给她看了来自那个年代你能想到的各种有纪念价值的物品。从那以后我们每年夏天都去他们那做客，他们出席过万妮娅和约翰的洗礼，但是那年冬天安芬去世了。我们借的这间小屋就是属于他们的。我说起了外婆另一个妹妹博希尔德，她现在也去世了，但她知道那儿所有的事，对家族里每一个人都了如指掌，无论是在世的还是曾经在世的。我和托雷是怎样地坐在这里写电影剧本，下去拜访她，她用放大镜看着托雷，这让她的眼睛极其硕大。

这正是我在《万物皆有时》里描写的风景，让该隐、亚伯和挪亚以及罪恶河的故事在这其中展开。往约尔斯特的阿尔许斯（Ålhus）里面，到外松恩的许勒斯塔山边上的南伯沃格一带的山。外婆外公也在那里面，琳达的母亲英丽、琳达、我以及英韦都在那里面，但所有人都改了《圣经》味儿的名字，是我从那里的某份家谱列表里借来的，具体已经记不得。

从我记事以来就心系着这片风景，但它从来不是我的，我从来不属于这里。之所以会如此，因为我对什么算归属有着很高的要求。我对克里斯蒂安桑也从来没有归属感，尽管我和特罗姆岛的风貌之间有某种联系，但感觉就像我从来就没有资格把它叫作我的，我们是后来搬过去的。这是我这辈子都没有过的东西，就是来自某个地方，属于某个地方，能把什么地方称为家乡。盖尔·A曾经给家乡下了个定义，那是一个没有人可以拒绝你进入的地方。然后我们就热烈讨论起来究竟地狱是家，抑或家是地狱。我把家和地貌而不是某种境况联系在一起，这是我所有思想里最反动的一点，也是在我心里扎根最深的东西。

第二天，我们带着孩子们开车去妈妈家后面的山谷，在路尽头停好车，然后开始徒步，走到他们走不动了，然后我们停下来吃东西喝咖啡，之后再走回去。他们在马尔默长大，离大山和瀑布都很遥远，但他们还是以一种完全理所当然的劲头看着这一切，与此同时，他们置身这大山深处和苍穹之下时也有些懵懂无助。

琳达又开始走上情绪的下坡路，她的话越来越少，到假期快结束时，我们去拜访约恩·奥拉夫和丽芙以及他们的孩子，她几乎什么话也没说。回马尔默的路上，我们顺路在卑尔根拜访了我的老朋友奥勒和他的女友布丽塔，自搬到瑞典后我就再也没有见过他们；而唯一影响到和奥勒再次交谈乐趣的是琳达的消沉。但这依然远远没到曾经的状况。飞机起飞前几个小时，我叫了出租车，而电话总机里的她问是不是作家本人打开的电话。我说是，并憎恨着自己。出租车是一辆小巴，孩子们认为这太让人兴奋了，坐这车的只有我们自己吗？在弗里斯兰机场，人们把目光投向我，很多人走过来要发表对我的书的意见。其中一位是五十多快六十的女人，她说她去过我写过的挪威南部所有地方。

“万妮娅和海蒂已经这么大了！”她说着笑了起来。

“是的。”我说。

“但是现在我不再打扰你们了。平安到家！你们要回马尔默的家了，不是吗？”

我点了点头。

“再见。”我说，

万妮娅抬头看着我。

“爸爸，你认识她吗？”她说。

“不认识，”我说，“从来没有见过她。”

“但是她怎么知道我们是谁？”她说。

“我写了一本书，你们也在里面。”我说。

“你写了一本关于我们的书吗？”她说。

“是。”

“那它面说了什么呢？”

“各种奇怪的东西，”我说，“你长大以后就可以读它了。”

我们过了安检，人们盯着我们看。在上面。到了另一头，我们去了纳维森便利店，买了孩子们可以在飞机上玩的东西。到处都是我的脸。那些是口袋版，我还从来没见过，封面是托马斯给我拍的肖像。

“爸爸，那是你！”海蒂说并指着它。

“是啊，那是我。”我说。

回家后我又开始工作。几周后万妮娅就要上小学了，她得到允许可以一直上幼儿园，直到开学。我们向她保证过，在她成为小学生后就会拥有自己的房间。由于我们唯一多出来的房间是我的书房，所以我把书桌和我所有的书籍都搬出来放到一个厅里。但是还有很多事，还要粉刷房间，要买写字台，床和壁橱，以及她可以挂在墙壁上的画。计划是在周末刷墙，然后在下周末去宜家，这样在学校开学的那个星期一前让一切就绪。万妮娅担心完不成，但是我向她保证过，开学前一晚一切都会无懈可击。

琳达的消沉在仅仅几天后就退去了，家里的一切都像往常一样。琳达说她可以接送孩子，这样我就可以全心全意工作。我非常高兴。我早上 6 点起床，直接进客厅关上门开始工作，几乎听不到其他人起床离开，他们回家时我出去和他们打个招呼，共进晚餐，然后再工作到 10 点。

琳达接待了一位客人，斯德哥尔摩来的一位女友，她们已经认识了十五年左右，从琳达在斯德哥尔摩国家剧院工作那时起的交情。这位女友是剧院导演，不久前就拍了一部短片，琳达写的剧本。她带着她一岁的儿子，他们将在这儿待一个星期。我几乎看不到她们，把自己关在厅里从早到晚地工作。如果我的活干得干净利索的话，在秋天再出一本也是在能力范围之内。

“她真是太棒了。”一天晚上，当我们可以独自在一起待上分钟，琳达谈到她的女朋友时这么说，“她总是能搞定事情。当她决定要做什么，总是有成果出来。这与我完全相反。但是我们可以彼此帮助。我们已经有了很多想法。她在这里真是太好了。”

“很好。”我说。

“而且你就可以想写多久就写多久了。”她说。

“是的，”我说，“你真慷慨。不要以为我没想过这一点。”

一天下午，我正要去卧室查电子邮件，在走廊上撞见了她们，她们刚才出去购物了。

“这些都是打折的，所有这些，”琳达说，“而且我也没有买很多。”

“别紧张，”我说，“我什么都没说呢。”

“当我和她在一起时，”她说，冲着女友点点头，“那我就完全安心了。她太了解我了。她很精确地知道对我来说好还是不好的界限在哪儿。”

女友笑了。

“琳达迷住了下面所有那些商店的员工。有次我不得不走出去了。我太尴尬了。”

琳达笑了。

“这就是你为什么要走出去？但是真的，”她说，再次看着我，“没有贵的，没有过分的，你要看看吗？”

“不了，我晚些时候会看的。”我说，走进了办公室。

公寓已经完全被堆满了，客厅地板几乎完全被玩具，衣服和毛巾覆盖，孩子们的房间和走廊也是如此。我显然不能对此说什么，因为我在这里有一半的责任，在一般情况下我会让它等到我们能来个大扫除的那一天，因为我必须工作，我不能如此浪掷哪怕两个小时，但是我们有客人时，这干系就不一样了，我为我们把日子过成这样感到丢人。

我和琳达说了这事。

“不用考虑她！”她说，“她习惯了到处乱糟糟。她根本不理会这些。而且我们在工作，我们也在工作。我们有很多计划，会出些东西的。她一旦有了目标就总是能完成。有她对我真是太好了。”

这就是她状态昂扬的时候特有的那种语调，但是现在听来有种更强的音色。一种没有负担、无忧无虑的语调，也带着一抹天真无邪，不多，只是一点，但足以让我感到困扰，因为在这种情况下我就没法和她达成接触，我们就没有共同的固着基础了。我也曾经告诉过她这点，她只是微笑着说她明白我的意思，她会试着更全心全意地活在此刻。她成长过程里，体内总是有一个成年的孩子，那个孩子看穿了那些成年人并在混乱的生活中保持从容，这种了解是我从她讲的话里，尤其是她写的文字里得来的，这个成年小孩是贯穿那些文字的人物。现在她已经是成年人，可是好像所发生的正相反，她不是作为一个孩子承担起成年人角色，而是作为一个成年人扮起了孩子。哦，这种情况不是太多，只是一点点，一捏捏，她心里有些什么已经不再理会有什么后果，也不再对自己说话的准确度或真实与否负责，和现实的一点点出入会让它更有趣，更有娱乐性，更大。当她把孩子们也拉进来，说了一些他们不该知道或听到的话时，我更正了她，她也立刻改了过来，说：爸爸是对的，我犯傻了。

她的性格里的这个元素对我来说一直是陌生的，我从来没见过，直到那个春天，它忽然就闯了进来，这对我们不好，因为这样一来我就进入了一个凌驾于她之上的角色，我成了一个纠正者，设定边界的人，那是我在这世上想不想做的事。它可能持续几天，也许一周，她像光一样轻盈，然后这些就消失在她的性格里，就像一颗彗星隐没在星空里。然后她再次“正常”起来，她又是“琳达”了。在黑暗沉淀在她身上那些时期，要知道该怎么办其实更容易一些，因为它没有波及她本质的存在，即使她消沉，我们之间的接触是一样良好的。而她这种情况，不断地被抬起又坠下，几乎把她撕得粉碎，因为这让许多事，比如工作，变得不可能，还迫使她进入那些她不愿意去的地方。

我和琳达一样很高兴她有女友来访，她比我大几岁，我想，而且是一个负责任的成年人，还真的喜欢琳达，在她的人生里已经有足够的阅历来认识到琳达身上有着多么不寻常的特质。在这一团混乱她们真的状态很好，我听到她们聊天，大笑，讨论和计划。琳达料理孩子们的一切，我想她是要补偿那段她如此抑郁以至于什么事都做不了的那段时间。

也出现了一些让令人隐隐不安的事。有两次琳达与女友谈论我，她不知道我在附近，否则她永远不会说她当时说了的那些话，因为那语气是极私密的，那私密是对着女友而非对着我。我知道的最差劲的事情就是其他人在谈论我，所以它本身是不舒服的，但并不是令人不安。令人不安的是她并没有想到我能听到她说这些。一次是她在卧室外的走廊上说的，而我就躺在一门之隔的床上,她知道这一点的,她怎么可能用这么高的声音，说着关于三米之外的我的悄悄话？另一次情形也相似，她们去了阳台上，我坐在另一个客厅里，听到琳达那高亢的声音说她就是要不理会那些东西，那是卡尔·奥韦的问题。她这么说一点关系都没有，但是她说得就好像周围只有她们俩。她已经开始完全不顾及后果了。

第二天早上，当我坐在那个厅里工作时，另一个厅里忽然传来一些噪音。琳达放起了一张唱片。那是五点四十五，而且她把音量开得非常高。八十年代老歌《永远年轻》，这就是她一大早地把音量开到最大放的歌。

我几乎是冲到音响旁边把它关了。

“你在干什么？你知道现在几点吗？”

她看着我。

“马上就6点了。放松点。我放得也没有很大声。”

她看着我，就像她还是个青少年而我是她见过的最拘谨的小资产阶级。也许她是对的。

“你为什么起这么早？顺便说一句，你们昨天不是睡得很晚吗？”

“是啊。我睡不着。我有那么多事要想。那是我要开始的项目的一部分。然后我醒着又翻来覆去的话，你会生气，然后孩子们来了，要喝水或就躺在那里。”

“我没有生气。反正我睡着了。”

“什么情况下你都能睡着。我不行。你还半夜走进厨房吃东西，又砰地关门。”

“但是你就不能晚上躺在厅里吗？一个人？这样可能你就能睡着了。”

“可是孩子们还是会找到我的，”她说，“晚上他们不想要你。只要我。”

“但这不是我的错吧？”我说。

她看着我转了转眼珠。

“你真的知道睡不着的感觉吗？”她说。

“不知道，”我说，“不幸的是我不知道。”

这是我们最老调重弹的话题之一。

“我现在必须要开始工作了，”我说，“你不能试着再睡一会？至少等到小约翰醒来？”

“好吧，我可以试试。”她说，就好像她是为我才这么做。

她睡得很晚，起得很早，却仍然精力充沛。她在发光。晚上 9 点我走过厨房，她坐在那儿，头戴着一顶黑色圆顶礼帽，穿着我从来没见过的衣服。她看起来就像在《歌厅》[1] 或者类似的东西里一样。她朝着她的女友笑，当她注意到我站在那儿，她转身，闪闪发光的眼睛对着我。

我躺下，马上就睡着了，我工作了一整天，被一声巨响吵醒，是琳达进来了。

“你不能轻一点吗？”我说，“我实际上都睡着了。”

“你竟然这么说！”她说，“这是到现在为止我听过的最难听的话！”

她又出去了，在身后把门砰地关上。

我起身去追她。她在万妮亚身边躺下了，在她的床上。我在门口停了下来。她看着我，眼睛在黑暗里白亮白亮的。

“来睡觉吧，琳达。我不是我说的那个意思。我只是睡了，醒得有点突然。”

“不，”她说，“我今晚在这里睡觉。”

“还是来吧。和我一起睡。”

---

[1] *Cabaret*，1972 年美国电影，以“二战”前德国的小歌舞厅为背景。

“不。”

第二天早上我起床时，她坐在厨房里，面前放着一杯茶。才5点钟。

“你根本没睡吗？”我说。

“没有，”她说，“我特别累。我特别渴望能睡着。”

“这个我明白。”我说。

“我今天约了医生，”她说，“也许她给我开些更强的东西，让我睡。”

“是的。”我说。

“你跟我一起去吗？”

“有必要吗？”

她看着我。

我点了点头。

“我当然和你在一起。几点？”

“11点。”

“好吧。”我说。

我们不到10点半就出门了。她在小小的门廊里点燃了一根烟，看着我，慢慢地把烟吐出去。

“我们走吧？”她说。

我点了点头。

她大步流星地走，我几乎要尽力快走才能跟上她。她的脸坚定而封闭，步履如飞。

穿过步行区，过桥，走进右侧的小公园。

“我一直在想一件事，”她说，又点了一支烟，“我入院去住一晚也许会是个好主意。在那里他们就能给我更强的安眠药。而且那里安静又祥和。没有孩子。你觉得呢？就像住疗养院。我有三餐和床，有人照顾我，让我能好好睡一觉。”

“有这么糟吗，真的？”我说，“你有这么累吗？”

“我渴望能睡着这些都不是真的。”她说。

“那你就这么做吧，”我说，“这肯定会有好效果。”

“我想会是这样。”她说。

我们到得有点早，就在旁边一家7-11便利店喝了杯咖啡。她还是那么固执，我想到了她在写作时经常用的一个意象，她是一名士兵。黑色皮夹克，黑色牛仔裤，黑色鞋子。背着一个小小的黑色袋子。苍白的，倔强的脸。

“那你可以告诉孩子们我今晚要去珍妮那儿过夜。”

“好的，这个说法不坏。”我说。

她的女友那天下午也要动身，所以一切都很合适。

“现在我们真得走了。”我说。

我们刚在候诊室坐下，医生就从办公室里出来了。她的气场和我第一次见到她时完全一致。友善，关怀，非个人的专业精神。我也依然是老样子，我这么觉得，但琳达已经是个完全不同的人。那时一切都很慢，每个动作都很费力。现在，她坐下时因为浑身充满力气和不耐烦而颤抖着。什么都嫌太慢。在医生还没坐下，她就打开了话匣子。

“你说你们这里总是有人，”她说，“可以和我交谈。但是我打电话过来这里，你在度假。而且这里根本没有任何其他人可以和我谈话！这太糟糕了！我需要你！我真的需要你！”

她开始哭泣。

我什么都不懂，看着她，然后看医生，她在她的簿子上写了点什么。

“对此我感到非常抱歉，”医生说，“这里有些误会。你应该和我的同事谈的。”

“这根本不够，”琳达说，“我一直很害怕。”

她抽泣起来。

“我一直很害怕！”她又说了一遍。

医生看着她什么也没说。

“你过得怎么样吗？”她终于说。

“它走得越来越快了，”琳达说，“就好像我很快就跟不上了，如果你知道我这话什么意思。”

“你能睡着吗？”

“不能。我几乎睡不着。我能不能住院，然后给我开点强效安眠药？就一个晚上？”

医生点了点头。

“我认为这是个好主意，”她说，“我可以马上安排，这样你可以直接过去，如果你愿意的话。”

“我只要先回家收拾东西就好。”

“这个当然。但这是个好主意，琳达。我认为这对你有好处。”

当她们继续交谈时，我试图领会到底发生了什么。她为什么突然哭了？害怕这件事她一个字都没有对我说过，她现在展现出的内容也没有对我透露过半点。

医生告诉她应该去哪个部门。琳达还拿到了一张写着地址的便签。她们又约好了下一次就诊的时间，这个也写在一张纸条上给了她。

“如果出现了什么问题，你就请他们给我打电话，”她说，“但是我会从这里把一切都安排好，这样他们就知道你会去。”

我们站了起来，和她再次握手，然后我们就下去走在了街上。

琳达又高兴起来。

“我明天上午回家。孩子们根本不会注意到我不在。”

“这个不成问题。”我说。

我们冲过马路，她兴高采烈，我有些困惑，但也以某种方式放下心来，也许是因为医生对待她的方式。她要在医院睡一晚是理所当然的事，那么那就成了事情本应如此。

琳达用一个背包收拾了一些衣服，对她的女友和我说了再见，我不用跟着她去，她叫部出租车就行，然后她带着微笑消失在电梯里。

我开始打扫公寓。琳达的女友也帮了忙。我们从没有真正地交谈过，现在我们聊起来了。我告诉琳达说了什么，关于她家里也是乱糟糟，而她能对此无动于衷。她笑了，说这可能是琳达希望的样子，但那只是琳达将自己的愿望投射在她身上。她说，琳达曾经去过斯德哥尔摩她家里，那是很多年前的事，那时她像现在一样亢奋，和她的小女儿一起在浴缸里洗澡，也差不多要求得到她一样的待遇。

那我就不明白了，她怎么可能接受这些。那一次她已经接受了，并且她也接受了这里的情形。但这并不是琳达。而这不是琳达的东西，拒绝给我以空间。我不想看到这些。但是她的女友显然没有这种对真实性的主张。

我们边一个房间接一个房间地打扫，边谈论琳达和琳达的父亲，她和她的父亲，我和父亲。我想她知道一些我不知道的东西。和琳达过界行为有关的一切，我都搞不懂，这属于某种未知的事物，而我感到自己主观，专横，且平凡得不得了。

当公寓都清理一空后，她收拾好行李，用一只胳膊抱起她的男孩，这个男孩在我们干活时在一边自己玩，只是纯属例外地来过一次我们身边，她把他放在童车上，朝火车站走去。

独自一人的感觉很异样。平时我喜欢它，但是现在琳达不是出门在外，而是住进了医院，所以我出于某种原因感到了孤独。

我第一次想到我一直都不是真的孤单，我一直都有琳达在那儿。

我把冰箱清理了一遍，扔了所有过期的东西，也同样清理了橱柜。然后我在冻箱找到一袋鸡柳，我把它放在一个盘子上解冻，把洗碗机里的东西放好，在露台上抽了根烟，然后才去接孩子们。那天是星期五，我带他们去了购物中心里的咖啡馆，像平时一样。

“妈妈不在家，”我在那儿说，“她今晚要去珍妮家过夜。”

“为什么？”万妮娅说，边把那装满了蓝色上面有红色薄条纹的冰激凌的橙色小塑料勺塞进嘴里，边看着我。

“她在工作。”我说。

“她明天回家吗？”万妮娅说。

“是的。”我说。

“我们明天干什么？”她说。

“我不知道，”我说，“你们想干什么？”

“人民公园。”海蒂说。

“不，那里没意思。”万妮娅说。

“它不是。”海蒂说。

“我们当然可以去那儿，”我说，“但是我们可以等待明天再决定。”

“蒂沃利游乐园。”约翰说。

我笑了。

“你什么都能得到一点。”我说。

“我也想。”万妮娅说。

“还有我。”海蒂说。

“那么我们就说好了。”我说。

当我送他们上床睡觉后，那奇怪的孤独感又回来了。我看了会电视，早早上床，被厨房里的什么声音吵醒了，原来是约翰跑出来了，他把一张椅子拉到水槽里，打开水龙头，把洗涤液装满了水池。

我给他做了早餐，然后海蒂起床了，最后是万妮娅。那是星期六，他们的电视早晨，而我就坐在他们旁边的椅子上看报纸。7点半电话响了。是琳达。

“怎么样了？”我说。

“这真是太神奇了，”她说，“我从来没有睡得那么好过。他们对我很好。这里有一些特别棒的人。家里情况怎么样？”

“很好。你什么时候回家，你觉得？”

“是的，这就是我要和你说的。这里的医生们说他们想留我一个晚上。为了取得最好的效果。我觉得这个主意不坏。这样我就能真的好好休息了。”

“听起来不错，是的，”我说，“但是我该怎么对孩子们说呢？

你在珍妮家过两个晚上，中间也不回家，这是不是显得有点奇怪？

“那么，你就不能说我在医院吗？”

“可以，可以，但是这样他们就会想知道你为什么在那儿。”

“实话实说啊，就是我在这里才能睡好。”

“好的。那我就这么说了。”

“我太爱你了，卡尔·奥韦。”

“我也爱你，”我说，“你今天要过得好好的，好吗？”

“好的。替我亲亲孩子们。”

我挂了电话，去找他们。这三个人盯着电视，根本没有注意到我。

“刚才是我妈妈打来的，”我说，“她明天才回家。”

“她为什么不回家？”万妮娅说。

“你们知道她最近睡得很不好？现在她在医院，那儿能帮她睡着。她今天晚上在那儿。”

“我们可以去看她吗？”

“不，就一个晚上。她明天就回家。我们去游乐园吧。”

人民公园在我们三个孩子的生活中占有中心地位。那儿有个大池塘，夏天他们去那儿玩水，冬天去那儿滑冰。那里有一个玻璃观赏馆，长袜子皮皮电影里的鹦鹉在里面安度晚年，还有一些一动不动的鳄鱼。那里还有一个小冰激凌铺子，以及一个小动物园，有兔子和猪。有个骑马厅，万妮娅在她小时候骑了几个月的马，还有一片又大又漂亮的游乐场。一家有舞池的咖啡馆，一家摇滚夜总会。但这一切中最值得一去的，是游乐园。

它是二流的，但是孩子们不这么看，而且每逢夏季我们去公园时，我们都必须事先与他们达成协议，今天不会去游乐园。像今天这样不说不去的情况是很少的。相反，我说他们每人可以玩三个项目。一旦出现任何讨价还价的行为，我们就立即回家，都明白了吗？当然可以。那就这样了。在门口和他们说什么他们都会答应。

“我想玩旋抓木马！”万妮娅说。

“旋主安转木马。[1]”海蒂说，

万妮娅冲向她，我不得不抓住她的胳膊把她抱走。

“得了得了，我们先在这儿走一走，然后再做决定之。谁要去坐毛毛虫过山车？”

“我！”约翰说。

“反正不是我。”万妮娅说。

“那碰碰车呢？”

“我可以吗？”

“当然。但是你必须一个人坐，我得照顾海蒂和约翰。你敢吗？”

她点了点头。不久之后，她就一个人开着车在木地板上转起来了，目光里一半是惊恐一半是欢欣。然后我们都去坐了毛毛虫。然后我和约翰一起开着在轨道上行驶的老爷车，而万妮娅和海蒂在旁边站着看。最后，她们去坐了两种不同的旋转木马。这一些完成后，我们去了游乐场，幼儿园其他两个小朋友也在

---

[1] 万妮娅发不出 Karusellen（旋转木马）里的 r 音，说成 Karusellen，海蒂特意说 Karrrrrusellen 来气她。

那儿。我和那两个孩子的家长在一起站了一会儿，我去买咖啡时，他们帮我看着我家这三个，当我回来时，我们聊了会足球，那对家长里的男人支持哈马尔比俱乐部（Hammarby），那个队自从去年赢了瑞典全国联赛后就像块石头似的从排行榜上沉下去了。我喜欢他，但避开了他的目光，他在第二部里被提到了，以一种不能说是完美无瑕的方式。他祝贺我的成功，所以我知道了他没有好奇到读那本挪威语版的程度，不管怎么样。

我用了半个小时哄他们回家。

万妮娅安静得很不寻常。

到了离家之店不远的地方，我知道了什么在困扰着她。

“爸爸，我为什么发不出 r 音？”她说，“海蒂就可以。我比她大。”

“我小时候也发不出 r 音。”我说。

“那你什么时候学会的？”她说。

“差不多就是你这么大的时候。”我撒谎了。

“我不想去上学，”她说，“我要继续上幼儿园。”

“你肯定是想上幼儿园了，”我说，“但是当你上学以后，你就不想毕业了。就和上幼儿园是一个道理。你现在已经长大了。”

我们买了东西后回家，他们看电影，晚餐吃比萨，洗澡。

当我要送他们上床时，他们都喊着要妈妈，大合唱一样。

“她明天回来。”我说。

“你保证吗？”万妮娅说。

“我保证。”我说。

第二天早上，我被电话吵醒了。我看到已经 6 点了，赶紧起来去拿电话。

“嗨，是我，”琳达说，“早上好。”

“嗨。”我说。

“家里怎么样？你昨天做了什么？”

“我们去了游乐园。”我说，

“他们现在在干什么？”

“他们在睡觉。”

“哦，是啊，现在还很早。”

“是的。你好吗？你什么时候回家？”

“一切都很好。我还要回家拿些东西，尤其是电脑。”

“我问你什么时候回家。”

“我不知道。我们每次只说下一天的事。”

“你今天不回来？”

“他们说我可能还需要在这里待一周。所以我们边走边看情况。”

我什么也没说。

“娜娜过来了。嗨，娜娜！她是一个特别棒的人。严厉，但是是好人。像个妈妈。是的，你知道。不管什么发生，都在那儿支持你。她上晚班。”

“但是琳达。你必须在那里再待一个星期？”

“我想是这样。但这都是自愿的，所以他们不能非让我留在这里。我想走就可以走。但我在这儿感觉真的很好，这就是我需要的。清净地过几天。这没有关系吧？”

“不，这当然没关系。”

“我饿了。我正在等开始送早餐。所以我打电话给你。我在这里有点不知道干什么。如果我有电脑，我不管怎么样可以写作。”

“是的。”我说。

“他们放好早餐了。我吃点再打电话过来。再见,我的王子!”

我挂了电话，走进卧室，躺在床上。从孩子们的房间传来一些很奇怪的声音。我花了几秒钟才明白那是什么。有人在拼了命地飞快上下转着门把手。我站起身来。有人敲门大喊爸爸!爸爸！我开了门。是约翰。他眼里含着泪。

“你开不了门？”我说。

“开不了！”他说。

“来吧，我们去吃饭。”

当我坐着看他吃东西时，感到彻骨寒冷。我之前什么都没明白。我真的以为她去那儿就是为了睡个好觉。我简直就是个孩子。我曾经想过他们在更可控的环境中给她强效安眠药，而一旦她睡好了，那逐渐亢奋的势头就会止住。天知道我这些想法是哪儿来的，但我真的是这么想的。

她进精神病医院住院，自己一人在那儿，而我根本就没有意识到这一点。

我是她的丈夫，该死啊。她最直接的家属。我必须去那里，我必须和医生交谈，而且我必须去见她。只是为了说我会一直和她同在，无论是对她还是对他们。

我真是个白痴。

我完全就没有出现过。

但是我怎么去那儿呢？我不能带上孩子。那肯定不行的。在这城市里我也不认识任何能照看他们的人。也不是，我还是认识几个的，可是他们有自己的孩子要照顾。我也乐意去求他们中的任何人。

约翰对食物已经失去了兴趣，现在他在蜡质桌布上弄了一滩牛奶，然后把一点玉米片从中推过去。

“你饱了吗？”我说。

“是的，”他说，“谢谢早餐。”

“那你就可以走了，你真有礼貌。”我说，把他从椅子上抱下来，脱下尿布，扔进水槽下的垃圾桶。“你想光着一会儿吗？”

他点点头，冲进客厅。我在电视上放了儿童频道，走进另一个客厅，给琳达打电话。

她马上接起电话。

“嘿，‘家里的’。”她说。

她平时都这么说，因为我打电话给她时她手机上显示的就是“家”。

“嗨，”我说，“我早就应该过去看看你，和医生和其他人了解一下情况之类，但是现在我想知道我明天一早过来可以吗？把孩子送幼儿园以后？”

“是啊，当然，”她说，“他们都期待见到你。我已经和所有人说过我有一个多么帅的丈夫。”

“我对现在的情况很抱歉，琳达。”

“这没有什么好抱歉的啊。我现在好得不得了。这就像那种山顶酒店。而且我也有特别管用的安眠药。我晚上睡得像被一棍打晕的海豹。”

“很好。你一定要好好睡觉，好好休息，我们明天见。好吗？随时给我电话。如果我们出门我会带上手机。”

这一天里那寒冷都没有离开我，它每隔一阵子就回来。

我是琳达最近的亲属，我是她的丈夫，她一个人在精神病院里，而我都没有动动手指去帮她。她已经在那儿两天了。没有帮助，没人支持，一切全只有她一个人。

万妮娅起床后问的第一件事是妈妈什么时候回家。

“她刚刚打来电话。她说她还得在医院再待一段时间。”

“可是你答应了！”

“我知道。但是她在那里睡得很好。你知道她今年春天这么累，一直都在睡觉吧？现在相反，现在她根本睡不着。这不是什么危险的事，但是她必须再待几天。但是你知道会怎么样吗？”

“不知道？”

“我们明天去医院看她。一切都会好的。”

“你确定吗？”

“当然确定。”

第二天早上我把孩子送到幼儿园后，我就走去几百米开外那片很大的医院区。我以前只去过那里一次，是约翰出生的时候，大约三年前。然后我就冲回家接万妮娅和海蒂，然后她们就在医院酒店房间里说说笑笑，摸摸他的脑袋，在上面放了一只橡胶蜥蜴，我拍下了这一幕，所以他们都还记得这事。

琳达告诉了我医院怎么走，我把它写在便条上。在医院区域最尽头，一栋长长条块状建筑，看起来像是六十年代建的。我走进去，搭电梯上去，在门外按铃，门是锁上的。当我站在那儿等待的时候，一个女人从楼梯上走下来。她看着我。

“你不是个作家吗？”她说。

“是的。”我说。

“是你写的《我的奋斗》？没想到会在这里见到你！”

“是啊，”我说，“听你这么说很高兴。”

门开了，一位五十多岁的女护士站那儿看着我。她穿着白色制服。

“你好，”我说，“我叫卡尔·奥韦·克瑙斯高。我要见琳达。”

“你好，”她说，“跟我来，她在这里。”

我跟着她走在那没有颜色倾向的走廊上。

我十八岁时曾在类似的病房里工作过，我立刻就看到了熟悉的一切。一个饭厅，有大窗户像个笼子的办公室，一个客厅，两侧有门的长走廊，灰油毡地板。家具带着不可能搞错的精神病院气氛。

四到五个人坐在那儿看电视。颤抖着，封闭的，苍白的。两三个来来回走动，浑身充满紧张，躁动和侵略性的能量。他们还年轻，看电视那些都是中年人。琳达正从一个房间里走出来。当她看到我时，整个人都亮了起来，用力拥抱了我，吻了我的嘴。

“这是我丈夫！”她高声对那里的大家说。

“是啊，你有一个好看的丈夫，琳达！”这是那个活泼的老女人在喊。

“他是挪威最好的作家！”琳达说，“绝对是！”

那些坐在那里的人，就好像是残废或者瘫成一团，以那黑暗、空洞的眼睛看着我们。

“你一定要看看我的房间，”琳达说，“我这里特别好。”

她拉着我进了一个房间。那里有两张床，一张坐着一个体重明显超标的女人，她一看到我们就起身走了。琳达说了她的名字，微笑了。

“我就住在这里，”她说，张开手臂，“但是我一定得从家里拿点东西。我写了张清单。也许你下次可以带过来？看这里！”她说，指着墙上，那里挂着两幅画。

“这是两个双胞胎画的，”她说，“她们让我想起了自己小时候。她们再也不是小偷。夜之公主。她们也睡不着。她们还会杂技。她们太棒了。”

她紧紧地抱着我。

“这里不是很有神秘气氛吗？”她说。

“是的，”我说，朝窗户那边迈了一步，“但是我应该和部门护士谈谈，是不是最好能现在谈，你觉得呢？”

“他们会过来找你的，”她说，拍拍床上她身边旁边的被子，“你坐这儿吧。”

我坐在她旁边。她用胳膊搂着我，想亲我。我低头避开了。

“我现在没有完全在状态。”我说。

“完全没关系，”她说，“我明白的。但是，看这里！”

她站起来，拉着我的手，让我走到窗边来。这就是她要我看的，窗台上的全部内容。瓷狗，瓷猫。一张万妮娅、海蒂和约翰的照片。一张罗宾[1]的CD，封面朝外放着，一些小石头，一些玩具戒指。

“还有我的公仔，姆咪。我每天晚上睡前都给他盖好被子。”

她指着地板上的一个小盒子，一个布头做的小东西躺在里面。

[1] Robyn（1979—），瑞典女歌手，创作人。

有人敲门。给我开门的那个护士带我们去了办公室。里面坐了四个人。我和琳达坐在他们之间的两把椅子上。那个照我理解是这里的主管医生的男人，穿着一件棕色西装，用最欢欣的语气对她提了一些问题，瑞典语说得支离破碎。另一个人也穿着平常衣服，其他两个穿着白制服。琳达回答了很久，对所有问题都答得详尽又很有劲头。他们所有人都微笑了，我意识到她在这里很招人喜欢。

“有一件事我必须要说，”琳达说，“我知道这听起来不好，因为显得我像什么精英人士，或者诸如此类，但是既然你问我感觉如何，那么这就有一个我们无法回避的事实，那就是这个病房里一些护士是那么……是啊，我现在必须管好我的舌头，但是这里并不总是很高效，这些人并不是总是能立即发现出了什么情况，这对我来说可能有点让我疲倦。我是作家，我是广播制作人，我是职业女性，如果你理解我的意思，我已经习惯了一定的水准。但是在这里，几乎没有人能交谈。”

我感到一阵强烈的冲动想弯下身子，但没有这么做，假装什么事都没有，看着她说话。

“这里就是这样，琳达，”医生说，“但是现在你丈夫在这里。他可能有想问的事？你有吗？”

“只有两件事，”我说，“而且都是最实际的事务。我们有三个孩子。他们总是要见琳达的。我们怎么来安排这个事呢？我不想他们到这里面来。”

“你们可以在公园见面吗？”医生说，“应该没事。而且，还有你，琳达，如果你想每隔一天请一次假出去回家，没有任何问题。也许不是今天，也许不是明天，但是很快了。”

“那是我想知道的第二件事。你们认为，她还要在这里待多久？”

我说话的时候看着琳达，这感觉并不好，当她就坐在我身边时，说到她的时候用“她”来指代，但我也找不到其他的说法。她只是微笑着，就好像在说：看看我有个多能干的丈夫。

“这可很难说啊，朋友，”医生说，“但是，我们希望在你回家之前把你的状态调好些，对不对？”

“药对我不起作用，”琳达说，“根据我知道的，我现在吃着很大剂量的药，但它们压根儿就不管用。”

“是啊，你体内有非常强大的力量。”

“好吧，”我说，“换句话说，我们说的不是以天为单位的事。”

“我们肯定说的不是几天的事，”他说，“我就要去度假了。明天会有新医生来。但是她比我更厉害，所以这不会有任何问题。”

“你要去度假吗？”琳达说。

“是的。”他说。

“我好像才开始喜欢你呢。”她说。

他笑了起来，伸手过来和我们一握，然后整队人马都走了，继续巡视病房，只剩下主管护士。

“我要和你谈谈，”她说，“你能到我办公室坐一会儿吗？”

“可以。”我说，看着琳达。

“我在房间里等你。”她说。

我跟她进了办公室。

“你需要帮助吗？”她说，“你有权得到社会帮助。那样的话就会有人上门来，帮你做购物、做饭或者洗涮这些事情。”

“不,”我说,“不,不。我不需要这些。绝对不需要。一切都没问题。”

“好吧,”她说,“但是,如果有什么情况,你只需要开口就行了。孩子们怎么样?”

“都还好。”

“他们知道她在这里吗?”

“从某种意义上说来知道。我们已经说过她为了能睡着就去了医院。”

“好的。我想你带他们去外面的公园和琳达见面是个好主意,我们刚才说过的。”

“今天,可以它吗?我其实已经答应了他们今天他们能见到她。”

“没有问题。从幼儿园出来就过来吧。你几点去接他们?”

“3点,还是,算了,3点半。所以那就约好4点差一刻在这里。”

“那我会确保她那个时候在入口处。”

“谢谢你。”我说。然后我去了琳达的房间,敲门,打开门。琳达朝我走过来,牵着我的手,拉着我朝床走去。

“你觉得医生怎么样?他是不是很棒?东欧人,匈牙利人或罗马尼亚人之类。他去度假真是太可惜了。这太典型了。”

她看着我。我咬着嘴唇让自己别哭出来,起身站在窗前。

“你,我们要不要抽根烟?”她说。

“好啊,”我说,“我们当然可以。”

“他们这儿有咖啡。访客要付五克朗,但我看看能不能要杯免费的。”

“我愿意付钱。”我说。

她倒了两杯，在其中一杯里加了牛奶，叫了一个护士。

“我们要出去抽烟，”她说，“开门，开门。”

我们跟着他到了走廊尽头，就在这栋大楼和我进来方向相反的另一端。他打开门锁，我们坐电梯下去，出来是一片沥青地面，有一个棚子，里面坐着两个老男人在抽烟。

琳达停下来点了根烟。我也点了一根。

“我和你在一起特别幸福，”她说，“你让我特别幸福，卡尔·奥韦。”

她踮脚伸展身子，我们吻了对方。她紧紧抱着我，我退后一步，她放手了，看着对面马路，那里有一辆汽车驶来。

“我在这里过得很好，”她说，“你不这么认为吗？”

“很好，”我说，“但是你不能在这里待太久。”

“不能。”她说。

一辆救护车慢慢开走。

“它们整个晚上都进进出出的，”她说，“挺刺激人的。”

“是的。”我说。

我看了过去，她跟着就抓住了我，把我正过来，就好像在说她才是我应该看的。

我们的眼睛相遇了。她踮起脚，吻了我。

“现在我马上要走了。”我说。

“是的。”她说。

“但是我们下午见，”我说，“我带孩子们一起过来。所以我们在这里外面见。”

“坐在公园里很舒服。”她说。

“我们可以买冰激凌。”我说。

“对啊！”她说。

“再见。”我说。

“再见。”她说。

我一转身就开始哭。我走回家一路都在路，眼泪几乎完全遮蔽了视线，但是当我回到家，坐在阳台上点了根烟时，我不再哭了。现在出现了一种情况，必须去处理。

我其实马上要去哥德堡地区做一个为期四天的朗读之旅，我必须取消它。我在奥斯陆图书节里要参加很多活动，都必须一一取消。我在路易斯安那文学节上有两次登台，也必须取消。然后我得给英丽和我妈妈打电话，问她们有没有可能下来，这不是因为我需要有人帮忙，而是因为我希望孩子们周围有除我以外的人。任何能把注意力从琳达的缺位这件事上引开的东西，都很好。

我进去给伊丽莎白打电话。我告诉她现在情况怎么样了，说琳达病了，我必须取消接下来几周的所有行程。

“那么，你不能把所有活动集中在一天？然后就在那一天找一个人来看孩子？”

“可以的，”我说，“应该可以的。”

我给努德斯泰特出版社的斯特凡发了电子邮件，问他能不能取消我接下来的行程。他说可以。我给哥德堡的主办方发了电子邮件，说我必须取消这次巡回朗读。他们回电说可以，但是在哥德堡那天我能不能来呢？他们已经给活动做了广告，不想取消。我回信说应该可以。路易斯安那美术馆那里我没采取什么举动，那个活动我实际上是想去的，而且距离很近，我当晚就能回来。

我打电话给英丽，她很想来帮忙，但可能在周末之前都不能过来。我给妈妈打电话，她可以以这种那种方式请假，也可以下来，但是可能在下周之前都不行。

我走进托儿所围栏门时，海蒂朝我跑来。

“我们要去看妈妈吗？”她喊道。

“是的，我们要去那儿。”我说。

约翰发现了我，从三轮车上爬下来，也跑着过来了。

我把他举起来又放下，转身朝着工作人员。

“今天怎么样了？”我说。

“很好，大孩子们今天去了剧院。”

“好的。”我说。

“约翰睡了一个小时左右，大概。但是今天怎么也没法让他打起精神。”

“他起得很早。”我说。

万妮娅与卡婷卡在一起荡秋千。我朝她们走去。海蒂走了过来，抓着我的手。

“我们要去见妈妈！”她说。

“我已经知道了。”万妮娅说。

“你来吗？”我说。

“我就是去拿一张画。”她说，然后跑了进去。

我把约翰放上童车。她画的是什么呢。琳达抑郁那段时期，她画了一个小女孩，一个母亲和她俩之间的一颗心，并写了“我爱你妈妈”。这一次是一个屋子，旁边有棵树，还有一个长着花的花坛，以我记得的我童年时代的那种风格来画的。

我们朝着南瓦恩区（Södervern）走去，进入了医院区。万妮娅之前来过这里几次，是看眼科医生，所以总是把这个地方和正面的东西联系在一起。

“她住在哪儿？”海蒂说。

“在那边。”我说。

“他们在那儿睡觉吗？”海蒂说。

“是的，他们是这样。”

“有很多人睡不着吗？”万妮娅说。

“不是很多，”我说，“但是有一些。”

琳达靠着门旁边的墙站着。万妮娅和海蒂一看见她，就跑了起来。我把约翰抱出来，让他也可以跟着过去。

“我的孩子们。”琳达说，弯下腰，把他们三个都抱住了。“万妮娅、海蒂和约翰。我有多么想你们！”

“我也想你。”海蒂说。

琳达站起来看着我。

“嗨，”她说，“我们要走过去买冰激凌吗？”

我点点头，我们开始朝那边走。这条街两边都有建筑物，但是在精神病房所在的那栋楼后面有一块草坪。我们从它旁边走过，一走过去就朝左转，那条路的尽头有家小店。

“你今天做了什么？”琳达说。

“我们去了剧院。”万妮娅说。

“我没有，”海蒂说，“我整天都在幼儿园。”

“你们真美。”琳达说。

“妈妈，你为什么睡不着？”万妮娅说。

“我不知道，”琳达说，“但这并不是什么大事。看，这里有个小店。”

她打开门走了进去。一旦她的注意力不再是对着孩子们，就马上有什么无限疏离的东西笼罩在她面部表情上。我知道她不想在这里。她想和孩子们在一起，但不是和他们一起在这里，这样她就宁可身处其他地方。

当他们站在冰柜前时，她冲着他们弯下身子。

“我想要戴姆冰激凌。”万妮娅说。

约翰指着果汁冰棍。海蒂指着一支梦龙。

我拿起三支雪糕，放在柜台上付了款。

然后我们向内走。好像琳达把她内心里所有那些东西都收起来了，我从她眼睛闪烁的光芒里看到了这一点，但是孩子们什么也没注意到，这我也看到了。我们在医院区域另一端的一个小池塘旁的一张长凳上坐下。孩子们坐在我们旁边吃雪糕。他们吃完后就开始玩水，约翰把他找到的一根大树枝背了过来，他把它扔进了水池里。海蒂爬上了琳达的腿，她坐好后着拍着她，而琳达自顾自直视着前方。

“我也想坐在你的腿上。”万妮娅说。琳达放下海蒂，抱起万妮娅。在平时这会导致一场争吵，但不是今天。

我挪到另一张长凳上抽烟。我抽完后就站了起来，把所有雪糕纸都捡起来，放进在那儿站着的垃圾桶里。

“现在我们要走了。”

“这就过了半小时？”琳达说。

我点了点头。

她站起来，我把约翰放进童车，然后我们往回走。

“我在那上面有个房间。”琳达说，指着那座长建筑的顶部。

“那房间好吗？”海蒂说。

“好，它的确好，”琳达说，“它特别好。”

“我们可以去看吗？”

“我觉得那里不让孩子上去。”我说。

“那里要保持安静，你们得知道。”

“真的是这样，”琳达说，“也许最好是我回家来看你们。”

“你要在这里待多久？”万妮娅说。

“我不知道，”琳达说，“但是我要进去了。明天见！”

“再见，妈妈。”万妮娅和海蒂说。

第二天，我和病房护士说好了，琳达可以回家一个小时。她不可以自己出门，所以我给孩子们穿好衣服，和他们一起去那里接她。最后她站在病房外等着。她化了浓妆。她走路有点不稳，我用一只胳膊撑着她，另一只手推童车。一定是那些药，我想。躁狂症的力量如此强大，他们说，这些药对它没有显效，而他们已经给了她尽可能多的剂量。我们往回走时，孩子们像平时一样说着话，经过那个很大的建筑工地，这里将建起那个新的地下火车站——下了班的人们骑着自行车或者走着，沿着这铁丝网，脚下是铺着砾石覆盖的沥青路面——先经过酒店窄的那侧，然后长的那侧，过马路，进门，然后进电梯。

琳达坐了几分钟，和他们一起看儿童电视。她膝头坐着约翰，万妮娅和海蒂各坐一边。我开始做晚餐，我所知道的最好做的，肉丸意大利面。

几分钟后琳达走出来，进了走廊。我以为她要去洗手间，但被打开的是公寓最里面卧室的门。

饭快做好了，我去找她。

她坐在电脑前，一直在脸书页面上。

“你在这儿只能再待四十分钟，”我说，“你就不能和孩子们待在一起吗？”

“很快，”她说，“就是再写点东西。”

我回到厨房。过一会儿她走到走廊这头。我听见阳台的门被打开又关上。我摆好桌子，装了一樽水，切了一些西红柿，每个盘子上放了四瓣。我把肉丸放在一个大碗里，控干水，把意大利面放在另一个大碗里。

“晚餐做好了！”我喊道。

没有人来。

我进去，关上了电视。孩子们跟着我走进厨房坐下了。我走到阳台上，琳达把腿架在栏杆上抽烟。

“晚餐做好了。”我说。

“我来了！”她说。

我们吃饭的时候，她像平时那样和万妮娅，海蒂和约翰聊天。我看到她很努力地维持着自己才做到了这样，因为在谈话间隙中她散发出的能量，是躁动不安，无所顾忌的。

吃完饭后，我们所有人都走进客厅。孩子们爬到她身边紧紧抱着她，她用胳膊搂着万妮娅和海蒂，让约翰坐在她膝头。但是她看向我的目光是绝望的。她把约翰放在地板上，站了起来。

“妈妈，你要去哪里？”海蒂说。

“去厕所。”她说。

她没回来，我进去看看她在做什么。

她坐在电脑前，在脸书上写着什么。

“我们现在得走了，”我说，“给他们穿衣服这些得花点时间。而且你要在 7 点回去。”

“你们不用送我回去，”她说，“这完全没有必要。离那里有多远？一公里？甚至读不到。我自己肯定能走回去。”

“但是他们说你不能一个人走回去。他们明确表示我一定得跟着你。”

“这就是形式而已，”她说，“他们为那些真的不能自理的人制定的规则。我可以自理的。我自己回去，这样孩子们和你就可以待在这里。”

“好吧，”我说，“那我们就这么说好了。”

我走进客厅。

“过来和来妈妈说再见吧！”我说。

约翰滑下来，跑进走廊。海蒂也跟在后面。

“万妮娅？”

“再见，妈妈！”她喊道。

琳达弯下腰，抱着海蒂和约翰紧紧贴着自己。迈着那不太稳的步子，包晃荡着，走进客厅，她弯下腰，给万妮娅头上一个吻。

当她打开电梯门时，她看着我一只眼睛眨了眨，亲了她手指头尖内侧，把吻吹向我。

9 点钟过一点的时候，医院里的人打了电话过来。

一位护士介绍了自己，问我是不是琳达的丈夫。我确认了。

“她现在和你在一起吗？”护士说。

“琳达，没有？她两个小时前去了医院。她还没到吗？”

“没有。但是你应该送她回来的啊？这是我们已经说好了呀？”

“是的，我知道。但是她显得很清醒。而且我们住的地方也不远。”

“如果不遵守这些规则，她就不能请假了。”

“我明白这一点。”

“你现在知道了。”她说。

“是的.”我说。

我挂了电话，打琳达的手机。它关机了。过了一会儿我又试了一次。它还是关机，我就睡下了。

第二天早上，我给病房打电话。琳达在那里。护士说，她大约是半夜回来的。她喊琳达，然后琳达来到电话旁边。

“嗨。”我说。

“嗨！”她说，“我有了一个新的看护，你应该见见他，原来他读过《我的奋斗》！是希特勒那本，不是你的。我认为他练格斗还有一只斗牛犬。但是他很友善。我想也许他可能会是我在这里的好朋友。”

“但是你，”我说，“你昨天应该直接回病房。”

“哦，那事啊，”她说，“我已经和部门主管交代过了。我只是想走一走。没什么危险的。我在这里是自愿的，你知道。他们不能真的不让我做什么。”

“你去哪儿了？”

“莫勒瓦恩。就那转了一会儿。今天你完事后过来看我吗？”

“来，我送了他们以后。”

“真好！很高兴又能见到你！但是可以带些钱吗？我的钱用

完了。”

“是的，”我说，“我会的。”

我在灰色建筑物楼上按着门铃。一位年轻的女护士开的门。我们握手，我跟着她。琳达和一个留着络腮胡的男人坐在饭厅桌旁，他可能三十岁左右。我意识到这就是她所说的那个男的。她看到我时就满脸开心地站了起来，走过来，用胳膊抱着我。

“这是马兹，”她说，“你们肯定有许多话能聊到一起。”

“嗨。”我说，和他握手。

“嗨。”他说，注意到了我刻意的无谓态度，因为他立即就说他得走了，还有事要做。

我们走进她的房间。窗台上的东西更多了。她到这里时带了孩子们的照片这一点，肯定意味着她早就知道这不是一晚上的事。只有我才相信。我和孩子们。

她谈论着看护们和住院的人，就好像那些是她认识了很多年的人。她说着这个病房部门，就好像它会是托马斯·曼小说里那个浪漫的疗养院一样。她谈到她所有的计划，要做的一切，并给我看了她写了很多页的记事簿子。

“昨天回家的感觉怎么样？”我说。

“看到孩子们真是太妙了。但是我一次坚持不了那么久。我身体里好像有什么在拉着我。它是那么强大的力量，我没法对抗它们。”

“你和孩子们在一起的时候真是太棒了。琳达，这真的让我特别开心。我知道这对你来说特别不容易。但是你必须继续这么做。你能做到吗？”

她点了点头。

“你们下午过来吗？”

“是的。我们就做上次做过的那些事。”

“你带了钱来吗？”

“带了，但不是很多。两百，够吗？”

“不够，真的不够。不过我还是拿着它吧。我们出去抽根烟？”

我们在外面站了十分钟，抽着各自的烟，她几乎不能静静地站着，我知道她已经等不及我走了。

“待会儿见。”我说。

“待会儿见。”她说，转身朝着站在那儿的其他两名患者走去，就在我开始朝下走去的时候。回家后，我从地下室拿出自行车，我没买其他那些可能更好的自行车而是选择了这辆DBS[1]，只是因为这个名字让我想起了童年，春光，枞树间传来的海洋气息。我骑着车去了哥本哈根大街（Köbenhavnervägen）上的弗吕格油漆（Flüggers Färg），买了油漆、刷子和滚筒。回到家后，给万妮娅房间刷墙，刷第一遍时，我哭得简直看不清墙面。我把三面墙漆成万妮娅想要的浅蓝色，第四面墙白色。然后我把那即将是海蒂和约翰两个人的房间里长的那面墙刷成浅绿。这是海蒂的建议。我清洗了刷子和滚筒，给琳达打电话，问她那边怎么样了，她说都挺好，就是无聊。我说这就是她在那里的意义，就是她应该感到无聊，别做太多事。她说她知道这一点。

在这简短交谈后，我走到露台上，被这城市的声音和温暖

---

[1] 挪威品牌自行车。

的8月空气包裹着，我把烟雾深吸进肺里，想着在琳达身上发生的事。她有足够的完全的自我洞察力，她也同意我说的一切，所以我认为她在努力地缩短她实际上和我之间的距离：一旦我出了她的视线，她就改变了方向，走进这座城市。她想说她爱我，但是只要我站在那儿，就代表着一种她无法履行的承诺，因为这个承诺把她与什么东西绑在了一起，这正是她想逃离的。

她走得那么远，到了人所能到达的最深处，几乎完全没有语言，充满了死亡的念头，一个不堪忍受的状态，持续了数周。显然她无法掌控那随后充满了她的光，它在轻松自如中完成一切，但是只能跟随，因为它照亮了下面，在这一波的结尾带着她往上再往上，黑暗在等待着。她都知道。有一次她告诉我，一个护士曾经在躁狂期对她说：记住你现在其实是很难过的。但是，在这里面什么是其实，什么不是其实？什么是琳达，什么是抑郁，什么是躁狂？

那天下午，当我打开托儿所栅栏门时，万妮娅朝着我疾冲过来。

“爸爸！爸爸！我能发r音了！”她喊道。

“是什么时候都可以吗，”我说，“是不是？”

“Rrrrrrrrrr，”她说，“王储（Kronpris）！”

“可你是怎么做到的？”

“我不知道。我就是做到了。”

她以前试过一种在喉咙很后面发出的咕噜噜的斯科纳式r音，但没有成功，她也尝试过舌尖r音，听起来像嘶声，与其说是R不如说更接近th；我为我直到十六岁时才能完整地发出这个音感到无限深刻的惭愧，根本不好意思说出来。

现在她突然就做到了。

“万妮娅，太好了，”我说，“而且就在你开始上小学前！”

我一点头没有说刷了墙的事，我想让她们惊喜。她们的确很高兴，尤其是海蒂，当她看到时整个人快活起来。万妮娅则像往常一样想着以后的事。

“我想在那面墙上挂狗的画。”她说。

“好的，”我说，“明天我还要再刷一遍，等它干了，就可买一些画了。”

“我想要一张猫的画。”海蒂说。

当我刷墙时，感觉就像背叛了琳达，因为刷他们房间的感觉好得无穷无尽，而这种好是我没有资格享受的，在她最困难的时候，好事倒是在这里发生了，这就像背着她干了什么。与此同时，我必须这样做，这是为了我自己，是一种明显的补偿行为，也是为了孩子们来，他们必须尽可能少地去接触琳达的苦难。

从幼儿园回家的路上，我们去了卖画框和图片的商店。万妮娅选了三张狗的图片，海蒂选择了一张猫的和一张大象巴巴开着红飞机的，然后我从托芙·扬松（Tove Jansson）的《谁来安慰科诺特》（*Hvem skal trøste Knøttet*）里选了一个主题，是司那夫金（Snufkin）在耀眼的天空下。我们把画挂了起来，一起吃晚餐，然后去医院接琳达。她走路时有点踉跄，身上也带着疲劳和厌世的感觉。回到家里，我们看了儿童电视，她看到一半就进去卧室查电子邮件和脸书。然后她去阳台上抽烟。当她再次进来，我们就该又出发了。她冲进去拿一些东西，孩子们穿上了鞋子，有点不情愿，但更糟的是我们出发了，走到了医院，约翰在童车里，海蒂和万妮亚在两边，琳达向他们斜靠过来。她给他们每个人一个拥抱，当她直起身来，我看到她的眼里泪光闪闪。我们说晚安，然后我们走回家里。

第二天上午我也参与了新一轮会诊。琳达又来了一场新的表演，迷人，敏捷，让每个人都大笑。表现出极强的自我洞察力，拿躁狂症开玩笑。她只是想继续向前。向前，向前，向前。她不能静静待着不动，她不能持续谈论一件事，她必须打断，抛出新的念头。如果我说了什么，她就不耐烦地看着我，经常帮我把句子说话，在我说出前很久就预料到我会说这个，也许在我自己都不知道自己要说什么之前。从这个方面来说她是颖悟灵动的，在这种亢奋状态下，某种奇特而庞大之物。但是她不在乎它下面静卧着的东西，那缓慢的愚笨的，那迟钝的丑陋的，或者不想看到它，这就让这颖悟灵动变成了某种遮盖之物，并在其中形成了一个所在，唯一她还能忍受着留下来的地方。关于孩子们的念头属于那个地方，也许关于我的念头也属于那儿。但是，当她见到孩子们时，这两个层次彼此相割，这对她来说是难以忍受的，我看到当我们来看她时，她怎样努力地将所有这些维持在一起。她人格里的一切都被扔得乱糟糟底朝天，出场的可能是她十岁的自我，可能是她青春期时的自我，她那情色的自我，通常被隐藏起来只是对我展现的，也公然出现在她身上，她那打破俗套，星光熠熠的诗人自我可能出场，她那爱吹牛喜夸张的自我也可能出场，因为这些性格特征不再被整合在某种秩序里，没有任何东西把它们约束在一起，那中心已经失去了掌控力，躁狂的力量把一切都扔出去，因为她要上升，她体内的一切都要上升，她上升又上升，同时她也越来越疲倦。在其中，在这上升中，在这让她上升的光中，有一件事是她从来没有跨越过去不理会的，那就是对孩子们的责任。

那些日子对我来说更加清楚了。琳达所梦想的，是在一个完全普通的家庭里过一种完全普通的生活。有一份固定工作，周末去社区园圃小屋，在花园里劳作，孩子们在腿边疯跑。但是她不是什么普通人。她是我见过的最不普通的人。这些年来她与之奋斗的，是所有这些分娩，哺乳和育儿。她的奋斗与我的奋斗完全不同，她的奋斗是关于生和死，我写过我过着一种不真实的生活，写过我过着别人的生活，而这很可能是真的，这困扰着我，但并没有威胁到我。琳达威胁着它。她的整个人的个性，这我与之一起生活的，以及她整个的语言都被从我们一起过着的生活中被抹去了。对我来说就不一样。我写作了，我有过我的语言，还有，至少，我的距离。她就不曾有过这样的距离，直到现在，她不断上升，超越了所有束缚和义务，想要完全自由。但是这自由是废弃，这自由是幻象，这自由是日光里的马戏。她也许看到它的闪闪发光，她可能看到了它的魔幻，但是当我看着她时，我看到的是这破损，摇摇欲坠，廉价和遗弃，医院之凄凉，所有那些没有希望的人，因此什么也不是。

我告诉幼儿园的员工，琳达住院了，而我们告诉孩子们她去那儿是为了能睡着觉。他们说他们没有注意到孩子们有什么样，他们就像之前一样。其中一名工作人员说我们的孩子有强大的自我。但是没有人能像孩子一样迅速适应，对他们来说，他们的母亲为了能睡着去医院，他们每天下午去医院区那边看她，并没有什么特别的。他们把睡眠主题当作世界上最自然的事物，一开始他们有很多问题，在那里面到底发生了什么，最终好奇心转向了别处，事情就是这样子。

幼儿园的工作人员说如果我需要帮忙只要开口就好。那些我们认识的家长，那些我对他们说过琳达生病的，也说可以帮忙。这没有必要，我说。这也是真的，除了一天下午我要去哥德堡朗读，需要有人看孩子。幼儿园一名工作人员很乐意帮忙，因此在我把他们送到幼儿园后，去医院看琳达，做了一锅炖香肠作晚餐，然后坐火车北上。那位员工把他们从幼儿园送回家，给他们食物，送他们上床，一直坐在那儿等到我 12 点到家，她有点生气，因为我比我说的晚到了两个小时，我试图通过多付一些钱来补偿。要是我说可能要多晚才能到家，也许她一开始就不会乐意了，我这么想。

我朗读的是第一部里的一段，正是关于这不真实的生活，我会如何被孩子激怒而摇晃他们，就像完全失去控制一样。我一开始读它就意识到这是个错误。我能感到人们在想什么，在想任何小孩都不该被这样对待，想我是个坏父亲还以为能通过承认自己有多坏而让别人高看一眼，在想我在寻求某种文学的赦免。幸运的是，我一结束朗读就能够离开活动现场，遁形于在那儿等着的出租车然后是火车车厢里。

在回来的路上房地产经纪人打来电话。还是没人上钩。我们同意进一步降价。我明白她也彻底对这个社区园圃小屋厌倦了，她也是。

就在这些事中间，约翰的三岁生日快要到了。万妮娅和海蒂从一岁生日起就有派对有客人，而约翰到目前为止都只是和我们一起庆祝。他满一岁和两岁时毕竟什么都不知道，但是现在他三岁了，我想了一阵子要不要邀请一些幼儿园的孩子来，给他一个像样的庆祝，但是发现这太野心勃勃了。所以还是在幼儿园以一贯的方式庆祝，一位或两位家长带着蛋糕和做好的水果沙拉来，回家吃完晚餐后有蛋糕和礼物。琳达也想到幼儿园里来，她问过医生这事，她说这没有任何问题。我对这是不是个好主意感到不安和不确定。她身上有些不和谐的东西，在社交场合会愈演愈烈，而想到海蒂和约翰会看到这些我就很不喜欢。

11点钟她按了公寓的门铃。

她剪了头发，把它染成了全黑。她抹上了浓重的绿色眼影，红衬衫，紫色裤袜，高跟鞋。她微笑着，但看起来很累的样子。

“你觉得我这身弗丽达·卡洛的打扮怎么样？”她说。

“很好看。“我说。

“我们要去买蛋糕吗？还有水果？”她说。

“我们不能先喝杯咖啡吗？”我说。

“好吧，很乐意。”她说。

我在想该怎么对她说。当我看到她，她完全不可能胜任去幼儿园给约翰过生日这种情况。

“你怎么样？”我说。

“我情况特别好。有点累，也许。”

她一只胳膊上有块硕大的表。

“你买了一块新手表吗？”我说。

“是！我选了他们所有表里最大的一块，这样就可以提醒我一定要守时。不然我真做不到。那样他们就会对我很生气。”

“那么这个绿表带？”我说，对她的手臂点头。

“它象征着我是完全自由的。每次看到它，我都会想到这一点。想到我是完全自由的。”

“很好，”我说，“但是你？”

“怎么？”

“可能最好你还是别去幼儿园了？那会弄得过于紧张，你知道。你真的需要清净，放松。如果我去会更好，然后你可以下午过来在这里好好地给他庆祝？”

“是啊，不去其实很舒服的。”她说。

“听你这么说真高兴。”我说。

“但是我可以为他买礼物吗？这我可以做吧？”

“当然。我们可以一起去买。”

“我其实已经和珍妮约好了一起去。”

“行吧。”

几个小时后她两手提满口袋进来了。

“可能有点太多了，但是它们很美！”她说，“我也给女孩儿们买了东西。”

“好啊，”我说，“我可以把它们放进柜子。你想来杯咖啡吗？”

“不，珍妮在楼下等。但是我们今天下午见！”

她来了，我们决定不吃晚饭，约翰想直接跳到蛋糕的环节。我点燃了蜡烛，我们为他唱歌，女孩们站在自己的椅子上，就像在幼儿园那样。他吹灭了蜡烛。我们吃了蛋糕，他们每个人都得到一份礼物，然后约翰在客厅里得到了其余的礼物。琳达拿着一大堆让人眼花缭乱的包裹、缎带和塑料袋进来，她和他一起坐下，开始帮他拆礼物。突然地，就在打开一件大礼物的时候，她起身冲出去到了阳台上。

“妈妈！”约翰喊道，“帮我！”

我在他身边坐下。幸运的是他接受了这个，我们打开这件礼物，开了里面的纸盒。琳达走进卧室，打开脸书，当我进来时她正坐着写着什么。

“刚才都很好。”我说。

“我做不了更多了，”她说，“我每次只能做一点点。”

“我知道。但这已经足够了。”

她没有看着我，手指在键盘上噼里啪啦。

“我想可能到了该出门的时候。”

“是的，”她说，“我写完就好了。”

她一会儿就起身，进了走廊。

“今天是约翰的生日，”她说，“他们要跟着我回去这感觉不太好。你们不能就留在这里继续过生日吗？”

“你记得上次发生的事吗？”

“当然。但是我现在状态已经不是那样了。我会直接去医院的。我保证。我不能冒失去请教资格的风险。”

“你确定吗？”我说。

“绝对。”她说。

"好吧。"我说。

她看着我。

"我一直以为我是水手的妻子。你去海上，我一个人留在这里。但是现在情况反过来了。现在我是水手了。"

她笑了。

我也笑了，因为她穿着她的条纹上衣，来了一个水手式敬礼。

我们吻了对方。她紧紧搂着我，在我耳边喘息，我挣脱了。

"我状态还没到那儿。"我说。

"我知道，"她说，"现在我启航了。"

然后她走了。

几个小时后，医院的人打来电话，想知道琳达是不是在家。我道歉了，但因为孩子们的原因没法送她，这次我又侥幸过关了。

第二天我问她干了什么。她说她只是周围转了一下。去了一些酒吧，和一些人聊天。这些人中的一个，和我年龄差不多的男人还上门去拜访过她，就在那个星期晚些时候，我过去之前。她说他们是好朋友。我此前从来没有见过他也没听说过他。和很多其他人也是这个情况，她突然在马尔默认识了一大拨人。那天晚上她请假没被批准，所以我们去公园里和她见面，这次她又打点起精神，和之前一晚不耐烦和不安的少年状态大相径庭。英丽下来了；她做的第一件事就是去看琳达。她回来以后我们说到了这个。

"孩子们是第一位的，"她说，"它们是最重要的。他们最该被优先考虑。"

"我也是这么想。"我说。

"她父亲生病时也是这样。孩子永远是第一位的。"

开学前的那个星期六，我带万妮娅去了宜家。我们买了床、书桌、椅子、壁橱和抽屉柜。周日，我们为新学期买了书包、笔盒和开学要穿的新衣服。我把所有家具组装好，除了那个五斗柜，是在他们都睡下之后，因为我在装宜家家具的时候，我总要火冒三丈，如果他们在旁边的话可能就会被殃及。

星期一清晨，琳达回家，准备参加万妮娅的开学典礼。我对于她会以什么形象出现有点不安，怕她会抹着绿眼影穿着紫袜子就来了，但她没有，她穿了件简单的印花连衣裙，妆也很淡，都是中性色，除了红嘴唇外。

我们在我们这栋大楼门外拍了张照片，可能妈妈在我上学的第一天，也在我家房子外面给我拍了这样的一张照片。

我们把约翰和海蒂送去幼儿园，然后我们和万妮娅一起上学。她一只手拉着琳达，另一只手拉着住我。我注意到她有点害怕，但也很雀跃。

教室里的气氛就和我记得的所有开学那天是一样的。一半像过节，一半是不确定的。琳达和老师说话，和其他父母说话。万妮娅和她最好的朋友站在一起，盯着其他孩子们。老师点名叫每个人过去，他们要坐在地板中间的毯子上，她很勇敢，她背后有女朋友。

我和琳达并排坐着，看着万妮娅坐在一群孩子中间。半小时后，琳达靠在我身上，耳语说她得走了。我点了点头。我们说好在莫伦一家小咖啡馆再碰头。又过了二十分钟后，家长们就可以走了，我去了咖啡馆，琳达在那儿口若悬河，说个不停，终于能离开去她想要去的地方了。

那个星期快结束的时候，我将孩子们送到幼儿园后就去了路易斯安那美术馆，租了辆车，开车过桥进入丹麦。天气好极了。太阳，碧蓝，高广的天空，印度式的夏天。我坐在最下面对着海的船屋外面，喝咖啡，抽烟，和其他作家交谈，里面有托马斯·埃斯佩达尔[1]，他坦荡到能在《卑尔根时报》上写文章为我辩护的程度，还有达格·索尔斯塔和图阿·福斯特伦[2]，芬兰诗人,原来是一个热情大方的人。屋子里都挤满了,两百个人，活动结束后，我在夜色里开车回去，在大家都睡着了的安静公寓里躺下。第二天我的行程完全一样。琳达在我出门后就一直心神不宁,尽管我只是白天出门,同时她也把这事告诉了所有人，说我要去丹麦，在路易斯安那美术馆登台。

医生建议进行电击疗法。他们把它冠以别的名字，但就是这么一回事。他们想给这狂躁刹住车。治疗时间也约好了，当那天到来时，她没有去。我明白，她很害怕，她根本就不愿意。

一天下午她和我一起去接孩子们。先接海蒂和约翰，然后我们去了万妮娅的学校。她那班同学都在学校操场上，但哪儿都看不到万妮娅。

“我过去后面那边找她。”我说。

琳达点了点头。

在拐角最里面，几乎根本找不着的地方，她和她的女朋友一起站在那儿，她们拍着对方手掌唱歌。

“来吧，万妮娅！”我说。

---

[1] Tomas Espedal（1969—），挪威作家，出生在卑尔根。

[2] Tua Forsström（1947—），芬兰裔瑞典作家、诗人，2019 年作为首位芬兰公民当选为瑞典文学院院士。

两个人都过来了，我们去和其他人汇合。琳达正站着和老师之一交谈，海蒂抱着她的腿。

“约翰在哪儿？”我说。

“我也不知道，”琳达说，“现在我对他们没有责任。”

我一直都误判了她。

我环顾四周。没有约翰。我跑到学校后面。那儿，就在一个游戏设施前，他站在那儿，盯着那些大孩子们。我抱起他，带着他回去了，我们所有人一起走回家。

英丽回了斯德哥尔摩，又过了几天妈妈南下过来了。她还去看了琳达，她对琳达住院的地方感到震惊。她说这就像挪威六十年代的情景。护士们还穿着白色制服，妈妈看到这些时简直不敢相信自己的眼睛，她说。房间陈旧破败，处处打着强烈的精神病院烙印。琳达所中的魔法可能快维系不住了，我也估计到了，因为她变得越来越疲倦，并且在某个时候她会因为精疲力竭而崩溃，急沉下去，去到那她本来正逃离的地方。

房地产经纪人一天早上打电话过来，她很生气，照我的理解。钥匙不在那儿，她进不去，她不得不让来看房的人离开，说看房取消了。我们之前有过一个口头协定，就是钥匙应该放在那个花盆里，我们没把它放那儿吗？我说我不知道发生了什么，但我会去了解一下情况，之后再和她联系。

我给琳达打电话。

“你没有出城去过社区园圃小屋吧？”我说。

“没有，”她说，“但是我可能做了一件蠢事。”

“什么事呢？”

“不，我和这里的一个人说过我们的园圃小屋，现在没人住。钥匙就在进门台阶旁的花盆里。他需要一个地方住。我只是想帮帮他。”

“那是个什么样的人？”我说。

“他在这个病房了住了几次。他马上要被驱逐出境了，我想，需要一个藏身之处。”

“什么？”我说。

“他这人很和气的。”

“那家伙什么样？”

“他是波斯尼亚或塞尔维亚或之类地方的人，”她说，“他经历过那里的战争。”

“你知道我们在努力卖掉园圃小屋吧？”我说，“本来安排看房，可是钥匙不见了。谢天谢地，他不在那儿。但是我们现在必须拿回钥匙。你要去那儿把钥匙拿回来。”

“但这个我做不到，”她说，“他这人可能有点危险。”

“危险的？”

“是。”

“你肯定得带上看护人员。把这事告诉他们。带上两个看护。你能做到吗？”

“可以。”她说。

我下一次再去医院时，和读过《我的奋斗》那位交谈。琳达和另一个看护以及他一起去了那里。这个男人凶了起来，不肯交出钥匙，他要住在那儿，她答应过他的，他们终于把钥匙从他那儿夺过来，但然后他就变得非常吓人，所以护士们报了警。警察到达时，他已经离开了。我打电话给房地产经纪人，试着解释所发生的事。我说那里发生了类似擅闯民宅的事，有个男人想在那儿落脚。那里现在可能看起来一塌糊涂，但是我会过去清理，然后我们可以再试一次看房。经纪人接受这个解释，也不是完全没有疑虑。

然后琳达回家了。

开始她在深夜打来电话，她完全歇斯底里。她没有吃的，已经在暴怒中摔了个玻璃杯，他们额外找了人手来帮忙，这太侮辱人了，现在她想回家。她是自愿入院的，她有这个权利，半小时后她回家了。她很平静，说已经受够了，现在她想回家了。我说我也愿意这样。我们聊了几个小时，她就像以前一样，一切都很好。第二天早上，她又变得亢奋不安起来，回了医院，但是还是有什么发生了，她离她自己更近了，能量慢慢地从她身上流走。有天晚上，那里的一位看护，那个像母亲的，膝盖着地蹲在琳达面前，说她必须回家回到她的丈夫和孩子身边，说这一切已经延续了这么长的时间，并也不会再导向什么结果了。这祈求的强度让琳达震惊，震撼了她，同时她也在慢慢沉静下来，已经开始用平常的速度谈论平常的事情，说她渴望回到我们身边，就这样有天上午她拿着包回家，于是这事就过去了。

它就过去了。

孩子们从学校和幼儿园回来后，她拥抱了他们，说她回家了。

“你现在睡得着吗？”万妮娅说。

“是的，”她说，“现在我能睡着了。”

那天晚上我们坐在一起说话。她疲倦而安静，但是当她看着我，那是琳达在看着我，不是任何其他人。

“我走了很长一段路。”她说。

“是啊。”我说。

“现在我回来了。”她说。

“是的，”我说，“但这也没有太严重。”

“不，”她说，“我给打电话给你的编辑打了电话。盖尔·古利克森。我说他不要给你压力。还说他一定要好好照顾你。”

“这话说得很好啊？”我说，“不管怎么说都没有很严重。”

“我给托雷打了电话。还有英韦。还有我所有的老朋友。那些我好几年没见过的人。我不记得我说了什么。”

“没那么严重。现在我们也知道它到底是怎么回事了。也许它还会发生。很可能还会发生。但是后来我们知道这并不危险。你只是出门旅行了。”

“离开了我的家人。”

“没有。你没有离开过。最后一切都顺利。你是个英雄。你坚持过来了。”

她哭了。

我哭了。

这一切都结束了。

但是园圃小屋还在那儿。我必须去那儿清理它。琳达不想让我去，他很危险，那个家伙，警察说如果我们遇到他，我们绝对不要和他正面冲突。我给奥格发了电子邮件，他是我在马尔默仅有的几个朋友之一，给他解释了这个局面，问他能不能带上一根球棒之类的和我一起去。几分钟后他打来电话。他人在伦敦。他说他回家后可以跟我一起去，我绝对不要一个人去那儿。我说我不会的。但是那样的一个夏天以后，一个疯狂的前南斯拉夫人像是一个小问题，所以我去了奥伦斯，买了新的编织毯、窗帘、桌布和靠垫，在花店里买了一些花，家之店里买了洗涤剂和抹布，搭公共汽车出城去园圃区，它荒寂地矗立在雨中，旺季显然已经过去很久了。当我走近我们的小屋时，心脏怦怦撞着我的胸口。我轻轻地打开栅栏，停下来，倾听。什么也没有。我绕到后面。什么都没有。门是完整的。他不在这儿。我打开门走进去。这里看起来真见了鬼了。它散发着烟臭味，烟头到处都是。地板上都是泥。里面还有一些酒瓶。但是也没有毁坏什么。我把那里面的所有毯子、窗帘、桌布和靠垫套、所有酒瓶、所有烟头和所有垃圾都扔了。整个过程中我一直保持警觉，全程我都时刻准备着门被打开，那个疯子会进来一枪放倒我。这没有发生。我把每一厘米都洗过了，从那狭窄二楼的屋顶到底楼地板。许多地方都出现相当大一堆三角形木屑。我叹了口气。那可能是家天牛，这整个该死的房子大概已经烂透了。我决定把这事放肚子里。我把新毯子铺在地板上，在窗户上挂了新窗帘，在桌子上铺了桌布，把花盆摆放出来。它看起来就完全熨帖了。两手各拿一个垃圾袋，我从那边走了出来，雨水倾泻下来，黑暗降临。任何地方都没有一个人影。我把垃圾袋扔进一个容器里，坐公共汽车回家了。我洗了个热水澡，大家一起看了电影，小飞象，那只有大耳朵的小象。琳达很疲倦，但是心智清明，心神也在此处。

看房如期进行，没人出价。下一次看房时有人发现了那些三角形的木屑堆，也就是说出现了新的木屑，而人们也因此摇头放弃了，我推测如此。我们从安替西美（Anticimex），一家除虫公司约了人过来，这不是家天牛，而是某种几乎无害的东西，他们说，他们现在已经处理好这事了。

地产经纪将园圃小屋从市场上撤下，到春天再次将其挂牌出售，第一次看房就已经有人出价，出得很低，但我们接受了，在这个梦想的问题里，钱已经一点不重要了。从那年秋天10月开始的每个周末，我们都去新房子那里度过。我们在那里过了圣诞，一起有十二个人，外面的雪堆到一米高，我换上圣诞老人衣服时被万妮娅和海蒂看到了，但是当我手里拿着灯从雪中走来时，她们依然被吸引了。圣诞节过后我把书稿扔了，开始重写，要把这一切写进去。我每天早上4点起床，一直工作到要去接孩子们，直到现在都是如此。去年夏天的故事，也就是我刚刚讲完的这一切，看起来已经完全不同了。为什么？因为琳达是一个人，而她身上那些本质性的东西是无法被形容出来的，她这非常具体的存在，她的本质和她的灵魂，这些一直都在，就在我身边，是我能见到能感到的，完全独立于所发生的这些事。它不在她的行为里，不在她的语言里，它在她这个人里。

它就在她所是的一切中。对海蒂弯下腰，在她耳朵里小声说着什么，海蒂发出那带着颤音的笑声。琳达躺在沙发上，万妮娅骑在她身上，她为我们聪明的女儿所说的话大笑。她看着约翰时那柔软的视线。放在我后颈上的手，温暖，那完全赤裸裸的眼睛。

我为琳达如此感到高兴，为我们的孩子们如此感到高兴。我永远不会原谅自己让他们置身于如此脆弱的境地，但这是我做过的，我就得承受。

现在是7点零7分，这本小说终于写完了。两个小时后琳达就会过来，然后我会拥抱她，说我写完了，说我再也不会对她和我们的孩子做这样的事。然后我们乘火车去路易斯安那美术馆。我将在那儿的舞台上接受采访，在那之后她也会上台接受采访，因为她的书也出版了，它像黑暗中的星空一样璀璨耀眼。然后我们会坐火车去马尔默，然后开车回到我们的房子，这一路上我都将享受，真正地享受，我再也不是作家的这个想法。

马尔默遗忘桥。

2008年2月27日至2011年2月9日

给琳达，万妮娅，海蒂和约翰。

我爱你们。